LE LIVRE NOIR
DE LA CONDITION
DES FEMMES

Christine Ockrent, journaliste et écrivain, première femme à assumer en France la responsabilité du journal télévisé de 20 heures, a écrit de nombreux ouvrages (*Françoise Giroud, une ambition française, Bush-Kerry les deux Amérique, La double vie d'Hillary Clinton*...). Elle anime actuellement l'émission politique « France-Europe Express » sur France 3 et une émission d'actualité internationale, « Une fois par mois », sur TV5-Monde.

DU MÊME AUTEUR

Dans le secret des princes
Stock, 1986
et « Le Livre de poche » n° 6370

Les Uns et les Autres : de Montand à Balladur
Éditions de l'Aube, 1993
et « Points Actuels » n° A146

Portraits d'ici et d'ailleurs
Éditions de l'Aube, 1994

Portraits
Éditions de l'Aube, 1997

La Liberté de la presse
Milan, 1997

La Mémoire du cœur
Fayard, 1997
et « Le Livre de poche » n° 14447

Duel : comment la télévision façonne un président
Hachette Littératures, 1998

Les Grands Patrons : comment ils voient notre avenir
Plon, 1998

L'Europe racontée à mon fils : de Jules César à l'euro
Robert Laffont, 1999
et « Pocket » n° 11037

La Double Vie de Hillary Clinton
Robert Laffont, 2001
et « Pocket » n° 11486

Françoise Giroud, une ambition française
Fayard, 2003
et « Le Livre de poche » n° 30176

Bush-Kerry, les deux Amériques
Robert Laffont, 2004

Sous la direction
de Christine Ockrent

LE LIVRE NOIR DE LA CONDITION DES FEMMES

Coordination
de Sandrine Treiner

Postface de Françoise Gaspard

XO Éditions

Avec la contribution de

Fadela Amara • Li Ang • Isabelle Attané • Carole Bellemin-Noël • Sophie Bessis • Claire Brisset • Ellen Chesler • Ismahane Chouder • Kathleen Cravero • Christine Delphy • Esther Duflo • Marc Fernandez • René Frydman • Cécile Hennion • Françoise Héritier • Kareen Jabre • Maryse Jaspard • Irene Khan • Sona Khan • Farhad Khosrokhavar • Azadeh Kian-Thiébaut • Françoise Laurant • Claudine Legardinier • Béatrice Limare • Malka Marcovich • Catherine Marry • Margaret Maruani • Véronique Nahoum-Grappe • Maria Nowak • Peter Piot • Nadine Puechguirbal • Jean-Christophe Rampal • Saveria Rojek • Ségolène Samouiller • Annie Sugier • Wassyla Tamzali • Pierre Tévanian • Odon Vallet • Georgina Vaz Cabral • Sophie Villette • Linda Weil-Curiel • Martin Winckler

TEXTE INTÉGRAL

ISBN 978-2-7578-0246-5
(ISBN 2-84563-200-2, 1re publication)

Préface

Christine Ockrent

Nous, peuples des Nations Unies, résolus à proclamer à nouveau notre foi dans les droits fondamentaux de l'homme, dans la dignité et la valeur de la personne humaine, dans l'égalité de droits des hommes et des femmes…

Certains principes universels, j'en ai la conviction, doivent être défendus, proclamés et promus, au-delà des cultures et des croyances. Parmi ceux-ci, la Charte des Droits de l'Homme est un texte fondateur pour l'humanité entière. Et l'humanité inclut les femmes – mieux, elle repose sur elles.

Nous tous, les contributeurs de ce livre, pensons qu'aucune religion, aucune coutume ne justifie qu'on assassine, qu'on brûle, qu'on torture, qu'on lapide, qu'on viole une femme parce qu'elle est une femme. Aucune religion, aucune coutume ne justifie qu'on mutile les petites filles, qu'on les vende ou qu'on les prostitue. Aucune religion, aucune coutume ne justifie qu'on asservisse les femmes, qu'on les humilie, qu'on les prive des droits élémentaires de la personne.

En France, en Europe, dans nos sociétés occidentales, la condition des femmes a spectaculairement progressé au cours du XXe siècle. Les femmes ont conquis avec obstination leur place, et elles n'en ont pas terminé. Depuis deux générations, on peut contrôler la vie et être maître de son corps, et c'est une vraie révolution. Partout ou presque, la loi garantit à la femme la liberté de maîtriser sa procréation, partout elle proclame l'égalité.

Pourtant on voit aussitôt qu'à diplômes et compétences comparables, la différenciation des responsabilités hiérarchiques et des rémunérations demeure. Le choix des filières et des carrières n'est pas égalitaire, les conditions de la vie quotidienne telles qu'elles sont organisées et financées par nos sociétés non plus. Ici les partis politiques font fi de la parité, préférant payer l'amende plutôt que de concéder à des candidates des places éligibles. Là réseaux et confréries tissent de fils de verre le plafond invisible qui empêche les femmes d'atteindre les sommets. Dès que le pouvoir se montre, observez la photo : il reste en costume cravate. L'attention portée à l'ascension d'une Angela Merkel ou d'une Michelle Bachelet, les qualificatifs et les critères utilisés pour les décrire, démontrent l'anomalie plutôt que la règle.

Dès que l'on quitte la scène publique ou les pages glacées des magazines pour observer nos sociétés dans leur quotidien, la réalité s'assombrit.

Brimades, précarité, violences conjugales, prostitution, criminalité, chômage, sexisme : les femmes sont toujours les premières victimes. Pire, il existe chez nous des zones d'ombre où des femmes vivent en état de subordination totale, sinon d'esclavage, dans ces milieux immigrés où les coutumes défient la loi. Les filles ont beau fréquenter l'école de la République, elles sont excisées, voilées, mariées de force, violentées dans leurs choix les plus intimes. Pour celles-là comme pour les autres, l'exemple de la France et surtout des pays scandinaves le prouve, seule la loi et son imprégnation dans le tissu social améliorent le sort des femmes. Il reste néanmoins beaucoup à faire, ne serait-ce que pour exiger l'application effective de ce qui a été obtenu.

Voilà pour l'Occident. Et ailleurs ?

Ailleurs, plus de la moitié de l'humanité, hommes et femmes confondus, ploie sous la souffrance. La souffrance d'être pauvre, mal nourri, malade, illettré, exploité. Mais c'est d'abord la souffrance d'être née femme, qui aggrave toutes les autres. Partout la condition des femmes nous montre la face la plus noire des réalités contemporaines. Elles sont inférieures, tout simplement. Impures. Juste bonnes à être soumises, exploitées, frappées, violées, achetées, répudiées. Taillables et corvéables à merci. Destinées au silence, à l'oubli. Méprisables en somme, et indignes.

Cette condition d'être née femme et de vivre en tant que telle, nous avons voulu l'explorer à la manière d'un continent inconnu. L'ambition de cet ouvrage collectif, auquel ont contribué des experts, des écrivains, des journalistes de toutes disciplines et de tous continents, est d'amener à la lumière, dans la diversité des mœurs et des cultures, le sort des femmes aujourd'hui.

Livre noir : ce label, devenu générique, trouve tout son sens avec la condition des femmes. L'ingéniosité des civilisations humaines en matière de violences exercées contre les femmes est sans limites. Nous les avons parcourues dans leurs multiples dimensions : violences physiques, en temps de guerre comme de paix, violences collectives et individuelles, violences économiques, sociales, politiques, religieuses, violences psychologiques aussi.

Nous accusera-t-on d'arrogance et d'impérialisme culturel ? Certains, au nom de la liberté de penser ou du respect de toutes les traditions, veulent nous faire admettre les entorses aux principes universels qui affirment, notamment, l'égalité de l'homme et de la femme. Il conviendrait, pour eux, dans nos propres pays, de tolérer les infractions les plus criantes à nos lois, qu'il s'agisse d'excision ou de polygamie. Sous prétexte de combattre la mondialisation, il faudrait respecter et promouvoir le multiculturalisme jusque dans ses aspects archaïques et dégradants. Les puristes de l'ethnicisme qui frémissent en découvrant bracelets montres, téléphones portables et préservatifs féminins au cœur de l'Afrique, ne trouvent rien à redire aux pratiques les plus dégradantes à condition qu'elles soient ancestrales : chez les Zoulous, vérification publique de la virginité des filles, au Kerala brûlures ou immolation des femmes devenues inutiles… Certes il convient de protéger et de promouvoir la diversité culturelle qui fait la richesse du monde. Mais pas au prix des droits humains les plus élémentaires. Qu'est-ce qui compte le plus, la culture ou l'individu ? Et plus précisément, qu'est-ce qui doit l'emporter, la culture ou la femme ?

Promouvoir les femmes n'est pas une façon d'amoindrir les hommes, c'est pour nos sociétés la meilleure garantie d'équilibre et de progrès. Il a fallu trois millénaires pour parvenir à ce constat, partagé aujourd'hui par tous les acteurs du développement et appliqué, avec plus ou moins de constance ou d'hypocrisie, par les différents responsables de nos gouvernements et de nos sociétés.

« Une chose est sûre, écrit Françoise Héritier, du Collège de France, les générations futures s'étonneront que nous n'ayons jamais pris vraiment conscience que le problème politique majeur est celui de l'égalité des sexes. Cette conscience-là signera le moment-clé de la révolution. »

Les femmes sont leur propre espoir, elles ne peuvent compter que sur elles-mêmes pour changer la société. Chaque fois que nous faisons progresser nos droits à toutes, l'humanité fait un pas vers un monde plus juste. À travers ce livre, cette photographie de la condition des femmes aujourd'hui, chacune d'entre nous a l'occasion d'apprendre ce qu'elle ignore, de découvrir ce qu'elle ne peut ou ne veut pas voir, et de participer au combat pour un monde meilleur.

*Christine Ockrent, journaliste et écrivain, première femme à assumer en France la responsabilité du journal télévisé de 20 h, a écrit de nombreux ouvrages (*Françoise Giroud, une ambition française, Bush-Kerry, les deux Amérique, La double vie d'Hillary Clinton…*). Elle anime actuellement l'émission politique France-Europe Express sur France 3 et une émission d'actualité internationale, « Une fois par mois », sur TV5Monde.*

Introduction

Sandrine Treiner

Le sort des femmes et leur place dans la vie politique, économique et sociale est un thème qui n'émerge que depuis peu parmi les préoccupations de la communauté internationale. Il n'a pas encore fait l'objet de travaux, ni d'études véritablement systématiques. Si la rigueur a été notre souci dans le choix des sujets et la sélection de leurs auteurs, notre ambition ici est différente d'une somme scientifique : nous avons voulu faire de ce livre une fresque du temps présent.

Pourquoi les femmes sont-elles des enjeux majeurs dans les guerres contemporaines ? Comment et pourquoi sont-elles mutilées, enfermées, déplacées, négociées, marchandées, souvent avec la complicité tacite des États, même démocratiques ?

Quelles seront les conséquences économiques et humaines du déséquilibre démographique d'une Asie privée, du fait de la préférence donnée aux enfants mâles, de quelque quatre-vingt-dix millions de femmes ? Est-ce un hasard si le sida en Afrique tue aujourd'hui plus de femmes que d'hommes ? Pour quelles raisons parle-t-on de travailleuses du sexe plutôt que de prostituées ? Pourquoi, en matière de viol et de violences conjugales, privilégie-t-on les explications culturelles ou religieuses dans les pays du Sud pour préférer les causes d'ordre psychologique et individuel dans les pays du Nord ? Pour quelles raisons la liberté des femmes dans les pays musulmans continue-t-elle régulièrement à régresser, ou à piétiner même au sein du Maghreb entré désormais dans la modernité ? Comment garantir la sécurité de toutes, quelle que soit leur appartenance à telle ou telle religion, dans l'Inde multicommunautaire ? Pourquoi les femmes sont-elles davantage brutalisées lorsqu'elles sont instruites et qu'elles accèdent à l'autonomie ? Quelles sont les formes de développement qui permettraient d'éviter que, partout, les femmes restent les plus pauvres d'entre les pauvres ?

Des violences universelles et permanentes

On a longtemps été tenté de réduire ces questions à des spécificités historiques, économiques, sociales, religieuses. On mesure désormais que les violences faites aux femmes sont universelles et permanentes. C'est à l'échelle de la communauté internationale et de l'Onu qu'on peut désormais les appréhender. Il a fallu attendre décembre 1993 pour que la Déclaration sur l'élimination de la violence à l'égard des femmes entreprenne pour la première fois de définir la violence sexiste : « Les termes "violence à l'égard des femmes" désignent tous actes de violence dirigés contre le sexe féminin, et causant ou pouvant causer aux femmes un préjudice ou des souffrances physiques, sexuelles ou psychologiques, y compris la menace de tels actes, la contrainte ou la privation arbitraire de liberté, que ce soit dans la vie publique ou dans la vie privée. » Quelques mois auparavant, en juin 1993, la Conférence mondiale sur les droits de l'homme réunie à Vienne avait contribué, de manière décisive, à définir concrètement l'ensemble des violences recensées dans le monde. Les deux déclarations permettaient d'établir le catalogue des sévices communément encourus, parmi lesquels : les violations des droits des femmes en situation de conflit armé, y compris le viol systématique, l'esclavage sexuel et la grossesse forcée ; les violences physiques, sexuelles et psychologiques exercées au sein de la famille, dont celles liées à la dot et au viol conjugal ; les mutilations sexuelles, le harcèlement sexuel, l'exploitation et la traite des femmes. Le texte de décembre 1993 reconnaissait en outre les vulnérabilités propres aux femmes qui appartiennent à des minorités : les femmes âgées et déplacées ; les communautés autochtones, réfugiées et migrantes ; les femmes qui vivent dans les zones rurales pauvres ou les zones écartées, ou en détention. Les déclarations s'alarmaient, enfin, des difficultés rencontrées par les femmes pour s'assurer l'égalité juridique, sociale, politique et économique dans leurs sociétés.

Le projet définissant les objectifs du Millénaire, rendu public par les Nations Unies en janvier 2005, affirme que « le droit d'être à l'abri de la violence, surtout pour les filles et les femmes » est un droit fondamental et sans lequel elles ne peuvent conduire une vie productive. Parmi ces objectifs, l'égalité des sexes, l'éducation, la santé, la diminution de la mortalité maternelle et infantile, la lutte contre le sida – autant de chantiers où la place et le rôle des femmes apparaissent désormais déterminants.

Sécurité, intégrité, liberté, dignité, égalité pour les femmes

Lorsque nous avons commencé à élaborer ce *Livre noir de la condition des femmes*, nos premières sources ont été les textes fondamentaux de l'Organisation des Nations Unies. En préambule de sa Déclaration de 1993, l'Onu proclame l'urgence de l'application aux femmes des droits et principes du genre humain : sécurité, intégrité, liberté, dignité, égalité. Cinq mots fondamentaux et universels pour décliner tout ce qui fait encore défaut à tant de femmes en ce début de troisième millénaire. Cinq mots simples et magnifiques autour desquels nous avons organisé, de manière transversale, l'ensemble des contributions.

Pour mener à bien cette aventure éditoriale, nous avons bénéficié de la précieuse présence de Françoise Gaspard, sociologue à l'École des Hautes Études en Sciences Sociales (EHESS), qui représente la France au Comité CEDAW des Nations Unies, dont le rôle est de surveiller l'application de la Convention contre toutes les discriminations à l'égard des femmes. Avec son concours, nous avons sélectionné l'ensemble des sujets traités dans ce livre et choisi, pour chacun d'entre eux, un auteur pertinent. C'est ainsi que pendant deux ans, autour de notre noyau, s'est constituée une communauté chaleureuse, confiante, enthousiaste. Sans souci de frontières culturelles ou linguistiques, nous avons été en liaison électronique permanente avec près de quarante auteurs – experts mondialement reconnus, chercheurs, praticiens, militants, écrivains, journalistes, venus de tous les horizons et de tous les continents. Certains auteurs, vivant dans des régions du monde où parler des souffrances des femmes représente un risque majeur de censure ou de punition, n'ont pas hésité à nous envoyer leurs textes sachant qu'ils seraient enfin lus. D'autres ont profité de nos sollicitations pour entreprendre de longues recherches en Iran, au Maghreb ou sur la route des prostituées chinoises. À toutes et à tous, nous exprimons gratitude et amitié.

Sécurité. Intégrité. Liberté. Dignité. Égalité : telle est la feuille de route qui a déterminé l'ordonnancement de ce livre. Tels sont aussi les objectifs qui devraient guider l'action de tous ceux qui refusent de désespérer de l'homme – et de la femme.

Ce livre n'est pas un cahier de doléances mais tout au contraire l'expression d'une détermination. Nous avons sur notre chemin croisé bien des femmes et des hommes qui, par leur lucidité, leur courage, leur pugnacité, contribuent sous nos yeux à améliorer le sort du monde en changeant celui des femmes. Leurs histoires individuelles, le récit de leurs engagements sont rapportés ici comme autant d'incitations à refuser toute fatalité.

Expédition dans les profondeurs, les vallées perdues, les zones d'ombre de nos sociétés contemporaines, ce voyage autour du monde pourrait être, pour toutes et tous, comme une incitation à rompre les silences. Un engagement, en quelque sorte.

Sandrine Treiner est historienne de formation, journaliste et écrivain. Elle a écrit de nombreux documentaires et adapté pour la télévision le roman de Kathrine Kressmann Taylor, Inconnu à cette adresse *(Ed. Autrement). Elle a publié plusieurs livres, parmi lesquels* La Pilule et après ? Deux générations face au contrôle des naissances, *en collaboration avec Catherine Valabrègue (Stock, 1996). Dernier ouvrage paru :* Le goût d'Odessa *(Mercure de France, 2005). Elle est actuellement rédactrice en chef de l'émission « Un Livre un jour » sur France 3.*

I

Sécurité

Au début de ce troisième millénaire, des femmes sont encore menacées dans leur vie même parce qu'elles sont des femmes. Le premier des droits fondamentaux commence donc par le droit de vivre, sans discrimination liée au sexe.

En Asie, la vie d'une fille vaut moins que celle de son frère : on les empêche de venir au monde, ou on les laisse mourir, faute de soins ou d'une alimentation appropriée. Dans certains pays en guerre, résumées à leur fonction reproductrice, on les assassine ou on les viole pour attenter à la survie du collectif. Au nom d'une conception archaïque de l'honneur des hommes, des femmes sont assassinées, brûlées ou lapidées dans les pays musulmans où l'islam le plus dur est au pouvoir ou encore au sein des communautés musulmanes du monde occidental. En Amérique centrale, les assassinats de femmes sont devenus assez fréquents pour avoir justifié l'invention d'un mot nouveau : le féminicide. Elles sont les premières victimes de sociétés ravagées par la guerre, la pauvreté et la corruption.

Ce chapitre examine les atteintes à la sécurité des femmes.

Dès l'enfance…

Claire Brisset

Les violences et les discriminations commencent dès l'enfance. Dans de nombreuses régions du monde, les filles sont sous-scolarisées et sous-alimentées. Dans les pays pauvres, abusées, marchandées, elles sont victimes des préjugés et subissent de plein fouet les effets de la pauvreté et des guerres.

Longtemps une anomalie statistique a intrigué les démographes. « Elles manquent. » Elles manquent ? Les femmes manquent, oui, dans d'immenses parties de l'Asie, en Inde, au Pakistan, au Bangladesh, en Chine. Elles manquent, dans les statistiques, par dizaines de millions. Le ratio femmes/hommes, disent les spécialistes dans leur langue bien particulière, est incompréhensible. Cacherait-on les femmes, les petites filles, aux recenseurs ? Craindrait-on d'en faire le décompte exact dans les pays où la démographie est contrôlée ? Les parents déclareraient-ils surtout les garçons ? Après tout, dans un certain nombre de langues, c'est par le même mot, chose curieuse, que l'on désigne les enfants et les garçons…

Non, aucune de ces explications, plausibles au demeurant, n'était juste. La réalité est beaucoup plus simple et les chercheurs se sont rendus à l'évidence. « Elles manquent », parce qu'elles sont mortes. Selon les dernières évaluations, ces femmes « manquantes » seraient au nombre de cent millions, davantage peut-être. Il paraît bien singulier qu'une telle réalité, qu'un tel scandale, ne soit jusqu'à ce jour guère sorti du cercle étroit des démographes et des chercheurs.

Cent millions de femmes manquantes

Comment s'explique une telle situation ? De quoi meurent-elles, toutes ces petites filles dont leur communauté n'a pas voulu ? Elles meurent, tout d'abord avant même d'être nées. La pratique de l'avortement sélectif des fœtus féminins a commencé en Asie, en Inde en particulier, dès que les moyens diagnostiques permettant d'identifier le sexe de l'enfant à naître ont quitté le monde de la médecine onéreuse et sophistiquée (voir l'article d'Isabelle Attané, page 30). La pratique de l'amniocentèse s'est répandue comme une traînée de poudre jusque dans les cabinets médicaux les plus sommaires des bidonvilles ou dans les campagnes reculées. À l'aide d'une longue aiguille, le médecin prélève quelques gouttes du liquide amniotique où baigne le fœtus, liquide où circulent des cellules fœtales qui, après analyse, permettent de connaître le sexe du futur enfant.

L'extension de cette pratique, ce détournement de l'usage de l'amniocentèse – théoriquement destinée à diagnostiquer des handicaps –, a fini par alarmer les autorités indiennes qui, en 1995, ont interdit cette pratique dans le cas où elle serait destinée à identifier le sexe du fœtus. Mais comment connaître la motivation ? Et qui fera appliquer une telle interdiction dans ce pays qui a dépassé le milliard d'habitants ? L'Inde n'a-t-elle pas depuis… 1961 interdit l'usage de la dot, tout comme elle a proscrit – dans sa Constitution – la tradition des castes ?… La pratique de l'amniocentèse réalisée dans ce but continue bien sûr, plus discrètement.

Et puis, enfin, reste la radiographie, certes moins précise, surtout au début de la grossesse, une méthode qu'il est bien difficile d'interdire et qui est, dans ce but également, très largement utilisée.

Les petites filles moins nourries, moins soignées que les garçons

Certes, des petites filles naissent quand même, en grand nombre. Si vraiment cette naissance est un drame, reste l'infanticide, lui aussi abondamment pratiqué : un grain de riz dans la trachée, un biberon d'herbes empoisonnées, un peu d'éther sur un linge, c'est si fragile, un nouveau-né. Et puis, un peu plus tard, pour les survivantes, viendra la surmortalité. Les filles seront moins nourries que les garçons : toujours servies après leur père et leurs frères, elles recevront plus de bas morceaux, moins de protéines, donc seront plus sensibles aux infections. On les soignera moins si elles sont malades, on les conduira chez le médecin ou à l'hôpital à un stade plus avancé de leur maladie ; on les vaccinera moins aussi. Elles mourront donc davantage, et de nouveau les statisticiens s'interrogeront.

De tout cela résulte, en Inde, le ratio hommes/femmes le plus faible du monde. Alors qu'il naît, dans toutes les communautés humaines, 105 garçons pour 100 filles – une proportion qui s'égalise au cours des cinq premières années de la vie –, le rapport femmes/hommes, qui était déjà, il y a un siècle, de 972 femmes pour mille hommes dans le sous-continent, n'a cessé de baisser depuis. Selon les dernières estimations, il dépasse aujourd'hui à peine 900 femmes pour 1 000 hommes. Le Pakistan est également touché par ce déséquilibre, de même que le Bangladesh. Quant à la Chine, ce phénomène y est massif.

Une telle situation suscite à l'évidence quantité d'interrogations. Les premières explications avancées ont été d'ordre économique et se sont focalisées sur la pratique de la dot. Celle-ci, née dans les hautes castes du nord de l'Inde, s'est répandue dans tout le pays, jusque dans les campagnes du Tamil Nadu, dans le Sud, et jusque chez les paysans les plus pauvres, dans les basses castes, chez les hors castes. Versée par la famille de la mariée à celle de l'époux, elle peut atteindre des sommes très importantes, parfois en argent, parfois sous forme d'un scooter, d'une télévision, etc. De surcroît, elle n'est pas donnée une fois pour toutes. Plus tard, il conviendra, pendant des années, d'y adjoindre d'autres espèces sonnantes ou bien encore un climatiseur, un réfrigérateur, etc. On mesure la catastrophe économique que peuvent représenter ces versements répétés pour une famille pauvre, surtout si elle compte plusieurs filles.

« Ne tuez pas les petites filles, abandonnez-les »

Pour comprendre, il faut évidemment chercher plus loin, du côté de la culture, du côté des croyances. Dans la religion hindouiste, c'est le garçon, le fils, qui doit allumer le bûcher funéraire des parents. Faute de quoi, l'âme de ces derniers errera indéfiniment, se réincarnant sans cesse dans des êtres inférieurs, et ne pourra jamais atteindre le nirvana, but ultime de l'existence, c'est-à-dire le repos éternel. N'avoir que des filles, c'est donc la perspective de la condamnation définitive, au-delà de la vie terrestre. Comment faire face à une telle représentation ? Comment la souhaiter pour soi-même ? Il existe, en Inde, un prénom féminin qui résume tout, « Nakusha », qui signifie « non voulue »…

Cette extraordinaire péjoration du sexe féminin, qui aboutit à ce que certains dénomment un « gynocide », a pris dans certains États de l'Union des proportions particulièrement alarmantes. Dans le Tamil Nadu, les autorités elles-mêmes attribuent 45 % des décès de bébés filles à l'infanticide. Elles ont d'ailleurs lancé une campagne sur le thème : « Ne tuez pas les petites filles, abandonnez-les plutôt », et organisé un système de recueil des bébés filles. Sans grand succès.

Quoique à très forte majorité musulmane, les deux pays voisins de l'Inde, le Pakistan et le Bangladesh, n'ont pas échappé à cette vision très péjorative des femmes et des petites filles ; l'influence de l'hindouisme dans l'ancien Empire des Indes y est certainement pour beaucoup.

Comme en Inde, les sages-femmes y reçoivent double rémunération si elles mettent au monde un garçon. Comme en Inde, la naissance d'une fille est annoncée avec force précautions à la mère, et donne lieu à des consolations.

Dans certaines zones du Pakistan – et jusqu'en Afghanistan voisin –, la naissance d'une fille s'accompagne de rituels de deuil. Dans les trois grands pays du sous-continent, la surmortalité des petites filles est la règle. À un point tel que, selon une étude de l'Unicef, « une mort de petite fille sur dix, en Inde, au Pakistan et au Bangladesh, est directement liée à la discrimination ».

Dans ces pays où, paradoxalement, des femmes ont exercé les plus hautes fonctions, la discrimination frappe donc ainsi jusqu'au cœur de l'existence, jusqu'à devenir affaire de vie ou de mort. Certes, les Indiens ont cessé de brûler les veuves sur le bûcher de leur mari, l'antique *sati* ayant été abolie par l'ordre britannique. Mais les veuves, chassées de leurs foyers, privées de leurs enfants, mènent une existence de naufragées, interdites de remariage, donc de la perspective de donner naissance à un garçon, qui les sauverait de la déchéance. « En Inde, écrivait Henri Michaux, prendre garde à n'être ni veuve ni chien[1] ». Ni petite fille.

En Chine, la politique du garçon unique

La Chine, où n'existent ni la dot ni la croyance au nirvana, connaît pourtant une situation analogue, où la culture tient, là encore, toute sa place. La préférence pour les garçons y remonte à la plus haute Antiquité. Dans le confucianisme, qui continue d'imprégner très fortement la culture malgré la modernisation précipitée de ce pays-continent, ce sont les hommes, les garçons, surtout le fils aîné, qui assurent le culte des ancêtres. Là aussi, comme en Inde, la fille, une fois mariée, quitte sa famille pour rejoindre celle de son mari, l'éducation d'une fille apparaissant donc comme un effort perdu. La pratique imposée depuis 1978 de l'enfant unique dans un pays où la préférence pour les garçons est si solide, si ancienne et si acceptée, a donc décuplé les efforts d'élimination des filles.

La détection du sexe déguisée en repérage des handicaps, l'avortement sélectif, l'infanticide et l'abandon des bébés filles dans des orphelinats-mouroirs y prirent de telles proportions que les autorités chinoises durent assouplir, dans les campagnes, l'interdiction d'avoir un deuxième enfant. Les paysans y reçurent l'autorisation de concevoir un second bébé si, par malheur, le premier se trouvait être une fille. Partout ailleurs, en ville, l'interdit subsistait, les femmes étant obligées d'afficher les dates de leurs règles sur les murs des usines, et les récalcitrantes, mères d'un deuxième, voire d'un troisième enfant, se voyant privées de droits sociaux, de nombreuses allocations et du droit de scolariser le ou les enfants non autorisés à vivre. Pour ces derniers, ne restait à la famille que la solution – si l'élimination physique avait échoué ou était refusée – de ne pas déclarer l'enfant. Il existe ainsi en Chine des millions d'enfants qui n'ont pas d'existence légale.

Ce scénario, imaginé dès la fin de la Révolution culturelle (1966-1976), est toujours d'actualité. La politique de l'enfant unique demeure plus que jamais le dogme officiel du Parti communiste chinois qui regrette même, à mots couverts, qu'elle n'ait pas été mise en place plus tôt. La population chinoise a en effet, malgré tous ces efforts, doublé entre 1940 et 1980, passant de cinq cents millions à un milliard d'habitants. En 2003, elle atteignait un milliard trois cent mille individus et le nombre de femmes « manquantes » dépasserait, selon diverses estimations, les cinquante millions.

L'Inde, où naissent chaque année vingt-cinq millions d'enfants, sera dans vingt ans plus peuplée que la Chine, où il n'en naît que dix-huit millions par an. Si rien n'est fait – mais rien n'est possible à court terme –, le déséquilibre hommes/femmes se sera encore accru dans cette partie du monde où vit plus du tiers de la population mondiale. Des dizaines de millions de petites filles n'y seront « pas nées » ou y auront été tuées.

En Afrique, l'excision presque généralisée

En Afrique, l'élimination physique des petites filles semble ne jamais avoir existé. Les religions – islam, animisme, christianisme – n'y font pas le lien entre progéniture masculine et vie dans l'au-delà. Mais une autre forme de stigmatisation, d'ancrage dans le corps de la femme du statut de dominée y a vu le jour et y subsiste, contre vents et marées. Sur une immense partie du continent, de Dakar à Djibouti, en passant par l'Égypte, la presque totalité des petites filles sont mutilées, leurs organes génitaux externes sont excisés et parfois – à l'Est – cousus. Excision et infibulation sont pratiquées dans d'innombrables ethnies, musulmanes ou chrétiennes (voir l'article de Linda Weil-Curiel, p. 161), alors même que ces deux religions n'ont jamais prescrit de telles pratiques.

Certes, depuis une vingtaine d'années, des femmes – des juristes en général –, des associations, parfois même des politiques, ont entrepris une lutte courageuse, à contre-courant, contre ce fléau. Un fléau qui, outre son évidente portée symbolique, détruit des vies de femmes, laisse des séquelles innombrables, parfois gravissimes, et même emporte des vies de nouveau-nés, par infections et hémorragies impossibles à juguler.

Cette lutte, dans certains cas, commence à porter ses fruits, comme c'est le cas au Burkina Faso par exemple. Près d'une quinzaine de pays ont adopté des législations qui interdisent de telles pratiques, un interdit jusqu'à présent peu respecté mais important – c'est l'évidence – pour ceux qui tentent de lutter pour éliminer cette tradition. Mais un pays comme le Mali, par exemple, où l'immense majorité des petites filles sont excisées, se refuse encore à légiférer en ce sens.

Aucune raison religieuse à l'excision, mais mille croyances

Pourquoi de telles pratiques demeurent-elles si solidement ancrées alors même que leur dangerosité est avérée ? Alors que la démonstration est faite, publiquement, de leur absence d'enracinement dans les deux principales religions révélées, l'islam et le christianisme, pratiquées par leurs zélateurs ?

Là encore, il faut chercher loin dans la culture, avant l'islam, avant le christianisme, vers l'archaïsme de certains fonctionnements psychologiques. En l'occurrence vers la répression de la sexualité féminine, celle qui fait si peur, celle qui inquiète tant par son caractère supposé débridé, envahissant, inassouvissable.

Mille et une croyances, en effet, justifient et cautionnent l'excision et l'infibulation. À l'auteur de ces lignes, il fut affirmé que faute d'être mutilées, les petites filles voyaient leur croissance interrompue, que, faute du respect de cette tradition, les sauterelles pulluleraient, la pluie cesserait de tomber, et que, bien entendu, les jeunes filles, insatisfaites de leur vie de femmes, deviendraient prostituées. Que de cataclysmes pour un si petit organe ! Que de catastrophes à portée du sexe des femmes…

La visée répressive est claire, la fixation obsédante sur la virginité constamment réaffirmée, et le tout aboutit au meurtre symbolique de la femme dans la petite fille, à son marquage définitif, à l'emprise du groupe sur l'individu. Les filles, m'a-t-on dit, « il faut les calmer ».

Près de 85 millions de filles non scolarisées

La discrimination, pour être moins « vitale », est aussi la règle dans le domaine de l'éducation. Dans d'immenses parties du monde, depuis des décennies, il est considéré comme plus important, voire plus « légitime », d'envoyer les garçons à l'école plutôt que les filles. Ces dernières ne sont-elles pas plus utiles à la maison, où il faut s'occuper des plus petits, des malades, des personnes âgées ? Ne sont-elles pas indispensables dans les champs ou sur les marchés, aux côtés de leurs mères ? L'école ne leur donnerait-elle pas de dangereuses idées d'émancipation, voire d'égalité ? L'école ne les éloignerait-elle pas du modèle ancestral, selon lequel une petite fille est appelée à devenir avant tout une épouse et une mère ?

Et puis l'école coûte cher. Il faut se priver de la main-d'œuvre gratuite qu'est un enfant, acheter des livres, du matériel, souvent un uniforme, tout investir dans un avenir qui, s'il s'agit d'une fille, est incertain puisqu'elle rejoindra, plus tard, la famille de son mari.

Et c'est ainsi que, selon les chiffres fournis par l'Unicef en 2003, 127 millions d'enfants en âge d'aller à l'école ne sont pas scolarisés. Près des deux tiers de ces enfants sont des filles ; cette distorsion, aiguë dans le primaire, s'accentue dans le secondaire et plus encore à l'université.

Ce déséquilibre, flagrant dans d'immenses parties de l'Asie, est aussi très marqué en Afrique, notamment en Afrique subsaharienne, et il n'y a guère décru, malgré de nombreux efforts, au fil de ces dernières décennies. Au total, les Nations Unies ont identifié vingt-cinq pays dans le monde où vivent 64 % des enfants non scolarisés de la planète, parmi lesquels une grande majorité de filles.

On sait pourtant aujourd'hui que non seulement l'éducation des filles est, à l'évidence, une question de droit élémentaire à l'égalité de traitement, mais qu'elle est vitale pour le développement (voir l'article d'Esther Duflo, p. 612). Une corrélation directe a pu être établie, en particulier grâce à des études menées par la Banque mondiale, entre la productivité – y compris agricole – et le niveau d'alphabétisation des femmes. Savoir lire, écrire et compter, c'est accéder au raisonnement déductif. C'est avoir une prise sur les décisions, voix au chapitre, accès au débat, c'est, en un mot, réduire la dépendance. C'est pouvoir lire une notice, tenir un carnet de vaccination, une courbe de croissance. L'éducation des filles est, soulignent les démographes, l'un des meilleurs moyens de lutter contre la mortalité infantile, contre les maternités non désirées, contre la pensée magique. Des études menées au Brésil ont mis en évidence une corrélation directe entre le nombre d'enfants mis au monde par les femmes et le nombre d'années que, petites filles, elles auront passées sur les bancs de l'école. Plus longtemps elles ont été scolarisées, et moins elles auront d'enfants, un acquis essentiel dans les sociétés où la pression démographique s'oppose frontalement aux efforts de développement. Dans les pays où le nombre d'enfants par femme dépasse les cinq, tels que le Mali (sept enfants par femme), ou le Niger (huit), pour ne citer que ces exemples, seules 16 % des femmes sont alphabétisées (Mali), et même 9 % au Niger. Dans ces deux pays, la mortalité des enfants de moins de cinq ans dépasse les 20 %. Les enfants, disent les médecins de santé publique, ce doit être : « Ni trop, ni trop tôt, ni trop tard, ni trop souvent. » Pour comprendre ce raisonnement, et l'intérioriser, il faut à l'évidence avoir été à l'école…

L'effort dans ce domaine est jugé si important que l'Onu a créé une « Initiative des Nations unies pour l'éducation des filles[2] » qui recense les difficultés et les initiatives prises dans le monde sur cette question. Là encore, des progrès décisifs ne pourront intervenir que grâce à de véritables décisions politiques, qui tardent à venir et que freine la faible représentation des femmes dans les gouvernements comme dans les Parlements.

Et toutes ces petites filles travaillent

Que font-elles, toutes ces petites filles que l'on prive de l'école ? Elles travaillent. Elles sont partie prenante de l'économie de leur pays, jusqu'à l'exploitation. Elles travaillent dans les champs, elles sont domestiques, elles fabriquent des tapis au Maroc, au Pakistan, en Inde, des cigarettes, des allumettes, des bracelets, elles font mille et une tâches artisanales ou industrielles, elles font les poupées destinées aux petites filles des pays du Nord, des composants électroniques, etc.

Sur l'immense masse des enfants travailleurs, une majorité sont des filles, à commencer par ces « petites bonnes » d'Afrique, placées comme domestiques parfois dès l'âge de cinq ans, privées de toute scolarité, exploitées dès l'aube, dormant par terre dans la cuisine, travaillant sans relâche. Véritables enfants invisibles, elles ont longtemps été oubliées des statistiques sur les petits travailleurs. Une fois adolescentes, beaucoup deviennent en outre les objets sexuels tout désignés des fils de la famille, voire du père. Dès qu'elles sont enceintes, elles seront le plus souvent chassées sans aucun ménagement de la famille qui les aura exploitées pendant des années.

Victimes de l'industrie du sexe

Les abus sexuels sur les enfants et adolescents ne concernent pas que les filles, chacun le sait. Mais ces dernières en sont, si l'on ose dire, les victimes privilégiées, infiniment plus nombreuses que les garçons. On sait que l'écrasante majorité des viols et abus sexuels de toutes sortes sont commis au sein des familles, et ce dans le monde entier. Plus de 80 % des victimes, en effet, ont été violentées par des proches, pères, oncles, grands-pères ou « amis de la famille », c'est-à-dire par des adultes qu'elles connaissaient et en qui elles avaient confiance.

Il existe, bien entendu, une autre façon d'abuser sexuellement des enfants et des adolescents, qui consiste à en organiser l'exploitation commerciale (voir l'article de Malka Marcovich, p. 449). Là encore, l'immense majorité des victimes sont des filles. Combien sont-elles, ces adolescentes ou préadolescentes enfermées dans des bordels, à Bangkok, à Manille, à Bombay ? À Phnom Penh, il faut bien assurer les soirées des touristes que n'attirent pas seulement les merveilles de l'art khmer. Au nord de Madagascar, ce ne sont pas seulement les magnifiques plages de Nossy-Be qui justifient le voyage, ni exclusivement les souks de Marrakech qui attirent au Maroc.

L'industrie du sexe est aujourd'hui l'une des plus rentables du monde, avec celle de la drogue et le commerce des armes, trois activités qui entretiennent d'ailleurs de solides relations. Internet a donné, si l'on ose dire, une nouvelle vigueur à l'exploitation sexuelle. Bien entendu, les victimes doivent être jeunes, le plus jeunes possible. Parce que les amateurs sont légion qui viennent non seulement de l'autre côté du monde, mais aussi, et ce sont les plus nombreux, du pays lui-même. Également parce que ces amateurs, qui n'ont nul scrupule à violer une petite fille de dix ans, voire moins, sont très précautionneux pour eux-mêmes. Plus la victime sera jeune, pensent-ils, moins le risque sera grand qu'elle porte le virus du sida ou d'autres maladies vénériennes. C'est sous-estimer le talent des souteneurs, qui font refaire une pseudo-virginité à leurs victimes. Elles seront ainsi vendues plus cher et l'opération sera rapidement rentabilisée.

Depuis des décennies, cette véritable industrie qu'est devenue l'exploitation sexuelle s'est développée, d'abord en Asie où la guerre du Vietnam transforma Bangkok, base arrière des combattants, en un gigantesque bordel, prenant en cela la suite de Saigon. Aux Philippines, les mêmes causes produisant les mêmes effets, ce commerce avait été « lancé » par la présence des énormes bases militaires américaines dans le Pacifique. Chaque fois prime la course à la jeunesse, puis l'extrême jeunesse, et enfin l'enfance des victimes. On assiste ici, littéralement, au marché de la chair fraîche (voir l'article de Li Ang, p. 502).

Les enfants quatre fois victimes de la guerre

Les touristes, ou prétendus tels, ont pris le relais des militaires (voir l'article de Claudine Legardinier-Villette,

p. 521) et cette exploitation s'est aujourd'hui étendue à de nombreuses régions du monde, gagnant l'Europe de l'Est et certaines parties de l'Afrique. Sur le continent noir, la guerre, les guerres ont puissamment contribué à son extension et ce jusque dans les camps de réfugiés où les plus pauvres se prostituent, ou prostituent leurs filles, pour un bidon d'huile ou un sac de farine.

L'Amérique latine n'est évidemment pas épargnée par le phénomène : exploitation interne, quête de toutes jeunes prostituées par les chercheurs d'or, par les forestiers, par les puissants de tous ordres, ceux qui écument les favelas à la recherche d'enfants à acheter, voire à voler, « touristes » d'un genre bien particulier, au Brésil, dans les Antilles, notamment à Cuba, en République dominicaine, dans presque toute la zone caraïbe.

Partout c'est la pauvreté, l'extrême pauvreté, qui fait des adolescentes les proies désignées des exploiteurs. Au Cambodge, encore si mal guéri des séquelles de la folie khmère rouge, plus du tiers des prostituées, soit plus de vingt mille, sont âgées de douze à dix-sept ans.

Quoi de plus efficace que la guerre, en effet, pour déstructurer une société, y ruiner le respect dû à l'enfance, et transformer les plus jeunes en objets sexuels, voire en chair à canon ? Les enfants sont quatre fois victimes de la guerre : qu'elle leur prenne la vie, les blesse, les mutile ; qu'elle les prive de ceux qu'ils aiment, à commencer par leurs parents ; qu'elle détruise tout ce dont ils ont besoin pour vivre et grandir, écoles, dispensaires, nourriture ; qu'elle les expulse de leur pays, de leur village, les réduisant à l'état de réfugiés. Ou qu'enfin elle les transforme en soldats, ruinant en eux le sens même de leur existence.

Beaucoup de choses ont été écrites, ces dernières années, sur les enfants-soldats, et il est indispensable que l'opinion mondiale s'alarme de cette monstruosité qu'est le recrutement forcé de petits garçons de dix, douze ans, affublés d'uniformes trop grands pour eux, portant des armes qui ne sont pas des jouets, drogués, dressés pour tuer et torturer.

Les filles esclaves sexuelles dans la guerre

Peu de choses ont été dites, en revanche, sur les filles transformées en « soldates », en esclaves sexuelles des combattants, ces petites filles enlevées, volées dans leurs villages, comme c'est le cas par exemple dans le nord de l'Ouganda, ou en plusieurs autres points d'Afrique. Selon le rapport 2005 de l'Unicef, dans près de vingt pays, au cours de la dernière décennie, des adolescentes ont été kidnappées et forcées à participer à des actions de guerre[3].

Parfois, ces adolescentes sont « données » ou vendues par leurs parents, comme paiement d'une sorte d'« impôt ». C'est le cas en Colombie, ce fut le cas au Cambodge. Il arrive aussi qu'elles rejoignent volontairement tel ou tel groupe armé, pensant être protégées et y trouver l'assistance matérielle. La désillusion est alors terrible.

Mais le plus souvent, elles sont enlevées dans des conditions inouïes de brutalité, comme c'est le cas en Ouganda où l'« Armée de libération du Seigneur » écume le nord du pays à partir de ses bases arrière établies au Soudan voisin. Cette « armée » effectue ses raids la nuit, terrorisant les villageois à un point tel que les plus jeunes, les adolescents, en particulier les filles, quittent chaque jour les villages pour se réfugier dans les villes. Ces « réfugiés de la nuit » se comptent à présent par dizaines de milliers, dormant où ils peuvent, dans des églises vides, des arrêts de bus, sur les trottoirs, et rentrant chez eux, épuisés, au petit matin.

Ils savent en effet ce qui les attend si par malheur ils sont enlevés. Obligés sous peine de mort de participer à des actes d'une violence inouïe, par exemple à torturer et à tuer d'autres enfants, notamment ceux qui ont tenté de s'enfuir, ils sont ensuite contraints de participer aux combats. Les filles sont logées à la même enseigne que les garçons mais font l'objet, en outre, d'un véritable esclavage sexuel. Cette violence a pris de telles proportions qu'en mai 2004 une partie de la population avait déserté la région, où le nombre de personnes déplacées atteint à présent 1,6 million, dont

80 % sont des femmes et des enfants. Qui, en Europe, se soucie du nord de l'Ouganda, un pays que l'on n'a cessé de présenter comme un modèle de développement ? Qui connaît l'« Armée de libération du Seigneur », dont les dirigeants prennent leurs ordres directement chez Dieu le Père ?

Ébranler la montagne d'injustices

Les filles, les adolescentes, sont donc particulièrement vulnérables en temps de guerre, qui est aussi celui de viols systématiques, l'objectif étant ici d'ajouter l'humiliation à la violence, donc de démoraliser le camp que l'on combat, en laissant si possible des enfants issus de ces violences.

Parmi celles qui ont été enlevées alors qu'elles étaient petites filles, certaines reviennent des combats avec des « bébés de la guerre » qui ajoutent à leur stigmatisation. Fréquemment rejetées par leur famille et leur communauté parce qu'elles ont donné naissance à un enfant de l'agresseur, elles cumulent l'exclusion, le dénuement, la honte d'avoir subi le viol, la culpabilité d'avoir servi l'ennemi, fût-ce comme esclaves. Rares sont les programmes de démobilisation des adolescentes-soldates, rares sont celles qui bénéficient d'un dépistage, puis d'un traitement contre le sida.

Car le sida est là (voir l'article de Peter Piot et Kathleen Cravero, p. 197), aussi, pour ajouter son lot de drames aux régions en guerre ou aux parties les plus pauvres du monde, à commencer par l'Afrique subsaharienne. La féminisation de la pandémie y est particulièrement frappante puisque, sur le continent noir, près de 60 % des personnes infectées par le virus du sida sont des femmes ou des adolescentes. De plus en plus de très jeunes filles deviennent chefs de famille lorsque leurs parents, voire leurs grands-parents, ont été décimés par la maladie. Ce qui, dans l'immense majorité des cas, les contraint à abandonner leur scolarité et tout projet d'avenir.

Un tel panorama ne porte évidemment guère à l'optimisme. Premières victimes de la discrimination, les petites filles sont parfois elles-mêmes convaincues de son bien-fondé, conviction qu'elles transmettent à leur tour. La boucle sera bouclée : la discrimination se perpétuera ainsi sans mot dire, à bas bruit, les petites filles devenues femmes n'y trouveront rien à redire.

Sauf si… sauf si l'école, le livre, la transmission d'un autre mode d'être et de penser, vient perturber, déranger, ébranler cette montagne d'injustices. Alors tout est possible, comme le montrent celles qui, de petites filles soumises, sont parvenues à travers mille obstacles à devenir des femmes libres.

Claire Brisset a été journaliste, au Figaro, *puis au* Monde, *avant de travailler à l'Unicef pendant douze ans. À ce double titre, elle a constamment voyagé à travers le monde, et a pu mesurer les très nombreuses violations de leurs droits que subissent les enfants, et en particulier les petites filles. En mai 2000, elle a été nommée Défenseure des Enfants, pour promouvoir les droits des enfants en France.*

Notes

1. Henri Michaux, *Un barbare en Asie*, Paris, Gallimard, 1933, réédité en 1986.

2. Le site Internet peut être consulté à l'adresse suivante : www.ungei.org

3. En Afrique : Angola, Burundi, Congo, Côte-d'Ivoire, Liberia, Mozambique, Rwanda, Ouganda, Sierra Leone. En Amérique latine : Colombie, Guatemala, Pérou, Salvador. En Asie : Cambodge, Myanmar (Birmanie), Philippines, Timor Est, Sri-Lanka. En Europe : ex-Yougoslavie, Turquie.

Les « femmes manquantes » en Asie

Isabelle Attané

Avortements sélectifs, surmortalité infantile, infanticides : 90 millions de femmes manquent en Asie. La modernisation économique aggrave la situation. Au nom de la préférence pour l'enfant mâle, la vie des filles et des femmes ne vaut pas grand-chose. Les conséquences de ce déséquilibre sont inquiétantes.

L'Asie est le « continent noir » pour les femmes. Là plus que dans le monde arabe, musulman ou africain, que l'on aurait volontiers placé en ligne de mire, la condition féminine est à déplorer. Car plusieurs pays asiatiques ont en commun une sinistre particularité : celle de manquer de femmes. Victimes de discriminations en tout genre, une centaine de millions manque aujourd'hui dans le monde, dont l'immense majorité en Asie (SEN, 1990).

La Chine, l'Inde, l'Indonésie, le Pakistan, le Bangladesh, Taiwan, la Corée du Sud, en particulier – pays qui, à eux seuls, regroupent 3 des 6,4 milliards d'habitants de la planète –, sont sur la sellette. Tous, à leur manière, discriminent leurs femmes : élimination des filles par les avortements sélectifs, traitements inégaux des enfants selon qu'il s'agit d'une fille ou d'un garçon, surmortalité féminine dans l'enfance et à l'âge adulte, sont à l'origine du fléau qui touche le continent asiatique, celui des « femmes manquantes ».

Contre toute attente, la Chine, qui il y a encore deux décennies s'imposait comme l'un des fleurons du communisme mondial, fervent défenseur de l'égalité des sexes, est désormais l'un des pays au monde où les discriminations envers les femmes, sur un plan démographique, sont les plus aiguës. La modernisation économique, en creusant des inégalités déjà patentes, n'a fait qu'envenimer encore la situation. Les inégalités sociales sont aujourd'hui plus marquées en Chine qu'en Indonésie, qu'au Pakistan et, ce qui n'est pas sans surprendre, qu'en Inde, au sujet de laquelle on perpétue pourtant l'idée d'une inégalité extrême. Au nombre des laissés-pour-compte : les femmes, qui, à plus d'un titre, ont vu leur situation se dégrader. Revers de la libéralisation économique et sociale dans ce pays marqué par trois décennies de communisme « pur et dur », les rapports de pouvoir traditionnels, irrépressiblement défavorables aux femmes, ont resurgi. Leur statut millénaire d'être dominé, soumis à l'autorité des hommes, est, dans la société chinoise actuelle, renforcé par une vision peu propice de leur rôle dans la mondialisation, et dans toutes les nouvelles rivalités qu'elle engendre.

Taiwan et la Corée du Sud, deux « dragons d'Asie » également connus pour leurs remarquables prouesses économiques des dernières décennies, s'illustrent en la matière avec un déficit de naissances féminines comparable, en proportion, à celui de la Chine. L'Inde, grande puissance économique émergente – actuellement au 7e rang des puissances industrielles mondiales – elle aussi, et peut-être plus encore que ses voisins musulmans, le Bangladesh et le Pakistan, exclut ses femmes et bannit ses fillettes.

Des sociétés asiatiques anormalement masculines

La discrimination des femmes repose sur des facteurs complexes, essentiellement culturels et sociaux, qui ne sont, dans les exemples qui nous occupent, en rien amoindris par les progrès économiques. Dans certains cas, la modernisation de l'économie en arrive même à accentuer ces discriminations ; un paradoxe qui ne manque pas d'interpeller. Comment ces discriminations se manifestent-elles ? Comment et pourquoi s'exercent-elles ? Quelles en sont les conséquences ? Autant de questions auxquelles nous allons nous efforcer de répondre.

Quand hommes et femmes sont traités sur un pied d'égalité, et en l'absence de migration différentielle selon le sexe, le rapport de masculinité global, qui mesure la proportion d'hommes et de femmes dans une population donnée, est toujours en faveur de ces dernières. L'Europe, par exemple, qui est traditionnellement le plus « féminin » des cinq continents, dénombre en 2005 92,7 hommes pour 100 femmes dans l'ensemble de sa population. Elle est suivie par l'Amérique du Nord (96,9 hommes pour 100 femmes) et l'Amérique latine (97,5). Viennent ensuite l'Océanie (99,5) et l'Afrique (99,8). Le continent asiatique est en revanche le plus « masculin » de tous, avec 103,9 hommes pour 100 femmes (Nations unies, 2005), et le seul à compter une majorité d'hommes. Si cette région du monde se pliait à la règle générale et comptait elle aussi une proportion de femmes supérieure de quelques décimales à celle des hommes, elle compterait quelque quatre-vingt-dix millions de femmes supplémentaires[1], une fois et demie la population de la France.

	Population en 2005 (en millions)	**Position dans le classement mondial des pays les plus peuplés**	**Nombre d'hommes pour 100 femmes**	**En % de la population mondiale**
Chine	1 303,7	1	105,6	20,1
Inde	1 103,6	2	105,2	17,0
Indonésie	221,9	4	100,6	3,4
Pakistan	162,4	6	106,0	2,5
Bangladesh	144,2	7	104,5	2,2

Corée du Sud	48,3	25	100,5	0,7
Taiwan	22,7	–	103,8	0,4
Asie	3 905,4	–	103,9	60,5
Afrique, Amérique, Europe et Océanie réunies	2 559,3	–	96,9	39,5
Monde	6 464,7	–	101,0	–

Source : NATIONS UNIES, 2000, *World Population Prospects, The 2000 Revision* ; NATIONS UNIES, 2005, *World Population Prospects, The 2004 Revision Population Database*, Nations Unies, Division de la population, publiées sur le site internet http://esa.un.org/. Pour Taiwan (en 2003) : *Statistical Yearbook of the Republic of China*, 2004.

La Chine, au 1er rang mondial pour la taille de sa population, mais aussi l'Inde, au 2e rang, le Pakistan (6e rang), le Bangladesh (7e rang), Taiwan : tous ces pays ont une masculinité globale de 6 à 8 % supérieure à la norme non sexiste : 105,6 hommes pour 100 femmes en Chine, 105,2 en Inde, 106 au Pakistan, 104,5 au Bangladesh, 103,8 à Taiwan. Là, défiant les lois démographiques observées dans le reste du monde, les femmes représentent non pas *un peu plus* mais bien *un peu moins* de la moitié de la population… Une situation qui n'est pas nouvelle – dans les années 1950, ces pays se caractérisaient déjà par une masculinité accrue de leur population – mais qui tend depuis lors à empirer, notamment en Chine et en Inde. C'est aussi le cas en Indonésie et en Corée du Sud : deux pays qui, avec une légère majorité féminine au sein de leur population, se conformaient encore à la norme au milieu du siècle dernier. Aujourd'hui, les femmes y comptent aussi pour un peu moins de la moitié de la population… Au Bangladesh et au Pakistan, en revanche, même si la situation actuelle demeure extrêmement défavorable aux femmes, des progrès sont en cours, avec une réduction du déficit relatif de femmes depuis les années 1950, à une époque où ces pays connaissaient un ratio hommes/femmes respectivement de 16 % et 12 % au-dessus de la norme non sexiste.

Les normes biologiques, érigées en lois démographiques, donnent le nombre proportionnel de filles et de femmes qui devraient être présentes en l'absence de discrimination à l'égard de l'un ou l'autre sexe. Par différence avec les femmes existantes, on parvient à estimer combien manquent à l'appel. Ainsi, la proportion de garçons et de filles à la naissance, les écarts d'espérance de vie entre les sexes, les niveaux de mortalité infantile selon qu'il s'agit d'une fille ou d'un garçon, sont autant de moyens efficaces pour mesurer l'« ingénierie démographique », c'est-à-dire la manipulation volontaire des lois de la nature afin d'arriver à des fins familiales ou sociétales.

Dans ces pays, deux anormalités sont en cause : des décès féminins, dans l'enfance surtout, plus fréquents qu'il ne devrait, ou, voire « et » (c'est le cas en particulier en Chine et en Inde), une proportion accrue de garçons à la naissance. D'où un déficit de filles, qui se répercute aux âges élevés au fur et à mesure qu'elles grandissent.

Des filles plus rares à la naissance

Pourquoi les femmes sont-elles tellement dépréciées, au point de le payer parfois de leur vie ? Un ensemble de facteurs complexes concourt à privilégier les hommes et à malmener les femmes. Mais s'il est une chose à retenir, c'est que toutes les sociétés asiatiques qui s'illustrent par un déficit de femmes ont en commun une forte préférence pour les fils, exacerbée par la baisse du nombre d'enfants. Là est le cœur du problème. C'est bien la conjonction de ces deux tendances qui est à la source de cette discrimination croissante. Si dans des pays comme l'Inde, la Corée du Sud ou Taiwan, l'excédent de naissances masculines découle d'une décision relativement spontanée des couples de réduire leur descendance[2], en Chine, on le doit à l'extrême coercition de la politique de limitation des naissances. Que faire quand on n'a droit qu'à un seul enfant, deux au maximum, et que l'on veut à tout prix un fils ? Un seul choix : empêcher dans la mesure du possible la naissance d'une fille ou, quand elle survient néanmoins, tout faire pour qu'elle ne prive pas ses parents de la possibilité d'avoir un fils… En Inde, depuis les années 1960, le gouvernement prône le modèle de la famille restreinte. Ainsi, la norme communautaire idéale qui est, comme presque partout ailleurs dans le monde, un garçon et une fille – « Il faut un garçon et une fille pour que la paire soit complète », disent les Chinois – s'est imposée. Mais en réalité, bien souvent, les couples désirent un garçon, voire plusieurs, et une fille au maximum.

La Chine, l'Inde, mais aussi la Corée du Sud, le Vietnam, le Caucase

Dans les sociétés qui ne manifestent aucune préférence pour l'un ou l'autre sexe, la norme biologique veut qu'il naisse environ 105 garçons pour 100 filles. Dans la plupart de ces pays, pourtant, l'équilibre naturel des sexes à la naissance est rompu. En Chine, il naît aujourd'hui 117 garçons pour 100 filles ; en Inde, 111 ; à Taiwan, 110. En Corée du Sud, après que le phénomène a atteint son paroxysme au milieu de la décennie 1990, dépassant alors les 115 garçons pour 100 filles, la situation s'améliore quelque peu avec, en 2004, un rapport de masculinité des naissances de 108. Localement, la situation est parfois plus inquiétante encore. Dans l'État indien du Pendjab, par exemple, il est né, en 1998-2000, 126 garçons pour 100 filles ; en Haryana, 125. En Chine, ce ratio atteint, en 2000, 138 garçons pour 100 filles dans deux provinces méridionales, le Jiangxi et le Guangdong, soit 30 % de plus que la norme non sexiste.

Ce sont les années 1980 qui ont vu se modifier l'équilibre des sexes chez les enfants. Presque simultanément, comme soumises à une force invisible, les filles se sont faites plus rares à la naissance. La Chine, l'Inde, Taiwan, la Corée du Sud : ces quatre pays connaissaient une situation normale en 1980. Vingt ans plus tard, le nombre d'enfants par femme tombait à 1,2 en Corée et à Taiwan, à 2 en Chine, à 3 en Inde, et il y naissait un excédent de 5 à 10 % de garçons.

Cette véritable endémie, susceptible de toucher d'ores et déjà plus d'une femme sur trois à l'échelle de la planète, se propage dans d'autres parties du continent. Ainsi, une province vietnamienne sur deux enregistre aujourd'hui un rapport de masculinité des naissances supérieur à 110 garçons pour 100 filles[3]. Le phénomène s'étend jusque dans les pays du Caucase. Là, le rapport de masculinité des naissances a brutalement augmenté à partir du milieu des années 1990, pour atteindre aujourd'hui des niveaux comparables à certaines régions de Chine et d'Inde : encore très proche de la normale en 1995, il atteint actuellement 115 garçons pour 100 filles en Azerbaïdjan, 118 en Géorgie et 120 en Arménie (MESLÉ *et al.*, 2005). Ce phénomène est apparu simultanément dans ces trois pays, alors que la situation demeure normale dans les pays voisins que sont la Russie, l'Ukraine, l'Iran, la Turquie ou le Kazakhstan.

Le même constat est fait pour l'Indonésie. Là, la proportion de garçons parmi les enfants âgés de moins de un an, encore normale en 1990 (104,8), est passée à 106,3 dix ans plus tard. Une masculinisation rampante qui se manifeste par l'apparition d'un déficit de femmes – ce pays comptait 97,2 hommes pour 100 femmes en 1971, mais 100,6 en 2000 – auquel le déséquilibre des sexes à la naissance commence à contribuer[4].

Une surmortalité féminine anormale

Au Pakistan, au Bangladesh, où les femmes font encore deux à trois fois plus d'enfants qu'en Chine, à Taiwan ou en Corée, la sélection opérée sur leur sexe en amont de la naissance est moindre. Mais les discriminations des filles et des femmes n'en sont pas moins importantes pour autant. Avec l'Inde, le Pakistan et le Bangladesh sont parmi les rares pays au monde où l'espérance de vie féminine est équivalente, voire inférieure, à celle des hommes. Une caractéristique qui incarne l'inégalité même, car les lois de la nature, en temps ordinaire, avantagent les femmes : lorsque ces dernières ne souffrent pas de discriminations, en effet, la mortalité des hommes est plus forte que celle des femmes à tous les âges de la vie, ce qui est une compensation naturelle de l'excédent, également naturel, de naissances masculines. Dans ces pays, il en va autrement. L'écart d'espérance de vie entre les sexes n'est que de 0,7 an en Inde (à titre de comparaison, il est de 2 ans en Afrique sub-saharienne, l'une des régions les plus pauvres du monde ; de 3 ans au Vietnam ; de 6 ans en Malaisie ; de 7 ans au Japon). Au Bangladesh, hommes et femmes ont une durée de vie équivalente : 58 ans ; au Pakistan, les hommes vivent en moyenne trois mois de plus que les femmes (59,2 ans et 58,9 ans respectivement[5]). L'avantage naturel des femmes se trouve donc contrecarré par l'action de l'homme, confirmant la femme dans un statut social inférieur, ou de la nature elle-même, lui réservant l'essentiel des risques liés à la procréation.

Mais c'est surtout dans la petite enfance que les inégalités des sexes devant la mort sont les plus frappantes. La mortalité infanto-juvénile, entre la naissance et le cinquième anniversaire, en dit long. En Chine, elle est, pour les filles, de 28 % plus élevée que celle des garçons ; en Inde, de 7 % ; au Pakistan, de 5 % ; au Bangladesh, de 3 %. À titre de comparaison, dans les pays musulmans que sont la Tunisie, l'Égypte ou la Mauritanie, qui ont des niveaux de développement humain (IDH[6]) comparables, la règle qui veut que la mortalité des garçons avant cinq ans excède celle des filles de quelques points de pourcentage est partout respectée.

	Classement IDH 1998 [1]	Mortalité infanto-juvénile (0-4 ans) (en ‰) [2]		Différence (F/G, en %)
		Garçons	Filles	
Chine	99/174	43	55	+ 28
Inde	128/174	109	117	+ 7
Pakistan	135/174	123	129	+ 5
Bangladesh	146/174	96	99	+ 3
Tunisie	101/174	33	28	– 15
Égypte	119/174	59	51	– 13
Mauritanie	147/174	180	165	– 8

Sources : 1. *Rapport mondial sur le développement humain*, 2000, Programme des Nations unies pour le développement.
2. Nations unies, 2005, *World Population Prospects, The 2004 Revision Population Database*, Nations Unies, Division de la population, publiées sur le site internet http://esa.un.org/.

Le cas de la Chine est, à cet égard, significatif. La politique sanitaire mise en place par les communistes à partir des années 1950 avait, à force de vaccinations et de campagnes d'hygiène, eu raison des maladies infantiles les plus meurtrières, permettant des progrès remarquables dans la survie des enfants : le taux de mortalité infantile tombait ainsi d'environ 175 ‰ en 1952 à 34 ‰ en 1985. Par la suite, notamment à partir des réformes instaurant une privatisation de fait du système de santé dans les années 1980, les progrès se firent plus modestes, en particulier pour les filles (Liu, Hsiao, 2002). Au fur et à mesure de l'amélioration des chances de survie des enfants dans leur première année de vie, l'écart entre les sexes a commencé à s'accroître, au détriment des filles.

Dans des circonstances normales, c'est-à-dire une fois encore lorsque les enfants des deux sexes sont traités sur un pied d'égalité, le désavantage masculin en termes de mortalité infantile (entre la naissance et le premier anniversaire) est de l'ordre de 20 %. En Chine, cette règle n'était déjà plus respectée dans les années 1970, avec une surmortalité des garçons de 12 %. Depuis la fin des années 1980, la situation s'est encore aggravée : désormais, les filles meurent plus que les garçons, à hauteur de 30 %, provoquant un excédent anormal de décès féminins de 50 %. Là, les toutes petites filles, celles qui n'ont pas encore soufflé leur première bougie, sont victimes de discriminations croissantes.

C'est aussi le cas au Pakistan où, défiant toutes les lois naturelles, les petites filles meurent plus que les garçons si elles ont la malchance de voir le jour dans une famille déjà encombrée d'une aînée. En Inde, entre le premier et le cinquième anniversaire, la mortalité des filles est de 50 % plus élevée que celle des garçons[7]. La même observation est faite dans la région du Matlab, au Bangladesh.

Comment se débarrasse-t-on des filles ?

En Inde, au Bangladesh, au Pakistan, en Chine, à Taiwan ou en Corée, comment s'y prend-on pour avoir, dans la mesure du possible, un fils plutôt qu'une fille ? À quelques variantes près, de la même manière partout : avortements sélectifs selon le sexe, négligences vis-à-vis des filles en matière de santé ou d'alimentation, infanticides, abandons… Pauvreté, considérations matérielles et familiales, attachement aux traditions, calculs économiques : tous les prétextes sont bons pour empêcher la venue d'une fille ou, quand elle est là, faire en sorte qu'elle ne vive pas.

L'infanticide, s'il n'est plus que résiduel en Chine, en Corée ou à Taiwan, sévit toujours dans certains États indiens : Gujerat, Rajasthan, Uttar Pradesh, Bihar, Pendjab, Madhya Pradesh, Tamil Nadu. Dans certains districts, une famille sur deux aurait reconnu avoir pratiqué un infanticide féminin dans les deux dernières années. En zone rurale du Tamil Nadu, notamment, l'infanticide féminin est même en recrudescence. Autrefois limité aux castes les plus basses, il s'étend peu à peu à toutes les couches sociales (CROLL, 2000). Souvenons-nous des photographies parues dans les années 1990 dans la presse américaine, exhibant des tombeaux de fillettes victimes d'infanticide, improvisés dans les sables du désert du Rajasthan[8]...

Négliger ses fillettes, les faire passer après ses fils quand il s'agit de les nourrir, de les soigner, de les vacciner, c'est une pratique fréquente et souvent fatale. D'où une mortalité accrue au cours de la petite enfance. Au Bangladesh, au Pakistan, ces traitements différentiels sont la première forme de discrimination des filles. À tout âge, il est difficile d'être femme. Comme en Inde, franchir le cap de l'adolescence ne signifie pas être tirée d'affaire. Mariages et grossesses précoces, dès douze ou treize ans, sont fréquents, avec les risques que ces dernières font courir aux adolescentes. La vie d'une fille ou d'une femme, finalement, ne vaut pas grand-chose. Dans les hautes castes aussi bien que chez les intouchables, des milliers d'Indiennes meurent chaque année des « feux de sari », quand leur sari brûle « accidentellement » si la dot qu'elles apportent à leur belle-famille est jugée insuffisante[9].

Au Bangladesh, où la société reste profondément marquée par le patriarcat et par l'islam, la domination masculine est prépondérante. Ainsi, la moindre opposition de la part d'une femme est considérée comme une rébellion qui mérite une punition. Selon un rapport des Nations unies, les femmes bangladaises seraient les plus maltraitées au monde, près de la moitié d'entre elles étant victimes, sous une forme ou une autre, de violences de la part de leur partenaire masculin. Au nombre de ces violences, les attaques au vitriol. Des femmes et des jeunes filles de plus en plus nombreuses se retrouvent défigurées par des jets d'acide, pour avoir refusé une demande en mariage ou une relation sexuelle. Dans certains cas, il arrive que ce soit le mari qui attaque sa propre femme, souvent pour une question de dot, ou simplement après une dispute conjugale. Au Bangladesh, l'acide est l'arme la plus facile à se procurer et la moins chère ; des milliers de femmes en sont victimes[10].

Les avortements sélectifs, un fléau moderne

Entre toutes les discriminations des petites filles, l'avortement sélectif fait parmi les plus gros ravages. Aujourd'hui, les progrès technologiques donnent tout loisir d'intervenir sur le sexe de sa descendance : au bout de quelques mois de grossesse, on passe une échographie ou une amniocentèse. Si c'est un garçon, cet héritier tant attendu, on peut rentrer chez soi, soulagé, et attendre patiemment l'heureux événement. Mais si c'est une fille, alors c'est le dilemme : si on la garde, aura-t-on une nouvelle occasion d'avoir un fils ? Et, le cas échéant, sera-t-on en mesure de faire face à l'escalade des coûts d'entretien des enfants ? Alors bien souvent, plutôt que de devoir renoncer à un fils, on prend la décision de se débarrasser de la fillette indésirable en avortant.

Trois techniques permettent à l'heure actuelle de déterminer le sexe d'un fœtus : prélèvement sanguin du villus chorionique[11], amniocentèse et échographie. La première technique, extrêmement coûteuse, est très peu répandue. La deuxième l'est beaucoup plus, mais présente deux inconvénients : non seulement elle ne permet qu'une détermination tardive (après quatorze semaines de gestation) du sexe, mais surtout elle présente un risque, faible mais réel, de fausse couche. C'est donc prioritairement sur le troisième procédé, à la fois le moins cher, le plus simple à réaliser et d'une innocuité totale, que se porte le choix de l'immense majorité des couples concernés, et cela en dépit du fait qu'il ne puisse donner de résultats vraiment fiables avant un stade avancé de la grossesse, autour du quatrième mois, contraignant de ce fait à subir des avortements tardifs. Aujourd'hui, la mise à disposition à grande échelle des amniocentèses et des échographies, en fournissant aux couples un moyen simple et relativement peu coûteux sur le plan affectif de concrétiser leur préférence pour un fils, est le principal facteur responsable du déséquilibre des sexes à la naissance.

La manne du diagnostic prénatal

En Inde, en Corée du Sud, à Taiwan et en Chine, les avortements de fœtus féminins sont extrêmement répandus. « Payez 500 roupies aujourd'hui et vous économiserez [les] 50 000 roupies [de la dot] demain. Vérifiez que vous n'attendez pas une fille. » C'est en ces termes que certaines cliniques indiennes proposaient leurs services, avant que l'identification prénatale du sexe du fœtus ne soit interdite aux médecins en 1994 – ce qui n'a pas empêché la pratique d'échographies, ni que certains praticiens continuent de sillonner les campagnes avec des camionnettes spécialement équipées[12]. Car pour bon nombre d'entre eux, en Chine comme en Inde, offrir ces services de diagnostic prénatal du sexe représente une manne providentielle dont ils ne souhaitent pas se priver. En Inde, les contrevenants risquent pourtant la radiation, une amende de 50 000 roupies (environ 1 000 euros) et cinq ans de prison. En Chine, ils se mettent également en situation illégale – une loi datant de 1994 interdit la détermination du sexe de l'enfant avant la naissance – et sont passibles de lourdes amendes. Pourtant, les échographies sont largement disponibles à travers le pays, y compris dans les plus petits villages. Les médecins intègres se contentent de les pratiquer pour confirmer une grossesse, diagnostiquer une malformation du fœtus ou vérifier un stérilet. Mais les plus corrompus acceptent, contre quelques centaines de yuans (quelques dizaines d'euros), de profiter de l'examen pour révéler le sexe du fœtus.

Ces pays sont immenses, ce qui rend ces lois difficilement applicables sur le terrain. Dans l'État indien du Penjab, on estime qu'il existe entre quinze cents et deux mille cliniques et centres de diagnostic prénatal, mais pas un seul n'était officiellement enregistré en 2000[13]. Pour les couples, il ne s'agit pas d'un débat moral, mais bien d'un choix économique : moyennant aujourd'hui environ 1 000 roupies (20 euros), un médecin peut diagnostiquer le sexe du fœtus, tandis que les parents devront dépenser jusqu'à mille fois plus pour payer la dot de leur fille à son mariage.

Au milieu des années 1990, c'étaient quelque cent mille fœtus féminins supprimés chaque année en Inde[14], un chiffre très inférieur à celui estimé pour la Chine à la même période : sans doute plus de cinq cent mille... (ATTANÉ, 2004). En Chine, donc, mais aussi en Corée du Sud, où l'identification du sexe du fœtus est également interdite, au bas mot 5 % des naissances de filles sont victimes d'une sélection prénatale.

Dans les pays du Caucase, rien ne permet encore de prouver avec certitude que le déficit croissant de naissances de filles est lié aux avortements sélectifs, mais certains indices, comme la forte augmentation de la proportion de garçons parmi les troisièmes naissances, notamment (140 garçons pour 100 filles parmi les naissances de rang 3 en Géorgie ; 184 en Arménie) portent indiscutablement à le croire (MESLÉ *et al.*, 2005).

Donner naissance à une fille, c'est bien, mais avoir un garçon, c'est mieux...

Confucéennes, musulmanes ou hindouistes, ces sociétés que tout oppose *a priori* présentent de nombreuses similitudes. En Inde, comme en Chine, une fille n'est chez ses parents que de passage. À son mariage, munie de sa dot[15], elle partira pour se dévouer à la famille de son mari. En Inde, certaines fillettes sont nommées « Ayee Gyee », littéralement « Celle qui s'en va ». En Chine, on les appelle plutôt « Laidi » (littéralement : « Un garçon va suivre »), « Pandi » (« En espérant un fils ») ou « Zhaodi » (« Apportenous un fils »)...

Élever une fille, dit un dicton chinois, c'est « cultiver le champ d'un autre ». Pour les Indiens, c'est « arroser le jardin de son voisin », car si la dot est en général, pour la plupart d'entre eux, synonyme d'un endettement à vie, ils n'ont aucun moyen d'y échapper. Depuis une vingtaine d'années, en Inde et au Bangladesh notamment, il y a une surenchère et cette dot, ruineuse pour les familles les moins aisées, finit par accentuer encore la préférence pour les fils. Y compris dans les milieux indiens mieux nantis, avoir une fille est souvent vu comme un mauvais coup du sort. À son mariage, il faudra se défaire d'une partie de la fortune familiale pour la céder à la belle-famille, en guise de dot, tandis que le mariage d'un fils implique une rentrée d'argent conséquente : « Vous avez trois filles, vous êtes ruiné ; trois garçons, vous êtes sauvé[16]. »

Ces sociétés d'Asie partagent des traits culturels défavorables aux femmes : système patriarcal, familles patrilinéaires, processus de socialisation encourageant leur soumission à leur mari et à leur belle-famille, mariages arrangés... En un mot : il faut un fils pour maintenir la famille, perpétuer son nom et en assurer la reproduction sociale et biologique. On acquiert du prestige en élevant un garçon, tandis que la naissance d'une fille peut être source de divers maux. En Chine, à Taiwan, en Corée, l'absence d'héritier mâle signifie l'extinction de la lignée familiale et du culte des ancêtres. Dans la religion hindouiste, elle condamne les parents à l'errance éternelle. Car c'est le fils qui, selon les rites, embrase le bûcher funéraire de ses parents, faute de quoi leur âme ira de réincarnation en réincarnation, sans jamais trouver le repos éternel au nirvana.

La préférence pour les fils en Chine, une tradition bien ancrée

En Chine, ces discriminations trouvent leur source au cœur de la culture. Traditionnellement cantonnée à la sphère domestique, une bonne épouse se devait de « servir son mari et ses beaux-parents, de bien s'occuper de la maisonnée et de porter de beaux enfants mâles », rien d'autre. Entretenue par ses parents jusqu'à son mariage, au prix parfois de lourds sacrifices, pour ensuite servir la famille de son mari et ne plus rien devoir à ses parents, une fille s'avérait souvent un investissement à fonds perdus. Sa naissance avait donc peu de raisons de réjouir, surtout dans les familles les plus pauvres. Aujourd'hui encore, « la naissance d'un garçon est accueillie par des cris de joie et des pétards, mais quand une fille voit le jour, les voisins se contentent de ne rien dire. »

En Chine comme en Inde, le poids des traditions séculaires reste lourd, et des femmes sont toujours maltraitées ou répudiées si elles se montrent « incapables » d'enfanter un mâle. Un journaliste chinois témoigne : « À l'hôpital de Taozhou, au Zhejiang, nous avons rencontré une paysanne qui tenait une fillette nouveau-née dans les bras. Elle nous a dit que son mari les avait abandonnées en apprenant que l'enfant était une fille. »

Perpétuer la lignée par les fils

En dépit de la modernisation économique des dernières décennies, la femme chinoise demeure « inférieure à l'homme ». Le système clanique patriarcal, fondement de la société[17], voulait que l'on se marie tôt et que l'on ait beaucoup d'enfants, surtout des mâles. On maintenait ainsi non seulement le pouvoir de son clan face aux clans rivaux, mais aussi celui de sa propre famille au sein du clan. Aujourd'hui, le clan n'est plus la base de l'organisation sociale, mais l'idéologie clanique lui survit. Les solidarités familiales restent fortes, la culture patriarcale domine encore la vie quotidienne : mariage patrilocal et système de filiation relèguent les femmes en position secondaire. Dans certains villages, surtout dans le sud du pays, le rétablissement d'organisations lignagères favorise ces atavismes, faisant perdre la face aux familles dépourvues d'héritier mâle.

Le système patriarcal a aujourd'hui renoncé à ses assises économiques, le patrimoine familial n'étant plus exclusivement transmis aux fils. Mais le mariage patrilocal demeure la règle. Lorsqu'elle se marie, une fille quitte toujours, à la fois physiquement et symboliquement, sa famille biologique. Dès lors entièrement dévouée à sa belle-famille, elle ne doit plus rien à ses propres parents, pas même de s'occuper d'eux quand ils sont devenus vieux. Cette charge incombe aux fils… et aux belles-filles. Dans les campagnes, on sait qu'il faut « Élever un fils pour préparer sa vieillesse », puisqu'on ne touchera jamais aucune pension de retraite. Pour des centaines de millions de paysans, un fils est la seule assurance vieillesse, la seule garantie contre la maladie ou l'invalidité.

Perpétuer la lignée, c'est aussi l'un des devoirs fondamentaux du confucianisme. On se glorifiait autrefois d'une famille nombreuse, symbole de puissance et de prospérité. Si la famille étendue cède progressivement la place à la famille restreinte, cela n'a en rien modifié les conceptions traditionnelles, solidement ancrées dans l'habitus familial. Ne pas laisser de descendant reste le pire des manquements aux règles de piété filiale, à la campagne, surtout. On peut encore entendre de la bouche de paysans que « plus on a d'enfants, plus on est heureux », mais certains ne peuvent se retenir d'ajouter que « donner naissance à un garçon ou à une fille, c'est la même chose, mais avoir un garçon, c'est mieux ».

Avoir un fils, c'est enfin la condition *sine qua non* pour perpétuer le culte des ancêtres, éminente manifestation de la piété filiale. Au cœur de la religion populaire depuis quatre mille ans, le culte des ancêtres demeure l'objet de toutes les dévotions. Pour conserver la bienveillance et la protection des ancêtres, il faut les honorer. Mais le culte s'éteint avec la disparition du dernier héritier masculin. Tout homme se doit donc d'avoir un fils, obligation sacrée afin que se continuent les sacrifices aux ancêtres. Mao avait tenté d'éradiquer ces croyances qu'il qualifiait de « superstitions féodales », mais en vain. La libéralisation sociale consécutive aux réformes économiques de la fin des années 1970 leur a rouvert la porte.

La valeur économique de l'enfant

La décollectivisation agraire, dans les années 1980, a fourni un prétexte supplémentaire à la discrimination des filles. En recevant l'usufruit de la terre, le paysan a vu renaître le mirage de l'enrichissement personnel. Une fois payé l'impôt et livrés à l'État les quotas de production imposés, il peut désormais vendre ses surplus et en conserver les revenus. La famille redevient une unité de production, rôle qui lui avait été usurpé pendant la période collectiviste. Ainsi, plus la famille est nombreuse, plus elle est en mesure de produire et plus elle a des chances de s'enrichir, d'autant que l'allocation de la terre se fait au prorata du nombre de ses membres.

On dit à la campagne que « Il y a trois avantages à vite marier un fils : la bru, la descendance et la terre ». Contrairement aux villes où l'enfant coûte plus qu'il ne rapporte, à la campagne, il a une vraie valeur économique : il aide aux champs, sort le bétail et fait de menus travaux. L'exode rural et la désaffection croissante pour l'agriculture n'ont rien changé à la nécessité d'avoir au moins un fils : s'il ne reste pas à la ferme, alors il partira au bourg pour y trouver un travail plus rémunérateur, ou en ville pour tenter la grande aventure. Aux côtés ou non de ses parents, il sera toujours là pour pourvoir à leurs besoins lorsqu'ils sont devenus vieux. Ces exigences économiques confortent la préférence pour une descendance masculine, qui marginalise les femmes.

Les autorités chinoises en campagne pour les femmes et les filles

Les autorités chinoises, bien conscientes de la gravité de la situation, tentent tant bien que mal d'y remédier. Ainsi, la Loi sur la protection des mineurs (1991) puis la Loi pour la protection des droits et intérêts des femmes (1992) stipulent l'interdiction des noyades et abandons de fillettes, de même que l'interdiction de tout mauvais traitement ou discrimination à l'encontre des femmes n'ayant pas eu d'enfant ou n'ayant eu que des filles. Ces pratiques sont de nouveau proscrites par la Loi sur la santé des mères et des enfants (1994) qui interdit par ailleurs, on l'a vu, l'identification prénatale du sexe du fœtus. La Loi sur la population et la planification des naissances entrée en vigueur en 2002 renforce encore cet édifice juridique en renouvelant l'interdiction des échographies ou de toute autre pratique à la seule fin de détecter un fœtus féminin, de même que l'interruption d'une grossesse à visée de sélection du sexe de l'enfant.

En outre, une campagne pour « Plus de considération pour les filles » a été lancée en 2001 afin de promouvoir l'idée d'égalité des sexes et d'améliorer les conditions de vie des familles ayant des filles uniques. Ainsi, dans un district de l'Anhui choisi à titre expérimental, les foyers n'ayant qu'une ou deux filles ont droit à 2 000 yuans (environ 200 euros) comme fonds de soutien et sont exemptés d'impôts agricoles et de frais de scolarité obligatoires pour leurs filles, jusqu'à ce qu'elles soient en âge de se marier. Dans d'autres provinces, les gouvernements locaux ont eu recours à des bandes dessinées pour promouvoir cette campagne, et ont distribué des tracts expliquant l'existence de traitements médicaux gratuits pour ces filles. Des expressions telles que « hommes et femmes naissent égaux » et des informations dénonçant les discriminations à l'encontre des filles ont également été ajoutées aux manuels scolaires des écoles primaires. Par ailleurs, le gouvernement chinois a mis en place un programme, dont l'échéance a été fixée en 2010, afin de faire retomber le rapport de masculinité des naissances à un niveau normal. Ces initiatives viendront-elles à bout des pesanteurs sociales et culturelles ? Parviendront-elles à rétablir l'équilibre des sexes à la naissance ?

Moins de femmes : quelles conséquences ?

Si l'Asie respectait la norme non sexiste avec, à l'instar des autres continents, une légère majorité féminine dans sa population, elle compterait, on l'a vu, quelque quatre-vingt-dix millions de femmes supplémentaires. Où ce déséquilibre va-t-il mener les sociétés en cause ? Quelles sont les implications possibles ? À l'échelle des pays, l'enjeu démographique est de taille. Nous avons vu que l'essentiel du déficit concernait d'abord les filles en bas âge, victimes d'une sélection en amont de la naissance ou de négligences entraînant un décès prématuré. En Inde comme en Chine, à Taiwan ou en Corée du Sud, les avortements sélectifs sont la première cause responsable du déficit de naissances de filles. Ainsi, inévitablement, le déficit féminin actuel finira par se répercuter sur le marché matrimonial, lorsque les enfants nés depuis vingt ans atteindront l'âge de se marier, hypothéquant, pour quantité de jeunes hommes, la possibilité de trouver une épouse.

C'est déjà le cas pour la Chine, dont le marché matrimonial est affecté par le déficit de filles dans les générations nées dans les années 1940 et 1950, à une époque où l'infanticide féminin sévissait encore, avant que le régime communiste de Mao ne vienne l'interdire. Ainsi, il y a quinze ans, une certaine tension était déjà visible sur le marché matrimonial : sur les 205 millions de célibataires recensés en 1990, on comptait trois hommes pour deux femmes. Dix ans plus tard, parmi les célibataires âgés de trente ans et plus, on comptait 90 % d'hommes ; une proportion anormalement élevée quand on sait que, en France actuellement, on ne recense que 54 % d'hommes parmi les célibataires dans cette même classe d'âges. À partir de 2010, le déséquilibre des sexes sur le marché matrimonial se fera de plus en plus aigu, avec un excédent d'hommes qui pourrait atteindre les 20 % vers 2030, soit environ 1,6 million d'hommes chinois qui, chaque année, resteraient des candidats bredouilles au mariage.

Ces chiffres ont tout lieu d'inquiéter. Mais faut-il pour autant tomber dans les scénarios catastrophes ? Au moins pour un temps, le marché matrimonial se régulera de lui-même. Les prétendants au mariage devront commencer par se tourner vers des partenaires potentielles de plus en plus jeunes, avant que de puiser dans deux réservoirs jusqu'ici peu convoités : celui des veuves, si tant est que le tabou sur leur remariage finisse par tomber, et surtout dans celui, de plus en plus fourni, des divorcées. Les candidats devront de toute façon se montrer plus patients avant que de trouver l'âme sœur, et seront donc globalement plus âgés à leur mariage.

À moins brève échéance, le célibat des hommes deviendra davantage forcé, avec toutes les conséquences sociales que cela implique. À commencer par les menaces pesant sur l'équilibre psychologique de ces hommes qui, contraints au célibat, devront renoncer à une descendance. D'où une rupture forcée de leur lignée familiale, dont la continuation – qui tient pourtant tellement à cœur aux Chinois – est, paradoxalement, l'un des principaux facteurs de préférence pour les fils. De plus, l'absence de descendant condamne à une vieillesse solitaire, voire misérable pour ceux qui, à l'instar de dizaines de millions de Chinois aujourd'hui, ne toucheront pas de pension de retraite.

Des femmes plus rares, mais pas mieux traitées

En outre, rien n'indique que la raréfaction de femmes dans les générations futures pourra permettre d'améliorer leur condition, au contraire. En Chine et en Inde, notamment, on assiste aujourd'hui à une marchandisation des femmes qui, dans certaines régions, finissent par ne représenter qu'un bien de consommation comme un autre. Loin d'augmenter la valeur symbolique des femmes, et donc les égards dont elles sont susceptibles d'être l'objet, ce phénomène des « femmes manquantes » tend au contraire à accentuer leur chosification. C'est le cas en Inde, notamment à travers le système de la dot. C'est aussi le cas en Chine où, avec les réformes économiques, la valeur marchande de la femme augmente, sans qu'elle soit pour autant l'objet de davantage de considération (ATTANÉ, 2005).

Être plus rare n'implique donc pas forcément de devenir plus précieux. C'est ce qu'illustre remarquablement le film-fiction imaginé par un cinéaste indien : *Matrubhoomi, un monde sans femmes*, sorti en 2005. L'histoire se déroule dans une région rurale de l'Inde où, depuis des années, la population féminine est décimée par l'infanticide. Là, un homme, Ramcharan, essaie désespérément de marier ses cinq fils. Non loin de là, un paysan pauvre cache son bien le plus précieux : Kalki, sa fille de seize ans, d'une grande beauté. Informé par un de ses amis de l'existence de cette jeune fille, Ramcharan achète Kalki à prix d'or pour la destiner officiellement à l'aîné de ses fils. Mais une fois la noce célébrée, la jeune fille se retrouve livrée au désir des cinq frères et de leur père. Plus tard, elle sera enchaînée dans une étable, abandonnée à la concupiscence de tous les hommes du village, et finira par mettre au monde… une fille !

Fantastique plus que visionnaire, ce film montre néanmoins les dérives possibles d'une société privée de sa portion féminine. La réalité n'est évidemment pas si dramatique même si, dans certains endroits d'Inde et de Chine, le manque de femmes à marier devient aigu. Ainsi, dans l'État indien du Penjab, notamment, il y a des villages où les hommes sont obligés d'aller à la recherche d'une épouse dans l'un des États voisins, comme le Rajasthan ou l'Orissa, du fait de la pénurie de femmes à marier. Dans certaines régions de Chine, la vente d'épouses se développe de manière inquiétante. Les acheteurs sont en général des paysans pauvres et peu éduqués, pour lesquels faire appel à des trafiquants reste moins onéreux qu'une mise en ménage régulière, avec cadeaux, repas de noces et compensation matrimoniale[18]. En 1990, chez les illettrés, ceux qui font le moins recette auprès des jeunes filles, un homme sur cinq était encore célibataire à quarante ans. « Quel genre de femme je souhaite ? s'étonne un jeune homme d'une trentaine d'années. Peu importe ! Il est tellement difficile de trouver une femme aujourd'hui. J'en veux une, c'est tout ![19] ».

Le trafic des épouses

Des réseaux de trafiquants sont régulièrement démantelés. En 2002, par exemple, un tribunal de la province du Guangxi, au sud de la Chine, a condamné à mort un homme pour l'enlèvement puis la vente d'une centaine de femmes à des paysans en mal d'épouse. Les victimes, qui étaient en général des femmes issues de régions défavorisées, tombaient dans un piège en se voyant promettre un emploi. Elles étaient alors séquestrées et battues, avant d'être vendues dans la province voisine, le Guangdong, où le niveau de vie est plus élevé, et cela pour des sommes dérisoires : 1 000 à 3 000 yuans (soit 100 à 300 euros)[20]. Ou le cas plus dramatique encore de Zao Mo. Pour s'assurer une descendance, les deux frères Tan, de la sous-préfecture de Pingnan, au Guangxi, achetèrent à un trafiquant une « épouse », Zao Mo, qu'ils décidèrent de partager. Pendant six mois, ils l'enfermèrent et l'enchaînèrent pour éviter qu'elle ne se sauve. Fin juin 2002, la police fut alertée par des voisins. En juillet, elle finit par retrouver les frères qui avaient tenté de prendre la fuite, libéra Zao Mo et captura également le trafiquant. L'enquête révéla que Zao Mo avait été enlevée un an auparavant alors qu'elle se rendait chez ses parents, puis vendue pour 2 500 yuans (environ 250 euros). Ses acheteurs l'avaient maintenue attachée par les chevilles à une chaîne de trois mètres de long, reliée à un mortier de trente kilos[21].

« Oui, j'ai acheté ma femme »

Laxisme et corruption dans les régions « acheteuses » encouragent le trafic. Dans certains villages, les services chargés de l'enregistrement des mariages s'autorisent à simplifier les procédures, ce qui permet aux acheteurs d'obtenir, en payant, un certificat attestant leur mariage avec l'épouse achetée et une inscription en bonne et due forme sur les registres de l'état civil. Les fonctionnaires corrompus couvrent d'un voile légal des activités illicites, compliquant la tâche des enquêteurs qui tentent de délivrer les victimes. Ainsi, la police finit par retrouver une jeune femme qui avait été enlevée puis vendue. À sa libération, elle exigea de retourner dans sa famille. Mais celui qui était à la fois le mari et l'acquéreur protesta, certificat de mariage à l'appui : « Oui, ma femme, je l'ai achetée, mais nous sommes époux devant la loi ! » L'achat d'épouses (si l'on ne prend en compte que la période récente, car il renoue avec des pratiques fréquentes avant la Révolution communiste de 1949) a commencé dans les années 1970 avant de prendre, à la fin des années 1980, une vaste ampleur dans certaines régions rurales. Bien qu'interdite, cette pratique n'est pas socialement réprouvée, et les acheteurs sont rarement considérés comme des criminels par leur environnement. Une femme, qu'on la trouve *via* une entremetteuse ou qu'on l'achète à des trafiquants, finalement, ça ne fait pas grande différence. L'important est de se marier et de pouvoir ensuite assurer sa descendance, règle essentielle de la piété filiale.

Le phénomène prend une telle ampleur que, depuis quelques années, le trafic de femmes à des fins de mariage s'étend par-delà les frontières chinoises : dans le sud du pays, les Chinois en viennent de plus en plus souvent à épouser une Vietnamienne, un commerce illégal qui concernerait des milliers de femmes. Deux facteurs expliquent cette demande d'épouses en provenance du Vietnam. Le premier est lié au déficit de femmes, particulièrement aigu dans les provinces chinoises méridionales. Le second est économique, résultant de l'inflation dans le montant de la compensation matrimoniale observée en Chine depuis l'avènement des réformes économiques dans les années 1980. Là encore, recourir à des trafiquants pour acheter une épouse vietnamienne reste moins onéreux qu'un mariage en bonne et due forme avec une Chinoise. Pour certaines familles chinoises pauvres, ce serait même le seul moyen de trouver une femme pour leur fils (LE BACH *et al.*, 2005). En outre, si les femmes vietnamiennes sont effectivement victimes de trafiquants, d'autres partent de leur plein gré pour trouver un homme chinois à épouser, dans l'espoir d'une vie meilleure. Et cette pratique ne se limite pas à la Chine continentale : depuis le milieu des années 1990, le Vietnam aurait ainsi fourni une épouse à quelque cent mille hommes taiwanais.

Où cette situation va-t-elle mener ? Les perspectives lointaines sont incertaines : si le déficit de femmes poursuit sa course actuelle, se creusant de plusieurs millions chaque décennie, le pire est en vue. En outre, qui dit moins de femmes dit à terme moins d'enfants, donc mathématiquement moins de filles, donc moins de femmes dans les générations futures, donc décélération rapide de la croissance démographique dans ces pays parmi les plus peuplés du monde. Alors, on ne sera plus loin de la fiction imaginée par Amin Maalouf dans *Le premier siècle après Béatrice*[22] : « Si demain les hommes et les femmes pouvaient, par un moyen simple, décider du sexe de leurs enfants, certains peuples ne choisiraient que des garçons. Ils cesseraient donc de se reproduire et, à terme, disparaîtraient. Aujourd'hui tare sociale, le culte du mâle deviendrait alors suicide collectif. » On assisterait alors à « l'autogénocide des populations misogynes »... Des perspectives qui, à l'heure actuelle, sont loin de susciter l'attention qu'elles méritent.

Isabelle Attané est démographe et sinologue, chargée de recherches à l'Institut national d'études démographiques. Elle est notamment l'auteur de Une Chine sans femmes ?

paru en 2005 aux éditions Perrin, et a dirigé l'ouvrage La Chine au seuil du XXIe siècle, questions de population, questions de société, *éditions de l'Ined, 2002.*

Références bibliographiques

Isabelle ATTANÉ, 2005, *Une Chine sans femmes ?* Paris, Perrin, 391 p.

Isabelle ATTANÉ, 2004, « The growing imbalance between males and females in China: issues and prospects », in *Chinese Cross Currents*, Matteo Ricci Institute, Macau, pp. 36-63.

Elisabeth CROLL, 2000, *Endangered Daughters, Discrimination and Development in Asia, London*, Routledge, 207 p.

Duong LE BACH, Danièle BÉLANGER, Thu Hong KHUAT, 2005, « Transnational migration, marriage and trafficking at the China-Vietnam border », Conférence internationale *Female deficit in Asia: Trends and perspectives*, Ceped-Cicred-Ined, Singapour, 5-7 décembre 2005.

F. MESLÉ, J. VALLIN, I. BADURASHVILI, 2005, « A sharp increase in sex ratio at birth in the Caucasus. Why ? How ? », Conférence internationale *Female deficit in Asia: Trends and perspectives*, Ceped-Cicred-Ined, Singapour, 5-7 décembre 2005.

Amartya SEN, 1990, « More than 100 millions women are missing », *New York Review of Books*, 20/12/1990, pp 61-66.

T. H. SIAGIAN, G. L. DASVARMA, 2005, « The masculinization of the sex ratio in Indonesia », Conférence internationale *Female deficit in Asia: Trends and perspectives*, Ceped-Cicred-Ined, Singapour, 5-7 décembre 2005.

B. SOERADJI, S.H. HATMADJI, 1994, « Issues on Sex Preference: The Case of Indonesia », *International Symposium on Issues Related to Sex Preference for Children in the Rapidly Changing Demographic Dynamics in Asia*, Séoul, République de Corée, 21-24 novembre 1994.

Jacques VALLIN, 2002, « Mortalité, sexe et genre », *in* G. CASELLI, J. VALLIN, G. WUNSCH, *Démographie : analyse et synthèse*, vol. III : *Les déterminants de la mortalité*, Paris, Ined.

Notes

1. Déficit estimé sur la base d'un rapport de masculinité global de 98 hommes pour 100 femmes.

2. Les politiques de contrôle des naissances mises en œuvre dans ces pays à partir des années 1960 avaient un caractère beaucoup moins coercitif (outre la période de l'état d'urgence en Inde à la fin des années 1970) que celle qui a été imposée en Chine à partir des années 1970.

3. D'après le recensement vietnamien de 1999.

4. Soulignons que la masculinisation de la population indonésienne observée ces trente dernières années résulte principalement d'une émigration féminine plus importante que celle des hommes, notamment vers l'Arabie Saoudite. Les causes secondaires sont une surmortalité des femmes aux âges de la reproduction, et une sous-déclaration accrue des femmes dans les recensements. Le déséquilibre du rapport de masculinité des naissances ne viendrait qu'en quatrième position (SIAGIAN et al., 2005).

5. NATIONS UNIES, 2000.

6. L'indicateur de développement humain (IDH) a été mis au point par le Pnud (Programme des Nations unies pour le développement). Il synthétise les indicateurs suivants : espérance de vie à la naissance, taux d'alphabétisation des adultes, taux brut de scolarisation du primaire au supérieur et PIB par habitant (en PPA), pour donner un niveau global du développement humain dans les pays en question. Le classement présenté ici, établi sur un total de 174 pays, date de 1998.

7. 36,7 ‰ et 24,9 ‰ respectivement. Enquête indienne : « National Fertility and Health Survey, 1998-1999 ».

8. « Perish the Baby Girls », *Newsweek*, 28 août 1995.

9. « Ce malheur d'être femme (en Inde) », *Le Monde diplomatique*, janvier 1995.

10. « Femmes vitriolées sans espoir de justice au Bangladesh », *Libération*, 19 septembre 2002.

11. Cette méthode permet, par analyse d'un prélèvement sanguin, de mesurer la concentration en hormone chorionique gonadotrope (HCG) dans le sang maternel, et donc de déterminer le sexe de l'enfant, une concentration plus forte ayant été constatée chez les mères porteuses d'un fœtus féminin.

12. Article tiré d'*Asiaweek*, « Des femmes plus rares mais pas forcément plus chères », traduit dans *Courrier International*, n° 228, 16-22 mars 1995.

13. HURET M., « Le pays qui ne veut pas de filles », *L'Express*, 21 août 2003.

14. « Ce malheur d'être femme (en Inde) », art. cité.

15. Notons qu'en Chine, aujourd'hui, la dot ne représente plus qu'une faible part de l'ensemble des biens transférés entre les familles des fiancés à l'occasion du mariage. En Inde en revanche, elle constitue la transaction la plus importante.

16. Observation du démographe indien Ashish Bose, *in* Huret (2003), op. cit.

17. La présence de clans est aujourd'hui surtout attestée dans le sud du pays et dans quelques provinces centrales (Henan, Hunan, Guangdong, Fujian…).

18. La compensation matrimoniale, ensemble des biens transférés de la famille du fiancé vers celle de la fiancée au moment du mariage, est très répandue en Chine, tandis que la dot, constituée des biens que la famille de la fille donne à l'époux ou à sa famille, ne représente plus qu'une faible part des biens échangés.

19. Article paru dans *International Herald Tribune*, 18 août 1994.

20. « Condamnation à mort pour avoir enlevé et vendu 104 femmes », posté par *Daweide* le 3 juin 2002, sur le site internet China-News, http://bethel-fr.com/china/modules/news/article.php?storyid=39, consulté le 18 novembre 2002.

21. *Shenzhen fazhi bao* (journal juridique de Shenzhen), 24 juillet 2002.

22. Éditions Grasset & Fasquelle, 1992.

Les viols, une arme de guerre

Véronique Nahoum-Grappe

Les viols systématiques en temps de guerre visent à détruire jusqu'à la filiation des populations martyrisées. C'est dans le ventre des femmes que s'incarne la folie génocidaire des hommes. Violences extrêmes, grossesses non désirées, transmission du sida : exemples de l'ex-Yougoslavie et du Rwanda.

Près de onze années ont passé depuis la chute de Srebrenica. Elle avait laissé peu d'inscription dans les mémoires et les attentats du 11 septembre 2001 ont achevé d'effacer le souvenir de la guerre qui a ravagé le cœur de l'Europe entre 1991 et 1999. Qui se souvient de la réaction d'incrédulité horrifiée à l'annonce des crimes commis dans l'ex-Yougoslavie ? Dès l'été 1992, dans un article de Roy Gutman[1], puis dans l'édition en France du Livre noir de la guerre en ex-Yougoslavie, l'hypothèse ahurissante que des viols systématiques étaient commis contre les femmes se trouvait étayée par de nombreux témoignages. Avec le recul, leur ampleur se révèle plus terrible encore. Aujourd'hui, plus personne ne conteste les faits. L'enjeu, c'est de comprendre les causes de l'usage criminel contemporain de la sexualité à des fins de destruction *morale et politique* de l'ennemi collectif dans ce conflit, comme dans de nombreux autres (voir encadré p. 66).

L'approche anthropologique tente ici de saisir le sens de ces pratiques au sein de notre propre contemporanéité ainsi que leur spécificité politique et culturelle. Les cas de l'ex-Yougoslavie et du Rwanda nous serviront de références plus privilégiées[2]. Avant d'énoncer la définition que proposent les chercheurs en sciences sociales des viols dits « systématiques », il faut poser la question des chiffres.

Des femmes violées qui parlent anglais ?

Comment est née lors de nos voyages en ex-Yougoslavie cette sinistre blague qui nous faisait ricaner méchamment du journaliste pressé et dubitatif réclamant à la cantonade dans l'avion qu'on lui trouve au plus vite « une femme violée parlant anglais » ? Je n'ose croire qu'elle eut un fondement réel… Le fait est que l'argument du manque de précision mathématique du chiffre des femmes violées fut souvent employé dès leur dénonciation pour mieux les nier. Comment compter les populations qui manquent dès lors qu'elles furent éliminées sans témoins et que les charniers où gisent leurs cadavres sont encore hors champ du visible ?

Les chiffres réels resteront à jamais inconnus mais on postule que le nombre de cas non répertoriés est important pour ce type de crimes, même s'il varie selon les exemples. Il est clair que les viols commis en Algérie par l'armée française n'ont jamais été dénoncés par les victimes avec autant de force que le seront plus tard les viols des femmes en ex-Yougoslavie par les mouvements féministes internationaux (et beaucoup plus difficilement et discrètement par les femmes bosniaques elles-mêmes).

La question des chiffres est délicate lorsqu'il s'agit d'évaluer des crimes dont la dénonciation humilie et met en danger la victime, comme dans le cas des viols : combien de tentatives de suicides, d'hémorragies provoquées à la fin de grossesses déniées, de ruptures familiales tragiques (jeunes filles et épouses chassées quand les parents et les maris apprennent la honte des violences sexuelles commises contre elles) sont à l'origine d'un aveu déchirant donné au médecin femme soignant[3] ou à l'intervenante étrangère… De même, les viols commis à l'encontre des hommes, attestés en Tchétchénie[4] et en ex-Yougoslavie, sont sans doute largement sous-évalués à cause de la grande difficulté pour des victimes radicalement blessées dans leur identité de genre de témoigner dans un cadre judiciaire.

En fonction de toute une analyse technique et en prenant en compte de nombreux paramètres, ce « chiffre noir » des témoignages manquants peut ici être estimé à cent pour un : pour un témoignage avéré, cent cas plausibles de viols. La commission Warburton a avancé le chiffre de 20 000 femmes violées[5], certaines ONG ont avancé le chiffre de 50 000 femmes concernées. La zone d'incertitudes est donc de l'ordre d'une dizaine de milliers d'exactions pour une population de moins de quatre millions d'habitants. Tadeuz Mazoviecki, rapporteur de la Commission des droits de l'homme de l'Onu pendant toute la guerre jusqu'aux massacres de Srebrenica, ainsi que le dossier produit par la commission Bassiouni (déposé en mai 1994) ont confirmé l'aspect systématique de ces pratiques. De même que l'évidence, corroborées par des témoignages de survivantes, que les viols furent suivis d'assassinats. Des familles entières disparurent ainsi sans laisser de traces. J'avais relevé moi-même un récit sur le suicide d'une très jeune fille qui s'était fracassé la tête sur l'acier d'un char…

Des tribunaux « ad hoc » ont été institués en 1993 et 1994, avant la création de la Cour pénale internationale, et établissent les crimes de guerre selon une méthode cruelle pour les victimes : seuls les faits avérés, démontrés de façon plurielle et indubitable, sont retenus et les procédures sont longues et ardues. À la date de fin 2005, 13 condamnations ont été prononcées pour viols commis en temps de guerre, 8 par le TPIY (ex-Yougoslavie) et 5 par le Tribunal pénal international (Rwanda)[6]. Au regard du nombre des viols estimés, ce chiffre semble dérisoire, et pourtant il démontre une formidable avancée de la juridiction internationale.

Le viol : l'assassinat de genre, le crime contre la filiation, l'invasion de l'identité, l'emprise sur le futur, le crime qui s'adresse à la durée…

Si la guerre des chiffres ne peut être résolue avec une précision mathématique, le caractère politique d'arme de guerre de ces viols, appuyés et rendus possibles par la logistique militaire et politique des forces des agresseurs, s'impose. Leur organisation témoigne de l'aspect licite voire organisé dont ils bénéficiaient au sein de l'organisation militaire, paramilitaire et administrative qui avait initié et décidé cette guerre et se devait d'organiser aussi la gestion économique, sociale et politique de l'après-conquête des territoires gagnés, mais pas encore bien « nettoyés ».

On sait maintenant que tous les sexes et tous les âges ont été concernés par la cruauté extrême des crimes de la purification ethnique menée contre les civils bosniaques, et notamment par les tortures sexuelles[7] ; Vélibor Colic, écrivain bosniaque et jeune militaire au début du conflit, cite ce bossu simple d'esprit empalé près de chez lui lors de la prise de son village[8]. J'ai pour ma part récolté des témoignages sur le martyre d'une vieille Bosniaque de cent deux ans. Dans le cas des femmes, on sait aussi que des grossesses forcées peuvent avoir été délibérément provoquées dans certains lieux où étaient commis les viols systématiques. L'emploi du terme de torture est adéquat : les témoignages établissent que la production de douleur physique et morale se déroulait de façon continue, prenant la forme d'agressions et d'humiliations sexuelles de tous ordres ou de tortures physiques entraînant la mort.

De nombreux témoignages de bourreaux nous font comprendre le sens de ces crimes souvent commis contre le lien de filiation de l'ennemi perçu comme ennemi communautaire. Le viol perpétré en public devant les membres de la famille, les mères et les enfants, les fils et les frères, les pères, victimes ou forcés aussi d'être bourreaux de leurs proches, les obligations à pratiquer l'inceste, l'accent mis sur toutes les formes d'humiliation, les grossesses forcées, les crimes contre les enfants, le saccage des cimetières ont à voir avec l'effacement des noms des rues, la destruction des lieux de culte et de culture. Ou encore celle des sites emblématiques d'une communauté comme un admirable pont, patrimoine de l'humanité (à Mostar), une bibliothèque d'une richesse historique unique (à Sarajevo) ou une mosquée septentrionale rarissime historiquement (à Banja Luca).

Saccager le bonheur collectif

« Pourquoi nous faire tout cela ? nous disait une vieille Albanaise du Kosovo, qu'ils nous prennent tout et qu'ils nous tuent » (juillet 1999). La cruauté qui saccage et détruit, dont le sens économique est opaque, semble arriver « en plus », être presque inutile. Elle relève de ce que l'on peut appeler crimes de profanation ou de souillure, où le mal fait à autrui trouve son but dans la production de douleur et non dans la destruction, « trop douce ». Il s'agit de toucher ce à quoi l'autre tient le plus, « à la prunelle de ses yeux ». Il s'agit d'annihiler ce que l'on pourrait appeler les objets constitutifs du bonheur collectif présumé : l'enfant qui naît après une grossesse heureuse, tout ce qui touche au lien de filiation heureusement maintenu dans le temps, comme la belle ordonnance d'un cimetière fleuri en temps de paix, le berceau, la chambre d'un enfant, la fragilité sacrée d'un vieillard assis à l'ombre d'une place tranquille, le ventre rond d'une future mère. De saccager tout ce qui concerne les valeurs communes chantées dans les chansons locales : un site admirable où jouent et apprennent les jeunes gens, une tradition culinaire, une culture religieuse, un beau souvenir, comme ce tremplin au-dessus de Sarajevo construit à l'heureux temps des jeux Olympiques d'hiver…

Les viols pour détruire l'avenir

Le viol se trouve être par excellence le crime de profanation contre le corps féminin, et à travers lui, contre toute promesse de vie de l'ensemble de la communauté. Il peut être alors défini anthropologiquement comme une tentative d'envahir l'espace historique de l'autre en greffant sur son arbre de filiation l'enfant de l'ennemi « ethnique », d'intervenir contre le lien de filiation, de briser sa continuité en le sectionnant avec violence au travers du ventre des femmes : c'est la sexualité des hommes de la famille qui est ainsi détruite dans son effet de production d'avenir. Le viol s'adresse bien à la communauté tout entière et à tous les hommes de la famille dont le violeur prend la place dans un seul et même acte, celle du père, du mari comme celle du fils. Le viol est alors le moyen le plus imaginairement pertinent de la « purification ethnique », ce « nettoyage » qui n'a de sens que métaphorique en tant que mot. Ce rêve de « pureté », de « propreté » appliqué à un espace social défini ethniquement, c'est-à-dire transmis par le « sang », donc la sexualité, est d'emblée une incitation aux pires crimes, les plus « sales », comme les viols qui « nettoient » le gène lui-même. En Bosnie, le cas d'un grand-père obligé de manger le foie de son petit-fils a été attesté par une famille fuyant Srebrenica en juillet 1995. Il s'agit bien de détruire le lien de filiation retourné dans l'autre sens, quand l'ascendant doit dévorer celui qui descendait de lui, et que l'on contraint au retour d'avant sa naissance, d'avant sa conception. *Le crime contre la filiation ne veut pas la mort de l'ennemi mais qu'il ne soit pas né.*

Faire un enfant à la femme de l'ennemi

La programmation délibérée des viols définit leur sens profondément génocidaire : quand toucher le gène là où il se reproduit, dans le ventre des femmes, permet imaginairement de détruire toute la communauté ennemie dans son essence collective présumée. Le crime politique est d'avoir su instrumentaliser ces vieilles conceptions anthropologiques au sein même d'une guerre artificielle politiquement et dont la cruauté devait créer la haine là où elle faisait défaut... La conviction plus ou moins intense que le fils ressemble dans son être profond au père géniteur a été réactualisée dans les excès d'une propagande ahurissante de grossièreté et de production obscène de « faux » en amont pour donner du sens sur le terrain à des crimes historiquement frappés de désuétude politique dans l'Europe de la fin du XXe siècle, comme les viols des femmes de l'ennemi.

La croyance en cette idée que l'on « descend » moralement, dans un héritage de qualités et de caractères physiques et mentaux, d'un père géniteur, bien plus que de la mère dont le lait ne rivalise pas avec le sperme dans l'effet de ressemblance, se retrouve partout dans l'histoire culturelle européenne. Les Balkans ne sont pas des terres plus « sauvages » que d'autres. L'idée de faire un « enfant à la femme de l'ennemi » permet d'imaginer l'éradication de cet ennemi collectif privé de sa propre reproduction : l'enfant de l'ennemi implanté par le viol est toujours imaginé comme un fils porteur de l'identité paternelle et donc achevant la guerre identitaire commencée avec le massacre des hommes et le viol des femmes. Le viol est ce meurtre de genre qui économise la vie des femmes et les utilise comme véhicule de l'autrui victorieux jusque dans la prochaine génération...

Les viols en temps de paix sont aussi perçus comme détruisant le lien de filiation et s'adressant aux hommes de la famille. Les exemples dans la littérature sont extrêmement nombreux et on peut relire aussi les tragédies classiques françaises de ce point de vue[9]. Citons, par exemple, ce cas de viol dans *Splendeur et misère des courtisanes* de Balzac[10] : il s'agit d'un chantage et d'une punition conte le père de la jeune fille, enlevée et violée pendant des jours et rendue à moitié démente. Le père en meurt de douleur… L'usage du viol comme arme destructive à l'encontre du père de la victime est ici tout « naturel », de même qu'il semble aller de soi que la victime doit devenir folle. La famille est donc détruite plus profondément par le viol que par le crime de sang. L'usage du viol comme arme de vengeance contre la famille est possible en temps de paix et dans de nombreux faits divers. Le viol de pulsion irrépressible reste le moteur énergétique à court terme de l'action, mais le sens du viol comme arme est souvent politique, même en temps de paix, lorsque les conflits privés produisent une haine qui ne peut s'assouvir que dans les crimes de profanation. Le but recherché est la production d'une douleur purement morale.

Les viols comme moyen de la guerre

Le sens du viol comme crime particulier est aussi différent du crime de sang que la femme est différente de l'homme dans sa définition culturelle : elle est moins héritière « politique » du père que son frère, elle appartient plus « identitairement » à son mari que son frère n'appartient à son épouse. Son enfant imaginaire est un fils, enfant trouvé ou enfant du viol, enfant désaffilié ou enfant sauvé du massacre, porteur de tout l'héritage identitaire de sa communauté, transmis par son père au travers du ventre maternel. On trouve dans Racine et Corneille bien des exemples de ce prince survivant caché dans les bois, nourrisson sauvé du massacre par le brave homme qui devait pourtant l'assassiner… Devenu jeune homme, son « sang » parle dans ses veines et tout son destin le pousse à la vengeance de sa famille en assassinant à son tour celui qui a tué son père, massacré les siens et épousé sa mère de force… C'est bien la dissymétrie culturelle entre masculin et féminin qui est en jeu. Le viol revêt alors une signification non pulsionnelle : c'est un moyen d'intervenir sur la transmission identitaire collective d'autrui, de toucher leur lien de filiation mis en acte dans la sexualité reproductive légitime de la communauté. Les viols du guerrier ivre de sang et de vin, comme dans *Salammbô* de Flaubert, ne s'opposent pas à ces significations potentielles, les pulsions se déploient avec frénésie dans l'impunité, l'excès et l'ivresse sadienne. La problématique des « seconds couteaux » doit être ainsi repensée dans le cas des crimes de profanation : trop de plaisir pris à en rajouter dans le feu de l'action fait du « second couteau » un innovateur effrayant, situé au premier rang de la responsabilité de l'excès dans la production de douleur, mais qui pourra, devant le tribunal bien plus tard, garder son orgie secrète, dissimulée derrière « des ordres » reçus d'en haut…

Ce qui veut dire que même les viols dits de pulsion, de « repos du guerrier », trouvent leur sens dans le « plaisir » de l'assouvissement lié à l'efficacité meurtrière de ce viol en tant qu'arme contre l'ennemi, qui démontre la haine contre l'ennemi, souvent valorisée dans l'armée combattante. C'est ainsi que le plus cruel des bourreaux, violeur et tortureur, sera perçu en temps réel et pendant l'action par ses pairs et ses supérieurs comme le meilleur, le plus pur politiquement, le plus fiable des soldats, le bon élément… J'ai récolté des témoignages sur les gardiens bourreaux de camps dont les moins durs devaient se cacher de leurs collègues pour tenter d'aider les prisonniers martyrisés… Le « héros » ne comprend pas, des années après, les accusations portées contre lui… Les témoins rétrospectifs décontextualisés ne peuvent imaginer comment l'agresseur a pu faire « cela », comment il peut être lui-même, et bien dormir…

En 1992-1993, l'adjectif « systématique » était nié : qu'il y ait des viols de guerre, tout le monde en convenait, et même on admettait qu'ils aient eu lieu « comme toujours en temps de guerre ». Un bel exemple de viol de guerre mis en récit de fiction se rencontre au début du magnifique roman d'Elsa Morante, *La Storia* : le jeune soldat a tellement peur de la peur d'être violée que ressent la victime sans défense qui est face à lui, qu'il est comme aspiré par le programme de cette peur… comme si la contrainte du stéréotype de la situation l'obligeait au viol…

Le viol en temps de guerre : un crime qui ne finit pas

Les crimes auxquels on n'a pas cru en 1992 sont devenus hélas pour l'humanité d'une totale banalité, comme inéluctables en temps de guerre sale. Il faut parler des viols pendant le génocide rwandais, car ils sont une suite logique de ce qui s'est passé en ex-Yougoslavie, au cœur de l'Europe. Au printemps 1994, les génocideurs hutus suivaient sur les ondes le déroulement de la guerre en Bosnie. Il faudrait aussi évoquer la seconde guerre d'Algérie (1992-1997), où les viols et les massacres atroces furent une tactique de punition guerrière de villages entiers de la part des fanatiques religieux, et aussi parfois des tenants du pouvoir. On notera simplement que quand un pouvoir totalitaire, religieux ou non, veut détruire la force de résistance d'une communauté de civils, les crimes de profanation dont les viols systématiques sont l'expression la plus achevée semblent constituer un moyen privilégié : il suffit alors de construire la version du réel qui masque et justifie les faits dans une propagande adéquate. Ce mensonge d'État est une des conditions de possibilité de la réalisation de telles pratiques…

Deux livres ont paru en 2005 sur le génocide rwandais, après ceux de Jean Hazfeld, *Dans le nu de la vie* et *Une saison de machettes*. Il s'agit de l'ouvrage du lieutenant général Roméo Dallaire, *J'ai serré la main du diable, la faillite de l'humanité au Rwanda*, et de celui d'Esther Mujawayo et Souad Bheladdad, *Survivantes*. (voir portrait, p. 68)

Le Canadien Roméo Dallaire[11] était présent au Rwanda comme principal responsable sur le terrain de la force internationale de maintien de la paix des Nations Unies. Il était donc en poste pendant que se déroulaient entre le 6 juin et le 4 juillet 1994 les cent jours du génocide qui a exterminé plus de 800 000 Tutsis – et aussi de nombreux Hutu modérés ou récalcitrants (ne les oublions pas, car un génocide n'est jamais purement « ethnique », il est toujours politique *in fine)*. Son témoignage aide à imaginer le cadre militaro-administratif d'une grande organisation internationale en place au cœur même du lieu où se déroule un génocide d'une cruauté absolue, où des viols sont pratiqués à grande échelle, où est menée une entreprise d'extermination d'une fraction de la population par une autre, population elle-même utilisée comme arme principale... Le livre montre toute une structure administrative et militaire confinée et comme enkystée dans son propre fonctionnement interne. Plus les crimes, les viols, les abominations du génocide s'accroissaient, et plus les administrateurs militaires des forces internationales qui ont pour mandat fondamental depuis la dernière guerre mondiale d'empêcher un génocide étaient englués dans des problèmes d'intendance... Face à la quotidienneté des faits, l'énigme du génocide, de son irruption démente et toujours masquée – on ne le nomme qu'après coup alors même qu'il est en train d'être commis dans la réalité sociale la plus matérielle sur le terrain – interroge de manière croissante non seulement les historiens, mais aussi les philosophes. Le déroulement des faits au fil des jours crée le vertige. Le pire arrive, mais aurait pu ne pas arriver. La contingence du crime peut rendre fou celui qui s'est approché de son effroyable normalité quand il était en train de s'accomplir... Roméo Dallaire est ressorti brisé par son expérience, qu'il a mis des années à pouvoir écrire.

« Je te laisse pire que la mort »

Au Rwanda, comme en ex-Yougoslavie, le viol de l'ennemi est une humiliation et une torture, pour les victimes de tous âges et sexes. Commis sur une femme, à laquelle le bourreau impose « l'enfant de l'ennemi » selon le titre du beau livre de l'historien de la Grande Guerre, Stéphane Audouin Rouzeau, il est un crime qui vise la capacité à se reproduire du groupe dont on veut exterminer l'avenir démographique après avoir effacé son passé du paysage en violant les tombes par exemple, après massacres et déportations…

La Rwandaise Esther Mujawayo, dont la famille a été exterminée, a fondé une association de femmes rwandaises. Elle dénonce l'incroyable situation actuelle : en 2004, dix ans après les faits, les violeurs assassins séropositifs et le sachant – qui savaient couper morceaux par morceaux l'enfant et le saigner lentement devant les parents qui attendaient leur tour, couper les bras d'une femme qui tentait de sortir de la fosse remplie d'excréments où elle avait été jetée – laissaient parfois en vie la femme violée en lui disant : « Je te laisse pire que la mort. »

L'usage du virus du sida comme arme de guerre et d'extermination continue vient compléter de son coefficient de malheur ce crime spécifique que constitue le viol. La production de souffrance intense se déroule alors en plusieurs séquences : après le premier temps de torture physique et morale pendant le ou les viols, le crime continue de se répandre dans les corps des victimes le temps d'une grossesse éventuelle. Le violeur poursuit alors son action de production de douleur pendant toute la durée de la conception. La femme devenant mère « de force » hait l'enfant du bourreau dans son propre ventre devenu son ennemi physiologique intime et indissoluble, porteur et signe d'un horrible souvenir dont la seule honte la tue déjà socialement (le plus souvent). Et en même temps, elle sent et sait que plus seul qu'elle au monde, il y a cela, la petite grenouille violette hurlante qu'elle met au monde dans la haine maternelle – et qu'elle a essayé de faire passer par tous les moyens[12]. L'horreur de sa propre haine est absolue, lorsqu'elle vise la figure la plus vulnérable pensable, un nouveau-né, à naître.

Les victimes abandonnées

À ces deux stades – le viol, la grossesse – d'un crime qui se définit par l'épanouissement de sa virulence criminelle dans la durée, la contamination délibérée par le violeur séropositif du virus du sida ajoute un élément de malfaisance extrême. Est alors dramatiquement atteint le potentiel imaginaire de la victime (et pas seulement économique, même pour les pauvres), ce qui s'appelle « vivre », c'est-à-dire l'anticipation dans la vie quotidienne de son propre avenir et de celui de ses enfants. Cette anticipation de l'avenir devient un cauchemar en plus : c'est la survie et celle de tous ses enfants éventuels qui sont absolument dévastés, et ce définitivement, avec une maladie comme le sida, mortelle, infamante, et pas soignée. De plus, c'est toute sa survie en tant que victime qui est en jeu, *même dans un monde où le bourreau serait défait militairement et politiquement et traîné devant les tribunaux*.

La situation est alors ingérable. En principe, une victime de crimes contre l'humanité trouve une consolation lorsque le criminel, derrière les verrous, est condamné juridiquement et historiquement. Dans les cas de contamination par le VIH, tout au contraire, l'issue trouvée devant les tribunaux lui fait du mal en plus. C'est comme l'achèvement de la victoire du criminel violeur séropositif. Les agresseurs bénéficient aujourd'hui en prison de programmes internationaux de trithérapie, ce qui n'est pas en soi contestable. Nourris en prison, habillés et pris en charge, ils en sortent cinq ans après, dans le meilleur état de santé possible. Pendant ce temps, leurs victimes isolées, invalides souvent, pauvres parce que volées de leurs biens pendant le conflit, meurent sans soins et dans le malheur après avoir vu leurs enfants éventuels contaminés et laissés sans traitement eux aussi.

Les viols en temps de sale guerre ont une histoire

Les viols comme arme de guerre sont fondés sur l'inégalité du rapport de force, comme les autres crimes de profanation. Ils sont le produit de l'ivresse de la facilité, de la tentation du possible, dans un contexte d'impunité et de légitimité de l'action. Quand le milicien en armes et en bande fait face à une petite fille, la pulsion sexuelle rencontre alors la jouissance politique du pouvoir absolu sur autrui : elle s'intensifie dans ce chiasme entre le politique et le sexuel, deux grands domaines d'excitation trop immenses pour un seul corps.

Tout est différent lorsque les règles traditionnelles des guerres entre égaux culturels et stratégiques sont respectées. Lorsque, entre deux armées similaires, européennes par exemple, le rapport de force est incertain, que les canons font face aux canons, et que le péril dégrise et force presque l'estime du camp d'en face. Mais dans les situations où une armée, bardée de milices et de chars, vient attaquer un espace social pacifique et désarmé, qui ne sait pas pourquoi on lui fait la guerre, la situation d'inégalité modifie tout. L'agresseur, à l'ombre de ses canons, s'ennuie, boit et joue aux cartes. Il est « peinard », sa haine de l'ennemi se double d'une sorte de mépris quasi raciste, sa supériorité l'enivre et l'excite.

En lisant la réédition par les éditions belges du livre d'Arthur Conan Doyle *Le Crime du Congo* (enquête sur les administrateurs du roi Léopold venus commercialiser le caoutchouc produit par les esclaves à la fin du XIXe siècle), j'ai eu la surprise de retrouver, jusque dans les détails, les crimes de profanation, femmes violées systématiquement, enfants torturés, vieillards humiliés, familles entières « forcées à pratiquer publiquement l'inceste entre frères et sœurs, parents et enfants ». Les tortures sont effroyables, démesurées, les crimes contre la filiation sont légion, les viscères des victimes sont accrochés aux murs, l'anthropophagie est attestée.

Dans ces guerres coloniales et post-coloniales, le théâtre de l'inégalité est porté à son comble : fusils contre lances, effet de surprise, supériorité du nombre, recours à des milices. Les victimes sont invisibles en tant que personnes humaines pour leurs agresseurs. Elles n'existent pas alors qu'elles sont encore vivantes. Les massacrer, les martyriser, leur infliger le pire n'a presque pas d'importance. Voilà pourquoi le bourreau blanc peut sangloter à la vision d'une fleur et rester de marbre devant des mains d'enfants noirs qu'il a fait couper.

L'inégalité des forces en présence comme déclencheur crucial

Les pratiques de cruauté extrême, mises en œuvre dans les guerres coloniales souvent exterminatrices, sont comparables à celles de nos conflits contemporains. Il n'existe pas de filiation historique entre les deux types d'événements mais un facteur commun essentiel : l'extrême inégalité entre les parties. Inégalités d'armement, en termes de quantité et de technologie, mais aussi domination culturelle, technique et économique dans tous les domaines. Ces stratifications d'inégalités sont de plus exacerbées, chez l'agresseur, par une conception de la morale et une science justificatrice. La situation est alors marquée par une formidable dissymétrie, condition cruciale, qui ouvre la possibilité que se produisent des crimes de profanation sous leur forme la plus cruelle. Ces crimes sont d'une grande efficacité dans la production de douleur croissante avec le temps. Leur définition anthropologique rejoint et étaye leur définition juridique : en s'adressant au lien de filiation et à la reproduction sexuelle de l'ennemi, ils visent – mieux qu'une extermination totale et quantitative de l'ennemi – l'effacement qualitatif d'une identité collective. Celle-là même qui se transmet entre les générations en temps de paix par le lien de filiation et le biais de la reproduction humaine sexuelle.

Le hasard philogénétique de la différence des sexes et de leurs fonctions respectives dans le processus de reproduction place les femmes au premier rang des sales guerres de nettoyage, injustes, inégalitaires, exterminatrices, souvent pratiquées dans le cadre des guerres coloniales et post-coloniales aux XIXe et XXe siècles. L'Afrique fut un des pires théâtres de ce cauchemar. Comme l'existence de certaines pratiques d'invalidation des enfants africains fut mise en place dans certaines aires pour les faire échapper aux esclavagistes – et sont depuis devenus des rituels sans mémoire –, ne peut-on pas avancer l'hypothèse que l'une des origines de l'excision des petites filles – du moins depuis trois siècles – tiendrait à une tentative de les protéger de la menace de viol systématique qui pesait sur elles ?

Les crimes de profanation, ces crimes les plus « barbares », ont pu se produire au Rwanda comme en ex-Yougoslavie grâce à l'inégalité extrême entre les parties en présence, milices armées contre civils désarmés. Personne n'échappe à la menace des sales guerres de nettoyage, et surtout pas les femmes, placées alors au cœur de la cible.

Véronique Nahoum-Grappe est chercheuse en Anthropologie des Mondes contemporains à l'École des Hautes Études en Sciences Sociales. Derniers ouvrages parus : Du rêve de vengeance à la haine politique, *Buchet Chastel 2004, et* Ballades Politiques, *éd. les Prairies Ordinaires, 2005.*

À lire

Dans le nu de la vie et *Une saison de machettes*, Jean Hazfeld, Le Seuil, 2003.

J'ai serré la main du diable, la faillite de l'humanité au Rwanda, par le lieutenant général Roméo Dallaire, édition Libre Expression, 2003.

Survivantes, d'Esther Mujawayo et Souad Bheladdad, éd. de l'Aube, 2003.

Notes

1. *News Day*, 2 août 1992.

2. Une enquête ethnologique m'a conduite sur le terrain de l'ex-Yougoslavie en guerre, dans les camps de réfugiés d'une part et dans les enclaves assiégées d'autre part, à raison de trois voyages par an de 1992 à 1995. Par la suite, je suis retournée au Kosovo en 1999, et en Bosnie tous les ans. Le recueil systématique de récits de réfugiés m'a conduite à la description du « nettoyage ethnique », traduction du terme serbo-croate utilisé dans de nombreux textes antérieurs à la guerre et désignant une forme particulièrement perverse et cruelle d'extermination d'une identité collective « ethnique » nationale ou communautaire : la cruauté extrême pratiquée à l'encontre des civils définis collectivement comme devant être « nettoyés » du sol inclut les viols et tortures sexuelles. Mon point de vue est que ce verbe « nettoyer » utilisé comme injonction donnée à une action armée sur un terrain ennemi ou hostile est souvent employé dans les « guerres sales » où les viols et les massacres de civils sont nombreux, et pas seulement en Bosnie… Un certain nombres de publications furent réalisées sur ces thèmes à la suite de cette enquête. Mes liens avec le Rwanda sont des liens de proximité en temps réel pendant le printemps tragique de 1994, et avec de nombreux intervenants et chercheurs travaillant sur le terrain.

3. Lors du voyage effectué en décembre 1993 dans les camps de réfugiés venus de Bosnie, j'ai pris pour la première fois connaissance de vingt cas dont les témoignages furent recueillis dans le cadre de la relation thérapeutique par le Dr Dobrica Kozaric-Kovacic en charge de ces personnes dans ce camp précis : la confidentialité était une des conditions de l'obtention du témoignage, dans le cadre de la relation psychothérapeutique, confidentialité que le chercheur en sciences sociales se devait de respecter aussi – mais chacun de ces cas pouvait faire l'objet d'un livre entier.

4. Des témoignages fiables ont été collectés, par exemple lors de la première guerre de Tchétchénie, de viols de paysans tchétchènes désignés sous des prénoms féminins après le viol dans les camps de filtration tenus par les forces russes, en particulier celui de Tchernokosovo.

5. Cette première évaluation fut donnée par la commission Warburton, et publiée en France entre autres documents rassemblant des témoignages dans *Le Livre noir de l'ex-Yougoslavie*, Arlea, 1993.

6. On peut se référer au texte *in extenso* publié sur Internet des plaidoyers et audiences tenus au TPIY, et se reporter à ces cas ; par exemple, on peut étudier avec précision le traitement juridique du dossier Foca (Bosnie, 1992-3). On peut en consultant cette extraordinaire base de données voir comment ces viols systématiques commis en temps de guerre ont été petit à petit spécifiés, définis, et *in fine* placés officiellement dans la liste des crimes contre l'humanité.

7. Louise Lambriche cite dans *Nous ne verrons jamais Vukovar*, Paris, Philippe Rey, 2005, un colloque international tenu à Zagreb en 1995 et évaluant à environ 5 000 le nombre d'hommes violés en Croatie et Bosnie pendant la guerre.

8. Vélibor Colic, *Les Bosniaques*, Serpent à plume, 1994.

9. Voir par exemple dans *De la violence*, livre collectif dirigé par Françoise Héritier, éditions Odile Jacob, t. II 1997, V. Nahoum-Grappe « L'usage politique de la cruauté extrême, ex-Yougoslavie 1992-1995 ».

10. La Pléiade, t. VI, pp. 661-663.

11. *J'ai serré la main du diable, la faillite de l'humanité au Rwanda*, édition Libre Expression, 2003.

12. Extrait de *L'enfant de l'ennemi*, le beau livre de l'historien de la Grande Guerre, Stéphane Audouin Rouzeau.

LES VIOLS DE GUERRE : UNE RÉALITÉ INTERNATIONALE ET INTEMPORELLE

Dans son action en cours contre « Le viol comme tactique de guerre », un ensemble d'associations humanitaires, d'avocats et de chercheurs se sont réunis à l'initiative du Secours Catholique depuis mai 2005 afin d'élaborer une réflexion (étayée sur un vaste travail de documentation bibliographique auquel il sera possible d'accéder sur Internet au printemps 2006[1]) et de proposer des actions sur cette thématique du viol instrumentalisé et délibérément utilisé comme arme de guerre. Une carte élaborée sur la base de 111 rapports et 64 ouvrages a été constituée par le cartographe Vincent Moriniaux (Paris IV-Sorbonne) pour les principaux grands conflits où de telles pratiques ont été constatées de façon massive au cours du XXe siècle.

La période envisagée couvre les années postérieures à 1937. Qu'ils concernent des dizaines ou des centaines de milliers de cas, les viols de guerre sont recensés selon les différents cas de figures où on les constate : guerres internationales, guerres civiles, violences intercommunautaires. Les cas sont plus ou moins bien connus : certains échappent à toute mémoire collective et donc à toute élucidation historique, en dehors de la mémoire des populations locales ou de leurs descendantes – et parfois du pouvoir politique qui peut trouver un intérêt à les instrumentaliser...

Les violences exercées contre les femmes en temps de guerre sont de plus en plus visibles et licitement exercées par les pouvoirs et les factions en jeu, ce qui ne veut pas dire pour autant qu'elles soient plus fréquentes. Mais le sens politique dont elles sont porteuses, leur intérêt tactique, et leur statut en tant que pratique (peu glorieuse, en principe) dans une action militaire, évoluent. Tout se passe comme si, désormais, les pratiques de viols en temps de guerre se retrouvaient à la fois de plus en plus condamnées juridiquement au plan des institutions internationales et des opinions publiques, et en même temps de plus en plus normalisées de fait sur le terrain des guerres contemporaines. Les deux grands cas tragiques qui ont marqué la prise de conscience collective de la contemporanéité de ces pratiques sont les guerres en ex-Yougoslavie (1991-1999) et le génocide rwandais (avril-juillet 1994).

L'Europe ne peut donc se croire épargnée, au contraire. Les pratiques de cruauté extrême contre les civils qui habitaient le tiers nord de la Croatie (1991), les deux tiers de la Bosnie (1992-1995) et le Kosovo (1989-1999) incluaient les massacres massifs, les déportations et constitutions de camps de concentrations (et non d'extermination au sens nazi du terme), les tortures et les viols systématiques de femmes surtout, mais pas seulement.

Le génocide rwandais, hallucinant de rapidité et d'efficacité, a été le cadre de l'expression d'une cruauté extrême également, tant dans les moyens que dans les manières d'exterminer les populations définies « ethniquement » par le pouvoir politique qui a programmé en amont l'extermination. La bibliographie concernant ces deux cas est maintenant trop importante pour être ici répertoriée, mais on peut consulter en France Purifier et Détruire, usages politiques des massacres et génocides, de Jacques Sémelin[2].

Ces deux arbres cachent une immense forêt. Il ne faut oublier ni les violences sexuelles perpétrées pendant la première guerre mondiale, ni les viols commis à Nankin en 1937 de façon massive, ni les femmes juives, tatouées « putain d'Hitler » sur le bras, internées dans les camps de concentration nazi lors de la dernière guerre, torturées en tant que femmes dans les sinistres laboratoires expérimentaux de ces camps. Il ne faudrait pas non plus passer sous silence les viols commis par les Russes en Allemagne en 1945, ni ceux commis au Guatemala (1966-1996), ou encore au goulag en Union Soviétique. Ni le Timor (1999), ni la Birmanie (1988-2001), ni l'Algérie (1954-62, 1992-1997) ne furent épargnés. Et depuis, deux décennies, on observe des viols utilisés comme arme politique dans de nombreux pays d'Afrique : dans deux Congo, en Sierra Léone, au Libéria, en République centre-africaine, au Burundi, au Sud Soudan et au Darfour tout récemment encore (2003-2005).

1. Ce groupe existe depuis deux ans, et donne lieu à un Observatoire International de recherche et d'action sur ce thème . un site est prévu pour 2006, avec toutes les informations, les données disponibles, une bibliographie internationale en cours de constitution, et les actions en cours. La carte de géographie des violences contre les femmes dans les conflits du XXe (Vincent Moriniaux, Paris IV-Sorbonne) citée dans notre texte y sera aussi disponible. (Consulter pour toute information Angéla Mizoni et Michel Roy, *Secours Catholique, DPI*, 106 rue du Bac Paris 75007.)

2. Publié au Seuil, en 2005.

Esther Mujawayo
La vie après le Rwanda

Rescapée du génocide tutsi au Rwanda de 1994, Esther Mujawayo a vu mourir son mari et l'essentiel de sa famille. Elle vit désormais avec ses filles en Allemagne. Elle a fondé l'Association des Veuves du Génocide d'Avril pour libérer la parole des femmes traumatisées. Vivre est sa vengeance.

« Je suis passée de la condamnation à vivre au choix de vivre. Ce ne sont pas mes tueurs qui m'ont laissée en vie, c'est moi qui aujourd'hui ai fait le choix de vivre. Je voudrais que celui qui me voulait exterminée se dise “J'ai fait tout ça pour rien, elle vit.” Être vivante-vivante, plutôt que survivante est une façon de les punir. C'est ma seule vengeance possible. »

Esther Mujawayo est rwandaise et tutsie. Le génocide dont elle est rescapée, elle le raconte au passé, mais lorsqu'elle évoque ses souvenirs les plus douloureux, à son insu, elle s'exprime au présent. Et c'est ainsi que prend forme, peu à peu, le pays des Mille Collines et que surgit l'horreur, le visage des bourreaux, les machettes tachées du sang de sa famille, la longue et lente reconstruction des victimes et enfin l'engagement de la survivante : sa vie d'aujourd'hui.

Esther est née à Taba, un petit village au centre du Rwanda. Aujourd'hui, il n'existe plus. Il a été rayé de la carte. Disparu, comme son mari Innocent, ses parents, ses sœurs, ainsi que deux cent quatre-vingt-onze membres de sa famille. Tous exterminés, entre avril et juin 1994.

« Le 7 avril, ça a commencé. À la radio et dans la rue, on entendait les cris et les coups de feu. » Esther vit alors à Kigali, avec son mari et ses trois filles, Anna, Amelia et Amanda. La jeune femme est sous-directrice de l'organisation Oxfam, une ONG britannique qui œuvre pour le développement. Diplômée en sociologie de l'université belge de Louvain La Neuve, Esther a en charge la région de l'Afrique de l'Est, du Kivu congolais au Burundi voisin. Depuis quelques mois, la tension monte entre les communautés hutue et tutsie, disséminées à l'intérieur du pays, mais aussi dans les États frontaliers du Rwanda. Parce qu'elle est tutsie, Esther ne peut plus se rendre en République démocratique du Congo où l'ethnie est pourchassée.

Les difficultés, les discriminations, Esther connaît déjà. Un an après sa naissance, en 1959, alors que les Belges s'apprêtent à rendre son indépendance au pays, les massacres contre les Tutsis, perpétrés par les nouveaux maîtres du pouvoir hutus, commencent. Sa mère s'enfuit, Esther sur le dos : « Exactement comme moi avec Amelia, le lendemain de la mort du Président. » Répétition de l'histoire.

On se dit « ce sont nos voisins, ils ne vont pas nous attaquer »

Le 6 avril, dans un Rwanda déstabilisé par les conflits ethniques et malgré la fragile paix conclue l'année précédente à Arusha qui installait un gouvernement mixte à la tête du pays, l'avion transportant le président Habyarimana s'écrase. Dès le lendemain, la fièvre s'empare des miliciens hutus, relayée par la sinistrement renommée « Radio des Mille Collines », et les tueries débutent. « Au début, on ne comprend pas trop. La peur est là mais on se dit, ce sont nos amis, nos voisins, ils ne vont pas nous attaquer. Même si la radio nous tient pour responsables, nous Tutsis, de l'assassinat du Président. » Dès le lendemain, l'appel au meurtre est devenu légal.

Esther reste chez elle, entourée de sa famille et de quelques amis venus se réfugier auprès d'elle. Le quartier de Gitega, où elle vit, est assez sûr. Innocent et Esther décident de ne pas en bouger mais de ne pas rester dans leur maison. C'est trop dangereux. Au petit matin, ils réveillent leurs filles et, réflexes de militants humanitaires, prennent couvertures et vêtements chauds. Direction, l'ancien dortoir désaffecté de Notre-Dame des Cîteaux.

La famille y reste trois semaines, entourée d'une centaine d'autres Tutsis. Trois semaines hors du monde, prisonniers de la folie qui sévit dehors, lente agonie sans eau, sans nourriture. À chaque coin de rue, des barrages d'Interahamwe, ces milices extrémistes hutues formées et entraînées avant le génocide par l'armée rwandaise et française, contrôlent et assassinent sauvagement la population. Seul lien avec l'extérieur, la radio, cette radio qui hurle sans cesse sa haine de l'Autre : « Il faut écraser les serpents, travailler – tuer – plus et plus vite, et surtout remplir les tombes. »

« Je suis seulement tutsie, un cancrelat comme dit la radio »

Dans son dortoir, Esther Mujawayo échappe jusque-là à la barbarie qui sévit alentour. Elle n'assiste pas aux massacres. « La mort ne m'a pas narguée de façon aussi violente que d'autres. » Mais si Esther et ses enfants ne voient pas le sang couler ; l'horreur, elle, s'entend. Les hurlements, les coups de feu, les bombes aujourd'hui encore la hantent : « Le plus dur, ce sont ces bruits, des bruits courant comme des sifflets lors d'un match de football, ou les crissements de pneus. Bizarrement, c'est ça qui me replonge dans le cauchemar. Jusqu'au génocide, j'étais Esther, avec un parcours, une histoire, j'étais sociologue, épouse du préfet des études et professeur estimé et tout à coup, je ne suis personne, je n'ai droit à rien, je suis seulement tutsie, un cancrelat comme dit la radio… ce sentiment d'être rien, de considérer que survivre est comme un droit dont tu as abusé, ne te quitte pas. »

Le matin du 30 avril, Esther et Innocent se rendent dans un jardin voisin pour y chercher de l'eau. Soudain, une papaye bien mûre, un trésor pour leurs enfants. Ils rentrent au couvent et Innocent se met à éplucher délicatement le fruit. « J'aurais dû pressentir, à ce moment précis que son geste était un geste d'adieu. Aujourd'hui avec ses tranches de papaye, il va offrir un festin aux enfants, à tous les enfants. »

Le soir même, les miliciens hutus débarquent dans leur refuge, séparent les femmes des hommes et les embarquent.

Aucun doute, aucun espoir possible, ils seront tués. Tous. Cachées dans les buissons, Esther et ses filles assistent impuissantes à la fin des leurs. Anna, l'aînée de cinq ans, réagit aux rafales de coups de feu : « Maman, est-ce que c'est papa qu'on tue ? » Esther apprendra plus tard que ce soir-là, sur l'avenue de la Justice, les miliciens ont d'abord coupé les pieds des hommes pour les empêcher de s'enfuir, puis sont revenus, le lendemain matin, les achever pour les jeter ensuite dans une fosse commune.

Dans les jours qui suivent, dans l'hébétude du chagrin, Esther se résigne à mourir, à mourir avec ses enfants. Jusqu'au moment où elle apprend que sa sœur Stéphanie est encore en vie. Alors elle se décide à vivre, ou à survivre. En corrompant un sergent hutu modéré avec la somme de quatre-vingts dollars, Esther et ses filles se réfugient à l'hôtel des Mille Collines. Et découvrent, terrible ironie, que l'hôtel Rwanda, seul lieu protégé sur la terre du massacre, se trouve à moins de cinq cents mètres du couvent. Gardé par les Nations Unies, il abrite les quelques derniers agents de la Minuar, la mission internationale des Nations Unies au Rwanda, qui n'ont pas déserté le territoire.

Car le génocide s'est produit sous les yeux mêmes de ces casques bleus, soldats de la paix, alors que l'Afrique du Sud en liesse fêtait l'accession au pouvoir de Nelson Mandela. « Un million de personnes a été exterminé en moins de cent jours dans un silence assourdissant et une indifférence totale. Boutros-Ghali, secrétaire général des Nations Unies, nous a donnés ; Kofi Annan, chef de maintien, a exécuté l'ordre de ne rien faire. Bill Clinton s'est tu. Le mot de génocide a été évité dans les ambassades et dans la presse parce que son utilisation signifiait l'obligation d'intervenir. Ce qui se produisait, sous leurs yeux, n'était pas une tuerie intertribale mais une opération d'extermination décidée par mon propre gouvernement. »

Le 18 juin, alors que les Interahamwe s'attaquent finalement à l'hôtel jusque-là épargné, la Minuar décide d'évacuer tout le monde. Dans un camion de l'Onu, Esther et ses filles passent la ligne de front et entrent en territoire occupé par le Front patriotique rwandais, l'armée tutsie en exil. Après quelques jours dans un camp de réfugiés à la frontière, Esther Mujawayo quitte le Rwanda le 28 juin pour l'Ouganda voisin. Le 4 juillet, les troupes du FPR entrent dans Kigali et libèrent la ville.

Pour Esther, la décision s'impose : rentrer au Rwanda, chercher les siens, les vivants, et enterrer les morts. Voir le corps de ses parents, de son mari Innocent et leur donner une sépulture digne. De son retour au pays, Esther parle difficilement, comme si l'épouse, la fille, la mère avaient disparu, laissant survivre uniquement la sociologue férue d'humanitaire qui, pour ne pas sombrer, va renaître au travers de l'aide apportée aux autres : les rescapés.

La tête haute devant nos bourreaux

Dès le mois de juillet, abasourdie par le nombre de veuves et d'orphelins, par le mutisme obsessionnel dans lequel se murent les survivants, Esther fonde Avega, l'Association des veuves du génocide d'avril. Pour que les femmes dont la parole est tue, dont le souvenir de l'horreur est enfoui, qui, violées, vivent dans la honte, puissent trouver un espace où parler, pleurer, hurler leur souffrance.

« Rien que pour ça, pour que le soir, on se retrouve entre femmes, sans se cacher. C'était formidable. Car une fois sorties, on essuyait nos larmes et on marchait fières, la tête haute devant nos bourreaux. »

Rapidement, Avega prend de l'ampleur et Esther, tout en retournant à son travail au sein d'Oxfam, se rend compte de l'immensité des besoins : un million de morts, 400 000 rescapés, 1,2 million d'orphelins. Esther, devenue thérapeute – « c'était un besoin tout à la fois conscient et inconscient de ne pas soigner uniquement les plaies mais les âmes aussi » –, milite pour obtenir des aides, des médicaments, scolariser des enfants désormais, pour la plupart, chefs de famille, reconstruire des logements décents.

Son combat se politise : 80 % des rescapées ont été violées et beaucoup commencent à mourir lentement du sida – on évalue à 400 000 le nombre des femmes contaminées. « Le viol est une des raisons pour lesquelles elles ont été laissées en vie. Souvent, les agresseurs, qui se savaient atteints de la maladie, leur disaient : la mort que je t'ai donnée est pire que la mort. » Esther Mujawayo exprime sa colère : ces violeurs, emprisonnés par le tribunal d'Arusha en Tanzanie, bénéficient grâce à l'Onu des trithérapies, traitement que les Nations Unies ont longtemps refusé à leurs victimes, qui venaient témoigner aux procès. « Aujourd'hui, Avega compte plus de 30 000 membres et presque tout le monde, au Rwanda, peut être soigné, s'il le souhaite », énonce fièrement Esther.

« Si tu vis en étant morte dedans, les tueurs ont gagné »

Depuis 1999, la jeune femme a rejoint son second mari Helmut, un pasteur protestant, en Allemagne. À Düsseldorf, elle exerce comme thérapeute spécialisée dans les traumatismes psychiques. Courageuse, déterminée, elle continue malgré la souffrance à reconvoquer sans cesse le passé, à témoigner. La nécessité ressentie de dire la vérité sur ce qui s'est produit ne faiblit pas. Inlassablement, de conférence en interviews, Esther énonce et dénonce cette banalité du mal théorisée par Hannah Arendt.

« La violence du génocide va au-delà de la mort ou des tortures physiques. Il t'anéantit à l'intérieur de toi, il te fait ce que l'autre veut faire de toi : rien, même moins que rien. » Les mots d'Esther rappellent inexorablement ceux d'un autre rescapé : Primo Levi. Mais c'est auprès d'une autre survivante des camps de la mort, Simone Veil, qu'Esther va trouver, paix, confiance, dialogue et amitié. Les deux femmes se rencontrent en 2004, à l'occasion de la publication du livre-témoignage qu'elle a écrit avec Souad Belhaddad.

« Au Rwanda, les bourreaux et les victimes se connaissaient. La mort s'est faite dans un corps à corps pétri de haine. Pendant la Shoah, les SS tuaient de sang-froid mais ils ne ressentaient pas de haine individuelle envers leurs victimes… de vous entendre maintenant, j'ai des frissons d'émotion. D'émotion par rapport à ce passé commun, à cette similitude de nos situations à près de cinquante ans de distance », exprime Simone Veil dans l'entretien reproduit à la fin de l'ouvrage d'Esther. Le génocide, la négation manipulée par l'idéologie, recèle toujours en soi les mêmes axiomes : haine de l'Autre, déshumanisation de l'Autre pour permettre son extermination.

Depuis, il a fallu pardonner aux exécutants, réclamer justice aux responsables et réapprendre à vivre. « Si tu vis en étant morte dedans, les tueurs ont gagné… dit encore Esther Mujawayo, mais il n'y a pas de fin au génocide. Les massacres se terminent, les poursuites s'arrêtent mais il n'y a pas de fin à la destruction ». En kinyarwanda, la langue des Mille Collines, les mots génocide et viol n'existaient pas. Il a fallu les inventer.

Saveria Rojek est journaliste. Elle a longtemps vécu aux États-Unis et a co-écrit un ouvrage sur les attentats du 11 septembre 2001. Elle collabore aujourd'hui à la chaîne M6.

Intifada
Huis clos pour les femmes

Stéphanie Le Bars

Après plusieurs années d'Intifada, de plus en plus de jeunes Palestiniennes sont victimes de violences sexuelles au sein de leur propre famille. Des travailleurs sociaux tentent de leur venir en aide.

Le petit Bachar ne connaîtra jamais sa mère. Elle a été assassinée à l'âge de dix-huit ans, quand il avait tout juste six mois. L'enfant, né à Bethléem, n'a pas été recueilli par sa famille maternelle, des musulmans de Ramallah. À leurs yeux, Bachar, fruit d'un viol incestueux, n'existe pas. Sa mère, abusée pendant plus d'un an par deux de ses frères, avait tenté de rompre les liens avec ce milieu familial hostile. Non sans courage, elle était venue, seule, accoucher dans un hôpital de Bethléem. Puis, en dépit de l'aide qu'elle avait pu y trouver, elle avait fini par céder aux promesses rassurantes des siens. Ils voulaient qu'elle rentre à la maison ; elle y est rentrée. Mais ses frères l'ont finalement étranglée pour « laver » la honte de cette naissance hors mariage. Ils n'ont pas été poursuivis par la justice.

Même si de tels « crimes d'honneur » sont moins fréquents dans les territoires palestiniens que dans les pays arabes voisins, comme la Jordanie, les violences de toutes sortes qui secouent la société palestinienne et ses 3,5 millions de personnes, ont des répercussions flagrantes sur les femmes et les enfants. Victimes au quotidien de l'occupation israélienne, peu protégés par les structures officielles – elles-mêmes mises à mal par quatre années d'Intifada –, ils subissent le durcissement des rapports sociaux et familiaux dans un contexte d'impunité quasi totale, due à la situation politique.

Comme la jeune maman de Bachar, Reem Al-Riyachi a payé de sa vie cette inquiétante évolution. Le 14 janvier, lorsqu'elle s'est approchée du barrage d'Erez, à la sortie de la bande de Gaza, les militaires israéliens ne se sont guère méfiés de cette mère de famille de vingt-deux ans. Arrivée à leur hauteur, elle a pourtant actionné la ceinture d'explosifs dissimulée sous ses vêtements, provoquant ainsi la mort de quatre soldats.

Promiscuité et précarité aggravent les violences sur les femmes

Bien qu'elle ait été proche du Mouvement de résistance islamique (Hamas), cette kamikaze ne correspondait pas au profil habituel du candidat au suicide. Son acte a d'ailleurs suscité une certaine perplexité dans l'opinion publique locale. Impossible à vérifier, une rumeur s'est propagée : Reem aurait « fauté » ; et son entourage l'aurait persuadée de mourir en martyr afin de restaurer son honneur. L'armée israélienne, de son côté, affirmait récemment avoir arrêté deux kamikazes envoyées à la mort par leurs proches pour des raisons similaires.

« Officiellement, trente-six jeunes femmes ont été tuées dans le cadre de crimes d'honneur, ces dix-huit derniers mois en Cisjordanie et dans la bande de Gaza. Mais on peut penser qu'en réalité il y en a eu trois fois plus », assure Eskandar Andon, assistant social à l'hôpital de la Sainte-Famille à Bethléem. « Sur les cas avérés, poursuit-il, moins d'une dizaine étaient des prostituées. Les autres ont été tuées alors qu'elles avaient perdu leur virginité ou qu'elles s'étaient retrouvées enceintes à la suite d'incestes. »

S'il est difficile de chiffrer le phénomène, travailleurs sociaux, psychologues ou responsables des ministères concernés s'accordent à juger que les conditions économiques et sociales imposées à la population ont favorisé les cas d'abus sexuels. Mais le sujet est tabou et les victimes réservent leurs confidences à ceux qui les aident.

Hazem Hajaj est de ceux-là. Responsable du Centre de conseil à la jeunesse, une association de Naplouse dont le but est de secourir les mères et les enfants en difficulté, il témoigne d'un durcissement dans les relations familiales et conjugales. « Lorsque vous vivez à dix dans deux pièces et que votre ville est sous couvre-feu plusieurs dizaines de jours par an [comme ce fut le cas dans la plupart des grandes villes de Cisjordanie durant les deux dernières années], il est difficile d'éviter les relations incestueuses et les tensions de toutes sortes », constate M. Hajaj.

À la promiscuité s'ajoute, dans bien des cas, la précarité économique. Cette situation empêche les jeunes gens de se marier et favoriserait les relations sexuelles au sein du cercle familial. Parmi les nombreuses femmes dont les maris ont été tués ou emprisonnés au cours de l'actuelle Intifada, certaines se retrouvent aussi à la merci de leur belle-famille. « J'ai reçu les confidences d'une femme qui avait perdu son mari lors d'une incursion israélienne ; recueillie par ses beaux-parents, elle était abusée par son beau-père et son beau-frère. Elle a refusé de porter plainte car elle dépendait entièrement d'eux pour sa subsistance et celle de ses enfants », raconte Razan Eskandar, une travailleuse sociale qui œuvre principalement dans les camps de réfugiés autour de Naplouse et organise des psychothérapies individuelles ou collectives.

Les effets du porno dans une société pudibonde

Plusieurs témoignages de victimes soucieuses de rester anonymes font état des effets inattendus et ravageurs des nouvelles technologies. La télévision par câble et l'accès à Internet ont introduit dans les foyers des programmes et des sites pornographiques, jusque-là interdits ou difficilement accessibles dans une société traditionaliste et pudibonde. « Confinés à la maison à cause du chômage, les hommes, jeunes et moins jeunes, passent beaucoup de temps devant la télé. Ce qu'ils y voient leur donne des idées et ensuite ils passent à l'acte en prenant ce qu'ils ont "sous la main", leur fille ou leur sœur », résume Shaden Bustami, directrice de l'Association de la défense de la famille (ADF).

Installé dans un immeuble discret de Naplouse, cet organisme tient une comptabilité de la détresse féminine. Son bilan est alarmant. Le nombre de personnes ayant eu recours à ses services a triplé entre 2000, début de l'Intifada, et 2003. Victimes de violences psychologiques, physiques ou sexuelles, plus de six cents femmes se sont tournées vers ses psychologues et ses assistantes sociales. Parmi elles, plusieurs dizaines ont demandé à rejoindre la « maison sécurisée ».

L'adresse de ce refuge est tenue secrète. Placé sous surveillance vidéo et protégé par des hauts murs anonymes, il est ouvert aux cas les plus désespérés. Dans cet immeuble calme et propre, ouvert sur un jardin, les pensionnaires peuvent se ressourcer six mois maximum dans des chambres fonctionnelles, au décor minimaliste. Entre les séances de psychothérapie, l'apprentissage de leurs droits, les discussions informelles, elles redécouvrent les rythmes et les gestes de la vie quotidienne.

Elles sont chefs de famille économiques, mais battues

Depuis quelques semaines, une jeune femme de Hébron y vit ainsi en compagnie de six autres « pensionnaires », pour certaines accompagnées de leurs enfants. Elle est en danger de mort pour avoir trompé son mari et tenté de fuir avec son amant. « Elle y a été transportée par ambulance pour pouvoir passer les barrages israéliens », racontent les responsables de l'ADF avant de souligner les difficultés d'accès à leur centre depuis que l'armée quadrille l'ensemble de la Cisjordanie.

Toutes les tensions familiales n'aboutissent évidemment pas à de tels drames, mais l'Intifada noircit le quotidien des femmes. « Pourtant, la femme palestinienne est l'une des plus éduquées du monde arabe, rappelle Fatina Touqan, la responsable, musulmane et très pratiquante, de l'ADF. Durant la première Intifada (1987-1993), elle a connu une forme d'émancipation en participant au soulèvement populaire et en sortant du cadre strict de la famille. Aujourd'hui, c'est elle qui prend de plein fouet la violence que subit la société. »

« Depuis plus de trois ans, à cause du chômage, l'homme est mis en marge de la société. Le seul endroit où il peut encore exercer sa domination, c'est à la maison : alors il bat son épouse, l'épouse bat ses enfants et les enfants se battent entre eux », résume M. Andon, de l'hôpital de la Sainte-Famille.

« D'autres maris manifestent leur autorité en exigeant qu'elles se voilent », précise aussi Mme Eskandar, habituée à visiter les camps de réfugiés.

Contraintes de subvenir aux besoins de la famille, beaucoup de Palestiniennes ont dû chercher des « petits boulots », ce qui les a transformées en chefs de famille, tout au moins du point de vue économique. Une charge qui s'ajoute au soutien affectif, psychologique et domestique qu'elles assument par ailleurs.

« Ces nouvelles responsabilités auraient pu avoir un aspect positif si elles avaient été acquises dans un contexte normal, explique M. Hajaj, Mais là, les femmes doivent en plus subir la présence d'un homme stressé à la maison, rassurer des enfants angoissés, et gérer leur propre mal-être. »

« La place de l'homme dans la société palestinienne aujourd'hui explique en grande partie la dégradation de la situation des femmes et des jeunes filles », analyse de son côté Emmanuel Digonnet, responsable du domaine de la santé mentale pour Médecins du Monde à Naplouse. « Or, s'il existe de nombreuses structures d'accueil qui permettent aux femmes et aux enfants de s'exprimer rien n'a été mis en place pour faire parler les hommes, excepté les prisonniers victimes de torture. » Par le biais de « cafés littéraires », cette ONG souhaite donc créer des lieux de parole qui inciteraient les hommes à venir se livrer.

Les besoins sont immenses, selon M. Hajaj (Centre de conseil à la jeunesse). Avec une franchise rare dans une société aux tabous encore pesants, ce dernier évoque les problèmes de couple : « Avec le stress permanent auquel elles doivent faire face, beaucoup de femmes sont plutôt réticentes à mener une vie sexuelle normale. Alors que leurs compagnons, désœuvrés, sont plutôt demandeurs. Cela débouche sur des conflits, qui vont parfois jusqu'à de la violence physique. »

Pour beaucoup, il est impensable de porter plainte

Quand les victimes se confient à eux, les travailleurs sociaux et les psychologues sont relativement démunis. La plupart du temps, elles viennent consulter dans le plus grand secret et veulent éviter à tout prix que leur entourage ne soit informé. Pour l'immense majorité d'entre elles, il est donc impensable de porter plainte. « De toute façon, la police, quand elle existe, ne peut rien faire, les refuges sont quasiment inexistants et même les travailleurs sociaux ne veulent pas prendre de décisions telles que des mesures d'éloignement du domicile, car ils seraient eux-mêmes en danger, en cas de vengeance », explique M. Hajaj.

Derrière son bureau sommaire, Fayrouz Musa, directrice régionale du ministère des Affaires sociales à Bethléem, se veut plus optimiste. « La violence familiale induite par l'Intifada existe, mais son niveau n'a rien de comparable avec ce qu'ont connu des pays en guerre, comme le Liban ou la Bosnie », souligne cette Libanaise mariée à un Palestinien.

Tout en reconnaissant que l'occupation israélienne rend parfois difficile l'application des directives sur le terrain, Mme Musa souligne les efforts accomplis pour lutter contre ce phénomène. « Par exemple, précise-t-elle, une loi est en préparation pour augmenter l'âge légal du mariage à 18 ans et prévenir le développement des mariages précoces. » Les difficultés économiques ont, en effet, remis au goût du jour les mariages des adolescentes à 13-14 ans, ce qui les oblige à quitter l'école prématurément.

En dépit de ces louables intentions, la plupart des femmes préfèrent s'en remettre à une autre forme de protection : la religion. « Face à la dépression généralisée qui s'est abattue sur la société palestinienne, l'individu ne parvient pas à se sortir seul de ces difficultés, affirme Mme Bustami (ADF), alors il se tourne vers Dieu. »

Pour cette jeune femme peu pratiquante, vêtue à l'occidentale, cet élan est plutôt positif : « Dans les groupes de parole, nous avons remarqué que les femmes religieuses souffrent moins que les autres. Quand elles perdent un proche du fait de l'occupation, elles peuvent se dire que leur fils, leur frère ou leur mari est mort en "shahid" [martyr] et que c'était la volonté de Dieu ; cela les aide énormément. Et pour la plupart ce retour à la religion n'a rien de politique. » « Il ne faut pas voir ce regain de l'islam comme une forme supplémentaire d'oppression », confirme M. Hajaj, musulman par culture, mais à mille lieues des « barbus ». « Si grâce à Dieu, elles se sentent davantage en sécurité et mieux armées pour affronter la situation, tant mieux ! » À Naplouse comme ailleurs, les femmes voilées sont aujourd'hui majoritaires.

Article paru dans Le Monde, *édition du 10 septembre 2004.*

Au nom de l'« honneur » : crimes dans le monde musulman

Sandrine Treiner

Elles sont adultères ou simplement soupçonnées de l'être, femmes violées, filles-mères : 5000 femmes dans le monde sont tuées chaque année. On les accuse d'avoir terni l'honneur d'un homme, d'une famille, d'un village. Leur assassin, lorsqu'il est arrêté, bénéficie de circonstances atténuantes.

Il aura fallu attendre la fin du XXe siècle pour que le silence soit publiquement rompu. En janvier 1999, devant le Conseil économique et social des Nations Unies, Asma Jahangir, avocate pakistanaise et rapporteure spéciale de la Commission des droits de l'homme présente, un rapport sur les exécutions extra-judiciaires, sommaires ou arbitraires (voir p. 89). Dans l'article 74 intitulé « Pratiques et coutumes traditionnelles affectant le droit à la vie », Asma Jahangir fait état de son profond trouble face aux « crimes dits d'honneur, commis dans certains pays du Moyen-Orient, d'Amérique latine ou d'Asie du Sud, où des époux, des pères ou des frères tuent leurs femmes, filles ou sœurs en toute impunité pour défendre l'honneur de la famille ». Elle ajoute : « Les victimes sont généralement des femmes que l'on soupçonne d'avoir eu des relations sexuelles avec un homme », mais mentionne des cas où le seul « crime » reproché à la femme était d'avoir demandé le divorce.

L'avocate sait depuis longtemps à quoi s'en tenir sur ces meurtres. Avec sa sœur, Hina Jilani, avocate elle aussi, toutes deux menacées de mort depuis que des fatwas prononcées par les religieux de Peshawar ont mis leurs têtes à prix, elle tente de faire condamner au Pakistan les auteurs des crimes d'« honneur ». En avril 1999, une jeune femme de vingt-neuf ans, Samia Sarwar, a été assassinée à Lahore d'une balle dans la tête dans le propre bureau d'Hina Jilani, qu'elle était venue consulter pour entamer une action en divorce contre son mari qui la maltraitait. Elle était enceinte.

« Ma fille, c'est mieux si tu meurs »

« Écoute-moi ma fille, écoute, j'aimerais bien que tu meures, c'est mieux si tu meurs. » La scène se déroule dans un hôpital en Cisjordanie. Souad est mourante. Quelques jours auparavant, après un conseil de famille où ses parents ont décidé de sa mise à mort, son beau-frère Hussein a fait irruption dans la cour de la maison familiale, lui a renversé un bidon d'essence sur la tête et y a mis le feu. Brûlée au troisième degré, Souad n'est plus qu'une plaie purulente. À l'hôpital où elle a été conduite par des gens du village, elle subit la brutalité d'une infirmière malveillante. « J'étais coupable aux yeux de tout le monde. Je subissais le sort de toutes les femmes qui salissent l'honneur des hommes. On m'avait lavée simplement parce que j'empestais, pas pour me soigner. On me gardait là parce que c'était un hôpital où je devais mourir sans créer d'autres problèmes à mes parents et à tout mon village. » Aussi sa mère vient-elle à son chevet, une fiole de poison dans la main pour convaincre sa fille de parfaire elle-même le crime. Il faudra l'intervention *in extremis* d'un jeune médecin pour que Souad ne cède pas au chantage et que ses parents soient interdits de visite. Qu'est-ce qui a valu un tel traitement à la jeune femme ? Amoureuse d'un voisin, elle a été séduite. Il lui a promis le mariage et ils ont fait l'amour une fois dans un champ. Souad est tombée enceinte et le jeune Faied l'a abandonnée. Sa grossesse démasquée, elle était dès lors une femme morte.

Amena Begum s'est mariée à vingt ans avec un fermier dans le sud-ouest du Bangladesh. Deux décennies plus tard, elle va rendre visite à sa tante sans en avoir demandé l'autorisation préalable à sa belle-famille. Dans un premier temps, son beau-frère la passe à tabac au point qu'elle court se réfugier dans sa propre famille non loin de là. Après avoir tenté de la convaincre de revenir au foyer, son mari fait irruption dans sa maison familiale et lui jette de l'acide au visage.

Retour au Pakistan. Une responsable d'un refuge pour femmes témoigne devant un journaliste : « Nous recevons des femmes battues, brûlées, vitriolées ou mutilées. » Depuis quelques années, les témoignages s'accumulent. Tous racontent des histoires qui sont autant de cauchemars. Elles se déroulent sur différents continents et relatent le martyre de femmes aussi bien au Pakistan qu'en Inde ou au Bangladesh. En Jordanie et dans les camps palestiniens. En Argentine aussi et désormais dans les pays européens au sein des populations immigrées (voir encadré). Ce ne sont pas des faits divers isolés, de ces histoires épouvantables mais exceptionnelles qui témoigneraient seulement de la folie de quelques hommes ici et là. Elles s'inscrivent dans une longue histoire, peu étudiée encore, et relèvent de coutumes sociales en vigueur dans la plupart des sociétés ou communautés patriarcales, c'est-à-dire au cœur de systèmes où la femme n'est rien d'autre qu'un objet appartenant aux hommes. Passant de la domination d'un père à celle d'un mari, elle n'a aucune marge de liberté. Le mariage forcé ou arrangé est son seul horizon. Elle n'a aucun droit à s'opposer à l'homme qui la possède, quand bien même celui-ci la brutalise, la viole, la soumet à son seul désir. Dans ces systèmes où la dignité d'un homme et de son clan, son honneur donc, compte davantage que la vie même, le comportement de la femme est contrôlé dans ses moindres détails. Interdiction de regarder les hommes parfois même avant l'âge de la puberté, interdiction de leur parler *a fortiori*, interdiction de protester ou de s'opposer à son père ou à son époux. Le sociologue Pierre Bourdieu qui a étudié des sociétés kabyles dans les années 1960 cite le dicton : « La honte c'est la jeune fille », impure et dangereuse, et la morale qui lui est assignée « faite essentiellement d'impératifs négatifs ». Un euphémisme.

Beaucoup de meurtres maquillés en accidents ou en suicides

En 2003, devant le Conseil de l'Europe, un rapport de la Britannique Mme Cryer, aussi précis que possible, présente l'état des lieux des crimes dits d'honneur dans le monde et confirme le nombre avancé par Asma Jahangir de cinq mille femmes victimes chaque année tous pays confondus : des cas ont été répertoriés en Afghanistan, au Bangladesh, au Brésil, en Égypte, en Inde, en Iran, en Israël, en Jordanie, au Liban, au Nigeria, au Pakistan, en Palestine, au Pérou, en Turquie, aux États-Unis comme en Europe. Mme Cryer précise néanmoins que la réalité est sans doute pire encore, dès lors que les familles et villages se soudent pour présenter nombre de meurtres comme des accidents domestiques (dans le cas des immolations et des agressions à l'acide) ou des suicides lorsqu'il s'agit d'empoisonnements.

Le rapport pointe qu'il n'est en aucun cas besoin qu'une femme ait commis quelque acte jugé répréhensible pour être condamnée à mort. Une suspicion ou une rumeur de conduite « immorale », le risque d'un scandale sont autant d'arguments accablants et l'exigence de moralité de la femme recouvre, de fait, une privation totale de liberté. Comme le précise le rapport : « Ce "comportement immoral" (une simple allégation suffit) peut recouvrir une infidélité conjugale, le refus d'accepter un mariage arrangé, une demande de divorce, le fait de flirter ou de recevoir des appels téléphoniques d'hommes, le fait de n'avoir pas servi un repas en temps voulu, ou de "s'être laissé violer". Une femme violée jette l'opprobre sur la communauté et déshonore sa famille, tout autant que si elle avait une liaison. » L'arbitraire est total, la rumeur fait office de preuve, et combien de maris manipulent la réalité de sorte à justifier leur désir de répudier leur épouse. Un rapport circonstancié sur le Pakistan émanant du centre de recherches de la Commission des recours des réfugiés en France relève ainsi : « La perception de ce qui salit l'honneur s'est étendue. Le contrôle des hommes ne s'exerce pas seulement sur le corps d'une femme et sur son comportement sexuel mais sur l'ensemble de ses faits et gestes, y compris ses déplacements et son langage. Tout défi de la part d'une femme équivaut à une atteinte à l'honneur masculin. » Le caractère « élastique » de la notion d'honneur permet également de régler des conflits purement financiers : dettes, différends portant sur la dot ou l'héritage.

La virginité d'une fille, propriété de sa famille entière

Les communautés musulmanes sont les premières concernées par ces pratiques archaïques, qu'elles se produisent dans les pays musulmans ou en Europe. Si les criminels l'invoquent pour se justifier et se disculper, pour autant, la loi islamique n'est pas directement en cause, qui codifie de manière très stricte l'adultère (prouvé par au moins quatre témoins, il est sanctionné par la lapidation de la femme – voir l'article d'Azadeh Kian-Thiébaut, p. 109). Les meurtres et agressions perpétrés au nom de l'honneur d'un homme, d'une famille, d'un village mettent en jeu un code complexe mêlant coutumes et traditions. Préislamiques, repérés déjà dans les lois assyriennes qui faisaient de la virginité d'une fille la propriété de sa famille entière, ces pratiques pourraient, selon l'anthropologue Germaine

Tillion, s'inscrire dans l'histoire des mentalités du monde méditerranéen, où l'honneur et la vengeance sont au cœur des codes tribaux. Une honte publique appelle une réparation publique. Les cas constatés dans des communautés chrétiennes au Moyen-Orient, ou encore en Argentine ou au Venezuela où la défense des meurtriers s'appuie généralement sur des éléments de la loi coloniale espagnole tendraient à confirmer cette hypothèse. Il n'en reste pas moins que c'est dans les pays où l'islam le plus dur prend le pouvoir que les crimes dits d'honneur se multiplient, comme au Pakistan. Ils sanctionnent les *zina*, péchés de viol, d'adultère ou de relations sexuelles hors mariage.

Les femmes victimes n'ont aucun recours autour d'elles

« L'honneur, valeur fragile et partagée par la famille, s'incarne par les femmes et cela au regard de leur comportement en matière de sexualité », explique Stéphanie Latte Abdallah, historienne au Centre d'études et de recherche sur le Moyen-Orient contemporain à Amman. C'est bien parce que l'honneur est une notion subjective et qu'elle s'étend à la collectivité, et non au seul mari, que les femmes victimes ne trouvent, autour d'elles, aucun recours. Souvent illettrées, n'ayant aucun moyen de subvenir à leurs besoins, ne disposant ni d'argent, ni de passeport pour fuir, et généralement prises dans leur propre culpabilité – puisqu'on les accuse, c'est bien qu'elles sont coupables –, les femmes acceptent leur condamnation. La mort, sanction suprême, est décidée par le collectif familial ou le conseil de village en vertu du droit coutumier et ne souffre aucune objection. C'est donc avec la complicité des mères et/ou des sœurs que les femmes sont condamnées. L'agression sera confiée en priorité à un frère, et mieux encore s'il est mineur et du même coup davantage susceptible d'échapper au code pénal national, un beau-frère, un père, un oncle, un cousin. Elle est perpétrée, selon les cas et les traditions, à l'arme blanche, l'arme à feu, l'arrosage de kérosène ou l'envoi de jets d'acide. On a même relevé des assassinats à coups de hache.

Les pratiques coutumières ne s'embarrassent pas de cohérence, dans des mondes où la femme est un objet d'échanges permanents entre hommes. Le « respect » de leur corps est à géométrie variable : ce n'est que de leur contrôle dont il est question. Encore très récemment, le destin de Mukhtar Mai en témoigne. Cette jeune femme, de la caste des paysans Gujjar, fut condamnée par le conseil tribal (panchayat) de la caste supérieure des Mastoi, fermiers puissants et guerriers de son village de Meerwala, dans la province orientale du Pendjab. Elle fut ainsi livrée, en juin 2002, à quatre hommes pour être violée collectivement afin de racheter l'honneur de la famille des Mastoi. On accusait son jeune frère, Shajjur, alors âgé de douze ans, d'avoir séduit Salma, une jeune femme mastoi d'une vingtaine d'années et d'avoir eu avec elle des rapports sexuels. Humilier la communauté paysanne en souillant Mukhtar devait racheter la prétendue souillure de Salma et l'humiliation des fermiers. Mukhtar était une femme divorcée et sans enfants, elle fut désignée pour aller prononcer des excuses devant le conseil mastoi, et condamnée au viol collectif. Le jeune frère de Mukhtar, alors arrêté et incarcéré, après avoir été violenté, ne sera relâché qu'après le versement par son père d'une somme importante.

Ces affaires ne sont pas l'apanage des pauvres et des paysans des régions reculées. Certes, l'honneur peut apparaître comme la seule richesse des laissés-pour-compte du développement et on comprend mieux alors que ne pèse sur les coupables aucun sentiment de culpabilité mais qu'ils jouissent, au contraire, d'une exaltation de leur orgueil. En 2004, lors d'une conférence internationale réunie à Stockholm pour débattre de ces crimes, Guidal Aksit, ministre turque chargée de la famille et de la condition féminine, après avoir dénoncé « la forme la plus impitoyable de la violence contre les femmes », encore trop souvent constatée en Turquie, a relevé que « si les femmes ont une place dans le monde du travail et des affaires, elles auront une place plus forte dans la famille ». Cependant, ces pratiques ancestrales se rencontrent également dans les villes et sont même approuvées par des milieux éduqués. Ainsi, dans le cas de Samia Sarwar, au Pakistan, le père dirigeait la chambre de commerce de Peshawar.

Difficile de rompre la conspiration du silence

Lutter contre ces crimes, qu'ils entraînent la mort de la victime ou pas, pose des difficultés juridiques souvent indépassables, dès lors que règne la conspiration du silence. Toutefois lorsque les affaires viennent jusqu'à la justice, comme dans le cas de Mukhtar Mai, d'imposants obstacles ont déjà été surmontés. Les freins culturels et sociaux sont, dans un premier temps, considérables. On rencontre toujours les mêmes difficultés à assurer la sécurité des femmes dès lors qu'entrent en débat et en concurrence les justices coutumières, tribales, communautaires et la loi pénale nationale (voir l'article de Sona Khan, p. 123). Or, jusqu'à peu, le droit national – lorsqu'il existait, comme en Inde – ne se préoccupait qu'exceptionnellement des décisions de la « justice » coutumière.

« Au Pakistan, explique encore l'avocate Hina Jilani, le droit des femmes à la vie est lié à leur respect des normes sociales et des traditions. » Dans le seul État du Pendjab, 250 à 300 femmes – les *kari* ou femmes « noires » – sont tuées chaque année. Les pressions sociales sont si fortes, l'unanimité qui fait corps autour de la sanction tribale si puissante, que la loi s'y dissout. Un meurtre perpétré au nom de l'honneur tant au Pakistan, en Inde, au Bangladesh ou en Jordanie fera l'objet de circonstances atténuantes au nom du respect des règles coutumières. Tout se passe comme si les autorités, qu'elles soient nationales et politiques d'un côté, religieuses ou communautaires de l'autre, se renvoyaient la responsabilité et pour finir se conjuguaient de façon à conforter l'oppression des femmes. En Afghanistan, d'une manière générale, la commission des droits de l'homme des Nations Unies pointe qu'il est très rare que des poursuites judiciaires soient engagées contre les auteurs d'actes criminels à l'encontre de femmes. La violence, dès qu'elle s'exerce dans le milieu familial, est considérée comme une affaire privée. « Les femmes et les filles sont également privées de leurs droits fondamentaux dans le cadre de la *jirga*, système de justice informel qui applique la loi tribale et les normes traditionnelles aux règlements des différents et des litiges », ajoute encore le rapport. Au mieux, une femme en danger peut espérer être placée en détention afin d'être soustraite aux possibles représailles d'un mari ou d'une famille. Mais une fois incarcérée, il est possible qu'elle reste en prison des années avant d'être enfin reçue par un juge. En Jordanie également, les femmes violées peuvent être emprisonnées pour échapper à la fureur familiale mais, là encore, leur incarcération souvent s'éternise.

Des lois en évolution, mais des mentalités figées

En novembre 2000, l'Assemblée générale des Nations Unies a adopté une résolution sur les « mesures à prendre en vue d'éliminer les crimes d'honneur commis contre les femmes ». Votée par cent vingt pays, elle a appelé les pays à redoubler d'efforts pour prévenir et éliminer les crimes d'honneur en recourant à des mesures législatives, éducatives et sociales, et à instituer et soutenir la création de structures d'aide aux victimes. Vingt-cinq pays se sont toutefois abstenus, pour la plupart des pays musulmans mais également la Russie, la Chine et le Salvador. Néanmoins, au Pakistan, la loi rend désormais les auteurs de crimes d'honneur passibles de la peine de mort et le général Musharraf a déclaré que ces actes n'avaient pas leur place dans la religion ou le droit pakistanais ; en Turquie, elle les condamne à la prison à vie. En Jordanie, malgré des débats houleux visant à abroger l'article 340 du code pénal exemptant de châtiment les auteurs masculins de crimes d'honneur, depuis 2000, le prince Ghazi, cousin du roi devenu ensuite conseiller aux affaires tribales du royaume, a pris position contre les codes coutumiers engageant des questions d'honneur. La reine Rania et la famille royale ont fait de même. Des autorités religieuses musulmanes tentent de faire entendre que ces pratiques ne relèvent pas de l'Islam. Mais la loi est une chose, son application, une autre. Dans nombre de pays, comme en 2002 en Argentine, certains codes pénaux accordaient des circonstances atténuantes pour émotions violentes et états de fureur. Certaines cours de justice ferment les yeux devant la jurisprudence islamiste (loi de la charia) comme au Pakistan, au Soudan ou au Nigeria ou lorsque sont invoqués par les majorités (Pakistan, Jordanie) ou les minorités (Royaume-Uni) des arguments reposants sur les coutumes ou les traditions. En Turquie, les débats sont encore houleux autour de la question des circonstances atténuantes pour cause d'« honneur ».

Les femmes payent très cher leur désir d'autonomie

Les lois ne se passeront pas d'un changement des mentalités. Point de salut tant que les femmes seront considérées comme les propriétés personnelles des hommes. Et les mentalités n'évoluent pas seules. En matière de crimes d'« honneur », il a fallu le courage de femmes témoignant de leur martyre, comme Souad (Cisjordanie), d'avocates comme Hina Jilari et Asma Jahangir (Pakistan), de journalistes comme Lima Nabeel ou Rana Husseini (Jordanie) et de militantes d'ONG humanitaires pour que la communauté internationale découvre l'horreur et l'ampleur de la barbarie exercée contre les femmes.

On aurait tort, malgré les avancées des codes pénaux, de penser que ces meurtres pour l'« honneur » disparaîtront petit à petit sous l'effet des pressions internationales et d'une conception utopique du progrès des sociétés. Tout laisse supposer au contraire que ces crimes pourraient encore se multiplier. La montée en puissance des forces islamistes dans les pays traditionnellement concernés comme l'emprise des traditions dans les communautés immigrées des pays occidentaux pourraient aggraver encore la situation des femmes. De plus en plus poussées à la rébellion, au refus des mariages forcés et de leur privation de liberté, séduites par les modèles des pays occidentaux, elles pourraient encore payer très cher leur désir d'autonomie. Depuis 1999, selon les rapports internationaux et les observations des ONG, les crimes d'honneur seraient en augmentation.

Bibliographie

Brûlée vive, Souad, Oh Éditions. Voir www.surgir.ch
Femmes et politique au Moyen-Orient, Sonia Dayan-Herzbrun, L'Harmattan.
Esquisse d'une théorie de la pratique, Pierre Bourdieu, Seuil.
Déshonorée, Mukhtar Mai, Oh Éditions.
Atlas des femmes dans le monde, Joni Seager, Autrement.

Asma Jahangir
Une avocate au Pakistan

Asma Jahangir est une avocate pakistanaise. Rapporteure auprès de l'Onu, elle est l'auteur d'un rapport essentiel sur les exécutions arbitraires, sommaires et extra-judiciaires. Malgré les risques quotidiens, comme sa sœur Hina Jilani, elle défend inlassablement les droits des femmes pakistanaises.

Cette avocate pakistanaise d'une cinquantaine d'années, aux cheveux courts poivre et sel, au regard noir et perçant, a consacré toute sa vie à défendre les droits des femmes de son pays. On sent chez ce petit bout de femme qui parle vite, d'une voix saccadée, une détermination inébranlable. Et quand elle évoque le sort des Pakistanaises victimes de violences conjugales ou des crimes d'honneur, elle semble déjà être en plaidoirie. Mais chez elle, il n'y a aucun effet de manche, ni de style, simplement une envie profonde de convaincre, d'expliquer. Elle ne supporte pas l'injustice. Elle a consacré toute sa vie à se battre pour l'égalité des femmes et pour faire évoluer le système traditionnel pakistanais, profondément discriminatoire à leur égard.

Au Pakistan, chaque année, au moins trois cents femmes sont assassinées par leur mari, leur frère, ou leur fils au nom de « l'honneur » familial ou de celui de la tribu (voir l'article de Sandrine Treiner, p. 80). Toute femme soupçonnée d'infidélité, accusée d'avoir regardé un autre homme ou qui refuse un mariage arrangé… peut être sauvagement mutilée, battue, brûlée ou même tuée. « La vie d'une femme ne vaut rien, s'insurge Asma Jahangir. La femme n'est vue que comme un objet sexuel, quelqu'un à contrôler. Les hommes peuvent en faire ce qu'ils veulent, elles sont leur propriété. Et quand ils pensent qu'elle peut être compromise, ils imaginent qu'ils ont le droit de la tuer. » Dans ce pays très marqué par les traditions tribales, cette pratique barbare se perpétue en toute impunité. Et quand les meurtriers sont arrêtés – ce qui est rare –, ils bénéficient d'une grande complaisance des tribunaux qui les condamnent à des peines infimes ou les relâchent, tout simplement[1]. Preuve de cette incroyable tolérance, la loi pakistanaise, depuis 1992, offre au coupable la possibilité d'échapper à toute poursuite judiciaire à condition que la famille de la victime ne porte pas plainte et lui pardonne son crime. Une aberration, puisque très souvent la famille de la victime est complice du meurtre perpétré, prétendument au nom de l'honneur.

« On tue d'une main et l'on pardonne de l'autre et la femme est totalement oubliée dans sa tombe », s'indigne Asma. L'avocate raconte avec une colère non dissimulée cette histoire édifiante, arrivée récemment. Se sentant menacée par sa famille, une jeune fille décide d'aller voir l'avocate à son cabinet à Lahore. Mais avant même d'y arriver, elle est interpellée par un haut gradé de l'armée, qui lui explique qu'elle n'est pas en danger. Il la renvoie chez elle en lui disant qu'il ne lui arrivera rien. Quelques jours plus tard, la jeune fille décède et sa famille affirme alors qu'elle est morte d'une attaque cardiaque. « Bien sûr, ce n'était pas vrai. Nous avons porté l'affaire devant la justice. Son corps a été exhumé. En fait, elle était décédée des suites de chocs électriques. »

Fille d'un militant contre les dérives autoritaires du régime

Ces assassinats que Kofi Annan, secrétaire général des Nations unies, a qualifiés le 25 novembre 2000 de « meurtres de la honte », se perpétuent en toute impunité dans de nombreux pays[2]. Nommée en 1988 rapporteure spéciale des Nations unies sur les exécutions extrajudiciaires, sommaires ou arbitraires, Asma Jahangir estime que plus de cinq mille femmes en seraient victimes chaque année dans le monde. Des pratiques qui perdurent car dans ces pays il n'y a aucune volonté politique de traduire en justice les auteurs de ces crimes et d'accorder une protection juridique aux femmes.

Cette envie de se battre pour un monde plus juste vient sans doute à Asma de son père, Malik Jilani, un homme politique qui s'est toujours opposé aux dérives autoritaires des différents régimes militaires pakistanais et a été condamné à de nombreuses reprises à des peines de prison. Dès son plus jeune âge, en raison de l'engagement de son père, Asma a connu la peur et les menaces. Elle a été réveillée en pleine nuit par la police qui cernait la maison familiale pour l'arrêter, des hommes armés se sont introduits dans la maison pour tenter de l'enlever et il a échappé à plusieurs tentatives d'assassinat. Ces événements dramatiques et traumatisants ont fait naître chez elle un sentiment de révolte et de colère qui ne la quittera plus jamais.

Les deux sœurs s'engagent contre l'injustice

Devenue avocate, à son tour, en 1978, elle sera pionnière dans de nombreux combats. En 1981, avec sa sœur, Hina Jilani, et deux autres collègues, elles fondent à Lahore, au nord du Pakistan, le premier cabinet d'avocates du pays.

Puis elles participent toutes deux à la création du Forum d'action des femmes, *The Women's Action Forum*, qui se bat pour changer les lois pakistanaises sur le statut des femmes. Depuis trente ans, les deux sœurs luttent côte à côte pour les mêmes idéaux de justice. Elles sont à la fois très différentes et très complémentaires : Asma est expansive, spontanée, elle aime sortir, recevoir et faire la fête. Elle trouve d'ailleurs auprès de son cercle d'amis, avocats, magistrats ou journalistes, un soutien précieux dans la lutte qu'elle mène. Hina, tout aussi déterminée que sa sœur, est beaucoup plus réservée, posée et réfléchie. Des tempéraments très différents qui rendent parfois leurs relations difficiles mais les font toujours se retrouver sur l'essentiel. En 1990, leur cabinet d'avocates crée un refuge unique en son genre : Dastak, où, chaque année, près de trois cents femmes trouvent refuge avec leurs enfants. Mariées de force parfois dès l'âge de quatorze ans, battues par leur mari, ou le visage ravagé par les brûlures infligées par leur famille, ces femmes sont en sécurité dans cette grande maison avec jardin, surveillée en permanence par des gardes armés. Elles vivent des situations souvent inextricables et bénéficient à Dastak d'une aide juridique gratuite.

Leur combat pour l'égalité, leur franc-parler, leur modernité ont fait des deux sœurs de véritables symboles. Au Pakistan, mais aussi dans toute l'Asie, on respecte le courage de ces femmes qui ne renoncent jamais, même devant les pires menaces. Les autorités qui n'apprécient guère leur liberté de langage et leurs critiques contre le régime les ont placées sur écoute et envoyées en prison à plusieurs reprises. Mais surtout, elles sont devenues les bêtes noires des fanatiques islamistes qui les accusent de détruire les valeurs familiales traditionnelles. Asma Jahangir dénonce d'ailleurs la collusion entre la dictature militaire du général Moucharaf, qui a pris le pouvoir à la suite d'un coup d'État en octobre 1999, et les islamistes. « Les militaires, en ne permettant à aucun parti politique d'exister, ont créé un énorme vide dans lequel se sont engouffrés les fondamentalistes. »

« Il ne faut pas se tromper : les militaires et les fondamentalistes ont toujours marché main dans la main »

Les deux sœurs sont constamment menacées, attaquées et dénigrées en public. Un des pires souvenirs d'Asma date de 1996. Ce jour-là, cinq hommes armés viennent chez elle pour la tuer, elle, et aussi ses trois enfants. Ils se trompent de maison et entrent chez sa mère qui habite juste à côté. Ils enlèvent sa sœur, son frère et leurs enfants. Heureusement, ils sont très vite arrêtés. Ils avouent alors que le meurtre avait été commandité parce que l'avocate défend des gens accusés de blasphème et prône pour les femmes des droits contraires à l'islam. « Ça a été un moment très dur, dit Asma. Mais mes amis, mes collègues, le barreau d'avocats m'ont soutenue. Et j'ai compris, ce jour-là, que si je montrais la moindre forme de faiblesse, je resterais une cible et que je risquais de perdre mes principes, mais aussi toute possibilité de m'exprimer. » Elle décide cependant, pour protéger ses enfants, de les envoyer poursuivre leurs études à l'étranger.

En 1999, Samia Sarwar, mère de deux enfants, est assassinée dans le cabinet de l'avocate Hina Jilani. Elle était venue demander le divorce car son mari, extrêmement violent, la battait depuis plusieurs années. Un homme armé entre dans le cabinet et l'abat de trois coups de fusil, sous les yeux de sa propre mère qui a commandité le meurtre. La famille de Samia, considérant qu'un divorce ternirait l'honneur familial, l'a fait exécuter. L'avocate, visée par une quatrième balle, dont l'impact reste visible derrière son bureau, n'a échappé à la mort que grâce à son garde du corps, alerté par les premiers coups de feu. Deux jours après cet assassinat, des rassemblements et des manifestations publiques sont organisés à Peshawar par la chambre de commerce, dont le président n'est autre que le père de Samia. Les ulémas présents affirment que la jeune femme a été exécutée en application de la tradition et réclament la mise à mort d'Asma Jahangir et de sa sœur. Une fatwa est lancée contre les deux sœurs et leurs têtes sont mises à prix. Cette affaire soulève l'indignation de la communauté internationale et de la Commission des droits de l'homme des Nations unies qui siège alors à Genève. Le rapporteur des Nations unies sur l'indépendance des juges et des avocats exige que le gouvernement pakistanais assure de toute urgence la protection des avocates. Acculé, le gouvernement sera obligé de s'incliner et fera protéger les deux femmes jour et nuit par des gardes du corps, mais il ne condamnera pas le meurtre de Samia et ne fera rien pour arrêter les meurtriers.

Partout dans le monde, des femmes se lèvent

Un combat pour l'égalité et la justice sociale qu'Asma ne mène pas seule : les mouvements de femmes et les associations, bien que très minoritaires au Pakistan, sont actifs et n'hésitent pas à descendre dans la rue pour manifester contre des pratiques séculaires. Les médias évoluent et se font désormais de plus en plus l'écho des conditions dans lesquelles les crimes d'honneur sont perpétrés. Désormais, les journalistes donnent aussi le point de vue des victimes, contribuant par une information plus juste à faire évoluer les mentalités. Mais le combat pour l'émancipation des femmes est loin d'être gagné et, au nom de la tradition, les partisans de ces crimes restent trop nombreux. Toutefois, Asma est relativement optimiste. Elle souligne que partout dans le monde les femmes sont de plus en plus conscientes de leurs droits et se lèvent pour les revendiquer, même si elle déplore que dans de nombreux pays, comme le Pakistan, l'évolution soit très lente.

Depuis 1998, son combat pour défendre des valeurs qui sont universelles dépasse les frontières pakistanaises. Sa nomination comme rapporteure spéciale auprès de la Commission des droits de l'homme des Nations Unies lui a permis de mieux comprendre les différents types de « sociétés », et de se confronter aux problèmes du terrain, au Kosovo, au Timor, au Mexique, au Népal[3]… Des enjeux qu'elle peut ensuite, souligne-t-elle, « faire remonter jusqu'au sommet, au niveau des Nations Unies ». Elle rappelle toutefois que les Nations Unies sont une institution gouvernementale et que, à ce titre, il ne faut pas trop en attendre. Mais elle considère qu'elles servent de passerelle entre les gouvernements et la société civile internationale. En juillet 2004, elle a été nommée rapporteure spéciale sur la liberté de religion et de conviction.

Hélène Jullien

Article paru dans Femmes libres, la résistance de 14 femmes à travers le monde, *Aurine Crémieu et Hélène Jullien, reproduit avec l'aimable autorisation des éditions du Cherche-Midi.*

Notes

1. Les condamnations et les arrestations pour crimes d'honneur s'élèveraient à peine à 10 % au Pakistan.

2. Les « crimes d'honneur » existent aussi en Afghanistan, au Bangladesh, au Brésil, en Égypte, en Inde, en Iran, en Israël, en Jordanie, au Liban, au Nigeria, en Palestine et au Pérou.

3. En 2000, sa sœur Hina Jilani est nommée à son tour représentante spéciale des Nations unies pour les défenseurs des droits de l'homme.

Rana Husseini, une journaliste rompt le silence

Tout a commencé lorsque, jeune journaliste, elle a été confrontée à l'assassinat « pour l'honneur » d'une fille de 16 ans violée par son propre frère. Depuis 1993, Rania Husseini, qui travaille au *Jordan Times*, dénonce ces meurtres qui représentent, en Jordanie, 25 % des crimes de sang.

C'est au tout début de sa carrière que Rana Husseini tomba par hasard sur un fait divers qui allait réorienter sa vie professionnelle et permettre de briser enfin le silence autour d'un crime qui provoque la mort d'au moins vingt-cinq femmes chaque année en Jordanie.

Une adolescente de seize ans avait été tuée par sa famille parce qu'elle avait été violée par son frère aîné.

« Son frère l'avait violée plusieurs fois et elle est tombée enceinte. Elle a subi un avortement et été mariée de force à un homme de cinquante ans plus âgé qu'elle. Six mois plus tard, il a demandé le divorce, et elle a été assassinée par sa famille. Son crime : avoir été violée par son frère », raconte Rana Husseini, au cours d'un entretien accordé dans son bureau du quotidien *The Jordan Times*.

« C'est ce crime, et beaucoup d'autres commis au nom de l'honneur, qui m'ont poussée à me pencher sur le problème – surtout quand j'ai compris que ces assassins s'en tiraient avec des peines relevant de la plus haute clémence.

D'ailleurs, les médias ne s'y intéressaient pas et bien des gens prétendaient même que ce n'était qu'un mythe. »

Depuis 1993, Rana est chargée de la rubrique criminelle au *Jordan Times*. Sans relâche, elle dénonce les crimes d'honneur, qui représentent 25 % de l'ensemble des crimes perpétrés en Jordanie chaque année. Outre ses nombreuses conférences et les séminaires qu'elle anime, elle écrit sur le sujet une rubrique quasi hebdomadaire où elle répertorie affaires criminelles et verdicts des tribunaux.

Les statistiques attestent que la majorité des femmes assassinées « pour l'honneur » sont des adolescentes. La plupart sont enterrées dans des tombes anonymes, profanées ainsi même dans la mort. Pour peu qu'elles osent adresser la parole à un homme qui n'est pas de leur famille, ou qu'elles acceptent un rendez-vous sans permission, elles s'exposent à voir se déchaîner contre elles la vengeance familiale. Les relations sexuelles avant le mariage sont inimaginables. Tomber enceinte hors mariage est un crime aux yeux de la loi, et l'enfant est donc enlevé à sa mère à la naissance pour être placé dans un orphelinat.

D'après les experts, ce phénomène est largement répandu, surtout chez les plus pauvres, les moins instruites des sociétés tribales, qui se placent par tradition hors de la compétence des lois normales et administrent leur propre justice. La pratique est courante en Jordanie et dans les pays les moins développés du Moyen-Orient, de l'Afrique du Nord, d'Asie centrale et d'Amérique du Sud.

La lutte pour modifier la loi jordanienne

Rana Husseini est diplômée de l'université d'Oklahoma City aux États-Unis, où elle a obtenu une licence et un master. Depuis son retour en Jordanie, elle lutte pour faire passer un amendement au code pénal jordanien, qui punirait plus sévèrement ceux qui tuent au nom de l'honneur.

À travers ses publications et conférences en Jordanie, à l'occasion de forums internationaux et dans des universités étrangères, Rana Husseini sollicite du gouvernement qu'il prenne ces crimes au sérieux et les instruise systématiquement.

Le gouvernement jordanien prétend que la fréquence de ces crimes est en baisse depuis qu'Amman, en décembre 2001, a amendé l'article 340 de son code pénal, et annulé la clause exemptant des peines prévues les maris qui, constatant l'adultère, tuent leur épouse et son amant.

Imad Sharquawi, avocat et activiste en faveur des droits de l'homme, a déclaré que les travaux de Rana Husseini et sa persévérance ont fortement contribué à la décision du gouvernement d'amender en partie la loi relative aux crimes d'honneur. « Rana Husseini fut la première journaliste à lancer une campagne de lutte contre ce fléau. Elle a réussi à attirer l'attention du gouvernement et des instances législatives. Les institutions concernées et les organisations internationales ne sont pas restées sourdes à sa voix. »

Néanmoins, Rana Husseini ne relâche pas ses efforts, et continue de critiquer le traitement des crimes d'honneur par le gouvernement. « Les amendements accordés se sont trompés de cible, car ils concernent l'article 340, qui n'a été utilisé qu'une fois en quarante ans. C'est l'article 98 qui pose problème, car on y a recours pour juger presque tous les cas de meurtres d'une femme par sa famille au nom de l'honneur. »

Elle rappelle les amendements de l'article 340 et ajoute : « Ces lois ne sont pas appliquées dans les tribunaux et elles n'ont apporté aucun changement à leurs verdicts. Les assassins s'en tirent toujours à très bon compte. »

Les critiques de la législation actuelle s'accordent à dire que les peines pour crime d'honneur sont encore trop indulgentes.

« Notre société, dont le juge est également un membre, a ses traditions et coutumes. Les affaires d'honneur font partie des affaires criminelles et les peines varient arbitrairement selon l'intime conviction des juges, » dit l'avocat Imad Sharqawi. « Le passé du juge est lié à la société dans laquelle il vit, et on peut comprendre que cela influence sa décision. Mais le devoir d'un juge c'est d'appliquer la loi, et c'est aux tribunaux d'y veiller. »

Imad Sharqawi pense que la nomination de la première femme juge en Jordanie, Taghreed Hikmat, pèsera sur les peines prononcées pour les cas de ce genre : « C'est également une militante qui soutient les droits des femmes. En l'occurrence, notre société a besoin d'évoluer fortement, et il revient aux institutions nationales de s'en préoccuper : elles ont du pain sur la planche ! »

Contestation du concept de « violence équitable »

Le gouvernement a fait évoluer la situation, mais en conservant une clause qui prévoit de réduire la peine d'un homme coupable du meurtre de sa femme ou d'une femme de sa famille si l'adultère peut expliquer son geste. Dans la foulée, le gouvernement a accordé le même droit – une réduction de peine – à toute femme coupable du meurtre de son mari, si elle le trouve au lit avec une autre.

Rana Husseini s'inscrit en faux contre cette conception de l'équité qui consiste à donner, aux femmes comme aux hommes, le droit de commettre des actes de violence. « Le mouvement féministe n'a jamais réclamé le droit pour une femme de tuer son mari. C'est au contraire contre cette idée de crime légal que nous nous élevons : nous exigeons que justice soit rendue en cas de meurtre, quel qu'en soit l'auteur. »

Aux ministères de la Justice et de l'Intérieur, les responsables n'ont pas estimé utile de s'exprimer sur les récents changements de la législation.

Les articles de Rana Husseini, et les pétitions qu'elle adresse régulièrement au Parlement, ont pour but d'encourager législateurs et chefs religieux « à faire prendre conscience au grand public de la gravité de ces crimes et à expliquer qu'ils sont incompatibles avec toutes les religions et les droits humains élémentaires de tout individu ».

La famille royale contre les crimes d'honneur

Selon ses collègues, grâce aux efforts déployés par Rana Husseini pour dénoncer les crimes d'honneur, la presse se sent maintenant autorisée à parler plus librement de la violence subie par les femmes. « Les travaux de Rana Husseini sur les crimes d'honneur ont permis d'ouvrir les yeux de l'opinion publique sur l'étendue de ce problème et sur sa gravité », a déclaré Suha Ma'ayah, journaliste au quotidien en langue arabe *Al-Rai*. Selon Suha Ma'ayah, « les crimes d'honneur étaient traités à la légère, et ce n'est plus le cas depuis que Rana Husseini s'en préoccupe. »

Husseini ne fait preuve d'aucune fausse modestie devant tant de louanges, mais elle tient à les partager avec tous ceux qui les méritent également. « Outre mes nombreux articles dans le *Jordan Times*, quotidien à grand tirage, le gouvernement a été incité à prendre les mesures qui s'imposent par le travail des femmes au sein des ONG, les critiques que lui ont adressées nombre d'individus et les pressions exercées sur lui par la communauté internationale. »

La famille royale de Jordanie s'est aussi impliquée, et certains de ses membres ont demandé aux décideurs de peser de toute leur influence pour mettre un terme à ces agissements. La reine Rania Al-Abdullah de Jordanie a exigé la création d'une Commission royale sur les droits de l'homme et c'est en collaboration avec les femmes les plus en vue du monde arabe qu'elle travaille à faire disparaître ces crimes commis prétendument pour l'honneur.

Au début des années 1990 Husseini s'est également jointe au Comité national pour l'élimination des crimes dits d'honneur, qui, en 2000, a organisé une marche de protestation vers le Parlement, en vue d'obtenir un amendement au code pénal garantissant aux femmes l'égalité et la sécurité. Leur pétition a été par deux fois rejetée.

Outre son travail de journalisme, Rana Husseini a donné de nombreuses conférences sur le sujet, lors de plusieurs forums internationaux et en Jordanie. L'une des plus remarquées fut prononcée en 2001 devant le Comité pour les droits de l'homme à Genève, sous le titre « Crimes contre les femmes commis au nom de l'honneur ».

Affronter oppositions et menaces

La détermination de Rana Husseini à placer la violence contre les femmes au cœur des priorités nationales lui a valu la colère des forces conservatrices de son pays, dont certaines l'accusent de ternir l'image des musulmans. Suha Ma'ayah, son ancienne collaboratrice au *Jordan Times*, a indiqué que Rana recevait des menaces anonymes destinées à la dissuader d'organiser d'autres actions contre les crimes d'honneur.

« Si ces commentaires me gênaient au début, j'ai ensuite pris conscience qu'ils ne faisaient que me stimuler à dénoncer encore plus énergiquement les injustices subies par les femmes » a-t-elle déclaré en 2000, le jour où elle recevait plusieurs distinctions internationales, dont le prix Reebok pour la défense des droits de l'homme, lors du dîner officiel annuel de la Veille en faveur des droits de l'homme.

Le 20 mai 2003 à New York, Rana Husseini s'est vu décerner par *Women's eNews* le prix Ida B. du courage dans l'exercice du journalisme, qui rend hommage à vingt et une personnalités de premier plan du XXIe siècle.

Outre son travail de journaliste, Rana Husseini fait aussi œuvre de photographe, comme consultante auprès du groupe Equality Now, qui agit en faveur des droits des femmes et effectue des investigations au sujet des violations des droits de l'homme concernant les femmes et les jeunes filles.

Elle a aussi été consultante auprès du Fonds de développement des Nations Unies, à son antenne d'Amman, et a enseigné la littérature anglaise dans le secondaire.

Shafika Mattar pour Women's eNews. *Reproduit avec l'autorisation de Women's eNews. ww.womensenews.org*

Traduit de l'anglais par Dominique Macabiès.

L'honneur des Irakiennes

Cécile Hennion

Depuis que le chaos s'est installé en Irak, les « crimes d'honneur » s'y sont multipliés. Ils concernent tant la société civile que les prisonnières irakiennes soupçonnées d'avoir été violées durant leur incarcération. On retrouve les cadavres à la morgue de Bagdad, la main coupée.

Le 28 avril 2004, la chaîne américaine CBS déclenchait un scandale qui allait faire le tour de la planète en diffusant des photos de prisonniers irakiens torturés dans la prison d'Abou Ghraib par des GI de la 372e compagnie. Dans les jours suivants, la presse mondiale publiait à son tour des images où les simulations sexuelles et pornographiques dominent. Puis vinrent les témoignages accablants et la mise en accusation de soldats et d'officiers américains. Le visage démocratique des États-Unis accusait un coup fatal. La réprobation était unanime. Mais à Bagdad, c'était la « honte » qui dominait. Certains Irakiens n'hésitaient pas alors à mettre sur le même plan les bourreaux et ceux qui avaient osé afficher publiquement « leur déshonneur ». Dans ce pays, on ne badine pas avec le sexe…

À la fin de l'année 2003, une lettre « signée » des prisonnières d'Abou Ghraib circulait dans les milieux de la guérilla sunnite. Les auteures y évoquent les viols et les tortures subis et supplient les moudjahiddines d'attaquer la prison, afin « qu'elles puissent mourir ». Les prisonnières ne voulaient pas être « sauvées », elles demandaient à « mourir ». La tradition tribale irakienne ne leur laisse en réalité guère le choix : une femme, si elle est « souillée » par le viol ou par un acte sexuel hors mariage, met en péril l'honneur de sa famille et de toute sa tribu. Un viol entraînera des représailles mais, avant tout, l'élimination de la « souillure », en éliminant physiquement la femme.

« Un viol, pour un homme, c'est l'humiliation suprême, explique Houda Al-Azzawi, une riche femme d'affaire sous Saddam Hussein et qui a été incarcérée sept mois à Abou Ghraib. Mais pour une femme, c'est la condamnation à mort par sa propre famille. » Comme toutes les prisonnières libérées, Houda jure qu'elle est restée « digne » et parmi les tortures subies, elle ne mentionnera jamais le viol. Sa fortune, son pouvoir et son âge (la quarantaine) l'ont sans doute préservée plus efficacement que ses affirmations. Peu après le scandale, alors qu'elle était toujours détenue, son mari exigera néanmoins le divorce.

En Irak, le crime d'honneur est la règle plutôt que l'exception

Amal Khadum Swadi, avocate de nombreuses prisonnières politiques irakiennes, raconte qu'« après avoir récupéré leur fille détenue à Abou Ghraib, plusieurs familles sont allées demander aux imams de leur mosquée une fatwa les autorisant à les tuer ». « Je sais que c'est choquant aux yeux d'un Occidental, précise-t-elle, mais c'est là une réaction normale pour des Irakiens. »

Malgré son arbre généalogique qui l'honore d'une « ascendance directe avec le Prophète », Amina a une vision très modérée de l'islam. Cette mère de famille a longtemps vécu à l'étranger, accepte volontiers un verre de vin et possède une garde-robe affriolante. Amina, femme moderne donc, juge « injuste » que des prisonnières ou des victimes de viol soient exécutées, car « elles ne sont pas responsables. » En revanche, elle estime ces crimes d'honneur « justifiés » quand ils condamnent des femmes qui ont sciemment succombé à la tentation du sexe hors mariage. La proximité avec la fautive peut altérer ce point de vue radical. Amina raconte aussi qu'une de ses parentes, célibataire et enceinte, s'était confiée à elle. Elle l'avait sauvée en convainquant le père de prendre ses responsabilités et la famille d'accepter cet homme comme gendre. Le secret honteux ne fut jamais découvert. Tout le monde fit semblant de ne pas remarquer que la grossesse était anormalement courte. La maman fut épargnée.

Il n'existe pas de données fiables sur le nombre des crimes d'honneur en Irak. Ils ont toujours été la règle, plutôt que l'exception, même avant que l'islamisme sunnite et chiite ne revienne en force après l'intervention américaine de 2003. Si les crimes se sont accrus ces deux dernières années, les raisons sont moins liées à ce radicalisme religieux qu'au chaos qui s'est installé dans le pays.

Octobre 2004. En ce début de Ramadan, on ne parle que d'enlèvements et d'assassinats. Les ambassades tremblent pour leurs ressortissants. En Irak, les habitants vivent ce nouveau tournant de la guerre dans la panique. Kidnappings et meurtres sont devenus l'atroce pain quotidien. La police, mal préparée et mal équipée, se révèle incapable face à l'ampleur du fléau. Comme l'affirme le père d'Hamza, un adolescent kidnappé : « Contrairement à ce que croient les étrangers, les premières victimes de ces rapts sont les Irakiens. » Et les Irakiennes.

La main coupée prouve que la fille a bien été tuée

À la morgue centrale de Bagdad, le Dr Qaïss Hassan n'a accepté de parler, au départ, que de ces meurtres en général, de la violence et de l'insécurité. Petit à petit, la question des victimes féminines est finalement abordée. Le sujet est tellement tabou que la bonne volonté du docteur à divulguer des informations surprend. La salle qui côtoie son bureau ressemble à un musée des horreurs. Les murs sont tapissés de photos de meurtres non élucidés, le sol et les étagères garnis de bocaux renfermant des membres humains baignant dans le formol. « Il y a les victimes de règlements de compte entre clans, de kidnappings qui ont dégénéré et les femmes, victimes de crimes d'honneur pour la plupart », énonce-t-il. « Ces derniers cas sont les plus faciles à repérer, explique-t-il, photos à l'appui. Les corps sont retrouvés le plus souvent nus, lacérés, notamment sur le ventre et les seins, et ils ont la caractéristique d'être tous amputés, en général d'une main, que l'on ne retrouve jamais. La main coupée constitue la preuve, donnée par la famille au chef de la tribu, que leur fille a bien été tuée et que l'honneur du clan a ainsi été préservé. »

Le Dr Hassan se désole de cette coutume, d'autant qu'avec la multiplication des enlèvements des femmes, le nombre de ces cadavres à la main coupée – anonymes et jamais réclamés par les proches – ne cesse d'augmenter. « S'il y a eu enlèvement de leur fille, les parents concluent généralement qu'elle a été violée et elle est immédiatement tuée. Il m'arrive de constater, au moment de l'autopsie, qu'elles sont en réalité encore vierges : la pression tribale et la peur du déshonneur sont plus fortes que la parole des victimes ou que la compassion que devrait susciter ce qu'elles ont subi lors de l'enlèvement. Elles sont donc assassinées, par leur propre famille. »

Quand elles sont retrouvées vivantes par la police, les jeunes filles subissent systématiquement un contrôle de virginité. Cela depuis toujours, à en croire le Dr Hassan. « Quelles que soient les blessures apparentes, leur utérus est la première chose examinée par des spécialistes. Elle sont ensuite rendues à leur famille avec un certificat établissant qu'elles n'ont pas été déflorées. Ou qu'elles l'ont été. » Sans discussion avec les parents, sans suivi de l'affaire… Jusqu'au prochain cadavre, amputé d'une main, retrouvé au coin d'une ruelle sombre.

Cécile Hennion, spécialiste du Moyen-Orient, journaliste indépendante, a notamment couvert pour le quotidien Le Monde *l'Irak, le Liban et l'Égypte. Elle a publié* Ya benti ! Ma fille ! Itinéraires d'une jeune reporter en terres d'Islam, *Éditions Anne Carrière, 2005.*

Les crimes d'« honneur » en Europe

Sandrine Treiner

En Europe, les crimes d'« honneur » se répandent dans certaines communautés étrangères radicalisées par l'Islam. Des filles musulmanes sont tuées par un membre de leur famille pour avoir refusé de perpétuer la tradition. Trop longtemps, les pays d'accueil ont fermé les yeux.

Décembre 2004. Une conférence internationale est réunie à Stockholm pour dénoncer et « combattre la violence patriarcale commise au nom de l'honneur ».

« L'Europe commence à s'intéresser à ce phénomène depuis que l'on a constaté les premiers cas dans l'immigration », relève Rana Husseini, journaliste jordanienne impliquée depuis une quinzaine d'années dans la lutte contre les crimes d'honneur dans son pays. C'est une évidence. Deux ans auparavant, l'opinion suédoise a été profondément choquée par l'assassinat d'une jeune fille originaire du Kurdistan iranien. Fadime Sahindal, engagée dans la lutte pour le droit des femmes, était devenue un symbole de la détermination de certaines jeunes immigrées à combattre les archaïsmes de leur communauté d'origine. En rupture avec les traditions familiales, refusant de se marier avec l'homme qu'il lui avait choisi et fréquentant un Suédois, elle a été assassinée par son père à Uppsala en janvier 2002. Jusqu'au début des années 2000, ce type d'exactions, en Suède comme dans les pays occidentaux en général, ne mobilisait pas grand monde, en dehors des associations de femmes. Trop invraisemblable, trop inconnu, trop lointain.

ARTICLE 18 DE LA DÉCLARATION ET DU PROGRAMME D'ACTION DE LA CONFÉRENCE MONDIALE DES DROITS DE L'HOMME DE VIENNE – 1993.

18. Les droits fondamentaux des femmes et des fillettes font inaliénablement, intégralement et indissociablement partie des droits universels de la personne. L'égale et pleine participation des femmes à la vie politique, civile, économique, sociale et culturelle, aux niveaux national, régional et international, et l'élimination totale de toutes les formes de discrimination fondées sur le sexe sont des objectifs prioritaires de la communauté internationale.

Les violences qui s'exercent en fonction du sexe et toutes les formes de harcèlement et d'exploitation sexuels, y compris celles qui sont la conséquence de préjugés culturels et d'une traite internationale, sont incompatibles avec la dignité et la valeur de la personne humaine et doivent être éliminées. On peut y parvenir au moyen de mesures juridiques et grâce à une action nationale et à la coopération internationale dans divers domaines comme le développement économique et social, l'éducation, la protection de la maternité, les soins de santé et l'aide sociale.

Les droits fondamentaux des femmes doivent faire partie intégrante des activités de l'Organisation des Nations Unies dans le domaine des droits de l'homme, qui doivent inclure notamment la promotion de tous les instruments en la matière qui concernent les femmes.

La Conférence mondiale sur les droits de l'homme demande instamment aux gouvernements, aux institutions, aux organisations intergouvernementales et non gouvernementales d'intensifier leurs efforts en vue de protéger et de promouvoir les droits fondamentaux des femmes et des fillettes.

Trop dérangeant également. Il en va grosso modo des crimes dits d'honneur comme des mutilations sexuelles ou des mariages forcés. Apparus sur la scène publique avec les récentes vagues d'immigration ou les lois en faveur du regroupement familial, amplifiées par la radicalisation de certains milieux musulmans, ils suscitaient un malaise évident pour les gauches et extrêmes gauches européennes, traditionnellement offensives en matière de combat pour les droits des femmes. Dénoncer des crimes relevant d'autres cultures ou traditions revenait à remettre en cause des immigrés par ailleurs contestés pour d'autres raisons, idéologiques ou économiques, par leurs ennemis politiques. Il n'était pas question de donner du grain à moudre au racisme et encore moins de risquer d'y être associé. Le relativisme culturel fit le reste. On se tut, en dépit des principes énoncés par les textes internationaux en faveur du droit des femmes.

La multiplication des crimes d'honneur en Europe a contraint à rompre le silence. Les communautés les pratiquant ne sont pas seules en cause, dès lors que les meurtres sont commis et révèlent l'incapacité des pays concernés à protéger les jeunes filles assassinées. Il s'agit de punir les coupables, qui bénéficient encore trop souvent de circonstances atténuantes. En avril 2001, l'Union européenne a déclaré devant la commission des droits de l'homme des Nations Unies à Genève que « les facteurs sociaux, culturels et religieux ne peuvent être invoqués pour justifier la violation des droits des femmes et des jeunes filles ».

C'est dans les communautés immigrées musulmanes que se produisent l'essentiel des crimes. On peine encore aujourd'hui à les chiffrer, en Europe comme aux États-Unis, qui ne sont pas plus épargnés par le phénomène. Au Royaume-Uni, des meurtres ont été commis dans des familles d'origine pakistanaise ; en Allemagne, ils ont surtout concerné les milieux turcs et relancé, en 2005, suite à un nouveau crime, les débats sur l'entrée de la Turquie dans l'Union européenne.

Vouloir « vivre à l'occidentale » met en danger les jeunes filles

Hatun Sürücü a été tuée à l'arme à feu dans un quartier de forte immigration de Berlin. Mariée de force, mère d'un petit garçon, elle s'était dégagée de l'emprise de son mari. Les frères de la jeune femme ont été arrêtés et accusés de l'avoir tuée pour sauvegarder « l'honneur » de la famille. L'affaire s'est amplifiée lorsque le proviseur d'un collège proche des lieux du crime a rendu publique une lettre ouverte répondant aux accusations contre la jeune femme, entendues dans la cour de récréation et qui justifiaient l'assassinat.

« Quelques élèves de notre école estiment le meurtre justifié, se faisant par là même complices de la haine et des agressions commises contre les femmes dont le comportement ne serait pas "convenable". En justifiant le meurtre, en déclarant que la victime s'est comportée "comme une Allemande", en offensant et en provoquant des jeunes filles qui refusent le foulard et vivent différemment, ces élèves nuisent à la paix qui doit régner dans notre école. Nous ne tolérerons pas cette haine dirigée contre la liberté… »

Volker Steffens, l'auteur de la lettre ouverte, expose les enjeux que suscite l'intégration des immigrés dans leur pays d'accueil, et particulièrement celle des femmes[1]. En Suède également, en France, au Royaume-Uni, on constate sans surprise et de plus en plus le désir des jeunes filles de se libérer de la tutelle et de l'emprise des traditions et coutumes de leur communauté d'origine pour vivre « à l'occidentale » et jouir des mêmes libertés que les femmes qu'elles croisent chaque jour dans la rue. En premier lieu, elles refusent les mariages forcés et mettent ainsi leur sécurité en danger.

Fragilisées du fait de leur rupture culturelle, vulnérabilisées tant par la menace de leurs familles que par leur méconnaissance des lois européennes en matière de droits de la femme, craignant la répression de leur communauté d'une part, et l'expulsion du pays d'accueil de l'autre, elles sont exposées à toutes les violences, et jusqu'au meurtre.

C'est pourquoi il apparaît essentiel que les pays européens adoptent des positions claires et soutiennent toutes les aspirations des femmes immigrées à la liberté. Cela passe par des structures d'accueil, d'aide et de protection, et ne saurait faire l'économie des mesures législatives. Ainsi, le Conseil de l'Europe engage tous ses pays à permettre qu'une femme obtienne permis de séjour, voire droit d'asile, dès lors qu'elle est menacée de crime d'honneur afin d'éviter tout risque d'expulsion. Un minimum.

Note

1. *Le Monde*, 19 mars 2005.

Les lapidations en Iran

Azadeh Kian-Thiébaut

La lapidation, exécution à coups de pierres, n'a pas disparu. La justice des hommes dans certains pays islamistes dépasse l'esprit du Coran. Sa violence inouïe s'exerce notamment sur les femmes au Pakistan, en Afghanistan, au Nigeria, en Arabie Saoudite. Fondements et réalités de la lapidation en Iran.

La condamnation, en 2004, à la peine de mort par lapidation, de Jila Izadi, âgée de treize ans, a frappé de consternation les défenseurs des droits de l'homme en Iran comme à l'étranger. Le crime de cette enfant était d'avoir commis l'adultère avec son frère âgé de quinze ans, condamné, quant à lui, à cent cinquante coups de fouet. Enceinte, Jila Izadi a accouché dans sa prison au Kurdistan iranien, en attendant l'exécution de sa peine. La mobilisation de l'opinion publique iranienne et internationale, le plaidoyer de la défense et les pressions exercées par les instances internationales sur les autorités iraniennes ont finalement conduit ces dernières à déclarer un non-lieu et à libérer les accusés. La mobilisation internationale a aussi réussi à stopper la lapidation de Safia Husseini et Amina Lawal au Nigeria. Mais, de nombreuses femmes condamnées à la peine capitale par lapidation en Iran, au Pakistan, en Afghanistan, au Nigeria ou en Arabie Saoudite n'ont, hélas, pas bénéficié de cette chance.

Pourtant, l'Iran s'est engagé de façon explicite et sans réserve à respecter l'article 6 du Pacte international relatif aux droits civils et politiques, en ne prononçant la peine de mort « que pour les crimes les plus graves ».

La sexualité et la domination masculine

Pourquoi les autorités iraniennes considèrent-elles l'adultère comme un crime grave ? En quoi la sexualité de la femme mettrait-elle en péril l'ordre social ? Pourquoi les femmes subissent-elles, plus que les hommes, ce châtiment atroce qu'est la mort par lapidation ?

On peut chercher les réponses à ces questions dans la doctrine islamique qui est fondée sur l'hypothèse d'une sexualité féminine active. Perçue comme une force puissante, elle conduirait, faute de contrôle, au chaos social (*fitna*) et menacerait la vie religieuse et civique des hommes[1].

On ne trouve pas de trace de rapports hétérosexuels extraconjugaux en Iran avant le début du XXe siècle. Sous la dynastie des Qajars (1796-1925), les rapports homosexuels étaient répandus entre les hommes et les autorités cléricales, exclues du pouvoir politique, ne parvenaient pas à imposer les peines prévues par les lois islamiques. L'amour masculin était centré autour de l'homme aimé, adolescent (*amrad*) ou adulte (*mokhannas*), et l'idée de beauté était a-sexuée[2]. L'avènement de la modernité (portée par la Révolution constitutionnaliste de 1906-1911 à laquelle les femmes ont participé) a rendu le désir et le rapport homosexuels anormaux et arriérés, en a rejeté la responsabilité sur le confinement des femmes dans l'espace domestique et sur la ségrégation sexuelle. Le désir hétérosexuel est ainsi devenu une condition pour accéder à la modernité. La socialisation des hommes et des femmes dans l'espace public devait faciliter l'émergence de ce désir hétérosexuel, conduisant à une nouvelle configuration de la vie familiale et à la transformation du mariage d'un contrat de procréation à celui d'un rapport romantique.

Le mariage romantique que prônaient les modernistes iraniens exigeait des femmes d'être les compagnes de leurs époux, d'accorder la priorité à l'amour et à la loyauté envers leurs époux, aux dépens de leurs liens traditionnels avec d'autres femmes. Les hommes, quant à eux, souhaitaient maintenir leurs prérogatives dans le cadre d'un mariage considéré comme un contrat sexuel/procréateur. La modernité iranienne s'est ainsi formée comme un ordre patriarcal au sein duquel l'hétérosexualité est devenue la norme.

Les femmes constitutionnalistes, souvent épouses, filles ou sœurs des révolutionnaires, ont fondé les Associations de femmes (*anjoman ha-ye nesvan*) pour débattre de leurs droits sociaux et politiques. Fortement influencées par les mouvements suffragistes en Occident, elles ont revendiqué pour les femmes les mêmes droits politiques que ceux qu'avaient obtenus les hommes et afin de faire pression sur les députés, elles ont organisé des sit-in au Parlement en 1909. Afin d'éduquer leurs consœurs, elles publiaient aussi des magazines féminins. Cependant, la modernité n'a pas tenu sa promesse d'inclusion sociale et politique des femmes. L'État moderne, en tant que collectivité masculine, s'est donné pour responsabilité la protection des femmes considérées comme « de nature faibles, trop sensibles et manipulables ». Le principe de l'exclusion des femmes de la sphère publique/politique était aussi partagé par les intellectuels réformistes jacobins et anticléricaux[3]. Ils étaient unanimes à penser que la procréation et l'éducation des enfants étaient la principale responsabilité sociale et le rôle naturel des femmes iraniennes. Selon eux, la participation politique des femmes était en contradiction avec leur « nature ». Ces intellectuels estimaient que les femmes étaient manipulables et devaient donc veiller à leur chasteté et à leur simplicité[4].

Le port du voile interdit en 1936

Sous Reza chah (1925-1941), fondateur de la dynastie des Pahlavi (1925-1979), qui était largement inspiré par Mustafa Kemal Atatürk, certaines réformes furent introduites afin de faciliter et réglementer l'accès des femmes à la sphère publique : la scolarisation des filles en milieu urbain fut accélérée ; la fondation en 1936 de l'université de Téhéran (la première en Iran) a permis l'accès des femmes à l'éducation supérieure et à certains emplois, notamment dans l'enseignement et l'administration, et le port du voile fut interdit en 1936. L'interdiction du port du voile était soutenue par une minorité d'hommes et de femmes qui méprisaient les traditions et avaient une préférence pour la civilisation occidentale, mais pour la majorité écrasante des femmes qui était confinée dans le monde clos des valeurs traditionnelles, ne pas porter le voile équivalait à la nudité. Aux yeux de leurs maris, pères ou frères qui, conformément à la tradition, étaient les gardiens de l'honneur (*nâmous*) de la famille et de la « pudeur » des femmes, cette interdiction étaient inacceptable en tant qu'elle les dépouillaient de leur masculinité. En conséquence, au lieu d'encourager la présence des femmes dans la sphère publique, cette mesure a conduit la majorité d'entre elles à se cloîtrer. La supériorité masculine et l'ordre patriarcal, quant à eux, furent maintenus dans le code civil, promulgué en 1933 et largement fondé sur les lois islamiques (chari'a). En effet, la répudiation, la polygamie ou le mariage temporaire[5] restaient en vigueur, les femmes étaient placées sous la tutelle des hommes et l'union conjugale entre une musulmane et un non-musulman était prohibée. Néanmoins, les tribunaux islamiques furent abolis en 1936 et le code pénal n'était pas calqué sur un modèle islamique.

L'application de la lapidation date de la République islamique

Sous le régime occidentalisé du chah, les droits des femmes ont été élargis tant dans la sphère privée que publique. Les femmes ont obtenu les droits politiques en 1963, et le code civil fut modifié à partir de 1967 suite à la promulgation de la Loi de la protection de la famille. La répudiation fut abolie, le divorce est devenu du ressort du judiciaire : désormais, les femmes avaient droit au divorce et obtenaient la garde des enfants après sa prononciation. Dans le même temps, la polygamie fut réglementée, et les femmes se sont vu faciliter un accès à plusieurs carrières, y compris la magistrature, jusque-là réservées aux hommes[6].

Force est de constater qu'en dépit de l'existence de la notion d'adultère et de la mort par lapidation dans les lois islamiques, sa codification et son application en Iran datent de l'établissement de la République islamique. Les autorités estiment que les femmes adultères ternissent l'image de pureté de la femme musulmane et doivent donc être violemment réprimées. Le contrôle des femmes, y compris à travers la régulation de leur sexualité dans un cadre bien déterminé, en l'occurrence le mariage, poursuit aussi et surtout l'objectif de renforcement de l'ordre patriarcal et de la domination masculine[7]. Elles sont désignées comme les principales dépositaires des traditions selon lesquelles l'égalité entre les hommes et les femmes est limitée par une hiérarchie naturelle. Dans cette optique, la procréation devient la fonction principale de la femme, et si sa sexualité est reconnue, elle doit se satisfaire exclusivement dans le cadre du mariage qui soumet la femme aux exigences sexuelles de son époux (article 1105 du code civil), auquel les lois accordent un statut supérieur afin de reproduire le système patriarcal. Si la femme refuse la soumission, la loi autorise son mari à la sanctionner, d'abord en refusant de lui fournir sa pension (article 1108 du code civil), et dans certains cas par le divorce. La soumission de la femme fait l'objet d'un large consensus parmi les spécialistes de la jurisprudence islamique qui puisent leurs arguments dans plusieurs versets coraniques : « Les femmes sont votre champ. Cultivez-le de la manière que vous l'entendrez, ayant fait auparavant quelques actes de piété [...]. Les maris sont supérieurs à leurs femmes. Les hommes sont supérieurs aux femmes à cause des qualités par lesquelles Dieu a élevé ceux-là au-dessus de celles-ci, et parce que les hommes emploient leurs biens pour doter les femmes. Les femmes vertueuses sont obéissantes et soumises [...]. Vous réprimanderez celles dont vous aurez à craindre l'inobéissance ; vous les reléguerez dans des lits à part, vous les battrez ; mais aussitôt qu'elles vous obéissent, ne leur cherchez point querelle[8] ».

Se référant à une source importante de la jurisprudence chi'ite, un traditionaliste iranien affirme : « Selon l'islam, la meilleure femme musulmane est celle dont l'instinct sexuel envers le mari demeure vivant et éveillé. Celle qui se déclare toujours prête à engager l'acte sexuel avec son époux et qui en prend l'initiative. Un hadith dit qu'un jour une femme a demandé au Prophète quel était le droit des maris. Le prophète lui a répondu que les maris avaient beaucoup de droits. La femme lui a demandé d'en énumérer quelques-uns. Le Prophète a répondu : « La femme doit se parfumer, se vêtir de sa meilleure robe, se maquiller et s'offrir à son mari tous les matins et soirs[9] ».

Satisfaire les besoins sexuels de l'époux, un devoir de la femme

Pour certains auteurs religieux, la jouissance de la femme dans le rapport sexuel constitue la meilleur manière d'obtenir son consentement et sa disponibilité totale : « La femme musulmane doit savoir que son mari est un être sensible ayant des instincts et besoins sexuels. L'instinct sexuel est une réalité. Tout comme un affamé qui a besoin de se nourrir, l'homme a besoin de subvenir à ses besoins sexuels au moins pendant cinquante ans. Si sa femme ne peut pas répondre à ce besoin, il sera contraint de se remarier. Mais l'islam dit aussi au mari qu'il doit faire en sorte que sa femme jouisse, il faut des attouchements, des caresses. Les femmes aiment qu'on caresse leurs seins et leur organe génital… La différence d'âge trop importante entre les époux peut provoquer un décalage entre leurs instincts sexuels. Il est donc préférable qu'un homme âgé ne se marie pas avec une jeune fille. Selon l'islam, si cette jeune fille dont l'instinct ne peut être satisfait par son mari âgé commet de l'adultère, son mari est coupable aussi. Il doit divorcer de sa femme avant même qu'elle devienne adultère[10] ».

La femme n'a pas le droit de faire chambre à part, sa disponibilité sexuelle doit être totale vis-à-vis de son mari et elle doit faire même semblant d'être désireuse : « La femme idéale est celle qui ne refuse jamais ses services sexuels à son mari. Même quand elle est angoissée et n'est pas prête, elle se soumet à son mari en prétendant être demandeuse de l'acte sexuel[11]. »

Satisfaire les besoins sexuels de l'époux prend une ampleur telle qu'il devient un impératif plus important que les devoirs religieux :

« La femme doit écourter sa prière pour subvenir aux demandes sexuelles de son mari. Quand son mari l'attend au lit, il est interdit à la femme de s'éloigner du lit conjugal pour faire sa prière ou d'autres devoirs religieux[12]. »

La sexualité de la femme est donc reconnue par les lois islamiques mais elle doit s'exercer exclusivement dans le cadre d'un contrat de vente (mariage permanent ou temporaire)[13]. De plus, elle est soumise à la sexualité de l'homme et à sa domination. Toute tentative susceptible d'enfreindre cet ordre hiérarchique est donc réprimée, d'où la peine de mort par lapidation prévue pour l'adultère. La sexualité n'est abordée publiquement que par les jurisconsultes ou les officiels afin de souligner les interdits. Dans les films, comme dans les romans ou les nouvelles, toute manifestation de désir, tout contact corporel entre les hommes et les femmes est prohibé, la censure frappe même l'image des parents embrassant leurs enfants de sexe opposé.

La lapidation et l'ordre patriarcal

Le spectre de la lapidation hante les femmes et opère comme un puissant mécanisme de contrôle afin de les dissuader de transgresser les normes sexuelles établies par le pouvoir et par la culture dominante. *Le dernier souper*, le film iranien de Fereydoun Jeyrani[14], est une tentative courageuse de dépeindre ce mécanisme. Il décrit les craintes et les hésitations d'une femme, éprouvée par son mariage arrangé, enseignante à l'université, mère d'une jeune fille, devant les déclarations amoureuses d'un jeune homme. Tiraillée entre son amour et les normes dominantes, elle est envahie par l'image de sa lapidation. Dans son imaginaire, une foule invisible lui lance des pierres. Elle essaye de se protéger, de s'enfuir mais les pierres la poursuivent. Après de nombreuses tergiversations, elle décide enfin de défier la société patriarcale et ses mœurs, et divorce afin de se marier avec son jeune amoureux. Son acte est qualifié d'immoral et condamné par son entourage. Elle est assassinée par sa propre fille dans son lit de mariée. Le verdict de l'ordre patriarcal l'a finalement rattrapé…

Plus que la sexualité, la lapidation demeure un sujet tabou, rarement abordé par les médias si ce n'est que pour annoncer les nouvelles d'une condamnation à mort par lapidation ou de l'exécution de la sentence. Les images des suppliciées ne sont jamais diffusées et les femmes « adultères » mariées sont souvent condamnées par une grande partie de l'opinion publique avant même que la sentence ne soit prononcée. Selon la croyance populaire, une femme adultère mariée trahit et déshonore non seulement son époux mais ses enfants et l'ensemble des membres de sa famille. La lapidation ne constitue pas non plus un objet de recherche pour les spécialistes en sciences sociales et humaines. Même celles qui s'intéressent au thème de la violence faite aux femmes ne travaillent pas sur ce sujet, qualifié de risqué, d'autant que, disent-elles, le nombre des cas n'est pas élevé au point de justifier de telles études ! Seuls quelques avocats, notamment des avocates de sensibilité féministe, qui acceptent la défense des présumées « adultères », se déclarent concernés par cette violence inouïe infligée aux femmes. Il faut préciser qu'en Iran les recherches sur divers types de violences subies par les femmes sont encore rares et les données, quasi inexistantes. À titre d'exemple, pour les organismes officiels pourtant supposés aider les femmes victimes de la violence, la violence conjugale demeure tout simplement une catégorie inexistante[15]. On comprend mieux l'absence de recherches sur les femmes victimes de la violence, et en particulier sur la lapidation.

L'instrumentalisation de l'adultère à des fins politiques

Les autorités judiciaires et les responsables des services de renseignements utilisent souvent la menace d'une accusation pour adultère et les peines qui l'accompagnent afin de contraindre les prisonniers d'opinion à avouer leurs « crimes politiques ». Le cas de Siamak Pourzand en constitue un exemple. Journaliste âgé de soixante-dix-huit ans, époux de Mehranguiz Kar, une célèbre avocate et militante des droits des femmes, elle-même emprisonnée pendant un temps avant d'être contrainte à l'exil, il fut accusé d'atteinte à la sûreté nationale et d'adultère, et condamné à onze ans de réclusion en 2002. D'autres prisonniers d'opinion, dont treize cyber-journalistes emprisonnés pendant plusieurs mois en 2004 avant d'être libérés sous caution grâce aux pressions internationales, notamment celles de l'Union européenne, auraient subi le même sort. Après avoir été détenus en régime d'isolement cellulaire pendant plusieurs mois et avoir éprouvé de fortes pressions de leurs geôliers, certains ont fini par avouer avoir eu des rapports sexuels illicites avec des femmes activistes, elles-mêmes dans le collimateur des autorités. Ils ont publiquement rétracté leurs aveux après leur libération et décrit ce mécanisme de torture dans des lettres ouvertes. Une liste comportant les noms de certaines militantes des droits des femmes leur aurait été présentée pour les obliger à désigner la femme avec laquelle l'adultère avait été commis.

Le rite de la lapidation

L'adultère est défini comme la relation sexuelle, hors mariage, entre un homme et une femme ou entre deux hommes ou entre deux femmes. L'islam, comme toutes les autres religions, privilégie la procréation et la famille et réprouve tous les rapports sexuels qui contreviennent aux prescriptions.

La lapidation pour adultère trouverait son origine dans le rite de la lapidation de Satan à Mina, une étape essentielle dans le pèlerinage à La Mecque. Le diable est représenté par une stèle de 18 mètres de haut, placée sur l'étroit pont de Djamarat qui relie deux falaises et sur lequel doivent passer tous les pèlerins pour y jeter des pierres.

Les femmes qui osent exercer leur sexualité en dehors du cadre déterminé par les lois et les normes dominantes seraient donc les représentantes de Satan qu'il convient d'éliminer à coup de pierres.

La lapidation est-elle prescrite dans le Coran ?

Plusieurs versets coraniques portent sur l'adultère et le réprouvent sans pour autant recommander la peine de mort par lapidation. La sourate IV, *Les femmes*, dit : « Si vos femmes commettent l'action infâme [l'adultère] appelez quatre témoins. Si leurs témoignages se réunissent contre elles, enfermez-les dans des maisons jusqu'à ce que la mort les visite ou que Dieu leur procure un moyen de salut[16]. »

Les personnes ayant commis l'adultère sont même susceptibles d'être pardonnées : « Si deux individus parmi vous commettent une action infâme, punissez-les tous deux ; mais s'ils se repentent et s'amendent, laissez-les tranquilles, car Dieu aime à pardonner et il est miséricordieux[17]. »

Les dispositions contenues dans ce verset sont modifiées dans la sourate XXIV, *La Lumière* : « Vous infligerez à l'homme et à la femme adultères cent coups de fouet à chacun. Que la compassion ne vous entrave pas dans l'accomplissement de ce précepte de Dieu... Que le supplice ait lieu en présence d'un certain nombre de croyants[18]. »

Afin d'éviter les faux témoignages ou des diffamations, le Coran prévoit de sévères punitions pour les accusateurs : « Ceux qui accuseront d'adultère une femme vertueuse, sans pouvoir produire quatre témoins seront punis de quatre-vingts coups de fouets ; au surplus, vous n'admettrez jamais leur témoignage en quoi que ce soit, car ils sont pervers[19]. »

La preuve de l'adultère qu'exige le Coran (quatre témoignages) est très difficile, voire impossible, à établir. De plus, selon les principales doctrines juridiques de l'islam, les quatre témoins doivent s'assurer que la pénétration ait lieu en passant un fil entre les corps au moment de l'adultère présumé. L'adultère n'est prouvé que si le fil rencontre un obstacle.

La lapidation est pourtant codifiée et pratiquée sur la base de *hadith* (pratiques et paroles attribuées au Prophète). Mais, comme le précise l'ayatollah Jannâti, enseignant à l'école théologique de Qom, il existe plus de cinquante mille *hadith* non authentifiés dont la plupart sont au détriment des femmes et de leurs intérêts[20].

L'adultère dans le code pénal iranien

Le code pénal iranien (la loi de *Hodoud* et *Qesas*, promulguée par le Parlement islamique en 1982), calqué sur un modèle islamique, prévoit en effet, dans le cas de l'adultère, la mort par lapidation ou la condamnation à des coups de fouet. La « faute » doit néanmoins être prouvée au tribunal par l'aveu des accusés ou par le témoignage de quatre hommes vertueux et de deux femmes vertueuses (article 91b) qui auraient observé la scène de relations sexuelles entre les accusés (article 94). La concordance entre les témoignages quant à l'heure, l'endroit et la description de la scène est nécessaire. Dans le cas d'une discordance entre les témoins, l'adultère ne peut pas être prouvé et les témoins seront punis pour diffamation (article 95). Selon l'article 82 du code pénal (promulgué en 1991), l'adultère entraîne la peine de mort dans les cas suivants, indépendamment de l'âge ou du statut marital des accusés :

• les rapports sexuels incestueux,

• les rapports sexuels avec l'épouse du père,

• les rapports sexuels d'un non-musulman avec une musulmane[21],

• les rapports sexuels forcé (le viol)

Certains cas d'adultère entraînent la peine de mort par lapidation :

• les rapports sexuels extraconjugaux d'un homme marié, à savoir, d'un jeune homme ayant une femme permanente avec laquelle il a eu des rapports sexuels et peut en avoir quand il le souhaite,

• les rapports sexuels extraconjugaux d'une femme mariée, à savoir, d'une jeune femme ayant un époux permanent avec lequel elle a eu des rapports sexuels et peut en avoir quand elle le souhaite. Une femme mariée (même divorcée d'une façon révocable[22]) condamnée pour adultère sera d'abord fouettée avant d'être lapidée (article 88, promulgué en 1991).

Si ces personnes commettent l'adultère du fait de l'absence de leurs épouses ou époux (suite à un voyage, à un emprisonnement, etc.), l'adultère n'entraîne pas la lapidation.

Les pierres de la lapidation « ne devront pas être trop petites »

Étant donné la dépendance, y compris intellectuelle et financière, des femmes vis-à-vis de leurs époux, notamment celles d'origine plus modeste, il est fort probable qu'une femme dont le mari est accusé d'adultère tentera de sauver son époux en déclarant qu'elle était absente du foyer, ou qu'elle lui refusait des rapports sexuels. D'autant plus que dans le cas contraire, elle sera considérée comme responsable de la mort de son mari et rejetée par son entourage. À cela s'ajoute le fait que la légalisation de la polygamie et la viabilité du mariage temporaire ont préparé les femmes à accepter « l'infidélité » de leurs maris comme un fait naturel ou un droit pour les hommes. En revanche, les hommes sont supposés veiller à l'honneur (*namous*) de la famille à travers le contrôle de la chasteté de leurs épouses. Il va sans dire que l'époux d'une femme adultère ne prendra pas sa défense, car il sera marqué par le déshonneur (*binamous*) et rejeté par son milieu.

Contrairement à la femme mariée, condamnée pour adultère, qui n'a aucune échappatoire possible, l'homme marié a aussi la possibilité d'échapper à une condamnation pour adultère si sa partenaire est une femme célibataire. Le mariage temporaire viendra à sa rescousse.

Quant aux hommes célibataires ayant commis l'adultère, ils ne seront pas condamnés à la peine capitale mais à des coups de fouet.

L'exécution de la peine de mort pour une femme enceinte adultère sera retardée jusqu'à son accouchement et peut être de nouveau ajournée après la naissance de son enfant si celui-ci n'a que sa mère pour s'occuper de lui (articles 91, 102).

Le code pénal iranien décrit de façon très précise la manière dont les condamnés doivent être exécutés ainsi que le type de pierres qu'il faut utiliser à cette fin. Un chargement de pierres est livré sur le lieu de l'exécution et les fonctionnaires en charge – voire parfois même dans certains cas de simples citadins accrédités par les autorités – accomplissent l'exécution. Aux termes de l'article 102, les hommes doivent être enterrés dans le sol jusqu'à la taille et les femmes jusqu'à la poitrine avant l'exécution. Selon son article 104, pour les cas d'adultère, les « pierres utilisées pour infliger la mort par lapidation ne devront pas être trop grosses au point que le condamné meure après en avoir reçu une ou deux ; elles ne devront pas non plus être si petites qu'on ne puisse leur donner le nom de pierre. » Le but de l'exécution par lapidation est d'infliger à la victime une douleur atroce avant sa mort[23].

Si l'adultère est commis par une personne mariée qui l'avoue elle-même, la première pierre est jetée par le juge ecclésiastique. Si l'adultère est prouvé par témoignages, la première pierre est jetée par les témoins, qui sont tenus d'être présents sur les lieux de l'exécution par la lapidation, puis par le juge et ensuite par le public présent (article 99).

Avant l'exécution par lapidation, le juge ecclésiastique ordonne au (à la) condamné(e) à mort de prendre un bain cérémoniel, comme pour les ablutions d'un mort. Il doit d'abord se laver avec l'eau de lotus, puis avec l'eau de camphre, enfin, se rincer à l'eau pure avant de mettre un linceul. Les prières de mort suivront l'exécution et il/elle sera enterré(e) au cimetière des musulmans (article 117).

L'impact des pressions internationales

L'indignation de la communauté internationale devant la peine de mort par lapidation, qui frappe surtout les femmes, et les pressions internationales sur les autorités iraniennes ont conduit ces dernières, afin de favoriser l'intégration du pays au sein de la communauté internationale, à instaurer un moratoire sur les exécutions par lapidation. Le chef du pouvoir judiciaire, l'ayatollah Mahmoud Shahroudi, aurait ainsi adressé aux juges une directive dans ce sens en décembre 2002, les engageant à opter pour d'autres formes de sanction, bien que la loi prévoie toujours ce type de châtiment. En septembre 2003, une loi a été adoptée énonçant les règles présidant à l'exécution de certaines peines, notamment la lapidation. Le Grand Ayatollah Nasser Makarem Shirazi a émis un édit religieux le 27 mai 2003, qui demande aux juges de ne pas commander d'exécutions par lapidation. De même, l'ancien président Akbar Hachemi Rafsanjani l'aurait définie comme une pratique arriérée employée par les juges des zones rurales. En dépit de sa réprobation, il n'a pas utilisé son pouvoir en tant que président du puissant Conseil du discernement de l'intérêt supérieur du régime afin d'abolir cette pratique inhumaine. Quant à Zahra Shoja'i, conseillère du président Khatami et directrice du Centre de participation des femmes (1997-2005), elle n'a pas condamné la lapidation, se contentant de souligner le rôle du gouvernement réformateur dans la baisse des condamnations par lapidation, en précisant que les cas de lapidations se faisaient extrêmement rares entre 1997 et 2001, où deux cas ont été rapportés par la presse iranienne.

En 2004, Hajieh Esmailvand âgée de trente-cinq ans est emprisonnée, accusée d'avoir commis l'adultère avec un homme âgé de dix-sept ans. Tous deux étaient détenus à Jolfa, dans le nord-ouest du pays. Ils furent condamnés à mort, l'homme par des coups de fouet, la femme par la lapidation. En novembre 2004, les peines ont été confirmées par la Cour suprême, ordonnant que la lapidation ait lieu avant le 21 décembre. Le 23 décembre, les autorités auraient suspendu temporairement la sentence pour soumettre l'affaire à la Commission de clémence et d'amnistie (*Komisyon-e Afv va Bakhshoudegi*) pour qu'elle se prononce sur la lapidation. Organe du pouvoir judiciaire, cette dernière est habilitée à réduire les peines ou gracier les prisonniers. De même, Leyla Mafi, une mineure qui souffre d'un handicap mental, a été déclarée coupable de prostitution et condamnée à mort en mai 2004 par le tribunal de première instance d'Arak sur la base de ses « aveux » devant la Cour. Selon le rapport annuel d'Amnesty International rendu public le 25 mai 2005, les deux femmes auraient bénéficié d'un sursis à exécution à la suite de protestations aux niveaux national et international. Néanmoins, les dispositions légales concernant l'exécution par lapidation demeurent.

Si le nombre des condamnations à mort par lapidation a baissé du fait des pressions internationales, le nombre des exécutions, lui, n'a pas diminué. Selon le même rapport, en 2004 « au moins 159 personnes, dont un mineur, ont été exécutées ». Parmi elles, Atefeh Rajabi âgée de seize ans, souffrant d'un handicap mental, a été condamnée pour prostitution et pendue le 15 août à Neka, une ville du nord du pays.

L'abrogation des articles du code pénal sur l'adultère et la lapidation qui, comme tant d'autres lois en vigueur en Iran, sont en contradiction flagrante avec les principes des droits de l'homme, dépend, dans une large mesure, des rapports de force entre le pouvoir et les militants des droits de l'homme en Iran. On peut supposer que l'intégration de ce pays au sein de la communauté internationale serait de nature à renforcer le poids des défenseurs des droits universels de l'homme, sauvant par là la vie des condamnés à mort et évitant leur exécution, qu'elle se produit par lapidation, pendaison ou coups de fouet[24]. En revanche, l'isolement de l'Iran renforcera les factions les plus conservatrices, voire intégristes, du régime islamique, qui continueront à appliquer leurs lois en toute impunité et au mépris des conventions internationales dont le régime islamique est signataire. Le lourd tribut d'une telle évolution serait payé une fois de plus par les Iraniens eux-mêmes, en particulier ces jeunes filles et ces femmes qu'on lapide.

Azadeh Kian-Thiébaut est maîtresse de conférences en science politique à l'université Paris 8, chercheuse à l'UMR Monde iranien et en délégation au CNRS (2003-2006). Parmi ses publications : La République islamique d'Iran. De la maison du Guide à la raison d'État. *Paris, Michalon, 2005.* Les femmes iraniennes entre islam, État et famille, *Maisonneuve & Larose, 2002.*

Notes

1. Sur ce sujet, les travaux de la sociologue marocaine Fatima Mernissi sont très éclairants. Fatima Mernissi, *Beyond the Veil. Male-Female Dynamics in a Modern Muslim Society*, New York, Wiley, 1975, Fatima Mernissi, *Sexe, idéologie, islam*, Tierce Deux temps, 1983.

2. Afsaneh Najmabadi, *Women with Mustaches and Men without Beards. Gender and Sexual Anxieties of Iranian Modernity*, Berkeley, Los Angeles, University of California Press, 2005.

3. Comme Hossein Taqizadeh, Mohammad-Ali Jamalzadeh ou encore Ahmad Kasravi (assassiné en 1945 par *les Fadaiyan-e Eslam*, un groupe fondamentaliste).

4. Azadeh Kian-Thiébaut, « Les mouvements d'émancipation des femmes en Iran », in *Le siècle des féminismes*, E. Gubin, C. Jacques, F. Rochefort, B. Studer, F. Thébaud, M. Zancarini-Fournel (dir.), Paris, Éditions Atelier, pp. 385-398.

5. Le mariage temporaire (dit *nekâh-e monqate' ,mot'eh*, ou *sigheh*) dont la durée varie de quelques minutes à quatre-vingt-dix-neuf ans, est propre à la chari'a chi'ite duodécimaine. Il permet aux hommes, mariés ou célibataires, de s'engager dans des relations extraconjugales en toute légalité.

6. Azadeh Kian-Thiébaut, *Les femmes iraniennes entre islam, État et famille*, Paris, Maisonneuve & Larose, 2002.

7. Azadeh Kian-Thiébaut, « Changements familiaux et modernité politique en Iran », in *Famille et mutations socio-politiques. L'approche culturaliste à l'épreuve*, Azadeh Kian-Thiébaut et Marie Ladier-Fouladi (dir.), Paris, Éditions de la Maison des Sciences de l'Homme, 2005.

8. Le Coran, traduit de l'arabe par Kasimirski, chronologie et préface par Mohammad Arkoun, G. F. Flammarion, 1970. Par ordre de citation : sourate II, *La Génisse*, verset 223, p. 62 ; sourate II, *La Génisse*, verset 228, p. 63 ; sourate IV, *Les Femmes*, verset 38, p. 92.

9. *Vasael-al Chi'ieh*, vol. 14, p. 112, in Seyyed Javad Mostafavi, *op. cit.*, vol. I, p.163.

10. Seyyed Javad Mostafavi. *Behesht-e Khanevadeh* (Le paradis de la famille), Qom, Éditions Qods, 1995. vol. I, p. 372-373.

11. Ali Qaemi, *Tashkil-e Khanevadeh dar Eslam* (La formation de la famille en islam), Téhéran, Éditions Amiri, 1994, pp. 184-185.

12. *Ibid.*, p. 165.

13. Le code civil iranien attribue à l'homme le droit de contracter un nombre indéfini de mariages temporaires. Ce type de mariage qui était également en vigueur avant la Révolution n'est pas recommandé par le Coran.

14. Ce film, produit en 2002, a obtenu le prix du meilleur film et du meilleur réalisateur au Festival international dy Film de Los Angeles (ARPA), et le prix de la meilleure actrice au Festival international du Caire.

15. Le livre de sociologue Shahla Ezazi, *La violence conjugale. Les femmes battues,* Téhéran, 2002 (en persan), est parmi les premières tentatives de recherches sur le sujet. Pour un compte rendu en français voir Azadeh Kian-Thiébaut, *Abstracta Iranica*, n° 26, 2005, p. 215.

16. Le Coran, *op. cit.*, sourate IV, *Les femmes*, verset 19, p. 90.

17. *Ibid.*, sourate IV, *Les femmes*, verset 20, p. 90.

18. *Ibid.*, sourate XXIV, *La Lumière*, verset 2, p. 273.

19. *Ibid.*, sourate XXIV, *La Lumière*, verset 6, p. 273.

20. Les propos de l'ayatollah Jannâti publiés dans *Hoqouq-e zanan*, n° 19-20, mars 2001, p. 13, cités *in* Azadeh Kian-Thiébaut, *Les femmes iraniennes entre islam, État et famille*, *op. cit.*, p. 239.

21. Accusé d'avoir eu des rapports sexuels avec une Iranienne musulmane, Helmut Hoffer, un homme d'affaires allemand, fut condamné à mort en 1999 en Iran. Il a échappé à la peine de mort par lapidation et fut libéré grâce à l'intervention du gouvernement allemand.

22. Deux catégories de divorces peuvent être distinguées : *roj'i* et *ba'en*. Dans le premier cas, le mari peut renoncer au divorce qu'il a initié dans une période de trois mois suivant le divorce (appelé *'eddeh* qui correspond au terme de trois menstruations pour les femmes âgées de plus de neuf ans jusqu'à l'âge de la ménopause). Dans le deuxième cas (*ba'en*), le mari n'a pas le droit de renoncer au divorce. C'est le cas de *khôl'* ou *mobârât* où la femme cède une somme d'argent à son mari et demande le divorce. Dans le cas de *khôl'* la somme peut être sa dot (*mahr*) ou plus ou moins son équivalent. Dans le cas de *mobârât* la somme peut dépasser l'équivalent de la dot. Azadeh Kian-Thiébaut, *Les femmes iraniennes entre islam, État et famille*, p. 121.

23. La Commission des droits de l'homme des Nations unies a exprimé sa préoccupation face à « la poursuite des exécutions [en Iran], apparemment sans considération pour les garanties internationalement reconnues, en particulier des exécutions publiques et particulièrement cruelles telles que la lapidation » (document Onu – ECN.4/2002/L. 33 – paragraphe 5 b. – 11 avril 2002).

24. La pendaison est la forme « traditionnelle » d'exécution en Iran.

Imrana ou la sécurité des femmes musulmanes en Inde

Sona Khan

Une fatwa a été lancée par les religieux de son village contre une mère de famille en Uttar Pradesh, la contraignant à épouser son beau-père qui l'avait violée. Sona Khan, juriste auprès de la Cour suprême de l'Inde, nous dit son inquiétude devant l'insécurité dans laquelle vivent les femmes musulmanes dans son pays. Et demande que le code pénal unique prenne le pas sur les traditions et les coutumes.

Dans le village de Charthawal, en Uttar Pradesh, Imrana, une mère de cinq enfants, a accusé son beau-père, Ali Mohammad, de l'avoir violée. L'affaire a suscité la controverse, aussi bien dans la communauté que dans les rangs des religieux. Les érudits d'une école de pensée sunnite, émanant du Darul-Uloom à Deoband (siège de l'enseignement islamique) ont provoqué des remous en lançant une fatwa, un avis religieux ayant force de loi : selon elle, du fait du viol présumé par son beau-père, le mariage d'Imrana était devenu *haram* (interdit) et elle était désormais la mère de son mari, Noor Mohammad !

Avant même cette décision, le panchayat local (le conseil de village représentant la communauté) avait rendu le même avis et exigé que la victime, Imrana, passe sept mois en isolement afin de se purifier. La fatwa émise par le Darul Uloom a confirmé l'ordre du panchayat, contraignant la jeune femme à accepter le verdict de la communauté. Obligée d'épouser son violeur, la malheureuse n'a reçu aucun témoignage de compassion – personne ne semblant vraiment se soucier de l'indignité, de l'horreur, de la détresse et du chagrin qu'elle a endurés.

Obligée d'épouser son violeur

Dans le domaine du mariage, du divorce, de l'entretien, des pensions alimentaires, de l'adoption, de l'héritage, des successions et de tout ce qui a trait à la famille en général, ce sont les « lois personnelles » qui régissent les citoyens indiens. Elles trouvent leur origine dans les lois religieuses et dans des pratiques culturelles ancestrales ancrées dans le tissu socio-économique.

En l'absence de réfutation, la loi suppose que la religion d'une personne est celle de la famille et de la communauté dans laquelle elle est née. Toutes les affaires, y compris celles qui dépendent des lois dites de statut personnel[1], sont arbitrées et traitées par des cours de justice laïques : juges et avocats se doivent donc d'être parfaitement familiarisés avec les lois personnelles en vigueur. Le programme d'enseignement universitaire de droit a dû prévoir l'apprentissage des dispositions actuelles des lois personnelles indiennes pour préparer les étudiants en droit à enseigner et appliquer la loi.

Pour être valables, les lois personnelles doivent d'une part ne pas contredire les dispositions de la Constitution, et d'autre part être en conformité avec la politique de chaque État de l'Inde, dûment validée par les élections législatives. Lorsqu'une affaire comme celle d'Imrana survient dans une communauté minoritaire, le débat fait rage et on se remet à parler de la nécessité d'un code civil unique. Mais un tel code suffira-t-il à modifier les comportements, à résoudre tous les problèmes sociaux des femmes et à empêcher qu'elles soient violées et battues à l'intérieur comme à l'extérieur de chez elles ?

Car Imrana est loin d'être un cas isolé. Dans les familles où les femmes sont opprimées et maltraitées, les abus sexuels sont très répandus. Dans les zones rurales les plus défavorisées, les femmes sont souvent exposées au risque d'être violées par des membres de leur propre famille. Les citadines ne sont évidemment pas à l'abri non plus des violences sexuelles.

Ces actes sont toutefois rarement dénoncés par les femmes qui craignent des représailles sociales, et ont peur d'être stigmatisées. C'est le conseil local qui statue sur ces cas, généralement en défaveur de la femme, même si elle est la victime. Sous le prétexte fallacieux de protéger l'honneur des familles, et au nom de la pureté de la relation entre homme et femme, le silence entoure ces affaires. Les plaintes sont donc très rares.

Les femmes musulmanes soumises aux fatwas des conseils religieux locaux

L'affaire Imrana relève fondamentalement de la justice criminelle, qui est la même pour tous, sans distinction de caste, de couleur, de religion ni de croyance. Les médias ont évoqué un cas similaire survenu à Mewat, en Haryanan : une certaine Rukhsana, elle aussi violée par son beau-père, se retrouve aujourd'hui enceinte de lui et attend le décret de sa communauté dont dépend son avenir.

Un autre cas est survenu en mai 2005, toujours en Uttar Pradesh. Une jeune musulmane du village de Harewali avait épousé son ami d'enfance. Le panchayat du village n'accepta pas leur union et tortura le jeune couple au nom de la purification de leur âme. Leur mariage ne fut pas reconnu et ils furent contraints de se déclarer frère et sœur. L'Uttar Pradesh, qui abrite une importante communauté musulmane, est l'un des États les plus peuplés de l'Inde, mais aussi l'un des plus pauvres. Certains partis politiques ont tenté de récupérer cette malheureuse affaire en vue des élections nationales.

Il y a quelques mois, à Badrak Town, une autre poche de pauvreté située en Orissa, Sheikh Sher Mohammad prononça trois fois *Talaq* (divorce) à l'encontre de sa femme, Nagma, alors qu'il était ivre. Le lendemain, dégrisé, il ne se rappelait pas avoir lancé ce « triple *Talaq* » à sa femme, qui annulait du coup leur mariage. Les voisins et le conseil local de religieux musulmans exigèrent que Nagma retourne chez ses parents avec ses quatre enfants, et son mari reçut ordre de la répudier. Pourtant, dans la loi musulmane, le *Talaq* n'est pas valide quand il est formulé oralement trois fois d'affilée, ni quand il est prononcé sous l'influence de l'alcool.

Ces deux affaires suscitèrent elles aussi de vives réactions, et la question d'un code civil unique fut à nouveau évoquée. Cette hypothèse apparaît comme la seule solution pour éradiquer de tels maux dans la minorité musulmane, dans la mesure où aucune volonté de réformes n'est à l'ordre du jour dans la communauté elle-même.

Le terme « fatwa » désigne un avis légal ou une décision juridique. Dans de nombreux pays musulmans, les tribunaux étant débordés, ce sont les fatwas, émises par les muftis (érudits religieux) qui font office de jugement. Traitant principalement de questions relatives au mariage, au divorce ou à la transmission d'un héritage, les fatwas s'appuient sur quatre écoles de jurisprudence musulmane fondées par les imams : Abu Hanifa (699-767), Malik (710-795), Shafi (767-819) et Ahmed bin Hanbal (775-855). Ces imams étant presque contemporains, pourquoi quatre systèmes différents virent-ils le jour ? La question se pose d'autant que tous puisèrent principalement leurs sources dans le Coran et les hadith (recueil des actes et des paroles de Mahomet). En réalité, on repère de subtiles différences entre les quatre systèmes dans les interprétations et les analogies. Il n'existe aucune règle imposant de s'en tenir à un seul système. Les quatre imams énoncèrent clairement que les lois rassemblées par eux étaient ouvertes à la discussion tant qu'elles ne contredisaient pas les versets coraniques et les hadith.

L'auteur du crime jamais puni ni condamné

L'affaire d'Imrana a pris un tour critique à cause de l'intervention des érudits religieux de l'école coranique de Hanafi, dans l'Uttar Pradesh. La fatwa lancée par le Darul Uloom, déclarant Imrana *haram* (interdite), n'accepte manifestement pas les principes fondamentaux de justice. L'auteur du crime n'est jamais puni ni condamné, mais plutôt indemnisé et réhabilité. À en croire la presse, le All India Muslim Personal Law Board (AIMPLB) a déclaré que la vie de la femme pourrait être menacée si elle continuait à vivre avec son mari en bravant la fatwa. On se demande si l'influence terrifiante des Talibans n'est pas enracinée dans la société musulmane.

Il est utile de rappeler les paroles d'Abu Hanifa : « Il n'est pas légal de fonder une fatwa sur mon avis sans avoir compris les arguments qui m'ont conduit à cet avis. » Quant à l'imam Mâlik, il rejeta la proposition du calife Al-Mansûr de diffuser ses œuvres dans tout l'Empire musulman. Il expliqua au calife que les populations qui respectaient des traditions déjà établies ne devaient pas être perturbées. L'imam Shafi, quant à lui, décréta : « La parole d'un seul homme, ou même de plusieurs, ne peut en aucun cas tenir lieu de loi, excepté la parole du Prophète. » De même, l'imam Ahmed bin Hanbal dit : « Ne suivez pas mes préceptes, ni ceux de Malik, ni ceux de qui que ce soit d'autre. Suivez le Coran et l'Hadith. »

Dans le Coran – verset 23, sourate 4 – il est dit : « Vous sont interdites [pour les épouser] : vos mères, vos filles, vos sœurs, […] les épouses de vos fils… » Et cette interdiction vaut également si celles-ci sont divorcées ou veuves. Le texte est on ne peut plus clair.

Comment un crime aussi inacceptable et révoltant qu'un viol a-t-il pu justifier l'annulation du mariage légal d'Imrana, l'obliger à épouser le violeur, en l'occurrence son beau-père, et à considérer son mari comme son fils ! On ne peut imaginer verdict plus cruel et plus pervers émis au nom de la religion.

À la lumière de ce qui précède, la « Fatwa » émise dans l'affaire Imrana et l'approbation qu'elle a reçue du All India Muslim Personal Law Board (AIMPLB) sont inacceptables aux yeux de nombreux musulmans. Quand on a demandé à la seule femme membre du AIMPLB si la sanction était trop lourde pour la victime innocente, elle a répondu : « En tant que croyants de l'Islam, nous devons suivre la loi coranique, et la victime comme son mari ont manifesté leur volonté de se conformer à la Charia. »

L'interprétation détournée de la loi coranique

Compte tenu de ces faits et des cas similaires signalés dans les médias, je me demande si certaines forces ne voudraient pas voir dans l'affaire Imrana une simple question de loi coutumière musulmane, ne relevant pas de la loi criminelle. Si c'était le cas, nous serions confrontés à un grave problème national, non seulement pour la sécurité des femmes musulmanes, mais aussi par une interprétation biaisée et détournée de la loi musulmane qui porte atteinte à la liberté de religion, et dont les effets pervers se propagent à l'intérieur même du système social et de la politique indienne. Les violences contre les femmes, à l'intérieur comme à l'extérieur du cadre familial, sont devenues un grand sujet de préoccupation, sans aboutir aux mesures qui s'imposent. Je me demande si l'interprétation détournée de la loi coranique par certains dirigeants musulmans n'est pas une tentative d'empêcher les musulmanes de l'Uttar Pradesh de bénéficier du projet de loi relatif aux violences domestiques qui a reçu récemment l'aval du gouvernement.

La sécurité des Indiennes n'est-elle plus une responsabilité de l'État ?

Depuis qu'elle a été révélée au grand public, « l'affaire Imrana » a soulevé la question de la sécurité des femmes dans le foyer conjugal, et en particulier du nombre alarmant de viols dont elles sont victimes. On peut se demander si la sécurité des femmes – personnelle, sociale, économique et politique – est encore un sujet de préoccupation en Inde. L'État n'est-il plus responsable vis-à-vis d'elles ? Force est de constater que même après cinquante-six ans d'indépendance, le système censé protéger leur vie et leur dignité ne s'y consacre guère, alors que c'est un objectif prioritaire dans tant d'autres pays. En l'absence ne serait-ce que d'une vraie « journée de la femme » en Inde, il faudra très longtemps avant que les choses changent sur le terrain.

Il est interdit, même par voie légale, de laisser entendre que la sécurité des femmes indiennes est un problème laïc, même si notre régime est profondément pluraliste, pluri-religieux et d'une grande diversité culturelle. La mission fondamentale d'une Constitution digne de ce nom est de veiller à ce que la vie humaine, si précieuse, ne sombre pas dans la déchéance, de quelque façon que ce soit, déchéance qui commence avec l'absence de bien-être mental. Après les affaires Guria, Ranie, Imrana et celles de milliers d'autres pauvres femmes sans défense, on se demande si les femmes issues des milieux défavorisés bénéficieront un jour des droits et des libertés fondamentaux. La communauté musulmane a-t-elle mis la main sur le problème du statut légal des femmes en s'arrogeant le droit de gérer les affaires familiales des plus démunis dans les zones rurales ? La communauté est-elle capable de protéger les droits fondamentaux à la vie et à la dignité, dans le respect de la Constitution, là où l'ignorance bafoue les principes religieux et sociaux élémentaires ?

Le fait que l'État délègue ainsi ses responsabilités, même implicitement, ne revient-il pas à subvertir la liberté individuelle des femmes, dès lors que leurs demandes de justice restent lettre morte ? Quoi qu'il en soit, personne ne perd de temps à examiner la portée politique de telles affaires. À l'énoncé des faits, certains d'entre nous sont mal à l'aise et ne réussissent qu'à exprimer leur angoisse. D'autres estiment que la volonté de réforme doit venir de la communauté elle-même, tout en sachant que les demandes d'équité pour les femmes y trouvent rarement un écho et que leurs tentatives pour se faire entendre ici et là sont étouffées avec dédain. En revanche, on légitime l'application de traditions illégales et de coutumes d'un autre âge, scandaleusement énoncées au nom de la religion, qui renforcent les communautarismes.

Une république démocratique souveraine garante du droit peut-elle cautionner de tels abus et de telles injustices ? Où est la limite (ou *Hadd*) du pouvoir patriarcal en Inde ? La situation des femmes musulmanes en Inde est plus difficile que si elles vivaient au Pakistan sous l'ordonnance Hudood[2] ! Les atteintes flagrantes à la justice dans l'affaire Imrana soulèvent la question de la compréhension des libertés fondamentales de la femme dans les communautés minoritaires. Afin de satisfaire leurs ambitions politiques, les hommes écrasent toutes leurs tentatives de recourir à un système de justice laïc.

L'État impuissant face aux coutumes ?

La sécurité des femmes est essentiellement une question de loi et d'ordre, un devoir inscrit dans la Constitution et qui incombe à tout État de droit. C'est au bras administratif de l'État qu'en revient la responsabilité. Mais au lieu de développer une politique solide et d'investir dans la sécurité des femmes, l'État a souvent prétendu être impuissant face à des coutumes enracinées dans la tradition. Régulièrement, des tribunaux décrètent que les traditions bafouant les droits fondamentaux des citoyens ne peuvent plus être appliquées de façon préférentielle, et ordonnent à l'État d'assumer ses obligations. De tels verdicts en faveur de victimes ont été rendus récemment, notamment dans les cas de Tahirabi, Shah Bano, Sarla Mudgal, Vishka, Mathura (viol) et beaucoup d'autres encore.

Depuis les années 1970, malheureusement, le leadership musulman s'est efforcé de s'affranchir de l'autorité laïque, malgré les tentatives de celle-ci, appuyées sur des versets du Coran pertinents, pour invalider les jugements reposant sur des lois personnelles. Le processus qui consista à redresser les principes de loi coutumière fut long, fastidieux et frustrant. J'ai contesté la validité du *Rights of Muslim Women on Divorce Act* (Acte sur les droits des femmes musulmanes dans le divorce, 1986), et ordonné l'invalidation du jugement rendu dans l'affaire Shah Bano. En septembre 2001, après quinze années de combat solitaire et d'attente, les cinq juges de la Constitution accordèrent aux femmes musulmanes le droit de recevoir dans le cadre de la loi coutumière une pension alimentaire à vie de leur ex-mari, ou jusqu'à leur remariage. Cette décision ne suscita l'intérêt d'aucun média et les chefs de la communauté font tout leur possible pour en cacher l'importance aux membres de ladite communauté. Il est exact que le droit de percevoir une pension alimentaire conformément aux dispositions laïques de la section 125 du code de procédure criminelle n'a pas été accordé.

Les musulmans pauvres privés des bénéfices du développement

Le combat légal pour protéger le droit à l'égalité et imposer une protection juridique équitable pour les femmes musulmanes doit encore être gagné sur le terrain de la loi et de la pension alimentaire. Avec des fatwas similaires à celle de l'affaire Imrana, une femme musulmane serait bâillonnée à jamais, sans possibilité de recours à la justice criminelle, alors même qu'elle est la victime d'un crime aussi odieux qu'un viol.

Dépourvu de toute vision objective et de sagesse pluraliste, le leadership musulman a concentré ses efforts sur la création d'un État dans l'État, dans le seul but de servir ses intérêts particuliers. Par ignorance, il s'appuie sur les dispositions des articles 25 à 30 de la Constitution, sans vraiment en comprendre la signification. Les politiques s'efforcent d'éviter par tous les moyens que les musulmans pauvres prennent conscience de cette mauvaise gestion, et de ce que ces différentes politiques privent leurs enfants des bénéfices de tout développement. Le développement des musulmans, en particulier des musulmanes, supposerait qu'ils abandonnent leur statut de minorité, par exemple en réclamant l'accession à la terre, à des ressources économiques, à la technologie, etc. L'affaire Imrana a sonné comme un avertissement, rappelant aux politiques qu'ils devaient absolument préserver leur statut de minorité en se soustrayant à la loi administrative laïque. Des études ont démontré que les violences sexuelles exercées sur les femmes au sein de leur famille n'étaient ni dénoncées, ni enregistrées. Il y a fort à parier que des fatwas comparables à celle émise pour Imrana suffiront à dissuader n'importe quelle musulmane d'approcher un poste de police à l'avenir.

Aucun fondement dans le Coran

La principale décision du Muslim Personal Law Board dans l'affaire Shah Bano consista à lancer une action judiciaire et à s'appuyer sur le texte du Coran pour démontrer que le jugement fondé sur les dispositions laïques du code de procédure criminelle selon lequel, après un divorce, un mari doit verser une pension alimentaire à sa femme, était une ingérence dans la loi coutumière, et portait donc atteinte aux garanties accordées aux minorités par l'article

25 de la Constitution indienne. C'est en tentant d'appliquer la loi coutumière à ce qui était en réalité une affaire criminelle que le cas Imrana est tombé entre leurs mains, et entre celles du Darul Uloom de Deoband. La confusion qu'ils entretinrent volontairement afin de sauver la face si leur tentative échouait, et qui consista à affirmer qu'il y avait cinq écoles juridiques pour les musulmans et que pour deux d'entre elles, Imrana était *haram* pour son mari, alors que pour les trois autres elle ne l'était pas, est tout simplement scandaleuse.

L'application de la loi musulmane dans un sens contraire à la conduite humaine n'a aucun fondement dans le Coran ni dans la philosophie islamique. Il est clairement édicté aux musulmans de mener leurs affaires comme il se doit et, dans le doute, de faire appel à leur bon sens. Leurs comportements doivent refléter la beauté de la conduite individuelle, car c'est ce qu'attend Allah. Cette « belle conduite » (Husne Adula) inclut l'esprit de droiture, d'équité et de loyauté, selon les principes de la justice naturelle. En conséquence, pour être conforme à ce que veut Allah, toute action humaine doit passer le test du « Husne Adula ». Ce que les Talibans ont fait subir aux femmes en Afghanistan n'avait strictement rien à voir avec l'Islam, et l'avenir des femmes musulmanes doit être sauvegardé.

Quel est l'intérêt de la fatwa émise dans l'affaire Imrana dans un pays laïc ? Imaginons qu'on vote en Inde une loi dans la droite ligne de cette fatwa, à savoir qu'une femme violée par son beau-père perde le droit de vivre avec son mari, même si le couple souhaite poursuivre la vie commune. Une telle loi serait obligatoirement abrogée pour son inconstitutionnalité. Cela ferait-il une différence qu'elle repose sur la loi coutumière d'une religion ? Non, car les lois personnelles ne sont reconnues par la Constitution qu'à condition d'être en conformité avec le mandat de la Constitution. Rappelons que les lois personnelles ne bénéficient d'aucune dérogation vis-à-vis du respect des obligations constitutionnelles garantissant les droits élémentaires. De plus, l'un des devoirs fondamentaux inscrits dans la Constitution est de « renoncer à des pratiques portant atteinte à la dignité des femmes » (Article 51 – A (e)). Or cette fatwa est avilissante et dévastatrice pour la dignité des femmes musulmanes.

Des notions archaïques et inacceptables

Saisie en tant que juridiction territoriale dans cette affaire, la Haute Cour d'Allahabad devrait *suo motto* prendre connaissance des articles parus dans la presse, communiquer son avis aux différentes parties, et donner son verdict sur la validité du mariage d'Imrana, afin de faire cesser toute controverse et montrer la suprématie de l'exercice légal de la loi. Dans ce genre d'affaire, et quelle que soit la communauté dans laquelle elle se produise, les cours d'assises indiennes laïques peuvent seules avoir compétence à juger. L'intervention d'une juridiction parallèle agissant au nom de notions archaïques inacceptables est indéfendable sur le plan de la liberté religieuse et contre-productive pour la protection des droits des minorités.

Que ces religieux qui se réclament de la tradition pour condamner Imrana fassent état des lois censées avoir guidé leur jugement ! C'est normalement une obligation. Quand, où, dans quel contexte et par qui une telle loi traditionnelle aurait-elle été édictée ? Tout ce qui a trait au mariage musulman et à sa validité touche à l'essence même du mariage dans le sens où il s'agit d'un contrat entre deux adultes consentants. S'il s'avère qu'un des époux a « failli », ou si l'un estime que l'autre a failli ou encore ne répond pas aux critères nécessaires de sincérité et de piété attachés au caractère sacré du mariage, ils peuvent décider d'un commun accord de mettre un terme à leur contrat de mariage. Aucune institution ni autorité religieuse n'est en droit de déclarer illégal un mariage précédemment considéré comme valide sous prétexte qu'il s'est produit une infortune, un accident, ou une agression telle qu'un viol. L'islam dit que chacun devra répondre de ses actes devant

Allah et que la vraie justice sera alors rendue. Seule l'autorité d'un État de droit est autorisée à se faire juge dans ce type d'affaire, en accord avec la loi en vigueur.

Le beau-père présumé violeur a été arrêté et des charges retenues contre lui. Un différend autour d'une histoire de biens entre Imrana, son mari et lui a été évoqué, éveillant les soupçons de la commission chargée de l'enquête. Il incombe au tribunal de décider de la véracité de l'accusation. Après une affaire de viol collectif dans un poste de police dont avait été victime une certaine Mathura, une jeune fille originaire du Gujerat, et qui avait abouti à la levée des charges contre les quatre policiers incriminés, l'Indian Evidence Act fut amendé ; désormais, la seule déposition dûment circonstanciée du plaignant suffit à déclencher la mise en examen de l'accusé.

Une fatwa contraire à l'islam et à la Constitution

La distinction entre les pratiques des religieux dans l'affaire d'Imrana et les lois régissant les délits de viol et d'adultère dans la jurisprudence musulmane doit être mise en lumière. Un système, quel qu'il soit, où la justice rendue consiste à décréter que la victime d'un viol doit perdre sa maison, ses droits parentaux, son mariage, le respect de la société, sa dignité et son estime de soi, ne peut pas être islamique. Selon la loi musulmane, en effet, la victime d'un viol doit être dédommagée pour le préjudice subi et la communauté est tenue de lui rendre sa dignité. Les lois de nos voisins, le Pakistan et le Bangladesh, États musulmans, ne prévoient pas qu'une femme violée par son beau-père doive renoncer à son mariage, à ses droits légitimes sur son époux et son foyer.

Il faut bien comprendre d'un point de vue légal que même s'il existe quelque part une tradition aussi irrationnelle, elle ne peut en aucun cas être confondue avec les lois personnelles des musulmans indiens, pas même en théorie, *a fortiori* dans la pratique. En d'autres termes, elle ne doit pas être appliquée, quand bien même la victime y consentirait. C'est ainsi qu'a été interdit le rite de la Sati (qui voyait les veuves s'immoler par le feu sur un bûcher le jour des funérailles de leur mari). Autoriser la pratique de traditions antiques aussi barbares (souvent oubliées depuis longtemps dans leur pays d'origine) sous le prétexte de respecter les droits des minorités tels qu'ils figurent dans les articles 25-30 de la Constitution indienne, est contraire à l'Islam mais aussi illégal et anticonstitutionnel. Je serais curieuse de savoir dans quel pays du monde la fameuse tradition à partir de laquelle Imrana a été décrétée *haram* a été observée au cours des cinquante dernières années ! S'il y en avait un, ce pays serait sommé de s'expliquer devant la Cour pénale internationale et d'en assumer toutes les conséquences.

L'exercice normal de la loi doit être laïc

Quelle disposition de la loi indienne autorise qui que ce soit à lancer ce genre de fatwa et à semer le trouble et la confusion dans les esprits ? Quelle disposition de la loi autorise des experts en religion à donner leur avis sur de tels sujets ? Cela revient ni plus ni moins à tenter de faire dérailler l'application légitime de la loi et l'administration d'une justice établie constitutionnellement. Le tribunal de la charia n'entama pas de poursuites en raison de l'absence d'Imrana. Si une fatwa ne peut pas être appliquée, quelle est son utilité et sa valeur ? C'est une façon d'égarer les membres de la communauté, et du même coup de les priver des bénéfices de l'exercice normal de la loi, qui est laïque. Assumer une juridiction sans en avoir l'autorité est un grave problème national. Cautionner de tels agissements reviendrait à diviser le pays sur ses bases religieuses et sociales, une voie dangereuse tant politiquement que constitutionnellement.

Sona Khan, docteur en droit, est avocate auprès de la Cour suprême de l'Inde. Spécialisée dans les questions touchant aux femmes et au développement, elle participe, en tant que conseil juridique, à de nombreuses organisations internationales.

Traduit de l'anglais par Évelyne Jouve.

Notes

1. En Inde, les lois qui sont du ressort de l'individu (mariage, divorce, héritage) dépendent de la communauté religieuse dont il est issu. Cette notion de « loi personnelle » a été initiée par les Britanniques qui souhaitaient éviter des conflits religieux.

2. Imposée en 1980 par Zia-ul-Haq, l'ordonnance Hudood considère que le viol d'une femme doit être attesté par quatre témoins masculins, faute de quoi la plaignante est emprisonnée pour adultère, quand elle n'est pas lapidée.

Ciudad Juárez, capitale du féminicide

Marc Fernandez
et Jean-Christophe Rampal

Depuis 1993, plus de 400 femmes ont été assassinées et 500 autres ont disparu à Ciudad Juárez, ville mexicaine proche de la frontière des États-Unis. Dans cette cité pauvre, livrée à la drogue et à la corruption, on tue les femmes parce qu'elles sont femmes. Ciudad Juarez est la capitale du féminicide.

La sombre histoire de Ciudad Juárez, ville située à la frontière avec les États-Unis, en face de sa voisine texane El Paso, de l'autre côté du Rio Bravo, commence en 1993. Dans un document de travail du bureau du procureur adjoint pour la zone nord de l'État de Chihuahua, le plus grand du Mexique, on peut lire : « Dossier d'enquête préliminaire numéro 1780/93-05 en date du 25 janvier 1993. Un cadavre de sexe féminin d'environ seize ans, corpulence robuste, peau blanche, cheveux châtains, mesurant environ un mètre soixante-cinq, a été localisé dans la colonia Alta vista. Le corps porte des traces de violence [...] Double ecchymose dans la région du cou avec marques profondes sur la partie latérale droite de celui-ci, sur laquelle se trouve un câble électrique enroulé et noué [...] Cause de la mort : asphyxie par strangulation. La victime a été identifiée sous le nom d'Angélica Luna Villalobos, qui était enceinte de six mois. » Voilà comment est présentée, en quelques lignes, celle qui va devenir l'une des premières victimes officielles d'une très longue série, l'une des premières « morte de Juárez ». Quarante-huit heures auparavant, une autre jeune fille, Alma Chavira Farel, a cependant connu le même sort : des violences sexuelles avant d'être étranglée. Mais dans ce cas, pas de trace dans les archives des enquêteurs, aucun dossier.

Plus de la moitié des victimes entre 13 et 22 ans

Plusieurs centaines de filles et de jeunes femmes sont ainsi retrouvées assassinées depuis treize ans, presque deux par mois en moyenne. Beaucoup d'entre elles ont été violées, séquestrées et torturées avec une violence rarement égalée. Être une jeune fille brune, plutôt mignonne, aux cheveux longs, étudiante, ouvrière d'une *maquiladora* – les usines d'assemblage caractéristiques installées ici depuis le milieu des années 1960 qui emploient une main-d'œuvre non qualifiée –, serveuse, employée de maison ou vendeuse à Ciudad Juárez signifie être en danger de mort. D'après le rapport d'Amnesty International, *Mexico, morts intolérables, dix ans de disparitions et d'assassinats de femmes à Ciudad Juárez et Chihuahua*, publié en août 2003, plus de la moitié des victimes ont entre 13 et 22 ans. Les jeunes femmes sont enlevées, parfois en plein jour et au cœur du centre-ville, devant des témoins qui n'osent pas réagir, ni témoigner. Elles subissent des violences physiques et sexuelles et leurs corps sont abandonnés dans divers endroits de la ville, des terrains vagues, près de grandes avenues ou des voies de chemin de fer. « Être une adolescente semble être un critère de sélection pour les assassins », estime Amnesty.

Sur la vitre d'un bureau de change situé dans l'une des avenues les plus passantes de la ville, on observe une affiche en noir et blanc avec la photo d'une jeune fille disparue quelques jours auparavant. De nombreux papiers de ce genre sont apposés sur les murs de Ciudad Juárez, certains à en-tête du bureau du procureur, la majorité écrits à la main, mal photocopiés. Parfois, le texte est reproduit dans la presse locale, avec une photo de mauvaise qualité de la personne recherchée et le numéro de téléphone de la famille. Chaque fois, la même histoire se répète, sans fin. Une jeune fille qui se volatilise en sortant du travail, qui n'est pas rentrée chez elle après avoir fait des courses en centre-ville ou qui est sortie danser dans une *cantina* et n'en est jamais revenue.

Des profils très semblables

Ainsi, le 7 juillet 1995, Silvia Rivera Morales, une lycéenne de 17 ans, qui travaillait aussi comme vendeuse dans un magasin de chaussures du centre-ville, disparaît. Le 9 septembre, elle sera retrouvée morte. Elle a été violée et torturée. L'autopsie révélera même que son ou ses assassins lui ont arraché le sein gauche et le mamelon droit. Erendira Buendía Muñoz aura passé sa dernière soirée à faire la fête dans un dancing non loin de l'un des ponts internationaux qui relient le Mexique aux États-Unis. Trois jours après, le 19 novembre 1997, son corps apparaît dans un terrain vague près d'une *maquiladora*. Elle a été violée et étranglée. Celia Guadalupe Gómez de la Cruz était une collégienne de 13 ans sans histoire. Un mois jour pour jour après sa disparition, le 10 décembre 1998, son cadavre est découvert à moitié enterré dans un terrain vague tout près d'une rue animée. Elle a reçu plusieurs coups de couteau dans la poitrine et a été violée et étranglée. Irma Angélica Rosales Lozano avait aussi 13 ans et suivait une scolarité normale dans un collège du sud de la ville. C'est le 17 février 1999 qu'un petit garçon qui jouait près d'une usine trouve son corps, le visage recouvert d'un sac plastique, habillée, mais pantalon baissé. Morte depuis moins de six heures, Irma a été violée avant d'être asphyxiée. Amparo Guzmán, 15 ans, originaire de l'État de Veracruz, rêvait de traverser la frontière pour s'installer aux États-Unis. Arrivée à Ciudad Juárez en janvier 2000, elle a rapidement compris que le passage de la *Línea* [la Ligne] qui sépare les deux pays s'avérait plus difficile que prévu. Finalement, elle a décidé de rester au Mexique et commencé à travailler dans une *maquiladora.* Tous les vendredis, son jour de repos, elle se réunissait avec ses nouvelles amies sur la *Plaza de Armas*, en centre-ville. Mais le 12 avril 2000, elle n'arrivera pas à son rendez-vous. Elle est retrouvée nue sur les pentes d'une colline qui surplombe la ville. Après l'avoir violée, le ou les tueurs l'ont étranglée et abandonnée près d'un endroit où au moins cinq autres femmes ont été retrouvées mortes dans les mêmes conditions. Le 13 mai 2001, les pompiers sont appelés pour éteindre un feu de poubelle dans l'une des nombreuses *colonias* de Ciudad Juárez. Arrivés sur les lieux du sinistre, ils découvrent le corps d'Irma Rebeca Fuentes, 18 ans, qui gît à côté du sinistre. Elle a été étranglée et, malgré des traces de violence à l'entrejambe, les enquêteurs sont incapables de dire si elle a été violée. Mercedes Ramírez Morales travaillait au sein de la *maquiladora* Admeco, elle élevait seule deux enfants de 13 et 8 ans. Son cadavre est découvert le 25 janvier 2002 : violée, elle est vraisemblablement morte suite aux nombreux coups de pierre qu'elle a reçu au visage. Juana Sandoval Reyna voulait devenir esthéticienne. Elle n'ouvrira jamais son salon de beauté, son corps est retrouvé, avec celui de deux autres adolescentes, le 26 février 2003 dans la *colonia Anapra*, six mois après sa disparition. Le 26 juillet 2004, à quelques centaines de mètres des bureaux de l'administration régionale, un passant découvre un cadavre à moitié enterré, la tête tournée vers le sol, près d'un centre commercial. Alma Brisa Molina Baca, ouvrière d'une *maquiladora*, était partie danser quarante-huit heures auparavant. Elle a été violée et étranglée par un homme avant même d'arriver en discothèque.

Un phénomène social récent : le féminicide

Toutes ces victimes ont donc un même profil : l'âge, et des caractéristiques physiques proches. Sans oublier un autre point commun : la pauvreté. Amnesty International note que parmi les victimes « certaines, malgré leur jeune âge, étaient déjà mères de famille, mais (qui) voulaient s'en sortir. Un certain nombre d'entre elles suivait des cours du soir et étudiait le week-end ou après leur travail ».

La plupart d'entre elles sont originaires d'autres États, notamment du sud du Mexique. Elles sont venues à Ciudad Juárez pour survivre : trouver du travail, seules le plus souvent, loin de leur famille, qui attend tous les mois l'argent qu'elles pourront leur faire parvenir après de nombreuses heures à s'épuiser sur les lignes de montage des *maquiladoras*, dans les magasins ou à faire des ménages. Elles vivent toutes dans les quartiers les plus difficiles – *les colonias* –, là où les rues asphaltées ont laissé place au sable du désert, où l'éclairage public n'existe pas et où l'eau potable est une denrée rare.

Ce qui ressortissait à l'origine au fait divers et est devenu un véritable phénomène social à Ciudad Juarez – l'un des plus importants et mystérieux de l'histoire criminelle –, porte un nom : « féminicide ». L'existence d'une appellation spécifique de ce type de meurtres renvoie à l'élaboration menée aux États-Unis en 1976 d'un concept théorique. Le terme se définit par « l'assassinat misogyne de femmes par des hommes. Un phénomène social lié au système patriarcal dans lequel les femmes sont prédisposées à être tuées, soit parce qu'elles sont des femmes, soit parce qu'elles ne le sont pas de la bonne manière[1]. » Pour la députée fédérale Marcela Lagarde, qui préside la Commission spéciale parlementaire de suivi des enquêtes sur les meurtres de Ciudad Juárez, « les tueurs sont des hommes qui pensent avoir le droit de tuer des femmes car ils s'imaginent supérieurs à elles. Ce terme vient en opposition à celui d'homicide ». Cette anthropologue de formation, apparentée au Parti de la révolution démocratique (PRD, gauche), précise aussi que « nous ne sommes pas en présence d'un seul type de crimes. Les modes opératoires sont multiples ». Si une centaine d'assassinats correspondent bien à un même schéma, à savoir enlèvement, viol, tortures et asphyxie par strangulation, les autres sont des homicides par balles, à l'arme blanche ou consécutifs à des coups, portés dans ce dernier cas en majorité par des maris ou des concubins, car l'importance de la violence domestique dans cette ville – comme au Mexique, d'une manière générale (nous y reviendrons) – n'est pas à négliger. La police municipale de Ciudad Juárez n'enregistre pas moins de quatre cents plaintes par semaine, ce qui ne permet pas d'établir des statistiques fiables tant il est évident que de nombreuses femmes battues n'osent pas dénoncer leur bourreau, ni témoigner. « Plusieurs facteurs doivent être réunis pour pouvoir parler de "féminicide" : des conditions sociales, politiques, économiques et juridiques particulières d'oppression envers les femmes, qui peuvent aller jusqu'à l'assassinat », explique Marcela Lagarde.

Une ville frontalière prise entre le sinistre et le rêve

Entre la cathédrale et deux des ponts reliant le Mexique aux États-Unis, les *cantinas*, les bars, les dancings ou les restaurants se succèdent. La clientèle, presque exclusivement masculine, tue le temps à coups de Sol, de Corona, de Bohemia et de Dos Equís, les bières locales, ou de margaritas, le fameux cocktail inventé ici en 1942. Bottes aux pieds, chapeaux vissés sur la tête, certains portent fièrement l'arme à la ceinture, généralement un pistolet automatique. Sur les murs ou les portes d'entrée du *Juarritos*, *Club Malboro* ou *Fausto's*, un panneau indique pourtant en gros caractères qu'il est interdit d'entrer dans ces lieux armés ou avec de la drogue. Un vœu pieux à l'évidence pour une ville qui abrite l'un des cartels les plus puissants d'Amérique latine…

À chaque coin de rue, des chauffeurs de taxi abordent tout ce qui ressemble à un étranger, un *gringo*, dans un mélange d'anglais et d'espagnol : « Need something, girls, chabalas ? » – « Besoin de quelque chose, des filles, des nanas ? » La ville est comme un résumé de l'impasse que représentent ces zones frontalières, intermédiaires entre le Sud et le Nord. D'un côté : la réalité, sinistre. Les croix noires sur fond rose, sur les trottoirs, entre les poteaux électriques, peintes par les familles des femmes assassinés et qui rappellent chaque victime du « féminicide ». De l'autre, le rêve incarné par le pont international, la porte fantasmée vers un monde meilleur.

C'est dans ce décor peu reluisant, où la vie d'une femme ne vaut rien, que se succèdent les drames. Depuis 1993, la « cité des mortes », comme la surnomment dorénavant les Mexicains, fait la une des médias. Mais, depuis tout ce temps, personne n'a été capable de dire aux familles des victimes qui sont les assassins de leurs filles, petites-filles, femmes ou compagnes. Pire encore, personne ne sait exactement combien d'entre elles ont été tuées. Et les données les plus extravagantes circulent : 200, 300, 400, 500 mortes, parfois plus. L'ancien chef du service médico-légal de Ciudad Juárez, Oscar Máynez, a démissionné de son poste début 2002 pour avoir refusé de falsifier un rapport d'autopsie. « Les statistiques les plus précises que l'on doit avoir normalement sont celles des homicides, car on a les corps… Les autorités parlent d'environ 300 mortes, mais ça ne satisfait personne. » Cette macabre bataille des chiffres ne fait qu'amplifier l'horreur du « féminicide ». D'autant qu'aux assassinats s'ajoute une longue liste de disparitions non résolues. Les organisations de défense des droits de l'homme locales parlent de 500 cas de femmes dont on est sans nouvelles aujourd'hui et de plus de 4 000 dossiers ouverts par la police depuis 1993.

La police pointée du doigt

La police justement… Elle joue un rôle central dans cette affaire. Depuis le premier crime, elle est pointée du doigt pour son inaction, son incapacité à résoudre la moindre enquête, son manque d'implication et de respect vis-à-vis des familles des victimes, voire pour sa complicité avec les assassins ou sa participation à certains crimes.

Assise dans un coin de la maison familiale, Marilu Andrade accuse de sa voix rauque, comme cassée d'avoir trop crié pour obtenir justice. « L'enquête n'a été qu'une suite de négligences, tant de la part des enquêteurs, que de celle des légistes ou des magistrats. Dès la découverte du cadavre, le travail a été mal fait. Sur le corps de ma sœur, il y avait suffisamment de preuves pour découvrir immédiatement ses assassins : des empreintes autour de son cou, du sperme, des poils pubiens masculins, des bouts de peau sous ses ongles. » Lilia Alejandra, 17 ans, a été retrouvée morte le 21 février 2001. Violée à de nombreuses reprises par plusieurs hommes, elle a eu un bout de sein arraché et avait aux poignets des traces profondes de liens, identiques à celles que peuvent laisser les menottes utilisées par la police. Un détail qui fait douter Marilu de l'impartialité des enquêteurs. « Avant même de trouver son cadavre, je pense qu'ils savaient qui étaient les assassins. Je ne vois pas d'autre explication au fait qu'ils n'ont plus aucune des preuves de l'époque. Ils s'en sont débarrassés en disant qu'ils n'avaient pas le matériel nécessaire, pas de laboratoire, pas les instruments suffisants pour bien les analyser. »

Un suspect arrêté et condamné, des meurtres qui continuent

Certes, depuis 1993, plusieurs suspects ont été arrêtés et condamnés, mais chaque fois que les autorités ont déclaré que l'affaire des « mortes de Juárez » était résolue, les faits leur ont donné tort et les crimes ont continué. Premier interpellé, Abdel Latif Sharif Sharif. Cet Égyptien, chimiste né au Caire en 1947, traîne un passé judiciaire chargé quand il arrive dans la ville frontière en 1994 : une longue liste d'agressions sexuelles contre des femmes commises aux États-Unis, où il travaille depuis une vingtaine d'années et une peine de prison pour viol. « J'avoue ne pas avoir eu une conduite exemplaire tout au long de ma vie », confirme-t-il. Pour les policiers, les membres de l'administration judiciaire, certains médias et surtout pour les responsables politiques de l'État de Chihuahua, aucun doute n'est possible, Sharif est leur homme, l'assassin à coup sûr des femmes de Juárez. Les forces de l'ordre le surnomment désormais, au choix, *l'Égyptien*, *l'Éventreur de Juárez* ou *le Prédateur psychopathe*. Incarcéré, il devient officiellement le premier inculpé des crimes en série perpétrés contre les femmes de la ville. Et les accusations s'enchaînent. Une, deux, trois, puis, très vite, quatre. Outre une plainte pour viol et séquestration d'une jeune droguée, les autorités tentent de l'impliquer dans quatre assassinats de jeunes femmes. Il subit une batterie d'examens – prise de sang, ADN, empreintes digitales, dentaires, tests graphologiques. Tout y passe, mais aucune preuve tangible ne vient démontrer la culpabilité de *l'Égyptien*. La police judiciaire de l'État lui impute cependant trois crimes supplémentaires, faisant passer son score sordide à sept victimes. Au total, plus d'une centaine d'enquêtes préliminaires seront ouvertes contre lui. Malheureusement pour les enquêteurs, tandis que Sharif est derrière les barreaux et crie son innocence, les meurtres de femmes se poursuivent. Rien qu'au cours des six premiers mois de son incarcération, quatorze jeunes filles sont tuées – violées, étranglées ou poignardées. Leurs cadavres sont découverts un peu partout dans la ville et ses alentours. « Chaque morte qui apparaît est une preuve supplémentaire de mon innocence. C'est triste, mais c'est comme ça », affirme-t-il. Entre 1996 et 1998, période pendant laquelle la Justice va tout tenter pour l'impliquer dans les meurtres, cinquante-six autres victimes vont venir allonger la liste des « mortes de Juárez ». Malgré un dossier d'accusation qui maigrit à vue d'œil et de nombreuses péripéties judiciaires (un premier procès annulé pour vice de procédure, le fils de son avocate cible de tueurs à gages, etc.), *l'Égyptien* va être condamné à vingt ans de prison en février 2003 pour un seul assassinat, celui d'Elizabeth Castro García. Clamant toujours son innocence, il fait immédiatement appel. Mais rien n'y fait, les autorités restent persuadées qu'il est un tueur de femmes. En octobre 2005, plus de deux ans après sa condamnation, le verdict de l'appel tombe : trente ans. Sharif risque bien de passer le restant de ses jours en prison.

Huit croix roses dans un champ de coton

Critiquée et mise en doute par l'opinion publique, la thèse des autorités faisant de Sharif le tueur des femmes de Ciudad Juárez ne tient pas. Même s'il a commis des actes répréhensibles de l'autre côté de la frontière, rien n'indique qu'il a agressé ou assassiné quiconque depuis son arrivée au Mexique. Les policiers vont alors faire preuve d'une imagination débordante. À deux reprises, et pour justifier que les crimes continuent alors que le suspect numéro un est incarcéré, ils vont faire de lui le commanditaire de tous ces meurtres. En 1996 d'abord, ils arrêtent une bande de délinquants, *Los Rebeldes* [Les Rebelles] qui, sous la pression, vont « avouer » qu'ils étaient payés par Sharif pour tuer des jeunes filles afin de prouver son innocence. Détail macabre donné par l'un d'eux, ils devaient lui apporter dans sa cellule, comme preuve de leur crime, un sous-vêtement de leur victime. Trois ans plus tard, l'histoire se répète. Cette fois, ce sont des chauffeurs de bus, connus sous le nom de *Los Chóferes* [Les Chauffeurs] qui sont accusés de tuer des femmes pour le compte de *l'Égyptien*, qui, aux dires des enquêteurs, les payait mille deux cents dollars pour chaque personne assassinée.

Mais des corps continuent d'apparaître régulièrement, un par un, parfois deux en même temps. Jusqu'à ce matin du 6 novembre 2001. Un maçon décide de couper à travers un terrain vague pour se rendre jusqu'à son chantier, quand il découvre un cadavre. Il alerte immédiatement la police qui entame des recherches. Au total, huit jeunes filles ont été déposées là. Aujourd'hui, sur « le champ de coton », ainsi qu'est surnommé cet endroit qui abritait une plantation avant d'être laissé à l'abandon, huit grandes croix roses sont érigées en hommage aux victimes.

Des décès douteux, une justice lente, l'ombre des cartels

Cette fois, c'en est trop aux yeux des autorités politiques comme pour les habitants qui exigent des coupables crédibles. En quarante-huit heures, deux hommes vont être arrêtés. Víctor Javier García Uribe, surnommé *El Cerillo*, et Gustavo González Mesa, dit *La Foca*. Ils vont avouer très vite les huit meurtres. Mais, présentés à la presse, ils boitent bas, expliquent qu'ils ont été torturés et montrent des marques de brûlures sur leurs corps. Incarcérés, leur situation va encore empirer. *La Foca* trouve la mort en prison après une opération. Un décès douteux pour ses proches, d'autant que quelque temps auparavant, son avocat, Mario Escobedo, a été assassiné par un commandant de la police judiciaire qui, officiellement, l'a confondu avec un trafiquant de drogue en fuite. Personne ne croit à cette version et tout le monde pense qu'il s'agit d'une exécution prouvant que des policiers corrompus sont mêlés aux assassinats de femmes. Après trois ans de prison, *El Cerillo* est enfin jugé… et condamné à cinquante ans de prison. C'est la peine la plus lourde pouvant être infligée dans l'État de Chihuahua, qui apparaît d'autant moins légitime que la certitude s'est imposée qu'il n'est qu'un bouc émissaire. Il fait appel immédiatement et, à la surprise générale et contrairement au sort de Sharif, il est blanchi et libéré le 14 juillet 2005 : le juge a estimé que le premier verdict ne tenait pas compte des faits et des aveux obtenus sous la torture. Quant aux assassins des huit femmes du champ de coton, ils courent toujours…

L'épisode vécu par *El Cerillo* illustre parfaitement le fond de l'affaire des « mortes de Juárez ». Une police incapable d'enquêter efficacement, des coupables fabriqués, une justice qui tarde à reconnaître ses erreurs. L'avocat d'*El Cerillo* tempête. Pour Maître Sergio Dante, assassiné à son tour le 25 janvier 2006, une seule hypothèse prévaut : « Les victimes sont les dommages collatéraux du trafic de drogue. » Une accusation courageuse tant l'ombre du cartel de Juárez plane sur un certain nombre de meurtres de femmes de la ville ! Une théorie confirmée par le numéro deux du ministère de la Justice et chef de l'Unité fédérale de lutte contre le crime organisé, José Luis Santiago Vasconcelos, qui affirme que derrière une centaine d'assassinats au moins, sont impliqués des membres du cartel. « Il existe une organisation au sein même de cette mafia, appelée La Línea, composée de policiers municipaux, de judiciaires de l'État de Chihuahua et de narcos dont on pense qu'ils ont quelque chose à voir dans ce dossier. » Selon plusieurs agents fédéraux, ces hommes, les lieutenants du cartel (tueurs à gages, passeurs, dealers) tuent des femmes pour célébrer une exécution ou un passage de drogue réussi. Des « spree murders », des meurtres pour s'amuser. « Certains membres de La Línea participent aux crimes, d'autres sont complices, soit en enlevant les femmes, soit en transportant les corps, soit en bloquant les enquêtes. »

Plus le temps passe, plus le nombre de victimes augmente et plus la population semble exaspérée par l'attitude des policiers, accusés comme on l'a vu de complicité avec les assassins, voire d'être des tueurs de femmes eux-mêmes.

Pas un serial-killer, mais un phénomène de société

Faute que les autorités compétentes fassent la preuve de leur capacité à rétablir l'ordre, le temps aidant, les hypothèses les plus folles se répandent en ville pour expliquer les « féminicides ». Les meurtriers feraient du trafic d'organes, des messes noires (le narco-satanisme), les filles seraient tuées au cours d'orgies organisées par les notables de la ville, les meurtres seraient filmés et commercialisés (les fameux *snuff movies*), un tueur en série rôderait dans les rues, etc.

Toutes ces théories paraissent pourtant loin de la réalité. Ce qui se passe à Ciudad Juárez est bien plus qu'un simple fait divers sordide. On est loin de scénarios de roman noir mettant en scène au choix un *serial killer* aux quatre cents victimes ou le chef du cartel de la drogue le plus puissant du monde commanditant le meurtre de pauvres jeunes filles. Les « mortes de Juárez » participent d'un phénomène de société complexe aux causes multifactorielles.

Les États-Unis du Mexique comptent trente et un États et le District fédéral, la capitale, Mexico DF. Chaque État est libre et souverain, dispose de son propre système exécutif et d'un système judiciaire doté de son propre code pénal. « Il est très difficile de faire travailler ensemble ces trois niveaux, il n'existe en aucun cas de travail coordonné, aussi bien pour des raisons de pouvoir, d'ego, que de corruption. La police municipale est statique, elle surveille. Au niveau des États, il existe un travail préventif. Mais j'insiste, il n'y a pas de coordination entre ces trois niveaux, aussi pour des questions politiques », souligne le criminologue Oscar Maynez. Par ailleurs, la vie politique mexicaine reste marquée par la domination exercée par le PRI (Parti révolutionnaire institutionnel) pendant près de soixante-dix ans. Il faudra attendre l'arrivée au pouvoir de Vincente Fox, en 2000, pour assister à la première alternance politique à la tête de l'État fédéral. « Durant soixante-dix ans, le Mexique a eu une police répressive, elle était là pour contrôler les voix dissidentes, les faire taire, empêcher les manifestations contre le gouvernement en place. Pendant cette période, elle n'a jamais mené à bien une enquête. Quand certaines affaires sortaient au grand jour et créaient une sorte de commotion sociale, simplement, les flics enlevaient quelqu'un, le torturaient et lui faisaient avouer ce qu'ils voulaient et l'affaire était "résolue". Aujourd'hui, c'est ce qui se passe dans l'État de Chihuahua. Nous sommes ici en régression, nous vivons un retour aux années 1970, avec un gouvernement régional très autoritaire. Donc, il est impossible qu'après tant d'années de répression, le Mexique retrouve, du jour au lendemain, une police réellement professionnelle », analyse Oscar Maynez.

« Les fous des deux pays se sont donné rendez-vous ici »

Ciudad Juárez – passage obligé vers les États-Unis – offre des facteurs de risque élevés. Une population flottante composée en majorité de migrants, un marché de l'emploi précaire avec l'installation des *maquiladoras*, une culture machiste et la présence d'un des plus puissants cartels de la drogue du monde constituent un cocktail explosif et en font un terrain favorable pour ce genre de crimes. Sans ce contexte politico-social, il est inimaginable qu'un phénomène criminel de cette ampleur puisse se développer de manière aussi incontrôlable. Le chef de l'Unité fédérale de lutte contre le crime organisé, José Luis Santiago Vasconcelos, estime même que « les fous des deux pays se sont donné rendez-vous ici. » Pas une semaine ne se passe ici sans un crime, une exécution liée au trafic de drogue, une affaire de flics corrompus, un règlement de compte entre bandes rivales, un hold-up, une tentative de viol, une femme agressée ou battue par son mari. « La situation économique du Mexique a poussé de nombreuses jeunes femmes à venir travailler dans les entreprises délocalisées. Une partie de celles qui n'ont pas été embauchées ont trouvé d'autres petits boulots et certaines ont été obligées de se prostituer. Tout ceci a contribué au phénomène d'objetisation sociale de la femme », précise Oscar Máynez. Un état de fait que résume une phrase de l'écrivain mexicain Fernando Jordan : « Ciudad Juárez est la terre des hommes barbares. » Les statistiques confirment malheureusement les dires de l'auteur. Au Mexique, 10 millions de femmes souffrent de violence intrafamiliale et une sur cinq reconnaît officiellement avoir été agressée par son conjoint. Pour l'anthropologue et députée Marcela Lagarde, « ce pays est incapable d'apporter un minimum de sécurité à ses habitantes. La violence au sein du foyer est même considérée comme normale ». En 2002, dernier chiffre officiel connu, plus de 18 000 plaintes ont été enregistrées au Mexique.

Une femme sur 5 reconnaît avoir été agressée par son conjoint

Et Ciudad Juárez n'échappe pas à la règle, bien au contraire. Une habitante de la ville frontière sur deux fait l'objet de mauvais traitements. Les institutions locales estiment qu'environ 300 000 habitantes (sur une population totale d'1,5 million de personnes) ont été victimes d'une agression au cours des douze derniers mois. Les crimes contre les femmes sont un cas extrême de la situation vécue par des millions de Mexicaines. « Le meurtre ne constitue que la partie émergée du problème, il ne faut pas oublier le reste, notamment la manière méprisable dont les hommes traitent les femmes dans mon pays », affirme Marcela Lagarde. La violence familiale atteint un tel niveau, la culture machiste qui règne est si importante et l'image de la femme si dégradée, que les observateurs sont persuadés qu'un certain nombre de maris violents, assassins de leur compagne, ont déposé les corps de manière qu'ils soient, du moins au départ, confondus avec ceux correspondant aux crimes en série. Le phénomène d'imitation, ce que les spécialistes nord-américains appellent le *copycat*, fait partie intégrante du « féminicide ». Les médias locaux ont publié des articles ou diffusé des reportages presque quotidiennement avec moult détails (position du corps, mutilations subies, etc.), l'instruction se faisant dans les journaux, aux dires de plusieurs agents de police. Il est donc très facile pour un mari ou un petit ami violent, voire pour un criminel venu de l'autre côté du Rio Bravo, de faire « comme à la télé ».

La solution pour que les crimes cessent ne peut donc être que globale, d'après la plupart des spécialistes interrogés. Elle prendra du temps et devra s'intéresser de près à tous les facteurs qui en ont favorisé l'apparition. Des réponses sociales et économiques doivent être proposées en même temps que des enquêtes et des décisions judiciaires au-dessus de tout soupçon doivent venir sanctionner les coupables.

Reste que nombreux désormais désespèrent que les meurtres s'arrêtent jamais. À leurs yeux, l'affaire des « mortes de Juárez » ne sera jamais réglée. Les faits ne peuvent que leur donner raison. Au cours de l'année 2005, les organisations locales ont recensé plus de trente « féminicides ». À Ciudad Juárez, on continue de tuer des femmes en toute impunité.

Marc Fernandez est journaliste. Il collabore à Courrier international *et a travaillé à* Reporters sans frontières *au service Amérique latine.*
Jean-Christophe Rampal a fondé la newsletter Amérique latine info *et a appartenu à la rédaction de* Courrier

international. *Il est aujourd'hui rédacteur en chef du magazine* Ulysse. *Ensemble, ils ont aussi publié, chez Hachette Littératures,* Pinochet. Un dictateur modèle *(2003) et* La ville qui tue les femmes. Enquête à Ciudad Juárez *(septembre 2005). www.lacitedesmortes.net*

Note

1. *Feminicidio sexual serial en Ciudad Juárez : 1993-2001*, par la sociologue Julia Monárrez Fragoso, Debate Feminista, año 13, vol. 25, avril 2002.

Esther Chávez
La mémoire des femmes de Ciudad Juárez

La violence masculine, à Ciudad Juárez, s'abat sur les femmes dans le secret du domicile comme dans les rues. Sans aide publique, ni subvention, Esther Chavez a ouvert un refuge pour les femmes en détresse de la ville. Casa Amiga est un des quatre seuls centres de ce genre au Mexique.

Dans une petite rue, un peu à l'écart du centre-ville, un édifice bas, anonyme, aux murs blancs défraîchis et à la porte grillagée, abrite l'association Casa Amiga. Dans l'entrée, plusieurs femmes, certaines accompagnées de leurs enfants, attendent assises sur quelques chaises. En face d'elles, une employée installée derrière un comptoir discute avec la dernière arrivée pour tenter de l'orienter. Ici, toute présence masculine paraît incongrue. Depuis son ouverture, Casa Amiga tente de venir en aide aux femmes victimes de violence domestique.

En dépit de ses soixante-dix ans, Esther Chávez, sa fondatrice et directrice, dégage une sorte de force tranquille. Menue, la mise élégante, son regard est attentif derrière ses lunettes. Dans cette ville qu'elle présente comme « le paradis des sociologues », elle explique son engagement. « Casa Amiga est née de notre frustration de ne pouvoir mettre fin aux crimes contre les femmes. Notre association, qui s'appelait alors Groupe du 8 mars, a commencé à dresser une liste de ces crimes à partir de 1993. Dès le départ, nous ne considérions pas cette situation comme normale, contrairement à tous les discours officiels. [...] En tant que féministes, cette situation nous préoccupait et nous affrontions les autorités année après année, sans beaucoup de succès », se souvient-elle. Ouverte en février 1999, Casa Amiga demeure le seul refuge pour femmes en détresse de la ville et l'un des quatre centres de ce genre ouverts sur l'ensemble du territoire mexicain. Et Esther est devenue, malgré elle, la mémoire du « féminicide », à force de compiler les statistiques et de comptabiliser les crimes année après année.

Rien dans son parcours ne la prédisposait pourtant à se lancer dans ce combat, elle qui, pendant une dizaine d'années, a dirigé une PME, avant d'ouvrir un magasin de vêtements. « Mais mes activités sociales me prenaient beaucoup de temps, je fermais constamment pour accompagner l'une porter plainte, l'autre à l'hôpital, ou encore pour faire des interventions dans les écoles pour expliquer les dangers qui attendent les enfants dans nos rues. » Elle finira par abandonner toutes ses activités professionnelles pour se consacrer totalement à la cause des femmes de Ciudad Juárez. Une ville qu'elle habite depuis 1982, quand elle a accompagné sa vieille tante de quatre-vingt-dix ans qui l'a élevée. « Elle voulait mourir tranquillement à l'endroit qui l'a vu naître », raconte Esther. Avant de partir dans un grand rire. « Moi, je pensais n'y être que de passage. Elle était âgée, j'imaginais repartir ailleurs assez vite. Eh bien, elle est morte à cent deux ans ! Du coup, je suis encore là. »

Son association n'a pas été épargnée par la violence. L'une de ses collaboratrices a été assassinée à coups de couteau par son mari devant la porte même de Casa Amiga en 2001. Il ne supportait pas de la voir s'épanouir dans son travail. « Elle était allongée dans une mare de sang, après ce que venait de lui faire son innommable mari. Voilà un exemple de la vie à Ciudad Juárez. On vous tue juste parce que vous êtes une femme », explique, dépitée et émue, Esther. Après cet assassinat, elle prend l'initiative d'élargir ses activités : « À partir de ce moment-là, j'ai décidé que nous devions ouvrir un refuge, un lieu d'accueil, pour sauver des vies. Sans aucune aide publique, sans subvention, notre centre fonctionne toujours, c'est un véritable miracle. »

Un refuge pour les femmes en détresse

Il faut rouler une bonne quarantaine de minutes après avoir quitté les locaux de Casa Amiga pour arriver enfin devant un bâtiment sans aucun signe de reconnaissance extérieure. « L'adresse est secrète. Une mesure de sécurité, pour protéger toutes celles que nous hébergeons », précise Esther. Vu de dehors, rien ne laisse deviner que ce lieu est unique dans cette ville. En réalité, l'endroit ressemble à une forteresse. Un premier mur de parpaings haut d'au moins trois mètres, hérissé de barbelés, des caméras de vidéosurveillance à chaque coin, entoure une grande maison d'un étage. Une fois l'immense double porte blindée franchie, le visiteur se trouve dans une petite cour. Sur la droite, des jeux pour enfants, une balançoire, des toboggans, un bac à sable. Sur la gauche, des dizaines de fils pour étendre le linge ont du mal à supporter tous les vêtements qui y sèchent. En face, l'entrée du refuge. Il faut introduire une autre carte magnétique. Des cris se font entendre. Des gamins improvisent une partie de cache-cache au rez-de-chaussée. Outre les bureaux de l'administration, une infirmerie, une salle de réunion pour les thérapies de groupe et une immense cuisine, une bibliothèque remplie de bandes dessinées et d'autres livres occupe un tiers de l'espace. À l'étage, un salon par lequel on accède en grimpant des marches en béton. Les murs sont blancs et gris, le toit en tôle ondulée. Celles qui habitent ici ne cherchent pas le luxe, mais une protection. Au fond, une télévision est branchée à plein volume. Sur l'écran, des dessins animés. Sur les canapés et les fauteuils, encore des enfants et quelques femmes au regard vide. Une autre salle de jeux et dix chambres numérotées, pas très grandes, avec plusieurs lits, complètent le décor. Onze personnes travaillent dans le refuge, des psychologues, des médecins, des assistantes sociales. « Nous pouvons recevoir dix mères accompagnées de leurs enfants, explique Esther. Nous les accueillons pour une durée maximale de trois mois. »

Chaque femme réfugiée ici est victime de violences, physiques ou psychologiques, de la part de son compagnon. Toutes portent une sorte de gros pendentif autour du cou. En fait, un ruban bleu sur lequel est accrochée la clé de leur chambre. Fin avril 2005, le lieu affiche complet. « Nous pourrions nous agrandir car il est impossible d'accéder à toutes les demandes, mais nous n'en avons pas les moyens », regrette la maîtresse des lieux.

Marc Fernandez
et Jean-Christophe Rampal

Les meurtres de femmes au Guatemala

Marc Fernandez
et Jean-Christophe Rampal

Au Guatemala, comme au Mexique, les assassinats de femmes se succèdent. 1500 en trois ans. Dans ce pays d'Amérique centrale qui peine à se relever de la guerre civile, les meurtriers jouissent d'une singulière impunité. Le Salvador n'est pas épargné.

« Ma fille María Isabel avait 15 ans. Elle était étudiante et travaillait dans une boutique pendant les vacances. Durant la nuit du 15 décembre 2001, elle a été enlevée dans la capitale. Son corps a été retrouvé peu de temps après Noël. Elle avait été violée, ses mains et ses pieds attachés par du fil de fer barbelé. Elle avait été poignardée, étranglée et mise dans un sac. Son visage était défiguré par les coups, son corps lacéré, elle avait une corde autour du cou et les ongles retournés. Lorsqu'on m'a donné sa dépouille, je me suis jetée par terre en criant et pleurant encore et encore. Mais on me disait de ne pas exagérer. » Ce témoignage figure dans le rapport d'une mission d'Amnesty International à Guatemala Ciudad en 2004. Dans ce cas, comme dans des centaines d'autres, les agresseurs enlèvent leur victime, lui infligent des violences sexuelles extrêmes avant de l'assassiner sauvagement. Les corps sont généralement retrouvés dans des terrains vagues ou des décharges. Parfois, les assassins laissent un message sur le corps, comme « mort aux putes » ou « vengeance ». Ils n'hésitent pas à graver ces mots avec un couteau sur un des membres de la victime. Certains experts affirment que ces mutilations et cette mise en scène macabre qui entourent la découverte du corps sont destinées « à délivrer un message d'intimidation et de terreur ».

Selon des chiffres fournis par le gouvernement guatémaltèque à la Commission interaméricaine des droits de l'homme, entre 2001 et août 2004, 1 188 femmes ont été assassinées. Sur la base des informations parues dans la presse, le nombre de victimes atteindrait 525 pour l'ensemble de l'année 2004 et 590 en 2005. Parmi les femmes assassinées figurent des étudiantes, des mères de famille, des employées de maison, des ouvrières ainsi que quelques membres de bandes de délinquants ou des prostituées. Les mineures sont loin d'être épargnées. Selon les autorités, plus de la moitié des victimes ont entre 13 et 36 ans ; quant aux autres, elles dépassent rarement la quarantaine. Toutes appartiennent aux classes sociales les moins favorisées de la société qui, au Guatemala, vivent dans des conditions particulièrement précaires, tant en matière économique que de logement. Autre point commun : la majorité des crimes a eu lieu dans des zones urbaines.

Les familles hésitent à signaler les disparitions

Ici, comme au Mexique dans l'affaire dite des « mortes de Ciudad Juárez », les chiffres font l'objet d'une bataille entre les autorités et les organisations non gouvernementales. Il est certain que les données officielles sont bien en dessous de la réalité. Dans son rapport, Amnesty International souligne d'ailleurs le peu de fiabilité de ces statistiques officielles. Sur les 525 victimes inventoriées par la police en 2004, 175 ont été assassinées avec une arme à feu, 27 avec une arme blanche et 323 « seraient mortes d'une autre manière ». Ce flou laisse aussi planer des doutes sur l'efficacité des enquêtes. L'examen de plusieurs dossiers fait apparaître des lacunes importantes en matière de protection de la scène du crime et de collecte des indices. Des lacunes que l'on retrouve lors des autopsies, qui négligent parfois, trop souvent, les signes d'éventuelles agressions sexuelles.

Dans ces conditions, on comprend mieux pourquoi les familles hésitent à prendre contact avec la police par crainte de ne s'attirer que des problèmes supplémentaires ou, pire encore, par fatalisme. Quand elles se décident à signaler une disparition, les réponses qui leur sont faites sont souvent les mêmes : « Elle est partie avec son petit ami », « Elle a tenté sa chance pour passer au Mexique, puis aux États-Unis ». Enfin, la police tente souvent de relier ces cas à la délinquance. Elle n'hésite jamais à affirmer que la victime avait des liens avec l'un des nombreux gangs qui parsèment le Guatemala ou qu'elle se livrait à une activité illégale, prostitution ou trafic de drogue en général. De toute façon, comme dans d'autres pays de la région, le niveau élevé de corruption de la police rend les familles sceptiques, voire méfiantes. Trente-six ans d'un conflit intérieur sanglant ont laissé des traces.

Une guerre civile aux séquelles profondes

Le climat général de violence qui règne dans le pays n'est pas étranger aux meurtres dont sont victimes les femmes. Le Guatemala a connu une guerre civile presque ininterrompue de 1960 à 1996. Dans ce pays, grand comme trois fois la Belgique, le conflit intérieur a fait plus de 150 000 morts et environ 50 000 disparus, dont un quart de femmes. Au cours de la période la plus noire, sous la dictature du général Rios Montt, une stratégie de destruction systématique des villages est mise sur pied. Plusieurs centaines d'entre eux sont détruits par l'armée pour isoler la guérilla. Comme dans d'autres conflits, les violences sexuelles, en particulier le viol, ont été utilisées comme une arme. Aujourd'hui encore, de nombreuses femmes portent les séquelles physiques ou psychologiques de cette période. Ces pratiques ont ainsi laissé des traces profondes. En

1999, la rapporteure spéciale sur la violence contre les femmes à l'Organisation des Nations Unies (Onu), Radhika Coomaraswamy, affirmait que la « nature, qui semble endémique, des viols en temps de guerre a été institutionnalisée par le biais de la prostitution forcée et de l'esclavage sexuel des femmes par des civils ».

Durant le conflit, des dizaines de milliers de réfugiés ont quitté le pays pour le Mexique où ils étaient recueillis dans des camps administrés par l'Onu. Les populations indiennes ont été les premières victimes de la répression. L'opinion internationale prend conscience de la situation avec l'attribution, en 1992, du prix Nobel de la paix à Rigoberta Menchú Tum. Mais en dépit des accords de paix signés en 1996, la société guatémaltèque n'a toujours pas retrouvé la paix.

Au cours des dix premiers mois de 2005, 4 325 personnes ont été tuées, ce qui fait du Guatemala un des pays les plus violents du continent américain. Cette violence est essentiellement le fait de bandes, les *maras*, organisées sur le modèle des gangs étasuniens. Composés d'adolescents et de jeunes adultes, ils se livrent au trafic de drogue et à sa consommation, et profitent de la facilité à se procurer des armes pour poursuivre leurs activités, notamment de racket. Reconnaissables à leurs tatouages, ils inspirent la terreur y compris hors des frontières du pays. Les autorités mexicaines doivent faire face à leur présence à la frontière des deux États, où les *maras* terrorisent les candidats à l'émigration illégale. Elles sont considérées par les États-Unis comme « une menace contre la sécurité intérieure ». En mars 2005, le président George W. Bush a même annoncé la constitution d'une force spéciale, dotée de cent cinquante millions de dollars, pour les combattre.

Violences conjugales et harcèlement sexuel

Si les assassinats sont l'expression aiguë du mal qui frappe la société guatémaltèque, les femmes sont aussi l'objet d'une violence sexiste plus quotidienne : violences conjugales, de la part des maris comme des petits amis, harcèlement sexuel au travail ou dans les transports en commun. Ce pays de 12 millions d'habitants fait toujours face à une situation économique difficile. Plus de la moitié de la population vit en dessous du seuil de pauvreté. Ici comme ailleurs, les femmes sont souvent les plus vulnérables et les premières touchées. Elles doivent souvent assurer la survie de la famille en acceptant des travaux peu qualifiés et mal rémunérés. Les employées de maison, souvent jeunes et d'origine indienne, sont les premières victimes du harcèlement sexuel. Selon une enquête réalisée par l'organisation Human Rights Watch (*Del hogar a la fábrica, discrimación en la fuerza laboral guatemalteca* [Du foyer à l'usine, discrimination au sein de la population des travailleurs guatémaltèques]), un tiers des employées de maison interrogées reconnaissent avoir fait l'objet d'attouchements ou de propos déplacés de la part du chef de famille notamment. Dans la majorité des cas, elles n'ont eu d'autre solution que de quitter leur emploi. Phénomène révélateur, aucune d'entre elles ne s'est présentée à la police pour porter plainte. Comme le confirme ce témoignage de María Ajtún, 24 ans, qui a été placée dès l'âge de 8 ans. « Le maître de maison a essayé d'abuser de moi, il n'arrêtait pas de me poursuivre. Par deux fois, il m'a attrapé les seins par-derrière pendant que je faisais la lessive dans l'évier. J'ai crié, son fils est sorti et le patron est parti. Je n'ai rien dit à sa femme, j'avais trop peur. J'ai préféré partir. »

Comme dans d'autres pays d'Amérique centrale, notamment au Mexique où l'on trouve de nombreux points communs avec la situation guatémaltèque, de nombreuses femmes travaillent dans des usines installées par les grandes marques étasuniennes à la recherche de main-d'œuvre à faible coût, les *maquiladoras*. Au Guatemala, la principale activité de ces usines délocalisées demeure le textile. Des accords douaniers avantageux facilitent les exportations vers les États-Unis. D'après l'organisation patronale locale, plus de 80 000 personnes sont employées dans ce secteur, dont 80 % de femmes. La concurrence exercée par l'Asie renforce la pression qui pèse sur les salariées. Les coûts de production sont en permanence tirés vers le bas. Sur le lieu de travail, la discrimination et le harcèlement sexuel sont des pratiques courantes, en particulier de la part de l'encadrement, en général masculin, et des personnels de surveillance des installations. Certaines entreprises exigent même des certificats prouvant que la future salariée n'est pas enceinte, d'autres refusent d'embaucher des mères de famille.

Une femme battue ne peut porter plainte que si ses blessures se voient pendant 10 jours

La comparaison avec le « féminicide » au Mexique ne s'arrête pas là. À Ciudad Juárez comme à Guatemala Ciudad, l'impunité est de mise. Aucun assassin de femmes n'a été inquiété. Il faut dire que la loi ne vient pas en aide à celles qui en auraient bien besoin. Dans ce pays si particulier, un homme peut éviter une peine de prison pour viol s'il se marie avec sa victime ! Une femme battue ne peut porter plainte que si ses blessures sont visibles durant dix jours. Et les rapports sexuels avec les mineures ne sont punis que si la petite fille peut prouver qu'elle n'a pas provoqué son agresseur… L'un des responsables de la police nationale, chargée de la plupart des enquêtes, se contente de déclarations de principes pour expliquer le phénomène : « Les femmes d'aujourd'hui sortent plus souvent qu'avant et participent plus à la vie sociale. Beaucoup d'hommes les détestent pour ça. Vous savez, le Guatemala est un pays de machistes. » Dans un pays qui compte plus d'un million et demi d'armes non enregistrées, les meurtres de femmes font partie du paysage. La police se contente d'attribuer ces crimes à la violence endémique, au trafic de drogue, à la prostitution et aux gangs. Pas étonnant que sur les 590 assassinats de 2005, une seule investigation ait été menée jusqu'à son terme et ait conduit le tueur devant le tribunal.

Le Guatemala est un petit pays, condamné géographiquement à l'obscurité. Son grand voisin mexicain lui fait beaucoup d'ombre. Les 400 « mortes de Juárez » sont aujourd'hui connues dans le monde entier grâce à l'action de nombreuses organisations locales et internationales. À Guatemala Ciudad, malgré des statistiques presque dix fois supérieures à celles de Ciudad Juárez, personne ne s'intéresse à cet autre « féminicide ».

FEMMES EN DANGER AU SALVADOR

Plus de 320 mortes et 82 % des femmes salvadoriennes souffrant de violence intrafamiliale : les statistiques de l'année 2005 pour cette petite république d'Amérique centrale de 6,5 millions d'habitants sont effrayantes. Depuis quelques années, les femmes semblent devenues des cibles privilégiées, tant pour leurs maris, leurs concubins, leurs voisins que pour les bandes organisées, les *maras* comme on les appelle là-bas, qui sèment la terreur dans le pays. « Nous sommes en danger de mort », estime Zoila de Innocenti, directrice exécutive de l'Institut salvadorien pour le développement de la femme (ISDEMU). Qui confirme que le nombre d'assassinées ne cesse d'augmenter. « Nous en avons comptabilisé 210 en 2004 et 323 en 2005. »
Ici, 70 % des hommes portent une arme lorsqu'ils sortent dans la rue et au moins neuf d'entre eux sont victimes d'homicide tous les jours. Comme d'autres pays d'Amérique centrale, le Salvador a connu plusieurs années de conflit sanglant. De 1981 à 1992, il a fait plus de 100 000 morts, ruiné l'économie et contribué à créer une culture de la violence.
Aujourd'hui, on découvre presque quotidiennement un cadavre de femme. La violence « de genre » n'est plus un concept, elle est devenue l'ordinaire. Selon la Police nationale civile et diverses associations locales, des milliers de femmes ont porté plainte pour agression, viol, coups et blessures, au cours des douze derniers mois.
« Une majorité des meurtres de femmes sont le fait de la misogynie. La femme est encore considérée comme infé-

rieure à l'homme. Celles qui se sont émancipées, qui travaillent, celles qui ont eu la chance de faire des études sont regardées d'un mauvais œil, elles sont systématiquement pointées du doigt », explique Zoila de Innocenti. Une situation illustrée par la barbarie des meurtres. La plupart du temps, les femmes sont violées et torturées. Leurs corps sont jetés dans la rue, parfois mutilés, parfois défigurés, rendant impossible leur identification. « Ces crimes barbares sont un message de terreur et de peur pour la société », assure Dinora Aguiñada, chargée des questions de violences contre les femmes au sein de l'organisation féministe salvadorienne Dignas.

Si, pour les autorités politiques et policières, la plupart de ces crimes sont liés aux bandes organisées, à la guerre à laquelle ces gangs se livrent partout dans le pays, d'autres estiment que le problème est plus profond, qu'il s'agit d'un phénomène de société dont la résolution prendra du temps. Contredisant d'ailleurs les forces de l'ordre et les dirigeants politiques, Dignas a rendu publique une étude prouvant que dans la majorité des cas, les agresseurs font partie de l'entourage proche des victimes, qu'ils soient leur mari, leur petit ami, leur père, leur frère, leur beau-père.

Comme dans de nombreux autres pays d'Amérique latine (Mexique, Guatemala), un autre dénominateur commun se retrouve autour de ces assassinats : l'impunité des meurtriers et des agresseurs. Pour Alba América Guirola, de l'organisation locale Cemujer, « au Salvador, il n'y a pas de justice en règle générale. Les homicides ne font pas l'objet de poursuites, encore moins quand il s'agit d'un meurtre de femme. Or, ce que nous vivons ici est aussi terrible, voire pire que le "féminicide" de Ciudad Juárez. »

Marc Fernandez
et Jean-Christophe Rampal

II

Intégrité

Les droits des femmes sont indissociables du respect de leur intégrité physique. Parce qu'on le considère encore comme appartenant aux hommes ou à la société, le corps des femmes reste soumis, dans de nombreuses régions du monde, à des violences liées à leur sexe.

Les petites filles africaines sont excisées et parfois infibulées : elles en souffrent, elles en meurent. C'est aussi leur sexualité future qui est annihilée et leur avenir de mère, mis en danger. Parce qu'elles sont marchandées, maltraitées, privées d'éducation et de soins, les femmes payent un tribut de plus en plus lourd à la pandémie du sida. Dans les pays en développement, devenir mère est un risque vital : les chiffres de la mortalité maternelle en témoignent. La santé des femmes est un enjeu majeur pour l'humanité. Le respect de leur corps également. Sur tous les continents, des femmes sont violées : aux yeux de leurs agresseurs, elles ne sont que des objets sexuels soumis à leur désir. C'est dans l'univers familial et conjugal que, partout, les femmes sont le plus en danger. L'ampleur des violences conjugales, qu'elles soient physiques ou sexuelles, en témoigne.

Ce chapitre examine les agressions contre le corps des femmes.

L'excision en France

Linda Weil-Curiel

Les mutilations sexuelles n'épargnent pas les fillettes des communautés africaines en France. Trop longtemps tolérées, au nom du respect des différences culturelles, elles sont désormais jugées comme crimes. Témoignage d'une avocate, engagée depuis 25 ans dans la lutte contre l'excision.

Longtemps, la France a tout ignoré de la pratique de l'excision. Ce n'est que vers la fin des années 1970, lorsque le regroupement familial a été facilité et a pris de l'ampleur, que, par l'arrivée en France de nombreuses femmes africaines rejoignant des époux souvent polygames, la question s'est posée. Hormis quelques spécialistes ou personnes ayant vécu en Afrique, l'excision était une pratique totalement inconnue. Pour le commun des Français, une coutume aussi cruelle, consistant en l'ablation du clitoris et des petites lèvres du sexe féminin au moyen d'une lame de rasoir ou d'un couteau (sans mentionner les variantes plus sévères), était tout simplement inconcevable. C'est en tant qu'avocate féministe que j'ai été saisie de ce problème à la suite de la mort d'un bébé de trois mois, et que j'ai été amenée à plaider plus de trente affaires devant la cour d'assises.

En France, les procès dits d'excision ont suscité des polémiques violentes et engendré des débats posant la question du relativisme culturel, revenu d'ailleurs sur le devant de la scène publique ces derniers temps avec la question du voile islamique. Aux yeux des nombreux détracteurs des procès, français comme africains, ces actions en justice stigmatisaient une population respectueuse de ses coutumes et ignorante de l'interdit légal. Nous entendions fréquemment dire qu'il était scandaleux de juger des mères, elles-mêmes victimes de l'excision et d'une pression communautaire qui leur ôtait toute liberté d'action.

Il était aussi souligné l'absence de volonté de nuire à leur enfant.

Rares sont ceux qui ont mis en avant la défense des petites filles, futures citoyennes françaises et européennes, que la pratique de l'excision allait exclure d'une manière intime, secrète, empreinte de honte, de la société des femmes libres de leurs corps. Malgré leurs réticences, qui se sont exprimées dès les premiers procès au début des années 1980, les militantes africaines de Paris admettent aujourd'hui que ces procès ont été sinon déterminants, du moins essentiels, pour la quasi-disparition de l'excision à Paris et en Seine-Saint-Denis.

L'expérience montre que :

– l'excision est dépourvue du caractère *rituel et initiatique* qui lui est prêté puisqu'elle est pratiquée sur des nourrissons ou des enfants en très bas âge, qui en grandissant ignorent le plus souvent qu'elles ont été mutilées car les parents ne leur expliquent rien ;

– l'excision procède d'une *volonté de marquage* des enfants afin de les ancrer dans la société des parents, et cela malgré la connaissance répandue de l'interdit légal. Or les enfants nées et éduquées en Europe ont des aspirations différentes : la tradition des parents n'est pas la leur.

Faire prendre conscience de l'atrocité de l'excision

Les familles africaines concernées par les affaires judiciaires en France appartiennent aux groupes ethniques soninkés, bambaras, malinkés et peuls et viennent surtout du Mali, du Sénégal, de la Mauritanie, de la Gambie et de la Guinée. La nationalité n'est cependant pas toujours significative, les populations migrant souvent d'un pays à l'autre. Elles sont en majorité musulmanes et invoquent pêle-mêle, la coutume, la tradition ou la religion pour justifier l'excision. Plus prosaïquement, j'ai relevé que les hommes interrogés ne font pas mystère de ce que « l'excision calme les femmes et assure l'homme de leur fidélité ». Les femmes soutiennent généralement, quant à elles, que l'excision permettra à leur fille de se marier. C'est cela qu'elles signifient lorsqu'elles disent qu'elles ont excisé l'enfant pour son *bien*, or l'union à venir est décidée le plus souvent sans le consentement de la *promise*, dans le cadre de la famille élargie[1].

Les procédures ont été engagées contre les familles et également contre les exciseuses. Qui sont-elles ? Pour l'essentiel, des femmes d'un certain âge qui ont été initiées. Dans certaines régions d'Afrique, elles appartiennent à la caste des forgerons, habilités à travailler le métal. Elles remplissent une fonction sociale pour laquelle elles perçoivent une rémunération, bien plus élevée en France qu'en Afrique, et des cadeaux. Leur nom circule par le bouche à oreille. Toutefois, nous avons vu des cas de femmes s'improvisant exciseuses pour des raisons purement financières. Mais au début des affaires d'excision, la loi du silence était telle qu'il était impossible d'obtenir des familles le nom de la femme qui avait « opéré ».

Faut-il rappeler que la souffrance de l'excision est insupportable et que le choc subi peut être mortel ? Que même lorsque l'excision est cicatrisée, les victimes ont à subir des effets très handicapants ? Les conséquences les plus fréquentes sont les infections urinaires à répétition, les douleurs persistantes dues à la section d'une zone richement innervée et à la formation de cicatrices fibreuses (au point parfois de ne pas supporter le frottement des sous-vêtements ou de ne pas pouvoir croiser les jambes), les difficultés à l'accouchement avec un taux de mortalité important en l'absence d'environnement médical favorable. Sans parler, bien sûr, des difficultés, voire de l'impossibilité d'avoir des relations sexuelles satisfaisantes.

Le tableau est sombre et la souffrance de l'excision s'inscrit dans le psychisme de la victime avec un refoulé puissant sans lequel il lui serait impossible de survivre. C'est pourquoi les militantes africaines disent souvent qu'elles sont des *survivantes*. Cela explique aussi la difficulté que les jeunes filles ont à parler de leur excision avec leur propre mère, ce qui obligerait celle-ci à une profonde remise en cause de sa soumission à la tradition. C'est un cheminement difficile mais nécessaire à mes yeux pour parvenir à une véritable prise de conscience de l'atrocité de l'excision.

L'expérience nous a montré qu'il faut sans cesse répéter ce qu'est la mutilation sexuelle dans la réalité pour convaincre de la nécessité absolue de parvenir à l'élimination d'une pratique abjecte réduisant les femmes à leur seule fonction reproductive, en bafouant leur dignité d'êtres humains.

Débat autour de la mort d'une petite fille âgée de trois mois

La question des mutilations sexuelles a commencé à susciter le débat avec la mort très médiatisée de la petite Bobo Traore, en juillet 1982. Âgée de trois mois, la fillette était décédée suite à une hémorragie déclenchée par son excision. Ses parents, un couple de Maliens, avaient préféré la garder chez eux plutôt que de l'emmener à l'hôpital, sans parvenir à mettre fin aux saignements. Interrogé par la police, le père avoua plus tard avoir eu peur que le médecin découvre qu'ils avaient excisé leur fille, car il savait cette pratique interdite en France. L'autopsie révéla que l'enfant était morte totalement exsangue.

Cette affaire déclencha la réaction immédiate d'Yvette Roudy, alors ministre du Droit des femmes, qui décida de mettre en place une politique de prévention efficace auprès des familles concernées. Simone Iff, chargée de mission auprès de Mme Roudy, se rendit dans de nombreux foyers africains pour essayer de les sensibiliser aux problèmes liés à l'excision. De même, elle prit contact avec des associations de femmes et de travailleurs africains afin de les convaincre d'intervenir auprès de leurs compatriotes. Des interprètes africaines furent mises à la disposition des Centres de protection maternelle et infantile (PMI) ainsi que des *femmes-relais*, dont la tâche consistait à faciliter le dialogue avec les familles. L'objectif était que celles-ci acceptent de laisser les médecins examiner les organes génitaux de leurs enfants dans le cadre normal de la consultation et de faire comprendre aux mères la nécessité de les conserver intacts.

Un grand merci doit ici être adressé au Dr Airiau et à Mme Charliac respectivement médecin et directrice de la PMI de la rue Boirod à Paris 18e qui dès les premières heures ont inlassablement informé les familles des dangers de l'excision tant sur le plan de la santé que du risque judiciaire encouru.

Le mutisme des parents

Le Pr Levêque, chef du service de pédiatrie à l'hôpital Bretonneau dans le 18e arrondissement de Paris, rédigea un rapport portant sur l'observation d'une centaine d'enfants excisées. Il insista sur le mutisme des parents quand il leur était demandé d'expliquer leur geste. Sollicitée par le Pr Levêque, la Chancellerie lui fit savoir que l'article 312 du code pénal, en vigueur à cette époque et qui sanctionnait les violences volontaires exercées sur les mineurs de [moins de] quinze ans, pouvait s'appliquer à de tels cas. Parallèlement, la direction de la PMI de Paris attira l'attention des personnels médico-sociaux sur le nombre inquiétant des excisions constatées et précisa qu'il s'agissait de sévices à enfants devant faire l'objet d'un signalement aux autorités.

La mort de Bobo Traore donna le coup d'envoi des poursuites judiciaires. La publicité qui entoura cette affaire conduisit le parquet des mineurs du tribunal de grande instance de Paris à déterrer un cas similaire qui lui avait été signalé à la fin de l'année 1980. Bintou Doucara, elle aussi âgée de trois mois et victime d'hémorragie après avoir été excisée, avait été transportée d'urgence à l'hôpital par son père. Sa vie avait pu être sauvée grâce aux soins intensifs prodigués par l'équipe du Professeur Arthuis, à l'hôpital Saint-Vincent-de-Paul, dans le 14e arrondissement de Paris.

Conscient du caractère inhabituel de cette intervention et après un entretien avec le père de l'enfant, le Pr Arthuis avait convoqué son équipe pour décider de la conduite à tenir en pareille situation. Certains avancèrent alors qu'il n'y avait pas lieu d'intervenir : l'excision relevait du cercle privé et familial et concernait des peuples jadis colonisés par la France qui avait toujours toléré leurs coutumes. Les autres insistèrent sur l'atteinte grave portée à l'intégrité physique et à la santé de l'enfant. Selon ces derniers, cet acte ne pouvait rester sans suites. Les mêmes arguments allaient réapparaître plus tard dans les débats qui agiteraient la cour d'assises[2].

Tradition africaine contre justice française

Le Pr Arthuis estima quant à lui qu'il était de son devoir de signaler les faits au juge des tutelles, qui saisit à son tour le parquet des mineurs. Le dossier en resta là, oublié sous une pile d'autres dossiers. Il ne refit surface que deux ans plus tard, après le scandale de la mort de Bobo Traore, en octobre 1982, et en audience correctionnelle.

Cette audience donna lieu à un article intitulé « Tradition africaine contre justice française ».

Cet article rapportait que, selon le procureur, les excisions étaient couramment pratiquées dans la région parisienne mais que les médecins interrogés – même quand ils souhaitaient la disparition de cette pratique – se retranchaient derrière le secret professionnel pour ne pas révéler l'identité des parents. Fousseyni Doucara, père de la petite Bintou sauvée de justesse par l'équipe du Pr Arthuis, avait déclaré avoir seulement « fait sauter le bouton » de sa fille. Pour le procureur, il n'y avait donc pas « mutilation » mais une « blessure », à présent guérie puisque le sexe de l'enfant n'avait pas été infibulé.

Le tribunal prit néanmoins la décision d'ordonner une expertise médicale, le dossier ne contenant aucune description des blessures de l'enfant. Les experts rendirent un rapport chef-d'œuvre d'hypocrisie. Tout en expliquant que l'enfant avait subi une clitoridectomie élargie, ils se refusèrent à écrire qu'elle avait été *mutilée* et se limitèrent à constater qu'il y avait « disparition d'une zone érogène susceptible d'affecter la sexualité de la future femme, selon notre conception occidentale… ».

Ne pas minimiser l'atteinte portée à l'enfant et à la future femme

Le relativisme culturel était bien au centre du problème posé.

Minimiser ainsi l'atteinte portée à l'enfant et à la future femme, revenait à laisser juger l'affaire Doucara par le tribunal correctionnel. En revanche, et cela n'était pas le souhait de la Chancellerie, si le terme *mutilation* avait figuré dans le rapport des experts, l'excision de l'enfant aurait été *ipso facto* qualifiée de *crime*, relevant alors de la cour d'assises, avec des peines encourues beaucoup plus sévères. En effet, selon l'article 312 du code pénal en vigueur à cette époque, et sur lequel étaient fondées les poursuites contre Fousseyni Doucara, les violences exercées sur mineur de moins de quinze ans relevaient du tribunal correctionnel quand elles avaient entraîné une incapacité excédant huit jours, mais de la cour d'assises s'il en était résulté « une mutilation, une amputation, etc., ou autres infirmités permanentes ou la mort, sans que l'auteur des violences ait eu l'intention de la donner ».

Or, nous étions bien dans ce dernier cas de figure puisque le clitoris est un organe et que son ablation constitue une mutilation.

La bataille juridique que j'ai engagée à l'époque à Créteil consistait précisément à faire la démonstration de l'incompétence du tribunal correctionnel dans l'affaire de Bobo Traore et à obtenir une jurisprudence permettant ensuite aux procès pour excision d'être jugés par la cour d'assises.

L'excision n'est pas une blessure résultant d'une imprudence ou d'un acte involontaire mais d'une décision prise par les parents qui veulent que leur fille soit *coupée* en ayant une pleine conscience de la souffrance de l'enfant.

Le père de Bobo Traore avait reconnu lors de son interrogatoire de police qu'il avait fait venir une exciseuse au domicile familial et que son épouse avait maintenu l'enfant pendant son excision.

De son côté le père de Bintou Doucara avait endossé la responsabilité de l'acte même au moyen d'un couteau, contrairement à la coutume qui veut que dans son ethnie l'excision soit pratiquée par une femme.

Dans les deux cas, ils avaient accompli un acte volontaire. Il relevait de la complicité pour M. Traore, et du rôle d'auteur principal pour M. Doucara. Devant la cour d'assises, les parents auraient encouru une peine maximum de trente ans de réclusion criminelle, modulable par le jeu des circonstances atténuantes.

À cette époque, malgré la réprobation générale entourant la pratique de l'excision, il n'était pas dans l'air du temps d'envoyer les parents devant la cour d'assises, ce qui pour beaucoup revenait à accabler de pauvres immigrés, présumés ignorants, et à en faire des *criminels* pour avoir respecté leur tradition en coupant le clitoris de leur fille.

Cette réticence conduisait à privilégier la défense d'adultes capables de comprendre un interdit, au détriment de l'intérêt des enfants sans capacité de résistance.

Les associations au premier rang du combat

Il fallut l'intervention d'associations au procès pénal pour que l'excision soit enfin reconnue juridiquement comme un acte criminel. Depuis une loi promulguée le 2 février 1981, les associations étaient en effet autorisées à se porter partie civile quand l'action publique engagée par le procureur concernait des violences exercées sur mineurs. À la condition cependant que les activités de ces associations comprennent l'assistance à l'enfance martyrisée et qu'elles aient été créées au moins cinq ans avant la date des faits incriminés. Restait encore à trouver une association remplissant ces conditions qui accepterait d'intervenir au procès pénal… Les réticences étaient si largement partagées à l'époque que ce ne fut pas simple.

Les premières à s'investir furent des associations féministes : SOS Femmes Alternative, Ligue du droit des femmes et Ligue du droit international des femmes, fondées par Annie Sugier, Anne Zelinski et Simone de Beauvoir. La Commission pour l'abolition des mutilations sexuelles, fondée par Awa Thiam, auteure sénégalaise de la *Parole aux Négresses*, l'ouvrage dénonçant l'ensemble des violences faites aux femmes au nom de la tradition, reprit plus tard le flambeau. De même que le viol a longtemps été jugé en correctionnelle – jusqu'à l'intervention d'avocates féministes –, alors qu'il constituait un crime selon le code pénal, l'excision devait être reconnue comme un acte criminel puisqu'il s'agit d'un acte volontaire, entraînant une mutilation, quel que soit le mobile l'ayant inspiré, en l'occurrence la tradition ou la coutume. Il fallait aussi rappeler que la loi s'applique, indistinctement, à toute personne sur le territoire français, et que même dans son aspect répressif elle pouvait jouer un rôle de protection pour les petites filles risquant d'être excisées.

J'ai encore en mémoire un article de presse vilipendant ces féministes qui veulent envoyer d'autres femmes en prison, sans voir que notre objectif premier était de protéger leurs enfants en faisant disparaître cette pratique.

C'est ce qu'avait bien compris la regrettée Madina Diallo, qui m'a tant appris, lorsqu'elle répondait à une journaliste qui lui demandait si elle ne trouvait pas ces procès scandaleux : « le scandale c'est que des petites filles soient mutilées. »

Une petite fille ne souffre pas moins parce que c'est la coutume

Un élément nouveau vint conforter la position des associations en partie civile. Un arrêt de la Cour de cassation du 20 août 1983 énonça clairement que l'ablation du clitoris et des petites lèvres du sexe féminin constituait un crime relevant de la cour d'assises. Dans l'affaire jugée, les actes avaient été commis par une mère originaire de Bretagne, sans aucun lien avec l'Afrique. Même si la colère, le ressentiment ou l'abus de chouchen avaient été à l'origine des violences, l'enfant avait été mutilée de la même façon qu'une enfant africaine et portait les mêmes séquelles.

Cet exemple permit de montrer aux familles, aux personnels médico-sociaux et même à la Justice qu'il fallait refuser toute discrimination, parfois inconsciente, envers les enfants d'origines différentes : les petites filles nées de parents africains n'ont pas moins besoin de leur clitoris que les petites filles blanches et elles ne souffrent pas moins de l'opération parce que l'exciseuse accomplit un geste coutumier.

La bataille juridique gagnée sur le fond, et l'excision criminalisée, encore fallait-il obtenir des médecins qu'ils se fassent nos alliés. Le secret médical, invoqué par ceux qui refusaient de signaler les cas d'excision et de révéler l'identité des parents, n'était pas applicable à ces situations. Le code pénal indique en effet que les sévices infligés aux mineurs de moins de quinze ans constatés par les médecins doivent être signalés aux autorités. La loi du 2 janvier 2004 a depuis précisé qu'en cas de signalement, le médecin ne peut être l'objet de sanctions disciplinaires.

Les autres arguments avancés par les médecins n'étaient pas plus recevables. Une fois le sexe *coupé*, expliquèrent certains, le mal est irréparable. À quoi bon alors attirer les foudres de la justice sur la famille ? Le rôle des médecins, affirmèrent d'autres, n'est pas de dénoncer les familles, ni de s'immiscer dans leur intimité, particulièrement quand il s'agit de pratiques relevant de rites et traditions venus de l'étranger : l'époque de la colonisation où les différences culturelles étaient stigmatisées n'était-elle pas révolue ?

Mais la réaction de ces médecins aurait-elle été la même si les enfants étaient arrivés aux consultations avec les oreilles coupées au nom d'une coutume ? Le caractère secret et invisible *a priori* de la mutilation sexuelle a certainement contribué au silence de nombreux membres du corps médical.

Convaincre les médecins de lutter contre l'excision

Pour vaincre leurs réticences, il fallut rappeler que le premier devoir du médecin est de protéger l'intégrité physique de l'enfant et non de s'ériger en défenseur d'adultes capables de comprendre un interdit légal et le pourquoi de cet interdit. En outre, garder le silence devant une excision constatée constituait une autorisation tacite mettant en danger les petites sœurs ou d'autres filles du voisinage, les familles s'échangeant volontiers les informations.

J'ai interpellé ces médecins en leur demandant quelles explications ils pourraient donner à une jeune fille qui viendrait se plaindre d'avoir été excisée quand elle était enfant, malgré de nombreuses visites à la PMI. Il fallait aussi les convaincre que leur attitude sapait toute politique de prévention ainsi que les efforts de leurs collègues et des associations qui luttaient contre cette coutume.

Enfin, le message délivré aux familles se devait d'être clair et sans ambiguïté : l'excision retire à la future femme une partie du corps essentielle à son épanouissement. La mutilation subie équivaut à la section du gland chez le garçon et ne s'apparente en rien à la circoncision. Dorénavant, toute mutilation constatée serait donc signalée aux autorités et donnerait lieu à des poursuites judiciaires. La crainte du gendarme n'a pas compté pour peu, au final, pour influencer positivement le comportement des familles.

Réprimée comme torture et actes de barbarie

Depuis les premières affaires du début des années 1980, le code pénal a été modifié. Le 1er février 1994, de nouvelles dispositions sont entrées en vigueur. Les excisions pratiquées après cette date sont réprimées par les articles 222-1 et 222-3 (torture et actes de barbarie) 222-9 et 222-10 (mutilation) et punissables de vingt à trente ans de réclusion criminelle. Le jeu des circonstances atténuantes permet à la cour d'assises de moduler les peines et de les assortir d'un sursis.

De même que l'article 312 de l'ancien code pénal ne visait pas l'excision en tant que telle, les articles 222-9 et 222-10 qui l'ont remplacé ne la mentionnent pas explicitement. Notons toutefois que certains pays européens, comme la Suisse, la Suède ou la Grande-Bretagne se sont dotés de législations spécifiques, dont il s'avère qu'elles ne sont pas appliquées. En France, nous avons jugé que ce n'était pas nécessaire, dès lors que le code pénal fait explicitement référence à la mutilation. Depuis l'arrêt du 20 août 1983 déjà évoqué, il est en effet acquis que l'excision du clitoris et des petites lèvres constitue une mutilation. Les conditions d'exécution peuvent s'apparenter à de la torture et à de la barbarie puisque l'enfant est solidement maintenue au sol, les jambes écartées, par une ou plusieurs femmes, pendant que l'exciseuse tranche dans sa chair.

La plupart des affaires d'excision jugées à Paris, Bobigny, Créteil ou Pontoise ont été déclenchées par des signalements émanant de la PMI, ou de l'hôpital soignant l'enfant mutilée. Le signalement provoque automatiquement une enquête pénale. Les parents et leurs enfants sont convoqués au poste de police. Les filles sont dirigées vers le service des urgences médico-judiciaires pour y subir un examen gynécologique, pendant que les parents sont soumis à un interrogatoire.

Ces enquêtes ont permis de dresser un profil des familles pratiquant l'excision. En général, le mari réside en France depuis longtemps et a parfois acquis la nationalité française. Il a souvent séjourné en foyer avant de faire venir son (ou ses) épouse(s). Dans plusieurs cas, ces hommes étaient employés par la Ville de Paris, ou par les communes voisines, comme éboueurs ou agents d'entretien. Ils étaient parfois marabouts.

Les mères revendiquent la responsabilité, les pères feignent d'ignorer

Tel qu'il a été enregistré, le récit des mères est toujours sensiblement identique. Alors que le mari est à l'extérieur pour son travail, la mère rencontre, par hasard, dans un jardin, un bus ou en faisant ses courses, une Africaine qui lui demande si ses filles sont *rentrées*, c'est-à-dire *coupées*. Préoccupée de n'avoir pas encore accompli son devoir, la mère accepte avec gratitude l'offre de l'inconnue de s'en charger. Rendez-vous est pris immédiatement. L'exciseuse emmène l'enfant dans le cabinet de toilette. La mère admet qu'elle entend des pleurs. L'inconnue empoche le prix convenu et disparaît. Et l'enfant se rétablit aussitôt. Au cours des interrogatoires successifs, les mères persistent dans leur récit ou délivrent d'autres versions tout aussi fantaisistes. Elles revendiquent systématiquement la responsabilité de l'excision : ce sont elles qui décident pour leurs filles, leurs maris s'occupent des garçons.

Quant à la ou les *co-épouse*(s), bien que vivant sous le même toit, elles ne savent rien. Elles expliquent qu'elles ne se mêlent pas des affaires de l'autre, voire qu'elles ne parlent pas le même dialecte.

Lorsque les policiers interrogent les pères sur l'excision de leur(s) fille(s), ceux-ci feignent le plus souvent l'étonnement et l'ignorance. Leurs épouses ne leur ont rien dit, ils étaient au boulot. Ce sont des affaires de femmes et il serait inconvenant de s'intéresser au sexe de leurs filles. Certains sont plus violents, réclament leur droit à leurs traditions, qui ne regardent personne et surtout pas la police.

En réalité, l'excision ne se fait pas sans l'assentiment du père, mais il appartient à la mère d'en prendre l'initiative et d'en fixer les modalités. Si la femme ne travaille pas, elle ne dispose pas d'autres ressources que celles de son mari pour payer l'exciseuse (à moins qu'elle ne puise dans les allocations familiales, si elle les perçoit). C'est souvent ce financement qui a permis d'impliquer des pères dans les affaires d'excision, même quand ceux-ci pouvaient prouver être au travail au moment des faits.

Au fil du temps, les enquêtes établirent que certains parents étaient hostiles à l'excision. Leurs filles étaient alors intactes. Un père déclara qu'il était témoin des souffrances de sa femme et que pour rien au monde, il ne voudrait faire subir le même sort à ses filles. Des parents, avertis par la PMI, avaient renoncé à exciser leurs enfants. Dans d'autres familles, les aînées avaient été *coupées*, mais les plus jeunes avaient été épargnées grâce aux informations diffusées et à la médiatisation des procès.

Cela montre bien que les mentalités peuvent évoluer et que les parents peuvent s'affranchir du poids de la tradition.

L'extraordinaire procès de 1999 : une exciseuse, 25 parents, 48 enfants

Lorsque les filles excisées sont en âge d'être interrogées, elles disent ne garder aucun souvenir de l'opération parce qu'elles étaient trop jeunes ou bien elles évoquent une douleur intense qui a persisté pendant toute la durée de la cicatrisation. Elles cherchent à protéger leurs parents, mais témoignent parfois de la présence de leur mère au moment de l'excision, en contradiction avec les déclarations de celle-ci. Certaines connaissaient l'exciseuse, car elle fréquentait la famille, et ont pu révéler son nom.

C'est une révélation de ce type qui fut à l'origine de l'extraordinaire procès de février 1999. À l'origine de cette affaire, une lettre adressée au parquet, envoyée par une jeune fille tout juste majeure. Elle y expliquait s'être enfuie du domicile familial après avoir refusé le mari que ses parents lui imposaient. Elle craignait à présent que ses parents ne s'en prennent à ses plus jeunes sœurs et demandait pour elles des mesures de protection. Au détour d'une phrase, elle signalait que toutes avaient été excisées. L'exciseuse, dont l'identité était donnée, était connue des services de police. Poursuivie en justice dans le cadre d'une autre affaire, elle avait été laissée en liberté en attendant de comparaître devant la cour d'assises. Après réception de la lettre, le juge d'instruction ordonna une surveillance policière autour de son domicile et la mise sur écoute de sa ligne téléphonique.

Les écoutes révélèrent que les familles la sollicitaient et qu'elle consentait à exciser leurs filles. Elle fut interpellée, ses instruments saisis, ainsi que son carnet d'adresses qui permit l'audition d'une centaine de personnes résidant en Ile-de-France.

Au total, l'exciseuse et vingt-cinq parents, dont trois pères, comparurent devant la cour d'assises de Paris, du 2 au 16 février 1999, pour répondre de l'excision de quarante-huit enfants. Plusieurs victimes étaient devenues majeures et purent témoigner. Les unes vinrent à la barre pour atténuer la responsabilité de leurs parents, les autres pour se plaindre avec virulence de ce qu'ils leur avaient fait subir, en connaissance de l'interdit frappant l'excision en France. Une jeune fille raconta qu'elle avait supplié, en vain, sa mère d'épargner sa plus jeune sœur et se disait « dégoûtée » par son comportement.

Ce procès, d'une grande tenue grâce à la présidente Mme Varin qui a remarquablement mené les débats, a marqué les esprits des parties en présence, mais aussi celui des jeunes filles qui l'ont suivi grâce aux médias. Il faut remercier ici l'ensemble des témoins et des experts, dont les dépositions permirent une discussion approfondie de la pratique de l'excision et de ses conséquences dramatiques, que vinrent aussi souligner des films projetés durant l'audience.

Le procès se solda par la condamnation de l'exciseuse à huit ans d'emprisonnement et d'une mère à deux ans d'emprisonnement. Les autres parents reçurent des peines de cinq ou trois ans, assorties du sursis. Pour la première fois, une Cour d'Assises octroyait des dommages et intérêts aux quarante-huit victimes représentées. Dans les premiers cas que j'ai évoqués du début des années 1980, les peines avaient été de quelques mois avec sursis.

Un mois plus tard, je me trouvais à la cour d'assises de Bobigny pour une autre affaire d'excision. J'eus la surprise de constater qu'une des mères condamnées avec sursis y assistait aussi. Nous venions de passer quinze jours face à face et la conversation s'engagea comme si nous étions de vieilles connaissances. J'étais curieuse de savoir ce qu'elle avait retiré de son propre procès. Voici ce qu'elle me répondit : « Au début, nous, les mères, nous étions fâchées d'être traitées comme des criminelles. Et puis nous avons écouté ce que disaient les experts, nos filles et les Africaines qui étaient contre l'excision. Tout cela nous a fait réfléchir et nous avons beaucoup discuté. Nous avons compris tout le mal qu'on a fait à nos enfants. Moi, quand je retournerai au Sénégal, je dirai aux femmes de mon village d'arrêter l'excision. »

Les parents désireux de protéger leurs enfants y parviennent

D'autres cas, jugés en 2004 et donnant lieu à des condamnations, ont cependant montré qu'il y avait aussi des parents irréductibles, cherchant à contourner la loi en envoyant leurs filles se faire exciser en Afrique. Quand les actes ont été commis à l'étranger, l'article 113-7 du code pénal permet d'engager des poursuites si la victime est française, ce qui est souvent le cas.

Dans ces affaires, les parents se défendent en expliquant qu'ils ont emmené leur fille en vacances, au pays. Lors d'une visite à la famille, dans un autre village, ils l'ont confiée à la grand-mère. À leur retour, l'enfant avait été excisée, alors qu'eux-mêmes étaient opposés à cette pratique. Ce type de récit et ses variantes (l'enfant a été envoyée en vacances…) ne sont pas crédibles. Plusieurs exemples montrent que les parents désireux de protéger leur enfant disposent des moyens pour y parvenir. Si le risque est trop grand, l'enfant n'est pas laissée à la merci de la famille sans la protection nécessaire. Certaines PMI, notamment en Seine-Saint-Denis sous la houlette d'Emmanuelle Piet, médecin départemental de PMI, rédigent des certificats établissant que l'enfant est intacte et qu'elle doit le demeurer. Ce certificat, muni de cachets officiels, est destiné à la famille au pays. Il est accompagné d'une lettre du père ou d'une cassette enregistrée interdisant que l'on touche à sa fille. Ainsi mise en garde, la famille lointaine qui vit surtout de l'argent envoyé de France ne prend pas le risque de se fâcher avec le généreux pourvoyeur.

Les jeunes n'admettent plus une tradition qui n'est pas la leur

En France, les familles qui veulent s'affranchir de la tradition et de la pression communautaire le peuvent. Elles préservent alors l'avenir de leurs enfants, en se rapprochant des normes du pays où elles sont établies. C'est une question de choix, mais il faut continuer à aider les familles à faire le bon, et ne pas relâcher les efforts dans leur direction. Les mentalités évoluent plus vite que certains parents ne le croient, y compris dans leurs pays d'origine. Quant aux jeunes, elles n'admettent plus d'être soumises à une tradition qui n'est pas la leur et aspirent à vivre comme les autres jeunes filles françaises de leur âge. Elles ne veulent pas entendre leur copain leur dire « Il te manque quelque chose. Tu n'es pas normale… ». Pour preuve, nombreuses sont celles qui demandent à être *réparées*, selon la technique mise au point par le Dr Pierre Foldès (voir p. 177), pour redevenir une personne *entière*. Il ne faudrait toutefois pas que la possibilité donnée grâce à la médecine de réparer les femmes produise des effets paradoxaux. On pourrait craindre que les familles ne se donnent bonne conscience en faisant mutiler leurs enfants au nom des arguments traditionnels, tout en expliquant que les filles devenues adultes pourront ensuite choisir de retrouver leur clitoris…

Les outils didactiques, élaborés par la Commission pour l'abolition des mutilations sexuelles que j'anime, comme *Le Pari de Bintou*, film de dix-sept minutes racontant le parcours d'une jeune mère qui renonce à l'excision de sa fille, ou le disque *Africa-Paris* et la chanson *Exciser c'est pas bon*, interprétée par le jeune Malien Bafing Kul, ont contribué à populariser et à montrer sous un jour positif l'abandon de l'excision.

L'exciseuse H. G. s'est elle-même spontanément rapprochée de la Commission pour l'abolition des mutilations sexuelles, demandant à être associée à son combat. Elle est une alliée précieuse par l'autorité dont elle jouit parmi ses compatriotes et par la connaissance intime qu'elle a de leurs ressorts psychologiques.

Au terme d'une vingtaine d'années de prévention, mais aussi de répression judiciaire, on peut considérer que les efforts ont porté leurs fruits, du moins à Paris et en Seine-Saint-Denis. Même si l'on peut regretter que les informations émanant des autres départements restent rares, les progrès sont considérables. Au point que la méthode française est citée en exemple dans d'autres pays européens confrontés eux aussi au phénomène de l'excision.

Tolérance zéro pour les mutilations sexuelles

La coopération avec les associations de terrain en Afrique reste fondamentale. Il est bien loin le temps où les Africaines rétorquaient aux militantes françaises « Retirez vos mains de nos petites culottes ! ». En février 2005, lors de la conférence de Djibouti sur les mutilations sexuelles dans le monde, les femmes unanimes ont refusé l'excision. Le collège des religieux qui proposait d'abandonner la pratique de l'infibulation, courante en Afrique de l'Est, pour ne conserver que celle de l'excision, a été fermement combattu. Le scandale provoqué par cette proposition, considérée par les religieux comme un compromis, a été tel qu'ils ont dû battre en retraite. La conférence a voté l'abandon pur et simple de toute atteinte aux organes sexuels de la femme.

Lancé par le Comité inter-africain contre les mutilations sexuelles présent dans vingt-huit pays d'Afrique, il y a quelques années, le mot d'ordre « tolérance zéro pour les mutilations sexuelles » reste d'actualité, en Afrique bien entendu, mais en France également. Depuis peu, dans la foulée de la revendication en faveur du port du voile, des associations telles que le Planning familial ont vu apparaître un nouveau phénomène inquiétant. Sous couvert d'affirmation identitaire, des femmes africaines brandissent fièrement et publiquement leur condition de femme excisée, franchissant un pas de plus dans la direction d'une confusion extrêmement singulière et préoccupante des valeurs de liberté. Pourrait-on voir apparaître la revendication du droit des femmes à être excisées, par des femmes elles-mêmes ? Le recul que cela représenterait serait consternant. Il confirmerait, en tout état de cause, le caractère essentiel de la bataille juridique qui a été menée depuis vingt ans : la loi est là, pour protéger les petites filles à naître d'un retour en arrière.

Avocate au barreau de Paris, Linda Weil-Curiel a développé des actions à vocation internationale dans le domaine du droit des femmes et des enfants, notamment contre les mutilations sexuelles.

Notes

1. Si on parle généralement de mariages forcés, il s'agit plus clairement d'unions coutumières contraintes dissimulant viols sur mineures et transactions financières entre familles. Ces unions sont régularisées devant l'officier de l'état-civil ou au consulat du pays d'origine, à la majorité de la jeune fille, ce qui permet ensuite au mari de bénéficier du regroupement familial et d'obtenir un titre de séjour puis la nationalité française

2. Au pénal, notre système judiciaire attribue compétence au tribunal de police pour juger les contraventions, au tribunal correctionnel pour juger les délits et à la cour d'assises pour juger les crimes.

Pierre Foldès
La chirurgie contre l'excision

Médecin humanitaire, Pierre Foldès a découvert en Afrique l'horreur et les conséquences désastreuses des mutilations sexuelles. Dans la région parisienne, il propose aux femmes excisées une chirurgie réparatrice. Une manière de retrouver leur intégrité physique et psychique, et une sexualité épanouie.

Le temps n'a pas de prise sur les hommes de conviction. La voix au téléphone est incroyablement jeune. L'allure et le visage ne le sont pas moins. Grand et mince, le visage souriant au regard vif, Pierre Foldès ressemble probablement beaucoup au jeune médecin qu'il était trente ans plus tôt, lorsque sa vocation s'est imposée à lui. Son énergie, à l'évidence, est intacte : cet homme est guidé par l'urgence, de faire comme de dire. Derrière son bureau, dans le modeste cabinet de consultation de l'hôpital de Saint-Germain-en-Laye, est accrochée une grande photographie de mère Teresa, « mon maître ». Sur les autres murs de la pièce, des dizaines et des dizaines d'autres clichés en couleur : des hommes mutilés, des femmes blessées, des enfants au regard fixe, les témoins d'une vie de chirurgien hors du commun dans de nombreuses zones de conflit. Plus troublant encore, au milieu de cette fresque photographique de la barbarie des trente dernières années, quelques photographies en noir et blanc, des repères sans doute pour ce chirurgien humanitaire : le visage d'Anne Frank ou encore l'Indien Gandhi. « Elles sont belles toutes ces photos, n'est-ce pas ? » Que voit-il, Pierre Foldès, lorsqu'il regarde ces images, belles peut-être, insoutenables pour la plupart, que le regard du visiteur balaye sans oser s'attarder ? Des vies humaines sauvées, sans doute, une humanité, une pratique à mille lieues de la médecine traditionnelle. « Dès la fin de mon internat, je suis parti en mission à l'étranger. Mon engagement humanitaire n'est pas dissociable de mon engagement médical. Ils sont un seul et même choix. C'était cela, l'esprit de Médecins du Monde. »

Son continent de prédilection, c'est l'Asie. Il s'est rendu vingt-sept fois en Inde et n'a découvert l'Afrique noire et le Maghreb qu'assez tardivement, dans les années 1980, mais ce qu'il y a observé a été déterminant pour la suite de son engagement médical.

Aujourd'hui, à Saint-Germain-en-Laye, il répare les mutilations sexuelles subies par ses patientes, des femmes africaines.

Une mutilation sexuelle peut être réparée

Tout commence avec plusieurs missions effectuées pour l'Organisation mondiale de la santé (OMS) au Burkina-Faso. Il est alors question d'étudier les conséquences désastreuses de l'excision pour la santé des femmes. D'après les données de l'OMS, soixante-cinq millions de femmes souffrent de fistules vésico-vaginales. Elles meurent, souvent en couches, ou sont mises au ban de leur communauté et vont s'éteindre au loin, chassées de leur village. C'est un problème majeur de santé publique pour les États africains. Pierre Foldès commence à opérer ces femmes, pour tenter de les sauver de ces complications médicales monstrueusement douloureuses et invalidantes. Et puis un jour, une femme vient le voir et lui montre les traces de l'excision dont elle a été victime : « Ça fait mal. » Et le chirurgien de découvrir cette réalité première des mutilations sexuelles. Elles font mal, très mal. Elles rendent la vie impossible.

D'opérations en opérations, Pierre Foldès prend conscience qu'une mutilation sexuelle peut être réparée. Il intervient sur les femmes qui le lui demandent, dans la clandestinité absolue dans un premier temps, puis dans la discrétion. Pas question pour l'OMS alors de mélanger les genres. D'un côté, le travail humanitaire, qui consiste à répondre à des urgences médicales ; de l'autre, l'engagement militant contre les mutilations sexuelles. Pierre Foldès ne peut pas continuer à travailler sur place. Les menaces, venues des hommes ou des communautés villageoises, sont trop importantes. Il est en danger, mais plus encore les femmes qu'il opère. Inverser des pratiques coutumières pose des problèmes compliqués à tous égards et soulève des questions qui ressortissent davantage à l'ethnologie et à la politique qu'à la médecine. Du reste, il lui faut travailler pour parfaire une véritable technique de réparation chirurgicale. Il rentre en France, travaille, dissèque, étudie. Depuis une dizaine d'années, 2 500 femmes sont venues le consulter. Près de 1 500 ont été opérées. Le recul aidant, il peut aujourd'hui attester du sérieux de sa pratique, l'enseigner, la transmettre, publier les éléments de la technique et les résultats scientifiques qui valident sa pertinence.

Un résultat positif trois fois sur quatre

Le principe de l'intervention est extrêmement simple. L'opération consiste à reconstituer un clitoris à la fois anatomique et fonctionnel. Autrement dit, le chirurgien retire une cicatrice de la peau, localise le clitoris qui existe toujours, quelle que soit la technique de l'excision et sa gravité. Il va chercher l'organe cicatriciel là où il se trouve, à son emplacement inhabituel, puis reconstitue un gland clitoridien le plus proche possible de la normale, avec ses nerfs et ses vaisseaux. Ensuite, le gland clitoridien est remis dans sa position naturelle. L'intervention nécessite vingt-quatre heures d'hospitalisation. Suivent ensuite trois périodes. Une dizaine de jours de cicatrisation, un peu pénibles, d'autant qu'il convient que les femmes opérées reprennent une activité à peu près normale de sorte que leurs mouvements permettent un drainage naturel de la circulation sanguine et nerveuse. Un mois et demi plus tard, les patientes, trois fois sur quatre, ont retrouvé un clitoris à l'aspect normal. La réparation nerveuse, donc sensorielle, demande trois à six mois. D'après ses statistiques, le résultat anatomique est satisfaisant dans 80 % des cas et le résultat fonctionnel, défini par une forte amélioration de la sexualité ou une sexualité normale, est positif trois fois sur quatre. À l'exception de cas pathologiques particuliers – gêne, douleurs – l'opération se pratique sur des femmes majeures, tant pour des raisons de maturation physique que pour des motifs psychologiques.

Pierre Foldès ne répare pas que les excisions, mais aussi les infibulations. Il est maintenant en mesure d'offrir une réponse globale à toutes les souffrances physiques liées aux sexes des femmes et soigne toutes les complications des mutilations : scléroses, maladies de peau, complications obstétriques, ruptures du périnée. Il restitue aux femmes leur intégrité physique, et du même coup, psychique. « Ce qui est engagé, dans les mutilations sexuelles, c'est le rapport à son corps et l'image que l'on a de soi. »

« J'ai découvert une excision occidentale », explique-t-il afin d'expliquer l'ampleur des recherches qu'il a dû mener. « Le clitoris n'existait pas dans la bibliographie mondiale : pas plus dans les bouquins d'anatomie que dans les manuels de physiologie, et encore moins du point de vue des techniques chirurgicales. Nous avions mille techniques de réparations différentes du sexe masculin et du pénis, et rien sur le clitoris comme s'il n'existait pas dans l'esprit même des scientifiques. Personne ne considérait que le clitoris pouvait être un organe, ce qui est significatif et symbolique. » Même pas aux États-Unis ? « Plus grave encore. Aux États-Unis, jusqu'à il y a une quinzaine d'années, l'excision existait sous forme légale et était pratiquée au Texas pour des femmes prétendument hystériques. Mais personne n'avait jamais cherché à apporter une solution thérapeutique à ce qui pouvait être considéré comme une blessure. »

La Sécurité Sociale rembourse l'intervention

Depuis que Pierre Foldès a pu faire valider scientifiquement ses interventions chirurgicales, il s'est efforcé de rendre l'intervention la plus simple possible, donc aisément reproductible, la moins chère et nécessitant le moins de matériel possible. Cet effort a été validé par la Sécurité sociale qui rembourse désormais, fût-ce symboliquement, sa pratique. Réduire les coûts est un impératif militant, mais qui, paradoxalement, ne favorise pas la diffusion de l'acte. S'il le dit avec élégance, Pierre Foldès est bien conscient que peu de médecins sont disposés à l'heure actuelle à reprendre le flambeau. La pratique est dangereuse – le chirurgien est potentiellement menacé de mort – et ne rapporte pas grand-chose. Pour une certaine frange de ses confrères, ce sont autant d'arguments négatifs. Les chirurgiens plasticiens, en particulier, sont davantage friands d'innovations lucratives. Et n'ont aucun goût pour le risque physique. Les autres refusent de se mêler de ce qui apparaît comme des coutumes relevant de l'intime. Mais les mentalités changent. Depuis peu, des médecins envoient des patientes à Pierre Foldès. « Mes confrères urologues sont longtemps restés étonnés par mon travail. Ils savaient que j'avais été chirurgien de guerre et médecin humanitaire. J'étais un peu perçu comme un hurluberlu. Pour eux, ce que je faisais relevait de la chirurgie de là-bas. Je les ai convaincus par des arguments scientifiques. Maintenant, on comprend que les femmes mutilées en France, c'est un problème français et non africain. » Deux équipes universitaires, à l'hôpital Bichat et à l'hôpital de Créteil, ont commencé à traiter quelques cas. Des chirurgiens français, mais aussi suisses, américains, quelques Africains également sont venus observer la pratique de

Pierre Foldès. Mais on en est encore aux balbutiements et à peine une ou deux personnes opèrent sérieusement et régulièrement en Europe.

Les femmes viennent le consulter en cachette

Comment, dès lors, faire connaître aux femmes les progrès de la science ? Les impératifs de discrétion restant de rigueur, Pierre Foldès a préféré laisser le bouche à oreille répandre la bonne nouvelle. La presse féminine a accentué encore l'écho. Généralement, les femmes africaines viennent le consulter en cachette. Peuvent-elles dissimuler leur opération ? Pierre Foldès en atteste. Les hommes sont, pour l'essentiel, totalement incapables de se rendre compte de quoi que ce soit. Les patientes ne désirent pas la présence des hommes de toute façon, qu'elle soit impensable parce que les maris sont hostiles ou simplement indifférents à la question de la jouissance féminine, ou que ces femmes considèrent que leur difficulté à vivre est précisément liée à leurs époux. « Les femmes africaines que je reçois jugent que les hommes sont les véritables responsables des actes mutilatoires, même si l'excision passe techniquement par les femmes. C'est un crime des hommes, qui sacrifient la sexualité de leur femme pour mieux la contrôler. »

Quatre-vingt-quinze fois sur 100 donc, les hommes sont absents. Mais à Saint-Germain-en-Laye, dans quelques cas rares, les patientes viennent accompagnées. Ce sont des femmes qui vivent soit avec des hommes blancs, qui comprennent plus facilement leur souffrance, soit avec des Africains qui, sans l'exprimer clairement, perçoivent que le rétablissement de la jouissance féminine peut être un avantage pour leur propre plaisir. « Mais, pour l'instant encore, les hommes réellement accompagnants dans cette démarche de rétablissement de la féminité sont très marginaux. » De toute façon, des précautions s'imposent. Les cercles islamistes veillent ici comme là-bas, menacent, agressent, tant les femmes que le personnel médical. Et Pierre Foldès refuse a priori l'idée d'une protection particulière ou même de porter plainte contre les intimidations. « Si je porte plainte, je rentre dans le système, explique-t-il. Vous comprenez ? ».

Et demain ? Pendant des années et des années, Pierre Foldès a considéré qu'il fallait séparer le militantisme contre les mutilations sexuelles, assumées notamment sur place, en Afrique, par le GAMS (groupe femmes pour l'abolition des mutilations sexuelles), de la mise au point de méthodes chirurgicales de réparation. Aujourd'hui, il inverse la proposition. « J'ai vu 2 500 femmes dans mon cabinet. Elles m'ont raconté ce qu'elles ont subi, ce qu'elles subissent encore. Ce témoignage, je ne peux pas le garder pour moi. Ce qu'elles disent est tellement au-delà de ce qu'on en dit, de ce qu'on en sait. Il faut réalimenter le débat. »

Seule la parole des femmes permettra de changer la situation

L'essentiel, désormais, c'est que les femmes puissent enfin avoir la parole. À ce stade, il ne peut que s'effacer de la scène publique. « J'ai trois défauts : je suis un homme, je ne suis pas un Africain et je suis un Blanc. » Son seul devoir : dire ce que les femmes lui ont confié et les inciter à parler. Une femme mutilée est comme une femme battue ou violée : elle se tait. Celles qui viennent le voir sont de fait sauvées. Elles ont, par définition, refusé leur statut de femmes blessées et se sont déjà engagées vers la guérison. Au mieux, Pierre Foldès peut être une courroie de transmission. Seule la parole des femmes permettra de faire progresser la situation, en Europe comme sur les autres continents, et particulièrement en Afrique, qui est au centre du problème.

Les arguments portent-ils en Afrique ? Timidement, pour l'instant. Néanmoins, l'impact de trente années de luttes et de sensibilisations sur le terrain se fait sentir, les gouvernements commencent à réagir, des lobbies se constituent. Pierre Foldès se dit persuadé que la clé de l'évolution de la situation est dans les mains des pouvoirs politiques, au plus haut niveau. Ses confrères africains ne sont pas encore de taille, ils pensent au mieux à leur propre protection. Ils n'ont même pas intégré qu'ils avaient un rôle à jouer en tant que médecins, ne serait-ce que pour réparer les complications graves dues aux mutilations. Ils ne sont pas politiques, sauf exceptionnellement lorsque l'un d'entre eux devient ministre de la Santé. Et encore… Le ministre de la Santé d'Égypte est favorable à l'excision des femmes. Tel obstétricien, chef de clinique au Caire, proclame de son côté que peu importe la jouissance des femmes. Rien n'est gagné.

« La solution appartient aux femmes, qu'elles témoignent, et soient soutenues au plus haut niveau. Pour ce faire, pas de mystère. Il faut que des femmes deviennent ministres de la Santé, comme c'est le cas au Burkina Faso. Qu'elles fassent leur entrée en politique. C'est comme pour le sida, il faut désormais que les arbitrages budgétaires se fassent différemment. Que les politiques de santé en Afrique deviennent de véritables politiques de santé. Que les gouvernements cessent de mettre l'argent en Suisse ou dans l'armée ! » Le téléphone sonne. Le chirurgien est appelé au bloc. Dans l'après-midi, il ira ensuite plaider sa cause dans un congrès de médecins. Pierre Foldès fait inlassablement la démonstration, jour après jour, qu'il est, en matière de lutte pour l'évolution des mentalités, une voie possible, la seule peut-être : l'alliance équilibrée entre le travail de terrain et le combat politique.

Sandrine Treiner

L'excision au Kurdistan
Un secret de famille et de guerre

Cécile Hennion

Certains Kurdes aussi excisent leurs filles. Une anomalie géographique dont on ne retrouve aucune trace dans les textes anciens. Une étude montre pourtant combien les mutilations sexuelles sont nombreuses au Kurdistan. L'oppression des Kurdes a contribué à conserver cette pratique secrète.

L'excision au Kurdistan est un phénomène mal connu. Géographiquement, c'est une aberration. Le Kurdistan, situé en Asie occidentale, est très éloigné des rives du Nil et des régions africaines où sévit cette coutume ancestrale. Les populations kurdes, privées de l'État que leur avait promis le traité de Sèvres en 1920, vivent aujourd'hui écartelées entre la Turquie, l'Irak, l'Iran et la Syrie, quatre pays où les filles ne sont pas excisées.

Cette méconnaissance des pratiques de mutilations sexuelles au Kurdistan est d'autant plus étonnante que les Kurdes, opprimés, voire persécutés par les régimes des pays mitoyens, ont plusieurs fois reçu le soutien d'organisations non gouvernementales (ONG) et accueilli un personnel médical étranger qui auraient pu remarquer le phénomène et en relayer l'information[1].

Une seule étude, précieuse, existe aujourd'hui. Son auteure, Runak Rahim[2], est originaire de Souleymania, à l'est du Kurdistan irakien. Elle fut la première à s'intéresser sérieusement au sujet et à engager, dès la fin 1991 et durant plusieurs années, une sérieuse enquête de terrain, limitée, en raison de la situation géopolitique complexe de la région, aux frontières du Kurdistan d'Irak[3]. Plusieurs milliers d'entretiens furent menés dans les camps de réfugiés, dans les villes comme dans les villages, et avec des médecins, dans les trois régions kurdes formées autour des grandes agglomérations de Dohouk, d'Erbil et de Souleymania. Le résultat de son enquête est édifiant : Sur un échantillon de 40 480 femmes, 30 324 étaient excisées. L'opération telle qu'elle est pratiquée là consiste en l'ablation du clitoris, mais peut revêtir des formes plus mutilantes encore. L'âge auquel les fillettes y sont soumises varie d'une zone à l'autre mais se situe en général entre quatre et cinq ans. Plusieurs cas ont été rapportés de bébés excisées à l'âge d'un mois. Les femmes expliquent que l'excision s'effectue « au printemps, car cela facilite la cicatrisation ». Aucune cérémonie n'est organisée. Tout se fait en cachette, y compris du père. Les médecins kurdes ne pratiquent jamais l'excision, qui est interdite dans les hôpitaux.

Une excision inconnue, même par les autres Kurdes

S'interrogeant sur l'origine de ce phénomène, la chercheuse note qu'« il n'est fait aucune allusion à l'excision dans les écrits anciens. Quand les Kurdes se sont convertis massivement au zoroastrisme[4], l'excision n'était mentionnée dans aucun texte, ni au Kurdistan ni en Perse (ancêtre de l'Iran actuel) où se répandit cette religion ». Les communautés kurdes yézidies, qui subsistent encore aujourd'hui au nord de Mossoul et qui restent détentrices de certaines traditions zoroastriennes, n'ont quant à elles « jamais entendu parler de cette pratique ». L'auteure en conclut que l'excision a été introduite au Kurdistan par les conquérants arabes et l'invasion de l'islam. Cette explication se heurte cependant à la réalité historique et géographique, même si les femmes interrogées mentionnent généralement « la peur du châtiment d'Allah » pour expliquer leur geste.

Runak Rahim envisage une autre origine, sociale, plus convaincante. « Dans les traditions kurdes anciennes, explique-t-elle, les mariages étaient arrangés entre tribus proches. Les liens de proximité et de confiance suffisaient à garantir la moralité de la future épouse. L'excision destinée, en principe, à contrôler la sexualité féminine n'était donc pas nécessaire. Avec les bouleversements régionaux et les exodes kurdes successifs, ces données ont changé. L'excision s'est finalement imposée comme un pilier de la culture kurde, qui repose sur l'honneur. Or, ici, l'honneur est directement lié aux organes génitaux féminins, au point qu'il est honteux ne serait-ce que de les mentionner. Cela explique que l'excision soit restée secrète et ignorée des autres, y compris de certains groupes kurdes qui ne la pratiquent pas[5]. » La rencontre, au cours de l'enquête, de cinq jeunes filles s'étant volontairement et secrètement « auto-excisées », parce que « toutes leurs amies l'étaient et qu'elles s'étaient donc senties obligées de le faire », donne une idée de la pression sociale exercée par le groupe. Il apparaît, en outre, que la perpétuation de l'excision au Kurdistan tient en grande partie au manque d'éducation tant des exciseuses, toutes des femmes illettrées, que des excisées et de leur famille.

Les exciseuses persuadées d'agir pour le bien de la communauté

S'intéresser à ce sujet secret, comme l'a fait Runak Rahim, était non seulement nouveau, mais dangereux. « La plupart des villages et des camps de réfugiés considéraient mon étude comme un travail contre l'islam, raconte-t-elle. J'ai même été physiquement menacée. » Obtenir les confidences des mères et des filles fut un combat. En revanche – autre spécificité du cas kurde –, les exciseuses, réticentes à parler partout ailleurs, s'exprimèrent ouvertement, « parce qu'elles sont persuadées d'accomplir un acte bénéfique pour la communauté ». Quant au silence, que Runak Rahim a contribué à briser, il n'est pas lié qu'au tabou et résulte aussi du climat de conflit continuel qu'ont vécu les Kurdes d'Irak[6].

La guerre et les conditions de vie extrêmement difficiles des Kurdes d'Irak ont relégué les problèmes sociaux – notamment féminins – loin du centre des préoccupations de cette communauté. « Les secrets de famille sont, de mon point de vue, la conséquence et l'une des caractéristiques de tous les peuples qui ont vécu sous occupation, analyse Runak Rahim. Préserver l'intimité constitue le dernier rempart contre la volonté dominatrice de l'occupant, contre l'oppression et la répression physique. Pour protéger leur identité et leur humanité, les Kurdes se sont renfermés sur eux-mêmes. Lorsque j'ai interrogé des femmes de mon propre chef sur la question, la quasi-totalité des citadines m'ont expliqué qu'elles n'en parlaient pas faute de liberté politique. Et parce que le peuple kurde n'était mobilisé que pour un seul objectif : la libération de ses terres. À Erbil[7], aucune action sociale n'a vraiment existé avant 2001. À Souleymania, en revanche, nous[8], avons pu mener une campagne intensive contre l'excision en 1995. »

Avec la pacification du Kurdistan irakien, les problèmes économiques et sociaux peuvent reprendre droit de cité. D'importants progrès ont été réalisés. Y compris dans le domaine de l'excision.

L'auteure tient à remercier le couple Chris Kutschera, grands spécialistes des Kurdes, pour avoir attiré son attention sur le phénomène de l'excision, lors d'un séjour à Souleymania en février 2005, et pour lui avoir procuré le précieux document de Mme Rahim.

Notes

1. Au printemps 1991, peu après la guerre du Golfe, Médecins Sans Frontières (MSF) a ainsi envoyé 150 volontaires pour secourir plus de 450 000 Kurdes fuyant la répression meurtrière de Saddam Hussein.

L'opération « *Provide Comfort* » lancée par les États-Unis, l'Angleterre et la France permit ensuite d'instaurer une zone de sécurité. Les réfugiés kurdes purent rentrer, mais retrouvèrent leurs villages dévastés. Dans un état de dénuement total, ils continuèrent à bénéficier d'une assistance médicale étrangère.

2. *Female genital mutilation*, écrit par Runak F. Rahim et traduit en anglais par Nasreen I. Rahim. Cette étude, unique en son genre, est très précisément documentée.

3. Plusieurs entretiens avec des exciseuses révèlent cependant l'existence (dont on ignore l'ampleur) de l'excision chez les Kurdes d'Iran.

4. Religion fondée par Zoroastre (Zarathoustra) au ve siècle av. J.-C.

5. Mme Rahim découvrit ainsi avec surprise que la région de Dohouk, au nord du Kurdistan irakien, ne pratique pas l'excision et que ses habitants ignoraient tout de l'existence de cette pratique.

6. Sur l'histoire des Kurdes d'Irak, leurs luttes et l'oppression dont ils ont été victimes, voir, entre autres : *Génocide en Irak, la campagne d'Anfal contre les Kurdes*, Middle East Watch (département de Human Rights Watch), Karthala, 2003 ; *Kurdistan, After such knowledge, what forgiveness ?*, Jonathan C. Randal, Bloomsbury, 1998 ; *Le Malheur kurde*, Gérard Chaliand, Editions du Seuil, 1992 ; *Le Défi kurde ou le rêve de l'indépendance*, Chris Kutschera, Bayard, 1997 et *Le Livre noir de Saddam Hussein*, sous la direction de Chris Kutschera, Oh ! Editions, 2005.

7. Capitale régionale du Kurdistan irakien.

8. Women's Media and Education Center.

Les viols dans le monde

Sandrine Treiner

Les viols sont une réalité mondiale. Dans les pays riches comme dans les pays pauvres, en dépit des différences culturelles, religieuses et sociales, les femmes continuent à être fréquemment considérées comme des objets. Le domicile conjugal est partout le cadre privilégié des violences sexuelles.

***« Ce qui distingue principalement le viol d'une activité sexuelle normale est l'avis de la femme violée »* (Harrison, 1986)**

Le viol est sans doute la forme la plus évidente de la domination exercée, de manière violente, par les hommes sur les femmes. Il en est aussi la forme la plus archaïque, dès lors qu'il repose sur une inégalité des sexes fondée sur un rapport de force très largement physique. Est-ce pour ces raisons qu'il représente aussi la forme la plus banalisée des violences contre les femmes, souvent silencieuse du fait de sa banalité même ? C'est en tout cas, à l'échelle du monde, un phénomène largement tu par les médias, peu considéré par les pouvoirs publics et insuffisamment étudié. Par conséquent, les lacunes, en termes d'information et de politiques de prévention, sont criantes.

Tout se passe comme s'il fallait que l'horreur soit absolue, qu'une étape significative dans l'ordre des violences survienne, pour que le viol cesse d'être considéré comme un phénomène inéluctable et mérite d'être médiatisé et commenté. On l'a vérifié lors du conflit yougoslave, lorsqu'il devint arme de guerre (voir l'article de Véronique Nahoum-Grappe, p. 52) ou lorsqu'il prit la forme particulièrement barbare des « tournantes » comme on les nomme dans les médias, les « plans pétasses », comme les appellent les jeunes des banlieues. On s'y intéresse lorsque les victimes sont des enfants ou leurs auteurs des récidivistes, comme en France dans le cas de Patrick Trémeau. Il réactive alors des débats d'ordre juridiques sur la nature des peines pour les délinquants sexuels, ou les possibilités de suivi à la sortie de prison, notamment par le biais du bracelet électronique.

Si ce silence relatif exprime d'évidence une forme d'indifférence, il n'en est pas moins vrai que le risque du viol est dans l'esprit de toute femme, sous toutes les latitudes et à tous les âges. Il se produit dans tous les pays industrialisés et correspond à une réalité vécue par des millions de femmes dans les pays en développement. Il apparaît comme une donnée de l'existence féminine – même s'il concerne aussi mais de manière infiniment marginale les hommes et particulièrement les jeunes garçons. L'OMS tente d'appréhender depuis quelques années cette réalité qui pose à tous les États du monde un problème coûteux et majeur de santé publique : santé mentale (dépression, syndromes post-traumatiques, suicides), santé physique (agressions, MST et grossesses problématiques), frais de justice et de police, absentéisme au travail. L'OMS s'efforce donc de réunir les études afin de quantifier les problèmes, de les classifier, d'évaluer les possibilités de prévention, les nécessaires évolutions du droit et les besoins en matière de soins.

Le silence des femmes violées

Difficile évidemment de traiter du viol dans une perspective internationale. Les différences sont considérables selon les pays et les cultures. Chez certains musulmans, la femme est considérée comme disponible à tout moment pour son partenaire sexuel et la violence est donc parfaitement institutionnelle en dépit du fait qu'elle se produise dans la sphère privée. Dans les pays européens, par exemple, le viol est sanctionné par la loi. En France, il est reconnu comme crime aggravé même quand il se déroule dans l'univers familial, et même entre époux (voir l'article de Maryse Jaspard, p. 239). Pourtant, dès qu'on s'intéresse au point de vue des victimes, il suffit de lire les témoignages disponibles pour constater que le sujet soulève des questions communes à toutes les femmes du monde et à toutes les sociétés humaines.

L'OMS précise, dans son *Rapport mondial sur la violence et la santé* (2002), que les données chiffrées disponibles ne sont que partielles puisqu'elles s'appuient pour l'essentiel sur les sources policières, donc le dépôt de plaintes. Or on sait que celles-ci sont peu nombreuses : qu'elles aient honte ou peur des représailles, qu'elles craignent de n'être pas crues, les femmes se taisent. Par ailleurs, les législations diffèrent, y compris dans les pays industrialisés, de sorte que les nomenclatures des actes ne sont pas comparables. Ainsi, en France, le viol, sanctionné en cour d'assises, se définit par la pénétration, tandis que la Suède ou le Canada ne différencient pas la pénétration forcée d'une autre forme d'agression sexuelle, dès lors qu'est avérée l'absence de consentement de la femme. D'où l'importance, aux côtés des chiffres de la police, des informations dont disposent les centres hospitaliers et, dans certains pays, les associations qui ont mis en place des structures d'écoute ou d'accueil. On s'accorde néanmoins à considérer que ces données ne représentent que 5 à 10 % de la réalité mondiale. Au Pakistan, par exemple, la déclaration d'un viol transforme presque irrémédiablement la victime en coupable. Selon les données répertoriées dans le remarquable travail statistique de Joni Seager, 80 % des femmes emprisonnées dans ce pays le sont pour adultères, qui dissimulent en fait des viols perpétrés par des membres de la famille.

Aucune femme n'est à l'abri

Une fois posées ces précautions méthodologiques, restent les chiffres, impressionnants. Une enquête nationale conduite aux États-Unis révélait que 14,8 % des femmes interrogées de plus de 17 ans ont été violées, et 2,8 % victimes d'une tentative de viol. Six enquêtes menées également aux États-Unis ont indiqué que les femmes y risquent pour 14 à 20 % d'être violées au cours de leur vie. En République tchèque, sur un échantillon représentatif de la population de plus de 15 ans, 11,6 % déclarent avoir été contraintes à des contacts sexuels. En Afrique du Sud, le pays le plus touché apparemment, 1 500 000 viols ont lieu chaque année. Dans ce même pays, 25 % des filles auraient connu une première expérience sexuelle forcée. En France, les viols concerneraient environ 50 000 personnes par an (le nombre des tentatives s'élevant à 150 000).

Aucune femme n'est protégée dans quelque pays que ce soit, dans quelque classe sociale et quelle que soit la situation. Mais certains facteurs sont aggravants : le jeune âge des filles, tout d'abord. Selon l'OMS, dans des pays aussi variés que la Malaisie, le Chili ou la Papouasie-Nouvelle-Guinée, un à deux tiers des victimes sont âgées de 15 ans ou moins. Tous les pays qui tolèrent voire encouragent les mariages forcés d'enfants fournissent une grande part de ces jeunes victimes. Autre facteur, la pauvreté, en ce qu'elle favorise la prostitution et par là même les agressions sexuelles, le travail de nuit, la solitude. Mais aussi la consommation d'alcool ou de drogue et la multiplication des partenaires. Plus étonnant, en apparence tout du moins, le fait d'avoir déjà été violée, et notamment dans l'enfance. Le niveau d'éducation joue de façon paradoxale. Selon l'OMS : « Les femmes plus instruites et donc plus autonomes sont exposées à un plus grand risque de violence sexuelle, tout comme de violence physique… L'explication probable est qu'en devenant plus autonomes, les femmes résistent davantage aux normes patriarcales, ce qui fait que les hommes recourent à la violence pour reprendre le contrôle. »

Aux États-Unis, 78 % des viols commis par un familier

Cependant, l'enseignement principal des études contredit la représentation occidentale du viol comme agression perpétrée par un ou plusieurs inconnus. Si la majorité des hommes agressés dans le monde le sont par des inconnus, la particularité de la violence sexuelle exercée contre les femmes, tient à ce qu'elle se produit très majoritairement sous la contrainte d'une personne liée à la victime par des relations affectives, époux, petit ami ou ancien petit ami, proches en tout cas et jouissant de la confiance de la victime et/ou d'une position d'autorité par rapport à elle. Des études sanitaires mondiales en 1993 ont révélé qu'à Mexico 67 % des femmes violées l'ont été par un familier. Ce chiffre est de 78 % aux États-Unis, de 68 % en Malaisie. Le lien entre violence conjugale et viol par le partenaire intime est également avéré : au Mexique comme aux États-Unis, près d'une femme battue sur deux est également contrainte, par la force, à des rapports sexuels.

De même, l'OMS rapporte que lorsqu'on interroge les femmes sur les viols ou tentatives de viol perpétrés par leur partenaire intime, 23 % des femmes du nord de Londres reconnaissent en avoir été victimes : au Zimbabwe, dans la province des Midlands, la même question recueille 25 % de réponses positives, et 21,7 % au Nicaragua. Même si on relève que ces chiffres sont moins importants dans d'autres pays (8 % au Canada, 11,6 % en Suisse, 5,9 % en Finlande), et malgré toutes les précautions méthodologiques nécessaires dans l'utilisation de ce type d'enquêtes, le phénomène s'avère mondial. Ce qui permet aux experts de l'OMS de formuler cette proposition dérangeante : « Le fait d'être mariée ou de cohabiter avec un partenaire est un des facteurs de risque les plus importants pour les femmes en matière d'agressions sexuelles. ». Cela explique la difficulté à enrayer un phénomène d'autant plus complexe qu'il implique, dans le cadre conjugal ou familial, un équilibre collectif, des enfants, etc. Une des priorités actuelles consiste précisément, dans de nombreux pays occidentaux, à faire reconnaître le viol conjugal comme violence sexuelle condamnable en tant que telle.

Déresponsabilisation du violeur, culpabilisation de la victime

La philosophe américaine Susan Brison, elle-même victime d'un viol en France en 1990, note : « Certains [sur son campus universitaire] ont, toutefois, sérieusement pensé à décréter des couvre-feux pour les femmes, en dépit du fait que c'était les hommes qui étaient les auteurs des agressions. C'est néanmoins une indication de fait qu'il semble encore naturel pour de nombreuses personnes de répondre au problème de la violence sexuelle en apportant des restrictions à la vie des femmes. L'absurdité de cette approche devient apparente une fois que l'on comprend qu'une femme peut être agressée sexuellement n'importe où, n'importe quand – dans des lieux “sûrs”, en plein jour, même chez elle. »

En tout état de cause, les chiffres mettent en relief la dimension du viol comme abus de pouvoir et de confiance, et battent en brèche la tendance culpabilisatrice de tant de sociétés consistant à considérer les victimes de viols comme des femmes imprudentes, adoptant des conduites à risques : tenues vestimentaires, sorties nocturnes, etc. Non seulement ces facteurs sont accessoires, mais les argumentations concernant le comportement des femmes sont à la fois absurdes et nocives, dès lors qu'elles tendent à répandre une représentation de l'homme, incapable par nature de maîtriser ses pulsions sexuelles. Déresponsabilisation donc du bourreau d'un côté, culpabilisation de la victime… le monde à l'envers. Reste qu'au-delà de ces stéréotypes, très prégnants, l'opinion a tendance à essayer de donner du sens à une irruption intolérable de la violence, y compris en prêtant à la femme un comportement ayant favorisé le viol. Concernant le déni de l'entourage, Susan Brison confie encore : « J'ai appris que c'était une réaction quasi universelle au viol. Quand il apparaît que les faits sont incontestables, le déni prend la forme de tentatives pour expliquer l'agression de manière à ce que les observateurs gardent une vision du monde intacte. »

Puisque l'importance du viol a longtemps été occultée ou minimisée, la reconnaissance de la gravité du traumatisme subi a été négligée de la même façon. Les professionnels de santé en prennent aujourd'hui conscience. Les femmes violées sont plus malades que les autres, plus exposées aux drogues, au tabac, à l'alcool ; elles sont plus dépressives que la moyenne, y compris parfois des années après l'agression. Elles sont davantage exposées au sida, quand elles ne se suicident pas, ne sont pas tuées par homicide après le viol ou victime de crimes d'honneur. Enfin, le viol peut induire des troubles profonds chez les enfants, en particulier ceux nés de l'agression. « Pendant les premiers mois, j'ai eu une existence de fantôme, raconte Susan Brison, j'étais en colère, j'avais peur, je me sentais impuissante et je souhaitais pouvoir me reprocher ce qui s'était passé pour avoir l'impression d'être moins vulnérable et avoir le contrôle de ma vie. Ceux qui n'ont pas été violés peuvent éprouver des difficultés à comprendre pourquoi les femmes qui survivent à l'agression sexuelle se le reprochent souvent. Ils peuvent, à tort, attribuer ce sentiment à un masochisme typiquement féminin ou à un manque d'estime de soi. Ils ne savent pas qu'il peut être moins douloureux de croire que vous avez fait quelque chose de blâmable que de penser que vous vivez dans un monde où vous pouvez être agressée à n'importe quel moment, n'importe où, simplement parce que vous êtes une femme. »

La femme violée se trouve ainsi doublement traumatisée : soit elle s'avoue son impuissance à prévenir et combattre l'agression et sa représentation d'elle-même comme du monde s'en trouve sévèrement affectée, soit elle se reproche les conditions de l'agression et la voici confrontée à une culpabilité sans fin.

Le viol, une « mort sociale »

La minimalisation du choc subi – au cours du viol, souligne Cathy Winkler (1991), les femmes « sont confrontées à une mort sociale » – ne tient pas qu'au sexisme ordinaire. Maryse Jaspard soulève la façon dont on a longtemps interprété à tort les réactions des femmes violées : « La terreur provoque des réactions inattendues et, dans le passé, la paralysie ou la sidération ont pu être interprétées comme des formes de consentement, de même que la passivité apparente de la victime, seule possibilité d'échapper à la mort, à la torture. »

Aujourd'hui, des auteurs comme Alice Sebold – best-seller international – osent se libérer du « qu'en dira-t-on » et décrire les effets de leur peur panique, suscitée purement et simplement par la crainte de mourir. Ainsi Alice Sebold, violée sur son campus universitaire par un inconnu armé d'un couteau, après avoir été rouée de coups de poing et menacée – « Tu ne comprends pas, salope ? Je vais te tuer. J'ai un couteau. Je vais te tuer » – choisit d'adopter une position conciliante et de se laisser faire.

« "Tu es tellement fort. Tu es un vrai mec. Merci. Merci. J'en avais envie." Et puis, ça a été terminé. Il a joui et s'est laissé tomber sur moi. J'étais couchée sous lui. Mon cœur battait à tout rompre. Mon cerveau qui pensait à Olga Cabral, à la poésie, à ma mère, à n'importe quoi ». Alice Sebold devra s'expliquer inlassablement sur sa passivité auprès de ses parents puis durant le procès, qu'elle gagnera néanmoins contre son agresseur. Elle affrontera ensuite tous les symptômes d'un stress post-traumatique mais pourra écrire des années plus tard : « Le temps a passé aujourd'hui, et je vis dans un monde où les deux réalités coexistent : où l'enfer et l'espoir reposent ensemble au creux de ma main. »

Les femmes inventent leur manière de s'en sortir et de vivre avec. Pour chaque femme, il s'agit de penser le lendemain mais le combat n'est pas de même nature. « Si cela ne vous tue pas, cela vous rendra plus fort », tentait de se convaincre, reprenant Nietzsche, Susan Brison. Passé les périodes de dépression, de perte totale du sens de l'existence, d'estime de soi, et la peur, toujours et partout, certaines, privilégiées, se sauvent par le témoignage – écrire, c'est déjà choisir de se réapproprier l'événement et de le mettre à distance –, l'action victorieuse en justice, les cours d'autodéfense.

Informer et prévenir les femmes, oui, mais quid des hommes ?

Les pouvoirs publics dans différents pays, tout en renforçant les législations, mettent en place des structures appropriées ou favorisent le travail d'associations ou d'organisations non gouvernementales : centres pour femmes violées comme au Canada, salles spécifiques dans les hôpitaux comme à El Salvador ou au Royaume-Uni, formation de femmes policières ou de soignantes pour les victimes de viol comme au Bangladesh ou en Malaisie. Mais tout cela n'est encore que goutte d'eau dans un océan. Rares sont les pays où une information spécifique est donnée à l'école ou dans les milieux médicaux, sphères où se produisent une bonne part des agressions sexuelles. Les réformes judiciaires tardent. L'utilisation des médias ou de la télévision pour informer et prévenir contre le viol est encore très peu répandue. Pourtant quelques programmes éducatifs, utilisés dans des pays aussi différents que le Cambodge, l'Afrique du Sud, la Gambie ou l'Ouganda ont permis de noter une diminution de la violence contre les femmes.

Reste qu'au-delà du travail d'accompagnement des femmes se pose à l'évidence celle du suivi des hommes, qu'ils soient d'anciens agresseurs ou qu'ils se sentent potentiellement violeurs. « Pourquoi n'y a-t-il pas, en prison, de psychothérapie de groupe pour les violeurs ? Ça existe au Canada et ça marche », interrogeait récemment une des victimes du violeur en série Patrick Trémeau.

Il est flagrant que le viol repose avant tout sur les stéréotypes sociétaux en matière de représentation de l'homme et de la femme. Des actions locales entreprises par des hommes pour les hommes, sur tous les continents, par la constitution de groupes de parole, pourraient à terme produire des résultats encourageants.

On ne voit guère comment la situation, à l'échelle mondiale, pourrait évoluer de manière déterminante sans que l'éducation des enfants, garçons comme filles, remette en cause les modèles de la virilité d'un côté, de la féminité de l'autre. Comme l'écrit Maryse Jaspard, « les agressions sexuelles occupent une place particulière dans le continuum des violences et demeurent fondamentalement un enjeu de pouvoir ». Si les explications d'ordre psychiatrique pour les violeurs en série, d'ordre social pour les groupes de jeunes garçons auteurs de viols collectifs, d'ordre religieux ou politique pour les agressions quotidiennes que subissent les femmes dans certains pays du monde musulman ou en Afrique sub-saharienne permettent de comprendre ce qui est en jeu dans la position de l'homme abuseur, il n'en reste pas moins que, globalement, c'est bien d'un problème de nature ethnographique qu'il s'agit. Le viol n'est rien d'autre que la manifestation de la persistance d'une représentation archaïque et fondamentalement inégalitaire des hommes et des femmes. Une représentation où la femme, maintenue dans une position d'objet, n'a toujours pas accédé au statut de personne.

Bibliographie

Maryse Jaspard, *Les violences contre les femmes*, La Découverte, 2005.

Alice Sebold, *Lucky*, Nil Éditions, 2005.

Susan Brison, *Après le viol*, Éditions Jacqueline Chambon, 2003.

Samira Bellil, *Dans l'enfer des tournantes*, Denoël et Folio documents, 2003

Joni Seager, *Atlas des femmes dans le monde*, Éditions Autrement/Le Mémorial de Caen, 2003.

Rapport mondial sur la violence et la santé, OMS, 2002.

Les femmes et le sida

Dr Peter Piot et Dr Kathleen Cravero

Près de 50 % des personnes touchées par la pandémie du sida sont des femmes. Un phénomène aggravé par la pauvreté, les guerres, la prostitution, les violences sexuelles, le manque d'accès des filles et des femmes à l'éducation et à la santé. Cette situation nécessite des réponses spécifiques.

Il y a vingt ans, le monde n'imaginait guère que le sida, maladie prétendument occidentale réservée aux homosexuels masculins, finirait par se frayer rapidement un chemin dans tous les secteurs de la société à tous les coins de la planète, et en particulier dans les pays en développement, au point de constituer la plus effroyable pandémie des temps modernes. Et cette pandémie ne montre aucun signe d'essoufflement. Aujourd'hui, tout le monde est à risque – hommes, femmes, enfants, riches comme pauvres, citadins et ruraux, hétérosexuels et homosexuels, célibataires et gens mariés. Toutefois, la maladie jette de plus en plus son sinistre « dévolu » sur les jeunes, les pauvres et les femmes.

Les femmes représentent désormais près de 50 % des plus de 40 millions, environ, de personnes vivant avec le VIH de par le monde. En Afrique sub-saharienne, où l'épidémie bat son propre record de gravité, près de 57 % des adultes vivant avec le VIH sont des femmes.

Dès 1985, année de la première conférence internationale contre le sida, le VIH – ce virus responsable du sida –

avait déjà bien concrétisé ses ambitions d'expansion. En effet, même à ce stade précoce de l'épidémie, les femmes représentaient plus du tiers du total mondial des personnes ayant contracté le VIH. Depuis, le VIH s'est infiltré plus rapidement chez les femmes que chez les hommes et, dans la plupart des régions du monde, une proportion croissante de personnes vivant avec le VIH sont des femmes – en particulier des jeunes femmes. Les jeunes femmes détiennent désormais plus de 60 % du pourcentage des 15-24 ans vivant avec le VIH[1].

Cette proportion si élevée de femmes affectées par le VIH trouve une explication dans la biologie. La constitution de l'appareil reproducteur de la femme rend cette dernière anatomiquement plus susceptible que l'homme de contracter le VIH lors d'un rapport vaginal. À l'occasion d'un rapport sexuel, la transmission de l'homme à la femme se produira deux fois plus vraisemblablement que de la femme à l'homme.

Les femmes plus vulnérables au virus

Mais cette plus grande vulnérabilité de la femme tient principalement à la discrimination sociale, culturelle et économique à laquelle celle-ci est confrontée depuis sa naissance jusqu'à sa mort, dans pratiquement chaque pays. En dépit de la contribution que les femmes apportent à tous les aspects de la vie et du travail, elles subissent toujours et encore à l'échelle presque universelle cette inégalité d'accès à la santé ainsi qu'à l'éducation ; et en matière d'emploi, leurs horizons ne se sont guère dégagés. En conséquence, elles sont plus pauvres, moins informées, et moins aptes que les hommes à se protéger. Il leur est alors plus difficile de contourner le danger que constitue pour elles le comportement sexuel souvent à haut risque de leur(s) partenaire(s), de négocier l'usage du préservatif, ou de s'abstenir de rapports sexuels. Les femmes sont en outre plus que les hommes victimes de la violence sexuelle.

La prise de conscience accrue des raisons pour lesquelles les femmes sont tellement plus vulnérables au VIH que les hommes, a amené à rechercher résolument des moyens pour relever le triple défi de l'inégalité sexospécifique, de la pauvreté et du sida. Il s'agit pour nous maintenant de susciter une prise de conscience mondiale des facteurs qui ont généré cette féminisation de l'épidémie et – surtout – de mettre en œuvre rapidement des solutions qui marchent.

La féminisation d'une pandémie

L'épidémie de sida affecte les femmes différemment selon la région où elles vivent.

Dans les pays industrialisés, où les disparités sexospécifiques sont parfois moins marquées et où les programmes de prévention et de traitement du VIH sont accessibles au plus grand nombre, les femmes infectées sont nettement moins nombreuses que les hommes[2]. Mais dans ces pays également, la pandémie se féminine progressivement. Actuellement, environ un quart des personnes vivant avec le VIH dans les pays industrialisés sont des femmes. Cela vaut particulièrement pour les communautés marginalisées, et notamment les minorités ethniques, les émigrés et les réfugiés. Aux États-Unis, le nombre de cas de sida diagnostiqués de 1999 à 2003 a augmenté de 15 % chez les femmes, contre 1 % chez les hommes. Et le sida est la principale cause de décès chez les 25-34 ans afro-américaines. Mais l'épidémie ne se limite aucunement aux femmes des minorités défavorisées : des femmes de tous les milieux contractent le VIH qui, comme tous les virus, ne reconnaît aucune frontière[3].

Là où les épidémies de sida s'entêtent plus assidûment à sévir, comme elles le font dans les pays en développement, les femmes sont de plus en plus susceptibles de contracter l'infection à VIH. Dès lors qu'un volume massif de la population d'un pays est infecté par le VIH (ce qui peut demander plusieurs années), bien souvent les taux d'infection montent en flèche à mesure que le virus se propage de certaines populations – professionnel(le)s du sexe, consommateurs de drogues injectables, hommes ayant des rapports sexuels avec d'autres hommes, et hommes loin de chez eux – à la population générale, principalement à l'occasion de rapports sexuels. En Afrique du Sud, par exemple, il y a quinze ans, 0,5 % de la population adulte était infectée – des hommes, pour la plupart. En 5 ou 6 ans, ce chiffre a doublé, passant à 1 %. Aujourd'hui en Afrique du Sud, plus de 20 % des adultes vivent avec le VIH, dont 50 % de femmes.

En Zambie, au Zimbabwe,
3/4 des séropositifs sont des femmes

Dans toute l'Afrique du Sud, les femmes sont 1,3 fois plus susceptibles que leurs homologues masculins d'être infectées. Cette disparité est encore plus marquée chez les jeunes femmes de 15 à 24 ans, qui sont presque trois fois plus susceptibles de se faire infecter que les jeunes hommes du même âge. En gros plan, le tableau est encore plus bouleversant : dans des pays comme l'Afrique du Sud, la Zambie, et le Zimbabwe, plus des trois quarts de tous les jeunes vivant avec le VIH sont des femmes. En Afrique australe aujourd'hui, souvent femmes et filles se font infecter pratiquement dès leurs premières expériences sexuelles. Une étude zambienne a montré que 18 % des femmes déclarant être devenues sexuellement actives lors de l'année écoulée étaient séropositives au VIH.

L'Afrique sub-saharienne est certes la région la plus durement touchée, mais plusieurs parties d'Asie et du Pacifique risquent fort de connaître des épidémies graves de sida, et un nombre accru de femmes affectées. Dans plusieurs pays, l'infection à VIH gagne du terrain plus rapidement au sein de la population féminine qu'au sein de la population masculine. Par exemple, des estimations récentes concernant l'Inde portent à croire que les taux d'infection à VIH chez les femmes et les filles montent si rapidement qu'aujourd'hui autant de femmes que d'hommes sont infectées[4].

Les femmes sont également de plus en plus touchées en Europe orientale et en Asie Centrale, où la gravité des épidémies de sida s'intensifie. Cette aggravation tient en grande partie au nombre accru de femmes qui contractent l'infection par le biais de leurs partenaires sexuels masculins et de la consommation de drogues injectables. En Russie, pays qui connaît l'une des plus graves épidémies de cette région, la proportion de femmes parmi les personnes diagnostiquées séropositives – qui était de 24 % en 2001 – a rapidement grimpé, pour atteindre 38 % en 2003.

Le point sur l'Epidémie de sida, décembre 2004, Onusida

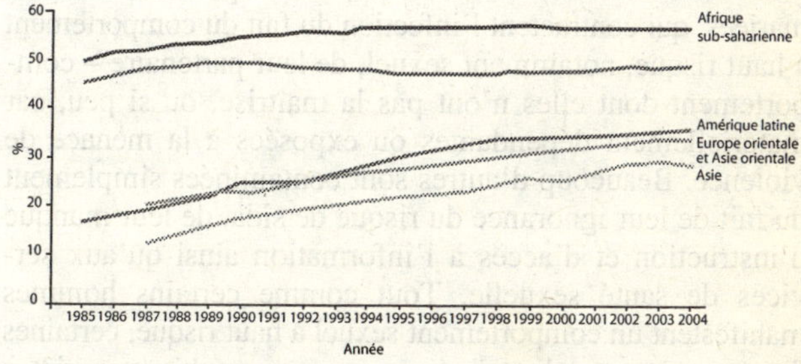

Source : UNAIDS/WHO, 2004.

À la fois en Amérique latine et aux Caraïbes, un grand nombre de femmes sont infectées : en Amérique latine, les femmes représentent un tiers des adultes vivant avec le VIH, et aux Caraïbes, la moitié. Dans certains pays d'Amérique latine, le VIH se propage principalement par le biais de la consommation de drogues et des rapports sexuels entre hommes, lesquels transmettent le virus à leurs partenaires féminines. Mais dans la sous-région Caraïbes et Amérique centrale, les rapports sexuels constituent le mode prédominant de transmission du VIH – transmission hétérosexuelle et d'homme à homme.

Le visage féminin du sida, une tragédie dans la tragédie

À travers le monde, des inégalités sexospécifiques profondes – souvent aggravées par la pauvreté – créent un contexte tel que les femmes sont dans l'incapacité d'éviter le danger du VIH. De par ces inégalités, les femmes sont confrontées d'office à tout un ensemble de facteurs de risque et de vulnérabilité auxquels les hommes peuvent échapper.

Nombreuses sont les femmes, y compris des femmes mariées, qui contractent l'infection du fait du comportement à haut risque, notamment sexuel, de leur partenaire – comportement dont elles n'ont pas la maîtrise, ou si peu, car matériellement dépendantes ou exposées à la menace de violence. Beaucoup d'autres sont contaminées simplement du fait de leur ignorance du risque de sida, de leur manque d'instruction et d'accès à l'information ainsi qu'aux services de santé sexuelle. Tout comme certains hommes manifestent un comportement sexuel à haut risque, certaines femmes optent volontairement pour un multipartenariat à haut risque dans toutes les sociétés où le comportement sexuel a été étudié.

Reconnaître que l'inégalité homme-femme joue un rôle déterminant dans l'exposition des femmes au risque de VIH ne revient pas à dire que les femmes sont des objets sexuels, ou bien de malheureuses victimes – ces stéréotypes unidimensionnels ont du vrai, mais ils ne servent finalement pas la cause des femmes ni l'objectif visé d'une authentique égalité entre les hommes et les femmes.

Il ne s'agit pas non plus de déclarer les hommes responsables de la pandémie. Avec le sida, il est vain de penser en termes de « méchants qui transmettent la mort » et de « victimes innocentes ». Seule une minorité d'hommes se conduisent délibérément comme des irresponsables, parlons plutôt d'incapacité à se protéger, du fait de circonstances sociales, économiques et matérielles – notamment l'ignorance, le manque de préservatifs et la pauvreté[5]. Le stress lié à des conditions de travail pénibles et au fait d'être longtemps séparés de leur famille amène de nombreux hommes à s'adonner à des comportements à risque – sexuels ou autres – qui les exposent, eux puis d'autres, au risque d'infection à VIH. Les inégalités sexospécifiques ne vulnérabilisent pas seulement les femmes, mais également les hommes, par exemple en cautionnant la promiscuité sexuelle et en favorisant la prise de risque[6]. Et, spécialement dans les pays en développement, les hommes n'ont souvent pas conscience de courir un risque d'infection par le VIH ni même d'exposer les femmes à ce risque. Il est crucial de se rappeler qu'au niveau mondial, moins d'une personne sur cinq à risque de VIH a accès aux services essentiels de prévention du VIH – et moins d'une sur deux est en mesure de se procurer des préservatifs masculins, souvent parce que cet accessoire de prévention est tout simplement produit ou distribué en quantités insuffisantes[7]. Seulement une personne vivant avec le VIH sur dix a un jour fait le test de recherche de ce virus.

Il est donc nécessaire de bien comprendre les facteurs qui entraînent la féminisation de l'épidémie pour trouver la juste riposte au tribut effroyable que les femmes paient à la pandémie, au lieu de « diaboliser » d'un côté ou de l'autre. La vulnérabilité de la femme, par égard au risque de VIH, tient par-dessus tout aux inégalités sexospécifiques de toute nature. Voilà comment hommes et femmes sont loin d'être à égalité quant à leur aptitude à se protéger de l'infection à VIH.

Inégalité homme-femme et questions de sexualité

Dans la plupart des sociétés, les inégalités sexospécifiques ressortent nettement dans les « codes » qui régissent les relations sexuelles – les hommes détenant pratiquement tous les pouvoirs en la matière. Les traditions culturelles tolèrent, voire encouragent, le multipartenariat sexuel pour les hommes. Les femmes, quant à elles, sont censées s'abstenir ou rester fidèles. De ce fait, en moyenne les hommes ont nettement plus de partenaires sexuels tout au long de leur vie que les femmes – et donc plus de risques de contracter puis de transmettre le VIH. C'est la raison pour laquelle ni le mariage ni les liaisons monogames de longue durée ne permettent aux femmes d'éviter le risque du VIH.

En Thaïlande, par exemple, une étude de 1999 a montré que les trois quarts des femmes infectées par le VIH avaient probablement contracté l'infection par le biais de leur mari – pour près de la moitié de ces femmes, les rapports sexuels qu'elles déclaraient avoir eus avec leur mari constituaient apparemment leur seul et unique facteur de risque[8]. Dans certains endroits, le mariage semble en réalité augmenter le risque de VIH pour les femmes. C'est ainsi que, dans certains pays africains, les taux d'infection à VIH chez les femmes de 15 à 19 ans sont plus élevés que chez les célibataires sexuellement actives de cette même tranche d'âge[9].

Il existe en outre une conspiration du silence et un déni autour de la santé sexuelle et reproductive de la femme. Dans certaines régions, les filles et les jeunes femmes sont censées en savoir peu sur le sexe et la sexualité – un manque d'information qui les expose à tous les dangers. Dans des pays aussi différents que le Cameroun, le Lesotho, le Mali, le Sénégal et le Vietnam, au moins deux tiers des jeunes femmes interrogées en 2004 n'avaient aucune idée de la façon dont elles pouvaient se prémunir contre le VIH. Au Vietnam, près de la moitié des jeunes femmes interrogées dans le cadre d'une étude pensaient qu'elles pouvaient contracter le VIH par piqûre de moustique[10]. Dans de nombreux lieux, le niveau des connaissances de base en matière de sexualité a de quoi choquer tant il est faible. Par exemple, une étude récente réalisée auprès de femmes mariées de l'État d'Uttar Pradesh, en Inde, a révélé que 71 % d'entre elles (toutes mariées avant la puberté) ne connaissaient rien du sexe quand elles se sont mariées, et que 83 % ne savaient pas comment survient une grossesse[11].

L'éducation sexuelle, une nécessité

Si davantage de femmes avaient accès aux services de santé sexuelle et reproductive, plus de vies pourraient être sauvées. Certains adultes craignent que le fait d'inculquer aux jeunes une éducation sexuelle et en matière de reproduction ne favorise la précocité sexuelle, mais la recherche démontre le contraire. Une étude entreprise par l'Unicef, le Fonds des Nations Unies pour l'enfance, et portant sur cinquante programmes d'éducation sexuelle pour la santé mis en œuvre dans différentes parties du monde, a montré que les jeunes étaient plus susceptibles de retarder le début de leur activité sexuelle lorsqu'ils ont le bagage informatif suffisant pour prendre des décisions en connaissance de cause[12]. Plus réceptifs, les jeunes sont peut-être plus enclins à adopter des comportements à moindre risque au début de leur vie sexuelle, ce qui souligne la nécessité de programmes d'éducation par et pour les pairs offrant aux jeunes la possibilité de dialoguer entre eux, ainsi que d'autres services destinés à inculquer aux adolescents du savoir et du savoir-faire.

Mais même dans le cas de femmes informées du fait que le préservatif masculin confère une protection efficace contre le VIH, la décision d'en utiliser un dépend en général du partenaire masculin. Les préservatifs féminins sont encore difficiles à trouver dans la plupart des pays en développement – et il n'existe pour le moment aucune autre méthode de prévention du VIH dont l'utilisation soit uniquement du ressort de la femme.

Le commerce du sexe, une solution pour survivre

Le fait de dépendre matériellement d'un homme pour survivre ouvre toute grande la porte de l'exploitation sexuelle, certaines femmes se retrouvant acculées à des comportements à risque ou à des situations dangereuses. Le sexe est souvent pour la femme le seul moyen d'obtenir auprès d'un homme, ponctuellement ou dans la durée, ce qui lui fait cruellement défaut pour survivre : nourriture, services, argent, logement, etc. Les liaisons en série ou le multipartenariat en échange d'avantages deviennent alors des stratégies de survie. Ce « troc sexuel » implique l'instauration de relations hors mariage, souvent avec des partenaires masculins multiples et plus âgés[13].

Les relations sexuelles entre des jeunes femmes et des hommes nettement plus âgés qu'elles sont fréquentes dans de nombreuses parties du monde. Ce type de relation expose les filles aux abus en tout genre et à l'exploitation, et ne leur laisse guère le pouvoir de refuser des pratiques sexuelles non sûres[14]. Alors qu'en Asie, le couple transgénérations correspond pratiquement à une institution (mariages arrangés), dans d'autres régions, le phénomène peut être enrobé de plus de mystère.

Il devient de plus en plus évident que les filles ayant des rapports sexuels avec des hommes plus âgés sont plus exposées au risque d'infection à VIH. L'appareil reproducteur d'une fille n'est pas totalement développé, et l'infection se produit plus aisément. Les hommes d'un certain âge auront plus vraisemblablement connu d'autres partenaires auparavant et peuvent avoir été infectés.

Toutefois, dans de nombreux cas, il est bien compliqué pour la femme de faire abstraction des avantages matériels qu'elle peut retirer d'une relation avec un homme plus âgé. Une étude au Zimbabwe a montré que 25 % des femmes d'une vingtaine d'années étaient en couple avec des hommes de dix ans leur aîné[15]. Ces hommes d'un certain âge aident souvent la famille de la jeune femme à payer les frais de scolarité, les frais de transport et les provisions de nourriture[16].

Dans d'autres cas, la question n'est pas tant la nécessité matérielle impérieuse que l'appel de la société de consommation, avec des filles que l'on attire au moyen de cadeaux – vêtements, bijoux et parfum – qui flattent leur amour-propre et les font briller aux yeux des camarades de leur âge[17]. En Afrique du Sud, ce type de troc sexuel porte un nom : the « Three C's' » – cash, cosmetics and cell-phones (cash, cosmétiques et téléphone cellulaire). À Isiolo, ville de la partie nord du Kenya, des fillettes de 12 ans fréquentent un bar dont les habitués sont des gens du coin ainsi que des routiers en transit pour Addis-Abéba, Mogadischio et Nairobi. On dit de ces filles qu'elles sont la génération Coca-Cola locale – car elles échangent des faveurs sexuelles contre un Coca-Cola. Khadija Rama, fondatrice d'une ONG locale, Pepo la Tumaini Jangwani (expression en Swahili signifiant « vent d'espoir dans le désert »), explique : « les gens ici surnomment "les Coca-Cola", les jeunes prostituées qui ont entre 9 et 13 ans, et "les Nikes" – comme les chaussures – celles qui ont entre 13 et 16 ans, parce qu'un rapport sexuel avec elles coûte plus cher[18] ».

Les femmes dans l'enfer de la prostitution

Pendant de nombreuses années, la simple évocation de l'expression « femmes et sida » renvoyait aux professionnelles du sexe. Le sida s'est tout particulièrement acharné sur les femmes s'adonnant au commerce du sexe. Dans les pays où des données à ce sujet sont disponibles, on constate que les taux d'infection à VIH chez les professionnelles du sexe sont souvent infiniment supérieurs à ceux observés chez les autres femmes. Par exemple, en Thaïlande, le taux d'infection à VIH était en 1997 de 43 % chez les professionnelles du sexe travaillant dans les maisons de passes, comparés aux 3 % chez les femmes enceintes[19].

Dans les pays en développement, la femme devient souvent professionnelle du sexe pour assurer sa propre survie matérielle et, dans de nombreux cas, celle de sa famille. La migration des zones rurales vers les pôles urbains génère à coup sûr dans de nombreux pays à la fois un nombre important de professionnel(le) s du sexe dans les villes et une clientèle toute prête, puisque les clients sont pour beaucoup des hommes contraints de laisser leur propre famille derrière eux pour aller chercher du travail en ville.

La mise en place de programmes de prévention à l'intention des professionnelles du sexe peut se révéler compliquée dans une majorité de pays. Pourtant, des études bien documentées indiquent que les professionnelles du sexe font partie des personnes les plus à même de donner suite de façon constructive aux programmes de prévention du VIH. Le Programme pour l'usage systématique du préservatif (100 % Condom Use) mis en place en Thaïlande est sans doute le programme de prévention le plus connu ; il offre des préservatifs et une éducation aux professionnelles du sexe par l'intermédiaire des dispensaires assurant le traitement des infections sexuellement transmissibles, et il incite les détenteurs de maisons de passe à insister pour que les clients utilisent le préservatif. Dès le début, ces interventions ont engendré une baisse radicale des taux d'infection à VIH, à la fois chez les professionnelles du sexe et au sein de la clientèle d'habitués (tels que les soldats).

Un programme unanimement salué au niveau international, géré par des professionnelles du sexe pour les professionnelles du sexe en Inde, est en place dans le quartier Sonagachi de Calcutta. « En 1992, lorsque nous avons mis en route ce programme, nous avons demandé à nos femmes d'insister sur le rapport protégé, mais nous ne faisions pas le poids face aux voyous du coin, aux policiers et aux maquerelles », raconte Swapna Gyen, l'une des fondatrices. « Alors nous nous sommes organisées, nous avons combattu la mafia locale, les policiers et les maquerelles, et instruit les filles ainsi que les clients sur la pratique de la sexualité sans risque. Nous avons formé des équipes d'éducatrices qui sont allées de chambre en chambre pour mettre les filles au courant. Parties à 12, nous sommes aujourd'hui 400 éducatrices à intervenir auprès des 60 000 et quelque professionnelles du sexe de l'État du Bengale occidental. À présent, 90 % d'entre elles refusent de satisfaire les clients sans préservatif. »

L'une de ses collègues, Rama Debnath, ajoute : « Pourquoi connaissons-nous un tel succès et pourquoi représentons-nous un modèle à suivre ? Eh bien, parce que ici, à Sonagachi, ce sont les prostituées qui prennent les décisions, pas des personnes extérieures à notre communauté[20]. »

Qu'en est-il des familles et des communautés ?

Le décès d'adultes en âge de travailler constitue la conséquence la plus dévastatrice de l'épidémie mondiale de sida. La plupart des hommes et des femmes qui développent un sida sont à la fleur de l'âge. Lorsque ces personnes ne peuvent plus occuper leur emploi ni cultiver leurs terres, ce sont les membres les plus jeunes et les plus âgés qui prennent le relais pour rapporter l'argent de la nourriture et des médicaments.

Dans de nombreux pays, non seulement les femmes produisent la nourriture, mais elles enseignent aux enfants, soignent les malades et élèvent leurs propres enfants. Lorsqu'une femme meurt, la perte sur le plan économique et psychosocial est incalculable.

Autre conséquence : l'augmentation phénoménale des besoins en matière de soins. La prise en charge des malades du sida intervient dans une forte majorité à domicile (dans certaines parties de l'Afrique, 90 % des soins sont assurés à domicile). Et comme en général ce sont les femmes et les filles qui assument les tâches domestiques au sein d'un ménage, c'est finalement sur leurs épaules que retombe cette charge supplémentaire.

L'explosion du nombre d'orphelins

Lorsqu'une femme tombe malade, les répercussions – au sein de la famille et au-delà – sont donc gravissimes. Des filles sont ainsi contraintes d'abandonner leur scolarité, ce qui fait basculer encore davantage dans l'enfer de la pauvreté, de l'impuissance face à l'adversité, et de la vulnérabilité à l'infection à VIH. Des femmes de tous âges se retrouvent à élever les enfants des mères qui meurent – même si le père est toujours vivant. L'épidémie s'aggravant, les grands-mères sont plus nombreuses qu'il y a dix ans à recueillir des orphelins. Selon une estimation, les grands-mères du Botswana, par exemple, s'occupent d'environ 50 % du nombre d'enfants qui ont perdu leur père et leur mère[21]. Des études réalisées en Thaïlande montrent que près de la moitié des orphelins de ce pays vivent avec leurs grands-parents.

Il faut d'urgence élaborer des politiques et réunir des ressources pour soutenir les personnes qui assument cette prise en charge et leur simplifier la vie. Ces personnes-là ont besoin d'un appui psychosocial, d'une aide alimentaire, d'une protection sociale, de bourses scolaires et de perspectives professionnelles pour percevoir un revenu. Les personnes d'un certain âge qui s'occupent de leurs proches frappés par la maladie ont des besoins bien précis sur le plan social et économique ; l'administration doit notamment se montrer plus compréhensive en ce qui concerne les pensions et les allocations familiales, qui souvent font vivre des familles entières[22].

Construire l'avenir

Chacun aujourd'hui a plutôt bien compris ce qu'il faudrait faire pour atténuer l'impact du sida sur les femmes et les filles. Le tout maintenant est de passer de la théorie à la pratique.

La détermination à freiner la pandémie dans son acharnement sur les femmes s'est intensifiée ces cinq dernières années. Un premier virage a été pris en septembre 2000 à l'occasion du sommet [Nations Unies] du Millénaire. Plusieurs des objectifs consignés dans la Déclaration du Millénaire adoptée par les dirigeants mondiaux définissent sans détour les efforts exhaustifs qu'il est essentiel de concrétiser pour enrayer la féminisation croissante de la pandémie. Les autres objectifs servent cet objectif indirectement, car tous se renforcent mutuellement. L'objectif n° 2 du Millénaire pour le développement porte sur l'offre de l'accès universel à l'école primaire, l'objectif n° 3 sur l'égalité sexospécifique et l'émancipation de la femme, et l'objectif n° 6 sur la lutte contre le sida et les autres maladies gravissimes.

L'égalité homme-femme en tant que nécessité vitale pour maîtriser la pandémie est une conviction générale dont les termes précis ont été définis lors de la session spéciale de l'Assemblée générale des Nations Unies sur le VIH/sida en juin 2001. La Déclaration d'engagement sur le VIH/sida a reconnu que les inégalités sexospécifiques jouaient un rôle crucial dans la propagation de l'épidémie – et qu'une riposte tenant compte des réalités des deux sexes contribuerait plus assurément à la réduction du risque tant pour l'homme que pour la femme.

Afin d'entretenir l'effervescence suscitée par la Déclaration, l'Onusida a lancé en 2004 la Coalition mondiale sur les femmes et le sida. La Coalition est un mouvement réunissant des personnes, des réseaux et des organisations autour de quatre objectifs clés : braquer les projecteurs sur la problématique des femmes et des filles face au sida ; susciter l'action pour gérer cette problématique ; faciliter la collaboration à tous les niveaux ; et, par là même, améliorer de façon tangible la vie des femmes et des filles.

La Coalition a défini un ensemble d'aspects sur lesquels travailler, pour que les femmes soient mieux à même de prendre en main leur propre destin, d'éviter l'infection à VIH, et, en cas d'infection, d'avoir accès au conseil, au traitement et aux soins.

Ce qui marche

Permettre aux filles de suivre une scolarité complète

Comme le soulignait Nelson Mandela : « L'éducation est l'arme la plus puissante que l'on puisse utiliser pour changer le monde. C'est aussi une arme dont le monde ne saurait se passer dans son combat contre le sida. L'éducation sauve des vies[23] ».

S'il est clair que l'accès universel à un bon enseignement primaire est capital pour freiner la propagation du VIH, l'instruction acquise dans l'enseignement secondaire et supérieur est encore plus déterminante. Cette vérité vaut tout particulièrement pour les filles qui, à chaque année d'études supplémentaire, gagnent en autonomie dans la prise de décisions et voient leurs perspectives d'emploi rémunéré augmenter – ce qui est d'une importance cruciale pour rester indemne du VIH[24].

En général, les études supérieures contribuent à ce que les jeunes diffèrent le moment de leur toute première expérience sexuelle, soient mieux conscients du danger du VIH et mieux au courant de l'existence des sites de dépistage du VIH, aient par la suite – et leur vie durant – un nombre plus réduit de partenaires sexuels, fassent davantage usage du préservatif. En outre, la communication concernant la prévention du VIH est plus aisée entre personnes d'un niveau d'études élevé. Ce sont là autant de facteurs susceptibles d'éloigner le spectre du VIH. L'éducation, en ouvrant plus certainement aux jeunes femmes les portes de l'indépendance financière, les munit également du savoir, du savoir-faire et de la latitude dont elles ont besoin pour choisir de retarder le moment de leur mariage et de la grossesse, avoir des enfants en meilleure santé, éviter de se livrer au commerce du sexe et à d'autres comportements risqués et faire valoir leurs droits.

De nos jours, pourtant, il y a encore dans le monde 65 millions de filles en âge de scolarité qui sont privées d'instruction[25]. Malgré l'augmentation récente des taux globaux d'inscription à l'école, et les pas encourageants faits vers la parité sexospécifique en matière d'éducation (en particulier en Afrique australe et de l'Est), trop de familles sont encore dans l'incapacité financière d'envoyer leurs enfants à l'école.

Des programmes novateurs font actuellement bouger les choses çà et là dans le monde. L'heure est venue de mettre en œuvre ces initiatives à une échelle suffisamment grande pour relever les défis rattachés à l'accès universel à l'éducation, en développant et reproduisant ce qui marche de façon à munir les filles du bagage qui leur permettra de se protéger contre le VIH. Garantir – en particulier aux filles – l'accès à l'éducation, c'est bel et bien faire de la prévention du VIH.

L'efficacité de l'éducation en tant que stratégie de prévention du VIH passe par l'élargissement de l'accès à la scolarisation et par l'utilisation de l'école en tant qu'espace tout indiqué pour inculquer aux jeunes du savoir sur le VIH et le sida et du savoir-faire psychosocial – autant d'outils salvateurs.

La suppression des frais de scolarité constitue la stratégie la plus sûrement performante pour élargir l'accès à l'éducation et réduire la vulnérabilité au VIH, en particulier dans le cas des filles. Dans de nombreux pays durement touchés par le sida, les frais de scolarité ferment trop souvent les portes de l'enseignement. En Tanzanie, suite à leur suppression, les inscriptions à l'école primaire ont plus que doublé. Le Kenya a vu les inscriptions augmenter de 22 % dans la première semaine qui a suivi l'abolition des frais de scolarité. En Ouganda, les inscriptions de filles ont fait un bond de plus de 30 % quand ils ont été supprimés, avec notamment une multiplication par deux, pratiquement, des inscriptions parmi les 25 % les plus pauvres[26].

« Umoyo » (qui signifie « vie ») est le nom donné à une école et à un programme de formation créés il y a un an pour les filles de Lusaka, capitale de la Zambie. Des orphelines, dont quelques-unes vivent avec le VIH, sont choisies par leur communauté pour participer au programme. Plus de 400 filles y ont participé jusqu'à présent. Après avoir bénéficié de séances de conseil, les filles suivent un programme de formation scolaire et professionnelle. Plus de 80 % des diplômées de ce programme prennent une formation complémentaire, un emploi ou la gestion d'une petite entreprise, qui leur permettent de payer à leurs frères et sœurs de la nourriture et une scolarité. Fortes de leur instruction et de leur autonomie financière, elles sont bien plus en mesure de se soustraire à la menace du VIH, ou de faire face à la situation qu'il peut avoir engendrée[27].

En Inde, le programme Better Life, lancé par le Centre for Development and Population Activities, œuvre pour donner aux jeunes femmes les moyens de prendre en main leur destin à la fois à l'école et en dehors. Ce programme englobe le développement des aptitudes par le biais d'un enseignement classique et non classique, la formation professionnelle qui leur ouvrira des débouchés sur le plan économique, et l'aiguillage vers des services de santé reproductive adaptés à leur âge. Les participantes à ce programme présentaient un niveau nettement plus élevé de connaissances sur les moyens de prévention du VIH, d'instruction, de compétences professionnelles, d'autonomie matérielle et sociale, et de confiance en elles. Celles qui étaient allées jusqu'au bout du programme semblaient également plus susceptibles d'attendre d'avoir au moins 18 ans pour se marier, utilisaient plus souvent le préservatif, et se montraient plus déterminées à s'adresser aux services de santé en cas de nécessité[28].

Mais une majorité de pays en développement ont encore à supprimer ces frais de scolarité. Pour généraliser cette mesure, et pour garantir le maintien de la qualité de l'enseignement tandis que les effectifs augmentent, il faut aider

l'école à développer sa capacité d'accueil. De surcroît, d'autres obstacles financiers – outre celui des frais de scolarité –, notamment le coût de l'uniforme obligatoire à l'école, des livres de classe, et de l'éducation active – doivent être abattus pour que l'enseignement soit accessible à tous[29].

La communauté Mnjolo, au Malawi, a fait participer l'ensemble de la communauté à la promotion de l'éducation pour les filles. Dans le cadre des marchés et des réunions parents d'élèves/professeurs, l'attention a été attirée sur le VIH et les pratiques traditionnelles néfastes qui amènent les filles à abandonner l'école, ce qui majore leur risque d'infection à VIH. Depuis l'entrée en activité du programme, les inscriptions scolaires au sein de la communauté Mnjolo ont augmenté de 50 % et aucun supplément d'abandon n'a été enregistré. Les dialogues composés dans le cadre de ce programme sont aujourd'hui utilisés pour la formation en savoir-faire psychosocial dispensée à l'école[30].

Élargir l'accès des filles à l'éducation n'est pas seulement faisable : c'est en train de se faire. Le tout est de développer la mise en œuvre des programmes qui marchent de sorte que toutes celles qui en ont besoin – et elles sont extrêmement nombreuses – puissent en bénéficier.

Faire valoir le droit des femmes à la propriété et à l'héritage

Lors d'une conférence sur le droit des femmes à la propriété, organisée en 2005 à Windhoek, capitale de la Namibie, les participants ont entendu un orphelin de 11 ans raconter « quand mon père est mort, mon oncle et sa femme sont venus prendre toutes nos affaires ». Une femme de la région septentrionale de Caprivi a fait un récit semblable, expliquant comment, au décès de son mari, la famille du défunt « a fait main basse sur tout ». D'après cette femme, son mari avait rédigé un testament selon lequel il lui transmettait tous ses biens – mais sa belle-famille a prétendu que ce n'était pas la coutume de consulter les testaments. Lorsqu'elle est allée se plaindre à la police, la famille a menacé de lui jeter un sort. La femme a finalement retiré sa plainte.

Une autre femme de la région septentrionale de Ohangwena, qui a également été dépossédée de tout, a déclaré : « Je n'aurai qu'un conseil à donner aux femmes : ne vous mariez pas – quand je vois ce qui m'est arrivé[31] ».

D'après une étude récente, une veuve qui a pu bénéficier de ses droits de succession dispose de plus d'atouts pour subvenir à ses propres besoins ainsi qu'à ceux de sa famille[32]. Mais malgré l'existence de nombreux accords internationaux, les lois et coutumes concernant les droits de succession des femmes diffèrent grandement d'une région à l'autre. Parmi les régions en développement, celles d'Amérique latine ont pour la plupart des normes relativement égalitaires en matière d'héritage. Dans une grande partie de l'Afrique sub-saharienne, les biens sont en général la propriété de l'homme, la femme pouvant occasionnellement acquérir des droits, principalement en vertu du mariage. En matière de contrôle sur la propriété et autres biens, des inégalités sexospécifiques majeures persistent en Asie du Sud, malgré les efforts visant à étendre les droits des femmes.

Comme le dit Meena Seshu, de Sangram, organisation non gouvernementale indienne prépondérante : « Bon nombre de femmes indiennes vivent aujourd'hui ce que leurs sœurs africaines subissent depuis des années : quand le mari meurt du sida, la belle-famille abandonne la veuve à son triste sort, avec un aller simple pour l'enfer de la misère et de la discrimination[33]. »

CONSEILLER LES VEUVES ET ORPHELINS

Une grande partie du soutien offert aux veuves provient de groupes communautaires tels que le Zimbabwe Widow's and Orphans Trust (ZWOT). À la disparition de son mari, Susan Zwinoira a compris à quel point elle avait besoin de soutien affectif et spirituel. Alors elle a lancé à Harare un réseau d'appui pour les veuves[34]. Dans les mois qui ont suivi, elle s'est retrouvée à la tête d'une organisation offrant de l'aide aux femmes dont les maris étaient morts de causes diverses, mais fréquemment du sida. Chaque lundi, les femmes qui doivent se rendre au tribunal pour des litiges liés à la propriété ou pour le réenregistrement de leurs biens se présentent au bureau de ZWOT. Chaque mardi, à la suite des pressions exercées par ZWOT, le tribunal de première instance tient des séances spéciales pour les veuves, qui consultent ainsi gratuitement un haut magistrat. Toutefois, lorsque la femme gagne son procès et qu'elle souhaite faire réenregistrer les biens en question à son propre nom, elle doit payer des honoraires très conséquents.

L'organisation offre également conseil et appui aux veuves qui découvrent leur séropositivité après le décès de leur mari. Elle aide ces femmes à obtenir un traitement antirétroviral, les forme à la prestation de soins à domicile et dirige des activités génératrices de revenus, telles que la production et la vente de miel, de beurre de cacahuète et de tisanes.

En Zambie, le Joint Widows and Orphans Project (JWOP) organise des services bimensuels de conseil juridique pour les veuves. Le projet réunit des entités gouvernementales et des ONG internationales et nationales. Les groupes d'appui juridique travaillent aux côtés d'agents formés par JWOP dans des unités d'appui policier aux victimes. Les partenaires de JWOP offrent une formation juridique en matière de conseil aux veuves et aux orphelins. Une fois formées, ces personnes constituent des groupes d'appui communautaires, organisant des réunions et participant à des émissions radiophoniques pour transmettre ce qu'elles ont appris sur les lois relatives à la propriété et à l'héritage. Elles font également de la vigilance de quartier, s'intéressant le cas échéant à la façon dont les autres veuves et orphelins s'en sortent et mobilisant des gens et des ressources. Les personnes membres des groupes d'appui vont aux enterrements, par exemple, et s'entretiennent avec la veuve pour essayer de voir si cette dernière ne serait pas confrontée à un quelconque problème. Si tel est le cas, elles l'aident à contacter la police. Si la police ne peut pas régler la question, elles aiguillent la veuve vers le service de conseil juridique en place dans cinq centres différents. Les femmes dans l'incapacité de se rendre sur place ont la possibilité de consulter un service de conseil juridique mobile qui va dans les endroits plus reculés.

UNE SÉRIE TV POUR INFORMER LES ENFANTS DE LEURS DROITS

JWOP a diffusé des versions simplifiées des documents juridiques internationaux, et les a traduites dans les sept langues principales utilisées en Zambie. Les enfants se renseignent sur les droits de la personne humaine (notamment ceux en rapport avec la propriété et l'héritage), puis rentrent à la maison raconter à leurs parents ce qu'ils ont appris. D'autres peuvent s'informer sur leurs droits en suivant *Malibose*, une série télévisée produite par JWOP. Autre initiative pratique : JWOP organise des ateliers de rédaction de testament ; ces ateliers connaissent un tel succès que le prêtre de la région de Monze, dans le sud de la Zambie, affirme ne pas arriver à suivre le rythme des demandes de formulaire d'inscription[35].
Mais comme le fait remarquer Esther Mwaura de Groots Kenya, les personnes bénévoles qui collaborent avec les groupes communautaires donnent beaucoup de leur temps sans aucune compensation en échange, et, bien que ne possédant elles-mêmes pas grand-chose, elles arrivent quand même à faire des dons de nourriture, de médicaments et autres fournitures : « En tant que bons voisins et personnes charitables, elles réagissent face à l'inhumaine inégalité d'accès aux soins et à l'assistance qui est le lot des communautés pauvres, en se transformant en agents de santé. Ces contributions humaines et financières, multipliées par des milliers de communautés d'Afrique australe, centrale et de l'Est, représentent un énorme effort de mobilisation de ressources dont les

pouvoirs publics et les organismes de développement ne rendent pas compte[36]. »

L'exercice du droit des femmes à l'héritage et à la propriété appelle une action à différents niveaux. Il conviendrait de rappeler aux États signataires des conventions internationales que les lois consignées dans ces accords l'emportent sur le droit coutumier ou la législation nationale, et qu'ils sont tenus de les faire réellement appliquer. Des enseignements sont également à tirer des travaux de groupes communautaires tels que ZWOT, JWOP et Groots – et les solutions trouvées par ces groupes doivent être reproduites à plus grande échelle et avec des ressources suffisantes.

De nombreuses femmes constatent qu'à la mort du mari ou du père, veuves et orphelins peuvent se faire saisir leurs biens et expulser par les autres membres de la famille. Impuissantes à faire valoir leur droit de posséder des terres et des biens, ou d'en hériter, des femmes et des filles risquent de basculer dans le dénuement le plus total après le décès de leur partenaire ou de leurs parents. La pauvreté et la dépendance matérielle les exposent à un risque accru d'exploitation sexuelle et de violence[37]. L'attitude récalcitrante ou indifférente des services publics concernés, le fait que les femmes méconnaissent leurs droits et craignent des réactions violentes, sans parler de la stigmatisation qui s'abat sur elles lorsqu'elles portent plainte, sont autant de facteurs aggravants. Et voilà comment elles se retrouvent dépossédées de tout[38].

Dans certains pays africains, la tradition veut que la veuve soit transmise en héritage au frère du mari défunt, coutume propre à favoriser la propagation du VIH. Dans d'autres, la veuve d'un homme emporté par le sida est rejetée parce que associée à la maladie, et elle doit se débrouiller toute seule. Nombre de veuves sont victimes de violences physiques et sexuelles. Certaines sont dépouillées de leurs biens et contraintes de s'adonner au commerce du sexe, ou au troc sexuel en échange de nourriture, de protection et d'argent.

Mettre un terme à la violence à l'égard des femmes

La violence à l'égard des femmes est peut-être la manifestation la plus extrême du fait que la femme n'est pas en position de force face à l'homme. La violence sexospécifique est le lot d'un nombre révoltant de femmes à travers le monde, que ce soit en temps de paix, durant des conflits ou une fois que ces conflits ont pris fin.

La violence concrète ou latente limite l'aptitude des femmes à se protéger contre le VIH. Une femme risque d'être violentée si elle insiste sur le rapport sexuel protégé, ou si son partenaire découvre qu'elle est séropositive : des femmes du Botswana déclarent que la crainte les a empêchées de se faire tester, ou d'aller chercher les résultats de leur test, ou encore de participer à des programmes de traitement du VIH ; et celles qui acceptent de se faire traiter n'arrivent pas à respecter les posologies, car elles essaient de cacher leurs comprimés. Elles vont céder devant l'insistance des hommes leur demandant de ne pas utiliser de protection pendant le rapport sexuel, alors qu'elles savent très bien qu'elles risquent de contracter le VIH. Les raisons pour lesquelles une femme reste avec un partenaire violent, ou retombe toujours dans le schéma de la violence au sein du couple, sont très complexes.

L'ampleur réelle du phénomène de la violence à l'égard des femmes est méconnue, mais une étude récente indique que dans tous les pays, la violence sexospécifique peut concerner de 10 à 69 % de couples, et une femme sur quatre est un jour dans sa vie victime de violences sexuelles perpétrées par un partenaire intime. Une étude récente réalisée par l'Organisation mondiale de la santé révèle que dans certaines parties du monde, pas moins de 47 % de filles et de jeunes femmes de 10 à 24 ans ont vécu leur première aventure sexuelle contraintes et forcées[39]. Parmi toutes les femmes interrogées dans des pays aussi divers que la Namibie, le Pérou et la Thaïlande, entre un tiers et la moitié ont répondu avoir été physiquement ou sexuellement agressées par leur partenaire. Manifestement, la forme de violence la plus courante subie par les femmes est celle dont se rendent coupables leurs partenaires intimes.

Des liens entre l'expansion du VIH et la violence contre les femmes

Le trafic et l'esclavage sexuel constituent d'autres formes de violence à l'égard des la femme. Le Fonds des Nations Unies pour la population rapporte que deux millions de femmes sont chaque année prises au piège de trafiquants, pour la plupart en Europe et en Asie – beaucoup étant très exposées au risque d'abus sexuels, et toutes au risque d'infection à VIH.

Si difficile à gérer que soit le problème de la violence pour les femmes qui la subissent dans des pays en paix, il l'est encore plus durant un conflit, quand systèmes policier et judiciaire s'effondrent, et que les services de santé et autres périclitent. Les bouleversements économiques, les guerres et les conflits armés intensifient le phénomène de la violence à l'égard des femmes, en particulier la violence sexuelle. De tels actes ont été largement rapportés lors des guerres et conflits armés survenus dernièrement, notamment en Tchétchénie, en République démocratique du Congo, au Libéria, en Sierra Leone, au Rwanda et en ex-Yougoslavie[40]. Au Rwanda, lors du génocide de 1994, des centaines de milliers de femmes ont été violées, dont beaucoup par des hommes séropositifs. Le long de la frontière est de la République démocratique du Congo, la guerre civile a détruit des vies, des villages et des sources de revenus. Aujourd'hui cette région serait au bord d'une épidémie majeure de VIH, car bon nombre d'hommes de la milice qui sillonnent le pays en violant, torturant et mutilant des milliers de femmes et de filles seraient séropositifs.

Cette double problématique de la violence et du VIH ne décourage pourtant pas certaines organisations, qui s'y attaquent de diverses façons. À la 60e session du haut commissariat des Nations Unies aux droits de l'homme, en mars 2005, le rapporteur spécial sur la violence à l'égard des femmes, le Dr Yakin Ertürk, a consacré son rapport aux liens entre les « pandémies » de VIH et la violence à l'égard des femmes. Elle a demandé l'élaboration de stratégies nationales à même de gérer les problèmes que ces liens créent et de contribuer à l'instauration d'un environnement où la violence serait considérée comme socialement inacceptable et contraire aux normes communautaires. Cela implique la dénonciation des cadres et pratiques juridiques à caractère discriminatoire, ainsi que l'instauration de liens de collaboration entre le secteur de la santé et les services sociaux et d'application des lois – et, en outre, l'assurance pour une femme victime d'une agression qu'en cherchant de l'aide, elle ne va pas finalement s'exposer à un surcroît de violence.

Former juges et policiers

Les campagnes mondiales de sensibilisation menées par des groupes tels qu'Amnesty International, Human Rights Watch ou The Center for Women's Global Leadership appellent à l'action, attirant l'attention sur l'ampleur du phénomène de la violence à l'égard des femmes, et de son impact sur la santé des femmes, en particulier concernant l'infection à VIH.

Au Kenya, la Federation of Women Lawyers se concentre sur les questions relevant du droit de la famille, telles que le viol, l'inceste et les agressions sexuelles. Ce groupe dispense à la police et aux juges une formation concernant les femmes et la loi, et a apporté un point de vue féminin constructif dans le cadre de l'analyse de la législation nationale, notamment sur le projet de loi relatif au VIH/sida.

Le centre sud-africain Thuthuzela Care Centre (Thuthuzela signifie « collaboration » en xhosa) offre également un service d'aide juridique. Créé par l'instance judiciaire nationale, il assure une gamme exhaustive de services, avec une composante ayant trait au VIH pour les cas de viol et de violence sexuelle. Il assure également d'autres services en rapport avec la santé mentale, les aiguillages, et le suivi du traitement VIH prophylactique post-exposition.

Parler aux enfants de la violence

Autre approche capitale : l'instauration d'un environnement préconisant la « tolérance zéro » pour les actes de violence à l'égard des femmes. Ce qui ne saurait se faire sans la mobilisation des hommes et des garçons – auxquels il est déterminant d'apprendre, dès le plus jeune âge, à respecter les filles et les femmes. Men as Partners, un programme de EngenderHealth en Afrique du Sud, a recours aux ateliers communautaires pour dénoncer les attitudes et comportements de nature à perpétuer le phénomène de la violence à l'égard des femmes. Dans le cadre de débats francs sur les stéréotypes féminins et masculins et sur les rapports de force, le programme fait véhiculer par les hommes et les garçons des messages constructifs dénonçant la violence, en particulier le rôle qu'elle joue dans la propagation du VIH. Coaching Boys into Men est un programme populaire conduit aux États-Unis, dans le cadre duquel les hommes sont invités à prendre de leur temps et de leur énergie pour démonter certains des messages néfastes et contradictoires reçus par leurs fils, leurs petits-fils, leurs neveux et autres éléments masculins de la famille, sur ce que veut dire « être un homme ». « Il n'est jamais trop tôt pour parler aux enfants de la violence » – comme le dit la fiche-conseil d'une page que l'organisation a postée sur son site web, et sur laquelle figurent des astuces pleines de bon sens pour expliquer aux garçons comment exprimer de la colère sans recourir à la violence, et qui souligne combien il importe de donner l'exemple.

À Rio de Janeiro, au Brésil, Instituto Promundo repère parmi les jeunes hommes des communautés à bas revenus ceux qui pourraient devenir des leaders pour leurs pairs. En collaboration avec trois autres ONG au Brésil et au Mexique, le groupe a élaboré des manuels de formation pour les interventions communautaires portant sur un ensemble varié de questions – notamment la violence à l'égard des femmes. Les manuels servent de base de travail pour la tenue d'ateliers à l'occasion desquels les jeunes hommes mènent des débats sur l'« honneur masculin », l'usage du préservatif et la coercition sexuelle.

Prévention des nouveaux cas d'infection à VIH

La réussite du travail de prévention du VIH passe par l'utilisation de toutes les approches à l'efficacité avérée : pas une activité ne donnera à elle seule des résultats. Cela signifie qu'il faut s'appuyer sur toutes les données scientifiques actualisées concernant la transmission du VIH et les mesures pouvant être adoptées pour se protéger contre l'infection à VIH. Il faut également s'assurer que les programmes répondent aux besoins spécifiques des femmes et des filles, et veiller à les bâtir selon un processus participatif : les programmes qui marchent sont ceux qui sont planifiés avec, et pas seulement pour, les personnes à qui ils sont destinés.

Pour que la prévention soit l'arme absolue contre le VIH, il faut commencer jeune à la pratiquer. Sachant que les jeunes femmes sont les plus exposées au risque, c'est un message à véhiculer de toutes les manières possibles. Il importe que les programmes destinés aux adolescentes reflètent leurs réalités, leur fassent prendre confiance en elles et les munissent d'atouts salvateurs, notamment l'aptitude à prendre des décisions et à négocier.

Étant donné que le VIH se transmet dans la majorité des cas par la voie sexuelle, ou bien pendant la grossesse, l'accouchement ou l'allaitement au sein, il est pertinent que les initiatives pour la santé reproductive et la prévention du VIH se renforcent les unes et les autres. Au cours des trois décennies passées, nous avons considérablement investi dans les services de santé reproductive qui sont au contact de millions de personnes. En tirant parti de cela et en intégrant la prévention du VIH aux programmes existants de santé sexuelle et reproductive, nous pouvons rapidement élargir l'accès aux programmes de prévention du VIH.

Les centres de santé polyvalents peuvent contribuer à l'information des jeunes et des adultes sur les modes de transmission du VIH ainsi que sur les moyens de se protéger de l'infection. Ces centres peuvent également offrir le test de dépistage du VIH et le traitement des infections sexuellement transmissibles, lesquelles majorent de deux à cinq fois la prédisposition à l'infection par le VIH. Les centres de soins de santé existants peuvent également être améliorés – suppression des honoraires, intégration de certains services, formation des personnels (avec notamment des programmes pour mettre fin aux attitudes discriminatoires), augmentation et renforcement des effectifs, développement de l'action de proximité auprès de nouveaux groupes de population tels que les adolescentes, et création de systèmes d'aiguillage effectifs.

L'offre du conseil et du test est un autre élément important pour la prévention de la transmission du VIH. Des études montrent que l'accès au conseil et au test peut contribuer à l'adoption accrue du préservatif, de l'abstinence et d'autres comportements sexuels à moindre risque. Des études au Kenya, en Tanzanie, à La Trinité et Tobago, ont montré que le conseil et le test volontaires avaient davantage contribué à la réduction des comportements à risque rapportés que la seule information sur la transmission du VIH.

L'offre systématique du test et du conseil VIH est également déterminante pour faire régresser le nombre de nourrissons qui naissent porteurs du VIH. La transmission de la mère à l'enfant explique la grande majorité des cas d'infection à VIH chez l'enfant de moins de 15 ans. Dans l'idéal, le dépistage ne devrait pas déboucher uniquement sur l'administration à la future mère séropositive d'un traitement antirétroviral en prévention de la transmission à l'enfant, mais également sur l'instauration d'un traitement à vie pour cette femme.

La prévention du VIH aux mains des femmes

Sachant les obstacles auxquels tant de femmes sont confrontées lorsqu'elles tentent de faire adopter l'usage du préservatif masculin, il leur faut disposer d'autres options pour se protéger contre le VIH – options auxquelles elles peuvent recourir sans forcément en référer à leurs partenaires masculins. Tout comme la pilule contraceptive a véritablement libéré la femme, notamment sur le plan de la planification de ses grossesses. Il est évident que la mise au point d'une technique de prévention du VIH dont l'utilisation reposerait entièrement sur la femme bonifierait radicalement sa vie en lui donnant le moyen de contrer le risque d'infection à VIH.

Le seul outil de cette nature qui existe actuellement est le préservatif féminin – mais il demeure plus difficile à obtenir et plus cher que le préservatif masculin ; et cette option reste sous-exploitée. Pourtant, dans des pays comme le Brésil, le Ghana, l'Afrique du Sud et le Zimbabwe, où des efforts sont faits pour promouvoir l'utilisation du préservatif féminin, beaucoup de femmes ont trouvé en lui une vraie solution pour se protéger du VIH. Par exemple, au Ghana, discussions de groupe, ateliers de sensibilisation communautaire, marionnettes, théâtre, vidéos, posters et dépliants sont autant de moyens qui ont été utilisés afin de faire connaître cette option et d'apprendre à l'utiliser correctement. Fait important : le projet prévoyait la participation d'au moins 20 % d'hommes. Quelque 64 millions de préservatifs féminins ont été distribués dans plus de cent pays – en grande partie grâce aux programmes subventionnés des Nations Unies.

En septembre 2005, la Female Health Company a lancé un préservatif féminin de deuxième génération – fabriqué avec une matière synthétique, le nitrile. Conformément à l'objectif visé, ce nouveau préservatif sera disponible dans les pays en développement à un prix nettement moins élevé pour les achats en gros.

La mise au point d'un microbicide suit son cours – il se présentera sous forme de gel ou de crème à appliquer dans le vagin pour empêcher la transmission du VIH. Des chercheurs expérimentent diverses substances pour voir si elles confèrent une protection contre le VIH ou d'autres infections sexuellement transmissibles, mais aucun microbicide efficace et sans danger n'est actuellement disponible. Toutefois, quelque soixante pistes sont actuellement explorées[41]. L'innocuité ainsi que l'efficacité d'au moins onze de ces produits ont déjà été démontrées chez l'animal ; les essais chez l'humain sont en cours[42]. Si les essais sont concluants pour l'un des produits et que l'investissement est suffisant, un microbicide pourrait être disponible dans cinq à sept ans. À cet effet, il faut rapidement et considérablement accroître les investissements pour répondre aux besoins dans le domaine de la recherche et développement, de façon à expérimenter sans délai les microbicides candidats les plus prometteurs, et à préparer le terrain pour assurer une distribution efficiente des produits reconnus valables. La Campagne mondiale pour les microbicides et le Partenariat international sur les microbicides appellent à un engagement politique et financier accru en faveur de la mise au point de microbicides.

L'égalité d'accès au traitement contre le VIH

On ne saurait trop insister sur la nécessité d'un accès plus large et plus équitable au traitement contre le VIH. L'initiative « 3 millions d'ici 2005 » – visant à ouvrir à trois millions de personnes dans les pays en développement l'accès au traitement antirétroviral – créée par l'Organisation mondiale de la santé et l'Onusida permet d'imaginer un monde où le VIH ne serait plus synonyme de condamnation à mort pour les gens de ces pays. Le nombre de personnes bénéficiant du traitement antirétroviral dans les pays en développement est en augmentation – passant de 400 000 en décembre 2003 à environ un million en juin 2005, dont 50 % en Afrique sub-saharienne[43]. Cependant, l'accès au traitement contre le VIH tant pour les femmes que pour les hommes n'est toujours pas à la mesure de l'urgence des besoins, ni de la détermination à offrir l'accès universel au traitement antirétroviral exprimée à l'échelle planétaire.

Logiquement, comme la moitié des personnes infectées par le VIH à travers le monde sont de sexe féminin, il devrait y avoir dans les années à venir 50 % de femmes parmi les millions de bénéficiaires du traitement antirétroviral dans les pays à bas et moyens revenus. Mais comme les femmes n'ont, soit pas les moyens de se payer le traitement, soit pas la force de le demander par peur de la stigmatisation, la partie ne sera pas facile à gagner.

En Zambie, par exemple, le gouvernement a abaissé le coût mensuel du traitement antirétroviral de 64 à 8 dollars américains, grâce au soutien du Fonds mondial de lutte contre le sida, la tuberculose et le paludisme. La moitié des Zambiens vivant avec le VIH étant des femmes, les autorités de ce pays s'attendaient à voir une majorité de femmes stationner dans les files d'attente pour obtenir un traitement. Pourtant, les hommes se sont présentés en nettement plus grand nombre. C'est que, malgré la baisse conséquente du prix du traitement, celui-ci était encore trop élevé pour les femmes. Lorsque les familles étaient obligées, faute de moyens, de choisir entre envoyer leurs malades de sexe féminin, se faire traiter ou envoyer leurs malades de sexe masculin, elles envoyaient les hommes.

Par contre, au Botswana, où le système de santé publique offre la gratuité du traitement à tous les malades, les femmes sont plus nombreuses que les hommes à utiliser les services de traitement antirétroviral – déjà habituées aux soins de santé sexuelle et reproductive, les femmes se sentent peut-être plus à l'aise dans les centres de santé.

Le coût des traitements et des déplacements, un problème majeur

L'égalité d'accès au traitement antirétroviral appelle plus que la mise à disposition d'un volume accru de médicaments pour les femmes. Les programmes qui fonctionnent sont ceux qui parviennent à éliminer les obstacles nombreux et complexes se dressant devant les femmes qui veulent faire le test VIH, et obtenir un traitement, si nécessaire.

La stigmatisation et le coût sont deux obstacles de taille. La stigmatisation ne fait pas qu'empêcher les femmes de se faire tester ; elle peut aussi les faire renoncer à suivre des programmes de traitement, par peur de la réaction que pourrait avoir le partenaire ou la famille à la vue des médicaments à prendre. Le coût est un problème majeur – à la fois le coût des médicaments et le coût des déplacements entre le centre de santé et le domicile. Une étude au Rwanda a montré que beaucoup de femmes traitées contre des maladies opportunistes avaient dû interrompre leur traitement car elles n'avaient plus les moyens de se rendre à l'hôpital[44].

Divers moyens existent pour contrer ces problèmes : recourir aux dispensaires mobiles, réduire ou supprimer les honoraires, assurer des services de garderie aux centres de santé et offrir des soins à chacun des membres de la famille, pour de pas faire de « favoritisme thérapeutique » – ne pas soigner l'un au détriment de l'autre.

La prévention de la transmission du VIH de la mère à l'enfant est une prestation de prévention pour les nourrissons, mais elle offre un créneau tout aussi important pour le traitement des femmes enceintes et des mamans séropositives. Malheureusement, par manque de ressources, bon nombre de programmes de prévention de la transmission mère-enfant se sont concentrés uniquement sur le nourrisson. Les femmes ont reçu une dose unique d'antirétroviraux ou un traitement court, pour protéger le bébé pendant l'accouchement. Les femmes séropositives privées de traitement antirétroviral continu mettent au monde un enfant sain qui est orphelin quelques années plus tard.

Grâce à l'essor du financement international de la riposte au sida, les mères bénéficient désormais elles aussi d'un traitement, et les programmes nationaux de lutte contre le sida sont en train de comprendre qu'il est capital de traiter les femmes et d'arrêter la progression du nombre d'enfants orphelins à cause du sida.

La nutrition entre également en ligne de compte, pendant le traitement antirétroviral. Dans les foyers pauvres où la nourriture manque, les femmes passent souvent en dernier ; or, sans repas réguliers, il leur est pratiquement impossible de rester sous traitement antirétroviral.

Le conseil aussi est important. Des études réalisées au Brésil et en Afrique du Sud révèlent que le conseil intensif, assorti d'un soutien de la part d'autres patients séropositifs, accroît la probabilité qu'un malade poursuive son traitement. Le conseil aide également les femmes à se replonger dans la vie active une fois que le traitement commence à faire son effet.

Alice Welbourn, de la Communauté internationale des femmes vivant avec le VIH/sida – un réseau de femmes vivant avec le VIH, qui a son siège au Royaume-Uni, déclare : « La plupart d'entre nous ont constaté que les personnes avec qui il est le plus difficile de parler ouvertement de notre séropositivité, ce sont nos propres voisins. En tant que mamans, nous avons été tout particulièrement soucieuses de mettre nos enfants à l'abri de la stigmatisation et de la discrimination ; alors souvent nous avons tu notre état à notre entourage – quand son appui nous aurait pourtant été si précieux. Il y a aujourd'hui beaucoup d'exemples de communautés entières qui, dès lors qu'elles bénéficient de l'appui et de la formation dont elles ont besoin pour comprendre que l'infection à VIH pourrait très bien les frapper, manifestent de l'empathie, de la compréhension, *et apportent leur aide sur le plan pratique*. Et, oh joie : l'égalité d'accès des filles et des femmes en particulier aux soins, à l'appui et au traitement dans nos propres communautés, peut alors devenir une réalité concrète, dans la mesure où nous sommes moins bloquées par notre besoin désespéré de confidentialité. »

Elle rappelle également combien il est important de faire participer les femmes séropositives à l'élaboration des politiques en matière de traitement du VIH, et à la définition des modes de prestation de services. Les programmes de prévention du VIH gagnants sont ceux qui ont été planifiés avec la participation de la communauté et des parties prenantes : voilà un enseignement à retenir pour les programmes de traitement du VIH.

Les femmes à la tête du combat contre le sida

Depuis des années, les femmes – y compris celles qui sont séropositives – ont été en première ligne dans ce combat contre le sida.

Les femmes vivant avec le VIH et celles à qui la maladie a ravi un époux ou une famille apportent une contribution unique. Nombre d'entre elles ont créé ou rejoint des réseaux à assise communautaire, où elles parviennent, avec des ressources infimes et contre vents et marées, à bonifier la vie de millions de familles affectées par le VIH, et à mobiliser l'action du public et des gouvernements.

Kousalya Periasamy a perdu son mari sept mois après leur mariage ; elle s'est retrouvée seule, à vingt ans, infectée par le VIH. Elle a été obligée de quitter son domicile situé dans le sud de l'Inde, et d'aller vivre avec des proches. Le temps passant, elle s'est décidée à combattre le sida en éduquant des jeunes femmes comme elle. Elle a commencé à apparaître en public, prenant la parole dans les écoles et les assemblées, et pour finir à la télévision. Elle a ensuite fondé le Réseau des femmes séropositives d'Inde, dont elle est devenue la présidente, et est secrétaire-adjointe du Réseau indien des personnes vivant avec le VIH (INP+).

En Ouganda, Noerine Kaleeba a fondé l'Organisation d'aide aux malades du sida (TASO) en 1987, à la mort de son mari, emporté par le sida. Sur les 15 membres de départ, beaucoup sont aujourd'hui décédés, mais TASO est la plus grande organisation non gouvernementale du pays, offrant des services aux personnes directement ou indirectement affectées par le VIH dans toute la région.

Pendant plus d'une décennie, Mary Fisher a lutté en première ligne aux États-Unis pour éliminer la connotation honteuse associée au sida. En 1991, son ancien mari a été diagnostiqué atteint du sida – et elle a découvert qu'elle aussi avait contracté le VIH. Productrice de télévision très en vue à l'époque, Mary Fisher a levé le voile sur sa séropositivité. Lors d'un discours qu'elle a prononcé en août 1992 à la Convention nationale républicaine, toute l'assistance est restée muette, émue aux larmes ; et cette femme a bouleversé des millions de personnes à travers le monde, par son appel à la compassion.

Les femmes contribuent depuis longtemps et de façon déterminante à l'amélioration de la riposte du sida, faisant en sorte qu'elle marche mieux tant pour les femmes que pour les hommes. En 1993, Alena Peryshkina a aidé à créer AIDS Infoshare – une organisation non gouvernementale russe qui œuvre dans le domaine de la prévention du VIH et de la protection des droits de la personne. Et Kim Nichols, qui siège au Conseil de coordination du programme de l'Onusida ainsi qu'au Conseil d'administration du Fonds mondial de lutte contre le sida, la tuberculose et le paludisme, et à celui de l'Alliance mondiale contre le sida, est depuis dix-huit ans engagée dans l'action de plaidoyer au niveau mondial et de la ville de New York. Ayant vécu et travaillé en Ethiopie, au Kenya, au Soudan et au Guatemala, Kim Nichols a une vaste expérience de la conception, de l'élaboration et de la mise en œuvre des programmes de santé communautaires. Elle est également particulièrement intéressée par l'idée d'annuler la dette des pays pauvres et d'investir les fonds libérés dans des activités de lutte contre le sida.

« Nous les femmes devons faire preuve de hardiesse pour entraîner nos fils et nos frères »

Un nombre croissant de dirigeantes féminines viennent enrichir de toute leur détermination la riposte des pouvoirs publics face au sida, s'élevant contre les souffrances et le tribut qu'il inflige aux femmes. Graça Machel, combattante mozambicaine pour la liberté et ministre du précédent gouvernement, a embrassé cette cause, soutenant la mise en œuvre de programmes d'assistance aux orphelins et incitant les femmes à prendre l'initiative de lutter contre le sida au sein de leur foyer. « Nous les femmes devons faire preuve de hardiesse, d'agressivité, et d'intransigeance », a-t-elle déclaré lors de la Conférence mondiale contre le sida en 2002 à Barcelone, « si l'on veut entraîner nos maris, nos fils et nos frères dans notre lutte pour stopper la propagation de la maladie ».

En Inde, Sonia Gandhi, présidente de la United Progressive Alliance et présidente du parti du Congrès, a souligné que l'égalité homme-femme était capitale pour faire reculer l'épidémie de sida dans ce pays. Kantha Phavi Ing, ministre cambodgienne de la Condition féminine et des Personnes âgées, œuvre pour changer les normes traditionnelles qui placent les femmes en position d'infériorité par rapport aux hommes, et accroissent leur vulnérabilité à l'infection. Le Premier ministre adjoint de Namibie, Libertina Amathila, a fait de la question des femmes face au sida une priorité dès son arrivée au poste de ministre de la Santé de son pays. À la Barbade, Carol Jacobs a travaillé à tous les niveaux de la riposte au sida, depuis le niveau communautaire jusqu'à la présidence de la Commission nationale sur le VIH/sida au sein du cabinet du Premier ministre, et la fonction d'envoyé spécial du Premier ministre sur le VIH et le sida. Mary Robinson, ancienne présidente de l'Irlande et aujourd'hui directrice exécutive de la Ethical Globalization Initiative (initiative pour une mondialisation respectueuse de l'éthique), a dernièrement lancé l'Initiative des femmes d'affaires contre le VIH et le sida, rassemblant des chefs d'entreprise américains qui s'associeront aux groupes œuvrant à la recherche de solutions pour les femmes dans les pays en développement.

En 2002, les premières dames de toute l'Afrique se sont rassemblées pour lancer l'Organisation des premières dames africaines contre le sida sous la présidence de Mme Edith

Bongo du Gabon, et avec Mme Janet Kagame du Rwanda comme présidente actuelle.

Se présentant comme les « mères symboliques de l'Afrique », elles se sont fixées pour mission de sensibiliser, de plaider pour les initiatives de prévention du VIH et de promouvoir les programmes de traitement, de soins et d'appui. Lors du sommet mondial de septembre 2005, l'organisation a donné le coup d'envoi d'une campagne à l'échelle de toute l'Afrique pour la prévention du VIH chez les enfants et les jeunes Africains.

Consciente du rôle déterminant que les femmes jouent à la tête de la riposte, la Coalition mondiale sur les femmes et le sida a créé un conseil des leaders (Leadership Council). Ce conseil compte parmi ses membres des personnes vivant avec le VIH telles que les militantes Ludefine Anyango et Violeta Ross Quiroga, des célébrités telles que les actrices Emma Thompson et Jiang Wenli, et des personnalités politiques telles que Elena Salgado, ministre espagnole de la Santé et Aileen Carroll, ministre canadienne de la Coopération internationale. Leur but est de veiller à ce que les déclarations et les paroles se traduisent en stratégies, en actions concrètes et en programmes suffisamment financés, ici et maintenant, alors que leur mise en œuvre peut encore améliorer la vie de millions de femmes cernées au quotidien par la problématique du VIH et du sida.

En 1992, un groupe de femmes séropositives a créé la Communauté internationale des femmes vivant avec le VIH et le sida (ICW). Cette organisation, qui a son siège à Londres mais avec du personnel à l'œuvre en Afrique australe et de l'Est ainsi qu'aux États-Unis, compte plus de 5 000 membres disséminés dans 130 pays. ICW apporte un soutien, organise des ateliers, fait pression sur les pouvoirs publics, fait prendre conscience aux femmes de la problématique rattachée au sida, et contribue à ce que les organisations de femmes séropositives évoquent entre elles leurs vécus respectifs.

Comme l'explique Kate Thomson, membre fondateur de ICW et actuellement responsable à l'Onusida à Genève : « Nous avons créé ICW car à l'époque, les services ou les structures d'appui pour les femmes séropositives à travers le monde faisaient cruellement défaut ; les gouvernements ou les pourvoyeurs de fonds ne s'intéressaient pas à la question, ne la considérant pas comme prioritaire, et ils ne voyaient pas l'intérêt de nous faire participer à la riposte ; en outre, faute de coordination, les femmes séropositives ne pouvaient parler d'une seule voix pour faire connaître au monde entier la nature des problèmes et plaider en faveur du changement. Nous avons donc voulu créer un cadre au sein duquel les femmes vivant avec le VIH allaient pouvoir s'organiser, sensibiliser et se soutenir mutuellement au niveau local comme au niveau mondial. Nous voulions nous faire entendre, nous voulions être prises au sérieux, nous voulions tenir un rôle déterminant dans la riposte au VIH, et nous étions bien décidées à réussir.

« Dans les tous premiers jours, qu'est-ce qu'on a pu trouver cela gratifiant de faire partie de ICW ! Je nous revois toutes debout sur la scène à l'ouverture de la conférence mondiale sur le sida à Amsterdam, juste après avoir pris notre décision de constituer le réseau. C'était la première fois que des femmes "séropo" se montraient au grand jour et se faisaient entendre à une conférence mondiale sur le sida. Peu de temps après la formation du réseau, nos membres fondateurs ont lancé les groupes d'appui dans de nombreux pays, dans des endroits où aucun soutien organisé n'avait été apporté auparavant par et pour les femmes vivant avec le VIH. Peu à peu les décideurs, les organisateurs de conférence, les pouvoirs publics et les organisations des Nations Unies ont commencé à solliciter notre participation. Nous nous débattions pour trouver des fonds et nous opérions depuis le sous-sol d'une église, mais c'était passionnant de participer, et les choses allaient très, très vite. Survivre reste un enjeu, tant pour l'organisation, qui se bat constamment pour trouver des fonds, que pour ses membres, dont beaucoup continuent de lutter pour se maintenir en vie dans des endroits privés de l'accès aux antirétroviraux.

« Bien qu'il soit impossible de mesurer l'impact de ICW, je pense que cette organisation a ouvert bien des horizons aux femmes séropositives, ce qui n'aurait pas été le cas si ICW n'avait pas été là-bas faire son travail. Je crois à l'aptitude des gens à se transcender lorsqu'ils se mobilisent de façon organisée autour d'un sujet particulier – et ICW touche aux sujets qui sont cruciaux pour l'existence des femmes vivant avec le VIH. C'est de survie qu'il s'agit. Beaucoup de femmes qui ont suivi les formations ou autres activités ICW sont reparties avec une façon radicalement différente d'envisager leur vie et la contribution qu'elles pouvaient apporter, tant individuellement que collectivement. Elles sont rentrées chez elles pour y réaliser des choses incroyables dans le domaine de la lutte contre le VIH. Certaines ont occupé le devant de la scène, d'autres sont peut-être restées tranquilles et en retrait, d'autres simplement soutenues ont offert leur soutien en échange. Vous mettez tout cela bout à bout, vous multipliez par le nombre de pays où ICW est présente, et vous arrivez à quelque chose de tout à fait étonnant et unique en son genre.

« Quant aux personnes ne vivant pas avec le VIH, eh bien, je crois que les membres de ICW ainsi que d'autres organisations de personnes vivant avec le VIH ont formidablement contribué à éduquer et à soutenir les autres, à démonter et à faire régresser la stigmatisation. Ces organisations ont apporté une réflexion, un vécu et une expertise qui viennent enrichir chaque aspect de la riposte au VIH, de la prévention au traitement, aux soins et à l'appui. Ce que je peux dire à mesure que notre mouvement gagne en maturité, c'est que s'il faut laisser aux femmes et aux hommes séropositifs la possibilité de s'autodéterminer, il est de plus en plus clair que nous devons travailler tous ensemble, qu'importe notre statut, si nous voulons vraiment surmonter les obstacles monumentaux que la pandémie sème sur nos routes[45] »

Face à une crise aussi décourageante que celle générée par le sida, avec ce tribut qu'il fait payer aux femmes, on peut être tenté de se retrancher dans l'inaction, de céder au fatalisme, de traiter cette pandémie comme un problème chronique de plus dans le monde.

Une telle réaction n'est pas seulement inacceptable – elle est inutilement pessimiste. Nous savons très bien ce qui permet de réduire le risque d'infection à VIH encouru par les femmes. Et nous savons aussi qu'il est possible de convertir ces connaissances en action sur le terrain ; des pays entiers – y compris certains des pays au monde les plus démunis – l'ont prouvé en devançant les épidémies de sida ou en faisant reculer des épidémies graves.

Notre défi aujourd'hui est de reproduire à une échelle mondiale les actions réussies, de sorte que les femmes de partout puissent se protéger, réduisant par là même le risque pour les hommes. Sachant que les inégalités sexospécifiques sont aujourd'hui le principal moteur de la pandémie, parce qu'elles créent la vulnérabilité et le risque chez la femme, il est capital de placer au cœur de la riposte, et cela à tous les niveaux, des stratégies de lutte contre le sida axées sur les femmes, si l'on veut venir un jour à bout de cette pandémie. Dans chaque pays, dans chaque communauté, dans chaque initiative de lutte contre le sida, veillons à bien nous poser cette question : « Est-ce que ça va marcher pour les femmes et les filles ? » Si nous apportons les bonnes réponses, nous l'emporterons sur la pandémie.

Le Dr Peter Piot est directeur exécutif de l'Onusida, et sous-secrétaire général des Nations Unies. Le Dr Kathleen Cravero est présidente du Conseil des leaders (Leadership Council) de la coalition mondiale sur les femmes et le sida, et administratrice adjointe du programme des Nations Unies pour le développement.

Notes

1. *Les femmes et le sida : Face à la crise*, Onusida/FNUAP/UNIFEM, 2004.

2. Toutes les statistiques sont du « Le Point sur l'épidémie de sida 2005 », autrement indiqué.

3. Ce chapitre se concentre, essentiellement, sur le contexte des pays en développement.

4. N.S. Dharamshaktu, Additional project director, National AIDS Control Organisation, cité dans « Indian women bear brunt of AIDS epidemic », Reuters, 22 août 2005.

5. AIDS and Men, Panos HIV/AIDS Briefing n° 6,1998.

6. *Gender, Sexuality, and HIV/AIDS : The What, the Why and the How*, XII International AIDS Conference, 2000.

7. Access to HIV Prevention, Closing the Gap, Global HIV Prevention Group, 2003.

8. *Rapport 2004 sur l'Epidémie mondiale de sida*, Onusida, p. 40.

9. *Ibid.*

10. *Les femmes et le sida*, op. cit.

11. *Sexual Violence within marriage*, Khan *et al.*, 2004. Vadodara, Centre for Operations Research and Training.

12. *Young People and HIV/AIDS : Opportunity in Crisis*, Unicef, 2002.

13. *Dangerous Love : Reflections on violence among Xhosa Township Youth. Changing Men in Southern Africa*, Jewkes and Wood, 2002. Pietermaritzburg, University of Natal Press.

14. *Cross-generational and transactional sexual relations in sub-Saharan Africa : Prevalence of behaviour and implications for negotiating safer sex practices*, Luke and Kurz, 2002. Washington, DC. ICRW.

15. *Rapport 2004 sur l'épidémie mondiale de sida*, Onusida.

16. *The spread and effect of HIV-1 infection in sub-Saharan Africa*, Buve, Bishikwabo-Nzarhaza and Mutangadura, 2002. *Sexual mixing patterns and sex-differentials in teenage exposure to HIV infection*, Gregson *et al.*, 2002. *Socioeconomic disadvantage and unsafe sexual behaviours among young women and men in South Africa*, Hallman, 2004. *Cross-generational and transactional sexual relations in sub-Saharan Africa : Prevalence of behaviour and implications for negotiating safer sex practices*, Luke and Kurz, 2002.

17. *Cross-generational and transactional sexual relations in sub-Saharan Africa*, op. cit.

18. *A Wind of Hope in Kenya's Desert*, Darren Taylor, Inter Press S, 17 June 2005.

19. *Rapport 2004 sur l'épidémie mondiale de sida*, Onusida, p. 81.

20. *The Hindu Business Line*, 4 juin 2004 (www.hinduonnet.com).

21. *Situation Analysis on Orphans and Vulnerable Children*, Unicef et ministère du gouvernement local, Botswana, 2003

22. *AIDS and security : How social pensions can deliver effective aid to poor older people and their families*, HelpAge International, 2004.

23. *Learning to Survive : How education for all would save millions of young people from HIV/AIDS*, Global Coalition on Education, June 2004: 4.

24. http://www.unmillenniumproject.org/documents/Gender-complete.pdf, p. 37.

25. « Progress for Children : A Report Card on Gender Parity and Primary Education », Unicef, Num 2, April 2005: 10.

26. Burns, B., Mingat, A., Rakotomalala, R. « Achieving Universal Primary Education by 2015: A Chance for Every Child », Washington, D.C., World Bank, 2003 ; Deininger, Klaus, « Does Cost of Schooling Affect Enrollment by the Poor ? Universal Primary Education in Uganda », *Economics of Education Review* 22 (3), 2003, pp. 291-305 ; « Progress for Children : A Report Card on Gender Parity and Primary Education », Unicef, Num 2, April 2005: 10.

27. Fleischman, J. « Strengthening HIV/AIDS Programs for Women : Lessons for U.S. Policy from Zambia and Kenya », Washington, D.C., The Center for Strategic and International Studies.

28. CEDPA, « Adolescent Girls in India Choose a Better Future : An Impact Assessment », Washington, D.C. : CEDPA, 2001.

29. Don Bundy and Raja Bentauet Kattan, « User Fees in Primary Education », Presentation for the World Bank Human Development Network, June 16, 2005.

30. « Facing the Future Together : Report of the Secretary-General's Task Force on Women, Girls and HIV/AIDS in Southern Africa », UNAIDS, July 2004.

31. « If I could only warn women not to get married… », IPS, août 2005.

32. *To Have and to Hold : Women's Property and inheritance rights in the context of HIV/AIDS in sub-Saharan Africa*, Strickland, 2004.

33. « India's Voiceless Women are easy Prey for AIDS », LA Times, December 2002.

34. Interview réalisée par Sarah Russell, Onusida.

35. www.womenandaids.org

36. ICASA 2003, discours sur (www.groots.org)

38. *Double standards : women's property rights violations in Kenya, Human Rights Watch, 2003 ; Just die slowly : Domestic violence and women's vulnerability to HIV in Uganda*, Human Rights Watch, 2003.

37. *To Have and to Hold : Women's Property and inheritance rights in the context of HIV/AIDS in sub-Saharan Africa*, op. cit.

39. *WHO multi-country study on domestic violence against women's health – report on the first results*, WHO (forthcoming 2005)

40. *Women in an Insecure World*, Geneva Centre for the Democratic Control of Armed Forces (2005).

41. International Partnership for Microbicides at http://www.ipm-microbicides.org

42. IPM at http://www.ipm-microbicides.org

43. Rapport OMS/Onusida de juillet 2005, concernant cette initiative.

44. *Rwanda : Broken Bodies, Torn Spirits : Living with Genocide, Rape and HIV/AIDS*, Africa Rights. 2004.

45. Entretien de Sarah Russell, Onusida.

La mortalité maternelle

Pr René Frydman

La mortalité liée à la grossesse ou à l'accouchement touche 500 000 femmes chaque année, principalement dans les pays pauvres. Ces morts ne sont en rien inéluctables. Leur disparition dépend des politiques de santé. Partout, les femmes ont droit à une maternité sans risque.

En 2006, la mortalité maternelle reste une préoccupation d'actualité à l'échelle mondiale. Sur 200 millions de femmes enceintes chaque année, l'OMS estime que plus de 500 000 meurent chaque année des complications de leur grossesse ou de leur accouchement. Plusieurs dizaines de millions de parturientes souffrent de maladies ou d'invalidité directement liées à la naissance de leurs enfants.

Estimée entre 5 à 30 pour 100 000 naissances dans les pays développés, la mortalité maternelle peut atteindre 2 000 pour 100 000 naissances dans les pays en voie de développement. C'est le symptôme majeur du tribut payé par les femmes dans le monde pauvre à l'accroissement démographique, d'autant plus lourd que ces décès, pour un grand nombre, ne sont pas inéluctables, mais témoignent d'une carence persistante des politiques de santé. Le silence qui entoure ces centaines de milliers de drames humains aggrave encore l'impression d'une indifférence politique et publique encore trop partagée.

La mort maternelle est le décès d'une femme survenu au cours de la grossesse ou dans un délai de quarante-deux jours après sa terminaison, quelles que soient sa durée et sa localisation, pour une cause quelconque déterminée ou aggravée par la grossesse ou les soins qu'elle a motivés, mais ni accidentelle, ni fortuite.

Les morts maternelles se répartissent en deux groupes :

– les décès par cause obstétricale directe résultent de complications de la grossesse, du travail, du post-partum, d'intervention, d'omission, de traitement incorrect ou d'un enchaînement d'événements résultant de l'un des facteurs précédemment évoqués ;

– les décès par cause obstétricale indirecte résultent d'une maladie préexistante ou d'une infection apparue au cours de la grossesse sans qu'elle soit due à des causes obstétricales directes mais qui a été aggravée par les effets physiologiques de la grossesse.

Un des axes de réflexion va consister à isoler la mortalité maternelle évitable de celle qui ne l'est pas, étant posés comme évitables les décès liés à un soin défectueux au niveau de la salle de naissance ou dans une autre unité de la maternité, à un environnement déficient (comme un transport inadéquat) ou encore à un refus de traitement.

Progrès et vigilance dans les pays industrialisés

En France, selon les statistiques de l'Insee et de l'Inserm, la mortalité maternelle varie entre 9 et 13 décès pour 100 000 naissances vivantes. Elle concerne donc quatre-vingts femmes par an.

La Suède a été le premier pays à compter les morts par cause. Il y a deux cent cinquante ans, le taux de mortalité maternelle était supérieur à 1 000 morts maternelles pour 100 000 naissances, ce qui est actuellement observé dans les pays en voie de développement.

Les grandes étapes de l'évolution de la pratique obstétricale telles que le développement de l'usage des forceps et la réalisation de la délivrance artificielle, au XVIIIe siècle, ont commencé à améliorer la situation. Au XIXe siècle apparaît la préoccupation de l'asepsie grâce à Semmelweiss, un médecin autrichien trop longtemps incompris, qui a conclu à la nécessité de se laver les mains avant d'examiner une parturiente.

Sur le plan technique, l'arrivée des antibiotiques au milieu du XXe siècle et le développement des césariennes médicalement sécurisées ont permis de réduire de façon évidente la mortalité maternelle (figure 1).

Aujourd'hui en Europe, la plupart des naissances n'ont plus lieu à domicile mais dans des structures médicalisées. Une étude (Schwartz, OMS, 1987) montre que la mortalité ne descend en dessous du seuil de 100 pour 100 000 naissances que lorsque plus de 95 % de celles-ci sont réalisées en maternité. Parallèlement à l'accouchement en milieu médicalisé se sont développées les consultations prénatales obligatoires puis la préparation à la naissance.

Figure 1 : Mortalité maternelle en Suède (1751-1980)

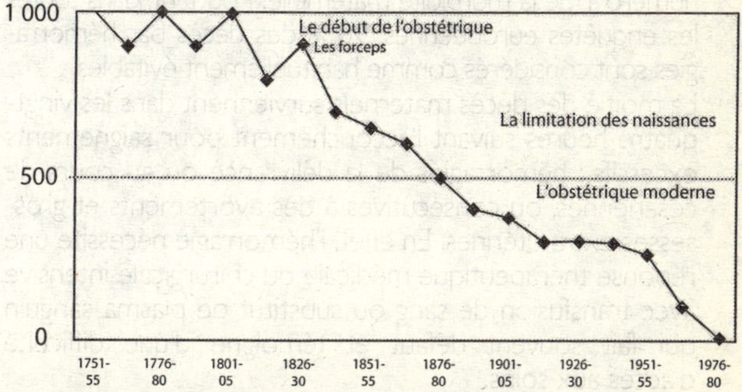

D'après Högberg et Joelsson, 1985

Dans les pays occidentaux, les morts maternelles sont désormais des cas d'espèces qui doivent faire l'objet d'une enquête au cas par cas, non pour faire le procès de quiconque, mais pour rechercher les mesures à prendre et éviter la répétition des erreurs identifiées. C'est ainsi qu'en France a été récemment créé un comité de suivi de la mortalité maternelle qui établit de façon anonyme un rapport annuel aux autorités de tutelle.

Les progrès n'ont fait que se confirmer dans les pays industrialisés, mais l'effort est loin d'être finalisé. La vigilance doit rester intacte car les répercussions d'évolutions telles que l'augmentation de l'âge de conception du premier enfant et le nombre croissant de grossesses gémellaires, de grossesses tardives et de césariennes nécessitent études et évaluations. La création en France d'un comité national de la naissance en 2005 devrait pouvoir répondre à ces préoccupations.

ANALYSE DE LA MORBIDITÉ MATERNELLE

Le risque de décès maternel est nettement corrélé à l'âge avec un risque douze fois plus élevé à 45 ans qu'à 20-25 ans.

Les hémorragies graves après l'accouchement sont la cause numéro 1 de la morbidité maternelle. Pourtant, dans toutes les enquêtes européennes, 90 % des décès par hémorragies sont considérés comme habituellement évitables.

La moitié des décès maternels surviennent dans les vingt-quatre heures suivant l'accouchement pour saignements excessifs : hémorragies de la délivrance ou au cours de césariennes, ou consécutives à des avortements et grossesses extra-utérines. En effet, l'hémorragie nécessite une réponse thérapeutique médicale ou chirurgicale intensive avec transfusion de sang ou substitut de plasma sanguin qui fait souvent défaut et témoigne d'une difficulté d'accès aux soins.

Les autres causes sont les complications de l'hypertension artérielle, les infections sévères, les embolies amniotiques et les embolies pulmonaires (10 % des causes de mortalité en Europe).

Surmortalité dans les pays en voie de développement

L'extraordinaire disparité entre les niveaux de mortalité maternelle dans les pays industrialisés et dans les pays en développement ne peut que susciter l'indignation et doit mobiliser les consciences.

Une femme court aujourd'hui mille fois plus de risque de mourir des complications de ses grossesses si elle vit en Afrique sub-saharienne ou dans certains pays d'Asie que si elle est européenne.

Depuis plusieurs années, des programmes de lutte contre la mortalité infantile et maternelle ont été développés. Bien que leurs ressources soient significatives, le taux de mortalité maternelle demeure stable et souvent très élevé.

Ce sont donc bien les stratégies de lutte contre la mortalité maternelle dans les pays en développement qui doivent être interrogées. Après la conférence de Nairobi de 1987, on s'est rendu compte qu'il fallait recentrer les axes de la lutte pour une maternité sans risque. La vision idéaliste basée exclusivement sur l'amélioration du statut des femmes, par leur éducation, par la limitation des naissances, par l'établissement de consultations prénatales, a montré ses limites.

Car la conséquence a été une démobilisation des trois principaux acteurs des programmes de santé maternelle : les bailleurs de fonds, qui n'ont pas investi suffisamment, les politiques, qui n'ont pas priorisé des programmes de santé adaptées et les obstétriciens, dont le rôle est capital.

La place de l'offre de soins et de son organisation qui avait été un peu délaissée tend à revenir aujourd'hui au premier plan.

Il existe des remèdes qui ont fait leur preuve dans la lutte contre la mortalité maternelle. Une analyse de De Bernis et coll. (2000), menée au Sénégal, a mis en avant le rôle primordial de la qualification du personnel assistant la femme lors de l'accouchement pour détecter les complications obstétricales sévères et prévenir les morts maternelles. L'étude du Surinam relève que les obstétriciens dans 45 %

des cas, l'hospitalisation dans 47 %, l'organisation des soins dans 38 % et les soins de santé primaires dans 23 % des cas sont impliqués dans l'évitabilité du décès. À cela s'ajoute pour 58 % des situations une part de responsabilité imputable à la patiente et à sa famille.

Ainsi, la qualité des soins obstétricaux au moment de l'accouchement plus que la surveillance prénatale apparaît comme la pièce essentielle du dispositif de lutte contre la morbidité maternelle.

Former les obstétriciens

Aujourd'hui, plus que jamais, la solution dépend de la formation des obstétriciens.

Pour faire diminuer la morbi-mortalité maternelle, l'obstétrique de base doit être accessible à toutes les femmes, où qu'elles vivent. Chacune doit pouvoir bénéficier des actes médicaux et chirurgicaux susceptibles de les sauver en cas de complications obstétricales.

Il faut donc à l'échelle mondiale que les autorités politiques mettent sur pied des structures médicalisées pour l'obstétrique courante, assurent une formation des obstétriciens et leur maintien dans les hôpitaux de proximité adéquats en leur garantissant les conditions d'un travail correct.

Trop souvent, on constate, dans les pays en développement, une inégalité importante entre une médicalisation outrancière pour la partie aisée de la population (les patientes aisées concentrent près de 60 % des césariennes au Brésil) et des secteurs délaissés qui n'ont pas accès à une plateforme chirurgicale. Cette situation, qui existe à un moindre degré dans les pays industrialisés, perdurera si des incitations d'installation dans les zones défavorisées ne sont pas mises en œuvre.

Sur le plan mondial, les préoccupations se portent sur l'Afrique sub-saharienne et la partie du Sud-Est asiatique où un récent rapport (Adam *et coll.*, 2005) démontre qu'une intervention coordonnée permettrait de réduire de moitié la mortalité maternelle et néonatale.

René Frydman, professeur de médecine, chef du service de gynécologie obstétrique à l'hôpital Antoine Béclère.

Références

Adam T., Lim S.S., Mehta S., Bhutta Z.A., Fogstad H., Mathai M., Darmstadt G.L., *Cost effectiveness analysis of strategies for maternel and neonatal health in developing countries*, Brit. Med. J 2005 ; 331 (7525) : 1107-1112.

Andersson T., Bergstrom S., Hogberg U., *Swedish maternal mortality in the 19th century by different definitions : previous stillbirths but not multiparity risk factor for maternal death*, Acta Obstet Gynecol Scand. 2000 Aug ; 79(8):679-86.

Bouvier-Colle M.H., « Enquêtes confidentielles avec comité d'experts, audits et soins obstétricaux », *in* Blondel B., Goffinet F., Bréart G. (éd.), *Évaluation des soins en obstétrique*, Paris, Masson, 2001 :208-222.

Bouvier-Colle M.H., Varnoux N., Bréart G., *Les morts maternelles en France*, Paris : Inserm, 1994 : 1-183.

Bouvier-Colle M.H., Pequignot F., Jougla E., *Mise au point sur la mortalité maternelle en France : fréquence, tendances et causes*, J. Gynecol Obstet Biol Reprod (Paris). 2001 Dec ; 30(8):768-75.

De Bernis L., Dumont A., Bouillin D., Gueye A., Dompnier J.P., Bouvier-Colle M.H., *Maternal morbidity and mortality in two different populations of Senegal : a prospective study* (MOMA survey), BJOG. 2000 Jan ; 107(1):68-74.

Maria B., *Mortalité maternelle : les complications obstétricales évitables*, J Gynecol Obstet Biol Reprod (Paris). 2001 Oct ; 30(6 Suppl) : S23-32.

Rapport du Comité national d'experts sur la mortalité maternelle 1955-2001, Ministère de l'Emploi et de la Solidarité, Paris, mars 2001.

Rochat R.W., Koonin L.M., Atrash H.K., Jewett J.F., *Maternal mortality in the United States : report from the Maternal Mortality Collaborative*, Obstet. Gynecol. 1988 Jul ;72(1):91-7.

Les violences conjugales en Europe

Maryse Jaspard

Les violences physiques et sexuelles exercées au sein du couple concernent aussi bien les pays du Nord que du Sud. Leurs mécanismes sont identiques : imposer sa volonté à l'autre, le dominer, le soumettre. Répandues et banalisées, les violences conjugales font vivre les femmes dans la terreur.

C'est une constante de toutes les études : les violences, quelle qu'en soit la nature, sont maximales dans le huis clos familial. En outre, selon l'analyse des statistiques judiciaires, la majorité des crimes de sang sont perpétrés par des proches. Les meurtres de femmes, essentiellement des meurtres conjugaux, sont masqués sous l'appellation romanesque de « crime passionnel », plus propre à émouvoir des jurys d'assises. Parmi tous les espaces de vie (travail, lieux publics, famille, couple), la vie en couple apparaît comme le contexte le plus dangereux pour les femmes, à l'opposé des hommes davantage victimes d'agressions physiques dans les espaces publics ou lieux de vie collective. Ce constat peut être relié à l'habituelle assignation sexuée des espaces : les femmes étant associées à la sphère privée et les hommes à la sphère publique.

Les violences conjugales sont un des aspects, sans doute le plus caché, de l'ensemble des violences – appelé continuum – exercées à l'encontre des femmes. On observe une situation ambivalente : d'un côté la tentation de réduire les violences envers les femmes aux seules violences conjugales, de l'autre, une réticence à associer violences et vie conjugale, particulièrement dans les sociétés occidentales où la relation de couple est considérée comme espace de liberté et d'épanouissement individuel.

Du fait de la reconnaissance tardive de ce phénomène en tant que problème de société, les débats sont parfois houleux, et souvent embrouillés, confondant notamment les causes et les mécanismes des violences conjugales. Quelle qu'en soit l'origine sociale ou individuelle, les mécanismes de la violence sont identiques. Par contre les conséquences et donc les remèdes diffèrent. Dans le cas d'une relation de couple, le mécanisme peut se décrire ainsi : « La violence est fondée sur un rapport de force ou de domination qui s'exerce par les brutalités physiques ou mentales entre au moins deux personnes. Il s'agit d'imposer sa volonté à l'autre, de le dominer, au besoin en l'humiliant, en le dévalorisant, le harcelant jusqu'à sa capitulation et sa soumission[1]. » Propos blessants, paroles injurieuses, autoritarisme paternaliste, condescendant ou tyrannique, contrôles, reproches et réprimandes, humiliations, jalousie maladive, dénigrement, dévalorisation, cris, menaces, brutalités physiques et sexuelles… longue est la liste des exactions conjugales. Actes, paroles, faits et gestes, en apparence sans gravité, lorsqu'ils sont répétés à l'infini créent, au moins un climat de dépendance plus ou moins absolue, au pire de terreur. La banalité de faits – en particulier lorsqu'il n'y a pas d'agressions physiques – gêne la perception de ces violences tant pour les auteurs que pour les victimes ou leur entourage.

Ces manifestations peuvent différer selon les modes de vie ou les cultures, mais le mécanisme est identique et universel : c'est un processus d'emprise sur l'autre, bien connu des professionnels de l'aide aux victimes[2].

Des divergences sur les causes de la violence conjugale

Si, parmi l'ensemble des praticiens et des chercheurs, se dégage un net consensus sur l'analyse des mécanismes et des manifestations des violences privées, le désaccord règne quant à l'interprétation de leurs causes, selon qu'on étudie les pays du Nord ou les pays du Sud.

Schématiquement, au Nord – en dépit des recommandations du Conseil de l'Europe –, l'explication psychologisante, attribuant les comportements violents à des facteurs individuels, est assez consensuelle. Le succès éditorial d'ouvrages qui analysent le harcèlement moral et, à l'opposé, les polémiques frappant les résultats, à peine énoncés, des enquêtes sociologiques nationales, en sont une illustration. Le modèle psychopathologique perçoit les violences comme résultant de comportements déviants propres à quelques individus dont l'histoire personnelle est gravement perturbée. Cette approche, somme toute rassurante, désigne un autre, « malade » ou « délinquant », pouvant être, après examen, puni ou traité médicalement.

Selon l'approche féministe, la violence masculine est analysée comme un mécanisme de contrôle social maintenant la subordination des femmes aux hommes[3]. Les violences contre les femmes découlent d'un système social de valeurs et de représentations dans lequel les femmes n'ont que le statut de dominées. Cette analyse socio-politique, critiquant explicitement l'ordre social, est autrement embarrassante, surtout pour les sociétés démocratiques. Par contre, elle semble légitime pour les pays du Sud, ou les groupes sociaux les plus défavorisés des pays du Nord, du moins selon l'optique philosophique des Occidentaux et des ONG.

Les opinions publiques des pays riches comme des pays pauvres n'ont pas intégré les principes des conventions internationales – principes fortement marqués par le féminisme des pays anglo-saxons – : « la violence à l'égard des femmes, y compris le refus du droit au libre choix de la maternité, s'analyse comme un moyen de contrôle de la femme ayant ses racines dans le rapport de pouvoir inégal entre la femme et l'homme qui subsiste encore, et constitue ainsi un obstacle à la réalisation de l'égalité effective de la femme et de l'homme. » (Article 13 de la Déclaration sur la politique contre la violence à l'égard des femmes dans une Europe démocratique – Rome, 1993.)

DE LA VIOLENCE FAMILIALE À LA VIOLENCE PAR PARTENAIRE INTIME

Les transformations chronologiques du vocabulaire : violence familiale, violence domestique, violence conjugale, violence par un partenaire intime, révèlent une évolution de l'approche du phénomène, centré d'abord sur l'univers familial puis élargi au partenaire. L'analyse des violences dans la sphère privée s'est ainsi adaptée aux évolutions de la conjugalité.

Les violences intra-familiales comprennent, diversement selon les études, les violences perpétrées par les conjoints et/ou les autres membres de la famille. Le terme « violences domestiques », d'origine anglophone, réduit l'univers féminin au huis-clos du foyer ; se raréfiant, son utilisation se cantonne principalement aux pays du Sud. L'expression « violences conjugales » correspond à la modernité du couple contemporain, de plus elle recentre l'analyse sur un seul type d'auteur, le conjoint ou concubin, et ouvre le champ spatial d'investigation hors du domicile familial. Plus récente, apparue dans un rapport de l'OMS en 2002, l'expression « violences par un partenaire intime » élargit explicitement la relation à tous les partenaires sans qu'il y ait, obligatoirement, de vie commune. Les études les plus contemporaines ont opté pour cette notion de partenaire intime, tout en distinguant dans les analyses, le partenaire actuel – quel que soit son statut –, l'ex-partenaire, ou l'ensemble des partenaires.

Les différentes formes de violences conjugales

La perception des violences conjugales a considérablement évolué au tournant du millénaire. L'expression « femmes battues » décrivait la représentation d'une époque pour laquelle la violence était circonscrite aux seules brutalités physiques. Les femmes, êtres fragiles, subissaient des coups d'un conjoint dont l'irrépressible force physique, était, tout à la fois, le garant de leur virilité et de leur autorité de chef de famille. Ou encore, les hommes violents étaient des êtres exploités, miséreux cherchant dans l'alcool un exutoire à leurs humiliations et se vengeant sur leurs femmes et leurs enfants de leur déchéance sociale. À ces images péjoratives et victimisantes tend à se substituer une vision moderne plus complexe des violences conjugales qui intègre les atteintes psychologiques. La généralisation de l'expression « violences conjugales » n'est pas seulement formelle, elle illustre la transformation de la représentation des violences privées. Si la prise en compte des atteintes psychologiques s'impose dans la perception moderne du phénomène, cette conception des violences conjugales se heurte à de fortes résistances (cf. encadré Enveff).

Dans leur ensemble, les spécialistes, chercheurs et personnes de terrain s'accordent pour décrire les formes de violences interpersonnelles. Elles tissent un continuum incluant les violences verbales, psychologiques, physiques et sexuelles.

Les violences physiques sont les plus facilement repérables : bousculer, secouer très fort, traîner sur le sol, jeter par terre, taper contre un mur, donner des gifles, des coups avec ou sans objet contondant, menacer avec une arme, brûler, tenter d'étrangler ou de tuer, exercer d'autres brutalités ou tortures dont l'éventail est innombrable ; sans oublier la séquestration, ou l'interdiction de rentrer chez soi.

Les actes malveillants comme jeter, déchirer, casser, détruire un objet, une réalisation, de valeur sentimentale ou non, constituent, bien qu'« entre-deux », une atteinte psychique importante.

Les insultes, injures, souvent considérées comme des violences psychologiques, peuvent, dans certains cas, en être la verbalisation.

Bien que la description des **violences psychologiques** semble plus délicate, une grande homogénéité des faits recensés s'observe au regard des diverses études sur la question : s'en prendre aux enfants, les emmener ; mettre à l'écart, refuser de parler ; donner à craindre, menacer de mort, faire du chantage affectif. Les mécanismes de la violence conjugale contemporaine reposent en grande partie sur des « conduites contrôlantes et humiliantes » ou des « comportements indiquant une attitude de contrôle, de domination, de dévalorisation » selon le vocabulaire des chercheurs canadiens. Cette violence se manifeste par des actes particuliers : contrôler les sorties, les relations ; imposer des comportements, des façons de s'habiller ; mépriser, dévaloriser, dénigrer, brimer. Quotidiens, ces camouflets, ces discrédits sont une négation de l'altérité, comme en témoigne Nathalie Zebrinska : « Le ton est toujours acerbe et toutes ces petites humiliations mises bout à bout visent à saper votre belle confiance en vous. ». L'homme violent, possessif, empêche tout rapport privilégié, voire interdit tout contact avec autrui ; la jalousie, ressort puissant de violences, peut atteindre des paroxysmes. Par l'intimidation, l'humiliation, la menace, il s'agit de déstabiliser l'autre, de maintenir la peur, l'angoisse, sans recourir nécessairement à des brutalités physiques. Or les professionnels, de même que les victimes ayant fui ces persécutions psychiques, en ont montré le danger : « La maltraitance psychologique est pire. Vous pouvez devenir folle si vous êtes constamment humiliée, si l'on vous répète que vous ne valez rien, que vous n'êtes rien. » (Enquête OMS, femme interrogée en Serbie-Monténégro)

La violence économique qui consiste à priver de ressources ou tout au moins à empêcher d'avoir accès aux ressources est très présente dans les pays pauvres.

La question des **violences sexuelles** au sein du couple divise encore les spécialistes et les opinions publiques. La notion de viol conjugal ne fait pas l'unanimité. Dans le cadre du mariage, la sexualité est du domaine privé, et certains contestent que contraindre à des rapports sexuels ou imposer des pratiques sexuelles non désirées soit une violence ; ces actes ressortissant à l'entente conjugale. Le problème soulevé ici est celui du rapport entre vie publique et vie privée ; il n'est pas exclusif à la sexualité et pourrait se poser dans les mêmes termes pour l'ensemble des pratiques conjugales.

La nouveauté dans l'approche contemporaine des violences conjugales, à verser au crédit exclusif du féminisme, est que le privé est politique. La vie privée n'est nullement à l'abri du contrôle social, ingérence inadmissible pour les uns, garantie du respect de la liberté individuelle pour les autres.

Entre violence et conflit, le nœud des violences conjugales

La confusion courante entre violence et conflit n'est pas sans lien avec les divergences dans l'explication des causes des violences. Le terme « violences conjugales » évoque la plupart du temps une relation de couple violente qui se manifeste par des scènes de ménage. Il est assez banal que dans une relation quotidienne, l'interaction entre les partenaires prenne des formes agressives. Les sujets de discorde et de dispute ne manquent pas. Ces désaccords peuvent dégénérer, la colère pointe et l'agressivité verbale, voire physique, se déchaîne de part et d'autre : insultes et menaces verbales s'entrechoquent, des objets volent, se brisent, dans le pire des coups sont échangés. Rechercher l'instigateur de ces scènes de ménage afin de distinguer l'agresseur et l'agressé ne présente guère d'intérêt, d'autant plus que chacun accuse l'autre du déclenchement des hostilités. Par définition, le conflit est un mode relationnel impliquant la réciprocité entre les protagonistes et susceptible d'entraîner du changement. Alors que la violence, si elle peut prendre des formes identiques – agressions verbales et physiques –, est univoque, la même personne subit les coups et cède lors des altercations. Le conflit peut être envisagé comme une des modalités fonctionnelles des relations interpersonnelles durables, la violence est un dysfonctionnement conjugal.

Toujours destructrice, la violence engendre la peur et, de façon paradoxale, la culpabilité chez la femme qui la subit. La victime peut réagir de plusieurs façons : répondre à la violence par la violence, ou bien, tétanisée, se soumettre, plier face à la volonté d'un partenaire inébranlable ; face à d'autres conjoints, la femme peut mettre en place des stratégies d'évitement ; enfin, lorsqu'elles en ont les moyens socio-économiques et psychologiques, elles rompent une relation insupportable[4]. Mais le comportement violent ne s'arrête pas à la soumission de la femme, il se perpétue parce qu'il est en est le mobile. La violence est une fin en soi, un mode d'existence. « La violence habituelle, pour fonctionner, n'a ni besoin de fin, ni de mobile[5] ». Le conjoint violent n'agit pas pour contrôler, mais pour exercer le contrôle. Il alimente sans nulle cesse le sentiment de culpabilité et la peur chez la victime qui, quoi qu'elle fasse, sera toujours prise en défaut par son persécuteur : quelle faute ai-je commise ? se tourmente-t-elle. C'est moins l'intentionnalité de l'acte qui compte que l'acte lui-même, ainsi que l'expriment, de façon récurrente et universelle, les témoignages : « Tous les prétextes sont bons pour qu'il se mette en colère, qu'il crie, m'insulte, qu'il me tape…"[6] ».

Avec les coups, sévices ou autres tortures physiques, l'homme violent instaure un régime de terreur. Les témoignages, aussi diversement recueillis soient-ils, sont identiques : « Je ne supportais pas les avances continuelles de mon mari, aussi il m'a frappée, violée, séquestrée, fouettée et fait subir des sévices », « Il la frappait [sa femme] en soufflant très fort… il s'appliquait car il ne prenait rien à la légère, et surtout pas les dérouillées[7] ». Dans le rapport de l'OMS (2005), une universitaire du Bangladesh raconte : « […] J'ai crié et il m'a attrapée par les cheveux et m'a traînée d'une pièce à l'autre tout en me donnant des coups de pied et des coups de poing… Il a défait sa ceinture et m'a frappée tant qu'il a pu. »

Pourquoi restent-elles ?

Cette question, souvent posée, n'est légitime que dans les cas où la femme a réellement le choix : possibilité d'assurer sa subsistance et celle de ses enfants le cas échéant, de trouver un lieu pour se protéger des exactions fréquentes et graves de l'ex-conjoint, récuser le poids de la tradition et des familles. Le cycle de la violence conjugale tel qu'il est observé dans les sociétés occidentales permet d'appréhender l'incompréhensible, à savoir pourquoi les femmes restent prisonnières de semblables situations. Il se répète infiniment et comprend toujours les mêmes étapes : montée en puissance progressive de la violence qui s'exacerbe jusqu'à une crise aiguë, à laquelle succède une phase de regrets/pardon, appelée « lune de miel » et souvent idyllique, puis une période variable de rémission, jusqu'à la reprise du mouvement. De fait, victimes et auteurs s'illusionnent sur la possibilité, après réparation, d'un nouveau départ. « Il me demandait pardon à chaque fois, et j'y croyais[8] », argumentation récurrente des récits féminins de victimes. Elles restent, le partenaire violent, ayant atteint son objectif, leur soumission « La confiscation du pouvoir de décision et de l'autonomie dans de nombreux domaines rétrécit le champ d'action et réduit à l'extrême la liberté de la victime[9] ». Nullement universel, ce modèle ne peut guère être appliqué dans les États où, les droits élémentaires des femmes n'étant pas respectés, les épouses sont placées sous la tutelle du mari qui exerce, en toute légalité, son entière autorité. Toutefois, dans tous les cas, les victimes se taisent parce qu'elles ont peur ; se sentant coupables et honteuses, elles minimisent les faits de violences qu'elles subissent, quand elles ne les dénient pas totalement. De plus les hommes les plus dominateurs ne tolèrent pas et ne supportent pas que la femme qui leur appartient s'en aille de son propre gré. Leurs conjointes savent qu'ils vont continuer à les terroriser. En l'absence de soutien extérieur – les familles accablent souvent les conjointes – les victimes sont en danger, parfois extrême.

La perception des violences par les victimes

Nombre d'États n'ont pas encore institué l'égalité des droits des hommes et des femmes, en particulier dans le cadre familial. Au regard des lois et coutumes en vigueur, des actes définis comme délictueux dans certains pays sont tolérés dans d'autres. « Beaucoup de cultures estiment que le mari a le droit de surveiller et maîtriser le comportement de sa femme et que les femmes qui s'insurgent contre ce droit peuvent être punies » (*Population Reports*, 1999). La perception et le seuil de tolérance des violences sont grandement liés au niveau de sensibilisation de la population. Si, selon les traditions, la norme sociale de tolérance diffère, la perception des femmes victimes se rapproche. Par exemple 81 % des Égyptiennes en milieu rural répondent être d'accord avec le fait que la femme, se refusant à des rapports sexuels, soit battue par son mari, seulement 1 % des Néo-Zélandaises partagent cet avis. Correspondant aux normes sociales admises, ces réponses ne reflètent en rien la souffrance de celles qui en sont victimes. On a constaté, dans la plupart des enquêtes – au Nord comme au Sud – qu'après avoir été interrogées, beaucoup de femmes reconsidèrent leur situation et prennent conscience de l'iniquité de la conduite de leur conjoint : « Mon mari me gifle, m'oblige à avoir des rapports sexuels contre ma volonté et je dois lui obéir. Avant d'être interrogée, je n'y avais pas vraiment réfléchi. Je pensais que c'était normal et que c'était la façon dont tous les maris se comportaient. » (Enquête OMS, femme interrogée au Bangladesh). En France, une répondante de l'enquête Enveff commentait elle-même son attitude : « Je refusais de voir la réalité, je m'en rends compte maintenant que vous me posez ces questions, j'étais complètement stupide d'accepter. J'aurais dû partir bien avant. »

La femme mère et objet érotique

Quoi qu'il en soit, de par le monde, nombre de femmes sont dans l'impossibilité de refuser des rapports sexuels, considérés comme un devoir conjugal ; « se refuser à son mari » justifie les coups qu'il donne, étant désireux d'obtenir son droit. L'appropriation du corps des femmes[10] par le conjoint est encore très prégnante. D'une façon générale, les inégalités structurelles entre hommes et femmes contribuent à accroître le risque de violences à l'encontre des partenaires. En particulier, l'intériorisation, par les femmes, des valeurs culturelles légitimant la violence conjugale, les expose grandement au risque de subir des épisodes violents (Rapport OMS, 2002). Dans les sociétés de type « machiste », la femme est prise en étau entre deux statuts idéalisés – mère et objet érotique – et les violences, exercées y compris par des femmes, sont inhérentes à un fonctionnement social reposant sur cette double appropriation du corps féminin.

Même dans une société prônant l'égalité entre femmes et hommes, le système de valeurs peut associer le masculin à la virilité, à savoir force physique et force morale, dureté, impassibilité, vigueur, et, à l'opposé, le féminin peut signifier fragilité, douceur, réserve, sentimentalisme, intuition ; ce modèle est en soi producteur de violences envers les femmes, et pas seulement de violences symboliques. Il est logique que des garçons élevés selon ces préceptes affichent, à l'âge adulte, un certain mépris du sexe

« faible », et se comportent en mâle dominateur, voire violent, auprès de jeunes femmes prêtes à sacrifier sur l'autel de l'amour leur autonomie et leur liberté.

RECONNAISSANCE DES VIOLENCES CONJUGALES : LE RETARD FRANÇAIS

Sur la question des violences conjugales, la France accuse un retard certain par rapport aux pays anglo-saxons ou d'Europe du Nord, dans tous les domaines : reconnaissance et connaissance du phénomène, aide aux victimes, répression des agresseurs, prévention.
En Angleterre, dès le début des années 1970, des centres d'aide aux femmes victimes de violences conjugales sont mis en place ; publié en 1975 aux Éditions Des Femmes, le livre d'Erin Pizzey, *Crie moins fort, les voisins vont t'entendre*, décrit la vie quotidienne dans un centre d'accueil. En France, le premier foyer pour « femmes battues » – foyer Flora-Tristan – ouvre en 1978. Mais la multiplication des centres d'écoute ou d'accueil spécialisés n'aura lieu, avec l'attribution de subventions publiques, qu'à la fin des années 1980, alors que le féminisme, avec l'arrivée de la gauche au pouvoir, s'est institutionnalisé.
1989 sera une année charnière : réalisation de la première campagne officielle de lutte contre les violences conjugales ; création d'une permanence téléphonique ; mise en place des commissions départementales d'action contre les violences faites aux femmes. Sous la responsabilité du préfet, les commissions doivent assurer la coordination des actions des différents acteurs locaux institutionnels et associatifs : police, justice, santé, aide sociale. À partir de 1992, des crédits spécifiques sont dégagés pour confier au secteur associatif l'aide aux victimes de violences.
Pour se mettre en conformité avec les recommandations de la Commission européenne, en 1992, la France s'engage dans la réforme du droit pénal et du droit du travail. Le nouveau code pénal, effectif depuis 1994, dans un chapitre intitulé « Des atteintes à l'intégrité physique

ou psychique de la personne », regroupe des infractions qui correspondent à la spécificité des violences envers les femmes ; en reconnaissant la qualité de conjoint ou concubin comme circonstance aggravante il prend en compte les violences conjugales. Débattue en décembre 2005, la proposition de loi qui prévoit d'étendre la circonstance aggravante aux pacsés et aux ex-conjoints, représente un ajustement nécessaire. La pénalisation du viol conjugal demeure complexe, et les condamnations de conjoints violeurs sont rares. En 2005, le droit français n'applique pas entièrement les recommandations européennes, notamment en matière de protection des victimes. Bien que prévoyant l'éviction du conjoint violent du domicile, la loi sur le divorce de 2004 reste en deçà des dispositifs d'autres États qui, à l'instar de l'Espagne, enjoignent l'éviction immédiate et durable.

Nécessité de cerner l'ampleur du phénomène

L'absence de données statistiques homogènes et fiables constitue une entrave à la prise de décision publique en matière d'aide aux victimes et de prévention. En 1995, la plate-forme d'action de Pékin invitait les États à : « Promouvoir la recherche, organiser la collecte des données et constituer des statistiques sur la prévalence des différentes formes de violence à l'encontre des femmes, en particulier la violence domestique, et encourager la recherche sur les causes, la nature, la gravité et les conséquences de cette violence, ainsi que sur l'efficacité des mesures mises en œuvre pour prévenir cette violence et la réparer. ».

Bien souvent, les seules statistiques disponibles étaient produites par les institutions – police, justice, services médicaux – auxquelles pouvaient s'adresser les victimes ou émanaient des services d'accueil d'urgence, d'hébergement, d'aide ou d'écoute téléphonique. Les structures susceptibles de recevoir des victimes étaient quasi inexistantes, d'autant plus que, dans nombre de pays, le déni social de ces violences était fort. Ces données, lorsqu'elles existaient, étaient de toute façon insuffisantes pour expliciter l'ampleur du problème dans l'ensemble de la population. En effet, les résultats des premières enquêtes statistiques menées en population générale ont révélé la part infime de victimes s'étant adressées à une structure quelconque.

Au tournant du millénaire, certains États ont collationné les statistiques disponibles afin de mesurer l'ampleur du problème, mais ce faisant ils n'ont saisi qu'une toute petite partie émergée de l'iceberg. Par exemple en Algérie, le ministère de la Santé a initié en 2002-2003 une enquête nationale en collectant les informations des diverses structures institutionnelles de police, de justice ou hospitalières ainsi que celles des centres d'écoute et d'accueil. L'étude a porté sur les neuf mille victimes ayant entrepris une démarche auprès de ces services. Rapporté aux dix millions de femmes algériennes âgées de plus de 15 ans, ce nombre donnerait un taux de un pour mille ! Il est évident que l'ampleur du phénomène en Algérie demeure un mystère, néanmoins l'intérêt d'une telle démarche doit être souligné. On connaît bien maintenant les effets aggravants des situations de conflits armées, de terrorisme ou encore de catastrophes naturelles, des périodes de crises aiguës en général, sur les violences conjugales. C'est la raison invoquée par les responsables de l'enquête algérienne : « Durant la décennie 1990, notre pays a connu une vague de violences sans précédent qui a touché toutes les couches de la société et tous les individus, quels que soient leur sexe ou leur situation socioéconomique. Les femmes ont payé le plus lourd tribut et ont été malheureusement doublement victimes. En effet, les familles, se sentant menacées, ont réduit encore davantage, le peu de liberté gagnée par les femmes, pour "les protéger" et "protéger" la famille »[11].

Les enquêtes : différences méthodologiques et polémiques

Produire des données fiables sur un concept polymorphe et fluctuant est une gageure, même pour des institutions dont la crédibilité scientifique est solidement établie. L'enjeu est tel que les chiffres dès leur publication suscitent de nombreuses polémiques.

Même si l'on recentre l'étude comparative sur des pays partageant des valeurs équivalentes, appliquant des législations proches, la complexité du paysage des enquêtes nationales, ou régionales, incite à la prudence. Les synthèses, y compris européennes, demeurent délicates du fait des nombreuses divergences méthodologiques. Ces différences reposent essentiellement sur trois points : la méthode de passage de l'enquête (face à face, autoadministration, téléphone), le questionnaire (taille, libellé des questions, localisation dans le questionnaire), la population cible (âge, état matrimonial). La manière dont l'enquête est introduite auprès des femmes enquêtées est également déterminante. La publication des résultats peut aussi poser problème : taux annuels (douze derniers mois), ou bien sur l'ensemble de la vie de couple ; couple ou partenaire actuel, ou ensemble des partenaires.

Ainsi, l'enquête sur la sécurité personnelle réalisée en 1995-1996 aux États-Unis a calculé un taux annuel d'agressions physiques (1,3 %) dix fois inférieur à ceux des enquêtes de 1975 et 1985 (tableau 1), et souligné que les femmes étaient plus souvent victimes que les hommes. Des différences méthodologiques expliquent en partie les résultats pour le moins contradictoires entre ces enquêtes. Mais c'est surtout la façon dont les questions ont été introduites qui éclaire ces divergences : les premières recherches mettaient en avant les conflits au sein du couple, celle de 1995-1996 se présentait comme une étude sur le crime. En ce dernier cas, les faits déclarés par les répondantes sont nécessairement plus graves et plus restreints (Riou *et al.*, 2003).

Au Canada, les polémiques ont été vives autour des enquêtes, mais dans les années 2000, un consensus s'établit autour de la nécessité d'améliorer les méthodes d'enquête plutôt que d'en nier la pertinence[12]. D'une façon générale, les résultats des enquêtes sur les violences contre les femmes provoquent de vives polémiques, y compris dans les pays scandinaves, bien qu'ils bénéficient d'une relative avance en matière d'égalité entre les sexes. L'enquête nationale suédoise a été très discréditée dans la presse populaire ainsi que dans les milieux scientifiques. Aucun pays européen, encore moins la France, n'a échappé à ce phénomène : il y a des résultats qui fâchent et les résistances patriarcales se dévoilent. Par contre, en Espagne, en dépit de la qualité scientifique, très relative, des enquêtes de l'Institut de la Femme, les résultats ont été accueillis avec le plus grand respect ; il est clair que la volonté politique assure une crédibilité plus grande aux données produites. Le public n'est pas à même de juger de la qualité scientifique d'une enquête, le rôle des acteurs politiques et des médias est primordial dans l'acceptabilité des résultats.

Panorama des enquêtes

La première enquête spécifique concernant les femmes, réalisée par l'Institut statistique du Canada en 1993, par téléphone auprès 12 300 femmes âgées de 18 ans ou plus, portait sur les actes considérés comme une infraction au code criminel du Canada. Parmi les résultats obtenus, une proportion est devenue emblématique : une femme sur deux a été victime d'au moins un acte de violence, physique ou sexuelle, depuis l'âge de 16 ans, quel qu'en soit l'auteur. En revanche, les résultats sur les violences conjugales, en particulier au cours des douze derniers mois, sont presque passés sous silence ou considérés comme sous-déclarés : 3 % des femmes avaient subi des actes de violence physiques ou sexuelle dans le cadre conjugal au cours de l'année (tableau 1). Dans l'enquête annuelle canadienne ESG, Enquête Sociale Générale, en 1999, le taux annuel observé est identique. Comme dans les enquêtes américaines sur les violences familiales, les taux sont semblables pour les hommes et les femmes. Mais les agressions déclarées par les femmes sont plus graves.

En Europe, la première enquête spécifique, nationale, sur les violences contre les femmes a été menée aux Pays-Bas en 1986. D'autres États européens ont pris ensuite le relais : la Suisse en 1994 (Gillioz *et al.*, 1997), la Finlande en 1997 (Heiskanen et Piispa, 1998), l'Espagne en 1999, la France, la Suède en 2000 (Lundgren *et al.*, 2002), l'Allemagne en 2003, pour les plus représentatives. Bien que cette liste ne soit pas tout à fait exhaustive, puisque prenant en compte les opérations les plus accessibles, on constate, fin 2005, l'absence de nombreuses données européennes. Cas particulier, le Royaume-Uni n'a pas entrepris d'opération spécifique, mais la grande enquête *British Crime Survey* intègre un module sur les violences conjugales. Des enquêtes classiques de victimation sont menées en France, mais il n'est pas dans la tradition de la statistique nationale de réaliser des enquêtes de criminalité ; en conséquence, l'État français a commandité en 1997 l'enquête nationale sur les violences envers les femmes en France (Enveff, voir encadré p. 258).

Certains pays d'Europe de l'Est et de l'ex-Union soviétique ont pu bénéficier de l'aide internationale pour mener des enquêtes sur ce sujet. Des enquêtes sur la santé reproductive *(Reproductiv Health Surveys*, *RHS*) diligentées depuis les États-Unis, par le *Center for Disease Control (CDC)* ont, depuis 1999, collecté des données sur les violences domestiques, en Moldavie, Russie, Roumanie, Ukraine, Géorgie, et Azerbaïdjan[13]. Menée en 2002 dans diverses régions urbaines et rurales de la Russie, une enquête spécifique[14] a obtenu des taux de violences conjugales très élevés, une fois et demie ceux, pourtant déjà élevés, de l'enquête RHS de 1999 (tableau 1).

Dans le cadre du programme Santé des femmes de l'OMS, des enquêtes sur les violences envers les femmes ont été entreprises au début du troisième millénaire dans divers continents. Publié fin 2005, un rapport en présente les résultats pour dix pays (Bangladesh, Brésil, Éthiopie, Japon, Namibie, Pérou, Tanzanie, Samoa, Serbie-Monténégro et Thaïlande). Par ailleurs, certaines enquêtes Démographie et Santé (EDS) menées dans les pays du Sud ont inclus dans leur protocole un module sur les violences conjugales, ainsi, pour l'Amérique latine, en Colombie, au Nicaragua, Paraguay, Pérou, à Haïti et République dominicaine, en Afrique, seules la Zambie et l'Afrique du Sud y ont participé. Notons qu'au Mexique, pas moins de quatre enquêtes spécifiques nationales, portant sur de très gros échantillons, ont été réalisées en l'espace de cinq ans ; on peut à la fois s'en réjouir mais aussi s'interroger sur la gestion des fonds publics[15].

Entre 10 % et plus de 50 % des femmes à travers le monde

Dans une synthèse internationale publiée en 1999 (*Population Reports*), on pouvait lire « qu'entre 10 % et plus de 50 % des femmes à travers le monde déclarent avoir subi des violences physiques de la part de leur partenaire à un moment de leur vie ». En raison du peu de fiabilité des données publiées, on pouvait alors se poser la question de l'interprétation de ces pourcentages : 10 % dans les enquêtes aux Philippines et au Paraguay, 18 % en Norvège, 29 % au Canada ou 58 % au sud-est de la Turquie. En 2005, avec la multiplication des enquêtes, nous disposons de matériaux plus fiables permettant, non sans prudence, d'établir une cartographie des violences conjugales. Afin d'avoir les données les plus comparables possible, cette étude se limite aux seules agressions physiques et sexuelles. De plus, n'ayant pas toujours été collectées, les violences psychologiques ne peuvent pas faire l'objet de comparaisons transnationales. Afin d'homogénéiser ces informations, l'ensemble des taux rassemblés dans les tableaux 1 et 2 concernent les violences physiques ou sexuelles perpétrés par le dernier partenaire ou le partenaire actuel au cours des douze derniers mois, et les violences physiques au cours de la vie en couple.

Les données portant sur le cours de la vie sont approximatives et relativement sujettes à caution : problème de mémorisation, mémoire sélective, réinterprétation des faits… Ce qui explique, par exemple, qu'au Cambodge et à Haïti les taux annuels et sur la vie soient proches. Cependant, seules ces informations sont disponibles dans un certain nombre de pays. La Suisse et le Japon présentent les taux les plus bas : moins de 13 %. Les autres oscillent entre environ 20 % et presque 50 %. Les taux de violences physiques les plus élevés sont localisés en Afrique (excepté l'Afrique du Sud), au Bangladesh, mais aussi au Pérou, où ils atteignent 50 %. Comme il a déjà été mentionné, les données sur la Russie varient de 29 à 41 % dans les deux enquêtes. En Europe, Amérique du Nord ou Australie, entre 20 % et 25 % des femmes déclarent avoir subi des agressions physiques de la part d'un conjoint au cours de leur vie.

Les taux annuels sont plus fiables et plus adaptés à la comparaison. Ils sont compris dans une très large fourchette allant de 3 % à 37,5 % en Corée du Sud. Si le chiffre coréen est exorbitant, avec un taux de 29 % l'Éthiopie fait partie des pays les plus touchés. Il faut noter ici que nombre d'États ne se sont pas donné les moyens de mesurer le phénomène, l'ampleur des violences peut y être très forte. Cinq pays, essentiellement du Sud, ont des taux élevés, autour de 20 %, ensemble auquel on pourrait adjoindre les îles océaniennes dont deux, la Polynésie et la Nouvelle-Calédonie, sont des Territoires français d'outre-mer. Les taux les plus faibles, autour de 3 % s'observent dans cinq pays européens, en Amérique du Nord, en Australie et au Japon. Les taux des pays de l'Est sont un peu au-dessus : 7 %. On ne peut pas dire pour autant que, du point de vue des violences conjugales, le critère économique trace une ligne de partage entre les pays riches et les pays pauvres. Les taux annuels suisses ou des pays nordiques dépassent 5 %.

Une femme sur dix victime de violences conjugales en Europe

La variabilité des taux de violences sexuelles est beaucoup plus grande, mais la mesure en est aussi plus subjective. D'après les résultats de l'étude de l'OMS, 44 % des femmes vivant en Éthiopie ont subi des violences sexuelles de la part de leur mari l'année précédant l'enquête. Très alarmant, ce chiffre est certainement significatif du sort réservé aux femmes dans les pays les plus déstabilisés et les plus pauvres. Au Bangladesh, près d'un quart des femmes sont forcées par leur conjoint, en Thaïlande, aux Iles Samoa et en Égypte ces taux sont également très élevés : entre 12 et 16 %. Ailleurs, ils sont compris entre 3 et moins de 1 %, on notera la fréquence plus forte de ce type d'agressions en Amérique latine, environ 4 %.

Quelques études – Espagne, Finlande, France, Russie – ayant traité des violences psychologiques ont élaboré un taux global de violences conjugales combinant l'ensemble des violences psychologiques, physiques ou sexuelles. De cette évaluation ressort un ordre de grandeur : au cours d'une année, environ une femme sur dix est victime dans son couple de violences psychologiques, physiques ou sexuelles (Jaspard, 2005). Les taux de violences conjugales observés dans les enquêtes françaises des îles du Pacifique sont très élevés, le harcèlement psychologique s'ajoutant aux agressions physiques et sexuelles. Dans l'enquête russe (voir note 9), plus de la moitié des enquêtées ont enduré des violences psychologiques ; au final, 70 % des enquêtées ont été victimes au cours de leur vie d'au moins un type de violences. Ces résultats concernant la Russie sont alarmants ; dans un communiqué de presse en date du

14 décembre 2005, la directrice du programme Europe et Asie centrale d'Amnesty International s'indignait : « Il ne suffit pas de demander des comptes à ceux qui commettent des actes de violence au sein de leur famille. Un État qui tolère cette violence a aussi sa part de responsabilité et doit en répondre. » Bien que l'État russe, comme les autres nations européennes, se soit engagé à suivre les recommandations du Conseil de l'Europe en matière de lutte contre les violences faites aux femmes, aucun centre d'accueil pour les femmes ainsi menacées n'existe à Moscou même. La Russie ne fait pas figure d'exception, l'existence de données d'enquêtes permet au moins de pointer le problème.

Des tendances communes

Dans chaque entité sociale ou territoriale se retrouvent les mêmes tendances. Les plus jeunes femmes sont largement les plus touchées, et l'écart entre les groupes d'âge est d'autant plus accentué que le niveau de violences est élevé. Par exemple, dans les îles du Pacifique, les jeunes femmes sont en proie à des taux annuels fort élevés d'agressions physiques et sexuelles (26 % et 11 % respectivement, en Polynésie), résultat de l'immense décalage entre les rôles et représentations masculines et féminines dans les dernières générations. Trait commun aux Îles du Pacifique[16] ou de l'Océan indien, la cohabitation du couple chez les parents ou beaux-parents rend la jeune femme très vulnérable aux attaques conjuguées du conjoint et des autres membres de la famille. Avec l'âge et la maternité, les femmes mariées acquièrent respect et pouvoir. Pouvoir dont elles peuvent user, voire abuser, à l'encontre de leurs filles et belles-filles, en contrôlant leurs faits et gestes afin de s'assurer que ces dernières remplissent bien leur rôle d'épouses et de mères. Dans la plupart des régions du globe, pour soumettre sa jeune épouse, le mari peut compter sur l'appui de la famille. La phase actuelle de transition, des systèmes de normes et valeurs patriarcales vers des modèles plus égalitaires entre les sexes, favorise les conflits intergénérationnels et accentue, pour les jeunes femmes, les risques de subir des violences dans la sphère privée.

Les données des enquêtes de l'OMS menées dans des zones urbaines et rurales apparaissent contrastées selon l'habitat, notamment dans les pays les plus touchés. Au Pérou, en milieu rural, le taux annuel de violences sexuelles est trois fois plus élevé que le taux urbain, le taux de violences physiques, une fois et demi. Cette sur-exposition de 150 % dans les campagnes par rapport aux villes est fréquemment observée. Toutefois cet écart ville/campagne n'est pas généralisable, il peut même être inversé, comme en Polynésie par exemple, ou encore au Bangladesh pour les violences physiques. Les problèmes méthodologiques et de perception du phénomène se posent avec beaucoup d'acuité dans les régions les plus reculées et isolées.

L'alcool est un catalyseur

Le problème de l'alcoolisme se retrouve dans toutes les études : l'abus d'alcool déclenche l'agressivité du conjoint. Les conjoints alcooliques manifestent beaucoup plus souvent que les autres des comportements violents. Mais il est faux de lier exclusivement la violence à l'abus d'alcool. L'abus de boisson n'est qu'un catalyseur, environ un tiers des agressions sont commises sous l'emprise de l'alcool (Jaspard *et al.*, 2003). Le lien entre alcool et violence est accru lorsque la consommation d'alcool est une norme sociale valorisée et virile, dans les archipels polynésiens par exemple. Dans les pays scandinaves, les beuveries coutumières masculines de fin de semaine n'expliquent pas à elles seules les taux élevés de violences observés, contre toute attente, dans ces contrées. Ces comportements violents sont davantage l'expression musclée de la résistance masculine à l'institutionnalisation de l'égalité entre les sexes.

Pour en finir avec le rôle de l'alcool, – non spécifique aux violences conjugales –, est-il nécessaire de préciser que des atteintes très graves à l'intégrité des femmes se produisent dans des États interdisant tout commerce d'alcool ?

Les violences conjugales traversent tous les milieux sociaux, mais niveau d'éducation, richesse économique, hiérarchie sociale, autonomie des femmes sont diversement reliés, selon les États, aux risques de violences conjugales. À partir des données disponibles, on constate que les effets socioéconomiques sont quasiment inversés au Nord et au Sud. Globalement, les femmes appartenant aux milieux favorisés sont relativement protégées au Sud, les autres, souvent sans emploi et sans ressources, sont dans l'incapacité matérielle d'échapper à un homme violent, souvent lui-même en situation d'emploi précaire. Par contre, dans des pays en expansion économique et en gain de démocratie, comme le Mexique et, d'une autre façon, en Russie, les femmes les plus autonomes dans leur vie de couple sont surexposées aux violences de leurs partenaires. Une part des violences subies par les jeunes femmes est imputable à ce phénomène : elles paient un lourd tribut à leur recherche de liberté au sein du couple. En tous lieux, les femmes vivant de multiples expériences amoureuses sont particulièrement exposées ; l'asymétrie entre les sexes est flagrante : le vagabondage sexuel au masculin représente une force, au féminin, une vulnérabilité[17].

Enfin, parmi les facteurs déterminants des risques de violence, la reproduction des situations vécues dans l'enfance traverse tous les contextes géopolitiques, socioculturels ou économiques. Si dans son enfance une femme a été témoin ou a elle-même subi des maltraitances, voire des sévices, la probabilité qu'elle soit, à l'âge adulte, victime de violences conjugales est multipliée par trois par rapport à une femme indemne de ces souffrances dans son jeune âge.

Les révélations publiques des souffrances intimes et des drames familiaux ont, d'une certaine manière, rendu plus visibles les violences conjugales. Mais l'absence de sources fiables renforce une dramatisation démesurée, un pathétique journalistique. Dans le souci de provoquer des réactions, de produire un impact émotionnel, les associations et mouvements internationaux, aux prises avec une réalité insupportable, peuvent parfois leur emboîter le pas. Au travers de débordements médiatiques, la focalisation sur les situations les plus tragiques, obère grandement la violence au quotidien, la plus répandue et la plus banalisée. À l'entrée dans le troisième millénaire, il semble que pour les femmes, liberté au quotidien, en privé comme en public, rime avec violences.

*Maryse Jaspard est maître de conférences à l'Université Paris 1 (Panthéon-Sorbonne) et responsable de l'unité de recherche « Démographie, genre et sociétés » à l'Institut national d'études démographiques. Elle a dirigé l'*Enquête nationale sur les violences envers les femmes en France *(Enveff) et publié dans la collection Repères, éditions La Découverte :* La sexualité en France *(1997), et* Les violences contre les femmes *(2005).*

L'ENQUÊTE NATIONALE SUR LES VIOLENCES ENVERS LES FEMMES EN FRANCE

L'enquête Enveff (Enquête nationale sur les violences envers les femmes en France), a été commanditée dès 1997, par le secrétariat d'État aux Droits des femmes, afin de répondre aux engagements de la France lors de la Conférence mondiale des femmes 1995. Coordonnée par l'Institut de démographie de l'université Paris 1 (Idup), elle a été réalisée par une équipe pluridisciplinaire[18].
Son objectif était la production de statistiques fiables portant sur l'ensemble de la population, en priorité les fréquences des divers types de violences interpersonnelles, psychologiques, verbales, physiques et sexuelles qui s'exercent envers les femmes, à l'âge adulte, dans leurs différents cadres de vie (couple, famille, travail, lieux collectifs).
La collecte des données a été menée de mars à juillet 2000, auprès d'un échantillon représentatif de 6 970 femmes âgées de 20 à 59 ans et résidant, hors institution,

en métropole. Un questionnaire d'une durée moyenne de 45 minutes a été passé par téléphone. Les procédures d'appel et la gestion des fichiers de numéros de téléphone assuraient le respect de l'anonymat total, la confidentialité et la sécurité des personnes interrogées. Afin de prévenir d'éventuels risques pour les répondantes, le protocole de collecte prévoyait de nombreuses précautions ; un dispositif de relais associatif a été mis en place.

Dans la continuité, des enquêtes analogues ont été réalisées en Polynésie (en face à face) et à l'Île de la Réunion (par téléphone) en 2002, en Nouvelle-Calédonie (en face à face) en 2003 sur des échantillons de 1 000 femmes.

Les premiers résultats de l'enquête Enveff présentés en décembre 2000 ont largement été diffusés par les médias. Outre l'ampleur du silence qui pesait sur le phénomène, deux chiffres ont plus particulièrement retenu l'attention et font en quelque sorte référence : une femme sur dix est victime de violences conjugales, psychologiques, physiques ou sexuelles ; 50 000 viols ont été perpétrés au cours de l'année de l'enquête. Ces deux chiffres ont alarmé les commanditaires et leur divulgation a sans conteste accéléré la prise de conscience de l'ensemble du corps social. La campagne de lutte contre les violences envers les femmes lancée en 2001 a intégré le changement d'image de femmes victimes de violences : de la femme battue à la femme victime de violences conjugales qui se taisait, mais qui peut maintenant parler. Libérer la parole, première condition de la lutte contre les violences d'où le slogan retenu : « Briser le silence ».

Deux résultats, très importants pour les professionnels et les acteurs de terrain, cependant peu relayés par les médias, ont pu être l'objet de polémiques : la mise en avant de la gravité des violences psychologiques, et l'affirmation que le phénomène touche tous les groupes sociaux.

Ouvrages de référence

Garcia-Moreno C., et al., *Who Multi-country Study on Women's health and domestic violence against women*, Genève, OMS, 2005.

Gillioz Lucienne, De Puy Jacqueline, Ducret Véronique, *Domination et violence envers la femme dans le couple,* Lausanne, Éditions Payot, 1997.

Heiskanen M., Piispa M., *Faith, hope, battering. A survey of men's violence in Finland,* Helsinki, Statistics Finland, 1998, 64 p.

Hirigoyen Marie-France, *Femmes sous emprise. Les ressorts de la violence conjugale*, Paris, Oh ! Éditions, 2005, 302 p.

Jaspard Maryse, Brown Elizabeth, Condon Stéphanie, Fougeyrollas-Schwebel Dominique, Houel Annik, Lhomond Brigitte, Maillochon Florence, Saurel-Cubizolles Marie-Josèphe, Schiltz Marie-Ange, *Les violences envers les femmes en France, une enquête nationale*, La Documentation française, 2003.

Jaspard Maryse, *Les violences contre les femmes,* La Découverte, 2005, 122 p.

Johnson Kiersten, Kishor Sunita, *Profiling Domestic violence ; A multy-country Study* Columbia, ORC Macro, 2004.

Lundren E., Heimer G., Westerstrand J., Kalliokoski A-M., *Captured queen Men's violence against women in equal Sweden – a prevalence study*, Uppsala Universitet, 2001.

OMS, *Rapport mondial sur la violence et la santé* Genève, Organisation mondiale de la Santé, 2002.

Population Reports, « Ending violence against women », vol.XXVII, n° 4, 1999.

Riou D., Rinfre-Raynor M., Cantin S., *La violence envers les conjoints québécois,* Institut de la statistique, Québec, 2003.

Walby Sylvia, Allen Jonathan, *Domestic violence, sexual assault and stalking : findings from the British crime survey*, Home office research, Study 276, London, 2004.

Zebrinska Nathalie, *La guerre secrète, vaincre la violence conjugale*, L'Harmattan, 2003.

Tableau 1 Taux de violences physiques (%) dans le couple*

Pays		Année	Type d'enquête	Au cours de la vie	12 derniers mois
Afrique du Sud	Afrique	1998	Spécifique		9,5
Égypte	Afrique	1996	EDS	34,4	12,5
Éthiopie	Afrique	2000***	OMS	48,7	29,0
Namibie	Afrique	2000***	OMS	30,6	15,9
Tanzanie	Afrique	2000***	OMS	40,0	17,0
Zambie	Afrique	2001	EDS	48,4	26,5
Canada	Amérique Nord	1993	Spécifique	25,0	3,0
États-Unis	Amérique Nord	1996	NFS	21,0	1,3
États-Unis	Amérique Nord	1985	NFS		11,3
Brésil	Amérique Sud	2000***	OMS	30,0	10,0
Haïti	Amérique Sud	2000	EDS	28,8	21,0
Mexique	Amérique Sud	2003	Spécifique		11,0
Nicaragua	Amérique Sud	1997	EDS	30,2	13,2
Pérou	Amérique Sud	2000***	OMS	50,0	21,0
Rép. dominicaine	Amérique Sud	2002	EDS	22,3	11,0
Azerbaïdjan	Asie	2001	RHS	20,0	8,0
Bangladesh	Asie	2000	OMS	40,0	18,0
Cambodge	Asie	2000	EDS	17,5	15,4
Corée du Sud	Asie	1989	Spécifique		37,5
Inde	Asie	1998	EDS	18,9	10,3
Japon	Asie	2000***	OMS	12,9	3,1
Thaïlande	Asie	2000***	OMS	33,5	11,0
Allemagne	Europe	2003	Spécifique	27,9	
Finlande	Europe	1997	Spécifique	27,5	6,5
France	Europe	2000	Spécifique		3,0
Grande-Bretagne	Europe	2001	BCS		3,4

Pays-Bas	Europe	1986	Spécifique	26,2	
Suède	Europe	2001	Spécifique	20,5	4,6
Suisse	Europe	1994	Spécifique	12,6	5,6
Roumanie	Europe Est	2000	RHS	29,0	10,0
Russie	Europe Est	1999	RHS	21,0	7,0
Russie	Europe Est	2002	Spécifique	41,0	
Serbie-Monténégro	Europe Est	2000***	OMS	22,8	3,2
Ukraine	Europe Est	2000	RHS	19,0	7,0
Australie	Océanie	1996	Spécifique	22,5	2,4
Nouvelle-Calédonie	Océanie	2003	Spécifique		19,0
Polynésie	Océanie	2002	Spécifique		17,0
Samoa	Océanie	2000***	OMS	40,5	17,9

* couples mariés ou non dans la plupart des enquêtes, sauf au Bangladesh.
** depuis la première mise en couple, en général, ou depuis l'âge de 15 ans (Finlande, Canada, Australie).
*** les enquêtes de l'OMS se sont déroulées entre 1996 et 2003.

Tableau 2 Taux annuels (%) de violences sexuelles dans le couple, douze derniers mois*

Pays		Année	Type d'enquête	12 derniers mois
Éthiopie	Afrique	2000***	OMS	44,4
Namibie	Afrique	2000***	OMS	9,1
Tanzanie	Afrique	2000***	OMS	15,1
Zambie	Afrique	2001	EDS	3,9
États-Unis	Amérique Nord	1996	NFS	0,2
Brésil	Amérique Sud	2000***	OMS	4,2
Haïti	Amérique Sud	2000	EDS	14,8
Nicaragua	Amérique Sud	1997	EDS	3,9
Pérou	Amérique Sud	2000***	OMS	23/7**
Rép. dominicaine	Amérique Sud	2002	EDS	4,2
Bangladesh	Asie	2000***	OMS	22,0

Cambodge	Asie	2000	EDS	3,2
Japon	Asie	2000***	OMS	1,3
Thaïlande	Asie	2000***	OMS	16,3
Espagne	Europe	1999	Spécifique	4,7
Finlande	Europe	1997	Spécifique	2,5
France	Europe	2000	Spécifique	0,9
Suède	Europe	2001	Spécifique	0,7
Suisse	Europe	1994	Spécifique	0,8
Serbie-Monténégro	Europe Est	2000***	OMS	1,1
Ile Réunion	Océan indien	2002	Spécifique	1,1
Australie	Océanie	1996	Spécifique	0,3
Australie	Océanie	2002	Spécifique	2,5
Nouvelle-Calédonie	Océanie	2003	Spécifique	7,2
Polynésie	Océanie	2002	Spécifique	7,0
Samoa	Océanie	2000***	OMS	11,5

* couples mariés ou non en Europe et Amérique du Nord, mariés dans les autres enquêtes.
** 23 % en zone rurale, 7 % en zone urbaine
*** les enquêtes de l'OMS se sont déroulées entre 1996 et 2003.

Notes

1. Jaspard *et al.*, 2003.
2. Hirigoyen, 2005.
3. Hanmer Jalna, « Violence et contrôle social des femmes », *Questions féministes*, n° 1, 1977, pp. 69-88.
4. Jaspard, 2005.
5. Sofsky Wolfgang, *Traité de la violence*, Gallimard, 1998.
6. Kaczmarek Sylvie, *Violence au foyer. Itinéraires de femmes battues*, Imago, 1990.
7. *Femmes françaises de classe moyenne et supérieure*, in Kaczmarek, 1990, note 6, et F.-O. Giesbert, *L'Américain*, 2004.
8. Kaczmarek, *op. cit.*
9. N. Zebrinska, 2003.
10. Guillaumin Colette, *Sexe, Race et Pratique du pouvoir. L'idée de nature*, Côté-Femme/Recherches, 1992.
11. République algérienne démocratique et populaire – Institut national de Santé publique, 2005.

12. In Koninck M. De et Cantin S., « La critique de l'Enveff signée par Marcela Iacub et Hervé Le Bras ou l'arroseur arrosé », *Nouvelles Questions féministes,* vol. 23, n° 1, pp. 72-82.

13. Ces éléments sont extraits d'une communication présentée à Paris en septembre 2005, à la Sorbonne, par Florina Serbanescu et Marie Goodwin, lors du colloque européen sur les violences contre les femmes organisé par le CAHRV, l'Idup et l'Ined.

14. Gorchkova I., Shurygina I., « Domestic violence against wives and distribution of power : Case of Russia » Congrès international de l'IUESP, Tours, 2005.

15. Castro R., Casique I., Serrano O., « Violencia de pareja contras mujeres en Mexico », Congrès international de l'IUESP, Tours, 2005.

16. Jaspard Maryse, Brown Elizabeth, Pourette Dolorès, « Les violences envers les femmes dans le cadre du couple en Polynésie française », *Espace, Populations, Sociétés*, n° 2, Lille, 2004, pp. 325-341. Hamelin Christine, Salomon Christine, « Parenté et violences faites aux femmes en Nouvelle-Calédonie », *Espace, Populations, Sociétés* n° 2, Lille, 2004, pp. 307-323.

17. Jaspard Maryse, Brown Elizabeth, Lhomond Brigitte, Saurel-Cubizolles Marie-Josèphe, « Reproduction ou résilience : les situations vécues dans l'enfance ont-elles une incidence sur les violences subies par les femmes à l'âge adulte ? », *Revue française des Affaires sociales*, n° 3, juillet-septembre 2003, pp. 159-189.

18. Maryse Jaspard, Responsable de l'enquête, Elizabeth Brown, Stéphanie Condon, Jean-Marie Firdion, Annik Houel, Dominique Fougeyrollas-Schwebel, Brigitte Lhomond, Florence Maillochon, Marie-Ange Schiltz, Marie-Josèphe Saurel-Cubizolles. Les premiers résultats ont été publiés en janvier 2001 : « Nommer et compter les violences envers les femmes : une première enquête nationale en France », *Populations et Sociétés*, n° 364, Paris : INED. (Publication en anglais disponible sur le site Internet http://www.ined.fr).

Violences conjugales
Le cas de l'Espagne

Marc Fernandez et Jean-Christophe Rampal

L'Espagne est considéré comme le mauvais élève de l'Union européenne pour ses deux millions de femmes victimes de violences domestiques. Les chiffres sont pourtant équivalents à la situation française. Une loi a été votée en 2004 et des tribunaux spéciaux créés. Les résultats sont encore mitigés.

Un jeune homme de vingt ans tire une balle entre les deux yeux de sa compagne. Un mari jaloux tue son épouse à coups de marteau avant de se suicider. Un autre est incarcéré dans la région de Barcelone pour avoir poignardé sa femme en pleine rue, un quatrième arrêté à Séville après avoir tenté d'assassiner sa femme avec une hache, un cinquième mis en détention à Malaga après s'être caché sous le lit de son ex-femme armé d'un couteau dont la lame dépassait les trente-six centimètres de longueur autorisés. Les titres de la presse espagnole en témoignent tous les jours, la violence contre les femmes en Espagne atteint des niveaux alarmants, même si, paradoxalement, ils se situent dans la moyenne européenne. Mais, à la différence d'autres États, le sujet n'est plus tabou de ce côté-ci des Pyrénées, les problèmes sont visibles et le débat, ouvert.

Malgré tout, si l'on en croit les statistiques officielles, les Espagnoles ne sont pas en sécurité dans l'espace de leur vie privée : 63 d'entre elles sont mortes au cours de l'année 2005, soit une tous les six jours. Elles étaient 72, assassinées par leur conjoint en 2004, 71 en 2003. À noter cependant qu'en 2002, 52 « seulement » avaient trouvé la mort. La Police nationale et la Guardia Civil (l'équivalent de notre gendarmerie) ont enregistré pour leur part 43 861 plaintes pour violences domestiques et ont arrêté plus de 28 000 hommes accusés de mauvais traitements. Selon le ministère de l'Intérieur, plus de 13 000 femmes ont été blessées par leur conjoint.

Depuis 1999, les autorités ont ainsi dénombré plus de 200 femmes tuées par leur mari, concubin, petit ami ou ex-petit copain. « L'Espagne reste un pays machiste. Nous avons derrière nous des années et des années de clichés, de stéréotypes, d'éducation et de culture qui imposent un rôle précis à la femme, une inégalité flagrante avec l'homme. Mais, nous avançons dans le bon sens à présent. Des efforts sont faits », soutient Rosa Péris, directrice de l'Institut de la femme (Instituto de la Mujer, rattaché au ministère des Affaires sociales), qui affirme que 11 % des Espagnoles de plus de dix-huit ans ont été victimes de violence domestique, soit 2 millions de femmes. De plus, 4 % (680 000) n'oseraient pas reconnaître les mauvais traitements que les hommes leur font subir.

Une loi votée à l'unanimité en 2004

María Naredo, en charge du dossier à la section espagnole d'Amnesty International, confirme l'analyse : « Nous vivons dans une société sexiste, discriminatoire et inégalitaire. » La présidente de l'Observatoire contre la violence domestique, Montserrat Comas, estime même que « la violence contre les femmes est un problème aussi important que le terrorisme pour notre société. » Cet organisme d'État, créé en octobre 2002 au sein du Conseil général du pouvoir judiciaire (l'une des plus hautes instances juridiques espagnoles), est notamment chargé de suivre de près tous les cas rencontrés dans les tribunaux et les commissariats et de les analyser afin de mieux appréhender le phénomène.

La question des violences conjugales ne semblait pas être prioritaire il y a peu pour le gouvernement de José María Aznar. Ce manque de volonté politique n'a pas résisté à la publication d'un rapport d'Amnesty International en novembre 2002. Face au scandale et suite aux pressions des nombreuses associations travaillant au quotidien avec les femmes, les députés du Partido Popular (PP, droite) ont été obligés d'apporter une réponse au problème et de proposer une loi, à l'été 2003. Les élections de mars 2004 et la victoire des socialistes, qui avaient fait de la lutte contre les violences faites aux femmes un thème de campagne, ont changé la donne. Une nouvelle loi, la Loi de protection intégrale de la violence de genre (*sic*), a été votée à l'unanimité en décembre 2004, assortie de la décision de pourvoir à son application durant l'année 2005. Pour l'actuel gouvernement de José Luís Rodríguez Zapatero, le seul en Europe à respecter la parité avec la moitié des portefeuilles confiés à des femmes, l'heure est à la tolérance zéro. « Nous serons bientôt les premiers au monde dans le combat contre les violences faites aux femmes », annonçait ainsi le ministre du Travail et des Affaires sociales, Jesús Caldera.

Changer les mentalités va prendre du temps

L'une des mesures les plus visibles et marquantes mises en place grâce à ce nouveau texte consiste en la création de tribunaux spéciaux estampillés « violence domestique ». Dix-sept ont vu le jour fin juin 2005, dont quatorze dirigés par des femmes. Ils sont situés dans la plupart des grandes villes espagnoles et là où les statistiques des violences sont les plus élevées : Madrid en compte trois, Barcelone, deux ; suivent Valence, Grenade, Malaga, Séville, Murcie ou encore

San Sebastian. La région de Valence, avec 10 femmes assassinées dans l'année, est la plus dangereuse pour les femmes, devant l'Andalousie (9 mortes) et la Catalogne (8 mortes). Dans la capitale, 4 femmes sont décédées en 2005.

Des mesures d'éloignement immédiat de l'agresseur dès le dépôt d'une plainte ou de surveillance par des agents de la police nationale spécialisés dans ces affaires sont également à l'ordre du jour. La baisse du nombre de victimes mortelles l'année dernière ainsi que le chiffre des plaintes en augmentation sont sans aucun doute les premières conséquences positives de la nouvelle loi. Mais il reste bien du chemin à parcourir. Car dans la plupart des affaires les plus dramatiques, celles qui se terminent par un décès, les victimes n'avaient pratiquement jamais porté plainte. « Nous avons un gros travail de prévention à réaliser, estime Montserrat Comas. Nous ne pouvons pas nous contenter du seul volet répressif, même s'il est très important et qu'il faut empêcher des maris violents de s'en prendre à leur femme. Mais nous sommes ici face à un phénomène social. Changer les mentalités va prendre du temps. » Des propos confirmés par Raimunda de Peñafort. Juge en charge du Tribunal numéro 1 de Madrid pour les affaires de violence domestique, elle a écrit un livre, *Une juge face à la violence*, relatant douze histoires de femmes battues. « Nous enregistrons une moyenne de 24 plaintes par jour, c'est beaucoup, explique-t-elle. Nous avons traité près de 1 500 cas de juin à décembre 2005. C'est bien. Car l'un des dangers pour une femme qui subit ce genre de violence est de s'enfermer dans le silence. Cette loi a au moins le mérite de les sortir de leur isolement. » Au cours de la première semaine de l'année 2006, trois femmes ont été assassinées par leur conjoint.

LES IMMIGRÉES, UNE CIBLE PRIVILÉGIÉE

« Toutes les femmes vivant en Espagne ne sont pas logées à la même enseigne », souligne María Naredo, de la section locale d'Amnesty International et auteure d'une étude publiée en juillet 2003, intitulée Femmes invisibles, abus impunis. « Celles qui n'ont pas de papiers n'osent pas aller dans les différents centres d'accueil en cas d'agression ou de mauvais traitements car elles ont peur de se faire expulser. »

Selon l'Institut de la femme, plus de 40 % des femmes assassinées par leur mari ou ex-mari en 2005 sont des étrangères. « C'est une de nos préoccupations majeures. Nous allons d'ailleurs lancer une campagne de prévention spécifique, afin qu'elles dénoncent ceux qui les maltraitent », affirme sa directrice Rosa Péris. Le phénomène s'est amplifié au rythme de l'arrivée massive d'immigrées, notamment d'Amérique latine, depuis 1999. À cette époque, les étrangères ne représentaient « que » 14 % des tuées, soit 7 femmes sur 54 victimes. Depuis cette date, les chiffres n'ont cessé d'augmenter : 17 mortes sur 72 en 2004, soit un quart du total des victimes, pour arriver aujourd'hui à presque la moitié des meurtres. Des mesures doivent donc être prises de toute urgence pour tenter d'inverser cette tendance. Et sauver des vies. Étrangères ou non.

Marc Fernandez et Jean-Christophe Rampal

3
Liberté

La liberté des femmes – comme des hommes –, est au cœur de toute conception humaniste du monde. Des sociétés entières la leur dénient néanmoins. Que ce soit en Afrique, dans le monde arabe, en Asie ou encore dans certaines communautés musulmanes du monde occidental, les femmes ne sont pas libres de se marier avec la personne de leur choix, ni parfois de circuler, encore moins de faire valoir leurs droits à l'héritage. Des religions, des coutumes et des traditions s'acharnent à les maintenir, par la contrainte physique, sociale, psychologique, dans l'oppression. Signe religieux pour certains, social et identitaire pour d'autres, le voile est devenu le symbole qui fait débat, dans le monde arabe comme dans les pays occidentaux. Des pays occidentaux où la liberté des femmes, à commencer par la première – celle à disposer de son corps – s'avère soit un acquis fragile, soit un droit encore à conquérir contre les conservatismes politiques et les églises chrétiennes.

Ce chapitre examine les entraves à la liberté des femmes.

Les droits civils des femmes en Afrique subsaharienne et dans le monde arabe

Sophie Bessis

L'Afrique subsaharienne et le monde arabe ne constituent en rien un monde homogène. Une réalité s'impose néanmoins dans les pays qui les composent, l'inégalité des femmes par rapport aux hommes en matière de droits civils. Tour d'horizon accablant des discriminations à l'encontre des femmes.

Ni le monde arabe ni l'Afrique au sud du Sahara ne sont des régions homogènes. Les éléments d'unité ne sont certes pas absents de chacune d'elles. Les pays du monde arabe possèdent une langue commune, l'islam y est la religion majoritaire même si d'importantes minorités chrétiennes sont présentes dans les États du Moyen-Orient, et l'histoire les a longtemps rapprochés. Tous, à l'exception du Maroc, ont fait partie quatre siècles durant de l'Empire ottoman, et la totalité d'entre eux a connu au XXe siècle la colonisation directe – ou indirecte pour certains – des puissances européennes. La religion, la langue et la mémoire communes n'empêchent pas cependant que règne une grande diversité à l'intérieur de cette vaste région. Le Machrek à l'est et le Maghreb (l'Afrique du Nord des Français) à l'ouest ont subi des influences différentes au cours de leur histoire. Situé en Méditerranée occidentale, le second a plus regardé vers l'Europe que le premier, et l'histoire des deux rives de la

Méditerranée ont été plus d'une fois intimement mêlées. Les évolutions contemporaines sont également fort différentes.

À la fois religion et idéologie dominantes dans tout l'espace arabe, l'islam n'exerce pas partout la même influence sur la vie civile, cette influence variant selon la nature des régimes et des sociétés : les monarchies conservatrices du Golfe n'ont pas grand-chose à voir avec des républiques modernisées comme la Tunisie. Il n'est donc pas possible d'analyser cette région sans en mesurer d'abord l'hétérogénéité.

Deux régions aux liens anciens mais aux situations très diverses

L'Afrique subsaharienne, trop souvent regardée en Europe comme une seule entité, est tout aussi diverse. Là encore, on peut trouver des caractéristiques communes aux régions qui la composent : immense continent rural et peu tourné vers l'extérieur, dont seules les marges ont connu d'importantes influences étrangères, il a été aussi celui qui a le plus souffert de l'expansion européenne. La traite négrière d'abord, puis une exploitation coloniale d'une terrible brutalité ont profondément marqué son histoire. Mais, là encore, ces facteurs d'unité ne suffisent pas à cerner la réalité de ce continent immense. Régions équatoriales et sahéliennes ont connu des civilisations très différentes. L'islam est devenu au cours des siècles la religion dominante de la zone soudano-sahélienne, tandis que le christianisme profitait de la pénétration coloniale pour s'implanter en Afrique centrale et australe, d'où les religions traditionnelles n'ont cependant pas disparu. Les colonisateurs ont également laissé chacun leur marque, leur langue et leur tradition juridique dans leurs ex-colonies. L'on ne saurait ainsi porter le même regard sur le vieil Empire éthiopien, sur le Mali sahélien ou sur l'Afrique du Sud libérée il y a peu de l'apartheid.

Dans ces deux vastes zones, donc, les droits civils accordés aux femmes varient au gré des différences de traditions et de cultures, de modernisation des structures familiales et sociales et de la plus ou moins grande volonté des régimes politiques de s'attaquer à l'inégalité des sexes. Nulle part les femmes n'y sont les égales des hommes, loin s'en faut. Monde arabe et Afrique[1] ne montrent pas sur ce point une grande originalité, partageant avec le reste de la planète l'état d'infériorité dans lequel les femmes sont maintenues. Le monde arabe abrite même quelques-uns des pays – comme l'Arabie Saoudite – où le sort des femmes est le pire au monde. Mais, à l'inverse, les Parlements du Rwanda et de l'Afrique du Sud ont pratiquement le même nombre de députés hommes et femmes, ce qui n'est guère le cas de la plupart des nations européennes. Une telle diversité se répercute à l'évidence sur le statut juridique des femmes et, partant, sur la place qui leur est réservée dans les espaces public et politique.

Enfin, si des liens anciens existent entre les deux régions, les différences entre elles sont trop importantes pour qu'on puisse les traiter ensemble. L'ancienneté des relations transsahariennes, la proximité de l'Afrique orientale avec la péninsule arabique, l'existence de fortes minorités noires au Maghreb, l'incontestable africanité de l'Égypte, sont autant de facteurs qui les rapprochent. Ainsi, la pratique des mutilations génitales féminines, qui remonte probablement à plusieurs millénaires et qui est en tout cas bien antérieure à l'islam, touche autant l'Égypte où elle est généralisée que le Mali ou la Guinée.

Mais, vu l'ampleur des différences, on traitera des deux régions dans deux parties distinctes, quitte à en souligner les parentés quand ces dernières l'emportent sur la diversité.

Les droits civils des femmes dans le monde arabe

L'islam comme norme, mais de multiples interprétations

Dans la totalité des États arabes, la loi codifie l'infériorité des femmes. Quelles que soient les avancées juridiques que certains d'entre eux ont connues au cours du dernier demi-siècle, aucun n'a modifié la loi jusqu'à la rendre égalitaire. Et l'islam est presque toujours invoqué pour justifier les restrictions apportées aux droits des femmes. Les différences sont toutefois considérables selon que les textes religieux sont interprétés dans un sens libéral ou conservateur.

Dans bien des cas aussi, l'alibi religieux est invoqué pour légitimer des coutumes plus conservatrices encore que le texte coranique. C'est le cas, par exemple, de l'institution du tuteur matrimonial (*wali*), qui subsiste dans plusieurs pays, et sans la présence duquel une femme ne peut se marier. Or nulle mention n'est faite de cette institution dans le Coran. Elle est propre à certains droits positifs nés dans l'aire musulmane[2], dont le droit malékite majoritaire au Maghreb et l'un des plus conservateurs, et on ne la trouve pas dans d'autres écoles juridiques comme celle du droit hanéfite. La *charia*, concept aux contours flous autorisant toutes les manipulations, a donc bon dos quand elle permet de justifier le maintien des coutumes. De fait, ce sont des productions juridiques parfaitement humaines, et qui ont évolué dans le temps, qui impriment plus ou moins profondément leur marque à la vie des Arabes. Cette diversité des droits positifs explique que l'invocation du Coran couvre des réalités juridiques différentes d'un pays à l'autre.

Enfin, la nature plus ou moins religieuse des États peut se mesurer à la plus ou moins grande confessionalité des lois. Au Liban au Maroc, en Irak ou en Égypte, chaque confession dispose de son propre code de la famille et il n'existe pas de loi civile s'appliquant à la totalité des citoyens. En Tunisie, en revanche, la loi est la même pour tous, quelle que soit la confession. Tous les pays arabes ont toutefois en commun d'interdire à une musulmane d'épouser un non-musulman, l'homme ayant pour sa part la liberté d'épouser une femme d'une autre confession.

L'exemple de la CEDAW

Un exemple de ces interprétations différentes d'une norme pourtant censée venir d'un texte sacré unique est donné par les réserves émises par les États arabes à la Convention des Nations unies contre toutes les discriminations à l'égard des femmes (CEDAW). Tous les États arabes ont désormais ratifié la CEDAW, certains – comme la Tunisie – peu après son adoption, d'autres – comme l'Algérie – un an après la conférence internationale de Pékin de 1995. Tous ont toutefois assorti leur ratification de réserves plus ou moins importantes. La caricature en est fournie par l'Arabie Saoudite qui a assorti sa ratification d'une réserve générale englobant toute divergence éventuelle entre la *charia* et la Convention, rendant ainsi nulle et non avenue l'acceptation formelle de cette dernière. Sans récuser la totalité du texte, plusieurs pays ont émis des réserves si importantes qu'elles dénaturent le sens même de la CEDAW. D'autres enfin ont émis des réserves sur quelques articles précis sans remettre en cause l'économie générale de la Convention.

Outre le royaume saoudien, Bahreïn, l'Égypte, l'Irak, le Koweït, la Libye, le Maroc[3] et la Syrie ont émis des réserves fondées sur la loi religieuse. Ce qui est intéressant pour notre propos est que ces États ayant émis des réserves au nom du respect de la *charia* ne récusent pas les mêmes articles de la Convention.

LES PRINCIPAUX ARTICLES DE LA CEDAW AYANT FAIT L'OBJET DE RÉSERVES DE LA PART DES ÉTATS ARABES

Article 2

« Les États parties condamnent la discrimination à l'égard des femmes sous toutes ses formes, conviennent de poursuivre par tous les moyens appropriés et sans retard une politique tendant à éliminer la discrimination à l'égard des femmes et, à cette fin, s'engagent à […] ».

Suivent une série d'engagements concrets complétant cet article.

Dont § f : « prendre toutes les mesures appropriées, y compris des dispositions législatives, pour modifier ou abroger toute loi, disposition réglementaire, coutume ou pratique qui constitue une discrimination à l'égard des femmes » ;

§ g : « abroger toutes les dispositions pénales qui constituent une discrimination à l'égard des femmes ».

États ayant émis des réserves : Algérie, Bahreïn, Égypte, Libye, Syrie sur l'intégralité de l'article. Le Maroc récuse l'article 2 par une simple déclaration et non par une réserve[4], précisant qu'il est « disposé à appliquer les dispositions de cet article à condition… qu'elles n'aillent pas à l'encontre des dispositions de la *charia*… ». L'Irak (d'avant l'occupation américaine) avait émis des réserves sur les § f et g.

Article 9

§ 1 : « Les États parties accordent aux femmes des droits égaux à ceux des hommes en ce qui concerne l'acquisition, le changement et la conservation de la nationalité. Ils garantissent en particulier que ni le mariage avec un étranger, ni le changement de nationalité du mari pendant le mariage ne change automatiquement la nationalité de la femme, ni ne la rend apatride, ni ne l'oblige à prendre la nationalité de son mari. »

§ 2 : « Les États parties accordent à la femme des droits égaux à ceux de l'homme en ce qui concerne la nationalité de leurs enfants. »

États ayant émis des réserves : Irak sur la totalité de l'article. Algérie, Bahreïn, Égypte, Jordanie, Liban, Maroc, Syrie, Tunisie[5] sur le § 2.

Article 15

§ 2 « Les États parties reconnaissent à la femme, en matière civile, une capacité juridique identique à celle de l'homme et les mêmes possibilités pour exercer cette capacité. Ils lui reconnaissent en particulier des droits égaux en ce qui concerne la conclusion de contrats et l'administration des biens et leur accordent le même traitement à tous les stades de la procédure judiciaire […]. »
§ 4 « reconnaissent à l'homme et à la femme les mêmes droits en ce qui concerne la législation relative au droit des personnes à circuler librement et à choisir leur résidence et leur domicile ».
États ayant émis des réserves : Bahreïn sur le § 2. Jordanie et Syrie sur le § 4. Le Maroc et la Tunisie ont assorti leur ratification d'une déclaration sur cet alinéa.

Article 16

§ 1 « Les États parties prennent toutes les mesures appropriées pour éliminer la discrimination à l'égard des femmes dans toutes les questions découlant du mariage et dans les rapports familiaux et, en particulier » : suivent une série d'engagements concrets. 1-d : « les mêmes droits et les mêmes responsabilités en tant que parents, quel que soit leur état matrimonial, pour les questions se rapportant à leurs enfants […] », 1-g : « les mêmes droits personnels au mari et à la femme, y compris en ce qui concerne le choix du nom de famille, d'une profession et d'une occupation ».
§ 2 : « les fiançailles et les mariages d'enfants n'ont pas d'effet juridique et toutes les mesures nécessaires, y compris des dispositions législatives, sont prises afin de fixer un âge minimal pour le mariage et de rendre obligatoire l'inscription du mariage sur un registre officiel ».
États ayant émis des réserves : Algérie, Bahreïn, Égypte, Irak, Maroc sur l'intégralité de l'article. Jordanie, Libye, Syrie, Tunisie sur le 1-d et 1-g. Syrie sur le § 2.

Ce passage en revue montre que si la référence à la *charia* est invoquée en partie pour les mêmes raisons, chaque État en fait une interprétation particulière puisque les réserves des uns et des autres ne portent pas toutes sur les mêmes dispositions de la Convention. Cette diversité des interprétations donne une indication du degré de conservatisme des uns et des autres. C'est le cas des réserves mises à l'égalité en matière de circulation ou de tutelle des enfants, en matière de mariage et de transmission de la nationalité.

Les contradictions du droit

Dans de nombreux pays, par ailleurs, le droit de la famille est en contradiction avec d'autres textes normatifs qui lui sont parfois supérieurs. Ainsi, de l'Algérie à l'Irak, la plupart des Constitutions arabes prônent l'égalité entre hommes et femmes et proscrivent toute discrimination fondée sur le sexe. Hormis quelques monarchies du Golfe qui restent les forteresses mondiales d'un indéracinable conservatisme, les femmes sont également partout électrices et éligibles à toutes les fonctions électives sauf, dans certains pays, à celle de président de la République qui doit être un homme, comme c'est le cas en Tunisie, pays pourtant le plus avncé du monde arabe en matière de législation de la famille. Or les codes de la famille inégalitaires ont partout prééminence sur des Constitutions égalitaires. Dans de nombreux pays, du Maroc à l'Égypte en passant par l'Algérie, les femmes sont des majeures politiques et redeviennent des mineures juridiques en rentrant au foyer.

Ces contradictions peuvent donner lieu à d'étranges situations comme le cas d'une femme ministre contrainte de demander à son époux l'autorisation de voyager. Mais les pays arabes n'en sont pas à une contradiction près, les pratiques sociales étant souvent en avance sur les lois ou, à l'inverse, ces dernières ayant devancé des coutumes encore fortement ancrées dans les sociétés.

On peut, grossièrement, diviser les pays arabes en deux grandes catégories. La première regroupe les États ayant réformé leur droit de la famille dans un sens moderniste. La seconde réunit la cohorte de ceux qui se cantonnent dans un conservatisme plus ou moins écorné par la modernité mais qui régit encore la condition des femmes.

Les modernisateurs du droit

Le cas tunisien

La Tunisie est un cas unique dans le monde arabe (voir l'article de Wassyla Tamzali, p. 336). Dès 1956 en effet, c'est-à-dire à peine l'indépendance acquise, est promulgué un « code du statut personnel » que l'on peut qualifier de révolutionnaire. En 213 articles, le législateur modifie en profondeur les règles régissant jusque-là les rapports entre les sexes. Deux innovations majeures sont introduites au chapitre du mariage : le droit de contrainte matrimoniale est aboli, ainsi que l'institution du tuteur, et « le mariage n'est formé que par le consentement des deux époux ». La polygamie est interdite et passible de lourdes sanctions. Le privilège masculin de la répudiation unilatérale est également aboli, remplacé par le divorce judiciaire obligatoire avec une égalité totale entre les deux conjoints. Une série de dispositions législatives prises dans la foulée du code éloignent encore plus la législation de la famille du droit musulman classique. Ainsi, la réforme de 1959, sans abolir l'inégalité devant l'héritage, en réduit la portée en excluant de la succession les mâles des branches collatérales si le défunt ne laisse que des filles. En 1981, la loi donne à la femme la tutelle légale de ses enfants en cas de décès du père. En matière de droits reproductifs, l'avortement est légal dès 1960, et la contraception encouragée.

Une législation qui a rencontré peu de résistance au sein de la société

À partir de 1987, date de son arrivée au pouvoir, le successeur de Bourguiba poursuit son œuvre réformatrice. Le code de 1956 est modifié en 1993 : le consentement de la mère devient obligatoire pour le mariage d'une fille mineure. La mère obtient désormais la pleine tutelle de ses enfants en cas de défaillance du père dans un couple divorcé. Elle acquiert le droit de les représenter dans une série d'actes juridiques de la vie quotidienne. Autre mesure qui se démarque de la loi islamique, laquelle ne reconnaît que la filiation paternelle, la Tunisienne mariée à un étranger peut transmettre sa nationalité à ses enfants, même si ces derniers sont nés à l'étranger. Cette dernière faculté demeure toutefois soumise au consentement du père. Innovation qui n'a rien de symbolique quand on connaît la force des traditions, l'obligation d'obéissance de la femme au mari est remplacée par la notion de « bienveillance » mutuelle que se doivent les conjoints. Une seconde série de mesures a été destinée à renforcer la protection des femmes face à l'arbitraire masculin. En matière professionnelle, un nouvel article du code du travail a renforcé la règle de non-discrimination entre les sexes. Enfin, une loi contre le harcèlement sexuel a été promulguée en 2003.

L'égalité des sexes n'est cependant pas totale. Si l'autorité parentale a légalement remplacé l'autorité paternelle, l'époux n'en reste pas moins le chef de famille et le choix de la résidence familiale lui revient. Bien que plus limitée que dans le reste du monde arabe, l'inégalité devant l'héritage n'a pas été abolie, et les filles continuent de n'avoir qu'une part inférieure de moitié à celle de leurs frères. Enfin, la musulmane n'a pas le droit d'épouser un non-musulman tandis que l'homme peut choisir librement son épouse.

Si l'on s'est attardé sur la Tunisie, c'est qu'elle constitue une exception notable dans le monde arabe, aucun pays n'ayant poussé si loin l'évolution vers l'égalité juridique des sexes.

Plusieurs facteurs peuvent expliquer sa singularité. Soucieux, dès l'indépendance acquise, de moderniser son pays à marches forcées, le premier président Habib Bourguiba s'est convaincu qu'une telle modernisation ne pouvait passer que par un changement radical de la condition féminine. Le « libérateur de la femme tunisienne », comme il aimait se faire appeler, s'est situé, ce faisant, dans la lignée d'un important mouvement réformiste dont les porte-parole avaient évoqué dès le début du XXe siècle la nécessité de mettre un terme à la sujétion des femmes. L'existence d'une importante élite acquise aux réformes a facilité l'adoption d'une législation qui rencontra de fait assez peu de résistances au sein de la société.

Cette législation a profondément marqué la société tunisienne, les femmes étant plus visibles qu'ailleurs dans l'espace public et plus présentes aussi dans les sphères de décision. La Tunisie n'en est pas pour autant une société égalitaire et la hiérarchie traditionnelle des sexes a résisté dans bien des domaines à la loi. Mais les Tunisiennes ont conscience de jouir de droits bien supérieurs à ceux des autres femmes arabes.

D'autres expériences de modernisation

Si aucun pays arabe ne s'est autant éloigné du droit musulman que la Tunisie, d'autres ont tenté de moderniser le droit de la famille sous l'influence d'élites modernistes ou de régimes s'affichant comme « progressistes » et, plus tard, grâce au combat des femmes elles-mêmes.

Ce fut le cas de l'Irak qui accorda aux femmes un certain nombre de droits avec la promulgation du code de la famille de 1959. Amendé en 1963, il rendit la polygamie presque impossible sans toutefois l'interdire formellement, et limita le privilège masculin en matière de divorce, de même que les prérogatives du tuteur, privé du droit de s'opposer à un mariage entre adultes consentants. Il interdit également les mariages forcés et aménagea dans un sens favorable aux femmes les règles successorales en excluant de l'héritage les mâles collatéraux au profit des filles. Ces modestes acquis commencèrent toutefois à être mis à mal durant la guerre irako-iranienne (1980-1988). Soucieux de se concilier les mouvances islamistes, Saddam Hussein revint sur plusieurs d'entre eux et particulièrement sur la punition des crimes d'honneur, transformés en délits mineurs dont les auteurs furent assurés d'une quasi-impunité. Mais la confessionnalisation de la vie politique depuis l'occupation américaine fait peser sur les Irakiennes des dangers autrement plus graves. Dès décembre 2003, le gouvernement provisoire placé à la tête du pays après la chute de Saddam Hussein a abrogé le code de 1959. La nouvelle Constitution adoptée en octobre 2005 fait de la *charia* la principale source du droit. Son article 39 stipule que « Les Irakiens sont libres d'adhérer au statut personnel que leur accorde leur propre religion, secte, croyance et choix et que cela sera organisé par la loi ». Cette confessionnalisation de la loi mettra les Irakiennes musulmanes sous la coupe des versions les plus conservatrices de l'islam, aujourd'hui dominantes dans leur pays, alors qu'elles ont bénéficié pendant longtemps d'une relative liberté.

En 2004, le Maroc a entrepris, pour sa part, de modifier le droit de la famille en réformant de fond en comble la *Moudawana*, code de la famille très conservateur promulgué en 1957. Tout en restant très éloignée de l'égalité juridique des sexes, la nouvelle *Moudawana* représente une avancée non négligeable des droits des femmes. La répudiation, jadis du droit exclusif du mari, est désormais soumise à l'autorisation préalable du juge. Sans être abolie, la polygamie est strictement limitée : la femme peut conditionner son mariage à l'engagement du mari à rester monogame et, dans les autres cas, le mari a besoin de l'autorisation du juge pour épouser une seconde femme. L'âge minimum légal du mariage des filles passe de 16 à 18 ans. L'institution du tuteur matrimonial – dont le consentement au mariage de la fille était obligatoire – est abolie, ce qui donne enfin une majorité juridique à la fille majeure. La famille est placée sous la responsabilité conjointe des deux époux et non plus du seul père. La règle de « l'obéissance de l'épouse à son mari » est supprimée. L'inégalité devant l'héritage n'est pas supprimée mais légèrement amendée en faveur des filles. Le Maroc s'est donc doté d'un des codes de la famille les moins répressifs du monde arabe. Cette réforme – profonde mais insuffisante dans la mesure où elle n'écorne qu'à la marge le privilège de masculinité – a toutefois du mal encore à entrer dans les faits.

L'hégémonie du conservatisme

Partout ailleurs, le statut juridique des femmes se caractérise par leur infériorité dans tous les domaines de la vie civile, et même politique dans certains pays. Ainsi, les femmes restent privées du droit de vote en Arabie Saoudite. Dans les autres monarchies du Golfe, elles n'ont acquis que très récemment la majorité politique : elles ont voté pour la première fois à Bahreïn en 2002, et le droit de vote leur a été accordé en 2005 au Koweït, après qu'elles eurent mené une longue lutte. La législation libyenne les maintient également dans un état de sujétion totale à l'autorité masculine. En Jordanie, elles sont électrices et éligibles, et des femmes ont même siégé au Parlement. Mais ce dernier, dominé par les formations islamistes, a refusé par deux fois – malgré les pressions du souverain – d'abroger l'article 340 du code pénal accordant l'impunité aux auteurs de « crimes d'honneur ».

La caricature saoudienne

L'Arabie Saoudite est, on l'a dit, le pays le plus conservateur de la planète en matière de droits des femmes, et il serait plus rapide de faire la liste de ce qu'elles peuvent faire tant presque tout leur est interdit. Le Coran littéral est la Constitution du royaume, lui-même interprété dans sa version la plus obscurantiste. Une police des mœurs omniprésente est chargée de réprimer tout manquement au droit en vigueur, en particulier chez les femmes. Ces dernières sont dépourvues de tout droit civil et politique, et n'ont obtenu qu'en 2005 le droit de posséder des papiers d'identité personnels. Elles n'existaient jusqu'alors officiellement que comme filles ou épouses. Forcées de porter un voile dès l'âge de dix ans, elles vont même jusqu'à être privées du droit de conduire. La femme saoudienne est donc un être mineur frappé d'incapacité permanente, quels qu'aient été par ailleurs les progrès réalisés ces dernières décennies dans le domaine de la scolarisation.*

Les cas algérien et égyptien

Les États du Machrek ne sont pas les seuls à refuser de rompre avec un conservatisme juridique qui affecte avant tout les femmes. D'autres États, parmi les plus importants du monde arabe, se cantonnent dans l'immobilisme en refusant de mettre leur droit de la famille en accord avec l'évolution des pratiques sociales.

L'Algérie refuse, depuis l'indépendance acquise en 1962, d'accorder des droits élémentaires aux femmes. Alors que l'égalité des sexes est inscrite dans la Constitution, l'article 29 de la dernière mouture, datant de 1996, précise que « les citoyens sont égaux devant la loi, sans que puisse prévaloir aucune discrimination pour cause de naissance, de race, de sexe, d'opinion ou toute autre condition ou circonstance personnelle ou sociale », les Algériennes sont soumises à un code de la famille qui est l'un des plus conservateurs du monde arabe. Malgré leur résistance, ce code promulgué en 1984 par l'Assemblée populaire nationale transcrit en termes juridiques modernes la lecture la plus rigoureuse du droit malékite : les femmes sont contraintes d'avoir un tuteur matrimonial, la répudiation est du privilège exclusif de l'époux, la polygamie est légale. La disposition la plus controversée concerne la possibilité pour les époux de chasser du domicile conjugal leurs épouses répudiées, même quand elles ont des enfants. Dans toute situation non mentionnée explicitement par le code, celui-ci fait obligation aux juges de se référer à la *charia*.

En Algérie, le « code de l'infamie »

Depuis 1984, les Algériennes tentent en vain de faire abroger ou au moins amender un texte que les mouvements féministes qualifient de « code de l'infamie ». Chaque candidat à l'élection présidentielle le leur a promis, oubliant sa promesse dès l'élection acquise. En 2005, les discussions parlementaires ont abouti à une réforme du Code si timide qu'elle ne change presque rien à la condition des femmes : la polygamie et la répudiation sont rendues un peu plus difficiles (article 8 : « il est permis de contracter mariage avec plus d'une épouse dans les limites de la *charia* si le motif est justifié, les conditions et l'intention d'équité réunies. L'époux doit en informer sa précédente épouse et la future épouse et présenter une demande d'autorisation de mariage au président du tribunal du lieu du domicile conjugal »). Malgré les promesses du président Bouteflika, l'institution du *wali* est maintenue (article 11 : « la femme majeure conclut son contrat de mariage en présence de son *wali* qui est son père ou un proche parent ou toute autre personne de son choix »). Toutes les autres dispositions confortant le privilège de masculinité sont maintenues. Seul véritable acquis pour les femmes : l'époux doit désormais fournir un logement « décent » à la femme qu'il aura répudiée, et les mères pourront transmettre la nationalité algérienne à leurs enfants. Hormis ces minuscules avancées, l'Algérie est le seul pays du Maghreb central à refuser d'accorder aux femmes des droits élémentaires et à les maintenir dans un statut de mineures juridiques.

L'Égypte a connu, pour sa part, d'importants reculs en matière de droit de la famille depuis les années 1980. Sous la présidence d'Anouar Es-Sadate, assassiné en 1981, la législation avait été modifiée en 1969 dans un sens réformiste par des dispositions appelées « lois Jihane », du nom de l'épouse du chef de l'État, connue pour ses prises de position en faveur des droits des femmes. La femme obtint, entre autres, le droit de divorcer automatiquement en cas de remariage de son époux. Les lois Jihane ont toutefois été abrogées en 1985 par la Haute Cour constitutionnelle, sous la présidence de Hosni Moubarak soucieux de se concilier les faveurs de l'opinion conservatrice, largement majoritaire et tentée par les sirènes d'un mouvement islamiste ancien et puissant. Le privilège de masculinité a donc été rétabli dans toute sa plénitude. Ainsi, bien qu'elle soit très peu répandue, la polygamie reste autorisée par la loi. Pire, en l'absence de prescriptions canoniques spécifiques, le droit musulman s'applique aussi à la minorité copte, en matière d'héritage notamment. Le droit pour les femmes de demander un passeport sans l'autorisation de leur mari ne date que de 2000, de même que celui pour les femmes majeures d'ouvrir un compte en banque sans l'autorisation de leur tuteur. En 2002, un amendement au code a élargi la possibilité pour les femmes d'avoir l'initiative du divorce.

L'Égypte est par ailleurs un des trois pays arabes, avec le Yémen et le Soudan[6], dans lesquels la pratique des mutilations génitales féminines (MGF) est massive, l'Organisation mondiale de la santé et le Conseil national égyptien de la population avançant le chiffre de 97 % de femmes mutilées. Cette pratique concerne aussi bien les musulmanes que les chrétiennes. Le flou juridique règne sur le statut légal des MGF, dans la mesure où toute tentative de les interdire se heurte depuis des décennies à de puissantes oppositions. Un décret d'interdiction (n° 261) a été pris en 1996 pour les interdire, « sauf sur indications médicales, et uniquement avec l'accord d'un obstétricien qualifié ». Récusé par le Conseil d'État sous la pression des milieux conservateurs, il a été restauré par le Tribunal administratif en 1997. Mais, aucune sanction n'étant prévue, la pratique continue d'être massive.

Cette revue des droits civils des femmes dans le monde arabe permet de constater que, à quelques exceptions près, le conservatisme légitimé par la référence religieuse y est partout la norme. Les résistances aux changements y sont d'une telle force qu'elles ne laissent pas pour l'instant espérer d'évolution notable, malgré les revendications de plus en plus nombreuses d'une partie non négligeable des femmes arabes.

Les droits civils des femmes en Afrique subsaharienne

L'omnipotence de la coutume

Si, dans le monde arabe, la référence à la religion sert à légitimer l'état de sujétion juridique dans lequel sont maintenues les femmes, la coutume est, en Afrique subsaharienne, plus contraignante que la religion. L'Afrique musulmane est ainsi loin d'être la plus répressive en matière de droits des femmes, excepté quelques régions passées sous le contrôle de groupes islamistes radicaux adeptes de la version la plus rétrograde de la *charia*, comme le nord du Nigeria et la Somalie. L'islam n'a guère plus d'influence que l'Église, le plus souvent très conservatrice, dans les pays d'Afrique majoritairement catholiques, où elle empêche toute avancée substantielle en matière de droits reproductifs des femmes. Nombre de législations africaines continuent ainsi d'interdire l'avortement et de mettre de sérieuses limites – comme celle de la nécessité de l'autorisation du mari – à la pratique de la contraception. Mais, dans tous les cas, c'est la prééminence de la coutume qui continue de faire de la polygamie une institution très répandue, même dans les pays à dominante chrétienne, bien qu'elle soit strictement prohibée par le christianisme.

Hormis les deux exceptions notables de l'Afrique du Sud et du Cap-Vert où les femmes jouissent de tous leurs droits dans le cadre de lois égalitaires, la quasi-totalité des législations africaines continuent d'être marquées par un exorbitant privilège de masculinité. Même dans les États où les lois civiles sont égalitaires dans un certain nombre de domaines, elles coexistent avec des lois coutumières et/ou religieuses perpétuant l'infériorité des femmes.

Ainsi, les femmes ont un droit égal à l'héritage dans les codes civils malien et sénégalais. Dans ces deux pays, la répudiation est interdite et les deux époux ont un droit égal d'accès au divorce. Mais la réalité est bien éloignée de ces dispositions juridiques qui ne s'appliquent qu'à de faibles minorités urbaines.

Il en va de même en matière de propriété foncière. Sur un continent encore largement agricole où les femmes produisent entre 60 % et 80 % de la nourriture, l'accès à la terre représente pour elles un enjeu crucial. Or, là encore, la loi civile cède le pas à la coutume. Les législations de plusieurs pays sahéliens n'entérinent aucune discrimination mais, dans la réalité, les femmes sont exclues de l'accès au foncier, ne jouissant dans le meilleur des cas que de l'usufruit des terres qu'elles cultivent. Pourtant, la législation sénégalaise est allée jusqu'à interdire les restrictions coutumières à la propriété foncière des femmes, disposition sans grand effet jusqu'à présent. En revanche, le code foncier du Mali reste fidèle à la coutume en rendant presque impossible l'accès des femmes à la terre. Au Burkina, bien que les femmes constituent plus de la moitié de la population active agricole et jouent un rôle prépondérant dans les activités agropastorales, elles ne possèdent qu'entre 8 et 16 % des terres selon une étude de la Banque Mondiale effectuée en 1994. Près de dix ans après, la situation ne s'est pas améliorée en leur faveur.

Une pluralité des sources du droit néfaste pour les femmes

Des textes normatifs régionaux allant dans le sens de l'égalité

À de rares exceptions près (Somalie, Soudan), tous les pays africains ont signé et ratifié les principales conventions relatives aux droits des femmes, et notamment la CEDAW. Mieux, contrairement aux pays arabes dont pas un seul n'a souscrit à la totalité des dispositions de la

Convention, seule une minorité d'États d'Afrique subsaharienne a assorti de réserves leur ratification. La grande majorité d'entre eux a donc théoriquement adopté l'intégralité de ses dispositions.

Les textes normatifs panafricains ont repris les principales dispositions internationales concernant les droits des femmes, tout en restant vagues sur certains principes ne faisant pas l'unanimité. L'article 18 de la Charte africaine des droits de l'homme et des peuples recommande aux États signataires d'abolir toutes les discriminations à l'encontre des femmes. L'acte constitutif de l'Union africaine (UA), qui a remplacé l'Organisation de l'unité africaine (OUA) en 1998, pose le principe de l'égalité des sexes. Enfin, le Protocole à la Charte africaine des droits de l'homme et des peuples concernant les droits des femmes, adopté en 2003 par la deuxième assemblée de l'UA, réclame en son article 2 l'élimination de toutes les formes de discriminations à l'égard des femmes et réitère entre autres le droit des femmes de choisir leur époux, l'interdiction des mariages précoces et du lévirat des veuves. L'article 5 se prononce pour l'élimination totale des MGF. L'article 14 donne aux femmes le droit de contrôler leur fécondité, tout en limitant la légalité de l'avortement aux cas de viol, d'inceste et de mise en danger de la mère. L'article 34 stipule que « Les États adoptent et mettent en œuvre les mesures appropriées afin d'assurer la protection du droit de la femme au respect de sa dignité et sa protection contre toutes formes de violence, notamment la violence sexuelle et verbale. » et l'article 42 ajoute que « Les États s'engagent à prendre des mesures appropriées et effectives pour adopter et renforcer les lois interdisant toutes formes de violence à l'égard des femmes, y compris les rapports sexuels non désirés ou forcés, qu'elles aient lieu en privé ou en public ».

En matière d'héritage cependant, l'article 21 ne mentionne que le droit pour les femmes de bénéficier d'un « partage équitable » de l'héritage, le terme d'équité autorisant le maintien de l'inégalité. De même, l'article 6 stipule que la monogamie doit être encouragée comme forme privilégiée du mariage, sans interdire formellement la polygamie. Le

Protocole est entré en vigueur à la fin de l'année 2005, après avoir été ratifié par quinze États africains.

Si la sacro-sainte loi du consensus a limité les avancées sur des sujets aussi sensibles que la polygamie et l'héritage, les progrès de ces textes sont toutefois notables par rapport aux législations nationales existantes. Mais les législateurs répugnent à faire évoluer ces dernières.

Des législations nationales ne respectant pas les textes signés

Hormis l'Afrique du Sud et le Cap-Vert, aucun des États ayant ratifié la CEDAW sans réserves n'a inscrit l'égalité des sexes dans sa loi même si, comme dans la majorité des pays arabes, les Constitutions stipulent explicitement cette égalité. Certains pays ont poussé cette dichotomie jusqu'à la caricature. La Gambie, qui a ratifié la CEDAW sans la moindre réserve, n'a transcrit aucune disposition de la Convention dans son droit interne qui demeure l'un des plus discriminatoires d'Afrique de l'Ouest. La Guinée Conakry, également signataire de toutes les conventions internationales et dont une loi héritée de l'époque du premier président, Sékou Touré, interdit la polygamie, est dirigée par un chef d'État officiellement polygame, désireux d'ailleurs de faire reculer la loi dans plusieurs domaines.

Polygamie et mutilations sexuelles, deux bastions qui résistent

La polygamie

À l'exception de l'Afrique du Sud et du Cap-Vert, aucun pays n'interdit totalement la polygamie, même si certains États se sont efforcés de la limiter juridiquement. Or, si elle n'existe plus au Maghreb qu'à l'état de trace, elle reste massive au sud du Sahara où elle fait encore partie des modes de production du monde rural. C'est la principale raison pour laquelle aucun État n'ose s'y attaquer de front, d'autant qu'une partie non négligeable du personnel politique masculin de plusieurs pays demeure lui-même fidèle à cette pratique. Et l'on voit mal ministres ou députés polygames interdire une institution à laquelle ils sont favorables.

Il faut donc craindre que cette pratique ne demeure l'un des bastions les plus solides de la discrimination à l'égard des femmes. Même si les textes normatifs régionaux et certains textes nationaux la restreignent, son élimination est largement tributaire de l'évolution des pratiques sociales qui continuent d'en justifier l'usage.

Les mutilations génitales féminines

Les MGF sont pratiquées de façon plus ou moins massive dans vingt-huit pays africains, tous situés dans la bande soudano-sahélienne et dans la partie orientale du continent. Cette pratique est en effet inconnue en Afrique centrale et australe. La proportion des femmes mutilées varie de 98 % en Somalie à 5 % en République démocratique du Congo, où les mutilations sont pratiquées dans la partie orientale. Cette proportion dépasse 90 % au Mali, en Guinée Conakry ou en Erythrée, elle est de plus de 89 % au Soudan, et de plus de 40 % en Centrafrique.

Dans les années 1960, de nombreux pays, comme la Somalie, la Centrafrique, la Guinée Conakry, avaient décrété leur interdiction. Mais la coutume a partout résisté victorieusement aux tentatives d'interdiction juridique. Depuis le milieu des années 1990, on assiste à une seconde vague de mesures de répression juridique des MGF. Et cette dernière a davantage de chances d'influer sur la réalité, dans la mesure où elle s'accompagne de nombreuses campagnes de sensibilisation aux effets néfastes de cette coutume, qui ont fait évoluer les mentalités sur cette question.

Le Burkina Faso est le pays qui est allé le plus loin en la matière. Alors qu'environ les deux tiers des femmes y sont excisées, la lutte contre les MGF a commencé en 1983 sous le régime de Thomas Sankara. Après des années de sensibilisation, l'Assemblée nationale a promulgué en 1996 une loi rendant l'excision passible de lourdes sanctions pénales. L'article 380 du code pénal punit « d'un emprisonnement de six mois à trois ans et d'une amende de 150 000 à 900 000 francs CFA[7] ou de l'une de ces deux peines seulement, quiconque porte ou tente de porter atteinte à l'intégrité de l'organe génital de la femme par ablation totale, par excision, par infibulation, par insensibilisation ou par tout autre moyen ». Si la mort en est résultée, la peine est un emprisonnement de cinq à dix ans. L'article 382 punit « d'une amende de 50 000 à 100 000 francs CFA, toute personne qui, ayant connaissance des faits prévus à l'article 380, n'en avertit pas les autorités compétentes ». Le 17 mars 1996, pour la première fois dans l'histoire du pays, une exciseuse a été arrêtée. Depuis, une quinzaine de personnes ont été condamnées au cours de plusieurs procès. Ces mesures ont commencé à entraîner une régression de la pratique.

Des lois d'interdiction dans de nombreux pays africains

Le Sénégal s'est aussi engagé dans la voie de la répression en promulguant en 1999 une loi d'interdiction traduite dans le code pénal, dont l'article 299 bis stipule désormais : « Sera puni d'un emprisonnement de six mois à cinq ans quiconque aura porté ou tenté de porter atteinte à l'intégrité de l'organe génital d'une personne de sexe féminin par ablation totale ou partielle d'un ou plusieurs de ses éléments, par infibulation, par insensibilisation ou par tout autre moyen ». Depuis 1997, des villages entiers, sous l'effet de la sensibilisation, ont décidé de tourner le dos à cette pratique. Dans des zones où elle était solidement ancrée, hommes, femmes et guides religieux se sont engagés à y mettre un terme. Tout comme des exciseuses ont fait profession de foi de « jeter leurs couteaux » pour se reconvertir dans d'autres activités.

Au Bénin, le Parlement a adopté à l'unanimité le 21 janvier 2003 une loi sanctionnant les MGF. La loi interdit désormais toutes les formes de MGF et punit d'un emprisonnement de six mois à trois ans et d'une amende de 100 000 à 2 millions de francs CFA tout auteur d'une mutilation génitale. La peine va de trois à cinq ans de prison et d'une amende pouvant aller jusqu'à trois millions si la victime est une mineure de moins de 18 ans. En cas de décès de la victime, le ou la coupable est passible de cinq à dix ans de prison et d'une amende de trois à six millions de francs.

D'autres pays ont adopté ces dernières années des lois d'interdiction, comme l'Ouganda en 1995 et la Côte d'Ivoire en 1998. En 1994, le Ghana a amendé son code pénal pour y sanctionner explicitement les MGF : l'article 69A définit toute forme de MGF (« qui excise, infibule ou mutile tout ou partie des petites ou grandes lèvres et du clitoris… ») comme un acte criminel et prévoit une peine d'au moins trois ans de prison pour ses auteurs.

Mais de nombreux pays qui, comme Djibouti, ont promulgué des lois d'interdiction ne font aucun effort pour la faire appliquer. En Guinée, une nouvelle loi promulguée en 2000 pénalise les MGF, mais ses arrêtés d'application n'ont toujours pas été signés, ce qui montre le peu d'empressement du gouvernement à agir réellement contre cette pratique.

États en pointe et champions de l'immobilisme

Quelques efforts de modernisation

Plusieurs pays se sont, ces dernières années, engagés dans une réforme de leur législation sur la famille dans un sens moins défavorable aux femmes, sans cependant aller jusqu'à promulguer des lois égalitaires. C'est le cas du Bénin qui a adopté en 2004 un nouveau « code des personnes et de la famille » remplaçant le « code coutumier » de 1931 datant de la colonisation et en vigueur jusque-là avec le code civil de 1958. Le nouveau code – dont l'adoption a rencontré de nombreuses résistances – fait de la monogamie la norme et de la polygamie l'exception (art. 127), prévoit que seul le mariage célébré devant un officier d'état civil peut avoir des effets légaux, accorde l'exercice commun de l'autorité parentale et du pouvoir de choisir la résidence du couple, supprime la prérogative du mari d'interdire à son épouse d'exercer une activité professionnelle qui ne lui conviendrait pas.

Le Burkina, déjà en pointe en matière de répression des MGF, a aussi œuvré à l'harmonisation du contenu de ses textes législatifs nationaux avec celui des instruments juridiques internationaux qu'il a ratifiés. Le code des personnes et de la famille qui régit les rapports familiaux des Burkinabé a été traduit en plusieurs langues nationales afin de faciliter son accessibilité aux populations. Contrairement aux lois familiales des États voisins, le code burkinabé est fondé sur le principe de la non-discrimination et de l'égalité de droit entre hommes et femmes. Il interdit entre autres les mariages précoces et le lévirat (article 234). Son article 519 stipule que si l'un des époux décède, l'autorité parentale est dévolue de plein droit au survivant. Enfin, le code fait du conjoint survivant un héritier à part entière, qui ne peut être dépouillé de sa part de réserve.

En Mauritanie également, la mobilisation de la société civile a largement contribué à l'adoption en 2003 d'un code du statut personnel qui fixe l'âge du mariage à 18 ans pour les deux époux et comporte un certain nombre d'avancées s'agissant des droits des femmes.

Mais l'immobilisme persiste

La majorité des États africains n'ont toutefois fait aucun effort pour modifier leur législation dans un sens favorable aux femmes, même quand ils ont ratifié des conventions internationales les y obligeant.

Au Niger, les pesanteurs socio-religieuses sont d'autant plus contraignantes qu'il n'existe même pas de code de la famille. Les lois coutumières, comme la répudiation unilatérale et l'infériorité des femmes dans tous les domaines de la vie familiale y régissent donc tout à fait légalement leur condition. L'État nigérien va encore plus loin dans la discrimination puisque la réglementation sur la rémunération et les avantages alloués aux fonctionnaires dispose que c'est seulement en cas de décès du mari que la femme fonctionnaire est admise au bénéfice des prestations familiales pour ses enfants.

Au Congo Brazzaville, le code de la famille stipule que la femme est échangée contre une dot fixée à un maximum de 50 000 francs CFA. Elle n'a aucune liberté dans la décision même du mariage. Les principales autres inégalités légales contenues dans ce code confirmant l'infériorité juridique des femmes portent sur l'adultère, puni dans tous les cas quand l'auteur est l'épouse et seulement quand il est commis au domicile conjugal dans le cas de l'homme. La polygamie est autorisée sans limitation.

En Guinée, la législation stipule que l'homme est le chef de famille (art. 324, 396 du code civil), que le mari choisit le domicile familial (art. 331) et qu'il exerce seul la puissance paternelle (art. 396). Il est en outre spécifié qu'en cas de décès, de démence ou d'incapacité absolue… « l'oncle paternel, la mère ou tout autre parent ou tiers exerce ce droit » (art. 397). La femme ne peut elle-même déclarer la naissance de ses enfants (art. 194), la femme étrangère devient guinéenne le jour du mariage avec un Guinéen, mais non l'inverse (art. 49-50). Comme au Congo, la cause de divorce en cas d'adultère crée une discrimination car la femme ne peut demander le divorce que si son mari a des rapports adultérins au domicile conjugal (art. 341 et 342). La femme n'a pas les mêmes droits que l'homme quant à l'acquisition, au changement, à la conservation et à la transmission de la nationalité. Le père (art. 400) seul est habilité de décider du sort des biens appartenant à ses enfants à l'exclusion de la mère.

Dans de nombreux autres pays comme le Tchad, La femme n'a aucune liberté dans la décision même du mariage, et la conclusion du mariage incombe à l'homme tuteur de la femme (père, cousin, frère).

On pourrait multiplier les exemples de l'ampleur de ces discriminations légales, aggravées – on l'a dit – par le poids des coutumes que les législations les plus audacieuses – là où elles ont été adoptées – ont à peine réussi à écorner.

On peut constater, pour conclure, que le monde arabe et l'Afrique subsaharienne sont les deux régions du globe où les femmes demeurent majoritairement privées de leurs droits civils. Les États d'Europe, d'Asie et d'Amérique latine ont en effet adopté des législations plus favorables aux femmes, bien que certains pays y conservent des lois fortement inégalitaires, souvent sous l'influence de l'islam (Afghanistan, Pakistan) ou de l'Église catholique (Malte, Irlande, Pologne, pays d'Amérique centrale).

Certains pays, d'abord gouvernés après les indépendances par des régimes se considérant comme progressistes, ont même connu des régressions en matière de droits des femmes sous l'influence croissante des mouvements religieux. L'exemple le plus consternant en est l'Irak où les femmes sont juridiquement les principales victimes de la confessionnalisation de la vie politique encouragée par les États-Unis. D'autres tournent progressivement le dos à une mysoginie longtemps sacralisée par la loi. Beaucoup de ces avancées ont été obtenues grâce aux luttes des femmes pour leurs droits. Leurs combats, et l'évolution de leur place dans les sociétés due essentiellement aux progrès de l'éducation, pourraient laisser espérer d'autres avancées. À moins que les progrès des mouvements religieux ne viennent, une fois de plus, bloquer la traduction en matière juridique des mutations sociétales en cours dans ces deux grandes régions.

Sophie Bessis est historienne, directrice de recherches à l'IRIS (Institut de relations internationales et stratégiques). Auteur de plusieurs ouvrages sur les relations Nord-Sud, le Maghreb et l'Afrique subsaharienne dont Femmes du Maghreb, l'enjeu *(avec la collaboration de Souhayr Bel-*

hassen, JC Lattès, Paris, 1992). Dernier ouvrage paru : L'Occident et les Autres, histoire d'une suprématie *(La Découverte, Paris 2002).*

Notes

1. Dans la suite du texte, on appellera Afrique la seule Afrique noire bien que l'Égypte et les États du Maghreb soient des pays arabo-africains.

2. Quatre écoles juridiques ont créé entre le VIIIe et le Xe siècle quatre corpus de droit positif au sein de l'islam sunnite, qui présentent des différences non négligeables : les droits malékite, hanéfite, hanbalite et chaféite.

3. Après l'importante réforme de son code de la famille (voir *infra*), le Maroc a incorporé de nombreuses dispositions de la CEDAW dans son droit interne et se prépare donc à lever certaines des réserves qu'il avait émises.

4. La déclaration a une portée moins importante que la réserve.

5. La Tunisie a toutefois une législation très libérale en matière de transmission de la nationalité. La seule inégalité concerne les enfants de mère tunisienne et de père étranger nés à l'étranger : la mère peut transmettre la nationalité tunisienne mais a besoin pour le faire du consentement du père.

6. On considère la Somalie comme faisant partie de l'Afrique subsaharienne bien qu'elle soit officiellement membre de la Ligue des États arabes. Quant au Soudan, les mutilations génitales y sont pratiquées aussi bien par les populations arabes que par celles du Sud non arabe.

7. Le franc CFA (Communauté financière africaine), jouissant d'une parité fixe avec l'euro, est la monnaie des États francophones d'Afrique centrale et occidentale, à l'exception de la Mauritanie et de la Guinée.

* *Note de l'éditeur :* Notons toutefois qu'en novembre 2005, deux femmes ont été élues au conseil d'administration de la chambre de commerce et d'industrie de Djedda.

Ayaan Hirsi Ali
Une députée face à l'islam

En Somalie, où elle est née, Ayaan Hirsi Ali a été excisée, voilée, mariée de force. Elle s'est enfuie aux Pays-Bas. Désormais députée néerlandaise, elle se bat contre l'oppression exercée par l'Islam contre les femmes. Elle ne s'embarrasse pas de nuances. Comme toutes celles qui ont frôlé le pire.

Elle est belle, très belle. Elle a le port long, le cou délié et la foulée gracieuse des femmes de l'est de l'Afrique dont elle est originaire. Pour les grandes occasions, comme l'anniversaire de la reine, elle n'hésite pas à coiffer son chignon noir d'un chapeau à fleurs artificielles du goût le plus suspect : Ayaan Hirsi Ali est aujourd'hui néerlandaise, elle connaît les usages et elle entend les faire respecter. À trente-cinq ans, elle est l'un des membres les plus tonitruants du Parlement de La Haye où elle a été élue en 2003. Elle se bat contre toutes les formes d'oppression qui menacent les femmes, à commencer par les coutumes musulmanes. Depuis des mois, elle tente de faire passer une loi qui interdise dans son pays les mutilations sexuelles.

Son combat est sans nuances : Ayaan est férocement hostile à l'islam et à toutes les compromissions auxquelles seraient prêtes nos sociétés européennes tourneboulées par la présence en leur sein de populations immigrées. Elle le paye au prix fort : menacée de mort, elle a vu baignant dans son sang, poignardé par un militant islamiste en plein Amsterdam, son ami Theo Van Gogh, cinéaste et provocateur. Elle l'avait aidé à écrire le scénario d'un film, *Soumission*, qui dénonçait la bigoterie et les mœurs d'un islam réduit à sa caricature. Dans cette œuvre qui se voulait d'avant-garde, des versets du Coran avaient été calligraphiés sur la peau nue des actrices.

Ayaan vit sous la protection constante de la police néerlandaise qui la cache avec deux gardes du corps dans une demeure anonyme de la banlieue de La Haye. Elle ne la quitte que pour aller au Parlement où elle siège dans les rangs du petit parti libéral qu'elle a préféré aux socialistes, jugés trop laxistes sur les questions d'immigration. À l'étranger, à Paris pour la publication de son livre ou aux États-Unis où je l'ai rencontrée, elle observe le monde et les autres avec les yeux gourmands d'un enfant qui ne doute de rien.

« Van Gogh avait raison. Je continue notre combat. Les musulmans sont nos ennemis, ils veulent saper la base même de nos valeurs et de notre société. Ils humilient les femmes, pour eux nous sommes des esclaves. Souviens-toi de ce qu'a hurlé l'assassin de Theo, un Néerlandais d'origine marocaine, en sortant du tribunal qui l'avait condamné : vous êtes des chiens, vous méritez la mort, vous l'aurez, Allah est grand ! Pour prolonger son travail, j'écris le scénario de *Soumission II*, sur l'homosexualité et l'islam. Les intégristes ne vont pas aimer. Je n'ai pas peur. »

« Je sais ce dont je parle quand je dénonce l'islam »

Ayaan a la férocité de ceux qui ont échappé à leur propre destin. Née en Somalie d'un père actif en politique et contraint à l'exil, élevée à Nairobi dans une école coranique, voilée, condamnée dès l'enfance à l'excision et au mariage forcé avec un lointain cousin, elle profite d'un voyage en Allemagne pour échapper à la vigilance de sa famille et grimpe, au hasard, dans un train. Elle n'a pas un sou, ni diplôme ni formation, elle arrive aux Pays-Bas et demande aussitôt l'asile politique. Pour survivre, elle se fait tour à tour femme de ménage, gardienne de nuit, traductrice, et découvre les cours du soir. Un enseignant remarque sa vivacité et lui conseille de demander une bourse pour l'université. À Leyden, elle découvre Spinoza et la liberté de pensée, Hayek et l'individualisme, Karl Popper et la société ouverte. À vingt-cinq ans, sa vie bascule.

Avec sérieux et l'intensité de ceux qui ont frôlé le pire, elle n'a pas de temps à perdre, elle n'a pas de goût pour les futilités ni pour les discussions gratuites. Elle va vite à l'essentiel :

« Seules les femmes peuvent changer les choses. Moi, je sais ce dont je parle quand je dénonce l'islam. Je ne suis pas comme ces experts, toujours des hommes, qui se laissent prendre par la logorrhée démodée et le charme machiste de cette culture d'oppression… Mahomet est un pervers. Si tu lis le Coran et le Hadith, tu vois que l'oppression des femmes est inscrite là, noir sur blanc. Ce qui m'a le plus surprise et ravie quand j'ai commencé à comprendre le néerlandais, c'est la liberté avec laquelle les femmes parlent de leur vie sexuelle… Moi, ma grand-mère m'a fait exciser à l'âge de cinq ans à Nairobi où nous vivions en exil. Les coutumes les plus rétrogrades passent souvent par les femmes qui s'en font les gardiennes, c'est pour elles une forme de pouvoir… J'aurais pu moi aussi devenir djihadiste, ou kamikaze. Tous les ingrédients étaient réunis : l'éducation restreinte au périmètre de la famille et de l'école, le monde extérieur qu'on ne voit qu'à travers les meurtrières d'un voile, la dénonciation permanente des Juifs et d'Israël, l'endoctrinement, la fièvre qui s'empare de toi quand tu crois que tu te rapproches de Dieu… Pour moi, le vrai tournant a été le 11 septembre. Avant, je m'étais détachée de mes racines, sans y attacher trop d'importance. Le 11 septembre, j'ai compris. C'est la religion elle-même qui veut détruire notre monde. Si j'avais été un garçon, élevée et endoctrinée comme je l'étais, j'aurais pu faire partie du commando terroriste. Voilà pourquoi, aujourd'hui, je me bats de toutes mes forces non seulement contre l'islam mais contre la notion même d'une société multiculturelle. C'est la plus sûre façon de perdre des valeurs pour lesquelles nous nous sommes tant battus. Moi je suis néerlandaise, européenne maintenant. Ce que nous avons construit garantit les libertés, l'égalité, surtout pour les femmes. J'enrage quand je vois des femmes musulmanes chez moi, en Hollande, qui ne peuvent pas exercer leurs droits tant elles restent prisonnières des hommes. Les autorités les encouragent dans ce sens en affirmant à la moindre occasion que chacun a droit à ses propres coutumes. D'accord, moi aussi je suis une immigrée, à l'origine. Mais ma langue, ma nationalité, ma culture aujourd'hui sont hollandaises. Amsterdam, aujourd'hui, compte plus d'un tiers d'immigrants. Pourquoi faudrait-il autoriser les immigrés à continuer de pratiquer leur langue, pourquoi faudrait-il financer leurs propres institutions religieuses et encourager ainsi leur propre ségrégation ? S'ils sont venus ici, qu'ils adoptent nos lois et nos coutumes. Il faut changer la Constitution hollandaise pour nous rapprocher du modèle laïque, à la française. Le multiculturalisme n'est que le nom politiquement correct de l'apartheid des femmes. »

La solitude comme prix à payer

Ses certitudes et son combat, Ayaan les paye au prix fort. Aux Pays-Bas, elle cristallise la haine des militants du multiculturalisme, on commence à trouver que sa protection coûte cher, elle s'y sent de plus en plus à l'étroit. Surtout, elle se sent seule.

« Tu sais, c'est terrible de ne pas avoir de vie... normale. Je travaille, je me démène, j'écris, je vais de conférence en colloque, j'étais à Davos, je vais souvent aux États-Unis, je me sens à l'aise à New York et à Washington. Mais pour mon anniversaire j'étais seule. Ma famille ? J'ai un frère à Nairobi, je n'ai pas de nouvelles, je crains qu'il n'ait une vie difficile. Mon père vit en Angleterre... Tu te rends compte, il refuse de me parler. Je lui fais honte, paraît-il. Il refuse de me parler... »

Alors les yeux de la belle Ayaan se remplissent de larmes.

Christine Ockrent

La condition des femmes indiennes

Sona Khan

Malgré une Constitution qui garantit aux femmes les droits fondamentaux de la personne, les Indiennes continuent à souffrir du poids des traditions, notamment dans les communautés minoritaires. L'Inde est en pleine mutation mais la condition de la femme reste à la traîne de la modernisation. Analyse.

Le 3 janvier 2006, Gudiya est morte d'une septicémie – le sang empoisonné de bactéries et de toxines, à l'Hôpital militaire scientifique de New Delhi. Elle souffrait de fréquents accès de fièvre, suite à l'accouchement d'un bébé mort-né quelques mois auparavant. Le jour de son décès, elle était âgée de vingt-six ans. Son corps a été ramené dans son village natal de Mundali (Uttar Pradesh), où elle repose.

Dès août 2005, le cas de Gudiya a fait la une des journaux et chaînes de télévision de l'Inde entière, dans toutes les langues de ce pays. Certains journalistes ont révélé des détails croustillants pour distraire leur public, d'autres en ont fait un objet de curiosité, tandis que nous suivions, impuissants, les attaques en règle que les femmes musulmanes subissaient de la part des médias. Si son exemple eut tant d'échos c'est parce qu'il illustrait le conflit entre traditions, normes religieuses, moralité, égalité des sexes, liberté individuelle, jeux de pouvoir au sein des familles et valeurs humaines, tout cela étalé au grand jour dans une famille rurale de la classe moyenne.

Son mari, Lance Naik Mohammad Arif, militaire, avait disparu en 1999 pendant la guerre du Kargil (Cachemire) et était présumé mort. Quand il avait été appelé sur le front pour défendre les frontières de son pays contre le Pakistan, le couple n'était marié que depuis quelques mois. Cinq ans plus tard, les parents de Gudiya la remarièrent à Toufiq, ce que la famille d'Arif considère tout à fait normal. Elle tomba enceinte de son second mari mais, un beau jour, trouva Arif sur le pas de sa porte. Il venait d'être libéré d'une prison pakistanaise. Les relations diplomatiques entre l'Inde et le Pakistan étaient censées s'être considérablement améliorées, comme en témoignait le rapatriement des prisonniers de guerre des deux anciens ennemis.

Sur décision du conseil de village, et contre son gré, Gudiya fut remariée à Arif. Tout d'abord, Arif éprouva de fortes réticences à inclure dans sa famille l'enfant que Gudiya avait conçu avec Toufiq, mais il finit par s'y résigner – alors même que Toufiq aurait voulu obtenir la garde de son fils. Aujourd'hui, Arif affirme que cet enfant lui procure la consolation dont il a besoin pour supporter la perte soudaine de Gudiya.

Le jour même de la mort de Gudiya, *The Hindu*, quotidien national anglophone, a rapporté qu'une autre jeune musulmane de dix-neuf ans, Nargis, soignée à l'hôpital de Meerut (U.P.), venait d'être décapitée par son frère, Naushad, pour s'être mariée en dehors de sa caste. Le 10 décembre, Nargis s'était enfuie avec l'homme qu'elle désirait épouser. Six jours plus tard, ils étaient revenus ensemble – mariés. Le couple refusa de se soumettre au verdict du Panchayat local (le conseil municipal du village), qui niait la validité de leur union. Nargis fut agressée à l'Hôpital universitaire de Meerut où elle avait été admise pour blessures à l'arme blanche. Ce dimanche soir-là, son frère la décapita pendant son sommeil. Les villages s'immiscent dans la vie privée, les choix matrimoniaux, et imposent les traditions et leurs propres décisions avec une extrême brutalité, insensibilité et arrogance. Le système se contente de regarder sans broncher les souffrances endurées par ces pauvres femmes. Des atrocités de ce genre, perpétrées par la société elle-même, existent également au sein des classes ouvrières hindoues. Dans les zones rurales, la société revendique une emprise totale et un pouvoir de décision absolu sur les individus, quelles que soient la religion et la caste concernées.

Un pays en plein changement

Les histoires de Gudiya et de Nargis, et celles qui vont suivre, ont pour objet de montrer que l'Inde est en train de changer du fait de forces socio-économiques qui n'ont pas été suffisamment analysées. Tantôt les lois sont rétrogrades, tantôt elles suivent le vent du changement.

Pour tout ce qui relève des lois sur la famille, mariage, divorce, entretien de l'épouse, pension alimentaire, adoption, héritage, succession, c'est la « loi personnelle » de chaque Indien qui gouverne les citoyens de ce pays. À l'origine de ces lois personnelles se trouvent les codes religieux, eux-mêmes entretenus par des pratiques culturelles séculaires très respectées, qui ont été encore renforcées par les structures socio-économiques particulières à chaque région ou partie de l'Inde. Au regard de la loi, la religion d'une personne est réputée celle de sa famille ou de son village natal, sauf spécifié autrement.

Selon la Constitution, une loi personnelle n'a de validité que dans la mesure où elle n'entre en contradiction avec aucune disposition de la Constitution. Mais la plupart des problèmes rencontrés par les femmes indiennes modernes ont bien pour origine le fait que les traditions sont en contradiction tant avec les droits fondamentaux de l'individu garantis par la Constitution, qu'avec les politiques en vigueur dans les divers États. À l'heure où l'Inde connaît d'importants et rapides changements économiques et sociaux, la condition des femmes de notre pays évolue à un rythme bien différent. Les pouvoirs socio-politiques actuels souhaitent maintenir le statu quo, alors que les femmes modernes ont besoin de la latitude et de la liberté de participer pleinement au développement du pays, plutôt que de rester assignées à leur statut d'épouse, de mère ou de fille.

Le mirage de Bollywood

Le 17 août 2005, l'Association des filles de bar (employées par les restaurants pour danser, chanter et servir bière et autres alcools aux clients), soutenue par l'Association des propriétaires de bars et de restaurants, contestèrent devant le tribunal de grande instance de Bombay la législation et le décret du gouvernement du Maharashtra : il interdisait aux filles, à compter du 14 août, de danser et chanter dans les bars, et les privait ainsi de fait de tout moyen de subsistance. Dans la seule ville de Bombay, 75 000 filles y avaient laissé leur emploi. Cela faisait des mois que cette menace planait sur leur activité économique. Elles avaient tout essayé pour faire annuler ce décret, rencontré les chefs politiques et demandé aux médias de plaider leur cause, en vain. La plupart de ces filles ne sont pas instruites, ni formées pour exercer un autre métier. Elles sont âgées de quatorze à trente ans et originaires de communautés très diverses. Elles avaient pris sur elles de subvenir aux besoins de leur famille, bien que ce soit normalement une prérogative masculine, sans rencontrer d'opposition de la part de leur village d'origine. La plupart d'entre elles ne sont pas nées à Bombay mais ont cédé aux sirènes du monde « glamour » et commercial de cette ville, citadelle du show-biz de ce pays, où se brassent des millions autour d'actrices auxquelles on promet le haut de l'affiche. Considérée depuis plus de deux siècles comme la capitale économique de l'économie indienne, Mumbai est la ville du 7e art par excellence. On la surnomme Bollywood, et l'on dit même que le budget de l'industrie cinématographique, un des secteurs les plus importants d'Inde, est supérieur à celui d'Hollywood. En dansant et chantant ainsi dans diverses villes du Maharashtra, ces filles pouvaient gagner bien plus qu'avec toute autre activité. De toute évidence, elles n'ont aucune chance de trouver un autre emploi, étant donné le contexte actuel de croissance économique en Inde, où le marché du travail est devenu très compétitif et tiré presque exclusivement par les nouvelles technologies. Sur la base de leur pétition, le tribunal de grande instance a donné des instructions aux autorités territoriales de l'État.

L'affaiblissement des normes sociales existantes

L'activité économique issue des technologies de l'information a fait naître autour d'elles de nombreuses entreprises de divertissement. L'augmentation du pouvoir d'achat, de l'accès aux ressources économiques au prix de très longues journées de travail dans un contexte stressant, conduisent naturellement les bénéficiaires de la croissance économique – employeurs comme employés – à vouloir se délasser, alors que cela ne leur était guère accessible. Ces récentes mutations économiques ont aussi tendance à affaiblir les normes sociales existantes et les tabous entourant le plaisir. En effet, austérité, vie simple, abnégation et ascétisme étaient des qualités fort prisées dans l'éthique indienne, autant chez les riches que les déshérités. La tradition veut que la femme ne prenne aucune part au marché du travail, encore moins dans des emplois bien rémunérés, et qu'en échange elle soit entretenue et démontre des vertus d'obéissance, dans le cadre d'une vie conjugale où se perpétue son statut de quasi-domestique.

Le 29 septembre 2005, la Cour suprême (la plus haute instance juridique indienne) décréta que, si une femme déserte le foyer conjugal sous prétexte que le revenu de son mari a baissé, ce dernier est légitimé à engager contre elle une action en divorce. Voici les faits qui ont motivé son verdict : le jour de son mariage, en novembre 1992, Geeta Jagdish Mangtani avait un emploi d'enseignante dans un établissement scolaire de Bhuj (dans le Gujrat) qui lui rapportait 7 000 roupies par mois. Son mari, quant à lui, travaillait à Bombay pour un salaire mensuel de 1 400 roupies. En juin 1993, elle refusa de quitter son poste pour suivre son conjoint à Bombay. Mme Mangtani ne vivait donc plus au domicile conjugal lors de la naissance de leur fils, en novembre 1993. Elle déclara qu'elle ne rejoindrait pas son mari tant que son salaire serait inférieur à 5 000 roupies. Celui-ci demanda le divorce pour abandon du foyer, et le tribunal lui donna gain de cause. Geeta fit appel, car elle ne voulait pas divorcer (c'est dévalorisant pour une femme, dans le contexte de la société indienne traditionnelle). Le tribunal de grande instance confirma le jugement de première instance. L'épouse n'en continua pas moins à exiger que son mari gagne plus. Dans son jugement, le tribunal de grande instance déclara avoir acquis la conviction que les époux n'avaient plus l'intention de vivre ensemble et avaient décidé de se séparer définitivement.

La demande spéciale de révision (terme technique désignant l'acte de faire appel à la Cour suprême) dont il est question ci-dessus fut présentée par Mme Mangtani, en contestation de la décision en appel du tribunal de grande instance. Elle avança que, puisque le « divorce sans faute » n'existe pas dans la législation hindoue de 1954 régissant le mariage, le tribunal de grande instance avait commis une erreur en accordant le divorce pour la simple raison que le mariage était devenu caduc. Le tribunal déclara ses arguments irrecevables et confirma que le salaire insuffisant du mari ne justifiait pas qu'une femme refuse de s'installer au foyer conjugal, même dans une ville où elle ne pouvait espérer trouver un emploi aussi bien rémunéré. Les juges firent remarquer que les parties en présence connaissaient, avant de contracter mariage, leurs salaires respectifs. Ils conclurent donc que l'épouse n'avait fait preuve d'aucune bonne volonté pour demeurer avec son mari.

Un mari pas satisfait de la dot

Les juges de la Cour suprême déclarèrent que « Vu les faits et circonstances, on ne peut arguer que l'épouse ait abandonné le foyer conjugal pour un motif valable. Son attitude peut être qualifiée de négligence caractérisée de l'épouse envers son mari, puisque de simples considérations monétaires ne peuvent légitimer la désertion du foyer ». Ils rejetèrent la procédure d'appel. Dans ce cas, le mariage hindou – un sacrement du point de vue philosophique – n'a été considéré que sous le vieil angle traditionnel voulant que le premier devoir de l'épouse serait de vivre avec son mari ; son aspiration à de meilleures conditions de vie a été estimée négligeable.

Quelque temps auparavant, le tribunal de grande instance de Delhi avait statué sur un autre dossier : si une femme a recours à l'avortement sans le consentement préalable de son mari, ce dernier peut légitimement demander la dissolution du mariage. Le cas concernait un mariage arrangé chez des hindous de la classe moyenne. Juste après la signature du contrat, l'épouse avait compris que son mari n'était pas satisfait de la somme, pourtant substantielle, que son père avait réussi à rassembler pour constituer sa dot, malgré ses faibles moyens. Enceinte après trois mois de mariage, elle ne souhaitait pas avoir d'enfant et avorta pendant la période légale. Redoutant que son conjoint ne lui refuse d'interrompre sa grossesse, elle se passa de sa permission. Elle n'était pas certaine que son union allait durer ni qu'elle serait heureuse. Elle ne savait plus si elle désirait ce mariage et ressentait de sérieux doutes quant à l'intérêt de rester avec cet homme, qui donnait l'impression de ne l'avoir épousée que par intérêt économique et ne lui accorderait ni amour ni affection tant qu'il n'aurait pas réalisé ses rêves de richesse. C'est malheureusement une situation courante. La valeur de la dot constitue fréquemment le critère majeur d'un « bon et heureux mariage ».

La réservation des sièges électoraux aux « basses castes »

Dans un autre cas, la Cour suprême, présidée par les juges S. B. Sinha et P. K. Balasubramanyan, statua, en se fondant sur la jurisprudence, « qu'aucune personne n'appartenant pas par la naissance à la *Schedule Cast* [SC] ni aux *Schedule Tribus* [ST] telles que définies par la Constitution [c'est-à-dire les castes les plus basses] ne pourrait en devenir membre du simple fait de son mariage avec une personne en faisant partie ». Une femme hindoue issue d'une classe supérieure n'obtient pas le statut de SC ou de ST en épousant un homme issu de ces classes sociales, et ne peut donc bénéficier de la « réservation ». Cette politique dite de réservation, inscrite dans la Constitution, fut lancée dans le but de permettre aux classes les plus humbles de progresser dans l'échelle sociale et d'atteindre des niveaux comparables de croissance et de développement. C'est ainsi que les communes sont découpées d'une façon particulière et des sièges réservés aux membres de ST et des SC, pour leur donner l'occasion d'être élus. Les rédacteurs de la Constitution estimèrent en effet que les classes dominantes ne feraient rien pour favoriser l'élection de candidats issus des couches inférieures, ce qui compromettrait la participation de ces derniers au processus politique. Dans les circonscriptions réservées, les divers partis politiques ont l'obligation d'investir des candidats originaires des SC et des ST au sein des communes concernées – et on remarque que certains électeurs votent pour les représentants de ces classes défavorisées même s'ils n'en font pas eux-mêmes partie. C'est une forme de discrimination positive constitutionnelle.

Du fait qu'elle était mariée à un homme issu d'une SC, la plaignante, Sunita, exigea une circonscription réservée. En première instance, sa requête fut rejetée. En appel, cependant, le tribunal de grande instance légitima son élection, qu'elle avait entre-temps remportée. La Cour suprême se fonda sur une décision de la Haute Cour de Delhi, conférant l'avantage de « réserve » – destiné au départ à un membre des SC – à l'épouse issue d'une classe supérieure, de façon à lui permettre de se présenter à une élection municipale dans une circonscription soumise à « réservation ».

Mais suite à l'action en appel engagée par le candidat vaincu, la Cour déclara que l'acquisition du statut de SC grâce à une stratégie de mobilité volontaire serait contraire à la Constitution et irait à l'encontre de la politique de faveur bénéficiant à ces castes, aux termes des articles 15 (4) et 16 (4) de cette même Constitution.

« Par conséquent, il est exclu qu'une personne issue d'une classe supérieure hindoue – dépourvue de ce fait de tout handicap éducatif ou social – puisse, en vertu d'un mariage avec une personne issue d'une SC ou d'une ST, en devenir membre *ipso facto*. En l'absence de preuve valable, une telle personne ne peut contrecarrer les dispositions prises par l'État pour réserver certains postes politiques à des personnes désavantagées. »

L'Inde en plein changement économique et social

L'Inde est en pleine mutation et en mutation rapide. Au fur et à mesure des changements récents et à venir, la condition des femmes indiennes prendra des formes différentes selon les régions. J'espère qu'un jour viendra où les Indiennes auront de bonnes raisons de se féliciter de leur état de femme, enfin libres des handicaps socio-économiques et religieux qui les accablent actuellement. Dans les prochains paragraphes, nous traiterons de façon plus exhaustive de ces évolutions.

Un nouvel ordre mondial qui se fait sentir

Depuis le début des années 1990, le nouvel ordre économique, appelé communément « mondialisation » ou « fédéralisme international », a maintes fois fait la démonstration de la manière dont il prime et influe sur tous les autres problèmes contemporains. Il en est ainsi pour la condition des femmes. Le monde est aujourd'hui confronté au défi suivant : les gouvernements nationaux doivent s'assurer que, dans leur poursuite accélérée de la croissance économique, l'égalité entre les sexes ne soit pas qu'un concept abstrait mais une réalité concrète. Dans un monde en rapide mutation, les questions d'égalité des sexes sont mal appréhendées et ont tendance à s'avérer plus complexes que prévu. La nature de cette complexité varie selon les endroits car ces mutations sont le fruit de processus internationaux dont il est impossible de prévoir les conséquences, d'autant plus qu'elles ne sont pas les mêmes partout.

Ces évolutions provoquent de profondes inégalités de revenus et de richesses. Le nombre de personnes sombrant dans la pauvreté et marginalisées faute de moyens de subsistance réguliers ne cesse d'augmenter, et les femmes font le plus souvent les frais de changements qui sont incontrôlables au niveau local. À l'intérieur des poches de pauvreté, toujours plus nombreuses, les femmes deviennent de plus en plus vulnérables, parce qu'elles sont privées des maigres moyens d'autonomisation dont elles disposaient dans leur lieu de résidence initial. Par endroits, les processus de mondialisation ont conféré un pouvoir accru à certaines catégories, et les identités fondées sur la nation, la religion ou le groupe ethnique ont été englobées par la force des traditions et de la famille, lesquelles forment désormais un système contraignant d'autorité. Dans ce contexte de croissance économique, les questions d'égalité des sexes ont pris toute leur importance, et justice et équité sont devenues des revendications légitimes à tous les niveaux.

La présence des femmes dans le passé indien

Le pluralisme interne permet de faire vivre ensemble toutes sortes d'hommes et de femmes de tous niveaux. Depuis toujours en Inde, les femmes ont été présentes sur la scène intellectuelle, au même titre que les hommes. Dans l'Upanishad Brihadaranyaka, on entend Gargi (érudite védique de l'antiquité) poser des questions au sage Yajnavalkya. Maitreyi, la propre femme de Yajnavalkya, s'adonnait souvent avec lui à des joutes intellectuelles. Il est utile de souligner que Gargi, autant que Maitreyi, étaient des femmes. Dans l'épopée de Mahabharta, Draupadi (l'épouse de cinq frères Pandava) fut l'instigatrice de la lutte engagée par l'aîné de ses époux, l'indécis Yudishthira, contre l'usurpateur Kauravas, roi de l'époque. En Inde, il est notoire que les femmes ont le pouvoir de changer la nation.

Traditionnellement, l'activité intellectuelle indienne n'a jamais été limitée à un seul sexe, ni à une seule caste ou classe. Le sage Bharadvaha a dit : « Si des couleurs différentes caractérisent les différentes castes, alors toutes les castes sont mixtes » ; et le Bhavisya Purana d'ajouter : « Puisque les membres des quatre castes (brahmanes, kshatrias, commerçants et sudras (intouchables)) sont enfants de Dieu, alors ils appartiennent tous à la même caste. Tous les êtres humains ont le même père, et comment les enfants d'une même caste pourraient-ils appartenir à des castes différentes ? »

Il existe en Inde une longue tradition de coexistence mutuellement enrichissante entre cultures et religions. Celles-ci se sont développées parallèlement et indépendamment les unes des autres mais maintiennent un dialogue permanent, fidèles en cela à leur histoire. Les traditions musulmanes soufi et les mouvements bhaki faisaient partie intégrante de la pensée mystique médiévale et, dans la société de l'époque, l'hétérodoxie coexistait avec les religions rituelles. Beaucoup des grands esprits de ce temps rejetaient les concepts de caste et de classe, les querelles religieuses et autres sources de déséquilibre : le poète Khusro, le tisserand Kabir, le fileur Dadu, le savetier Ravidas et le barbier Sena ne sont que quelques-uns des intellectuels issus de ce qu'il est convenu d'appeler les couches sociales inférieures. Autant d'exemples, non seulement de pluralisme interne mais également d'une grande ouverture vers l'extérieur. Le grammairien Panini était semble-t-il afghan ! Un tel environnement ne pouvait que favoriser la démocratie en terme de pensée, de foi et de croyances.

La partition de l'Inde en 1947 fut le fruit des conflits inter-religieux entre hindous et musulmans. L'Inde ne fait pas exception de ce point de vue : la politique y est influencée par le religieux. L'équilibre entre politiques centralisées et respect des particularismes est un exercice délicat pour nos gouvernements. De nos jours, la revendication religieuse prend de plus en plus d'importance dans la définition de l'identité individuelle. Si, dans un pays laïc, le gouvernement n'est pas censé prendre en compte les questions religieuses, il est néanmoins soumis à l'obligation de veiller à ce qu'elles soient respectées et occupent toutes une place égale dans la société.

Le droit à la liberté de religion est un droit important pour les minorités indiennes. Liberté religieuse implique également liberté de pensée et de conscience. Démocratie et religions en Inde doivent avancer main dans la main, dans un commun respect des pluralismes.

L'Inde a besoin d'un code civil uniforme

Comment se traduisent concrètement ces liens entre Etat et communautés ? La question des lois familiales permet de mesurer l'évolution des réflexions. En matière d'affaires familiales, l'Inde ne possède pas de code civil uniforme qui lui permettrait de légiférer, décider et gérer uniformément le pays. Il faut savoir que, depuis le verdict rendu à Shah Bano en 1985 jusqu'au viol présumé d'une femme, Imrana, en 2005, la Cour suprême de l'Inde a rappelé quatre fois au gouvernement central (une fois dans le cas de la loi personnelle musulmane, une autre au sujet de la loi hindoue, et deux autres fois par rapport aux lois personnelles chrétiennes) la nécessité d'utiliser les divers arrêts qu'elle avait rendus afin de promouvoir des actions législatives contribuant à élaborer un code civil uniforme, selon les termes du mandat de l'article 44 de la Constitution (renvoi sur autre papier Sona Khan ?). La Cour suprême admet de moins en moins l'incapacité des lois personnelles à suivre l'évolution des normes et des valeurs sociales, ce qui l'a conduite à exprimer ces directives de la manière la plus ferme.

Suite à son indépendance, l'Inde a adopté sa Constitution en 1950. Dans ce texte existent des dispositions qui prévoient l'application d'un code civil uniforme : « L'État devra s'efforcer d'instituer un code civil uniforme s'appliquant à tout le territoire de l'Inde. » En 1954, les diverses lois traditionnelles et coutumières des hindous, bouddhistes, sikhs, aryasmajis, brahnos, sanatandharmis, etc. furent rassemblées en un seul code civil appelé Projet pour un code hindou unique. C'était un pas de géant en direction de l'unification sociale. À cette époque, une harmonisation totale de la société aurait pu être engagée et un code civil commun présenté en lieu et place du code hindou. Mais cela n'a pas eu lieu.

« Imposer au pays un code civil uniforme était compliqué et il était de toute façon impossible de forcer une communauté à adopter la réforme sans qu'elle y soit prête », explique le juge H. R. Bharadwaj, ministre de la Justice de l'Union, « la diversité de l'Inde doit être préservée. L'Inde se compose de plusieurs communautés et il est impossible d'imposer une loi à l'une ou à l'autre. Cependant, chaque fois que se présente un problème, il est important qu'existe la législation correspondante, ce qui est de plus en plus le cas. C'est grâce à un nouvel arsenal juridique que nous contribuerons à éradiquer la discrimination envers les femmes. Récemment, nous avons voté un amendement à la Loi sur les Successions hindoues, car elle contenait des éléments discriminatoires contre les femmes ».

Protéger les minorités tout en faisant respecter les droits fondamentaux

En légiférant, l'État essaie de promouvoir d'indispensables changements et réformes, mais son approche n'a pas été la même envers les minorités d'une part et la communauté majoritaire hindoue de l'autre. La loi personnelle hindoue a subi des transformations destinées à conférer à la femme hindoue un statut d'égalité par rapport aux hommes. En revanche, aucune réforme n'a réellement été engagée au niveau de la loi personnelle des parsis, des chrétiens et des musulmans, sous prétexte que ces communautés n'auraient jamais vraiment exprimé un tel désir de changement. Au dire de certains de leurs dirigeants, les lois personnelles qui régissent leurs communautés leur ont été révélées par Dieu, ce qui exclut toute intervention humaine visant à les modifier. Or, ces prétextes ne résistent pas à l'examen sincère et objectif des aspirations de la majorité des membres de ces minorités. Dans leur immense majorité, ils désirent suivre les évolutions de la société et profiter des avantages qui en découlent.

Le mandat de la Constitution indienne consiste à protéger les minorités, leur culture autant que leurs valeurs, tout en leur garantissant la liberté de culte. Au terme des articles 25 à 28 de la Constitution, est-il légal que les droits des individus dépendent des lois religieuses ? Certains prétendent que, comme l'État est laïc, il n'est pas question qu'il se mêle des affaires religieuses. D'autres affirment que l'État, parce qu'il est soumis à l'obligation de le faire, ne peut se dispenser de réformer les lois personnelles de façon à les mettre en harmonie avec les droits fondamentaux (l'égalité des femmes en particulier) et les autres dispositions de la Constitution. La question la plus importante est la suivante : l'État serait-il incompétent pour réformer les lois personnelles du fait de leur nature religieuse ? Cette question revient à déterminer l'étendue du pouvoir de l'État laïc sur la liberté religieuse du peuple. Au nom de la liberté religieuse, doit-on laisser se perpétuer la discrimination séculaire qui sévit encore à l'encontre de 50 % de la population – les femmes ?

Le mariage : de grands changements à venir

En Inde, on n'est pas légalement obligé de déclarer un mariage, ce qui fait le malheur de plusieurs personnes, à plusieurs titres. Une fois cette déclaration officielle rendue obligatoire, les procédures rituelles en vigueur dans les diverses communautés – telles que faire sept fois le tour d'un feu consacré – ne seront plus suffisantes pour acquérir le statut de couple légitime. C'est une mesure très importante pour améliorer les conditions et le statut légal des épouses : le mari, seul soutien de famille, est ainsi contraint de respecter ses obligations familiales, sans quoi il arrive fréquemment qu'il nie s'être marié et refuse de subvenir aux besoins de sa femme. Le gouvernement va prochainement promulguer un décret qui rendra obligatoire l'enregistrement officiel des actes de mariage.

Aux termes de ce décret, appelé décret d'enregistrement obligatoire des actes de mariage de 2005 et préparé par la Commission nationale en faveur des droits des femmes, l'enregistrement officiel du mariage deviendra obligatoire, si l'homme, la femme ou les deux sont citoyens indiens. Puis la nouvelle loi s'appliquera à tous les citoyens. Selon ce nouveau décret, le terme de « mariage » désignera toute forme d'union (sauf entre deux personnes du même sexe, ce qui est interdit) solennellement contractée entre un homme et une femme, quelle que soit la religion ou la caste de l'un et l'autre partenaire. Cette proposition constitue un tournant dans la marche des femmes vers l'autonomie et elle permettra de limiter considérablement les délits commis envers les femmes dans le cadre du mariage. Si ce projet devient effectivement loi, il contribuera à réduire le nombre de mariages d'enfants, la polygamie, les mariages forcés et le trafic de femmes qui sévit actuellement à grande échelle sous couvert de mariages. Grâce à cette loi, les citoyens indiens contractant mariage en Inde ou à l'étranger auront l'obligation de faire enregistrer leur union dans un délai maximum de trente jours, faute de quoi il est question qu'une pénalité de deux roupies par jour de retard leur soit appliquée.

L'égalité des sexes ne va de soi dans aucune communauté

Le mariage demeure en Inde une institution sacrée. Quelle que soit la communauté d'appartenance, c'est aux yeux de tous les Indiens une obligation religieuse. La famille est une institution jouant le rôle de sécurité sociale, outre le fait qu'elle représente le pilier le plus solide de la perpétuation de l'ordre sociétal. L'État indien n'offre aucune protection sociale, au contraire de presque tous les pays occidentaux. À l'instar du mariage chrétien traditionnel, le mariage hindou est un sacrement. À la suite des changements législatifs opérés au milieu des années 1950, le mariage hindou est également un contrat, surtout depuis que le Parlement a autorisé par décret sa dissolution. Le mariage musulman, par contre, n'a toujours été qu'un contrat civil. En dépit d'une nombreuse jurisprudence, la société musulmane persiste dans sa pratique du « divorce oral instantané » : si le mari répète trois fois la formule « Je divorce de toi », le mariage est dissous unilatéralement. Les musulmans instruits ont quelque peu sécularisé leur façon de gérer les affaires familiales, mais les classes défavorisées sont encore trop pauvres et conservatrices pour abandonner ces rites et pratiques séculaires, hautement préjudiciables au concept d'égalité des sexes.

En général, l'égalité des sexes ne va pas de soi, chez les musulmans mais aussi dans les autres communautés. Si le droit familial chrétien contient des dispositions discriminatoires envers les femmes, la communauté est composée de personnes le plus souvent instruites, ce qui rend leur cas particulier. Comme ils sont bien organisés, ils se soutiennent mutuellement. Les problèmes des parsis, qui sont riches et très peu nombreux, n'ont pas fait l'objet d'études approfondies, mais il faudrait évidemment des changements fondamentaux pour qu'ils soient au diapason des autres.

La situation dans la minorité musulmane

Le jour même où, à Delhi, la Cour suprême et le Parlement s'activaient à traiter des questions relatives aux femmes indiennes, la ville d'Hyderabad dans l'Andhra Pardesh fut le théâtre d'une nouvelle histoire lamentable, qui illustre l'exploitation des jeunes musulmanes défavorisées. Dans son numéro du 16 août 2005, *Times of India* publia un article intitulé « Le cauchemar des treize jeunes musulmanes, abandonnées par leur époux. » À Hyderabad, des cheiks (en clair, des hommes riches du Moyen-Orient) d'un âge certain, originaires d'Arabie Saoudite et d'autres pays du Moyen-Orient, épousèrent treize jeunes musulmanes mineures, en versant de l'argent à leurs parents. On croit savoir que ces alliances avaient été arrangées par l'intermédiaire de courtiers en affaires matrimoniales d'Hyderabad. Après quelques jours de rapports intimes, ils les abandonnèrent en divorçant d'elles de la manière traditionnelle. L'un d'eux, un cheik de 55 ans originaire des Émirats arabes, choisit une fille de 16 ans, l'épousa le 15 juillet, passa deux semaines avec sa jeune épousée et disparut du pays sans laisser d'adresse. Ce n'était pas une première. Il y a vingt-cinq ans, sortit un film, *Bazar*, illustrant le triste sort des familles défavorisées. La ville d'Hyderabad est connue pour ce genre d'alliances et d'activités, car la pauvreté et l'oppression qui s'y attachent font l'objet d'un marketing à échelle industrielle. De telles unions sont illégales, tombent sous le coup de plusieurs dispositions juridiques et sont même passibles de prison ferme. Elles s'assimilent à l'achat de mineures issues de familles pauvres, délit considéré comme très grave. Des parents pauvres soumis à des conditions de vie très pénibles cèdent à l'appât du gain, d'autant plus que l'attitude des autorités en la matière est des plus laxiste. C'est pourquoi le nombre de jeunes filles victimes de ce trafic ne cesse de croître. Il a souvent été fait appel au gouvernement fédéral pour qu'il prenne des mesures contre les abus dont sont victimes ces malheureuses, sans grand résultat. Non seulement les autorités locales ne font rien, mais elles se rendent parfois complices de l'officialisation de telles unions. Il faut que l'Inde applique sa réglementation et exerce des pressions diplomatiques de façon à mettre un terme à ces pratiques. Les visiteurs qui viennent en Inde avec des intentions aussi condamnables devraient se voir refuser la délivrance d'un visa par nos ambassades. Il faudrait, de toute façon, obtenir des pays du Moyen-Orient qu'ils consentent à modifier leurs lois sur la question.

Un modèle de contrat de mariage musulman

Pour faire face aux abus présumés relatifs à la pratique du triple talaq (divorce oral), le Conseil juridique aux lois personnelles musulmanes en Inde (très puissante organisation non gouvernementale qui fait autorité auprès des musulmans dans ce pays) travaille sur un modèle de *nikahnama* (contrat de mariage écrit), contenant des consignes pour les hommes comme pour les femmes. Puisque certaines controverses sont provoquées par l'absence d'un nikahnama standard, le modèle contiendrait une déclaration à signer par la femme, le mari et deux témoins en présence du qazi (fonctionnaire chargé d'officialiser les mariages). Ce sera une sorte de manuel que devront suivre les deux membres du couple. Ce nikahnama, s'il reçoit l'approbation du conseil, servirait de norme à tous les nikahnama du pays, avec l'espoir de le voir entériné par l'ensemble des sectes musulmanes. À la question : les femmes musulmanes auront-elles le droit de demander le divorce selon ce modèle de nikahnama, les membres du Conseil ont répondu qu'il ne serait « pas sage » de conférer ce privilège aux épouses puisque c'est au mari de supporter les charges financières en cas de divorce. À leurs yeux, la personne qui assume la charge financière de la fin d'un contrat est la seule à pouvoir le dénoncer. On est à mille lieues des réalités du terrain !

Le conseil a souligné que la *charia* (jurisprudence islamique) contenait plusieurs clauses en faveur des femmes. Afin de mettre un terme aux idées fausses entourant la *charia*, notamment chez les non-musulmans, le conseil a l'intention de lancer un programme de réhabilitation de cette institution auprès de l'opinion publique et de lui expliquer sa philosophie sous-jacente. Une campagne similaire fut déclenchée après le procès de Shahbano en 1985.

Outre les dispositions relatives au mikahnama, les femmes musulmanes ont le droit d'hériter de la terre agricole paternelle, et il existe un programme destiné à les informer sur ce chapitre de la *charia*. Le Conseil exprima sa surprise d'apprendre que les musulmanes du Pradesh n'avaient pas le droit d'hériter de la terre agricole de leur père. Considérant qu'il s'agit d'une disposition contraire à l'intérêt des femmes, le Conseil a promis qu'il entamerait des pourparlers avec le gouvernement. Je ne peux qu'espérer qu'il en sortira dans les faits quelque chose de positif.

La fin des fatwas ?

Le 17 août 2005, à Darul Uloom (État du Deoband), une fatwa enjoignit les femmes de se couvrir et de ne pas participer aux élections du conseil municipal (panchayat), alors même que 33,3 % des sièges étaient réservés à des candidates. La fatwa s'appuyait un hadith (opinion émanant d'un érudit reconnu) prétendant qu'« un village dirigé par une femme est promis à la ruine » ! On assista à une levée de boucliers à travers tout le pays, ce qui montre que le vent commence à tourner et que la pertinence de ces fatwas est de plus en plus remise en question. L'institution des fatwas n'est pas prise en compte par l'État indien en matière d'affaires musulmanes et elles disparaîtront à plus ou moins long terme. Il y a quelque temps, lors de la création des cartes d'identité électorales, une fatwa a recommandé aux femmes musulmanes de ne pas se laisser photographier. Personne ou presque n'en tint compte. Lors des élections municipales de Kanpur (Uttar Pradesh), une autre fatwa a déconseillé aux femmes de se présenter. Plusieurs musulmanes ont passé outre et un bon nombre d'entre elles ont été élues.

La loi sur les successions

Un problème important demeure : si l'État s'emploie à lever tout soupçon de disparités entre les sexes et à protéger les femmes, il ne s'intéresse qu'aux hindoues, à l'exclusion des communautés musulmane et chrétienne (entre autres minorités) – où le sort des femmes est abandonné entre les mains de chefs de village incultes et mal informés qui les privent des avancées juridiques.

À ce titre, la loi de 2005 sur les successions (amendement) est un cas d'école. Après cinquante ans de passivité, le gouvernement a enfin décidé de s'attaquer aux inégalités persistant dans la loi sur les successions de 1956, déjà assez progressiste. La loi de 2005 combat les inégalités sur plusieurs fronts : la terre agricole ; les lois sur l'héritage – à propos desquelles deux écoles hindoues, *Mitakshara* et *Dayabhaga*, s'affrontent ; la propriété conjointe des biens du foyer ; le lieu de résidence parental ; et certains droits concernant les veuves. Malgré quelques anomalies, cette loi reste, au vu des avancées qu'elle autorise, un progrès très important.

L'un des amendements les plus significatifs à la loi sur les successions (Hindu Succession Act, HSA) fut la suppression des sections qui comportaient des clauses discriminatoires. Paradoxalement, cet amendement passa presque inaperçu. La section 4(2) sortait du champ du HSA de larges pans de la terre agricole dont la transmission par héritage se voyait réglée par les lois de l'État local sur la propriété de la terre. Dans les États où la loi ne prévoit rien en l'espèce, c'est le HSA qui prime par défaut, et il en est de même quand les lois sur la propriété font explicitement référence au HSA. Or, à Delhi, dans l'Haryana, dans l'Himachal, au Pradesh, au Punjab, au Jammu-et-Cachemire, ainsi qu'au Uttar Pradesh, les lois sur la propriété terrienne contiennent des règles sur l'héritage fortement défavorables aux femmes. En l'occurrence, primauté est donnée aux descendants masculins de la branche masculine et les femmes n'arrivent qu'en dernière position dans l'ordre de préséance des héritiers. De plus, les femmes n'obtiennent qu'une petite partie de la terre concernée, et en perdent la propriété en cas de remariage. Enfin, dans l'Uttar Pradesh et à Delhi, le terme « occupant de la terre » est défini de façon si générale que ces inégalités s'étendent à toutes les terres agricoles. Un sixième de la population indienne se concentre dans le seul Uttar Pradesh. Il s'ensuit donc que la clause contestée défavorisait depuis des temps immémoriaux un nombre incalculable d'agricultrices.

Les mêmes droits à l'héritage que leurs frères

L'amendement 2005 place la terre agricole au même niveau que tout autre bien, et confère aux hindoues les mêmes droits que les hommes en fait d'héritage – quel que soit leur État de résidence. Il prime sur toute loi de l'État local qui s'inscrirait en faux. Cette évolution bénéficiera à des millions de femmes dont la survie dépend de l'agriculture, comme nous le verrons plus loin.

Autre progrès majeur : toutes les filles, et les filles mariées en particulier, sont désormais incluses comme indivisaires des biens communs de la famille. Le HSA de 1956 établissait une distinction entre les biens possédés en propre et ceux communs à toute la famille. Les biens propres d'un hindou (n'appartenant pas à la lignée maternelle) décédé sans avoir rédigé de testament (intestat) reviennent en première instance à tout héritier de niveau 1, que ce soit un fils, une fille, une veuve ou une mère (sans compter les héritiers spécifiques d'enfants décédés antérieurement). Cette règle, si elle était antérieurement soumise au régime de la Dayabhaga, s'appliquait également aux biens possédés en commun par la famille. Mais si elle était antérieurement soumise à la Mitakshara (régime en vigueur dans la plus grande partie de l'Inde), les règles étaient différentes. Les héritiers de niveau 1 avaient droit à égalité à la part « notionnelle » détenue par le défunt sur les biens communs à la famille. Cependant, les fils, en tant qu'indivisaires des biens familiaux communs, avaient *en outre* un droit de naissance direct sur une part indépendante de ces biens. Les héritières au contraire (fille, veuve et mère par exemple) ne pouvaient prétendre qu'à la part notionnelle. En outre, les fils avaient le droit de rompre l'indivision, pas les filles.

L'amendement de 2005 ne couvre pas la propriété en propre (si ce n'est qu'il élargit la notion d'héritier de niveau 1), mais il accorde aux femmes le statut d'indivisaires sur les biens communs de la famille soumis au régime de la Mitaksara. Cela leur confère les mêmes droits de naissance qu'aux hommes sur les lots fonciers, le droit de rompre l'indivision, et la capacité de devenir *karta* (gérantes, c'est-à-dire chefs du foyer, tel que défini par le droit hindou, ce qui implique également qu'elles en supportent le passif, le cas échéant). En outre, l'amendement établit une plus grande égalité entre les héritiers et les héritières de fils et de filles décédés avant leurs parents, en englobant dans les héritiers de niveau 1 deux générations des enfants de filles décédées, comme cela avait toujours été le cas des seuls fils.

Les mêmes droits que leurs frères sur la maison familiale

Quant au lieu de résidence – l'une des revendications des veuves – l'amendement supprime la section 23 de la loi indienne sur les successions. De ce fait, toute fille (mariée ou célibataire) jouit des mêmes droits qu'un fils quant à l'occupation de la résidence familiale ou pour sortir de l'indivision. La section 23 privait les filles mariées (sauf en cas de séparation, de désertion ou de veuvage) du droit de résider dans la maison de leurs parents. Les filles célibataires jouissaient du droit de résidence mais pas de sortir de l'indivision. Le décret supprime aussi la section 24, qui empêchait une certaine catégorie de veuves (comme celles ayant épousé un fils entre-temps décédé) d'hériter des biens de leur défunt mari si elles se remariaient. Désormais, elles peuvent hériter même dans ce cas.

Ces changements peuvent avoir des conséquences importantes sur l'égalité des femmes et des hommes dans le domaine des terres agricoles. Ils sont susceptibles de réduire le risque de paupérisation de la femme, mais aussi de toute sa famille. Ils multiplient ses possibilités de garantir sa subsistance, augmentent les chances de survie de ses enfants, leur accès à l'éducation et à la santé. Ils réduisent les risques de violence domestique et contribuent à l'autonomisation de la femme. Au Kerala, où les hommes deviennent héritiers par leur mère, le risque pour les femmes d'être victimes de violences physiques de la part de leur mari décroît considérablement dès lors qu'elles possèdent du foncier ou une maison (40 % parmi les femmes ne possèdent rien, 18 % parmi les femmes propriétaires foncières, à peine 7 % parmi les propriétaires le sont d'une maison en plus du foncier – source : Bulletin officiel du gouvernement de Kérala). Lorsque les femmes sont propriétaires de leur terre, la productivité agricole s'en trouve accrue, notamment du fait que les hommes migrent de plus en plus souvent (pour des raisons économiques) et que les femmes se retrouvent ainsi en position de chefs du foyer.

Un progrès pour toutes les hindoues

Une erreur très répandue consiste à croire que les progrès dans l'égalité des sexes réalisés grâce aux lois sur l'héritage ne profitent qu'à une minorité de femmes. En réalité, ce sont des millions de femmes qui sont concernées, qu'elles soient filles ou veuves du défunt. D'après des estimations établies sur la base de données fournies par l'Enquête sociale nationale sur l'ensemble de l'Inde, au moins 78 % des familles rurales sont propriétaires d'une superficie plus ou moins grande de foncier agricole. Si l'on prend en compte celles qui détiennent leur terre en concession, ce chiffre passe à 89 %. Certes, la plupart des familles possèdent des champs de petite taille, mais leurs droits sur ces champs fournissent un complément non négligeable à leurs moyens de subsistance.

Un autre argument, rebattu, fait allusion au risque de fragmentation. C'est une idée fallacieuse qui ne saurait justifier de refuser aux femmes l'accès à l'héritage. Le risque de fragmentation des propriétés n'est pas moins réel lorsque les fils en sont héritiers. En pratique, la plupart des familles rurales continuent de cultiver la terre ensemble, même après qu'elle leur est échue de façon individuelle. Il en sera de même des filles. Globalement, la fragmentation des domaines agricoles en Inde a en fait décliné : de 5,7 en 1961 à 2,7 en 1991.

Les opposants à la réforme avancent aussi que les femmes sont souvent obligées de quitter leur terre pour suivre leur mari. Or, on est en droit de poser la question suivante : si les hommes conservent leurs droits lorsqu'ils sont obligés de migrer pour des raisons professionnelles, pourquoi en irait-il autrement des femmes contraintes d'en faire autant pour des raisons matrimoniales ? Elles pourraient louer leur terre, à un membre de leur famille par exemple, ou la cultiver dans un cadre coopératif avec d'autres femmes. Cela leur apporterait une sécurité économique, même réduite. Au Sri Lanka, j'ai rencontré des femmes détentrices de quelques cocotiers plantés dans leur village natal, mais qui tiraient une grande fierté de recevoir chaque année leur part de récolte des noix.

Les femmes peuvent devenir gérantes des terres

Le changement le plus significatif – celui qui rend les filles (celles qui sont mariées aussi) indivisaires des biens communs à la famille – est très important pour les femmes, autant économiquement que symboliquement. Économiquement, cela accroît leur sécurité financière, puisque leurs droits de naissance ne peuvent plus leur être retirés par la volonté testamentaire des hommes. Dans une société machiste, où les testaments servent souvent à déshériter les femmes, c'est un progrès essentiel. Symboliquement, le message est fort : filles et fils sont membres à égalité de la famille parentale, puisque les filles peuvent devenir *karta* de la propriété. Cela met un terme à l'idée que, une fois mariée, le statut d'une fille se réduit à faire partie des meubles de la famille de son mari. Si son mariage se brise, elle a maintenant le droit de revenir dans le foyer parental, même si cela ne plait pas à sa parenté. Sa confiance en elle sera raffermie, autant que la conscience de sa valeur sociale, ce qui renforcera sa puissance de négociation, comme celle de ses enfants, dans sa propre famille et dans celle de son mari.

Il est inhabituel d'octroyer d'emblée aux filles mariées le statut d'indivisaire (propriété conjointe des biens familiaux). À l'exception du Kerala, qui a totalement aboli la propriété conjointe des biens familiaux, les autres amendements du HSA de 1956 au niveau des États

– par exemple au Tamil Nadu, dans l'Andhra Pradesh, au Karnataka et au Maharashtra – prévoient que seules les filles célibataires lors de la promulgation de l'amendement bénéficient du statut d'indivisaires. Cependant, l'essentiel est qu'elles conservent ce droit lors de leur mariage.

Au terme de l'amendement de 2005, les filles mariées profiteront également de l'annulation de la section 23, puisque, désormais, elles jouiront du droit de résidence et de celui de rompre l'indivision concernant le foyer parental. Le plus important est que les femmes victimes de violences conjugales auront dorénavant un lieu où se réfugier. Le seul point négatif de cette réforme réside dans l'accroissement de la vulnérabilité des parents âgés, du fait de l'élargissement du droit à sortir de l'indivision. Quand une famille ne dispose que de sa seule résidence principale, il aurait été préférable d'interdire aux fils autant qu'aux filles de rompre l'indivision du vivant des parents.

L'amendement voté, reste à l'appliquer

D'autres anomalies perdurent, telle la pérennité du système de propriété commune soumis au régime de la Mitaksara, que plusieurs d'entre nous avaient suggéré d'abolir. Mais de grands progrès ont été faits depuis que le projet de loi de 2004 fut présenté au Rajya Sabha (Sénat), en décembre 2004. Ce projet, basé sur le 174e rapport de la Commission des lois, ne faisait qu'en reproduire les défauts, faisant l'impasse sur les terres agricoles, les filles mariées, etc. Il n'en reste pas moins que le projet exprimait l'aval enfin accordé par le gouvernement à la réforme du système. Pendant huit mois, la société civile s'est prévalue de ce soutien pour faire admettre des amendements. Les efforts concertés d'individus et de groupes engagés dans la défense des droits des femmes ont contribué à améliorer ce projet aux ambitions limitées, par la rédaction de mémoires, le recueil des témoignages, le travail de groupes de pression. Tout cela fut possible grâce, particulièrement, à l'accueil favorable qu'a réservé le Comité permanent des lois et de la justice aux suggestions de la société civile, et au soutien actif de nombreux avocats et membres du Parlement.

On écrira sans doute un jour l'histoire de ce processus réformiste. En tout cas, l'expérience démontre que des initiatives prises même par un nombre relativement restreint d'individus et de groupes motivés, si elles sont entendues et soutenues par des acteurs ancrés sur le terrain, et appuyées par une volonté de réforme du gouvernement et du Parlement, peuvent aller très loin.

L'amendement 2005 existe. Reste à régler l'épineuse question de son application. Seront nécessaires des campagnes d'alphabétisation, des efforts de pédagogie auprès des masses quant aux avantages qui échoiraient à l'ensemble de la famille si les femmes avaient le droit d'être propriétaires ; et l'allocation d'aides sociales et juridiques aux femmes qui luttent pour défendre leurs droits.

Les violences domestiques

Pour ce qui est des violences domestiques, le gouvernement central a indiqué on ne peut plus clairement cette année, que les dispositions du code de procédure criminelle s'appliqueront à tous les délits tombant sous le coup du décret sur la protection des femmes contre les violences domestiques. Cela représente un grand progrès car les lois pénales ne jouaient par le passé qu'un rôle très limité en matière d'affaires familiales.

Le décret contre les violences domestiques interdit à tout homme majeur de commettre, de participer ou de contribuer à un acte de violence domestique, de s'introduire au logis de la femme ou de l'enfant molestés, d'essayer de communiquer avec eux, de leur dérober un bien, de recourir à la violence contre une personne à charge ou contre d'autres membres de la même famille, ou contre toute autre personne qui tenterait de porter secours à la personne victime de violence conjugale, et de commettre tout autre délit.

Par ce décret, le tribunal est compétent pour ordonner à un homme majeur de quitter le domicile et de payer une compensation financière à la victime, pour accorder la garde temporaire de tout enfant de la personne molestée et prendre toute disposition favorable en son nom. En matière de droits de garde et de visite, s'ils n'ont pas encore été déterminés mais découlent d'une affaire de violence domestique, le magistrat interdira à tout homme majeur de rendre visite à ses enfants et engagera le coupable à régler les dommages et intérêts et autres indemnisations relatives au préjudice subi – faits de torture mentale et de mise en détresse morale inclus.

Dans un communiqué de presse, le gouvernement a indiqué qu'une procédure d'appel pourrait être engagée en référé dans un délai de trente jours à partir de la date à laquelle le juge a communiqué le mandat de protection à la plaignante ou, le cas échéant, à son représentant légal (un homme majeur).

Il a en outre été déclaré que toute infraction au mandat de protection serait un délit passible de sanction au titre de ce décret. Il serait du ressort d'un tribunal désigné et le coupable ne pourrait bénéficier d'une mesure de liberté sous caution. La peine encourue serait d'un an d'emprisonnement et/ou d'une amende de 20 000 roupies.

Lors de la mise en accusation, les juges auraient aussi loisir d'avancer des chefs d'accusation au titre de la section 4981 du code pénal indien (en rapport avec le délit de cruauté, si les exigences concernant la dot sont réputées excessives) ou du décret d'interdiction de la dot de 1961.

Les naissances sélectives

Depuis de nombreuses années, de sérieuses mises en garde ont pointé l'anomalie démographique de l'Inde et la différence proportionnelle de filles et de garçons. En l'occurrence, c'est l'existence même des filles qui est en danger. Du fait des pratiques culturelles qui président aux naissances, on constate des proportions anormalement élevées de garçons par rapport aux filles. Ces dernières ont pourtant une capacité biologique de survie et une espérance de vie supérieures. Or, depuis au moins cent ans en Inde, la proportion des femmes dans la population est inférieure à celle des hommes. C'est la conséquence des avortements sélectifs de filles, et de la résurgence des infanticides. D'autre part, les « survivantes » continuent à être victimes de négligence. Dans les poches de grande pauvreté, la naissance d'une fillette s'assimile à une catastrophe.

La mortalité maternelle et la santé de la femme

La 10e conférence internationale sur la femme et la santé, qui s'est achevée en Inde le 25 septembre 2005, a traité de plusieurs problèmes de santé impliquant les femmes. Pendant cinq jours, plus de 800 délégués en provenance de 60 pays, ont participé à cette convention, répartie entre huit séances plénières et 66 groupes de réflexions parallèles. La conférence s'est préoccupée de la résurgence – constatée partout dans le monde – des tentatives de contrôler la distribution sexuelle des populations. Il a aussi été question de la réforme des secteurs de santé et de son impact sur les femmes. Dans sa déclaration finale, la conférence a rejeté toute forme d'action volontaire sur la répartition des sexes et exigé que les soins de santé relèvent du service public.

La conférence a souligné que l'incidence des décès en couches se concentrait à 90 % en Afrique et en Asie. Chaque minute, quelque part dans le monde, une femme meurt de son accouchement. L'espérance de vie moyenne d'une Africaine n'a rien à voir avec celle d'une Européenne ou d'une Américaine. Par la nature de leur travail, les femmes des pays en voie de développement sont plus vulnérables aux maladies.

La mortalité maternelle a été qualifiée de « catastrophique ». Presque toutes les morts maternelles sont évitables. Elles surviennent en l'absence de pratiques obstétriques d'urgence et par l'incapacité de l'administration à fournir des soins de santé convenables à des millions de femmes. Ces décès maternels, parce qu'ils pourraient être évités, constituent une violation des droits de la femme à la santé. Dans les années 1990, les violences domestiques furent déclarées relever des droits de l'homme. La communauté de la défense des droits de l'homme devrait avoir pour mission de lancer une campagne mondiale de lutte contre ce fléau.

Un système de santé efficace, a ajouté Paul Hunt, rapporteur spécial à l'Onu sur le droit à la santé, doit se trouver au centre des institutions sociales, tout comme les tribunaux sont au centre de l'appareil judiciaire. C'est un droit fondamental. Le concept de droit à la santé justifie la mise en œuvre de politiques fondées sur les principes de dignité, de bien-être, d'autonomie et d'égalité qui découlent du droit à la vie. L'inégalité d'accès aux soins de santé est intolérable. De nombreuses maladies ne sont pas traitées à cause du faible pouvoir d'achat des malades concernés. Ces maladies négligées touchent invariablement les populations négligées. Voilà pourquoi les gouvernements doivent rendre efficace le système de santé et assumer l'obligation morale et sociale de pourvoir la population d'un système de santé performant.

Le rapporteur de l'Onu a accusé les demandes d'éclaircissement du droit d'être des prétextes à l'inaction. « Les concepts de raison, de justice ou de démocratie ne sont pas plus clairs que celui de droit à la santé », a-t-il déclaré. Or, les premiers sont depuis longtemps compris dans le monde entier.

La discrimination interconfessions : l'exemple de l'adoption

Selon la loi indienne, toute femme hindoue a le pouvoir d'adopter un fils ou une fille si elle est

a) saine d'esprit,

b) majeure,

c) célibataire ou, si mariée, dont le mariage n'a pas été dissous ou dont le mari est décédé ou a pris la décision de se retirer définitivement et complètement du monde, ou a été déclaré malade mental par un tribunal dépendant d'une juridiction compétente.

Beaucoup de gens contestent le fait que, dans une nation laïque comme la nôtre, seuls les hindous aient le droit d'adopter un enfant. Le terme « hindou », tel que le définit le décret sur les adoptions et l'entretien des enfants (1956), inclut sikhs, jains et bouddhistes et exclut explicitement musulmans, chrétiens, juifs et parsis, lesquels peuvent seulement prendre un enfant sous leur tutelle selon les termes du décret sur les tuteurs et les pupilles (1890). Un enfant sous tutelle d'un père nourricier non hindou ne jouit pas du même statut légal qu'un enfant confié à un parent hindou.

La Constitution garantit, aux termes de ses articles 14 et 15, une égalité totale devant la loi et interdit toute discrimination et restriction à l'encontre de quiconque sur la seule base de sa religion. Comme le processus d'adoption tout entier est régi par un seul décret (décret sur les adoptions et l'entretien des enfants), il n'existe pas de disposition légale permettant à un citoyen indien non hindou d'adopter un enfant en jouissant des mêmes droits, statuts, chances et respect qu'un adoptant hindou. Est-ce conforme à la

Constitution et à l'esprit d'une nation laïque ? À mon avis, non.

L'Inde est pourtant signataire de la Convention internationale sur l'adoption d'enfants étrangers, et de la Convention des Nations Unies sur les droits des enfants.

L'obligation d'entretien

Selon la loi actuelle, une épouse a le droit de solliciter de son mari qu'il l'entretienne. Voici les dispositions : une épouse hindoue, qu'elle se soit mariée avant ou après la mise en application du décret, a le droit d'être entretenue à vie par son mari.

Une femme hindoue pourra ne pas partager le domicile conjugal sans perdre son droit à l'allocation d'entretien si :

a) son mari se rend coupable de désertion du foyer conjugal, c'est-à-dire s'il l'abandonne sans raison valable et sans son consentement ou contre son gré, ou s'il fait preuve de négligence injustifiée à son égard ;

b) son mari la traite avec un tel niveau de cruauté que la continuation de la vie commune lui donnerait à craindre de subir blessures ou dommages ;

c) son mari est atteint d'une forme virulente de lèpre ;

d) son mari a contracté mariage avec une autre femme vivante ;

e) son mari entretient une concubine dans la même maison que celle de son épouse ou partage de façon notoire une autre résidence avec une concubine ;

f) son mari a abjuré la religion hindoue en se convertissant à une autre religion ;

g) ou s'il existe toute autre raison valable justifiant la séparation de corps.

Une épouse hindoue ne pourra prétendre à la résidence séparée ni à une allocation d'entretien alimentaire si elle est adultère ou abjure la religion hindoue en se convertissant à une autre religion.

La sécurité des veuves

La sécurité des femmes est aujourd'hui un important sujet d'inquiétude, en raison du nombre croissant de cas de violences contre des femmes dont la situation est désespérée. Pour tous les analystes de l'Inde, en ces temps de forte croissance, le sort des veuves pose de graves problèmes. Dans les centres qui les accueillent, on exploite les plus jeunes comme dans un bordel, ce dont témoigne si justement le long métrage de Mehta, *Water*. L'origine de cette situation réside dans la tradition et dans la religion. Le film de Metha n'évoque pas seulement l'exploitation sexuelle des veuves mais en attribue la responsabilité à l'hindouisme et aux Shastras (textes sacrés hindous). Pour évoquer ces problèmes très controversés, Metha a pris la précaution de tourner au Kerala, État considéré comme libéral, progressiste, et qui n'est donc pas suspect de mélanger religion, culture et politique. *Water* traite des politiques religieuses, du sort des veuves – et du scandale inhérent à leur maltraitance. Son film essaie, bien que de façon maladroite et peu convaincante, de considérer la condition des veuves dans le contexte de l'émergence de Gandhi et de son combat réformiste et nationaliste. Le Mahatma y apparaît comme un phare dans la nuit, celui en qui furent placés tous les espoirs de voir les veuves sortir de leur malheur. Ce film suscitera sans doute de nouveaux débats autour des veuves et de la pauvreté.

Un tiers des sièges réservés aux femmes au conseil de village

Les 73e et 74e amendements inscrits en 1993 et 1994 dans la Constitution indienne reconnaissent le besoin d'étendre à la population indienne rurale les efforts d'autonomisation politique. Pour répondre à la montée des régionalismes, ils engagent aussi un processus de décentralisation. Du point de vue de l'équité entre les sexes, cela engendra un changement révolutionnaire : 33,3 % des sièges sont désormais réservés aux femmes dans les panchayats de villages (collectivités locales composées d'élus du village, différentes des panchayats communautaires, mentionnés plus haut dans cet article) et dans les assemblées départementales similaires. Certains États ont élargi aux assemblées de l'État ce concept de réserve en faveur des femmes. Cela fait longtemps qu'un projet de loi visant à étendre cette réserve au niveau parlementaire attend d'être soumis au vote, mais sa présentation est constamment différée, sous divers prétextes. Il se trouve actuellement devant la Commission sélective parlementaire, qui doit formuler de nouvelles recommandations, suite aux objections de certains groupes politiques. La retombée la plus importante de ces amendements fut l'autonomisation des femmes pauvres dans les campagnes, en particulier celles appartenant aux classes les plus défavorisées, connues sous le nom de « dalits ».

Les femmes au travail en zones rurale et urbaine

En Inde, les femmes en zone rurale se battent toujours contre le non-accès aux ressources et le manque de revenu, alors que les citadines éduquées, grâce aux opportunités qui leur sont accessibles, participent activement à la croissance. Dans certaines zones rurales, les femmes passent entre quatre et huit heures chaque jour à aller chercher de l'eau potable, du foin et du bois de chauffage. De retour chez elles, il leur reste à assumer les corvées domestiques, le travail des champs et toutes leurs autres obligations. Dans ces régions, le niveau de nutrition est très bas, ce qui se traduit par une faible productivité et un taux élevé de mortalité. Dans les villes au contraire, les femmes sont nombreuses à toucher un salaire, parfois par obligation économique mais parfois aussi par désir de profiter de nouvelles possibilités sur un marché du travail plus ouvert. Les femmes instruites peuvent atteindre un niveau de revenu élevé dans des entreprises de sous-traitance associées aux sociétés occidentales des technologies de l'information. Pour autant, elles n'ont pas forcément un contrôle accru sur leurs revenus ni une plus grande autonomie. En effet, leur charge de travail plus lourde et la multiplication de leurs responsabilités impliquent plus de fatigue. Mais l'accroissement de leur capacité financière vaut à ces femmes une plus grande reconnaissance au sein de leur famille.

L'augmentation du travail des femmes urbaines éduquées peut provoquer des frictions dans la famille. Lorsque le revenu du mari devient inférieur à celui de sa femme apparaissent la discorde et la mésentente conjugale. Quant aux parents de ces femmes, ils se réjouissent de cette évolution car leurs filles ne représentent plus une charge mais une source de valeur : elles contribuent à l'aisance financière de la famille entière, ce qui permet également d'offrir une éducation aux enfants plus jeunes. La dot exigée pour les jeunes filles actives est moindre, et leur permet de se montrer plus exigeantes dans le choix d'un mari. En outre, les parents sont moins pressés de les marier, ce qui se traduit par une élévation de l'âge du mariage des femmes. La politique démographique du gouvernement, qui vise à réduire la croissance de la population, profite positivement de cette évolution.

La mondialisation au secours des femmes ?

Les défenseurs de la mondialisation sont souvent favorables à la fin des traditions et du pouvoir patriarcal, alors que les groupes hostiles à la mondialisation exigent que traditions et valeurs anciennes soient préservées, notamment que les femmes restent sous la coupe des hommes et soient exclues des processus de décision. Certains secteurs à forte croissance économique, tel celui des technologies de l'information, ont permis une plus grande mobilité, une croissance des revenus et une autonomisation des employés qualifiés. Ce qui leur a valu également plus de solitude. Mobilité et ascenseur social permettront peut-être aux femmes de briser la domination patriarcale et le contrôle exercé par les hommes. Dans d'autres secteurs, elles restent bloquées et doivent vivre avec le fardeau de traditions injustes, d'un ascendant familial pesant, et de possibilités d'emplois restreintes. Plus de 70 % des Indiennes rurales attendent toujours de voir leur vie changer et ressembler à celle des urbaines, parce qu'elles sont jeunes et facilement influencées par les sirènes du consumérisme.

Le rôle des Nations Unies

Les pressions exercées sur l'Inde par la communauté internationale pour encourager notre pays à réduire les inégalités entre les sexes ont permis aux associations en faveur des femmes de se faire mieux entendre, comme dans les pays voisins.

Ces pressions ont aggravé les querelles au niveau local, national et international. Les divers organes des Nations Unies n'hésitent pas à réprimander les pays membres qui ne se conforment pas aux normes internationales d'équité entre les sexes. Ils organisent des conférences internationales, votent des résolutions et proposent des calendriers pour instaurer l'égalité dans les pays membres. Ces derniers sont encouragés à agir dans des délais contraignants, faute de quoi leur perte de crédibilité nuirait à la promotion de leur point de vue.

Voici quelques-unes des conférences organisées par les Nations Unies qui ont joué un rôle important dans la défense de l'égalité des sexes : la Conférence de l'environnement et du développement (Rio, 1992), la Conférence mondiale en faveur des droits de l'homme (Vienne, 1993), la Conférence internationale sur la population et le développement (Le Caire, 1994), le sommet mondial sur le développement social (Copenhague, 1995), la Conférence mondiale sur les droits des femmes (Pékin, 1995), et Habitat II (Istanbul, 1996), entre autres.

Certains pays membres s'opposent aux programmes en faveur des droits des femmes, pour des raisons qui leur sont propres. Lors de ces réunions internationales, le monde se répartit entre deux blocs, le Nord et le Sud. Les pays conservateurs ne cessent d'utiliser leur influence politique pour empêcher que les femmes jouissent de plus de droits. Au Caire en 1994, un certain nombre de pays se sont vivement opposés à un programme en faveur de la santé et de la naissance, comme à l'inclusion du programme d'action de la conférence à leurs politiques. Au sommet social de Copenhague l'année suivante, certains pays ont repoussé toute nouvelle proposition en rapport avec l'égalité des sexes et la santé des mères. Même à Pékin, ces pays conservateurs se sont abrités derrière leurs obligations constitutionnelles de protection des droits culturels de leurs minorités pour s'exonérer, en théorie et en pratique, de l'application des obligations inscrites aux programmes proposés. Ces programmes incluaient également la reconnaissance des normes internationales définissant les droits des femmes et les mesures de justice les concernant. C'est la même tendance qui a prévalu lors de la conférence sur l'habitat.

Les relations internationales sont un grand marchandage et un jeu de stratégies. Les critiques portées contre les rapports et objectifs de ces conventions pour la défense des droits des femmes ont mis en évidence les divergences entre les modes de pensée des parties en présence, que résume l'opposition Nord/Sud. Le bloc du Sud tolère de moins en moins les objectifs non avoués du Nord qui, drapé dans la dignité de la noble défense de la Justice, cherche en fait à profiter de la main-d'œuvre et des ressources bon marché disponibles dans le Sud, en vue de favoriser sa propre croissance.

L'Inde signe la Convention pour l'élimination de toutes les formes de discrimination à l'égard des femmes

Lors de ces sommets internationaux, les pays appartenant au groupe des 77[1] prennent des positions différentes au sujet de l'égalité des sexes, des droits des femmes, en matière de reproduction et de santé, et des droits des adolescents, etc. Aucun consensus ne se dégage au sein du G 77, et les différends sont particulièrement évidents quand il est question de définir les politiques relatives à l'égalité des sexes.

En Inde, des associations féministes poursuivent énergiquement leur action. À l'occasion des conférences de Pékin et du Caire, ces groupes ont travaillé pour une relation équilibrée entre justice économique et sexuelle. Les représentants indiens ont fait de louables efforts pour définir cette dualité et l'importance qu'elle revêt dans le cas de notre pays. Finalement, l'Inde a donné son aval à ces revendications en signant sans réserve à Pékin la Convention contre l'élimination de toute forme de discrimination à l'égard des femmes. C'est un progrès, car l'Inde n'avait signé, jusque-là, que sous réserve que soient préservés les droits de ses minorités et sa spécificité culturelle – de même que la liberté religieuse – ce qui inclut la liberté de conserver ses pratiques sociales, ses traditions et ses coutumes. Adhérer à la plate-forme d'action adoptée à la conférence de Pékin lui a semblé suffisant. Le rapport sur le développement humain de la Convention de 1990, de même que les rapports de la Commission de la condition de la femme ont souligné la lenteur de la mise en œuvre des résolutions en faveur de l'égalité des sexes dans la plupart des pays, l'Inde comprise.

Des progrès acquis, un combat qui dure

De telles complexités témoignent que le combat des femmes en faveur d'une plus grande indépendance dépasse le cadre étroit des religions et des castes. Leur objectif est d'exercer leur propre contrôle décisionnaire, leur accès aux ressources économiques, et d'obtenir plus de justice et d'équité. Dans ce scénario, l'État et la société ont le devoir de veiller à ce que toutes les parties en présence, notamment les femmes, soient traitées avec justice et équité, de façon à ce que les politiques engagées ne désavantagent aucune catégorie, dans le respect des garanties inscrites dans la Constitution.

L'Inde a fait la démonstration de sa capacité à répondre énergiquement aux questions d'égalité des sexes. Depuis le 16 août 2005, et l'amendement à la loi sur les successions, les femmes hindoues en Inde ont fait un pas vers cette égalité.

Voici ce que M. Raj Bharadwaj, ministre de la Justice, a déclaré au Parlement lors de la présentation de ce projet : « Désormais, lorsque vous confierez vos filles à leur mari, dites-leur bien qu'elles ont deux foyers : celui où elles s'en vont, et celui qu'elles quittent. »

Je regrette profondément que le Gouvernement n'ait pas associé toutes les femmes indiennes à ces changements radicaux, et qu'il n'ait pas appelé les minorités de ce pays à leur emboîter le pas, ni suggéré à leurs dirigeants de prendre les mesures adéquates pour supprimer les inégalités des sexes inhérentes aux lois qui régissent l'héritage dans leurs communautés respectives. L'idée que les communautés soient régies par des programmes politiques différents est contraire à l'intérêt national de l'Inde. La Loi sur les successions hindoues fut un acte de courage législatif. La femme hindoue a fait un pas de plus sur la voie de l'égalité des sexes. Après six décennies d'indépendance, certaines minorités n'ont toujours pas perçu les avantages de tels changements socio-économiques. Il est de la plus haute importance de comprendre les raisons d'un tel aveuglement, qui sont sans doute à chercher du côté de notre histoire. Le besoin de changement est criant dans ces communautés, mais elles sont souvent rebutées par la présentation caricaturale et négative d'évolutions survenues à l'étranger. Leur tendre la main, honnêtement et avec la plus grande sincérité sera d'une grande utilité, pas seulement pour elles, mais pour le monde entier. Je l'espère du fond du cœur.

Sona Khan, docteur en droit, est avocate auprès de la Cour suprême de l'Inde. Spécialisée dans les questions touchant aux femmes et au développement, elle participe, en tant que conseil juridique, à de nombreuses organisations internationales.

Traduit de l'anglais par Dominique Macabiès.

Note

1. Le groupe des 77 est la plus grande coalition des pays en voie de développement au sein des Nations Unies. (Nde).

REPORTAGE

Les féministes en Iran

Farhad Khosrokhavar

Après la révolution islamique, les femmes iraniennes sont devenues des citoyennes de seconde catégorie. Pourtant, elles sont très largement présentes dans l'espace public. Le mouvement des femmes, rendu visible grâce à Shirin Ebadi (Prix Nobel de la Paix 2003), devra forcer la porte du monde politique.

La situation des femmes en Iran est paradoxale. Peu présentes sur la scène politique, les Iraniennes sont en revanche très actives dans les domaines de l'éducation, de la vie sociale et culturelle, dans les Organisations non gouvernementales (surtout sur le front écologique, mais aussi sur le terrain associatif, notamment dans les organisations caritatives traditionnelles) et dans la vie économique (aux échelons inférieurs et moyens). Contrairement aux autres pays du Moyen-Orient et plus généralement au reste du monde musulman, il existe très peu de métiers où elles ne soient présentes. Pourtant, les organisations féministes sont très faibles et les disparités juridiques des plus injustes envers les femmes.

Les femmes ont participé activement à la Révolution islamique de 1979, formant jusqu'à 30 % des contestataires dans les manifestations contre le régime impérial du Chah. Une première catégorie d'entre elles, bien qu'affectées par les injustices sociales, ne manifestaient que poussées par leur père ou leur mari et se contentaient de les accompagner dans des défilés, où elles se retrouvaient pourtant souvent séparées des hommes.

Une deuxième catégorie, minoritaire, était constituée de militantes d'extrême-gauche, qui pensaient que les inégalités entre hommes et femmes étaient liées à celles des classes. Pour elles, la révolution devait supprimer les barrières sociales et, avec elles, les inégalités entre les sexes.

Une troisième catégorie de manifestantes, bien que consciente des injustices envers les femmes, n'avaient aucune idée de la manière dont elles pouvaient s'opposer au système patriarcal[1] sans remettre en cause la structure traditionnelle de la famille qui leur offrait, malgré tout, une protection.

Globalement, le sentiment d'appartenance à un groupe (ethnie, classe ou lien de parenté) a de loin primé le sentiment d'appartenance au corps social féminin. Et la présence significative des femmes dans les grandes manifestations révolutionnaires n'a finalement abouti à aucune revendication féminine spécifique.

Les filles deviennent des citoyennes de seconde catégorie, mais sont enfin envoyées à l'école

Après la révolution, la condition féminine a subi une brutale régression avec la mise en place de nouvelles lois puisées dans le droit canon islamique traditionnel. L'obligation de porter le voile[2] en a été le signe le plus visible et sans doute le plus symbolique aux yeux de l'Occident. Mais ce sont les changements introduits dans le domaine civil qui assujettirent véritablement les femmes à l'autorité masculine, faisant d'elles des citoyennes de seconde catégorie, privées des droits acquis sous le régime du Chah[3]. Désormais, en cas de divorce, la garde de l'enfant était confiée à l'homme ; le droit au divorce était facilité et reconnu unilatéralement à l'époux, tandis que l'épouse devait prouver l'incapacité à pourvoir aux besoins familiaux ou de faits attestant de la déchéance de son mari ; devant le tribunal, le témoignage d'une femme ne comptait que pour la moitié de celui d'un homme ; le droit à la polygamie était reconnu et renforcé ; le droit de l'homme à autoriser ou non sa femme à voyager était institutionnalisé, etc.

La période critique que connut l'Iran après la Révolution, la guerre meurtrière contre l'Irak (1980-1988), la peur d'être soupçonné d'intelligence avec l'Occident en contestant l'autorité, expliquent l'absence, à ce moment, de mouvements féministes ou d'actions collectives menées pour le droit des femmes.

Paradoxalement, la Révolution islamiste eut pourtant des répercussions positives. Les zones rurales, très pieuses, qui avaient assimilé le « modernisme » prôné par le Chah à de la dépravation, se mirent à envoyer leurs filles à l'école, rassurées par le renouveau islamique qui englobait désormais tous les champs de la société. La création de l'université Azad, qui essaima des établissements à travers tout le pays, contribua ainsi à la modernisation de la société, non pas tant par le contenu de son enseignement qu'en permettant la scolarisation d'étudiants des provinces reculées. Pour la première fois en Iran, de nombreuses jeunes filles ont pu accéder à l'enseignement supérieur.

L'accès massif des filles à l'éducation a eu des conséquences inattendues, que l'on peut résumer par ce constat : aujourd'hui, le taux de réussite des filles aux concours d'entrée à l'université d'État est supérieur à celui des garçons. Au niveau de l'enseignement supérieur, elles forment presque 60 % des étudiants et sont présentes dans tous les domaines, y compris les mathématiques ou l'ingénierie qui étaient, il y a quelques années encore, l'apanage quasi exclusif des hommes.

Même si les cercles traditionnels, détenteurs du pouvoir judiciaire, utilisent le droit canon chiite (*fiqh*) pour continuer à légitimer, au nom du sacré, une conception inégalitaire des sexes, cette percée féminine dans l'enseignement supérieur a remis en cause les arguments – l'illettrisme ou le faible niveau d'éducation des femmes – qui servaient auparavant à justifier la suprématie masculine. La scolarisation des filles, leur prise de conscience de leurs compétences, ont permis l'émergence de courants féministes.

Deux féminismes en Iran, l'un laïc, l'autre musulman

La coexistence de deux générations de femmes, élevées dans des conditions radicalement opposées, a généré un « féminisme à l'iranienne » spécifique et à première vue contradictoire. La première génération de féministes, formée sous le régime du Chah, s'inspire du registre laïque occidental des droits de l'homme et du concept de modernité pour revendiquer l'égalité des sexes. La seconde défend l'idée d'une « complémentarité » entre hommes et femmes en proposant une lecture différente des textes religieux.

Dans le premier groupe, les femmes sont issues des classes moyennes modernes et ont souvent été avocates ou juges sous le régime impérial. Tel est le cas de Shirin Ebadi (prix Nobel de la paix 2003) ou de Mehrangiz Kar, toutes deux juristes. Elles ont eu une influence considérable sur la nouvelle génération de femmes de leur propre couche sociale qui tentent aujourd'hui de leur emboîter le pas, notamment par le biais des Organisations non gouvernementales.

Dans le deuxième groupe, les militantes sont croyantes, pratiquantes et pensent que l'islam est en soi promoteur de justice entre hommes et femmes. Selon elles, la lecture du Coran qui a inspiré la Constitution de la République islamique d'Iran est une lecture biaisée et patriarcale. Ces femmes, dont plusieurs ont accédé au Parlement, sont souvent issues des couches dominantes comme Faezeh Hashémi, fille de l'ancien président Hashémi Rafsanjani ou Zahra Rahnavard, épouse de l'ex-Premier ministre Moussavi.

Quelques victoires pour les femmes, mais une tutelle masculine maintenue

L'action de ces deux courants féministes s'est concentrée au niveau juridique, en cherchant à obtenir un réaménagement des droits de la femme dans le cadre de la législation islamique. Malgré le fossé idéologique qui rendait au départ impossible toute coopération entre les deux groupes[4] (le courant laïc considérait comme « rétrograde » le discours des femmes islamiques, tandis que ces dernières dénonçaient la « dépravation » des militantes laïques en raison de leur occidentalisation), une complicité s'est peu à peu forgée. Plus de deux décennies après la Révolution islamique, les malentendus et les suspicions ont été en partie surmontés et la distance entre les deux courants s'est réduite. Il n'est pas rare aujourd'hui de les voir adopter une position commune au nom du rejet du patriarcat.

Sous la présidence de Mohammad Khatami, de 1997 à 2004, le mouvement dit « réformateur » ne s'est pas préoccupé de la question des femmes : pas de ministre femme (uniquement des conseillères du Président), aucun débat public ou prise de position de la présidence sur le droit des femmes. Quant à la nouvelle version de l'islam réformateur, prônée par les « nouveaux intellectuels religieux » tels que Soroush, Kadivar, Eshkavari ou Shabestari, elle s'est cantonnée à une vision émancipatrice de « l'homme » en général. Bien que remettant en cause la théocratie islamique et son hégémonie politique[5], ces intellectuels ont laissé de côté le sujet des relations hommes/femmes, ainsi que le statut de la femme en particulier. La participation de femmes à ce courant de pensée a été, en outre, des plus limitée.

Le féminisme islamique a remporté quelques victoires, comme d'obtenir la garde de l'enfant après le divorce ou de pouvoir demander la séparation d'avec un mari qui ne remplirait pas les conditions requises par le contrat de mariage. Sur d'autres fronts, en revanche, aucune avancée décisive n'a été réalisée. Devant le tribunal, le témoignage d'une femme continue à valoir la moitié de celui d'un homme ; en matière d'héritage, la femme reçoit une part deux fois inférieure à celle de l'homme ; l'épouse ne peut toujours pas voyager sans l'autorisation de son mari…

La difficulté d'être une femme politique en Iran

Le féminisme iranien reste faible. Cela s'explique en partie par l'absence de femmes théologiennes islamiques de renom, capables de contester les interprétations des hommes en matière de droit islamique, mais surtout par la position hégémonique des *marjaa taqlid*[6], dont l'écrasante majorité sont âgés, traditionalistes, et peu enclins à reconnaître la parité. Cette faiblesse résulte aussi de la timidité des féministes islamiques, qui ne parviennent pas, face aux groupes patriarcaux organisés, à opposer une conception cohérente de leur vision de « complémentarité » entre hommes et femmes et doivent sans cesse justifier leur intention de rester dans le cadre strict de la religion et se défendre de toute appartenance au féminisme laïque.

Une autre raison tient à la résistance implicite des hommes vis-à-vis de l'émancipation féminine. L'apparition des femmes dans l'espace public a provoqué un véritable « complexe de castration » chez les hommes, particulièrement au sein des couches populaires, qui subissent les conséquences de la désintégration des communautés traditionnelles et se trouvent dans des environnements urbains nouveaux où la place de la femme dans la famille telle qu'ils la concevaient a été remise en cause.

Enfin, la faiblesse du mouvement féministe en Iran est une donnée structurelle. Certes, toute tentative d'organisation autonome a été réprimée par le pouvoir, y compris sous les « réformateurs » (1997-2004). Des institutions conservatrices comme les Bassidje, Brigades des mœurs, ou les milices hezbollah, ont imposé leurs lois aux mouvements politiques par l'intimidation ou par la répression, pouvant aller jusqu'à la liquidation physique des opposants. Malgré cela, des embryons d'organisations politiques ont réussi à se constituer, mais les femmes en ont été absentes.

Ainsi, plusieurs femmes (jusqu'à une douzaine) ont été élues au Parlement iranien mais, dans l'ensemble, le résultat de leur action s'est révélé décevant, parce qu'elles étaient isolées parmi des hommes peu sensibles aux enjeux féministes, mais aussi parce qu'elles étaient inaptes à se rassembler autour d'enjeux précis. Au final, le front politique est celui où le mouvement des femmes iraniennes a le plus de mal à s'affirmer.

Une révolution silencieuse : la baisse du taux de natalité

Parallèlement, la transition entre les générations de femmes a du mal à s'effectuer. En témoigne l'absence de renouveau du leadership des mouvements féministes, qu'il s'agisse de la branche laïque ou islamique. Les grandes figures telles que Shirin Ebadi[7] et Mehrangiz Kar (féminisme laïque)[8] ou Zahra Rahnavard, Faezeh Hashémi ou Djamileh Kadivar[9] appartiennent toutes à l'ancienne génération[10].

Les militantes qui ont passé leur jeunesse sous le régime du Chah ont une conscience aiguë de la régression du statut juridique de la femme. Les plus jeunes qui, dans l'ensemble, ont acquis un niveau d'éducation plus élevé que leurs aînées, ne croient pas beaucoup à l'efficacité des structures politiques dominées par un pouvoir théocratique qui ne leur a laissé qu'une marge très faible de liberté.

La nouvelle génération a ainsi préféré favoriser d'autres types de stratégies, en s'imposant notamment dans les domaines culturel et familial[11]. La famille iranienne a connu un bouleversement majeur, lié à une révolution silencieuse dont les femmes ont été les actrices essentielles, à savoir la baisse du taux de natalité dans les grandes villes. Les familles nombreuses du régime du Chah ont cédé la place, sous l'Iran post-révolutionnaire, à des familles réduites à un peu plus de deux enfants par couple[12]. La prise de conscience de soi a amené les femmes à refuser le rôle de génitrice à répétition pour éviter à leurs enfants un sort rendu incertain par la crise économique, mais aussi dans une tentative de se réapproprier leurs corps. L'engouement croissant pour la chirurgie esthétique en Iran est un autre exemple de cette réappropriation.

La structure familiale a aussi considérablement évolué. Les filles sont de moins en moins recluses au foyer dans l'attente d'un futur mariage et sont même encouragées par leur père à faire de hautes études supérieures. Des entretiens menés dans trois grandes villes d'Iran (Téhéran, Qazvin et Qom) montrent que les relations pères-filles ont changé. À la maison, les jeunes filles disent se sentir plus ou moins à égalité avec leurs frères, ce qui leur rend plus insupportable l'inégalité des sexes régnant à l'extérieur du foyer familial.

Les études prolongées et l'accès à l'enseignement supérieur forment de futures femmes peu enclines à accepter inconditionnellement l'hégémonie masculine. Dans les entretiens, celles-ci refusent la polygamie et rejettent l'idée d'un mari qui leur interdirait de travailler. La prise de conscience de soi s'accompagne d'une volonté d'autonomie financière, même si à qualification égale, elles gagnent beaucoup moins que leurs collègues masculins. Elles cherchent à surmonter cette inégalité en acquérant des qualifications supérieures et en s'investissant dans les ONG qui leur donnent la possibilité de s'affirmer sans avoir à affronter la compétition masculine. Conscientes des inégalités sur le marché du travail, mais aussi dans la vie de couple, les femmes tentent dorénavant de se protéger au maximum par les contrats de mariage, en stipulant par exemple leur refus de la polygamie.

Les femmes s'affirment dans les champs culturel et social

Dépourvu d'armature institutionnelle, le mouvement féministe est devenu incontrôlable par les autorités. Il est mû par une volonté de changement lent et graduel qui persiste sous les réformateurs, comme sous les conservateurs. À cet égard, l'absence d'organisation constitue autant une faiblesse qu'une force du féminisme iranien. Tout se passe comme si la nouvelle génération avait décidé de contourner la politique pour s'affirmer dans tous les autres domaines où elles brillaient jadis par leur absence. En privilégiant les champs culturel et social, les femmes sont devenues les promotrices de la lutte contre les inégalités. Jamais en Iran il n'y a eu autant de romancières, de poétesses, de réalisatrices ou d'éditrices qu'aujourd'hui. Elles occupent le devant de la scène culturelle, s'octroyant ainsi une visibilité sans précédent.

Enfin, les femmes s'affirment individuellement, quoique timidement, dans leurs relations amoureuses. Le mariage arrangé qui prévalait auparavant a été remis en cause, du moins dans les grandes villes. En refusant la médiation parentale et en choisissant elles-mêmes leur époux, elles imposent leur autonomie et contribuent à affaiblir le patriarcat pur et dur.

Elles ont pris conscience d'elles-mêmes

Le mouvement des femmes en Iran a subi deux transformations majeures depuis un demi-siècle. Sous le régime du Chah, il n'existait pas, à proprement parler, d'organisations, le pouvoir politique concédant des avantages aux femmes au nom de la modernité, sans qu'il y ait eu besoin d'actions militantes. Un long chemin a ensuite été parcouru sous la République islamique. Une nouvelle génération de femmes, dans l'ensemble mieux éduquée, s'est formée sous un régime théocratique où le statut de la femme a subi une brutale régression. Mais en accédant aux hautes études, les Iraniennes ont pris conscience d'elles-mêmes et des inégalités qui les frappent. Elles se sont engagées sur le front culturel et occupent des postes clés à l'université, dans l'art mais aussi, et de plus en plus, dans les domaines scientifique et social.

Seul le monde politique leur demeure fermé. Mais il est à parier que, dans la décennie à venir, elles sauront contester, par le bas, en occupant des positions stratégiques dans la famille mais aussi dans l'État, cette situation qui relève d'un ordre ancien dont la survivance est liée à l'hégémonie des élites religieuses patriarcales. En attendant, elles construisent un nouvel espace public[13] où les enjeux du genre sont débattus, tant pour convaincre les hommes du bien-fondé de leurs revendications que pour encourager les autres femmes à rejoindre leur combat.

Farhad Khosrokhavar est directeur d'études à l'EHESS. Il a travaillé sur l'Iran postrévolutionnaire et l'islamisation en France. Ses derniers ouvrages : L'Islam en prison, Balland, 2005 ; L'instance du sacre, *Le Cerf, 2001 ;* Les nouveaux martyrs d'Allah, *Flammarion, 2003.*

Notes

1. Sur l'importance du système patriarcal en Iran, voir l'article sur la lapidation, p. 109.

2. Le port du voile islamique a été obligatoire à partir de 1981.

3. Sur le droit des femmes avant la Révolution islamique, voir l'article sur la lapidation, p. 109.

4. Voir Chahlâ Chafiq, Farhad Khosrokhavar, *Sous le voile islamique*, Paris, Félin, 1995 ; Mahnâz Afkhami, Erika Friedl (eds), *In the Eye of the Storm. Women in the Post-Revolutionary Iran*. Syracuse University Press, 1994 ; Nouchine Yavari d'Hellencourt (sous la direction de), *Les femmes en Iran, pressions sociales et stratégies identitaires*, Paris, L'Harmattan, 1998.

5. Voir Farhad Khosrokhavar, *The New Intellectuals in Iran*, Social Compass.

6. Littéralement « pôle d'imitation » : statut acquis, grâce à sa science islamique et à sa probité, par un homme qui devient ainsi un modèle. Ses directives théologiques sont suivies par les fidèles et il perçoit les impôts islamiques.

7. Voir Shirin Ebadi, *Tarikhtche va asnad ehoghough e bashar dar iran* (Histoire et documents des droits de l'homme en Iran), Téhéran, 1373 (1994-1995).

8. Voir Mehranguiz Kâr, *Les droits politiques des femmes en Iran* [en persan]. Tehéran, Roshangaran, 1997.

9. Djamileh Kadivar, *Zan* (Femme), Téhéran, journal *Ettelaat*, 1375 (1996-1997).

10. Voir Ziba Mir Hosseini, *Islam and Gender, The religious debate in Contemporary Iran*, Princeton University Press, Princeton, 1999.

11. Voir, pour la diversité des expériences à ce sujet, Yvonne Haddad, John Esposito (eds), *Islam, Gender and Political Change*, Oxford University Press, 1998.

12. Voir Marie Ladier-Fouladi, *Population et Politique en Iran*, Ined, Paris, 2003.

13. Les enjeux liés à l'ouverture de l'espace public aux femmes en terrre d'islam sont immenses. Voir Nilüfer Göle et Ludwig Amman (sous la direction de), *Islam in Sicht. Der Auftritt von Muslimen im öffentlichen Raum*, Transcript, Bielefeld, 2004.

L'énigme du Maghreb

Wassyla Tamzali

Le Maghreb, pourtant entré dans la modernité, maintient les femmes dans une position d'infériorité. La domination masculine reste de mise et les femmes, très présentes dans le monde professionnel, vivent toujours sous la coupe d'une morale sexuelle archaïque. Savamment entretenue à des fins politiques.

La question de la discrimination des femmes au Maghreb n'est pas simple. Comme à Œdipe, le Sphinx ne cesse de la poser et use avec nous d'un langage équivoque pour nous induire en erreur, et nous manger plus facilement. Sans doute avons-nous, nous les féministes maghrébines, participé à l'opacité de la question en posant principalement le problème des femmes en termes de modernité juridique, économique, idéologique, et en projetant son dénouement dans une relecture de la religion ou par l'accomplissement d'une évolution socioéconomique entraînant la séparation du religieux et du temporel.

Ma génération, qui avait 20 ans à l'indépendance de l'Algérie en juillet 1962, a cru que la révolution socialiste allait libérer les femmes, et a rejeté le féminisme comme une idée gauchiste et occidentale. Rares sont celles d'entre nous qui ont posé le problème en terme de morale sexuelle, c'est-à-dire de pouvoir entre les sexes. Une erreur ou une stratégie qui continue à dominer le débat et qui est renforcée aujourd'hui par l'utilisation de la théorie du *genre*, encouragée par les instances internationales, et autres bailleurs de fonds du mouvement féministe maghrébin. Cette théorie contribue à voiler, en ce qui nous concerne, une formulation claire du rapport des sexes sans laquelle il ne peut y avoir de démarche efficace contre leur hiérarchisation aux dépens des femmes. C'est ainsi que nous sommes de plus en plus invitées à réfléchir, non sur la rivalité des sexes, réflexion inévitable pour des sociétés qui veulent sortir du rapport complémentaire et hiérarchisé qui les ont régies de tout temps, mais à la situation des femmes « dans une approche de *genre* ». Le barbarisme des mots ne serait pas si grave s'ils n'étaient pas une chausse-trappe pour la pensée.

Une femme ministre devait demander à son père l'autorisation de se marier

Si le *genre* est la construction sociale du féminin et du masculin au contraire de la *différence des sexes* qui est issue des caractéristiques biologiques, on peut émettre l'hypothèse que le *genre féminin* évolue dans les pays du Maghreb dans la bonne direction, sinon plus vite que le rapport de sexes et la morale sexuelle qui le détermine. Personne ne refuse aux femmes la capacité d'être médecin, professeur, policier, ministre, femme d'affaires, et d'avoir les qualités requises pour cela. À travers la participation de plus en plus grande des femmes maghrébines à la vie économique sociale, et culturelle, le *genre féminin* a acquis des « qualificatifs » communément attribués au sexe masculin. Mais la morale sexuelle marquée par la supériorité du sexe masculin rattrape vite les progrès du *genre*, et reste le tropisme qui règle la condition des femmes dans les sociétés dites arabo-islamiques. Cette distorsion conduit à des situations paradoxales : jusqu'en 2004 au Maroc et 2005 en Algérie, une femme ministre qui souhaitait se marier devait demander l'autorisation à son père ou à ses frères. En tant que ministre, la société lui reconnaissait les qualifications requises, mais en tant que *femme*, elle retombait sous la coupe des hommes de sa famille !

À la fin de l'année 2005 en Tunisie, lors d'une manifestation de soutien aux grévistes de la faim qui protestaient contre le régime anti-démocratique de Ben Ali, dans la ville de Kairouan, connue pour son conservatisme, une femme, professeur, a été arrêtée par la police et son pantalon baissé en public. Assez dangereuses comme adversaires politiques pour être suivies, harcelées, arrêtées, les militantes tunisiennes sont néanmoins attaquées dans leur « féminité ». Ainsi, une opposante au régime en Tunisie sera, comme ses camarades hommes, un traître, mais en plus une putain. L'utilisation systématique d'un vocabulaire lié au corps érotique par les journaux à la botte du régime peut atteindre des niveaux difficiles à supporter ; le journal *Le Monde* a dévoilé qu'une opposante a été accusée de traître à la Tunisie pour toute une série de positions politiques aggravées par le fait qu'elle était « sodomisée par des juifs ». Il est difficile pour nous de rapporter de telles injures. Comme tout ce qui tourne autour de la dignité sexuelle des êtres humains, les victimes sont paralysées, et plus largement les femmes et les hommes de bonne volonté qui préfèrent taire de tels dépassements parce qu'ils sont, disent-ils, marginaux et qu'ils se sentent eux aussi salis par de telles pratiques. Il faut remercier l'Association des femmes démocratiques de Tunisie d'avoir constitué un dossier sur les injures utilisées contre les militantes, car c'est un instrument utile pour lutter contre les stéréotypes en général. Le machisme ordinaire tenu sous silence est souvent le plus dangereux.

Dans un tout autre domaine, n'est-ce pas ce qui est en jeu dans l'Égypte moderne où l'on nous dit que 97 % des femmes sont mutilées sexuellement aujourd'hui ? Comment cela peut-il s'expliquer en dehors de cet acharnement contre le « féminin », et ne pas penser que cet acharnement est encouragé par une soumission imposée au nom de la religion ? Certes, l'Égypte est un pays musulman et les autorités officielles du culte dans ce pays condamnent la pratique ; on se souvient encore de l'intervention à la Conférence des femmes de Nairobi en 1985 du plus haut dignitaire de l'islam, le recteur de l'université d'El Hazar. Mais il semblerait que l'excision se soit propagée en même temps que le voile dans ce grand pays où la soumission des femmes devient de plus en plus frappante. Une forme d'oppression libère et autorise une autre forme plus ancienne, plus archaïque. Attention, une oppression peut en cacher une autre ! Le souvenir de la crinière argentée de Nawël Sadaoui, la féministe égyptienne qui dénonça la mutilation sexuelle avec rage dans les années 1970, est le souvenir douloureux d'un combat perdu.

L'exception maghrébine

Avant toute explication, il faut rappeler l'exception maghrébine, et plus largement celle des pays dits arabo-islamiques : de toutes les régions du monde, c'est la *seule* qui ne reconnaisse pas formellement l'égalité en droit des femmes et des hommes.

La Tunisie occupe une place à part depuis un demi-siècle ; son code de statut personnel promulgué en 1956 est à ce jour le seul exemple de rupture avec l'ordre issu des traditions dites islamiques ; l'Algérie et le Maroc ont, en 2004 et 2005, adopté des réformes timides sans toucher aux symboles forts de l'infériorisation des femmes (renvoyer à Bessis). L'infériorisation des femmes du Maghreb, par son niveau significatif comparé à toutes les autres régions du monde et par sa persistance, soulève des interrogations qui mettent à l'épreuve notre intelligence et notre patience. Si la reconnaissance de l'égalité en droit des femmes et des hommes n'est pas appliquée, et loin de là, dans de très nombreuses régions du monde, elle n'est plus contestée, sauf dans nos pays où l'infériorisation des femmes fait partie du discours des sociétés sur elles-mêmes et sur leur place dans le monde.

Une histoire qui bégaye

À partir de la fin du XIXe siècle, dans notre région confrontée à l'occupation coloniale anglaise et française, et qui s'éveillait aux exigences de la contemporanéité, la préoccupation des élites a été de sortir la religion de l'obscurantisme. Ce désir réformateur, qui se prolongea à travers tout le début du XXe siècle, ne traversa pas simplement les élites lettrées, des exigences se sont également fait jour dans les sociétés maghrébines pour réclamer un changement de la condition des femmes. Dans les années 1920 un peu partout dans la région, des groupes de femmes apparaissent sur la scène publique. En Tunisie, en 1936, c'est la fondation de l'Union musulmane des femmes de Tunisie, et en 1944 l'Union des femmes de Tunisie ; en Algérie, les premières associations sont créées dans les années 1940, ainsi l'Association des femmes musulmanes d'Algérie, du MTLD algérien, le parti indépendantiste. Le Parti communiste algérien aussi dans les mêmes années créera une association de femmes, qui aura uniquement des objectifs socioculturels ; cette mobilisation des femmes trouvera sa suite logique pendant la guerre de libération, au sein de la résistance algérienne (1954-1962). On pourrait multiplier les exemples d'une mobilisation continue des femmes dans les trois pays, avec des objectifs nationalistes certes, mais qui a fait sortir les femmes des maisons. Et à partir des années 1970, les femmes maghrébines participent au mouvement international de libération des femmes, même si ces mots sont très rarement prononcés pour des questions de stratégies.

Cette similitude de « destin », cette vision partagée est à la base de la création du Collectif 95 Maghreb Égalité qui conduit, depuis plus de dix ans maintenant, un combat pour les droits des femmes dans les trois pays. Certes dans les trois pays, le niveau d'organisation et le rôle joué par les associations de femmes ne sont pas identiques. Au Maroc, la société civile, dont le mouvement des femmes, trouve l'espace politique et économique nécessaire pour s'organiser, et a une place non négligeable dans le débat national. En Tunisie, les associations de femmes autonomes sont harcelées par un pouvoir qui entend occuper seul le champ du débat social et politique. En Algérie, les crises politiques, le terrorisme et la fermeture démocratique qui a suivi ne favorisent pas une action forte, solidaire et planifiée du mouvement des femmes – même si dans ce pays plus que dans les deux autres la presse indépendante joue le rôle d'un relais efficace.

Mais malgré ces difficultés rencontrées dans un pays ou un autre, de différentes manières les sociétés civiles font entendre leur voix, et la production intellectuelle, scientifique et culturelle ne permet plus d'avoir une approche misérabiliste des sociétés civiles maghrébines, des femmes et du courant féministe en particulier.

Des pays modernes, une condition des femmes archaïque

Pourtant les faits sont là : pour les unes, nous sommes privées d'égalité, pour les autres d'exercer librement notre citoyenneté, et pour nous toutes de liberté dans le mariage, et d'égalité dans l'héritage avec nos frères. L'histoire piétine, régresse, et la question des femmes est précisément, pour reprendre les mots de Mohamed Harbi (historien algérien), dans la préface au livre de Mansour Fahmi (Éditions Alia, 1990), « l'un des noyaux… à partir desquels les nostalgiques du passé remontent la pente et reconstituent ce qu'une génération précédente s'est acharnée à détruire ».

Des études, des expertises, des plans, des stratégies, tout ce que l'intelligence humaine peut inventer pour parfaire la connaissance et guider l'action a été fait pour sortir de cette situation. Les plus récalcitrants, les plus obtus des partisans de l'infériorisation des femmes ne peuvent ignorer que du niveau de participation des femmes, de leur éducation dépend le bien-être de leur pays. Nous ne voulons pas seulement parler de l'éducation instrumentalisée des femmes, idée ancienne et admise par tous, islamistes compris ; en Algérie, une idée lancée par le mouvement religieux appelé les Oulémas dès les années 1930 énonçait qu'il fallait instruire les femmes pour qu'elles sachent éduquer de *vrais petits musulmans* et faire barrage aux influences françaises et occidentales. Nous savons aujourd'hui, statistiques à l'appui, que les femmes sont un élément important du développement social, économique et politique d'un pays. Ceci est la raison et ne doit rien à l'idéologie féministe.

Aujourd'hui, on sait *tout* de la question des femmes du Maghreb, des statuts juridiques, des situations économiques, politiques et culturelles. L'exclusion et l'infériorisation des femmes ne sont plus un sujet de polémique, mais un fait avéré ; les chiffres de la participation politique et économique des femmes de cette région sont les plus bas du monde, et marquent le pas d'une manière significative par rapport à la situation des femmes de l'Afrique subsaharienne qui arrivent franchement avant elles dans la course à la participation et à l'égalité. Et que dire des autres régions du monde !

L'égalité des droits solennellement énoncée dans la Constitution

On sait *tout*, mais l'on ne comprend *rien.* Par plus d'un aspect, l'archaïsme de la condition des femmes dans nos pays demeure une énigme. Car, quelles que soient les analyses que l'on fait, les poches d'immobilisme, les résistances plus ou moins grandes, le machisme violent, voire criminel exprimé par les courants conservateurs et religieux – crimes d'honneur, viols massifs utilisés comme arme de guerre par les islamistes algériens, même situation dénoncée par les femmes irakiennes contre les terroristes de leur pays, etc. –, ces pays, par de multiples aspects, sont entrés dans la modernité. L'accès à l'indépendance pour chacun a été accompagné par leur entrée dans l'ordre international moderne, et leur adhésion à la Déclaration universelle des droits de l'homme. Les luttes de décolonisation avaient déjà très largement sorti les femmes de leur rôle traditionnel. Au Caire, les manifestations anti-anglaises avaient les femmes à leur tête. La grande Hoda Hachnaoui les entraîna jusqu'au Nil où elles jetèrent leur voile dans l'eau du fleuve de la vie. On pense aussi, bien évidemment, aux « trois Djamila » célébrées par Simone de Beauvoir et Giselle Halimi. *La femme algérienne*, icône de la guerre d'indépendance, est utilisée aussi bien par les opprimées que par les oppresseurs. Le représentant de l'Algérie, lors de la présentation du deuxième rapport de son pays, en janvier 2005, devant le comité d'experts de la Convention sur l'élimination de toutes les formes de discrimination à l'encontre des femmes, la CEDAW, n'a-t-il pas, en réponse à l'inquiétude des experts devant la persistance des inégalités et des discriminations dont les femmes algériennes étaient victimes, rappelé le rôle important des femmes pendant la guerre de libération, donnant ainsi à l'histoire la vertu d'absoudre le présent ? Qu'importe, l'Algérie comme le Maroc et la Tunisie ont ratifié cette Convention avec des réserves certes, mais malgré cela la ratification a en elle-même une portée qui n'est pas négligeable, c'est le signe que les États déclaraient souhaiter adhérer à un ordre civilisationnel.

Ils se sont également dotés de Constitutions qui reflètent ces choix sur plusieurs points. Concernant la reconnaissance de l'égalité en droit de tous les citoyens, elle est solennellement énoncée dans les trois Constitutions. *Pour Algérie, art. 29 de la Constitution de 1996 : Tous les citoyens sont égaux devant la loi sans que puisse prévaloir aucune discrimination pour cause de naissance, de race, de sexe, d'opinion, ou de toute autre condition ou circonstance personnelle ou sociale ; la Tunisie, art. 6 de la Constitution de 1991 : Tous les citoyens ont les mêmes droits et les mêmes devoirs. Ils sont égaux devant la loi ; le Maroc, art. 5 de la Constitution de 1992 : Tous les Marocains sont égaux devant la loi.*

Le siècle des Lumières et le tiers-mondisme

Cette égalité déclarée correspond bien à ce que nous voyons dans la quotidienneté, et ce n'est pas faire montre d'un excès d'optimisme ou faire du « féminisme d'état » que de dire que, dans les trois pays, les femmes sont présentes dans l'espace public dans des proportions et à des niveaux de responsabilités non négligeables (qui dessinent certes une pyramide – mais, comme dans les autres régions du monde, même si cette pyramide est plus marquée, même si le plafond invisible est plus bas ici qu'ailleurs). La construction d'une *égalité de genre* avance cahin-caha, mais avance. Différemment d'un pays à l'autre. D'un pays à l'autre du Maghreb, on sent le poids de l'histoire particulière. Ainsi s'explique la situation exceptionnelle de la Tunisie, qui doit, sans conteste, être rattachée à la personnalité d'un homme, Habib Bourguiba, lui-même produit d'une histoire et d'un pays. Le père de l'indépendance tunisienne affirma fortement son appartenance au siècle des Lumières européen. Il était d'un temps où les élites colonisées occidentalisées reconnaissaient la supériorité de la civilisation occidentale, et pour lui comme pour Taha Haddad[1], pour les Jeunes-Turcs, Atatürk, le père du dernier Shah d'Iran, le chemin pour atteindre cette civilisation passait par la transformation de leur société et celle-ci par celle de la situation des femmes. Le Tiers-mondisme et les luttes anticolonialistes ont discrédité cette opinion, la civilisation occidentale a été rejetée en bloc. La guerre d'Algérie a été le creuset de cette scission.

Habib Bourguiba était d'un autre temps. Il promulgua en 1956 un code de statut personnel qui est sa grande œuvre. Son rôle fut déterminant, mais ajoutons qu'il fut conforté dans cet acte « révolutionnaire » par un environnement social prêt à le recevoir, et sur lequel la bourgeoisie urbaine tunisoise gardait la haute main. Rien de semblable en Algérie où la longue lutte de libération délégitimera les élites occidentalisées et nationalistes au profit d'une idéologie populiste et religieuse qui dès le départ prendra la tête du peuple algérien, et sera un instrument efficace pour l'installation à long terme d'un pouvoir anti-démocratique.

Elles sont aussi œnologues…

Dans la famille, les femmes maghrébines exercent souvent des pouvoirs, sinon des responsabilités qui dépassent les droits que leur donnent les lois. Dans deux pays au moins, l'Algérie et le Maroc, on peut parler d'une pratique sociale qui est bien en avance sur les législations. Et, dans les trois pays, les femmes ont un rôle qui est en décalage avec les diktats religieux et moraux qui pèsent sur leurs sociétés et tentent de contrôler leurs comportements sexuels, sociaux, jusque leur intelligence. Il est en effet surprenant de comparer les analyses de la situation des femmes du point de vue des textes juridiques et des discours dominants, et la place réelle des femmes dans la cité, à la campagne, dans la famille. En politique également, si on retient comme « politique » ce qui définit les forces de changement en cours dans un pays, et non les Parlements et les appareils politiques qui sont surtout des lieux de stratégies de pouvoir. Ainsi, il est une opinion courante en Algérie, exprimée par les citoyens mais également par les hommes politiques : ce sont les femmes qui ont sauvé le pays de l'islamisme, ce sont les femmes qui sortiront le pays de cette longue période de crise et d'immobilisme dans laquelle l'Algérie est plongée depuis la fin de la guerre civile.

Chaque homme algérien, marocain, tunisien, dans sa vie croise des femmes qui lui sont *supérieures,* et même s'il oublie ce qu'il doit à sa mère et à sa sœur, il ne peut ignorer que ce sont des femmes qui le soignent, qui gèrent son argent à la banque, qui construisent sa maison, qui instruisent ses enfants. Sait-il aussi qu'en Algérie des femmes participent au développent de l'industrie du vin, comme œnologues ou chefs de chais ?

Enfin s'il fallait une ultime attestation du changement des femmes, rappelons que comme les Italiennes et les Espagnoles dans les années 1980, et pour les mêmes raisons sans doute, les femmes maghrébines font peu ou plus d'enfants, au point que les démographes parlent aujourd'hui, pour nos pays, d'un effondrement de la natalité. Signe des temps.

Nous sommes, il faut bien le dire, en pleine situation schizophrénique. Quand nous, les femmes dites musulmanes, osons parler d'égalité avec les hommes, nous provoquons un véritable tohu-bohu (Didact. État de la terre dans le chaos primitif, Le Petit Robert) à l'intérieur de nos pays et sur le plan international.

Tohu-bohu planétaire ou choc des cultures ?

Nombreux sont ceux qui récusent l'idée d'un choc des cultures pour expliquer les tensions accrues entre le monde occidental et notre monde. J'appartiens, ainsi que l'ensemble des féministes sans doute, à ceux-là, mais il faut bien reconnaître que la question des femmes est une controverse qui met au jour des divergences profondes entre les sociétés dites arabo-musulmanes et les sociétés occidentales. Cette controverse atteint parfois les limites, sinon d'un choc des cultures, du moins d'une vision du monde séparé en groupes, en communautés, en *mondes,* chacun étant arraisonné à sa culture, ce qui est pire sans doute. Dans l'acceptation par certains Occidentaux, féministes occidentales comprises, de la banalisation de la domination des femmes par le port du voile, comment ne pas soupçonner une pensée qui cheminerait à travers deux grilles d'analyse, une pour les Occidentales, et une pour les « musulmanes » ? Déjà, retenir la qualification de « musulmanes » pour nous désigner est un dérapage sémantique. Un dérapage qui hélas se pratique allègrement au niveau de la planète quand il s'agit de citoyens de pays où la religion musulmane est dominante et décrétée « d'État » par les pouvoirs en place ; nous avions déjà expérimenté les effets pervers de cette sorte d'assignation, nous les Algériennes/Algériens, sous la colonisation française, puisque nous étions des *Français musulmans*. À nous qui ne voulions pas être français, il ne restait qu'à nous proclamer musulmans. Cet abus de langage est frappant aujourd'hui quand il s'agit de l'entrée de la Turquie dans l'Union européenne, où l'on ne parle pas de l'entrée dans l'Union d'X citoyens turcs, mais d'X *musulmans*.

Le féminisme musulman

Cette désignation cultuelle de nos pays et de nos sociétés renforce les tenants du fondamentalisme religieux musulman, et facilite leurs ambitions hégémoniques. Elle fournit des armes à leur arsenal idéologique, et c'est justement la femme « musulmane », voilée et soumise, qui est au cœur de leur machine de guerre. Elle est son symbole le plus fort, exigé en douceur ou en force ; un symbole nécessaire à la mobilisation des troupes qu'ils caressent dans le sens du poil ; un symbole utilisé plus que tous les autres symboles à leur disposition – la barbe, qui a longtemps été le signe distinctif des fondamentalistes religieux musulmans, au point que la vulgate politique dans mon pays les appelle les barbus, est devenue de moindre importance. Ainsi tel Premier ministre, tels hommes politiques, hommes publics, Turcs, Algériens ou Français d'origine maghrébine, islamistes… portent jolie moustache et veston croisé, mais leurs femmes, elles, restent voilées ! Et nous, à force de nous voiler la face devant leurs petits dépassements, à force de compromis au nom de la tolérance, aujourd'hui nous faisons face à un mouvement de grande ampleur, porté par certains courants féministes et des droits de l'homme, le féminisme musulman, qui étale sa *victoire*, et qui laisse tout le monde dans l'expectative.

Que penser des propos de l'organisatrice d'un méga-forum sur le féminisme musulman à Barcelone du 27 au 29 octobre, Ndeye Andújar, la vice-présidente de la Junta Islàmica Catalana, qui a fait la une de la presse européenne quand elle parle de « *jihad* de genre » ? Celle qui apparaît aujourd'hui comme le porte-parole de ce mouvement, bien qu'usant d'un discours rassurant (contre le patriarcat, en continuité avec le mouvement féministe occidental…), précise quand même qu'il s'agit pour son mouvement « de donner la parole aux femmes musulmanes qui luttent pour la reconnaissance de leurs droits dans l'Islam et non pas à partir d'une idéologie éloignée, qui se confond souvent avec le colonialisme ».

La « grande maison » ébranlée

Avant de triompher au grand jour, cette tendance séparatiste s'est installée lentement mais sûrement au sein des Nations unies, au fur et à mesure que se développait le long et tenace travail des Nations Unies pour la réalisation de l'égalité en droits et en chances des femmes et des hommes conformément à la Déclaration universelle des droits de l'homme. Cette tendance atteindra ses limites devant la CEDAW qui sera ouverte à ratification en 1980. La CEDAW est la première convention internationale qui prétend s'ingérer dans la vie privée des hommes arabes, la première qui touche au saint des saints, à l'intime, au cœur de l'identité : la famille, le bastion jamais pris de ces pays longtemps colonisés, dépossédés qu'avaient été les pays arabes et maghrébins.

Sur la question des femmes, à ma connaissance, les seuls pays à formaliser leur *différence* sont ceux qui appartiennent aux traditions islamiques. Cette différence a été explicitée lors de la 42° session de l'Assemblée générale des Nations Unies (New York, 1987), à l'occasion de la présentation du rapport de la 6° session du Comité de la

Convention, la CEDAW. Au paragraphe 517 portant sur le rapport biannuel du Bangladesh, les experts estimaient que l'islam était souvent interprété par les hommes dans leur propre intérêt. Les expertes du Comité concluaient qu'il fallait aller vers une nouvelle interprétation, adaptée aux réalités et aux besoins des sociétés et demandaient (la Décision n° 4) que le système des Nations Unies entreprenne des études sur la condition des femmes des pays islamiques, en particulier sur l'égalité dans la famille, le divorce, le mariage, la participation à la vie publique et politique.

Ce rapport a déclenché l'ire des pays arabes qui ont récusé l'expertise du Comité et taxé de racistes et de xénophobes toutes critiques. Une réaction disproportionnée par rapport aux commentaires des expertes qui très prudemment n'avaient parlé que d'interprétation et n'avaient pas mis en cause l'islam lui-même. Mais sans doute profondément humiliés par les critiques portant sur l'organisation de la famille, le saint des saints, les pays arabes, et certains pays asiatiques, ont brandi l'opposition irréductible de deux conceptions du monde. Les représentants de la Tunisie et de l'Algérie ont très précisément remis en cause le principe de l'unicité du droit onusien, ouvrant une brèche dans la grande maison. Les États musulmans ont fait front, le conflit Iran/Irak, très violent pendant cette période, fut dépassé pour l'occasion. Ils exigeaient la reconnaissance et la légitimation d'un ordre basé, disent-ils, sur une définition différente de l'égalité. La condition des femmes dans les sociétés dites musulmanes ne devait pas être envisagée comme un moment historique donné, ayant la capacité d'évoluer et de rejoindre l'idéal onusien, mais comme l'affirmation d'un ordre du monde parfait et abouti.

À travers le recours emphatique à une civilisation, ils revendiquaient la reconnaissance d'une morale sexuelle basée sur la supériorité des hommes sur les femmes, infériorisées et mineures à vie.

RENDEZ-VOUS MANQUÉ AVEC L'HISTOIRE

Les pays de tradition islamique s'obstinent à rater leurs rendez-vous avec l'histoire. Le 18 décembre 1979, l'Assemblée générale des Nations Unies a adopté la Convention sur l'élimination de toutes les formes de discrimination à l'égard des femmes, la CEDAW*. Pour les pays maghrébins et arabes, et plus largement tous ceux dont le statut des femmes est soumis à la tradition islamique, l'heure de vérité était arrivée. Devant l'obligation de s'engager à éliminer de leur législation toutes les formes d'inégalités entre les femmes et les hommes, les États maghrébins ont revendiqué leur différence, reniant ainsi les engagements auxquels ils avaient souscrits en devenant membres des Nations Unies, en signant la charte de 1946 et en adhérant à la Déclaration universelle des droits de l'homme de 1948 qui fonde tout l'édifice onusien. Contre l'égalité en droit des femmes et des hommes, ils vont évoquer pour la première fois l'incompatibilité entre les droits de l'homme et la tradition islamique à laquelle ils se rattachent et faire sécession. Jusque-là, ces trois pays n'avaient jamais utilisé leurs dispositions constitutionnelles qui stipulent que l'Islam est la religion de l'État. Mais la CEDAW était la première convention internationale qui prétendait s'ingérer dans la vie privée des hommes arabes. S'agissant des lois sur la famille et sur l'héritage, questions au cœur de la morale sexuelle, les trois pays entendaient préserver leurs spécificités religieuses et/ou nationales.

Les seules régions du monde qui aient formalisé publiquement leur différence sont ceux qui appartiennent aux traditions islamiques ; quelques voix amérindiennes, gitanes se sont bien élevées par-ci par-là, mais elles n'ont pas le même écho. Rigoberta Manchu, prix Nobel de la paix, leader des peuples indigènes, qui sillonna le monde et les enceintes internationales en robe d'indienne, n'a-t-elle pas toutefois déclaré que le féminisme était le dernier avatar du colonialisme ?

Les belles paroles du Prophète…

« Elles sont un vêtement pour vous, vous êtes un vêtement pour elle » (sourate al Baquara, verset 187).

Belles paroles, et le Coran en fournit de nombreuses autres, mais il serait trop long d'énumérer les références islamiques qui placent le rapport des sexes dans une perspective d'égalité, de respect, d'amour. Le cas le plus cité par les féministes est celui de la polygamie car le texte du Coran, à ce propos, se prête très peu à l'interprétation. Il s'agit de la sourate An Nissa, verset 3 : « … épousez comme il vous plaira, deux, trois, ou quatre femmes. Mais si vous craignez de ne pas être équitable, prenez une seule femme. » Verset 129 : « Vous ne pouvez parfaitement être équitable à l'égard de chacune de vos femmes même si vous en avez le désir… ». Malgré cela, seule la Tunisie a interdit la polygamie.

Il serait long et vain d'épiloguer, disons-le, car il y a autant de textes qui disent le contraire. Pourtant, certains auteurs se sont spécialisés dans ce type de recherche dans le maquis des milliers de références et sources qui constituent la charia[2], entre le Coran et ses sourates, les sourates et leurs versets, la Sunna[3] et ses *Hadith*[4], le Fiqh[5] et ses écoles, pour trouver ce qui peut être en faveur de l'égalité dans l'espoir d'entraîner un revirement de la doctrine, et d'une opinion publique qui semble ne tirer ses désirs, ses besoins et ses projets d'avenir que de la tradition islamique – pour ce qui concerne le statut des femmes bien évidemment, car, s'agissant du reste, il y a longtemps que les sociétés dites arabo-musulmanes suivent d'autres sources d'inspiration !

Faut-il démontrer encore une fois que ce sont les jurisconsultes qui ont façonné des lois à la mesure des mœurs anté-islamiques, patriarcales et agnatiques des tribus originaires, en les disant conformes aux vœux du Prophète, donc de Dieu ? Que le plus souvent ils se sont basés sur des traditions et des textes dont beaucoup sont contestables, ou tout au moins sujets à interprétations multiples ? Les innombrables travaux menés dans ce sens par des hommes et des femmes savants ne semblent pas faire avancer l'intelligence de la question. Ces savoirs construisent une rationalité islamique qui est rejetée par ceux à qui elle est destinée. C'est prêcher dans le désert ou s'engager dans un dialogue de sourds dans la mesure où les outrances sexistes et machistes violentes en cours dans nos sociétés sont les caractéristiques de sociétés archaïques qui ont été très peu transformées par la religion qu'elles revendiquent. On pourrait dire que ce sont elles qui se sont approprié l'islam, et non le contraire. Et aujourd'hui user du raisonnement religieux ne sert à rien pour des peuples qui l'ont nié à ce jour et qui, plus encore, ont posé au centre de leur identité, une version sexuée de la religion. Qu'est-ce qui distingue le plus un musulman aujourd'hui sinon le traitement qu'il fait aux femmes ?

La volonté de domination des hommes inchangée

« J'ai soulevé le bas de la tente… »

De cette profusion de textes, d'anecdotes, de traductions qui changent le sens d'une phrase, est née une suite sans fin d'argumentaires qui contribuent à sacraliser la tradition. Une situation qui pourrait faire sourire si les conséquences n'étaient pas si graves. Comme les docteurs de la Loi s'interrogeant sur le sexe des anges dans Constantinople assiégée, nous discutons des paroles, faits et gestes du Prophète alors que la cohorte de femmes battues, chassées, d'enfants livrés à la rue, alors que la prostitution, la misère des femmes se pressent aux portes de nos villes et envahissent les campagnes. D'un camp à l'autre, on se lance les récits rapportés par de savants et antiques chroniqueurs qui mettent en scène le Prophète pour déterminer, à travers tel événement, les droits des femmes ou les interdits qui pèsent sur elles. Comme les récits de sieur Derbouki qu'on oppose à ceux de sieur Ibn Jarir pour apporter la preuve de la capacité des femmes à divorcer en payant leur mari : Ibn Jarir rapporte qu'il a demandé à Ikrima si al Khol (c'est-à-dire la faculté pour la femme mariée de racheter sa liberté) a une origine ? Celui-ci répond : « Le premier cas de Khol en islam concerne la sœur d'Abdallah Ben Oudaï. Celle-ci est venue voir le Prophète, et lui a dit : "Messager de Dieu, rien ne m'unira à lui pour la vie ! J'ai soulevé le bas de la tente, je l'ai vu venir avec un groupe de gens et je constate qu'il est le plus noir de couleur, le plus petit de taille et le plus moche de visage". L'époux dit au Prophète : "Messager de Dieu, je lui ai donné tout ce que j'ai de mieux, mon jardin, me le rend-elle ?" Le Prophète interrogea la femme : "Que dis-tu ? – Oui, s'il le veut, je lui donne même plus que le jardin." Le Prophète les sépara. » Les femmes ont ainsi le droit de divorcer en rachetant leur liberté.

Voilà sur quoi glose à longueur de siècles ceux qui sont chargés de légiférer. Aujourd'hui encore, à l'orée du IIIe millénaire ! Il ne sert à rien d'argumenter, de trouver la faille, le mot juste, les intentions du Prophète, car la volonté de domination des hommes est ailleurs, et elle ne changera pas avec ou contre les dires et faits du Prophète. Il est trop tard aujourd'hui, le message coranique n'a pas joué son rôle historique, il n'a pas transformé la conscience du converti. Et notre temps, s'il utilise la religion, c'est pour prendre le pouvoir sur la cité et non plus sur les consciences.

La conception du rapport des sexes que l'on nous présente comme issue de la tradition islamique est tout simplement basée sur un principe plus ancien que la religion, que les religions. Ce principe domine l'espèce humaine sans concurrence durant des lustres, les luttes féministes l'ébranlent enfin, depuis un siècle seulement, dans les sociétés occidentales, qui apportent ainsi la preuve qu'il peut être inversé.

Aujourd'hui, ce principe survit dans toute sa puissance dans notre région, et résiste à tous nos efforts, contre toute raison. Le principe de la masculinité régit sans contraintes nos sociétés, jusqu'au cœur de nos métropoles modernisées où les femmes ont pris leur place et continuent de progresser. Et c'est une lutte féroce qui est engagée pour conserver tous les symboles de cette domination, notamment le plus sacré, la polygamie, si emblématique de la morale sexuelle des hommes musulmans. Un privilège qui était peu pratiqué, mais qui est dorénavant en hausse et qui atteint, en Algérie du moins, un chiffre qui le fait passer du statut de symbole humiliant à celui de pratique inique. Les dernières statistiques algériennes, données par le gouvernement algérien à la CEDAW en janvier 2005, montrent qu'il y a maintenant 5,95 % de mariages polygames dans ce pays.

Une justice qui traîne les pieds

Devant les minces réformes arrachées aux législateurs, la société, la justice et la police font le dos rond. Il ne suffit pas d'édicter des lois, il faut encore les faire appliquer. Quand le législateur est en retard, ou qu'il campe sur des demi-mesures faute d'une volonté politique d'accompagner un mouvement social, le rôle de la loi est fondamental, son application requiert des moyens propres et doit être accompagnée d'une action politique ferme, d'autant plus dans des pays où elle est généralement dévalorisée, où elle s'efface devant la pratique. La loi reste détachée des personnes qu'elle concerne et d'une opinion publique qui considère grosso modo que leur pays est un pays de non-droit, ce qui explique le désintérêt des jeunes filles et des femmes pour les lois qui les régissent – sauf quand elles sont confrontées à un problème grave et alors, c'est trop tard ! La campagne « Vingt ans Baraket » (vingt ans ça suffit) lancée en Algérie en 2004 pour les vingt ans du code de la famille mobilisa très paradoxalement plus de monde en France qu'en Algérie où, d'une manière générale, personne ne croit plus aux vertus de la loi.

Les associations de femmes seules sur le terrain

Une fois encore les associations de femmes se retrouvent seules sur le terrain pour faire respecter les lois, comme elles ont été et sont seules pour gérer la violence contre les femmes et les filles mères ou contre la prostitution. Les pouvoirs publics n'ont pris aucune disposition pour mobiliser la justice et la police au service des réformes. Les associations de femmes, algériennes et marocaines, s'attellent seules au problème de la mise en œuvre des réformes, une tâche ardue qui les dépasse dans des pays où les mœurs archaïques prédominent et qu'encourage, ce qui est plus grave, le discours officiel venant des plus hautes autorités morales de la société et de l'État. Une étude réalisée entre février et décembre 2004 par la Ligue démocratique pour les droits des femmes du Maroc, un an et demi après la réforme de la loi familiale, montre que le chemin sera long jusqu'à l'application et qu'il ne se fera pas tout seul. Concernant les mariages précoces, selon une enquête menée de février à décembre 2004 dans dix tribunaux, alors que le législateur a fixé à 18 ans l'âge de l'union pour les filles et les garçons, avec la possibilité pour le juge, dans des circonstances exceptionnelles et motivées, d'accorder une dispense, sur 4 027 demandes de mariage de mineures, 94,36 % ont été accordées au motif laconique du juge « que la mariée avait la capacité » ; dans un cas il est dit que la mineure avait pratiqué le jeûne du Ramadan deux année de suite ! Pour la polygamie, qui, elle aussi, est réglementée par la nouvelle loi et que le juge ne peut autoriser que pour des raisons exceptionnelles et objectives, l'étude montre qu'il y a eu 280 autorisations sur 372 demandes. Au tribunal de Rabat et pour la même période, concernant les divorces, dont il existe quatre types, il a été relevé : 27 % de divorces *khôle*, celui où la femme rachète sa liberté, 20 % de divorces pour préjudices (dans lesquels le mari a commis une faute immorale), 3,7 % de divorces pour désunion, forme qui est la grande innovation des réformes de 2004. La plus grande partie des ruptures de contrats de mariage a été prononcée par répudiation, situation dans laquelle le juge est une instance d'enregistrement de la volonté unilatérale et non motivée du mari.

La virginité comme signe de bonne santé

De même, en Algérie, où le nouveau code de la famille demande un certificat médical prénuptial à produire au moment de l'inscription du mariage, dans de nombreux cas déjà signalés, des officiers de l'état civil considèrent qu'il s'agit d'un certificat de virginité. C'est une interprétation fantaisiste : le législateur a pourtant été clair et prudent, l'article 7 *bis* de l'Ordonnance n° 05-02 du 18 moharrem 1426 correspondant au 27 février 2005 modifiant et complétant la loi n° 84-11 du 9 juin 1984 portant sur le code de la famille est explicite : « Les futurs époux doivent présenter un document médical, datant de moins de trois (3) mois et attestant qu'ils ne sont atteints d'aucune maladie ou qu'ils ne présentent aucun facteur de risque qui contre-indique le mariage. » Les réponses des maires interrogés par la presse (*El Watan* du 15 décembre 2005) sur les dérives de leurs services se passent de commentaires : certains considèrent en effet que si la fille est vierge, elle ne peut avoir aucune maladie. D'autres ont été plus loin : ils auraient eu connaissance d'une étude faite par le ministère de l'Intérieur sur les causes de divorce qui montre que la virginité est une des causes principales, ils anticipent donc… Ainsi, on assiste à des abus de droit qui vont dans le sens d'une opinion largement partagée sur la place de la virginité dans le mariage.

La république des frères

La loi même réformée ne peut pas grand-chose dans de nombreux cas. Le gros des femmes restent sans protection, les juges et la police pensent souvent comme les pères et les frères les plus archaïques. Le mariage reste jusqu'à présent une affaire privée, malgré la volonté du législateur algérien et marocain d'en faire une institution de droit public et de le sortir des griffes des tribus anciennes. Un vœu pieu. Le principe de masculinité est l'ordonnateur des rapports sociaux. Il oriente l'ensemble des lois sur la famille. Les hommes restent les maîtres de la citadelle close du domicile conjugal, et sont très rarement et très difficilement punissables quand ils outrepassent leurs droits. Leurs droits sont de fait sans limites… L'idée de viol entre époux fait sourire, les hommes… comme les femmes.

La justice n'est pas encore l'instance capable de cristalliser une idée de progrès et d'œuvrer pour un projet de société basé sur des idées novatrices.

Ainsi, une femme qui n'a pas la protection d'hommes de sa famille peut difficilement obtenir et faire exécuter un jugement en sa faveur. On peut tous les jours constater cette impuissance, ou cette complaisance vis-à-vis de la pratique léonine qui permet au mari qui répudie sa femme de la chasser du domicile conjugal, avec ou sans enfants. Malgré les efforts du législateur de 1984 pour moraliser la pratique de la répudiation et obliger l'homme à fournir un toit à la mère gardienne des enfants, on peut mesurer l'étendue de cette tradition qui jette le déshonneur sur toute une société. Malgré la dénonciation par les journalistes et les féministes, le soir venu, la ville d'Alger se peuple de hordes de femmes et d'enfants qui dorment dans la rue, non loin des commissariats de police par crainte des agressions, ou sous le tunnel des facultés. Pour la plupart, ce sont des femmes chassées du domicile conjugal. La figure du sans domicile fixe en Algérie est féminine. Il n'est pas rare d'entendre la nuit les pleurs d'un enfant.

Pleurez, mes sœurs algériennes

La nouvelle loi est plus ferme à ce sujet, qu'en sera-t-il de son application ? Au moment où je rédige ce texte, le doute me submerge. Car durant cette période de grâce que sont, ou que devraient être pour un croyant les jours qui entourent le Sacrifice de l'agneau qui sauva la vie d'Ismaël – l'ancêtre des musulmans –, je vis, dans mon entourage direct, un de ces drames de la vie quotidienne des femmes algériennes. Une de mes amies, une femme instruite et appartenant à un milieu citadin depuis plusieurs générations, a, il y a quelque vingt-cinq ans, épousé par amour le fils d'un militaire haut gradé de l'Algérie indépendante, issu de la campagne. Après des péripéties violentes, une répudiation, le remariage du mari, celui-ci veut récupérer la maison qui était le domicile conjugal et qui appartient aussi à l'épouse et aux enfants. Pour prévenir un drame, une tentative de conciliation a été menée. On est allé voir le chef de guerre pour qu'il raisonne son fils. Celui-ci a répondu au médiateur : « Chez les Arabes, quand on répudie une femme, elle sort de la maison. » Pleurez, mes sœurs algériennes, cet homme qui alla au moins sept fois à La Mecque n'a rien retenu du message de son Dieu. Il a oublié, ou n'a jamais su ce que le Coran lui ordonne, dans son 1er Verset, la sourate *al-talak* « …Craignez Allah, votre Seigneur ! Ne les chassez pas de leurs maisons, et qu'elles n'en sortent pas, à moins d'avoir commis une turpitude. »

Je dois lever une équivoque possible : je ne fais pas miennes les théories qui pensent que le salut des femmes est dans un retour au message coranique. Le temps est passé hélas de la force structurante de la spiritualité sur les hommes, c'est à d'autres saints qu'il faut nous vouer. Ceci est d'autant plus vrai que les tenants du retour au message originaire se contentent de perpétuer la vieille domination tribale. Ainsi, au lieu de rappeler que le Coran réclame, avant de punir la femme pour adultère par lapidation, une preuve impossible – quatre témoins et l'épreuve de l'épée que l'on doit passer entre le corps des amants – Tarik Ramadan, la version soft et séduisante de l'intégrisme islamiste, se contente de suggérer un « moratoire » !

La protection de la loi ne remplace pas encore celle de la fratrie

Ce récit est une histoire emblématique d'un comportement répandu, qui révèle les mœurs a-islamiques d'une population qui se cache derrière la religion, et n'obéit à personne, ni à Dieu ni aux lois du pays. Les codes de la famille et leurs amendements timides, avec comme instruments de mise en œuvre une magistrature pétrie par la tradition, une police peu formée pour les affaires de violences conjugales, de répudiations, d'enlèvements d'enfants, etc., pèsent bien peu devant l'idéologie sexiste et misogyne des sociétés. La protection de la loi ne remplace pas encore la protection de la fratrie. Il est bien évident que ceci renforce dans la famille la place des hommes. Germaine Tillon disait très justement dans *Le Harem et les cousins* que l'avilissement des femmes du Maghreb tirait ses causes du fait qu'elles n'étaient plus dans la république des frères et pas encore dans celle des cousins. La vie économique et sociale a eu raison de la fratrie, mais rien ne la remplace encore et, mieux encore elle est maintenue artificiellement par les pouvoirs en place, qui entretiennent l'illusion de la vieille société tribale dont le seul substrat moral reconnu est celui tiré d'une mythologie religieuse alimentée par les songes creux et les désirs irréalisables des hommes.

Les mentalités, le dernier masque de la morale sexuelle

Nombreux sont ceux qui évoquent ces comportements, ces mentalités, disent-ils, pour expliquer et accepter l'impuissance de la loi, l'immobilisme, disons plutôt la régression des mœurs de nos pays (la polygamie a quadruplé en trente ans, sans parler du voile qui a envahi les universités, les rues, les cafés). Cette référence aux mentalités est faite au plus haut degré du pouvoir pour se défausser de ses promesses électorales. Le président Bouteflika, après avoir promis de mettre la législation algérienne au même niveau que les normes internationales, n'a-t-il pas déclaré : « Je peux changer la loi des hydrocarbures mais je ne peux pas toucher au code de la famille » ? Fausse confidence, qui perpétue l'idée fictive d'un pouvoir qui serait plus « moderne » que son peuple. Le Pouvoir marque le pas sur les mentalités.

Ce recours aux « mentalités » est si souvent utilisé par ceux que les « mentalités » arrangent qu'il en devient suspect. Derrière lui se cache peut-être la réponse qu'attend de nous le Sphinx à la question de l'infériorisation des femmes dans les sociétés dites arabo-islamiques. De toute évidence, c'est un mot-clé, un mot « politique » sur lequel nous devons nous arrêter.

Les *mentalités* nous renvoient à l'identité profonde des hommes et des femmes dits arabo-islamiques que les lois et les stratégies de modernisation n'arriveraient pas à modifier. Une identité/mentalité qui resterait tapie au sein du rapport de *genre* qui se met en place dans nos sociétés, et qui surgit comme un diable de sa boîte quand on parle d'égalité des sexes. On peut donc en déduire que les mentalités sont étroitement liées au sexe et à la vieille morale sexuelle. Cette morale sexuelle est si persistante et si déterminante que nous sommes amenés à penser que l'homme arabe ne semble connaître comme gouvernance sociale, comme règle de conduite, comme politique, art et manière du vivre ensemble que son pouvoir sur ses femmes. Cela explique d'ailleurs qu'il soit si conciliant avec ceux qui le gouvernent quand ils le confortent dans cette « mentalité ».

Nos dirigeants ont bien compris l'usage qu'ils peuvent faire de cette mentalité dominante, et quand ils disent qu'ils peuvent commander à tout, sauf aux règles qui régissent le rapport des sexes, c'est qu'ils ne prennent pas le risque de mettre en jeu ce qui les pérennise.

Une citoyenneté qui se résume à une morale sexuelle

Ainsi, en Algérie, la seule chose qui aurait résisté à la « révolution algérienne », où pendant trente ans tout fut remis en question, serait l'ordre sexuel des sociétés ? Un ordre qui assujettit les femmes – et les hommes, car beaucoup sont également victimes de cet ordre – à la prépondérance de la masculinité, à ce pouvoir dérisoire sur lequel se replie toute la dignité d'un peuple ? Le peuple veut discuter, donnez-lui les pleins pouvoirs sur la famille et les femmes !

On comprend alors combien il est difficile pour nos sociétés d'abandonner ce pouvoir des hommes sur les femmes car c'est le seul référent politique qui lui a été accordé pendant de longues années, des siècles, le seul partagé par tous et souvent par toutes. Sinon comment expliquer l'attachement forcené des hommes arabes à la soumission des femmes ?

À chacun son égalité

Sur la scène internationale, on l'a vu, les gardiens de l'ordre ancien ont remis en question l'un des principes de base de la communauté internationale, à savoir l'universalité et l'indivisibilité des droits de l'homme. C'est au nom d'une rationalité différente que les États musulmans, jusqu'aux plus modérés, plus *modernisants*, comme la Tunisie, ont évoqué une conception de l'égalité qui serait différente de celle retenue par les instruments internationaux. À partir de cette date, et grâce aux femmes, la bataille sur les droits de l'homme et sur leur définition a été lancée. Dans ce débat, il y a ceux qui récusent en bloc les droits de l'homme, mais il y a également ceux qui, tout en acceptant les droits de l'homme en général, s'interrogent sur la place à donner aux cultures, aux identités particulières. C'est avec eux que nous voulons dialoguer.

Cette interrogation est au centre des débats entre les intellectuels, les défenseurs des droits de l'homme, européens, maghrébins et arabes. Mais ce débat a lieu aussi à l'intérieur de nos pays maghrébins ; il peut être vif et mettre au jour la fragilité de la cohésion sociale et la difficulté d'établir un langage commun, tant les positions et les projets de société semblent être éloignés les uns des autres à l'intérieur d'un même pays. On a pu voir en Algérie durant la décennie noire jusqu'où cette confrontation poussée à son paroxysme peut conduire un pays.

Ce débat a aussi une dimension politique, ses enjeux dépassent la question des femmes. Il pose la question déterminante de l'adhésion ou non des pays du Maghreb, des peuples concernés, à des principes et à des instruments de lutte efficaces pour conquérir les droits et les libertés de la condition d'hommes modernes, et de femmes. La Déclaration universelle des droits de l'homme et les traités et pactes qui en découlent, la Convention CEDAW comprise, sont des instruments beaucoup plus subversifs que la tradition islamique et le Coran. Ceci explique la connivence entre les pouvoirs en place et les mouvements islamistes, et qu'ils aient fait de la revendication de l'égalité et de la liberté des femmes leur ennemi commun, et de l'universalité un gros mot.

L'universalité ? un objectif en constante construction

Trop liée à une histoire, à une élite, à une culture, l'universalité des droits de l'homme sécrétée par la culture occidentale ne pourrait contenir la réalité multiple culturelle du monde ? Les tenants du pouvoir, ainsi que les courants conservateurs et intégristes s'engouffrent dans ces questionnements et diabolisent les féministes maghrébines en les assimilant à l'Occident. Ils discréditent leurs actions et les coupent de leur base naturelle en incitant les peuples arabes à rejeter les droits de l'homme – et des femmes. Les féministes maghrébines et arabes sont souvent perçues comme des clones de la civilisation occidentale, et par les Occidentaux aussi, ce qui est le comble ! Je reconnais qu'il devient plus facile de se faire entendre au Maghreb qu'en Europe où nos interlocuteurs(rices) ne nous entendent pas tant ils sont obnubilés par les discours des femmes voilées et de leurs frères prédicateurs sortis des campus européens, qui réclament une version islamiste des droits de l'homme, et *leur* universalité !

L'universalité sur le terrain des luttes des femmes

La discussion est sans fin. Et devant la perspective d'un affrontement hasardeux et stérile entre des *universalités fictives,* ne faut-il pas mieux se rapporter au terrain des luttes pour les droits des femmes ? Ces luttes menées par les femmes et les hommes des pays du Sud dessinent la carte de l'universalité qu'ils atteignent par des voies, des mots, des histoires particulières. Les revendications des femmes maghrébines, de plus en plus nombreuses et largement représentatives du corps social, doivent être considérées comme une adhésion aux droits fondamentaux. Du même coup, s'appropriant les principes de liberté et d'égalité, les femmes apportent la preuve de la pertinence du concept d'universalité, puisqu'elles sont en même temps l'expression de leur culture et qu'elles tendent vers ces droits qui sont issus d'une autre culture mais qui représentent aujourd'hui ce pourquoi elles luttent. Le refus massif des femmes et des hommes en Algérie pendant les années du terrorisme islamique d'obtempérer aux ordres des intégristes religieux sur toute une série d'interdits concernant les femmes et les petites filles n'est-il pas significatif de la présence au cœur des sociétés d'un ferment d'adhésion aux droits de la personne humaine ? L'intensité, la persistance, la large représentation sociale des mouvements des droits de l'homme dans les pays arabes, des mouvements pour les droits des femmes, nous permettent de parler d'une « délocalisation » du concept universel des droits de l'homme et de sa re-territorialité dans les pays maghrébins. Ces luttes confortent notre conviction que le principe de l'égalité de tous les êtres humains est un principe rationnel qui appartient à toutes les cultures. Les choix de vie, les manœuvres pour contourner le Coran et ses discriminations contre les filles dans l'héritage, le refus de voiler leurs filles à l'école, et encore plus de les retirer de l'école, par des hommes et des femmes qui par ailleurs se réclament de leur condition islamique, nous autorisent à dire qu'ils illustrent ce principe de raison qui fonda la Déclaration universelle des droits de l'homme. Ces choix situent très fortement la femme et l'homme des pays du Maghreb au centre d'une construction du monde qui est proche, sinon identique de celle dont nous parlent les fondateurs du concept de l'universalité des droits de l'homme.

De notre multiple condition à l'universalité

Le combat pour les droits civils et politiques a été l'un des combats les plus importants du XXe siècle ; dès les années 1950, les peuples colonisés y ont pris part en réclamant leur indépendance ; les indépendances conquises, les hommes et les femmes de ces pays continuent de se battre pour faire reconnaître leurs droits, et très souvent ils se battent à l'intérieur de leur pays, de leur culture, comme l'ont fait avant eux les vieux peuples occidentaux. Est-il nécessaire de rappeler que l'histoire de la conquête des droits des femmes dans le monde, et en Europe d'abord, est l'histoire de la lutte contre les traditions et les identités culturelles du moment. Les droits des femmes ont toujours et partout été arrachés à des cultures dominantes. Pourquoi les pays maghrébins et arabes y feraient-ils exception ?

Le combat féministe a pris sa source dans la culture occidentale et a été porté dans sa première étape par les femmes des pays occidentaux, mais aujourd'hui il concerne les femmes de toutes les cultures et de tous les pays. Partout, avec des mots différents, des stratégies différentes, des femmes revendiquent d'être reconnues comme sujets de l'histoire et de leur histoire.

Ce qui caractérise le mouvement des femmes, maghrébines comme arabes, africaines comme asiatiques, c'est qu'il a inversé le processus d'énonciation des droits de la personne. Contrairement aux féministes occidentales qui sont parties d'un concept abstrait et reconnu par leurs sociétés pour conquérir leurs droits, nous, féministes maghrébines sommes parties du particulier, des données sociologiques culturelles et historique de nos pays – de notre participation aux luttes de libération, de notre contribution à l'économie de leur pays, de notre place dans la vie sociale et professionnelle, etc. –, pour revendiquer d'être reconnues comme individus à part entière.

Nous n'avons pas eu à notre disposition un droit reconnu même abstraitement, mais, à force d'efforts, nous le construisons. Dépassant la spécificité culturelle que l'on veut nous coller, la religion que l'on dresse devant nous comme un obstacle, nous avons entrepris la longue marche pour la reconnaissance de l'égalité sexuelle comme partie indivisible des droits de la personne humaine.

Alger, janvier 2006

RAISON ET PASSIONS DU COMBAT FÉMINISTE MAGHRÉBIN

Les différences historiques et culturelles du monde défini comme arabo-islamique sont très souvent mal perçues par les observateurs étrangers. Celles qui agitent les débats au sein des mouvements pour les droits des femmes également, tant elles présentent une large palette idéologique. De nombreuses militantes des années 1970 et 1980 misaient sur le développement économique et l'équilibre Nord/Sud. Ces sujets ont été le grand thème de combat des femmes arabes, des Africaines, puis les utopies marxistes s'effondrant, la religion gagnant la place que l'on sait aujourd'hui, les approches, les stratégies ont changé. Sur la question de savoir quelle place accorder à la religion, les féministes sont partagées, souvent au sein des mêmes formations. Plus d'une fois, nous avons eu, au sein du Collectif, des discussions sur la manière d'aborder la question de la religion, l'utilité, la nécessité de passer par une légitimité religieuse pour atteindre l'égalité. Ainsi, parmi nous, il y a celles qui œuvrent pour une modernisation des lois religieuses, non comme but mais comme stratégie, et celles qui prônent une société laïque basée sur les principes universels. La tension née du frottement de ces deux positions a été bénéfique, plus même, elle a été sans doute une des raisons du succès du Collectif (pragmatisme et idéologie), et de son intérêt pour nous. De cette diversité, de cette complémentarité jaillissait la passion nécessaire à l'action, celle qui permet aux idées de sortir de leur dogmatisme. La passion et la raison. Le travail effectué depuis plus de 10 ans a été une passionnante aventure intellectuelle et affective. Et l'est toujours.

À la Conférence mondiale des femmes à Pékin, en septembre 1995, le Collectif 95 Maghreb Égalité a organisé au forum un ONG, « Le Parlement des femmes sous les lois islamiques » qui a été le creuset de cette diversité. Nous avions invité des femmes issues de toutes les cultures, musulmanes, arabes, asiatiques, européennes, africaines, américaines. Le discours de chacune était différent ; celui des femmes du Maghreb était plus tranchant, les pays asiatiques étaient loin derrière nous, encore paralysés par le Verbe coranique et la tradition des docteurs du droit musulman. Les Tunisiennes, avec raison, ne voulaient pas êtres entraînées dans une voie régressive, elles défendaient avec acharnement la laïcité comme seule issue à l'interminable jeu des exégètes et l'oppression de plus en plus criante des femmes. Les Algériennes, qui dans ce temps-là luttaient contre la mort portée par les terroristes islamistes (la décennie noire 1992/1999), rejetaient elles aussi violemment toutes les intrusions du religieux (modernisé ou pas) dans la vie civile et publique.

Les femmes iraniennes en mission commandée, habillées de noir et encadrées par des hommes, ne se trompèrent pas de cible quand elles attaquèrent physiquement les occupantes de la tente où se déroulait le débat sur les violences islamistes contre les femmes en Algérie. « Le Parlement des femmes sous les lois islamiques » a bien failli être annulé, les autres femmes arabes, Koweitiennes et Égyptiennes en tête, elles aussi en mission commandée, ont bien essayé de nous empêcher de tenir notre réunion. Les Koweitiennes, messagères en nombre, propagandistes d'un Koweït occupé par l'Irak, à la première réunion du groupe arabe nous interdirent de prononcer le mot « égalité ». Les groupes de femmes arabo-islamo-iraniennes occupaient le terrain. Parmi ces groupes « féminins » présents à Pékin, nous étions une petite bande de féministes, le Collectif et quelques autres, mais nous étions bien là, et on nous a entendues.

Wassyla Tamzali, avocate algérienne, ancienne directrice des droits des femmes à l'Unesco, est membre fondateur du Collectif 95 Maghreb Égalité et l'auteur du rapport algérien alternatif au Comité CEDAW en janvier 2005.

Notes

1. Tunisien, auteur en 1930 d'un livre féministe, *Notre femme dans la législation musulmane et dans la société*.

2. La Charîa, littéralement la voie du Prophète, est l'ensemble des commandements révélés, des prescriptions juridiques contenus dans le Coran, de la Sunna (tradition) du Prophète, un ensemble dont le champ est délimité par les savants et les exégètes qui par leur savoir et leur intelligence ont explicité les commandements du Prophète par rapport à des circonstances données, et produit des règles pour combler les silences. Ainsi est né le Fiqh, la jurisprudence, fruit d'une pensée juridique créatrice et conduite par l'Ijtihad, littéralement l'effort d'adaptation au présent.

3. La Sunna est l'ensemble des récits rapportés sur les faits, gestes et paroles du Prophète.

4. Les Hadith : normes inspirées des recommandations et comportements du Prophète rapportés par des récits relatant les actes et les paroles du Prophète, et composant la Sunna. Ces récits occupent une grande place dans les discussions sur le droit de la famille.

5. Fiqh : désigne la jurisprudence, la science du droit musulman ; les règles du Fiqh englobent tout le droit familial, le droit successoral, le droit de propriété, celui des contrats et des obligations. Initialement il est le résultat du jugement et du raisonnement par la méthode de l'Ijtihad, littéralement l'effort d'adaptation au présent.

Taslima Nasreen
Témoin de l'oppression

Bangladaise, Taslima Nasreen vit en exil sous la menace d'une fatwa lancée contre elle par les fondamentalistes musulmans après la parution de son premier roman. Gynécologue devenue écrivaine, elle témoigne inlassablement de l'oppression des femmes dans les pays où les hommes et la Charia font la loi.

Ses mots sont directs, durs, éprouvants. Taslima Nasreen n'aime pas les fioritures. Menacée de mort par une fatwa lancée par les fondamentalistes de son pays, l'écrivain bangladaise, qui vit en exil depuis huit ans, dénonce la condition des femmes musulmanes, considérées comme des « êtres de seconde classe » dans les pays où la charia fait office de droit. Pour elle, ce n'est pas seulement le fondamentalisme qu'il faut incriminer, mais bien l'islam, le « vrai », et le Coran tout entier… On pourra trouver ces propos choquants, objecter que seule une certaine interprétation du Coran est responsable des souffrances infligées aux femmes… Mais ces souffrances sont bien réelles. Et on ne peut pas les ignorer.

Elle vit désormais en exilée, dans une petite maison près de Stockholm, où trône en bonne place un buste de Voltaire. Née en 1962 dans une famille musulmane de Mymensingh, au Bangladesh, Taslima Nasreen a d'abord été gynécologue, avant de se consacrer définitivement à l'écriture, en tant que poète, romancière, essayiste, éditorialiste. Son premier roman,

Lajja (La Honte), publié en 1994, lui a valu une condamnation à mort par une fatwa qui l'a obligée à quitter son pays. La parution, à Dacca, de *Vent en rafales*, deuxième tome de son autobiographie (éditions Philippe Rey, 2003), ajoute une nouvelle condamnation à la prison par contumace. Mais rien ne semble entamer sa tranquille et farouche détermination à lutter pour une prise de conscience des femmes dans les pays musulmans.

Pourquoi est-il important pour vous d'évoquer à nouveau la condition des femmes musulmanes ?

Partout dans le monde, les femmes sont opprimées par les religions, les coutumes, les traditions. Mais là où elles souffrent le plus de nos jours, c'est dans les pays islamiques. L'Occident a instauré la laïcité, la séparation des Églises et de l'État, alors que dans la plupart des pays musulmans les femmes sont toujours sous le joug de sept cents ans de charia. Des millions de femmes endurent de terribles souffrances. Elles sont enfermées, brûlées, lapidées à mort… Venant d'une famille musulmane, je me sens la responsabilité de dénoncer l'islam, car les femmes qui y sont soumises n'ont ni les droits ni la liberté qu'elles devraient avoir. On leur a inculqué depuis des siècles qu'elles étaient des esclaves pour l'homme, qu'elles devaient suivre le système que les hommes ou Dieu ont créé. Sous la charia, les femmes sont considérées non pas comme des êtres humains, mais comme des objets sexuels, des êtres de seconde classe. Nous n'avons pas besoin de cette loi, il faut la combattre !

De quelle façon votre propre vie illustre-t-elle cette condition féminine ? En êtes-vous un bon exemple ?

Je le suis. J'ai vécu dans une société dominée par les hommes. Toute mon enfance, j'ai beaucoup souffert, surtout parce que la tradition m'interdisait de sortir. Je devais rester à la maison, pour aider ma mère. Celle-ci n'était pas la seule à être opprimée. Toutes les femmes l'étaient : mes tantes, mes voisines… À l'époque, je ne voyais pas cela comme de l'oppression, mais comme le fruit de la tradition. Je ne comprenais pas que l'islam était l'outil du système patriarcal. Je vivais dans une société musulmane, dans une famille musulmane, et j'avais l'habitude de voir les femmes enveloppées dans leur burqa de la tête aux pieds, se faire battre par leur mari, qui pouvait être polygame ou qui divorçait quand il le voulait. Je pensais alors que, peut-être, ces hommes agissaient mal, que sûrement l'islam ne permettait pas de telles choses.

C'est en lisant le Coran que vous avez vu les choses différemment ?

Oui. C'est ma mère qui m'a enseigné le Coran. J'avais aussi un maître qui venait à la maison m'apprendre l'arabe pour que je puisse déchiffrer le texte, sans que je le comprenne vraiment. Souvent, les femmes ne savent pas ce que dit le Coran, car le texte est écrit en arabe, et dans beaucoup de pays non arabophones on déchiffre l'arabe sans comprendre le sens des versets… Mais, à quatorze ans, je suis tombée sur un Coran traduit en bengali, et j'ai comparé plus de douze traductions bengalies différentes… À ma grande surprise, j'ai compris que c'était bien Allah qui déclarait les femmes inférieures, qui prônait la polygamie, le divorce uniquement pour les hommes, le droit de battre leurs épouses, l'interdiction faite aux femmes de porter témoignage en justice, l'inégalité en matière d'héritage, le port du voile… Oui, Allah permettait tout cela. J'ai compris que la condition des femmes musulmanes n'était donc pas un problème spécifique à la société bengalie, mais bien le fait de la loi d'Allah, une loi terrifiante, ou plus précisément de la loi que Mahomet avait faite au nom d'Allah… Lorsque j'ai tenté de critiquer l'islam au nom des femmes et de la justice, les fondamentalistes sont devenus fous ; ils n'ont pas accepté de débattre, ils n'ont pas argumenté, ils ont seulement voulu me faire taire et me tuer. Ils ont décrété une fatwa que le gouvernement a cautionnée au lieu de les sanctionner. Ce n'était pas illégal, puisque le Coran dit que l'incroyant doit être tué : Allah le permet. Pour sauver ma vie, j'ai été forcée de me cacher et de quitter mon pays, sachant que beaucoup de gens me soutenaient mais ne pouvaient le dire publiquement.

Est-ce vraiment le Coran qui est responsable, ou les fondamentalistes qui l'interprètent à leur manière ?

Beaucoup de musulmans modernes disent que les fondamentalistes ont tort, que ces derniers ne représentent pas le vrai islam, et que celui-ci n'a jamais prescrit d'assassiner les incroyants. C'est faux ! C'est bien l'islam, le vrai islam, l'authentique islam, qui prescrit de tuer les apostats et les incroyants. Cela est explicite dans le Coran. Le Coran dit même que l'on peut tuer les juifs et les chrétiens et que, si on se lie d'amitié avec eux, Allah promet l'enfer.

Ne serait-il pas plus juste de dire qu'on y trouve des versets contradictoires ?

Oui, mais c'est uniquement parce que, lorsque Mahomet n'avait pas le pouvoir, il recherchait des alliances politiques avec les non-musulmans. Il se voulait tolérant. Mais, dès qu'il eut le pouvoir, il changea radicalement et commença à parler de massacrer les non-musulmans… Si les fondamentalistes ont voulu me tuer, c'est parce qu'ils veulent vraiment appliquer le vrai islam. Ils sont l'islam authentique. Les musulmans qui souhaiteraient voir les femmes libérées sont en contradiction avec leur doctrine : Allah ne les aurait pas acceptés. Le Coran le dit clairement, et ce sont les paroles d'Allah lui-même : « Les hommes ont autorité sur les femmes du fait que Dieu a préféré certains d'entre vous à certains autres, et du fait que les hommes font dépense, sur leurs biens, en faveur de leurs femmes. Les femmes vertueuses sont obéissantes… celles dont vous craignez l'indocilité, avertissez-les ! Reléguez-les dans les lieux où elles couchent ! Frappez-les… (4.34). »

Que dit-il de la vie sexuelle des femmes ?

L'islam considère la femme uniquement comme un objet sexuel, un objet sale comme de la merde, car le Coran dit textuellement : « Ô vous qui croyez, si vous êtes malade ou en voyage, si vous avez été en contact avec vos excréments ou que vous ayez touché une femme et que vous n'ayez pas d'eau, recourez à du sable [avant de prier] (4.43). » Il dit aussi : « Vos femmes sont un champ de labour pour vous. Venez-y comme vous voulez. » Donc, quand les hommes veulent et comme ils veulent ! Que la femme veuille ou non, la question n'est jamais posée ! Les hadith précisent que deux catégories de prières n'atteignent jamais les cieux : celles de l'esclave en fuite et celles de la femme qui se refuse la nuit à son mari… […]

Plutôt que la cause de l'oppression, le Coran ne serait-il pas un prétexte dont les hommes se servent pour conserver leur pouvoir sur les femmes ?

C'est parce que le texte existe qu'ils peuvent s'en servir. Si ce texte n'était pas considéré comme provenant d'Allah, intangible pour tous les temps passés et à venir, alors le

Coran ne serait pas important. En réalité, les fondamentalistes peuvent justifier leurs crimes du seul fait que ce texte est considéré comme saint.

Il n'y a donc rien à garder du Coran ?

Non, parce que maintenant nous connaissons la modernité et les droits de l'homme. J'ajoute que, pour moi, il n'y a pas de conflit entre l'Islam et l'Occident, entre la chrétienté et l'islam ; il existe plutôt un conflit entre sécularisation et fondamentalisme, entre pensée logique et pensée irrationnelle, entre innovation et tradition, passé et présent, modernité et antimodernité, entre ceux qui valorisent la liberté et ceux qui ne la recherchent pas. Je défends les musulmans partout où ils sont opprimés, en Inde ou ailleurs quand ils sont en minorité. Je suis contre la violence. La violence n'est jamais une solution. Je sais que la plupart croient en l'islam d'abord par ignorance et parce que les politiciens se servent de la religion pour les maintenir dans l'ignorance. Ce dont nous avons besoin, c'est d'une éducation éclairée. Il y a des siècles, des hommes ont créé l'islam. Le Coran peut être considéré comme un document historique. Je n'ai jamais dit qu'il fallait le détruire, pas plus qu'il ne faut détruire les hadith ! On doit le prendre comme un élément de notre histoire passée, mais ne pas chercher à l'appliquer de nos jours.

Vous ne pouvez pas nier une certaine évolution de la condition des femmes. On n'est quand même plus au temps du Prophète !

Bien sûr. Mais l'essentiel ne change pas. Un exemple : au Bangladesh, avant 1962, un homme qui voulait divorcer devait simplement prononcer trois fois le mot « divorce » pour l'obtenir. Depuis la réforme de la loi islamique, il lui suffit d'écrire une simple lettre à l'autorité locale, et le divorce est prononcé. Où est la différence ? Autre exemple : si un homme veut se marier une seconde fois, il doit demander la permission à sa première femme. En réalité, comme celle-ci continue à dépendre économiquement de son mari, elle n'a pas d'autre choix que d'accepter... De même, lapider une femme n'est plus légal au Bangladesh. Pourtant, cela arrive quotidiennement dans les villages, et les autorités laissent faire : les fondamentalistes répondent simplement qu'ils ne font que suivre la loi d'Allah. Pour moi, ces réformes n'ont aucun sens. Je veux une révolution.

Tout dépend des pays. Au Maghreb, par exemple, les jeunes femmes semblent plus libres que leurs mères.

Dans certains pays musulmans, il arrive que des femmes aient plus de liberté sexuelle, mais ce n'est pas grâce à l'islam. Si elles ont plus de liberté, c'est parce qu'elles l'ont prise ! Aucune société ne la leur a accordée. Il reste que la majorité des femmes musulmanes a toujours peur et ne peut rejeter le système si facilement.

Que souhaitez-vous dire à toutes ces femmes ?

Je voudrais leur faire comprendre qu'elles doivent lire le Coran avec un esprit clairvoyant pour y chercher une quelconque justice. Si elles ne la trouvent pas dans le texte (et elles ne la trouveront pas), elles devront cesser de suivre ces règles et commencer à se battre. À chacune de trouver la manière de le faire. La mienne, c'est l'écriture. Je veux simplement les encourager, leur dire que, si nous voulons être plus civilisés, nous ne pouvons plus suivre ces livres qui prescrivent l'inégalité. Je veux leur faire prendre conscience que, si elles n'entament pas leur propre libération, alors leurs filles souffriront, elles aussi. Peut-être que les femmes d'aujourd'hui ne verront pas l'avènement d'une société laïque de leur vivant, mais il est de leur devoir de la préparer pour les futures générations. À celles qui ne se battent pas pour faire cesser l'oppression de ce système patriarcal et religieux, je dis : honte à vous ! Honte à vous de ne pas protester, honte à vous de conforter un tel système ! C'est difficile, car il existe une sorte de conspiration qui maintient les femmes dispersées et isolées (dans de nombreux pays musulmans, elles n'ont pas même le droit d'entrer dans les mosquées) et il est difficile pour elles de se rassembler… Mais, dorénavant, les femmes doivent conquérir leur indépendance économique. Elles doivent se battre pour vivre dans la dignité, en êtres humains. Nous avons besoin maintenant d'une éducation laïque, nous avons besoin des Lumières.

Monique Atlan
Article paru dans *L'Express*,
10 avril 2003. © *L'Express*

Les JO islamiques

Saveria Rojek

Dans certains pays islamiques, les sportives ne participent pas aux jeux Olympiques et le Comité international olympique, jusqu'à aujourd'hui, le tolère. Jusqu'à quand ? Des jeux islamiques féminins ont été créés en 1992 en Iran : les femmes y concourent vêtues de tchadors noirs, à l'abri des regards masculins.

Athènes, juillet 2004. À la tête d'une délégation pourtant bien maigre, une jeune femme souriante s'avance, le visage lumineux, les épaules drapées aux couleurs de son pays, l'Afghanistan. Ce jour-là, Friba Rezayee est fière. Fière d'être l'une des deux sportives à défiler sous le drapeau national et d'être la première Afghane de l'histoire à participer à des jeux Olympiques. Tout un symbole.

Aujourd'hui, Friba se cache, terrorisée et a quitté l'Afghanistan. Fin des entraînements, fin du symbole. En mai dernier, sa sœur aînée Shaima, présentatrice sur la chaîne afghane, Tolo TV, d'un programme musical résolument moderne, est retrouvée assassinée dans son appartement de Kaboul, tuée d'une balle dans la tête. Comme sa petite sœur judoka, elle avait fait le choix de vivre libre, quitte à s'attirer les foudres des conservateurs de l'Afghanistan post-taliban.

Téhéran, janvier 2005. Des centaines de silhouettes blanches, les bras levés vers le ciel, déambulent lentement autour d'une réplique grandeur nature de la Kaaba de La Mecque. L'impression est saisissante, reproduction plus que plausible du pèlerinage dans le lieu le plus saint de l'Islam. Cette scène n'a pourtant pas lieu en Arabie Saoudite mais en Iran, et ces silhouettes fantomatiques sont des sportives musulmanes, revêtues d'un hidjab blanc, dans le plus strict respect des règles islamistes.

L'occasion ? La cérémonie d'ouverture des premiers Jeux féminins des nations islamiques et asiatiques. Un avatar de plus de la ségrégation des femmes dans les pays fondamentalistes ? Pas seulement, car l'initiative n'est pas la première en la matière. En septembre 2005 se sont tenus les 4e jeux Islamiques féminins, qui ont réuni, pour la quatrième fois en douze ans, sous l'oriflamme olympique, mille athlètes venus de trente pays.

Des Jeux calqués sur le modèle olympique

À l'origine de ces jeux au succès croissant, l'Iranienne Faezeh Hachemi. En 1992, la fille de l'ancien président Akbar Hachemi Rafsandjani, révoltée par « l'ostracisme » du monde sportif envers les femmes voilées, fait un constat simple : si les jeux Olympiques ne veulent pas des musulmanes respectueuses de leur religion, créons alors nos propres Jeux. Comme aucune image de femmes ne respectant pas le code vestimentaire islamique ne peut être diffusée dans son pays, Faezeh trouve là un moyen de concilier accès à la compétition et respect des codes. Ainsi naissent les premiers jeux Islamiques féminins, qui attirent à Téhéran, en 1993, cinq cent quarante-six sportives de onze pays. Comme autant de pieds de nez symboliques à l'Olympe, ces jeux sont calqués sur leur modèle : même rythme quadriennal, même feuilles multicolores évoquant les anneaux olympiques, jusqu'à la flamme embrasant la vasque lors de la cérémonie d'ouverture. Paradoxe : l'organisatrice a bien du mal à rassembler suffisamment de représentantes des nations participantes. Dans les pays de stricte obédience musulmane, le sport est en effet pratiquement interdit aux femmes. Ainsi, en Arabie Saoudite et dans la plupart des Émirats du Golfe, il n'existe alors aucune organisation sportive féminine. Téhéran, lors de cette première édition des jeux Islamiques féminins, accueille essentiellement des sportives venant des ex-républiques soviétiques musulmanes.

Considérée dans son pays comme une progressiste, Faezeh Hachemi a dessiné pour les musulmanes des Jeux sur-mesure : ni caméras ni appareils photo, des juges et des arbitres féminins, et surtout aucun public masculin pour les épreuves de natation ou de course, qui nécessitent maillots de bain, shorts et autres petites brassières, tenues impensables dans un pays où on ne badine pas avec la charia ni avec une certaine représentation de l'indécence. Seules les épreuves de golf et de tir, où les femmes peuvent sobrement couvrir leurs bras, leurs jambes et leurs têtes d'un tchador noir, sont ouvertes aux regards mâles.

Depuis cette première édition de 1993, ces rencontres sportives ont pris de l'ampleur mais le discours de la présidente n'a pas évolué. Faezeh Hachemi déplore toujours que les fédérations internationales et surtout le tout-puissant Comité international olympique (CIO) empêchent les musulmanes de concourir aux JO officiels en observant les lois de l'islam. « Nous essayons de donner des droits et d'encourager les femmes musulmanes absentes des terrains de sport internationaux à cause de leurs convictions personnelles », déclare la fille de Rafsandjani, battu aux dernières élections présidentielles de juin 2005 par l'ultraconservateur Mahmmoud Ahmadinejad.

Autoriser la venue de non-musulmanes

La révolution de 1979 a confiné les sportives iraniennes dans leur pays, loin du regard des hommes. Même si une timide libéralisation s'est engagée, ces huit dernières années, sous la présidence du réformateur Khatami, l'Iran n'avait qu'une seule représentante aux Jeux d'Athènes, dans les épreuves de tir.

Parallèlement, les jeux Islamiques féminins se développent, du moins en nombre de participantes. Dans un souci d'ouverture, mais aussi pour relever un niveau éloigné des records internationaux, la Fédération islamique du sport féminin (IFWS) a permis, pour cette dernière édition de 2005, l'accès à une poignée de non-musulmanes. La condition *sine qua non* : accepter de se soumettre aux contraintes locales. Résultat, quatre golfeuses de Hanovre ont participé à la compétition dans une discipline qui, avec le tir et le tir à l'arc, ne nécessite pas de se dévêtir. Les Allemandes ont ainsi pratiqué leur handicap devant un public masculin, vêtues de longs manteaux noirs et de casquettes, sous une température approchant les 35 °C ! L'Arménie chrétienne, quant à elle, a envoyé des représentantes dans 17 disciplines sur les 18 proposées.

Au milieu de cet aréopage voilé, une Française : Aravane Rezai. La championne hexagonale, 176e joueuse de tennis mondiale, a gagné deux médailles à Téhéran, ville natale de ses parents, mais dans des conditions un peu singulières : Arsalan, son père et entraîneur, a dû rester à l'extérieur des courts, protégés des regards masculins par un mur de tôle ondulée. « Sa présence me rassure et il n'a qu'à siffler pour connaître le score » explique Aravane qui, en une journée de compétition, a dû disputer pas moins de trois matchs. « Je ne prie pas tous les jours, mais je suis une bonne musulmane », renchérit cette jeune femme de dix-huit ans qui a refusé d'embrasser Christian Bimes, le président de la Fédération française de tennis, aux derniers championnats de France…

Par ailleurs, et ce pour la première fois depuis la révolution de 1979, une athlète américaine a concouru en 2005. Saira Kureshi a mis le pied en Iran au moment même où le président Ahmadinejab promettait de « piétiner les États-Unis ». Mais cette musulmane de vingt-six ans n'en a cure. La spécialiste du demi-fond dont les cheveux de jais rappellent les racines pakistanaises a participé aux épreuves de 800 et de 1 500 mètres. Et ce, malgré l'interminable attente d'un hypothétique visa, refusé par les États-Unis, finalement obtenu à Istanbul. Sans oublier l'abandon de son survêtement à la bannière un peu trop étoilée au goût des Iraniens. « C'est une superbe occasion de venir en Iran en ambassadrice, de rencontrer ces athlètes et de rentrer aux États-Unis pour parler de ce que j'ai vu », explique Saira, diplomate.

Aujourd'hui, la jeune étudiante en médecine, dénichée en Floride par la Fédération islamique de sport féminin (ISWF), veut retourner dans la région de Peshawar, aider les Pakistanais dans les camps de réfugiés. Et elle espère bien que les organisatrices des Jeux, impliquées dans diverses actions de solidarité envers les musulmanes, pourront l'y aider.

Des jeux novateurs ou reflet de l'oppression féminine ?

Victime de son succès, l'Iran est aujourd'hui approché par d'autres pays musulmans qui souhaitent accueillir la compétition, comme le Pakistan ou le Qatar, plus séduits par le potentiel d'une couverture médiatique que par les oriflammes olympiques. Faezeh Hashemi juge, elle, les choses assez différemment : « Les autres pays ont différentes interprétations de l'islam. Je ne pense pas qu'ils soient capables d'organiser les jeux avec la même stricte observance des règles islamiques que nous imposons ici, en Iran. »

Novatrice pour les uns, l'initiative de la fille de l'ancien président iranien est considérée par beaucoup comme une manifestation supplémentaire de l'oppression subie par les femmes dans les pays fondamentalistes.

Pour l'avocate Linda Weil-Curiel, « la tenue même de ces Jeux est pernicieuse : ces manifestations entretiennent la ségrégation sexuelle et la mainmise sur les femmes au nom de la bienséance islamique ». En effet, les organisateurs de ces Jeux dits de la solidarité islamique ne font pas mystère de leur volonté de pénétrer les organisations sportives classiques afin d'obtenir des dérogations à la tenue réglementaire, autrement dit, pour ses détracteurs, une insidieuse entrée de la charia dans les stades.

« Cela mettrait à bas toutes les conquêtes des femmes athlètes pour une égalité de droits », explique Linda Weil-Curiel. Sans photographes ni caméras, la beauté de l'effort, l'exaltation de la victoire sont gommés, rideau noir, tchador noir. Dans son combat, l'avocate a reçu le soutien d'un romancier iranien, Mostafa Eslamieh : « Ces Jeux sont inhumains, ridicules et humiliants pour tous les Iraniens, homme ou femme. C'est un show grossier pensé par des gens qui n'ont aucune foi ni aucun respect pour les droits de la femme. Participer à une quelconque activité sociale, sportive ou pas, est un moyen d'expression, une façon de démontrer ses capacités personnelles, physiques ou intellectuelles. Comment cela est-ce possible avec toutes ces restrictions ? »

Quand le CIO cède aux mollahs

Barcelone, 1992. Pour la première fois depuis vingt-huit ans, la délégation d'Afrique du Sud défile sous l'Olympe. Pour cause d'apartheid, le pays avait été exclu des Jeux. Car la Charte du mouvement olympique est claire : « Toute forme de discrimination à l'égard d'une personne, qu'elle soit pour des raisons raciales, religieuses, politiques, de sexe ou autres est incompatible avec l'appartenance au mouvement olympique. » C'est sur le fondement de cette Charte que l'Afrique du Sud avait été écartée des Jeux. Pour pratiquer l'apartheid racial. Pour avoir exclu les athlètes noirs.

Mais à Barcelone, cette année-là, un autre combat se dessine : 35 délégations sur 189 composées uniquement d'hommes ! Pire, le CIO prend l'initiative de faire précéder la marche des équipes nationales par une athlète espagnole portant la bannière de chaque pays. L'Iran, non content de ne présenter aucune femme dans sa délégation, refuse. Le CIO, en complète violation de la Charte olympique, cède aux exigences des mollahs. Deux ans plus tôt, aux Jeux Asiatiques de Pékin, Faezeh Hachemi avait déjà obtenu que six femmes en tchador marchent en tête de la délégation iranienne.

Pour Linda Weil-Curiel, ce geste est une double trahison : un apartheid à l'égard des femmes, institutionnalisé par la caution du CIO ! Révoltée, l'avocate décide de se battre et fonde le Comité Atlanta-Sydney-Athènes +, pour s'opposer à cette ségrégation ainsi qu'à toute forme de discrimination à l'égard des femmes dans le sport. Rapidement, Nawal El Moutawakel, Marocaine spécialiste du 400 mètres haies, première Africaine championne olympique à Los Angeles en 1984, rejoint le combat : « Chaque athlète, homme ou femme, trouve sa récompense dans la réussite de son effort et dans le regard que le monde entier lui porte. Cacher la pratique du sport féminin est la meilleure façon de le tuer », expliquait à l'époque celle qui menait, en 2005, la délégation parisienne du CIO pour les prochains jeux Olympiques. « Quand je vais à la mosquée, ça ne me viendrait pas à l'idée de porter un short, mais l'inverse est aussi vrai sur un stade », souligne la championne algérienne Hassiba Boulmerka.

Six pays excluent toujours les femmes de leurs délégations

Aujourd'hui, même si beaucoup de pays ont ouvert leurs délégations aux femmes, un noyau dur persiste à les exclure des Olympiades : Arabie Saoudite, Brunei, Émirats Arabes Unis, Oman, Qatar, Yémen. Pour Linda Weil-Curiel, seule la coercition peut répondre efficacement à cette injure aux valeurs olympiques, qui attend du CIO qu'il exclue les pays ne répondant pas aux impératifs de la Charte, de sorte à défendre la condition des femmes. Et qu'ainsi il refuse la ségrégation qui s'accompagne systématiquement de violences et de statuts inégaux, une ségrégation tout aussi intolérable que l'ancienne pratiquée par l'Afrique du Sud contre les athlètes noirs. Car le problème est bien là : la revendication identitaire véhiculée par les jeux Islamiques féminins revient à stigmatiser les femmes musulmanes et à les traiter différemment des autres.

Néanmoins, sourd à ces demandes, le CIO enfonce même le clou. Le 29 août 2004, cinq personnes clôturent les Jeux olympiques d'Athènes. Sous les yeux de plus de un milliard de téléspectateurs, aux côtés de Jacques Rogge, une femme seule se tient sur la tribune, droite : il s'agit de la nageuse égyptienne Rania Elwani. Elle est voilée des pieds à la tête d'un hidjab mauve clair, symbole de la soumission de la femme.

Dans la perspective des jeux Olympiques de Pékin, Linda Weil-Curiel et Annie Sugier, cofondatrice du Comité Atlanta +, veulent se battre. Se battre contre l'entrisme des Iraniens et leur propagande islamiste, se battre pour que les musulmanes aient un autre choix que leur religion ou le rejet et la fatwa.

Se battre enfin pour que Friba Rezayee, la jeune judoka afghane, ne soit plus menacée de mort par les mollahs pour avoir pratiqué sa passion, le sport. Pour que sa sœur, Shaima Rezayee, victime de l'ostracisme ordinaire de son pays, n'ait pas été assassinée pour rien.

L'affaire du voile en France

La loi votée le 15 mars 2004 en France, en application du principe de laïcité, et prohibant, dans les établissements scolaires publics, le port de signes manifestant ostensiblement une appartenance religieuse a entraîné de violentes prises de position, divisant la classe politique, et jusqu'aux organisations anti-racistes et féministes. C'est ainsi que le voile musulman est devenu un débat national. Le sujet était suffisamment sensible, tant tout ce qui touche à l'islam et aux femmes est devenu un enjeu majeur, pour que le monde entier s'en empare. Les répercussions diplomatiques ont pris une proportion considérable. En raison des scissions intervenues dans l'opinion publique et dans le monde intellectuel et politique, nous avons choisi de laisser la parole aux deux positions antagonistes, telles qu'elles se sont exprimées publiquement. Annie Sugier nous explique pourquoi elle a jugé la loi nécessaire. Ismahane Chouider, Christine Delphy et Pierre Tévanian exposent pour quelles raisons ils s'y sont opposés.

Annie Sugier s'exprime en faveur de la loi

Le voile n'est pas un signe religieux comme les autres

« Dans les écoles, les collèges et les lycées publics, le port de signes ou tenues par lesquels les élèves manifestent ostensiblement une appartenance religieuse est interdit. »

« Le règlement intérieur rappelle que la mise en œuvre d'une procédure disciplinaire est précédée d'un dialogue avec l'élève. »

Tels sont les termes de l'article 1er de la loi du 15 mars 2004 encadrant, en application du principe de laïcité, le port de signes ou de tenues manifestant une appartenance religieuse dans les écoles, collèges et lycées publics. Le mot « voile » n'est pas mentionné mais il l'est dans la circulaire d'application.

Il aura fallu attendre quinze années de débat et d'atermoiements du pouvoir politique, quinze années d'exégèses plus ou moins mal intentionnées du principe de la laïcité pour qu'enfin la loi tranche.

Certains craignaient une révolte dans les cités françaises, comme celle qui se produisit l'année suivante, à l'automne 2005. Au contraire, la loi anti-voile, au lieu de plonger la République dans une nouvelle guerre de religion, a réussi à enrayer l'augmentation continue du nombre de jeunes filles voilées dans les établissements scolaires.

Retour sur quinze années de débats

Le voile n'est pas un signe religieux comme les autres. Personne mieux que Chahdortt Djavann ne décrit ce qu'il signifie : « Le voile avant tout abolit la mixité de l'espace et matérialise la séparation radicale et draconienne de l'espace féminin et masculin, ou plus exactement, il définit et limite l'espace féminin.[1] »

Malgré cette évidence, confronté à la première crise sur le voile, en 1989, le pouvoir politique hésite, se contredit, et finalement, Lionel Jospin, alors ministre de l'Éducation nationale, demande l'avis du Conseil d'État. L'avis est ambigu puisqu'il admet que « le port des signes religieux par lesquels les élèves entendent manifester leur appartenance religieuse n'est pas par lui-même incompatible avec le principe de laïcité », tout en ajoutant que « leur liberté ne saurait permettre aux élèves d'arborer des signes à caractère ostentatoire ».

C'est le début d'une longue cacophonie, qui va durer jusqu'en 2003.

Pourtant, dès 1989, des voix féministes se font entendre pour dénoncer ce qu'elles considèrent comme une capitulation : « Les médias ont occulté un aspect fondamental de cette affaire, à savoir que le voile est le symbole du développement séparé réservé aux femmes et de l'inégalité des hommes et des femmes qui en découle.[2] »

Les associations signataires ajoutent qu'elles manifestent leur solidarité avec les actions des femmes dans les pays musulmans, à un moment où les effets de la Révolution islamique iranienne se font le plus durement sentir et où le Front islamique du salut, légalisé en Algérie, s'attaque en priorité aux femmes non voilées.

Le 3 juillet 2003, le président de la République Jacques Chirac formule enfin la question de façon complète dans la lettre qu'il adresse à Bernard Stasi pour lui confier la présidence d'une commission indépendante chargée de mener « une réflexion sur l'application du principe de laïcité dans la République »[3]. Aux mots neutralité, pluralisme, liberté, cohésion, fraternité, égalité et refus des discriminations en général, s'ajoute la dimension sexuée de la bataille qui se joue : « l'égalité entre les sexes et la dignité de la femme ».

Cette évolution des esprits s'explique sans doute par la prise de conscience de l'accroissement des violences dont sont victimes les jeunes filles dans les cités. Il aura fallu pour cela qu'en octobre 2002 Sohane Benziane meure brûlée vive à Vitry-sur-Seine, simplement parce qu'elle a refusé de se soumettre à la loi d'un jeune de sa cité.

Kahina, la sœur aînée de Sohane, devant la Commission de l'Assemblée nationale (PV du 9.10.2003) déclare : « Je ne veux plus entendre ce que me disent certains garçons chaque fois que je les rencontre, à savoir que si ma sœur avait choisi son statut de jeune fille musulmane et avait porté le voile, elle ne serait pas morte. C'est à la République et non à Dieu de protéger ces jeunes filles. Je suis désolée, mais la République n'a pas protégé ma sœur.[4] »

Ce qui aurait pu être classé parmi les faits divers prend dès lors une dimension nationale. Les débats qui se multiplient dans le pays font état des multiples accrocs à la mixité dans les lieux publics : à l'école, dans les clubs sportifs, dans les entreprises et les hôpitaux, ainsi que d'un nombre croissant d'agressions de jeunes filles dans les cités.

LE VOILE, UN SYMBOLE

Les sociétés humaines se caractérisent par des symboles qui expriment leurs valeurs. Un groupe dominant, quel qu'il soit, utilise ces symboles à son profit. Ainsi le patriarcat s'est saisi du nom, des titres, des chiffres, des drapeaux, aujourd'hui des logos… Affirmer que le voile n'est qu'un « morceau de tissu » ou « un signe religieux comme les autres » est tout simplement malhonnête.

À la question « d'où vient cette histoire du voile ? » Mohamed Kacimi, écrivain, répond qu'il s'agit « d'une croyance sémitique très ancienne qui considérait la chevelure comme le reflet de la toison pubienne »[5] !

Cette croyance se répand dans tout l'Orient. Comme le rappelle l'auteur de cette tribune, au XIIe siècle avant J.-C. le roi d'Assyrie Teglat Phalazar Ier rend le port du voile obligatoire, stipulant – ce qui est très révélateur – que « les prostituées ne seront pas voilées ».

Dans la tradition juive, se couvrir les cheveux pour une femme est un signe de modestie devant les hommes. Avec le christianisme, le port du voile devient un préalable la relation avec Dieu. Fait intéressant qui montre bien le sens de ce signe : saint Paul justifie l'obligation du port du voile d'une formule qui sonne comme une condamnation : « la femme doit porter sur la tête l'image de sa dépendance » (Épître aux Corinthiens). Il est sans doute l'un de ceux qui poussent le plus loin la relégation des femmes à un rang inférieur du fait qu'elles auraient été créées chronologiquement après l'homme.

Le Coran, sept siècles plus tard, dans les deux sourates consacrées au voile, témoigne d'une préoccupation à l'égard du désir que suscite la femme et d'une exigence de chasteté. Si elle ne veut pas être offensée elle doit se couvrir. Il est ainsi recommandé aux croyantes qu'elles « rabattent leur étoffe sur leur poitrine », il leur est demandé de « baisser leur regard, de garder leur chasteté » (24 : 31 et 33 : 59).

Ainsi se dessine à travers l'histoire le message dont est porteur le voile. Pour le croyant, le sexe de la femme représente une source de désordre, pour l'homme, une menace d'atteinte à son honneur si sa femme est infidèle. Le voile est le moyen de rendre la femme invisible dans l'espace public, de lui désigner sa place et son statut de subordonnée.

L'affaire du voile fait éclater les hypocrisies

Dans l'affaire du voile, les mots et les principes ont été détournés de leur véritable sens. Le relativisme culturel conduit certains, au nom du respect des différences et de la tolérance, à éviter des jugements critiques à l'égard des traditions même rétrogrades, lorsqu'elles touchent à l'identité culturelle et religieuse. S'appuyant sur la Convention européenne des droits de l'homme et en particulier sur l'article relatif à la liberté de pensée, de conscience et de religion, les tenants du multiculturalisme, sans en mentionner les limites pourtant explicites dans ce même texte, déclarent que la laïcité à la française est une conception archaïque et dépassée, contraire aux textes internationaux.

Les nouvelles voilées s'affichent plus laïques et républicaines que les défenseurs de la loi de 1905, refusant une lecture qu'elles qualifient d'étriquée de la laïcité, pour prôner une laïcité multiculturelle, et détournant de leur véritable signification les mots de liberté et d'égalité. Porter le voile est affirmé comme « c'est mon choix », elles rejettent ce qu'elles appellent une caricature du statut des femmes musulmanes véhiculé par la presse occidentale, affirmant vouloir travailler et circuler librement. Elles n'admettent pas qu'il puisse y avoir un lien entre ce qui se passe en Arabie Saoudite ou en Afghanistan et le voile qu'elles portent ici « volontairement dans une société démocratique ». Elles défilent dans la rue, encadrées par des hommes, comme le note la presse.

Si la perversion des mots et des concepts qui est le fait des nouvelles voilées et de ceux qui les soutiennent n'est pas une nouveauté, on peut s'étonner que certaines s'y laissent prendre. Dans son livre, Nilüfer Göle explique clairement ce phénomène : « Le désir des femmes de se revoiler est apparu sous la forme d'une revendication politique dans tous les pays musulmans à partir des années 1970, remettant en question leurs expériences de modernisation. La femme est devenue le drapeau de l'islam en voie de politisation, et la révolution iranienne a indéniablement renforcé l'identification de la femme voilée à l'islam radical, défenseur de la charia.[6] »

L'auteure montre les contradictions que vivent ces femmes à la recherche d'une identité en opposition avec le modèle occidental et en solidarité avec les luttes du monde islamique tout en affirmant leur volonté d'étudier et de travailler comme des femmes occidentales. Elles deviennent les complices de leur propre asservissement en adhérant au courant islamique politique qui affiche une identité « combattante de la femme voilée » mais qui dans les faits maintient l'inégalité des statuts entre les hommes et les femmes.

La femme, en se voilant, transmet certes un message politique face au modernisme occidental, mais simultanément elle s'accommode de la domination de l'homme fondée sur son invisibilité et son enfermement dans l'espace privé.

La presse s'est récemment fait l'écho du premier congrès tenu en Europe, à Barcelone, sur « Le féminisme islamique », parrainé par « La junta islamica catalana ». Ainsi, le journal *Libération* du 2 novembre 2005 titre « Des musulmanes à l'heure du jihad antisexiste ».

Amina Wadud, universitaire afro-américaine convertie dans les années 1970, propose une relecture du Coran dans une perspective féministe. Mais elle avoue : « C'est une tâche titanesque car c'est un défi aux ultraorthodoxes qui monopolisent l'interprétation des textes. » « Je vois grandir cette contestation révolutionnaire, même si je mourrai avant que des grands changements se produisent. »

Le voile ne vient jamais seul

La question du voile ne se limite pas à un débat sur les signes religieux et à leur compatibilité avec le principe de laïcité. Il ne s'agit pas d'un signe religieux banal semblable à la croix, à la kippa ou au croissant, mais d'un symbole d'oppression.

On l'a vu, le voile signifie la ségrégation entre les hommes et les femmes et un statut d'infériorité imposé à celles-ci.

Le voile témoigne du fait que la place assignée aux femmes est l'espace privé, elles ne peuvent accéder à l'espace public qu'à condition de demeurer invisibles car elles sont source de désordre (*fitna*)[7].

La ségrégation entre deux groupes sociaux s'accompagne toujours d'une hiérarchie entre ces groupes. Image d'infériorité lorsqu'il s'affiche dans nos pays démocratiques et égalitaires ; réalité d'un statut de mineure à vie dans les pays islamistes comme le montre très clairement dans son enquête Hinde Taarji[8] : statut qui se concrétise par la polygamie, des restrictions au droit de travailler, au droit vis-à-vis des enfants, au droit de succession, de divorce, etc. La revendication par les « nouvelles voilées » du droit à l'éducation et au travail ne doit pas faire illusion.

Dans son livre *Insoumise*, la députée néerlandaise Ayaan Hirsi Ali met l'accent sur le lien qui existe entre le voile et le culte de la virginité chez la femme pour protéger l'honneur des hommes et conclut : « en insistant de manière disproportionnée sur la virilité dans l'éducation et en séparant physiquement et mentalement les sexes, on ne laisse guère de chance à l'homme de développer les qualités de communication nécessaires à la vie de famille. »[9]

Le voile par ce qu'il signifie et par ce qu'il véhicule d'interdits et de limitation des droits est en opposition complète avec les valeurs de notre société : démocratique, mixte, égalitaire.

Présidente de la Ligue du Droit International des Femmes, centrée sur le choc des cultures, Annie Sugier a milité au MLF dès les années 1970 et créé avec Anne Zelensky la Ligue du Droit des Femmes. Professionnellement, elle est physicienne et experte au niveau international en sécurité nucléaire.

Notes

1. *Bas les voiles*, Chahdortt Djavann, Gallimard, 2003.
2. Paris Féministe, Bulletin d'information et de liaison, *Maison des Femmes* n° 90, 1er au 5 novembre 1989.
3. « Laïcité et République », rapport au président de la République. Commission présidée par Bernard Stasi, La Documentation française, 2004.
4. *La laïcité à l'école,* mission d'information présidée par J.-L. Debré, collection Assemblée nationale, Rapport 1275, décembre 2003.
5. Tribune dans *Libération*, 10 décembre 2003.
6. Musulmanes et modernes, voile et civilisation en Turquie – Nilüfer Göle – Edition de la Découverte, 1993.
7. « fitna : désordre, tout ce qui est susceptible de déstabiliser la société, d'engendrer des troubles, de provoquer la guerre civile et d'offrir de la sorte l'opportunité aux ennemis de l'islam d'attaquer la oumma. Ce terme utilisé par extension pour stigmatiser les conséquences sur l'équilibre social d'un comportement féminin qui éveille le désir sexuel de l'homme. » Définition citée dans le livre *Les voilées de l'Islam*, Hinde Taarji, éd. Balland/Le Nadir, 1990.
8. *Les voilées de l'islam, op. cit.*
9. *Insoumise*, Ayaan Hirsi Ali, Robert Laffont, 2005.

Ismahane Chouder, Christine Delphy et Pierre Tévanian s'expriment contre la loi

Une loi contre les femmes

La « condition féminine » a été, au cours des débats sur la loi contre le voile à l'école, l'argument central des prohibitionnistes. Au prix, à nos yeux, d'un profond dévoiement du féminisme. Le différend autour du « voile à l'école » n'a en effet pas opposé, comme beaucoup l'ont prétendu, des féministes forcément prohibitionnistes à des antiracistes rongés par une « culpabilité post-coloniale » qui les rendait complaisants avec « l'islamisme » et indifférents au sort des « filles de banlieue »[1]. En réalité, même si les grands médias leur ont donné très peu de visibilité, de nombreuses organisations ou personnalités féministes sont opposées à l'interdiction du voile à l'école[2]. Le groupe Femmes publiques a par exemple dénoncé « un féminisme qui en reste à l'affirmation des principes (« Non au foulard, symbole d'oppression ») », sans se soucier des effets concrets d'une telle posture : « Si cette position a l'apparence de la pureté et de la radicalité, elle a surtout pour conséquences effectives d'accepter la mort scolaire de jeunes femmes, leur isolement et leur abandon possible aux mains des religieux et de la domination masculine.[3] » À ce « féminisme des principes », elles ont opposé un « féminisme de la responsabilité », soucieux du devenir des élèves concernées, une fois exclues : à celles et ceux qui expriment leur gêne face à la présence d'un « symbole d'oppression » dans une salle de classe, elles répondent : « La déscolarisation d'une jeune femme nous trouble plus encore.[4] » Il faut d'ailleurs souligner que si l'exclusion est désastreuse lorsqu'elle sanctionne une démarche religieuse personnelle, un acte d'affirmation identitaire ou de révolte[5], elle l'est plus encore lorsqu'elle frappe une élève qui refuse d'enlever son foulard parce qu'elle est soumise à des pressions : l'élève exclue est alors renvoyée seule au milieu de ses oppresseurs.

Entre 1000 et 2000 cas sur plusieurs millions d'élèves

À ces raisons de ne pas légiférer, un nouvel argument prohibitionniste a été opposé, qui n'était pas présent lors des précédentes phases de « débat sur le voile » (1989 et 1994) : la déscolarisation et l'abandon des filles qui refusent d'enlever leur voile serait un mal nécessaire, car ce serait le seul moyen de défendre toutes les autres filles – et plus particulièrement celles qui sont issues de familles musulmanes et qu'un entourage arriéré ou fanatisé voudrait contraindre à porter le voile. Or, cet argument ne résiste pas longtemps à l'examen. Tout d'abord, une chose est de reconnaître l'existence de telles situations, une autre est de stigmatiser tout un groupe social en laissant croire que tous les parents musulmans veulent imposer le port du foulard à leurs filles. Si tel était le cas, les écoles auraient depuis longtemps été pleines d'élèves voilées ; or, selon les Renseignements généraux, le nombre d'élèves voilées était très limité – entre 1 000 et 2 000 cas en 2003, sur plusieurs millions d'élèves.

Ensuite, lorsqu'une pression de l'entourage existe, l'interdiction et la menace d'exclusion constituent un pari très incertain : si l'entourage d'une élève a la volonté et les moyens de lui imposer le port du foulard, il n'est pas certain qu'il soit disposé à céder face à une telle menace ; il est même probable que cet entourage ne voit aucun inconvénient à récupérer l'élève exclue afin de la marier ou de la scolariser dans une structure religieuse. Pour un gain très relatif – la possibilité pour des jeunes filles d'enlever à l'école un voile dont elles ne veulent pas, mais qu'elles doivent remettre en sortant – on a accepté un « sacrifice » très lourd, la déscolarisation de plusieurs autres filles voilées : celles qui avaient choisi de porter le voile (cas le plus fréquent) et qui n'étaient pas prêtes à céder face à une injonction qu'elles jugeaient illégitime, et celles qui subissaient une pression tellement forte pour le porter qu'elles n'ont pas osé l'enlever à l'école. N'aurait-il pas été préférable de continuer à accueillir à l'école publique toutes les adolescentes portant le foulard, que ce soit par choix personnel ou par soumission à une contrainte extérieure, et d'apporter une aide à celles qui souhaitaient enlever leur voile, afin qu'elles puissent le faire *non seulement à l'école, mais également à l'extérieur* ? Un tel travail aurait bien sûr nécessité du temps et des moyens (et notamment davantage d'assistants sociaux), mais il aurait au moins constitué un réel soutien à toutes celles qui en avaient besoin, sans prendre le risque d'en exclure certaines, et sans pénaliser celles qui portaient le voile par choix.

Il y a enfin une autre raison pour laquelle des féministes se sont opposées à l'interdiction du voile : le refus de toute forme de contrainte et de pression exercée contre des femmes, que ce soit pour les forcer à cacher leur corps ou pour les forcer à le montrer. Comme l'a souligné la dessinatrice Marjane Satrapi, qui a porté le voile contrainte et forcée pendant son enfance en Iran, l'obligation d'enlever le voile est « tout aussi oppressive » que l'obligation de le porter : « c'est la même violence »[6]. C'est aussi ce que nous ont dit les nombreuses lycéennes voilées que nous avons rencontrées après l'entrée en application de la loi : contrairement à ce que prétend le Bilan officiel idyllique rédigé par Hanifa Chérifi en septembre 2005, la grande majorité des élèves qui ont obtempéré a vécu comme une humiliation le dévoilement forcé, et s'empresse de remettre le voile à peine sorties de leur établissement. Mais personne ne veut écouter des adolescentes voilées – aucune d'entre elles n'a d'ailleurs été auditionnée par les instances chargées de préparer la loi.

Cette loi n'a émancipé personne

Cette loi n'a émancipé personne, car l'émancipation ne se gagne pas par l'humiliation, la sommation et la répression. Elle se gagne plutôt par la conquête de *droits*. C'est pourquoi, loin de s'inscrire dans la continuité des grands combats féministes du passé, la loi interdisant le foulard a marqué une profonde rupture et une grave régression. Les combats féministes n'ont jamais pris la forme d'une demande de répression *contre des femmes.* C'est au contraire pour gagner des droits (celui de voter, de travailler, de disposer de leur corps) que les femmes ont toujours lutté. Lorsqu'elles ont milité pour des interdits et des sanctions, c'était uniquement à l'encontre de violences sexistes exercées par des hommes (viol ou harcèlement sexuel). Étrange « féminisme », donc, que ce prohibitionnisme qui pénalise des femmes, et des femmes seulement – car aucun homme « intégriste » n'a été ni ne sera frappé par cette loi. On nous a dit et répété qu'il fallait légiférer parce que « derrière » les écolières voilées, il y avait des « groupes intégristes » qui veulent soumettre les femmes. Mais si de tels groupes existent, le fait même qu'ils soient « derrière » les adolescentes les met précisément à l'abri des rigueurs de la loi. Bien plus, les extrémistes qui souhaiteraient contrôler « leurs femmes » ne peuvent que profiter de cette loi et de son application en devenant les seuls interlocuteurs des élèves exclues, ce qui leur permet d'exercer davantage leur contrôle et leur domination. C'est ce qu'a tenté – en vain – de dire aux autorités françaises l'avocate Shirin Ebadi, prix Nobel de la paix. Célèbre pour avoir combattu en Iran l'obligation de porter le voile, elle a manifesté son opposition résolue à la loi d'interdiction du voile : « Ecarter de l'école les jeunes filles qui portent le voile n'en fera que de meilleures proies pour les fondamentalistes [...] La seule façon de lutter contre le fondamentalisme, c'est le savoir, la culture et l'instruction.[7] »

Des centaines de filles privées de l'accès au savoir

L'accès au savoir, aux études, aux diplômes, est en effet un instrument d'émancipation précieux, et c'est de cette arme que des centaines de filles se retrouvent aujourd'hui privées. Après un an d'application, le bilan de la loi est accablant : en plus de l'humiliation et du mal-être des élèves qui se sont inclinées devant la loi, le bilan officiel dénombre 48 exclusions après conseil de discipline et 60 démissions forcées, auxquelles il faut ajouter plusieurs centaines d'élèves ayant préféré quitter l'école sans même tenter leur chance à la rentrée 2004[8]. Hormis quatre garçons sikhs exclus de l'école, toutes les victimes de cette loi sont de sexe féminin…

Ismahane Chouder,
Christine Delphy et Pierre Tévanian

Ismahane Chouder est militante féministe, vice-présidente du Collectif des féministes pour l'égalité. Elle est également déléguée de la FCPE (Fédération des Conseils de Parents d'Élèves), et présidente de Symbiosophia, PSM (Participation et Spiritualité musulmanes) et Une école pour tou-te-s/Contre les lois d'exclusion.

Christine Delphy est sociologue (CNRS) et militante féministe, membre fondatrice du Collectif des féministes pour l'égalité. Directrice de la revue Nouvelles Questions féministes, elle a publié notamment : L'ennemi principal. Économie politique du patriarcat, *et* L'ennemi principal 2. Penser le genre, *Syllepses, 1998 et 2001.*

Pierre Tévanian est professeur de philosophie, membre du collectif « Les mots sont importants » et du collectif « Une école pour tou-te-s/Contre les lois d'exclusion ». Il a publié Le voile médiatique. Un faux débat : « l'affaire du foulard islamique », *Raison d'agir, 2005.*

Notes

1. Sur ce faux clivage, voir C. Delphy, « Antiracisme ou antisexisme : un faux dilemme », *in* Nouvelles Questions Féministes, *Racisme et sexisme. Le cas français*, vol. 25, n° 1, 2006.

2. On peut citer les organisations Femmes publiques, Femmes plurielles, Citoyennes des deux rives, Collectif des féministes pour l'égalité, Scumalines, Next Genderation… Pour un panorama plus complet, cf. P. Tevenian, *Le voile médiatique, Raisons d'agir*, 2005.

3. Femmes publiques, « Être féministe, ce n'est pas exclure ».

4. *Id.*

5. Les sociologues qui ont enquêté auprès de ces jeunes femmes ont tous souligné la diversité des situations : le poids de l'entourage est très variable, de même que la nature de cet entourage et que le sens donné au voile par les jeunes femmes qui le portent. Cf. F. Gaspard, F. Khorsrokhavar, *Le foulard et la République*, La Découverte, 1995.

6. M. Catrapi, « Veiled threat », *The Guardian*, 12 décembre 2003.

7. S. Ebadi, AFP, 19 décembre 2003.

8. Pour un bilan plus précis et étayé, cf. Collectif, *Une école pour tout-te-s. Contre les lois d'exclusion*, « Éléments d'un livre noir », oumma.com.

Mona
Une Égyptienne libre

Mona est le pseudonyme d'une femme égyptienne qui a choisi de ne rien faire selon les normes sociales et religieuses de son pays. Refusant l'excision, pour elle comme pour sa fille, refusant le port du voile islamique, elle a conquis, contre la société, la religion et la politique, son statut de femme libre.

Pour ceux qui connaissent l'« Égypte du milieu », c'est-à-dire l'immense majorité des soixante-dix millions d'Égyptiens issus des couches sociales défavorisées ou de l'ancienne classe moyenne laminée, un bref moment d'intimité avec Mona suffit à comprendre que cette jeune femme de 35 ans n'a rien de conventionnel. Plus exactement, elle est Madame Tout-le-monde, mais ne fait rien comme les autres.

Petite-fille et fille de petits commerçants, implantés depuis des générations dans l'oasis du Fayoum au sud du Caire, Mona n'a pas pu suivre de hautes études, faute de moyens. Sa mère et sa grand-mère étaient illettrées. Elle ne parle aucune autre langue que son arabe maternel et vivote grâce à de petits métiers liés à l'énorme industrie égyptienne du cinéma (sa passion). Ce contexte ne lui a fourni ni les instruments rhétoriques et dialectiques permettant de construire sa réflexion, ni la protection physique que peut conférer la naissance dans une famille riche ou influente. Par hasard, par chance, ou pour son malheur, elle fut dotée d'un esprit critique inné et d'une force de conviction d'autant plus solide qu'elle n'émane pas d'un maître à penser, mais d'expériences vécues et, souvent, douloureuses.

Grande, un teint sombre hérité de son père, de longs cheveux noirs à peine parsemés de fils blancs, pommettes et lèvres généreuses héritées de sa mère, Mona est assise sur son canapé, cigarette à la bouche. Elle râle parce que son (troisième) mari[1] voudrait la voir passer plus de temps à la cuisine, travailler moins et lui donner des enfants. Mona râle encore quand celui-ci refuse de la laisser sortir à un meeting politique avec ce pantalon moulant « indécent », qui déchaînera à coup sûr les mauvaises langues du quartier conservateur où ils habitent, en bordure du Caire. Ses motifs pour râler ne manquent pas : le prix du pain, « scandaleux » ; les livres d'école de sa fille de 10 ans, « trop religieux » ; le travail, « trop rare » ; le régime égyptien, « corrompu et dictatorial »… Mona est une râleuse de première : « Dans mon pays, tout va de mal en pis, soupire-t-elle. Mais le plus triste, c'est que tout le monde laisse faire. »

Mona dit que l'Égypte n'est pas le « pays de la paix », *balad el-salam*, comme le proclament brochures et panneaux touristiques, mais le « pays de la résignation », *balad el-istislam*. Elle a toujours refusé de se résigner. Fillette, elle se révoltait par intuition. Adolescente, elle se révoltait contre les pressions sociales, dans le cadre étroit de sa famille, puis de son quartier et de son village. Avec la maturation, ses luttes personnelles se sont transformées en un engagement actif pour les droits des citoyens égyptiens. À sa manière, individuellement. Par son parcours et son tempérament, Mona incarne une posture combative et positive, très éloignée du schéma de « victimes dociles » que l'Occident colle souvent aux femmes orientales. La « modernité » ou l'« ouverture d'esprit » qui la caractérisent pourraient s'apparenter à des valeurs européennes. À tort. Elles sont ancrées et se sont développées dans un terreau moyen-oriental, arabe, égyptien. Tout en militant pour la liberté et l'égalité, Mona ne voue aucun culte à l'Occident.

Torturée pour avoir manifesté contre le régime

L'Égypte, comme le Moyen-Orient en général, est un pays où les confidences sont difficiles à recueillir, que l'on soit journaliste ou étranger. La croyance paranoïaque – parfois justifiée – de l'omniprésence des *moukhabarat* (les agents de renseignements) n'aide pas à libérer la parole. L'apparition, fin 2004, d'un mouvement d'opposition[2] très médiatisé au régime de Hosni Moubarak a contribué à briser plusieurs tabous politiques. La presse locale a pu respirer une grande bouffée d'oxygène. Mais les arrestations d'opposants n'ont jamais cessé[3]. En outre, les tabous culturels ont été renforcés parallèlement à l'islamisation croissante de la société égyptienne[4].

Réfractaire à tous ces carcans – la tradition, la politique du régime, la religion –, Mona n'hésite plus à s'exprimer publiquement. Après une deuxième incarcération, en mars 2003, pour avoir manifesté contre le régime et pendant laquelle elle fut torturée[5], elle témoigna à visage découvert pour une télévision canadienne. Elle se livra ensuite longuement dans un livre[6], évoquant des sujets personnels et intimes de sa vie. Lors de la publication de cet ouvrage, son identité fut cependant changée en « Mona ». Il s'agissait de la protéger, même contre son gré, et de protéger sa famille, notamment sa fille. Pour les mêmes motifs et par souci de cohérence, cette jeune femme gardera ici son pseudonyme de Mona. En revanche, aucun des faits rapportés n'a été exagéré ni romancé.

Elle se bat à coups de griffes et de dents contre les exciseuses

La vie de Mona offre pourtant la trame et les rebondissements propres à inspirer le plus blasé des romanciers. Le cadre de son enfance, l'oasis de Fayoum, présente aujourd'hui encore l'exotisme disparu des grandes cités égyptiennes. Le labeur des *fellah*, courbés dans les rizières derrière des buffles noirs et cornus, n'a guère dû changer depuis des siècles. Les marchands continuent à se vêtir des longues *gallabeyyas* traditionnelles. Née au début des années 1970, Mona a été élevée par un père vétéran de la guerre du Yémen[7] et converti aux idées nationalistes arabes de Nasser[8]. Elle a ensuite grandi en même temps que les mouvements radicaux djihadistes[9], qui firent du Fayoum l'une de leurs terres de prédilection avant d'être éradiqués sous l'action de Hosni Moubarak. Tradition, islamisme, répression… Tous ces aspects de l'histoire récente égyptienne se sont mêlés à l'existence de Mona, l'influençant, la menaçant, la révoltant plus encore.

La première confrontation eut lieu quand elle avait 7 ans, l'« âge de raison » dit-on en France. En Égypte, 7 ans est l'âge moyen pour devenir une femme. Du moins symboliquement, par l'excision. La pratique était (et reste) la norme. Si le père de Mona aimait que sa femme porte robes occidentales, talons hauts et maquillage – peu répandus dans ces lieux éloignés de la capitale –, ni lui, ni son épouse ne songèrent un instant à ne pas exciser leurs filles. Aujourd'hui, Mona comprend leur attitude par le « carcan de la tradition », plus fort que la loi, édictée en 1997, condamnant officiellement cette pratique dangereuse pour la santé des petites filles[10]. À 7 ans, Mona croyait qu'il s'agissait d'une fête dont elle et sa sœur étaient les princesses, lavées, parfumées, habillées de blanc. Jusqu'à ce qu'elles soient confiées aux exciseuses du quartier. La vision de sa sœur aînée, gisant sur le lit parental couvert de sang, hante encore Mona. Était-ce son instinct de survie (« Ma sœur avait l'air morte ») ? Ou, déjà, l'esprit de révolte ? Mona échappa à cette tradition plusieurs fois millénaire en se battant, à coups de pied, de griffes et de dents, contre ces matrones vêtues de noir et leur instrument terrifiant (« ressemblant à un hachoir »). Et réussit ainsi une fugue miraculeuse. Un an plus tard, une seconde tentative d'excision déclencha une réaction plus violente encore, achevant de dissuader les parents (« désespérés ») et, surtout, les exciseuses couvertes de bleus. Ces dernières furent poliment remerciées d'un bakchich généreux : les voisins ignoreraient tout de ce secret honteux. Mona ne fut jamais excisée.

Elle a protégé sa fille de l'excision

Des années plus tard, le jour de ses noces, cette « originalité » physiologique déconcerta son mari. « Une bizarrerie qu'il apprit à apprécier, confie-t-elle. Les couples égyptiens souffrent de problèmes sexuels », dus à la frigidité des femmes ou, pour reprendre l'expression de Mona, au « trop grand romantisme » des épouses, réticentes à cet acte sexuel réveillant, au mieux, des souvenirs traumatisants, au pire, de violentes douleurs, et n'aspirant plus qu'à l'Amour célébré par les poètes et les divas : les sentiments, les cadeaux, la tendresse.

Cette expérience – et celle de sa sœur – convainquit Mona que l'excision n'était bonne « pour personne » et encore moins pour sa fille. Cette dernière fut protégée du traditionalisme de son mari, de sa famille et de la société en général. Malgré les qu'en-dira-t-on, sa fille n'a pas été excisée.

Est-on capable de mesurer en Occident la puissance de ces qu'en-dira-t-on ? Dans nos sociétés individualistes – sévèrement critiquées par Mona –, le décès d'un voisin n'est souvent découvert qu'après l'apparition d'une odeur insupportable dans la cage d'escalier. À l'été 2003, lors de la grande canicule en France, Mona et les Égyptiens furent éberlués d'apprendre que des milliers de personnes âgées étaient décédées dans la solitude. Les mailles familiales en Égypte sont si étroites et les regards des voisins si acérés qu'une pareille tragédie n'aurait jamais pu se produire chez eux. Mais, revers de cette solidarité, la pression familiale et sociale (du quartier, du village ou du lieu de travail) envahit les sphères privée et intime de chaque individu. La décision irrévocable de Mona, à l'âge de 12 ans, de ne porter que des pantalons, « considérés comme un signe de dépravation chez les femmes », provoqua ainsi un scandale qui dépassa largement le voisinage proche. « Mon père était furieux et voulait me frapper », se souvient Mona. La « faute » d'un individu étant systématiquement reportée sur son entourage, la famille agit à son tour comme élément de pression. La volonté individuelle disparaît alors sous le poids de « l'honneur du clan », érigé en valeur suprême. La peur de nuire aux siens, le sentiment de culpabilité, deviennent les ressorts les plus efficaces contre toute tentative de « déviance » par l'autocensure qu'ils génèrent.

Le voile est devenu une question sociale

Selon Mona, la meilleure expression de cette pression sociale est le port du *hijab*, le voile islamique. Les termes de son postulat sont *a priori* contradictoires : attribut de l'islam par excellence, le *hijab* relève, logiquement, de la sphère religieuse. Mona n'est pas contre le voile. Elle suggère que les femmes devraient pouvoir décider de le mettre – ou non. Elle ne s'oppose pas aux pratiques individuelles, mais aux pressions qui entravent le choix personnel et font de ces pratiques une quasi-obligation, dénuée de sens et souvent « hypocrite ». « Les femmes qui ont commencé à se couvrir la tête à la fin des années 1970, le faisaient pour des raisons religieuses, affirme Mona. Ce n'est plus le cas aujourd'hui. Le voile est devenu une question sociale. La société a imposé l'idée qu'une femme voilée est plus respectable, plus honorable et donc – essentiel ! – qu'elle trouvera plus facilement un époux. Pour les femmes mariées, qui courent entre leur nouveau-né, l'école, les courses, le ménage et les repas, le voile est devenu un instrument utilitaire camouflant des cheveux sales, ou mal entretenus. Dans le même ordre d'idée, la crise économique a favorisé l'engouement pour les longues tenues islamiques permettant de cacher la pauvreté, toujours mal vue. Je ne nie pas que certaines le portent par respect de l'islam. En revanche, il est impossible d'ignorer les changements survenus ces dernières années. Les *hijab* ont été détournés en accessoires de mode : leurs couleurs très voyantes, leurs formes seyantes, les fleurs et les papillons qui ont remplacé les épingles... Le tout porté par des filles très maquillées, n'hésitant pas à l'assortir de vêtements soulignant leurs rondeurs féminines ! Aux yeux de la société égyptienne, elles sont pourtant plus respectables que toute autre, non voilée. »

Déchirée entre l'islam et les idées de gauche

Mona a longtemps porté le *hijab*, avant de le bannir de sa vie. Son expérience personnelle illustre ce glissement du religieux vers le social. Au départ, son adolescence qui, à l'instar de beaucoup d'autres, fut pleine de questionnements et d'angoisses existentielles. « J'ai trouvé un soulagement dans l'islam, plus précisément dans le soufisme[11] qui donnait la priorité à la relation personnelle entre Allah et le fidèle, raconte-t-elle. À cette époque, il n'y avait pas de discours sur le voile, ce n'était pas considéré comme important et peu de gens le portaient[12]. Dans ma famille, ni ma mère ni ma sœur ni moi n'en avions. Mon père détestait ça. Je me suis alors rapprochée de la famille de mon oncle qui, comme moi, était séduite par les discours de la Gamaa islamiyya[13], de plus en plus populaire au Fayoum. J'étais touchée par leur piété et leur idée de la nécessité d'un renouveau de la société. »

Dans l'univers de Mona, limité à l'oasis, « l'idée de changement était intrinsèquement liée à la religion. Celle-ci devait nous réapprendre à vivre ensemble, selon des modalités prescrites destinées à faire le bien de tous ». Bien qu'encore très jeune, Mona ne manquait pas de force de conviction. « Première voilée du quartier », ce fut elle, assure-t-elle, qui convainquit sa mère et sa sœur – malgré l'opposition paternelle – de porter le *hijab*, en signe de piété et de cette volonté d'améliorer les choses. « Tout le monde cherche un but à sa vie, une raison de vivre, analyse aujourd'hui Mona. À Alexandrie ou au Caire, où je suis partie étudier ensuite, il y avait mille choses à faire : les rencontres à l'université, le cinéma, la lecture, les conférences, les débats. Au Fayoum, la situation était différente. Les journées se déroulaient à l'intérieur des maisons, sans activité. Dans un contexte où il n'y avait ni travail, ni argent, ni loisirs ou vie culturelle, le seul moyen de s'affirmer individuellement et d'avoir le sentiment d'agir était de se bâtir une relation forte avec la religion. La prière et les comportements vertueux paraissaient l'unique solution. »

Tandis qu'au Fayoum, la Gamaa islamiyya gagnait du terrain et radicalisait son discours, Mona découvrait la cité cosmopolite d'Alexandrie puis la mégalopole du Caire, fourmillant de courants politiques. Elle participe alors à tous les débats et fréquente assidûment une organisation de femmes. « C'est dans ce centre que j'ai commencé à voir différemment, en écoutant des opinions de toute tendance. Je découvrais la politique et me sentais attirée par les idées de gauche, totalement opposées aux islamistes. J'étais déchirée. Mon apparence, rigoureusement voilée, était islamique, mais intérieurement je remettais en cause les idées religieuses. »

« J'ai jeté mon foulard, une de mes meilleures amies m'a traitée de pute »

Peu à peu, Mona est devenue « agnostique », même s'il n'existe pas de tradition arabe satisfaisante pour ce mot. « Du moment que l'on naît sans choisir sa foi, les interdits et obligations liés aux systèmes religieux apparaissent sans fondement. Quant à l'islam, je le considère comme la plus politique des religions, alors que je n'avais cherché auprès de lui qu'une relation spirituelle et privée avec Dieu. » Par conséquent, il n'y avait plus de raison de garder le *hijab* et elle allait le revendiquer haut et fort, soit de façon très scandaleuse aux yeux de la société devenue conservatrice, voire radicale, de son Fayoum natal.

« C'était un jour d'été ordinaire, se rappelle-t-elle. Je suis sortie de chez mes parents, avec mon long voile brun, et me suis rendue chez le coiffeur le plus distingué, le plus connu et le plus cher de la ville. J'ai expliqué ce que je voulais : un de ces brushings sophistiqués généralement réservés aux mariées, le jour de leurs noces. Il a accompli un travail formidable. Je ne m'étais jamais sentie aussi belle, aussi heureuse. J'ai alors jeté mon foulard et suis sortie affronter la rue. J'ai marché pendant des heures. Les gens me pointaient du doigt, détournaient le regard ou crachaient sur mon passage. J'avais peur. En ces temps d'islamisme radical, mon attitude équivalait à se promener en petite culotte. Je savais qu'ils me voyaient comme une fille de mauvaise vie. Une de mes meilleures amies me traita de pute. Cela faisait très mal, mais j'ai pensé qu'avec le temps, cela changerait. Il fallait bien commencer par quelque chose…

« Mon retour à la maison provoqua le drame. Mon apparition fut pour eux un choc terrible. Ma mère et ma sœur couraient de la cuisine au balcon, du téléphone à la voisine, en hurlant que j'étais folle. Puis, avec la crainte de représailles pour la famille est venue la colère. J'ai été battue, j'avais déshonoré la famille. Mes cousins menacèrent d'appeler le cheikh à lancer une *fatwa*[14] contre moi ou de me tuer de leurs propres mains. Seul mon père garda son calme en remarquant que "la chanteuse Oum Kalthoum, aussi précieuse et respectée en Égypte que les pyramides, n'avait jamais porté le voile. Pourquoi tant de cris, alors que Mona n'est qu'une Égyptienne comme tout le monde ?" »

L'essentiel est d'échapper à la manipulation

Mona n'est qu'une Égyptienne comme tout le monde mais, ne faisant rien comme les autres, le danger était réel, au point qu'elle dut fuir la région et resta longtemps exclue de sa famille. Au Fayoum et dans le sud de l'Égypte, les groupes islamistes comme la Gamaa ou le Gihad continuaient à enrôler et ne cachaient plus, par leurs opérations meurtrières, leur volonté de renverser le gouvernement[15]. Mona, qui avait rompu avec l'idéologie de ces organisations mais avait vu leur essor, vécut ce changement comme une trahison et comme une « manipulation » dont ses proches ne furent pas épargnés. « La Gamaa avait attiré des gens simples et pieux n'ayant aucune idée des visées politiques que cachaient les beaux discours religieux. Au final, activistes armés ou simples sympathisants furent tous jetés en prison. Les membres de la famille du côté de mon oncle furent emprisonnés pour terrorisme et subirent des peines allant jusqu'à vingt ans de prison. Ils y ont été horriblement torturés. Mon cousin en est sorti les deux jambes broyées. J'ai eu la chance de comprendre à temps que le système, la religion ou l'idéologie importaient peu. L'essentiel était d'échapper à la manipulation. La Gamaa n'a jamais été limpide dans ses prêches. Par manque de clarté et d'éducation, ma famille n'a pas su différencier religion et politique. Ils ont été manipulés. Ils l'ont compris, sous la torture. »

Depuis, Mona refuse la manipulation, tout en écartant la possibilité d'une attitude passive. Son passé est éraflé de blessures qui ont aiguisé son sens critique et elle refuse désormais toute étiquette, sociale, religieuse ou politique. Bien qu'elle se classe dans le clan des opposants au régime de Moubarak et participe, à ce titre, à de nombreuses manifestations, elle persiste à refuser toute allégeance politique légale (ou illégale) au mouvement pluraliste *Keffaya*[16], et n'adhère finalement qu'à son « propre parti » qu'elle cherche actuellement à créer avec des amis. Ses combats lui ont valu la désapprobation sociale, un long bannissement familial, et même la torture en prison. Mais rien n'est jamais parvenu à émousser ses envies de liberté, sa lutte contre la résignation.

Cécile Hennion

Notes

1. Le divorce ou, dans ce cas, les divorces sont très mal vus dans la société égyptienne. Ils constituent une des nombreuses incartades de Mona à l'ordre moral.

2. Il s'agit du mouvement *Keffaya !* (« Ça suffit ! ») qui a multiplié les manifestations (interdites en Égypte depuis que l'état d'urgence a été proclamé en 1981, suite à l'assassinat du président Anouar el-Sadate).

3. L'opposant Ayman Nour, arrivé deuxième aux élections présidentielles de septembre 2005, a été condamné, le 24 décembre de la même année par la justice égyptienne, à l'issu d'un procès très critiqué par les organisations des droits de l'homme. L'organisation islamique des Frères musulmans a vu plusieurs milliers de ses sympathisants arrêtés. Fin janvier 2006, plusieurs étaient encore détenus sans qu'aucune charge n'ait été déposée contre eux, provoquant une grève de la faim dans la prison de Bourg el-Arab, près d'Alexandrie.

4. Outre les aspects visibles de l'islamisation, on doit noter le succès des Frères musulmans aux élections législatives d'automne 2005, où ils ont remporté 88 sièges au Parlement, soit un score historique.

5. Sur les conditions de son incarcération, voir *Ya Benti ! Ma fille ! Itinéraires d'une jeune reporter en terres d'islam*, Cécile Hennion, Éditions Anne Carrière, Paris, 2005.

6. *Ya Benti !* op. cit.

7. Lors de la guerre civile yéménite, dans les années 1960, Nasser appuya militairement les officiers qui avaient renversé la monarchie pour instaurer une République au Yémen. Soixante-dix mille soldats égyptiens furent envoyés sur le front, dont beaucoup ne revinrent pas vivants, comme l'oncle paternel de Mona qui y décéda, en 1964.

8. Gamal Abdel Nasser, président de l'Égypte de 1954 jusqu'à sa mort en 1970. Il reste considéré jusqu'à aujourd'hui comme le champion du nationalisme arabe.

9. Gamaa islamiyya, etc.

10. Un décret gouvernemental a interdit l'excision en 1997 « sauf nécessité médicale ». Cette dernière spécification a permis tant d'exceptions que cette pratique – néanmoins en baisse selon plusieurs organisations des droits de l'homme –, continue à sévir en Égypte

11. Le soufisme est un courant mystique de l'islam, apparu au VIIIe siècle, qui met l'accent sur la religion intérieure. Il connaît actuellement un renouveau tout à fait étonnant en Égypte

12. Mona parle ici des villes. Dans les campagnes reculées, notamment dans les déserts peuplés de tribus nomades, les femmes étaient souvent couvertes, sans que cette tradition ne soit spécifiquement liée à l'islam.

13. La Gamaa islamiyya (« groupe islamique ») apparaît au milieu des années 1970. Mouvement peu hiérarchisé, on parle alors souvent « des » Gammaa islamiyya, au pluriel. Au départ, leurs militants se limitent à un

discours islamiste radical, fustigeant tout ce qui est considéré comme un manque de piété. À partir des années 1980, la Gamaa devient un groupe politique armé prônant le *djihad* (guerre sainte) contre le régime – l'assassinat manqué de Hosni Moubarak à Addis Abeba, en 1995, lui a été attribué – et contre les infidèles par des actions violentes qui culmineront, en 1997, au meurtre de 62 personnes, dont 58 touristes, à Louxor. Une branche de la Gamaa s'impose dans la famille sous la houlette du cheikh Chaouqi.

14. Sorte de décret religieux.

15. Voir note 14.

16. Sur Keffaya, voir note 2.

Mariages forcés
Mythes et réalités de terrain

Fadela Amara

On évalue en France à 70 000 le nombre des jeunes filles mariées de force. Symptôme de la ghettoïsation de certaines communautés. Des jeunes femmes rompent le silence, témoignent et cherchent la protection de la loi. Les plus nombreuses restent sans recours, fréquemment violentées et séquestrées.

En 2003, la Marche des Femmes contre les ghettos et pour l'égalité montrait à la France le visage de sept jeunes gens, issus de banlieue, dénonçant la condition des femmes dans les cités « dortoirs » construites il y a des dizaines d'années. Ces quartiers où règne la loi du silence, où l'on sait tout de ce qui s'y passe. Mais il ne faut pas en parler, il ne faut pas dire…

Déjà, lors de cette Marche, le mouvement Ni Putes Ni Soumises dénonçait les mariages forcés, cette pratique qui consiste à imposer à son enfant, son époux ou son épouse, coûte que coûte, quitte à employer la violence pour lui « faire entendre raison ». Mais à l'époque, cette pratique ne provoquait pas les remous politiques et sociaux auxquels nous assistons aujourd'hui. L'intérêt soudain pour une lutte efficace contre les mariages forcés pourrait s'expliquer par des velléités politiciennes, des objectifs insidieux de contrôle de l'immigration, mais ces théories succombent face au poids de la réalité. En effet, loin des stéréotypes, des idées reçues, des préjugés, le travail de terrain du mouvement Ni Putes Ni Soumises impose un constat surprenant pour certains : les jeunes filles mariées de force, du moins celles qui frappent la porte du Mouvement, sont pour la plupart françaises, scolarisées, voire étudiantes et parfois même indépendantes financièrement.

Il n'existe pas de véritables études sur cette question et le chiffre de 70 000 mariages forcés par an publié par le Haut Conseil à l'intégration (HCI) est sujet à débats. Cela s'explique sûrement par le fait que les situations de mariage forcé ne se ressemblent jamais. Chaque jeune femme nous témoigne d'une histoire qui est différente de celle de la jeune fille que nous avons reçue une heure avant et de celle que nous recevrons une heure après. Il ne s'agit pas ici de théoriser la pratique des mariages forcés, de l'analyser de manière sociologique, mais de faire état d'une réalité de terrain. C'est grâce à cette connaissance du terrain que le mouvement Ni Putes Ni Soumises a su faire entendre sa voix lors de l'élaboration du projet de loi visant à lutter contre les mariages forcés, contribuant ainsi à la rédaction d'un texte privilégiant la prévention sur la répression. Fin décembre 2005 a été adoptée une loi, comportant un série d'amendements reprenant les propositions formulées par Clotilde Lepetit, juriste du mouvement, allongeant les délais de recours en annulation de mariage, intégrant les vices du consentement, et par conséquent le vice de violence, au motif d'annulation de mariage, mais surtout évitant l'écueil qui consiste à ériger en infraction le fait de contraindre une personne à se marier. Il faut comprendre que les femmes qui sollicitent notre soutien sont aux prises avec un double sentiment : celui d'avoir été trahie par leur famille, mais aussi un immense sentiment de culpabilité. Elles se sentent coupables d'avoir refusé le destin tracé pour elles. La pression de ce qu'on appelle le « tribunal communautaire », c'est-à-dire la famille, les proches, les voisins, est souvent très difficile à supporter. Elles ne souhaitent pas que leurs proches soient poursuivis par la justice pour le seul fait d'avoir projeté pour elles une vie qui ne leur convient pas. Elles aspirent à la liberté et à la sécurité, elles veulent oublier et se sentent trop coupables pour s'engager dans des poursuites judiciaires, même lorsque les violences endurées leur permettraient de saisir la justice sur d'autres chefs.

Les filles de France font le choix de vivre libres

En 2004, la plate-forme d'accueil du Mouvement a reçu les sollicitations de plus de 1 650 femmes, une femme sur cinq nous contactant alors pour une question de mariage forcé. En 2005, une femme sur quatre qui a franchi la porte de Ni Putes Ni Soumises l'a fait parce qu'elle avait été mariée de force ou qu'elle craignait de l'être. Le travail de libération de la parole est en marche, c'est certain, mais il ne faut pas oublier que derrière ces chiffres il y a des femmes, des jeunes filles, violentées, séquestrées, violées parfois, auxquelles on impose un mariage, que l'on oblige à se soumettre à la loi patriarcale. Alors pourquoi un tel phénomène se produit-il en France ? Simplement parce que les jeunes filles de France paient aujourd'hui le prix d'une politique de la ville qui n'a pas anticipé le mal-être. Les mariages forcés sont l'expression symptomatique, visible, de la ghettoïsation, de la condition d'enfermement dans laquelle vivent certains de nos concitoyens. Dans leur pays d'« origine », les mentalités changent, les choses évoluent, les mariages forcés cèdent peu à peu la place aux unions choisies. En France, les traditions archaïques font un retour en force dont les femmes sont les premières victimes. La preuve en est que certaines jeunes filles qui viennent nous voir nous expriment un sentiment d'incompréhension d'autant plus fort que leurs propres parents eux-mêmes n'ont pas été mariés de force. J'entends par là que leurs propres mères se sont parfois battues pour se marier par amour. Il est certain que les mariages dits « arrangés » existent depuis fort longtemps, mais les mariages forcés s'en distinguent par l'absence de consentement et par la violence inouïe qui les accompagne. Parce que ces jeunes filles vivent la vie de toute jeune fille française, parce qu'elles sortent, parce qu'elles sont instruites, le choix qu'on essaie de leur imposer est d'autant plus immonde. Parce qu'elles font le choix de vivre libres, parce qu'elles doivent faire face à une vie de clandestinité, recherchées, traquées parfois par leurs propres familles, le mouvement Ni Putes Ni Soumises les soutient, les protège, en les plaçant dans des foyers sécurisés, en leur offrant une écoute attentive et bienveillante. Parce que dire « non » est un choix aux conséquences insoupçonnées, le mouvement que je préside se doit d'être là pour répondre à leurs questions, lorsque leurs témoignages se sont heurtés à des murs d'incompréhension, d'incrédulité, de mépris. Parce que la liberté n'a pas de prix, le mouvement Ni Putes Ni Soumises se battra pour que chaque femme de France puisse en jouir sans contrainte.

Fadela Amara est présidente du mouvement Ni Putes Ni Soumises. Elle a publié Ni putes ni soumises, *La Découverte, 2003 ;* Le Guide du respect *(ouvrage collectif), Le Cherche-Midi, 2005 ;* Ni putes ni soumises, le combat continue, *avec Mohammed Abdi, Points Seuil, 2006.*

LES MARIAGES FORCÉS ET PRÉCOCES

La question concerne en tout premier lieu les jeunes filles et les enfants de sexe féminin. Elle n'épargne pas non plus les jeunes hommes, ni les garçons, mais les concerne dans des proportions nettement moindres. La question du mariage forcé préoccupe de plus en plus les organisations internationales, les ONG à travers le monde, les associations en Europe comme en Amérique du Nord. Cette pratique est traditionnelle tant en Afrique et en Asie du sud-est, qu'au Moyen-Orient ou en Amérique latine. En voie de régression dans certaines parties du monde, elle est plutôt en évolution au sein de certaines communautés étrangères – africaines, maghrébines, turques, asiatiques – des pays occidentaux. C'est que souvent ces communautés sont plus conservatrices que les pays d'où elles proviennent et que, longtemps, par respect des diversités culturelles ou par indifférence, les mariages sans consentement mutuel ont été tolérés par les terres d'accueil. Elles ne préoccupaient la police et la justice que dès lors que l'on soupçonnait certains mariages de dissimuler des stratégies visant à obtenir des papiers d'identité. Qui se souciait des filles, de leur bonheur, de leur santé ?

Le mariage forcé est une notion désormais définie par le droit international : il s'agit d'une union entre deux personnes, dont l'une au moins n'est pas consentante. À ce titre, elle constitue une violation des droits de l'homme mais aussi des droits de l'enfant. Car les mariages forcés incluent également les mariages d'enfants ou précoces, définis comme une union entre deux personnes dont l'une au moins est mineure.

On les identifie difficilement : le mariage est par essence une affaire familiale et privée. Dans son rapport mondial sur la violence et la santé de 2002, l'OMS a toutefois rassemblé des informations éparses, principalement sur les mariages précoces. Il est des pays d'Afrique, comme l'Éthiopie ou le Nigeria, des pays d'Asie comme le Népal où des fillettes sont mariées dès l'âge de sept, huit, onze ans. Il s'agit généralement pour les familles d'une stratégie de lutte contre la pauvreté ou l'insécurité – en danger dans leurs sociétés, les filles sont livrées ainsi au danger du domicile conjugal ! Dans d'autres régions du monde, comme en Inde, où les mariées, dans certains États, ont moins de quinze ans pour la moitié d'entre elles, ou en Iran, c'est plutôt de transmission de richesses entre familles dont il est question. Dans tous les cas, les violences sont effroyables. Violences psychologiques, évidemment mais violences physiques et sexuelles – et dans son rapport de 2005 le Conseil de l'Europe n'hésite pas à considérer comme viols, les rapports sexuels imposés par le mariage forcé. À cela s'ajoutent les intolérables grossesses précoces, dont le phénomène est considérable au Brésil comme au Venezuela, et dans d'autres pays d'Amérique latine.

Grossesses imposées, grossesses à problèmes accompagnées parfois de transmission du sida et de maladies sexuellement transmissibles.
Les jeunes filles contraintes à des mariages forcés sont évidemment les premières cibles de toutes les violences conjugales et familiales. Elles sont abusées sexuellement, battues, enlevées, privées de papiers d'identité et enfermées dès lors qu'elles manifestent des résistances.
Vies gâchées, vies sacrifiées, fillettes et jeunes filles condamnées au malheur et à l'obscurité : les mariages forcés et précoces sont les plus sûrs moyens de perpétrer l'archaïsme des familles d'origine. Comment échapper à la pauvreté lorsqu'on est enceinte à 15 ans ? Comment accéder à l'autonomie lorsqu'on est privé d'école ? Comment conquérir liberté et égalité lorsqu'on est soumis à un asservissement domestique et sexuel ?
C'est notamment par les témoignages de quelques rares jeunes femmes que certains pays européens ont pris conscience qu'ils laissaient se répandre, sur leur sol, des pratiques qu'ils ne toléraient pas pour leurs propres filles. Le droit tente désormais d'inverser la tendance. À commencer par cette première étape, franchie par la France. Ne plus tolérer que l'âge légal du mariage ne soit pas le même pour les filles que pour les garçons. Ne plus accepter qu'il soit inférieur à l'âge de la majorité légale.

Sandrine Treiner

Le droit à l'avortement en Europe

Françoise Laurant

Le libre droit à l'avortement, indissociable de la liberté des femmes à maîtriser leur fécondité, reste la cible privilégiée des conservateurs et des autorités religieuses – quelles que soient les confessions. Ceux-ci continuent à exercer un lobbying puissant à son encontre. La situation, en Europe, est contrastée.

La marche vers la maîtrise de la fécondité a été la grande révolution de la deuxième moitié du XXe siècle. Indissociable de la possibilité pour les femmes d'acquérir leur autonomie par rapport aux hommes et à la famille, elle a modifié en profondeur la vie des femmes, pour leur bien propre comme pour toute la société. Désormais, les femmes ne sont plus cantonnées de manière inéluctable au seul rôle de reproductrice, de mère et de gardienne de la famille.

Paradoxalement ces acquis essentiels n'étaient pas les objectifs premiers du combat pour la planification familiale. Cependant, le droit à la contraception est très rapidement devenu la base de la liberté sexuelle et du droit des femmes à disposer de leur corps.

En France, le Mouvement pour le Planning familial s'appelait en 1956, à sa création, « La maternité heureuse ». Il avait pour vocation d'obtenir la légalisation de la contraception, afin que cessent les avortements clandestins. La loi de 1920 interdisait et condamnait toute personne qui informait, demandait ou pratiquait une interruption de grossesse, ainsi que celle qui faisait de la propagande "anticonceptionnelle" Les avortements, souvent pratiqués dans de très mauvaises conditions, mettaient en danger la vie des femmes. C'est ce qui explique que des gynécologues ont milité dans ce mouvement. Les objectifs visés étaient de permettre aux couples d'avoir une vie sexuelle harmonieuse, et de permettre à chacun de vivre sa sexualité sans oppression ni dépendance. Les oppresseurs visés étaient l'Église catholique, la société, les organisations conservatrices… On ne parlait pas encore des rapports de domination entre les sexes.

Cependant, c'était bien du corps des femmes qu'il s'agissait. En 1967, la loi Neuwirth libéralisait la contraception et l'émergence du mouvement des femmes dans les années 1970 achevait de radicaliser les objectifs du mouvement, en revendiquant le « droit des femmes à disposer de leur corps » et le droit à l'avortement.

Le « droit à l'avortement » s'est imposé rapidement, y compris aux militants qui prétendaient, à l'origine, œuvrer pour sa disparition. L'évolution de la conscience féministe compte pour une part, mais aussi une approche pragmatique de la situation. Cinq ans après son vote, la loi Neuwirth, en raison du lobbying des forces conservatrices de la société, n'était toujours pas accompagnée de décrets d'application et l'inertie régnait.

La loi Veil légalisant l'interruption volontaire de grossesse, en 1975, fut réellement arrachée au pouvoir politique par l'imposante mobilisation des femmes, qu'avaient ralliées les diverses forces syndicales et politiques de gauche, ainsi que les mouvements laïcs. Cette loi, restrictive sur bien des points, reconnaissait d'emblée que c'était à la femme que revenait la décision de l'IVG. « Un enfant si je veux, quand je veux », proclamaient alors les femmes. Pas d'autorisation de médecin, pas d'avis demandé au conjoint. Les conservateurs ne parvinrent jamais, malgré leurs efforts, à revenir sur ces deux principes.

C'est durant les années 1970 également que la plupart des pays européens adoptèrent leur première loi légalisant l'IVG, certaines très restrictives, d'autres assez libérales : la Grande-Bretagne en 1967, la Finlande en 1970, le Danemark en 1973, l'Autriche, Chypre, la France et la Suède en 1974, la Grèce, l'Italie et le Luxembourg en 1978, les Pays-Bas en 1981, le Portugal et l'Espagne en 1984 et 1985, la Tchéquie et la Slovaquie en 1986, la Belgique en 1990…

Évolution de la communauté internationale

Pendant la même période, au niveau international et en particulier aux Nations Unies, une évolution importante s'est imposée sur les questions des droits en matière de sexualité et de reproduction.

Elle s'est principalement opérée, au fil des conférences internationales des Nations Unies, autour des problématiques liées à la démographie et au développement, puis a évolué vers des préoccupations afférentes aux droits humains et aux droits des femmes.

Dans les années 1970, la population, ou plutôt son taux de croissance, était conçue essentiellement comme une variable macro-économique de la planification et de la politique. Le développement des pays pauvres exigeait la maîtrise de la croissance démographique. L'échec des politiques de maîtrise, notamment par des programmes de stérilisations forcées, devait rendre ce discours caduc. Vingt-cinq ans après, le bien-être des individus était devenu « primordial ». La Conférence internationale du Caire pour la population et le développement, en 1994, a ancré la Planification familiale, notion englobant le contrôle des naissances, la contraception et l'avortement, dans le cadre élargi des préoccupations concernant la santé, et les droits sexuels et reproductifs. Faire de toutes les personnes des sujets à part entière était désormais considéré comme le véritable moteur du développement.

Ainsi, de 1974 à 1994, de nouveaux horizons ont été ouverts par différentes instances internationales : droits de la personne, droits au développement, droits à la santé, droits des femmes… Les mouvements féministes ont pesé sur les États et sur les organisations internationales. De nombreux pays ont fait évoluer leurs politiques et leurs législations. L'évaluation de l'application du Plan d'action du Caire estime à 131 le nombre des pays qui ont procédé à ces évolutions. Aujourd'hui, plus de 50 % des femmes mariées dans les pays en développement ont accès à un moyen de contraception moderne mais selon une enquête du Fonds des Nations Unies pour la population de 2004 portant sur 151 pays, 200 millions en sont privées.

Cependant, le nœud des problèmes reste concentré autour de l'interruption volontaire de la grossesse. Au Caire comme à Pékin, les pays les plus hostiles l'ont exclu de l'accord qu'ils ont apporté au texte final. Les études estiment entre 20 et 30 millions le nombre des IVG pratiquées légalement chaque année. Vingt millions seraient faites clandestinement dans des conditions dangereuses pour les femmes et participent des taux inacceptables de mortalité maternelle. Selon le travail de synthèse de Joni Seager[1], la plupart des femmes concernées sont mariées ou connaissent une relation stable, et ont déjà des enfants.

LES CONFÉRENCES INTERNATIONALES

• Téhéran. 1968. Conférence internationale sur les droits de la personne.
Il y est convenu, pour la première fois, que les parents ont le droit fondamental de déterminer, de manière libre et responsable, le nombre de leurs enfants et l'espacement de leur naissance.

• Bucarest. 1974. 1re Conférence mondiale sur la population.
Les participants affirment que la planification familiale est un droit de tous les individus et de tous les couples. Mais le débat n'est pas explicitement centré sur les droits des femmes.

Les pays d'Amérique latine et d'Afrique francophone refusent de s'engager au-delà des questions de protection maternelle et infantile.

• Mexico. 1975. 1re Conférence mondiale sur les femmes. Elle reconnaît que le droit à la planification familiale est un préalable essentiel à l'égalité entre les sexes.
En 1979, la Convention sur l'élimination de toutes les formes de discrimination à l'égard des femmes (CEDAW) stipule que les États garantissent aux hommes et aux femmes « les mêmes droits de décider librement, et en toute connaissance de cause du nombre et de l'espacement des naissances ».

• Mexico. 1984. Conférence internationale sur la population.
Elle ajoute à la CEDAW que les hommes doivent partager la responsabilité de la planification familiale et de l'éducation des enfants, afin d'offrir aux femmes la liberté de participer pleinement à la vie de la société, objectif inséparable de la réalisation des objectifs de développement.

• En 1992, la conférence des Nations Unies sur l'environnement et le développement reconnaît que la croissance démographique rapide est un grave obstacle au développement durable. Mais aucun consensus ne se fait sur les mesures à prendre pour y faire face, en partie du fait d'une méfiance persistante à l'égard des programmes de planification familiale.

• En 1994, l'accord du Caire invite les pays à assurer à tous la santé et les droits en matière de reproduction, en tant que contribution capitale au développement durable et à la lutte contre la pauvreté, et affirme l'attachement aux droits de la personne et à l'égalité entre les sexes. C'est au Caire qu'est élaboré le nouveau concept de droits en matière de reproduction, qui regroupent :
– le droit à la santé en matière de reproduction et de sexualité tout au long du cycle de vie,

– l'autodétermination en matière de reproduction (droit de choisir son conjoint, droit à l'information, accès à tous les moyens de planification familiale, moment et espacement des naissances),
– l'égalité entre les femmes et les hommes,
– la sécurité en matière de reproduction et de sexualité (protection contre les violences, les viols...).
Toutefois, la question de l'avortement manque de faire échouer l'adoption du texte final. Dix ans avant, la Conférence internationale sur la population avait affirmé que l'avortement ne devrait jamais être promu comme moyen de contraception, tout en précisant que les femmes qui y avaient recours devaient bénéficier d'un traitement humain. Autant d'éléments réaffirmés, au Caire, assortis de la reconnaissance que l'avortement pratiqué dans des conditions dangereuses pour les femmes constituait une préoccupation majeure de santé publique. Le programme d'action a ainsi ajouté que les femmes devaient avoir accès à des services de qualité pour gérer les complications de l'avortement.

• Pékin. 1995. 4e Conférence mondiale sur les femmes. Elle soutient le programme d'action du Caire, et confirme que les droits en matière de reproduction occupent une place centrale dans la promotion de l'égalité entre les sexes. Elle précise le concept de « sécurité » sexuelle, en spécifiant que les droits « humains » des femmes comprennent le droit de contrôler et de décider librement de tout ce qui concerne leur sexualité, leur santé sexuelle et reproductive, sans coercition ni discrimination ni violence. Elle ajoute que des relations d'égal à égal entre hommes et femmes en matière de relations sexuelles et de reproduction, incluant le plein respect de l'intégrité de la personne, exigent le respect réciproque, le consentement et la responsabilité partagée en ce qui concerne le choix sexuel et ses conséquences.

Malgré les évolutions positives d'un certain nombre de pays, les Conférences internationales sont prises en otages par les pays intégristes, fédérés par le Vatican et profondément aidés et impulsés, aujourd'hui, par les États-Unis, et l'administration de G.W. Bush. Ils font pression, ils bloquent les crédits. En 2001, par exemple, l'administration américaine a refusé le versement de 34 millions de dollars au Fonds des Nations Unies pour la population, pourtant votés par le Congrès, au prétexte que l'argent du FNUAP financerait, notamment en Chine, des actions en faveur de l'avortement.

Depuis les années 2000, derrière la bannière des États-Unis depuis 2001, les pays intégristes et le Vatican essaient de faire supprimer le terme « planification familiale » (parce qu'il signifierait « avortement ») des textes internationaux. Ils s'opposent à la notion de droit des individus (et *a fortiori* des femmes) dans ces domaines, contestent au préservatif son rôle de protection contre le VIH et prônent l'abstinence comme seule méthode de contraception pour les jeunes !

Aujourd'hui, on ne peut qu'exprimer des inquiétudes et souligner la nécessité de réactions collectives : l'appauvrissement des pays pauvres, les priorités données par les organismes mondiaux aux lois du marché, aux privatisations, leurs pressions pour faire abandonner les dernières politiques publiques existant encore dans les domaines de la santé et de l'éducation, accentuent la crise du développement.

Les forces fondamentalistes et les pays intégristes se coordonnent au niveau international pour faire reculer les droits fondamentaux des personnes, et en premier lieu ceux des femmes. Dans ce contexte, les droits sexuels et reproductifs sont devenus un enjeu international. La lutte contre le droit à l'avortement et la lutte contre l'homosexualité sont les points les plus durs de la stratégie de cette « internationale intégriste ».

Et en Europe ?

On pourrait penser que dans les pays de l'Union européenne la référence démocratique et la construction d'un socle de droits fondamentaux auraient aidé à consolider et faire progresser les droits des femmes.

Le droit des femmes à l'avortement, droit fondamental à disposer de son corps, n'est cependant toujours pas garanti dans tous les pays européens, ni reconnu pour l'ensemble des femmes. Il est parfois contesté et remis en cause. La pression des lobbies religieux ou conservateurs ne désarme pas.

Dans la pratique, il existe un décalage profond, suivant les pays, entre la loi et son application, tant ce droit reste un enjeu majeur pour les pouvoirs patriarcal, religieux et médical.

Alors que des lois ont été votées dans les années 1970 et 1980 en Europe occidentale, parfois au terme de luttes extrêmement violentes, l'état des lieux révèle une très grande diversité de situations, et selon les pays, ou bien ouvre la porte à la reconnaissance d'un droit des femmes, ou bien organise leur tutelle par le pouvoir médical, la dissuasion et la culpabilisation des femmes.

Un premier groupe concentre les pays où ce droit est légalement reconnu aux femmes sur leur demande, avec des disparités nationales dans les délais de grossesse (autour de 12 semaines de grossesse, 18 en Suède), délai de réflexion obligatoire, caractère obligatoire ou non de l'entretien social, de la reconnaissance ou non de la demande de mineures, et une prise en charge financière très variable, voire nulle, suivant les pays. Treize pays entrent dans cette liste : l'Autriche, la Belgique, le Danemark, la France, l'Allemagne, la Grèce, la Suède, l'Estonie, la Hongrie, la Lettonie, la Lituanie, la République tchèque, la Slovaquie.

En Lituanie et en Slovaquie, l'influence grandissante des lobbies religieux contribue à fragiliser de façon importante cet acquis des femmes. En Slovaquie, suite au projet actuel de concordat avec le Vatican, la suppression de l'accès à l'IVG à la demande est devenue un enjeu politique majeur.

En Allemagne, on parle d'un acte illégal mais toléré depuis la loi de 1995. Les femmes peuvent cependant avorter, sur demande, assortie d'un certificat d'entretien dans un centre de conseil, et l'acte est payant. Seul l'avortement en cas de viol est pris en charge par l'État.

Les pays où la loi l'autorise sans être explicite

Le deuxième groupe rassemble des pays où l'avortement est autorisé pour des raisons sociales (contexte économique, social et familial), la loi ne prévoyant pas explicitement l'IVG à la demande de la femme. C'est le cas de la Finlande, des Pays-Bas, de l'Angleterre et de l'Italie. Pour les trois premiers, l'application est libérale, donc très favorable aux femmes, alors qu'en Italie les pressions de la hiérarchie catholique expliquent le nombre important de professionnels, médecins et juges, qui recourent à la clause de conscience dans le secteur public.

Les Pays-Bas sont un exemple un peu particulier. La loi ne spécifie pas que l'IVG peut être pratiquée sur demande seule de la femme. Elle l'autorise au nom d'indications sociales et le délai de réflexion est de cinq jours, pour une grossesse pouvant aller jusqu'à 24 semaines. Il s'avère que dans la pratique, c'est le pays le plus libéral d'Europe. On y pratique l'IVG assez communément jusqu'à 22 semaines, et l'acte est totalement remboursé par l'État. L'avortement est dans les faits couramment pratiqué sur simple demande, ce qui permet à beaucoup de femmes des pays environnants de venir avorter au-delà de leurs délais de grossesse nationaux.

En Angleterre, on parle de prévention de dommages graves de la santé physique ou mentale, avec un délai de 24 semaines de grossesse, assorti d'un remboursement partiel et d'une autorisation parentale obligatoire pour les mineurs. À l'identique des Pays-Bas, la pratique se révèle plus libérale que la loi et les femmes y obtiennent leur IVG sur demande. Cependant, on rencontre des disparités de réponses aux demandes, selon les régions.

En Finlande, on évoque comme arguments de demande des conditions de vie difficiles, l'incapacité à élever un enfant, l'âge ou un problème de famille nombreuse. L'accord de deux médecins est nécessaire et l'intervention n'est que très partiellement remboursée.

En Italie, l'IVG est prise en charge dans les hôpitaux publics jusqu'à 90 jours pour des raisons sociales ou suite à un viol. Mais les médecins utilisent la clause de conscience qui leur permet de refuser de pratiquer l'avortement pour raisons religieuses ou personnelles. Il semble qu'ils soient nombreux à utiliser cette clause dans les hôpitaux publics et à pratiquer l'IVG en cliniques privées lucratives. Cela produit de grandes difficultés d'accès dans certaines régions, les rurales et celles du Sud. La pression constante de l'Église catholique et des groupes anti-choix agit très fortement sur les médecins et sur le gouvernement.

Les pays où l'IVG sur demande n'existe pas

Le troisième groupe rassemble la Pologne, l'Espagne, le Portugal, le Luxembourg et Chypre. L'IVG n'est possible, même jusqu'à 12 semaines, qu'en cas de viol et de risques pour la santé mentale de la femme au Portugal, au Luxembourg et à Chypre. Dans ces pays, ce sont les médecins qui décident. Comme ce sont des pays où le pouvoir de l'Église est très important, obtenir un avortement est, pour ainsi dire, impossible (en Pologne et au Portugal) ou bien, comme en Espagne, le secteur public ne prend presque aucune IVG en charge, et seules les femmes ayant de fortes ressources obtiennent leur IVG, en cliniques privées, à des tarifs très élevés.

En Pologne, depuis 1993 – avec un bref intermède en 1997 – une loi très restrictive sur l'avortement est en vigueur et ne l'autorise que jusqu'à 12 semaines en cas de viol, uniquement avec attestation du procureur, ou sur indication médicale avec l'autorisation de deux médecins. Les femmes sont aujourd'hui renvoyées à la clandestinité. Les femmes sont ainsi contraintes à l'avortement clandestin, sauf à avoir les moyens de s'exiler (en Russie, en Allemagne, en Hollande) ou de payer le prix fort. Une enquête, menée par la Fédération pour les femmes et le Planning familial, a mis en évidence un « marché noir » très florissant pour les cliniques ou les cabinets privés, où les avortements sont pratiqués à des prix usuriers : cela concernerait plus de 80 000 avortements par an.

Une éducation sexuelle lacunaire en Pologne

Il faut rappeler qu'à partir de 1956 l'avortement a été pratiqué gratuitement dans les hôpitaux, sur demande de la femme. Il était même considéré comme une méthode de planification familiale. Après la chute du régime communiste et sous l'influence renforcée de l'Église catholique, l'accès à l'interruption de grossesse fut radicalement limité en 1993. Les femmes demandant une IVG sont obligées de s'exiler, d'avorter clandestinement ou de payer le prix fort. Les chiffres parlent d'eux-mêmes : 151 avortements légaux en 1999, contre 100 000 enregistrés auparavant. Même les femmes dont la demande correspond aux indications de la loi se voient refuser une IVG, car l'arbitrage des médecins entre la vie du fœtus et la vie de la femme se solde toujours en faveur de « la vie du fœtus ».

Une enquête, menée par la Fédération pour les femmes et le Planning familial, a mis en évidence un "marché noir" très florissant pour les cliniques ou les cabinets privés, où les avortements sont pratiqués à des prix usuriers ; et cela concernerait plus de 80 000 avortements par an ! Les femmes les plus fortunées se rendent à l'étranger, en Russie, en Allemagne ou en Hollande. Pour celles qui n'ont pas les moyens, deux solutions s'offrent à elles, soit elles ont recours à des non-professionnels de santé, soit elles s'avortent elles-mêmes, avec les conséquences dramatiques que l'on sait. Autre conséquence de cette loi, on voit réapparaître les infanticides et croître les abandons.

Corollaire du contrôle social et politique orchestré par les institutions religieuses, l'éducation sexuelle n'est plus obligatoire dans les écoles, les manuels scolaires sont lacunaires et contiennent de fausses informations sur certains moyens de contraception : la pilule, associée à la libération sexuelle, reste honnie par l'Église catholique.

Au moment de l'accession de la Pologne à l'Union européenne, les femmes polonaises avaient fortement espéré qu'une pression serait faite sur leur gouvernement pour la reconnaissance du droit à l'IVG. Mais, le gouvernement, alors de gauche, pour obtenir que l'épiscopat soutienne l'entrée de la Pologne dans l'UE, s'est engagé à ne pas modifier la loi polonaise. Il a même fait annexer au traité d'accession une « déclaration unilatérale » annonçant qu'à l'avenir, sur les questions du droit à la vie, la Pologne n'appliquerait pas les politiques européennes ! Les associations de femmes polonaises, malgré les résultats des élections récentes, qui ont installé partout le parti conservateur le plus lié à l'épiscopat, organisent un combat où le lien avec les politiques et les militants, en Europe et ailleurs, est essentiel.

Au Portugal, un référendum prévu en 2007

Le Portugal punit l'avortement par la loi (1997) sauf en cas d'indications médicales et de viol, jusqu'à 12 semaines de grossesse (au-delà seulement en cas de risque fœtal) et avec l'autorisation de deux médecins. Mais ces exceptions sont peu utilisées, car les médecins ont presque systématiquement recours à la clause de conscience. Pourtant, environ 20 000 avortements sont pratiqués chaque année… En 1998, le Parlement a adopté à une faible majorité un assouplissement de la loi, qui a été rejeté ensuite lors d'un référendum. L'Église et les mouvements anti-choix ont été très actifs pour mobiliser en faveur du non, alors que la gauche s'était faiblement mobilisée. La question de l'avortement est au cœur des débats qui divisent les partis. L'Église catholique joue de ces divisions pour asseoir un pouvoir peu remis en question par la société. Des procès récents témoignent de la précarité dans laquelle se trouvent aujourd'hui les Portugaises face au choix de leur maternité et l'acquittement récent de dix-sept personnes inculpées ne résoud pas le problème. La loi pénalise les femmes des milieux les plus précaires qui ne peuvent passer la frontière pour aller se faire avorter en Espagne. L'an passé, 11 000 femmes ont du être soignées à l'hôpital pour des complications suite à des avortements clandestins. Cinq d'entre elles sont décédées ! L'arrivée du bateau emblématique de l'association Women on waves rejeté hors des eaux territoriales portugaises par un navire de la Marine portugaise, a été vécue comme une agression par le gouvernement portugais (voir le portrait de Rebecca Gomperts, p. XXX). Cela montre à quel point ce sujet reste explosif et sensible dans ce pays.

Le Président de la République et le gouvernement ont fixé la date d'un prochain référendum en 2007. La précédente expérience de consultation populaire n'avait échoué que de peu, les militantes et militants du droit à l'avortement sont aujourd'hui plus optimistes !

La législation espagnole n'autorise l'IVG qu'en cas de viol, depuis 1985, jusqu'à 12 semaines, et sans limites quand existent des risques importants pour la santé physique et mentale de la femme, attestés par un médecin spécialisé. La loi est très stricte mais dans la pratique, si personne ne porte plainte (mari ou conjoint), la femme peut, en payant, avorter sans difficulté dans des cliniques privées spécialisées. Le maillage de ces établissements reste cependant très assujetti à l'influence des religieux catholiques. Il n'en existe pas en Navarre par exemple, alors qu'en Catalogne et particulièrement à Barcelone, on en recense un certain nombre. Le secteur privé pratique plus de 90 % des avortements ; car dans le secteur public, les médecins sont nombreux à invoquer la clause de conscience. Comme les Pays-Bas, l'Espagne permet, ainsi, malgré le caractère restrictif de sa loi, que de nombreuses femmes des pays limitrophes puissent obtenir l'interruption de leur grossesse.

Enfin, à Chypre, l'IVG est autorisée mais sur prescriptions médicales et en cas de viol, attesté par une déclaration de la police !

Le quatrième groupe réunit des pays où l'avortement est complètement illégal, l'Irlande et Malte.

En Irlande, la protection de l'embryon est inscrite dans la Constitution et l'avortement n'est autorisé que si la femme peut prouver que sa vie est en danger. Les liens étroits entre patriarcat et pouvoir religieux ont permis de bloquer toute libéralisation de l'avortement, qui est illégal depuis 1861. Pourtant, le taux d'avortement est d'environ 10 %, taux supérieur à la moyenne européenne. L'hypocrisie est énorme dès lors qu'en réalité, 7 000 femmes par an partent avorter à l'étranger, en Grande-Bretagne essentiellement. Seules celles qui en ont les moyens financiers peuvent donc accéder à l'avortement. Petite lueur cependant dans ce tableau noir : en mars 2003, les Irlandaises et les Irlandais ont décidé de ne pas durcir la loi antiavortement. 10 000 voix ont fait la différence : c'est peu mais de nature à ouvrir une petite brèche dans le mur de l'obscurantisme et de l'intolérance.

Un acquis communautaire ?

La situation en Europe est paradoxale. Dix-sept pays sur vingt-cinq ont des lois qui, même restrictives, permettent aux femmes d'obtenir l'interruption de leur grossesse.

Mais les autres sont sous contrôle des pouvoirs religieux, essentiellement catholiques et du lobbying de groupes antichoix très déterminés. On peut dire que légiférer sur l'organisation de l'IVG et de la Planification familiale font partie désormais de « l'acquis communautaire » ! De même que l'accès à une contraception libre, gratuite ou remboursée.

Comment justifier dès lors que, malgré l'Union européenne, loin de miser sur de nouvelles avancées, les femmes de nombreux pays craignent un recul de la loi, ou bien une mauvaise application progressive de celle-ci (comme en France, par exemple).

La bonne application de la loi dépend de la pratique des gynécologues. Trop souvent, on constate que les médecins qui s'étaient engagés dans les luttes pour le droit à l'avortement ne sont pas remplacés par des plus jeunes. L'invocation de la clause de conscience augmente, et pas nécessairement pour des problèmes de « conscience ». On ne trouve pas assez de médecins engagés : soit leurs conditions de travail sont de plus en plus inacceptables, soit ils avaient misé sur une diminution progressive de la demande des femmes et se sont lassés. En tout état de cause, c'est un problème européen. Il ne se résoudra pas tout seul mais par la multiplication des échanges entre pays de l'Union. Les problèmes sont partout les mêmes : attaque du principe de séparation des Églises et de l'État, pressions grandissantes des forces religieuses. C'est elles qui empêchent les avancées de la loi, qui ne peut reposer que sur la reconnaissance du droit de la femme à décider en son âme et conscience.

Le droit des femmes à disposer de leur corps

Le contexte politique et idéologique est donc inquiétant. Pourtant, c'est grâce à la conviction que le droit des femmes à disposer de leur corps fait partie intégrante des droits fondamentaux de la personne humaine que les luttes pour la liberté en matière de sexualité et de reproduction pourront reprendre leur progression. Il faudra encore convaincre à combien la liberté des femmes à disposer de leur corps est inséparable de l'égalité entre hommes et femmes.

C'est sur la construction européenne que repose l'espoir des femmes de nombreux pays. Ces institutions évoluent petit à petit, mais non sans soubresauts :

– l'élaboration de la Charte européenne des droits fondamentaux de la personne humaine, ainsi que les discussions sur les valeurs de l'Union, lors des discussions sur le préambule du projet de traité consitutionnel, ont montré l'extrême difficulté de statuer sur les droits des femmes. Seule l'égalité entre homme et femme a pu être formulée comme l'une des valeurs de l'Union. La reconnaissance que les violences de genre sont un déni des droits de la personne a marqué en revanche un progrès évident. Il n'en reste pas moins que les mouvements de femmes n'ont toujours pas réussi à faire reconnaître dans les textes les droits sexuels et reproductifs, ni *a fortiori* le droit des femmes à l'avortement : comme l'ensemble des politiques de Santé, la contraception, l'IVG et l'éducation à la sexualité ne font toujours pas partie des compétences de l'Union européenne. Elles restent du seul ressort des États ;

– le droit à l'avortement, au même titre que le statut de l'embryon, apparaît essentiellement lié aux valeurs de chacun des pays, et non aux droits de la personne ;

– le lobbying des anti-choix et des religieux sur les institutions européennes et internationales est de plus en plus organisé, de plus en plus visible, et doté de moyens grandissants. *A contrario*, les forces féministes, laïques et de progrès ne sont pas encore suffisamment organisées.

Nous pensons néanmoins que l'Europe reste l'espace géographique et politique par lequel nous pourrons faire encore progresser les situations nationales.

Les institutions européennes entre immobilisme et ouverture

Le sentiment de certains, qui reprochent aux institutions européennes leur immobilisme, est surtout la conséquence de l'espoir que nombre d'associations de femmes avaient placé en elles. De nombreux(ses) parlementaires sont en réalité mobilisé(es) pour la défense des droits fondamentaux des femmes.

– en 2002, Anne Van Lancker, parlementaire belge a présenté un rapport proposant une résolution Sur la santé et les droits sexuels et génésiques. Ce rapport a été voté par le Parlement européen en juin 2002, malgré la mobilisation importante des mouvements anti-choix et des parlementaires d'extrême droite. Son rapport recommande à tous les pays de l'Union européenne (15 à l'époque) de légaliser l'avortement et de faciliter l'accès aux contraceptifs, même si l'Union européenne n'a pas de moyen légal de contraindre un État. Ce rapport est le premier qui s'empare de ces questions sous l'angle des droits de la personne, et des femmes en particulier, et non en termes de services de santé à mettre en place. S'il n'a pas produit de changements immédiats en termes de nouvelles politiques, il a eu une importance symbolique, puisque le gouvernement polonais, lors de son accession à l'Union européenne en 2004, a demandé son retrait – sans l'obtenir – de la liste des textes qu'il lui était demandé de prendre en compte ;

– en avril 2004, Véronique De Kaeser, parlementaire belge également, dans le rapport annuel du Parlement européen sur les droits de l'homme en 2003 et la politique de l'Union européenne en matière de droit de l'homme, a insisté très fortement sur l'importance de la promotion des droits sexuels et reproductifs dans le monde, et sur la nécessité que l'Union européenne s'oppose à la politique de G.W. Bush en ce domaine, y compris en compensant financièrement le retrait scandaleux des fonds américains. Ce rapport a été attaqué à grande échelle, par internet et dans l'hémicycle, mais il a pu être voté ;

– en 2004, dans la phase finale de l'élaboration du traité d'accession, sans en débattre dans son Parlement, le gouvernement polonais (après ceux de Malte et de Chypre) a demandé d'inclure dans le traité d'accession un engagement qu'aucun traité de l'Union européenne, même ceux à venir, ne pourrait modifier la législation polonaise sur « les droits à la vie des êtres à naître ». Les 15 (y compris l'Irlande et le Portugal) ont fermement refusé. Ces textes figurent en annexe du traité d'accession avec le statut de « déclaration unilatérale », n'ayant qu'un effet déclaratif mais n'engageant pas l'Union européenne. L'Irlande avait déjà fait la même démarche, sans succès, lors d'un traité précédent ;

– il est vrai que les anti-choix prennent de plus en plus d'initiatives visibles. Dernièrement, le parti de la famille polonais a organisé une exposition anti-avortement dans le Parlement européen, dont un panneau comparait l'IVG à l'Holocauste. Les auteurs avaient demandé l'autorisation sous un autre titre et sans le panneau sur l'Holocauste. L'effet recherché consistait à faire croire que ces panneaux représentaient la politique des institutions européennes.

Cela n'est qu'une raison de plus pour ne pas abandonner le terrain aux militants intégristes, d'extrême droite et anti-choix, quand bien même l'évolution politique de nombreux États européens amène aujourd'hui les conservateurs au pouvoir.

Dans les instances internationales, c'est le pays qui préside l'Union européenne qui s'exprime au nom de tous les pays de la région Europe au sein des Nations Unies. Depuis le virage fondamentaliste des États-Unis d'Amérique, c'est de l'Union européenne que l'ensemble des pays attendent des discours et des actes défendant et consolidant encore les droits des femmes, au premier rang desquels les droits en matière de sexualité et de reproduction. Les mouvements tels que le Planning familial ne doivent pas déserter le champ européen.

Françoise Laurant est présidente du Mouvement Français pour le Planning Familial depuis décembre 2000.

Note

1. *Atlas des femmes dans le monde*, Joni Seager, Éd. Autrement.

Rebecca Gomperts
Un bateau pour l'avortement

Médecin néerlandaise, Rebecca Gomperts a créé en 1999 une ONG originale. Elle affrète des bateaux vers les pays européens où la loi reste restrictive en matière de droit à l'avortement. *Women on waves* diffuse la pilule abortive et de l'information, tout en sensibilisant les opinions publiques.

Rebecca Gomperts est une femme déterminée. Elle est également dotée d'une force imaginative peu commune. Depuis 1999, elle transforme des bateaux de location en cliniques flottantes et navigue, en Europe, vers les pays où l'avortement reste illégal. Women on waves, l'Organisation non gouvernementale (ONG), qu'elle a créée et qu'elle dirige, est une initiative sans nulle autre pareille.

Rebecca Gomperts a le physique de l'emploi. Un visage aux traits puissants et un regard vif qui n'en est pas moins doux et légèrement rêveur. Née en 1966 au Surinam, cette femme de nationalité hollandaise a fait ses études de médecine à Amsterdam, tout en suivant un cursus d'arts plastiques. Une double formation peu banale. Ensuite, le vent du large l'a happée.

Elle effectue un stage dans un hôpital de Guinée. Première confrontation avec l'horreur des avortements clandestins pour une jeune femme venant d'un pays où l'IVG est un droit solidement établi. La détresse des filles et des femmes échouant à l'hôpital après avoir tenté d'avorter dans des conditions épouvantables la marque à jamais. Leurs histoires, tout autant : certaines refusent la maternité parce qu'elles sont sans ressources, prostituées ou simplement qu'elles sont tombées enceintes par ignorance. D'autres ont été violées. Rebecca ne se console pas de la mort de certaines. La médecine, elle ne la pratiquera pas comme la plupart de ses confrères. Les faits sont là, inacceptables : sur 46 millions d'avortements pratiqués chaque année dans le monde, 20 le sont dans des conditions d'illégalité et de dangerosité. Une femme meurt toutes les six minutes des suites d'une intervention pratiquée dans la clandestinité.

Des avortements en mer
pour les femmes privées de ce droit

C'est à Greenpeace que Rebecca Gomperts se consacre dans un premier temps, comme médecin à bord d'un de ses navires. Direction l'Amérique du Sud, en Equateur, au Niracagua et au Mexique, nouvelle confrontation avec les drames des avortements illégaux. L'idée s'élabore peu à peu : utiliser la mer et l'espace de liberté qu'offrent les eaux internationales pour mettre sa colère au service des femmes privées du droit de choisir librement leur maternité. Mama Cash, un fonds créé par une riche féministe hollandaise, Marjan Sax, pour financer des initiatives en faveur des femmes, lui permet de transformer une idée un peu folle en réalité. Avec une gynécologue, Gunilla Keiverda, elle prépare bientôt son premier voyage qui la mène, en juin 2001, au large de l'Irlande.

Rebecca Gomperts est une idéaliste, mais n'a rien pour autant d'une fantaisiste. Il n'est pas question d'équiper un bateau et de se lancer dans l'aventure au hasard. Des contacts sont pris avec les organisations féministes de lutte en faveur du planning familial afin qu'elles préparent le terrain. Il s'agit de pratiquer des avortements en mer pour des femmes auxquelles les lois ne laissent aucun autre choix que la clandestinité ou l'exil, mais aussi et surtout de déclencher des campagnes médiatiques et de susciter des débats publics pour peser sur les élites politiques et les gouvernements. Parallèlement et de manière de plus en plus sophistiquée, Women on waves, avec l'aide des associations locales, invite les femmes à se manifester et à prendre rendez-vous. Des lignes d'appel sont ouvertes 24 heures sur 24, le numéro de téléphone du bateau largement diffusé, les médecins sont accessibles par courriel. Tout ce qui peut permettre d'aider les femmes et de secouer les opinions publiques est bon à prendre.

Les ennuis commencent, en réalité. Le gouvernement hollandais, pour des raisons que l'on peut supposer d'ordre diplomatique, fait obstruction sur le terrain légal. Le bateau affrété n'aurait pas le droit de quitter les eaux néerlandaises pour mener une telle mission. Rebecca sait que les arguments n'ont pas de valeur juridique et qu'elle peut administrer la pilule abortive à des femmes dont les grossesses n'excèdent pas six semaines et demie. N'empêche. Le doute est jeté. L'équipe rentre déçue, frustrée, convaincue que c'est la fin. Seul signe positif, et pas des moindres, le tapage médiatique a joué son office, un débat public a été relancé qui mène au référendum de 2002. Les Irlandais refusent de durcir la loi restreignant déjà l'autorisation d'avorter.

Après leur passage,
56 % des Polonais favorables à la légalisation

Rebecca Gomperts ne se laisse pas abattre. En juin 2003, le bateau repart. Direction : la Pologne, le pays conservateur par excellence, où désormais l'Église catholique joue un rôle majeur dans le maintien d'une législation rétrograde. 44 % seulement de la population s'y déclarent favorables à la légalisation de l'avortement. « Il y a beaucoup d'hypocrisies, déclare la jeune médecin à l'époque, les médecins polonais pratiquent en réalité des avortements en dehors des heures d'ouverture de leur cabinet et à des prix très élevés. En dix ans, la dégradation de la situation en Pologne est effarante », ajoute-t-elle, faisant référence à l'ère communiste où les interventions étaient autorisées. Reçus à coup d'œufs pourris par les lobbies antiavortement, les membres de Women of waves parviennent néanmoins à leurs fins : la discussion est rouverte. Une enquête vient sanctionner quelque temps plus tard l'impact de l'initiative : 56 % des Polonais s'y déclarent favorables à la légalisation.

Retour à Amsterdam. Recherche de nouveaux fonds pour financer la prochaine expédition, qui les mène au Portugal, fin août 2004, où l'avortement n'est légal que si la vie ou la santé de la femme est en danger ou si le fœtus présente des malformations graves. Nouveau voyage, nouvelles tensions. Le ministère portugais de la Défense, au mépris des lois internationales, prévient le bateau qu'il ne pourra accoster dans aucun port du pays. Deux navires de guerre se postent au large. Rebecca Gomperts est bloquée en mer pendant près de deux semaines. Son équipe répond aux appels téléphoniques de femmes portugaises, leur donne des indications et des informations sur l'avortement mais n'en recevra aucune.

Cependant, de nouveau, le débat est lancé, et gagne jusqu'au Parlement européen. L'affaire fait scandale. D'une certaine manière, l'objectif est atteint, d'autant qu'un nouveau gouvernement socialiste pourrait ré-envisager la loi et a placé cette perspective parmi ses premières préoccupations.

Reste pour Rebecca Gomperts à imaginer l'avenir. Deux hypothèses sont ouvertes : réunir l'argent nécessaire pour partir vers les continents les plus déshérités et tenter une première mission en Amérique du Sud. Ou miser sur Internet pour créer un vaste site de renseignements, de sensibilisation et de vente de pilules abortives à distance. Déjà, le site propose des pages d'informations sur la contraception, les maladies sexuellement transmissibles et l'avortement.

L'avortement n'est pas une fin en soi. Rebecca Gomperts l'a dit et répété. Sur son site, dans la rubrique : « un enfant voulu », on lit, sous la photo d'un bébé tranquillement endormi :

« Rebecca Gomperts a donné naissance à sa fille Abital, le 3 avril 2005. Rebecca continue de se battre pour le droit des femmes à avorter dans des conditions sûres et légales comme elle l'a fait au Portugal et en Argentine alors qu'elle était déjà enceinte. Parce que toutes les grossesses devraient être désirées et chaque enfant, un enfant voulu. »

Sandrine Treiner

Les femmes et la politique de G. W. Bush

Ellen Chesler

En 30 ans, la situation des femmes aux États-Unis avait progressé de manière spectaculaire. Mais le conservatisme de la présidence de Georges Bush s'attaque aux droits acquis tant sur le terrain de l'éducation que du travail. La liberté sexuelle est également visée. Les progressistes s'alarment.

Le problème de la condition féminine aux États-Unis aujourd'hui soulève un profond paradoxe. D'une part, le statut des femmes dans ce pays a changé de façon plus spectaculaire au cours des trois dernières décennies que lors des trois précédents millénaires. Comme l'a fait récemment remarquer la célèbre chroniqueuse Anna Quindlen, de profondes transformations se sont opérées en moins d'une génération sur la façon dont les femmes appréhendent leurs capacités et leurs ambitions, leur accès à l'éducation et à l'emploi, leur point de vue sur le mariage et sur leurs obligations familiales.

Cependant, si l'on se base sur des critères mondialement utilisés pour mesurer le degré d'égalité avec les hommes auquel sont parvenues les femmes dans des domaines aussi importants que la participation à la vie économique et les perspectives de carrière, l'accès à la politique et à l'éducation, ainsi que la santé et le bien-être, les femmes américaines ne s'en tirent pas très bien. Dans un rapport récent du Forum économique mondial sur l'égalité entre les sexes, par exemple, les États-Unis arrivent seulement en dix-septième position sur cinquante et un pays étudiés. Ils sont devancés comme on pouvait peut-être s'y attendre par les pays nordiques, le Royaume-Uni, la France et l'Allemagne, mais aussi par le Canada, par l'Australie et même par certaines des petites démocraties émergentes d'Europe de l'Est, comme la Lettonie et la Lituanie.

Lorsque les femmes gagnent, les hommes ne sont pas perdants

Comment est-ce possible ? Pourquoi les États-Unis – patrie des icônes mondiales de l'émancipation féminine que sont Hillary Clinton et Condoleeza Rice et d'un nombre impressionnant de femmes ayant brillamment réussi dans les affaires, les professions libérales et les arts – sont-ils aujourd'hui à la traîne en ce qui concerne les droits et les chances offerts aux femmes ordinaires ? La réponse est simple : elle réside dans les récents triomphes des conservateurs américains qui forment la base de la coalition politique ayant permis l'élection à la présidence de George W. Bush. Même s'ils prétendent servir la cause des femmes, ils s'attellent avec détermination à affaiblir la législation et la politique publique protégeant les droits des femmes. Qui plus est, de récentes études menées par des universitaires de renom démontrent que c'est ce retour de bâton qui entretient la montée du conservatisme politique dans notre pays, et non l'inverse. En effet, les points de vue des individus vis-à-vis de l'égalité entre hommes et femmes et de la liberté sexuelle sont devenus des signes plus fiables de leurs préférences politiques que les traditionnels indicateurs que sont le lieu de résidence, la race ou même la classe sociale. Chez nous, les conservateurs sociaux votent systématiquement contre leurs propres intérêts économiques en élisant des républicains comme George W. Bush.

L'enjeu pour les féministes et les progressistes américains est alors d'inverser cette tendance en expliquant mieux comment ce qui profite aux femmes contribue au bien-être économique et social de tous. Nous devons faire comprendre que lorsque les femmes gagnent, les hommes ne sont pas perdants. Au contraire, lorsqu'une femme s'émancipe, c'est sa famille, sa communauté, son village ou sa ville et, au bout du compte, le pays tout entier qui se retrouvent tirés vers le haut.

En l'espace d'une seule génération, les femmes américaines ont accompli d'énormes avancées dans les domaines de l'éducation et de l'emploi. Aujourd'hui, 46,5 % de la force de travail des États-Unis, plus de la moitié des diplômés de l'éducation supérieure et presque la moitié de ceux qui ont fait des études longues sont des femmes. Il y a à peine une génération, les femmes avaient tendance à faire moins d'études que les hommes, représentaient un tiers des travailleurs mais étaient le plus souvent employées de façon épisodique et, une fois mariées, étaient quoi qu'il en soit identifiées en premier lieu comme ménagères. Aujourd'hui, les femmes travaillent tout au cours de leur vie et s'accordent peu de pause au moment de la naissance de leurs enfants. Plus de 70 % de toutes les familles sont dirigées par deux parents qui travaillent, ou par un parent seul, qui est habituellement la mère. Et, dans presque la moitié des foyers bénéficiant de deux revenus, la femme gagne autant ou plus que l'homme.

Des avancées historiquement possibles grâce à la loi

Les profondes mutations survenues dans l'économie – la montée en puissance de l'information et des services au détriment de l'agriculture, de l'industrie lourde et des produits manufacturés – ont porté un coup aux avantages dont jouissaient traditionnellement les hommes et ont permis d'ouvrir la compétition aux femmes. Une puissante seconde génération d'avocates défendant les droits des femmes, comme Betty Friedan et Gloria Steinem, s'est chargée d'initier les changements nécessaires en matière de normes culturelles. Mais malgré l'importance de ce contexte historique, les avancées dont ont bénéficié les femmes n'auraient jamais été rendues possibles sans le plein concours de la loi et la surveillance attentive du gouvernement des États-Unis.

Pour commencer, dans les années 1960, la législation sur le code civil des États-Unis a permis aux femmes de bénéficier directement de lois imposant une action positive[1] (préférence compensatoire) dans les secteurs de l'éducation, de l'emploi, des marchés publics et de l'armée. Leur action bénéfique découle de la pugnacité avec laquelle elles ont été mises en application par les ministères de la Justice et de l'Éducation, par la Commission de l'égalité des chances dans le travail *(Equal Employement Opportunity Commission)* et, bien sûr par les tribunaux. Leurs résultats ont été impressionnants. La proportion des femmes âgées, entre 25 et 34 ans occupant dans notre pays des fonctions de direction, de gérance ou d'administration a atteint les 51 %. Les femmes représentent à présent un tout petit peu moins du tiers des avocats et 40 % des médecins, alors qu'on les comptait sur les doigts de la main dans les années 1970.

Les petites entreprises dirigées par des femmes sont en train de devenir deux fois plus nombreuses que celles appartenant à des hommes. Au total, on en dénombrait récemment 6,2 millions et elles font travailler quelque 10 millions de personnes – ce qui représente, fait remarquable, plus d'emplois que ceux totalisés par les 500 plus grosses firmes du pays. Au départ, beaucoup de ces entrepreneurs ont profité des prêts accordés par l'Administration fédérale de la petite entreprise sous le gouvernement Clinton, et les femmes ont été six fois plus nombreuses à en bénéficier que les hommes. Même dans des secteurs moins traditionnellement féminins, la politique soutenue du gouvernement en matière d'embauche et de marchés publics a permis de promouvoir la cause des femmes dans des domaines aussi inattendus que les chemins de fer fédéraux ou l'armée.

L'affaire Grutter contre Bollinger

Mais le problème est le suivant. Même si George W. Bush chante pieusement les louanges de l'égalité des chances entre les sexes – et nomme une femme à la tête des Affaires étrangères du pays – son gouvernement défait systématiquement ce que les femmes et les minorités avaient conquis de longue lutte en matière de législation pour protéger leurs droits. De façon spectaculaire, lors de son premier mandat, le gouvernement Bush a envoyé un substitut du ministre de la Justice devant la Cour suprême, dans un procès qui a fait date *(Grutter contre Bollinger)*, pour s'opposer à l'université du Michigan accusée de ne pas appliquer le principe des quotas réservés aux femmes et aux minorités lors de ses examens d'entrée. (Dans le plus pur style orwellien, cela n'a pas empêché le président Bush d'entretenir la confusion en félicitant l'université lorsqu'elle l'a emporté contre le gouvernement.) Mais les actions sont finalement plus parlantes que les mots. Au moment même où Bush dépêchait le meilleur des avocats du gouvernement pour essayer d'attaquer la loi constitutionnelle en vigueur, il chargeait également son ministère de la Justice d'engager des poursuites tape-à-l'œil pour lutter contre la discrimination à l'embauche dont sont victimes les femmes dans des secteurs hautement rémunérateurs mais traditionnellement masculins comme les services chargés de faire respecter la loi, la construction, etc.

De la façon la plus sournoise qui soit, le premier gouvernement Bush a chargé le ministère de l'Éducation de diriger pendant deux ans une commission d'enquête sur l'ancienne politique qui avait permis depuis les années 1960 aux jeunes femmes de profiter des services sportifs proposés par les écoles publiques et les universités. D'un point de vue plus général, cette politique avait également permis, grâce aux bienfaits combinés du travail d'équipe et de la motivation, d'améliorer la santé, les notes et le taux de réussite aux examens et de faciliter l'adaptation dans le monde du travail. De toute évidence, le gouvernement semblait vouloir affaiblir ces anciennes lois garantissant des subventions égales pour les hommes et les femmes dans le domaine sportif, mais il a subitement fait machine arrière sous la pression d'une large coalition déterminée à les défendre. Les spécialistes du droit craignent cependant que cette apparente capitulation devant l'électorat populaire ne soit remise en cause dans le cadre d'un second mandat.

Les femmes gagnent 76 cents quand les hommes gagnent 1 dollar

L'engagement en faveur de l'action positive dans les domaines de l'éducation et de l'embauche reste à l'ordre du jour car, si beaucoup de choses ont changé pour les femmes américaines et leur famille, beaucoup d'autres piétinent. Même s'il est vrai que l'écart entre les salaires s'est réduit chez presque la moitié des couples, le pourcentage de ces couples par rapport à la population totale a baissé de façon significative. En général, les femmes américaines – qui comptent parmi elles un nombre de plus en plus important de chefs de famille – ne gagnent toujours que 76 cents quand les hommes sont payés 1 dollar. Malgré quelques salaires spectaculairement élevés dans des secteurs comme la médecine ou le droit, les femmes sont doublement pénalisées par la stagnation salariale touchant la plupart des emplois et par la forte persistance de la ségrégation sexuelle au travail. Les hommes continuent à jouir de plus belles opportunités de carrière dans des postes à plus fortes responsabilités et mieux rétribués, tandis les salaires restent faibles dans des secteurs traditionnellement réservés aux femmes comme l'éducation primaire et secondaire et les services de santé à domicile. Les femmes sont confrontées à des défis exceptionnels parce qu'elles ont plutôt tendance à occuper des emplois non standard, à temps partiel, en free lance, ou en étant leur propre patron, ce qui déteint inévitablement sur les salaires, la couverture santé et les indemnités retraite.

Le handicap du sexe est alourdi par la discrimination raciale. Un tout petit plus du quart de toutes les femmes de race blanche, un tiers des Africaines-Américaines et presque la moitié des femmes hispaniques qui travaillent à plein temps perçoivent des salaires qui les placent sous le seuil de pauvreté. Fait encore plus alarmant, une étude récente montre que le nombre d'heures travaillées par un couple bénéficiant d'un ou de deux salaires a augmenté en moyenne de douze heures par semaine depuis 1977 alors que le revenu familial moyen ne s'est accru que de 2 % entre 1995 et 2000 avec une tendance actuelle à la baisse à cause du chômage et du ralentissement de la croissance économique. Pendant ce temps, le coût des cotisations santé, pour ceux qui ont la chance de bénéficier d'une assurance, ainsi que ceux des frais de garde et de scolarité pour les enfants, de l'immobilier et d'autres besoins ne cessent de s'envoler. Et tout cela, bien sûr, alors que les dépenses de santé de 20 millions d'Américains qui travaillent à temps plein ne sont pas prises en charge ni pour eux-mêmes ni pour leurs ayants droit, puisque le gouvernement fédéral n'a toujours pas mis en place la couverture santé universelle.

Même lorsque hommes et femmes partent sur un pied d'égalité, ces dernières ont tendance, avec le temps, à rester à la traîne, handicapées par les stéréotypes culturels qui continuent à rabaisser le travail féminin et récompensent les hommes en les faisant accéder à des postes plus importants et mieux payés. Certes, dans le monde de l'entreprise et dans les professions libérales, certaines femmes parviennent de façon spectaculaire à se hisser au sommet. Mais les salaires des employées de revenu moyen et des ouvrières plafonnent systématiquement lorsqu'elles ont passé trente-cinq ans.

La seule nation industrialisée sans déduction fiscale pour les gardes d'enfant

Les femmes font du sur-place car elles sont écartelées entre leur travail et leurs obligations familiales. Elles sont donc forcément moins disponibles et moins flexibles, sauf si elles renoncent à fonder une famille. Les États-Unis sont la seule des nations les plus industrialisées à ne pas proposer d'allocations significatives ni de déduction d'impôts pour la garde des enfants. Elle se contente de financer de façon sporadique et inadéquate des programmes de garde périscolaire et n'impose ni congés payés ni possibilités d'arrangement du temps de travail. Heureusement, seule lueur d'espoir dans le ciel plutôt noir de la couverture sociale, des millions de foyers ont pu profiter des services proposés par la Loi sur les congés parentaux et médicaux *(Family and Medical Leave Act)*. Sont en effet pris en charge au moins trois mois de congé maternité ainsi que les indemnités compensatoires pour tous les salariés – à l'exception des employés des très petites entreprises – en situation d'urgence familiale.

La plupart des mères doivent donc faire avec cette situation, en jonglant entre la garde des enfants et leurs autres responsabilités parce qu'elles n'ont pas d'autre choix. Ces dernières années, ont fleuri dans les médias les histoires de ces quelques femmes très aisées qui ont décidé d'en terminer avec le stress et l'obligation d'être partout à la fois en quittant leur travail et en idéalisant les vieilles valeurs familiales. Mais la fulgurante montée en puissance des femmes parmi les actifs s'est à peine infléchie de 1 ou 2 %, ce qui prouve bien que la plupart des Américaines cherchent toujours à concilier vie professionnelle et familiale. De récentes enquêtes menées par *Lifetime Television*, une grande chaîne câblée destinée aux femmes, font état du vif mécontentement des téléspectatrices souhaitant que des sujets particulièrement cruciaux pour elles, comme l'égalité des salaires, la garde des enfants et les congés parentaux, la santé des femmes et les violences sexuelles, soient plus largement abordés.

Discrimination envers les femmes actives

Cependant, ni le gouvernement Bush ni le Congrès, dont les deux chambres sont aussi aux mains d'un Parti républicain aux tendances conservatrices, n'ont initié de politique visant à concilier vie professionnelle et familiale. En dépit des efforts fournis par la minorité démocrate à la Chambre des représentants et au Sénat, aucune aide pour financer les congés parentaux ni les frais de garde n'a été mise en place, bien que vingt-huit États bénéficient aujourd'hui de programmes locaux créés à cet effet. Malgré les énormes baisses d'impôts accordées aux Américains riches, rien n'a été imaginé pour mettre un terme aux dispositions du code des impôts américain désavantageant les ménages dont les deux parents travaillent, que ce soit par le biais d'avantages fiscaux accordés aux seconds salaires ou par celui d'abattements assez significatifs pour couvrir les frais de garde. La politique américaine de sécurité sociale ne prévoit aucune nouvelle disposition pour assurer les femmes âgées ni pour compenser les mesures discriminatoires envers les femmes actives dans les ménages à double revenu, qui ne peuvent disposer pleinement de leurs cotisations retraite ni de leur pension de réversion même si elles perdent leur conjoint.

En outre, les attaques du gouvernement Bush à l'encontre du droit à la contraception sont toujours aussi répétées et inquiétantes, et ce, alors que les faits montrent de façon indéniable combien l'autonomie et la participation des femmes à la force de production reposent sur la possibilité de prévoir et d'espacer les naissances. Ceux qui tentent avec acharnement de restreindre l'accès à l'avortement légal et sans risque ne veulent pas reconnaître que leurs efforts auront pour seule conséquence d'augmenter le taux de mortalité et de complications causées par des interventions à risque et de peser lourdement sur les dépenses publiques de santé. Les premières victimes seront les femmes les plus pauvres, dans notre pays et à l'étranger, où, déjà, les États-Unis retirent leur aide financière aux plannings familiaux s'ils prodiguent aussi informations et services liés à l'avortement. L'imposition de cette mesure, que d'aucuns appellent la « Loi du bâillon mondial » *(Global Gag Rule)*, a sérieusement compromis le financement des plannings familiaux dans bon nombre de pays à l'étude – comme le Kenya –, ce qui, bien sûr, n'a d'autre conséquence que d'augmenter le nombre de grossesses indésirables et d'avortements dans des zones où l'aide aux services d'obstétrique avait pourtant depuis de nombreuses années contribué au progrès social.

L'abstinence sexuelle comme contraception

On peut aussi s'inquiéter des efforts fournis par Bush pour satisfaire les franges les plus conservatrices de son électorat, en sapant tous les programmes du planning familial – et pas seulement ceux qui concernent l'avortement – et en dépensant les deniers publics pour promouvoir, comme alternative, l'abstinence sexuelle. Sous sa présidence, le gouvernement américain a en effet mis un frein aux programmes fédéraux prenant en charge le contrôle des naissances chez les femmes sous le seuil ou juste à la limite de pauvreté, programmes finançant environ un quart des moyens de contraception utilisés dans le pays. Cela a également eu pour conséquence d'entraver la législation fédérale réclamant le remboursement par les assurances de santé privées – pour celles qui ont la chance de pouvoir y souscrire – de la pilule contraceptive (une politique adoptée au niveau national dans les zones les plus progressistes du pays, comme l'État de New York ou la Californie). Tout cela alors que des millions de dollars sont dépensés pour une campagne de promotion de l'abstinence qui, apparemment, cause plus de mal que de bien en entraînant une baisse de l'utilisation du préservatif chez les couples non mariés. Il est pourtant évident qu'une éducation sexuelle ouverte – comprenant une information sur les moyens de contraception – a permis de réduire de façon significative le nombre de grossesses chez les adolescentes américaines et d'élargir les chances offertes aux jeunes femmes. Et pire encore, le gouvernement Bush – une fois de plus esclave des conservateurs chrétiens qui forment la base du nouveau Parti républicain – a récemment associé l'octroi de fonds pour la lutte contre le sida, en Afrique, en Asie et dans toutes les zones en voie de développement, à la condition de faire campagne en faveur de l'abstinence comme seul moyen de prévention, ce qui sape les efforts locaux pour dispenser une éducation sexuelle qui fait cruellement défaut et encourager l'usage du préservatif.

Le libre accès à la pilule du lendemain ajourné

Comme tout le monde le sait, le gouvernement Bush n'a eu de cesse d'ajourner et pourrait supprimer une mesure récemment prise par la *Food and Drug Administration* pour faciliter l'accès à la contraception d'urgence en la rendant disponible en pharmacie sans prescription médicale. L'ajournement de cette mesure a été déclaré alors même que les chercheurs représentant les plus grandes associations médicales américaines – ainsi que des responsables de la santé publique dans de nombreux pays comme la France, où le médicament est largement diffusé – ont certifié que la « pilule du lendemain » empêchait la grossesse en supprimant l'ovulation. Il ne s'agit en aucun cas d'un médicament abortif et, au contraire, si elle était largement diffusée, elle contribuerait à réduire le nombre des avortements. Les opposants américains à sa diffusion prétendent néanmoins qu'elle encouragera les rapports sexuels comme ce fut le cas, selon eux, pour la pilule contraceptive. Pourtant, de nombreuses études scientifiques montrent que les principales utilisatrices de la contraception hormonale sont les femmes mariées qui ont besoin de contrôler les naissances de façon fiable pour réussir à concilier travail et famille, et non pour mener une vie sexuelle plus active.

En fait, une seule des revendications des femmes américaines en matière de législation a reçu le soutien significatif et conjoint des deux principales forces politiques. Grâce à l'intérêt porté par les chrétiens fondamentalistes aux mesures visant à combattre la violence sexuelle, la prostitution et la traite des blanches, le Congrès américain a récemment voté un projet de loi, que le président Bush a fait passer, visant à faire de nouveau entrer en vigueur la Loi sur la violence contre les femmes *(Violence Against Women Act)*, instituée une première fois il y a douze ans sous la pression opiniâtre d'avocates féministes sensibilisées à ces problèmes. Cette législation nationale veille à ce que la loi soit mieux respectée au niveau local en débloquant des fonds pour que la police et d'autres personnels concernés soient formés à empêcher et punir les violences conjugales. Elle finance aussi des foyers pour les femmes victimes d'abus, et propose d'autres services comme des subventions directes pour les femmes accompagnées de leurs enfants qui doivent retrouver logement et travail. Le projet de loi prévoit aussi l'argent nécessaire pour que les victimes, de plus en plus nombreuses, de la traite et les « épouses par correspondance » battues puissent retrouver les leurs. Cette mesure met un terme à de longues tergiversations sur les limites du pouvoir fédéral. Les préoccupations morales ont finalement eu raison des réserves des conservateurs qui croient aussi que la Constitution américaine confie aux seuls États et pouvoirs locaux la charge de faire appliquer les lois au niveau local, rendant par là déplacée toute action émanant de Washington.

Un nouveau juge à la Cour suprême

Il est plutôt ironique, toutefois, que l'on soit parvenu à ce consensus au moment même où le président Bush nommait Samuel J. Alito pour occuper à la Cour suprême la place rendue vacante par la démission du juge Sandra Day

O'Connor. Cette dernière fut en effet la première femme à siéger à la Cour et fut souvent celle, parmi neuf membres idéologiquement divisés, dont la voix permettait à la Cour de trancher sur des questions concernant les femmes, comme le problème des limites du pouvoir fédéral en matière de lutte contre la violence. Les débats au Sénat à propos de la nomination d'Alito doivent commencer début 2006 (au moment même où je rédige cette étude). Ses adversaires lui reprochent une opposition de longue date au droit qu'ont les femmes de disposer de leur corps, à l'égalité des chances pour les femmes et les minorités en matière d'éducation et d'emploi, et, plus généralement, au développement des engagements du gouvernement américain pour garantir la sécurité et le bien-être de ses citoyens. En tant qu'officiel du gouvernement Reagan dans les années 1980 et, plus récemment, comme juge fédéral à Philadelphie, Samuel Alito est connu pour avoir soutenu des mesures restrictives visant à limiter le droit à l'avortement, l'action positive, la multiplication des politiques fédérales en matière de santé, d'éducation et de justice criminelle.

Le gouvernement Bush s'offusquerait si on lui reprochait de ne pas défendre les droits des femmes. Lorsqu'on la provoque sur ce sujet, la Maison Blanche – et en premier lieu la *First Lady* Laura Bush – brandit fièrement tout ce que le président a accompli dans l'intérêt des femmes, en particulier en Irak, en Afghanistan et dans tous les pays en voie de développement où un meilleur accès à l'éducation, une participation accrue des femmes à la vie économique et à la politique, une amélioration des services de santé pour les mères et leurs enfants sont censés faire partie des impératifs du gouvernement américain en matière de politique étrangère. On a largement entendu le président et sa femme déclarer que les sociétés ne respectant pas les droits des femmes ne peuvent prétendre à l'ouverture ni à la prospérité, qu'« il n'y aura de justice dans le monde que lorsque chaque femme jouira des mêmes droits que son concitoyen ». En fait, beaucoup de battage est fait autour des fonds bilatéraux mis en place par ce gouvernement. Au total,

5 milliards de dollars sont alloués par le Sénat *(Millenium Challenge Account)* aux pays qui acceptent de promouvoir l'intégration des femmes.

Partout la politique américaine échoue à protéger les femmes

Cependant l'écart entre rhétorique et réalité reste significatif. Bien que l'Irak ait adopté une Constitution où les droits politiques des femmes sont stipulés, les États-Unis ont à plusieurs reprises battu en retraite sous la pression des conservateurs religieux réclamant le retour de la loi coranique à propos des questions du mariage, du divorce, de la garde des enfants, de l'héritage et de maint autre aspect de la vie familiale. Ces actions ont suscité de très vives protestations de la part des féministes irakiennes.

De la même façon, en Afghanistan, l'égalité entre hommes et femmes a été inscrite dans la nouvelle Constitution, mais le responsable de la Haute Cour de justice s'est engagé à ne pas l'appliquer pour les questions d'ordre religieux. Et pire, dans ces pays, les fonds américains pour la santé ne sont pas alloués au planning familial. De ce fait, le taux de fertilité et la mortalité infantile et maternelle restent dramatiquement élevés, ce qui empêche tout progrès sur d'autres fronts. Partout ailleurs, la politique américaine échoue à protéger les femmes, quand elle ne leur nuit pas carrément… Les accords sur la libéralisation du commerce, par exemple, n'améliorent pas les déplorables conditions de travail des ouvrières, qui ne bénéficient d'aucune sécurité d'emploi, d'aucun salaire minimum garanti, sont corvéables à merci et sont largement victimes de harcèlement sexuel. Pourtant, les conservateurs comme les progressistes ont protesté, en soulignant qu'un tel contexte ne pouvait qu'encourager le développement de la prostitution et autre travail sexuel.

Un féminisme universitaire théorique

Pourquoi de telles mesures continuent-elles à faire illusion ?

Tout d'abord, je dirais que peu d'Américains décodent la politique à travers le prisme du regard féminin. Certes, la recherche universitaire aux États-Unis est aujourd'hui très axée sur les questions féministes. En l'espace d'une seule génération, de nombreuses disciplines ont été repensées, ce qui a permis d'aboutir à une nouvelle façon d'étudier les arts et les sciences. Mais, au bout du compte, très peu de ces travaux nourrissent le discours public. Les universitaires américains progressistes ont développé un féminisme théorique qui s'intéresse plus aux mécanismes de pensée et aux comportements propres aux femmes qu'à des considérations pratiques sur l'égalité des sexes. Ces questions d'identité et de spécificité sexuelles, héritées des lacaniens et autres post-modernistes, ont contribué à doper les universités privées américaines, traditionnellement plus axées sur la réflexion théorique. Au contraire, dans les universités publiques, ces derniers temps, l'accent a été mis sur la remise en cause du système libéral et la critique de la politique intérieure.

Attardons-nous un instant sur le volume de ce qui est paru dans la presse populaire à propos des amours extra-conjugales du président John Kennedy. À côté de cela, aucun ouvrage consacré à sa présidence n'analyse la portée de la création de la Commission de la condition de la femme *(Commission on the Status of Women)* dirigée par Eleanor Roosevelt. Au sein de cette institution historique, des femmes étaient chargées de faire respecter dans chaque État l'égalité des salaires imposée par le gouvernement fédéral. Les infrastructures mises en place ont permis de créer l'Organisation nationale des femmes *(National Organization for Women)*. Ce fut le premier des groupes modernes pour les droits des femmes à se battre pour que la discrimination sexuelle devienne illégale et pour que cette législation s'étende à l'éducation et à d'autres secteurs.

Il est probable également que la majorité des Américains considère avant tout Lyndon Johnson comme un homme à femmes. Mais qui se souvient qu'il fut aussi le premier président à oser intégrer le planning familial aux programmes de santé publique américains ? Qu'en matière de politique étrangère, il fut aussi le premier à soutenir financièrement les investissements locaux, ce qui eut des conséquences tangibles sur le statut des femmes (et probablement sur leur bonheur) ?

Combien d'Américains, sans parler des étrangers, savent que les mesures musclées pour imposer l'action positive en faveur des femmes ont débuté aux États-Unis sous la présidence républicaine de Richard Nixon ? Qui croirait aujourd'hui que son ministère du Travail a mis fin à des pratiques historiques restreignant l'entrée des femmes aux marchés publics, et que son ministère de la Justice a renforcé les plans d'embauche pour les femmes et les minorités dans les universités et dans le secteur privé ?

Qui porte encore au crédit de Bill Clinton la Loi sur les congés parentaux et maladie *(Family and Medical Leave Act)*, devenue la clef de voûte de sa deuxième campagne électorale, dont ont depuis bénéficié des millions d'Américains ? Qui se souvient qu'une bonne moitié des nominations de l'administration, sous le gouvernement Clinton, est allée aux femmes, contrairement à ce qui était d'usage dans la plupart des agences fédérales ?

Les États-Unis comme l'Iran, la Somalie, la Syrie et le Soudan

La situation est encore pire si l'on mélange droits des femmes et politique étrangère. À l'extrême fin de sa présidence, Jimmy Carter a signé à l'Onu la Convention sur l'élimination de toutes les formes de discrimination à l'égard des femmes *(Convention on the Elimination of All Forms of Discrimination against Women* ou *CEDAW).* Il l'a envoyée devant le Sénat américain en vue de sa ratification. Mais celle-ci se fait toujours attendre puisque quelques conservateurs intransigeants s'y opposent. Cent quatre-vingts pays ont à présent ratifié ce traité. Les États-Unis figurent parmi une poignée d'États récalcitrants comme l'Iran, la Somalie, la Syrie et le Soudan, qui refusent de s'engager sur vingt-cinq ans à l'échelle de la planète pour garantir l'égalité entre hommes et femmes dans la vie civile, politique, économique et sociale. George Bush ne veut pas utiliser son capital politique pour ratifier ce traité, alors même qu'il prétend servir la cause des femmes en menant ses guerres contre les fondamentalismes.

Le renouveau du milieu associatif féministe

Que doivent faire les féministes ? Quel sera l'avenir de nos enfants, qui semblent trouver tout naturels les avantages durement acquis par les générations passées et ne mesurent que rarement combien la vie était difficile pour les femmes avant qu'elles ne soient protégées juridiquement ? Nous devons, bien sûr, continuer à réclamer une politique et une législation spécifiques et, quand cela est nécessaire, aller devant les tribunaux pour défendre nos avantages acquis.

La bonne nouvelle, c'est que pour la première fois depuis des années, en réaction à la politique de George W. Bush, de nombreuses associations sont nées dans tout le pays. Elles utilisent les possibilités offertes par les nouvelles technologies pour informer et responsabiliser les gens sur les sujets qui leur tiennent à cœur et pour les sensibiliser à l'action politique. Elles sont particulièrement actives dans le domaine de la contraception. La Fédération américaine pour la maternité programmée *(Planned Parenthood Federation of America)*, par exemple, regroupe à présent 3 millions de femmes et d'hommes connectés dans tout le pays. Ces militants, comme d'autres, parviennent de mieux en mieux à faire entendre leur voix à Washington sur de vastes sujets et communiquent directement en ligne avec leurs représentants.

Notre plus grand défi, cependant, est directement lié à ce nouveau phénomène. Nous passons tant de temps à contrer les attaques sur des sujets spécifiques comme le droit à l'avortement que nous perdons la capacité de penser « grand » sur la façon de protéger et de promouvoir les valeurs et institutions auxquelles nous tenons le plus. Pour citer George Lakoff, linguiste à l'université de Berkeley, « on ne gagne pas en utilisant les mots de son adversaire qu'on aura fait précéder d'un "non" ou d'un "stop" ». Il nous faut ce que Lakoff appelle un « cadre positif » pour diriger nos actions.

Pour les femmes américaines, à ce moment de l'histoire, je dirai que la CEDAW[2] représente ce cadre. Cette « déclaration mondiale des droits de la femme » doit également devenir la nôtre. Alors qu'ils encouragent les droits de l'homme à l'étranger, les Américains ont, pendant trop longtemps, soit considéré que ces droits étaient suffisamment protégés dans leur pays, soit refusé de les appliquer, en réponse aux conservateurs pour qui les États-Unis n'ont pas à se justifier devant la communauté internationale sur des sujets comme la protection des droits de l'homme ou la défense de la justice sociale. Mais tout peut changer aujourd'hui. Nos droits en tant que femmes américaines sont en danger. Et la réputation de notre pays comme un des champions mondiaux des droits de l'homme est en péril.

Placer la CEDAW au cœur du débat politique

Le meilleur remède serait de se servir des critères éthiques universels définis par la CEDAW pour nous aider à mettre en lumière, d'une part, les conquêtes des femmes aux États-Unis et, d'autre part, les inégalités qui persistent encore chez nous. Cette démarche nous permettrait de rallier les nombreuses nations qui ont depuis longtemps acceptées d'être liées par ce traité. Les femmes américaines doivent placer la CEDAW au cœur du débat politique du pays et réclamer sa ratification.

Depuis les batailles des années 1970 pour obtenir un amendement à la Constitution américaine au sujet de l'égalité des droits, les femmes ont conquis des avantages significatifs, mais aucune garantie constitutionnelle d'égalité. Dans les mêmes années, cependant, la communauté internationale s'est réunie sous l'égide de l'Onu pour reconnaître qu'il était prioritaire de donner leur chance aux femmes, non seulement pour elles, mais aussi pour le bien de tous. La promotion de la cause féminine est à présent considérée comme un facteur essentiel pour soutenir la croissance économique, réduire la pauvreté, améliorer la santé publique, protéger l'environnement et consolider la transition démocratique dans des sociétés longtemps gouvernées par des tyrans. Ce n'est pas peu ! Au nom du progrès, on est parvenu à un consensus quasi universel réclamant l'abandon des pratiques qui ont bafoué les droits des femmes et les ont tenues à l'écart pendant des siècles. Mais les États-Unis, qui furent un jour le leader mondial de la cause féminine, ne font officiellement pas partie de cet accord.

Préparée par les Nations Unies en 1979, avec la participation active des États-Unis, la CEDAW incite les pays à faire tomber les barrières de la discrimination en prenant des mesures concrètes pour faire avancer le statut des femmes. Le traité reconnaît l'importance des obligations traditionnelles des femmes, en tant que mères responsables de l'éducation de leurs enfants et de la protection de leur famille, mais il établit également de nouvelles normes pour la participation des femmes à la vie sociale. Il dresse une longue liste de droits liés au mariage et aux relations familiales, dont la propriété, l'héritage et l'accès aux soins, avec une mention explicite du planning familial (mais pas à l'avortement, toutefois). Il réclame l'égalité civique pour les femmes, avec le droit de vote, la représentation politique et autres avantages légaux. Il proclame aussi leur droit à l'éducation, ce qui inclut l'accès à la formation professionnelle et aux stages, et s'érige contre les stéréotypes et la ségrégation sexuelle. Enfin, il établit leurs droits de travailleuses, méritant une rémunération égale à celle des hommes, les avantages offerts par la sécurité sociale, la protection contre le harcèlement sexuel et contre la discrimination professionnelle pour raison de mariage ou de maternité.

Dans un certain nombre de pays, dont l'Afrique du Sud, le Brésil, l'Australie, la Zambie, le Sri Lanka, l'Ouganda, et tout récemment l'Afghanistan, des dispositions de la convention ont été intégrées dans les Constitutions ou dans des projets de loi sur les droits des femmes. Partout ailleurs la convention a été utilisée pour faire passer des lois spécifiques régissant les pratiques professionnelles et le droit à la propriété, améliorant l'accès des filles à l'éducation, allongeant le congé maternité, réclamant une protection légale pour les victimes de violences conjugales, rendant l'excision illégale, facilitant l'accès au planning familial et mettant un frein à la traite.

Un tissu de mensonges

Aux États-Unis, les opposants conservateurs à cette convention présentent de façon biaisée et ridiculisent régulièrement le travail du comité chargé d'en surveiller l'application. Leurs boniments reprennent les arguments spécieux qui ont déjà fait échouer l'Amendement sur l'égalité des droits. Selon eux, le traité réduit les droits parentaux, encourage les pratiques sexuelles déviantes, rend obligatoire le service militaire pour les femmes, réclame la légalisation de l'avortement, approuve l'homosexualité et le mariage homosexuel, interdit la célébration de la Fête des mères, etc. Ce qui, bien évidemment, n'est qu'un tissu de mensonges.

Aux États-Unis, la ratification ne requiert que la majorité aux deux tiers, soit, au Sénat, 67 voix. Mais le traité n'a jamais été voté. Après avoir été mis aux oubliettes sous les gouvernements Reagan et Bush père, il a été envoyé au Sénat par le gouvernement Clinton en 1994 avec un certain nombre de réserves et d'arrangements destinés à ménager les intérêts des conservateurs. La Commission sénatoriale aux relations internationales *(Senate Foreign Relations Committee)* tint séance et a envoyé le traité à l'assemblée, pensant avoir conquis un nombre suffisant de votes. Mais un sénateur conservateur de Caroline du Sud, Jess Helms, a exercé son droit de veto et il n'a plus été question de ce traité.

Quand le Sénat a changé de bord en 2000, la nouvelle Commission démocrate aux relations internationales *(Democratic Foreign Relations Committee)* s'est battue pour sa ratification. Elle fut soutenue par une large coalition qui a rassemblé plus de cent quatre-vingt-dix organisations nationales et des millions de membres parmi les communautés religieuses, civiques, les associations professionnelles, féministes, et les militants pour les droits de l'homme. L'affaire a été largement couverte et appuyée par la presse. Le Département d'État de Bush a tout d'abord fait savoir au Sénat qu'il ne s'opposerait pas à la ratification. Mais, cédant aux protestations des conservateurs, la Maison Blanche changea vite de cap et envoya le traité au ministère de la Justice pour révision. Et il s'y trouve encore.

Les femmes n'occupent que 14 des 100 sièges du Sénat

C'est ce qui doit changer. Aujourd'hui, les citoyens américains semblent porter une plus grande attention aux affaires internationales, et en particulier au statut des femmes dans le monde, et être de plus en plus préoccupés par les menaces que le gouvernement Bush représente pour les droits des femmes américaines. C'est donc peut-être le moment ou jamais pour se rallier à la communauté internationale en ratifiant ce traité et en conférant la force morale des droits de l'homme internationaux à notre loi intérieure.

Puisque le Congrès américain et tous les organes exécutifs, par exemple, ne sont pas tenus d'appliquer les lois sur l'action positive, le traité pourrait aider à renforcer la parité hommes-femmes dans notre gouvernement. N'est-il pas ironique que les États-Unis aient veillé à ce que les femmes soient plus largement représentées aux Parlements afghan et irakien qu'elles ne le sont dans notre pays après des années d'émancipation féminine ? Malgré l'importance des progrès accomplis durant les dernières années, les femmes n'occupent aujourd'hui que 14 des 100 sièges du Sénat, 63 des 435 sièges de la Chambre des représentants et environ 22 % des fonctions législatives nationales. La parité est bien loin.

La ratification de la convention CEDAW, en elle-même, n'apporterait pas de changement. Il faudra des années de procédures – d'ores et déjà sûres d'encourir des protestations – devant le corps législatif et les tribunaux, pour qu'elle puisse pleinement réaliser son potentiel d'outil destiné à interpréter le droit américain et à influencer la politique. Mais une campagne en vue de la ratification pourrait aujourd'hui inspirer les militants sociaux cherchant à informer le public et à le sensibiliser aux questions féministes. Comme le souligne un rapport récent de la Fondation Ford, basée à New York, « un désir instinctif de réaffirmer la dimension profondément humaine de tout travail de justice sociale » se combine avec une prise de conscience accrue de l'importance du multilatéralisme américain pour nourrir un puissant mouvement en faveur des droits de l'homme qui nous lie au reste du monde et refuse d'entendre ceux qui invoquent notre prétendue supériorité.

Les arguments en faveur de la ratification de la convention et sur le bien-fondé d'accorder plus d'importance aux droits et besoins des femmes n'ont pas trouvé grand écho durant la campagne présidentielle de 2004. Au lieu de cela, le démocrate John Kerry s'est lancé dans une campagne où il a joué au dur et au « macho ». Il voulait ainsi contrer le président Bush qui semblait avoir fait la différence auprès des hommes comme des femmes sur les questions de sécurité nationale. Cette stratégie s'est retournée contre lui, et les démocrates ont même perdu une partie de l'électorat féminin longtemps acquis à leur cause. C'est peut-être là que leur défaite s'est jouée.

La situation pourrait peut-être changer, à l'avenir, si une femme accédait pour la première fois à la présidence des États-Unis.

Ellen Chesler, américaine, est écrivaine et militante des droits de la femme. De 1997 à 2006, au sein de l'Open Society Institute, fondation internationale créée par George Soros, elle dirige le programme de Santé et droits de la reproduction. Elle a également présidé le bureau de International Women's Health Coalition (Coalition internationale pour la santé des femmes) de 1997 à 2003. Elle préside aujourd'hui, parmi d'autres activités, la division Droits des femmes de l'ONG Human Rights Watch.

Traduit de l'anglais (États-Unis) par Marie Blaison.

Notes

1. L'expression « action positive » caractérise des mesures prises pour favoriser une catégorie de population subissant des discriminations (NdE).
2. Voir en annexe le texte de la CEDAW, p. 755.

La femme et les religions

Odon Vallet

La primauté chronologique du féminin s'impose dans toutes les civilisations et sa représentation dans les statuaires remonte jusqu'à 30 000 avant J.-C. Depuis, les Dieux mâles ont pris leur revanche. Le quotidien terrestre ne fait pas aux femmes le meilleur accueil. Les grandes religions affrontent difficilement l'épreuve de l'âge.

Les femmes sont-elles vénérées ou méprisées par les religions ? Une première réponse est donnée par l'histoire des mots : vénérer vient d'une racine indo-européenne *wen* exprimant le désir. Via le latin, elle a fourni des mots français aussi différents que vénérable, vénérien, venin, Vénus. Le vénérable inspire un désir de dépassement grâce à son âge « Car le jeune homme est beau mais le vieillard est grand » (Victor Hugo, Booz endormi). Le venin fut d'abord un philtre d'amour, aphrodisiaque masculin ou féminin comme en témoignent ces vers de Verlaine dédiés *À celle qui est trop gaie* :

« Et, vertigineuse douceur !
À travers ces lèvres nouvelles,
Plus éclatantes et plus belles,
T'infuser mon venin, ma sœur ! »

Quant à Vénus, c'est la déesse romaine du désir, proche de la Grecque Aphrodite, de la Phénicienne Astarté ou de la Babylonienne Ishtar.

S'il vaut mieux se garder d'évoquer une « grande déesse primordiale » commune à toutes les civilisations, on doit reconnaître la primauté chronologique du féminin dans les objets (statuettes) et les sujets (personnages) vénérés. Elle s'exprime dans des figurines retrouvées en diverses régions d'Europe, d'Asie voire d'Afrique ou d'Amérique du Sud et dont les plus anciennes remontent à 30 000 avant J.-C. On nomme Vénus callipyges (« aux belles fesses »), ces femmes aux formes pleines, aux poitrines généreuses, au ventre rebondi et au triangle pubien accentué (il est à l'origine de la lettre grecque delta et de notre d). Sont-elles grosses de leur grossesse ? Elles évoqueraient alors un culte de la fertilité. Ou les artistes ont-ils grossi les traits pour souligner leur attrait érotique ? Femmes désirables ou mères vénérées, leur féminité s'impose dans la statuaire préhistorique.

La revanche des dieux mâles semble coïncider avec l'âge des métaux et des premières cités-Etat où l'or accroît la richesse des hommes et le bronze leur force manuelle. Les sociétés urbaines se hiérarchisent comme les panthéons : terre et ciel se disciplinent dans un ordre masculin gouverné par Zeus, Jupiter ou Indra. Les déesses subsistent largement pour former avec les dieux des couples géniteurs et les prêtresses entretiennent un culte parfois érotique : hiérodules ou prostituées sacrées, elles offrent leur sexe aux fidèles dont l'obole au temple est le prix d'une montée au septième ciel.

L'équilibre masculin-féminin dans le sacré n'empêche pas la domination de l'homme dans les faits

Cet équilibre masculin-féminin subsiste dans l'hindouisme où les dieux ont leur épouse (parèdre). On vénère le linga (phallus de Shiva) planté dans le yoni (vulve de Parvati).

Ce mot sanscrit veut dire « signe » et le culte de Shiva fait songer à cette phrase de Lacan (Ecrits) : « le phallus est le signifiant privilégié de cette marque où la part du logos se conjoint à l'avènement du désir ».

Le même équilibre se retrouve dans le taoïsme chinois où la santé résulte de l'harmonie entre le Yin (féminin) et le Yang (masculin). Le Yin est le versant ombragé d'une montagne (comme l'ubac dans les Alpes et l'ombrée dans les Pyrénées), frais et humide et le Yang le versant ensoleillé (adret dans les Alpes, soulane dans les Pyrénées) chaud et sec. Tout homme a une part de féminin et toute femme une part de masculin. Chaque sexe féconde par le plaisir : la conception résulte de la rencontre entre le sperme et les sécrétions vaginales.

Mais ces théories harmonieuses de l'accomplissement sacralisé n'ont pas empêché, en Inde comme en Chine, une infériorité, de fait, des femmes. En Inde, a longtemps sévi la pratique de la satî par laquelle les veuves se suicidaient sur le bûcher funéraire de leur mari. En Chine, les pieds bandés des femmes ont subsisté jusqu'à l'époque communiste. En Inde comme en Chine, la notion d'égalité des sexes vient des « lumières » occidentales et non des religions orientales.

Les femmes dans les croyances orientales

L'infériorité féminine semble d'ailleurs commune, sous des formes diverses, à l'ensemble des traditions proche ou extrême-orientales. Le « grand siècle des religions » (VIe siècle av. J.-C.) a vu naître des systèmes de croyances et des principes de conduite assez défavorables aux femmes. En Chine, la morale confucéenne, interprétée dans un sens conservateur (beaucoup plus répandu que le confucianisme réformateur), soumet la femme à son mari comme le cadet à l'aîné, le fils au père et le sujet à l'empereur. Même si l'homme supérieur doit protection à sa compagne, il profite à plein de sa supériorité intellectuelle : les lettrés sont tous des hommes.

En Inde, la spirale des réincarnations (*samsâra*) place la femme plus bas que l'homme : lui seul peut atteindre la délivrance de la fin des existences (*moksha* pour l'hindouisme, *nirvana* pour le bouddhisme). Réputé misogyne, le Bouddha ne faisait que refléter son temps en privilégiant le monachisme masculin. Et les nonnes, très minoritaires, ne sont toujours pas reconnues par les moines de certains pays (Sri Lanka). Leur petite vertu supposée leur inflige un plus grand nombre de préceptes à suivre dans la règle monastique.

Au Proche-Orient, l'espérance de la résurrection concerne indifféremment les deux sexes, du moins en théorie. La « demeure des chants » (*Garônmâna*) du mazdéisme et le paradis du judaïsme (à partir de l'exil à Babylone au VIe siècle av. J.-C.) sont ouverts aux femmes comme aux hommes : le « jardin du Seigneur », d'origine persane, illustre d'abord le mythe d'un âge d'or primitif (le paradis terrestre) puis l'espérance d'une éternité bienheureuse (le paradis céleste). Le premier paradis avait Adam et Ève, le second aura des hommes et des femmes. Mais certains juifs ont cru plus à un paradis terrestre dans la Terre promise d'Israël qu'à un paradis céleste dominant les terres ennemies des pays voisins. À l'époque moderne, les partisans du paradis sur terre, souvent socialistes, ont créé des kibboutzim, modèle idéal de l'égalité des sexes où naquirent les premières crèches et ces « baby clubs » dont Gilbert Trigano s'inspira pour le Club Méditerranée.

Le paradis chrétien se voulut aussi égalitaire mais il s'agit d'une égalité des sexes sans le sexe puisqu'il n'y aura « ni hommes ni femmes » dans la vie éternelle. Le christianisme primitif exalta les vierges et les veuves, ces femmes sans hommes si méprisées dans les sociétés antiques. On est ici très loin du « jardin d'Allah », le paradis musulman où il y aura des hôtes des deux sexes. Les filles sont décrites par le Coran comme des épouses pures aux regards baissés (d'où la légende des soixante-dix vierges du paradis). Et les garçons sont d'éternels adolescents qui ressemblent à des perles. Cette extase érotique renoue avec le polythéisme antique (grec ou indien) dans lequel les divinités sont perpétuellement jeunes et constamment séduisantes.

Des traditions vieilles de 3000 ans

Mais le présent terrestre est sans doute moins attrayant pour les femmes musulmanes. Les prescriptions coraniques et la tradition juridique (*charia*) reprennent de nombreuses dispositions des législations antiques proche-orientales. Le fameux voile dit islamique était déjà prescrit par les lois assyriennes attribuées à Téglat-Phalezar (vers 1000 av. J.-C.). De même, la polygamie était présente dans tout le Proche-Orient et le Coran la limite même à quatre épouses, traitées également, alors que, d'après la Bible, le roi Salomon avait sept cents épouses et trois cents concubines. La question est évidemment de savoir si des traditions vieilles de trois mille ans doivent ou non être maintenues dans des sociétés modernes.

La même remarque vaut pour l'interdiction du remariage par l'Église catholique. Si, d'après l'Évangile, l'homme ne doit pas séparer ce que Dieu a uni, cette séparation était, au temps de Jésus, une répudiation. Une mesure protégeant les femmes voici deux mille ans peut se révéler inadaptée à la société d'aujourd'hui. Les grandes Églises protestantes acceptent ce remariage en raison de leur lecture historico-critique de la Bible, replacée dans son contexte culturel si différent du nôtre. Inversement, les nouvelles Églises protestantes se montrent souvent sévères en matière de morale sexuelle, notamment à propos de l'homosexualité (masculine ou féminine), à cause de leur exégèse littérale qui fait de Sodome l'incarnation du mal.

Les grandes religions étant millénaires, elles ont subi avec succès l'épreuve du temps mais elles affrontent difficilement l'épreuve de l'âge. Comment soumettre des femmes modernes aux lois anciennes ? Peut-on, sans trahir un message daté, transmettre un espoir nouveau ? La laïcisation des sociétés apporte de surprenantes réponses. Aucune femme des pays développés n'accouche plus dans une étable mais beaucoup déposent chaque matin leur enfant là où Marie mit l'Enfant Jésus : à la crèche.

Odon Vallet est docteur en science des religions et docteur en droit. Dernier ouvrage paru : Petit lexique des idées fausses sur les religions, Livre de poche, 2005.

IV

Dignité

La dignité est un droit fondamental, celui qui fonde et définit, dans un monde civilisé, la personne humaine. Toute femme mérite d'être considérée et respectée. La traite des femmes, c'est-à-dire leur réduction à des produits marchands soumis aux désirs sexuels des hommes pour le profit financier de quelques-uns est une atteinte inacceptable à cette dignité. Partout le commerce des femmes – qui rapporte à ceux qui l'exploitent davantage que le trafic de drogues ou celui des armes – exploite la pauvreté, la détresse et l'ignorance des femmes exclues de toutes les formes de développement. Cette violence se traduit par la prostitution, le tourisme sexuel, l'esclavage moderne. Les agressions contre la dignité des femmes revêtent d'autres formes encore : qu'elles portent atteinte à l'orientation sexuelle ou, dans un tout autre domaine, qu'elles s'expriment contre des minorités très spécifiques, comme les femmes délinquantes et incarcérées.

Ce chapitre examine les attaques contre la dignité des femmes.

La traite des femmes dans le monde

Malka Marcovich

La traite des personnes rapporte 5 à 7 milliards de dollars par an. Le commerce des femmes est en pleine expansion. La nouveauté tient au discours visant à camoufler la réalité de l'exploitation sexuelle. Parler de « travailleuse du sexe », c'est accepter que le sexe des femmes soit un produit marchand.

La traite des femmes dans le monde révèle de façon transversale les grands sujets de notre temps : persistance des inégalités hommes/femmes, violences et discriminations sexistes, pandémies, criminalité, corruption, mondialisation, industrialisation et normalisation des marchés du sexe, accroissement de la pauvreté et du fossé dans le développement des différentes régions du monde, migrations internationales, conflits armés. Le nombre exact des victimes et des profits engendrés par ce commerce reste difficile à évaluer. Certains États et entreprises légales sont, de manière plus ou moins directe, associés à cette économie, ce qui rend souvent impossible la fiabilité des statistiques. Plusieurs agences internationales[1] affirment que la traite des personnes est bien plus rentable que les trafics d'armes et de drogue et que les peines encourues pour la première restent globalement inférieures aux deux autres. En 2000[2], les Nations Unies estimaient que la traite des personnes rapportait entre cinq et sept milliards de dollars US et qu'elle affectait quatre millions de personnes chaque année. En 2002, l'OSCE parlait de profits variant entre sept et douze milliards de dollars[3]. Europol indiquait que cinq cent mille victimes avaient été acheminées vers les quinze pays de l'Union européenne. Pino Arlacchi, directeur du Bureau des Nations Unies pour le contrôle des drogues et de la prévention du crime, affirmait que la traite aux fins de prostitution avait fait trente-trois millions de victimes dans les années 1990 en Asie du Sud-Est, soit trois fois plus de victimes que les chiffres établis pour la traite des esclaves africains sur une période de quatre cents ans, évalué à onze millions et demi d'âmes. Ces projections ne sont sans doute pas exagérées lorsque l'on sait qu'en 2003, deux mille femmes, en quête d'une meilleure vie à l'étranger, quittaient chaque jour les Philippines[4].

500 000 femmes acheminées vers l'Union européenne en 2002

Certes, l'explosion de la traite des femmes a interpellé la communauté internationale depuis une dizaine d'années, mais la majorité des réponses apportées ont eu tendance à camoufler la réalité historique de ce phénomène qui reste intrinsèquement lié à la prostitution, à toutes les autres formes d'exploitation sexuelle[5] et qui s'inscrit dans le continuum des violences masculines et des discriminations que subissent les femmes. Les bouleversements géopolitiques de ces vingt dernières années, notamment l'éclatement du bloc soviétique, l'ouverture des frontières, la remise en question fondamentale de l'idéologie communiste, la globalisation de la communication entre autres choses, ont favorisé la consolidation de nouveaux discours qui ont transformé et perverti la vision issue de la « libération sexuelle » des années 1970 au profit de la marchandisation sexuelle libérale des femmes. Au nom de la modernité et de la liberté s'est développée une propagande mondiale aboutissant à la normalisation et à la résurgence d'une vision archaïque de la sexualité humaine, fondamentalement inégalitaire, focalisée essentiellement sur le fonctionnement mécanique de l'appareil génital masculin, réactivant tous les fantasmes sur les prétendus besoins irrépressibles des hommes, véhiculant de surcroît les pires stéréotypes racistes et sexistes attribués aux femmes de telle ou telle origine.

La traite et le système prostitutionnel constituent un des piliers de l'inégalité sexuelle entre les femmes et les hommes et restent emblématiques du déni, de l'invisibilité des femmes en tant que sujets et de leur objétisation sexuelle. La difficulté que nous avons à lever cette chape de silence sur ces sujets, malgré les bruyants débats que nous avons connues ces dernières années, se comprend en partie par les considérables intérêts économiques en jeu. Mais il serait réducteur de ne s'attarder qu'à une explication essentiellement mercantile. En réalité, la dialectique argent, sexe et pouvoir masculin apparaît sans équivoque lorsque l'on observe les politiques des États qui n'ont aucun intérêt financier particulier dans les industries du sexe, et qui cependant refusent de s'attaquer de manière frontale à la traite des femmes dans toutes ses dimensions. Le psychiatre chilien Jorge Barudy considère que la prostitution est à la société ce que l'inceste est à la famille[6]. Afin de comprendre ce qui se joue aujourd'hui dans les discussions autour de la traite des femmes et de leur exploitation sexuelle, il devient urgent de retracer l'histoire des luttes contre l'esclavage des femmes, mémoire que l'on se plaît de plus en plus à enfermer à double tour dans les placards de nos sociétés.

Quand la guerre des mots étouffe les droits des femmes

Depuis une dizaine d'années, la fracture de l'idéal universaliste s'est inscrite dans une violente « guerre des mots » dans les débats internationaux, régionaux et nationaux sur la question des droits. Droit au différencialisme culturel versus droit au développement d'une économie de marché libéral globale, discours se développant conjointement dans un affrontement sempiternel, s'alimentant mutuellement et aboutissant à anéantir et à morceler la dynamique humaniste et globale des droits des femmes.

Pour mémoire, nous reviendrons dans un premier temps sur ce qu'a été l'origine du combat pour l'abolition de la traite et de la prostitution depuis plus d'un siècle jusqu'à la fin des années 1970. Puis nous retracerons la manière dont s'est structurée la « guerre des mots » de 1980 à nos jours autour du sujet de la prostitution et de la traite des femmes. En faisant un état des lieux de la situation actuelle et des différents enjeux auxquels nous sommes actuellement confrontés, nous verrons quelles stratégies ont été adoptées au niveau national et régional, ainsi que les conséquences de politiques contradictoires, qui portent ombrage à une véritable coopération internationale pour mettre fin à la résurgence de cette forme contemporaine d'esclavage. Enfin, nous verrons comment les cinq premières années du XXIe siècle ont mis en lumière la « demande », en tant que moteur de la traite aux fins d'exploitation sexuelle.

1866-1979
Un siècle de combat contre l'esclavage sexuel des femmes

Genèse de l'abolitionnisme

Durant plus d'un siècle et jusqu'au tournant du millénaire, le cadre référentiel du combat contre la traite des femmes a été intimement lié à celui contre le système de prostitution et toute autre forme d'exploitation sexuelle. Il s'inscrit dès son origine dans une relation tenue avec la lutte pour l'émancipation des femmes et les droits humains. Alors que l'esclavage venait d'être aboli dans la plupart des pays européens, en Angleterre, au tournant des années 1870, Joséphine Butler, fille et épouse de fervents abolitionnistes, considérait que le système de la prostitution constituait une forme contemporaine d'esclavage qui opprimait les femmes et portait atteinte à l'humanité tout entière.

C'est sous Napoléon III, en pleine révolution industrielle, dans la France bourgeoise du XIXe siècle – alors que l'on assistait par ailleurs au remodelage des villes, prise en compte sanitaire, agrandissement des voiries, création des égouts – que la réglementation de la prostitution a été théorisée et que l'organisation étatique de celle-ci s'est développée et structurée. Le Dr Parent-Duchatelet[7], promoteur de cette idéologie et chantre de l'hygiénisme, considérait la prostitution comme un « réseau d'égouts » et l'éjaculation comme une « vidange organique ». Ce modèle, appelé alors le « système français », fut bientôt implanté dans nombre de pays européens et dans les colonies sous le prétexte entre autres d'enrayer la progression des maladies vénériennes. La réglementation normalisait une vision de la société et de la sexualité humaine, où les femmes étaient réduites dans la sphère du foyer à une fonction procréatrice, et dans la prostitution comme instrument de plaisir pour les hommes. Les maisons closes représentaient un lieu intermédiaire entre la sphère privée et publique. L'État et les municipalités, non contents de contrôler par ce biais la sexualité marchande, en tiraient profit au travers de taxes prélevées sur ces commerces. Les proxénètes et les trafiquants purent du coup développer leurs activités en toute impunité. Une police des mœurs fut créée pour veiller au bon fonctionnement du système. Les femmes prostituées étaient sujettes à des brimades, à la servitude, aux contrôles sanitaires décrits comme des tortures sexuelles. Certains décrets contre les maladies vénériennes, notamment en Angleterre, permettaient de contraindre toute femme simplement suspectée d'être prostituée à subir un examen médical ou même à être emprisonnée.

La « traite des Blanches » vers tous les continents

Pour alimenter les maisons closes des colonies, de Bombay à Buenos Aires ou Montevideo, où se côtoyaient toutes sortes d'expatriés : colons, commerçants, militaires, aventuriers… il était de mise de faire venir des femmes originaires d'Europe. En effet, les femmes à la peau blanche étaient les plus cotées sur le marché sexuel. Comme en témoigne l'imagerie de l'époque, les « belles indigènes » avaient aussi leur place dans les maisons closes, élément folklorique apportant une touche « pimentée » aux établissements. Les femmes en situation de grande vulnérabilité : vulnérabilité économique, femmes migrantes, femmes rescapées, furent les principales proies des trafiquants. On trouvait des femmes irlandaises trompées croyant partir vers le Nouveau Monde, des femmes vendues par leurs proxénètes à l'intérieur de l'Europe, punies pour mauvaise conduite et déportées vers des terres plus lointaines, ainsi qu'un important contingent de femmes juives de l'Empire austro-hongrois et de l'Empire russe ayant fui les persécutions et les pogroms. Les femmes étaient dirigées vers les grands ports d'Europe pour être exportées dans le monde entier. On prétendait que la prostituée juive, la « belle juive » aux larges hanches, était naturellement dotée d'une puissance sexuelle hors du commun. Le port d'Alexandrie était une plaque tournante pour les bordels asiatiques : Bombay, Hong Kong, Singapour… Ce que l'on appela bientôt la « traite des blanches[8] » fut pratiqué vers tous les continents, jusqu'en Australie et en Afrique du Sud[9].

Le développement de la prostitution inquiéta nombre d'intellectuels. Ils y voyaient une persistance de l'esclavage qui venait d'être aboli. Dans *Les Misérables*, Victor Hugo s'alarmait : « On dit que l'esclavage a disparu de la civilisation européenne. C'est une erreur. Il existe toujours ; mais il ne pèse que sur la femme et il s'appelle prostitution. » De même, Gérard de Nerval soulignait dans *Voyage en Orient* : « La prostitution, cette autre forme de l'esclavage, dévore comme une lèpre la société européenne. »

Révoltée par cette situation mondiale qu'elle considérait comme une forme extrême de discrimination sexuelle, Joséphine Butler entama ce qu'elle appela la « grande croisade » contre le système de prostitution organisé. En 1869, après qu'un groupe de médecins britanniques lui a demandé de lancer une campagne contre la réglementation, elle rédigea un manifeste en faveur de l'abolition, signé par cent vingt personnalités de l'époque. Le mouvement abolitionniste se répandit bientôt dans le reste de l'Europe, aux États-Unis et dans les colonies. Il rencontra également très vite un écho favorable tant dans les milieux laïques que religieux. De nombreux intellectuels défendant les principes d'un humanisme séculaire s'engagèrent avec ferveur dans l'abolitionnisme, notamment, en France, Jean Jaurès et Victor Hugo qui entretint une correspondance avec Joséphine Butler.

La responsabilité des hommes, fournisseurs et acheteurs

Les femmes engagées dans le mouvement d'émancipation des femmes[10] et pour les droits civiques se mobilisèrent avec force à la suite de Joséphine Butler dans le combat contre le système de prostitution. Il est d'ailleurs significatif que les premiers textes universels où le mot « femme » apparaît concernent des traités relatifs à la traite et à la prostitution au début du XXe siècle[11]. Cette articulation entre la lutte pour le suffrage, l'égalité économique et l'abolition de la prostitution mobilisera le mouvement des femmes durant la première moitié du XXe siècle. En France, deux femmes illustrent ce combat parallèle au lendemain de la Première Guerre mondiale : Mme Avril de Sainte-Croix qui tentera d'agir auprès de la Société de Nations dès 1919, et Marcelle Legrand Falco, fondatrice de l'Union contre le trafic des êtres humains[12] qui fonda en 1926 la branche française de la Fédération abolitionniste internationale. Cette dernière mena conjointement et avec détermination son combat à travers la France pour les droits civiques et l'abolition de la réglementation de la prostitution. Et ce n'est sans doute pas un hasard si l'accès au droit de vote des femmes en France ait coïncidé à deux ans près avec la fermeture des maisons de tolérance en 1946 avec la loi dite Marthe Richard.

Dès l'origine, les écrits de Joséphine Butler mirent en avant la responsabilité des hommes et leur rôle en tant que fournisseurs et acheteurs de femmes dans la prostitution. Elle interpella les législateurs sur cette justice à deux niveaux selon que l'on est homme ou femme. La responsabilité des hommes dans la promotion de la prostitution et la critique qu'elle faisait de cette sexualité masculine dite « irrépressible », argument utilisé pour légitimer la nécessité de la sexualité marchande, seront reprises par les féministes durant la première moitié du XXe siècle[13].

Les maisons closes favorisaient la traite

Le mouvement abolitionniste gagna ainsi progressivement un certain nombre de victoires législatives à partir de 1883 avec la suspension puis la suppression en 1886 de la loi sur les maladies contagieuses en Angleterre[14], la loi élevant l'âge du consentement sexuel à 16 ans et imposant des peines aux trafiquants et aux tenanciers de maisons closes[15] en 1885, le premier accord international contre la « traite des blanches » qui fut signé à Paris en 1904 et suivi d'autres traités en 1910, 1921, 1933. En 1912, les Pays-Bas[16] furent un des pays clefs à adopter une politique abolitionniste interdisant les maisons closes. Progressivement, d'autres pays européens adoptèrent des politiques semblables[17].

Au lendemain de la Première Guerre mondiale, dès la création de la Société des Nations à partir de 1919, de grandes organisations de femmes comme le Conseil international des femmes, mais aussi des organisations luttant pour les droits humains telle la Ligue des droits de l'homme, portèrent les revendications abolitionnistes auprès de cette nouvelle instance internationale.

Un comité de suivi sur les questions liées aux droits des femmes et à la traite sexuelle fut créé au sein de cette institution. Les gouvernements et les associations soumettaient des rapports portant tout à la fois sur le salaire des femmes, leur situation économique, la situation de la prostitution dans de nombreux pays. Des liens furent également établis entre la prostitution, la traite et la pornographie, alors qualifiée de « publications obscènes ». Il apparaissait alors déjà clairement dans les rapports de ces comités et dans les résolutions du Conseil et de l'Assemblée de la Société des Nations que les pays ou les municipalités qui avaient adopté un système abolitionniste voyaient la traite des femmes diminuer, ainsi que la régression des maladies vénériennes.

En 1927 et 1932, la Société des Nations[18] conduisit deux grandes enquêtes qui établirent que l'existence de maisons closes et la réglementation de la prostitution favorisaient la traite tant nationale qu'internationale[19]. C'est alors que naquit l'idée d'une nouvelle Convention internationale pour la répression de la traite et de l'exploitation de la prostitution. Les travaux de rédaction qui débutèrent en 1937 furent suspendus durant la Deuxième Guerre mondiale. Elle fut finalement achevée sous l'égide des Nations Unies le 2 décembre 1949, dans un climat d'espoir humaniste au lendemain de la Deuxième Guerre mondiale. Elle porte le titre de Convention *pour la répression de la traite des êtres humains et de l'exploitation de la prostitution d'autrui.*

La Convention abolitionniste du 2 décembre 1949 pour la répression de la traite des êtres humains et de l'exploitation de la prostitution d'autrui[20]

Cette Convention est l'aboutissement d'une lutte menée durant plus de quatre-vingts ans contre l'esclavage sexuel des femmes et fait partie des trois conventions relatives à l'esclavage et pratiques analogues dans le corpus des conventions des droits humains de l'Onu. Elle pose un certain nombre de principes fondamentaux qui seront attaqués avec une vigueur nouvelle par les tenants de l'industrie du sexe à partir de 1980. C'est pourquoi il est nécessaire d'en connaître les points essentiels.

Tout en stipulant dans son préambule que la prostitution et la traite « sont incompatibles avec la dignité et la valeur de la personne humaine », la Convention ne porte pas de jugement et ne pénalise pas les femmes victimes de la traite et de la prostitution. Les personnes prostituées ne peuvent être considérées comme des délinquantes, ce qui implique que toute loi qui fait du racolage un délit entre en contradiction avec la Convention[21]. Il n'est pas fait de différence entre le proxénétisme national et transnational (traite). L'exploitation est définie de manière très étendue et implique toute tierce personne, tout groupe, tout État, toute structure qui profite de la prostitution d'autrui ou qui l'organise, y compris sous la forme de fichiers administratifs ou sanitaires. Ainsi, en aucun cas la prostitution ne peut être considérée comme un travail car tout emploi se doit d'être encadré par des normes administratives et des codes pour les employeurs et leurs employés. Cette norme constitue un frein à la déqualification et à la légitimation de certaines formes de proxénétisme.

Le consentement d'une victime à l'exploitation est sans conséquence, ce qui implique que la charge de la preuve ne doit jamais peser sur les victimes. Au contraire, ce sont ceux qui organisent ou tirent profit de cette exploitation qui sont les cibles des poursuites. La distinction entre « libre » et « forcée » est *de facto* hors de propos. La protection des victimes est très étendue et s'applique tout autant à celles possédant des papiers qu'aux étrangères en situation irrégulière. Ces dernières ne doivent pas être considérées comme des migrantes illégales susceptibles d'être expulsées.

Un traité sans mécanisme de contrôle

Les nouvelles lois anti-traite promulguées ces dernières années dans certains pays ayant ratifié la Convention de 1949, comme l'Italie, la Belgique ou la France, impliquent la coopération des victimes étrangères avec la police ou la justice pour l'obtention d'une protection et de papiers de résidence. Ces lois sont en parfaite opposition avec la Convention. Dans son rapport de 2000-2001[22], la sénatrice Dinah Derycke[23] s'inquiétait de l'élaboration de ce type de loi : « Outre qu'elle peut sembler contraire aux libertés fondamentales des victimes, une telle pratique paraît étrangère à la culture française. Dans aucun domaine, notre droit ne subordonne sa protection à une dénonciation ou un dépôt de plainte. »

Il serait trop long d'énumérer les États parties à la Convention de 1949 qui n'appliquent pas ou que très partiellement les dispositions qu'elle contient. À noter qu'en 2004-2005 le Parlement tchèque, fait unique dans l'histoire des traités internationaux, a envisagé de « dératifier » la Convention du 2 décembre 1949 afin de pouvoir légaliser comme aux Pays-Bas l'exploitation de la Prostitution. Cette proposition a été rejetée le 24 mai 2005 dans un vote par une majorité de députés[24].

S'il est ainsi possible aux États parties de transformer leur loi, d'agir en toute impunité et en évidente contradiction avec les principes de la Convention, sans qu'il n'y ait ni condamnation des instances internationales ni sanctions, c'est parce que ce traité n'est doté d'aucun mécanisme de contrôle. C'est le cas de toutes les conventions internationales rédigées avant 1960. Cela explique la fragilité des trois conventions relatives à l'esclavage et aux pratiques analogues de 1926, 1949 et 1956, qui restent parmi les plus vieilles conventions dans le corpus des traités internationaux des droits humains. Au sein des Nations Unies, seul le Groupe de travail sur les formes contemporaines d'esclavage (GTFCE)[25] est chargé depuis 1975 de rendre compte chaque année du suivi de ces conventions. Mais il n'est doté d'aucun pouvoir et n'a pas de mandat pour interpeller les gouvernements. Malgré les articles de la Convention qui demandent aux États de communiquer au secrétaire général des Nations Unies « leurs textes de lois ou règlements » relatifs à la Convention, ainsi que toutes les mesures qu'ils auront prises pour son application, et bien que le secrétaire général ait pour obligation de publier « périodiquement » les renseignements reçus par les gouvernements, ces dispositions ne sont pas suivies.

Dans son rapport de 1996, sur la « traite des femmes et des petites filles[26] », le secrétaire général de l'Onu avait souligné l'absence d'un organe de surveillance et sa préoccupation concernant le manque de mécanisme d'application, affaiblissant ainsi l'efficacité de la Convention du 2 décembre 1949. Le professeur David Weissbrodt[27] relevait cette carence pour les trois conventions relatives à l'esclavage et aux pratiques analogues. Il indiquait que « l'efficacité réelle d'un instrument international peut être évaluée en fonction de la mesure dans laquelle les États parties appliquent ses dispositions au niveau national. Le mot application [...] désigne à la fois les mesures nationales adoptées par les États et les procédures internationales mises en œuvre en vue de surveiller les mesures prises au niveau national. [...] le droit de tous les individus de ne pas être soumis à l'esclavage est un droit humain fondamental : or l'absence de mise en œuvre n'est pas faite pour encourager les États membres à mettre en place un système de garanties contre toutes les formes contemporaines d'esclavage ».

Une nouvelle Convention en faveur des femmes

Il faudra attendre trente ans pour qu'un nouveau texte international, doté lui d'un mécanisme de contrôle, fasse référence à la traite des personnes et à l'exploitation de la prostitution d'autrui. En 1979, la Convention pour l'élimination de toutes les formes de discrimination à l'encontre des femmes (CEDAW) reprendra dans son article 6 le titre entier de la Convention de 1949 en l'appliquant spécifiquement aux femmes. Il demande aux États parties de prendre « toutes les mesures appropriées, y compris des dispositions législatives, pour supprimer sous toutes leurs formes le trafic de femmes et l'exploitation de la prostitution des femmes ». Pour les rédacteurs de la Convention CEDAW, le langage de la Convention de 1949 était une évidence et la terminologie « exploitation » ne pouvait porter à contresens, comme ce sera le cas plus tard. Certains pays tels que les Pays-Bas introduiront lors de la présentation de leurs rapports au Comité CEDAW une vision restrictive de l'exploitation la définissant désormais comme uniquement liée à la notion de coercition. De façon insidieuse, pour le plus grand nombre, « l'exploitation de la prostitution » deviendra au fil des ans synonyme de « prostitution forcée ».

La guerre des mots autour de la Convention du 2 décembre 1949

C'est progressivement, à partir de 1980, que s'engagera une « guerre des mots » contre la Convention du 2 décembre 1949 qui culminera dans les années 1990. Afin de comprendre comment certains arguments féministes ont pu être pervertis, il faut pour cela remonter à ce qui a mobilisé le mouvement des femmes de 1950 à 1980. Nous verrons ensuite comment les nouveaux traités normatifs, les bouleversements géopolitiques et économiques, ainsi que les nouvelles pandémies telles que le sida ont servi de tremplin au morcellement du sujet et à l'attaque des principes contenus dans la Convention de 1949, permettant d'aboutir à la légalisation de certaines formes de proxénétisme.

1950-1980 – détournement des arguments féministes abolitionnistes

La Convention du 2 décembre 1949 est l'aboutissement de huit décennies de lutte abolitionniste, féministe et humaniste. Les abolitionnistes de l'époque croyaient que cette Convention constituait un départ pour de nouvelles attitudes face à la prostitution et n'imaginaient pas qu'il puisse exister un risque de régression au nom même du droit des femmes.

Au tournant des années 1950, les féministes s'engagèrent dans d'autres combats pour les droits des femmes dans les sphères politique et économique, l'autodétermination, une sexualité autonome, le refus de l'enfermement dans la sphère du mariage, l'accès à la contraception et à l'avortement. Simone de Beauvoir affirma alors que le mariage était un emprisonnement et que la prostitution représentait la liberté. Bientôt, l'image romantique de la prostituée dépeinte par certains auteurs depuis le XIXe siècle et récurrente dans le cinéma au XXe siècle a trouvé un nouvel ancrage. Elle représentait la rebelle, la révoltée, symbole de la femme contrôlant sa sexualité, qui défiait l'ordre moral bourgeois et réactionnaire. Toute critique structurelle de la prostitution a alors disparu, et le rôle de l'industrie du sexe, incluant le proxénétisme et l'acheteur de sexe, fut banni des discours. Tous les projecteurs se tournaient désormais vers ce portrait fantasmatique de la femme prostituée, incarnant la liberté absolue car détachée de toute implication affective, renversant les rapports de domination grâce à son « pouvoir » sur les hommes qui payent pour avoir accès à son corps. Au nom de la liberté sexuelle, le « droit à être prostituée » remplaça le « droit à n'être soumise à aucune exploitation sexuelle », le « droit à être libre de la prostitution ».

De fait, les proxénètes, les trafiquants, l'industrie du sexe dans son ensemble purent progressivement détourner à leur compte le slogan féministe « mon corps m'appartient » en le faisant désormais revendiquer par les femmes qu'ils exploitaient. Déjà, en 1976, au lendemain de la révolte des prostituées à Lyon, Annie Mignard s'inquiétait de cette manipulation du langage dans « Propos élémentaires sur la prostitution », publié dans la revue *Les Temps modernes*[28].

On se souvient d'Ulla, égérie de la révolte affirmant qu'elle était libre de tout proxénète, et qui déclara quelques années plus tard qu'elle avait menti.

Au États-Unis, l'organisation Coyote[29], fondée en 1973 et soutenue par l'industrie pornographique américaine, alla encore plus loin dans le renversement des principes de liberté et dans la normalisation du travail du sexe. Selon Coyote, « certaines femmes prostituent leurs doigts lorsqu'elles sont secrétaires, et d'autres leurs cerveaux lorsqu'elles enseignent à l'université ». Selon l'organisation, la légalisation des bordels et la reconnaissance de la prostitution comme un travail permettront aux femmes d'entamer un processus d'autodétermination et empêcheront leur exploitation. Car « il n'existe aucune différence entre les groupes de femmes au foyer et les prostituées[30] ».

Renouveau de l'abolitionnisme féministe

1979 représente la date tournant dans le renouveau de l'abolitionnisme féministe, avec la publication de *L'Esclavage sexuel des femmes*[31] écrit par la féministe américaine Kathleen Barry[32]. La vision politique de Kathleen Barry intégrait les différentes luttes menées dans les années 1970 : l'opposition à la guerre du Vietnam[33], le refus du développement et de l'influence de l'industrie pornographique[34], la prise en compte de la dimension politique des violences privées que subissent les femmes. Des liens furent établis entre l'inceste, le viol, la violence domestique et la violence dans l'espace public, entre le commerce de la prostitution et l'industrie globale du sexe, entre le statut des prostituées et celui de toutes les femmes[35]. Au niveau national, à partir de 1980, le front antiprostitution et féministe se structura en particulier en Norvège, en Suède, aux Philippines et aux USA, sans que cela n'ait d'abord beaucoup d'effet dans les débats internationaux.

Le développement des groupes pro-prostitution

La force de Kathleen Barry sera de s'impliquer dès 1980 sur la scène internationale en animant à Copenhague, dans le cadre du Forum des ONG de la Conférence mondiale des femmes, cinq ateliers sur « l'esclavage sexuel des femmes, sur la traite des femmes et sur le tourisme sexuel ». En 1983, à Rotterdam, elle organisa un « atelier féministe contre la traite des femmes » avec des femmes du monde entier[36], dont certaines ayant vécu dans le système de traite et de prostitution, qui furent associées à l'élaboration des revendications politiques du mouvement. En 1986, l'avocate algérienne Wassyla Tamzali[37] organisa à Madrid, sous l'égide de l'Unesco[38], une réunion d'experts internationaux dont le rapport affirme la perspective féministe de Kathleen Barry et pose de façon centrale la responsabilité des hommes qui créent la demande. Durant ces années, Kathleen Barry œuvra à la création d'un réseau international qui prit corps en 1988, lors de la création officielle de la Coalition internationale contre la traite des femmes (CATW). En 1991, une autre réunion internationale fut organisée par Wassyla Tamzali et Kathleen Barry, sous l'égide de l'Unesco et de la CATW à l'université de Pen State aux États-Unis. Elle déboucha sur l'élaboration d'un projet de nouvelle Convention internationale contre l'exploitation sexuelle[39].

Devant le développement de groupes structurés internationaux pro-prostitution, fortement présents dans les débats internationaux dès 1991, la CATW dut progressivement abandonner la mobilisation pour cette nouvelle Convention et se battre dans une « guerre des mots[40] » sans merci à partir de 1995. C'est à Janice Raymond[41], nouvelle directrice de la CATW depuis 1994, que l'on devra la première victoire contre les organisations pro-prostitution en 1999 à l'Onu, comme nous le verrons plus loin. Progressivement, d'autres organisations des droits humains[42] ou droits des femmes[43] dans le monde s'engageront dans cette « guerre des mots » contre le courant de légalisation de la prostitution des années 1990[44].

Abus pour les enfants, travail pour les adultes

À partir des années 1980, la traite et l'exploitation de la prostitution firent l'objet d'un morcellement politique délibéré par les tenants de l'industrie du sexe, rendant le sujet d'une telle complexité qu'il devint de plus en plus difficile de s'y retrouver.

Les années 1980 ont été marquées par la volonté de protéger les enfants à travers un nouvel instrument international : la Convention relative aux droits de l'enfant (1989) qui interdit dans ses articles 34 et 35 la traite, l'exploitation de la prostitution des enfants ainsi que la pornographie et toute autre forme d'exploitation sexuelle. Cette Convention constitua un tremplin pour que s'opère une distinction entre la prostitution des adultes et celle des enfants. Considérée comme un abus et une violence pour les personnes âgées de moins de 18 ans, on introduira l'idée qu'au-delà de cet âge, la prostitution pouvait être considérée comme un travail légitime. En réalité, cette focalisation internationale sur les enfants impubères rendit invisible les violences et exploitations sexuelles commises sur les adolescentes. De même, la lutte contre le tourisme sexuel devint synonyme de lutte contre la pédophilie et les 12-18 ans, ainsi que les femmes adultes, furent le plus souvent oubliés. Lors des discussions pour l'élaboration du protocole optionnel à la Convention relative aux droits de l'enfant, adopté en mai 2000, certains pays[45] cherchèrent même à rabaisser l'âge du consentement sexuel. S'ils n'ont pas réussi à intégrer cette norme lors de ces négociations internationales, de nombreux observateurs constatent que cette tendance tend à se développer dans nombre de pays au niveau national[46] et que l'emploi de la terminologie « enfants travailleurs du sexe » est de plus en plus utilisé[47]. Quand on sait que pour le travail, la majorité tourne le plus souvent autour de 14 ans, l'adéquation âge du consentement, prostitution et travail a de quoi inquiéter. De nombreuses études effectuées à travers le monde depuis une vingtaine d'années montrent que l'âge moyen des femmes qui entrent dans la prostitution se situe entre 12 et 14 ans et que la majorité d'entre elles ont vécu des violences et abus sexuels dans l'enfance[48]. Comme le souligne Hélène Sackstein[49] : « On s'insurge contre les pédophiles, sans s'apercevoir que les vrais pédophiles représentent le petit nombre des abuseurs et exploiteurs d'enfants. La plupart des clients de mineurs ne sont autre que les clients de la prostitution adulte qui en viennent de plus en plus à franchir les limites, voire à procéder à un calcul qualité/prix, encouragés par la logique même du marché du sexe[50]. » Par ailleurs, il est arbitraire de considérer l'âge de 18 ans comme une frontière au-delà de laquelle se transformerait magiquement l'abus en acte banal. Dans la vie réelle, et dans le cas des autres abus sexuels, il n'existe pas de limite arbitraire ainsi définie. Comme le souligne une femme entrée dans la prostitution à l'âge de 13 ans : « Le jour de mes 18 ans, l'abus sexuel qui me faisait souffrir ne s'est pas transformé en un choix d'autodétermination[51]. » C'est ce que confirme la Dr Judith Trinquart qui parle de recyclage des violences après 18 ans dans la prostitution[52].

C'est en 1998 que la normalisation de la prostitution comme un travail légitime pour les adultes sera introduite par le biais d'un nouveau traité international. L'Organisation internationale du travail (OIT) adopta alors la Convention sur les pires formes de travail pour les enfants qui inscrivit la prostitution dans la longue liste des travaux intolérables[53]. Et cela, malgré les protestations de nombreuses associations travaillant sur les droits des enfants et les droits des femmes, ainsi que celles de plusieurs pays, notamment de la France. Cette même année, l'OIT publiait un rapport préconisant une approche pragmatique de la prostitution afin de l'intégrer légalement dans le PNB des pays d'Asie du Sud-Est et de contourner habilement l'épineuse question du blanchiment d'argent. Ce rapport soulignait qu'il serait plus avantageux de reconnaître, réglementer et taxer l'industrie du sexe, afin de « couvrir nombre d'activités lucratives qui y sont liées[54] ».

Le retour de l'hygiénisme

Avec l'épidémie du sida ont resurgi à la mode contemporaine, les vieux prétextes hygiénistes du XIXe siècle autour du péril vénérien. Des ONG à travers le monde et de nombreux gouvernements avancèrent alors que la légalisation de l'industrie du sexe était nécessaire pour protéger la santé publique et faire régresser le sida. Les personnes en situation de prostitution, considérées comme une population à risque comme les toxicomanes ou les homosexuels, furent immédiatement investies d'un rôle prophylactique. Les nécessaires campagnes pour la distribution des préservatifs et la prévention du sida empêchèrent cependant toute possibilité de dénoncer la violence inscrite au sein même du système de prostitution, et les conséquences sur la santé d'avoir notamment à subir des actes sexuels à répétition en absence de désir. Ce fut donc essentiellement aux femmes de prendre en charge la santé des « clients » pour que ces derniers ne transmettent pas la maladie à leur famille. Des structures de « santé communautaire » furent créées pour la prévention du sida. En réalité, de l'aveu des personnes ayant pratiqué l'activité prostitutionnelle durant de longues années, les préservatifs ont été utilisés bien avant l'épidémie du sida comme rempart contre le dégoût. De plus, les clients réfractaires à l'utilisation du préservatif n'hésitent pas à payer plus cher pour un rapport non protégé, ou s'adressent à des femmes en situation de grande vulnérabilité, toxicomanes, victimes de la traite sous l'emprise de menaces extrêmes. C'est ce que confirme d'ailleurs le rapport 2005 du rapporteur spécial sur les violences faites aux femmes de l'Onu[55]. En Indonésie, les femmes en situation de prostitution, soumises à des relations sexuelles brutales, ne sont pas en mesure de négocier l'usage du préservatif. En Afrique du Sud, celles qui sont prostituées sur des aires de stationnement pour poids lourds perdent jusqu'à 25 % de leurs revenus lorsqu'elles insistent pour avoir des relations sexuelles protégées. Dans certaines régions d'Afrique et d'Asie, une croyance attribue aux rapports sexuels avec une jeune fille vierge le pouvoir de guérir du sida. Au Cambodge, 79 % des touristes sexuels étrangers, consommateurs de filles vierges, seraient originaires d'Asie.

Prostituées ou travailleuses du sexe

Malgré toutes ces réalités connues, l'industrie du sexe, avec le soutien complice ou laxiste de nombreux gouvernements, créa à partir des années 1990 un réseau international de structures pour la prévention du VIH/sida. Dans le même temps, ces dernières poussèrent à la reconnaissance de la prostitution comme un métier. Elles mirent en place des organisations dont les pratiques s'apparentent souvent au « maquerellage[56] ». Tout en donnant une fonction sociale valorisante aux personnes en situation de prostitution, elles interdisent toute parole sur les violences inhérentes au système lui-même[57].

Dès lors que la prostitution accédait à une fonction sociale reconnue, d'autres arguments furent invoqués pour l'utilisation de la terminologie « travailleur du sexe ». Seuls ces termes permettaient de lutter contre la stigmatisation attachée à la prostitution et de donner une voix politique à celles que la société bâillonnait et méprisait. Curieux mouvement social que celui des « travailleuses » organisées en syndicats qui ne représentent en réalité qu'une minorité de femmes prostituées[58], lesquelles ne portent jamais leurs revendications en direction de leurs employeurs proxénètes ou des pays qui ont légalisé cette industrie libérale sans pitié, mais qui imposent le silence aux femmes qui osent émettre un autre discours que le leur.

Contrôle et sanctions pour les prostituées, impunité pour les clients

On trouve en tête de file de cette idéologie la Fondation néerlandaise M.A. De Graaf. Ironie de l'histoire, cette organisation créée au XIXe siècle fut une des pionnières du mouvement abolitionniste. Un siècle plus tard, c'est elle qui rédigera la loi néerlandaise légalisant certaines formes de proxénétisme, entrée en vigueur en 2000. En 1993, la Fondation De Graaf créait le réseau Tampep, co-financé par la Commission européenne, dont le but est d'implanter des relais dans tous les pays de l'Union, de promouvoir la légalisation de la prostitution comme un métier tout en luttant contre le sida, et d'aider les « travailleurs du sexe », en particulier migrants ou étrangers. Durant un temps, Tampep fusionnera avec un autre réseau, Europap, qui soutient également cette idéologie[59]. Dans certaines brochures réalisée par Europap/Tampep, on pouvait trouver dans les années 1999-2000, à l'intention des « travailleurs du sexe » pratiquant le sadomasochisme, des indications sur la manière de désinfecter un fouet.

La banalisation de cette approche fit son chemin, jusqu'à ce que l'Organisation mondiale de la santé (OMS) en 2001, par la voix de son bureau en Asie du Sud-Est, appelle à la légalisation/décriminalisation de l'industrie du sexe et à la reconnaissance de la prostitution comme un métier.

Les pays qui ont adopté des politiques publiques hygiénistes, obligent les femmes prostituées à s'enregistrer et à effectuer des examens médicaux périodiques, de peu de valeur scientifique lorsque l'on sait qu'il faut attendre trois mois pour détecter le virus VIH. En Lettonie par exemple, ces dernières doivent être munies d'une carte où il est indiqué leur activité et leur situation sanitaire. Dans ces systèmes, la discrimination est à son comble puisque les contrôles sanitaires et les sanctions ne s'appliquent qu'aux femmes et que les « clients » restent dans l'impunité absolue. Comme l'indique Yakin Ertürk[60], l'enregistrement des femmes prostituées a principalement comme conséquence la rentrée dans la clandestinité et le non-accès aux structures de soins.

De « les droits des femmes sont des droits humains » à « le droit à être prostituée »

La Conférence mondiale sur les droits de l'homme, qui se tint en juin 1993, fut un tournant décisif dans la reconnaissance des droits fondamentaux des femmes, comme faisant partie intégrante des droits de la personne. « Les droits des femmes sont des droits humains » devint la formule désormais consacrée par les organisations de femmes, les politiques, les institutions internationales, les structures régionales ou nationales souhaitant travailler à la promotion des femmes dans tous les domaines et à la lutte contre les violences à leur encontre. La Déclaration et le programme d'action de Vienne, adoptés par consensus par cent soixante-dix-sept gouvernements, placent la lutte contre les discriminations à l'encontre des femmes comme objectif prioritaire de la communauté internationale. La condamnation de la violence à l'encontre des femmes reprend mot pour mot le préambule de la Convention du 2 décembre 1949, comme étant « incompatible avec la dignité et la valeur de la personne humaine ». Curieusement, le mot prostitution n'apparaît nulle part, alors que la traite est désignée comme une forme de violence. Dans la foulée de la conférence de Vienne en décembre 1993, l'assemblée générale des Nations Unies adopta une résolution intitulée « déclaration pour l'élimination de la violence à l'encontre des femmes[61] » qui, sous la pression de groupes pro-prostitution, utilise pour la première fois la formule de prostitution « forcée »[62].

Peu d'ONG[63] et de gouvernements prêteront attention à cette formulation lourde de conséquences pour le futur. En 1994, on assistera à une mobilisation mondiale sans précédent pour la préparation de la Conférence mondiale des femmes à Pékin prévue en 1995. Bien que le débat autour de la prostitution « libre » ou « forcée » fût déjà à l'œuvre, peu se méfièrent de ce qui se tramait. En une nuit, à la veille de la finalisation du document, le mot « forcé » vint s'accoler au mot prostitution dans le texte. Manipulation d'une délégation gouvernementale ou d'autres structures auprès du secrétariat de la Conférence ? Nul ne le saura sans doute jamais précisément. Toujours est-il que la Déclaration et le Programme d'action ont été adoptés en l'état et qu'aucun gouvernement ne s'en est inquiété. Il faut reconnaître qu'ils constituaient une avancée dans nombre de domaines pour les femmes et engageaient de façon concrète les gouvernements. La société civile, dans son ensemble, considérait plutôt cette Conférence comme une victoire. Pour les mouvements de femmes abolitionnistes, le retour de Pékin fut particulièrement amer[64]. S'étaient révélées au grand jour les alliances avec l'industrie du sexe ainsi que des trahisons de la part de certaines féministes connues.

L'exemple le plus notable est celui de Charlotte Bunch, qui fonda en 1989 le Center for Women's Global Leadership dont l'objectif est le développement et la promotion des femmes dans tous les domaines et qui propose des bourses d'études aux femmes du monde entier. Dans les années 1990, elle fut une des plus ferventes à soutenir la notion de « travail du sexe », à user de son influence auprès de nombreux groupes de femmes sur tous les continents ainsi qu'au sein de l'Onu et notamment de l'UNIFEM[65]. Pourtant, en 1979, Charlotte Bunch soutenait la pionnière du mouvement de renouveau féministe abolitionniste, Kathleen Barry, lorsque cette dernière publia *L'Esclavage sexuel des femmes*. Elle organisa avec elle en 1983 à Rotterdam l'« atelier féministe contre la traite des femmes[66] ». Elle travailla avec elle à l'élaboration du réseau contre la prostitution et la traite qui devint en 1988 la Coalition internationale contre la traite des femmes ».

Curieux revirement de position dix ans plus tard !

Une organisation anti-esclavagiste définit la prostitution comme un travail

Un nouveau réseau créé en 1991, le Network of Sex Work Projects fut également particulièrement éloquent à la Conférence Mondiale de Pékin. Cette organisation, dont le siège social se trouve en Afrique du Sud[67], a pour mission de promouvoir les « travailleurs du sexe » à travers le monde.

À partir de 1995, moment phare de collusion entre certains mouvements de femmes et les groupes pro-prostitution, ces derniers chercheront à contracter de nouvelles alliances avec des organisations des droits humains pour remettre en question la Convention du 2 décembre 1949 et affirmer comme droit humain le droit des femmes à se prostituer.

En 1997, une des plus vieilles organisations anti-esclavagiste née au XIXe siècle, Anti-Slavery International, publiait un rapport, co-écrit par Jo Doezima, directrice du Network of Sexwork Projects, intitulé : « Redéfinir la prostitution comme un travail sur l'agenda international[68]. » Ce document demandait tout bonnement la disparition de la Convention du 2 décembre 1949 et prônait une redéfinition de la prostitution comme « travail du sexe ». Dans cette mouvance, d'autres ONG comme l'International Human Rights Law Group, la Global Alliance Against Trafficking in Women (GAATW)[69] ou STV parmi d'autres, revendiquèrent le droit des femmes prostituées à établir des contrats avec un tiers (c'est-à-dire un proxénète) pour la promotion de leur carrière.

Les groupes pro-prostitution parvinrent également à placer certains de leurs représentants au sein de structures nationales, régionales ou internationales[70]. La première rapporteure spéciale sur les violences faites aux femmes de l'Onu[71], Radhika Coomaraswami, commandera dès la prise de son poste deux enquêtes à GAATW et à STV qui concluent que la traite et la prostitution doivent être désormais séparées et proposent une définition de la traite qui ne concerne que la contrainte. Au fil des ans, la rapporteure spéciale n'utilisera que la terminologie « prostitution forcée » et « travailleur du sexe ». Plus grave, elle n'intégrera jamais dans ses rapports les témoignages des associations qu'elle rencontrera dans différentes régions du monde et dont les conclusions sont opposées à l'idéologie faisant la promotion de la prostitution comme un travail.

Séparer la traite de la prostitution ou le développement d'une propagande mondiale pro-prostitution

C'est à partir de 1985 en Europe, et plus particulièrement sous l'influence des Pays-Bas, que commença une mobilisation internationale visant à séparer la traite de la prostitution et à intégrer cette norme dans tout débat régional ou international[72].

Depuis les années 1950 et jusqu'à 1979, le mouvement abolitionniste avait été principalement défendu par des organisations d'obédience confessionnelles et françaises[73]. Le nouveau mouvement lancé par Kathleen Barry, considérée comme une féministe radicale, que personne ne pouvait suspecter de faire le lit de l'ordre moral et qui favorisait la prise de parole des femmes ayant vécu dans la prostitution, avait certainement de quoi inquiéter l'industrie du sexe. Quand se tint à Rotterdam en 1983 l'atelier féministe contre la traite des femmes, le danger devenait plus pressant. En 1984, l'International Committee for Prostitutes Rights fut créé lors du premier congrès mondial des « travailleuses du sexe » à Amsterdam. Il fut suivi en 1985 par un autre congrès au Parlement européen de Bruxelles, soutenu par le groupe des verts alternatifs, où fut présentée la « Charte mondiale des travailleurs du sexe » qui demandait la décriminalisation de tous les acteurs participant au système de prostitution, y compris ceux qui l'organisent. En 1987, STV, Fondation néerlandaise contre la traite des femmes, vit le jour. Cette nouvelle organisation prétendait vouloir lutter contre la coercition que pouvaient subir les « travailleuses du sexe » durant leurs migrations.

En septembre 1991, dans le cadre du Conseil de l'Europe, un séminaire « contre la traite des femmes et la prostitution forcée en tant que violations des droits de la personne humaine et atteinte à la dignité humaine » fut préparé sous l'impulsion et le financement des Pays-Bas. Ce séminaire avait pour objectif de remettre en question les fondements et les principes de la Convention de 1949, de séparer la traite de la prostitution, et de l'assimiler aux questions relevant uniquement de la migration[74]. En juin de la même année, l'organisation STV et le groupe vert du Parlement européen avaient organisé une réunion de travail internationale sur « le trafic des femmes », dont le but était de créer un réseau international qui demanderait à l'Europe de le soutenir financièrement[75].

La censure dans les conférences de l'Union Européenne

En 1997, les Pays-Bas, qui présidaient l'Union européenne, organisèrent une conférence pour l'élaboration de « lignes directrices européennes contre la traite des femmes aux fins d'exploitation sexuelle » et souhaitaient y introduire la notion de traite « forcée »[76]. Les associations abolitionnistes et féministes qui refusaient de limiter leurs interventions à la traite uniquement furent interdites d'accès au forum parallèle des ONG. En Europe en particulier, d'autres conférences furent organisées sur ce principe, censurant toute discussion sur la prostitution dans les forums où il était question de la traite. Les arguments récurrents qui prévalent encore aujourd'hui étaient les suivants : la traite est un crime sur lequel tout le monde peut s'accorder tandis que la prostitution reste une question contentieuse soumise à des systèmes politiques différents selon les pays. Bientôt, même le terme d'exploitation sexuelle fut banni des textes et chacun cherchait à donner une définition de la traite selon ses besoins.

Les Pays-Bas comprirent qu'il leur fallait également des alliïés, au sein de la société civile, dans les pays d'origine de la traite : Europe de l'Est, Asie du Sud-Est, Afrique et Amérique du Sud. Plusieurs stratégies furent adoptées.

Ils financèrent, par le biais d'agences de développement néerlandaises[77], des organisations de terrain, pour les droits des humains ou les droits des femmes, qui n'étaient pas forcément en prise directe avec la traite et la prostitution[78]. Cette aide était conditionnelle à l'adoption des positions politiques néerlandaises[79].

Des crédits supprimés du jour au lendemain

Ils créèrent ou subventionnèrent des organisations spécialisées dans l'aide aux personnes prostituées particulièrement vulnérables – petites filles, malades du sida, femmes prostituées âgées et sans ressources – exigeant, sinon de revendiquer une position politique similaire à la leur, du moins de ne plus en prendre publiquement de contraire. Une association aux Philippines, s'occupant de filles mineures sorties de la prostitution, n'ayant pas cédé au chantage a vu ses crédits supprimés du jour au lendemain.

En 1995, la Strada fut créée en Pologne sous l'égide de STV. Ce réseau s'implanta dans les années suivantes en République tchèque, Ukraine, en Bulgarie, Biélorussie, Bosnie-Herzégovine, Macédoine, Moldavie et Roumanie.

Bien que censée lutter contre la traite et offrant parfois des refuges aux victimes, la Strada ne reconnaît que la traite sous contrainte et violence et promeut le statut de « travailleur sexuel » pour les femmes qui seraient libres. En tant qu'organisation provenant d'une région d'origine de la traite, la Strada fut très vite reconnue comme unique interlocuteur par les instances internationales et régionales.

À partir de 1996, la Commission européenne, par l'entremise notamment du Fonds Daphné, ainsi que l'OSCE[80] et l'OIM[81], financèrent de nombreux programmes autour de la traite des personnes. Bien que ces instances affirment ne pas vouloir prendre position sur la prostitution, il n'est pas rare de les voir employer dans leurs textes officiels la terminologie de « prostitution forcée » ou de « travailleurs du sexe ». Il est à noter que la commissaire suédoise Anita Gradin[82], bien que reconnaissant la traite aux fins de prostitution, ne chercha jamais à reposer les termes du débat et ne s'impliqua principalement que sur les questions relatives à la protection des victimes de la traite et à la coopération judiciaire[83]. Antoinette Fouque, députée européenne, vice-présidente de la Commission Femme à partir de 1994, fut une des premières à dénoncer l'omniprésence des pressions de ceux qui défendaient une idéologie pro-prostitution au sein du Parlement européen[84]. Il faudra attendre les années 2000, pour que l'influence des lobby pro-prostitution soit posé de manière frontale, grâce aux rapports rédigés par la députée suédoise Marianne Erikson[85]. La traite était alors uniquement identifiée à l'esclavage moderne défini par le travail forcé, la violence, la contrainte, la confiscation des papiers, la séquestration. La formulation « forme contemporaine d'esclavage » fut reléguée au Groupe de travail de l'Onu[86], dernier bastion à établir un lien entre la traite et toutes les formes d'exploitation sexuelle, y compris au travers des nouvelles technologies telles que l'Internet, et à défendre les principes de la Convention de 1949.

La victoire du Protocole de Palerme,
apogée de la guerre des mots

La première faille dans l'avancée politique des lobbies pro-prostitution eu lieu en juin 1999, lors de la session du GTFCE, qui avait décidé d'organiser cette année-là une consultation d'ONG ayant des positions différentes sur « la traite des êtres humains, la prostitution et l'industrie mondiale du sexe ». Des recommandations communes devaient être élaborées sur ce thème. Les échanges furent vifs et mêmes violents à certains moments. Mais la position abolitionniste l'emporta malgré la venue en masse de femmes défendant l'industrie du sexe[87].

En janvier de cette même année avaient débuté les négociations pour la Convention sur la criminalité transnationale organisée (dite de Palerme), dotée de trois protocoles portant sur le trafic d'armes, le trafic de migrants et la traite des personnes.

Cette Convention ne fait pas partie du corpus des traités droits humains mais du Bureau pour la prévention du crime (ONUDC) des Nations Unies. Le projet de cette convention trouve son origine dans des événements n'ayant strictement rien à voir avec les débats des années 1990 sur la traite et la prostitution. Lors de l'assassinat du juge Giovani Falcone le 23 mai 1992 à Palerme, la communauté internationale prit conscience qu'il lui manquait un traité permettant de faciliter la coopération judiciaire et policière entre les pays pour lutter contre le crime transnational organisé. Suivant la recommandation de 1998 de la Commission pour la prévention du crime et de la justice criminelle, et du Conseil économique et social, l'assemblée générale créa un Comité spécial intergouvernemental chargé de rédiger une Convention globale contre la criminalité transnationale organisée, dotée de trois protocoles additionnels[88]. À cette époque, la traite des femmes aux fins d'exploitation sexuelle battait son plein. Rien que pour l'Italie, on estimait à huit mille les femmes nigérianes, et à cinq mille les femmes albanaises, moldaves et ukrainiennes victimes de la traite aux fins de prostitution. Dans les régions frontalières entre la Thaïlande, la Birmanie et le Cambodge, des enfants étaient vendus à destination du tourisme sexuel international. Au Brésil, au Venezuela et en Colombie, des jeunes filles étaient enlevées dans la rue pour fournir les bordels des centres miniers de l'Amazonie. On estimait à cinq mille les groupes criminels organisés constituant la mafia russe et dont au moins deux cent d'entre eux étaient implantés dans plus de trente pays. Après l'écroulement financier et politique de l'ex-Union soviétique, des gangs criminels russes s'étaient investis dans le contrôle du système bancaire, le blanchiment d'argent, le trafic international de drogues, d'armes de l'ancienne Armée rouge, de matériel nucléaire et dans la prostitution[89]. À l'origine, le protocole sur la traite avait pour ambition de ne se focaliser que sur les femmes et les enfants, mais face au développement d'autres formes d'exploitations qui impliquaient aussi les hommes, le titre fut changé[90].

Les ONG se mobilisent dans une bataille sans merci

Les travaux du Comité se déroulèrent entre janvier 1999 et octobre 2000, réunissant jusqu'à cent vingt pays selon les sessions[91]. Les négociations furent la scène de pressions intenses de groupes défendant des intérêts financiers divers. Ainsi, par exemple, la National Rifle Association[92] s'impliqua autour des discussions sur le trafic d'armes, et les partisans de l'industrie du sexe se rassemblèrent en nombre lors des négociations pour le protocole sur la traite, allant parfois jusqu'à de véritables tentatives d'intimidation envers des délégués gouvernementaux[93]. Il existait un risque que le protocole n'intègre aucun des principes contenus dans la Convention de 1949. Ainsi, cette dernière aurait symboliquement disparu du corpus des traités internationaux[94]. Cela aurait constitué un précédent dangereux pour tous les autres instruments des droits humains. Conscientes de ce danger, cent quarante ONG à travers le monde se mobilisèrent sous l'intitulé Réseau international des droits humains[95] pour veiller à ce que le protocole de Palerme ne signe pas la mort déguisée des conventions relatives à l'esclavage ou pratiques analogues.

La définition de la traite fut au cœur d'une bataille sans merci. Une minorité de pays, principalement des pays occidentaux et industrialisés[96], soutenus par des ONG pro-prostitution, intervinrent en faveur de normes contraires à la Convention de 1949. La Thaïlande proposa que l'on intègre les termes de « servitude involontaire », ce qui sous entendait qu'il en existait une volontaire. Tous demandèrent que les termes « prostitution et exploitation sexuelle » ne figurent pas et que seul le « travail forcé » soit mentionné, que la contrainte soit reconnue comme unique modalité d'entrée dans la traite, que le mot « victime » disparaisse au profit de « personnes trafiquées » au prétexte qu'il infantilisait les femmes et s'opposait à leur autodétermination. Enfin, des discussions interminables eurent lieu sur l'irrecevabilité du consentement des victimes[97]. Des documents de lobbying les plus insensés circulèrent parmi les délégations, allant parfois jusqu'à soutenir certaines formes de proxénétisme et identifiant les trafiquants comme des passeurs de frontières pour les « travailleuses du sexe » migrantes[98].

Faire reconnaître les prostituées comme victimes

Certaines agences des Nations Unies[99], ainsi que la haute commissaire aux droits de l'homme et la rapporteure spéciale intervinrent également pour la suppression des termes « victime » et « exploitation sexuelle ». Radhika Coomaraswami[100] affirma que les activités de l'industrie du sexe ne pouvaient constituer de l'« exploitation sexuelle » et que seules les conditions d'exploitation assimilables à l'esclavage dans le « travail sexuel » devaient être reconnues. La haute commissaire légitimait la suppression de ces mots par le fait qu'ils étaient « mal définis, imprécis et subjectifs, lorsqu'ils visent les adultes ». Le 15 août 2000, le GTFCE s'opposa à ces positions dans son rapport[101]. Il demandait instamment à ce que le protocole « ne voie pas son champ d'application limité au trafic impliquant l'usage de la force ou de la contrainte, mais comprenne toutes les formes de trafic, qu'il y ait ou non consentement de la victime ». De plus, il notait avec inquiétude que, dans son rapport le plus récent, « la rapporteure spéciale sur la violence contre les femmes proposait une définition de la "traite" incompatible avec les principes de la Convention de 1949 ».

Cette même année, lors de la Conférence mondiale des femmes, Pékin+5 en mars 2000 à New York, de nombreux pays prirent conscience de ce qui était à l'œuvre et refusèrent que le terme « forcé »[102] figure cette fois dans la Déclaration et le Programme d'action[103]. Lors de la session pour le protocole en juin 2000 à Vienne, la France prit la tête des pays[104] qui s'étaient opposés depuis le début des négociations aux positions pro-prostitution. On vit des alliances contre nature s'opérer : par exemple la France aux côtés du Vatican revendiquant les mêmes principes, alors qu'elle s'était opposée à lui trois mois auparavant à New York autour des droits reproductifs, ou les Pays-Bas et l'Iran demandant conjointement que figure en note explicative le fait que ce traité ne devait pas remettre en cause les législations nationales sur la prostitution, l'un pour protéger les proxénètes légaux, l'autre pour pouvoir poursuivre et tuer les femmes prostituées.

En octobre 2000, la définition intégrait « l'abus d'une situation de vulnérabilité ». « La prostitution et l'exploitation sexuelle » se trouvaient en tête de la liste des autres formes d'exploitation[105]. Le consentement des victimes à leur exploitation restait sans conséquence. Le terme « victime » figurait dans l'ensemble du texte et leur protection était intégrée de manière à la fois précise et très large[106].

En terme normatif international, ce traité constitua une formidable avancée pour la prise en compte de la « demande », à savoir le rôle central des « clients » dans le processus de la traite aux fins d'exploitation sexuelle[107].

Après Palerme

Après l'adoption du protocole de Palerme, les premières stratégies des organisations soutenant l'industrie du sexe furent les suivantes : déni de la définition de la traite[108] ; reprise de la définition en excluant le paragraphe relatif au consentement, et suppression des termes dérangeants[109] ; puis amalgame entre trafic de migrants[110] et traite des personnes.

En novembre 2001, la Cour européenne du Luxembourg déclara que les femmes originaires d'Europe de l'Est avaient le droit de « migrer pour travailler » dans l'industrie du sexe néerlandaise dès lors qu'elles étaient indépendantes. Elle suivait la proposition faite par le ministère néerlandais de la Justice en 2000 qui avait plaidé pour l'établissement d'un quota légal de « travailleuses du sexe » étrangères.

L'amalgame entre traite et migration a pu s'opérer d'autant plus aisément que les lois anti-traite sont le plus souvent fondées sur la protection conditionnelle des victimes sans papiers, en échange de leur collaboration. Cela a d'ailleurs débouché sur des formes de discrimination inversée. On a pu voir ainsi des refuges de pays de l'Union européenne refuser des femmes en situation régulière ou native du pays. Cette approche ne témoigne pas non plus de la réalité de la traite dans l'espace Schengen. Les trafiquants ont su s'adapter et importent aujourd'hui des femmes dans des pays où il est plus aisé d'obtenir des papiers, avant de les faire circuler ailleurs. Selon certaines associations de terrain en France[111], 80 % des femmes victimes de la traite aux fins de prostitution ont leurs papiers en règle. La protection conditionnelle, qui impose un délai de réflexion[112] aux victimes avant leur expulsion, témoigne d'une grande ignorance sur le vécu de ces femmes. Certaines, comme les Albanaises, originaires de villages où la structure familiale traditionnelle patriarcale domine, sont sous la menace de proxénètes violents[113] et savent que leur retour au pays signifie l'exclusion sociale et la violence de la part de leur famille. D'autres ont laissé des enfants dans leur pays et craignent des représailles sur leurs proches.

Les femmes nigérianes, quant à elles, ont subi des rituels d'envoûtement qui s'avèrent bien plus opérants pour verrouiller durablement la parole que la violence physique[114].

Les débats continuent

Puisque le mot « victime » avait été intégré dans le protocole de Palerme, plusieurs pays[115], soutenus par les mêmes ONG, s'évertuèrent à en donner une définition liée à la contrainte. C'est pourquoi, pour la nouvelle Convention sur la traite du Conseil de l'Europe, dite de Varsovie, adoptée en mai 2005, il fut nécessaire d'expliciter le terme « victime » dans la définition. Aujourd'hui, les débats font rage autour de la question de l'identification des victimes.

Un autre courant affirme que les débats sur la prostitution et l'exploitation sexuelle ont interdit une mobilisation sur la traite aux fins de travail forcé et que l'exploitation du travail forcé constitue l'élément essentiel du protocole de Palerme[116]. En réalité, la majorité des femmes victimes de la traite sont exploitées sexuellement. Même l'OIT, dont la position politique reste inchangée[117], indique dans son rapport 2005 que la majorité des personnes victimes de la traite dans le monde sont soumises à « l'exploitation sexuelle à des fins commerciales ».

Les choix politiques pour le XXIe siècle

Aujourd'hui, deux approches politiques s'opposent sur la scène internationale et régionale. La première, dont les Pays-Bas sont le fer de lance, envisage le corps humain, le sexe des femmes comme produit marchand à intégrer dans l'économie mondiale[118]. La seconde, théorisée par la Suède, considère l'achat de « services sexuels » comme un frein à l'égalité entre les femmes et les hommes[119]. Si ces dernières années les Pays-Bas ont développé leurs arguments en affirmant que leurs politiques permettaient de lutter contre la traite des êtres humains, la Suède quant à elle a observé que sa loi – laquelle à l'origine n'avait pas pour ambition de s'attaquer au phénomène de la traite – donnait des résultats bien plus significatifs pour enrayer la traite aux fins d'exploitation sexuelle. Il est intéressant de noter que ces pays font partie avec la Belgique des seuls qui ont institué un rapporteur national sur la traite en Europe[120]. La construction économique et politique de l'Union européenne, qui a inscrit l'égalité entre les femmes et les hommes comme principe fondamental[121], ne peut faire l'économie du débat sur les conséquences du développement de l'industrie du sexe dans cette région[122]. Lorsque l'on sait que certaines régions du Sud-Est asiatique comme la Thaïlande sont aujourd'hui totalement dépendantes de cette économie, et que 5 % du PNB des Pays-Bas[123] proviennent de ce commerce, il est impossible de ne pas aborder le sujet de façon frontale. Les nouveaux pays de l'Union européenne étaient, il y a une dizaine d'années, des pays d'origine de la traite. Certains parmi eux, comme la Hongrie ou la République tchèque, où l'industrie du sexe prospère au grand jour, sont devenus à la fois zone de transit et de destination pour la traite des femmes. Les pays baltes se sont également développés économiquement ces dernières années grâce au tourisme sexuel en provenance de la Scandinavie, de l'Allemagne et du Royaume-Uni[124]. Chaque week-end, des hordes d'hommes finlandais viennent à Tallin, ne se trouvant fort commodément qu'à une demi-heure en avion d'Helsinki, pour acheter alcool et femmes[125]. Dès l'arrivée au port ou à l'aéroport de Tallin, les hommes sont accostés par les taxis qui sont devenus les meilleurs intermédiaires des propriétaires des maisons closes. À Riga, la pression de l'industrie du sexe est telle que les femmes lettones se plaignent de plus en plus du harcèlement sexuel qu'elles subissent au centre-ville[126]. Dans les pays baltes, toute femme est potentiellement prostituable, et tout homme étranger perçu automatiquement comme un client. Inquiet de cette situation, et conscient de l'impact sur toute la région du développement de la vente des femmes, le Conseil des ministres des pays nordiques, avec la coopération des pays baltes, finança en mai 2002, une première campagne de prévention intergouvernementale unique en son genre, car elle rassemblait des pays ayant des législations nationales différentes[127]. Le protocole de Palerme servit de cadre référentiel, et des campagnes s'appuyant sur l'article concernant la demande en direction des clients ont pu être envisagées.

Conséquences des politiques légalisant certaines formes de proxénétisme[128]

L'organisation légale de la prostitution revient en réalité à officialiser certaines formes de proxénétisme. Les proxénètes, les agents, les recruteurs de femmes étrangères sont reconnus comme hommes d'affaires ou entrepreneurs sexuels. Ils ne sont pas considérés comme des criminels dès lors qu'ils sont enregistrés selon leurs secteurs d'activité. Ainsi, seuls les trafiquants et les proxénètes illégaux, ou ceux dont les victimes pourront prouver l'usage de la force, risquent d'être inquiétés. Les « clients » sont eux considérés comme de légitimes consommateurs de sexe. Comme toute industrie qui veut se développer et prospérer, il est indispensable d'en faire la promotion et de fournir une marchandise toujours plus jeune, plus attrayante et diversifiée pour que le consommateur ne se lasse pas. Cela implique également que des organisations de commerçants et de consommateurs soient créées pour la défense de leurs intérêts réciproques[129]. C'est d'ailleurs contre cette logique que le gouvernement du Venezuela fit passer une loi en 1998 interdisant la formation de syndicats de « travailleurs du sexe ». En effet, le ministère du Travail du Venezuela indiqua que le but d'un syndicat est de « promouvoir le développement collectif de ses membres et de leur profession ». Ce type de syndicat ferait de fait la promotion de la prostitution qui ne peut être « considérée comme un travail car ce serait contraire aux principes de dignité et de justice sociale ».

Un des arguments utilisés pour la légalisation de la prostitution aux Pays-Bas a été celui de mettre un frein à la migration illégale des « travailleuses du sexe » étrangères, obligées de faire appel à des trafiquants sans scrupules pour traverser les frontières. En 1994, l'OIM indiquait que près de 70 % des femmes victimes de la traite aux Pays-Bas étaient originaires des pays de l'Europe centrale et orientale[130]. En 1999, le groupe de Budapest[131] soulignait que dans les maisons closes des Pays-Bas, 80 % des femmes avaient fait l'objet d'un trafic de l'étranger[132]. Un an après la légalisation de l'exploitation de la prostitution, le rapporteur national sur la traite rapportait que, non seulement le nombre de victimes de la traite avait augmenté, mais que la proportion des femmes prostituées étrangères était restée la même[133].

Après la chute du mur de Berlin, les propriétaires des maisons closes d'Allemagne affirmèrent que neuf femmes sur dix employées dans leurs établissements étaient originaires des anciens pays du bloc soviétique. En 1993, 75 % des femmes prostituées dans l'industrie du sexe allemande, étaient latino-américaines[134]. En 1999, on constatait que dans l'État de Victoria en Australie[135], le problème de la traite des femmes asiatiques s'aggravait, et que la lutte contre la traite était rendue difficile par la réglementation de la prostitution[136]. De plus, il semble que le chiffre de la prostitution des enfants aux Pays-Bas ait augmenté de 300 % de 1996 à 2001 (4 000 à 15 000) avec 5 000 victimes de la traite selon l'interprétation néerlandaise, dont une grande proportion sont des filles nigérianes[137].

La demande sous le feu des projecteurs

On se souvient que dans les années 1970, les pays scandinaves et notamment la Suède représentaient l'Eldorado de la libération sexuelle en Europe. L'industrie pornographique y prit un véritable essor et cette région attira des hommes originaires de pays d'Europe moins libéraux, venant y pratiquer le tourisme sexuel. Sans remettre en cause la liberté sexuelle, les femmes suédoises prirent très vite conscience des dérives, et comprirent que la violence à l'encontre des femmes freinait le mouvement pour l'égalité entre les hommes et les femmes. Dès 1987, l'Organisation nationale des refuges pour les femmes victimes de violence (Roks) se mobilisa pour que l'« achat de service sexuel » soit considéré comme une violence parmi les autres déjà identifiées, et présenta chaque année ce point dans la liste des revendications données au Parlement. Cette action déboucha quelque dix années plus tard sur une loi intitulée « Paix des femmes », approuvée avec très peu d'opposition au Parlement en 1998. L'articulation égalité politique et lutte contre la prostitution est ici manifeste. La Suède comptait à cette date 43 % de femmes parlementaires. Cette loi, la première de ce type, qui interdisait l'achat de la sexualité, sans pour autant pénaliser les personnes prostituées, entra en vigueur en janvier 1999. Elle se fondait sur l'idée qu'une société défendant les principes d'égalité politique, économique et sociale entre les femmes et les hommes, ne pouvait accepter que des femmes et des enfants puissent être considérés comme des marchandises et être exploités sexuellement. Ne pas poser cette norme, c'était autoriser qu'une classe de femmes socialement et économiquement marginales soit exclue des droits et de l'accès à la justice sociale, ainsi que de la protection universelle inscrite dans les traités internationaux des droits humains élaborés depuis cinquante ans[138]. Les peines encourues pour ce délit sont de 50 jours de prison où l'équivalent par une amende indexée sur les revenus de l'acheteur. En cas de récidive, la peine peut aller jusqu'à 150 jours d'emprisonnement[139].

En Suède, la prostitution de rue régresse de 50 % en deux ans

C'est plus dans un esprit de prévention que de répression que la norme de la transgression a été posée. « Empêcher le délit avant qu'il ne soit commis. » L'équivalent de 1 million de dollars fut débloqué pour la mise en œuvre de la loi en 1999 et, en 2003, le gouvernement suédois alloua environ 4,1 millions de dollars sur trois ans en y intégrant également la lutte contre la traite aux fins d'exploitation sexuelle. La prostitution de rue régressa de 50 % en deux ans, et aucune évidence ne démontre que la prostitution devint clandestine ou qu'elle se détourna sur Internet, plus que dans d'autres systèmes législatifs, comme nombre de médias étrangers l'ont affirmé alors[140]. En effet, l'industrie sexuelle a toujours été prompte à tirer avantage des nouvelles technologies. De plus, un trafic de femmes venant d'Estonie opérant via Internet a pu être démantelé. La police a découvert sur l'ordinateur du trafiquant les noms de 1 300 « acheteurs » dont 572 ont été appréhendés. Dans une autre affaire, ce sont les témoignages des « acheteurs » démasqués qui ont permis d'arrêter deux trafiquants lituaniens. En 2000, la loi a également été utilisée à l'encontre de soldats opérant dans les troupes suédoises du maintien de la paix en Bosnie et au Kosovo. Des officiers ont été poursuivis, condamnés et démis de leur fonction. Les rapports de 2001 et 2002 du rapporteur national suédois sur la traite indiquaient qu'elle semblait avoir baissé alors que dans les pays voisins elle avait en revanche augmenté. Europol établissait un constat similaire soulignant que la Suède n'était plus un marché intéressant pour les trafiquants en raison de la loi.

Les trafiquants et les proxénètes sont des hommes d'affaires qui évaluent les risques et les profits potentiels. En Suède, les acheteurs deviennent clandestins. Les proxénètes sont obligés de rechercher les clients, de tenir des registres, de passer par des intermédiaires et d'escorter les femmes jusqu'à eux. Organiser des bordels dans les appartements devient périlleux, d'autant qu'un public, rendu très vigilant, risquerait de dénoncer si cela se produisait dans son voisinage. Dans un sondage effectué en 2003, 80 % des Suédois se disaient favorables à la loi.

Pénaliser l'achat de « services sexuels »

À peine entrée en vigueur, la loi suédoise fut décriée dans de nombreux pays d'Europe comme loi liberticide issue d'un pays puritain. Pourtant, certaines institutions internationales avaient déjà pris la mesure du développement de la traite aux fins de prostitution dans les zones à concentration masculine, notamment dans les régions à forte présence militaire[141]. En janvier 2001, un an après l'adoption du protocole de Palerme sur la traite, appelant les gouvernements à « décourager la demande », y compris « par des moyens législatifs » Bernard Kouchner, chef de la mission intérimaire de l'Onu (UNMIK) au Kosovo depuis 1999, signa un règlement prohibant la traite des personnes, et interdisant l'achat de services sexuels au personnel de l'Onu, dont les forces de paix, s'ils avaient connaissance du fait que la femme fut objet d'un trafic. Bien que peu applicable – on voit mal un client demander à une femme si elle est « libre » ou sous la menace d'un trafiquant –, cette norme s'imposa cependant comme une évidence, y compris pour les défenseurs du « travail sexuel ». « Un homme ne peut faire la différence entre une femme trafiquée et "une travailleuse du sexe" », déclarait Osnat Lubrani, directrice régionale pour l'Europe centrale et orientale de UNIFEM[142]. Après la révélation des abus sexuels perpétrés par des soldats de la force de la paix de l'Onu, notamment dans la république démocratique du Congo et au Kosovo, et le constat que leur présence favorisait la traite des femmes dans les régions où ils opèrent, le secrétaire général de l'Onu Kofi Anan approuva en juin 2004 le lancement d'une campagne de tolérance zéro sur les abus sexuels et le trafic sexuel, qui interdit désormais sans restriction l'achat de « services sexuels »[143]. Le Haut Commissariat aux Réfugiés adopta également un code de conduite similaire, ainsi que l'armée américaine la même année. Dès 2002, le gouvernement norvégien avait adopté quant à lui un code éthique pour ses fonctionnaires en poste à l'étranger, prohibant « l'achat de services sexuels »[144].

En mars 2005, la Commission sur le statut de la femme de l'Onu adoptait à l'unanimité une résolution pour « l'élimination de la demande ». Un pas de plus dans le processus lorsque l'on sait que le protocole de Palerme ne proposait que de la « décourager ». Nul doute que depuis 1999, le facteur de la « demande », jusqu'alors négligé, s'est retrouvé sous le feu des projecteurs.

D'autres pays ont depuis adopté une loi similaire à celle de la Suède qui pénalise d'une manière ou d'une autre l'achat de « services sexuels » : les Philippines en 2003, la Corée du Sud en 2004 et la Lituanie en 2005[145]. Des initiatives locales sont allées dans le même sens. Depuis une dizaine d'années, les campagnes contre la traite ont le plus souvent présenté des femmes victimes ou esclaves[146], ou intégré dans leur visuel tous les stéréotypes de la prostitution (femme dénudée près d'un réverbère la nuit). La municipalité de Madrid, reprenant l'exemple d'une campagne suédoise qui au contraire montrait des hommes de tous âges et de toutes professions[147], a lancé en 2005 une campagne d'affichage s'adressant aux hommes, où il est dit : « Parce que tu payes, la prostitution existe, tu participes à l'exploitation et à la traite des êtres humains. »

En guise de conclusion

Seule une approche cohérente, rendant visible de façon égale tous les protagonistes de l'exploitation, et évaluant la responsabilité de chacun, permettra de lutter de manière globale contre la traite des femmes aux fins d'exploitation sexuelle. Le tourisme sexuel ne concerne pas que les enfants et les pays en voie de développement. Tous les grands centres urbains, dont une part importante des revenus provient du tourisme, sont aujourd'hui confrontés à ce sujet. Une ville comme Paris par exemple, dont les revenus ne proviennent plus de l'industrie du sexe depuis longtemps, où fut inventé le concept de tourisme sexuel dans les jardins du Palais Royal à la fin du XVIIIe siècle, où s'est développé le mythe des « petites femmes », des grands boulevards et de Pigalle, qui a attiré des hommes du monde entier, ne pourra éviter d'aborder cette question de manière frontale. On sait aujourd'hui que les grandes rencontres sportives ou culturelles (Festival de Cannes, Jeux Olympiques, coupes du mondes[148], et même le Paris Dakar[149]) impliquent « l'importation » de femmes aux fins de prostitution. Lors des sessions du Parlement Européen à Strasbourg, la police et les associations ont noté l'arrivée massive de femmes, dont nombre d'entre elles traversent à pied la frontière depuis l'Allemagne, où les lois contre le proxénétisme sont moins sévères qu'en France, et où certaines formes y sont légales. La traite des femmes ne peut plus être abordée uniquement sous l'angle de l'économie et de la mondialisation. C'est un sujet qui dépasse les clivages gauche/droite. Comment en effet expliquer le silence des syndicats et des partis de gauche devant les abus qui sont commis par les travailleurs migrants exploités dans les mines d'Amazonie, à la frontière du Mexique ou le long du trajet de la construction de l'oléoduc reliant la mer Caspienne à la mer Méditerranée. En Géorgie, des femmes sont amenées directement dans les campements des ouvriers travaillant à la construction du pipeline. Et le long de la frontière turque, les clubs et bars de prostitution prospèrent.

Au-delà d'une lutte cohérente policière et judiciaire contre ce système qui fait du corps humain un produit de consommation et doit impérativement prendre en compte la demande, le combat contre la traite des femmes aux fins d'exploitation sexuelle doit en priorité tordre le cou aux clichés culturels puissants qui empêchent la pleine égalité sexuelle entre les femmes et les hommes. Sans doute est-ce le défi le plus difficile en ce début de siècle. Comme le disait Aurora Javete de Dios[150] : « La prostitution et la traite sont intrinsèquement liées. On ne pourra promouvoir les droits des femmes dans le monde si ces deux questions ne sont pas affirmées avec force et conjointement par les gouvernements. Tant que nos sociétés n'impulseront pas des mesures énergiques pour l'égalité des femmes, pour leur renforcement économique et politique, il y aura de plus en plus de femmes qui se retrouveront dans la prostitution et l'industrie du sexe. Le combat contre la prostitution et la traite n'est rien d'autre que le combat pour la vision future que nous souhaitons pour nos sociétés. Est-ce un futur où l'on peut vendre et acheter les femmes et les hommes, quel que soit leur âge, et que l'être humain devienne objet commercial ? Non, la prostitution n'est pas glamour, elle ne peut être acceptée comme une profession acceptable pour les femmes. La prostitution est l'indicateur par excellence de l'inégalité entre les femmes et les hommes. Le combat contre la traite et la prostitution est le combat qu'il faut d'urgence mener pour les générations futures et que cesse la discrimination de genre qui engendre la prostitution[151]. »

Historienne, experte et consultante internationale sur la traite des femmes et la prostitution, impliquée dans un travail contre les violences faites aux femmes, la traite et la prostitution depuis 1993, Malka Marcovich a participé depuis cette date à toutes les discussions et négociations au niveau national, régional et international. Elle est l'auteur du rapport : « Le système de la prostitution : une violence à l'encontre des femmes, Sous-Commission prostitution et traite des êtres humains à des fins sexuelles, Commission nationale contre les violences à l'encontre des femmes, mars 2002 ». Elle dirige la Coalition contre la traite des femmes en Europe (CATWE).

Notes

1. Entre autres Interpol, l'Onu, l'Organisation internationale des migrations (OIM)…

2. Date de l'adoption du nouveau protocole des Nations Unies sur la traite des personnes, dit protocole de Palerme.

3. Voir l'intervention de Helga Konrad dans la conférence de l'Organisation internationale des migrations (OIM) 18-20 septembre 2002, Parlement européen.

4. Intervention de Janice Raymond, « Les politiques urbaines et la prostitution », AMGVF, Mairie de Nantes, Mairie de Paris, 12 juin 2003, http://www.grandesvilles.org/IMG/Actes_du_Colloque-2.pdf

5. L'Organisation internationale du travail, qui soutient depuis des années la normalisation de la prostitution comme un travail légitime, souligne dans son rapport 2005 que la majorité des femmes victimes de la traite dans le monde, est soumise à « l'exploitation sexuelle à des fins commerciales ».

6. Conférence du Cri, Dijon, 1995.

7. Son ouvrage *La Prostitution dans la ville de Paris*, achevé en 1935, servira de base à l'édification du discours et des politiques hygiéniste et réglementariste.

8. Au tournant du siècle, la terminologie « traite des Blanches » a permis l'élaboration de discours xénophobes et antisémites que l'on retrouve notamment dans les faux « protocoles des sages de Sion » sur le proxénétisme juif international, et qui seront permanents dans les discours antisémites de Drumont à Hitler. Le sénateur français Bérenger, défenseur de la politique française réglementariste, se servit de l'effroi autour de la « traite des blanches » et se mobilisa pour que soit condamné le trafic des femmes mineures ou majeures non consentantes. Il poussa également à la création d'un mouvement international anti-traite des Blanches en 1899, qui comptait également des abolitionnistes et qui déboucha sur le premier accord international en 1904 à Paris.

9. Sur cette période, voir notamment *Les Filles de Noces* d'Alain Corbin, éd. Flammarion, 1982.

10. Par exemple comme personnalité féministe Maria Deraisme, ou le Conseil international des femmes, une des plus vieilles organisations de femmes.

11. Traité contre la traite des femmes de 1904.

12. Qui s'appelait à l'origine Union temporaire contre la prostitution réglementée.

13. « Il y a là une double conception de la morale contre laquelle nos associations féministes ne cessent de protester. Nous réclamons une morale égale et des responsabilités égales pour les deux sexes. Nous n'admettons pas la réglementation pour la femme seule, la condamnation pour la femme seule alors que l'homme est toujours absout. » Marcelle Legrand Falco, fondatrice de l'Union contre le trafic des êtres humains, Rouen, 30 janvier 1931.

14. British Contagious Deseases Acts.

15. Criminal Law Amendment Act.

16. Il est d'ailleurs intéressant de voir que ce pays, un des premiers à avoir adopté une politique abolitionniste, est aujourd'hui le fer de lance de la légalisation de l'exploitation de la prostitution dans le monde.

17. 1890 : Norvège ; 1901 : Danemark ; 1907 : Finlande ; 1911 : Bulgarie ; 1918 : Russie ; 1919 : Suède ; 1922 : Tchécoslovaquie ; 1927 : Allemagne ; 1940 : Égypte…

18. Dans le cadre du Comité spécial sur la question de la traite des femmes et des enfants.

19. « L'existence des maisons de tolérance constitue incontestablement un stimulant de la traite tant dans le domaine national que dans le domaine international [...]. Ces établissements ont constamment besoin de nouvelles pensionnaires pour remplacer celles qui s'en vont ; par conséquent, de l'avis de la commission, le remède le plus efficace contre la traite est la fermeture de la maison de tolérance dans les pays intéressés. » Extrait du rapport de la SDN de 1927.

20. Voir « Guide de la Convention du 2 décembre 1949 », Malka Marcovich, sur www.catwinternational.org

21. Ce qui est le cas de la loi française de 2003 sur la sécurité intérieure.

22. Rapport 2000-2001 de la Délégation aux droits des femmes et à l'égalité des chances entre les hommes et les femmes du Sénat : « Les politiques publiques et la prostitution ».

23. Présidente de la Délégation aux droits des femmes et à l'égalité des chances du Sénat.

24. Toutefois, il semble qu'aujourd'hui le gouvernement tchèque souhaite réitérer cette volonté et présenter un projet de loi visant à légaliser l'exploitation de la prostitution d'autrui, passant ainsi par-dessus les normes de la Convention de 1949, sans pour autant la « dératifier ».

25. De la Sous-commission pour la protection et la promotion des droits de l'homme.

26. (A/51/309).

27. Voir son rapport portant sur « l'application et le suivi des conventions relatives à l'esclavage », Commission des droits de l'homme de l'Onu en 2000, E/CN.4/Sub.2/2000/3.

28. « Refuser la propriété des autres sur son corps, c'est aussi refuser sa propre propriété sur son corps. Le mot d'ordre féministe : "mon corps est à moi" me semble aberrant, puisqu'on le comprend toujours littéralement. Qu'est-ce que parler veut dire ? On n'*a* pas son corps, on *est* son corps. "Mon corps est moi". Non un objet, un instrument, séparé de l'être, qu'on peut vendre, louer, abandonner, ou garder pour soi, mais l'être même. On ne s'appartient pas, on est. C'est pourquoi la liberté de propriétaire que les prostituées revendiquent sur leur corps-objet, me semble la même aliénation. »

29. Initiales de Call Off Your Old Tired Ethics ou « dégagez-vous de vos vieilles morales désuètes ».

30. Cette argumentation fit son chemin en Europe, et nous trouvons l'héritage de cette position idéologique aujourd'hui dans les travaux notamment de Marcella Yacoub.

31. *Female Sexual Slavery*, traduction française chez Stock, 1979.

32. Sociologue et historienne des États-Unis.

33. Kathleen Barry, comme nombre de féministes qui s'étaient mobilisées contre la guerre du Viêtnam, s'indignait du développement des bordels partout où se trouvait l'armée.

34. Notamment avec le Movement Against Pornography.

35. Voir Dorchen Le dhold, cofondatrice de la Coalition contre la traite des femmes (CATW), « Demand and the Debate », 2003, sur http://action.web.ca/home/catw/readingroom.shtml?x=53793

36. On retrouve la substance de cet atelier dans « Stratégies et organisation du réseau contre l'esclavage sexuel », *Nouvelles Questions féministes*, n° 8, 1984.

37. Alors directrice de la Commission des droits de la femme de l'Unesco.

38. Et soutenue par la Fédération abolitionniste internationale, alors seule organisation internationale abolitionniste héritée de Joséphine Butler.

39. Qui en donnait la définition suivante : « L'exploitation sexuelle est une pratique par laquelle une ou des personnes obtiennent une gratification sexuelle, financière ou une promotion, en abusant de la sexualité d'une personne et en lui déniant son droit humain à la dignité, à l'égalité, à l'autonomie et au bien-être physique et mental. L'exploitation sexuelle inclut le harcèlement sexuel, le viol, l'inceste, la violence domestique, la pornographie et la prostitution. Toutes les prostitutions exploitent les femmes, qu'elles soient ou non consentantes. La prostitution intègre la prostitution occasionnelle, les bordels, les agences d'escorte ou la prostitution pour l'armée, le tourisme sexuel, la vente de mariage par correspondance et la traite des femmes. »

40. Il est d'ailleurs significatif que la dernière conférence internationale organisée dans le cadre de l'Unesco par Wassyla Tamzali sur ce thème ait pris comme titre « La guerre des mots », juin 2001, avec le MAPP.

41. Professeur d'éthique médicale et de « Women's studies » à l'université du Massachusetts.

42. Notamment la Fédération internationale des ligues des droits de l'homme (FIDH).

43. Notamment le Lobby européen des femmes qui adopta deux résolutions en 1998 et 2001 contre la prostitution et en posant la responsabilité des clients. Voir sur le site http://www.womenlobby.org

44. Voir dans « Guide du protocole sur la traite des personnes », par Janice Raymond, édité par Article Premier, l'AFEM, la CATW, le LEF et le MAPP, le nom des organisations d'Amérique du Nord et du Sud, d'Asie, d'Afrique et d'Europe qui se sont engagées dans le cours des négociations sous l'égide du Réseau international des droits humains.

45. Notamment les Pays-Bas.

46. Voir l'interview d'Hélène Sackstein, experte internationale sur l'exploitation sexuelle des enfants, Cahiers du Colloque de Nantes, juin 2003.

47. Notamment en Afrique du Sud où, dans le cadre de la lutte contre le sida, des brochures indiquent que les « enfants travailleurs du sexe » (*child sex workers*) ont appris à utiliser les préservatifs.

48. Voir notamment Melissa Farley, « Prostitution in Five Countries: Violence and Post Traumatic Stress Disorder », in *Feminism and Psychology*, vol. 8, 1998.

49. Experte Internationale sur les droits des enfants, et notamment leur exploitation sexuelle.

50. Hélène Sackstein, Cahiers de Nantes, juin 2003, voir également Groupe de travail d'ECPAT, Congrès mondial contre l'exploitation sexuelle des enfants, Stockholm, 1996.

51. Cité dans « Légitimer la prostitution en tant que travail : l'Organisation internationale du travail appelle à la reconnaissance de l'industrie du sexe », Dr Janice Raymond, 1998, disponible sur www.catwinternational.org

52. « La décorporalisation dans la pratique prostitutionnelle : un obstacle majeur à l'accès aux soins », thèse de doctorat d'État de médecine générale, Judith Trinquart, février 2002.

53. Article 3-b.

54. Lim Lin Lap, « The Sex Sector. The Economic and Social Bases of Prostitution in Southeast Asia », ILO, Geneva, 1998.

55. E/CN.4/2005/72.

56. Voir notamment l'utilisation de ce terme dans « La décorporalisation dans la pratique prostitutionnelle : un obstacle majeur à l'accès aux soins », thèse de doctorat d'État de médecine générale, Judith Trinquart, février 2002.

57. « Le système de la prostitution : une violence à l'encontre des femmes », sous-commission prostitution et traite des êtres humains à des fins sexuelles, commission nationale contre les violences à l'encontre des femmes, Malka Marcovich, mars 2002.

58. Voir le documentaire *La Vitrine hollandaise*, Hubert Dubois, production Ciné TV, 2003.

59. Voir le rapport « Soutien financier de l'Union européenne à des projets et organisations promouvant la légalisation et la réglementation de la prostitution », Jenny Wennberg, avec la collaboration de Marianne Eriksson (GUE/NGL), Parlement européen, novembre 2002.

60. Rapporteur spécial de l'Onu sur les violences, rapport E/CN.4/2005/72.

61. A/RES/48/104.

62. Lors de la première Conférence mondiale de Mexico en 1975. On trouve la terminologie « prostitution forcée ». Mais, depuis 1949, cette formule a parfois été utilisée dans une optique politique différente de celle qui vise à légitimer la prostitution dite « libre » comme un travail ou à légaliser l'exploitation de ces femmes. Le mot « forcé » avait alors comme ambition de ne pas stigmatiser et de ne pas poursuivre les femmes qui prétendaient être libres. De plus, en 1975, les féministes étaient peu impliquées dans les travaux de la Conférence mondiale.

63. En dehors notamment de la Coalition internationale contre la traite des femmes (CATW).

64. Voir l'interview d'Antoinette Fouque, « La poussée conservatrice porte atteinte aux droits des femmes », *L'Humanité*, 9 novembre 1995.

65. Fonds de développement des Nations Unies pour la femme.

66. On retrouve la substance de cet atelier dans « Stratégies et organisation du réseau contre l'esclavage sexuel », *Nouvelles Questions féministes*, n° 8, 1984.

67. On connaît les liens politiques et économiques qui unissent les Pays-Bas et l'Afrique du Sud.

68. « Redefining prostitution as Sexwork on the International Agenda ».

69. Créée en 1994, cette organisation, dont le sigle GAATW peut facilement être confondu avec celui de la CATW, ne considère que la traite « forcée » et demande la reconnaissance de la prostitution comme un travail.

70. On peut encore citer à titre d'exemple Marjan Vijers, ancienne directrice de STV, qui dirige actuellement le groupe d'experts contre la traite de la Commission européenne.

71. Poste créé à l'issue de la Conférence de Vienne en 1993 et de l'Assemblée générale de 1993, la RS sera nommée en 1994.

72. À la suite de la création du Comité *ad hoc* sur les droits des femmes en 1979, Yvette Roudy, présidente, propose une résolution au Parlement européen sur la prostitution en Europe (document 320/80 – PE 66.808). En 1989-1990, Carmen Llorca Vilplana rédige un rapport pour la Commission des droits de la femme sur « L'exploitation de la prostitution et le commerce des êtres humains » qui demande, entre autres, la ratification de la Convention de 1949 par tous les États membres.

73. La Fédération abolitionniste internationale n'avait pas su adapter sa réflexion aux nouvelles modalités d'exploitation et aux réponses politiques à apporter. François Pigner, magistrat français qui en était le président était partisan, d'intégrer les réflexions de Kathleen Barry à leurs travaux. Mais en dehors de l'Union contre le trafic des êtres humains en France et la Joséphine Butler Society en Angleterre, dont les représentantes restaient résolument féministes, la majorité des associations refusèrent sa collaboration.

74. Voir à ce propos le rapport de Licia Brussa, présenté lors du séminaire « Rapport sur la prostitution, la migration et la traite des femmes : données historiques et faits actuels ». À noter que les conclusions de ce séminaire furent contestées par la Belgique, la France, le Luxembourg, la Norvège et la Suède.

75. Voir à ce sujet l'article de Marie-Victoire Louis, « La conférence européenne sur le trafic des femmes : vers une reconnaissance légale du proxénétisme », *in Projets féministes*, n° 1, mars 1992.

76. La déclaration ministérielle de La Haye, concernant les lignes directrices européennes pour des mesures efficaces pour combattre le trafic des femmes aux fins d'exploitation sexuelle, 1997.

77. Notamment l'agence de développement Novib.

78. Comme par exemple des organisations de femmes luttant pour les droits reproductifs en Pologne ou des organisations luttant contre la corruption et pour l'accès à la démocratie en Albanie…

79. Des stages furent organisés aux Pays-Bas à l'intention des organisations de ces pays pour les former à cette idéologie.

80. Organisation pour la sécurité et la coopération en Europe.

81. Organisation internationale des migrations.

82. En poste de 1994 à 1995.

83. Ce sera aussi le cas de la députée italienne Maria Paola Colombo Svevo qui, bien qu'abolitionniste, portera essentiellement son attention sur l'aide aux victimes dans son rapport sur la traite (14 décembre 1995, A4-0326/95) dans le cadre du Comité des libertés civiles et affaires intérieures.

84. Voir notamment « La lettre de votre députée » n° 3, 1997, *Il y a deux sexes*, Gallimard, 2000. D'autres députés européens français prirent position également plus tard : Sylviane Ainardi, Geneviève Fraisse, Alain Lipietz, Liliane Hazan et dernièrement Nicole Fontaine.

85. Marianne Erikson collabora à un premier rapport de Jenny Wennberg sur le « Soutien financier de l'Union européenne à des projets et organisations promouvant la légalisation et la réglementation de la prostitution », Parlement européen, novembre 2002, et rédigea pour la Commission des droits de la femme un rapport sur les conséquences de l'industrie du sexe dans l'Union européenne (A5-0274/2004) qui fut tant combattu qu'il ne fut jamais placé dans l'agenda parlementaire de l'Union à la veille des élections de 2004. De ce fait, ce rapport n'a jamais pu être adopté.

86. Groupe de travail sur les formes contemporaines d'esclavage (GTFCE).

87. On doit principalement la victoire lors de ces négociations à Janice Raymond, codirectrice de la CATW, qui sut tenir jusqu'au bout lors de la rédaction du texte lorsque la plupart des autres abolitionnistes féministes commençaient à abandonner.

88. Résolution de l'Assemblée générale 53/111, 9 décembre 1998.

89. Voir « Guide du protocole de Palerme », Janice Raymond, disponible sur catwinternational.org

90. « Protocole visant à prévenir, réprimer et punir la traite des personnes, en particulier des femmes et des enfants ».

91. L'adoption du protocole eut lieu à Palerme en souvenir du juge Falcone, en décembre 2000.

92. Association américaine défendant la possession des armes.

93. Un exemple parmi d'autres : la représentante de la délégation des Philippines fut bloquée physiquement durant quelques minutes par des lobbyistes pro-prostitution, pour l'empêcher d'accéder à une salle de l'Onu, et son gouvernement reçut des lettres d'ONG de « travailleurs du sexe » discréditant le travail qu'elle faisait à Vienne.

94. À noter que Jo Doezima, représentant d'Anti-Slavery International, fit une intervention orale en ce sens lors de la deuxième session des négociations.

95. Les organisations qui se sont le plus mobilisées furent la CATW, le MAPP, le LEF, la FIDH, Equality Now, qui assistèrent à l'essentiel des sessions, et ont été particulièrement soutenues par l'AFEM, la CLEF, le Collectif Article Premier, Terre des Hommes et l'UCTEH en France. Voir les autres ONG dans le guide du protocole sur la traite des personnes sur www.catwinternational.org

96. L'Allemagne, l'Australie, le Canada, le Danemark, l'Espagne, l'Irlande, le Japon, la Nouvelle-Zélande, les Pays-Bas, le Royaume-Uni, la Suisse, la Thaïlande et les États-Unis durant la première partie des négociations.

97. Un des exemples présentés lors des négociations : une trafiquante de femmes en provenance du Malawi à direction des Pays-Bas, utilisa le consentement des victimes lors de son procès, arguant notamment que ces femmes étaient déjà prostituées au Malawi et qu'elles étaient donc consentantes.

98. Signés notamment par la Strada, STV, la GAATW, IHR, et Patsy Sörensen, députée verte au Parlement européen et par ailleurs fondatrice de l'association Payoke à Anvers, qui cette même année voulut lancer une formation de travailleurs du sexe dans le cadre de son association.

99. Notamment l'OIT. L'OIM, qui participa à des réunions de consultation (*caucus trafficking*) sous l'égide de l'ONG IMADR à Genève, prit position dans le même sens.

100. Rapporteur spécial sur les violences faites aux femmes, document du 20 mai 1999.

101. E/CN.4/2000/68, par. 13.

102. À noter que la France et la Suède avaient déjà obtenu la suppression de ce terme en 1998, lors de l'examen du chapitre concernant les violences.

103. Voir notamment le discours à New York, en juin 2000 de la secrétaire d'État aux Droits des femmes Nicole Pery, où cette dernière déclara avec force que la prostitution et la traite aux fins d'exploitation sexuelle constituait une violence à l'encontre des femmes. Voir aussi la réponse de Martine Aubry, ministre de l'Emploi et de la Solidarité, à une question au gouvernement le 17 mai 2000, à l'Assemblée nationale.

104. Parmi les plus actifs, l'Argentine, la Belgique, la Finlande, Madagascar et les Philippines.

105. Le travail ou les services forcés, l'esclavage ou les pratiques analogues à l'esclavage, la servitude ou le prélèvement d'organes.

106. Voir « Guide du protocole sur la traite des personnes », par Janice Raymond, édité par Article Premier, l'AFEM, la CATW, le LEF et le MAPP.

107. article 9.5 : Les États Parties adoptent ou renforcent des mesures législatives ou autres, […] pour décourager la demande qui favorise toutes

les formes d'exploitation des personnes, en particulier des femmes et des enfants, aboutissant à la traite.

108. Ce fut le cas de Radhika Coomaraswamy qui continua, lors de la 57e session de la Commission des droits de l'homme en mars 2001, de proposer une nouvelle définition, basée sur la contrainte et n'ayant rien à voir avec le protocole de Palerme.

109. Prostitution, exploitation sexuelle, abus d'une situation de vulnérabilité.

110. La Convention de Palerme fait bien la différence entre le trafic de migrants et la traite des personnes. Dans le protocole sur le trafic de migrants ne sont visés que le transport et les moyens mis en œuvre, par terre, air ou mer. Dans le protocole sur la traite, la finalité d'exploitation est partie intégrante de la définition et plusieurs articles sont consacrés à la protection et à la réhabilitation des victimes.

111. Notamment l'ALC à Nice.

112. En moyenne de 45 jours.

113. Les proxénètes albanais sont considérés parmi les plus violents.

114. Voir l'intervention d'Esohe Aghatisé, Actes du colloque de Nantes, juin 2003. http://www.grandesvilles.org/IMG/Actes_du_Colloque-2.pdf. Cette femme nigériane dirige l'association IROKO à Turin en Italie, qui est la seule organisation en Europe qui aide les femmes à opérer un processus de désenvoûtement qui s'avère le plus souvent très long.

115. Notamment l'Allemagne et les Pays-Bas.

116. Groupe d'experts sur la traite de l'Union européenne, rapport 2003, présidé par Marjan Vijers, ancienne directrice de STV. Ce rapport indique également que les « services sexuels » forcés doivent être inclus dans le « travail forcé ».

117. « Le travail forcé se définit par la nature de la relation entre un individu et un employeur et non pas le type d'activité exercé […] Ainsi, une femme qui se prostitue est en situation de travail forcé dans la mesure où elle exerce cette activité sous la contrainte et sans l'avoir librement choisie. », Une Alliance mondiale contre le travail forcé, BIT, 2005.

118. Voir « Quand les Pays-Bas décriminalisent le proxénétisme. Le corps humain mis sur le marché », Marie-Victoire Louis, *Le Monde diplomatique*, mars 1997, et « Mondialisation des marchés du sexe », Richard Poulin, IMAGO, 2005.

119. Voir les articles de Gunila Ekberg, ministère de l'Industrie, de l'Emploi et de la Communication, Suède.

120. Conformément aux lignes directrices européennes de La Haye (1997), article III.1.4.

121. Article 23 de la Charte des droits fondamentaux de l'Union européenne.

122 Voir notamment le Rapport sur les conséquences de l'industrie du sexe dans l'Union européenne (2003/2107(INI), Commission des droits de la femme et de l'égalité des chances. Rapporteur : Marianne Eriksson, document final A5-0274/2004, Parlement européen, 15 avril 2004.

123. Europol 2005.

124. Les nouvelles compagnies de charter qui sillonnent l'Europe rendent accessible à bas prix le tourisme sexuel.

125. Voir « En marge de l'Eurovision, Femmes à vendre dans les pays baltes », Malka Marcovich, revue *Prochoix*, n° 22, automne 2002.

126. « Women Harased by Sex Tourist », *The Baltic Guide*, septembre 2005.

127. Cette campagne coordonnée par l'avocate suédo-canadienne Gunila Ekberg se déroula conjointement au Danemark, Estonie, Finlande, Islande, Lettonie, Lituanie, Norvège et Suède.

128. Voir « Dix raisons pour ne pas légaliser la prostitution », Janice Raymond, CATW, 2004.

129. Voir notamment le documentaire d'Hubert Dubois, *La vitrine hollandaise*, Ciné TV production 2003 et Rapport NRM (rapporteur national néerlandais), 2002.

130. « Trafficking and prostitution : the growing exploitation of migrant women from central and eastern Europe », OIM, mai 1995.

131. Le processus de Budapest a été lancé en 1991. Près de quarante gouvernements et dix organisations y participent et cinquante réunions intergouvernementales ont été organisées.

132. Le Groupe de Budapest : International Center for Migration Policy Development, Austria : «*The relationship between organized crime and trafficking in Aliens*.

133. Bureau NRM, « Traite des êtres humains : premier rapport du rapporteur national hollandais », La Haye, novembre 2002.

134. *Stolen Lives: Trading Women into Sex and Slavery,* Altink, Sietske, Scarlet Press, London, 1995.

135. Voir aussi « Legalizing Prostitution is not the Answer », Sheila Jeffreys et Mary Sullivan, CATW Autralie, consultable sur le site catwinternational.org

136. « 1999 Country Report on Human Rights Practices », Bureau of Democracy, Human Rights and Labor, 2000. À noter que durant les années 1999-2000, le gouvernement américain eut une politique étrangère ayant plutôt tendance à soutenir les pays et les ONG défendant l'industrie du sexe.

137. « Child Prostitution in the Netherland », Tiggeloven (2001), consultable sur catwinternational.org

138. Ministère suédois de l'Industrie, de l'Emploi et de la Communication, 2004.

139. En Suède, la peine maximale d'emprisonnement est de 10 ans.

140. Voir l'intervention de Gunila Ekberg au colloque de Nantes sur http://www.grandesvilles.org/IMG/Actes_du_Colloque-2.pdf.

141. À noter que dans le rapport de 1927 de la Société des Nations, la « demande » est déjà décrite comme un facteur du développement de la traite et de la prostitution.

142. Conférence « Violence contre les femmes au XXIe siècle », 28-29 avril 2005, Paris, organisée par l'OSCE, ODIHR, ministère des Affaires étrangères, France.

143. « Il est interdit d'avoir des relations sexuelles avec des prostituées. Le fait pour des membres du personnel des Nations Unies en poste dans une mission de recourir à des prostituées constitue un acte d'exploitation est interdit. Cela est vrai même lorsque la prostitution n'est pas réprimée par la loi. » Brochure « Halte à l'exploitation » distribuée par UN Peacekeeping Force. Politique consultable sur http://pbpu.unlb.org/pbpu/library/Human% 20Trafficking % 20Policy % 20Paper % 20 (03-2004).pdf.

144. Le gouvernement norvégien chercha aussi à ce que cette norme soit intégrée dans le code de conduite de l'OTAN sur la traite des personnes.

145. Voir la campagne contre les clients en Lituanie sur http://www.lygus.lt/ITC/news.php?id=773 ainsi que l'article sur une action de prévention en direction des hommes aux Philippines http://news.inq7.net/nation/index.php?index=1&story_id=52362.

146. Voir notamment les campagnes de l'OIM ou dernièrement celle de la Mairie de Paris en septembre 2005.

147. Les Suédois ont depuis vingt ans réalisé des recherches sur la typologie des « clients ». Il en ressort que le client type a 44 ans, est marié ou a une ou plusieurs partenaires, ce qui porte un sacré coup à l'idée que les clients sont des handicapés ou des hommes seuls. Les affiches suédoises de la campagne sont visibles sur http://sisyphe.org/article.php3?id_article=2077, dans le compte rendu de l'intervention de Gunila Ekberg, novembre 2005, par Elaine Daudet.

148. Voir campagne contre la prostitution devant la Coupe du monde de football 2006 en Allemagne sur www.catwepetition.ouvaton.org.

149. Où des femmes sont acheminées jusque dans les tentes des coureurs.

150. Directrice de la Commission de la femme pour le gouvernement philippin, représentante de la délégation philippine lors des négociations pour le protocole de Palerme, Madrid II, Unesco, juin 2001.

151. Conférence Unesco/MAPP : « Madrid II, la guerre des mots », juin 2001, Paris.

Les violences des forces d'interposition de l'Onu[1]

Nadine Puechguirbal

Les forces d'interposition de l'Onu devraient protéger les populations contre toutes violences. Pourtant, les « casques bleus », jouissant du pouvoir économique et d'un sentiment d'impunité, ont été accusés d'avoir eux-mêmes abusé sexuellement de femmes autochtones en échange d'argent ou de nourriture.

Les premières opérations de maintien de la paix déployées par l'Organisation des Nations Unies se composaient essentiellement d'une entité militaire chargée de surveiller le respect d'un cessez-le-feu entre deux parties en conflit, comme ce fut le cas du Groupe d'observateurs militaires des Nations Unies dans l'Inde et le Pakistan sur la question du Cachemire en 1949. Aujourd'hui, les opérations de maintien de la paix ont un caractère multidisciplinaire : elles remplissent un mandat élargi à la restauration d'un état de droit, au développement de la bonne gouvernance, à la réhabilitation de pays détruits par un affrontement armé ou encore à l'observation du respect des droits humains. Dans ce nouveau paysage, le personnel des opérations de maintien de la paix, qu'il soit militaire, civil ou de police, évolue dans une société post-conflit où se débattent des populations appauvries et vulnérables. Malgré un strict Code de Conduite et une politique de « tolérance zéro », des allégations d'exploitation et de violence sexuelles sur les populations du pays hôte par les casques bleus chargés de restaurer la paix ont été rapportées au Cambodge, au Burundi, en république démocratique du Congo (RDC), ou encore au Libéria. Si pendant longtemps les casques bleus ont pu jouir d'une impunité par rapport à leurs actes de mauvaise conduite, c'est que certains comportements, comme le recours à la prostitution, étaient considérés comme naturels dans l'environnement hypermasculin d'une opération de maintien de la paix. Il convient ainsi de s'interroger sur les rapports sociaux de sexe dans la dynamique des opérations de maintien de la paix afin d'essayer de comprendre comment les violences contre les femmes par les agents des Nations Unies sont rendues possibles et quelles mesures sont actuellement mises en place pour lutter contre ce fléau.

Le rapport du prince Zeid

En 2004, le prince Zeid Ra'ad Zeid Al-Hussein de Jordanie, conseiller du Secrétaire général des Nations Unies sur les questions d'exploitation et de violence sexuelles, entreprit une visite en république démocratique du Congo afin de mener une enquête sur les actes délictueux perpétrés par les casques bleus de la Mission de l'Organisation des Nations Unies en république démocratique du Congo (MONUC). Dans son rapport final intitulé « Stratégie globale visant à éliminer l'exploitation et les abus sexuels dans les opérations de maintien de la paix des Nations Unies », le prince Zeid mit en relief un certain nombre de facteurs qui favorisent l'émergence des cas d'abus contre les populations vulnérables, essentiellement les femmes et les enfants. Parmi ces facteurs, on peut retenir « l'effilochement du tissu social en raison du conflit qui prive beaucoup d'enfants de tout soutien familial et laisse de nombreux autres quasiment livrés à eux-mêmes, l'étendue de la misère, le manque de possibilités d'emploi, la fréquence de la violence sexuelle dirigée contre les femmes et les enfants pendant le conflit civil alliée à la discrimination contre les femmes et les filles, qui débouchent sur une certaine acceptation par la population locale de comportements violents ou exploiteurs à leur encontre, et l'absence d'un système juridique et judiciaire en état de fonctionner, qui crée un environnement dans lequel règne *de facto* l'impunité[2] ».

Les casques bleus des opérations de maintien de la paix sont ainsi déployés dans le contexte dysfonctionnel d'une société en pleine déconstruction où femmes et enfants luttent pour leur survie, en particulier ces femmes devenues cheffes de famille au cours du conflit, qui ont la charge de familles élargies. À cela s'ajoute le fait que les règles qui régissent les comportements du personnel des Nations Unies sont peu connues des intéressés et donc peu respectées par des individus qui jouissent d'une immunité accordée par l'Organisation ainsi que d'un pouvoir économique nettement supérieur à celui de la population locale.

Les violences commises contre les femmes et les filles par les membres des opérations de maintien de la paix des Nations Unies ne représentent pas un phénomène nouveau. Au cours de la Mission de l'Autorité provisoire des Nations Unies au Cambodge (APRONUC[3]) en 1991, les organisations de femmes du pays avaient enregistré une augmentation considérable du nombre des prostituées, répondant de fait à la demande que représentait l'arrivée de quelque 23 000 casques bleus, pour leur majeure partie des hommes, militaires et civils. Alors que l'APRONUC fut considérée comme une mission qui avait su positivement jouer son rôle dans la mesure où elle avait favorisé le retour des réfugiés depuis les camps en Thaïlande, rien ne fut écrit sur l'impact que la présence de cette mission eut sur le pays à long terme, en particulier sur les femmes et les filles. Comme l'écrit l'universitaire canadienne Sandra Whitworth à ce propos : « Avec l'arrivée de l'APRONUC, la prostitution devint une activité lucrative vers laquelle de nombreuses femmes se tournèrent afin de survivre. L'Association de développement des femmes cambodgiennes estima que le nombre de prostituées au Cambodge était passé de 6 000 en 1992 à 25 000 au plus fort de la mission. [...] La prostitution avait gagné les villages de province, alors que jusqu'à présent elle était concentrée dans la capitale, et de nombreux observateurs rapportèrent également une augmentation de la prostitution enfantine[4] ».

Des rapports sexuels contre de la nourriture, de l'argent, du travail

Toutefois, l'ampleur du problème ne fut vraiment portée à l'attention de la communauté internationale qu'en 2002 lors de la publication d'un rapport de l'organisation Save the Children et du Haut-Commissariat des Nations Unies pour les réfugiés. Basé sur des enquêtes menées en Afrique de l'Ouest, ce rapport mettait en exergue le fait que des agents humanitaires et des casques bleus forçaient de très jeunes filles à des rapports sexuels en échange de nourriture, d'argent ou d'un toit, abusant ainsi en toute impunité de leur position de pouvoir sur des populations bénéficiaires vulnérables. Plus récemment, de nombreuses allégations d'abus provenant de missions de maintien de la paix semblaient indiquer que l'Organisation des Nations Unies avait échoué dans la mise en œuvre de sa politique de « tolérance zéro » par rapport aux cas de violences perpétrées contre les populations locales. D'après le prince Zeid dans le contexte de la république démocratique du Congo, « il semblerait que l'exploitation et les abus sexuels se traduisent essentiellement par l'échange de faveurs sexuelles contre de l'argent (en moyenne 1 à 3 dollars [américains] par rapport), de la nourriture (consommée immédiatement ou troquée ultérieurement), ou des emplois (en particulier de journalier)[5] ». Le rapport décrit plus loin la pratique du « viol déguisé en prostitution » de jeunes filles qui reçoivent de l'argent ou de la nourriture après avoir été violées afin de camoufler le viol en acte consensuel et éviter ainsi qu'elles ne portent plainte.

Une combinaison d'exploitation et d'abus sexuels s'est développée ailleurs dans le monde, comme le souligne un rapport du Fonds des Nations Unies pour les femmes (Unifem) : « En Bosnie, on estime que les internationaux (les observateurs de police, les soldats, les mécaniciens, les travailleurs sociaux et les agents humanitaires) représentent environ 30 % des revenus des lieux de prostitution. [...] Au Libéria, on a recensé 6 600 enfants engendrés par des casques bleus entre 1990 et 1998. [...] Au Kosovo, des radios locales diffusent des chansons populaires qui déconseillent aux jeunes filles d'avoir des enfants avec les casques bleus[6] ». En effet, bien qu'interdite par les règles de bonne conduite des Nations Unies, il semble que la prostitution représente le plus grand nombre de cas d'abus dans les missions avec des conséquences qui dépassent parfois le cadre des opérations de maintien de la paix. D'après Madeleine Rees, responsable du Bureau du Haut-Commissariat des Nations Unies pour les droits de l'homme à Sarajevo, un accroissement de la demande a entraîné une augmentation du trafic de femmes en provenance de Roumanie, de Moldavie ou encore d'Ukraine afin de remplir les bordels en Bosnie-Herzégovine. Suite aux accords de paix de Dayton, plus de 50 000 membres d'organisations internationales furent déployés en Bosnie-Herzégovine, dont la plupart étaient des hommes. Madeleine Rees ajoute : « dans la période qui suivit immédiatement la guerre en 1995 et 1996, les clients de ces femmes amenées en Bosnie-Herzégovine afin de travailler comme prostituées étaient presque exclusivement des internationaux. Les locaux à cette époque n'avaient tout simplement pas d'argent pour fréquenter ces lieux de prostitution[7] ».

Ainsi, faisant face aux pressions croissantes des groupes de femmes et de défense des droits humains à travers le monde, les Nations Unies durent prendre des mesures draconiennes afin de mettre en place une stricte politique de prohibition de l'exploitation et de la violence sexuelles par ses employés.

Un milieu hypermasculin

Mais comment expliquer que des agents des Nations Unies, envoyés dans des pays pour aider des populations brisées par un conflit armé, puissent se comporter comme des prédateurs envers ces mêmes populations ? Comment expliquer que des casques bleus liés aux principes éthiques des Nations Unies que sont intégrité, professionnalisme et respect de la diversité puissent de la sorte piétiner le code de conduite de l'organisation ?

Des réponses doivent être cherchées d'une part dans la structure même des missions de maintien de la paix, définie selon la norme de référence masculine, et d'autre part dans les bases d'une culture militaire qui, même si elle intègre du personnel civil dans ses activités, n'en demeure pas moins guidée par une hégémonie masculine triomphante. Comme l'écrit le chercheur Paul Higate : « L'échec constant des Nations Unies à agir fermement contre les auteurs [de violences contre les populations locales] peut être interprété comme l'acceptation tacite que les cas d'exploitation et de violence sexuelles font partie intégrante des opérations de maintien de la paix. Une telle complicité est entretenue et renforcée par toute une chaîne de sous-cultures masculines d'ordre militaire qui perpétuent la croyance largement partagée que les hommes ont des besoins sexuels naturels qui ne peuvent être contenus ni par des règles, ni par des tentatives de modification du comportement (à travers la formation), ni par des programmes de sensibilisation[8] ». Le fait que les casques bleus soient loin de leur socle familial est souvent mis en avant pour justifier la recherche d'exutoire à leurs besoins sexuels ; ainsi, le mythe d'une sexualité masculine qui ne pourrait être contenue permettrait presque pour certains d'excuser les abus commis sur des femmes du pays hôte, utilisant de la sorte un fallacieux impératif d'ordre biologique pour ôter toute responsabilité individuelle aux agents de maintien de la paix quant à leur comportement.

Les abus sexuels, des « dommages collatéraux » !

La vision masculine des populations bénéficiaires appelle obligatoirement une subordination des femmes, avant tout perçues comme des victimes impuissantes au cours des conflits et non comme des individus autonomes avec des responsabilités. Dans la majorité des pays où leurs droits sont bafoués, les femmes ont un statut de citoyennes de seconde classe qui ne leur permet pas de trouver les moyens de lutter contre leur propre exploitation et d'être prises au sérieux dans les processus de paix qui mènent à la réhabilitation des sociétés au lendemain des conflits. Ainsi, il n'est pas étonnant que certains casques bleus se comportent comme des agresseurs dans un contexte de banalisation de la violence où certains cas d'abus sont considérés comme les « dommages collatéraux » de la mission. La mentalité reste la même, seul l'environnement a changé : la combinaison masculinité et culture est un mélange détonant.

Un grand défi pour les Nations Unies est alors de mettre tous les casques bleus au même niveau de respect des normes et règles de l'Organisation, au-delà de leur appartenance nationale. Celle-ci ne compte pas pour peu. On peut légitimement s'interroger pour déterminer dans quelle mesure la provenance nationale des casques bleus n'explique pas pour partie le comportement de certains à l'égard des femmes. Autrement dit, certains membres des missions ne feraient qu'importer dans les pays hôtes des mentalités rétrogrades régissant les rapports hommes/femmes dans leur propre pays d'origine. En Haïti, par exemple, les forces d'interposition de la mission des Nations Unies viennent de pays aussi différents que le Brésil (le plus gros contingent militaire, plus de 1 000 hommes, aucune femme), le Pakistan, la Jordanie, le Sri Lanka, les pays d'Afrique francophone, etc. Mais il apparaît sur le terrain que cette diversité géographique, culturelle et linguistique explique essentiellement les difficultés de communication que les casques bleus peuvent rencontrer avec la population locale haïtienne. Au-delà de cet obstacle problématique, les questions touchant à la violence transcendent les nationalités d'origine des casques bleus et semblent bien être à mettre en relation avant tout avec la masculinité dominante des contingents des opérations de maintien de la paix des Nations Unies. Comme le souligne R. W. Connell : « Les études portant sur les hommes suggèrent une nouvelle dimension dans le travail en faveur de la paix. Dans cette nouvelle approche, l'hégémonie des masculinités qui insistent sur la violence, la confrontation et la domination est remise en question et remplacée par des modèles de masculinité plus ouverts à la négociation, la coopération et l'égalité[9] ».

Nouvelles politiques de lutte contre les violences faites aux femmes

Le 31 octobre 2000, le Conseil de sécurité des Nations Unies adopta la résolution 1325 sur « les femmes, la paix et la sécurité », mettant en exergue le besoin de prendre en considération les multiples rôles joués par les femmes en période de conflit et post-conflit. Pour la première fois dans l'histoire des Nations Unies, les femmes sortaient de la catégorie des groupes vulnérables pour devenir des actrices sur la scène nationale, régionale et internationale. Le vote de cette résolution marque un tournant dans la volonté de l'Organisation de renforcer les capacités et la protection des femmes en situation de conflit et au-delà.

Toutefois, sur le terrain, l'organisation reste faible dans sa stratégie de lutte contre les violences faites aux femmes, comme l'a bien souligné l'UNIFEM dans le rapport des expertes indépendantes. Leur étude a fait ressortir l'ambiguïté des politiques de l'Onu en matière de gestion des rapports entre les casques bleus et les populations locales. Plusieurs problématiques ont été particulièrement soulignées : les relations sexuelles avec les femmes du pays hôte, les mariages avec des femmes locales au cours de la mission, la cohabitation avec des femmes locales sur les lieux d'implantation des missions (femmes de ménage qui travaillent dans les résidences des expatriés par exemple), les responsabilités financières et légales pour les enfants nés d'une relation avec une femme du pays hôte, l'âge minimum de consentement, etc.[10]. Dans ce contexte, la circulaire du secrétaire général des Nations Unies sur les « dispositions spéciales visant à prévenir l'exploitation et la violence sexuelles », publiée le 9 octobre 2003 est un pas en avant dans la recherche de solutions pour lutter contre les violences faites aux femmes dans le cadre des missions de maintien de la paix. Après avoir défini ce que sont l'exploitation et la violence sexuelles ainsi que les comportements prohibés, le Secrétaire général insiste sur la responsabilité des chefs de missions et de bureaux dans la lutte contre les abus commis par les agents des Nations Unies afin de mettre un terme au climat d'impunité qui a sévi pendant de longues années.

Des actions d'information des casques bleus

Autre avancée récente : la présence d'experts sur les rapports sociaux de sexe, depuis 2000, au sein des opérations de maintien de la paix. Ces experts ont pour tâche principale de veiller à l'intégration d'une perspective de genre dans tous les programmes et les activités des missions pour une meilleure appréhension de la réalité du pays hôte. La stratégie est de faire comprendre à tout le personnel des missions de maintien de la paix la réalité post-conflit au sein de laquelle il évolue afin de ne pas marginaliser des groupes de la population comme les femmes qui doivent à la fois être consultées et intégrées dans les programmes et faire l'objet d'une protection particulière contre l'exploitation et la violence sexuelles. Cela suppose de faire comprendre aux casques bleus la dynamique qui régit les rapports sociaux de sexe en période post-conflit, de faire ressortir les nouvelles responsabilités des femmes devenues cheffes de famille qui doivent avoir accès aux ressources afin de faire vivre des familles élargies et être considérées comme des actrices à part entière du processus de paix. Ce travail peut être renforcé par des actions d'information et de sensibilisation des populations du pays hôte lui-même. Ainsi, en Haïti, se constituent des programmes d'incitation à la participation des femmes haïtiennes à la vie politique de leur pays, dans le même temps que sont organisés des groupes de discussion avec des Haïtiens qui le souhaitent pour discuter de leurs rapports aux femmes – dans un pays violent, où ces rapports sont très dégradés.

Enfin, le rapport du prince Zeid propose aujourd'hui la recherche de solutions concrètes pour pallier les cas d'exploitation des populations locales. Une de ses idées novatrices concerne la « paternité responsable » du casque bleu lorsqu'il a un enfant avec une femme du pays hôte. Bien souvent auparavant, le casque bleu abandonnait compagne et enfant lorsque sa mission se terminait et qu'il retournait dans son pays d'origine. Dans ce rapport, prince Zeid recommande qu'un test ADN soit effectué pour prouver la paternité et que « si la paternité était confirmée, une légère modification des règles actuellement en vigueur permettrait à l'Onu de retenir sur le traitement du fonctionnaire en cause… un montant déterminé. La mère serait ainsi partiellement défrayée de la charge que représente l'entretien d'un enfant[11] ».

Conclusion

À la lumière des faits mentionnés ci-dessus, il semble que la violence exercée par les forces de maintien de la paix des Nations Unies contre les femmes du pays d'accueil ne pourra être combattue que par une stratégie globale de changement des mentalités. Parallèlement à la mise en application de codes de conduite renforcés, d'activités de prévention et de l'application de sanctions sévères, des mesures réalistes et réalisables pourraient être prises aujourd'hui afin de favoriser peu à peu un tel changement. Parmi ces mesures s'impose le renforcement du nombre de femmes dans les opérations de maintien de la paix, de nature à insuffler un nouveau dynamisme qui permettrait peut-être de casser le cadre rigide de l'hypermasculinité qui sert de point de référence et qui autorise certains comportements condamnables. Le fait que, dans les missions, les individus occupant des postes à responsabilités au plus haut niveau soient pour la majorité des hommes permet difficilement d'appréhender la réalité des femmes du pays hôte dès lors que ces femmes demeurent invisibles comme actrices au sein de leur propre communauté ou victimes sans voix. Si, faute d'éléments de comparaison, nous ne pouvons affirmer aujourd'hui que la présence accrue de femmes dans les missions de maintien de la paix permettrait de faire un meilleur travail, toutefois, comme l'écrit Gérard De Groot, « Une plus grande égalité dans les rapports sociaux de sexe signifie que l'opération [de maintien de la paix] ressemble davantage à une société civile. Dans ce cas, il y a de fortes chances pour que ses membres respectent davantage les convenances qui définissent un comportement civilisé[12] ».

En juillet 2005, la Mission des Nations Unies pour la stabilisation en Haïti (MINUSTAH) comptait seulement 1 % de femmes dans les rangs militaires, moins de 3 % parmi la police civile, 13 % au niveau du personnel national et presque 30 % parmi le personnel international (peu de femmes cependant occupent des postes décisionnels). Peu de missions de maintien de la paix répondent aux exigences de la résolution 1325 (2000) qui « demande instamment au secrétaire général de chercher à accroître le rôle et la contribution des femmes dans les opérations des Nations Unies sur le terrain, en particulier en qualité d'observateurs militaires, de membres de la police civile, de spécialistes des droits de l'homme, et de membres d'opérations humanitaires ».

Il reste beaucoup de chemin à parcourir pour que les Nations Unies puissent éliminer les abus de ses personnels sur les populations locales et ainsi restaurer une image crédible en pays de mission. Les cas de mauvaise conduite de quelques-uns ne devraient cependant pas entacher le travail positif de la plupart des casques bleus. Reste que l'on aurait tort de considérer les cas d'abus comme des actes isolés. Ils sont bien davantage les symptômes de la perpétuation d'une mentalité hyper-masculine dans un environnement militarisé qui ne peut déboucher sur une paix durable tant que les femmes du pays hôte ne se sentiront pas en sécurité au sein de leur propre communauté.

Nadine Puechguirbal est actuellement chargée du Bureau de la parité hommes/femmes (Senior Gender Advisor) pour la Mission de stabilisation des Nations Unies en Haiti (MINUSTAH). Auparavant, elle a travaillé pour le Département des opérations de maintien de la paix au siège des Nations Unies à New York et a pris part à plusieurs missions humanitaires en Afrique et en Asie.

Notes

1. Dans le contexte de cet article, nous entendons par « forces d'interposition » les casques bleus déployés dans le cadre des opérations de maintien de la paix des Nations Unies (*peacekeeping operations*). Les casques bleus comprennent des éléments de police civile, des observateurs militaires, des contingents militaires et du personnel international.

2. Prince Zeid Ra'ad Zeid Al-Hussein, « Stratégie globale visant à éliminer l'exploitation et les abus sexuels dans les opérations de maintien de la paix des Nations Unies », A/59/710, Assemblée générale des Nations Unies, 24 mars 2005, p. 12.

3. UNTAC pour l'acronyme en anglais.

4. Sandra Whitworth, *Men, Militarism & UN Peacekeeping, a gendered analysis*, Lynne Rienner Publishers, Boulder London, 2004, p. 67.

5. Prince Zeid, *op. cit.*, p. 10.

6. Unifem, *Women War Peace, The Independent Expert's Assessment* by Elizabeth Rhen & Ellen Johnson Sirleaf, Progress of the World's Women 2002, vol.1, United Nations, New York, 2002, p. 71 et 72.

7. Madeleine Rees, « International intervention in Bosnia-Herzegovina : the cost of ignoring gender », in *The Postwar Moment, Militaries, Masculinities and International Peacekeeping*, edited by Cynthia Cockburn and Dubravka Zarkov, Lawrence & Wishart, London, 2002, p. 61.

8. Paul Higate, *Gender and Peacekeeping, Cases studies : the Democratic Republic of the Congo and Sierra Leone*, ISS Monograh Series, n° 91, mars 2004, p. 61.

9. R. W. Connell, « Masculinities, the reduction of violence and the pursuit of peace », in *The Postwar Moment, Militaries, Masculinities and International Peacekeeping*, edited by Cynthia Cockburn and Dubravka Zarkov, Lawrence & Wishart, London 2002, p. 38.

10. UNIFEM, Women War Peace, The Independent Expert's Assessment by Elizabeth Rhen & Ellen Johnson Sirleaf, Progress of the World's Women 2002, Volume 1, United Nations, New York, 2002, p. 71.

11. Prince Zeid, *op. cit.*, p. 30.

12. Gérard DeGroot, « A Few Good Women : Gender Stereotypes, the Military and Peacekeeping », in *Women and International Peacekeeping*, Editors Louise Olsson and Torunn L. Tryggestad, Frank Cass, London Portland, 2001, p. 37.

La route des prostituées chinoises

Li Ang

La romancière taïwanaise, Li Ang, a suivi la route des prostituées chinoises de Shangaï à Taïwan, Hong-Kong et Macao. Elle décrit les règles du marché du sexe, les salons K des hôtels de luxe, la pègre, les casinos, les trafics de faux mariages et la « concurrence » des filles venues de Russie.

« Une beauté de premier choix, au-delà des mers s'envolera,
Une beauté de second choix, à Zhuhai ou Shenzhen s'en ira,
Une beauté de troisième choix, vers la côte sud-est naviguera,
Une beauté de quatrième choix, à Shanghai restera. »
Quatrain chinois populaire (*shunkouliu*)

Le texte qui suit repose, pour l'essentiel, sur des informations que j'ai recueillies sur le terrain. Je voudrais insister, en préambule, sur le fait que je n'ai pas cherché à être ce que l'on appelle généralement « politiquement correcte ». Ainsi, pour traiter de l'univers du plus vieux métier du monde, j'ai pris le parti d'utiliser le terme traditionnel de « prostituées » pour désigner les femmes dont je vais parler, plutôt que d'employer celui plus banalisé aujourd'hui de « travailleuses du sexe ».

On ne naît pas prostitué : on le devient. Les femmes qui s'engagent dans cette voie, en Chine, le font le plus souvent, soit de leur plein gré pour se soustraire au pouvoir de leur famille ou de leur clan, soit sous la contrainte, à cause d'un proche ou d'une personne de confiance. Il arrive aussi qu'elles soient victimes de leur naïveté, ou de trop de bêtise. Quitter leur pays natal, déménager sans cesse, être sans feu ni lieu, fera alors partie inhérente de leur destin.

Les conséquences de l'avancée des technologies et les progrès des outils de communication se font sentir aujourd'hui dans tous les secteurs économiques de la société, y compris dans les flux de migration. Du Japon à la Corée, jusqu'aux proches voisins du sud de la Chine comme Hong-Kong, Macao et Taiwan, tous ces territoires sont devenus des destinations pour les femmes chinoises impliquées dans la prostitution. Ce phénomène a même gagné l'Europe et les États-Unis. Ces flux de migration des prostituées à grande échelle sont certainement sans précédent dans l'histoire. Cet article se limitera pourtant à l'« aire linguistique chinoise » et plus précisément à la ville de Shanghai, aux régions de Hong-Kong, de Macao et de Taiwan, que j'ai pu directement observer.

Avant l'ouverture économique : quarante ans de prostitution zéro

Il y a près de vingt ans maintenant que la Chine a entrepris sa politique de réformes et d'ouverture économique. Ses voisins les plus proches, Hong-Kong, Taiwan, le Japon ainsi que d'autres pays d'Asie, ont investi d'énormes capitaux en raison même de cette proximité, tout particulièrement dans les provinces côtières de la Chine, ce qui a entraîné un bond de l'économie et une progression spectaculaire du niveau de vie.

En 1988, peu avant la mort du président Tchang Kaïchek, j'ai obtenu pour la première fois la permission de me rendre en Chine depuis Taiwan. Après quarante ans d'isolement, les voyages entre les deux Chine étaient à nouveau autorisés. Le moment le plus important de cette première expérience fut mon séjour à Shanghai. Toute mon éducation taiwanaise, ainsi que mes manuels scolaires, m'avaient enseigné que la Chine était le « pays de mes ancêtres », dans le même temps que la Chine était glorifiée comme « un vaste pays aux ressources naturelles abondantes » et à la « production riche et variée ». Aussi, quand enfin j'atteignis le « pays de mes ancêtres », je m'étais imaginé, je dois l'avouer, bien des choses. Je dirai pourtant sans la moindre hésitation que, lors de ce premier contact, la Chine me déçut profondément.

Quand l'avion de la Thaï Airways dans lequel j'avais pris place parvint enfin au-dessus de Shanghai, le commandant de bord éteignit les lumières de la cabine afin que nous puissions apprécier le spectacle nocturne de la ville. Je regardai vers le bas et je n'aperçus que quelques lumières éparses. Ceci ne correspondait nullement à ce que l'on m'avait enseigné à Taiwan, à savoir que Shanghai débordait d'animation et que c'était le paradis des aventuriers.

C'est une chance pour moi, malgré tout, d'avoir pu connaître ce Shanghai d'avant les réformes économiques. C'était une capitale à la fois grise et triste, usée et silencieuse. Ses habitants étaient vêtus pour l'essentiel de bleu ou de noir, ils allaient leur chemin en pédalant à bicyclette. Les vieux immeubles n'étaient pas démolis, mais ils n'étaient pas rénovés non plus. Sur le Bund, on ne voyait presque aucun éclairage. La monnaie chinoise courante n'était pas acceptée dans les hôtels à capitaux étrangers, ni dans aucun des endroits fréquentés par les étrangers : ceux-ci devaient utiliser de l'argent en « devises chinoises ».

Et moi qui venais de Taiwan, je devais aussi utiliser ces devises chinoises, ce qui ne correspondait en rien, vraiment, à ma façon de concevoir mes liens avec le « pays de mes ancêtres ».

Naturellement, je ne pus trouver le moindre taxi dans les rues. Il n'y avait que de vieux autocars et encore en nombre insuffisant, et très peu de véhicules privés pour une si grande ville. Enfin, ce qui nous ramène à notre sujet, on n'apercevait pas la moindre prostituée.

Au début du XXe siècle, le nombre de bordels existant à Shanghai plaçait la ville au premier rang mondial des trafics sexuels de femmes. En 1949, après que Mao Zedong eut pris le pouvoir, il interdit rigoureusement les maisons closes. En un temps très court, à Shanghai, à Pékin, à Tianjin, il ferma la totalité des bordels et entreprit de faire rééduquer les prostituées. Ce fut la première campagne de fermeture des maisons closes d'une pareille efficacité. Dès lors, les prostituées chinoises firent partie du passé.

Mais revenons à l'année 1988. Je n'irai pas jusqu'à affirmer qu'il n'y avait pas la moindre prostituée à Shanghai, mais, s'il y en avait, elles savaient passer totalement inaperçues. Le risque était important, pour elles comme pour les clients. Un homme se rendant en Chine et désirant se payer une passe, même après cette période-là, pouvait encore se faire appréhender par la police. Et la mention « débauché notoire » était portée sur la photo de ses papiers d'identité, à l'endroit du front.

Les salons K de Shanghai

Depuis les débuts de la politique d'ouverture, Shanghai, cette porte d'entrée de l'est de la Chine, connaît un développement économique accéléré. Selon le bureau des entreprises taiwanaises, plus de cinq cent mille salariés travaillent dans le district du grand Shanghai.

Les entreprises taiwanaises y ont lancé la mode des dîners en ville. Et certains habitués de ces fêtes affirment que plus de la moitié des activités de plaisirs situées dans des bars et des restaurants ont été initiées par des entrepreneurs taiwanais.

Il est irréfutable que les deux établissements de Shanghai les plus réputés, où les filles peuvent accueillir jusqu'à huit cents personnes dans l'enceinte du bar, sont gérés en coulisse par des Taiwanais.

Ce type d'établissement de plaisirs s'est d'abord implanté sous la forme de « salons K », c'est-à-dire de salons karaoké. C'est dans des cabines privées, équipées pour que le client puisse prendre un micro, que l'établissement fournit des « hôtesses » qui chantent avec les clients. Bien entendu, la plupart d'entre elles sont prêtes, moyennant finance, à avoir des relations sexuelles avec les clients.

Ces « salons K » peuvent exister de manière autonome ou dépendre de bars ou d'hôtels cinq étoiles. J'ai vu des établissements de grande taille avec jusqu'à deux cents salons individuels. Ils sont décorés de tapis, de peintures murales, de cascades artificielles et de lustres de cristal, pour donner à la clientèle une impression de grand luxe. Les salons ressemblent à une enfilade de chambres d'hôtel de bonne taille. L'espace qui les sépare est formé de couloirs exigus, comme dans la plupart des hôtels, et je n'ai pu apercevoir aucun équipement de sécurité. Ce qui m'a aussitôt amené à me demander combien de gens réussiraient à sauver leur vie en cas d'incendie.

Il existe des salons de grande taille (qui peuvent accueillir trente à quarante personnes), des salons de taille moyenne (pour une vingtaine de personnes) et des petits salons (à sept, huit, voire dix personnes). Les prix sont fixés en fonction de la catégorie et de la taille des salons. D'ordinaire, la fourchette de prix est comprise entre cent ou deux cents euros et jusqu'à cinq cents ou six cents euros, voire davantage.

Les hôtesses vêtues d'un uniforme

Le prix de base de location des salons est net, mais il faut payer en plus pour les consommations, en général de l'alcool occidental, brandys et whiskys, provenant censément de leurs pays producteurs mais souvent copiés, la Chine restant un des pays-rois de l'imitation. Quand je me rends dans ce genre d'endroits, je m'arrange pour ne pas trop boire de leur alcool, car je ne tiens pas plus que cela à devenir aveugle…

Les « hôtesses » représentent bien sûr l'aspect essentiel de l'activité. Elles sont vêtues d'un « uniforme », ce que nous appelons par commodité l'« uniforme de l'hôtel », conformément au règlement intérieur de l'établissement. Cependant, cet uniforme n'a pas ici la même signification qu'en Occident. En Chine, l'uniforme exprime un simple pouvoir de compétence.

Les tenues sont librement choisies par les établissements eux-mêmes. Ils comportent le plus souvent de fines bretelles, un large décolleté, une taille bien marquée, une jupe très longue (ou, si c'est une jupe courte, elle n'est pas forcément mini).

LE SENS DE L'UNIFORME

L'« uniforme » exprime un pouvoir de compétence, mais il est clair que c'est de commerce sexuel qu'il s'agit. Tout le monde en Chine sait pertinemment à quel type d'activité cet uniforme se réfère. Pourtant, le gouvernement ne consent toujours pas à reconnaître la réalité de la prostitution établie, tandis que les professionnels souhaitent, eux, la reconnaissance de cet uniforme. Il est intéressant que cette opposition entre compétence reconnue ou pas puisse ainsi faire débat.

En réalité, ce flou vient du fait qu'il y a de nombreuses années, le parti Guomindang (issu de la Chine) au pouvoir avait décrété que les professionnelles des « lieux de plaisirs » de Taiwan devraient porter une tenue identifiée. On peut dire que c'est une mode héritée du passé et du pouvoir centralisateur. Il doit certainement s'agir aussi d'une singularité de la culture chinoise.

Un ami se trouva un jour dans un « salon K », il se trompa de porte et entra dans un autre salon où il vit une « hôtesse » en soutien-gorge et slip, qui chevauchait le corps d'un client, les jambes largement écartées.

De mon point de vue, qu'une hôtesse ne porte pas de vêtements n'a rien de choquant : si l'on va dans ce genre d'endroit, c'est bien pour y trouver des femmes nues. Mais cet ami eut une réaction plus intransigeante que prévu : « Le patron de cet établissement doit être un dur », dit-il. Son accusation était péremptoire. Puis il m'expliqua : « Si la sécurité publique venait à contrôler cette fille sans son uniforme, et dévêtue comme ceci, elle pourrait retirer la licence à l'établissement. »

Les « salons K » fonctionnent de vingt heures jusqu'à deux heures du matin. Ce règlement est commun à tout le pays et il est toujours en vigueur aujourd'hui. Quand les hôtesses viennent prendre leur service, en général elles sont dispensées de payer l'entrée des « salons K », mais certains patrons veulent garantir que les hôtesses ont le niveau social requis et ils les obligent à verser environ trois euros par jour au salon. À Taiwan, les hôtesses perçoivent un salaire de base et la situation est donc différente.

Vers le soir, une fois qu'elles ont terminé de se maquiller, les filles commencent par attendre dans le « salon des hôtesses ». J'ai vu de mes propres yeux l'un de ces lieux. Dans une très grande pièce vitrée, trois à quatre cents filles étaient assises sur de hauts tabourets, massées et alignées, rangée par rangée. Les clients pouvaient venir observer, faire leur choix, c'était un véritable « marché de chair fraîche ». J'en restai bouche bée. Un spectacle aussi puissant et aussi grandiose n'a rien de comparable à celui des filles qui s'exposent seules derrière les vitrines du quartier chaud d'Amsterdam.

La plupart des clients ne vont pas, comme on le penserait, au « salon des hôtesses ». Ils restent dans leur cabine, attendant que « Mamie » entre et leur amène des filles. Le terme de « Mamie » désigne communément la « mère maquerelle ». Sous son autorité, il y a aussi ses assistantes, que l'on appelle « petites Mamies ». Celles-ci s'empressent pour amener les filles et veiller sur les clients.

Les filles présentées par rangée de dix au client

Une rangée de dix filles entre dans le salon, pour que le client fasse son choix. Si elles ne lui plaisent pas, elles ressortent toutes ensemble, puis une autre rangée de filles entre, jusqu'à ce que le client ait choisi parmi elles la fille qui sera à son goût.

Cet alignement de filles en ordre de bataille constitue un spectacle unique, et je ne l'ai observé qu'en Chine. J'ai entendu des hommes faire claquer leur langue pour marquer leur admiration ou simuler des halètements de jouissance.

Quelles filles entreront les premières en piste ? C'est la « Mamie » qui en décide le plus souvent, mais il arrive aussi qu'entre les filles, on se batte comme des chiffonnières pour fixer l'ordre de passage. Une fois qu'une des filles a été choisie, elle n'a pas, comme à Taiwan, « l'obligation de tourner », c'est-à-dire qu'elle peut passer toute la nuit avec le même client et ce jusqu'à son départ. Le tarif s'élèvera en moyenne à trois cents yuans, le maximum étant d'environ cinquante euros. Cette somme reviendra en propre à la fille.

Si un client veut payer pour qu'une des filles entre en scène à sa demande, les frais sont calculés différemment, car la fille doit lui être « concédée » par le salon. Le prix de la passe proprement dite résulte alors d'une négociation en direct entre cette fille et le client.

Un bon nombre de gens s'inquiètent de savoir si les filles sont sous la coupe de la pègre. Dans ce « salon K », en particulier, je n'affirmerai pas qu'il n'y en a aucun indice. Dans chaque société, les filles qui de leur plein gré se lancent dans la prostitution comblent les vides laissés par celles qui sont tombées. Comme la source est abondante et qu'elle ne risque pas de se tarir, loin s'en faut, la pègre a rarement besoin d'intervenir. Il ne leur est pas nécessaire non plus de séquestrer les filles ou d'user de moyens de coercition pour les amener à se prostituer. Cependant, dans le cas des prostituées bon marché, pour augmenter au maximum les profits, les souteneurs forcent les cadences journalières du nombre de clients, utilisant des moyens brutaux et cruels.

Il semblerait que l'« économie libérale » ne manque pas, en fin de compte, d'avantages pour certains !

La consommation de drogues durant les « heures de travail » est en revanche assez improbable, car c'est en Chine un crime puni de la peine capitale, qui pourrait de plus impliquer tout le reste du personnel en cas d'interpellation. Et après le travail, qu'en est-il ? C'est à la discrétion de chacun. N'importe comment, l'usage des stupéfiants n'est pas en Chine un phénomène aussi grave qu'en Occident. C'est un constat communément admis par tous les observateurs.

Prostituée en Chine : pauvreté et politique de l'enfant unique

Jusqu'à une période très récente, je m'imaginais Chongqing et Chengdu, ces capitales régionales de l'intérieur de la Chine, comme des villes riches et aisées, mais j'y ai vu des ouvrières dans une soierie, qui devaient tremper leurs mains dans l'eau bouillante pour extraire les larves des cocons de soie, et qui gagnaient à peine cinquante dollars américains par mois. Dans la banlieue de Shanghai, une balayeuse ne gagne pas moins de six cents yuans, soit soixante euros par mois.

La pauvreté et la prostitution allant de pair, je suis persuadée que, parmi ces femmes, beaucoup ont penché pour cette extrémité. Mais bon nombre d'entre elles se servent aussi de la « nécessité d'aider leur foyer » comme justification à leur bascule dans la prostitution. Par exemple, une de ces filles m'a raconté que son père était décédé, que sa mère était tombée malade et que son petit frère avait besoin de faire des études (en Chine, n'y a-t-il pas la politique de l'enfant unique ?), aussi avait-elle quitté la ville de Shenyang dans le Nord pour venir « travailler » à Shanghai.

Jetée dans un puits à la naissance,
parce qu'elle était une fille

Je ne sais pas si cette histoire précise est vraie ou si c'est une invention. Mais l'histoire que je vais vous raconter maintenant est véridique et j'ai pu la vérifier.

Une fille issue d'un milieu social moyen-pauvre et venue de la campagne m'a raconté qu'à sa naissance, lorsque ses parents s'étaient rendu compte qu'elle était une fille, ils s'étaient débarrassés d'elle en la jetant dans un puits comblé de terre. Sa grand-mère l'avait recherchée, mais sa tête avait déjà heurté la paroi du puits. Tout en continuant à me parler, la fille a découvert son large front qui était caché : une énorme balafre en barrait toute la largeur.

Sa grand-mère l'avait envoyée au fin fond des montagnes pour qu'elle soit prise en charge par des gens de sa connaissance, ce qui lui sauva la vie. Ses parents, comme ils l'avaient toujours souhaité, donnèrent par la suite naissance à un garçon.

Ne pouvant entièrement se reposer sur sa grand-mère, elle mena très jeune une vie errante au gré des chemins, et comme elle avait malgré tout cette chance d'avoir un certain charme, elle finit par se livrer à la prostitution pour vivre. Elle envoyait tout l'argent qu'elle gagnait à sa grand-mère. Elle comptait travailler encore un peu, et lorsqu'elle aurait réuni assez d'argent, repartir chercher sa grand-mère pour qu'elles puissent vivre ensemble.

Je lui demandai si elle retournerait vivre à la campagne, elle me répondit qu'elle n'y retournerait jamais.

Encore récemment, chaque fois que l'on entendait frapper le gong dans un village, les habitants savaient qu'ils ne devaient pas s'approcher des étangs. Car il existe bien sûr aussi des gens qui désirent avoir une fille. Et quand on découvrait le corps d'une petite fille flottant à la surface de l'eau, on frappait le gong pour que les gens n'approchent pas avant que le corps soit repêché, afin d'éviter de les épouvanter.

Dans un pays comme la Chine d'aujourd'hui, qui est dans une période où « tous les regards sont tournés vers l'argent », le taux de pauvreté s'est littéralement envolé. Par conséquent, les gens considèrent que bon nombre de prostituées sont tombées dans la prostitution pour des raisons matérielles critiques. Cependant, je veux continuer à croire, quant à moi, que pour être poussé dans une situation désespérée, ces conditions ne suffisent pas : il faut aussi qu'il y ait eu des gens pour y contribuer.

Peu de Shanghaiennes à Shanghai

Ce qui est singulier, c'est le fonctionnement du commerce du sexe à Shanghai. On y voit assez peu de Shanghaiennes, la plupart des filles viennent du nord-est de la Chine. Leur grande taille, leur peau claire, certaines ont un très beau métissage de Caucasienne et de Chinoise, tout cela vient combler les clients originaires du Sud (Hong-Kong, Taiwan). On trouve également des filles d'autres horizons, j'ai même aperçu une fille qui venait des minorités nationales de la province du Yunnan. Son teint était sombre, elle avait ces traits caractéristiques des peuples de la péninsule indochinoise.

Les prostituées à Shanghai disent qu'elles n'aiment pas certains clients taiwanais, elles leur reprochent d'être « bien trop directs ». Les clients eux aussi ont des choses à nous dire. Beaucoup racontent volontiers la même expérience : les filles sont plutôt ravissantes, mais leur conversation et leurs reparties mériteraient un peu d'éducation, particulièrement dans les endroits huppés. Pourtant, d'une manière générale, les filles se donnent du mal pour réussir dans leur « activité ». Ainsi dans ce « salon K » de grande classe, où les filles ont appris à chanter des chansons japonaises, taiwanaises, cantonaises et anglo-saxonnes afin de satisfaire leurs clients venus du monde entier. L'une d'elles m'a interprété plusieurs chansons taiwanaises, sa prononciation était bien claire, elle chantait vraiment de façon remarquable !

Il existe actuellement à Shanghai trois ou quatre « Mamies » taiwanaises qui ont ouvert un cours de manières galantes, où elles enseignent aux prostituées chinoises à s'adapter notamment au parler et aux habitudes taiwanaises.

600 euros par mois au salon K, 70 au salon de coiffure

Mon expérience personnelle la plus singulière dans ce domaine fut la suivante : dans le salon d'un hôtel de luxe cinq étoiles, une hôtesse qui avait été appelée pour un accompagnement me reconnut tout à coup, elle dit qu'elle connaissait même mon nom. Elle m'avait vue lors d'une émission qu'elle regardait souvent intervenir dans un débat sur la sexualité. Je lui demandai comment elle faisait pour regarder les programmes de la télévision taiwanaise et elle me répondit qu'à Shanghai, moyennant une installation assez simple, il est possible de capter les chaînes taiwanaises. Elle me raconta que quelques années auparavant, à l'époque où les Taiwanais arrivaient en Chine et s'apercevaient à quel point tout était bon marché, ils dépensaient sans compter. Il arrivait même qu'ils entretiennent une fille et lui achètent un appartement. Aujourd'hui, tous ne venaient plus que pour jouir.

Son idéal était manifestement de se fixer avec un homme, ce qui aurait été à ses yeux mieux que d'avoir un travail de jour. Elle avait à présent six cents euros de revenus mensuels, alors qu'à Harbin, en travaillant dans la coiffure, elle ne gagnait que soixante à soixante-dix euros par mois. C'est une amie qui pratiquait déjà qui avait fini par l'introduire dans ce milieu. Elle louait avec une autre collègue du « salon K » un appartement à proximité. Le montant du loyer était de cent euros par mois, ce qui est plutôt cher, mais cela leur permettait d'aller travailler à pied. D'autres prostituées qui travaillaient dans ce « salon K » parvenaient à gagner jusqu'à deux mille ou trois mille euros.

Je demandai quel genre de filles étaient capables d'amasser de pareilles sommes. Mon interlocutrice me désigna alors une fille à l'air fragile, à l'apparence soignée et posée, plutôt coquette. « Les hommes en majorité aiment ce genre de fille. » Elle savait qu'elle-même n'était pas faite de la sorte. Après le travail, elle pensait aller dans un club de forme pour améliorer sa silhouette.

Les Filles du Nord à Macao

Au cours des années 1990, on commença à voir apparaître à Macao, dans les hôtels et les restaurants fréquentés par les étrangers, des jeunes filles vêtues à la dernière mode et dont les intentions étaient sans équivoque. J'étais à Macao en 2005, dans un hôtel-casino, et j'ai pu observer ces filles. Le jeu et le sexe sont par nature indissociables, mais il est intéressant de noter que dans les casinos chinois, on croise sans cesse des prostituées, alors qu'à Las Vegas, où la gestion des casinos est différente, ce phénomène n'est pas du tout visible.

Il existe pourtant bien, entre les casinos, les hôtels et la prostitution, plus qu'ailleurs, des liens de dépendance mutuelle. Selon des informations fiables, certains hôtels laissent ces prostituées venant de Chine habiter à deux par chambre, les frais de logement étant déduits de leurs revenus, ce qui leur permet d'avoir un endroit pour s'habiller et d'aborder les clients à l'intérieur même du casino. Une fois que les prostituées ont trouvé leur client, elles peuvent monter dans leur chambre pour « se mettre au travail ». Tout le monde y trouve son compte.

Il va sans dire que toutes les prostituées ne peuvent ainsi arpenter les hôtels des casinos à leur guise. On peut dire qu'ici, l'antique système de fonctionnement par territoires distincts est particulièrement visible. Si je n'avais pas été une touriste, j'aurais pu être chassée par des gardes de la sécurité.

Ces prostituées dont nous parlons sont appelées « filles du Nord », ce qui donnerait à penser qu'elles proviennent des régions du nord de la Chine. Mais en réalité, c'est une commodité de langage. Rares sont celles qui viennent d'au-delà de Canton. Elles sont nombreuses à être entrées clandestinement à Macao et pour cela, elles n'ont eu qu'à passer les dix kilomètres du delta de la Rivière des Perles, qui peuvent même se franchir aisément à la nage.

Avant que les prostituées venues de Chine n'inondent Macao et Hong-Kong, ce sont les filles nées en Thaïlande qui, pendant une période, ont pourvu aux besoins de ce marché. Mais leur couleur de peau ne correspondant pas aux préférences de la plupart des Chinois pour les peaux très claires, elles furent, petit à petit, éliminées du marché.

Après le retour de Macao dans le giron de la Chine, en 1999, les prostituées venant de Chine obtinrent assez facilement un certificat de « double résidence ». Chaque visa étant valable trois mois, les entrées et les sorties du territoire ne furent plus un problème. À la suite de la politique de réformes et d'ouverture économique, « tous les regards étant désormais tournés vers l'argent », un nombre grandissant de jeunes prostituées arriva sur le marché.

Les clients réguliers, après avoir écumé les grandes villes côtières de la Chine, ont élu les bars de luxe de Macao comme étant les endroits où l'on trouvait les prostituées de tout premier choix. Leur peau était blanche comme de la neige, elles étaient grandes, élancées et très sexy.

Cela ne correspond-il pas au quatrain cité en exergue : « Une beauté de premier choix, au-delà des mers s'envolera » ?

Bien que l'on dise que les bars de luxe de Macao offrent les plus belles prostituées de Chine et les lieux les plus remarquables pour s'adonner « aux plaisirs de la chair et aux musiques décadentes », je considère pour ma part que ceux-ci ne se trouvent ni à Macao, ni à Hong-Kong, ni à

Pékin, ni à Shanghai, pas même à Shenzhen ou à Canton. Où, alors ? Sur la presqu'île de Xiachuandao.

Depuis Macao, il suffit de franchir le bras de mer que forme le delta de la Rivière des Perles, puis de faire quatre heures de route. Après avoir déjeuné près de l'embarcadère, il vous faudra encore prendre le bateau. Si vous partez de Zhuhai à neuf heures le matin, vous n'atteindrez la presqu'île de Xiachuandao qu'à la tombée de la nuit.

Xiachuandao est un endroit petit et sans réputation notable. Mais il y a trois ou quatre ans, il devint soudain en vogue. Pourtant, cette toute petite presqu'île ne possède que des hôtels rudimentaires de deux ou trois étoiles, sans point de vue remarquable et sans infrastructure pour les loisirs. Mais il y avait là plus de dix mille prostituées ainsi que tout le personnel qui gravite autour. Cette presqu'île était en réalité dédiée à une seule et même activité : la prostitution.

Même si l'âge d'or est maintenant passé, il y a toujours sur la presqu'île de deux à trois mille filles à pratiquer exclusivement cette activité. Pourquoi les clients sont-ils prêts à faire de longues heures de train et de bateau pour venir jusqu'ici ? Mis à part les prix relativement bas, je pense que le succès du lieu est dû en grande partie au choix extraordinaire qui est proposé !

NOUVEL INCIDENT DU 18 SEPTEMBRE PRÈS DE MACAO

Les belles femmes causeraient-elles des malheurs ? En 2003, j'ai assisté à Zhuhai, au nord de Macao, à un incident notable impliquant des clients. Comme vous le savez, notre comptine nous a avertis : « Une beauté de second choix, à Zhuhai ou Shenzhen s'en ira. »

Un groupe assez important de Japonais étaient venus voir des prostituées. Qu'ils se soient amusés en dépassant les bornes, passe encore, ils s'amusaient tant qu'ils m'avaient complètement oubliée. Mais ils allèrent jusqu'à hisser le drapeau japonais à l'intérieur de l'enceinte de l'hôtel. Je ne sais si c'était volontaire ou s'ils n'y avaient pas prêté attention, mais c'était un 18 septembre.

Il faut savoir que cette date est restée célèbre dans l'histoire de la Chine à cause de l'« incident du dix-huit septembre » qui a eu lieu pendant la Seconde Guerre mondiale : ce jour-là, les Japonais assassinèrent le seigneur de la guerre Zhang Suolin, dans le nord-est de la Chine, à Shenyang, donnant le signal du début des exactions à grande échelle du Japon contre la Chine.

Ces dernières années, la puissance des sentiments antijaponais n'a fait que monter en Chine, et le 18 septembre est considéré comme une humiliation nationale. Durant la Seconde Guerre mondiale, les soldats japonais violèrent et tuèrent des femmes chinoises. Aujourd'hui, les voilà qui revenaient courir et trousser des Chinoises. Les sentiments des habitants de Zhuhai devinrent dès lors très vite exacerbés.

Cette affaire fit tant de battage que la Sécurité publique dut intervenir. Non seulement plusieurs Japonais furent arrêtés, mais les prostituées, les maisons closes et même les membres du personnel furent impliqués eux aussi, et un nombre non négligeable de personnes furent appréhendées et détenues par la police. L'année suivante, à la même date, toutes les maisons closes et toutes les prostituées de Zhuhai observèrent une journée de repos en mémoire de ce nouvel incident du 18 septembre.

À Hong-Kong, la décrue

J'ai cherché également à savoir ce qu'il en était de Hong-Kong. Avant la politique d'ouverture de la Chine, toute la jeunesse déboursait son argent pour accomplir la « chose capitale ». Ceci s'ajoutant à un tourisme d'affaires massif, les prostituées avaient du mal à répondre à la demande. C'est ainsi que les prostituées venues de Chine, les « filles du Nord », firent leur apparition sur les trottoirs, dans les bars comme dans les restaurants de la ville. Mais ces dernières années, avec le développement rapide de

Shanghai, un grand nombre d'entreprises et leurs personnels sont partis s'y installer, et la prostitution à Hong-Kong a sérieusement accusé le coup. À cela se sont rajoutés de nombreux facteurs comme l'inauguration d'installations flambant neuves dans les casinos de Macao, le prix moins élevé de leurs prostituées et, enfin, l'entrée en fonction d'une nouvelle Administration spéciale du territoire à Hong-Kong, qui, pour donner un nouvel aspect à la ville et des tâches à ses fonctionnaires, a renforcé les interdictions pour les commerces concernés par la prostitution. Soudain, la prospérité de Hong-Kong a fait connaissance avec la décrue et les hausses d'impôts.

Les prostituées chinoises à Taiwan :
les « sœurs cadettes du continent »

La manifestation la plus visible de l'après-communisme fut l'arrivée des prostituées chinoises à Taiwan. Elles sont surnommées ici nos « sœurs cadettes du continent ».

Parce qu'elles doivent franchir le détroit de Formose, les filles rencontrent plus de difficultés à venir clandestinement à Taiwan que celles qui rejoignent Hong-Kong ou Macao, reliées au continent. Par la suite, comme elles sont arrivées illégalement, ces filles ne peuvent pas s'afficher dans les bars de luxe, les piano-bars ou d'autres lieux de plaisir du même genre. Une fois à Taiwan, les « sœurs cadettes du continent » ne connaissent donc pas le même sort que leurs consœurs venues de Hong-Kong ou de Macao : leur champ d'action se retrouve restreint à celui de la prostitution bon marché.

Ces prostituées sont installées dans les *Binguan*, ces hôtels que l'on rencontre un peu partout à Taiwan. Les clients contactent les *Mama-sang* par un simple coup de fil, et aussitôt la commande passée aussitôt servie. Sous la responsabilité d'un « palefrenier » (à la fois chauffeur et garde du corps) qui est là pour accompagner le client, celui-ci se retrouve à l'hôtel où se conclut la transaction.

Chaque passe ne coûtera pas moins de quatre-vingt à quatre-vingt-dix dollars américains. Pour une « marchandise neuve », le prix de la beauté, celui de la jeunesse peut grimper jusqu'à deux cents dollars américains.

À la source de ce marché, on retrouve la plupart du temps la pègre et ses gangs. Ils sont établis en Chine où ils recherchent des filles, qu'ils font débarquer de nuit à Taiwan à bord de bateaux de pêche. Les petits îlots de Taiwan sont entourés par la mer et le ruban côtier fait plus de mille kilomètres de long : même si les autorités de Taiwan veulent endiguer et contrer ces activités, ils n'obtiennent que peu de succès.

Les faux mariages à Taiwan

Un autre mode de trafic employé par la pègre est celui des « faux mariages ». Les hommes qui ont contracté ces faux mariages proviennent pour beaucoup du corps des soldats et des officiers arrivés à Taiwan à la suite de Tchang Kaï-chek (Jiang Jieshi) et de son gouvernement en 1949. Ces hommes que l'on a surnommés les « vieilles patates » n'ont pour la plupart pas réussi à trouver une petite amie à épouser à Taiwan. En 1987, le fils de Tchang Kaï-chek, Jiang Jingguo, a rétabli les liens rompus depuis quarante ans entre les deux rives, permettant une reprise des passages. En très peu de temps, cette année-là, des centaines de « vieilles patates » repartirent visiter la Chine. Ils y trouvèrent des prostituées, qu'ils ramenèrent à Taiwan en les présentant comme leurs jeunes épouses chinoises.

Les gangs de la pègre s'aperçurent qu'il y avait là une occasion à saisir, ils utilisèrent donc certains de ces vieux militaires pour trouver des filles en Chine et les faire venir pour de « faux mariages ». Chaque mois, ils payaient à ces faux maris une forte somme d'argent, avant de conduire les filles à la prostitution.

Les « faux-maris » recrutés récemment ne sont plus seulement des « vieilles patates », mais des hommes plus jeunes qui sont des volontaires et qui ont mordu à l'hameçon de cette proposition.

Afin de combattre le phénomène des faux mariages et l'immigration clandestine des « sœurs cadettes du continent », les forces de police et les fonctionnaires du bureau de l'immigration ont soumis les personnes suspectées à interrogatoire, leur faisant chanter des chansons taiwanaises, ou bien leur demandant le nom du président taiwanais, et ainsi de suite. Les gangs de la pègre se sont alors adaptés et se sont mis à enseigner aux « sœurs cadettes du continent » les rudiments nécessaires sur tous les sujets concernant Taiwan, ce qui a obligé les forces de police et les fonctionnaires du service de l'immigration à modifier en retour leurs interrogatoires pour qu'ils portent sur des sujets différents. Chaque bord a développé dans cette lutte toute sa combativité, c'était véritablement épique !

« Les sœurs cadettes » qui sont appréhendées à Taiwan sont hébergées à Xinzhu ou à Yilan, dans des centres de rétention, pour y attendre les formalités de leur rapatriement, ce qui peut demander beaucoup de temps. Comme les deux États n'ont pas établi de relations diplomatiques, ils ne peuvent s'appuyer que sur des « Associations de compatriotes » semi-officielles. Aussi les « sœurs cadettes du continent » peuvent-elles rester dans ces centres durant plus de six mois. Côté taiwanais, on va jusqu'à considérer que la Chine populaire ralentit volontairement le rythme des rapatriements.

Trente « sœurs cadettes » jetées à la mer

À Taiwan coexiste toujours une lutte entre le courant de réunification avec la Chine et le courant indépendantiste. Une majorité de la population (plus de 60 %) souhaite le maintien de la situation actuelle, c'est-à-dire avec chacun son gouvernement séparé, il n'y a que peu de gens (environ 20 %) pour souhaiter l'indépendance, et moins encore (environ 10 %) pour une réunification avec la Chine continentale. Par conséquent, les « sœurs cadettes du continent » sont devenues un problème assez politique. Le gouvernement taiwanais ne fait montre d'aucune compassion particulière à leur égard. La plupart des gens sont persuadés qu'elles viennent là volontairement, pour gagner beaucoup d'argent. Quelques-uns pourtant sont convaincus que les « sœurs cadettes du continent » sont exploitées et devraient être aidées par le gouvernement. Ils vont parfois jusqu'à demander qu'elles obtiennent le statut de « réfugiées politiques ». Si le gouvernement taiwanais les considérait comme des réfugiées politiques et leur offrait une assistance, les retombées politiques seraient énormes.

En 2003, une catastrophe souleva un fort élan de compassion chez beaucoup de Taiwanais. Un bateau de pêche où se pressaient plus d'une trentaine de « sœurs cadettes du continent » fut repéré en mer par les gardes-côtes, qui se lancèrent aussitôt à sa poursuite. Le patron du bateau, dans le dessein de leur échapper et de fuir au plus vite, prit la décision d'alléger sa charge. Il fit jeter les filles par-dessus bord. Les gardes-côtes, sans se préoccuper de poursuivre le bateau de pêche qui s'enfuyait, se dépêchèrent d'aller les secourir. Six des prostituées, celles qui ne savaient pas nager, se noyèrent. Par la suite, le patron du bateau de pêche fut appréhendé et condamné à mort.

Même si elles mettent leur vie en danger, les prostituées du continent n'en continuent pas moins d'affluer clandestinement à Taiwan. La raison en est très simple : sauf cas particulier, une fille venue du continent pour se prostituer à Taiwan aura remboursé en un ou deux ans de prostitution le gang de passeurs et il lui restera pour elle-même de vingt à trente mille dollars américains. Pour ces filles qui viennent des campagnes pauvres de la Chine, cette somme d'argent représente l'équivalent de trente années de labeur.

Les « chattes dorées »

En mai 2005, le Département d'État américain a rendu public son « rapport sur la question des trafiquants d'immigrants illégaux ». Pour la première fois, Taiwan rétrograda de la catégorie un à la catégorie deux, se retrouvant au même niveau que la Chine, ce qui signifie que le problème du trafic clandestin et de la vente de migrants est de plus en plus grave.

La crainte d'être vendues ne concerne plus seulement les prostituées chinoises. La tendance la plus récente provient des prostituées de Hong-Kong qui partent en Chine rechercher des « chattes dorées » – russes pour la moitié d'entre elles – et les envoient sous la contrainte se prostituer à Taiwan.

Les filles de type caucasien, qui sont surnommées les « chattes dorées », sont devenues, depuis plusieurs années déjà, les préférées des mâles taiwanais. Hormis l'exotisme qu'elles incarnent, leur taille est plus grande que la moyenne des Asiatiques, comblant les fantasmes sexuels masculins des Taiwanais pour des filles « grandes, aux poitrines et aux fesses généreuses ». Si s'ajoutent à cela des cheveux blonds, une forte poitrine, une peau blanche, les filles deviennent des « primeurs de premier choix » à déguster. C'est comme s'il fallait avoir couché avec l'une de ces « chattes dorées » au moins une fois, pour avoir le sentiment de ne pas être passé à côté de la vie. Mais après l'avoir fait, ces hommes se plaignent que ces « chattes dorées » ont une saveur trop différente, ou qu'elles respirent trop la solitude, ou encore que leur peau est certes blanche mais sans finesse. La seule chose dont ils n'osent pas se plaindre, c'est qu'elles soient « trop larges », ce qui conduirait à penser que leur propre outil est de taille vraiment insuffisante.

Elles croyaient être modernes en allant à Taiwan

Il y a peu, les forces de police taiwanaises ont découvert et arrêté une fille de Hong-Kong qui avait ouvert à Taipei un centre d'appel regroupant sous son enseigne pas moins de onze prostituées russes. Cette maquerelle s'était rendue en Chine dans la ville de Shenzhen où, après s'être associée aux gangs chinois, elle avait fait traverser clandestinement les Russes. Une fois arrivée à Taiwan, elle leur avait confisqué leurs passeports et les avait mises sur le trottoir, les obligeant à faire de dix à quinze passes quotidiennes.

Il y avait parmi elles deux filles en particulier, l'une de 19 ans et l'autre de 25 ans, qui venaient de Khabarovsk en Sibérie et qui, d'Harbin à Pékin, de Shenzhen à Canton, n'arrêtaient pas de changer de ville pour se prostituer, gagnant à chaque passe de vingt à trente dollars américains. À Taiwan, les hommes déboursaient environ deux cent soixante-dix dollars américains pour elles, dont elles ne voyaient pas la couleur. Certains leur adressaient des clients qui en adressaient d'autres, c'était sans fin. Si elles étaient enceintes, on les contraignait à avorter.

Une autre fille déclara qu'elles croyaient être « modernes » en allant à Taiwan, et qu'elles avaient été bernées. À Taiwan, elles habitaient avec un « petit frère » qui les gardait vingt-quatre heures sur vingt-quatre. Elles avaient déjoué sa surveillance pendant un moment et s'étaient enfuies de leur *kang* (lit de briques chauffées par un fourneau [N.d.T.]), pour aller porter plainte auprès de la police.

La maquerelle de Hong-Kong se retrouva accusée de proxénétisme, et comme il semblait peu probable que la pègre locale soit impliquée dans ce cas, la police parvint à la faire inculper.

Comment conclure ? La Chine est face à un mouvement sans précédent dans son histoire qui implique les prostituées, les passeurs, les gangs mafieux, la pègre et tous les différents acteurs (les hôtels, les palefreniers, les maquerelles, etc.).

On en arrive ainsi à toutes ces nouvelles routes de migration. Il ne fait aucun doute que chacune d'entre elles, sans exception, est le reflet même des mutations actuelles de la Chine dans tous les domaines.

Quelle sera donc la prochaine étape ?

Née en 1952 à Taiwan, Li Ang a publié sa première nouvelle à l'âge de 16 ans. Diplômée de philosophie, elle a publié une vingtaine de livres traitant principalement de la place de la femme dans la société taiwanaise, qui lui ont valu une réputation d'écrivain controversé. Son roman La Femme du boucher *a été traduit dans le monde entier. Li Ang est chevalier de l'ordre des Arts et des Lettres.*

Traduit du chinois par Denis Bénéjam.

Le tourisme sexuel

Claudine Legardinier

Le tourisme sexuel est une des formes courantes de l'exploitation des femmes et des fillettes. Deux cent mille adeptes arpentent les pays pauvres à la recherche de corps bon marché et d'enfants. Les organisations criminelles font de ce marché une véritable industrie.

Le tourisme est devenu depuis les années 1970 un moteur essentiel de l'exploitation sexuelle des femmes et des enfants. Nul n'ignore plus les motivations d'une partie des hommes qui voyagent, assez souvent seuls, en Asie du Sud-Est, dans les Caraïbes ou au Brésil. Pourtant, les destinations traditionnelles, Phuket, Manille ou Cuba, ne sont plus aujourd'hui que les parties visibles d'une réalité mondiale en expansion continue. Aucun continent n'est épargné : l'Afrique, du Maroc à la Mauritanie, du Kenya à Madagascar ; l'Amérique du Nord, du Canada au Nevada ; l'Amérique Latine, de la République Dominicaine à la Colombie ; l'Asie, du Vietnam au Sri Lanka ; mais aussi l'Europe, et pas seulement en Roumanie ou en Russie. Quant aux « sexe-touristes », d'abord originaires des pays les plus riches – États-Unis, Canada, Europe occidentale, Japon, Australie –, ils peuvent désormais être russes, arabes ou chinois.

Malgré les dénonciations, à grands cris, du « tourisme sexuel », la complaisance reste ce qu'elle était. L'expression elle-même reflète la compréhension qui a toujours entouré les agissements des « clients » des personnes prostituées. Exploitation sexuelle et colonialisme seraient des termes plus justes. De nombreux médias continuent de couvrir d'une inlassable indulgence les confidences de certains de nos écrivains, portés à exhiber leurs péripéties sexuelles rémunérées dans les pays pauvres. On évoque à l'occasion le nom d'André Gide, une référence garante de la valeur littéraire de ces exploits. Au passage, le cinéma et la littérature, toujours mutiques sur la question des hommes clients (trop banale sans doute), mettent toute leur ardeur à camper des femmes clientes[1], pourtant infiniment minoritaires. Une poignée d'entre elles, en effet, s'estime désormais en droit de profiter de privilèges traditionnellement accordés à la moitié masculine de l'humanité.

Le colonialisme des corps féminins

De cette forme contemporaine de colonialisme, les corps sont la matière première : en immense majorité des corps féminins, ceux des personnes les plus vulnérables au plan social, économique, culturel, ethnique, psychologique. Des corps de plus en plus jeunes, dont la virginité éventuelle est négociée à prix d'or. Selon l'Unicef, près de 3 millions d'enfants, principalement des filles, seraient victimes d'exploitation sexuelle commerciale chaque année. Globalement, la carte mondiale du tourisme sexuel est un calque des rapports de pouvoir qu'exercent les plus riches sur les plus pauvres, les hommes sur les femmes, les adultes sur les enfants.

Le tourisme sexuel est inséparable de la traite des êtres humains ; d'abord parce que les réseaux organisent « l'offre » en direction des « touristes » mais aussi parce que de nombreux pays, en proie au chaos économique et politique, sont devenus à la fois des destinations du tourisme sexuel et des pays d'origine de la traite. Alors que la traite met à la disposition des « clients », chez eux, des corps prostitués « exotiques », le tourisme sexuel les invite à se déplacer pour les « consommer » dans leur pays d'origine : deux faces inséparables du système prostitutionnel qui garantit à des hommes, pour leur bon plaisir, à toute heure et en tout lieu, des corps prostitués. Un espace protégé où ces derniers bénéficient d'un droit à l'irresponsabilité vis-à-vis d'autrui et demeurent à l'abri des exigences égalitaires des femmes.

Aujourd'hui, cette forme d'exploitation sexuelle ne choque guère que si elle touche les enfants ; une absurdité si l'on songe que la majorité des personnes prostituées ont commencé mineures. Femmes et adolescentes sont oubliées et l'idée courante veut que les responsables soient des pédophiles. Si les pédophiles existent bel et bien, on sait désormais que la majorité des exploiteurs sont des hommes ordinaires[2], clients de la prostitution adulte, qui en viennent, une fois loin de chez eux, à franchir la limite pour tester de nouvelles sensations auprès de mineur-e-s ou pour bénéficier d'un « meilleur rapport qualité/prix ».

Le repos du guerrier… et du consommateur

Que les femmes paient, comme prostituées, un lourd tribut au « tourisme sexuel » est dû à la condition de subordination qui demeure leur lot partout dans le monde. Avec la mondialisation, la montée du tourisme de masse et les programmes de libéralisation économique, le phénomène n'a fait que croître. Les pressions de la Banque mondiale ou du Fonds monétaire international pour le développement du tourisme et le remboursement de la dette ont conduit de nombreux pays à institutionnaliser la prostitution : un recyclage de l'idéologie traditionnelle de la femme soumise au profit de l'industrie du sexe et un moyen rapide de gonfler le produit intérieur brut (PIB) tout en palliant l'absence ou l'insuffisance des aides sociales.

Les conflits armés et la présence militaire ont aussi une large responsabilité dans le développement du « tourisme sexuel » et des trafics. Les violences politiques, ethniques, les crises humanitaires, qui engendrent des déplacements de population et des situations de non-droit, créent des viviers potentiels pour les trafiquants et les proxénètes. De plus, les personnels de l'armée sont traditionnellement des usagers importants de la prostitution. Dans les Balkans par exemple, la présence des forces de maintien de la paix de l'ONU a engendré une explosion de la traite des femmes et des jeunes filles. La prostitution est ainsi passée du stade « artisanal » au stade industriel[3]. On se souvient que les infrastructures de la prostitution en Thaïlande, entre autres, ont été créées pour le « repos du guerrier », c'est-à-dire pour la détente des GI's lors de la guerre du Vietnam. Après guerre, comme dans d'autres régions du monde, il a suffi de les recycler en direction d'un nouveau public de touristes et hommes d'affaires.

Parallèlement, les médias, la pornographie, le coup d'accélérateur d'Internet, l'idéologie de la consommation, la banalisation, savamment orchestrée par l'industrie du sexe, du « service sexuel » ou des « sexualités récréatives », ont conduit à accentuer l'image des femmes comme objets sexuels et à normaliser pour les « clients » un droit illimité au sexe. Ainsi, dans un pays aussi riche que l'Australie, le *Daily Planet*, bordel coté en bourse, a pu être honoré par un *Victorian Tourism Award* pour sa contribution à l'économie de la région[4]. Que ce soit dans les pays riches ou dans les pays pauvres, l'exploitation sexuelle des femmes et des jeunes filles est de plus en plus légitimée au nom du profit.

Sexisme et racisme

Les causes réelles du « tourisme sexuel », liées à des structures socio-économiques, politiques et culturelles, sont ainsi aux antipodes du fantasme libertaire du « sea, sex and sun » cher aux « clients » et à certains médias. Afin de rendre acceptable leur comportement, les hommes concernés avancent un ensemble de justifications[5]. Les plus traditionnelles reposent sur des croyances et des mythes profondément intégrés culturellement : « besoins sexuels » masculins considérés comme « naturels » et « irrépressibles » ou nécessité de la prostitution comme prétendu rempart contre le viol. S'y ajoutent des représentations qui permettent à l'exploiteur de se persuader que seules les personnes prostituées, adultes ou enfants, sont responsables de la situation et qu'elles en tirent de multiples avantages. Est notamment mise en avant une interprétation teintée de racisme : un supposé penchant « naturel » pour le sexe.

Comme l'a montré la chercheuse anglaise Julia O. Connell Davidson[6], la prostituée, socialement construite comme « l'autre », la différente, est ainsi mise à distance et devient « naturellement » disponible à l'exploitation. C'est encore plus vrai des « étrangères » envers qui les clients exercent une forme de racisme sexualisé, en obéissant à des stéréotypes fantasmés : « Africaine sexuellement puissante », « Latino-Américaine libre et facile » « Asiatique douce et soumise » et désormais « fille de l'Est » grande et blonde, sexuellement disponible[7]. C'est ce processus qui pousse les exploiteurs sexuels à considérer les membres de sociétés qui ne sont pas les leurs comme des prostitué-e-s « naturel-le-s ».

On ne s'étonne donc pas que le recours des hommes aux personnes prostituées augmente lorsqu'ils se trouvent à l'étranger. Premières concernées, celles qui sont issues des minorités ethniques, soumises à la pauvreté, au racisme, à l'acculturation, et qui, partout, fournissent un énorme contingent de personnes prostituées.

L'Europe, destination montante du tourisme sexuel

L'indifférence qui pousse des hommes de nos pays à payer plus facilement une femme étrangère accrédite l'idée que le tourisme sexuel se limite à des régions géographiques lointaines. C'est oublier que d'autres hommes, qu'ils viennent d'autres continents ou de pays proches, trouvent en Europe le même « exotisme » sexuel. Paris a ainsi toujours été une destination prisée en la matière. Le mythe de Pigalle, de ses « petites femmes » et de ses putains a longtemps exercé (exerce encore) une fascination internationale. Aujourd'hui, Prague, Amsterdam, Vilnius, Hambourg ou Barcelone sont elles aussi des destinations majeures du tourisme sexuel. La frontière germano-tchèque est un bordel à ciel ouvert où affluent les « touristes ». L'un des premiers arguments de vente de la célèbre cité néerlandaise s'appuie sur les vitrines du quartier rouge. La capitale tchèque mise, grâce aux compagnies de charters bon marché, sur les touristes masculins attirés par des forfaits tout compris leur permettant de s'offrir pour un prix dérisoire de la bière et des femmes à volonté.

Ni les médias ni les politiques ne semblent s'en alarmer. S'il est facile d'épingler les trottoirs de Manille, le mutisme prévaut sur le tourisme sexuel qui sévit en France et en Europe ainsi que sur ses « clients » qui nous sont si proches. Avec la déferlante libérale, la légalisation de cet état de fait dans un certain nombre de pays (Pays-Bas, Allemagne par exemple), accorde aux revenus de la prostitution et de l'industrie du sexe une part croissante dans le PIB des États et donne un pouvoir économique et politique sans précédent aux marchands de femmes : une totale régression dans une Europe qui affiche pourtant une volonté de lutte contre les violences faites aux femmes.

Une prise de conscience cantonnée à la question enfantine

Seul le tourisme sexuel impliquant des enfants a jusqu'à présent ému les consciences et bénéficié de mesures concrètes. En France, en Europe et dans le monde, de multiples actions ont été engagées. Cette mobilisation a conduit à des avancées dans les législations nationales, à la fois dans les pays d'origine des touristes et dans ceux où ont lieu les infractions. Législations plus répressives, coopérations régionales, mais aussi premières campagnes en direction des hommes au profit de qui est organisée l'offre prostitutionnelle : ainsi, en 2004, vingt pays d'Asie et du Pacifique ont lancé un appel pour que les actions de lutte contre la prostitution des enfants se tournent désormais vers les clients, une évolution liée à l'apparition dans les textes internationaux de la dimension de la « demande ».

En France comme dans de nombreux pays, les lois d'extraterritorialité permettent de poursuivre des personnes dans leur pays d'origine pour des actes accomplis à l'étranger, en l'occurrence des violences sexuelles sur les enfants. Ces dispositifs sont toutefois difficiles à mettre en œuvre (difficulté de produire et rassembler des preuves) et les procès sont rares. Citons le cas d'un homme condamné en 2000 à sept ans de prison par la Cour d'assises de Paris pour avoir payé une fellation pratiquée par une fillette de 11 ans en Thaïlande. On constate la même frilosité dans l'application de la loi dans notre pays, y compris la loi réprimant les clients des prostitué-e-s mineur-e-s.

La charte de 2005

Toutefois, les mentalités évoluent. En 2005, une charte pour un tourisme respectueux des droits de l'enfant en France et à l'international, signée par le gouvernement français et les professionnels du tourisme est venue élargir les actions entreprises depuis plusieurs années sous l'impulsion d'Ecpat[8] France. Accor, Air France, Fram, Jet Tours, Nouvelles Frontières, Carrefour Voyages, le Guide bleu, parmi beaucoup d'autres, s'engagent à combattre l'exploitation sexuelle des enfants dans le tourisme. Cette sensibilisation croissante montre qu'il est possible de changer les regards sur le long terme. Qui aurait pensé il y a dix ans que le Club Med, jadis symbole d'une « libération sexuelle » débridée, ferait campagne contre le tourisme sexuel en envoyant un courrier à chacun de ses clients ?

Beaucoup de travail reste à faire : lutter contre le sexisme, les violences et la précarité qui touchent notamment les femmes et les jeunes filles, œuvrer pour une vision du développement qui prenne enfin en compte les initiatives et besoins féminins. De nombreuses femmes y travaillent partout dans le monde. En Albanie par exemple, des féministes luttent aujourd'hui pour imposer un tourisme éthique. L'urgence tient aussi à la profonde remise en cause des représentations complaisantes de la prostitution qui forment la trame de nos cultures, de nos pensées. Les médias ont à cet égard une importante responsabilité, eux qui demeurent bien souvent, par ignorance des réalités, friands d'images glamour de la prostitution et de « bonnes adresses ».

En ce début de XXIe siècle, le temps est venu d'en finir avec l'indulgence qui continue d'entourer, urbi et orbi, l'exploitation sexuelle des femmes. Un combat sans lequel aucune égalité ne sera possible.

Claudine Legardinier, journaliste indépendante, est membre de l'Observatoire de la parité entre les femmes et les hommes depuis 2002, et a représenté le mouvement du Nid lors de la Conférence mondiale sur les femmes de Pékin (1995). Formatrice pour des groupes de travailleurs sociaux, elle est aussi l'auteure de « Prostitution » in Le Dictionnaire critique du féminisme *(2000) ;* Les Trafics du sexe – femmes et enfants marchandises *(Milan, 2002) ;* Les Clients de la prostitution, *avec Saïd Bouamama, Presses de la Renaissance, 2006.*

Notes

1. *Cliente*, roman de Josiane Balasko, *Vers le sud*, film de Laurent Cantet, etc.

2. 1er et 2e Congrès mondial contre l'exploitation sexuelle d'enfants à des fins commerciales, Stockholm, 1996, Yokohama, 2001.

3. '*So does that mean I have rights ?', la protection des droits humains des femmes et des jeunes filles trafiquées pour la prostitution forcée au Kosovo*, Amnesty International, 2004.

4. *La mondialisation des industries du sexe*, Richard Poulin, Imago, 2005.

5. On peut citer les enquêtes sur les touristes sexuels menées en Amérique Latine, en Afrique du Sud, en Inde et dans les Caraïbes par Julia O. Connell Davidson et Jacqueline Sanchez Taylor (University of Leicester, UK), mais aussi celles de Sven Axel Mansson en Suède (1986) ou de Saïd Bouamama en France (Mouvement du Nid/Ifar, 2004).

6. *L'exploiteur sexuel*, Congrès mondial de Yokohama, 2001.

7. '*Filles de l'Est et construction d'une féminité racisée*', Dominique Giabiconi, Colloque Efigies, Paris, 12-13 mai 2005.

8. Ecpat (End child prostitution, child pornography and trafficking in children for sexual purposes) est un réseau international composé d'une soixantaine d'antennes dans le monde.

L'esclavage moderne et domestique

Georgina Vaz Cabral

La notion d'esclavage moderne est entré dans le langage courant. Mais mesure-t-on bien ce qu'elle représente dans les vies de ces femmes déplacées et asservies au profit des plus riches ? Violence inhumaine et dégradante, elle détruit jusqu'à la personnalité des victimes. L'esclavage domestique en est une forme fréquente.

L'esclavage n'est pas un phénomène révolu. Il reste jusqu'à nos jours une réalité économique, sociale et humaine. En dépit des abolitions et de la Déclaration universelle des droits de l'homme de 1948 dont l'article 4 stipule que « nul ne sera tenu en esclavage ni en servitude ; l'esclavage et la traite sont interdits sous toutes ses formes », des pratiques esclavagistes anciennes persistent dans des contextes économiques nouveaux. Chaque année, des milliers de fillettes et de femmes sont « recrutées », déplacées et asservies. Dans le rapport 2000 du Fonds des Nations Unies pour la population (FNUAP), il est estimé que chaque année « quatre millions de femmes et de fillettes sont vendues à leurs époux ou à des marchands d'esclaves ». L'Unicef[1] évalue à 1,2 million le nombre d'enfants concernés par la traite des êtres humains chaque année.

Les notions d'esclavage moderne et de traite des êtres humains font désormais partie du langage courant. Toutefois, définir l'esclavage a toujours posé des difficultés. Les droits nationaux se fondent principalement sur deux définitions, celle de la Convention internationale relative à l'abolition de l'esclavage du 25 septembre 1926 : « l'état ou la condition d'un individu sur lequel s'exercent les attributs du droit de propriété ou certains d'entre eux » (art. 1, § 1). Quant à celle du Protocole additionnel à la Convention des Nations Unies contre la criminalité transnationale organisée, visant à prévenir, réprimer et punir la traite des personnes, en particulier des femmes et des enfants[2], elle désigne celle-ci comme « le recrutement, le transport, le transfert, l'hébergement ou l'accueil de personnes, par la menace ou le recours à la force ou à d'autres formes de contrainte, par enlèvement, fraude, tromperie, abus d'autorité ou d'une situation de vulnérabilité, ou par l'offre ou l'acceptation de paiements ou d'avantages pour obtenir le consentement d'une personne ayant autorité sur une autre aux fins d'exploitation. L'exploitation comprend, au minimum, l'exploitation de la prostitution d'autrui ou d'autres formes d'exploitation sexuelle, le travail ou les services forcés, l'esclavage ou les pratiques analogues à l'esclavage, la servitude ou le prélèvement d'organes » (art. 3). En d'autres termes, la traite des êtres humains est un processus dynamique consistant en une succession d'actions et une forme de déplacement particulièrement violente qui visent à réduire une personne en esclavage.

Ces crimes sont des formes de violence inhumaine et dégradante conduisant à la destruction sociale de la personne, à la perte progressive de son identité et de sa personnalité. Le droit à la vie, les libertés de penser, d'expression et de mouvement, son humanité même lui sont niés. Les victimes ne sont plus enchaînées mais vulnérabilisées par la confiscation des passeports, la violence, la crainte de représailles à l'encontre de leur famille, l'humiliation.

Exploitation sexuelle, par le travail ou trafic d'organes

L'exploitation esclavagiste se manifeste sous les formes les plus diverses comme l'exploitation sexuelle (prostitution, pornographie, « sex-show », services online...), l'exploitation par le travail (services domestiques, agriculture, confection, restauration, vente dans la rue, mendicité...) ou encore le trafic d'organes.

En France, en 1994, un petit groupe s'est lancé, aux côtés de la journaliste Dominique Torres, dans la dénonciation de l'esclavage moderne, phénomène jusque-là totalement ignoré. Le Comité contre l'esclavage moderne (CCEM), qui se bat depuis plus de dix ans contre les pratiques esclavagistes et en particulier l'exploitation par le travail domestique, soulevait à l'époque une idée dérangeante. La réalité d'aujourd'hui, mesurée, quantifiée, l'est plus encore. Elle a pris réalité dans la société lorsqu'en février 1996, la France entière a vu, au journal télévisé de 20 heures, la libération d'une jeune Érythréenne, asservie au domicile d'une diplomate libanaise.

Qu'est-ce que l'esclavage domestique ?

L'esclavage domestique est une forme d'exploitation invisible qui provient, d'une part, de la pauvreté des pays d'origine des victimes, et d'autre part, d'une demande croissante de services domestiques due à la généralisation du travail des femmes dans la société occidentale. Le travail domestique est aujourd'hui souvent perçu comme une activité réservée aux femmes étrangères. Leur disponibilité et leurs faibles exigences ont fait basculer le marché. Il a évolué vers une forte concurrence au niveau de l'offre et une augmentation des exigences de la part de la demande (flexibilité, horaires chargés, lourdeur des tâches, bas salaires...). Les migrantes les plus vulnérables ne sont souvent pas en mesure de discuter leurs conditions de travail et de défendre leurs droits.

Dans ce contexte, l'expression « esclavage domestique » a été donnée en France par le CCEM pour désigner la condition des personnes placées en état de vulnérabilité par contrainte physique ou morale, et qui se trouvent dans l'obligation de fournir un travail (tâches ménagères, gardes d'enfant) sans rémunération réelle et ce dans un contexte privatif de liberté et de violences.

Les jeunes femmes travaillent habituellement dans des foyers privés et vivent le plus souvent avec la famille de leur exploiteur. Elles sont ainsi à la disposition de la famille vingt-quatre heures sur vingt-quatre. Leur liberté de mouvement est limitée et dépend des besoins du patron. Certaines femmes sont isolées du monde extérieur pendant des années. Elles sont séquestrées. La plupart des victimes subissent des violences physiques, mais les violences psychologiques sont celles qui affectent le plus de femmes. Elles sont conditionnées, humiliées et continuellement rabaissées. Elles n'ont pas le droit de parler ni de prendre contact avec leur famille. Elles ne peuvent jouir d'aucune vie privée, ni d'aucune intimité. La majorité des victimes n'ont pas accès aux soins et nombreuses sont celles qui ne mangent pas à leur faim.

LE CALVAIRE DE PAULETTE, BÉNINOISE À PARIS

Entre deux placements, Paulette séjourne chez Mme « O » dans un petit appartement à Paris. Comme cette dernière travaille dans la journée, elle enferme Paulette dans un cagibi sans lumière, et ce pendant des journées entières. Pendant six ans, Paulette va vivre, en France, un véritable calvaire. Elle travaille tous les jours de la semaine, se lève à six heures et se couche à une heure du matin – l'électricité coûtant moins cher la nuit, les jeunes filles repassent à ce moment-là. Elle ne perçoit absolument aucun salaire. Elle dort par terre dans la chambre des enfants et subit au quotidien les coups et les insultes. Pire, elle se fait violer par le mari de sa patronne Germain. Elle tombe enceinte et se fait avorter par Mme « O ». Cette situation est d'autant plus difficile à supporter qu'elle est séparée de sa sœur jumelle qu'elle ne reverra plus. Violée et enceinte, elle aussi, sa grossesse est trop avancée pour la faire avorter et Mme « O » la renvoie au Bénin sans un centime[3].

Paulette Lokassa a été entendue lors de la Mission d'information parlementaire sur l'« esclavage, en France, aujourd'hui »[4]. Elle résume dans son témoignage le traitement réservé à la plupart des femmes domestiques asservies.

Mme Paulette Lokassa : On s'occupe des enfants, on les accompagne à l'école – mais on ne reste pas longtemps dans la rue, car ils nous disent qu'on est surveillé ; on a donc très peur et on retourne très vite à la maison. On fait le ménage, on repasse la nuit, ils font les courses mais on s'occupe de tout. Même quand on est malade. Et ils ne nous emmènent pas à l'hôpital, c'est eux qui nous donnent des médicaments. On est frappé toute la journée et on n'a pas le droit de se plaindre.

M. le Rapporteur : Des médecins sont venus quand vous étiez malade ?

Mme Paulette Lokassa : Jamais, c'est l'employeur qui nous donnait des médicaments.

Mme la Présidente : Et vous étiez nourrie correctement ?

Mme Paulette Lokassa : Non, nous mangions les restes. Quand il y en avait.

Mme la Présidente : Et vous dormiez toujours dans la chambre des enfants ?

Mme Paulette Lokassa : Oui, par terre. Je me réveillais toujours la première mais, quand j'avais du mal à me lever, le mari venait me donner des coups de pied à la tête, dans le ventre. Et je n'avais pas le droit de me plaindre.

Mme la Présidente : Et en hiver, vous étiez habillée comment ?

Mme Paulette Lokassa : On nous donnait des vêtements déchirés qui semblaient venir d'un camion, et on devait se débrouiller pour en faire quelque chose.

Mme la Présidente : Et jamais d'argent ?

Mme Paulette Lokassa : Jamais.

Mme la Présidente : Ni un objet à Noël, par exemple ?

Mme Paulette Lokassa : Rien. Ils font Noël entre eux.

Mme la Présidente : Quel était le comportement des enfants à votre égard ?

Mme Paulette Lokassa : Ils font comme leurs parents car ils leur disent de ne pas nous parler, qu'on n'est rien. Ils peuvent même nous taper[5].

Contrairement aux réseaux d'exploitation de la prostitution, l'exploiteur ne tire pas de produit financier direct et visible. Son profit repose sur la base d'un salaire non versé. Parfois, on fait croire à la victime que de l'argent est envoyé directement à sa famille, ou bien, pendant les enquêtes ou lors de procès, certains exploiteurs prétendent verser l'argent sur un compte au nom de leur « employée ».

Si, comme pour l'exploitation de la prostitution, la majorité des personnes exploitées comme domestique sont des femmes, les hommes et en particulier les garçons (11 %) ne sont pas à l'abri d'une telle exploitation.

L'identification des victimes d'esclavage

La difficulté de définir l'esclavage, la traite et ses manifestations a un effet direct sur l'identification des femmes exploitées et leur assistance. Mis à part quelques rares ONG en Europe, l'exploitation esclavagiste de femmes dans le travail domestique est un domaine peu connu et peu documenté. Cette forme d'exploitation est par conséquent difficilement reconnaissable. Les associations ont ainsi dû se forger leurs propres outils d'analyse.

Ainsi, sur la base de son expérience, le CCEM a dégagé les critères d'identification suivants :

- Confiscation de papiers d'identité.
- Privation de liberté de mouvement, voire séquestration.
- Conditions de travail et d'hébergement contraires à la dignité humaine (quinze à vingt heures de travail par jour, disponible 24 h/24, pas de repos ou de congés, pas ou presque pas de salaire, nourriture insuffisante…).

À ces éléments principaux s'ajoutent ceux utilisés pour contrôler et vulnérabiliser la victime :

- Isolement social et culturel.
- Rupture des liens familiaux.
- Violences : morales (menaces, humiliations), physiques (coups, voire torture, sévices sexuels et viols).

Les femmes trafiquées et exploitées sont généralement perçues comme des étrangères en situation irrégulière, comme les travailleuses clandestines ou les prostituées étrangères. Pour les autorités, l'esclavage domestique est souvent, contrairement à la prostitution, un phénomène invisible, dans la mesure où les femmes ne s'adressent pas à la police, à laquelle elles ne font pas confiance de peur de représailles de la part des trafiquants et de crainte d'être reconduites à la frontière. En outre, le fait que les victimes ne se considèrent pas comme telles constitue un autre obstacle à l'identification. Elles se voient en général comme des migrantes à la recherche de travail ou d'une vie meilleure qui ont été trompées. Les ONG et les services sociaux jouent, ici, un rôle primordial en intervenant pour les libérer, leur offrir une assistance, protéger leurs droits et faire le lien avec les autorités. Leur expérience de terrain, l'usage de médiateurs culturels, leur flexibilité et leur approche dans un premier temps humanitaire (sanitaire et sociale) facilitent l'accès et le dialogue avec ces femmes.

Comment déceler les victimes d'exploitation domestique, dès lors que tout se passe derrière les murs de maisons ou d'appartements, dans le huis clos des familles ? Le signalement d'un cas sous-entend qu'une personne est intervenue et a décidé d'aider la victime. Cela peut être un voisin, un visiteur, ou une assistante sociale. Ou, si la victime a réussi à s'enfuir, un passant, un compatriote, ou d'autres associations qui savent aujourd'hui mettre un nom sur ces réalités.

Sur la base des personnes prises en charge depuis 1998 par le CCEM, on peut distinguer deux principaux groupes de femmes exploitées.

Les filles arrivent entre 8 et 15 ans

Le premier groupe (56 % des femmes assistées) sont des femmes qui ne sont pas venues en Europe pour exercer un emploi de domestique mais qui ont été victimes de trafiquants ou ont été confiées par leurs parents à de la famille ou des tiers pour avoir l'opportunité d'étudier. Elles sont originaires d'Afrique et du Maghreb, dont une majorité d'Afrique de l'Ouest (Togo, Côte-d'Ivoire, Bénin et Cameroun). La plupart des victimes originaires d'Afrique sont arrivées mineures en France. La vulnérabilité des enfants en fait une main-d'œuvre docile. Leur acheminement vers le pays de destination est plus facile car ils n'ont pas besoin de passeport. Il suffit de les inscrire sur celui d'un adulte qui les fait passer pour ses propres enfants. Les mineurs n'échappent pas aux maltraitances et aux tortures, qui ont parfois entraîné la mort. Depuis deux décennies, on assiste à une recrudescence des trafics d'enfants en Afrique. Une partie d'entre eux est envoyée en Europe. La majorité des petites filles arrivent entre 8 et 15 ans dans le pays de destination. Elles travaillent, le plus souvent, pour des compatriotes. Généralement analphabètes, habituées à être soumises aux adultes, elles ignorent tout de la vie sociale et de leurs droits. Elles deviennent esclaves domestiques, soumises à toutes les violences. Souvent harcelées sexuellement, mises à la rue quand elles grandissent, renvoyées et remplacées par des filles plus jeunes, plus soumises ; 70 % de ces mineures ont été victimes de violences. Un tiers d'entre elles ont été violées.

Le recours aux « petites bonnes » en Afrique est une tradition qui consiste à faire travailler des fillettes comme aides domestiques pour les femmes devenues actives. Les « petites bonnes » sont généralement au service de grandes sœurs, de tantes, d'un membre lointain de la famille à qui elles ont été confiées. Le « placement d'enfant » ou le « confiage » est une des formes courantes de pratiques sociales qui renvoie au système d'entraide familiale. Le confiage permettrait donc soit de répondre à une demande, soit de soulager la famille d'origine qui fait face à des difficultés économiques, soit de répondre aux besoins de l'enfant en matière de scolarisation. La demande se fait souvent entre femmes. Une fois convenue, la proposition est faite au père. En république démocratique du Congo, ces petites filles sont appelées les *mulezi* (mot signifiant « bonne »). Ce besoin en main-d'œuvre féminine s'est accentué avec la dégradation du tissu économique des pays, conduisant à la paupérisation de la population.

En Asie du Sud-Est,
les recruteurs passent dans les villages

Le deuxième grand groupe (25 % des femmes assistées) est originaire de l'Asie du Sud-Est, du sous-continent indien et de la Chine. La plupart transitent généralement par des agences de placement (Philippines, Sri Lanka principalement) situées dans les pays d'origine. Les recruteurs passent dans les villages et les agences ont pignon sur rue. Une grande partie de ces femmes se sont expatriées vers le Moyen-Orient et les pays du golfe Persique, qui recourent essentiellement à une main-d'œuvre domestique étrangère. Elles suivent leur employeur lorsqu'il séjourne dans un pays européen pour une durée déterminée (un mois comme plusieurs années). L'ONG britannique Kalayaan, très active dans la lutte contre l'esclavage domestique, a pu tirer les mêmes conclusions que le CCEM[6]. Les domestiques, ainsi recrutées, se retrouvent souvent en servitude pour dette. Elles ont dû emprunter de l'argent pour payer l'organisation du voyage. D'autres ont demandé une avance à l'agence, ou alors c'est l'agence elle-même qui les incite au départ en proposant de leur retenir deux mois de salaire. Elles doivent alors rembourser leur dette avant de pouvoir envoyer de l'argent à leur famille. Souvent, cela n'est que théorique car de nombreuses femmes ne perçoivent aucun salaire.

Qui sont les employeurs/exploiteurs ?

Qui sont les employeurs/exploiteurs ? Aucun profil type ne peut être dressé. Ce sont des personnes de toutes classes sociales confondues. Certains sont des ressortissants du même pays que la victime, d'autres pas. Une catégorie se distingue tout de même. Il s'agit des personnes bénéficiant d'une immunité de juridiction (diplomate d'un État ou fonctionnaire international). Cela concerne environ 24 % des cas pris en charge par le CCEM. Les cas rencontrés dans les autres pays d'Europe sont très souvent des « cas diplomatiques ». En Autriche et en Allemagne, les associations LEFÖ et Ban-Yin dénoncent également l'exploitation de domestiques par des diplomates. La presse autrichienne n'a pas hésité à informer le public de l'existence de ces situations. Dans le *Standart*, quotidien autrichien de référence, du 15 mai 1998, un article dénonçait déjà l'impunité de certains employeurs résultant de l'immunité diplomatique. L'*Augustin*, petit journal vendu par les sans-abri, a publié en février 2000 un article qui dévoilait la situation déplorable des employés de maison en l'intitulant « Unter den teppich gekehrt », ce qui signifie littéralement mettre la poussière sous le tapis, autrement dit se voiler la face. En Allemagne, la presse s'est fait également l'écho de cas d'exploitation de Philippines chez des diplomates à Berlin[7]. Selon Ban-Yin, 80 % des employées domestiques travaillant chez des diplomates sont des Philippines. Afin de sensibiliser la population et les potentielles victimes, l'association allemande a réalisé une brochure[8] en trois langues (allemand, anglais et tagalog[9]) donnant des informations sur des cas avérés et sur la réglementation du travail en vigueur en Allemagne.

COMITÉ CONTRE L'ESCLAVAGE MODERNE STATISTIQUES – 1998/DÉCEMBRE 2004* SUR 432 DOSSIERS RÉPERTORIÉS

Le CCEM apporte aux victimes d'esclavage domestique une assistance sur le plan social, juridique et administratif. Quelques chiffres illustrent l'ampleur du travail. L'association a pris en charge 465 personnes entre avril 98 et décembre 2005. Il y a actuellement plus de quatre-vingts procédures judiciaires en cours. Il y a dix ans, il n'en existait aucune. Une cinquantaine d'avocats bénévoles assistent les victimes. Parallèlement, elle mène des actions de prévention, de sensibilisation et elle participe à des projets européens.

LES VICTIMES

Pays d'origine africaine	
Afrique de l'Ouest	62 %
Afrique centrale	11 %
Maghreb	21 %
Afrique de l'Est	6 %
Asie	**25 %**
Asie du Sud-Est	50 %
Sous-continent indien	40 %
Chine	10 %
Océan Indien	**10,2 %**
Moyen et Proche-Orient	**4,2 %**
Europe	**2,3 %**
Amérique du Sud	**2 %**
89 % des victimes sont des femmes	
27 % des victimes sont arrivées mineures sur le territoire français	

ATTEINTES À LA PERSONNE**	
Violences psychologiques	68 %
Violences physiques	50 %
Violences sexuelles	15 %
Tortures	2 %
Séquestration/entrave à la circulation	30 %
Victime décédée suite à des maltraitances	0,2 %
Non informé	0,5 %

MODE DE RECRUTEMENT DANS LE PAYS D'ORIGINE
54 % des victimes ont été recrutées par leur employeur
20 % des victimes ont été recrutées par une agence
8 % des victimes ont été recrutées par des intermédiaires
2 % des victimes sont arrivées seules
16 % des victimes n'ont pas donné d'information fiable

SITUATION ADMINISTRATIVE ACTUELLE
30 % des victimes bénéficient d'un titre de séjour définitif
6 % des victimes bénéficient d'un titre de séjour provisoire
18 % des victimes sont sans titre de séjour
8 % des victimes sont retournées dans leur pays
36,5 % n'ont pas informé le CCEM
1 % des victimes ont une demande en cours
0,5 % des victimes sont françaises

VERSEMENT D'UN SALAIRE
59 % des victimes n'ont perçu aucun salaire
14 % des victimes ont perçu moins de 150 €/mois
7 % des victimes ont perçu plus de 150 €/mois
20 % des victimes n'ont pas informé le CCEM

LES EMPLOYEURS	
Pays d'origine	
Afrique	**42 %**
Afrique de l'Ouest	56 %
Afrique centrale et de l'Est	13 %
Maghreb	31 %
Asie	**4 %**
Inde	**1 %**
Océan Indien	**8 %**
Pays arabes	**20 %**
Pays du golfe Persique	67 %
Proche et Moyen-Orient	33 %
Europe	**18 %**
Amérique du Sud	**1 %**
Origine non spécifiée	**6 %**

CATÉGORIES SOCIALES ET PROFESSIONNELLES ***	
Sans profession	12 %
Employés et cadres	16 %
Hauts fonctionnaires et dignitaires	22 %
Commerçants et professions libérales	19 %
Inconnu	27 %
Employeurs bénéficiant d'une immunité diplomatique	22 %

QUI SIGNALE LA SITUATION AU CCEM ?	
Associations et services sociaux	28 %
Signalements anonymes	19 %
Voisins	14 %
Victimes elles-mêmes	9 %

Fonctionnaires de police	3 %
Autres	27 %

PROCÉDURES JURIDIQUES (à septembre 2005)

159 victimes ont porté plainte
27 condamnations ont été prononcées par les juridictions pénales
18 condamnations ont été prononcées par des juridictions sociales
1 condamnation a été prononcée par la Cour européenne des droits de l'homme
5 audiences au pénal sont à venir
1 audience aux prud'hommes est à venir
32 dossiers ont été classés sans suite ou un abandon de procédure a eu lieu
109 médiations avec les employeurs ont eu lieu.
La lenteur des procédures judiciaires et le nombre élevé de dossiers classés (souvent lié à la non-reconnaissance du statut des victimes d'esclavage domestique en France) expliquent ces chiffres.

* Les statistiques des procédures juridiques sont arrêtées à septembre 2005.

** La somme des pourcentages est supérieure à 100 car les victimes subissent généralement plusieurs formes de maltraitances.

*** Le cumul est inférieur à 100 % parce qu'il peut y avoir eu plusieurs victimes chez un même employeur.

L'assistance et la protection des femmes victimes d'esclavage

L'assistance et la protection des femmes victimes d'esclavage sont l'aspect du problème le plus négligé par les États.

Outre le respect des droits fondamentaux, l'assistance des femmes a pour premier objectif de reconstruire des vies. Pour cela, l'aide exige une approche pluridisciplinaire faisant intervenir une pluralité d'acteurs. Concrètement, cela signifie dans un premier temps de pourvoir aux besoins quotidiens des victimes, tels que s'héberger, s'alimenter, se soigner. Mais l'assistance va bien au-delà.

Lorsqu'une femme qui a été exploitée et réduite en esclavage parvient à sortir de sa situation, elle traverse une période plus ou moins longue pendant laquelle elle est incapable de se prendre en charge. Coupée de la réalité, parfois pendant des années, immergée dans un mécanisme où sa volonté propre a été mise entre parenthèses, elle passe par une phase transitoire où elle doit se stabiliser. Dans un contexte de protection où elle sera rassurée, il est nécessaire de l'accompagner vers un réapprentissage de tous les aspects d'une vie en société. Durant ce laps de temps, il revient aux structures d'accueil de lui procurer, outre l'hébergement et les soins, un soutien personnalisé dans l'élaboration d'un projet social, qui lui permettra à terme de réintégrer la société et de subvenir elle-même à ses besoins.

Les associations jouent principalement un rôle d'accompagnateur et de médiateur, notamment dans les démarches juridiques de la victime. Un procès est toujours éprouvant pour ces femmes. Si cela leur permet de se reconstruire avec une reconnaissance par la société de leurs souffrances et une condamnation de leurs employeurs, il reste qu'elles ne désirent pas toujours porter plainte par peur des représailles, notamment à l'encontre de leur famille restée au pays. La mise en œuvre de procédures reste toutefois la meilleure manière d'alerter les autorités sur la réalité des faits et de faire évoluer le droit. Ce n'est qu'en 2003, tandis que d'autres pays européens, tels que la Belgique, les Pays-Bas et l'Italie, avaient déjà adapté leur législation, que la France a introduit dans son code pénal l'incrimination de traite des êtres humains.

Le cas de Henriette Siliadin[10], exploitée de juillet 1995 à juillet 1998, illustre les obstacles liés aux lacunes législatives. Recrutée au Togo, son pays d'origine, à l'âge de 15 ans, Henriette a d'abord travaillé en France comme employée domestique et vendeuse au service du trafiquant qui l'avait recrutée, afin de rembourser le billet d'avion qui avait été pris en charge par ce dernier. Quelques mois après son arrivée en France, elle a été prêtée à une amie du trafiquant, pour une période qui devait être provisoire. Un conflit s'est alors cristallisé entre le trafiquant et les nouveaux exploiteurs. Les époux B. revendiquaient un droit d'utilisation d'Henriette dans la mesure où ils avaient, selon eux, versé une importante somme d'argent pour qu'elle leur procure une domestique.

Henriette est ainsi restée au domicile des époux B., remplissant sept jours sur sept une fonction d'employée de maison et de garde d'enfants, dont deux seulement étaient scolarisés, les deux autres étant nés au cours de son « séjour ». Non rémunérée, vivant sans aucune intimité, elle était rigoureusement surveillée dans tous ses déplacements à l'extérieur de la maison. Accueillie par une tierce personne, elle réussit à fuir. Toutefois, les exploiteurs ont pris contact avec la famille d'Henriette, qui, trompée par de fausses promesses, a imposé à la jeune fille son retour chez les époux B. Les services de police sont intervenus après qu'une voisine avait alerté le CCEM. Une enquête de flagrance a été diligentée par le procureur de la République, qui a conclu à l'existence de charges suffisantes pour renvoyer le couple d'exploiteurs devant le tribunal correctionnel.

La première affaire d'esclavage devant la Cour européenne

En première instance, le couple a été relaxé du chef de soumission d'une personne vulnérable à des conditions de travail ou d'hébergement contraires à la dignité humaine mais reconnu coupable de délit d'obtention de services non rétribués par abus de vulnérabilité[11], et condamnés également pour aide au séjour irrégulier et emploi dissimulé d'un étranger non muni d'autorisation de travail. Les peines fixées comportaient plusieurs mois de prison ferme. Sur appel des exploiteurs, la Cour d'Appel de Paris s'est prononcée en faveur de leur no- culpabilité sur les deux délits majeurs, au motif principal que la vulnérabilité de la victime n'était pas établie (la victime était mineure lors des faits). Cette appréciation prétorienne a amené le législateur à intégrer dans le code pénal un alinéa posant une présomption de vulnérabilité en faveur des mineures.

Dans cette affaire, la victime s'est pourvue en cassation et a formé parallèlement une requête[12] devant la Cour européenne des droits de l'homme, et ce nonobstant la résignation du ministère public. Celui-ci n'ayant pas exercé son pouvoir de pourvoi en cassation à une fin de clarification du droit, la décision de relaxe des prévenus était définitive.

Le 12 décembre 2001, la Cour de cassation a cassé l'arrêt de la cour d'Appel, estimant qu'elle s'était fondée sur des motifs contradictoires sur l'appréciation de vulnérabilité et inopérants s'agissant des conditions de travail et d'hébergement indignes. En mai 2003, la cour d'appel de renvoi a estimé que les éléments constitutifs du délit étaient constitués et a accordé à la victime le montant de dommages et intérêts qu'elle avait sollicité.

En février 2005, la Cour européenne des droits de l'homme a déclaré la requête d'Henriette Siliadin recevable (requête n° 73316/01). C'est ainsi la première affaire d'esclavage portée devant la Cour européenne. Le 26 juillet 2005, la France est condamnée pour ne pas avoir été en mesure de prévenir l'agissement de maintien dans des conditions d'esclavage, comportements prohibés par l'article 4 de la Convention européenne des droits de l'homme (interdiction de l'esclavage, de la servitude et du travail forcé). La Cour a ainsi estimé que la législation pénale en vigueur à l'époque des faits n'a pas assuré à la requérante une protection concrète et effective contre les actes dont elle a été victime, de cette manière la France n'a pas respecté les obligations positives qui lui incombent en vertu de l'article 4 de la Convention[13].

Des avancées… mais pas encore suffisantes !

« C'est le Comité contre l'esclavage moderne qui a fait prendre conscience à l'opinion publique française qu'il existait aujourd'hui dans notre pays des femmes et des enfants traités de façon intolérable, inhumaine, comme des esclaves[14] ». Cet hommage de Robert Badinter, président du comité d'honneur de l'association, résume le long chemin parcouru en un peu plus de dix ans. Mais le plus grand succès a été la création par l'Assemblée nationale, en 2001, de la Mission d'information commune sur les diverses formes de l'esclavage moderne. Le rapport de la Mission dénonce les lacunes juridiques et les déficiences dans l'aide aux victimes. Il préconise des mesures présentées comme le standard minimum au niveau international, et en particulier une incrimination spécifique et un statut pour les victimes.

Toutefois, il est regrettable que la proposition de loi renforçant la lutte contre les différentes formes de l'esclavage aujourd'hui[15] qui a suivi les travaux de la mission n'ait pas été adoptée par le Sénat, alors que l'Assemblée nationale l'avait fait à l'unanimité avant les élections présidentielles de 2002. Ce n'est qu'à l'examen du projet de loi pour la sécurité intérieure, dite loi Sarkozy, que les sénateurs ont, en effet, proposé l'insertion dans le code pénal d'un chapitre additionnel relatif à la lutte contre la traite des êtres humains et au proxénétisme, afin d'incriminer la traite et de renforcer les dispositions existantes sur le proxénétisme[16].

Une loi française imparfaite

L'article 225-4 du code pénal introduit par la loi pour la sécurité intérieure du 19 mars 2003[17] incrimine le délit de traite des êtres humains et le condamne à sept ans d'emprisonnement[18] et 150 000 euros d'amende. Concernant l'assistance aux victimes, l'article 76 de la loi prévoit la délivrance d'une autorisation provisoire de séjour à l'étranger victime de traite et de proxénétisme qui accepte de porter plainte ou de témoigner contre son exploiteur. Cette autorisation de séjour ouvre droit à l'exercice d'une activité professionnelle. En cas de condamnation définitive de l'exploiteur, une carte de résident permanent peut être délivrée à l'étranger. Il est toutefois regrettable que les mesures d'assistance (hébergement, accès aux soins...) accompagnant le titre de séjour ne soient pas détaillées par la même loi. Elle se limite à prévoir deux dispositions restant peu claires et imprécises qui sont principalement adressées aux victimes d'exploitation de la prostitution – « toute personne victime de l'exploitation de la prostitution doit bénéficier d'un système de protection et d'assistance, assuré et coordonné par l'administration en collaboration active avec les divers services d'interventions sociales » (article 42), « des places en centres d'hébergement et de réinsertion sociale sont ouvertes à l'accueil des victimes de la traite des êtres humains dans des conditions sécurisantes » (article 43).

Trois ans après la création du délit de traite, cette incrimination n'a toujours pas trouvé d'application, notamment parce qu'elle a été, avant tout, élaborée pour la répression des réseaux d'exploitation de la prostitution. On ne peut que déplorer la définition restrictive de traite des êtres humains telle que retenue qui a pour effet, concernant les femmes exploitées comme domestiques, de placer les exploiteurs en dehors de l'infraction. Dans la majorité des cas, ces derniers se chargent eux-mêmes du recrutement à l'étranger des personnes qu'ils entendent exploiter à leur profit sur le territoire national. Le délit français de traite des êtres humains, dans sa formulation actuelle, se réduit au fait de recruter une personne, de la transporter, de la transférer, de l'héberger ou de l'accueillir, pour la « mettre à la disposition d'un tiers » en vue de son exploitation. Rares sont les victimes d'esclavage domestique recrutées par un intermédiaire, ce qui annule les possibilités de poursuites, et si un nombre conséquent de femmes sont recrutées par des agences, celles-ci se trouvent dans les pays d'origine.

La lutte contre l'esclavage moderne et la traite des êtres humains est désormais une priorité européenne et internationale. Le Conseil de l'Europe a adopté, en 2005, la Convention du Conseil de l'Europe sur la lutte contre la traite des êtres humains[19]. Il a estimé qu'« il était nécessaire d'élaborer un instrument juridique contraignant qui aille au-delà de recommandations ou d'actions spécifiques ». Même si d'autres instruments internationaux existent déjà dans ce domaine, une Convention européenne sur la lutte contre la traite des êtres humains permet, selon le Conseil, d'affirmer que toute forme de traite (à savoir nationale ou transnationale, qu'elle soit liée ou non à la criminalité organisée) constitue une violation des droits fondamentaux que les États s'engagent à combattre. À ce titre, la Convention européenne est un traité global axé essentiellement sur la protection des victimes de la traite et la sauvegarde de leurs droits. Elle vise également la prévention de la traite ainsi que la poursuite des trafiquants. Elle met en place un mécanisme de suivi indépendant qui devrait être apte à contrôler la mise en œuvre par les parties des obligations qu'elle contient.

Malgré un consensus européen et international pour lutter contre la traite et les formes d'esclavage qui en découlent, les stratégies nationales adoptées par les États, dont la France, ne sont pas encore à la hauteur de celles préconisées au niveau international.

Georgina Vaz Cabral, diplômée en droit pénal et droit européen comparé de l'hniversité Paris-I Panthéon/ Sorbonne, est expert sur les questions d'esclavage moderne et de traite des êtres humains. Elle est consultante auprès d'ONG et d'institutions européennes et internationales (Commission européenne, Conseil de l'Europe, OSCE…). Ancienne coordinatrice de projet au Comité contre l'esclavage moderne, elle en est toujours un membre actif.

L'AMPLEUR INTERNATIONALE DE L'ESCLAVAGE DOMESTIQUE

La forme d'exploitation la plus médiatisée en Europe, et dans le monde, est sans aucun doute la prostitution mais cela ne signifie pas que l'exploitation par le travail domestique n'existe pas ailleurs. De nombreuses ONG européennes dénoncent le phénomène. On peut citer LEFÖ[1] à Vienne, Ban-Yin[2] à Berlin, FIZ[3] à Zürich, Antislavery[4] et Kalayaan[5] à Londres, Proyecto Esperanza[6] à Madrid, Pagasa à Bruxelles, APAV[7] à Lisbonne…

La presse américaine relate régulièrement des procès et des histoires de jeunes femmes exploitées aux domiciles de particuliers. Le département d'État estime à 50 000 le nombre annuel de personnes trafiquées vers les États-Unis[8]. *Break the chain campaign*[9] à Washington DC, est spécialisé, comme le CCEM, dans l'assistance aux victimes d'exploitation domestique..

Au Moyen-Orient et dans le Golfe persique, cette pratique esclavagiste apparaît particulièrement répandue. Les pays comme le Liban, Les Émirats Arabes, l'Arabie Saoudite, sont les principales destinations des migrantes en provenance du sud-est asiatique, sous-continent indien et d'Afrique de l'est. Il y aurait ainsi au Liban, par exemple, entre 20 000 et 25 000 employées domestiques éthiopiennes, dont un grand nombre auraient été trafiquées et seraient victimes d'esclavage domestique[10]. L'organisation américaine Human Rights Watch (HRW) a publié un rapport dénonçant l'accueil réservé aux travailleurs migrants, et aux femmes en particulier, en Arabie Saoudite[11]. Le rapport décrit leurs conditions de travail, l'exploitation, les violences et la défaillance de la justice.

Enfin, selon, l'Organisation Internationale du Travail (OIT), le travail domestique des enfants est un phénomène largement répandu et qui ne cesse de s'amplifier. Dix millions d'enfants, pour la plupart des filles, ont été victimes de cette forme cachée d'exploitation.

1. www.lefö.at
2. www.ban-yin.de
3. www.fiz-info.ch/franz/index.html
4. www.antislavery.org
5. www.ourworld.compuserve.com/homepages/kalayaan/home.htm
6. www.proyectoesperanza.org/
7. www.apav.pt
8. U.S. Department of State, Trafficking in persons report juin 2005. www.state.gov/g/tip/rls/tiprpt
9. www.breakthechaincampaign.org
10. Elaine Pearson, *Study on Trafficking in Women in East Africa*, Deutsche Gesellschaft für Technische Zusammenarbeit (GTZ), Germany, 2003.
11. L'organisation américaine Human Rights Watch (HRW) a publié un rapport dénonçant l'accueil réservé aux travailleurs migrants en Arabie Saoudite. *Bad Dreams – exploitation and abuse of migrant workers in Saudi Arabia*, July 2004, Vol. 16, N°5(E). http://hrw.org/mideast/saudi/labor/

Notes

1. www.unicef.org/french/sowc06/profiles/trafficking.php

2. Nations Unies, *Protocole additionnel à la Convention des Nations Unies contre la criminalité transnationale organisée, visant à prévenir, réprimer et punir la traite des personnes, en particulier des femmes et des enfants*, adopté le 15 novembre 2000 et signé le 15 décembre 2000 par l'Assemblée générale des Nations Unies, A/res/55/25. www.unodc.org/pdf/crime/a_res_55/res5525f.pdf

3. Audition de Paulette Lokassa, personne ayant été prise en charge par le Comité contre l'esclavage moderne. Assemblée nationale, Rapport d'information, *L'esclavage, en France, aujourd'hui*, tome II, Auditions, volume 1, n° 3459, Paris, 2001, p. 48.

4. Assemblée nationale, Rapport d'information, *L'esclavage, en France, aujourd'hui*, tomes I & II, n° 3459, Paris, 2001.

5. Audition de Paulette Lokassa…

6. Anderson, Bridget, Britain « Secret Slaves », *Human Rights Series* n° 5, United Kingdom, 1993. Vaz Cabral, Georgina (CCEM), « Les formes contemporaines d'esclavage dans six pays de l'Union européenne – Autriche, Belgique, Espagne, France, Italie, Grande-Bretagne », IHESI, Études et Recherches, Paris, 2002.

7. *Die Welt*, Diplomatische Sklaverei am Prager, 13/12/2002 ; *Frankfurter Rundschau*, « Manche Diplomaten behandeln ihre Hausangestellten wie Sklavinnen », 13/12/2002 ; *Berliner Morgenpost*, « Sklaverei in berliner Botschaften – Beschwerde bei UN », 13/12/2002 ; *Die Welt*, « US-Diplomatin : Ohrfeigte sie ihre Hausangestellte ? » 18/05/2001.

8. www.ban-ying.de/pageger/start.htm

9. Langue comprise par une majorité de Philippins.

10. Aujourd'hui, Henriette Siliadin a écrit un livre, *Une esclave moderne,* publié aux éditions Michel Lafon en 2000 a obtenu les diplômes d'aide-soignante et d'auxiliaire de puériculture.

11. En l'absence d'incrimination spécifique de traite des êtres humains ou de réduction en esclavage dans l'arsenal législatif français, la jurisprudence développée autour des situations d'esclavage domestique s'est cristallisée autour des articles 225-13 à 225-15 du code pénal. Ces derniers répriment l'abus de la vulnérabilité ou de la situation de dépendance d'une personne pour obtenir d'elle « la fourniture de services non rétribués ou en échange d'une rémunération manifestement sans rapport avec l'importance du travail accompli » (article 225-13), ou pour la soumettre « à des conditions de travail ou d'hébergement incompatibles avec la dignité humaine » (article 225-14). À la date du jugement, les peines encourues étaient les mêmes dans les deux cas : deux ans d'emprisonnement et 500 000 francs d'amende. Une série de peines complémentaires est également susceptible d'être appliquée. Depuis 2003, elles sont passées à cinq ans d'emprisonnement et 150 000 euros d'amende.

12. CEDH, Décision de recevabilité Siliadin contre France, requête n° 73316/01 du 1er février 2005.

13. CEDH, Affaire Siliadin contre France, requête n° 73316/01, arrêt du 26 juillet 2005.

14. CCEM, « Le CCEM a 10 ans : numéro anniversaire », éditorial par Robert Badinter, *Esclaves Encore*, n° 20, février 2004.

15. http://www.assemblee-nat.fr/dossiers/esclavage_moderne.asp#mission

16. http://www.senat.fr/rap/l01-371/l01-3711.pdf

17 JO du 19 mars 2003.

18. Selon les circonstances aggravantes, la peine sera plus élevée.

19. Convention adoptée le 3 mai 2005 et ouverte à la signature depuis le 16 mai 2005 (Varsovie). http://www.coe.int/T/E/human_rights/trafficking/PDF_Conv_197_traite_F.pdf

Être lesbienne : invisibilité, caricatures et violences

Françoise Gaspard

Femmes et homosexuelles, les lesbiennes sont menacées d'une double discrimination. Moins directement stigmatisées que les gays, elles souffrent en revanche du silence de l'histoire et d'une invisibilité sociale.

Être lesbienne, c'est être menacée d'une double discrimination : discrimination en tant que femme, et de surcroît en tant que femme transgressant la norme hétérosexuelle. Ce n'est donc pas la même chose qu'être gay. Des mouvements d'homosexuelles ont imposé le mot « lesbophobie » pour mettre au jour la spécificité des multiples formes de violences qui les visent.

L'homosexualité féminine a certes été moins pénalement réprimée que l'homosexualité masculine. Elle a parfois même été considérée avec une sorte d'indulgence. Cela tient au fait qu'elle a souvent été regardée comme un jeu innocent, un passage adolescent ou post-adolescent auquel le mariage viendrait mettre fin, ou encore comme un ressort de la pornographie à l'usage des hommes. Elle a été par ailleurs, notamment dans la littérature, dépeinte comme un destin, nécessairement tragique dès lors qu'elle perdurait, et non comme un éventuel choix amoureux susceptible d'être heureux. La littérature a contribué à diffuser ce stéréotype, de la *Religieuse* de Diderot au *Puits de solitude* de Margueritte Radclyffe Hall. Une relation entre femmes de même sexe ne pouvait s'achever que dans la folie, la solitude voire le suicide. *Women's barracks* de la Française Tereska Torres[1], et plus encore *The price of salt* de Patricia Highsmith, ont certes marqué une rupture avec cette vision noire – les relations entre femmes pouvaient bien se terminer. Ces deux livres ont été des succès populaires, aux États-Unis, dans les années 1950. L'un et l'autre ont été publiés par des maisons d'éditions secondaires, diffusant des livres à bon marché dont les couvertures laissaient à penser qu'il pouvait s'agir d'ouvrages érotiques. Lorsque Patricia Highsmith, qui venait de connaître la notoriété avec *l'Inconnu du Nord Express,* a proposé son ouvrage en 1951 à son éditeur, celui-ci l'a refusé : il n'était pas conforme à la morale de l'époque. C'est sous un pseudonyme, celui de Claire Morgan, qu'il fut d'abord diffusé et dans ce qu'on appelle la littérature « pulp », sur papier recyclé, vendu dans les kiosques, connaissant un succès considérable et valant à son auteure une abondante correspondance d'homosexuels, hommes et femmes, la remerciant de donner des relations entre personnes de même sexe une image sortant des habituelles caricatures[2] – notamment celle du couple « butch »/« fem ». Un couple de femmes devant nécessairement reproduire une alliance singeant l'hétérosexualité. L'ouvrage de Tereska Torres, qui vient d'être réédité aux États-Unis, n'a quant à lui jamais été traduit en français. Quant au *Puits de solitude*, il a été réédité en 2005 par son éditeur français après avoir, pendant de longues années, été introuvable en France[3].

Moins visées par les législations répressives, mais invisibles

Outre la caricature qu'on donne d'elles si souvent, les lesbiennes militantes dénoncent aussi le silence sur leur présence dans l'histoire. Alors que, sortant de l'ombre, l'homosexualité trouvait à partir de la fin des années 1970 ses historiens (des hommes le plus souvent), ceux-ci s'excusaient d'emblée dans leurs ouvrages de ne pas savoir grand-chose sur les lesbiennes[4]. Car, avançaient-ils, les témoignages de ces dernières sont plus rares que ne le sont ceux des hommes. Les familles ont souvent détruit leurs papiers intimes, mémoires et correspondances. Moins visées que les gays par des législations répressives, on trouve moins de traces de leur existence dans les archives judiciaires. C'est aussi que les lesbiennes, comme les femmes dans leur ensemble, ont été moins visibles que les hommes, qu'ils soient ou non homosexuels. Leur sexualité, dite déviante, a été vécue dans la sphère privée, davantage clandestine que celle des hommes. D'abord parce qu'en général les femmes étaient moins présentes dans l'espace public. Ensuite parce que ne pas être mariée les marginalisait socialement. Ce relatif silence de l'histoire n'est cependant pas inéluctable. Depuis les années 1980, des recherches commencent ainsi de révéler qu'ont existé aussi, dans le passé, des subcultures lesbiennes avec, dans de grandes villes occidentales, des lieux de rencontres, salons, bars, dancings, notamment dans les périodes de moindre stigmatisation des homosexualités[5]. Car ce que montre aussi les plus récentes recherches, c'est que le regard des sociétés sur les homosexualités varie à travers le temps.

Militer dans un mouvement mixte ?

Pour faire valoir leurs revendications, les lesbiennes ont été, et demeurent, moins organisées en groupes de pression que ne le sont les gays, ou quand elles participent à ces mouvements éprouvent des difficultés à introduire dans le débat la dimension du genre. Les mouvements gays, tels qu'ils se sont développés depuis le milieu des années 1970, ont salué l'apport des mouvements féministes et reconnu qu'ils leur ont servi de modèle pour introduire sur la scène publique et politique la question de la reconnaissance de la diversité des sexualités. Mais si ces mouvements ont été mixtes, dès l'origine, ils ont aussi été traversés par des tensions, surtout dès lors que les lesbiennes faisaient émerger dans le débat la spécificité de leur situation. Au sein de ces organisations des femmes ont dénoncé le machisme ambiant. La situation, en ce début de XXIe siècle a évolué. Mais avec toujours la même hésitation : convient-il pour les lesbiennes (notamment celles qui se revendiquent du féminisme) de militer pour faire avancer la cause des homosexuels, hommes et femmes, dans un mouvement mixte ? Une question, en fait, que les gays ne se posent pas, ou moins. Mais que soulèvent les lesbiennes et qui souvent les divise. Des organisations nationales et une organisation internationale, International Lesbian and gay Association (ILGA), rassemblent désormais les revendications des « minorités sexuelles », lesbiennes, gays mais aussi bisexuels et trans-sexuels. Des lesbiennes dénoncent cet amalgame au motif que le L de ces sigles efface ou neutralise la réalité lesbienne[6].

Les enquêtes et études demeurent rares sur les violences exercées contre les lesbiennes en tant que femmes. En France, une association, SOS-Homophobie, a diffusé en 2004 un questionnaire auquel près de 2000 femmes concernées ont répondu. Il en ressort que 75 % des lesbiennes (de dix-huit à soixante-cinq ans, appartenant à toutes les catégories socioprofessionnelles, de toutes les régions de France), disent avoir été confrontées, au moins une fois, à des réactions lesbophobes. Dans 45 % des cas, c'est dans la vie quotidienne et dans la rue qu'elles ont été victimes d'injures, de harcèlement, voire de viol ou de tentative de viol. C'est aussi au sein de la famille qu'elles ont éprouvé le rejet, l'agression verbale ou physique (44 % en font état). Elles se disent en outre confrontées, dans la vie professionnelle, à la dérision et l'obstacle à la promotion (27 % d'entre elles)[7]. Une étude, réalisée en Allemagne[8], révèle que si les femmes, en général, sont davantage victimes de violences dans la sphère familiale, c'est dans l'espace public que les lesbiennes sont le plus souvent agressées dès lors qu'elles manifestent leur choix sexuel et amoureux[9]. Une autre enquête, menée en Afrique du Sud, auprès de lesbiennes des townships de Johannesburg, montre que cette violence se traduit par des viols, souvent collectifs, et que les lesbiennes elles-mêmes se dévalorisent après avoir intégré le sentiment de trahir leur culture, d'être « anormales »[10]. Tant il est difficile d'assumer une identité non conforme aux standards dominants.

Notes

1. Tereska Torres, *Women's Barracks*, The Feminist Press, the City University of New York, New York, 2005.

2. Il a fallu attendre 1991 pour que ce livre soit enfin de nouveau publié aux États-Unis, sous le titre de *Carol*, et traduit en France en 1992, Paris, Hachette, livre de poche.

3. Gallimard, Paris, 2005.

4. On trouvera en revanche dans Didier Eribon, *Dictionnaire des cultures gays et lesbiennes*, Larousse, Paris, 2003, de nombreuses entrées concernant les femmes. Voir aussi dans Louis-Georges Tin, *Dictionnaire de l'homophobie*, Puf, Paris, 2003, l'entrée « lesbophobie ».

5. Outre l'ouvrage pionnier de Marie-Jo Bonnet, *Les relations amoureuses entre femmes du XVIe au XXe siècle*, Odile Jacob, Paris, 1995, voir aussi Leila J. Rupp, *A Desired Past*, University of Chicago Press, Chicago, 1999, Florence Tamagne, *Histoire de l'homosexualité en Europe, Berlin, Londres, Paris, 1919-1939*, Seuil, Paris, 2000, Christine Bard, *Les garçonnes*, Flammarion, Paris, 1998, et la revue CLIO, *Femmes travesties : un Mauvais genre*, Presses Universitaires du Mirail, 10/1999.

6. Jacqueline Julien, « Pour un nouveau GENRE de visibilité », http://www.bagdam.org/articles.

7. http://www.france.qrd.org/assocs/sos/

8. Constance Olms and Klasus Steling, « violence towards lesbians-violences toward gays : differencses and simililarities », http://www.lesben-gegen-gewalt.de/material/Violence.

9. *Africa. com*, 2 juillet 2003.

10. http://www.afrik.com/article6273.html

Les femmes en prison

Carole Bellemin-Noël

Les femmes en prison posent des problèmes spécifiques, liés notamment à leur éventuel statut de mère. Ayant souvent subi elles-mêmes des violences, elles souffrent d'une plus grande vulnérabilité sociale, physique et psychique que les hommes. Parfois la prison leur fait office de refuge.

« Femmes détenues, femmes oubliées » : ainsi s'intitulaient des journées d'étude organisées récemment en France par l'École nationale d'administration pénitentiaire. Un tel titre rend bien compte d'un phénomène aussi surprenant que réel : la détention féminine, minoritaire et méconnue, n'a jamais suscité qu'un intérêt modéré chez les chercheurs et les professionnels, et, s'il en est question, ce sujet est généralement intégré aux études sur les hommes détenus.

Un tour d'horizon de la littérature mondiale consacrée à ce thème laisse entrevoir d'énormes lacunes ainsi qu'une grande disparité entre les différents pays, et par voie de conséquence il est difficile d'esquisser un panorama représentatif de l'incarcération des femmes dans le monde. Seules l'Europe et l'Amérique du Nord échappent à cette règle. De plus, les travaux que l'on recense sont avant tout centrés sur les conditions de détention et ne se préoccupent guère d'analyser les causes de la détention féminine.

Généralement, au moins en Europe, les femmes incarcérées suscitent des questions essentiellement liées à leur statut de mère, au devenir des enfants dont elles sont alors séparées, aux conditions d'accueil des nourrissons nés et/ou hébergés dans les établissements pénitentiaires. C'est principalement autour de ces thèmes qu'elles sont différenciées des hommes.

Une étude exhaustive de l'incarcération des femmes dans le monde exigerait de prendre en compte à la fois la multiplicité et la singularité des contextes politiques, économiques, juridiques et sociaux, afin de les mettre en perspective avec les représentations culturelles, psychiques, symboliques très variées des femmes, de la famille et de la violence déclinée au féminin. La circulation de ces représentations, en situant la femme à une place précise (et cette place a des impacts différents selon le statut de fille, d'épouse ou de mère), exclut toute discussion dans une perspective globalisante qui ne serait que trop schématique.

En outre – ce qui accroît la complexité de notre projet –, la prison étant le lieu privilégié où s'exercent la contrainte et la coercition, il convient de nous demander quels sont les droits spécifiques dont les femmes détenues sont privées en tant que femmes du fait de leur incarcération. Et puisque la littérature sur la femme incarcérée s'attarde volontiers sur la question cruciale de son statut de mère, c'est en particulier sous l'angle de la maternité en prison que je choisirai d'explorer la condition des femmes incarcérées. Nous en profiterons pour nous interroger sur le passage à l'acte en nous demandant s'il est légitime de parler d'une violence propre au « genre » et quel sens peut avoir le délit en tant que manifestation symptomatique.

Des infractions différentes de celles des hommes

Au 1er juin 2005, en métropole et outre-mer, l'administration pénitentiaire française recense 59 786 personnes écrouées détenues dont 2 129 femmes, soit un taux de féminité de 3,6 %. Bien que l'effectif des femmes détenues ait quasiment doublé en vingt ans, cette sous-représentation, assez constante, oscille entre 3,5 et 5,5 % mais elle connaît quelques variations en Europe. Ainsi l'Espagne enregistrait-elle en 2000 un taux de population carcérale féminine de 8,2 %, tandis que les Pays-Bas atteignaient 6,9 % en 1997. Notons au passage que, en France, 48 % des femmes incarcérées le sont au titre de la détention provisoire, contre 36 % pour les hommes.

D'une manière générale, les femmes semblent donc être moins condamnées à des peines privatives de liberté que les hommes ; les juges se montrent plus cléments envers elles eu égard à leur statut de mère, à leur réputation de plus grande fragilité psychologique et sociale, et au fait qu'elles sont fréquemment considérées comme des victimes entraînées par les hommes à participer aux délits, souvent à leur insu. Les femmes bénéficient donc de davantage de dispenses de peines d'emprisonnement, qui sont remplacées par des amendes plus fréquemment que pour les hommes.

La répartition des infractions féminines est différente de celle des hommes. Les femmes appréhendées par les services de police sont plus représentées dans les contentieux familiaux (violences à enfants) et domestiques (vols de chéquiers), les condamnations moins nombreuses à des peines de prison vont modifier la structure par infraction des femmes. Ainsi, au 1er janvier 2001[1], les homicides volontaires représentaient 23 % des condamnations, les infractions à la législation sur les stupéfiants 14,9 %, les viols et attentats aux mœurs sur mineurs ou majeurs 14,8 %, les vols simples et aggravés 14,5 %, les coups et blessures volontaires et la maltraitance à enfants 10,8 % – les 12 % restants n'étant pas précisés.

Par ailleurs, il est important de distinguer en France les types d'établissements pénitentiaires correspondant aux différents régimes de détention. Les maisons d'arrêt sont réservées aux personnes prévenues (donc encore non jugées) et aux condamné(e)s effectuant un reliquat de peine théoriquement inférieur à un an ; les centres de détention reçoivent les personnes condamnées présentant les meilleures perspectives de réinsertion avec un régime de détention orienté vers la resocialisation ; les maisons centrales, quant à elles, accueillent des détenu(e)s condamné(e)s à de longues peines assorties d'un régime carcéral rigoureux et axé sur la sécurité. Les femmes détenues se répartissent entre soixante-trois établissements pénitentiaires, mais seules quatre maisons d'arrêt et trois centres de détention sont exclusivement réservés aux femmes. Les autres femmes sont incarcérées dans des quartiers spécifiques intégrés aux lieux d'enfermement masculins. Il n'existe pas de quartier réservé aux femmes mineures (dont le nombre semble en constante progression).

Les conditions de détention des femmes dans 14 pays européens

Un rapport sur les conditions de détention des femmes dans quatorze pays d'Europe[2] recense dans ces pays les statistiques, les modes opératoires des arrestations, les aménagements de peines et leur application, la juridiction en matière de détention provisoire ou le placement en rétention dans le cadre des infractions à la législation sur les étrangers (ILE). À l'intérieur des établissements pénitentiaires, on examine la séparation entre détenus hommes et femmes, entre mineures et majeures, entre prévenues et condamnées, entre détenues primaires et récidivistes ; on décrit le type d'encellulement, le régime de détention et son organisation quotidienne matérielle et pratique, l'accès aux soins et les politiques de santé physique et mentale (compte tenu de la grossesse, de l'accouchement et de l'accueil des jeunes enfants), les règles régissant les infractions disciplinaires, l'usage des parloirs et le maintien des liens familiaux, la formation scolaire et professionnelle ainsi que le travail pénitentiaire, enfin les relations avec les personnels pénitentiaires.

Surpopulation, mauvais accès aux soins, violences

Malgré d'évidentes disparités, ce qui ressort par exemple dans la plupart des pays analysés, ce sont les cas de mauvais traitements infligés par les forces de l'ordre dans les locaux de garde à vue et les centres de rétention pour étrangers. Le recours à la détention provisoire est presque partout jugé excessif. Dans les établissements pénitentiaires, l'accès aux soins médicaux est inégal (avec parfois des discriminations liées à certaines pathologies – VIH, hépatite – que présentent les détenues), et on observe une tendance générale à l'augmentation de la judiciarisation des malades psychiatriques ; le travail pénitentiaire est dans l'ensemble rare, très mal rémunéré ; les programmes de formation et les activités sont insuffisants, en particulier dans les établissements non spécifiques aux femmes. La détention des femmes est, elle aussi, souvent sujette à la surpopulation, et les conditions de détention sont parfois très difficiles (hygiène, malnutrition, promiscuité ou, au contraire, isolement cellulaire, sévérité de la discipline) en particulier en Europe orientale. La violence et les tensions entre détenues peuvent être intenses, parfois en raison de la circulation de produits stupéfiants ou du racket des médicaments psychotropes, qui sont prescrits libéralement aux détenues. Les privations affectives conduisent de nombreuses femmes à entretenir, le temps de leur détention, des relations homosexuelles qui sont en général interdites par la législation. Si, comme en France, un certain nombre de pays interdisent les personnels surveillants masculins dans les prisons pour femmes (excepté les personnels gradés), des actes de violences et d'abus sexuels infligés par des personnels pénitentiaires sont rapportés dans d'autres pays. Enfin, dans tous les États, le taux de suicides de détenus est nettement supérieur aux moyennes nationales (six à sept fois plus élevé en prison qu'à l'extérieur) : cet état de fait est en France régulièrement dénoncé par les médias et les femmes détenues n'échappent pas à la règle.

Au Canada, 80 % des femmes en prison victimes de violences dans leur enfance

Globalement, on observe partout la très grande vulnérabilité sociale, physique et psychologique des femmes détenues, dont la détresse ressort plus nettement que chez les hommes.

Il semble que dans tous les pays du monde on puisse recenser une majorité de femmes détenues issues de milieux défavorisés, aux prises avec des problèmes de toxicomanie, de coups et blessures, de prostitution, d'errance et de désinsertion sociale. Ces femmes ont des histoires personnelles fréquemment marquées par la violence, les ruptures multiformes, toutes situations traumatiques qui les entraînent et les figent probablement dans un processus de répétition aliénante tout au long de leur vie adulte. Ainsi, au Canada, 80 % des femmes emprisonnées auraient été victimes dans leur enfance de violences et d'abus sexuels.

Il est remarquable de constater que pour ces femmes socialement désinsérées et psychiquement fragiles, la prison peut faire figure d'ultime lieu de refuge et de répit. D'une manière générale, les acteurs du champ psychosocial observent depuis longtemps les effets de ces institutions (l'hôpital psychiatrique en offre un autre exemple) qui semblent recéler une fonction de contenant structurant capable d'étayer les individus qui y sont intégrés. En dépit de son rôle coercitif et répressif, la prison – aussi paradoxal que cela paraisse – offre une sorte de support, un cadre sécurisant non seulement dans l'ordre matériel ou spatiotemporel mais sur le plan psychique. Ébauche incertaine d'une instance surmoïque, cadre dépositaire des parties archaïques de la personnalité, réceptacle fournissant des limites, la prison est un contenant, mais un contenant malgré soi puisque le détenu ne peut s'y identifier, qu'il souhaiterait être ailleurs et qu'il n'a de cesse de s'en échapper. On sait que beaucoup de détenu(e)s vivent ce que nous appelons l'« angoisse de la sortie ». Il n'est pas rare, sous l'effet conjugué de cette angoisse du dehors et de ce désir inconscient d'être contenu(e)s, et retenu(e)s, de voir des « sortant(e)s » faire en sorte de se retrouver à nouveau incarcéré(e)s quelques jours seulement après leur libération. La prison peut être aisément personnifiée en un corps maternel tout-puissant. Elle se présente comme un lieu identifié à une mère soit abusive, soit ambivalente, tout autant maternante que répressive, et que finalement on ne pourrait quitter sans risque vital d'éclater.

L'exemple particulier du Yémen mérite d'être cité : compte tenu de leur statut dans la société, de nombreuses femmes yéménites ne veulent plus quitter la prison, qui est pour elles le seul véritable refuge susceptible de les protéger contre les réactions violentes de leur famille et du groupe social.

La difficulté sociale d'être mère en prison

Si l'on se penche maintenant sur les particularités de la détention féminine en France, on s'aperçoit que notre code de procédure pénale ne prévoit pas une réglementation spécifique : les femmes se voient appliquer la même que les hommes.

Mais du fait des représentations imaginaires collectives, les femmes en prison suscitent des sentiments ambivalents et bien souvent hostiles. Le regard social négatif dont elles ont à souffrir est en miroir avec les sentiments variés empreints de honte et de culpabilité qu'elles ressentent dans leur intimité, et directement articulé à leur statut de mère potentielle. Il est en effet beaucoup moins dévalorisant d'être père en prison (excepté les cas de pédophilie et d'inceste) et un détenu homme sera en butte aux sanctions et au jugement du discours commun d'abord en fonction de son délit. Peu considérée hors de sa fonction de mère et d'épouse, la femme incarcérée, elle, est d'emblée coupable d'avoir pris le risque insupportable d'abandonner ses enfants.

Elle devient alors l'objet de toutes les projections agressives et d'un clivage particulièrement difficile à vivre : bannie du ban des bonnes mères, celle qui « manque à tous ses devoirs » se voit bientôt accablée du statut de mauvaise mère.

En effet, nous savons d'expérience combien nos représentations de la bonne ou de la mauvaise mère fluctuent selon les attentes sociales, et pour commencer selon l'évolution des définitions juridiques de la famille : si la femme détenue était laissée pour compte, notamment parce qu'elle pouvait être stigmatisée comme mère « abandonnante » ou comme épouse indigne, les effets d'un retournement de l'agressivité conduiraient à une vision tout à fait compassionnelle de la femme/mère incarcérée. Du statut d'agresseur, en direction de sa famille, elle passe alors à celui de victime de l'incarcération. L'expression de la douleur de la mère détenue à l'égard de ses enfants démontre qu'elle subit comme une sanction la rupture avec eux, rupture qui ne serait pas de son fait. De plus, alors que la question de l'abandon maternel décidé (de manière froide et désaffectivée, imagine-t-on) peut occuper nos discours, tout en étant particulièrement décrié, l'infanticide, qui pourtant soulève l'indignation, qui provoque l'effroi, vient nous tirer du côté du crime passionnel, de la passion d'une mère pour ses enfants. Ainsi l'incarcération pourrait faire sens si au moins elle nous racontait la démesure de l'idéal maternel. Le règne de l'enfant réhabilite alors la mauvaise mère, celle qui est fantasmatiquement meurtrière.

La panique de la mère incarcérée

Au début de l'incarcération, l'angoisse de ces femmes et leur inquiétude à propos de leurs enfants, de leur sort, de leur état psychique, notamment lorsqu'ils ont assisté à une arrestation plus ou moins musclée mais toujours dramatique, confinent à la panique. L'une des principales difficultés que rencontrent les travailleurs sociaux de l'administration pénitentiaire sera alors d'organiser en urgence la prise en charge des enfants avec le reste de la famille et avec les travailleurs sociaux du milieu extérieur. Puis viendra le temps d'aménager, si cela est possible compte tenu des résistances de chacun, le maintien de liens familiaux avec l'aide de la famille de la détenue, ou en partenariat avec le réseau social ou associatif.

Jusqu'au milieu des années 1980, la société faisait peu de cas des enfants de détenu(e)s qui engendraient des sentiments ambivalents oscillant entre la compassion et le rejet. À cette époque, il n'était jamais dit aucun mot à l'enfant sur le sort de ses parents : on lui parlait de voyage d'affaires (pour le père), d'hospitalisation (pour la mère) – discours qui ne faisaient que renforcer l'angoisse de l'enfant (au loin, à l'hôpital, on peut mourir…). L'enfant était supposé « innocent », mais d'une innocence bien fragile puisqu'elle comporte son double obscur. Car si le silence de l'entourage et des professionnels se voulait protecteur de cette innocence, il véhiculait en même temps une hantise sourde, latente, celle de la transmission – héréditaire, mais de quelle hérédité parle-t-on ? – des pathologies parentales (alcool, prostitution, délinquance…), bref, une transmission de la faute dont l'enfant risquerait d'être fatalement porteur. Ne rien dire à l'enfant de l'incarcération de sa mère tenait de l'évitement tout autant pour le professionnel que pour la famille. Chacun se trouvait confronté à sa propre agressivité, sous le prétexte dûment allégué de la protection de l'enfant.

Le mythe d'un ancrage héréditaire des symptômes psychiques recelait des explications suffisantes pour que l'on se tienne à distance tant de ces parents-là (mères détenues) que de ces enfants-là : l'objectif, hautement valorisé, était de briser la chaîne héréditaire, comme pour interrompre le processus de reproduction des tares familiales. Convaincues elles aussi de ces menaces largement imaginaires, les mères, en dépit de leur souffrance, hésitaient à demander des parloirs avec leurs enfants.

Le groupe familial encadré par l'appareil (répressif) des pouvoirs sociaux, héritage de la toute-puissance paternelle, a subi d'importantes modifications depuis une vingtaine d'années : l'autorité a effectué un repli dans la sphère privée. Les parents sont désormais, avec tous les risques que cela comporte, les seuls garants de l'enfant, de son développement, de son éducation. L'univers familial, davantage isolé, est porté par les seuls parents, uniques ou en couple, mais de toute façon hyper-responsabilisés. En conséquence, les défaillances parentales suscitent une immense inquiétude et un déploiement de mesures individuelles qui oscillent sans cesse entre la rupture définitive et l'absolue nécessité de maintenir le lien indéfectible entre l'enfant et ses parents à défaut d'un groupe social suffisamment contenant et puissant.

Que l'enfant ne soit jamais un enjeu de troc et de menaces

Un cadre législatif est venu légitimer les actions multiples mises en œuvre pour favoriser les rencontres entre les parents détenus et leurs enfants. En particulier la Convention internationale des droits de l'enfant qui stipule que tout enfant séparé de ses parents a le droit de maintenir des relations avec eux quel que soit le motif de la séparation. L'article 102 des règles de La Havane adoptées en 1990 souligne que la séparation entre un enfant et son parent détenu ne doit jamais constituer une menace ou être infligée à titre de punition. L'idée d'un enfant otage, objet de compensation, de récompense, voire de troc (contre par exemple la délivrance d'informations utiles à l'enquête judiciaire), a suscité des remises en question qui ont abouti à de nouvelles procédures visant à éliminer de tels procédés, pour le moins idéologiquement contestables.

Les juges, qui délivrent les permis de visite tant que la personne a le statut de prévenu, ont considérablement évolué sur ce point si l'on pense qu'en 1986, quatre magistrats sur cinq estimaient que la prison n'est pas un lieu fréquentable pour un enfant. Cette certitude était sous-tendue par le fantasme évoqué plus haut d'une contagion qui pourrait conduire l'enfant à la délinquance, et elle invoquait clairement le risque de traumatiser l'enfant ; or c'est si possible au moment de la détention provisoire que doivent s'organiser les parloirs pour les enfants, à un moment où la culpabilité n'est pas avérée.

S'il n'existe pas en France de réglementation spécifique régissant les visites des enfants, en revanche, les conditions du maintien du lien entre une personne détenue et sa famille sont précisées dans le code de procédure pénale, lequel stipule les droits des parents en matière de visites et de correspondance, et envisage des mesures d'individualisation de la peine comme des permissions de sortie visant à maintenir les liens familiaux.

Maintenir un lien, sans forcément l'imposer

On sait combien il importe de favoriser le maintien du lien entre un parent détenu et son enfant afin de ne pas transformer la séparation en une rupture. Un travail de séparation nécessite, entre autres, des liens de paroles qui disent l'absence et le manque en inscrivant dans le psychisme le souvenir d'un événement : la rupture, elle, est sans mots, sans représentations, elle ne laisse pour trace qu'une expérience jamais prise en compte dans le langage et donc potentiellement dommageable pour le sujet. Il importe alors de repérer les enjeux majeurs de ce que nous appelons le « maintien du lien » en tant que processus de pensée, en tant qu'expérience psychique interiorisée dont un des appuis serait la rencontre physique et bien sûr affective entre l'enfant et son parent. Mais il importe également de ne pas tomber dans le travers idéologique opposé, qui consisterait à vouloir maintenir à tout prix, voire à créer de toutes pièces, un lien obligatoirement de nature physique (dont la matérialisation serait le parloir), au mépris du choix et des possibilités de la mère comme de ceux de l'enfant – il n'est pas rare que de telles rencontres fassent l'objet d'un refus obstiné ; en pareil cas, le lien peut apparaître artificiel et dénué de sens. Des études portant sur le maintien du lien témoignent de la nécessité d'un travail singulier pour chaque détenu et sa famille, où soit prise en compte, en dehors de toute position de principe, la capacité particulière des parents et des enfants à se lier, à se rencontrer et à se séparer.

Outre la prévention des troubles psychologiques chez l'enfant, la communication régulière en prison entre le parent incarcéré et son enfant a des effets certains sur la réinsertion future du parent. Cela représente une humanisation non négligeable des conditions de détention. En outre, cela peut même avoir une influence positive sur le travail des personnels pénitentiaires, en modifiant leur regard sur le détenu en train d'exercer ses fonctions de parent.

D'un autre côté, même si l'autorité parentale est maintenue durant la période de détention (sauf procédure de déchéance, ce qui est rare), et malgré la prise en compte dans la réalité de sa condition de mère (organisation de parloirs, rapprochement familial, plus grande clémence des juges, tout ce dont les pères incarcérés sont davantage privés), l'incarcération vient pour de nombreuses mères prendre le sens d'une négation de leurs droits à être responsables de leurs enfants, en particulier lorsque sont prises, sans leur aval, des décisions concernant ceux-ci. S'ajoute à la honte et à la culpabilité un sentiment de dépossession de l'exercice de leur rôle maternel. C'est peut-être la privation des droits la plus importante que peut rencontrer en Occident une femme incarcérée. Privée de la capacité d'exercer son autorité parentale, la femme détenue vit dans la solitude une blessure narcissique d'autant plus profonde qu'elle s'accompagne fréquemment d'un sentiment de perte globale de son identité de mère et au bout du compte de tous ses repères habituels.

La femme en prison et le nourrisson

Pour tenter de réparer cette blessure, et de se restaurer sur le plan narcissique, beaucoup de femmes détenues surinvestissent leur rôle maternel, idéalisent la relation à leurs enfants qui leur deviennent soudain indispensables. Elles anticipent la souffrance de leur enfant dans des mouvements projectifs douloureux, qui apparaissent comme le pendant de cet autre mécanisme également très fréquent qu'est le déni : déni de toute souffrance et de toute séparation visant à se protéger de la culpabilité, et qui s'énonce sous la forme de « tout va pour le mieux »…

Cette problématique s'envisage différemment dans deux autres cas. Celui de la mère qui accouche « en prison », c'est-à-dire à la maternité de l'hôpital administrativement rattaché au centre pénitentiaire, et celui de celle qui est incarcérée alors qu'elle élève un enfant de moins de 18 mois. Dans ces deux situations, la femme détenue peut faire le choix de garder son enfant avec elle ; au mieux, selon l'établissement dans lequel elle purge sa peine, elle peut intégrer dès les premiers mois de sa grossesse une unité spéciale qui accueille et héberge les nourrissons avec leur mère. Il n'existe en France que deux unités de ce type, appelées « nurserie » ; il y a dans quelques autres établissements des cellules ordinaires aménagées dans le but de recevoir des mères avec leurs bébés ainsi qu'une salle commune, dite « pouponnière », dans laquelle les mères et leurs enfants peuvent se réunir. En dehors de ces aménagements matériels, peu de conditions particulières sont mises en place et il est à parier que mère et enfant auront du mal à établir leurs relations ou à assurer un bon développement. À la nurserie de Fleury-Mérogis (anciennement dénommée « quartier des nourrices » !), fleuron des établissements pour femmes, la mère bénéficie d'un régime de détention plus souple visant à limiter l'encellulement de l'enfant : les portes des cellules restent ouvertes durant un temps assez long dans la journée, ce qui autorise la libre circulation des mères et des enfants ; les conditions matérielles, en outre, sont optimales (la mère peut disposer d'une cellule équipée à cet effet pour elle et son bébé).

L'enfant n'est pas un détenu

D'une manière générale, les mères sont encouragées à préférer l'accueil quotidien de leur enfant dans des crèches collectives à l'extérieur, mais elles peuvent le refuser. Une convention tripartite entre le conseil général, l'hôpital de référence (où la femme a généralement accouché) et l'administration pénitentiaire a permis d'embaucher à la nurserie des professionnelles de la petite enfance (puéricultrices, éducatrices de jeunes enfants, sages-femmes, psychologues) qui prennent soin du bébé sur le plan de son développement physique et psychique, favorisent son éveil et sont attentives à la qualité des interactions mère-enfant. Ces personnels, ainsi que les surveillantes des nurseries, bénéficient de formations régulières et en sont très demandeurs, compte tenu de la spécificité du contexte et de la multiplicité des cultures, qui induisent des pratiques de maternage différentes qu'il importe de respecter.

En prison, l'enfant n'est pas détenu, il ne porte pas de numéro d'écrou. La durée de séjour moyen des enfants est de 7 ou 8 mois car les services sociaux s'emploient à les faire sortir le plus tôt possible, en particulier lorsque l'établissement pénitentiaire ne comprend pas de nurserie.

Se préparer à la séparation

Nombre de spécialistes se sont interrogés sur la légitimité et les conséquences d'un début de vie en détention pour un enfant et sur la date butoir des 18 mois, qui marque le moment où l'enfant est supposé devenir autonome. Cette date reste arbitraire même si une certaine souplesse quant à la sortie de l'enfant reste de mise. Bien davantage que la violence, ce que redoutent certains spécialistes de l'enfance, c'est la fusion mère-enfant, l'enfermement de la mère et de l'enfant dans une relation symbiotique qui irait à l'encontre du processus de séparation et d'autonomisation de l'enfant.

Françoise Dolto avait, en mars 1987, visité la nurserie de Fleury-Mérogis et s'était longuement entretenue avec les mères et les femmes enceintes qui s'y trouvaient ; elle s'était à cette époque clairement prononcée en faveur de la cohabitation de l'enfant avec sa mère détenue, malgré la promesse d'une séparation, à condition qu'ils puissent tous deux rencontrer d'autres adultes et enfants, et que la mère explique le contexte de l'incarcération à son tout-petit de manière à amorcer en lui un processus d'humanisation. Une autre exigence posée par F. Dolto était de préparer l'enfant et sa mère à la séparation pendant les semaines qui la précèdent : la souffrance est adoucie du simple fait qu'elle est parlée.

Ajoutons que certains pays prennent en compte l'importance du lien mère-enfant au point de différer l'incarcération de la mère jusqu'à ce que l'enfant atteigne un âge suffisamment avancé. C'est le cas en Russie pour les femmes ayant un enfant de moins de 8 ans lorsqu'elles sont condamnées à des peines inférieures à cinq ans.

L'attention accordée à la fonction maternelle des femmes détenues et aux conditions de leur incarcération voile ce qui les a engagées à produire une telle rupture avec leur espace familial et social. Finalement, pourquoi des femmes sont-elles incarcérées ? Qu'en est-il de la violence exercée par les femmes elles-mêmes ? Voilà les questions que l'on ne peut manquer de se poser quand on se livre à une enquête comme celle-ci.

Là encore, la littérature est relativement réduite. Quelques études essentiellement menées en Amérique du Nord, outre la réalité statistique, viennent renforcer l'idée que la violence serait l'apanage du genre masculin. Sans entrer dans une discussion qui pourrait occuper à elle seule un ouvrage entier, il nous semble intéressant d'évoquer quelques points et de poser quelques questions. Selon la discipline de recherche ou les convictions idéologiques des auteurs, l'affirmation de l'existence d'une violence chez les femmes et surtout les tentatives d'explication de cette violence seront bien entendu différentes. Que l'on tente de donner un substrat organique à la violence en démontrant l'existence d'un gène spécifique ; que l'on avance des explications d'ordre socioculturel où la violence et la manière de traiter le danger par un agir seraient valorisées chez les garçons alors qu'elles seraient inhibées et réprouvées chez les filles ; que l'on se situe du côté des théories psychologiques qui postulent des différences en termes d'emprise sur les autres pour l'homme et d'expression d'une tension trop longtemps accumulée pour la femme ; que l'on voie dans la violence féminine le seul mode de réponse possible à l'oppression et à la violence masculines, toutes ces théories, pour dignes d'intérêt et légitimes qu'elles soient, ne doivent pas nous faire oublier la dimension subjective de l'acte commis par la femme qui se retrouve en prison.

Expliquer la violence des femmes

Sur ce point, la psychanalyse ne trouve guère de sens à distinguer les hommes et les femmes. S'il est bien clair que les conséquences du passage à l'acte diffèrent selon sa gravité, selon le sexe, selon la position sociale et familiale du sujet, selon encore les capacités de l'enfant à intérioriser l'effet d'effraction produit par son parent, la recherche reste ouverte quant au « genre » du passage à l'acte et quant à la tentative (alors avortée) de son auteur pour déployer une chaîne signifiante qui le relie aux autres et le distingue de tous les autres.

En fait, la dimension subjective du sujet, telle que la psychanalyse nous en donne une certaine lecture, se heurte aux discours médiatiques toujours plus nombreux sur la violence.

Certes, on peut expliquer la violence des femmes par leur assujettissement soit au mécanisme mortifère de la répétition des violences subies dans l'enfance, soit à la présence d'un gène perturbateur transmis malgré elles, soit enfin aux pressions socioculturelles, mais alors on accroît le risque d'aboutir à l'exclusion des sujets (chaque femme dans sa dimension singulière) et à la négation de leur subjectivité. Autrement dit à une déshumanisation, puisque serait refusée à la femme la découverte de son propre engagement subjectif (et donc sa responsabilité) dans l'acte pour lequel, par décision judiciaire, elle a été privée de liberté. Mieux vaut alors trouver le moyen de dépasser nos représentations clivées opposant face à face (au moins en France) des sujets victimes ou bourreaux. Car le danger serait grand de favoriser, comme ce fut le cas dans les années 1980, les conditions d'une rupture justifiant l'interruption de tout contact entre une mère incarcérée et sa famille.

Les femmes aussi ont un libre arbitre

Qu'en est-il donc, à propos des femmes emprisonnées, de la subjectivité de leur être, de la prise en compte de leur complexe et lente construction psychique, de leur libre arbitre qu'aucune pathologie avérée, quelle qu'elle soit, ne pourrait venir totalement oblitérer ? Il n'est pas rare, on le sait, de voir des condamnés (des deux sexes) s'effondrer à l'annonce d'un verdict qu'ils jugent trop clément, qui en quelque sorte ne reconnaîtrait pas un sujet dans le criminel et qui ne viendrait pas apaiser leur sentiment de culpabilité, conscient ou inconscient. Freud a le premier mis en évidence dès 1915 le sens de certains passages à l'acte chez ceux qu'il appelle « les criminels par sentiment de culpabilité ». Chez ces sujets, le sentiment de culpabilité, loin de résulter du délit, préexiste au délit, et c'est même ce vécu de culpabilité qui, dans le but d'être soulagé par la sanction, a provoqué le passage à l'acte. Ledit passage à l'acte viendrait en général se substituer à une mentalisation défaillante ou insuffisante des conflits ; il exploserait dans un fonctionnement mental pauvre en digues psychiques, empêchant le moi de se laisser déborder par les pulsions agressives (une telle carence pouvant s'expliquer par le jeu des identifications et par les avatars du développement de la personnalité). Nombre de psychanalystes seraient enclins à imputer la violence féminine à une forte identification œdipienne au père, mais on doit aussi bien poser l'hypothèse d'un échec des processus identificatoires à la mère. La femme aurait été soumise à une violence très archaïque en provenance de la mère, une mère trop absente ou incapable de l'introduire au registre du féminin, en sorte qu'elle serait devenue une sorte de prolongement du corps maternel martyrisé et en même temps contenu.

D'une façon plus générale et pour mémoire, on peut se demander en quoi et comment les délits commis par des femmes peuvent faire sens lorsque tout le corps social les pousse à surinvestir leur fonction de mère tout en exigeant d'elles qu'elles assument, qu'elles portent et incarnent à la perfection leur rôle de femme en même temps qu'elles exercent une activité professionnelle au sein de la société. On ne prend pas toujours en considération la souffrance que cela implique. Hier mal jugées, aujourd'hui victimes ? Dans leur difficulté à assumer une telle place, ce n'est peut-être pas tellement leurs enfants qu'elles abandonnent, c'est elles-mêmes.

Donner un sens à leur délit et à leur vie

Toutes ces questions, qui mériteraient d'être encore approfondies, viennent soutenir la nécessité de restaurer chez la femme en prison sa participation et sa présence à son acte. Il faut l'aider à conférer à son délit le sens plus ou moins conscient qu'il recèle nécessairement. Bien entendu, il existe dans les prisons des psychologues, des médecins généralistes et psychiatres, des travailleurs sociaux pénitentiaires dont la mission est précisément de prendre en compte cette dimension subjective. Ce personnel peut permettre à celles qui en ont les capacités et le désir d'avancer par le biais d'un travail psychothérapeutique et d'élaborer peu à peu un sens à leur vie. Cela peut devenir un bon moyen d'éviter l'exclusion du sujet hors de lui-même, de lui épargner la répétition ainsi que les diverses ruptures qui le menacent.

Les hasards du calendrier font que ces réflexions sont menées à l'heure où un débat parlementaire aussi politisé que largement médiatisé s'intéresse à la prévention de la récidive et aux alternatives à l'emprisonnement en envisageant la généralisation (probable) du placement de certaines personnes condamnées sous surveillance électronique ; mais ce que, semble-t-il, on n'envisage pas avec autant d'enthousiasme et qui serait d'une importance au moins égale, c'est de débloquer suffisamment de crédits pour permettre la prise en charge individuelle des détenu(e)s qui souhaitent s'en sortir avant de sortir…

Carole Bellemin-Noël est psychologue clinicienne et psychanalyste en CMPP et en milieu carcéral. Elle est enseignante chargée de cours à l'université Paris-V.

Notes

1. Casadamont G., *Sociologie de la répartition des peines. Les travaux en France depuis 25 ans*, coll. Travaux et documents, 2004, n° 65, Direction de l'Administration pénitencière.

2. Albrecht E., Guyard V., *Prisons de femmes en Europe*, rapport d'observation sur les conditions de détention, Paris, éd. Dagorno, 2001.

V

Égalité

L'égalité des sexes n'est pas qu'un principe fondateur des droits du genre humain. C'est aussi le droit le plus concret, et qui garantit tous les autres, la possibilité pour les femmes de choisir et de maîtriser leur vie. L'histoire du vingtième siècle a démontré qu'il n'était pas d'égalité possible sans l'accès, pour toutes les femmes, au droit de vote et à la représentation politique. Égalité des droits, égalité des chances : dans tous les pays, les femmes restent les plus pauvres parmi les pauvres. L'éducation s'impose partout comme le moteur du changement. En Asie ou en Afrique, les filles devront aller à l'école. Dans les pays occidentaux, la révolution est en cours, elle reste inachevée, tant sur le plan de l'enseignement que de l'égalité professionnelle et salariale. L'égalité des sexes s'impose, dans toutes les analyses récentes, comme la condition *sine qua non* du développement économique, social et personnel.

Ce chapitre explore le chemin qui reste encore à parcourir pour que s'impose l'égalité des femmes et des hommes.

V

Égalité

L'égalité des sexes n'est pas qu'un principe fondateur des droits du genre humain. C'est aussi le droit le plus concret et qui garantit tous les autres, la possibilité pour les femmes de choisir et de maîtriser leur vie. L'histoire du vingtième siècle a démontré qu'il n'était pas d'égalité possible sans l'accès, pour toutes les femmes, au droit de vote et à la représentation politique. Égalité des droits, égalité des chances : dans tous les pays, les femmes restent les plus pauvres parmi les pauvres. L'éducation s'impose partout comme le moteur du changement. En Asie ou en Afrique, les filles doivent aller à l'école. Dans les pays occidentaux, la révolution est en cours, elle reste inachevée, tant sur le plan de l'enseignement que de l'égalité professionnelle et salariale. L'égalité des sexes s'impose dans toutes les analyses récentes comme la condition sine qua non du développement économique, social et personnel.

Ce chapitre explore le chemin qui reste encore à parcourir pour que s'impose l'égalité des femmes et des hommes.

Les enjeux du suffrage et de la participation politique des femmes

Ségolène Samouiller et Kareen Jabre

Le suffrage féminin a été l'objet d'une lutte d'une grande violence symbolique. Si le droit de voter et d'être candidate est reconnu dans la quasi-totalité des pays, le manque d'instruction, la pauvreté et les violences sont un obstacle à la participation citoyenne. La mixité en politique reste à conquérir.

Violence. Le mot est posé et le lien avec la participation politique des femmes n'est pas immédiat. On sait que pour beaucoup d'individus, le simple fait de déposer un bulletin de vote dans une urne ou de se porter candidat à une élection n'est pas aisé : menaces, intimidations, interdictions, conditions de sécurité catastrophiques. La démocratie n'est pas un exercice facile.

Mais pourquoi s'intéresser particulièrement aux femmes ? Il y a une raison évidente, sur laquelle nous reviendrons : elles sont souvent les premières victimes de ces violences dans l'exercice de leurs droits politiques. Ce qui nous intéresse ici plus particulièrement est pourtant d'une autre nature. Il s'agit de *la violence symbolique jalonnant l'histoire de l'accès des femmes au suffrage.*

Revenons sur les faits. Le droit des femmes de voter et d'être candidates aux élections est aujourd'hui reconnu par la législation de la quasi-totalité des pays de la planète. À peu de chose près, en un siècle, toutes les femmes se sont vu accorder le droit de participer à la vie politique de leur pays. En novembre 2005, alors que le Koweït vient d'adopter le suffrage féminin, un seul pays n'a pas accordé ce droit aux femmes dans un État où les hommes l'exercent : l'Arabie Saoudite.

Cette quasi-universalité de l'accès au suffrage féminin ne s'est pas imposée en un jour, loin s'en faut. Il a fallu la farouche volonté de femmes qui se sont battues pour avoir accès à la sphère de décision. Dans les démocraties naissantes, elles ont rapidement fait du droit de vote leur cheval de bataille, pour que leurs revendications ne soient pas laissées au bon vouloir des hommes et pour avoir la possibilité d'insuffler des changements dans la société. C'est également une des causes qui a rencontré le plus d'opposition en raison de ses conséquences sur l'ordre social patriarcal existant. Des arguments pourfendant la prétendue « nature » des femmes – qui les maintiendrait en dehors de tout pouvoir de décision – aux luttes purement politiques dans lesquelles s'engagent les tenants du pouvoir, les enjeux de cette violence symbolique sont les mêmes : la place de la femme dans la société et la répartition du pouvoir entre les individus.

Un droit de vote quasi universel, une représentation toujours inégalitaire

La recherche d'une répartition du pouvoir plus égalitaire n'est pourtant pas seulement une lutte de femmes. C'est celle d'individus, hommes et femmes, en quête d'égalité et de justice dans une sphère politique souvent réservée à une élite masculine, blanche et aisée. Ce sont ces luttes et les enjeux sous-jacents à ce processus de démocratisation dont on se propose de retracer les grandes lignes ici.

Et aujourd'hui ? La violence symbolique limitant l'accès des femmes, *parce qu'elles sont femmes*, à la sphère politique n'a pas disparu avec l'obtention du suffrage. En 2005, alors que presque toutes ont le droit de voter, cette violence ne s'exprime plus dans les lois électorales mais dans les discriminations diverses auxquelles la participation politique des femmes est soumise.

Un chemin difficile vers l'accès au suffrage

Si le droit de vote a été reconnu à la plupart des femmes au cours du XXe siècle, l'accès au suffrage a suivi des modalités très différentes selon les pays. Les études menées par l'UIP sur la participation des femmes à la vie politique montrent que ce processus est intimement lié à des contextes politiques nationaux ou régionaux spécifiques. L'obtention du droit de vote et la genèse des mouvements suffragistes ne peuvent ainsi se comprendre sans un détour par le contexte politique, social, historique dans lequel les femmes se sont battues et qui détermine la forme qu'ont prise leurs luttes et leurs victoires. Il n'est pas question ici de retracer un historique complet de l'accession au droit de vote des femmes dans le monde, qui nécessiterait de longs développements, mais d'en dessiner les tendances et d'illustrer les enjeux qui ont accompagné ce processus.

La question du droit de vote soulève celle de la place de la femme dans la société et du rôle spécifique ou non qu'elle y joue. Tous les partisans ne sont pas d'accord sur ce rôle et sur les raisons pour lesquelles les femmes doivent voter ; et le suffrage ne peut se résumer à l'avènement de *l'égalité des droits et des devoirs* entre les hommes et les femmes. En filigrane de toutes les luttes suffragistes, on retrouve pourtant leur émancipation de structures de pouvoir patriarcales et inégalitaires.

LA PARTICIPATION POLITIQUE, DÉFINITION

L'Union interparlementaire (UIP) a depuis une vingtaine d'années investi le domaine longtemps négligé de la participation politique des femmes. Différents instruments de travail ont été mis au point sur la base des enquêtes menées auprès des parlements nationaux, dont une chronologie de l'accès aux droits politiques et une carte mondiale de la participation des femmes aux organes de décision. C'est à partir de ces données que le présent article a été rédigé.

Il est important de noter que le travail de l'UIP implique une définition de la participation politique des femmes. Elle est ici comprise comme l'exercice du droit de voter et de se porter candidates aux élections. Le droit de vote étant un mode d'expression politique (parmi d'autres) qui permet à tous les citoyens d'exercer leur souveraineté, il définit la nature du pouvoir. La notion de participation politique est ainsi intimement liée à celle de démocratie.

Union interparlementaire : www.ipu.org

QUELQUES DATES CLÉS

- **1893 :** La Nouvelle-Zélande est le premier pays à accorder le droit de vote aux femmes, non seulement aux femmes d'origine européenne mais également aux femmes maories.
- **1902 :** Australie : Le *Commonwealth Franchise Act* permet aux femmes de voter et de se présenter aux élections. Toutefois les aborigènes et les gens « de couleur » sont exclus du suffrage et n'obtiendront ces droits qu'en 1962.
- **1906 :** Le grand-duché russe de Finlande est le premier territoire européen à accorder le droit de vote aux femmes. Il devient indépendant en 1917.
- **1917 :** La Russie accorde le droit de vote aux femmes.

• **1918 :** Les Allemands et les Britanniques ont dès la fin de la Première Guerre mondiale accordé le droit de vote aux femmes. Les Britanniques ont pourtant instauré une limite d'âge fixée à 30 ans et plus au vote des femmes, jusqu'en 1928.
• **1920 :** Les États fédérés des États-Unis d'Amérique ont commencé à accorder le droit de vote aux femmes dès 1869, au Wyoming. Au niveau fédéral, les droits politiques des femmes ne sont pourtant reconnus qu'en 1920. En outre, les femmes afro-américaines doivent attendre 1965 pour que le *Voting Right Act* leur garantisse ce droit dans tous les États fédérés.
• **1924 :** La Mongolie est le premier territoire du continent asiatique à accorder le droit de vote aux femmes. La Mongolie devient indépendante en 1946.
• **1932 :** Brésil, Uruguay : dans les années 1930, de nombreux pays d'Amérique latine donnent le droit de vote aux femmes.
• **1944 :** Après avoir été repoussé à maintes reprises par les sénateurs, le droit de vote des Françaises est reconnu par l'ordonnance du 21 avril 1944.
• **1948 :** La Belgique initie le processus dès 1919 mais de façon très limitée. Par la loi du 9 mai 1919 sont admises à voter aux élections législatives les veuves ou les mères de militaires morts à la guerre, de citoyens fusillés ou tués par l'ennemi et les femmes prisonnières politiques. La loi du 27 mars 1948 a accordé le droit de vote à toutes les femmes dans les mêmes conditions que les hommes. Pour les hommes, le suffrage universel avait été instauré et exercé pour la première fois en 1921.
• **1953 :** Le Liban et la Syrie sont les premiers pays arabes à consacrer le droit de vote des femmes.
• **1956 :** Bénin, Côte-d'Ivoire : la loi-cadre de 1956 institue l'autonomie interne pour tous les territoires français. L'article 10 stipule que les citoyens des deux sexes ont le droit de voter dès 21 ans. Dans les années 1960, l'indépendance consacrera le droit de vote des femmes dans toutes les anciennes colonies.

• **1959 :** Le Maroc et la Tunisie sont indépendants en 1956. Trois ans plus tard, les femmes gagnent le droit de vote.
• **1971 :** En Suisse, sur le plan cantonal et communal, la participation politique des femmes ne fut intégrale qu'en 1990, lorsque le Tribunal fédéral a contraint le canton d'Appenzell Rhodes-Intérieures à inclure les femmes dans le terme « citoyen suisse » de sa Constitution.
• **1984 :** Le Liechtenstein est le dernier État d'Europe à accorder le droit de vote aux femmes.
• **2005 :** Les Koweïtiennes ont tout récemment obtenu le droit de vote. Ce droit devrait être exercé pour la première fois lors des élections parlementaires de 2007.

Les femmes ne sont pas les seules victimes de ces structures de pouvoir inégalitaires et le suffrage féminin s'inscrit dans un processus démocratique plus général. Celui-ci conduit des individus à se battre pour obtenir le droit de voter dans un contexte où le pouvoir est rassemblé aux mains d'une élite, qu'elle soit définie par des critères économiques, politiques, raciaux ou uniquement sexuels. La mondialisation et la mise en place d'instances de droit international participent intensément à ce processus de démocratisation qui verra le droit de vote des femmes reconnu dans la quasi-totalité des pays de la planète.

La lutte pour l'accès au suffrage : une étape vers l'émancipation des femmes

Droit de vote des femmes : un droit utilitaire ou révolutionnaire ?

Dès le XVIIIe siècle, des intellectuelles européennes commencent à influencer la pensée politique en développant l'idée que la femme puisse être l'égale de l'homme. En 1791, Olympe de Gouges publie la *Déclaration des droits de la femme et de la citoyenne*, tandis qu'en Angleterre, Mary Wollstonecraft sort un pamphlet révolutionnaire, *A Vindication of the Rights of Woman* (1792), qui appelle à l'égalité entre les sexes. Pour ces deux militantes, les femmes doivent être citoyennes au même titre que les hommes et si « la femme a le droit de monter sur l'échafaud ; elle doit avoir également celui de monter à la tribune[1]… ».

Au cours du XIXe siècle, des groupes de femmes commencent véritablement à s'organiser afin de réclamer leur affranchissement, l'égalité des droits et des devoirs entre les sexes et la pleine citoyenneté pour la femme[2]. Pour ces féministes héritières des Lumières, la revendication du droit de vote et d'être candidates est un attribut de la participation des individus-femmes à la vie publique au côté des hommes et implique un bouleversement de l'ordre social (patriarcal) existant. Dans les mots d'Hubertine Auclert (1848-1914), « le droit de vote est source et principe de tout droit » ; la condition inférieure de la femme, son « statut d'esclave », est consacrée par la loi et celle-ci ne sera modifiée que lorsque les femmes pourront voter et être candidates[3].

Cette revendication politique, révolutionnaire des droits politiques et de l'émancipation de la femme-individu au sens large, aura une influence considérable sur les mouvements féministes du XXe siècle. Elle est liée à une redéfinition générale des rapports avec les hommes et à une revendication d'égalité entre les sexes, encouragées par d'autres facteurs tels que l'apparition du travail salarié, l'avènement de la démocratie ou les deux guerres mondiales qui favoriseront une nouvelle répartition des rôles.

Le suffragisme, en tant que mouvement pour le droit de vote des femmes, ne peut pourtant se comprendre exclusivement à l'aune de cette revendication égalitariste. Son histoire ou, devrait-on dire, ses histoires, est en effet sensiblement différente. Dans les pays anglo-saxons notamment, une conception « utilitariste » de l'accès des femmes aux droits politiques se développe. La mobilisation des femmes pour le droit de vote se creuse dans un sillon plus social et sur des bases plus concrètes et pragmatiques que philosophiques. Plutôt que révolutionnaire – le bouleversement de l'ordre social existant et l'égalité avec les hommes –, cette approche est réformiste : on réclame le droit de vote au nom des compétences spécifiques des femmes et de la reconnaissance du rôle de la mère, éducatrice et gardienne de la famille.

Aux États-Unis d'Amérique, dès les années 1830, se forment ainsi des structures qui s'inspirent moins de la philosophie de l'égalité des Lumières que du protestantisme évangélique[4]. Ce mouvement suffragiste revendique une conception moins réductrice du rôle de la femme dans la société, une revalorisation de ses qualités morales et de son rôle d'éducatrice, au nom de la mission contre la prostitution, l'esclavage ou encore l'alcoolisme que la société s'est donnée[5]. Les femmes vont s'engager nombreuses dans ces grandes causes et revendiquer les droits politiques qui leur permettront d'être réellement entendues et de jouer leur « rôle de femme » dans la société.

Ainsi, « voter signifie lutter contre tous les maux sociaux[6] ». Parmi les grands fléaux contre lesquels les femmes se mobilisent, l'alcoolisme tient une place importante. Les mouvements de tempérance regroupent des femmes de toutes les couches sociales et contribuent à éveiller leur conscience politique autour de questions qui les touchent directement dans leur quotidien. En Nouvelle-Zélande, les mouvements de tempérance rassemblent les femmes autour de l'idée que la participation politique est avant tout un engagement moral, et la pétition pour le suffrage féminin de 1893 réunit la signature de près d'un quart des femmes du pays[7]. On retrouve ces mouvements de tempérance aux États-Unis d'Amérique, au Canada mais également en Europe.

LES PREMIERS PAYS À ACCORDER LE DROIT DE VOTE AUX FEMMES

Les deux premiers pays à avoir reconnu aux femmes les droits de voter et d'être candidates sont la Nouvelle-Zélande en 1893 et l'Australie en 1902. Dans le cas de l'Australie, il s'agissait d'une catégorie bien précise et minoritaire de femmes : celles de souche européenne.

Pour ces suffragistes, l'enjeu du droit de vote n'est pas l'égalité entre les sexes mais la reconnaissance des qualités spécifiques des femmes. Le statut de la femme et son rôle propre dans la société ne sont pas remis en cause mais « magnifiés » dans un but social.

Certains expliquent le retard de la France en matière de suffrage féminin (1944) par le fait que, contrairement aux pays qui ont choisi une voie « utilitariste » en démontrant l'apport des femmes-mères à la collectivité, le débat est resté plus philosophique et abstrait en France[8]. Les femmes ont-elles obtenu le droit de vote plus rapidement en revendiquant leur devoir de femmes plutôt que leur droit d'individus ? Dans un débat où l'enjeu de la place de la femme dans la société et la répartition du pouvoir entre les sexes sont si importants, la voie réformiste des unes apparaît certainement plus « politiquement correcte » que le discours révolutionnaire des autres. Cependant le processus historique est assurément plus complexe de part et d'autre et les nombreux obstacles que les femmes ont dû surmonter dans tous les cas limitent la possibilité d'une lecture trop simpliste. En outre, les interférences entre ces deux approches au cœur même des discours suffragistes sont trop importantes pour que l'on puisse tirer des conclusions hâtives.

Ces deux discours – « révolutionnaire » et « réformiste » – ne sont en effet pas dichotomiques. Ils expriment *a posteriori* des *chemins* différents vers l'*objectif final* de l'égalité des droits des hommes et des femmes. Ils sont l'expression d'un même processus d'émancipation de la femme qui bouleversera les rapports entre les sexes au cours du XXe siècle, avec ses contradictions et ses formes historiques particulières.

AMÉRIQUES ET EUROPE – UN PROCESSUS LONG

Aux Amériques et en Europe, le processus d'accès des femmes aux droits électoraux est quasiment parallèle, même s'il marque des accélérations et des répits à des moments différents.

À la fin des années 1960, la législation de tous les pays du continent américain, y compris les pays latino-américains et caribéens, reconnaît aux femmes de toutes origines ethniques et de toutes conditions le droit de voter et d'être candidates. Le Liechtenstein est, en 1984, le dernier pays européen à permettre aux femmes de participer aux consultations nationales tant comme électrices que comme candidates. En tout, il aura fallu quelque 80 ans pour que la législation de l'ensemble des pays d'Europe concède les pleins droits électoraux aux femmes.

Dans les autres régions du monde, le processus d'accès des femmes aux droits électoraux a été généralement engagé plus tard qu'en Europe et aux Amériques, mais il s'est parfois conclu plus rapidement.

Droit de vote des femmes : une lutte contre l'ordre social établi

Quelles qu'en soient les formes, la lutte pour obtenir le droit de vote s'est fait dans un mouvement général de renforcement des capacités des femmes. En accédant à l'éducation et au travail rémunéré notamment, les femmes prétendent jouer un rôle sur la scène publique aux côtés des hommes. L'obtention du droit de vote peut ainsi se lire comme une étape dans l'histoire de la lutte des femmes contre la violence d'une structure de pouvoir patriarcale qui les exclut de la sphère de décision.

L'idée même de cette lutte n'est pas toujours reconnue, au profit d'une vision plus contextuelle, selon laquelle les femmes auraient eu le droit de vote parce qu'étant donné l'évolution des mentalités, certains facteurs historiques, la diffusion d'idées libérales, il s'agissait d'une évolution « naturelle ». C'est en partie vrai, en ce sens que des « conditions propices » ont permis cette évolution. La violence du mouvement des suffragettes, conduite par Emmeline Pankhurst et ses deux filles en Grande-Bretagne, exprime pourtant la manière tragique dont les femmes ont parfois dû se battre pour la reconnaissance de leurs droits politiques.

Les mouvements suffragistes ne sont pas tous aussi radicaux. C'est leur nature même qui est symboliquement violente. Le droit de vote remet en effet en cause une des prérogatives essentielles des hommes : le monopole de la gestion de la cité. C'est la structure même du pouvoir, le contenu du débat politique et la nature des décisions qui sont visés par cette totale modification de l'électorat. L'ajournement systématique en France de la question du droit de vote des femmes sur l'agenda parlementaire est un exemple du repli des élites politiques (masculines !) auquel les femmes doivent faire face pour prendre place dans la sphère de décision. Leur lutte n'est pourtant pas une lutte contre les hommes, mais contre les privilèges, les préjugés et les peurs des tenants du pouvoir.

L'enjeu que représente la modification de l'électorat engendrée par le droit de vote des femmes sur la structure même du pouvoir contribue peut-être à expliquer que les femmes ont parfois obtenu le droit d'être candidates avant celui de voter, comme c'est le cas des Pays-Bas, de la Belgique et des États-Unis d'Amérique. Leur élection était supposée concerner un nombre limité de femmes (ce qui est malheureusement toujours vrai !) et ne pas remettre en cause l'équilibre des forces en présence alors que le droit de vote des femmes double d'un seul coup l'électorat. Dans le cas du Koweït, qui vient d'accorder le droit de vote aux femmes, certaines estiment même que l'électorat va tripler étant donné le nombre d'hommes appartenant à l'armée et à la police qui ne peuvent pas voter (on passerait d'un électorat de 139 000 à un électorat de 339 000)[9].

ÉTATS-UNIS D'AMÉRIQUE : DES ÉTATS FÉDÉRÉS PRÉCURSEURS SUR LE SUFFRAGE FÉMININ

Dès 1788, la Constitution des États-Unis d'Amérique reconnaît aux femmes le droit d'être candidates au Congrès, mais cette reconnaissance est en fait plus implicite qu'explicite puisque le texte consacre le droit de « toute personne » de se porter candidate. En 1866, Elizabeth

Cady Stanton se présente ainsi aux élections et obtient 24 voix. Il faut attendre bien des années pour que les tabous culturels et sociaux soient surmontés et ce n'est qu'en 1916 que la première femme est élue au Congrès américain ; il s'agit de Jeanette Rankin.

Concernant le droit de voter, tous les États de l'Union s'étaient clairement positionnés contre le suffrage féminin au début du XIXe siècle. Le Wyoming est le premier État dont la Constitution reconnaît le droit de vote aux femmes, en 1869, rapidement suivis par d'autres. Il faudra attendre 1920 pour que l'État fédéral adopte un amendement à la Constitution reconnaissant le droit de vote des femmes au niveau fédéral et pour que tous les États adaptent leur législation. Les Afro-Américaines quant à elles ne se verront reconnaître pleinement leurs droits politiques qu'en 1965.

(Source UIP : données du Congrès américain, août 2005)

La lutte des femmes vers les urnes est une lutte contre une structure de pouvoir patriarcale mais également élitiste et communautaire. En effet, si le pouvoir appartient aux hommes, il appartient à une *certaine catégorie* d'hommes. Aux États-Unis d'Amérique, la lutte pour les droits politiques des personnes noires et celle des femmes blanches ont ainsi pris parfois la forme d'un même combat pour les droits humains et le suffrage universel. Mais si les femmes acquièrent le droit de voter en 1920, les Afro-Américains ne se verront garantir pleinement leurs droits politiques qu'en 1965 avec le Voting Rights Act[10]. Dans la même perspective de lutte contre un pouvoir rassemblé aux mains d'une minorité « blanche », les femmes des communautés aborigènes d'Australie se sont battues aux côtés des hommes pour obtenir les mêmes droits politiques que les populations d'origine européenne (1962) sur la base de leur identité communautaire et non dans une perspective d'émancipation féminine. Les femmes blanches avaient obtenu ce droit soixante ans auparavant[11].

Ce ne sont pas des exceptions. La mobilisation des femmes contre la structure de pouvoir dominante se fera souvent sur une base communautaire, en mobilisant une identité ethnique ou de classe, plutôt que sur une « guerre des sexes », mettant au jour les différentes strates sociales sur lesquelles la structure de genre repose. Parlant de l'accès au suffrage en Afrique du Sud, Walker montre comment « (the) issues of race and class […] clearly intersected with those of gender in terms of impacting upon the political consciousness of black women[12] ».

Le rapport dominant-dominé

Dans les démocraties européennes naissantes, c'est la nature profondément élitiste du pouvoir et la lutte des classes qui mobilisent les forces contestataires émergentes, y compris parmi les femmes. La révolution socialiste apparaît comme une réponse globale aux inégalités et les femmes sont nombreuses à se mobiliser aux côtés des hommes pour revendiquer l'égalité des êtres humains. En Finlande par exemple, la bataille pour le droit de vote – jusqu'alors entre les mains des hommes propriétaires – s'est superposée à la structure sociale de classe existante avec d'un côté les femmes et les hommes de la classe ouvrière se battant pour une société plus juste et participative, et de l'autre les femmes « bourgeoises » revendiquant les mêmes droits que les hommes « bourgeois ». « For bourgeois women, the issue of voting rights is actually a 'women's issue' according to which women of the same class are to achieve full equality vis-à-vis men of their own class. However, for us it is a 'working class issue' through which we strive to raise the exploited to a higher level, economically speaking[13] ».

LES PAYS NORDIQUES PRENNENT LA TÊTE DU MOUVEMENT EN EUROPE

Dès le 20 juillet 1906, en Finlande (alors partie de l'Empire russe), les femmes de toutes conditions se voient reconnaître sans restriction le droit de voter et d'être candidates. Entre 1907 et 1915, les Norvégiennes, les Danoises et les Islandaises leur emboîtent le pas. En Suède, un mouvement pour l'octroi aux femmes du droit de voter au niveau local avait déjà été amorcé en 1862, mais ce n'est qu'en 1918 qu'il a véritablement abouti, avec la reconnaissance du droit des femmes de participer à tous les scrutins, aussi bien locaux que nationaux, et c'est finalement en 1921 qu'il a trouvé sa consécration dans la Constitution.

En se mobilisant au sein des mouvements révolutionnaires de gauche émergents, les femmes françaises, pour leur part, seront malheureusement victimes de la misogynie de leurs « camarades », déjà électeurs et acteurs de la vie politique, et les questions de femmes seront rapidement oubliées au profit de l'union autour de causes « prioritaires »[14].

La bataille pour le suffrage des femmes est ainsi marquée par les conflits internes et les luttes de pouvoir propres à chaque société. C'est le rapport dominants-dominés spécifique à chaque société qui détermine la nature de la lutte pour une nouvelle répartition du pouvoir ; la question du suffrage ne se pose ainsi pas toujours en termes d'égalité hommes-femmes. Ce qui ne signifie pas que le débat sur la place de la femme dans la société ne se pose pas mais qu'il ne mobilise pas prioritairement les forces contestataires dans le processus démocratique. L'identité autour de laquelle les femmes vont se mobiliser est celle qui structure de manière fondamentale leur quotidien ; et leur couleur de peau ou leur statut social comptent parfois plus que les différences entre les sexes.

Droit de vote des femmes et luttes pour l'indépendance

La fin de la Seconde Guerre mondiale a vu l'émergence de nouveaux pays, issus de la décolonisation. Alors que les femmes européennes ont dû se battre pendant parfois près d'un siècle pour obtenir le droit de vote, bon nombre de ces nouveaux États consacrent dans leur législation les droits politiques des femmes en même temps que celui des hommes, « libérant » ainsi tous les citoyens du joug colonial.

Ce parallèle entre la naissance des pays et la reconnaissance de droits politiques des femmes dissimule pourtant un élément : dans de nombreux cas les métropoles avaient préalablement accordé le droit de vote aux femmes. Au moment des indépendances, les pays ne font pas table rase en ce qui concerne les droits politiques des femmes et consacrent dans leur législation les droits qui leur avaient été accordés en matière de participation politique.

Il serait pourtant très réducteur de penser que les colons ont amené l'émancipation politique des femmes. Au contraire, en choisissant comme seuls interlocuteurs les hommes, les colonisateurs, tout comme les premiers artisans du « développement », ont souvent sous-estimé leur rôle dans les sociétés du Sud. « Préjugés occidentaux et masculins s'alliaient […] pour attribuer aux femmes colonisées un statut légal d'emblée inférieur[15]. » De plus, il faut également rappeler que le droit de vote est un mode d'expression politique particulier et la participation des femmes à la vie politique dans les sociétés humaines ne peut s'y résumer. Les sociétés non occidentales ont une historicité propre et d'autres formes de participation politique des femmes existaient avant la colonisation et l'indépendance. En Afrique comme ailleurs, le rôle des femmes dans la société ne peut en effet se réduire à leur seul accès aux urnes[16]. Ainsi, plus que l'émancipation politique des femmes, les colons en ont apporté les modalités pratiques actuelles.

AFRIQUE ET ASIE – DES PROCESSUS SIMILAIRES

Dans les territoires français, dès 1945, le suffrage des femmes est introduit de façon limitée, notamment au Sénégal et au Togo. La loi-cadre de 1956 institue l'autonomie interne pour tous les territoires d'outre-mer avec des assemblées élues au suffrage universel. L'article 10 stipule que les citoyens des deux sexes ont le droit de voter dès 21 ans. Les femmes exerceront notamment leur droit de vote lors du référendum de 1958 sur l'autodétermination.

En ce qui concerne le Royaume-Uni, le Government of India Act de 1935 (loi entrée en vigueur en 1937) établit une plus grande autonomie de l'Inde (territoires de l'Inde, du Pakistan et du Bangladesh actuels) et consacre l'extension du suffrage aux femmes sous certaines conditions. De nombreux territoires britanniques accordent le droit de vote aux femmes avant l'indépendance, notamment les Bahamas, les Seychelles et la Jamaïque.

En Afrique, si on fait exception des femmes blanches qui votaient en Afrique du Sud et dans certaines colonies, ce sont dans les territoires français du Sénégal et du Togo que les Africaines ont obtenu le droit de voter en premier en 1945, suivi du Libéria indépendant, du Cameroun et de Djibouti en 1946. L'accès au droit de vote se poursuit dans les années 1950 et 1960 et est consacré par tous les pays au moment des indépendances. En 1989, en organisant les premières élections libres lors desquelles les femmes et les hommes blancs et noirs votent, la Namibie est le dernier pays africain à accorder le droit de vote aux femmes noires ; avec l'Afrique du Sud qui accorde les mêmes droits politiques aux Blancs et aux Noirs en 1994.

En Asie, c'est la Mongolie qui, en reconnaissant les droits électoraux des femmes dès le 1er novembre 1924, fait figure de pionnière. Il faut ensuite attendre la décennie 1930-1940 pour que les choses changent à Sri Lanka (1931), en Thaïlande et aux Maldives (1932), en Birmanie (actuel Myanmar – 1935) et aux Philippines (1937). C'est seulement après la fin de la Seconde Guerre mondiale que les femmes de la plupart des autres pays asiatiques accèdent aux droits de voter et d'être candidates. Ainsi, le géant de la région, la Chine, concède ces droits aux femmes le 1er octobre 1949, suivie quelques mois plus tard par l'Inde. De ce fait, le continent asiatique avec le Bangladesh, dernier-né des États indépendants de la région, parachève le processus le 4 novembre 1972, soit près de cinquante ans plus tard, et douze ans avant l'Europe.

On peut également souligner qu'étant donné l'engagement des femmes lors des luttes de libération, le droit de vote est un acquis intouchable, qui s'inscrit dans la Constitution de tous les États nouvellement indépendants. Par la suite, les États indépendants ont parfois figé cette image de la femme héroïne de la libération, modèle de la nation, et gardienne d'une certaine authenticité, d'une identité culturelle propre par opposition à la domination culturelle occidentale de la période coloniale. Parfois au détriment de son émancipation en tant que citoyenne.

Suffrage des femmes : démocratisation et enjeux politiques

Entre convictions et intérêts politiques : les arguments du suffrage

Pour les tenants du pouvoir de décision, faire une place aux femmes dans le domaine du politique a été longtemps inenvisageable. S'ils craignaient pour leur position, ils étaient également les produits d'une époque où le rôle de la femme se concevait difficilement hors du foyer.

Les arguments des opposants au droit de vote des femmes portent essentiellement sur leur nature particulière, qui détermine leur rôle dans la société et notamment leur place au foyer, loin de la sphère du pouvoir. « Les mains des femmes sont-elles bien faites pour le pugilat de l'arène publique ? Plus que pour manier le bulletin de vote, les mains des femmes sont faites pour être baisées, baisées dévotement quand ce sont celles des mères, amoureusement quand ce sont celles des femmes et des fiancées : […] séduire et être mère, c'est pour cela qu'est faite la femme[17]. » Leur nature mais également leurs capacités sont évoquées : « Women are creatures of impulse and emotion and do not decide questions on the ground of reason as men did »[18]. Ces paroles sont celles de Randall Cremer, farouche opposant aux suffragettes, qui est aussi… l'un des fondateurs de l'UIP ! Rien ne laissait donc présager l'engagement pour la promotion des femmes de l'organisation. Pour Cremer comme pour d'autres – et pas seulement des hommes – il semble par ailleurs évident que les femmes ne souhaitent pas réellement participer à la vie politique. « (I am) too fond of them to drag them into the political arena and to ask them to undertake responsibilities, duties, and obligations which they did not understand and which they did not care for[19]. »

Tout comme les femmes sont parfois des opposantes convaincues du suffrage féminin, certains hommes jouent *a contrario* un rôle clef de défenseur, de représentant et de médiateur entre une sphère politique interdite aux femmes et les revendications suffragistes. On peut citer William Lloyd Garrison (1805-1879), célèbre figure abolitionniste aux États-Unis d'Amérique, qui pensait que l'abolition de l'esclavage était une bataille pour les droits humains et pas seulement pour les droits des Noirs, ou John Stuart Mill, parlementaire et philosophe britannique, auteur de *The Subjection of women* (1869)[20], qui présente une pétition pour le suffrage des femmes dès 1866 au Parlement britannique.

Au-delà du changement des mentalités qui s'est peu à peu opéré, modifiant les représentations des rôles entre les sexes et la vision que les hommes avaient des femmes, ceux-ci ont aussi cherché leur intérêt dans cette bataille. Et leur perception de ce nouvel électorat a contribué à leur positionnement sur la question. Ainsi, les défenseurs des droits politiques des femmes ont sûrement été guidés tant par des convictions libérales que par des intérêts politiques. Au Canada par exemple, les États de l'Ouest auraient accordé le suffrage aux femmes dès 1916 comme bouclier au poids électoral des nouveaux immigrés[21] et certains partisans du suffrage féminin aux États-Unis d'Amérique brandiront pareillement la menace du vote des Afro-Américains pour défendre l'électorat féminin[22]. En Afrique du Sud, le suffrage des femmes blanches en 1930 a été utilisé pour doubler l'électorat et réduire l'importance du « vote des personnes de couleur et du vote noir » dans les provinces du Cap et de Natal[23]. Enfin, au Koweït, les récents droits politiques accordés aux femmes ne sont pas seulement l'expression d'une « libéralisation » de la sphère politique mais le résultat du calcul qui a suivi la redéfinition des districts électoraux, moins favorable aux candidats progouvernementaux[24].

Des intérêts politiques et économiques en jeu

Inversement, les oppositions au droit de vote de femmes ne peuvent être comprises uniquement dans une perspective de « genre », mais également parce qu'il remet en cause des équilibres politiques. En France, cette « dimension d'ordre tactique » apparaît notamment dans le camp républicain, qui a utilisé la crainte du retour en force des « cléricaux », dont l'influence sur les femmes était considérée comme une menace, pour légitimer la mise à l'écart des femmes[25]. Dans la même perspective de calcul électoral, Jane S. Jaquette souligne qu'en Amérique latine, où les opinions politiques des femmes seraient influencées par une église catholique conservatrice, les gouvernements progressistes ont souvent eu peur de leur donner le droit de vote et ce sont les conservateurs qui ont franchi le pas en premier afin de contrer le radicalisme politique grandissant[26].

Ces intérêts liés au suffrage des femmes sont politiques mais également économiques. En Nouvelle-Zélande par exemple, les producteurs d'alcool constituent un lobby anti-suffrage important face aux mouvements de tempérance autour desquels les femmes se mobilisent pour revendiquer le droit de vote[27].

Le droit de vote des femmes : condition nécessaire mais pas suffisante de la démocratie

Droit de vote des femmes et démocratie sont par définition intimement liés. La démocratie étant le système politique dans lequel la souveraineté appartient à l'ensemble des citoyens, la reconnaissance du suffrage féminin va de pair avec la réalisation démocratique.

Dans les « vieilles démocraties », la reconnaissance des droits politiques des femmes s'est fait bien après la mise en place d'institutions démocratiques. Le suffrage était d'abord limité aux hommes propriétaires (Grande-Bretagne), blancs (États-Unis d'Amérique) et/ou pouvant payer un cens (France). Peu à peu, l'existence de cette structure de pouvoir démocratique a rendu l'intégration de tous les groupes sociaux, y compris les femmes, inévitable. Cela ne s'est pas fait sans batailles, et les femmes ont parfois dû attendre presque un siècle pour se voir reconnaître les mêmes droits politiques que les hommes (quatre-vingt-seize ans pour la France). Mais la nature même du pouvoir a rendu ce processus inéluctable car la démocratisation des institutions « porte en elle », en quelque sorte, les droits politiques de tous les citoyens.

Les liens entre démocratie et participation politique des femmes sont évidents – il ne saurait y avoir de démocratie sans un véritable partenariat entre hommes et femmes dans la gestion des affaires publiques[28]. Le déficit démocratique de certains pays pose la question de savoir si la reconnaissance des droits politiques des femmes est un tremplin vers la démocratisation des institutions.

On cite souvent l'exemple de l'Amérique latine pour illustrer les liens entre la démocratie et la participation politique des femmes[29]. Dans des pays comme l'Argentine ou le Brésil, la participation accrue des femmes à la vie politique dans les années 1970-1980 a favorisé l'émergence de structures démocratiques et les femmes ont ainsi joué un rôle clé dans la transition de l'autoritarisme à la démocratie dans les années 1980.

Et ailleurs ? Dans sa démonstration inspirée de la politique américaine dans les pays arabes[30], Marina Ottaway estime qu'il est illusoire de croire que le fait d'accorder des droits politiques aux femmes va combler le déficit démocratique de certains régimes arabes. Elle remet en cause l'idée selon laquelle le renforcement des capacités des femmes, et notamment la reconnaissance de leurs droits politiques va jouer un rôle moteur dans le renforcement démocratique et menacer le pouvoir des régimes autoritaires.

Sa mise en garde est importante. Le droit de voter et d'être candidates des femmes ne doit effectivement pas faire illusion, en ce sens qu'au-delà de la reconnaissance de ce droit, c'est la réalisation démocratique qui reste l'enjeu de fond de la participation politique des femmes et des hommes. Il ne suffit pas de garantir une vitrine « féministe », pour garantir le pouvoir de décision du peuple. La reconnaissance de la place des femmes aux côtés des hommes n'acquiert son plein sens que si l'exercice du pouvoir démocratique est réel pour tous les citoyens.

Mais si le droit de voter et d'être candidates des femmes ne suffit pas à construire des institutions démocratiques, l'exemple de l'Amérique latine prouve que l'enjeu n'en reste pas moins essentiel. L'espace d'expression et de représentation qui leur est ainsi ouvert, l'arrivée sur la scène politique des questions de femmes et de tous les enjeux sociétaux qui y sont liés, les nouvelles opportunités même symboliques qui en découlent, représentent des vecteurs de changement qui, relayés par la société civile, sont essentiels au processus de démocratisation.

La reconnaissance des droits politiques des femmes dans un contexte de mondialisation

Si la fin de la Seconde Guerre mondiale a vu apparaître de nouveaux pays, elle a également vu la mise en place d'instances internationales qui allaient favoriser la diffusion de la philosophie des droits de l'homme.

La communauté internationale s'est inquiétée de la reconnaissance des droits politiques des femmes dès sa création et a adopté une Convention sur les droits politiques de la femme en 1952 afin de mettre en œuvre le principe d'égalité des droits politiques des hommes et des femmes contenu dans la Charte des Nations Unies. L'article premier de cette Convention[31] dispose que « les femmes auront, dans des conditions d'égalité avec les hommes, le droit de vote dans toutes les élections, sans aucune discrimination » ; et l'article 2 que « les femmes seront, dans des conditions d'égalité avec les hommes, éligibles à tous les organismes publiquement élus ». Cent quinze États sont parties de cette Convention.

La Convention sur l'élimination de toutes les formes de discrimination à l'égard des femmes (CEDAW) constitue l'instrument international le plus complet concernant les femmes[32]. Elle propose un véritable programme d'action et les droits civiques et politiques occupent une place particulièrement importante à cet égard. Elle reconnaît ainsi explicitement dans son article 7 le droit de voter à toutes les élections et d'être éligibles à tous les organismes publiquement élus. Elle a été adoptée en 1979 et compte, en 2005, cent quatre-vingts États parties soit plus de 90 % des membres des Nations Unies. Cet apparent succès masque pourtant une réalité préoccupante puisque près d'un tiers des États parties mentionnent des réserves à la Convention et que le niveau d'intégration de la Convention dans le droit interne ainsi que sa mise en œuvre effective restent très partiels.

PACIFIQUE : UN PROCESSUS INÉGAL

Dans le Pacifique, mis à part les deux pionniers mondiaux mentionnés précédemment, la Nouvelle-Zélande et l'Australie, c'est seulement durant la décennie 1960 que les divers États de la région commencent non seulement à accéder à l'indépendance mais aussi à reconnaître, parfois en plusieurs étapes, le droit des femmes de voter et d'être candidates. Le processus se conclut en 1990, avec la reconnaissance des droits électoraux à toutes les femmes de Samoa, presque trente ans après l'accession de l'archipel à la souveraineté. Entre-temps, le dernier-né des États souverains de la région, Palaos, avait déjà reconnu les droits électoraux aux femmes en 1979.

Le Koweït est le seul pays à émettre des réserves directement liées au droit de vote des femmes : « Attendu que la disposition contenue dans ce paragraphe (article 7) est en contradiction avec la loi électorale koweïtienne selon laquelle le droit d'être éligible et de voter est réservé aux hommes. » Cette réserve devrait être levée bientôt en accord avec la récente loi accordant le droit de vote et d'éligibilité aux femmes. Concernant l'Arabie Saoudite, qui est le seul pays à ne pas accorder le droit de vote aux femmes (tandis que les hommes votent), les droits politiques sont remis en cause de manière générale par des réserves visant la substance même de la Convention : « En cas de contradiction entre tout terme de la Convention et les normes de la loi islamique, le royaume n'est pas tenu d'observer les termes contradictoires de la Convention. » Les Maldives, dont la Constitution prévoit que seul un homme peut être élu président, ont émis le même type de réserves générales : « Le gouvernement de la république des Maldives observera les dispositions de la Convention, à l'exception de celles que le gouvernement pourrait considérer comme contradictoires avec les principes de la charia islamique sur laquelle les lois et les traditions des Maldives sont fondées.[33] »

L'influence internationale visible dans l'exercice effectif des droits

L'influence internationale sur la reconnaissance des droits politiques des femmes au niveau des États souverains est difficile à évaluer par rapport aux dynamiques propres en œuvre dans les sociétés. L'adhésion aux valeurs humanistes de reconnaissance des droits des femmes par la ratification des instruments de droit international ne signifie bien sûr pas que ces valeurs n'existaient pas préalablement. *A contrario*, les enjeux humanistes ne doivent pas faire illusion par rapport aux enjeux politiques et économiques qui ont contribué à « rassembler » les pays autour de ces instruments. Cependant, l'adhésion quasi universelle aux principaux instruments de droits de l'homme et la forte mobilisation des donateurs internationaux autour de la question de la participation politique des femmes justifient en soi la prise en compte de cette dimension. L'accès aux droits politiques des femmes dans la dernière partie du XXe siècle ne peut se comprendre en dehors des enjeux géopolitiques du « village planétaire ».

Alors que la plupart des pays ont accordé le droit de vote aux femmes, cette implication internationale est particulièrement visible concernant l'exercice effectif des droits politiques des femmes. Le cas des États en situation post-conflictuelle, tels que l'Afghanistan, l'Iraq et le Rwanda, dans lesquels la communauté internationale est largement intervenue, est caractéristique. Au Rwanda, la reconstruction du pays a fait l'objet de nombreux projets liés à la volonté de mettre en place un système politique démocratique répondant, entre autres, aux objectifs d'égalité hommes/femmes de la communauté internationale. L'Union interparlementaire a ainsi soutenu l'accès des femmes à la vie politique en organisant des séminaires qui visaient à former les femmes candidates et à garantir que la Constitution tient compte des préoccupations des hommes et des femmes. Le Rwanda est aujourd'hui le pays qui s'approche le plus de la parité hommes/femmes en politique et intègre dans sa Constitution un quota de femmes au Parlement et au gouvernement. En Iraq, les tensions autour du statut de la femme dans la nouvelle Constitution sont un autre exemple (même si elles ne peuvent y être réduites) de l'enjeu que représente l'application des critères internationaux dans le droit national.

Suffrage féminin : les limites de la loi et de la pratique

Les restrictions légales au droit de vote des femmes

L'obtention du suffrage a historiquement été accompagnée de restrictions, levées par la suite. Ces restrictions sont de différente nature et souvent liées à un contexte national spécifique. Ces limites ne concernent pas uniquement les femmes, elles visent également certains hommes et ont jalonné la marche vers le suffrage universel.

Nous nous intéressons ici à deux types de restrictions. Celles qui par leur nature ou leur application concernent uniquement les femmes : elles visent explicitement à limiter leur arrivée en politique et apparaissent comme des compromis dans les pays où les femmes jouent un rôle de plus en plus important sur la scène politique.

Et les restrictions qui s'adressent à une communauté entière, sans distinction de sexe, mais qui impliquent de sévères inégalités concernant les droits humains. Dans notre réflexion historique sur la participation des femmes en politique, il est essentiel en effet de s'intéresser à cette dimension « communautaire » pour deux raisons. La première est qu'historiquement, comme nous l'avons vu, les luttes pour le suffrage féminin intègrent parfois des considérations humanistes plus générales (le suffrage universel), des compromis politiques (l'alliance avec d'autres causes) et des contraintes historiques particulières (les luttes de libération nationales). Aux États-Unis d'Amérique par exemple, les droits politiques des anciens esclaves et des femmes ont été parfois revendiqués par les mêmes voix et les thèses « féministes » se mêlaient aux arguments antiraciaux pour revendiquer le suffrage universel. La deuxième raison est que, dans la perspective chronologique adoptée pour rendre compte de la participation politique des femmes, ne pas insérer cette dimension communautaire revient à nier le combat de celles qui, aux côtés des hommes, ont dû se battre pour obtenir les mêmes droits que les femmes d'autres conditions sociales. Il s'agit par exemple des femmes aborigènes en Australie, qui n'ont pu voter qu'en 1962 alors que les « femmes » ont obtenu le droit de vote en 1902. Dans tous les cas, ces limites expriment une structure de domination particulière et les luttes suffragistes apparaissent comme une volonté de modifier l'équilibre du pouvoir pour que tous les citoyens participent à son exercice démocratique. Les restrictions soulignent le fait que, aux yeux de ceux qui détiennent le pouvoir, seules certaines catégorie d'individus sont capables de partager ce qui est alors considéré comme un droit réservé à une élite, celui de diriger les autres.

Les restrictions de type communautaire

Les « nouveaux » pays (Nouvelle-Zélande, Australie, États-Unis d'Amérique, Canada) ont été parmi les premiers à donner le droit de vote et/ou d'être candidates aux femmes. Le libéralisme de ces terres d'émigration souligne avec d'autant plus d'acuité qu'il a fallu parfois près d'un siècle aux femmes européennes pour jouir des mêmes droits que les hommes.

Mais alors que ces pays d'émigrés sont parmi les premiers à donner le droit de vote aux femmes, ce droit est souvent limité aux femmes d'origine européenne. Ainsi les aborigènes en Australie, les Indiens au Canada et aux États-Unis d'Amérique ou les Noirs aux États-Unis d'Amérique ne sont pas concernés par la reconnaissance des droits politiques des femmes. Les hommes et les femmes de ces communautés ont souvent dû mener leur propre lutte pour obtenir le droit de participer à la vie politique de leur pays. Et ce possessif n'est pas un euphémisme puisqu'il s'agit dans la plupart des cas de populations qui exerçaient leur souveraineté sur ces terres avant l'arrivée des nouveaux colons. Ainsi, les Indiennes du Canada attendront plus de quarante avant de pouvoir bénéficier des mêmes droits que les autres femmes (1917-1960). Les Aborigènes d'Australie attendront soixante ans et les femmes noires d'Afrique du Sud, qui n'ont obtenu les mêmes droits politiques que les femmes blanches qu'en 1994, auront attendu soixante-quatre ans… *A contrario*, le cas de la Nouvelle-Zélande mérite d'être souligné puisque non seulement le droit de vote est accordé aux femmes dès 1893 mais il bénéficie à cette même date aux femmes maories.

EN AUSTRALIE – UN DROIT DE VOTE LIMITÉ

En Australie, les femmes et les hommes aborigènes votent dans certains États avant la loi de 1902 accordant le droit de vote aux femmes. Dès 1894, l'Australie méridionale accorde ainsi le suffrage aux femmes aborigènes. Peu d'entre eux connaissent leurs droits et votent, mais certains, hommes et femmes, participeront au scrutin de 1901 pour l'élection du premier Parlement du Commonwealth, qui est organisé selon les lois des états. C'est paradoxalement ce même Parlement qui décidera en 1902, avec le *Commonwealth Franchise Act*, que les femmes peuvent voter mais que les aborigènes et les gens « de couleur » sont exclus du suffrage ! Les Aborigènes de tous les États ne retrouveront ces droits qu'en 1962.

Aborigines and the Vote, Australien Electoral Commission : http://www.aec.gov.au/index.html)

Ces restrictions ne sont pas forcément explicitement reconnues par la loi mais découlent d'un système de domination dans lequel l'égalité des droits ne signifie pas que les chances d'exercer ces droits soient égales. Ainsi, les hommes afro-américains ont obtenu le droit de vote dès la fin de la guerre de Sécession au niveau fédéral, et ce droit aurait dû s'étendre aux femmes en 1920 ; mais dans la pratique, certains états ont imposé des restrictions visant délibérément à exclure les personnes noires du scrutin (test d'alphabétisme, taxes, etc.) et ce n'est qu'en 1965 que le *Voting Rights Act* garantit que « no person shall be denied the right to vote on account of race or colour[34] ».

Les restrictions liées au sexe

Les enquêtes de l'UIP indiquent que, outre les conditions habituelles de citoyenneté, d'âge et de résidence, des restrictions sont imposées aux femmes *parce qu'elles sont des femmes*. Ce n'est pas seulement la nature des restrictions qui est liée au sexe mais la façon dont elles se sont appliquées, à certaines périodes, exclusivement ou de façon plus stricte aux femmes.

Le statut d'électrice est souvent lié, d'une manière ou d'une autre, à la situation de famille des femmes. Le droit de vote est ainsi conditionné par la relation – ou l'absence de relation – avec un homme. Historiquement, parmi les premières femmes à accéder à la sphère de décision aux côtés des hommes, souvent au niveau local, on trouve les femmes veuves ou célibataires ayant un certain statut social. Ce sont, par exemple, les femmes célibataires propriétaires en Grande-Bretagne à la fin du XIXe siècle. Ce sont des femmes qui ne dépendent pas d'un homme et dont les revenus ou les titres de propriété obligent à une certaine considération dans la gestion de la vie en société. Elles sont électrices « à défaut » d'un homme.

Dans la même perspective, certains pays comme la Bulgarie n'accordent dans un premier temps le droit de vote aux femmes que si elles sont mariées, divorcées ou veuves – ce qui implique un mari, un ex-mari ou un défunt mari. En Belgique, ce sont les veuves ou les mères de militaires morts à la guerre qui assument le rôle d'électrices que leur conjoint et fils ne peuvent plus jouer et au Canada les femmes, mères et filles de militaires. On retrouve dans ces définitions de la citoyenneté un combat que les Françaises mènent encore aujourd'hui pour ne pas être considérées en fonction de leur statut marital (l'adoption générale du « Madame » pour toutes les femmes, mariées ou non).

Il faut préciser que l'idée de « devoir rendu à la nation » par leur mari combattant, qui avait permis aux Belges et aux Canadiennes d'obtenir le droit de vote avant les autres, s'applique également aux femmes : ainsi, les Belges qui ont été prisonnières politiques et les Canadiennes qui se sont engagées sous les drapeaux sont, elles aussi, électrices.

Les restrictions liées au revenu et au savoir

D'autres types de restrictions existaient en matière de suffrage féminin. Les restrictions liées au revenu se retrouvent dans toutes les régions du monde. Seules les femmes disposant d'un certain revenu ont pu voter à certaines époques en Bolivie ou au Pakistan, par exemple, et en Norvège, cette restriction s'est appliquée aux femmes se présentant comme candidates aux élections. Les femmes propriétaires ont également eu accès au droit de vote avant les autres dans certains pays, comme ce fut le cas au niveau local au Royaume-Uni.

Le niveau d'instruction est une restriction courante attachée au droit de vote et de nombreux pays ont limité le droit de voter et/ou d'être candidats aux individus sachant lire et écrire. Mais cette restriction s'applique de façon parfois explicitement discriminatoire envers les femmes, notamment dans les pays d'Amérique latine, comme au Panamá, en Équateur, au Guatemala ou en Bolivie.

L'âge a également fait partie de ces limites spécifiquement imposées aux femmes. En Grande-Bretagne, par exemple, les femmes ont obtenu le droit de vote en 1918 mais avec une conditionnalité liée à l'âge. Elles devaient en effet avoir 30 ans et plus. Elles obtiendront le droit de vote à égalité avec les hommes en 1928.

Le droit de vote des femmes a souvent été acquis par étapes. Et la première étape vers l'égalité des droits politiques a parfois été le droit de voter au niveau local. Ainsi, en Suède, le droit de vote des femmes au niveau des élections locales a été reconnu par étapes entre 1862 et 1918, alors que le droit de vote au niveau national a été reconnu en 1919 et est entré en vigueur en 1921. Au Chili, les femmes ont obtenu le droit de voter au niveau municipal en 1931 mais seulement en 1949 pour les élections législatives et présidentielles.

Au-delà de ces restrictions formelles, d'autres types d'obstacles à l'égalité des chances entre les hommes et les femmes sont inscrits dans la loi.

Dans certains pays par exemple, le droit de vote est obligatoire. Pourtant, l'obligation de voter s'est parfois limitée à la population masculine, réduisant ainsi le poids de l'électorat féminin. En Équateur par exemple, le vote est devenu obligatoire pour les femmes en 1967, alors que le droit de vote leur est donné en 1929 et qu'il est déjà obligatoire pour les hommes. Toujours en Amérique latine, les femmes guatémaltèques lettrées ont obtenu le droit de vote en 1945 mais il est resté facultatif jusqu'en 1956 et ce n'est qu'en 1985 que les mêmes droits et les mêmes devoirs politiques s'étendent à tous les citoyens.

Dans la même perspective, en Égypte, les femmes ont eu le droit de vote en 1956 mais ce n'est qu'en 1979 qu'elles sont inscrites d'office sur les listes électorales, comme les hommes, limitant ainsi le nombre de démarches parfois extrêmement lourdes à accomplir pour pouvoir voter.

Les obstacles à la participation politique

Pour être citoyenne, la loi ne suffit pas toujours ! Si les États reconnaissent quasiment tous le droit de vote, nombre d'entre eux ne parviennent pas à mettre en œuvre effectivement ce droit. Certains obstacles limitent aussi bien la participation des femmes que celle des hommes. L'analphabétisme par exemple ne permet pas à tous les citoyens d'avoir accès à l'information et de participer pleinement au processus démocratique. Ou plus simplement l'absence d'élection, qui ne remet pas en cause légalement le droit de vote mais ne permet pas aux femmes et aux hommes d'exercer leur pouvoir de décision. À cela s'ajoutent les contraintes auxquelles les femmes sont spécifiquement soumises et qui, en se conjuguant à d'autres, limitent leur pleine participation.

Il faut également noter qu'il est difficile d'évaluer le taux de participation des femmes aux élections car les données ne sont pas ventilées par sexe. Les chiffres que l'on rencontre ne sont que des estimations sur la base de statistiques mais aucune donnée totalement fiable ne permet d'estimer la participation relative des femmes.

Les obstacles légaux

Aucun pays aujourd'hui n'interdit explicitement aux femmes de voter. Mais parmi les pays où les femmes ne votent pas aujourd'hui, il y a ceux où ni les femmes ni les hommes ne votent, il s'agit des Émirats arabes unis et de Brunei Darussalam. Et l'Arabie saoudite dont la législation est ambiguë.

Dans ce pays, tous les *citoyens* ont le droit de vote selon la loi électorale. Ce droit n'étant exercé ni par les hommes ni par les femmes jusqu'aux récentes élections municipales (février-mai 2005), la question ne se posait pas en termes de « genre ». Le règlement électoral d'août 2004 a confirmé le fait que les femmes n'étaient pas exclues explicitement des élections municipales qui allaient avoir lieu et plusieurs femmes se sont préparées à participer aux élections en tant que candidates. Différentes raisons « techniques » ont alors été évoquées par le pouvoir pour évincer les femmes du scrutin, tant comme candidates que comme électrices. La difficulté d'organiser des bureaux de vote pour les femmes, le manque d'expérience de la démocratie, les papiers d'identité que n'ont pas les femmes ont servi à justifier le temps nécessaire à l'intégration des femmes au processus démocratique.

Les obstacles culturels

De nombreuses femmes n'ont pas de relation directe de citoyenne à État car celle-ci est médiatisée par un mari, un père, un frère. Les femmes sont souvent moins instruites ou moins informées que les hommes et différents mécanismes culturels les conduisent à se référer à l'opinion de ces derniers pour voter. Ces mécanismes peuvent s'apparenter à une forme de « répartition des tâches » entre les deux sexes (une forme de domination symbolique acceptée) mais les femmes peuvent parfois être contraintes de se conformer à l'opinion d'un chef de famille. Ce droit peut même leur être légalement usurpé, comme dans le cas de l'Algérie lors des élections de 1992, où une circulaire du gouvernement autorisait l'époux à voter au nom de son ou de ses épouses sans avoir à présenter de procuration[35].

Cette médiatisation peut prendre d'autres formes, directement liées au conditionnement du statut de citoyenne à celui de fille ou d'épouse. En Jordanie par exemple, étant donné que les cartes d'électeur sont émises sur la base du registre d'état civil, le vote de la femme est lié à celui de son mari et elle ne peut pas voter dans un autre district.

Parmi les obstacles culturels qui limitent l'accès des femmes aux urnes, il faut évoquer la violence dont sont plus particulièrement victimes les électrices lorsque les conditions sécuritaires sont faibles.

Dans un rapport paru en octobre 2004, l'ONG Human Rights Watch[36] dénonce les intimidations et l'insécurité générale qui menacent le droit des femmes afghanes de voter librement. Dans les pays sortant d'un conflit, les bureaux de vote, ainsi que leur accès, doivent être sécurisés afin de permettre à tous, et plus particulièrement aux femmes, plus vulnérables, de prendre part aux élections.

Les obstacles administratifs

Les femmes sont particulièrement nombreuses dans le monde à ne pas être déclarées auprès d'une administration et à ne pas avoir de papiers d'identité. L'obtention de papiers officiels représente des démarches insurmontables, alors que d'autres priorités mobilisent leur temps et leur énergie. En Égypte par exemple, de nombreuses femmes n'ont pas de certificat de naissance et, sans certificat de naissance, pas de carte d'identité et, sans carte d'identité, pas de droit de voter[37].

À ces difficultés s'ajoute la situation particulière des femmes en période de conflit et d'après-conflit. En effet, dans ce cadre, la question de l'inscription des femmes sur les listes électorales est un réel défi car la majorité des déplacés et réfugiés sont des femmes et des enfants. Les Nations Unies ont intégré cette dimension dans leurs missions de paix et de reconstruction avec l'adoption de la résolution du Conseil de sécurité 1325 sur les femmes, la paix et la sécurité. Cela étant, il est clair que les femmes auront encore plus de mal à faire entendre leur voix dans les processus électoraux qui suivent immédiatement une période de conflit.

Les obstacles indirects

Les femmes sont également victimes d'un certain nombre d'obstacles, qui ne le sont pas dans une logique d'égalité entre les sexes mais qui le deviennent dans une perspective d'*égalité des chances*. En effet, il est important de prendre en compte le fait que face à la loi, les femmes et les hommes ne sont pas égaux parce qu'ils n'ont pas les mêmes ressources. L'analphabétisme, la pauvreté, le manque d'accès à l'information, la violence domestique touchent avant tout les femmes partout dans le monde et l'égalité de droit ne peut gommer ces différences. La participation politique des femmes reflète également ces discriminations et la difficulté de faire des choix dans un contexte où leur marge de décision est déjà marginale.

Dans le cas des îles Samoa, qui ont mobilisé les débats lors de la dernière session (2005) du Comité contre la discrimination, une large proportion d'hommes et de femmes ne sont pas éligibles au Parlement. Le système traditionnel samoan donne en effet le pouvoir aux chefs de clan, les *matai*, qui peuvent tout aussi bien être des hommes que des femmes. Mais dans la pratique, les femmes sont beaucoup moins nombreuses, les traditions constituant un frein important à leur accession à ce titre et le Parlement compte seulement 6 % de femmes, la moyenne mondiale atteignant presque les 16 %.

Si l'on prend l'exemple des restrictions liées au revenu, elles concernent les hommes comme les femmes à de nombreuses étapes de l'accès au suffrage. Pourtant, les femmes étant le plus souvent dépendantes économiquement et beaucoup plus rarement propriétaires ou fortunées, elles se voient de fait exclues d'un tel suffrage censitaire.

Actuellement, de nombreux pays perpétuent cette forme de discrimination en exigeant des futurs candidats aux élections une contribution financière, comme au Japon. Les conséquences pour les femmes sont malheureusement plus importantes que pour les hommes face à cette limite financière.

Le niveau d'instruction est également une restriction courante attachée au droit de vote et de nombreux pays ont limité le droit de voter et/ou d'être candidates aux individus instruits. Cette restriction s'applique de façon parfois explicitement discriminatoire envers les femmes, comme nous l'avons vu notamment dans certains pays d'Amérique latine, mais, même si ce n'est pas le cas, ces dernières y sont particulièrement vulnérables. Les études montrent en effet que le niveau d'instruction des femmes est souvent inférieur à celui des hommes dans le monde.

Cette forme de discrimination basée sur l'inégalité des chances entre les sexes s'exprime de façon très concrète dans nos démocraties également. Devant le temps et le coût à investir pour se présenter aux élections, les femmes sont bien plus souvent limitées que les hommes par leur rôle familial et la non-rétribution de leur travail domestique.

Ainsi, même si les lois sont égalitaires, leur application ne l'est pas forcément car le rôle de la femme et de l'homme dans la société n'est pas le même.

Les femmes en politique : où en sommes-nous ?

La quasi-universalité de la reconnaissance du droit de vote n'a pas conduit à l'égalité en matière de participation politique mais à une redéfinition de la lutte pour l'égalité des chances entre les hommes et les femmes. La possibilité d'exercer leur droit de vote et d'être candidates reste en effet un objectif à atteindre pour les femmes. Et si l'accès aux droits est difficile, il est un autre défi de taille auquel nous sommes confrontés aujourd'hui : la représentation paritaire dans les instances de décision. Voter, oui, mais être élues aussi !

En effet, si les résistances à l'octroi aux femmes des droits électoraux ont été fortes, que dire des obstacles qu'elles ont rencontrés pour accéder à l'institution parlementaire et ensuite pour y exercer des responsabilités… Il n'est pas rare que plusieurs années ou décennies, voire même plusieurs siècles, se soient écoulés entre la date de la fondation du Parlement national et celle à laquelle une femme en est devenue membre. C'est dans les pays qui ont une longue tradition parlementaire en Europe et en Amérique que le déphasage est le plus remarquable. Les archives électorales et parlementaires montrent qu'il a fallu 486 ans pour qu'une femme devienne membre du Parlement de la Suède dont les historiens situent la fondation en 1435. En Pologne, pays doté d'un Parlement depuis 1593, la voix d'une femme n'a été entendue au sein de la Diète que 326 ans plus tard. Il a de même fallu 156 ans pour qu'une femme devienne membre du Parlement français, pourtant fondé en 1789 au cri révolutionnaire de « Liberté, Égalité, Fraternité ». Au Nicaragua, 146 ans ont été nécessaires. En Bolivie et au Chili, 140 ans, six ans de plus qu'au Pérou ; et aux États-Unis d'Amérique, au Costa Rica, au Honduras, en Équateur, en Colombie, au

Mexique, en Suisse et en Espagne, ce délai va de 130 à 120 ans. En Belgique, le décalage est de 73 ans ; il est de 69 ans au Danemark, de 66 ans en Bulgarie, de 54 ans au Canada, de 48 ans en Allemagne, et de 37 ans en Norvège.

Peut-on parler aujourd'hui de progrès en ce qui concerne la participation politique des femmes ? Un rapide coup d'œil au classement mondial des femmes dans les Parlements de l'Union interparlementaire présente une situation mitigée, si ce n'est insatisfaisante. Aujourd'hui, huit Parlements des cent quatre-vingt-sept existants n'ont toujours pas de femmes parlementaires – ce sont principalement des Parlements du Golfe et des îles pacifiques. En termes de chiffres, seuls 16 % des parlementaires de par le monde sont des femmes : nous sommes loin de la parité !

Mais il y a toutefois du progrès et quelques changements positifs :

– entre 2000 et 2005, la proportion des femmes parlementaires dans le monde est passée de 13,4 à 16 % ;

– un autre changement majeur intervient ces dernières années : les pays nordiques, traditionnellement en tête de liste, ont été devancés par le Rwanda qui, avec 48,8 % de femmes à la Chambre basse du Parlement (et 34,6 % à la Chambre haute), est le Parlement à être le plus proche de la parité. C'est là une évolution intéressante – les bons élèves de la parité ne sont plus nécessairement des pays « développés ». La majorité des Parlements ayant plus de 30 % des femmes en leur sein sont des pays du « Sud » ;

– on note également une volonté politique accrue de la part de nombreux pays d'apporter une réponse concrète à la question de la faible participation des femmes en politique. Un certain nombre de pays sortant d'un conflit ont introduit dans leur Constitution ou leurs lois électorales des mesures afin d'assurer un minimum de participation des femmes dans le futur Parlement. C'est le cas du Rwanda, du Burundi, de l'Afghanistan ou de l'Iraq. D'autres pays (plus de 40), ont institué un système de quotas alors que près de 90 ont des partis politiques, ont pris des mesures volontaires en leur sein afin de promouvoir la participation des femmes en politique.

Ces progrès, quoique relatifs, sont le résultat d'une variété de facteurs : une reconnaissance croissante du lien entre démocratie et participation politique des femmes ; des volontés nationales affichées de combler le déficit démocratique que représente la faible participation des femmes ; des mouvements de femmes organisés ; des changements dans le fonctionnement interne des partis politiques, etc.

LA LOI SUR LA PARITÉ EN FRANCE

En juin 2000, la France adopte une loi visant la parité entre les hommes et les femmes en politique. Cette loi oblige les partis politiques à présenter un nombre égal d'hommes et de femmes pour les élections régionales, municipales, sénatoriales et européennes. Elle prévoit aussi de pénaliser financièrement les partis ou groupements politiques qui ne respectent pas le principe de parité lors de la désignation des candidats pour les élections législatives. Cette loi a eu des effets très positifs au niveau régional et municipal : les femmes ont pratiquement doublé leur présence dans les conseils municipaux lors des élections de 2001. La France reste pourtant loin de l'objectif de parité qu'elle s'est fixé puisque l'Assemblée nationale et le Sénat comptent respectivement 12,2 et 16,9 % de femmes dans leurs rangs.

Source : Observatoire de la parité :
http://www.observatoire-parite.gouv.fr

Il est clair que la prise de conscience aux niveaux national et international concernant la participation des femmes en politique s'est accrue considérablement.

Mais tout cela ne suffit pas. Le nombre de candidates demeure faible malgré les efforts, comme l'indique le tableau suivant : *Les femmes en politique : où en sommes-nous ? Quelques données.* C'est une question de mentalité, de culture politique et d'estime de soi qu'il faut changer et renforcer. De nombreux obstacles culturels, économiques ou politiques demeurent – manque de financement, manque de confiance en soi, difficulté de concilier vie privée et politique, manque de soutien familial et social –, qui découragent ou rendent plus difficile l'entrée des femmes dans l'arène politique. Et les difficultés ne s'arrêtent pas là – une fois élues se sont de nouveaux défis qui se posent pour les femmes parlementaires.

La grande victoire du XXe siècle demeure celle de l'obtention des droits politiques. Le défi du XXIe siècle sera celui de la réalisation effective de ces droits. C'est une bataille de longue haleine – c'est la démocratie en devenir.

■ LES FEMMES EN POLITIQUE : OÙ EN SOMMES-NOUS ? QUELQUES DONNÉES

LES FEMMES AUX PLUS HAUTES FONCTIONS DE L'ÉTAT : 1995-2005

Les femmes constituent en 2005 près de 16 % des parlementaires du monde entier. Elles n'ont toutefois pas encore atteint ce niveau de représentation dans les plus hautes fonctions de l'État, en tant que chef d'État ou de gouvernement que de présidente de Parlements.

Le tableau ci-dessous témoigne d'une très lente évolution et même régression entre janvier 1995 et janvier 2005. Toutefois, ce début d'année 2006 laisse place à un peu d'espoir. L'élection à la présidence de l'État de Mme Bachelet au Chili (première femme présidente du pays), et de Mme Johnsson-Sirleaf au Liberia (première femme présidente d'Afrique), ainsi que l'avènement de Mme Merkel en tant que première chancelière allemande, sont signe de changement.

Position	janvier 1995	janvier 2005
Femme chef d'État ou de gouvernement	6,4 % (12 sur 187)	4,2 % (8 sur 191)
Femme présidente de Parlement	10 % (24 sur 228)	8,3 % (21 sur 254)

*Source : IPU, 2005. *Femmes en politique : 1945-2005*. (Dossier d'information) http://www.ipu.org/french/surveys.htm#45-05

LES FEMMES DANS LES PARLEMENTS
UNE APPROCHE MONDIALE ET RÉGIONALE

La proportion des femmes dans les Parlements du monde entier est en progression régulière. Au cours des dix dernières années, le pourcentage des femmes dans les Parlements s'est accru de près de 5 points pour atteindre un niveau record de 16 % en décembre 2005.

Les disparités régionales sont toutefois importantes – en tête, les pays nordiques avec une moyenne de plus de 40 % de femmes au Parlement. L'Europe, excluant les pays nordiques, ne présente qu'une moyenne de 17 %. Les pays arabes, bien que derniers sur la liste, progressent de manière importante et atteignent 7 % de femmes parlementaires. Au niveau du Parlement européen, les femmes constituent près de 30 % des parlementaires.

FEMMES DANS LES PARLEMENTS PAR RÉGION : 1995-2005

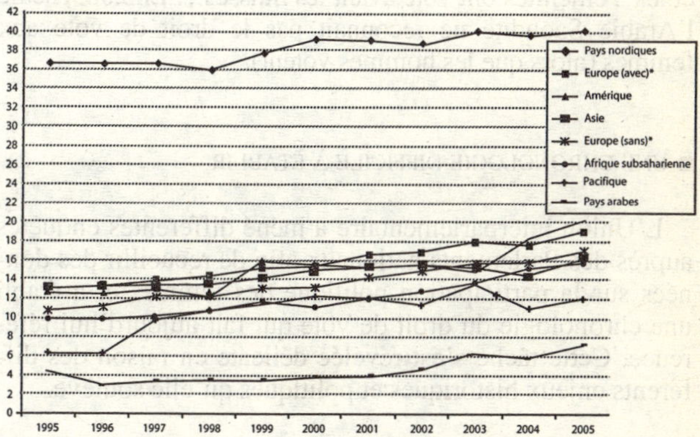

* Europe – pays membres de l'OSCE, avec ou sans les pays nordiques

ANNEXE

NOTE EXPLICATIVE SUR L'ÉTABLISSEMENT D'UNE CHRONOLOGIE DE L'ACCÈS AU SUFFRAGE

Pour une chronologie complète de l'accès au suffrage, consulter le site de l'Union interparlementaire : www.ipu.org

Bien que l'on soit souvent tenté de penser que la participation politique des femmes dans les pays industrialisés ait précédé celle des autres pays, la réalité est plus nuancée. En Europe occidentale, trois pays n'accordent pas le droit de vote aux femmes avant les années 1970, il s'agit d'Andorre (1970), du Liechtenstein (1984), de la Suisse (1971), alors que la majorité des pays africains, que ce soit sous la législation coloniale ou après l'indépendance, ont donné le droit de vote aux femmes dès les années 1950 et 1960. Les Brésiliennes et les Cubaines ont voté dix ans avant les Françaises, et les Yéménites ont voté avant les Suisses… En 2005, seule l'Arabie Saoudite ne reconnaît pas le droit de vote aux femmes (alors que les hommes votent).

■ UNE CHRONOLOGIE DIFFICILE À ÉTABLIR

L'Union interparlementaire a mené différentes enquêtes auprès des Parlements nationaux afin de recueillir des données sur la participation politique des femmes et a établi une chronologie du droit de vote qui fait aujourd'hui référence. Cette tâche s'est révélée délicate en raison des différents enjeux historiques et politiques qu'elle soulève.

■ LE PROBLÈME DES RESTRICTIONS

L'adoption du suffrage féminin s'est tout d'abord accompagnée d'un certain nombre de restrictions qui en limitaient l'universalité et la portée symbolique. Ces limitations sont de nature différente : communautaire (migrants/non-migrants, Blancs/Noirs), liées à l'âge, au niveau d'instruction, au revenu, au cadre de l'exercice du droit de vote (municipal, législatif), etc., et ont jalonné la lutte vers l'obtention d'un droit de vote universel sans restrictions. La question se pose alors de savoir quelle date retenir entre celle où les premières femmes ont voté ou celle où *toutes* les femmes ont voté ? Aux États-Unis d'Amérique par exemple, l'adoption du dix-neuvième Amendement à la Constitution en 1920 marque l'obtention du droit de vote pour les femmes, mais les Afro-Américaines devront attendre jusqu'en 1965 pour que soit totalement garanti l'exercice de leurs droits politiques.

■ UN CHOIX POLITIQUE

La datation du droit de vote soulève par ailleurs un enjeu important : établir une chronologie procède parfois d'un choix politique. Dans les pays qui n'existaient pas sous leur forme actuelle, comme les territoires colonisés ou appartenant à une entité plus grande, doit-on s'intéresser à la législation nationale exclusivement ou à la date à laquelle les femmes, sur ces territoires, ont exercé leur droit de vote ? L'histoire officielle a parfois tendance à retenir la date de la première législation du pays indépendant ou existant sous sa forme actuelle. L'UIP a choisi de s'intéresser avant tout aux femmes qui vivaient sur ces territoires, indépendamment des aléas historiques que ceux-ci ont connus, mais en faisant état des éventuelles restrictions auxquelles ces femmes étaient soumises.

■ LES DIFFÉRENTES ÉTAPES LÉGISLATIVES

Le choix d'une date pose aussi la question des différentes étapes qui marquent le processus législatif et de la réalité de l'exercice du droit de vote. Le Parlement de

Bahreïn, par exemple, fait état de la Constitution de 1973 qui garantit le suffrage universel pour dater le droit de vote des femmes. Elles exerceront pourtant leur droit de vote pour la première fois en février 2001 lors du référendum sur la Charte nationale ; leur droit de voter et d'être candidates sera reconnu par la Constitution de 2002 et elles participeront aux premières élections législatives en octobre 2002 seulement. Au-delà de ce cas extrême, on trouve des exemples comme celui du Danemark, qui a accordé le droit de vote aux femmes en 1915 mais qui a dû reculer sa mise en œuvre jusqu'en 1918, étant donné la situation politique en Europe.

■ LE STATUT DES ÉTATS

La liste établie par la chronologie correspond aux États reconnus par les Nations Unies. Parmi ceux-ci, la Nouvelle-Zélande est le premier pays à avoir accordé le droit de vote aux femmes. Pourtant, d'autres femmes, dans d'autres contrées, ont participé aux scrutins préalablement. Les descendants des rescapés du *Bounty* par exemple auraient accordé le droit de vote aux femmes dès 1839 sur l'île de Pitcairn[38]. En 1881, l'Île de Man, qui dépend de la couronne britannique, accorde le droit de vote aux femmes propriétaires.

■ LE CAS DES ÉTATS FÉDÉRAUX

L'exercice du droit de vote a parfois subi les aléas de la structure fédérale des États. En effet, la législation de chaque État ne s'est pas toujours harmonisée avec le niveau fédéral et a pu créer des distorsions importantes au regard du droit des femmes. Au Canada, c'est l'État du Québec qui, en 1940, a été le dernier à donner le droit de vote aux femmes au niveau local, alors que les femmes du Manitoba votent depuis 1916 et que le droit de vote a été accordé au niveau fédéral en 1918 (sauf pour les Indiennes)[39]. Aux États-Unis d'Amérique, les femmes votent dans l'État du Wyoming depuis 1869 alors que le gouvernement fédéral n'accordera le droit de vote aux femmes qu'en 1920. Et inversement, les femmes n'ont voté au niveau cantonal dans l'État suisse d'Appenzell Rhodes-Intérieures qu'en 1990 alors que les femmes suisses ont obtenu le droit de vote fédéral en 1971.

Ségolène Samouiller, consultante en questions de genre, Union interparlementaire.

Kareen Jabre, responsable du programme pour le partenariat entre hommes et femmes, Union interparlementaire.

Notes

1. Article X de la *Déclaration des droits de la femme et de la citoyenne*, Olympe de Gouges, 1791.

2. Voir pour la France : Michèle Riot-Sarcey, Histoire du féminisme, La Découverte, 2002.

3. Voir notamment le discours prononcé au Congrès ouvrier socialiste de Marseille en 1879 et disponible sur http ://visualiseur.bnf.fr/Visualiseur?Destination=Gallica&O=NUMM-75389.

4. Voir notamment : *Two Paths to Women's Equality: Temperance, Suffrage, and the Origins of Modern Feminism (Social Movements Past and Present)*, Janet Zollinger Giele, 1995 ; Françoise Thébaud, Yolande Cohen dir., *Féminismes et identités nationales. Les processus d'intégration des femmes au politique*, Villeurbanne, Éditions du Programme Rhône-Alpes de recherches en sciences humaines, 1998.

5. Les parcours d'Elizabeth Cady Stanton et de Susan B. Anthony illustrent par exemple les liens entre l'abolition de l'esclavage, la lutte contre l'alcoolisme et le suffrage féminin aux États-Unis d'Amérique.

6. Christabel Pankhurst (célèbre suffragette britannique) citée dans « Suffrage et représentation politique des femmes (1920-1944) », Steven C. Hause, dans *Le Siècle des féminismes*, Les Éditions de l'Atelier, Paris, 2004.

7. *Votes for women*, site web http ://www.elections.org.nz

8. Sur ce point, voir *Le Sacre du citoyen : histoire du suffrage universel en France*, Pierre Rosanvallon, Gallimard, 1992.

9. Sources : site internet de Al-Jazeera, www.aljazeera.net.

10. United States Department of Justice (http ://www.usdoj.gov) Civil Rights Division, Voting Section. Les droits politiques des Afro-Américains ont été reconnus au niveau fédéral dès 1870 mais limités en pratique par les États chargés de leur application.

11. The 1967 Referendum, Australian Government, National Archives of Australia, Fact sheet 150 : www.naa.gov.au/publications/fact_sheets/fs150.html.

12. Source UIP : données du Parlement de la République sud-africaine.

13. Hilja Pärssinen, the leading theoretician of The Social Democratic Women's Union, citée dans *Finland – A Pioneer in Women's Rights, Irma Sulkunen*, Virtual Finland website : http ://virtual.finland.fi/netcomm/news/showarticle.asp ?intNWSAID=25734

14. *Histoire du féminisme*, Michèle Riot-Sarcey, La Découverte, 2002.

15. « Femmes africaines et politique : les colonisés au féminin en Afrique occidentale », Odile Goerg, dans *Clio, Histoire, Femmes et Sociétés*, n° 6, 1997.

16. Voir notamment le cas de la Sierra Leone dans « Femmes africaines et politique : les colonisés au féminin en Afrique occidentale », Odile Goerg, op. cit. ; ou encore C. Coquery-Vidrovitch, *Les Africaines. Histoire des femmes d'Afrique noire du XIXe au XXe siècle*, Paris, Desjonquères, 1994.

17. M. Alexandre Bérard, sénateur, parlant de plusieurs propositions de loi tendant à accorder aux femmes l'électorat et l'éligibilité en 1919, cité dans le rapport de Mme Catherine Tasca, députée, sur le projet de loi constitutionnelle relatif à l'égalité entre les femmes et les hommes, Assemblée nationale, décembre 1998.

18. Discours prononcé au Parlement britannique le 25 avril 1906.

19. *Ibid.*

20. John Stuart Mill, *L'Assujettissement des femmes*, Paris, Guillaumin, 1876, pour la traduction française.

21. Françoise Thébaud, Ylande Cohen dir., *Féminismes et identités nationales. Les processus d'intégration des femmes au politique*, *op. cit.*

22. « Mississippi Women and the Woman Suffrage Amendment », Marjorie Julian Spruill, Jesse Spruill Wheeler, Mississippi Historical Society, 2001.

23. Sources IPU : données du Parlement de la République sud-africaine.

24. « The Politics of Women's Suffrage in Kuwait », Haya Abdulrahman Al Mughni, *Arab Reform Bulletin*, juillet 2004.

25. *Le sacre du citoyen : histoire du suffrage universel en France*, Pierre Rosanvallon, *op. cit.*

26. *The women's movement in Latin America. Feminism and the transition to Democracy*, edited by Jane S. Jaquette, Boston, Unwin Hyman, 1989.

27. *Votes for women*, site web http ://www.elections.org.nz.

28. Union interparlementaire, Déclaration universelle sur la démocratie, 1997, http://www.ipu.org/cnl-f/161-dem.htm

29. Voir notamment *The women's movement in Latin America. Feminism and the transition to Democracy*, edited by Jane S. Jaquette, Boston, Unwin Hyman, 1989.

30. « Women's rights and democracy in the Arab world », Marina Ottaway, *Carnegie Endowment for International Peace Papers* n° 42, Washington, février 2004 : www.ceip.org/files/pdf/Carnegiepaper42.pdf.

31. Voir le site du Haut-commissariat aux droits de l'homme pour le texte de la Convention et l'état des ratifications : http ://www.unhchr.ch/french/html/menu3/b/22_fr.htm.

32. Pour plus de détails, voir le site de la Division pour la promotion de la femme des Nations Unies : http ://www.un.org/womenwatch/daw/index.html.

33. La mise en œuvre de la Convention est contrôlée par le Comité pour l'élimination de la discrimination à l'égard des femmes auprès duquel chaque pays doit présenter, pour examen, un rapport tous les quatre ans au moins.

34. United States Department of Justice, civil Rights Division : www.usdoj.gov/crt/voting/intro/intro.htm

35. *La femme et les droits de l'homme en droit algérien*, Nasr-Eddine Lezzar, paru dans El Watan, quotidien indépendant algérien : http ://www.elwatan.com/2005-03-09/2005-03-09-14947.

36. *Between Hope and Fear : Intimidation and Attacks against Women in Public Life in Afghanistan, A Human Rights Watch Briefing Paper*, octobre 2004 : http ://hrw.org/backgrounder/asia/afghanistan1004/.

37. World Bank, Development market place, Project story : Egypt : http ://web.worldbank.org/WBSITE/EXTERNAL/OPPORTUNITIES/GRANTS/DEVMARKETPLACE/0,,contentMDK : 20208145~pagePK : 180686~piPK : 180184~theSitePK : 205098,00.htm

38. Différentes sources s'accordent sur cette date. L'île de Pitcairn est aujourd'hui un territoire d'outre-mer administré par le Haut-commissaire britannique en Nouvelle-zélande.

39. http ://www.electionsquebec.qc.ca/fr/droit_vote_quebecoises.asp

Gudrun Schyman
L'exception suédoise

La Suède est considérée comme un des pays les plus respectueux des droits des femmes. Une réputation usurpée, juge Gudrun Schyman, fondatrice d'un parti féministe, le FI. À ses yeux, l'égalité ne se fera que si les femmes parlementaires sont élues sur la base d'un mandat politique féministe.

Le Parlement compte 47 % de femmes et les Suédoises ont un des taux d'emploi les plus élevés d'Europe. Le Parlement, lourd bâtiment néoclassique, arbore les symboles et les allégories du royaume : Svea, symbole de la Suède et mère du peuple suédois. À ses côtés, la Réflexion personnifiée par une représentation féminine. La maison des députés, voisine, mène à une cour occupée en son centre par une statue en bronze représentant une mère et son enfant, exécutée à l'occasion de la création des allocations familiales.

Gudrun Schyman, ici, est connue de tous. À 57 ans, divorcée et mère de deux enfants, l'ancienne chef du parti communiste de 1993 à 2003 est « le clou qui dépasse de la société suédoise ». Électron libre, députée sans parti, elle est membre fondateur du parti FI, Feminist Initiativ.

Gudrun Schyman ne mâche pas ses mots. Pour elle, la Suède ne mérite pas la réputation dont elle bénéficie à l'étranger dans le domaine de l'égalité des sexes. Avec d'autres féministes, elle a donc créé sa propre formation politique, en prévision des élections législatives de septembre 2006. En Suède, presque tous les partis politiques traditionnels du pays se prétendent féministes. Pourtant, l'idée de l'existence d'un parti des femmes agite et inquiète les états-majors politiques. Le FI ne risque-t-il pas de prendre des voix à tous ?

Gudrun Schyman, grande, mince, droite, pourrait être cette femme incarnant la réflexion sur la façade du Parlement. Elle ressemble à une femme d'affaires et n'a rien d'une idéaliste. C'est plutôt son intelligence qui saisit le visiteur. Dans son bureau confortable de la maison des députés, elle fait le point entre réunions, séminaires, conférences et tables rondes. Elle sillonne la Suède inlassablement. C'est une femme de conviction ; elle ne doute pas d'avoir raison, et moins encore de la justesse de son combat. Elle veut en finir avec une société dont le système patriarcal, entretenu encore par la religion, a fait son temps : « Beaucoup pensent que la société patriarcale est de toute façon dans une impasse, y compris d'un point de vue économique, car si la natalité baisse, le pays va vers la stagnation économique. »

« Il reste beaucoup à faire »

Ne craignant pas de dire tout haut ce que le reste de la classe politique tait, Gudrun Schyman reconnaît s'être libérée de tout sentiment de culpabilité et de honte. Cette femme ne fait rien comme les autres et en Suède, c'est mal vu. L'expression *Lagom är bäst* correspond à notre maxime « Point trop n'en faut ». Les Suédois, refusant à la fois le trop et le trop-peu, ne se sentent à l'aise que dans le juste milieu, et évitent les excès. Dans ce cadre, le féminisme est considéré comme un poison pour la société et Gudrun Schyman incarne ce poison.

« Dans les médias, nous sommes comparées à des poules dans un poulailler, explique-t-elle. Mais c'est un moyen de nous décrédibiliser aux yeux de tous. Ainsi, on ne parle pas concrètement des problèmes ici. Il reste beaucoup à faire même si les Suédoises figurent parmi les mieux loties en Europe. Pour autant, hommes et femmes ne sont pas égaux en Suède. Souvent, sous la surface, il y a une haine du féminin, et il existe de l'homophobie. »

Et pourtant, près de 80 % des Suédoises exercent une activité rémunérée à temps plein ou partiel, grâce au développement des crèches depuis les années 1970. Le congé parental est un des plus avantageux du continent et il encourage les parents à rester auprès de leurs enfants après la naissance. Les parents bénéficient de treize mois de congés payés à 80 % de leurs salaires respectifs. D'ordinaire, chacun prend deux mois mais c'est la mère qui s'arrête les neuf mois supplémentaires car le père est généralement mieux payé. En outre, c'est davantage dans les mœurs. « Un cercle vicieux », regrette Gudrun Schyman. Ce dispositif a néanmoins largement contribué à faire remonter le taux de natalité suédois.

Le malaise se cristallise davantage autour des violences conjugales, qui ne sont pas moins importantes que dans les autres pays d'Europe. « Si on compte le prix de la violence faite aux femmes par les hommes, les frais de santé, de justice, de police… les sommes sont très importantes. Qui va payer cette addition ? Souvent, ce sont des femmes qui travaillent gratuitement au sein d'associations. L'État devrait prendre en charge ces frais. La société doit s'engager et prendre ses responsabilités pour les injustices que subissent les femmes. » Ne faudrait-il pas, pour cela, imaginer une fiscalité spécifique assumée par les hommes ? La suggestion, mi-sérieuse, mi-ironique, a traversé quelques débats dans les médias…

Dans le domaine des salaires, le statu quo est observé depuis une dizaine d'années : les femmes perçoivent des rémunérations qui, selon la méthode de calcul, représentent 83 à 90 % de celles des hommes, secteurs public et privé confondus.

La discrimination concerne toutes les femmes, pas une minorité

« Dans les années 1980 et 1990, on a observé un recul général en ce qui concerne l'égalité des sexes, et les stéréotypes ont été accentués d'une façon flagrante. La Suède ne sort pas d'un schéma, dans lequel les femmes sont subordonnées aux hommes et cela se voit sur le marché du travail. Elles n'ont souvent qu'un travail à mi-temps et assument la responsabilité principale du foyer, des enfants, de la famille et des relations sociales. Aujourd'hui, avec le durcissement du marché du travail, la concurrence, on attend d'elles qu'elles travaillent comme si elles n'avaient pas un foyer à tenir et qu'elles s'occupent de celui-ci comme si elles ne travaillaient pas. Elles ont un double travail et cette situation les brise : de nombreux arrêts maladie, des femmes stressées, épuisées, exténuées. C'est ainsi qu'en l'espace de dix ans, deux cent mille emplois ont disparu. Le système social de l'État providence est démantelé. Le service public licencie et ce sont les femmes qui en font les frais », soutient encore la féministe.

L'opinion publique croit que la subordination des femmes et la discrimination concernent une minorité. Ce n'est pas le cas, car les femmes, qui constituent la moitié de la population, sont visées en tant que femmes. D'où la création du FI, son parti, pour identifier le conflit hommes/femmes en tant que tel. Gudrun Schyman ajoute : « Les politiques nous accusent de distiller du poison dans la société. Ce n'est pas du poison mais de la clarté. Personne ne peut nier la différence des salaires. Personne ne peut nier la violence faite aux femmes. »

Démonter l'ordre patriarcal avec des lunettes féministes

Dans les années 1970, des femmes ont décidé que s'il n'y avait pas de changement, elles créeraient un parti politique spécifique. La classe politique a eu peur et c'est pour cette raison qu'elle a commencé à se préoccuper des femmes. Les féministes sont alors entrées dans les partis traditionnels en pensant que la situation allait changer. Ce qui ne s'est pas produit.

« La situation des femmes a plutôt reculé parce qu'elles n'ont toujours pas de mandat politique en tant que femmes, soutient Gudrun Schyman. Comme rien n'est fait en leur faveur, les électrices, lorsqu'elles votent pour un parti traditionnel, pensent qu'elles peuvent aussi bien choisir un homme qu'une femme. Si on fait de la politique, il faut avoir un mandat politique pour agir. Et c'est ce que nous allons faire avec FI. Nous voulons commencer le travail parlementaire et démonter l'ordre patriarcal avec des lunettes féministes. Regarder chaque secteur de la politique et de l'économie pour voir quels sont les intérêts prioritaires pour les femmes, qui doivent guider les prises de décisions. »

Ainsi, en matière de transports, explique Gudrun Schyman, les habitudes des hommes et des femmes sont très différentes. Les premiers se déplacent d'un point A (la maison) à un point B (le travail en centre-ville où, souvent, une place de parking est payée par l'entreprise). Les secondes, elles, utilisent les transports en commun, se déplaçant en zigzag de la crèche ou de l'école à leur travail. À l'heure du déjeuner, elles rendent visite à une grand-mère ou font des courses…

Or ce sont les hommes qui décident de la politique des transports, de la planification et de l'urbanisation. Est-ce normal quand l'autre moitié de la population a des habitudes de transport différentes, tout comme d'ailleurs les enfants, les adolescents, les retraités et tous ceux qui ont peu d'argent ? « C'est intéressant, dit Gudrun, d'appréhender la question dans une perspective féministe. Peut-être que l'on investira plus dans les transports collectifs. Peut-être qu'on ouvrira des lignes transversales. »

Elle veut considérer la politique du logement avec le même point de vue car peu de femmes ont les moyens d'avoir un logement, contrairement aux hommes dont le salaire est, en général, plus élevé. Il convient dès lors de trouver les moyens de compenser cette situation. Et faire la même analyse sur chaque secteur de l'économie. Le monde du travail doit être réformé. Il faut que les femmes puissent avoir le temps de travailler *et* de vivre.

La création d'un parti pour changer le système

« Les médias et les partis politiques laissent entendre que les féministes sont extrémistes, qu'elles sont un peu folles mais, si on regarde sérieusement de quoi il s'agit, on se rend compte que les problèmes sont très concrets : avoir le même salaire qu'un homme quand on est une femme, c'est très concret et cela n'a rien d'extrémiste. Les demandes de FI ne sont pas difficiles à réaliser, en prenant en compte les études et les compétences de chacun. » Or, dans le secteur privé, les salaires diffèrent de plusieurs milliers de couronnes. « J'ai essayé longtemps de régler le problème au sein du parti de gauche, résume Gudrun. Cela a marché jusqu'à un certain point. J'ai compris que, de l'intérieur, il n'est pas possible de changer le système. La structure et la vision du parti sont trop solides et souvent les questions féministes sont noyées dans le débat politique. En outre, des préjugés résistent tant sur le marché du travail que dans les syndicats… Il n'y a pas la même solidarité lorsqu'il s'agit des questions liées aux femmes. »

Cette femme politique a une conception globale de la situation des femmes. À ses yeux, les problèmes étant liés, ils devraient être traités au sein des mêmes commissions.

Elle déplore qu'il n'y ait pas plus de connexions entre les différents ministères tels que celui du Travail, celui de la Famille, de la Justice, des Affaires sociales. Seule une perspective transversale, imprégnant tous les secteurs politiques, serait à même de proposer des solutions efficaces. Que la politique en Europe soit de plus en plus conduite par des experts et que ce soient les questions économiques qui dominent lui paraît, en soi, très inquiétant. Elle constate que la démocratie cède la place à l'économie alors que ce devrait être le contraire. Celle-ci devrait être un moyen et pas une fin. Ce mode de pensée défavorise les femmes.

FI entretient de nombreux contacts avec plusieurs organisations féministes européennes. Des rencontres dans le cadre du Forum social européen ont conduit à la création d'un mouvement européen, Initiative féministe européenne pour une autre Europe, qui aurait son mot à dire dans la rédaction de la Constitution européenne. Car, là encore, la place des femmes devrait être plus importante que dans le projet initial.

« Il faudra tenir compte des organisations féministes lors des élections au Parlement européen », conclut Gudrun Schyman.

Lorsqu'elle voyage en Europe pour présenter son parti, elle dit rencontrer beaucoup de femmes enthousiastes, très motivées par l'initiative suédoise. Elle est désormais convaincue d'une chose : « Il y a une charge explosive dans ce mouvement. »

Béatrice Limare,
journaliste.

Égalité des sexes et développement

Esther Duflo

Dans les pays en voie de développement, l'inégalité des femmes est patente dans l'éducation, l'accès aux soins, sur le marché du travail et en termes de représentation politique. Le développement économique ne se fera pas pourtant sans l'amélioration significative de la condition des femmes. Démonstration.

Le phénomène des « femmes manquantes », identifié par Amartya Sen dans un article fondateur, paru dans le *New York Review of Books* (Sen, 1990), est la manifestation la plus flagrante de l'absence d'égalité entre les sexes.

Dans les pays en développement, la proportion des femmes est inférieure à ce qu'elle devrait être si celles-ci bénéficiaient d'une alimentation et de soins médicaux équivalents, c'est-à-dire si elles n'étaient pas victimes de discrimination. On estime que dans ces pays, il y a entre 60 et 100 millions de femmes manquantes. Pour la plupart, ces femmes n'ont pas été tuées volontairement, mais leur mort est le résultat de toute une série cumulée de carences. C'est dire que pour chaque femme manquante, il y en a de nombreuses qui vivent dans un contexte de grande vulnérabilité.

Dans les pays en voie de développement, les femmes accusent un retard dans de nombreux domaines. En ce qui concerne l'accès à l'éducation d'abord : dans les écoles secondaires et les universités des pays à faibles ou moyens revenus, on compte seulement 79 filles pour 100 garçons. Dans le cadre du marché du travail, ensuite : les femmes ont moins de chances de trouver un emploi ; à travail égal, elles gagnent moins qu'un homme, et on en trouve un plus grand nombre en situation de précarité, même lorsqu'elles ont un emploi. En termes de représentation politique également, les femmes occupant à peine 15,9 % des sièges des parlements nationaux (Nations Unies, 2005). Enfin, dans le domaine juridique : de nombreux pays privent encore les femmes du droit de posséder une terre en propre, de gérer des biens, de diriger une entreprise, ou même de voyager sans le consentement préalable de leur mari.

L'objet de cet article est d'examiner comment développement économique et amélioration de la condition des femmes s'influencent mutuellement. On définit ici l'amélioration de la condition des femmes par un accès grandissant aux éléments constitutifs du développement, notamment à la santé, à l'éducation, à des sources de revenus, à des droits et à une participation active à la vie politique. L'amélioration du statut des femmes et le développement économique sont intimement liés. D'une part, le développement peut à lui seul jouer un rôle essentiel pour réduire les inégalités entre les sexes, et d'autre part, une discrimination systématique contre les femmes risque, comme Amartya Sen le soutient de manière convaincante, de freiner le développement d'un pays. Autrement dit, l'amélioration de la condition des femmes est susceptible d'accélérer le développement.

Les responsables politiques et les chercheurs en sciences sociales se sont généralement focalisés sur l'une ou l'autre direction de cette relation. Ceux qui se concentrent sur l'effet du développement sur l'amélioration de la condition des femmes affirment que l'égalité des sexes s'améliore au fur et à mesure que la pauvreté diminue. Les responsables politiques devraient ainsi chercher en priorité à créer les conditions favorables à la croissance économique et à la prospérité, tout en s'attachant, bien sûr, à conserver aux deux sexes des possibilités d'évolution égales, mais sans adopter de stratégies spécifiques en vue d'améliorer le statut des femmes.

À l'inverse, nombreux sont ceux qui insistent sur la direction opposée : l'amélioration du statut de la femme comme facteur de développement. Le secrétaire général des Nations Unies, Kofi Annan, par exemple, affirme que l'égalité des sexes constitue « une condition indispensable » à la réalisation des autres Objectifs de Développement du Millénaire (ODM) : l'éradication de la pauvreté, la réduction de la mortalité infantile, la mise en place de l'éducation pour tous ainsi que l'élimination du fossé entre les sexes en terme d'accès à l'éducation d'ici à 2015 (Nations unies, 2005). Dans son rapport intitulé « Genre et développement économique » (2001), la Banque Mondiale préconise, pour sa part, la mise en œuvre de politiques destinées à réduire les inégalités de « droits, de ressources et de participation » entre les sexes. Elle recommande, à cet égard, de réformer les structures des institutions en vue de promouvoir l'égalité, ainsi que d'adopter des mesures spécifiques telles que des bourses d'études réservées aux jeunes filles et l'instauration de quotas en faveur des femmes au parlement. Selon ce rapport, ces mesures se justifient non seulement parce qu'elles favorisent l'égalité, mais aussi parce qu'elles favoriseraient un développement rapide.

Le présent article examine l'état des connaissances sur les deux aspects de la relation entre le développement et l'amélioration de la condition des femmes. Nous nous attacherons, tout d'abord, à montrer que la pauvreté et le manque d'opportunités sont bien des facteurs d'inégalité entre les sexes. Lorsque le développement économique contribue à réduire la pauvreté, la condition féminine s'améliore donc pour deux raisons : d'une part, lorsque la pauvreté diminue, les conditions de tous, y compris celles des femmes, s'améliorent ; d'autre part, l'inégalité entre les sexes s'amenuisant à mesure que la pauvreté décroît, le développement conduit à une amélioration de la condition des femmes plus grande que celle des hommes. Mais nous montrerons aussi que la croissance économique ne suffit pas à assurer l'égalité complète entre les sexes. La mise en œuvre de politiques spécifiques reste indispensable. Celles-ci seraient d'autant plus indiscutables si l'amélioration du statut des femmes contribuait au développement et enclenchait ainsi un cercle vertueux. Nous nous attacherons à montrer que l'amélioration de la condition féminine contribue en effet à changer, et de manière importante, les choix que fait une société, même si l'idée répandue selon laquelle les femmes prennent toujours les meilleures décisions en matière de développement à long terme nous semble quelque peu outrée. Nos conclusions sont donc plus nuancées et offriront des perspectives un peu plus pessimistes que celles défendues par les tenants les plus radicaux de l'un ou l'autre terme du débat actuel sur le développement et les promesses liées à l'amélioration de la condition des femmes.

Le développement économique conduit-il à l'amélioration de la condition des femmes ?

La pauvreté et le manque d'opportunités génèrent l'inégalité entre les sexes. Il y a souvent plus d'inégalités entre hommes et femmes chez les pauvres, à l'intérieur de chaque nation comme dans le monde entier. Une étude portant sur 41 pays a par exemple montré que, dans la plupart d'entre eux, la différence entre le taux de scolarisation des filles et des garçons est plus importante pour les 40 % les plus pauvres que pour les 20 % les plus riches de la population (Banque Mondiale, 2001). Même si que les inégalités restent fortes, l'égalité des sexes ne cesse de progresser dans de nombreux domaines, dans les pays à revenus faibles ou moyens, au fur et à mesure que ces pays se développent. Au fur et à mesure que l'accès à l'école primaire par exemple s'accroît dans le monde entier, les filles rattrapent rapidement les garçons, même si, sur les 115 millions d'enfants exclus de l'école primaire, 57 % sont encore des filles. De plus, le pourcentage de jeunes filles inscrites dans le secondaire, pour 100 garçons, est passé de 40 % en 1970 à 79 % en 2005. Entre 1971 et 1995, la présence des femmes sur le marché du travail a connu une hausse de 15 % en Asie orientale et en Amérique Latine (la participation des femmes a augmenté plus rapidement que celle des hommes), en même temps que les inégalités entre les salaires des deux sexes se réduisaient. Pendant la même période, l'espérance de vie féminine s'est allongée de 15 à 20 ans dans les pays en voie de développement (Banque Mondiale, 2001), alors que l'espérance de vie des hommes n'a pas connu de tels progrès.

Peut-on espérer, par conséquent, que le développement d'un pays entraîne naturellement une amélioration de la condition des femmes, si bien qu'il serait inutile de développer des politiques spécifiques à cet égard ? Suffit-il pour assurer l'égalité des sexes de lutter contre la pauvreté et de créer des circonstances favorables à la croissance économique dans les pays pauvres ? Des recherches récentes montrent que la croissance, en réduisant la pauvreté et en augmentant les opportunités, peut effectivement contribuer de façon importante à promouvoir l'égalité des sexes.

Briser l'emprise de la pauvreté au moyen du développement économique

Le développement économique réduit les inégalités d'abord en allégeant les contraintes qui pèsent sur les ménages modestes, ce qui réduit la fréquence des situations où ceux-ci sont obligés de faire des choix de vie ou de mort.

Même dans les pays où la préférence pour les garçons est la plus marquée, il est difficile de montrer que, dans des conditions normales, les filles sont moins bien traitées que les garçons. Il est bien sûr très difficile de mesurer directement si les filles sont moins nourries que leurs frères, puisque les familles qui font l'objet d'une étude ont tendance à corriger leurs comportements. Il en est de même lorsqu'on leur demande de tenir un journal et d'y consigner la quantité de nourriture consommée par chaque membre sur une période donnée : les informations sur les portions attribuées respectivement aux garçons et aux filles risquent de ne pas être rapportées fidèlement. Angus Deaton (1989, 1997) a proposé une manière très ingénieuse d'utiliser les données de la consommation des ménages afin d'évaluer indirectement si les filles sont moins alimentées que les garçons. Il fait remarquer qu'à chaque naissance le ménage devient ipso facto plus pauvre, puisqu'il y a une bouche de plus à nourrir, et quelqu'un qui restera improductif pendant longtemps. Pour faire face à ces nouvelles dépenses, les adultes du foyer sont obligés de réduire leur propre consommation. Si l'on observe de combien diminue, dans un ménage, la consommation de « biens pour adultes » (cigarettes, alcool, vêtements d'adulte) lors d'une nouvelle naissance, il est possible d'évaluer indirectement le « coût » d'un enfant. Si les familles accordent de plus faibles ressources aux filles (celles-ci étant moins alimentées que les garçons par exemple) on constatera ainsi une moindre baisse de consommation de biens pour adultes lors de la naissance d'une fille que lors d'un garçon. Or, aussi bien en Côte d'Ivoire – où Deaton a effectué cette recherche pour la première fois – qu'en Inde, les données ne suggèrent pas que les ménages réduisent moins leur consommation de biens pour adultes lors de la naissance d'une fille que lors de celle d'un garçon.

Cela ne revient pas à dire que les filles sont aussi bien traitées que les garçons. Mais c'est lorsque les enfants ou les parents sont confrontés à des circonstances exceptionnelles que la différence de traitement envers l'un ou l'autre sexe se fait sentir. L'Inde, où Deaton n'avait trouvé aucune différence entre le « coût » d'une fille et celui d'un garçon, affiche ainsi les disparités les plus marquées entre leurs taux de mortalité respectifs. Une première explication tient au fait que, lorsqu'elles tombent malades, les filles sont moins bien soignées : une étude a montré par exemple que, dans les quartiers pauvres de New Delhi, les petites filles risquent deux fois plus de mourir de diarrhée que les garçons (Khanna et al., 2003). Si les ménages pauvres ont tendance à dépenser moins d'argent pour prodiguer des soins aux filles, il s'ensuit qu'un meilleur accès aux services de santé – soit en procurant aux familles les moyens de souscrire une assurance maladie couvrant tous ses membres, soit par l'accès des familles pauvres à des soins gratuits – avantagerait plus les filles que les garçons, même si les parents ne changeaient en rien leur comportement à leur égard.

La différence de traitement réservé aux filles et aux garçons devient également patente lorsque le ménage lui-même est confronté à une crise. En Inde, le taux de mortalité excessif des filles, par rapport à celui des garçons, augmente brutalement pendant les périodes de sécheresse. N'ayant plus les moyens de nourrir tous leurs membres, les familles sacrifient, de manière disproportionnée, le bien-être des filles (Rose, 1999). Des recherches menées en Tanzanie démontrent clairement combien la vulnérabilité des femmes augmente lorsque les ménages doivent faire face à une crise. En cas de mauvaise récolte, pour cause de sécheresse ou d'inondation, on constate en particulier deux fois plus de meurtres de « sorcières » (presque toujours des femmes âgées) que pendant des années normales (Miguel, 2004). Si les crises plongent les familles dans des situations les amenant à discriminer davantage les femmes vulnérables, les femmes gagneraient beaucoup à ce que la capacité des ménages pauvres à surmonter les crises soit augmentée.

Ces deux exemples suggèrent que le simple fait de réduire l'emprise de la pauvreté sur ces foyers, ou de les aider à faire face aux crises, accroîtrait le bien-être des femmes de tous âges. De fait, Rose (1999) a également démontré qu'en Inde, les familles ayant les moyens de maintenir leur niveau de consommation en période de vaches maigres – celles par exemple qui possèdent des biens à vendre en cas de besoin – ne présentent pas les augmentations spectaculaires de mortalité féminine constatées chez les familles pauvres pendant les sécheresses. Cela conduit à penser, d'une part, que si l'on fournissait aux foyers les moyens de se prémunir contre les risques, le taux de mortalité infantile pourrait baisser et l'écart des taux de mortalité entre les sexes pourrait se réduire. D'autre part, cela suggère que les familles légèrement plus aisées risquent moins de sombrer dans le désespoir à la première inondation. Il semble donc que la diminution de la pauvreté permettra d'améliorer le sort des femmes, quand bien même aucune mesure spécifique ne serait prise en leur faveur. L'effet des retraites en Afrique du Sud apporte un élément de plus qui suggère que des mesures non-spécifiques sont susceptibles de soulager la situation difficile des femmes. À la fin de l'apartheid, au début des années 1990, l'allocation de pensions de retraite (réservée auparavant aux seuls blancs), fut étendue à tous les Sud-Africains, sans distinction de race. Depuis l'adoption de cette mesure, le nombre de meurtres de sorcières dans la province du nord a décru considérablement (Singer, 2000). Il est bien entendu difficile, cependant, d'établir incontestablement un lien de cause à effet, étant donné les très nombreux autres changements politiques et sociaux qu'a connu l'Afrique du Sud pendant cette période.

Le développement économique réduit la pauvreté. Il augmente la capacité (distincte de la volonté) des ménages à surmonter les crises et la capacité des gouvernements à assurer les citoyens les plus pauvres contre la faim et la maladie. Ainsi, en réduisant la vulnérabilité des ménages les plus pauvres, le développement économique, sans même que soient mises en œuvre des politiques spécifiques en faveur des femmes, leur bénéficie plus qu'aux hommes.

Donner espoir aux femmes en augmentant leurs débouchés

Le fait que les femmes aient moins de débouchés sur le marché du travail que les hommes explique en partie leur traitement inéquitable au sein du foyer. Si les femmes ne travaillent pas en dehors du foyer, cela peut donner l'impression qu'elles n'ont pas besoin d'être aussi fortes et en bonne santé que les garçons et qu'elles n'ont pas besoin d'aller à l'école. Dans le cadre du Rapport public sur l'éducation de base, réalisé en Inde (PROBE, voir *The Probe Team*, 1999), des enquêtes effectuées auprès de parents de cinq États d'Inde du Nord, ont montré que 10 % d'entre eux considéraient qu'il *n'était pas* important que les filles bénéficient d'une éducation, alors que 1 % seulement exprimaient la même opinion au sujet des garçons. 57 % pour cent souhaitaient que leurs garçons poursuivent leurs études « aussi loin que possible », tandis qu'à peine 28 % exprimaient le même souhait pour les filles. Les filles étant destinées à se marier et à rester femmes au foyer, bien des parents estiment qu'il n'est pas nécessaire de les éduquer.

Si ce qui motive, en partie, les parents à offrir ou non une éducation à leurs enfants est leur souhait d'améliorer leurs chances de trouver un emploi, alors l'amélioration des débouchés pour les femmes sur le marché du travail – dû au développement économique – peut jouer le rôle de catalyseur, susceptible d'entraîner un changement positif de la condition féminine. Deux études récentes, l'une menée en Chine, l'autre en Inde, montrent que la multiplication des débouchés pour les femmes sur le marché du travail se traduit effectivement par un progrès de leur condition. L'introduction du Système de responsabilisation individuelle des ménages, dans le cadre des réformes agricoles instaurées dans la Chine rurale post-Mao, autorisait les familles paysannes à vendre des produits de culture de rente plutôt que de se limiter aux cultures vivrières de céréales. Dans les zones géographiques se prêtant à la culture du thé, cela a conduit à en accélérer substantiellement la production. Comme les femmes sont de plus petite taille que les hommes et que leurs mains sont également plus délicates, elles jouissent par rapport à eux d'un avantage comparatif sur le marché de l'emploi généré par la culture du thé. Dans les régions qui ne s'y prêtent pas, la réforme évoquée plus haut a favorisé d'autres cultures destinées à la vente, dont les hommes ont pris en charge la production au détriment des femmes. Quian (2005) a montré que dans les régions où se développait la culture du thé, le nombre de « femmes manquantes », particulièrement élevé en Chine, a décru davantage que dans les autres régions. Ainsi, à augmentation générale constante du revenu d'un ménage, une augmentation de 7 dollars américains par mois (ou 10 %) des ressources de la femme, se traduit par un accroissement de 1 % du taux de survie des filles. Il est frappant de constater que ces résultats viennent de Chine, alors qu'il est généralement admis que des facteurs culturels et la politique de l'enfant unique déterminent très fortement la préférence pour les garçons dans ce pays.

L'entrée de l'Inde sur le marché mondial nous fournit un autre exemple où le développement économique améliore l'égalité des sexes et conduit même à une inversion des positions relatives des garçons et des filles. Munshi et Rosenweig (2004) ont étudié les implications du choix de la langue d'enseignement à Bombay, sur plusieurs décennies. À l'université, tous les cours sont en anglais, mais dans le primaire et le secondaire, les parents peuvent choisir la langue dans laquelle l'enfant suit son cursus : l'anglais ou la langue locale, le marathi. Lorsque l'Inde libéralisa son économie dans les années 1990 et que les secteurs des services et des logiciels se développèrent, les bénéfices économiques que l'on pouvait retirer d'une éducation en anglais augmentèrent brutalement. Les nouveaux secteurs industriels, tels que le télémarketing externalisé, offrirent aux femmes, traditionnellement exclues du marché du travail, de nouvelles opportunités professionnelles, et entraînèrent une augmentation rapide de la demande pour une éducation en anglais, aussi bien pour les filles que pour les garçons. Parmi les basses castes, l'augmentation de la proportion d'enfants scolarisés en anglais fut beaucoup plus rapide chez les filles que chez les garçons : la proportion de jeunes filles des basses castes suivant leurs cours en anglais devint presque équivalente à celle des filles des hautes castes, alors que pour les garçons, cette augmentation ne fut pas aussi rapide. Les jeunes filles des basses castes ont désormais plus de chances que leurs frères de bénéficier d'une scolarité en anglais. Cela s'explique par le fait que pour trouver un emploi, les familles modestes comptaient traditionnellement sur leur réseau de connaissances, conditionné par l'appartenance de leur caste. Or ce choix de suivre les cours en anglais était perçu comme une tentative d'échapper à l'emprise de la caste. Dans une certaine mesure, cette mentalité persiste encore aujourd'hui, ce qui restreint les garçons à l'enseignement dispensé en marathi, et les confine donc aux emplois les moins bien rémunérés. Or cette contrainte ne s'applique pas aux filles, car elles étaient traditionnellement absentes du marché du travail. En d'autres termes, les filles ne comptent habituellement pas sur le réseau de leur caste et ne sont donc pas soumises aux attentes particulières de leur groupe social, qui entravent les garçons. Les filles peuvent donc bénéficier d'un enseignement en anglais et se trouvent ainsi mieux placées pour saisir les nouvelles opportunités d'emploi. On assiste ainsi à une révolution silencieuse, même si les familles ne sont pas toujours pleinement conscientes des conséquences de leurs choix individuels.

Tous ces exemples montrent que les politiques ne tenant pas compte du sexe mais qui contribuent à l'amélioration du bien-être économique des ménages contribuent également à favoriser l'égalité des chances. La diversification de l'activité économique et les opportunités toujours plus nombreuses offertes aux femmes sur le marché du travail poussent les ménages à modifier leurs comportements dans une direction qui favorise l'égalité des sexes.

Si telle est la situation, est-il bien vrai alors que le développement des pays provoque naturellement une amélioration de la condition des femmes ? Doit-on mettre au point des politiques spécifiquement destinées à améliorer la condition des femmes ou est-il suffisant, pour y parvenir, de lutter contre la pauvreté et de créer les conditions favorables à la croissance économique des pays pauvres ? En un mot, le développement économique suffira-t-il ?

Le développement économique suffira-t-il ?

Les données suggèrent que la croissance ne suffira pas à surmonter les discriminations au sein du foyer ainsi que dans de nombreux autres domaines. Les « ratios de sexe » (le nombre d'hommes divisé par le nombre de femmes) sont encore favorables aux garçons. En Chine, malgré une croissance économique fulgurante (et les réformes mentionnées ci-dessus), la proportion des femmes rapportée à la population globale est en chute continue depuis 1970, et cette tendance s'est même accélérée dans les années 1990 : sur 100 naissances (déclarées officiellement) on est passé de 53 à 57 garçons du début à la fin de la décennie. En Asie, la proportion respective des sexes à la naissance, en Corée du Sud et à Taïwan, deux pays riches, est similaire à celle constatée en Chine et en Inde. Dans l'éducation primaire et secondaire, l'écart entre garçons et filles est certes en train d'être comblé, mais dans le supérieur, en revanche, la proportion des femmes n'a pas progressé dans l'ensemble, même si de plus en plus de jeunes des deux sexes y ont accès. Sur le marché du travail, même dans les pays développés, les femmes continuent de toucher des rémunérations moindres à niveau égal de qualification, quel que soit ce niveau. Dans de nombreux pays, les droits des femmes, particulièrement le droit à la propriété, restent différents de ceux des hommes. Enfin, comparé aux progrès effectués dans les domaines économique, éducatif et juridique, l'écart entre les sexes dans le domaine de la participation politique s'est très faiblement resserré entre 1995 et 2005. En 1990, le Conseil économique et social des Nations Unies avait fixé pour objectif que 30 % de sièges des représentants législatifs soient occupés par des femmes en janvier 2005. Or 17 pays seulement ont atteint cet objectif. Les femmes ne détiennent aujourd'hui que 15,9 % des sièges des parlements nationaux dans le monde entier, contre 13,5 % en l'an 2000 et 9 % en 1987 (Nations Unies, 2005).

Cette disparité persistante entre la proportion de filles et celle de garçons à la naissance témoigne du fait que le développement économique et l'arrivée des nouvelles technologies peuvent avoir des effets pervers sur l'égalité des sexes, en rendant possible les discriminations envers les filles à moindre coût. Les différences considérables constatées dans la proportion relative des deux sexes à la naissance sont attribuables aux naissances non déclarées, c'est-à-dire aux infanticides et, de plus en plus fréquemment, aux avortements sélectifs des filles. Les avortements sélectifs montrent qu'un accès plus facile aux nouvelles technologies et l'accroissement du niveau de vie des ménages, rendus possibles grâce au développement économique de ces pays, peuvent conduire à l'aggravation d'une forme particulièrement odieuse de discrimination sexuelle. Cela n'arrive pas seulement en Chine : le recensement de 2001 en Inde révèle un renversement de tendance dans la proportion relative des sexes, particulièrement dans les États les plus prospères du nord du pays. Les calculs économiques jouent là encore un rôle déterminant. On pouvait lire le slogan suivant sur une publicité pour un centre d'amniocentèse de Mumbaï : « Mieux vaut payer 500 roupies aujourd'hui, que 50 000 demain. » (Les 50 000 roupies se réfèrent au prix de la dot que les parents devront payer pour marier leur fille.) Du fait de la baisse considérable des coûts d'identification du sexe avant la naissance et d'un avortement éventuel, un bien plus grand nombre de parents risque de choisir d'interrompre une grossesse plutôt que d'élever et de marier des filles. Avec l'accroissement de l'accès des femmes au marché du travail, le coût de la dot a tendance à baisser. Mais étant donné le faible coût de l'avortement, il n'y a guère de chances que la dot soit suffisamment bon marché pour qu'il soit économiquement intéressant de garder une fille.

La menace du stéréotype

La disparité des revenus à tous les niveaux de qualification témoigne de la persistance de l'injustice faite aux femmes. Des recherches approfondies menées par des psychologues démontrent qu'il existe un préjugé « implicite » très répandu dans les pays en voie de développement, et partagé aussi bien par les hommes que par les femmes, selon lequel les hommes doivent s'adonner à leur carrière et aux sciences, tandis que les femmes doivent se consacrer à leur famille et aux arts (voir par exemple Greenwall *et al.*, 2002). Préjugé tenace, malgré la grande participation des femmes à ces domaines académiques et au marché du travail dans ces pays. De tels a priori influencent le niveau des rémunérations des femmes sur le marché du travail ou leurs possibilités d'accès aux études supérieures, directement et indirectement, parce qu'elles finissent par acquérir la conviction d'être foncièrement inaptes à certains emplois, ou encore qu'elles ne seront jamais aussi performantes que les hommes. Les psychologues ont apporté la preuve de la force de ce phénomène, appelé « menace du stéréotype ». Lorsqu'on fait passer des tests de mathématiques difficiles à des étudiants et à des étudiantes, reconnus comme compétents dans cette discipline, ces dernières réussissent moins bien que les hommes. Cependant, quand on leur présente le même test après leur avoir précisé : « Vous avez peut-être entendu dire que les filles sont moins fortes en maths que les garçons, mais cela ne vaut pas pour ce test-là », les femmes obtiennent alors d'aussi bons résultats que les hommes (Spencer et al., 1999) ! L'explication de ce phénomène tient au fait que les filles ont intériorisé le préjugé selon lequel en général les filles ne sont pas aussi fortes en maths, et qu'elles baissent donc les bras quand des difficultés se présentent. Lorsqu'on leur annonce que cette « donnée » ne s'applique pas au test considéré, elles savent qu'elles doivent persévérer. Tant que ces préjugés persisteront, l'égalité des sexes sera compromise, même si les conditions technologiques de l'égalité des chances sont réunies.

De même, si de nombreux facteurs continuent à entraver l'accès des femmes aux sièges parlementaires (la nature des systèmes électoraux, le rôle et la discipline que s'imposent des partis politiques, le manque d'expérience politique préalable des femmes), l'idée très répandue selon laquelle les femmes ne pourront jamais devenir des dirigeantes compétentes constitue sans doute l'obstacle majeur à une plus grande participation des femmes à la vie politique. Or cette idée est encore très diffusée dans les pays développés également : à l'issue d'une série d'expériences, des psychologues ont démontré qu'à niveau de performance égal, les dirigeantes sont jugées moins favorablement que leurs homologues masculins. Ces études proposent aux personnes interrogées la description écrite de situations de commandement, en changeant le sexe du dirigeant, ou bien font jouer le rôle du dirigeant par des acteurs formés pour l'occasion, ce qui permet aux instigateurs de l'étude de mesurer avec précision le succès remporté par chacun des dirigeants (Swim et al., 1989). Ces enquêtes montrent que les préjugés sont d'autant plus marqués lorsque la fonction de direction en question est traditionnellement associée à un homme.

Bien qu'il n'existe pas d'études comparables dans les pays en voie de développement, il y a de nombreuses raisons de penser que ces préjugés y seraient encore plus forts. En effet, les données suggèrent qu'en Inde, les citoyens ont tendance à évaluer plus sévèrement les performances des dirigeantes par rapport à celles de leurs homologues masculins. Depuis 1993, un tiers des présidences et des sièges des conseils dans les villages ruraux indiens ont été réservés aux femmes. Nous avons analysé (Topalova et Duflo, 2004) un ensemble de données comportant des informations subjectives et objectives, concernant les actions menées par les femmes responsables politiques. Les données objectives ont été obtenues au moyen d'examens techniques évaluant le nombre et la qualité des services publics disponibles dans ces villages. Il ressort que les femmes en fournissent davantage et de meilleure qualité que les hommes. En outre, les femmes acceptent, en moyenne, nettement moins de pots-de-vin que les hommes : lorsque la dirigeante d'un village est une femme, les habitants sont 1,5 % moins susceptibles de lui offrir des pots-de-vin à elle ou à la police, en échange de services. Malgré cela, les données subjectives révèlent que les habitants de ces villages se disent moins satisfaits de la capacité de leur femme présidente à leur fournir tous les services. Cela s'applique même à l'eau potable, dont objectivement la qualité est meilleure et la quantité plus importante lorsque les conseils des villages sont dirigés par une femme. De manière surprenante, leurs détracteurs se comptent aussi bien parmi la population féminine que masculine, et tous reprochent même à la présidente la mauvaise qualité de services ne dépendant pas de la responsabilité du conseil. Il semble donc qu'un obstacle culturel puissant empêche les femmes d'être considérées comme des responsables politiques compétents.

En politique, des mesures de discrimination positives semblent justifiées

De tels faits justifient l'idée d'imposer des quotas en faveur des femmes, de façon à leur « réserver » des postes de décision, puisque même lorsqu'elles font mieux leur travail, l'électorat refuse de le reconnaître, tant les préjugés sont tenaces. C'est pourquoi il sera extrêmement difficile aux femmes d'accéder à la vie politique tant que d'une manière ou d'une autre, des mesures de discrimination positive ne seront pas prises. Dans la plupart des 17 pays qui ont atteint l'objectif du millénaire, d'avoir 30 % de femmes parmi les parlementaires, de fait une forme ou une autre de discrimination positive avait été mise en place. Si l'on souhaite parvenir rapidement à une représentation équilibrée des sexes, il semble clair que des formes de discrimination positive seront nécessaires.

Plus généralement, il serait vain, dans un futur proche, de compter sur la seule croissance pour faire régner l'égalité entre les sexes : l'écart entre les hommes et les femmes perdurera en ce qui concerne les chances que celles-ci ont de naître, de survivre pendant leur enfance, d'avoir accès à l'éducation au-delà de l'école primaire, de trouver une place sur le marché du travail et en politique.

Cependant, notons que les bénéfices des mesures prises en faveur des femmes se font, jusqu'à un certain point, au détriment des hommes. La politique, à cet égard, reste le cas le plus flagrant. Tout siège obtenu par des femmes grâce aux quotas représente un siège qu'un homme n'aura pas. La corrélation négative n'est pas toujours aussi explicite, mais peut cependant être très marquée. Les mesures spécifiques en faveur de l'accès des filles aux écoles par exemple (bourses d'études et toilettes réservées aux femmes) constituent des moyens onéreux d'y faire entrer plus de filles. Étant donné que le nombre d'inscriptions est déjà très élevé, beaucoup de bourses sont allouées à des filles qui seraient de toute façon allées à l'école, rendant le coût de chaque nouvelle écolière encouragée à se scolariser, considérable. Cela signifie que dans le cadre du budget très limité de la plupart des pays en voie de développement, tout avantage consenti aux filles ne peut l'être qu'au détriment direct des garçons. De plus, l'argent consacré aux bourses d'études ne peut plus être employé à d'autres projets qui amélioreraient le sort de tous les écoliers, comme l'embauche de nouveaux enseignants par exemple.

En conséquence, les politiques spécifiques en faveur des femmes doivent être justifiées, non seulement au nom du principe de l'égalité des sexes, mais parce que l'égalité elle-même est souhaitable et vaut les coûts qu'elle entraîne. Dans la seconde partie de cet exposé, nous analyserons l'argument selon lequel le conflit apparent entre le bien-être des femmes et celui des hommes n'est valable que sur le long terme. À long terme, on ne peut plus parler de conflit entre les intérêts des femmes et ceux des hommes, car les ressources allouées aux femmes augmentent à tel point les ressources disponibles pour tous que tout le monde y trouve finalement son compte.

L'amélioration de la condition des femmes est-elle un facteur de développement économique ?

Il existe deux justifications possibles des politiques visant à soutenir activement la promotion des femmes. Selon la première, l'équité est une valeur en soi : les femmes sont actuellement moins bien traitées que les hommes et cette inégalité entre les sexes est intolérable en tant que telle. C'est ce qu'écrit, par exemple, Kofi Annan, secrétaire général des Nations unies, dans le rapport de 2005 sur les Objectifs de Développement du Millénaire (ODM) : « La participation pleine et entière des femmes à tous les stades de prise de décision est un droit humain fondamental. » Selon la seconde justification, souvent évoquée par les responsables politiques dans leurs discours, les femmes jouent un rôle fondamental dans le développement. L'inégalité des sexes, tant au niveau de l'éducation, de la participation politique que du marché du travail, doit donc être combattue, non seulement pour des raisons d'équité, mais aussi parce que cela entraînera des effets bénéfiques sur toute une série de secteurs sociaux. Autrement dit, la réduction de cette inégalité entraînera un accroissement de l'efficacité économique. Dans son rapport, Kofi Annan va dans le même sens : il affirme que l'égalité entre les sexes constitue une « condition indispensable » pour atteindre les autres Objectifs du Millénaire.

L'amélioration de la condition des femmes est donc présentée comme une proposition où les deux sexes y trouvent leur compte. James Wolfensohn, l'ancien président de la Banque Mondiale, tenait par exemple les propos suivants, lors de la Quatrième conférence de l'ONU sur les femmes :

« L'éducation des filles a un effet de catalyseur sur tous les domaines du développement : elle favorisera la baisse des taux de mortalité infantile et maternelle, l'augmentation de la réussite scolaire des fils autant que des filles, l'accroissement de la productivité, le progrès de la gestion de l'environnement. Toutes ces avancées se traduiront par une croissance économique plus rapide et, ce qui est tout aussi important, par une plus large répartition des fruits de la croissance… Plus les filles seront éduquées, plus les femmes pourront accéder à des postes de responsabilité, à tous les niveaux de la société, des cliniques de santé des villages aux parlements des capitales. Cela changera la manière dont les sociétés abordent les problèmes, et la qualité de la prise de décision au niveau mondial s'en trouvera améliorée. »

L'idée que l'amélioration de la condition des femmes est souhaitable, en vue de ses bénéfices en termes d'efficacité, sous-tend le débat politique et influe donc sur les mesures économiques adoptées dans le monde entier. Les programmes de micro-crédit, par exemple, ont été presque exclusivement destinés aux femmes, sous prétexte que les femmes investissent l'argent dans des biens et des services qui améliorent le bien-être des familles et favorisent le développement. Il en est de même de la plupart des transferts d'argent accordés sous conditions aux pays en voie de développement, tel que PROGRESA/Oportunidades au Mexique : ils sont attribués aux femmes et non aux hommes. Et les bourses scolaires des enfants sont plus généreuses pour les filles, voire ne sont attribuées qu'à elles. Dans 81 pays, des quotas ont été instaurés visant à renforcer l'accès des femmes à des postes de responsabilité, en particulier en Inde où un amendement constitutionnel, en 1993, a imposé que les femmes détiennent un tiers des présidences et des sièges des conseils des villages ruraux.

L'argument selon lequel l'amélioration de la condition des femmes est souhaitable en raison de l'efficacité économique qui s'ensuit, doit cependant être examiné avec plus d'attention. Pour commencer, il convient de souligner l'argument implicite de cette proposition, à savoir qu'il faudrait envoyer les filles à l'école ou accroître leur accès au marché du travail parce qu'il en résulterait un *plus grand* développement que si le même effort était consenti en faveur de l'éducation et des revenus des hommes.

Il existe sur ces questions un volume important de recherches qui documente clairement la corrélation entre le niveau d'instruction ou de revenus des mères, et le bien-être de leurs enfants, en particulier leur santé. Cette corrélation entre le niveau d'instruction ou de revenu de la mère et le bien-être des enfants se trouve être presque toujours plus forte que la corrélation correspondante prenant en compte l'instruction et les revenus du père. Mais, ce genre de corrélation ne prouve pas toujours qu'il existe un lien de cause à effet. En l'occurrence, on relève deux difficultés principales quant à l'interprétation des chiffres. Premièrement, on peut supposer que l'instruction d'une femme, ses revenus, ou sa participation politique soient corrélés à son talent, sa famille ou la classe sociale dont elle est issue. Dans la mesure où ces facteurs non étudiés influent de façon déterminante et directe sur la santé de l'enfant, la corrélation entre éducation et bien-être des enfants ne reflète pas seulement la relation de l'accroissement de son instruction, de ses revenus et de sa participation politique. Il est important de reconnaître que du fait même que les femmes sont censées avoir moins de chances d'accéder à l'éducation, à un salaire ou à la vie politique, il est probable que ce biais soit plus important dans le cas des femmes que dans celui des hommes. De même, il est possible que les enfants s'en sortent mieux dans des pays ou des régions où la participation féminine à la vie politique est plus forte, simplement parce que ces lieux constituent par ailleurs des milieux plus favorables. Deuxièmement, la comparaison entre les coefficients d'éducation et de revenus respectifs des maris et des épouses risque fort d'être obscurcie par une probable corrélation entre les niveaux d'instruction et de revenus des épouses et des caractéristiques de son mari pas prises en compte pour l'analyse. Cela pour deux raisons : d'une part, les femmes dont les niveaux d'instruction et de revenus sont élevés ont peut-être plus de chances d'épouser des hommes qui s'intéressent davantage à leurs enfants. D'autre part, lorsqu'on observe, une fois prises en compte les ressources globales de la famille, que ces ressources produisent de meilleurs résultats si elles sont gérées par les femmes plutôt que par les hommes, il n'est pas exclu que cela soit dû à des caractéristiques du père : s'il présente une mentalité suffisamment progressiste pour autoriser son épouse à chercher un emploi, c'est peut-être cette mentalité même qui le conduit à mieux traiter leurs enfants.

Pour surmonter ces problèmes d'analyse, les chercheurs ont exploité des circonstances particulières où distribution du pouvoir, instruction ou revenus des femmes et des hommes avaient changé pour des raisons sans rapport avec leurs choix personnels. Grâce à ces situations, il a été possible d'évaluer ce qui se passerait si les politiques d'amélioration de la condition des femmes étaient mises en place et appliquées à tous, et plus seulement à des familles aux caractéristiques particulières.

La part des femmes dans la prise de décision au sein du foyer

Les programmes de micro-crédit ou les organismes sociaux qui restreignent le crédit et les transferts de moyens aux seules femmes, parce qu'ils considèrent que cela assure que l'argent soit ainsi mieux utilisé à des fins favorables au développement, reconnaissent implicitement que les femmes ne sont pas totalement impuissantes. Si elles l'étaient, l'argent serait immédiatement accaparé par leurs maris, et on n'observerait aucun avantage à octroyer ces allocations aux femmes plutôt qu'aux hommes. À l'inverse, si les ménages étaient des entités harmonieuses où chacun partageait les mêmes souhaits et préférences, il importerait peu de savoir à quel membre du ménage serait alloué l'argent. Il serait versé au pot commun et dépensé pour le plus grand bien de tous les membres de la famille.

En pratique, on a toutes les raisons de penser que les familles se situent en fait entre ces deux extrêmes : on n'y trouve qu'exceptionnellement un *pater familias* tout-puissant, et aucune n'est épargnée par un certain degré de mésentente. En réalité, chacun des membres de la famille a une idée personnelle sur la meilleure façon de dépenser l'argent du ménage, et l'avis de chacun pèse de façon différente sur la prise de décision finale. Dans ce contexte, il est possible que plus l'un des membres contribue aux ressources du ménage, plus il est susceptible de peser en faveur des dépenses de son choix. Lorsque la femme a un rôle dans les décisions au sein du foyer, sa contribution financière au budget du ménage pourra alors avoir une grande influence sur les choix familiaux.

Étude de la répartition du budget du ménage

De nombreuses études empiriques ont cherché à voir dans quelle mesure la répartition du budget des ménages change, selon que les ressources y sont détenues par l'un ou l'autre des partenaires. Les données recueillies tendent à montrer que lorsque la femme, plutôt que le mari, détient les cordons de la bourse, les enfants bénéficient d'une meilleure santé (Thomas, 1990) et qu'une plus grande part des dépenses du foyer sont consacrées à l'alimentation, aux soins et au logement (Thomas, 1992). Ces études pourraient, cependant, être affectées par le fait que les familles où la femme détient une plus grande part des ressources du ménage sont différentes des familles où ce n'est pas le cas. Pour résoudre cette question, Duflo (2003) a recours à l'extension rapide du programme des pensions de retraite allouées aux personnes âgées en Afrique du Sud. À la fin de l'apartheid, le gouvernement s'est engagé à respecter la parité entre blancs et noirs en matière de prestations sociales et de leurs critères d'attribution. Pour ce faire, les autorités ont ainsi principalement augmenté les prestations accordées aux noirs, qui se sont rapidement élevées entre 1990 et 1993. En 1993, 80 % des femmes noires de plus de 60 ans et 77 % des hommes noirs de plus de 65 ans percevaient une retraite. Les prestations les plus élevées atteignaient 370 rands par mois, environ 3 dollars américains par jour, ce qui revenait à la moitié du salaire minimum et au double du revenu médian par tête des zones rurales. Étant donné les coutumes de ce pays, presque un tiers des enfants noirs de moins de 5 ans vivent actuellement sous le même toit qu'un des bénéficiaires de ces retraites. Les enfants qui partagent le logement d'un de ces bénéficiaires sont généralement issus de classes sociales assez défavorisées, et sont le plus souvent, par conséquent, plus petits que les autres enfants du même âge. Pour évaluer les effets de l'allocation d'une retraite sur les caractéristiques anthropométriques des filles, l'étude prend en compte le fait que la taille reflète les investissements cumulés consacrés à l'alimentation de l'enfant. Plus longtemps une fille aura été bien nourrie, plus elle sera de grande taille à un âge donné. L'extension des programmes au début des années 1990 a augmenté le nombre de personnes âgées susceptibles de percevoir une retraite, et les prestations se sont ainsi multipliées. De ce fait, dans la mesure où l'attribution d'une pension contribue à améliorer l'alimentation des enfants, les enfants nés après l'extension des programmes avaient plus de chances d'avoir été bien nourris pendant une plus grande partie de leur vie, s'ils vivaient avec un bénéficiaire de ces retraites.

En effet, l'étude a montré que les filles vivant avec une grand-mère bénéficiant d'une retraite pèsent plus lourd que celles dont la grand-mère n'est pas assez âgée pour prétendre à une retraite. Par ailleurs, en termes de taille, les filles plus âgées, nées avant que le programme de retraites soit mis en place, sont moins grandes lorsqu'elles vivent avec un bénéficiaire (homme ou femme) d'une retraite que celles habitant avec une personne n'en ayant pas bénéficié. Au contraire, parmi les plus jeunes filles nées après l'extension du programme, celles qui vivent avec une grand-mère percevant une retraite sont plus grandes que celles qui ne sont pas dans ce cas. Cela laisse penser que lorsque des femmes perçoivent des retraites, les filles sont mieux nourries. Tandis que les filles plus âgées rattrapent immédiatement leur retard de poids, les carences alimentaires subies pendant leur prime enfance continuent d'avoir une influence sur leur taille, même après le retour à une alimentation satisfaisante. C'est pourquoi les filles plus âgées restent plus petites. Dans le cas des filles sud-africaines, on estime que le fait d'habiter avec une grand-mère bénéficiaire d'une retraite suffit à combler la moitié de l'écart de taille qui les différencie des enfants d'Amérique du nord.

En revanche, un tel effet n'est pas observé lorsque la retraite est perçue par un homme ou quand on se penche sur le cas des garçons.

Nous sommes ainsi amenés à penser que l'identité du bénéficiaire de la retraite a clairement une influence sur la façon dont celle-ci est dépensée. Les hommes et les femmes ne privilégient pas les mêmes choses, et utilisent ainsi leurs droits à une allocation permanente pour exprimer ces préférences. Le fait que les femmes aient des préférences différentes ne signifie pas, néanmoins, que ces préférences soient forcément plus altruistes que celles des hommes, ou favorisent toujours les « bonnes choses ». Edmonds (2005) s'est appuyé sur la même réforme en Afrique du Sud pour étudier l'impact des programmes de retraites sur l'éducation. Il compare ainsi les inscriptions scolaires des adolescents (entre 13 et 17 ans) issus de familles où l'on trouve une personne âgée bénéficiaire d'une retraite et de ceux issus de familles où la personne âgée n'a pas droit à cette retraite. Il découvre que, par rapport aux familles sans retraité éligible, les enfants issus de familles où un homme touche une retraite sont plus souvent inscrits à l'école que lorsque c'est une femme qui touche cette même retraite. On constate donc, une fois encore, combien l'identité de la personne qui bénéficie des ressources est cruciale. Dans ce cas, cependant, c'est lorsque l'homme perçoit la retraite que des choix favorables au bien-être et au développement sont faits.

Si les femmes plus instruites gagnent des salaires plus élevés et obtiennent plus facilement un emploi, alors il sera sans doute plus utile pour la santé des enfants d'investir prioritairement dans l'éducation des femmes, plutôt que dans celle des deux sexes à part égale. En outre, si ce sont les mères qui soutiennent principalement les enfants, une meilleure éducation des femmes pourrait contribuer à améliorer les soins qui leur sont prodigués. C'est pourquoi nombreux sont ceux qui pensent qu'un effort particulier doit être consenti en faveur de l'éducation des filles car tout progrès en ce sens produirait un effet d'entraînement. Malheureusement, cela n'est pas aussi clair qu'il n'y paraît.

Certes, la réalité d'une corrélation entre le niveau d'éducation des mères et le bien-être de leurs enfants a déjà été maintes fois démontrée. Mais, le plus souvent, cette corrélation ne peut être interprétée comme la preuve d'un rapport de cause à effet, car d'autres paramètres évidents entrent en considération : les filles instruites sont issues de familles aisées et épousent de ce fait des hommes plus riches, plus instruits et plus progressistes. Il est ainsi généralement difficile de prendre en compte l'influence réciproque de chacun de ces facteurs, et peu d'études s'y sont risquées. Pour contourner cette difficulté d'analyse, Breierova et Duflo (2004) ont utilisé l'accélération très importante des programmes de construction d'écoles en Indonésie dans les années 1970. Cette réforme permet de prédire le niveau d'instruction des femmes et des hommes en se basant uniquement sur les lieux et les dates de naissance des personnes interrogées. De cette façon on peut corriger le biais dû à ce que les femmes plus éduquées sont différentes des femmes moins éduquées. L'étude montre que, après cette correction, l'éducation de l'homme continue à jouer un rôle de par le nombre d'enfants du ménage. À taux d'éducation moyen du ménage constant cependant, le taux de mortalité infantile n'y est pas significativement plus bas quand la mère est mieux éduquée. S'il est indéniable que l'éducation a un effet positif sur la mortalité infantile, il reste à prouver que l'éducation des femmes est plus déterminante, à cet égard, que celle des hommes. Il ne s'agit cependant que d'une seule étude. Il en faudra bien d'autres avant de pouvoir trancher cette question.

L'importance de la contribution financière des femmes au budget familial n'est pas leur seul moyen d'influer sur les négociations au sein des ménages. Les options qui sont les leurs en dehors du mariage sont également cruciales. Si une femme n'a aucune autre option à l'extérieur de sa famille, les deux époux savent que le divorce est exclu et que, dans le cas contraire, la femme se retrouverait sans moyens de subsistance. Le mari peut ainsi imposer ses propres décisions au sein du foyer et menacer sa femme de la mettre dans une situation encore plus précaire si elle ne cède pas. L'environnement institutionnel, c'est-à-dire le droit s'appliquant en cas de divorce, la plus ou moins grande facilité de se remarier ou de trouver de nouveaux moyens de subsistance, pèsera donc sur la prise de décision au sein du ménage, même lorsque les conflits n'aboutissent pas au divorce. En Indonésie, chaque membre du couple conserve la propriété personnelle des biens qu'il a apportés au jour du mariage. Thomas, Frankenberg et Contreras (2002) ont démontré que, même en prenant en compte les ressources actuelles du ménage, les biens amenés par chacun des conjoints au moment du mariage continuent de peser sur la façon dont y sont prises les décisions. On constate en particulier que les enfants sont en meilleure santé lorsque leur mère a amené davantage de ressources au sein du mariage.

Les femmes souvent très mal protégées en cas de divorce

Dans nombre de pays en voie de développement, les femmes sont très mal protégées en cas de divorce. Même lorsque le droit en prévoit l'éventualité, le divorce est très mal vu dans ces sociétés, et il est difficile de se remarier. Les études sur les effets de telles institutions sur les pays en voie de développement sont étonnamment rares. Des travaux américains suggèrent que les institutions ont, en soi, une influence sur la vie familiale. Chiappori, Fortin et Lacroix (2002) mettent en évidence que les droits de chacun des conjoints en cas de divorce (qui varient selon les États et ont connu au fil du temps une évolution différente dans chacun d'eux) jouent sur les décisions en matière d'emplois au sein des couples mariés. Angrist (2002) montre que les filles d'immigrants présentent aux États-Unis des taux de mariage plus élevés et travaillent moins d'heures par semaine (signe qu'elles ont un plus fort pouvoir de négociation dans ce pays, et qu'elles peuvent donc choisir de ne pas travailler), dans les groupes ethniques où la proportion des garçons est plus grande que celle des filles parmi les jeunes du même âge récemment immigrés. Cela est dû au fait que les migrants ont tendance à se marier au sein du même groupe ethnique. La plus grande proportion de garçons que de filles chez les immigrés permet à ces dernières de se remarier en cas de divorce, et augmente, par conséquent, leur pouvoir de négociation dans le ménage.

Toutes ces études montrent que le pouvoir compte au sein du foyer et que lorsque les femmes disposent de davantage de pouvoir, la santé des enfants et leur alimentation s'améliorent. Cela amène donc à penser que les politiques visant à accroître le bien-être des femmes en cas de divorce, ou à augmenter leurs chances de trouver du travail, pourraient peser sur les conditions de vie des ménages, et en particulier sur la santé des enfants. Mais ces effets bénéfiques jouent-ils dans le cas des programmes de transfert de richesses temporaire qui ne remettent pas profondément en cause les statuts relatifs de l'homme et de la femme ? Prenons, par exemple, les transferts de ressources soumis à condition, alloués pour quelques années seulement : auraient-ils des effets plus favorables s'ils étaient attribués aux mères plutôt qu'aux pères ? La réponse n'est pas évidente *a priori*. On pourrait s'attendre à ce que le ménage prenne en compte le caractère temporaire de ces transferts. Dans ce cas, ces transferts ne devraient avoir aucune influence réelle sur le pouvoir de négociation du bénéficiaire, ni sur la prise de décision, car le ménage est conscient que très bientôt, il reviendra à la situation primordiale, et que le mari se vengerait si la femme essayait d'obtenir trop de bénéfices de son pouvoir passager. Autrement dit, plutôt que d'essayer de tirer un profit maximal à un moment donné, les conjoints préfèrent s'assurer mutuellement, et les transferts temporaires n'ont peut-être ainsi pas d'incidence.

En pratique cependant, on constate que les membres du couple semblent incapables de s'assurer mutuellement. En Côte d'Ivoire, hommes et femmes ne cultivent pas les mêmes produits et ne sont donc pas affectés de la même manière par les chutes de pluie. Certaines années sont plus favorables à l'homme, et d'autres à la femme. On pourrait s'attendre à ce que les variations temporaires de la part du revenu de chacun des conjoints uniquement dues au niveau des précipitations ne jouent pas sur la consommation du ménage. Or Duflo et Udry (2004) ont au contraire montré que les années où la production des cultures de la femme est supérieure, le ménage réserve une plus grande part de son budget à la nourriture et à des biens privés, destinés à la femme. Au contraire, lorsque la production des cultures de l'homme est supérieure, le ménage réserve une plus grande part de son budget à l'alcool, au tabac et à des biens privés, destinés à l'homme.

Ces études nous permettent de tirer deux conclusions importantes. Tout d'abord, même si les programmes spécifiques en faveur des femmes n'apportent pas de changements radicaux de leur statut ni de la façon dont elles sont perçues par la société, ils peuvent avoir des conséquences immédiates. Le fait de permettre aux femmes une plus grande maîtrise des ressources du ménage, même à court terme, donnera à leur voix davantage de poids au sein du foyer, ce qui améliorera leur bien-être, mais également, comme les recherches semblent l'avoir maintes fois démontré, la santé et l'alimentation des enfants. La deuxième conclusion que l'on peut tirer de ces études est que les familles ne fonctionnent pas très bien, dans la mesure où chacun de leurs membres n'est pas capable de fournir à l'autre ne serait-ce que les produits de première nécessité. On ne peut donc pas compter sur la famille pour corriger les déséquilibres de la société, par exemple les droits des femmes à la propriété. Si la famille fonctionnait bien, le fait que les femmes aient des droits de propriété très faibles pourrait être résolu : elles transfèreraient leur terre à leur mari, qui les compenseraient sous forme de transferts financiers. Mais si la femme ne peut pas compter sur son mari pour continuer à lui verser ses dus même après une longue période, elle sera réticente à effectuer un tel transfert, et préférera conserver un contrôle direct, si imparfait fût-il, sur ses biens. Or, comme on va le voir, cela peut avoir des conséquences en chaîne sur l'efficacité productive des ménages, alentir l'investissement et la croissance, et contribuer à maintenir les foyers dans la pauvreté.

Les femmes et les droits de propriété

On constate que les femmes conservent leurs droits de propriété sur une partie des actifs qu'elles apportent au ménage (nous avons déjà mentionné l'exemple de l'Indonésie). En Afrique, il est fréquent que les hommes et les femmes conservent leurs droits de propriété respectifs sur les actifs de production, la terre en particulier. Au Burkina-Faso, par exemple, les femmes n'abandonnent pas la propriété personnelle de leur lopin de terre lorsqu'elles se marient, bien que les membres du ménage cultivent les terres de l'un et de l'autre, et les facteurs de production, comme les engrais, sont achetés en commun. La production est également mise en commun pour assurer la consommation familiale. Bien entendu, comme nous l'avons vu, les membres d'une même famille peuvent avoir des avis divergents quant à la façon dont ces ressources communes doivent être dépensées, et plusieurs paramètres, notamment la quantité de terres dont chacun d'eux est propriétaire, pèseront sur les choix finaux de consommation du ménage. Une famille fonctionnant bien, cependant, chercherait d'abord à agrandir au maximum la taille du gâteau avant de penser à la manière de se le partager. Tous les facteurs de production, en particulier le travail, les graines et les engrais, devraient être alloués à l'ensemble des parcelles, de façon à augmenter autant que possible la productivité globale des terres. Or Udry (1996) a montré qu'en pratique, c'est loin d'être le cas. Une plus grande proportion de facteurs de production est utilisée sur les parcelles dont le mari est propriétaire, si bien qu'après avoir tenu compte des variables saisonnières, des caractéristiques des terres et du type de cultures, on constate que les terrains appartenant aux hommes produisent plus que ceux des femmes, principalement parce qu'on y dispense plus d'engrais. Mais étant donné que l'efficacité marginale des engrais diminue à mesure qu'on en utilise davantage, il serait plus judicieux de répartir les engrais, dans de plus faibles proportions, sur les parcelles des hommes et des femmes. Ce n'est pourtant pas la solution que semblent adopter les ménages dans la plupart des cas. Or, la production du ménage pourrait augmenter de 6 % en utilisant la même quantité d'engrais et de main-d'œuvre, simplement en la répartissant équitablement. Étant donné la pauvreté qui frappe ces pays, une telle augmentation n'est pas négligeable.

Pourquoi donc les ménages n'adoptent-ils pas cette stratégie ? La réponse tient en partie au phénomène de myopie que Duflo et Udry (2004) avaient également relevé en Côte d'Ivoire. Les ménages décident probablement de la façon dont sont allouées les ressources en fonction de la quantité de nourriture produite par chacun de ses membres, sans prendre en compte le fait que l'un d'entre eux a pu aider l'autre dans sa production. Chacun des membres du ménage préfère s'assurer une plus grande part d'un plus petit gâteau. C'est pourquoi chacun travaille sur sa propre parcelle, sans chercher à augmenter autant que possible la production globale du ménage. Ils ne s'entraident pas suffisamment, par exemple en se consacrant mutuellement du temps ou des moyens de production. Comme les hommes sont plus riches, ils sont moins limités dans leurs emprunts et peuvent acheter des engrais, qu'ils utilisent exclusivement sur leurs terres, sans en faire profiter leurs épouses. Étant donné l'imperfection des conditions de la négociation au sein de la famille, l'une des solutions susceptible d'augmenter la productivité globale du foyer pourrait être, pour la femme, de « louer » sa parcelle à son mari, qui serait alors conduit à faire les choix de production les plus efficaces. Mais les droits de propriété des femmes étant faibles, cela ne se passe pas ainsi. En effet, si le mari travaille trop longtemps sur la terre de sa femme, il sera à terme considéré comme le « propriétaire » de cette terre, et arrêtera, dès lors, d'offrir une compensation à son épouse.

Les femmes, qui anticipent ce phénomène, ne sont donc pas disposées à abandonner la maîtrise de leur parcelle en faveur de leur mari, même en échange d'une compensation et chacun continue à produire dans son coin. Voici donc un exemple où le fait que les droits de propriété des femmes ne sont pas garantis conduit à un pur gaspillage et rend littéralement les familles plus pauvres.

L'exemple du Ghana

Au Ghana, les faibles droits de propriété des femmes entraînent également des niveaux d'investissement trop faibles. Les agriculteurs du Ghana laissent leurs terres en jachère pendant plusieurs années afin qu'elles se reconstituent. C'est une forme d'investissement, étant donné que les agriculteurs acceptent de ne rien retirer de leurs terres pendant quelques saisons, de manière à obtenir des niveaux de production plus élevés après la jachère. Or le risque existe, bien sûr, que quelqu'un voyant une terre en jachère, décide de commencer à la cultiver. Si les droits de propriété sont garantis, cela ne se produit bien sûr pas. Les droits de propriété sur les terres agricoles au Ghana, cependant, sont loin d'être sûrs. Un agriculteur ne jouit, au mieux, que de droits d'usufruit sur sa terre dans ce pays : la terre appartient à la fois au village et à la lignée si bien que, même lorsqu'un lopin de terre revient à un individu du fait de sa lignée, il n'est pas exclu que les villageois l'attribuent à quelqu'un d'autre. Plus une personne est puissante au sein du village ou de sa lignée, plus elle a les moyens de contrecarrer les tentatives d'appropriation de sa terre, et donc le loisir de la laisser en jachère sans courir de risque d'expropriation. De fait, Goldstein et Udry (2005) ont montré que les agriculteurs qui occupent des responsabilités politiques au sein du village ou de leur lignée laissaient plus souvent leurs terres en jachère, et pendant plus longtemps, ce qui les rend plus fertiles. Mais les femmes sont plus rarement en position de force, ce qui leur interdit de laisser aussi souvent que nécessaire leurs terres en jachère. Celles-ci sont par conséquent moins productives. Là encore, la position d'infériorité des femmes est la cause directe d'investissements inefficaces. Or ce phénomène n'est pas corrigé par le transfert de droits de propriété au sein du ménage, alors que cette solution garantirait au couple la possibilité de revendiquer la propriété d'une terre auprès de la lignée ou du village. Mais cela se ferait au prix d'un affaiblissement de la position de la femme au sein du foyer.

Les femmes et la responsabilité politique

L'étude de cas effectuée au Ghana met en lumière l'une des conséquences au sein du ménage du fait que les femmes sont moins susceptibles d'occuper des postes de responsabilité politique. Existe-t-il d'autres raisons de penser que l'entrée des femmes en politique serait suivie d'effets ? Nous avons vu que les préférences des femmes et des hommes diffèrent et que la négociation au sein du ménage n'aboutit pas à des choix connus de tous les membres du ménage. On peut donc supposer qu'hommes et femmes ont des opinions politiques différentes. Tout d'abord, les femmes opteront plutôt pour des choix politiques reflétant au mieux leurs propres priorités. Comme elles accordent une importance particulière à la santé des enfants et à leur alimentation, elles devraient adopter des politiques leur permettant d'atteindre ces objectifs. Ensuite, les femmes devraient favoriser les politiques susceptibles d'augmenter leur pouvoir de négociation au sein du foyer, et donc celles améliorant leur sort en cas de divorce, augmentant la productivité de leur travail quotidien et leur accès au marché du travail. On constate effectivement qu'en pratique les hommes et les femmes privilégient des politiques différentes. Chattopadhyay et Duflo (2004) ont réuni des données sur la nature des plaintes déposées par les deux sexes auprès du conseil villageois local, dans deux districts du Bengale occidental et du Rajasthan, en Inde. Dans les zones rurales de ce pays, ce sont les conseils villageois qui administrent les services publics. Les plaintes varient en fonction du sexe. Concernant les services publics, les femmes du Bengale occidental se plaignaient surtout de l'eau potable et des routes, beaucoup moins des problèmes d'éducation et d'irrigation. Quant aux hommes, ils se plaignaient surtout des routes et de l'irrigation, et moins de la qualité de l'eau potable. Au Rajasthan, plus de la moitié des plaintes déposées par les femmes concernaient l'eau potable, et très peu l'éducation. L'eau potable préoccupait beaucoup aussi les hommes au Rajasthan, sans prendre pour autant un caractère aussi crucial que pour les femmes. En revanche, les hommes exprimaient bien plus de mécontentement que les femmes au sujet des routes et de l'éducation. Les caractéristiques des plaintes sont liées aux types de responsabilités respectives des hommes et des femmes au sein du ménage, et à leurs possibilités d'emplois. Les femmes se chargent de la collecte d'eau potable, et au Bengale occidental, elles sont les principales bénéficiaires des travaux sur les routes, puisqu'elles fournissent à cette occasion la plus grande partie de la main-d'œuvre. Au Rajasthan, les hommes comme les femmes participent aux travaux sur les routes, mais ce sont les hommes qui utilisent principalement les routes, puisqu'ils doivent voyager plus souvent pour trouver du travail.

Même si les femmes et les hommes affichent effectivement des préférences distinctes, cela ne suffit pourtant pas à garantir que les femmes, une fois au pouvoir, agiraient différemment des hommes. De fait, dans un système parfaitement démocratique, cela ne devrait pas être le cas, puisque les dirigeants des deux sexes s'efforceraient, les uns comme les autres, de satisfaire les attentes de tous les électeurs, en vue de se faire réélire. En outre, même à supposer que les femmes dirigeantes comprennent mieux les besoins de leur sexe, il ne s'ensuivrait pas nécessairement que les politiques destinées à garantir une plus grande représentation féminine seraient plus efficaces pour atteindre ce but.

Par exemple, si les femmes sont politiquement faibles, elles risquent d'avoir des difficultés à peser effectivement sur les décisions.

Pour évaluer les effets induits par l'accession des femmes aux postes de décision, Chattopadhyay et Duflo (2004) se sont penchés sur une expérience unique, menée en Inde après 1992. Par amendement constitutionnel, les États ont ainsi eu l'obligation d'octroyer aux conseils villageois le pouvoir de décider de l'allocation des dépenses des services publics locaux, et de réserver aux femmes un tiers des sièges aux conseils et de leurs postes de président. La représentation et la participation politiques des femmes s'en trouvèrent donc accrues. La comparaison entre la nature des services publics fournis par des conseils villageois réservés aux femmes et les autres, montre que le sexe des présidents des conseils joue sur le type d'investissement choisi. Les femmes dirigeantes favorisent davantage les infrastructures répondant directement aux priorités de développement exprimées par les femmes. Au Bengale occidental, où les femmes se plaignent plus souvent que les hommes de la qualité de l'eau et des routes, les conseils villageois réservés aux femmes investissent davantage dans l'eau et les routes. Au Rajasthan, où les plaintes émanant de femmes concernent plutôt l'eau potable que les routes, les conseils réservés aux femmes investissent davantage en faveur de l'eau que des routes. Ces résultats contrastent fortement avec l'idée communément partagée selon laquelle les postes réservés aux femmes reviennent en fait à l'épouse de l'homme qui occupait ce siège auparavant, et que ce dernier continue à prendre les décisions par l'intermédiaire de sa femme. Cette étude a mis en évidence également que les femmes accédant aux postes qui leur sont réservés, sont moins expérimentées, ont moins d'ambitions et moins de visées politiques, et sont issues de milieux socio-économiques plus défavorisés. Il ne semble pas, cependant, que les résultats constatés soient dus à ces différences. Il semble que seul le sexe du dirigeant local explique les différents choix d'investissement dans les villages réservés aux femmes. Autrement dit, un monde dirigé par des femmes, serait résolument différent. Les femmes responsables politiques semblent effectivement mieux représenter les besoins des femmes. Or cela se vérifie même dans un contexte (le Rajasthan rural) où les femmes disposent traditionnellement de peu de pouvoir, où elles sont peu alphabétisées et où une grande partie de la population croit que les femmes dirigeantes ne font que mettre en œuvre les choix formulés par leurs maris. Au contraire, ces femmes sont en train de changer les réalités du terrain.

Il est intéressant d'observer, une fois encore, que l'accession des femmes au pouvoir fait effectivement changer les choses, mais pas de manière exclusivement positive : tandis que les femmes investissent plus en eau potable, elles consacrent moins de fonds à l'école au Bengale occidental et aux routes au Rajasthan. Il ne faut pas s'en étonner car leur budget est limité et toute ressource affectée à un domaine ne peut l'être qu'au détriment d'un autre. S'il est évident que ces réformes ont profité aux femmes, il est moins certain que le bien-être global s'en soit amélioré : répondre à cette question supposerait de décider si l'eau a plus d'importance que les routes. Cela permet de rappeler qu'il n'y a pas de solution miracle et que les arbitrages restent inévitables.

Conclusion

L'amélioration de la condition des femmes et le développement économique sont donc étroitement liés. Le développement en lui-même conduira à une amélioration de la condition des femmes, et améliorer le statut des femmes entraînera une évolution dans le processus de prise de décision qui rejaillira, à son tour, sur le développement. Malgré cela, contrairement à ce qu'avancent certains des responsables politiques les plus optimistes, il n'est pas évident qu'un effort ponctuel en faveur des droits des femmes suffise à enclencher un cercle vertueux, l'amélioration de la condition des femmes et le développement se renforçant mutuellement pour aboutir à une égalité entre les sexes dans des sociétés plus riches.

D'une part, le développement économique ne suffit pas, à lui seul, à garantir des avancées dans certains domaines cruciaux pour l'amélioration du statut des femmes, notamment en politique, où des stéréotypes tenaces mettent en doute la compétence des femmes à diriger. D'autre part, l'amélioration de la condition des femmes semble conduire effectivement à améliorer, à certains égards, le bien-être des enfants (leur santé et leur alimentation en particulier), mais parfois au détriment d'autres aspects (l'éducation).

Tout ceci laisse penser que ni le développement économique ni l'amélioration de la condition des femmes ne constitue une solution miracle. Pour atteindre l'égalité entre les sexes, un objectif souhaitable en soi à mon avis, il restera indispensable de continuer à adopter des mesures politiques qui favorisent spécifiquement les femmes aux dépens des hommes, et sans doute pendant longtemps. Il en résultera peut-être des bénéfices indirects pour les hommes aussi, mais rien n'assure que ces derniers seront suffisants pour compenser le coût direct qu'ils auront à payer. Cette perspective réaliste doit tempérer les positions des responsables politiques aux deux extrêmes du débat sur la relation mutuelle entre développement et amélioration du statut des femmes.

Économiste, spécialiste du développement, Esther Duflo enseigne au département Économie du Massachusetts Institute of Technology (MIT). Elle est cofondatrice et directrice du Powerty Action Lab.

Traduit de l'anglais (États-Unis), par Dominique Macabiès et Aurélien Talbot

Références bibliographiques

Angrist, Josh (2002), « How Do Sex Ratios Affect Marriage and Labor Markets? Evidence from America's Second Generation », *Quarterly Journal of Economics* 117(3): 997-1038.

Breierova, Lucia and Duflo Esther (2004), *The Impact of Education on Fertility and Child Mortality: Do Fathers Really Matter Less Than Mothers?*, NBER Working Paper #10513.

Chattopadhyay, Raghabendra and Duflo Esther (2004), « Women as Policy Makers: Evidence from a Randomized Policy Experiment in India », *Econometrica* 72(5): 1409-1443.

Chiappori, Pierre-André, Fortin, Bernard, and Lacroix Guy (2002), « Marriage Market, Divorce Legislation, and Household Labor Supply », *Journal of Political Economy* 110(1): 37-72.

Deaton, Angus (1989), « Looking for Boy-Girl Discrimination in Household Expenditure Data », *World Bank Economic Review* 3(1): 1-15.

Deaton, Angus (1997), *The Analysis of Household Surveys: A Microeconometric Approach to Development Policy*, Washington, DC : The World Bank.

Duflo, Esther (2003), « Grandmothers and Granddaughters: Old Age Pension and Intra-Household Allocation in South Africa », *World Bank Economic Review* 17(1), 2003, p. 1-25.

Duflo, Esther and Udry, Christopher (2004), « Intrahousehold Resource Allocation in Cote D'ivoire: Social Norms, Separate Accounts and Consumption Choices », NBER Working Paper #10498.

Edmonds, Eric (2005), « Does Illiquidity Alter Child Labor and Schooling Decisions? Evidence from Household Responses to Anticipated Cash Transfers in South Africa », Forthcoming in the *Journal of Development Economics.*

Goldstein, Markus and Udry, Christopher (2005), « The Profits of Power: Land Rights and Agricultural Investment in Ghana », Mimeo, Yale University.

Greenwald, A. G., Banaji, M. R., Rudman, L. A., Farnham, S. D., Nosek, B. A., and Mellott, D. S. (2002), « A Unified Theory of Implicit Attitudes, Stereotypes, Self-Esteem, and Self-Concept », *Psychological Review* 109: 3-25.

Khanna, R., Kumar, A., Vaghela, J. F., and Puliyel, J. M. (2003), « Community Based Retrospective Study of Sex in Infant Mortality in India », *British Journal of Medicine* 327: 126-129.

Miguel, Edward (2004), « Poverty and Witch Killing », forthcoming *Review of Economic Studies*.

Munshi, Kaivan and Rosenzweig, Mark (2004), « Traditional Institutions Meet the Modern World: Caste, Gender, and Schooling Choice in a Globalizing Economy », forthcoming *American Economic Review*.

The Probe Team (1999), *Public Report on Basic Education in India*, Oxford : Oxford University Press.

Qian, Nancy (2005), « Missing Women and the Price of Tea in China : The Effect of Sex-specific Income on Sex Ratios », Mimeo, Brown University.

Rose, Elaina (1999), « Consumption Smoothing and Excess Female Mortality in Rural India », *Review of Economics and Statistics* 81(1): 41-49.

Sen, Amartya (1990), « More Than 100 Million Women Are Missing », *The New York Review of Books* 37(20).

Singer, Rena (2000), « New South African Law Targets Old Fears of Occult », Special Report to *The Christian Science Monitor*. December 6, 2000.

Spencer, S. J., Steele, C. M., and Quinn D. M. (1999), « Stereotype Threat and Women's Math Performance », *Journal of Experimental Social Psychology* 35(1): 4-28.

Swim, Janet, Borgida, Eugene, Maruyama, Geoffrey, and Myers David G. (1989), « Joan McKay versus John McKay: Do Gender Stereotypes Bias Evaluations ? », *Psychological Bulletin* 105(3): 409-429.

Thomas, Duncan (1990), « Intra-household Resource Allocation: An Inferential Approach », *Journal of Human Resources* 25(4): 635-664.

Thomas, Duncan (1992), « The Distribution of Income and Expenditures within the Household », *Annales d'Economie et de Statistique* 29 : 109-136.

Thomas, Duncan, Frankenburg, Elizabeth, and Dante, Contreras (2002), « Distribution of Power within the Household and Child Health », Mimeo, UCLA.

Topalova, Petia and Duflo, Esther (2004), « Unappreciated Service : Performance, Perceptions, and Women Leaders in India », Mimeo, Massachusetts Institute of Technology.

Udry, Christopher (1996), « Gender, Agricultural Production, and the Theory of the Household ».
Journal of Political Economy 101 (5) : 1010-1045.

United Nations (2005), *Progress Towards the Millennium Development Goals, 1990-2005*, Secretary-General's Millennium Development Goals Report. June 13, 2005.

The World Bank (2001), « Engendering Development: Through Gender Equality in Rights, Resources, and Voice », World Bank Policy Research Report n° 21776.

Le microcrédit dans le monde
Un outil au service des femmes

Maria Nowak

S'il n'est pas une solution miracle, le micro-crédit démontre, qu'à l'échelon local, il permet aux femmes d'acquérir des responsabilités et de l'autonomie. D'assurer ainsi, tantôt la survie des familles, tantôt aux femmes elles-mêmes un rôle reconnu dans la société. Exemples dans quatre continents.

Le microcrédit est un outil financier au service d'un objectif social. Il correspond à la première équation que l'on apprend en économie : travail + capital = création de richesse. Mais il est beaucoup plus qu'un instrument d'investissement. Il permet de transformer les rêves en réalité : ceux et celles qui l'utilisent se trouvent dotés d'un pouvoir qu'ils n'avaient pas auparavant. De ce fait, le microcrédit est particulièrement précieux pour donner plus de responsabilité et d'autonomie aux femmes, et permettre ce que les Anglais appellent *empowerment*[1].

Si le concept est universel, il prend des formes différentes suivant le contexte local.

En Asie, le microcrédit permet aux femmes de trouver leur place dans la société

Dans beaucoup de pays d'Asie et plus particulièrement dans les pays musulmans, les premières victimes de l'extrême pauvreté sont les femmes. Au Bangladesh, le manque de terres limite leur capacité productive. Elles sont essentiellement considérées comme des charges, des bouches à nourrir, et les hommes s'en débarrassent à la première occasion d'autant plus facilement qu'il leur est possible de répudier une épouse pour en prendre une autre qui leur apportera une dot. Beaucoup d'épouses sont ainsi abandonnées avec des enfants à charge sans aucune source de revenu. Leur situation change du tout au tout si, à défaut d'accès à la terre, elles ont accès au capital. Un prêt de quelques dizaines d'euros leur permet de mener des petites activités de commerce ou d'artisanat, auxquelles elles peuvent associer leur mari. Grâce à ce revenu, elles gagnent son respect et celui de leur entourage. Ainsi, Minati fait des grands paniers de bambou. Elle utilise son prêt pour acheter la matière première. Aïcha tisse des saris, Jahera fabrique des gâteaux et Kalpana développe son élevage de poules. Elles remboursent scrupuleusement leur prêt, ce qui leur permet de continuer d'emprunter. Au bout de quelques années, elles peuvent obtenir un prêt d'habitat pour construire ou améliorer leur case ou contracter un emprunt afin de financer la scolarité de leurs enfants. Elles peuvent mettre un peu d'argent de côté qui, abondé par la Grameen Bank, leur permettra d'avoir une retraite. Le microcrédit ne peut supprimer le manque de terres, les inondations, les épidémies, le manque d'infrastructures ou la corruption. Il peut néanmoins devenir aux mains des femmes l'outil de leur auto-promotion et apporter une vie meilleure à leurs familles.

En Afrique, le microcrédit permet d'assurer la survie de la famille en zone rurale en offrant aux femmes l'occasion de développer des activités génératrices de revenu

En Afrique, les femmes ne souffrent pas de la même infériorité qu'en Asie. Elles sont davantage respectées dans la mesure où elles mènent, pour la plupart, des petites activités autonomes : elles possèdent un champ en propre, des chèvres ou des vaches et éventuellement un peu d'argent. Leur vie n'en est pas facile pour autant. Dans le Sahel, la saison sèche fait partir les hommes à la recherche d'un revenu monétaire dans les pays voisins et parfois en Europe. Ils reviennent ou ne reviennent pas. Ils envoient de l'argent pour aider leur famille restée au village, mais souvent l'argent n'arrive pas et les femmes doivent se débrouiller seules pour faire vivre les enfants et les vieux de la communauté. Le microcrédit crée alors une opportunité pour développer, là aussi, des petites activités traditionnelles. Mariama fait des beignets qu'elle vend au marché, Binta produit de la bière de mil, Aïssatou achète des brisures de riz chez le grossiste, et les revend au village pendant la période de disette.

En Amérique latine, le microcrédit finance les activités informelles dans les bidonvilles

En Amérique latine, le secteur informel couvre une large partie de l'activité économique et occupe la majeure partie des habitants des bidonvilles, qui ne cessent de se développer autour des grandes agglomérations en dehors de toute base légale. Là aussi, le microcrédit apporte aux femmes un moyen d'augmenter leur maigre revenu. Comme ailleurs, il ne s'agit pas d'investissements importants : une machine à coudre donne à Isabel les moyens de se lancer dans la confection, un fonds de roulement permet à Alba de faire du commerce de légumes sur le marché, un équipement très simple permet à Lucrecia d'ouvrir une petite boutique de coiffure. Dans certains pays, comme la Bolivie, le microcrédit est désormais une activité bancaire ; dans d'autres, comme le Brésil, il est encore peu développé mais bénéficie de l'appui du gouvernement. Au Chili, des banques locales et étrangères créent désormais des filiales de microfinance.

En Europe centrale, le microcrédit permet de privatiser l'économie à partir de la base

L'effondrement du secteur public et l'absence d'un système de protection sociale suffisant ont jeté dans la misère des millions d'hommes et de femmes de l'ancien monde communiste. Il s'agissait aussi bien d'ouvriers que de paysans ou d'employés. Du jour au lendemain, les femmes sont passées d'une époque où tout était programmé et sécurisé, même si le niveau de vie était très bas, à un monde où elles doivent trouver de nouvelles façons de gagner leur vie et de faire vivre leurs familles.

Le développement du microcrédit a été très rapide grâce au financement et au soutien technique apportés par les bailleurs de fonds permettant à de nombreuses institutions de microfinance de se créer et de répondre aux besoins du public. La demande des femmes a été particulièrement importante. Ce sont elles, très souvent, qui ont été les premières à réagir face aux difficultés. Elles n'avaient pas le choix : il fallait nourrir la famille. Qu'il s'agisse des anciennes membres des coopératives ou des ouvrières des grandes entreprises publiques, elles ont imaginé des activités nouvelles, correspondant aux besoins du marché et à leur savoir-faire. De la vente ambulante aux services de nettoyage, des petits restaurants familiaux au maraîchage ou au petit élevage, les femmes ont pris en main leur vie professionnelle et sont devenues des travailleuses indépendantes. Elles ont entraîné derrière elles les hommes, plus désorientés que leurs conjointes par cet univers nouveau et inconnu. Aujourd'hui, dans les pays post-communistes, le nombre de clients et clientes de microcrédit est évalué entre 4 et 5 millions de personnes

En France, le microcrédit aide les femmes à sortir de l'exclusion en créant leur propre emploi

Le microcrédit, introduit en France par l'Adie en 1989, s'adresse aux chômeurs et aux RMIstes n'ayant pas un accès direct aux banques. Sur les 30 000 microentreprises financées aujourd'hui, plus d'un tiers sont créées par des femmes. Celles-ci sont plus lentes à se « lancer » que les hommes, mais une fois leur décision prise, elles ne lâchent pas leur projet et remboursent mieux leurs emprunts. Chantal, RMIste, après une vie de petits boulots, décide, à cinquante ans, de reprendre une petite épicerie rurale en Mayenne. La commune lui apporte son aide. Elle reprend courage et confiance. Elle est en train d'aménager un petit restaurant pour compléter son activité.

Carmen est mise à la porte par son mari qui veut divorcer. Elle dort dans la rue mais refuse de baisser les bras. Avec un seau et une raclette, elle propose aux magasins de laver leur vitrine. Elle obtient un prêt de l'Adie pour acheter un vieux véhicule utilitaire et un minimum d'équipement. La voilà au bout de deux ans à la tête d'une entreprise de nettoyage qui emploie trente personnes. « Je les recrute parmi ceux et celles qui sont en difficulté, précise-t-elle. Je connais trop la galère. » Joëlle, qui vient de terminer ses études linguistiques, ne trouve pas de travail. Plutôt que de rester au RMI elle se met à son compte comme traductrice. Le prêt lui permet d'acheter son équipement informatique Elle gagne bien sa vie. Rachida elle aussi est sans emploi : elle en trouve d'autant moins que son patronyme comme son adresse lui attirent les réticences de ses potentiels employeurs. Au bout de la 200e lettre sans réponse, elle crée une auto-école dans un quartier difficile. Au-delà du prêt, l'accompagnement de l'association lui facilite les démarches administratives et l'aide à mettre en place la gestion de sa microentreprise.

Ainsi, partout à travers le monde, le microcrédit aide les femmes à sortir des situations difficiles, à se prendre en charge, elles et leur famille, à devenir autonomes par rapport à l'aide sociale. Il n'est pas une solution miracle à tous les maux mais représente un petit apport en capital parfois suffisant pour créer de la richesse en valorisant le travail des femmes. Au-delà de sa fonction financière, il redonne de l'espoir et un horizon à celles qui n'en avaient plus. Crédit vient de *credere*, croire, et c'est bien la confiance des autres qui permet aux femmes de croire en elles-mêmes.

Ainsi, « cet agile substitut de l'argent », suivant le mot de Fernand Braudel, peut devenir à la fois un instrument de croissance et de cohésion sociale, d'égalité des chances et de promotion des femmes.

Diplômée de l'Institut des Études Politiques de Paris et de la London School of Economics, Maria Nowak a fait sa carrière dans le développement à l'Agence Française de Développement, où elle a été notamment Directeur des Politiques et Études. Depuis le milieu des années 1980, elle s'est engagée plus particulièrement dans le développement du microcrédit en Afrique de l'Ouest et en Europe centrale et orientale. Elle est l'auteur de La Banquière de l'espoir *(Albin Michel 1994) et de* On ne prête pas qu'aux riches, *J.C. Lattès 2005.*

Note

1. Le terme d'empowerment pose des problèmes de traduction. En français, il est généralement traduit par « accès (des femmes) à la décision ».

L'éducation des filles en Europe : une révolution inachevée

Catherine Marry

L'éducation des filles dans les pays européens a constitué un bouleversement social majeur du XXe siècle. Cependant, la dynamique de leurs succès scolaires est inachevée. Les filles accèdent moins aux filières prestigieuses. Les formations les plus féminisées restent les moins valorisées.

Depuis quarante ans, les progrès de la scolarisation sont spectaculaires dans tous les pays européens et communs à l'ensemble des pays riches de la planète. Ils sont liés aux efforts d'investissement public et de démocratisation de l'éducation qui ont accompagné les années de croissance puis de crise. Si la démocratisation n'a pas donné les effets espérés, les filles, en revanche, dans tous les milieux sociaux, ont rattrapé puis dépassé les garçons dans l'enseignement secondaire et supérieur. Au début du siècle, les étudiants représentaient moins de 5 % d'une classe d'âge et les filles se comptaient à l'unité dans les amphithéâtres. En 2003, elles représentent plus de la moitié de la population étudiante de l'Europe des Quinze (cf. tableau page suivante) et l'explosion des effectifs, ces dernières décennies, est largement de leur fait.

Christian Baudelot et Roger Establet qualifient ces succès féminins internationaux de fait social majeur du XXe siècle. Ils rompent en effet avec une longue histoire de l'éducation des filles, marquée par l'exclusion et la spécificité. Très longtemps, en effet, elle a été considérée comme moins importante que celle des garçons. Ces derniers, futurs chefs de famille, étaient porteurs des aspirations au maintien ou à la progression du statut social des parents ; pour les filles, ces aspirations sociales passaient surtout par le mariage.

Les verrous juridiques d'accès des filles aux différents étages de l'édifice scolaire ont progressivement sauté, à des rythmes divers selon les pays, mais partout du bas – l'école primaire (dans la première moitié du XIXe siècle), vers le haut – les universités et écoles supérieures (des années 1860 aux années 1970). Si les femmes ont toujours travaillé, la figure de la « bourgeoise laborieuse », qui obtient un diplôme et exerce une profession reconnue, ne s'affirme pleinement qu'à partir de la fin des années 1960.

PART DES FILLES DANS LA POPULATION ÉTUDIANTE DANS QUELQUES PAYS D'EUROPE EN 2003

	% de filles à l'université		% de filles dan les filières ingénieurs
	1989	2003	2003
Belgique	46,4	53,3	20,2
France	52,9	55,0	25,0
Grande-Bretagne	46,7	55,9	18,6
Allemagne	43,5	49,5	18,9
Italie	47,9	56,2	26,7
Grèce	48,9	51,0	27
Espagne	50	53,1	27,3
Portugal	53,1	56,6	26,8
Irlande	44,4	55,7	17,9
Luxembourg	50	53,3	Non disponible
Pays-Bas	43,5	51	11,7
Autriche	43,7	53	19,8

Suisse	Non disponible	44,2	13,5
Norvège	52,7	59,7	24,1
Finlande	51,1	53,5	18,6
Suède	53,2	59,6	28,8
Danemark	49,0	57,9	32,7
Total Europe des Quinze		54,0	23,0

Source : Eurostat

Le moteur principal des investissements féminins sur la réussite scolaire est la quête d'émancipation des rapports de dépendance par rapport aux tutelles masculines – le père, le mari, l'employeur –, ces figures pouvant se recouvrir dans le cas, par exemple, des femmes (ou filles) de commerçants, artisans, agriculteurs. La précarité conjugale et économique renforce cette aspiration. Et cette quête d'autonomie et d'égalité passe par l'accès – grâce au diplôme – à un revenu, un salaire, une sécurité sociale, liés à un travail personnel.

Les enquêtes sur l'insertion professionnelle des jeunes et sur l'emploi des moins jeunes donnent raison aux filles et à leur mobilisation scolaire, trop souvent renvoyée à leur « zèle » ou obstination inquiète : dans tous les pays, les taux d'activité des femmes et surtout d'emploi stable sont corrélés avec des diplômes élevés.

Cette dynamique des scolarités féminines est néanmoins inaboutie. À l'école, comme dans l'emploi, les filles accèdent moins aux espaces les plus prestigieux et la mixité n'est pas la règle, dans les enseignements professionnels plus encore qu'à l'université : seules les sciences sociales et les études commerciales accueillent des proportions proches de garçons et de filles. Ces dernières ont certes brisé des monopoles masculins tenaces comme celui du droit et de la médecine qui ont farouchement résisté à l'entrée des pionnières. Mais partout, la suprématie masculine reste très forte dans l'espace des formations et qualifications industrielles et du génie civil qui va de l'ouvrier qualifié à l'ingénieur. Les filières à forte prédominance féminine dans le supérieur prolongent celles déjà féminisées aux niveaux inférieurs : formations aux métiers de l'enseignement, des soins aux personnes vulnérables (enfants, malades, personnes âgées), de l'information et de la communication, de l'archivage et classement de papiers… Or ces savoirs et métiers sont moins reconnus en termes de salaires et de prestige social.

La réussite paradoxale des filles : le débat

En France, le débat sociologique autour de ces réussites paradoxales des filles a été particulièrement vif et fécond. Il s'ordonne autour de trois grandes approches qui se complètent plus qu'elles ne s'opposent.

La première insiste sur les éléments inconsciemment intériorisés des stéréotypes de sexe. Si les familles accordent aujourd'hui une importance égale à la scolarité des filles et des garçons, elles ne les éduquent pas de la même manière. Les garçons jouissent d'une plus grande liberté de mouvement et sont plus incités à s'affirmer dans la compétition. Les filles sont orientées vers des jeux et des activités, qui privilégient le rapport empathique à autrui. Cette socialisation favorise la réussite scolaire des filles tant que les enjeux ne sont pas décisifs pour l'avenir professionnel et social ; quand ils le deviennent, les garçons prennent l'avantage. La propension des filles à se sous-estimer est renforcée par le comportement des enseignant-e-s qui tendent à imputer la réussite des filles à leur travail, celle des garçons à leur talent. Les filles ont donc tendance, sauf quand les parents leur ont témoigné estime et soutien, à se décourager plus vite dès lors qu'elles se heurtent à une difficulté.

Une autre explication, avancée par Marie Duru-Bellat, est celle des choix raisonnables et raisonnés des filles : en investissant très tôt dans la réussite scolaire et en s'orientant vers des filières féminisées plutôt que vers des métiers très masculins, elles anticipent la nécessité plus impérieuse pour elles de décrocher des diplômes et de réussir, avec de moindres difficultés, à la fois leur vie familiale et professionnelle. Les enquêtes menées dans divers pays européens montrent qu'il n'en va pas toujours ainsi, surtout pour les emplois peu qualifiés de commerce et de services, qui impliquent des horaires (et surtout des salaires) souvent bien difficiles à concilier avec une vie de famille. En revanche, les filles qui ont opté pour des filières masculines peuvent connaître une meilleure insertion et carrière que celles qui ont fait des choix plus traditionnels. Mais ce constat, établi pour la France, vaut surtout pour les diplômées du supérieur, notamment d'écoles d'ingénieurs. Dans d'autres pays, comme l'Allemagne, le « coût de la transgression », à tous les niveaux d'études, s'avère très élevé en termes objectifs (taux de chômage) et subjectifs (sentiment d'étrangeté).

Une troisième perspective, enfin, propose d'inverser les termes du débat en soulignant le caractère plus contraint, conforme, des choix des garçons. Ces derniers sont en effet plus enjoints de réussir selon les normes canoniques propres à chaque pays, mais qui passent toujours par un investissement quasi exclusif dans les études et la carrière. Les filles seraient plus libres de préserver une certaine variété de leurs goûts et investissements.

Au-delà de ces grands traits communs aux scolarités féminines et masculines en Europe et ailleurs, on peut tenter de distinguer et d'interpréter des variations nationales.

Variations nationales

Les recherches récentes sur l'histoire de la mixité incitent à la prudence quant aux interprétations des inégalités nationales d'éducation entre hommes et femmes. Cette prudence s'impose plus encore dès lors que l'on tente de classer les pays selon l'avance ou le retard pris dans ce domaine, tant aucun « modèle » national ne résiste à une analyse approfondie. Ni la précocité de la mixité, ni le facteur religieux (catholique versus protestant), ni le type de régime (démocratique versus autoritaire), ni les facteurs économiques et matériels – abondance et variété de l'offre scolaire et de l'offre d'emplois – ne peuvent, pris de façon séparée, rendre compte de ces inégalités. Les données disponibles sont en outre lacunaires et portent pour l'essentiel sur l'enseignement supérieur. Ces limites posées, l'exercice peut être tenté.

La précocité de la mixité ne signifie pas l'égalité

Le retard (ou l'avance) d'un pays dans l'égalité entre les sexes peut tout d'abord être renvoyé au retard ou à la précocité des mesures prises dans ce domaine. L'Allemagne est ainsi présentée comme « en retard » sur d'autres pays comme la Suisse, la France, la Grande-Bretagne ou encore la Russie ou les États-Unis, car elle a accueilli les premières étudiantes dans ses universités quarante ans après les autres[1]. La France, les États-Unis et la Russie se distinguent aussi de l'Allemagne par la mise en place d'écoles supérieures réservées aux filles – certes moins prestigieuses que les établissements masculins – mais offrant des carrières nouvelles : on peut citer pour la France l'École normale de Sèvres, créée en 1881, destinée à former les enseignantes agrégées des nouveaux lycées de filles, ainsi que l'École polytechnique féminine et l'École des hautes études commerciales pour jeunes filles (1925), qui ouvraient sur les carrières du privé. En Russie, l'Institut polytechnique féminin de Saint-Pétersbourg (1905) fut le premier établissement au monde à former des femmes ingénieurs.

La Suisse est toutefois qualifiée d'« avant-garde ambiguë » par Natalia Tikhonov. C'est en effet le dernier pays, en Europe, à avoir accordé le droit de vote aux femmes[2] et il ne s'est pas montré, tout au long du XXe siècle, particulièrement favorable à l'activité professionnelle des femmes. En outre, l'accueil des étudiantes dans cinq des sept universités suisses répondait moins à un souci d'égalité qu'à un pragmatisme libéral. Les premières étudiantes étaient (comme à la Sorbonne à cette époque) presque toutes des étrangères, provenant des minorités ethniques de l'Empire russe – juives surtout mais aussi protestantes et catholiques –, qui étaient exclues des universités de leur pays par l'instauration d'un *numerus clausus* à l'encontre des non-orthodoxes. Ces étrangères, qui se sont inscrites pour la plupart en sciences naturelles et en médecine, ne faisaient pas d'ombre à leurs camarades de promotion, car elles n'étaient pas autorisées à exercer leur profession en Suisse.

Le catholicisme conservateur hostile à l'éducation des femmes

Un autre argument fréquemment évoqué pour expliquer les retards dans l'éducation des filles est celui de la religion. Les travaux des historien-nes soulignent l'hostilité particulière de l'Église catholique à l'égard de la coéducation des filles et des garçons, liée à la peur de la sexualité mais aussi à une certaine vision des rôles sociaux des hommes et des femmes.

Dans une étude de démographie historique portant sur la Suisse, Anne-Françoise Praz montre la plus forte discrimination scolaire subie par les filles au tournant du XXe siècle dans le canton catholique de Fribourg, en comparaison avec le canton protestant de Vaud. Dans le premier, les familles catholiques investissent moins dans les coûts de formation des filles. Dans les villes, lorsque la mère travaille, la fille aînée est retirée de l'école pour garder les plus jeunes et s'occuper du ménage ; dans les campagnes, les filles sont envoyées comme servantes, réduisant le nombre de bouches à nourrir. Dans le canton de Vaud, protestant, cette discrimination à l'encontre des filles est beaucoup moins marquée. Ces différences sont « le résultat d'une vision étriquée du rôle social de la femme confiné à celui de "pieuse ménagère" et d'une réelle méfiance à l'égard du savoir réduit à sa pure fonctionnalité (gagner sa vie plus tard) ». À l'inverse, « le discours protestant-radical des élites vaudoises glorifie le savoir comme facteur d'émancipation personnelle et de perfectionnement des vertus civiques pour les deux sexes, et notamment pour les filles, mères éducatrices des futurs citoyens[3]. »

Mais Natalia Tikhonov fait remarquer que l'université de Bâle, protestante, a été aussi réticente que l'université de Fribourg, catholique, à accueillir des étudiantes étrangères, dans le dernier quart du XIXe siècle. Pour l'historien américain David Noble, l'entrée des femmes dans le monde des sciences, au cours des siècles, a toujours été le fait de minorités, voire d'hérésies religieuses opposées à la religion dominante.

Il est remarquable aussi d'observer aujourd'hui les évolutions les plus rapides en faveur des scolarités des filles dans des pays où la tradition et la pratique religieuse catholiques sont restées fortes – comme l'Espagne, le Portugal ou la Grèce. Le passage de régimes autoritaires à des régimes démocratiques et l'entrée dans l'Europe ont sans doute permis aux aspirations longuement frustrées des femmes de se déployer dans toute leur ampleur.

En Irlande, le retard de la mixité et de la démocratisation de l'école est encore plus considérable du fait du rôle joué par l'Église catholique dans la défense de l'identité irlandaise contre la colonisation britannique (du XVIIe siècle au début des années 1920). Jusqu'en 1964, les établissements secondaires étaient tous confessionnels et les *convent schools* ou pensionnats secondaires de jeunes filles préparaient leurs élèves à prendre le voile ou à être mères. En 2003, on dénombre près de 58 % de filles dans les universités irlandaises (voir tableau 1).

Le Danemark et le Portugal aux avant-gardes de l'égalité des sexes

Un autre pôle se démarque par une plus grande égalité entre les sexes : celui des pays scandinaves. La Suède, la Finlande, la Norvège, le Danemark ont des taux de féminisation des études universitaires (près de 60 %) supérieurs à la moyenne européenne. La part des filles suivant des études d'ingénieur diffère peu de celle d'autres pays, mais elle est plus élevée en Suède (29 %) et surtout au Danemark (33 %). Ces pays sont en outre plus égalitaires sur tous les plans : en termes de salaires, d'accès aux responsabilités, notamment syndicales et politiques, de partage du travail domestique et de soin aux enfants, etc. Des systèmes publics de garde des enfants et de congés parentaux permettent, mieux qu'ailleurs, d'apaiser les tensions entre la famille et la carrière. Les inégalités entre classes sociales sont aussi plus atténuées qu'ailleurs, en termes de revenus comme d'accès aux études. Il est ainsi tentant de leur décerner la palme de l'égalité ! Mais les chercheurs et surtout les chercheuses suédoises mettent en garde contre une certaine idéalisation de leur « modèle ». Une étude menée par deux d'entre elles a ainsi révélé un certain sexisme dans le monde académique, si soucieux d'asseoir ses jugements sur des critères universels et neutres.

Au terme de cette brève analyse, il ressort que les différences nationales résident moins dans le sens donné au diplôme par les filles – partout, elles veulent aujourd'hui s'affirmer sur le marché du travail et exercer des professions variées et reconnues – que dans les possibilités qu'elles ont de valoriser pleinement ces diplômes sur le marché du travail, sans sacrifier leur vie personnelle et familiale. Certains pays, mieux que d'autres, ont accepté l'émancipation des femmes sur un mode d'égalité et non de spécificité ou de complémentarité des rôles : c'est le cas des pays nordiques. Le cas du Portugal est très étonnant : il se distingue des autres pays du Sud et de certains pays nordiques (comme la Suède) par les taux élevés d'activité à plein temps des femmes ; on y observe aussi une plus faible ségrégation par domaines d'études : la part de filles dans les études en mathématiques, en physique et en sciences de l'ingénieur est plus élevé que dans la moyenne européenne.

La dynamique de l'égalité se poursuit à travers les politiques européennes, qui cherchent à promouvoir l'égalité des femmes en général, dans les études scientifiques et techniques en particulier, et à lutter contre les mécanismes qui entravent leur progression dans les carrières[4]. Elle requiert d'autres recherches pour progresser dans la compréhension des résistances à cette égalité, notamment dans leurs spécificités nationales.

Catherine Marry est sociologue, directrice de recherches au CNRS (Centre Maurice, Halbwachs, Paris). Elle participe à la direction du Groupement de recherche européen du CNRS « Mage » (Marché du travail et genre). Elle a notamment publié : Les Femmes ingénieurs. Une révolution respectueuse, *Belin, 2004.*

Références

Baudelot, Christian, Establet, Roger, 2001, « La scolarité des filles à l'échelle mondiale », *in* Blöss, Thierry (dir.), *La Dialectique des rapports hommes-femmes*, Paris, PUF, p. 103-124.

Daco Richert, Marie-Jeanne, 2004, « Enseignement secondaire en Irlande : mixité et égalité, *in* Rogers, Rebecca (dir.), *La Mixité dans l'éducation. Enjeux passés et présents*, ENS éditions, p. 115-130.

Duru-Bellat, Marie, 1990, nouvelle édition en 2004, *L'École des filles. Quelle formation pour quels rôles sociaux ?*, Paris, l'Harmattan.

Establet, Roger, 1988, « Subversion dans la reproduction scolaire », *Revue économique*, 1, janvier, p. 71-91.

Establet, Roger, 2003, « Filles et garçons à l'école : un changement social à suivre », *in* Laufer, Jacqueline, Marry, Catherine, Maruani, Margaret, *Le Travail du genre. Les sciences sociales du travail à l'épreuve des différences de sexe*, La Découverte-Mage, p. 181-189.

Ferrand, Michèle, Imbert Françoise, Marry, Catherine, 1999, *L'Excellence scolaire : une affaire de famille. Le cas des normaliennes et normaliens scientifiques*, L'Harmattan, collection Bibliothèque de l'éducation.

Gouzevitch, Dimitri, Gouzévitch, Irina, 2000, « La voie russe d'accès des femmes aux professions intellectuelles scientifiques et techniques (1850-1920) », *Travail, Genre et Sociétés*, dossier sur « Les pionnières » coordonné par Delphine Gardey, n° 4, p. 55-75.

Marry, Catherine, 2004, *Les Femmes ingénieurs. Une révolution respectueuse*, Paris, Belin.

Marry, Catherine, Kieffer, Annick, 1998, « Éducation et carrières sexuées : regards français, regards allemands. Présentation du dossier « Carrières masculines, carrières féminines, France-Allemagne », *Revue française de sociologie*, n° XXIX-2, p. 265-268.

Marry Catherine, Schweitzer, Sylvie, 2005, « Scolarités », *in* M. Maruani (dir.), *Femmes, genre et société : l'état des savoirs*, Paris, La Découverte, p. 211-218.

Mayeur, Françoise, 1977, *L'Enseignement secondaire des jeunes filles sous la IIIe République*, Paris, Presses de la FNSP.

Mosconi, Nicole, 1994, *Femmes et savoir. La société, l'école et la division des savoirs*, Paris, L'Harmattan.

Noble, David, 1992, *A World Without Women : The Christian Clerical Culture of Western Science*, New York, Knopf.

Praz, Anne-Françoise, « Politique conservatrice et retard catholique dans la baisse de la fécondité : l'exemple du canton de Fribourg en Suisse (1860-1930) », *Annales de démographie historique,* 2003, n° 2, p. 33-55

Rogers, Rebecca (dir.), 2004, *La Mixité dans l'éducation. Enjeux passés et présents*, ENS éditions.

Schweitzer, Sylvie, 2002, *Les femmes ont toujours travaillé*, Paris, Odile Jacob.

Tikhonov, Natalia, 2004, « La Suisse, une avant-garde ambiguë », *in* Rebecca, Rogers (dir.), *La Mixité dans l'éducation. Enjeux passés et présents*, Paris, ENS éditions, p. 35-52.

Wenneras, Christine, Wold, Agnes, 1997, « Nepotism and Sexism in Peer Review », *Nature*, vol. 387 : 341-343.

Notes

1. En 1860 pour la Suisse et la France, au tournant du siècle pour l'Allemagne.

2. En 1972 alors qu'il l'a été en 1922 pour l'Allemagne, en 1944 pour la France.

3. Praz, p. 42.

4. Voir en particulier les rapports et actions initiés par l'unité « Femmes et sciences » de la Commission européenne et le groupe d'expertes européennes qu'elle a réunies.

Cruches ou citoyennes ?
Figures de femmes à la télévision

Martin Winckler

Les séries télévisées sont un genre populaire. Comment les scénaristes représentent-ils les femmes à la télévision ? Martin Winckler porte un regard acide et ironique sur nos feuilletons fétiches et sur le décalage entre fictions françaises et anglo-saxonnes. Julie Lescaut n'en sort pas grandie.

Mi-novembre 2005, à la suite des troubles qui avaient « embrasé » certains quartiers sensibles dans la région parisienne et dans le reste de la France, le président de la République appelait les médias à s'interroger sur la représentation des minorités dans les émissions de télévision.

L'ostracisme de fait de la télévision française à l'égard des minorités ethniques n'a d'égal que le traitement que ses fictions réservent aux femmes, lesquelles sont pourtant loin de constituer une minorité. La chose est flagrante quand on compare le rôle des femmes dans les fictions françaises et celui qu'elles tiennent dans la majorité des fictions anglo-saxonnes, qu'elles soient produites aux États-Unis ou en Grande-Bretagne.

Il faut d'abord rappeler que la télévision n'a pas suivi la même évolution dans les trois pays. Aux États-Unis, les chaînes télévisées privées – et la concurrence – ont été les premières à apparaître, à la fin des années 1940. En Angleterre, dès 1955, le Parlement décidait que la BBC ne devait pas avoir le monopole de la diffusion. En France, en revanche, la télévision a été la propriété – et le lieu d'expression – de l'État jusqu'au milieu des années 1980.

L'indépendance des médias publics à l'égard du pouvoir est également différente dans les trois pays. Si, aux États-Unis, la chaîne publique PBS représente une toute petite partie de la diffusion, en Grande-Bretagne, la BBC – grande productrice de fiction face aux chaînes privées – est notoirement indépendante du pouvoir. En France, l'intrusion du politique dans le contenu des chaînes publiques, tout aussi notoire, n'a guère diminué depuis les années 1960.

La troisième grande différence, plus culturelle que structurelle, tient à la manière dont les pays en question considèrent le médium. Pour les Anglo-Saxons, la télévision est aussi respectable que la radio – dont elle est issue – ou le cinéma. Elle est l'un des vecteurs d'une expression artistique populaire traditionnelle solide, qui remonte au théâtre de Shakespeare, en passant par les mélodrames ambulants du XIXe siècle aux États-Unis, les comédies musicales de Broadway et du West End londonien. Et son public n'est pas méprisé.

En France, un public passif ?

En France, où la hiérarchie des classes a depuis toujours séparé le théâtre de l'élite (la tragédie) de celui du peuple (la comédie), la littérature des *happy few* (Stendhal, Flaubert, Proust) de la littérature « populaire » (Dumas, Ponson du Terrail, Leblanc), la télévision a toujours fait figure de médium « vulgaire ». Son public est, surtout depuis une vingtaine d'années, vu comme passif, considéré comme incapable de regarder des émissions « intellectuelles », supposé rétif à toute production audacieuse et serait résolument opposé aux versions originales sous-titrées.

Il n'en a pas toujours été ainsi. Des débuts de la télévision jusqu'à la fin des années 1970, les fictions françaises ont fait preuve d'une imagination, d'une inventivité et d'une créativité rafraîchissantes, probablement parce que peu importait que le public soit, ou non, présent devant son poste le soir de la projection d'une dramatique ou d'un feuilleton : la fonction première de la télévision française publique était de servir ceux qui voulaient la regarder, pas de les rendre captifs.

Alors que le service public aurait dû rester le premier diffuseur de France, la privatisation de TF1, jusqu'alors première chaîne publique française, malheureusement, a dramatiquement changé la donne. Loin de l'émulation dont bénéficie la BBC – qui doit s'efforcer de produire des fictions audacieuses pour tenir tête à ses homologues privées –, et loin de la concurrence acharnée qui oppose, aux États-Unis, des dizaines de chaînes émettant simultanément, le paysage audiovisuel français est dominé par une chaîne privée qui capte – chose unique au monde – 40 % de parts de marché face à un service public trop focalisé sur l'audimat pour revendiquer son identité et à une multitude de petits canaux qui ne se mêlent jamais au duel. En l'occurrence, l'exception française n'a rien d'une exception culturelle.

Les fictions américaines reflètent la société

La médiocrité de conception des productions françaises retentit tout particulièrement dans les portraits de femmes qu'elles proposent au spectateur. Quand on les compare à ce que leurs homologues britanniques ou américaines font des personnages féminins, les fictions françaises en disent long sur la manière dont les femmes sont perçues par les scénaristes et les responsables de programmes français – et dont ils veulent les montrer au grand public.

Dans *Les Miroirs de la vie*[1], je me suis efforcé de montrer que les fictions américaines ont pour vertu de proposer au public les reflets de la société dans laquelle ils vivent. En Amérique comme en Angleterre, les scénaristes n'hésitent pas à puiser dans la réalité ambiante – celle des faits divers, des débats de société et de la vie quotidienne – pour alimenter l'écriture de séries comptant vingt ou vingt-deux épisodes annuels. Non seulement ils n'hésitent pas à le faire, mais ils ont compris depuis longtemps que, sans cela, le public ne les suivrait pas. Or les spectateurs de télévision sont en majorité des femmes et les annonceurs le savent. Les chaînes et les scénaristes en ont tiré la conclusion qui s'impose : dans un contexte compétitif, pour être regardées, les fictions doivent dire quelque chose.

Il n'est donc pas étonnant de constater, au début du XXIe siècle, que la production américaine de fictions donne la part belle aux femmes. Comme le public est majoritairement féminin, les personnages féminins sont nombreux. Et souvent beaucoup plus positifs que les personnages masculins.

Dans les séries américaines, les femmes sont omniprésentes dans toutes les professions à haut niveau de responsabilité : depuis plus de trente ans, les séries policières abondent en personnages féminins à forte personnalité, du *Sergent Anderson* interprétée par Angie Dickinson dans les années 1970 en passant par le duo *Cagney & Lacey* jusqu'à Glenn Close, commissaire opposée au flic ripoux et antihéros de *The Shield*[2], la dernière en date des séries policières choc du câble. L'une des plus belles séries policières actuelles, *Cold Case*, repose sur le personnage de Lilly Rush, inspectrice spécialisée dans les enquêtes sur les affaires anciennes non résolues… et se penche très souvent sur l'histoire quotidienne des femmes américaines au cours des soixante dernières années.

Les femmes représentées dans toutes les professions d'autorité

Les séries *Law & Order Criminal Intent* et *Law & Order Special Victims Unit* comptent trois *detectives* féminines chevronnées, subtiles et au caractère bien trempé. Leurs interprètes, les comédiennes Kathryn Erbe, Annabelle Sciorra et Mariska Hargitay, n'ont rien des gravures de mode post-adolescentes qui tiennent les rôles équivalents dans les productions françaises.

Quand à *Medium*, attachante série fantastique et policière créée par Glenn Gordon Caron (le producteur de la série *Clair de Lune*, qui révéla Bruce Willis et Cybill Shepherd), elle met en scène une quadragénaire dotée de pouvoirs de divination plus encombrants que magiques, et qui doit jongler entre sa vie de famille (elle est mariée et mère de trois filles) et son poste de « consultante » occasionnelle pour le procureur de Phoenix (Arizona).

Les femmes sont également représentées dans les autres professions d'autorité traditionnellement assumées par des hommes : l'avocate Ally McBeal, héroïne de la série[3] du même nom, a été précédée et suivie par de nombreuses autres avocates, depuis *La loi de Los Angeles,* grande série des années 1980 jusqu'à *The Practice*[4] et *Boston Legal*[5]. Le personnage central de *Judging Amy*[6] mettait en scène un juge des enfants incarné par Amy Brenneman, elle-même fille de juge et inspiratrice de la série. Des personnages de femme procureur sont présents depuis le début des années 1990 dans les séries *Law & Order*[7] et, plus récemment dans *Close to Home*[8].

Côté médical, *Urgences* a vu défiler, depuis ses origines, une douzaine de femmes infirmières ou médecins, issues de minorités comme la jeune immigrante indienne incarnée par Parminder Nagra, ou ayant gravi les échelons de la hiérarchie comme Abby (Maura Tierney), l'infirmière qui devient médecin urgentiste. On a pu voir à plusieurs reprises sur Téva la série *Strong Medicine*, presque entièrement interprétée par des femmes. Quant à Meredith Grey, interne en chirurgie et héroïne de la toute récente *Grey's Anatomy*[9], elle est la fille d'une femme chirurgien pionnière dans sa spécialité.

Dans les séries américaines,
aucune fonction interdite aux femmes

Les femmes sont aussi des scientifiques de haut niveau – depuis les médecins légistes et techniciennes de la police scientifique qui peuplent les séries de la « franchise »

Law & Order et celles des trois séries *CSI : Crime Scene Investigation*[10] jusqu'à l'anthropologue de la toute récente série *Bones*[11].

Les séries fantastiques, qu'elles soient destinées aux adolescents ou au public adulte, ne sont pas en reste : *Buffy the Vampire Slayer*[12], pour ne prendre que l'exemple le plus marquant, est une œuvre extraordinairement profonde sur le passage de l'adolescence à l'âge adulte, et regorge de personnages féminins qui sont loin d'être passifs devant les monstruosités de la vie. Buffy la tueuse de vampires est une héroïne d'une maturité hors du commun, et son amie Willow, magicienne en voie d'épanouissement, assume entièrement une homosexualité qui ne choqua que brièvement les spectateurs, tant le personnage et les scénarios (coécrits par plusieurs femmes) sont solides et convaincants. La série-dérivée, *Angel*, aligne elle aussi des personnages féminins impressionnants au fil de ses cinq saisons, à commencer par Drusilla et Darla, deux personnages de vampires aussi riches que complexes.

Depuis la rentrée 2004, l'épatante *Veronica Mars*[13] met en scène une jeune fille qui, non contente d'assister son père dans son officine de détective privé, joue elle-même les enquêtrices dans son lycée, au fil d'une vie tout à fait réaliste et d'intrigues formidablement écrites.

À la télévision américaine, les femmes assument les plus hautes fonctions de l'État : dans *The West Wing*[14], C.J. Cregg (Allison Janney), porte-parole de la Maison Blanche, devient sa secrétaire générale après l'infarctus de son prédécesseur. Dans *Commander in Chief*[15], la vice-présidente des États-Unis, incarnée par l'actrice Geena Davis, assume l'intérim lorsque le président en exercice est terrassé, après une année de mandat seulement, par un accident vasculaire cérébral. Incitée par son entourage à démissionner pour provoquer de nouvelles élections, elle refuse en déclarant que, si elle le faisait, cela voudrait dire qu'aucune femme ne se sent digne de diriger le plus grand pays du monde. L'accession au pouvoir de ces deux femmes est d'autant plus frappante qu'elle se produit de manière fortuite, comme ce pourrait être le cas dans la réalité, et qu'elle est pleinement assumée par les premières intéressées.

Bref, dans les séries américaines, aucune fonction de responsabilité, aucune activité n'est interdite aux femmes et même si elles ne deviennent pas toutes des figures de pouvoir, elles n'en sont pas moins, pleinement, des *role-models* – d'exemplaires figures de citoyennes.

Il ne faudrait pas en conclure que les personnages féminins des séries américaines actuelles sont exclusivement des *super-women* investies corps et âme dans leur travail au point de ressembler aux hommes. Les conflits de pouvoir, les différences de salaire ou de promotion, les rapports de séduction ou de domination qui opposent hommes et femmes dans la réalité alimentent constamment les trames narratives. L'opposition entre vie privée et vie domestique sous-tend en permanence des séries comme *Close to Home* et *Medium*, où ce sont les époux qui prêtent leur oreille attentive aux héroïnes lorsqu'elles s'interrogent sur la difficulté de concilier une activité professionnelle conquise de haute lutte avec une vie de famille qu'elles ont choisie. Même dans les productions à « haute dose en testostérone » comme *Oz*, ou *Les Soprano*, séries de la très audacieuse chaîne du câble HBO, les personnages féminins occupent une place de toute première importance.

La même absence de complaisance envers les deux sexes

Dans ces séries, les femmes sont décrites – positivement ou négativement – avec la même absence de complaisance que pour les hommes, sans pour autant que les mondes où elles évoluent puissent passer pour des utopies égalitaires. Dans l'univers des fictions réalistes ou comiques de la télévision américaine, le monde est aussi dur pour les femmes qu'il l'est dans la réalité. Mais la confiance et le respect que les scénaristes accordent à tous les personnages – hommes et femmes – ont une fonction évidente : les personnages de série sont non seulement les interprètes des événements réels vécus par le public (du plus intime – une conversation entre un parent et son enfant – au plus collectif – le 11 septembre 2001) mais aussi les promoteurs de modèles de référence, tant sur le plan de la morale individuelle que des droits – et des devoirs – civiques.

Des scénaristes héritiers des auteurs engagés

Cet engagement idéologique et politique des scénaristes de télévision ne date pas d'hier : dès les années 1950, *The Defenders*, série judiciaire écrite par le dramaturge Reginald Rose[16], abordait des questions taboues comme la peine de mort ou l'avortement. Vilipendés en France par l'intelligentsia et fortement desservis par un doublage inepte, les *soap operas*, mélodrames quotidiens à l'antenne en Amérique depuis plusieurs décennies, ont pourtant été les premiers à aborder les problèmes du divorce demandé par les femmes, de la violence conjugale ou de l'inégalité au travail. Depuis toujours, les comédies montrent le désir des femmes de tenir le même rôle que les hommes. Dans *I Love Lucy*[17], à la fin des années 1950, Lucille Ball incarnait une femme au foyer qui fait tout pour sortir de l'enfermement familial et devenir comédienne ; pendant les années 1970, dans *Maude*, le personnage-titre abordait la cinquantaine en parlant avec franchise des préjugés qui entourent la ménopause – ce qui ne s'était jamais vu auparavant…

En cela, les scénaristes de la télévision américaines sont les héritiers des auteurs engagés de la radio et du cinéma, qui repoussaient sans cesse les limites de la censure et de l'autocensure en abordant peu à peu tous les sujets tabous. Tout récemment, la première saison de *Desperate Housewives*[18] décrit les secrets d'un quartier résidentiel imaginaire et fait voler en éclats les poncifs sur la famille, le mariage et la maternité, la loyauté dans le couple, les relations de voisinage, la participation des parents à la vie de l'école – fondements fantasmatiques de la vie communautaire américaine. Cette charge assumée, d'une férocité extraordinaire, a conquis le public le plus vaste, puisque *Desperate Housewives* est devenue, en quelques mois, l'une des séries les plus regardées d'Amérique et bénéficie même d'ores et déjà d'une diffusion doublée en espagnol, une première sur les chaînes américaines.

Dans ce mélodrame cinglant, mélange d'humour et de notes justes sur la condition, le rôle et le partage des tâches entre les sexes, les femmes ne sont pas seulement les héroïnes, elles sont aussi les premières cibles de l'autodérision et du sarcasme des auteurs. Si *Desperate Housewives* rencontre pareil succès, c'est parce qu'elle synthétise en une narration échevelée les fantasmes sur la vie rêvée des femmes en empruntant non seulement à la réalité mais aussi aux repères culturels les plus partagés. Sans jamais, pour autant, mépriser ses héroïnes.

En France, jeune et jolie

En France, la plupart des rôles féminins récurrents de la télévision – à l'exception bien entendu de Véronique Genest, qui incarne Julie Lescaut depuis un temps immémoriel – sont invariablement confiés à des jeunes femmes de moins de 30 ans, souvent inexpérimentées, alors que les comédiennes de talent ne manquent ni au théâtre ni à la télévision. Mais l'expérience d'actrice et le caractère semblent compter beaucoup moins, aux yeux des chaînes et des producteurs français, que le physique de la comédienne ou sa généalogie.

En Amérique, en revanche, les productions télévisées donnent leur chance à des actrices et acteurs de tous âges et de toutes origines ethniques, souvent issus du théâtre et soigneusement choisis ; elles n'hésitent pas à confier des rôles importants et récurrents à Marlee Matlin, comédienne sourde de naissance[19], à mettre en scène de manière respectueuse et attachante des personnages de femmes obèses (comme Camryn Manheim dans *The Practice*, ou Lindsay Hollister dans *The Promise,* un très émouvant épisode de *Cold Case*) ou à faire reposer la quasi-totalité d'un extraordinaire épisode de *Law & Order Special Victims Unit* [20] sur les épaules d'Andrea Fay Friedman, jeune comédienne trisomique !

Dans toutes les séries à succès (et toutes celles que je viens de citer rencontrent ou ont rencontré un succès impressionnant lors de leur diffusion), la critique sociale est manifeste et les femmes en sont tout à la fois les témoins et les actrices. Rares sont aujourd'hui les téléfilms ou les séries qui présentent des femmes victimes, irresponsables ou manipulatrices sans leur adjoindre des femmes maîtresses de leur destin et assumant leur citoyenneté. La critique américaine ne manque d'ailleurs jamais de désigner du doigt les personnages rudimentaires, les représentations (féminines ou masculines) caricaturales ou manichéennes, ou au contraire de souligner la subtilité des scénarios et des figures en demi-teinte.

Rien de tel en France, où la télévision n'hésite pas à accumuler les poncifs, à mettre en scène des personnages féminins qui n'ont rien de réaliste, et à valoriser des comportements d'une vulgarité et d'un sexisme souvent confondants, toutes choses que la critique ne relève quasiment jamais.

Prenons *Un gars, une fille*, programme court « vedette » de France 2 pendant plusieurs années. Inspiré par une série québécoise dont les épisodes duraient une demi-heure et dont le sujet était la difficulté et les aléas de la vie à deux, cette suite de saynètes de cinq minutes a pour héros, en France, un couple en conflit permanent, dont le principal objectif semble être de déterminer qui des deux est le plus stupide. Le summum de cette démolition en règle, qui ressemble moins à la chronique de mœurs de la série québécoise originale qu'à une suite de brèves de comptoir, est sans doute l'épisode au cours duquel la « fille » se coince les cheveux dans la machine à laver en y cherchant une chaussette et où le « gars » en profite pour lui imposer, pendant qu'elle est ainsi agenouillée devant lui, un rapport sexuel alors même qu'elle refuse pourtant sans équivoque.

Le fait que personne, à ma connaissance – pas même les groupements féministes –, n'ait jugé bon de dénoncer ce sexisme ordinaire quotidien est significatif de l'anesthésie générale qui règne en France quand il s'agit de télévision.

Dans le courant de l'année 2005, un autre programme court a succédé à *Un gars, une fille* dans la même case horaire. Il s'agit de *Samantha Oups !,* transposition télévisée des « blagues de blonde » qui font florès depuis quelques années. Le fait que les deux personnages, Samantha la blonde écervelée et Chantal la brune qui l'est à peine moins, soient interprétés par deux hommes travestis pour montrer à quel point elles sont dénuées d'intelligence ne semble choquer personne.

Un manque de créativité, de recul et de finesse psychologique

La vulgarité et le sexisme du propos ne devraient échapper à personne, pourtant cette série originellement programmée dans la case du matin, destinée au jeune public, a « conquis » (pour reprendre un terme favori des médias français) celui du soir.

On ne trouve évidemment nulle satire sociale, nulle critique de fond, nulle interrogation sur les rôles et les rapports de force dans *Samantha Oups !* Et pas la moindre créativité, puisqu'il s'agit seulement de « visualiser » des blagues de mauvais goût qui circulent dans les cafés et les bureaux.

Alors que la remarquable *The Office* (comédie grinçante créée en Grande-Bretagne, puis reprise par NBC en Amérique) montre la « vie de bureau » dans toute son horreur au travers du portrait d'un petit chef sexiste, raciste et menteur, la télévision française ne semble pas vouloir aller au-delà de l'anecdote superficielle – et humiliante – sur les rapports entre collègues des deux sexes. Ansi, les femmes qui circulent devant la caméra cachée de *Caméra Café*[21], autre programme court français à « succès » de ces dernières années, sont, elles, tour à tour stupides, agressives ou méprisantes envers les personnages principaux masculins eux-mêmes montrés comme des obsédés sexuels vantards et paresseux.

Les séries dramatiques ne font pas mieux. Momifiée dans le sempiternel format de 90 minutes imposé par TF1 depuis le début des années 1990, la fiction dramatique française semble incapable de produire des figures féminines (ou masculines, d'ailleurs) constructives, équilibrées et capables de faire face en adulte à des situations difficiles.

Le prototype de la « femme de tête » à la française est certainement Julie Lescaut[22], commissaire de police aussi improbable qu'invraisemblable, aussi autoritaire que bornée, mais pourtant jamais remise en cause dans son autorité, et aussi dénuée de vie privée (elle a deux filles qui visiblement grandissent mais semblent n'avoir aucun des vrais problèmes de l'adolescence, tandis qu'elle-même n'a aucune sexualité) que son homologue masculin, le commissaire Navarro[23].

Une imagerie d'un simplisme abyssal

Au fil des années, d'autres séries à personnage féminin principal se sont succédé sur le petit écran (*Le Juge est une femme, Une femme d'honneur,* etc.) sans modifier fondamentalement les contours pontifiants de l'imagerie française actuelle : les personnages féminins de la télévision sont constamment déchirés entre leurs sentiments et leur travail, opposées à des hommes tantôt veules, tantôt lâches, tantôt incapables d'assumer leurs responsabilités, et vouées à « sauver » des victimes qui sont le plus souvent elles aussi des femmes (ou à la rigueur des enfants). Dans cette imagerie d'un simplisme abyssal, les seuls hommes dignes de confiance sont homosexuels (et c'est avec eux qu'on fait des enfants, comme dans la mini-série *Clara Sheller*) et l'amitié repose essentiellement sur les « copines » avec lesquelles on se raconte ses « histoires de mecs ».

Côté scénario, lorsqu'une chaîne (en l'occurrence, M6) tente d'introduire un peu de nouveauté avec *Elodie Bradford,* ça n'est pas mieux. Dans le premier épisode de ladite série, l'héroïne (qualifiée sans rire de « Columbo féminin » par la chaîne) montre certes sa sagacité dans la lecture (fausse, d'ailleurs) d'indices laissés par un assassin, mais semble perdre tout sens commun – et toute notion de procédure – en faisant mine de se laisser séduire par son principal suspect et en acceptant de se rouler par terre avec lui pour l'aider à découvrir l'indice (faux, d'ailleurs) qui lui permettra de le coincer. Dans l'une des dernières séquences, tournée dans un aéroport, l'assassin démasqué par l'inspectrice ne trouve pas mieux, pour s'en débarrasser, que de la pousser dans un tunnel de livraison des bagages, et de s'en aller les mains dans les poches, comme si de rien n'était. Pourquoi se gênerait-il, d'ailleurs ? Elodie Bradford était sûre de le confondre, mais n'a pas jugé bon de venir accompagnée par ses hommes. Est-elle seulement assez intelligente pour s'extraire des valises ?...

Une version bien-pensante du Bossu

Les fictions télévisées françaises ne sont pas seulement caricaturales, elles sont aussi bien-pensantes à un point qui défie l'entendement. En 2003, France 2 et Canal + coproduisent une énième version du *Bossu*, le célébrissime roman de cape et d'épée de Paul Féval. On connaît l'histoire : sous la Régence, le chevalier Henri de Lagardère sauve la petite Aurore, fille de son ami le duc de Nevers, assassiné par les hommes du duc de Gonzague. Il emmène l'enfant en Espagne et l'élève jusqu'à ce que, dix-sept ans plus tard, leur chemin croise de nouveau celui des assassins. Après avoir triomphé de ses adversaires et réuni Aurore et sa mère, Lagardère épouse la jeune fille. Comme les cinq versions cinématographiques qui les avaient précédées, *Le Bossu* d'André Hunebelle (1960) et *Lagardère* (feuilleton en six épisodes de Jean-Pierre Decourt, 1967) se terminent par le mariage d'Aurore et Henri sans que la différence d'âge pose le moindre problème : au XVIIIe siècle, l'union d'un quadragénaire avec une toute jeune femme était monnaie courante.

En 1997, le film de Philippe de Broca aborde la question de front et y répond avec une grande modernité : lorsque Lagardère (Daniel Auteuil) souligne que l'amour adolescent que lui porte Aurore (Marie Gillain) le met mal à l'aise, la jeune femme lui répond en substance – et avec un féminisme rafraîchissant – que si elle est assez grande pour refuser d'épouser qui elle ne veut pas, elle est aussi assez grande pour choisir d'épouser l'homme qu'elle aime, eût-il vingt-cinq ans de plus qu'elle. Six ans plus tard, les scénaristes du *Lagardère* de France 2/Canal+ trouvent que cette histoire d'amour vieille de cent cinquante ans flirte avec la pédophilie et décident d'écrire une fin qui convient mieux à leur vision des choses. Dans leur version bien-pensante, Lagardère n'épouse pas Aurore mais la mère de celle-ci. Là encore, à l'exception d'un vif échange dans les pages de la revue *Synopsis* entre les scénaristes et moi-même, quelques mois avant la diffusion, personne n'a semblé relever ce que cette « rectification » du scénario avait de rétrograde par rapport aux rôles féminins principaux : héroïne pleine de courage et de fougue dans le roman et les versions précédentes, Aurore devient, au gré de la version télévisée de 2003, une cruche réduite à jouer les utilités, tandis que sa mère, en *mater dolorosa*, se fait violer sans grande résistance par le duc de Gonzague.

Ni critique sociale ni interrogation sur le sentiment d'être femme

Cette vision stupéfiante du deuxième sexe avait déjà atteint un sommet en 2002 dans *Une autre femme*, cosigné par Didier Lacoste, futur coscénariste de *Lagardère*. Ce téléfilm raconte l'histoire en tout point incroyable d'un jeune médecin qui disparaît corps et biens, abandonnant femme et enfant, pour partir en Thaïlande se faire opérer et devenir une femme. Revenu en Europe, « Léa » travaille dans un laboratoire pharmaceutique suisse, ce qui lui permet de voler sans se faire remarquer (? ? ?), dans les locaux supersécurisés de son employeur, les hormones indispensables à l'entretien de son apparence. Envoyée en mission à Paris, elle décide de renouer avec l'ex-épouse et les enfants qu'elle a abandonnés. Tout se termine bien, les deux femmes finissant par devenir d'excellentes « copines ».

Outre l'insupportable invraisemblance des situations (la « nouvelle femme », après avoir longtemps résisté, finit par céder aux avances de son patron et passe la nuit avec lui… sans qu'il se rende compte de rien), et le mépris et l'ignorance profonde des difficultés réelles que rencontrent les transsexuel(le)s (se faire « opérer complètement » en Thaïlande exige énormément d'argent, et beaucoup plus que ça), ce téléfilm laisse entendre – en éliminant ou en disqualifiant totalement les figures masculines alentour – que la seule véritable affection est celle qui unit deux femmes – surtout quand l'une a été autrefois le mari de la seconde. Alors que la seule évocation de la transsexualité à la télévision devrait faire trembler sur leurs bases tous les poncifs concernant la famille, l'amour et l'identité sexuelle[24], ce téléfilm, une fois encore, ne contient ni critique sociale ni interrogation profonde sur le sentiment d'être femme. Depuis le magnifique *Tout sur ma mère* de Pedro Almodovar (1999), on pouvait espérer que personne ne se risquerait à produire fiction d'une semblable lourdeur sur un sujet pareil. La télévision française, pourtant, l'a fait.

En Angleterre, les héroïnes existent sans que les héros soient nuls

On m'objectera que comparer les téléfilms français aux séries américaines est assez injuste : la France ne produit pas de séries de vingt-deux épisodes par an, comme on le fait en Amérique. Elle n'a donc pas le loisir de développer, sur plusieurs dizaines d'épisodes, des histoires subtiles ou complexes. Cette objection n'est qu'en partie valable. Car la télévision britannique, qui produit des fictions de même format que la télévision française (téléfilms unitaires, mini-séries en deux ou trois épisodes, séries-feuilletons au rythme de six épisodes par an), est infiniment plus percutante et plus réaliste dans ses portraits de femmes.

Parmi les fictions britanniques diffusées à la télévision française[25], les seules femmes qui semblent trouver grâce aux yeux des Français – et les seules qui soient constamment citées – sont les deux soixante-huitardes attardées de la comédie *Absolutely Fabulous*, incarnées par Jennifer Saunders et Joanna Lumley. Mais la représentation des femmes par la télévision britannique ne se résume pas, et de loin, à cette comédie loufoque, si appréciée soit-elle.

Alors que les « femmes-flics » françaises minaudent et pleurnichent, les héroïnes de séries policières britanniques sont des figures aussi professionnelles que leurs homologues américaines et assurent des fonctions difficiles dans des environnements franchement hostiles. En témoignent, parmi bien d'autres exemples, Sam Ryan (Amanda Burton), qui fut pendant huit ans la solide médecin légiste de *Silent Witness*[26] et Jane Tennyson (Helen Mirren), commissaire dans la série *Prime Suspect*[27]. Pour faire exister ces femmes de chair et de sang, les scénaristes n'éprouvent pas le besoin de faire le vide autour d'elles ou de les opposer à des personnages masculins sans substance : tous les personnages sont de la même trempe, et la réalité des préjugés et des conflits liés au sexe n'est jamais éludée par les scénarios.

Dans *Psychos*[28] (minisérie, 1999), extraordinaire chronique d'un hôpital psychiatrique, les médecins femmes sont aussi compétentes que leurs collègues masculins… et moins crédules.

Dans *State of Play*[29] (minisérie, 2003), impressionnante minisérie contant une enquête journalistique sur un politicien en vue (sujet jamais traité à la télévision française), deux des enquêteurs principaux sont des femmes et leur finesse psychologique est pour beaucoup dans la résolution de l'énigme.

The Jury (minisérie, 2002), chronique d'un procès d'assises à Londres, suit le déroulement des débats par les yeux de plusieurs jurés, dont trois femmes. Le fait que le crime ait été commis dans un contexte de haine raciale et que l'une de ces femmes soit noire n'est évidemment pas sans importance.

Dans le merveilleux *Tomorrow La Scala* (téléfilm, 2002), une femme metteur en scène décide de monter *Sweeney Todd,* comédie musicale grinçante de Stephen Sondheim, dans le quartier de haute sécurité d'une prison et fait jouer des condamnés à perpétuité côte à côte avec une poignée de comédiennes… Ce petit chef-d'œuvre, réalisé par une femme, Francesca Joseph, et interprété par l'excellente Jessica Stevenson, est passé complètement inaperçu en France.

Périodiquement, la télévision française ne se prive pas de monter en épingle des productions « audacieuses » ou « de prestige » et d'en chanter les louanges au gré d'une autopromotion éhontée. Mais les oeuvres les plus prétentieuses sont rarement les plus réussies et sur ce plan-là, encore, la comparaison avec les productions britanniques a de quoi faire pâlir les chaînes de l'hexagone. Je ne prendrai qu'un exemple, à propos duquel les médias ont fait les gorges chaudes.

Clara Sheller, schématisme et invraisemblance

Clara Sheller (2005) met en scène une jeune femme de – eh, oui ! – presque 30 ans qui vit avec son meilleur ami, J.-P. un garçon homosexuel. Tous deux cherchent l'homme idéal. Clara et JP travaillent tous les deux dans la rédaction d'un magazine branché. Leur patron aime beaucoup Clara, qui du coup fait ce qu'elle veut de ses journées, du shopping entre copines au retour à l'appart' à trois heures de l'après-midi. Il aime tellement Clara, ce patron, que dans le premier épisode, il couche avec elle. Mais c'est une erreur.

JP, lui, est fou amoureux d'un garçon beaucoup plus jeune que lui, SDF ou presque, qui s'est installé dans leur appartement. Mais Clara, en rentrant du boulot après sa journée de travail à 14 h 15, trouve l'amant de JP avec un autre homme sur le canapé du salon. Elle révèle son infortune à JP, et la grande histoire d'amour vole en miettes. Pour le consoler, Clara couche avec lui. Mais c'est une erreur.

Comme au début des années 2000 aucune information ne circule en France en matière de sida et de contraception, Clara se retrouve enceinte. Elle ignore de qui, évidemment. Elle va voir un médecin, qui lui dit de garder l'enfant mais que, si vraiment elle n'en veut pas, il acceptera éventuellement quand même de la laisser avorter. Elle va voir son patron qui lui apprend qu'il est stérile. Puis en parle à JP, qui refuse sa paternité parce qu'il est homo – et semble, du coup, oublier que son homosexualité n'est pas une bonne excuse – puis finit par décider avec elle de garder le bébé. Une fois que JP est bien décidé, Clara se fait avorter[30]. C'est peut-être aussi une erreur. Du personnage ou du scénariste ?

La critique française a encensé *Clara Sheller* sans remarquer à quel point l'intrigue est invraisemblable, les personnages – à commencer par l'héroïne elle-même – d'un schématisme effrayant et leur monde – qui affecte de ressembler au nôtre – insupportable par son absence de contraintes matérielles et de réalités élémentaires concernant la sexualité.

Une question de respect du public

Sur le même thème, les Britanniques avaient produit dès 2001 une remarquable minisérie de six épisodes intitulée *Bob & Rose*. Peuplé de personnages plus vrais que nature – insérés dans le monde du travail, dotés de familles et d'entourages parfaitement plausibles et incarnés par des comédiens de caractère –, le scénario de Andrew T. Davies raconte comment Bob, gay depuis toujours, rencontre Rose, femme sans particularités. Saisis par un amour mutuel aussi surprenant qu'intense, Bob et Rose ne doivent pas seulement faire face à leurs propres interrogations, mais aussi à l'incrédulité et à l'opposition parfois violente de leurs milieux d'origine.

Loin du « glamour » éthéré de *Clara Sheller*, *Bob & Rose* est une histoire à la fois drôle et grave qui n'épargne ni l'homophobie de la classe ouvrière, ni le sectarisme du milieu gay, ni les œillères idéologiques des intellectuels – représentés par la mère de Bob, militante des droits homosexuels… L'interprétation d'Alan Davies et de Lesley Sharp dans le rôle de ces deux héros ordinaires est tout simplement éblouissante.

La différence entre ces deux miniséries ne réside pas dans les moyens matériels mis en œuvre pour les produire – ils sont comparables – mais essentiellement dans l'approche et le respect que leurs scénaristes respectifs portent à leurs personnages et à leur public. Le monde de *Clara Sheller* est un monde peuplé de figures invraisemblables, édifié pour satisfaire les fantasmes de son auteur, mais pas du tout pour interpeller les spectateurs ; celui de *Bob & Rose* est ancré dans le monde réel et parle des surprises que la vie réserve à des individus qui nous ressemblent. Élitiste et anecdotique, surjouée et invraisemblable, *Clara Sheller* n'arrive jamais à la cheville de *Bob & Rose.* Et il n'est pas nécessaire de lire les interviews des auteurs pour comprendre très vite que ceux-ci n'ont pas les mêmes intentions, et pas non plus le même respect pour le public auquel ils s'adressent.

En France, pas de remise en question historique

Depuis ses origines, la télévision française éprouve le besoin de reprendre sans cesse les mêmes sujets historiques pour construire des fictions « de prestige » sans jamais oser remettre l'histoire de France en question. France 2 a ainsi récemment « revisité » *Les Rois maudits*, et revient sans cesse sur les mêmes sempiternelles histoires d'héroïsme-ordinaire-en-France-occupée, mais elle n'a jamais consacré le moindre téléfilm pour critiquer la politique gaullienne de la guerre d'Algérie. Les Britanniques, de leur côté, n'hésitent pas à réexaminer l'histoire de leur propre pays en pulvérisant les icônes au passage. *The Gathering Storm* (2002), remarquable téléfilm de la BBC, met en scène le couple Churchill à la veille de la Seconde Guerre mondiale. Face à un impressionnant Albert Finney, Vanessa Redgrave incarne Clementine, femme au caractère aussi trempé que celui de l'homme politique dont elle partage la vie. Un portrait d'Yvonne De Gaulle est-il envisageable en France ? Probablement pas avant une centaine d'années.

Autre illustration des audaces télévisuelles d'outre-Manche, l'adaptation en trois épisodes d'un magnifique roman de Sarah Waters, *Tipping the Velvet*[31].

Comme toutes les productions britanniques déjà citées, cette magnifique minisérie n'a jamais été diffusée par une chaîne hertzienne, et n'a donc été vue que par quelques milliers d'abonnés du câble et du satellite. La pudibonderie des chaînes françaises est probablement la première responsable de cette autocensure. Car *Tipping the Velvet* raconte le premier amour, la déchéance, puis la rédemption d'une jeune fille de bonne famille dans l'Angleterre victorienne.

Construite sur le même schéma que les romans « édifiants » du XIXe siècle, elle pulvérise le genre avec une impertinence et un humour décapants en nous montrant que la jeune Nan apprend la sexualité auprès d'une chanteuse de music-hall, se perd dans les méandres de la prostitution… masculine, puis trouve enfin l'amour et conquiert sa dignité de citoyenne en devenant la compagne d'une militante socialiste. Cette œuvre sulfureuse et de toute beauté, presque entièrement interprétée par des femmes, a été produite et diffusée par la BBC. S'il la voyait, le public français rougirait… de honte en la comparant au traitement que la télévision publique inflige à ses personnages féminins. Heureusement, les responsables de programmes de

France Télévisions ne semblent pas du tout désireux de la lui faire découvrir.

Dans le rôle de Nan, l'héroïne de *Tipping the Velvet*, Rachael Stirling crève l'écran. Son charme et son énergie ne sont pas étrangers aux spectateurs de longue date : au milieu des années 1960, sa mère, la comédienne Diana Rigg, incarna Mrs Peel dans *The Avengers*[32]. À quarante ans d'intervalle, ces deux femmes en témoignent, le respect des personnages féminins que montrait la télévision britannique en choisissant leurs interprètes n'a pas fléchi.

On est très, très loin de pouvoir en dire autant de la télévision française.

*Martin Winckler est médecin et écrivain. Outre ses romans (*La Maladie de Sachs, Les Trois Médecins*) et ses essais sur la relation soignant-soigné, il est l'auteur de plusieurs livres consacrés aux fictions télévisées américaines (*Les Miroirs de la Vie, *Le Passage, 2001 ;* Les Miroirs obscurs, *Le Diable Vauvert, 2005) et de* Contraception mode d'emploi *(Le Diable Vauvert, 2003). Il exerce à temps partiel à l'hôpital du Mans.*

Notes

1. *Les Miroirs de la Vie, histoire des séries américaines*, Le Passage, 2001.
2. *Jimmy*.
3. FOX, M6 et Téva.
4. ABC, M6 et Série Club.
5. ABC, inédite en France.
6. CBS (*Amy*, sur Téva).
7. NBC (*New York District, New York Unité Spéciale, New York Cour de justice* sur TF1).
8. CBS, inédite en France.
9. ABC (bientôt sur TF1).
10. CBS (*Les Experts* sur TF1).
11. FOX, inédite en France.
12. M6 et Série Club.
13. UPN, inédite en France.
14. *À la Maison Blanche*, France 2 et Série Club.
15. CBS, inédite en France.

16. Auteur de *Twelve Angry Men/Douze Hommes en colère.*
17. *L'Extravagante Lucy*, Téva.
18. Canal +.
19. En particulier dans *Picket Fences, The Practice, The West Wing.*
20. « Competence »/« L'insoutenable Vérité », 2002.
21. M6.
22. *Julie Lescaut* sévit sur TF1.
23. *Navarro* sévit également sur TF1.
24. David E. Kelley, scénariste de la très féministe *Ally McBeal*, a introduit avec un détonnant mélange d'insolence et de chaleur des personnages de transsexuels dans pratiquement toutes ses séries.
25. Celles-ci ne constituent, malheureusement, qu'une faible proportion de la production d'outre-Manche ; ainsi Dennis Potter, scénariste de télévision mondialement reconnu et auteur de *The Singing Detective* et de *Lipstick on Your Collar*, est quasiment inconnu dans l'hexagone.
26. Affaires non classées/Autopsie (Jimmy).
27. Suspect n° 1 (France 2).
28. Minisérie en six épisodes d'autant plus scandaleusement inédite en France qu'elle a été écrite par David Wolstencroft, le scénariste de la série *MI 5*.
29. France 4.
30. Merci à Violette Moriarty pour son aide précieuse.
31. Pink TV.
32. *Chapeau melon et bottes de cuir.*

Vie professionnelle : la parité sans l'égalité

Margaret Maruani

80 % des femmes en Europe conjuguent activité professionnelle et vie familiale. Les femmes constituent près de la moitié du monde du travail. Parité quantitative mais sans égalité pour autant, ni en terme de mixité dans certains secteurs, ni en terme de salaires. Le temps partiel reste leur apanage.

La situation des femmes sur le marché du travail ne nous dit pas leur seule position professionnelle : le travail féminin est un fil rouge pour lire la place des femmes dans la société, dans toutes les sociétés contemporaines.

En ce sens, l'histoire du travail féminin est une histoire économique et sociale, mais aussi culturelle et idéologique. Chaque société, chaque époque, chaque culture produit ses formes de travail féminin et sécrète ses images et ses représentations. L'activité féminine est à la fois une réalité économique et une construction sociale. Un « fait social total ». Les fluctuations de l'emploi féminin et les mouvements de la division sexuelle du travail nous renseignent sur l'état d'une société : sur le fonctionnement du marché de l'emploi, sur la place du travail dans le système de valeurs, sur le statut du deuxième sexe et sur les rapports entre hommes et femmes. Dans cette perspective, parler du travail des femmes, c'est traiter du travail, des femmes, mais aussi des hommes et de la société.

Dans ce cadre, la féminisation du salariat européen[1] est une mutation sociale majeure de la seconde moitié du XXe siècle. Les femmes, aujourd'hui, dans nos sociétés, constituent près de la moitié du monde du travail, et de ce fait, nous ne vivons plus dans le même monde. La féminisation de la population active a transformé la société tout entière[2].

La croissance spectaculaire de l'activité féminine, qui remonte au début des années 1960, est une lame de fond que nul n'avait prévue, à l'époque et que rien n'a arrêtée depuis lors – ni la pénurie d'emploi, ni la baisse de la croissance, ni la montée d'un chômage massif et structurel. Une lame de fond qui, à des degrés divers, a touché toute l'Europe occidentale.

Dans le domaine économique, la parité existe donc – quantitativement au moins. Mais elle ne rime pas avec égalité, et c'est bien là le problème. La féminisation du salariat n'a pas débouché sur une régression véritable des disparités entre emplois féminins et masculins. Tel est le paradoxe de notre époque.

Tout se passe en effet comme si, des années durant, on avait cru à une sorte de pente naturelle vers le progrès, comme si on avait pensé que les inégalités de sexe allaient se diluer dans la modernité. Rien de tel, pourtant, ne s'est produit. Les faits sont là, ils sont têtus : il est peu de domaines où une mutation sociale d'une telle ampleur s'est effectuée sur un fond d'inégalités aussi coriaces, aussi rebelles.

La féminisation du salariat européen

La présence des femmes dans le monde du travail n'est évidemment pas nouvelle. Les femmes ont toujours travaillé, toujours et partout, les historiennes ont raison de le rappeler avec force[3]. Mais dans la période récente, les formes et le volume de cette activité se sont considérablement modifiés. Depuis le début des années 1960, on assiste à une croissance continue et soutenue du nombre de femmes actives.

Depuis quatre décennies, en Europe, le renouvellement des forces de travail s'est fait, pour l'essentiel, par la croissance de l'activité féminine – on ne le dira jamais assez. Dans les années 1960, les femmes représentaient 30 % de la population active européenne, contre 44 % au début des années 2000.

En France, en l'espace de quatre décennies, les femmes sont devenues près de la moitié de la population active (46 %), quand elles en constituaient le tiers en 1962 (34 %). Au début des années 1960, 12,6 millions d'hommes et 6,7 millions de femmes étaient actifs. Une différence du simple au double les séparait. En 2002, la différence existe toujours, mais elle s'est considérablement réduite : 14,2 millions d'hommes et 12 millions de femmes sont sur le marché du travail. Entre 1962 et 2002, le nombre d'hommes au travail a augmenté d'un million et demi, celui des femmes de plus de cinq millions et demi [4].

Évolution de la part des femmes dans la population active, Union européenne, 1983-2002 (en %)

	1983	1987	1991	1995	2000	2002
Europe des Douze	-	39	41	42	-	43
Europe des Quinze	-	-	-	42	43	44
Allemagne	39	40	41	43	44	44
Autriche	-	-	-	43	44	44
Belgique	37	39	40	41	43	43
Danemark	46	46	47	46	47	47
Espagne	-	33	35	38	40	40
Finlande	-	-	-	48	48	48
France	42	43	44	46	46	46
Grèce	34	36	36	38	40	40

Irlande	31	33	34	38	41	42
Italie	34	36	37	37	39	39
Luxembourg	34	35	36	36	40	41
Pays-Bas	34	38	40	41	43	43
Portugal	-	42	44	45	46	46
Royaume-Uni	40	42	43	44	45	45
Suède	-	-	-	48	48	48

Source : Enquêtes sur les forces de travail, Eurostat.

Au-delà du saut quantitatif, les chiffres nous disent le rééquilibrage de la part des sexes sur le marché du travail.

Cette croissance est sous-tendue par deux évolutions majeures : la salarisation de la main-d'œuvre et la continuité des trajectoires professionnelles des femmes.

Le mouvement de salarisation, qui affecte l'ensemble des actifs, a été plus rapide et plus important pour les femmes que pour les hommes. L'accélération, là encore, date du début des années 1960. Dans la quasi-totalité des pays européens, les femmes sont désormais, et pour la première fois dans l'histoire du salariat, en proportion, plus salariées que les hommes : en moyenne, 81 % des hommes et 89 % des femmes qui travaillent sont salariés.

Le second changement touche aux comportements d'activité féminins. De ce point de vue, les choses ont fondamentalement changé, mais l'évolution est très variable selon les pays. En France, comme dans un certain nombre de pays européens, la majorité des femmes cumulent activité professionnelle et vie familiale. Au début des années 1960, les taux d'activité des femmes de 25 à 49 ans étaient de 40 % ; aujourd'hui, ils s'établissent autour de 80 %. Il s'agit là d'une transformation radicale du rapport à l'emploi et, au-delà, du rapport des femmes à l'agencement des projets familiaux et professionnels. La majorité des femmes, aujourd'hui, ne s'arrêtent pas de travailler lorsqu'elles ont des enfants. La fin de la discontinuité des trajectoires professionnelles des femmes marque ainsi une véritable rupture par rapport aux normes sociales antérieures. Elle témoigne également d'une homogénéisation des comportements d'activité masculins et féminins qui n'a fait que s'accentuer dans les dernières années. Entre 15 et 49 ans, les taux d'activité des hommes et des femmes se rapprochent jusqu'à se confondre presque.

Taux d'activité des femmes de 25 ans à 49 ans, Union européenne, 1983 à 2002 (en %)

	1983	1987	1991	1994	1996	2000	2002
Europe des Douze	-	61	66	69	-	-	-
Europe des Quinze	-	-	-	-	71	74	75
Allemagne	58	62	68	75	75	75	79
Autriche	-	-	-	-	76	79	81
Belgique	59	64	68	72	73	78	75
Danemark	86	88	89	84	84	85	85
Espagne	-	43	51	58	60	66	67
Finlande	-	-	-	-	83	85	86
France	68	72	75	78	79	80	80
Grèce	45	51	52	57	60	65	67
Irlande	38	43	49	56	60	68	70
Italie	48	53	57	56	58	61	64
Luxembourg	45	51	55	59	59	68	69
Pays-Bas	45	56	62	68	70	76	78
Portugal	-	66	74	76	78	80	80
Royaume-Uni	63	69	74	75	75	77	77
Suède	-	-	-	-	87	85	86

Source : Enquêtes sur les forces de travail, traitement Eurostat.

Ce n'est pas le cas partout en Europe. Du point de vue des comportements d'activité, plusieurs configurations existent. Très schématiquement, on peut distinguer les pays où la discontinuité des trajectoires professionnelles des femmes demeure, même si elle s'estompe (Grèce, Espagne, Irlande, Italie, Luxembourg, Pays-Bas, Royaume-Uni, Allemagne) et ceux où les trajectoires professionnelles des femmes sont devenues, comme celles des hommes, continues (Danemark, Finlande, Suède, Portugal, France).

Au-delà des statistiques, il s'agit d'une mutation des normes sociales : dans un certain nombre de pays, il est désormais devenu « normal » pour une femme, mère d'un ou de plusieurs enfants, de travailler, alors que quelques décennies auparavant il était tout aussi « normal » de s'arrêter à la naissance du premier enfant.

La percée des scolarités féminines

À tout ceci et pour que le tableau soit complet, il faut ajouter les évolutions qui ont trait à la place comparée des hommes et des femmes dans le système de formation. Là encore, on peut parler de rupture : le niveau scolaire et universitaire des femmes, aujourd'hui, dans la plupart des pays européens, est supérieur à celui des hommes. La progression des scolarités féminines constitue un événement marquant de la fin du XXe siècle.

L'inscription des filles aux différents échelons du système scolaire n'est pas récente. Elle s'est faite tout au long du siècle. Mais à partir des années 1970, un fait nouveau apparaît : la réussite scolaire et universitaire des filles. Depuis cette date, en effet, les filles sont venues rattraper, puis dans certains pays, dépasser les garçons en termes de réussite scolaire et universitaire[5]. En 2002, la part des femmes dans l'enseignement supérieur européen est de 54 %.

Les années qui ont vu l'essor de la féminisation de la population active sont aussi celles qui ont connu la percée des scolarités féminines. Autant dire qu'il ne s'agit pas d'une coïncidence temporelle, mais d'événements sociaux fortement corrélés. Plus les femmes sont instruites, plus elles sont actives. Le fait se vérifie partout.

Les arguments qui, il y a quelques années encore, pouvaient « légitimer » les inégalités professionnelles entre hommes et femmes ont ainsi perdu tout leur sens : dans la plupart des pays européens, les femmes sont plus instruites que les hommes. Une grande partie d'entre elles a, comme les hommes, des trajectoires professionnelles continues. Pourtant, elles demeurent notablement moins bien payées qu'eux, ont des carrières professionnelles plus stagnantes, connaissent un sur-chômage et un sous-emploi patents. Par ailleurs, la ségrégation des emplois reste prégnante.

Ségrégations et discriminations en tout genre

Le monde du travail n'est toujours pas mixte. Il est parcouru de ségrégations et de discriminations en tout genre. La féminisation de la population active ne s'est pas traduite par une réelle mixité professionnelle. Les emplois féminins restent concentrés dans un petit nombre de métiers et de secteurs traditionnellement féminins. Identifié de longue date[6], ce phénomène de concentration semble même s'aggraver dans la période récente dans certains pays. Ainsi, en France, les six catégories socioprofessionnelles les plus féminisées rassemblaient 52 % des femmes en 1983 et 61 % en 2002. Le phénomène n'est pas spécifiquement français. Il se retrouve à des degrés divers, partout en Europe, y compris dans les pays scandinaves où les taux d'activité des femmes sont très élevés, proches de ceux des hommes.

La progression de l'activité et des scolarités féminines s'est traduite, sur le marché du travail, par l'accès d'un certain nombre de femmes à des professions qualifiées et par la féminisation massive… des métiers féminins peu valorisés socialement. Le mouvement est donc double.

On a pu voir des professions traditionnellement masculines se féminiser sans perdre de leur valeur sociale. Féminisation ne rime plus systématiquement avec dévalorisation. La croissance du nombre de femmes dans des professions qui demeurent prestigieuses – magistrates, avocates, journalistes, médecins, etc. – est là pour signifier que la dévalorisation n'est pas le destin de tout métier qui se féminise. De la même façon, on assiste à une progression soutenue du nombre de femmes cadres, même si l'accès à ces fonctions leur reste plus difficile qu'aux hommes.

À l'autre extrémité de la pyramide sociale, l'afflux des femmes actives s'est concentré sur les emplois non qualifiés du tertiaire.

La coexistence de ces deux mouvements – concentration d'une grande partie des femmes actives dans les emplois peu qualifiés du tertiaire et croissance des emplois féminins qualifiés – débouche sur le constat d'une bipolarisation beaucoup plus que sur l'observation d'une ségrégation immobile. Une partie des femmes récupère, sur le marché du travail, l'investissement réussi dans le système de formation pendant que la majorité d'entre elles se trouve massée dans le salariat d'exécution. Entre femmes, l'écart se creuse et les inégalités se renforcent.

Inégalités des salaires

Tout ceci se retrouve, bien évidemment, au niveau des écarts de salaire entre hommes et femmes. Quand les directives européennes disent « à travail égal, salaire égal », les statistiques montrent des écarts qui demeurent considérables[7].

Dans l'ensemble de l'Union européenne, les écarts de rémunération s'échelonnent entre 10 % (ex Allemagne de l'Est) et 32 % (Grèce).

Cet écart s'explique, pour partie, par la ségrégation et la concentration des emplois féminins. Pour partie seulement, car lorsque l'on raisonne « toutes choses égales par ailleurs », c'est-à-dire à niveau de formation, catégorie socioprofessionnelle, âge, expérience, égaux, dans des établissements de la même taille et du même secteur, il reste une différence notable. En France, elle a été évaluée entre 5 et 15 % selon la façon de compter. Ce « reliquat » de 5-15 %, que les économistes nomment « résidu », indique l'existence de mécanismes de discrimination qui ne se réduisent pas à la concentration des emplois[8].

Par ailleurs, on constate dans tous les pays que le développement du travail à temps partiel pèse très fortement sur le maintien des écarts de salaires.

Travail à temps partiel et sous-emploi

On le sait, partout en Europe, le travail à temps partiel est l'apanage des femmes.

Bien entendu, le travail à temps partiel recouvre des réalités sociales extrêmement diversifiées. Pour certaines femmes, il s'agit d'une décision individuelle de réduction du temps de travail. Pour d'autres, de plus en plus nombreuses aujourd'hui, il s'agit d'une tout autre logique : dans des secteurs entiers de l'économie on a vu se multiplier des offres d'emploi à temps partiel.

L'emploi à temps partiel, Union européenne, 2002

	En % de l'emploi total	En % de l'emploi féminin	En % de l'emploi masculin
Europe des Quinze	18	34	7
Belgique	19	38	6
Danemark	21	31	11
Allemagne	21	40	6
Grèce	5	8	2
Espagne	8	17	3
France	16	30	5

Irlande	17	31	7
Italie	9	17	4
Luxembourg	12	26	2
Pays-Bas	44	73	22
Autriche	19	36	5
Portugal	11	16	7
Finlande	12	17	8
Suède	21	33	11
Royaume-Uni	25	44	9

Source : Enquête sur les forces de travail, 2002, Eurostat.

En dépit de cette diversité, un constat s'impose : la forme la plus marquée du sous-emploi féminin en Europe est le travail à temps partiel[9]. Près de 80 % des personnes travaillant à temps partiel sont des femmes. Et pas n'importe quelles femmes. Tout d'abord, contrairement aux idées reçues, il ne concerne pas prioritairement les femmes en âge d'avoir et d'élever des enfants : dans l'Europe des Quinze, c'est chez les femmes de plus de cinquante ans que les pourcentages de travail à temps partiel sont les plus élevés : 37 % pour les 50-64 ans, contre 32 % pour les 25-49 ans et 31 % pour les moins de 24 ans. Il s'agit par ailleurs pour l'essentiel d'emplois peu qualifiés, concentrés dans quelques activités et professions (commerce, nettoyage, hôtellerie), et d'emplois dont les horaires et les conditions de travail sont particulièrement difficiles : bas salaires, travail le week-end ou en soirée, instabilité des horaires et fractionnement des journées de travail sont le lot commun de la plupart des salarié-e-s à temps partiel en Europe[10].

Derrière ces caractéristiques générales se profilent différentes figures du travail à temps partiel. Dans certains pays, le travail à temps partiel est ce qui a permis aux femmes d'entrer sur le marché du travail, dans d'autres, il est ce qui les en éloigne. Une même statistique, un même taux de travail à temps partiel peut cacher des réalités sociales très différentes.

Quinze pays, trois configurations du temps partiel

Dans l'Europe des Quinze, on peut repérer trois configurations, qui sont autant de significations différentes du travail à temps partiel :

1. Les pays où le travail à temps partiel n'intervient que de façon marginale, que les taux d'activité féminins soient très élevés (au Portugal) ou relativement bas (en Espagne, en Italie, en Grèce). C'est le modèle « Europe du Sud » où l'accès des femmes à l'emploi s'est fait et continue de se faire à temps plein. Le travail à temps partiel ne touche que 10 à 15 % des femmes.

2. Les pays où le travail à temps partiel a accompagné, voire permis, la croissance de l'activité féminine. Le travail à temps partiel y existe de longue date, il y est arrivé bien avant la crise de l'emploi. Ici, deux figures différentes se côtoient :

– le modèle « Europe du Nord » (Allemagne, Pays-Bas, Royaume-Uni) où le travail à temps partiel constitue une des modalités de l'entrée des femmes sur le marché du travail. De très forts taux de travail à temps partiel se conjuguent avec une discontinuité persistante des trajectoires professionnelles. La plupart des femmes ayant des enfants en bas âge ont ainsi des comportements d'activité qui demeurent « spécifiquement féminins », caractérisés par l'alternative travail à temps partiel/cessation provisoire d'activité. La forme archétypique de ce modèle se trouve aux Pays-Bas où l'activité féminine se caractérise à la fois par sa discontinuité et ses très forts taux de travail à temps partiel (73 % des femmes sont à temps partiel) ;

– le modèle « scandinave » (Danemark, Suède, Finlande) où le travail à temps partiel est très répandu depuis longtemps. Mais à la différence du groupe précédent, le travail à temps partiel coexiste avec des taux d'activité féminins très élevés – les plus élevés d'Europe occidentale –, très proches des taux d'activité masculins, et des trajectoires professionnelles continues. Le travail à temps partiel est donc ici ce qui permet à toutes les femmes de travailler. Il est caractérisé par une forte protection sociale et un temps de travail plus long que la moyenne européenne du travail à temps partiel – ce qui n'empêche pas la persistance d'une forte ségrégation des emplois.

3. Les pays où le travail à temps partiel a pris son essor depuis la crise de l'emploi. C'est le cas de la France et, dans une moindre mesure, de la Belgique. Le travail à temps partiel y est apparu avec le chômage, et comme remède supposé au chômage. En France, il se conjugue avec des taux d'activité féminins très élevés et des trajectoires professionnelles continues. Le travail à temps partiel constitue donc une rupture avec le modèle d'accès à l'emploi à temps plein qui a prévalu jusqu'au début des années 1980. Ici, le travail à temps partiel est ce qui éloigne partiellement les femmes de l'emploi.

La forme que prend le travail à temps partiel, sa plus ou moins forte régulation, ce qu'il représente comme voie d'accès ou de retrait du marché du travail contribuent ainsi à spécifier la place et le poids du travail féminin dans la société. Le travail féminin n'a pas le même sens, n'a pas la même image, n'a pas la même importance sociale selon que 70 % ou 10 % des femmes y sont actives à temps partiel. Mais le travail à temps partiel lui-même n'a pas le même sens selon qu'il est assorti, ou pas, de protection sociale, selon qu'il s'inscrit dans des trajectoires professionnelles continues ou discontinues, selon qu'il accompagne l'accès des femmes à l'emploi ou qu'il le freine.

Quoi qu'il en soit, au fil des ans, le travail à temps partiel est devenu la figure emblématique de la division sexuelle du marché du travail. Il est également devenu, dans un certain nombre de pays, le moteur du sous-emploi et de la pauvreté laborieuse.

Le sur-chômage des femmes

Les années qui ont vu se développer la féminisation de la population active sont aussi celles qui ont connu l'essor d'un sur-chômage féminin solidement incrusté dans le paysage social[11].

Dans l'Union européenne, on retrouve ce sur-chômage féminin avec une grande constance dans la plupart des pays depuis le début des années 1980. En 2002, les taux de chômage des femmes sont supérieurs à ceux des hommes dans dix pays. Ils sont particulièrement élevés en Espagne (16 %), en Grèce (15 %) et en Italie (12 %). Dans l'Europe des Douze, en 1983, 8,7 % des hommes et 11,8 % des femmes étaient au chômage. Vingt ans plus tard, dans l'Europe des Quinze, 6,9 % des hommes et 8,7 % des femmes sont au chômage : l'écart s'est resserré, mais il demeure. L'évolution est variable selon les pays : en France, au Luxembourg, en Belgique, au Portugal et aux Pays-Bas, les taux de chômage masculins et féminins se rapprochent alors qu'en Espagne, en Grèce et en Italie, on n'observe pas de réduction des écarts. Dans la France des années 2002, le taux de chômage global est de 8,9 %. Décomposé selon le sexe, il s'étage entre 7,9 % pour les hommes et 10,1 % pour les femmes.

C'est chez les moins de 25 ans que le sur-chômage féminin est le plus important – et le plus surprenant : dans des générations où les femmes sont plus diplômées que les hommes, à des âges où l'effet famille ne joue pas, on a du mal à comprendre. C'est particulièrement vrai en France où un écart de près de cinq points sépare le chômage des jeunes hommes (18 %) de celui des jeunes femmes (23 %). Dans les pays de l'Europe du Sud, le chômage des jeunes femmes, cumulant les effets de l'âge et du sexe, atteint des sommets impressionnants : en 2002, en Espagne, en Grèce et en Italie, avant 25 ans, près d'une femme sur trois est au chômage. Ici, il s'agit bel et bien du libre jeu de la discrimination : rien d'autre ne saurait expliquer ce sur-chômage des jeunes femmes.

La perplexité est la même lorsque l'on observe le lien entre chômage et qualification. Les pays européens ont connu une hausse sensible du niveau d'éducation des femmes. De façon générale, lorsque le niveau d'instruction augmente, le taux de chômage diminue. Dans les faits, qu'observe-t-on ? Cette tendance se retrouve dans certains pays, comme la Finlande et la France où le niveau d'éducation pèse de façon très sensible sur le risque de chômage. Il n'existe cependant pas de relation uniforme applicable à tous les pays européens. Dans certains pays, cette relation ne fonctionne pas pour les femmes : en Irlande, le taux de chômage des femmes de niveau d'éducation élevé est supérieur à celui des hommes de niveau d'éducation moyen. En Grèce et en Espagne, le taux de chômage des femmes de niveau d'éducation élevé est supérieur à celui des hommes de tous les niveaux. Dans ce dernier pays, le paradoxe est à son comble : le taux de chômage des femmes diplômées de l'enseignement supérieur est identique à celui des hommes analphabètes[12]. L'idée que le niveau d'instruction protège du chômage souffre, on le voit, d'exceptions qui laissent perplexe – et qui interrogent sérieusement la théorie du capital humain : peut-on encore défendre l'idée que l'inégal accès des hommes et des femmes au marché du travail tient à un moindre investissement de ces dernières en capital humain.

L'analyse du chômage par catégorie socioprofessionnelle, en revanche, ne réserve pas beaucoup de surprises : dans toute l'Europe, ce sont les ouvriers qui sont les plus touchés par le chômage, et, parmi eux, les femmes sont bien souvent en première ligne.

Les inégalités, on le voit ici, ne s'additionnent pas, elles se multiplient, elles se cumulent.

Conclusion

Les femmes ont été, depuis plusieurs décennies et partout en Europe, l'élément actif des recompositions de la population active : c'est la croissance de l'activité féminine qui a assuré le renouvellement des forces de travail européennes.

Par ailleurs, il est clair que les changements qui affectent le travail et l'emploi des femmes ne touchent pas à leurs seules positions professionnelles. Avec la féminisation du monde du travail, c'est le statut du « deuxième sexe » dans la société qui se joue. Le fait que les femmes constituent désormais près de la moitié des forces laborieuses est une mutation sociale majeure.

Mais la question des inégalités de sexe, de leurs habits neufs et de leurs vieux restes, demeure. Plus que jamais, ce sont les contrastes et les paradoxes qui frappent. En matière d'accès à l'emploi et à l'éducation, les progrès sont immenses alors que dans le domaine de l'égalité des salaires et des carrières, sur le front du chômage, de la précarité et du sous-emploi, l'inégalité est patente, récurrente, impertinente.

Margaret Maruani est sociologue, directrice de recherches au CNRS. Elle dirige la revue Travail, Genre et Sociétés *ainsi que le groupement de recherche européen « Marché du travail et genre en Europe » (Mage). Elle est l'auteure de nombreux ouvrages sur le syndicalisme, le travail et l'emploi.*

Notes

1. En raison des difficultés de la comparaison des indicateurs de l'emploi, ce texte traitera de l'Europe des Quinze.

2. *Cf.* Margaret Maruani, *Travail et emploi des femmes*, coll. « Repères », Paris, La Découverte, 2003.

3. *Cf.* Sylvie Schweitzer, *Les femmes ont toujours travaillé*, Paris, Odile Jacob, 2002.

4. Sources : dans l'ensemble du texte, et sauf indication contraire, pour les données concernant l'union européenne, il s'agit des enquêtes sur les forces de travail d'Eurostat, pour la France des recensements et des enquêtes emploi de l'INSEE. Dans les deux cas, il s'agit des chiffres de l'année 2002.

5. *Cf.* Christian Baudelot et Roger Establet, *Allez les filles !* Paris, Seuil, 1992 ; Marie Duru-Bellat, *L'école des filles*, Paris, L'Harmattan, 1990.

6. *Cf.* les travaux de Maryse Huet et notamment « La concentration des emplois féminins », *Économie et Statistiques,* n° 154, 1983.

7. *Cf.* Rachel Silvera, *Le Salaire des femmes, toutes choses inégales*, coll. « Droits des femmes », Paris, La Documentation française, 1996.

8. *Cf.* Dominique Meurs et Sophie Ponthieux, « Écarts de salaires », *in* Margaret Maruani (dir.), *Femmes, genre et sociétés, l'état des savoirs,* Paris, La Découverte, 2005, p. 256-264.

9. *Cf.* Margaret Maruani et Danièle Meulders, « Chômage, sous-emploi et précarité », *in Femmes, genre et sociétés, op. cit.*, p. 227-236.

10. *Cf.* Danièle Meulders, Olivier Plasman, Robert Plasman, *Atipical Emploment in the European Community,* Dartmouth, 1994, Aldershot.

11. *Cf.* Margaret Maruani, *Les mécomptes du chômage*, Paris, Bayard, 2002.

12. *Cf.* Teresa Torns, « Chômage et tolérance sociale à l'exclusion : le cas de l'Espagne », *in* Maruani M. (éd.), *Les Nouvelles Frontières de l'inégalité. Hommes et femmes sur le marché du travail*, Paris, La Découverte-Mage, 1998.

Sophie
Fille de la République

Naissance au Sénégal, adolescence dans une banlieue violente, Sophie a connu les difficultés des filles immigrées. Cette femme de 30 ans, mère de 4 enfants, fait le lien entre les Africaines de sa cité et la société française. Musulmane, elle conjugue culture originelle et adhésion républicaine.

Un sourire rayonnant, une main qui se tend d'emblée, un regard malicieux où l'on devine néanmoins les douleurs passées et parfois encore présentes. Sophie est ainsi, changeante, volubile, tour à tour solaire et évanescente, assurée mais jamais hâbleuse. Gracieuse, elle a une voix mélodieuse, des yeux en amande et des pommettes hautes héritées de ses ancêtres peules. Elle se présente sans masque : authentique.

D'emblée, elle étonne. Sa silhouette hip hop de jeune Black de banlieue ne laisse rien imaginer au premier abord de sa réalité quotidienne. Sophie est déjà mère de quatre enfants. La vie lui a déjà beaucoup – trop – appris.

Abandon, violences physiques et morales, la perte d'un enfant, les foyers et la rue… Son parcours est un condensé de celui de beaucoup de jeunes femmes issues de l'immigration, confinées dans des banlieues qui, aujourd'hui, crachent leur désespoir.

Pour arriver jusqu'à chez elle, il faut traverser une de ces cités oubliées de tous, où barbus et grands frères font la loi. Pourtant, entre les poubelles incendiées et les fantomatiques silhouettes voilées, des cris de bambins, une cour d'école, un policier serviable. L'espoir, la vie quand même.

Sa maison est spacieuse, accueillante, chaleureuse. Partout, des jouets d'enfants, une télévision allumée, une cuisine où elle finit de débarrasser le déjeuner des petits. Pour la première fois de sa vie, Sophie vit sous son propre toit : en paix, « Enfin, nous louons le pavillon à un cousin de mon compagnon », explique la jeune femme.

Pour en arriver là, il lui a fallu se battre et briser beaucoup d'interdits. Rompre avec sa famille, trouver un travail, élever seule ses enfants, et s'inventer une identité française sans pour autant renier ses racines africaines.

Sénégal, 1975. Sophie naît dans une famille plus que modeste, sans père, abandonnée par une mère expatriée en France. Entre la poussière de Dakar et la brousse de la Casamance, Sophie est élevée par sa grand-mère qui, pour survivre, vend quelques bouteilles de vin de palme.

En juillet 1982, Sophie découvre Paris ou plutôt sa banlieue, et revoit enfin sa mère. Mais celle-ci, mariée à un homme violent, la rejette. « Très vite, je suis devenue leur souffre-douleur, leur esclave. » Seule jeune fille de la maison, c'est elle qui s'occupe de tous ses demi-frères, sans oublier le ménage, la cuisine et bien sûr les coups qui pleuvent. Les enfants dorment à cinq dans une chambre, et les devoirs se font sur le lit superposé.

Un an dans un foyer de la DDASS

À 12 ans, elle est placée en foyer par la DDASS. « Je ne pouvais pas cacher les bleus et les marques à l'école ; ils s'en sont vite rendu compte. » Sophie va vivre un an dans ce foyer pour adolescentes en mal de vie, une année qui, plutôt que d'engloutir définitivement un solide appétit de vivre, lui ouvre au contraire les chemins de l'école, révèle ses capacités et lui permet d'envisager librement son propre avenir. « Avant tout, j'ai appris à m'épanouir. Pour la première fois de ma vie, quelqu'un prenait soin de moi. Jamais je n'avais fait de sport auparavant, ni d'activité culturelle », explique la jeune femme.

Sophie retourne néanmoins chez sa mère dans la cité de Cachan. La violence y est quotidienne, même si les grands frères ramassent les seringues pour protéger les petits. Jusqu'au jour où les brutalités reprennent, jusqu'au jour où le beau-père rejoint la jeune fille désormais femme sous sa douche.

Fuite immédiate, solitude des rues et des canapés d'amis. L'errance la conduit finalement au commissariat du Kremlin-Bicêtre. En deux jours, tribunal pour enfants de Créteil, confrontation avec sa mère, pour finir par retourner dans un foyer de jeunes filles.

Entre-temps, quelqu'un est entré dans sa vie. Roman est un Breton d'origine camerounaise, aux yeux d'ange mais aux manières de voyou. Il a été marié et a déjà un enfant. Amoureuse, Sophie accepte tout. Elle décide de se consacrer à ses études et passe son baccalauréat comptabilité.

En février 1996, elle accouche seule de son premier garçon, Adams, et emménage dans un petit appartement à Colombes. Roman ne lui facilite pas la vie. « C'était un vrai mauvais garçon, il faisait des petits deals, des choses pas très graves jusqu'au jour où il a envoyé des policiers à l'hôpital. » Résultat, huit mois de prison à Fresnes. Sophie se retrouve seule. La vie est difficile, d'autant qu'il faut nourrir une nouvelle bouche, la petite Haby. Standardiste dans des pizzerias, aide hospitalière, agent de site pour la RATP, Sophie ne se désespère pas et se bat.

À la sortie de prison de Roman, le couple emménage à la Brillat-Savarin, une cité du 13e : « C'était un vrai quartier chaud comme on dit, avec deux gardiennes pour une dizaine d'immeubles et des rixes de voyous en permanence. » C'est néanmoins un nouveau départ, rapidement assombri par un drame : en 2000, Sophie perd son petit dernier, Roman junior, emporté à quatre mois par une infection virale.

Apprendre à ses voisines à lire et à écrire

Pour surmonter la douleur, la jeune femme décide de s'engager et d'aider les autres. Et les premiers à soutenir se trouvent justement sous ses yeux : ce sont ses voisines, ses amies, toutes ces femmes immigrées d'Afrique noire ou du Maghreb, inassimilées à une société française qu'elles-mêmes rejettent. « Mais il faut comprendre que c'est dur d'être accepté quand on ne veut pas de vous », explique doucement Sophie.

Avec les parents d'élèves du quartier, Sophie est confrontée aux plaies des grands ensembles HLM. Chômage endémique, inégalités criantes, habitat délabré. Pour elle, une priorité s'impose : malgré les efforts d'alphabétisation menés par les pouvoirs publics, la plupart des femmes et des mères ne savent ni lire ni écrire, parlent peu ou pas du tout le français et restent confinées dans les murs de la cité. Comment dans ces conditions aider leurs propres enfants, comment encourager une assimilation qui passe forcément par l'éducation ?

Au sein de Solidarité Femmes africaines, une association de terrain, Sophie commence à aider les femmes de la cité – Maliennes, Ivoiriennes, Sénégalaises, Maghrébines – en servant d'interprète grâce aux dialectes de son enfance. En encourageant l'ouverture et le dialogue avant tout. Parler, tout simplement. Jusqu'à tenir le rôle d'assistante sociale dans le cas de femmes battues ou expulsées. Et servir de relais entre le monde de la cité et la société civile française.

En 2003, avec deux jeunes filles du quartier, elle se lance et crée sa propre association, Nouvelle Alliance 13 : « Pour faire comprendre aux jeunes que la violence n'est pas obligatoire, qu'avec un peu de détermination, des ouvertures existent, pour les encourager à voir la vie différemment. »

Concrètement, elle organise des sorties culturelles et sportives, des voyages, comme en juillet 2003 où une dizaine de jeunes filles partent à Dakar construire une bibliothèque. « Je voulais leur montrer la chance qu'elles ont de vivre en France en les confrontant à la misère de l'Afrique. » Au retour, l'effet cathartique fonctionne. La plupart s'inscrivent dans des formations, commencent des études, ou même économisent de l'argent pour un prochain voyage.

Sortir les femmes immigrées de l'invisibilité

Sophie peut être fière mais elle sait que la tâche est immense. En décembre 2005, un rapport parlementaire révèle que sur les huit principales professions exercées par les femmes immigrées, sept sont non qualifiées. Pour les Françaises, le ratio est de trois pour huit. Le rapport met en exergue un défi majeur posé à la République : « L'intégration des femmes est une des clés de la réussite pour l'ensemble des populations immigrées. Une des difficultés principales réside dans l'invisibilité de ces femmes, celles-ci n'étant pas représentées dans les instances dirigeantes, les syndicats et les partis. »

Les extraire de cette invisibilité : tel est le but de Sophie. L'accumulation des problèmes économiques et sociaux se traduit par un découragement de fait des femmes immigrées. Constatant les difficultés d'insertion de leurs aînées, les jeunes filles croient de moins en moins à une ascension sociale par l'école. « J'ai été élevée en entendant : "Tu es une Sénégalaise et point final", lance Sophie. Pour les Africaines, la femme française n'est pas un modèle, mais une image très éloignée de sa propre réalité. »

Qui sont les responsables de cette situation à ses yeux ? Les hommes qui, les premiers, encouragent leurs femmes à rester emmurées dans des traditions inadaptées aux mœurs occidentales.

Tout sauf l'abandon de la culture d'origine

Comment exister dès lors, déchirées entre deux langues et deux cultures, entre fantasme et réalité, dans un pays où l'ascenseur social fonctionne mal ? « Les jeunes ont de moins en moins envie de s'intégrer ; ils refoulent tout ce qui est français car ils ne pensent pas avoir une place dans ce pays. »

Pour Sophie, il faut avant tout promouvoir l'éducation et la formation des jeunes femmes, les ouvrir à la société civile, et surtout les inciter à sortir de l'univers communautaire.

Depuis plusieurs années, les radicalisations religieuses sont venues aggraver la situation, dénonce-t-elle. Sophie, elle, s'est convertie à l'islam à 22 ans après un voyage au pays : « C'est une religion ouverte qui correspond à mes racines, à cette culture de partage, d'hospitalité. »

Opposée à la polygamie comme à l'excision, Sophie vit et prône un islam tolérant. Et voudrait plus que tout convaincre les autres musulmanes d'abandonner le port du voile, « ce symbole obscurantiste de leur soumission ».

Aucune trace de fatalisme chez cette femme. Son énergie est intacte, sa détermination également. Elle a prouvé qu'il est une issue offerte aux femmes immigrées : tout sauf l'abandon de la culture d'origine, tout sauf le repli communautariste : le métissage. « J'élève mes enfants comme des Français d'origine immigrée. Pour qu'ils n'oublient par leurs racines, et sachent trouver leur place dans cette société. »

Cohérente, Sophie a choisi. Sans renier l'Afrique de ses origines, la jeune Sénégalaise s'apprête à demander la nationalité française. Comme une véritable « fille de la République ».

Saveria Rojek

Femmes, sciences et développement

Françoise Héritier

« Pourquoi la situation des femmes est-elle mineure, ou dévalorisée ou contrainte, ou le tout à la fois, et cela de façon que l'on peut dire universelle ? » Cette question est au cœur des travaux de Françoise Héritier. Elle explique ici comment le sous-développement se nourrit du maintien des femmes dans un état de subordination et d'analphabétisation. Et démontre pourquoi l'accès au savoir est un élément fondamental pour l'émancipation féminine.

On traitera en premier lieu de représentations archaïques qui fondent, sur un supposé déficit intellectuel qui leur serait propre, le refus d'envisager l'accès égal des femmes à l'éducation et à des positions professionnelles correspondant à leurs compétences, représentations qui légitiment aussi le confinement des femmes dans certains secteurs du savoir jugés moins masculins que d'autres. En deuxième lieu, on présentera quelques données contemporaines en Europe et dans certaines parties du monde. Enfin, on traitera succinctement de l'importance pour le développement de l'accès des femmes au savoir.

Aussi étrange que cela puisse paraître, ces représentations archaïques, que l'on retrouve majoritairement dans le monde, ont partie liée avec celles qui portent sur la procréation, qui dessaisissent les femmes de la puissance créative au profit de puissances extranaturelles, mais surtout au profit de la semence masculine. Mais d'où provient celle-ci ? C'est une interrogation puissante à laquelle l'humanité a apporté diverses réponses. Si nous entendons dans cette interrogation la question : où est-elle stockée ?, il apparaît, dans le modèle explicatif dont nous sommes tributaires, civilisations sémitiques et indo-européennes confondues, que la semence se concocte et se rassemble d'abord dans la moelle des os longs. Elle est stockée ensuite dans le crâne et est censée descendre au pénis le long de la colonne vertébrale en une lente déflexion qui devient brutale le temps de l'acte sexuel, lequel vide l'homme de sa substance. Dans ce type de représentations, la tête des femmes est évidemment vide de substance spermatique. Ce vide essentiel permet à la matrice de venir s'y loger. La femme ainsi n'a de tête que dans la mesure où elle a une matrice et parfois matrice et tête se confondent, comme dans le modèle de l'hystérie. Dans la pensée grecque, la tête féminine est confondue avec un ventre, comme en témoignent les représentations imagées de Baubô, la vieille nourrice autochtone dont le sexe rit et parle comme une bouche. C'est bien de l'absence de semence dans la tête que tirent leur force les connotations méprisantes sur la tête « vide » des femmes et l'idée de l'équivalence : « tête vide, ventre plein » ou, réciproquement, « tête pleine, ventre vide », selon le modèle des vases communicants. La fécondité des femmes les attache à un utérus qui leur tient lieu de cerveau, et sont perçues comme antinomiques la femme savante et la bonne mère.

Valorisation du pôle masculin

Ces représentations anciennes sont toujours là, en sous-main. Mais l'idée d'une différence et d'une inégalité naturelles dans les capacités intellectuelles des deux sexes s'est exprimée de façon variée dans le discours scientifique au fil des siècles. Pour Paul Broca, au XIXe siècle, la petitesse relative du cerveau de la femme témoignait de « son infériorité physique et de son infériorité intellectuelle ». Lorsque les critères de taille et de poids ont cessé d'être pertinents, on a cherché à démontrer l'inégalité au moyen de tests chargés d'établir la supériorité masculine sur des écarts différentiels. On la cherche désormais au cœur même de l'organisation cérébrale. Ainsi, Doreen Kimura[1] réfute les thèses comportementalistes et assigne comme origine aux performances relatives qu'elle relève pour chaque sexe l'inscription, stabilisée dans les cerveaux humains au fil des millénaires, de modifications sexuées dues aux occupations affectées à chaque sexe au cours du long passé de notre histoire. Le chasseur y parcourait de longues distances et devait savoir s'orienter, ce que, postule-t-elle, il faisait en usant de critères abstraits et d'une représentation schématique de l'espace. La femme-cueilleuse, quant à elle, restait près du foyer et s'orientait selon des critères concrets, tel arbre, tel buisson, telle mare, etc. De telles assertions sont contraires à la vérité. L'enquête auprès de sociétés actuelles de chasseurs-collecteurs montre que les femmes collectrices parcourent des distances analogues, connaissent parfaitement le territoire partagé, où elles savent s'orienter. De plus, on sait que ce sont elles qui fournissent quotidiennement 80 % de la nourriture du groupe.

La bonne manière d'utiliser son cerveau

Doreen Kimura dessine en creux sans s'en rendre compte une représentation tautologique fondée sur l'opposition des catégories binaires de pensée : abstraction s'oppose à concrétude, schématisation à observation, réflexion à mémoire, mais où il va de soi qu'abstraction, schématisation, réflexion déductive représentent la norme supérieure, comme il va de soi, de ce fait, que ces qualités soient masculines. Des expériences effectuées en laboratoire pour sortir de labyrinthes montrent que les hommes en sortiraient plus vite que les femmes en utilisant des stratégies différentes, ce qui activerait des aires cérébrales distinctes. Le commentaire retrouve les mêmes prémices : s'orienter rapidement en se servant de critères abstraits et géométriques est considéré comme intellectuellement supérieur à le faire plus lentement en usant de critères sensibles (si tant est qu'il s'agit bien de l'effet d'une organisation cérébrale différente). Dans le langage scientifique comme dans le langage ordinaire prévalent comme des fondements non questionnables, en tout cas non questionnés, des catégories sexuées dualistes où géométrique est *par nature* censé être supérieur à sensible, abstrait à concret, rapide à lent, du simple fait de leur assignation au masculin. Il y aurait une bonne manière d'utiliser son cerveau et une autre qui le serait moins. En réalité, la hiérarchie des catégories ne dépend pas d'une définition objective des éléments qui constituent chaque paire, mais de l'assignation culturelle de chacun d'eux tantôt au pôle masculin, tantôt au pôle féminin. C'est si vrai que, selon les cultures, s'il arrive que l'assignation nominale change de pôle, la valorisation, quant à elle, reste toujours liée au pôle masculin.

Ce schéma, qui a été utilisé massivement pour écarter les femmes de l'accès au savoir, se retrouve dans la caractérisation des sciences. On les classe en effet dans des ensembles : sciences « dures », « exactes », « rigoureuses » d'un côté ; sciences « molles », « humaines » plutôt qu'inexactes, et apparemment dénuées de rigueur de l'autre. Cette opposition tient moins, on le pressent, à des différences notables dans l'exercice de l'esprit et de la réflexion scientifiques et critiques, ni à un plus grand sérieux du côté des premières dans le choix des méthodes et des critères de validation, qu'à une opposition de type masculin/féminin. Les mots eux-mêmes : « science », « recherche », « technique » sont marqués d'emblée du sceau masculin parce qu'ils impliquent l'extériorité à soi, la prééminence de l'esprit sur la matière ou, pour le dire dans les termes de Simone de Beauvoir, de la transcendance sur l'immanence.

Le signe noble accordé à ce qui relève du masculin

A fortiori, cela est vrai pour « mathématiques », « physique », « ingénierie », où l'on combine en esprit l'abstraction et la maîtrise sur les choses. En revanche, ce qui touche à l'humain, à la vie, au social, est marqué du sceau féminin, parce que ces termes impliquent tantôt l'intime et l'intériorité, tantôt l'empathie, tantôt l'intérêt pour la matière même du vivant. Conformément au modèle dominant, le signe noble est accordé à ce qui relève du masculin.

Les écarts entre les deux manières de penser les sciences tiennent à la capacité plus ou moins grande qu'a leur matière d'être mesurée. Seule cette capacité de l'objet à être mesuré, et, imagine-t-on, de façon rigoureuse, entraîne avec elle les notions d'expérimentation, de comparaison, d'étalonnage, de protocole, de probabilité, d'objectivité et de critique en fonction d'un langage et d'un savoir partagés, alors que l'empathie implicite et subjective dans le domaine de l'humain se suffirait à elle-même : tout un chacun détiendrait dans le domaine de ces sciences une part infuse de leur savoir spécifique et un droit imprescriptible à s'exprimer de par sa simple existence d'être humain plongé dans un système culturel, capable d'entendre et de s'exprimer.

Dans l'esprit des savants, une association simple est établie entre deux registres. D'un côté, humain, social, vie, foi, croyance, irrationnel, subjectivité, le tout en rapport avec la féminité ; et de l'autre, cosmos, ingénierie et aujourd'hui virtuel, expérimentation, critique, raison, objectivité, comme étant du côté de la masculinité. Tout est fait dans le monde qui nous entoure – médias, publicité, enseignement, vie quotidienne – pour répéter ce message et l'ancrer de bonne heure dans la tête des garçons comme dans celle des filles. C'est ainsi qu'on observe, par l'intériorisation du système, que les filles, même brillantes dans des domaines relevant des sciences dites « exactes », sont amenées à se brider dans leur choix de carrière, persuadées à tort de leur incompétence et de la forfanterie qu'il y aurait pour elles à vouloir aller plus loin.

Si des actions sont menées de façon consciente dans certains secteurs, il n'y a pas eu encore de prise de conscience politique nette des efforts à faire, notamment auprès des éducateurs eux-mêmes, pour que les filles investissent sérieusement et durablement des secteurs dont tout le discours ambiant leur montre avec insistance qu'elles en sont « naturellement » exclues.

15 % de femmes dans la recherche privée industrielle en Europe

Qu'en est-il des réalités que l'on observe actuellement en Europe et dans le monde ? Les experts de l'Union européenne ont montré, dans un rapport remis en janvier 2003, qu'environ 15 % de femmes seulement travaillent dans la recherche privée industrielle en Europe, à peine 50 000 sur 500 000, et moins d'un tiers seulement dans les universités et les organismes publics. En 2002, pourtant, elles représentaient 41 % des diplômés en sciences, en mathématiques et en informatique : 41 % des diplômés mais 15 % des recrutés ! La réalité n'est donc pas celle de leur absence ou de leur incompétence, mais de l'inertie opposée à leur recrutement.

Dans le public, à l'université et dans la recherche, où les recrutements se font par cooptation dans des commissions *ad hoc* où les hommes sont majoritaires, la tendance est au recrutement au sein du même sexe. Le rapport *Les Enseignantes-chercheuses à l'université, demain la parité*[2] ? énumère des faits très révélateurs. En 1990 et 2000, et de façon particulièrement nette dans les sections scientifiques du CNU, la part des femmes classées en numéro deux sur un poste, c'est-à-dire en position où elles ne peuvent pas être recrutées, est toujours nettement plus élevée que celle des femmes classées en première position. L'analyse est identique pour les promotions : le pourcentage de la présence féminine dans la catégorie des promus est très inférieur à leur pourcentage dans la catégorie des promouvables, à l'exception de la catégorie hors classe des maîtres de conférences, car c'est pour elles une fin de carrière. On a prétendu, dit le rapport, que le petit nombre de professeurs femmes est dû à la faible présence des femmes dans le corps des maîtres de conférences. Or cela est faux. Si l'on choisit un indicateur statistique de population formé de groupes de 100 hommes enseignants-chercheurs et de 100 femmes enseignantes-chercheuses, dans n'importe quelle discipline, en vérifiant sur chaque série de cent le nombre de professeurs, on dira que, toutes disciplines confondues, 44 % des hommes maîtres de conférences ont des chances de devenir professeurs contre 18 % seulement pour les femmes ; et c'est en sciences dites « exactes » que les chances des femmes sont les plus basses : elles sont 14 % seulement ; ce qui amène les auteurs à conclure à l'existence effective du plafond de verre.

D'après l'Unesco, les deux tiers des 875 millions d'analphabètes dans le monde sont des femmes. Le taux d'alphabétisation au Pakistan, par exemple, est de 24 % pour les femmes contre 50 % pour les hommes, 23 % au Sénégal contre 43 %, 35 % au Soudan contre 58 %. On peut montrer, en analysant ces chiffres et ces situations, que la difficulté d'éducation des filles n'est pas en rapport direct avec la pauvreté du pays, comme certains peuvent le penser, mais plutôt avec une volonté. Car des pays pauvres arrivent à une quasi-égalité : 91 % des femmes sont éduquées au Vietnam, 92 % en Thaïlande, 94 % aux Philippines. En Europe, si elles poursuivent de plus en plus longtemps leurs études, une enquête de l'Observatoire de la vie étudiante menée en 1997 montre que jusqu'au troisième cycle les filles sont moins soutenues financièrement par leurs parents. Elles compensent les différences familiales de revenu par des activités occasionnelles tout en bénéficiant moins que les garçons des emplois privilégiés que sont les stages rémunérés. Majoritaires à l'université, au début (56 % de l'effectif), elles sont moins présentes dans les études doctorales, en France du moins, surtout quand elles sont issues de milieux populaires.

Ainsi, la situation générale faite aux femmes dans le monde, tant sur le plan de l'accès à l'enseignement de base et à l'enseignement de savoirs spécialisés que de l'accès à l'emploi et à une promotion normale, n'est pas éminemment satisfaisante, d'autant que partout les femmes se trouvent prioritairement affectées aux tâches répétitives, à des temps partiels non consentis, à des horaires mal adaptés, à des contrats à durée limitée, et même elles se trouvent les premières condamnées au chômage en périodes de récession, à situation de compétence et de famille comparable à celle de leurs collègues masculins.

Sous-développement et alphabétisation des femmes

Il convient – ce sera le troisième et dernier point – de souligner un paradoxe particulièrement contre-productif. En effet, on découvre depuis peu que l'amélioration du sort fait aux femmes n'est pas seulement un impératif d'ordre éthique et philosophique, mais aussi un impératif économique. D'après une étude de la Banque mondiale (laquelle n'est pas philanthropique) présentée à l'occasion de l'Assemblée générale des Nations Unies sur l'égalité entre les sexes, en juin 2000, l'expérience montre qu'une société qui accorde plus de droits aux femmes, et surtout qui leur permet l'accès à l'éducation, améliore sa productivité économique à long terme et la santé globale de la population. La lutte contre la pauvreté est ainsi devenue une priorité des institutions multilatérales en raison de la menace majeure que l'augmentation de la pauvreté mondiale fait courir à l'économie. Le prix Nobel de l'économie, Amartya Sen, pense lui aussi que l'émancipation des femmes est un facteur décisif de changement. Le passage de l'alphabétisation féminine en Inde de 22 % (en 1980) à 75 % (en 1991) a réduit la mortalité des enfants de moins de 5 ans de 156 ‰ à 110 ‰. De même, la baisse souhaitable au niveau national du taux de fertilité est, dit-il, une conséquence de l'élévation du niveau d'instruction des femmes : « L'instruction a élargi leur horizon, les a mises au contact de quelques notions, au moins de planning familial, et les a dotées d'une plus grande latitude pour exercer leur rôle d'agent dans les décisions familiales, y compris en matière de fertilité et de naissance[3]. » Des expériences particulières menées au Bangladesh, au Pakistan, en Inde, mais aussi dans quelques pays d'Europe, comme la Finlande, et d'Amérique latine par la Grameen Bank de Mohammed Yunus, qui prête quasi exclusivement aux femmes de très petites sommes pour se lancer dans de très petites entreprises, montrent que les femmes clientes remboursent leurs modestes emprunts, font fructifier leurs entreprises, et de surcroît investissent collectivement une part de leurs bénéfices dans des projets communs d'amélioration locale : des routes, des puits, des écoles, des dispensaires. Mohammed Yunus encourage ces créations et ces investissements par un soutien d'alphabétisation, lorsqu'il en est besoin. Ces entreprises démontrent au grand jour à la fois le rôle important des femmes dans le développement, et réciproquement, le rôle de leur réussite économique et financière dans la reconnaissance de leurs aptitudes et d'une forme d'autonomie par rapport à leurs familles.

On pourrait formuler les choses ainsi : le maintien de la subordination et de l'analphabétisation n'est pas une conséquence du sous-développement ; au contraire, le sous-développement résulte et se nourrit, parmi d'autres causes, du maintien des femmes dans un état de subordination et d'analphabétisation. Les femmes ont conscience de cet enchaînement lorsque le nécessaire est fait pour qu'elles puissent en prendre conscience. Une intéressante expérience a été présentée au Forum mondial de l'éducation, tenu à Dakar en 2000, sous l'égide de l'Unesco, en présence des représentants de 181 pays, avec pour but d'instaurer l'égalité dans l'enseignement primaire et secondaire en 2015. On constate alors, sur les données de 1998, que 113 millions d'enfants ne sont pas scolarisés dans le monde contre 127 millions en 1990, la proportion de filles restant toujours identique, à savoir 59 %. D'après l'Unesco, la raison de cette différence est, dans les milieux traditionnels, le retrait de l'école des filles par les parents autour de leur dixième année en vue de leur mariage. Pour tenter de remédier à cette situation, une idée originale développée au Mali associe les mères au processus d'alphabétisation. Lorsque les mères sont gagnées et qu'elles ont compris les avantages pour leurs filles, les femmes vont elles-mêmes chercher les filles dans les familles récalcitrantes et ont fait changer le taux féminin de scolarisation dans les dix-huit villages où a eu lieu cette expérience, et où le taux de scolarisation des filles est passé en trois ans de 18 à 33 %. Cette expérience nous fait toucher du doigt à quel point il importe d'agir sur les éducateurs tant familiaux qu'institutionnels. On voit bien que si les intérêts globaux, économiques et de santé sont liés à l'émancipation des femmes de la tutelle masculine, les raisons profondes pour mettre les femmes et les garder en tutelle sont à chercher dans d'autres domaines.

La tutelle imposée aux femmes est d'abord une privation de liberté

L'accès au savoir est un élément fondamental pour l'émancipation féminine, et c'est bien la raison pour laquelle cet accès leur est refusé dans certains pays ou voit ses effets minorés par des barrières multiples mises à l'exercice de carrières de même ampleur que les carrières masculines, dans des pays où les femmes ont, depuis moins d'un siècle, faut-il le rappeler, un accès égal à l'éducation et au savoir à tous les niveaux. Car la tutelle imposée aux femmes est d'abord une privation de liberté, dont la privation d'accès au savoir est l'adjuvant le plus sûr.

La privation des femmes de la liberté fondamentale de décider elles-mêmes de leur propre sort, c'est-à-dire, en tout premier lieu, de leur vie sexuelle et procréative, est la pierre de touche de l'ensemble structuré de représentations et d'actions que nous venons de décrire : elle définit le sexe masculin comme le promoteur de toute conception, elle fait du corps des femmes un corps productif et approprié par des hommes en vue de l'exercice de leur sexualité et de la maternité. Placé entre les mains des femmes, le savoir, dans cette optique si largement majoritaire dans le monde, devient alors un superflu nuisible, puisqu'il leur fournit les moyens d'analyser leur situation et même d'en sortir.

Professeure honoraire au Collège de France où elle occupait la chaire d'étude comparée des sociétés africaines, directrice du laboratoire d'anthropologie sociale, directrice d'études à l'École des hautes études en sciences sociales, Françoise Héritier est une anthropologue de renom international, ayant pris la succession de Claude Lévi-Strauss au Collège de France.

Article paru dans *Le Féminin en miroir, entre Orient et Occident,* d'Isabelle Krier et Jamal Eddine El Hani, reproduit avec l'aimable autorisation des Éditions Le Fennec/Campagne 1re.

Notes

1. Doreen Kimura, *Cerveau d'homme, cerveau de femme*, Paris, Odile Jacob, 2001.
2. Huguette Delavault, Noria Boukhobza, Claudine Hermann, Paris, L'Harmattan, 2002.
3. Amartya Sen, *Un Nouveau Modèle économique*, Paris, Odile Jacob, 1999.

Priorités pour l'action

Irene Khan

Les violences contre les femmes s'exercent partout. Amnesty International a fait de ce thème sa campagne générale depuis mars 2004. Sa présidente, Irene Khan, fait le bilan des évidences qui se sont imposées à l'ONG et formule des suggestions d'avenir. Parce qu'universelle, la violence est évitable.

En janvier 2006, Ellen Sirleaf-Johnson, du Liberia, est devenue la première femme chef d'État en Afrique et Michele Bachellet la première femme élue présidente du Chili. Quelques mois plus tôt, Angela Merkel devenait la première femme chancelière d'Allemagne. Le *New York Stock Exchange* est actuellement dirigé par une femme, tout comme l'orchestre symphonique de Baltimore et la *London Business School*. Deux années de suite, en 2003 et 2004, le prix Nobel de la paix a été attribué à des femmes : Shirin Ebadi, une avocate iranienne, et Wangari Mathai, une militante écologiste kenyane.

Partout dans le monde, les femmes surmontent des obstacles et réalisent de nouvelles percées, en politique ou dans les affaires, dans le domaine de l'action sociale, en sport, dans les arts ou les sciences. Mais, quel que soit le caractère en effet remarquable de telles avancées, une absolue priorité demeure : la lutte à mener contre les discriminations à l'encontre des femmes, et en faveur de leur accession à la justice et à l'autonomie.

Or, dans cette lutte contre les discriminations, le plus crucial et le plus urgent des combats à mener est celui qui vise à mettre fin à la violence perpétrée contre les femmes[1].

La violence contre les femmes

La professeure Christine Chinkin a défini la violence exercée contre les femmes comme un terrorisme sexuel. Or, à la différence de la « lutte contre le terrorisme », la « lutte contre le terrorisme sexuel » ne figure pas au programme de l'action menée à l'échelle internationale. Que ce soit sur les champs de bataille, dans les chambres à coucher ou dans les bas-fonds des villes, cette violence, perpétrée dans l'ombre, constitue pourtant aujourd'hui le principal scandale non reconnu en matière de violation des droits humains.

La violence contre les femmes s'exerce partout. Elle revêt des formes diverses, depuis les mutilations sexuelles et les crimes d'honneur jusqu'aux viols collectifs perpétrés lors des conflits armés et à la violence domestique exercée par des hommes sur leurs femmes.

Cette violence s'exerce avant même la naissance par l'avortement sélectif des embryons féminins. Elle se poursuit après la naissance par l'infanticide des filles, par les sévices sexuels, psychologiques et physiques, les mauvais traitements infligés aux filles durant leur enfance et leur adolescence, parmi lesquels la prostitution enfantine, les mariages forcés et les mutilations génitales.

Sur les femmes adultes, cette violence se traduit par le viol, les sévices infligés par le partenaire, les violences liées à la dot, les prétendus « crimes d'honneur », l'exploitation sexuelle exercée par des membres de la famille, les humiliations, les grossesses imposées et, fréquemment, de mauvais traitements physiques pendant la grossesse. Dans certaines sociétés, même les femmes âgées et les veuves sont négligées, voire abandonnées par leurs familles.

Si cette violence à l'égard des femmes s'exerce dans tous les milieux, des données récentes font état de variations à l'intérieur des sociétés et entre elles. On note en effet que c'est parmi les femmes les plus défavorisées et, *a contrario*, parmi les plus favorisées d'entre elles sur le plan économique qu'on rencontre les taux de violence les plus élevés : les premières ne disposent pas des moyens nécessaires pour faire face à ces mauvais traitements, les autres sont celles qui ont, matériellement, le plus à perdre si elles y font face.

Famille et violence

La « famille » est souvent perçue comme un lieu protégé, un havre d'intimité, et le droit, tant national qu'international, lui reconnaît un statut privilégié. Mais, pour un grand nombre de femmes et de filles, la famille peut aussi représenter un lieu extrêmement dangereux si l'État et la société ne les protègent pas de la violence exercée contre elles par des membres de leurs familles.

L'acception restreinte et traditionnelle de la famille peut, en elle-même, être cause de violence à l'endroit des femmes, par exemple lorsque les relations entre des personnes de même sexe sont réprimées et criminalisées, ou quand on condamne et dénie toute légitimité à des relations qui ne sont pas à proprement parler maritales.

On entend généralement par violence familiale celle qui est exercée au sein du couple. Mais elle couvre de fait un spectre beaucoup plus large, qui comprend celle que subissent aussi les garçons, les employés de maison, les personnes au pair et les gardes d'enfants.

Le lien social et psychologique, le sentiment d'amour ou l'ambivalence que la victime peut éprouver pour celui qui la persécute font de la violence familiale une donnée spécifique, différente des autres crimes, et particulièrement difficile à combattre. Cette violence familiale ne se limite en effet pas nécessairement aux agressions physiques et sexuelles. Elle se traduit aussi par des mauvais traitements de nature psychologique, exercés contre des femmes par leur mari, leur partenaire ou d'autres membres de leur famille. Une surveillance de tous les instants et des agressions répétées caractérisent cette forme bien particulière de violence, où la victime et son agresseur vivent dans une très étroite proximité.

Comme un travailleur social l'avait expliqué à Amnesty International : « Survivre à une relation abusive, c'est comme survivre à la torture : l'avenir se réduit rapidement à la seule perspective de parvenir à l'heure d'après, au jour d'après. »

Conséquences de la violence familiale

La violence familiale peut avoir bien d'autres conséquences, tout aussi graves, pour les femmes. Une étude menée en Ouganda, par exemple, a montré que les femmes qui subissent cette violence présentent un risque accru d'être infectées par le virus HIV, et par d'autres maladies sexuellement transmissibles, parce qu'elles sont moins en position de pouvoir négocier avec leurs partenaires des pratiques sexuelles sûres. Selon la Coalition mondiale sur les femmes et le sida, sur près de 40 millions de personnes vivant dans le monde avec le virus HIV, la moitié sont des femmes et des jeunes filles. Au cours des deux dernières années, le nombre de femmes et de filles infectées par le virus HIV a augmenté partout dans le monde.

Les femmes qui subissent la violence familiale ont plus de mal à travailler et à poursuivre des études. Cette violence a, par ailleurs, un coût financier pour de nombreuses entreprises, qui subissent les effets de l'absentéisme et le coût des soins médicaux dont ont besoin les femmes après qu'elles ont subi des sévices de cette nature.

Dans son rapport de 1999 devant la Commission des droits de l'homme, Radikha Coomasrawamy, première rapporteure spéciale des Nations Unies sur la violence contre les femmes, expliquait :

« L'idéologie familiale présente souvent deux faces. D'un côté, la famille offre un espace privé de soin et d'intimité. De l'autre, elle est souvent un lieu de violence contre les femmes et où se construisent socialement des rôles qui confortent l'absence de pouvoir des femmes – ou qui les maintiennent dans la dépendance. »

Les déclarations internationales ne cessent d'entretenir ce paradoxe. Elles reconnaissent comme discrimination sexuelle et violation des droits humains les violences perpétrées contre les femmes au sein de la famille. Mais, en même temps, les textes et les traités des Nations Unies prônent constamment un renforcement de la famille, considérée comme l'unité de base des sociétés humaines.

Protéger les droits des femmes, des enfants et des minorités sexuelles n'impose pas seulement au droit de défendre le concept de famille en tant que construction sociale, mais lui enjoint aussi d'en promouvoir une acception qui définisse la famille comme un cadre de vie apportant sécurité et soutien à tous ceux qui vivent en son sein.

Culture et violence

Le regard que portent les lois, les religions et les sociétés sur la sexualité des femmes, tout comme la réticence, largement répandue dans le monde, à reconnaître l'autonomie sexuelle des femmes, ainsi que leurs droits sexuels et reproductifs (de même que ceux des hommes), sont autant de causes essentielles de la violence faite aux femmes.

Dans un grand nombre de cultures, le corps de la femme incarne l'honneur de sa famille et de sa communauté. Dès lors, les femmes qui transgressent les traditions sociales de leur groupe sont vues comme déshonorant leur famille – et les tuer peut donc se faire en toute impunité.

Tout au long de l'histoire, le corps des femmes n'a cessé d'être considéré en temps de guerre comme un butin revenant de droit aux armées victorieuses. Au cours des conflits armés de l'époque contemporaine, des centaines de milliers de femmes et de filles sont violées, utilisées comme esclaves sexuelles ou enrôlées de force comme enfants soldats. On ne doit pas analyser ces pratiques comme étant seulement une inévitable conséquence d'un effondrement tout circonstanciel de l'ordre et du droit. En plusieurs occasions, ces pratiques ont de fait été encouragées, par exemple lors de la guerre en ex-Yougoslavie, comme composante spécifique d'une stratégie, à la fois politique et militaire, destinée à démoraliser, humilier, terroriser, déraciner et détruire l'ennemi.

Il arrive que l'« honneur » d'une femme se transforme en un bien dont on se sert pour liquider une dette familiale ou pour punir la famille concernée. Ainsi, en Afghanistan, le viol, les mariages forcés, l'échange des femmes et des petites filles sont souvent utilisés comme autant de moyens de résoudre des conflits entre familles ou entre tribus.

Dans les sociétés occidentales aussi, des considérations culturelles à propos des comportements ou des manières de s'habiller des femmes peuvent produire de la violence à leur encontre. Ainsi, en 2005, une enquête d'opinion menée par la section britannique d'Amnesty International a révélé que pas moins de 30 % des jeunes hommes britanniques considéraient qu'une agression sexuelle contre une femme habillée de façon provocante était de bonne guerre.

D'autres considérations culturelles encore conduisent à la violence contre les femmes qui lui trouvent des excuses. Par exemple, les postulats sur ce qu'est le « travail des femmes » – à domicile, dans la petite agriculture ou dans les entreprises de service – et le peu de valeur économique et sociale reconnu à ce travail aggravent encore la vulnérabilité des femmes devant les mauvais traitements et la violence.

Inégalité et injustice

Rania Al Baz, présentatrice de télévision en Arabie Saoudite, a été battue si brutalement par son mari qu'elle est restée deux semaines dans le coma. Elle a alors décidé non seulement de faire savoir publiquement ce qui lui était arrivé, mais aussi de diffuser les photographies qui avaient été prises de son visage, terriblement meurtri et enflé. Il était exceptionnel qu'une affaire de violence familiale en Arabie Saoudite soit ainsi révélée de manière publique. Dans une interview, qu'elle a donnée hors de son pays par crainte des représailles, Rania Al Baz a notamment déclaré :

« L'essentiel est que la façon dont la société est structurée – qui fait, par exemple, qu'une femme ne peut ni conduire ni voyager sans autorisation – donne à l'homme une idée bien particulière de ce qu'est la force. Celle-ci est directement liée à la violence. Elle procure à l'homme un sentiment d'immunité, celui de pouvoir faire tout ce qu'il veut, sans risque d'être sanctionné. L'élément crucial n'est pas tant la violence en elle-même que cette immunité dont jouissent les hommes[2]. »

Le cas de Rania montre avec force la vulnérabilité des femmes quand les discriminations sociales sont renforcées par l'inégalité devant la loi. Par le traitement discriminatoire de nombreuses questions – la sexualité, la violence (qu'elle inclue ou non le viol conjugal), l'intimité, le divorce, l'adultère, la propriété, l'héritage, le travail, la garde des enfants – l'État lui-même encourage et renforce des modèles, des législations et des politiques qui mènent à la violence contre les femmes.

Dans de nombreux pays, la législation, les politiques et les pratiques sont discriminatoires à l'égard des femmes, à qui elles dénient le droit à une égalité politique, économique et sociale avec les hommes. Dans plusieurs parties du monde, les femmes n'ont toujours pas le droit de vote ni accès aux droits de la propriété et de la famille[3]. Ce ne sont pas moins de 79 pays dans le monde qui n'ont pas de lois sur la violence domestique ; 127 n'en ont pas contre le harcèlement sexuel ; et 16 seulement en ont qui condamnent les agressions sexuelles[4].

La discrimination juridique va de pair avec l'inégalité économique. La majorité des personnes vivant dans le monde au-dessous du seuil de pauvreté sont des femmes : ceci constitue la féminisation de la pauvreté. Bien souvent, en matière d'emploi, de propriété, de santé, d'éducation, de logement et d'eau potable, l'accès accordé aux femmes n'est pas égal à celui des hommes. Elles sont souvent cantonnées dans des emplois mal payés, ou rémunérées moins que des hommes occupant le même emploi. Les femmes pauvres sont plus exposées à la violence et au crime, et moins en mesure de s'y soustraire.

Les aspects négatifs de la mondialisation ont, sur les femmes, un impact disproportionné, qui aggrave encore l'inégalité de leur statut et leur vulnérabilité. Les coupes opérées par les gouvernements nationaux dans les dépenses publiques, tout comme la privatisation des biens et des services publics sous la pression du marché, ont pour effet que ce sont les femmes qui en sont les premières victimes. Ce qui constitue un facteur supplémentaire dans la féminisation de la pauvreté. Alors même que la mondialisation a élargi les possibilités d'emploi pour les femmes, leur donnant, dans un grand nombre de pays, une indépendance économique plus importante, les emplois eux-mêmes sont très souvent mal payés. Les conséquences de la mondialisation sur l'exploitation des femmes affectent tout particulièrement les femmes migrantes. De même, le trafic des femmes et des filles va en augmentant, ce qui les expose d'autant plus aux abus sexuels et à la violence.

La situation des femmes de minorités raciales, ethniques ou religieuses est doublement dangereuse. Ainsi, l'étude menée par Amnesty Inernational sur la situation des femmes indiennes autochtones au Canada a montré qu'elles couraient un risque cinq fois plus élevé que les femmes non indiennes de mourir à la suite de violences, que les agressions perpétrées contre elles par des non-autochtones ont souvent des motivations raciales et que, dans divers endroits du pays, leurs besoins en matière de protection et de justice ne sont pas pris en considération par les forces de police et les services sociaux[5].

Impunité et responsabilité

L'inégalité est souvent entretenue par l'impunité, ce qui enracine la culture de la violence contre les femmes. Dans de nombreux pays, la police et la justice hésitent à s'occuper de la violence familiale, qu'elles considèrent comme une affaire privée entre une femme et son partenaire. Des préjugés profondément enracinés sont souvent partie intégrante du code pénal et du code de la famille, tout comme ils sont opératoires dans les enquêtes policières, les procédures d'établissement des preuves et les systèmes juridiques en vigueur. Dans de nombreux codes pénaux, par exemple, s'il y a eu viol, la femme peut être interrogée en détail sur sa vie personnelle et sur ses comportements sexuels, de telle sorte que, de victime, elle se voit transformée en accusée. De nombreux pays ne reconnaissent pas le viol conjugal et ne le criminalisent donc pas.

Un rapport d'Amnesty International sur la violence familiale en Turquie[6] a montré qu'il était rare que les autorités mènent des enquêtes approfondies à partir des plaintes déposées par des femmes, même dans les cas de meurtre ou d'apparent suicide.

Dans un jugement rendu, en 2004 encore, en Espagne, un tribunal considère que « cet acte "de violence domestique" ne sort en tout cas pas de la sphère familiale et n'est pas suffisamment significatif pour justifier un recours au droit pénal[7]. »

Un rapport d'Amnesty à propos des États du Golfe et du Moyen-Orient a confirmé que, la plupart du temps, la police ne donnait pas suite aux plaintes pour violence déposées par des femmes. D'autant moins quand la plaignante n'était pas mariée, la violence étant, dans ce cas, rarement considérée comme un crime[8].

Un tel climat général d'impunité se rencontre tout autant dans les conflits armés. Les « femmes de confort » asiatiques, qui avaient été contraintes, pendant la Deuxième Guerre mondiale, à des rapports sexuels avec des soldats japonais, se battent aujourd'hui encore pour tenter d'obtenir des autorités japonaises que leurs souffrances soient reconnues et dédommagées.

Le Tribunal international pour l'ex-Yougoslavie et le Tribunal international pour le Rwanda ont réalisé une avancée significative dans la poursuite et la condamnation des auteurs de viols. Le Statut de Rome, qui a instauré en 1998 la Cour pénale internationale, contient une définition élargie des violences sexuelles comme crimes contre l'humanité et crimes de guerre. Cette définition comprend en effet le viol, l'esclavage sexuel, les grossesses et les stérilisations forcées, ainsi que les persécutions fondées sur le genre.

En dépit de ces avancées positives, il est rare que le viol et les autres actes de violence subis par les femmes lors de conflits armés soient poursuivis. Il demeure extrêmement difficile d'assurer la justice pour les femmes, pendant et après un conflit armé, par le biais de dispositifs nationaux légaux. Soit ces dispositifs ont été détruits par le conflit, soit il arrive que les parties en présence aient un commun intérêt à éviter d'avoir à rendre des comptes.

Les modèles de la violence exercée contre les femmes ne sont pas produits « naturellement » : ils sont ordonnés, excusés ou tolérés par les responsables des plus hauts échelons du pouvoir politique ou militaire. Et ils perdurent parce que ceux qui les commettent savent pertinemment qu'ils n'auront pas à rendre des comptes.

Les droits humains comme cadre pour l'égalité et la justice

La culture, la tradition ou la religion ne sauraient être utilisées comme une excuse pour nier les droits humains ou pour détourner le regard lorsque ceux-ci sont bafoués. Le principe fondamental des droits humains est qu'ils sont universels et inaliénables. Ce qui signifie que tous – hommes ou femmes – ont un droit égal à la vie ; à la liberté et à la sécurité des personnes ; à une protection égale de la part de la loi ; qu'ils ont le droit de ne subir aucune forme de discrimination ; le droit à la meilleure condition possible en matière de santé physique et mentale ; le droit à des conditions de travail justes et équitables ; le droit de ne pas être soumis à la torture, ou à tout autre traitement ou punition cruel, inhumain ou dégradant.

La violence exercée contre les femmes est, tout à la fois, une violation des droits humains et un obstacle à la jouissance par les femmes de ces mêmes droits. Cette violence peut menacer la capacité qu'a une femme d'exercer intégralement ces droits, à savoir sa capacité à prendre part à la vie civique et politique, à recevoir une éducation, à exercer un emploi, à exprimer son point de vue, à s'associer librement avec d'autres, à participer à la vie culturelle ou religieuse.

La violence contre les femmes menace le droit à la vie. Le droit des personnes à la liberté et à la sécurité suppose que les femmes devraient pouvoir vivre sans peur et sans être menacées de violence. Les pratiques d'enfermement et de terreur opérées derrière les portes fermées de certaines maisons peuvent être aussi terrifiantes et destructrices que n'importe quelle torture ou n'importe quel mauvais traitement infligés dans les prisons des régimes pratiquant la répression.

Comme le dit une femme ayant survécu à des actes de violence : « Ce fut la pire période de ma vie ; je vivais en permanence dans la peur, terrorisée, soumise à des hurlements. Vous ne pouvez pas imaginer ce que c'est de penser que chaque jour pourrait être votre dernier jour[9]. »

Le droit à la même protection par la loi signifie que les victimes et les survivant(e)s de la violence devraient pouvoir demander une protection légale – celle de la police, de la justice et des services de l'État – de manière à ne pas subir de torts, et à ce que justice et réparations leur soient apportées exactement comme à toute autre victime.

Le principe d'une égale protection par la loi implique que les gouvernements ne peuvent échapper à la responsabilité qui est la leur sous prétexte que la violence contre les femmes est souvent perpétrée, non par l'État, mais par des personnes privées, telles que les membres de la famille, la communauté ou des groupes armés. L'obligation qui est celle d'un État de protéger les droits humains des femmes ne disparaît pas à l'instant où une femme rentre chez elle.

La jurisprudence en matière de droits humains considère que les États ont le devoir, non seulement de respecter ces droits dans leurs interactions avec les citoyens, mais aussi de protéger et de rendre effectifs les droits des citoyens dans les relations que ceux-ci entretiennent les uns avec les autres. Ceci implique que les États doivent s'efforcer de prévenir les violations des droits humains et, quand elles se produisent, d'assurer réparation et réhabilitation. Ceci ne signifie pas que le gouvernement doive être tenu responsable pour chaque violence criminelle perpétrée contre une femme – mais qu'il a l'obligation de prendre toutes les mesures appropriées pour faire en sorte qu'une femme ne soit pas exposée à la violence, qu'elle puisse recevoir une protection si elle est exposée à un risque et qu'elle reçoive réparation des violences dont elle aura souffert. Cette obligation de la part de l'État est appelée la « diligence due ».

La reconnaissance par les gouvernements de la violence faite aux femmes comme une atteinte aux droits humains leur fournit des repères et des modèles qu'ils peuvent mettre en œuvre dans les domaines du droit et de la politique. Ce qui permet aux militants notamment de demander des comptes à ce sujet aux gouvernements et de juger de leur engagement en la matière, non sur la seule base des aléas de critères nationaux ou de ressources locales, mais à partir de règles acceptées à l'échelle internationale.

Ceci constitue une avancée majeure du droit international – laquelle résulte pour une bonne part de la pression exercée par les groupes de femmes. Le mot d'ordre « le personnel est politique » a résumé la profonde remise en question par les féministes des préjugés sexistes contenus dans le droit et la culture. Traditionnellement, les discours à propos des droits humains ont mis l'accent sur la nécessité de protéger les citoyens contre un usage non fondé et illégal, par l'État, de la violence et de la coercition. Et non pas sur ce que l'État peut ou devrait faire pour prévenir la violence pratiquée par des personnes privées. L'espace privé, en particulier la famille, n'était pas pris en compte, en tant qu'extérieur au champ d'intervention de l'État. On pourrait dire cependant que le principe d'un droit international protégeant les personnes contre une ingérence « arbitraire » ou « illicite » tendait à protéger l'intimité des hommes, à l'intérieur de laquelle un grand nombre d'entre eux étaient libres de maltraiter les femmes sans ingérence ou sanction.

Réduire le hiatus entre les principes et la réalité

Grâce à la mobilisation de groupes de femmes à travers le monde, d'importantes améliorations ont été apportées dans le domaine du droit et en pratique au cours des dernières années.

En 1979, les Nations Unies ont adopté la Convention sur l'élimination de toutes les formes de discrimination à l'égard des femmes (CEDAW). En 1993, la Conférence mondiale sur les droits de l'homme a reconnu les droits des femmes comme étant partie intégrante de ces droits. En 1998, le Statut de la Cour pénale internationale reconnaissait les viols perpétrés durant les conflits armés comme crime de guerre et crime contre l'humanité.

De nombreux gouvernements nationaux ont reconnu la nécessité de réformer les systèmes juridiques et judiciaires, et en particulier d'apporter l'indispensable soutien social aux femmes ayant réchappé à la violence.

La réalité sur le terrain montre cependant qu'il existe encore un important hiatus entre, d'un côté, les principes et modèles du droit international, ainsi que les besoins et aspirations des femmes, et, de l'autre côté, la capacité et la volonté des gouvernements à remplir leurs devoirs en la matière.

Halte à la violence contre les femmes

En mars 2004, Amnesty International a lancé une campagne générale intitulée « Halte à la violence contre les femmes ». Cette campagne comporte quatre objectifs principaux.

Premièrement, mettre en question la discrimination contre les femmes. La cause principale de la violence envers les femmes est le déni systématique des droits humains. Venir à bout d'un tel déni suppose un programme offensif destiné à promouvoir l'accès des femmes à la totalité des droits humains, dans tous les domaines concernés (civil, politique, économique, social et culturel), depuis le droit à l'intégrité physique, à la justice et à l'absence de discrimination, jusqu'à un même accès que les hommes à l'éducation, la santé, le logement et l'emploi. Une étape essentielle dans l'évaluation de ce premier objectif serait que les gouvernements cessent d'émettre des réserves à l'égard de la Convention des Nations unies pour l'élimination de la discrimination à l'égard des femmes (CEDAW, voir annexe, p. 755), l'une des conventions les plus largement ratifiées mais celle aussi qui suscite le plus de réserves de leur part. Dans certains pays, obtenir l'égalité pour les femmes supposera l'abolition de lois discriminatoires. Dans d'autres, cela impliquera l'introduction de lois destinées à la promotion et à la protection des droits des femmes. Dans presque tous les pays, cela signifiera de véritables transformations dans les politiques, les pratiques et, tout particulièrement, les attitudes sociales.

Deuxièmement, mettre fin à l'impunité concernant la violence exercée contre les femmes. Dans le cas de conflits armés, l'élément essentiel est la justice internationale à travers la Cour pénale internationale (CPI). L'engagement du procureur de la CPI à instruire des affaires de violence sexuelle a été bien accueilli. La poursuite au plus haut niveau international de ceux qui ont ordonné ou excusé des exactions sera une façon de dire haut et fort que, désormais, les auteurs de telles abominations ne resteront plus impunis. Il reste que le bureau du procureur de la CPI aura besoin du soutien, à la fois diplomatique, politique et pratique, des gouvernements pour mener à bien sa tâche. À cet égard, l'opposition réitérée à la CPI de la part de l'administration américaine est particulièrement dommageable. Ce qui est d'autant plus regrettable que la CPI représente une véritable chance de promouvoir la justice pour les femmes victimes de guerre.

Pour la plupart des femmes cependant, le véritable combat en faveur de la justice, en temps de paix comme en temps de guerre, devra être mené au niveau national. Ce qui, dans de nombreux pays, impliquera une réforme du système juridique qui le rende plus attentif aux besoins des femmes ayant survécu à la violence.

Troisièmement, encourager les femmes à s'organiser par elles-mêmes et les soutenir dans cette démarche. Les militantes pour les droits des femmes vivent avec les menaces et les risques qui sont ceux de *tous* les militants des droits humains, mais elles encourent deux fois plus de danger car, en travaillant pour les droits humains des femmes, elles mettent en question les structures du pouvoir patriarcal en même temps que les conventions religieuses, sociales et culturelles. À la différence des hommes qui militent pour les droits humains, les femmes ne sont pas exposées seulement à davantage d'hostilité mais aussi à la calomnie, aux abus sexuels et au viol. Les femmes qui s'occupent de questions d'orientation sexuelle et de droits concernant la procréation encourent des risques de harcèlement, de marginalisation, de préjugés, de violence et d'exclusion de leurs communautés. La protection de leurs droits est essentielle à la fois pour elles-mêmes et pour la cause qu'elles défendent. Le retour de bâton contre les questions concernant les femmes rend leur protection encore plus importante.

Enfin, faire naître une prise de conscience publique et mettre en place des soutiens à l'action. Jusqu'à aujourd'hui, la lutte pour que cesse la violence contre les femmes a généralement été une lutte des femmes pour les femmes. Elles se sont organisées, ont brisé les tabous et ont pris la parole – ce pourquoi elles ont parfois payé le prix fort sur le plan personnel – mais, dans l'ensemble, la société reste apathique et complice par son silence. Les tabous sont toujours trop puissants. On a tendance à tolérer, à excuser ou à détourner les yeux.

Faire passer les gens de l'apathie à la prise de conscience

La manière, largement répandue, dont la famille, les amis, les voisins, les responsables religieux tolèrent les abus restreint l'espace dont les femmes disposent pour faire face et résister. Une femme espagnole, Amelia, a raconté à un chercheur d'Amnesty International : « Mon mari a essayé deux fois de me tuer… Ma famille n'a toujours pas compris. Ils m'ont dit des choses comme "en fait, c'est quelqu'un de bien, il faut juste que tu apprennes à faire avec"[10]… »

Le plus important sera de faire passer les gens de l'apathie à la prise de conscience, de briser les barrières culturelles et de bâtir la volonté politique d'un changement réel.

Parce qu'elle représente une grave menace pour la sécurité des personnes, la violence contre les femmes doit devenir une véritable préoccupation publique.

Si la violence contre les femmes est universelle, elle n'est cependant pas inévitable. Comme l'esclavage, comme l'apartheid, elle *peut* être éradiquée.

Secrétaire générale d'Amnesty International depuis août 2001, Irene Khan est la première femme, première Asiatique et première musulmane à diriger cette association de défense des droits de l'homme au monde. Elle a travaillé auparavant durant plus de vingt ans au Haut-Commissariat pour les réfugiés des Nations Unies.

Traduit de l'anglais par Léonie Abélès.

Notes

1. La Déclaration des Nations Unies sur l'élimination de la violence à l'égard des femmes définit celle-ci comme :

« a) la violence physique, sexuelle et psychologique exercée au sein de la famille, y compris les coups, les sévices sexuels infligés aux enfants de sexe féminin au foyer, les violences liées à la dot, le viol conjugal, les mutilations génitales et autres pratiques traditionnelles préjudiciables à la femme, la violence non conjugale, et la violence liée à l'exploitation ;

b) La violence physique, sexuelle et psychologique exercée au sein de la collectivité, y compris le viol, les sévices sexuels, le harcèlement sexuel et l'intimidation au travail, dans les établissements d'enseignement et ailleurs, le proxénétisme et la prostitution forcée ;

c) La violence physique, sexuelle et psychologique perpétrée ou tolérée par l'État, où qu'elle s'exerce. »

(Résolution 48/104 de l'Assemblée générale des Nations unies, 20 décembre 1993).

2. *The Guardian*, *G2*, 5 octobre 2005, p. 15.

3. Ce qui est contraire au droit international sur les droits humains. L'article 16 de la Convention des Nations unies sur l'élimination de la discrimination à l'égard des femmes déclare que « les États membres prennent toutes les mesures appropriées pour éliminer la discrimination à l'égard des femmes dans toutes les questions découlant du mariage et dans les rapports familiaux ».

4. Amnesty International Report : *It's in our Hands : Stop Violence against Women*, mars 2003.

5. Amnesty International Canada Report : *Stolen Sisters : A Human Rights Response to Discrimination and Violence against Indigenous Women in Canada*, octobre, 2004.

6. Amnesty International report : *Turkey : Women Confronting Family Violence*, juin 2004.

7. Amnesty International Spain Report, *Recomendaciones de Amnistía Internacional al Proyecto de Ley Orgánica de Medidas de Protección Integral contra la Violencia de Género*, 2004, p. 49.

8. Amnesty International Report : *Gulf Cooperation Council (GCC) Countries : Women Deserve Dignity and Respect*, mai 2005, p. 12.

9. Audrey Mullender, Sheila Burton, Gill Hague, Umme Imam, Liz Kelly, Ellen Malos and Linda Regan, edited by Adrienne Katz, *Stop Hitting Mum ! Children Talk about Domestic Violence*, 2003.

10. Amnesty International Spain Report : *España : Más allá del papel. Hacer realidad la protección y la justicia para las mujeres ante la violencia de género en el ámbito familiar*, May 2005.

Postface

Françoise Gaspard

Les statistiques et les faits ne le montrent que trop, la situation est noire, en effet, et le constat accablant. La lecture de cet ouvrage ne laisse aucune place au doute, même si les pages qui précèdent n'épuisent pas la gamme des horreurs qui frappent les femmes sur la plupart des continents. La violence a-t-elle un sexe ? La réponse doit être nuancée. Nombre d'hommes sont non violents, la majorité d'entre eux sans doute, et il y a par ailleurs des femmes violentes. Mais justement, si la violence n'a pas de sexe, elle a bien un genre. Cette violence s'inscrit dans une configuration anthropologique et sociale. Anthropologique : tous les groupes humains (ou presque) classent les individus dès leur naissance selon leur sexe biologique. Sociale : la place de chacune des deux composantes biologiques de l'humanité peut varier, mais en règle générale le sexe féminin est estimé n'avoir pas la même valeur que le sexe masculin, ce qui à la fois procède de, renforce et autorise la domination masculine. Certes, des hommes subissent, eux aussi, des discriminations liées à leur origine, à leur situation sociale, à leur religion… Mais lorsqu'on naît, (ou qu'on va naître) femme ces discriminations et leurs effets prennent une tout autre dimension, redoublent en quelque sorte, et perdurent à travers l'espace et le temps, se reproduisant génération après génération. Ces discriminations ont la capacité de s'adapter, de prendre si besoin est des formes nouvelles, les progrès eux-mêmes (techniques, médicaux, possibilités de déplacement, urbanisation…) entraînant la manifestation de configurations inattendues de l'inégalité qui, comme dans ses aspects antérieurs, portent atteinte aux droits les plus fondamentaux de la personne. Victimisation des femmes ? Exagération de leur situation ? Le lecteur en jugera.

Soixante ans après, *Le Deuxième Sexe* déchante

En 1949, Simone de Beauvoir, dans *Le Deuxième Sexe*, ouvrage qui allait être traduit dans de nombreuses langues et conduire des générations de femmes à prendre conscience de la domination inhérente à leur condition, avait fondé son analyse sur le fait que le droit (en France), désormais expurgé de ses composantes misogynes, reconnaissait enfin l'égalité des sexes. Que, sur ce plan au moins, tout était acquis. « En gros, nous avons gagné la partie », écrivait-elle[1]. Non seulement le préambule de la nouvelle Constitution française de 1946 actait que la loi devait reconnaître, dans tous les domaines, « l'égalité de la femme et de l'homme », mais, de plus, soulignait-elle, la toute jeune organisation des Nations Unies élevait cette égalité au rang d'une norme internationale. C'était au plan des cultures que la bataille semblait dorénavant devoir être menée, et non plus sur le terrain politique et juridique.

Quelques décennies plus tard, il nous faut évidemment déchanter. L'égalité en droit est loin d'avoir été atteinte, et, du droit proclamé à sa mise en œuvre, la distance est plus grande encore.

De la discrimination aux violences : un continuum

Tout part du constat le plus simple, le plus évident : il y a des femmes et des hommes. Tout se complique, cependant, dès lors que la différence des sexes (cette fameuse « petite différence ») provoque et légitime la mise en œuvre, simultanée et parallèle dans l'ensemble de la vie publique et de la vie privée, de deux poids et de deux mesures d'assignation et d'évaluation des individu-e-s. La dévalorisation des femmes en résulte. L'attribution automatique à *toutes* les femmes de fonctions sociales jugées être « naturellement » liées à des capacités et à des caractères psychologiques propres à leur sexe fait partie du même processus. Cela se traduit dans toutes les cultures par des législations et des pratiques difficiles à effacer ou à corriger. Or de cette « distinction » faite entre les sexes naît la discrimination qui, à son tour, conduit à de multiples formes de violences.

C'est parce que les femmes sont considérées comme étant, en soi, inférieures aux hommes qu'on les élimine dans certains pays avant même leur naissance (Inde et Chine par exemple). C'est parce qu'on place moins d'espoirs en leur future utilité sociale qu'elles sont moins nourries et moins scolarisées (au point qu'en 2004, les deux tiers des 900 millions d'analphabètes de la planète étaient des femmes). C'est parce qu'on présume que leur sexualité future sera incontrôlable qu'on inflige aux petites filles, la plupart du temps très jeunes, d'atroces mutilations génitales (Afrique de l'Est et de l'Ouest). C'est parce qu'elles ne valent pas plus que les services qu'elles peuvent rendre que se perpétue l'esclavage des fillettes issues de basses castes et/ou de familles misérables (Inde, Asie du Sud-Est, Afrique). Objets sexuels ou objets d'ornement, c'est parce qu'elles sont femmes qu'elles subissent l'étrange et barbare coutume du gavage car une épouse respectable doit, dit-on, occuper de l'espace (Mauritanie notamment). C'est parce qu'elles ne doivent pas survivre à la mort d'un époux qu'on les immole par le feu (Inde). Ou c'est parce qu'elles ne doivent pas vivre seules, hors du contrôle des hommes, que, devenues veuves, on les contraint au lévirat (Afrique), usage qui les condamne à épouser l'un des frères du défunt. Et que dire de la tradition du « nettoyeur » (contre laquelle des villageoises kenyanes aujourd'hui se révoltent courageusement) qui consiste à désigner dans la communauté un homme chargé d'avoir avec la veuve une relation sexuelle pour chasser l'esprit du défunt ? C'est parce qu'elles transmettent la vie que le viol est utilisé comme arme de guerre : la femme qui en a été la victime est à jamais déshonorée et l'enfant de l'ennemi banni de la communauté. C'est parce qu'elles sont prises dans l'engrenage de la subordination et de la dépendance, notamment économique, qu'elles font l'objet de trafics aux fins de prostitution. Et qu'elles sont partout, dans toutes les catégories sociales et dans toutes les régions du monde, l'objet de violences domestiques dont l'ampleur demeure difficile à évaluer – de nombreuses femmes hésitant à dénoncer les faits, ou se trouvant dans l'impossibilité de le faire.

Après les révolutions, peu de progrès pour les femmes

Historiquement, la sécularisation du droit en lieu et place de la coutume n'a pas instauré l'égalité des sexes. Partout ou presque les lois ont constitué les femmes en mineures civiles, assujetties au père ou au mari. Les suites des révolutions, dites démocratiques, de la fin du XVIIIe siècle ont ainsi contribué à inscrire la subordination des femmes dans le marbre de la loi. La France en offre un exemple saisissant. Le code civil de 1804, exporté dans de nombreux pays lors des conquêtes napoléoniennes et, plus tard, pendant la période coloniale ailleurs qu'en Europe, est à cet égard emblématique. Des quelques progrès enregistrés sous la Révolution française, il ne restera guère, pendant très longtemps, que l'égalité des femmes et des hommes devant l'héritage. Au pays dit des droits de l'homme, il a ainsi fallu plus de deux siècles pour que le fameux code soit, pas à pas, amendé, révisé. Attendre 1944 pour que les femmes obtiennent leurs droits civiques, 1967 pour qu'elles puissent occuper un emploi salarié sans l'autorisation de leur mari, 2004 pour que la transmission du nom aux enfants ne soit plus exclusivement patrilinéaire, et 2005 pour que la dernière distinction selon le sexe disparaisse enfin, après de longues tergiversations du législateur. Jusqu'à cette date, l'âge du mariage était fixé à 18 ans pour les jeunes hommes, à 15 ans pour les jeunes filles moyennant l'autorisation des parents, ce qui a légitimé bien des mariages contraints. Ailleurs, dans de nombreux pays, les codes de la famille continuent d'autoriser le mariage précoce des filles, le maintien de l'inégalité devant l'héritage et la soumission de l'épouse à l'autorité du mari. Celui-ci a le choix du domicile. Il contrôle ses déplacements puisque, sans son autorisation, elle ne peut sortir du territoire national. À la fin du XXe siècle, la presse internationale a rendu compte du cas d'un pays arabe où une diplomate nommée par le gouvernement pour servir dans une ambassade à l'étranger se trouvait empêchée de rejoindre son affectation. Son époux refusait de signer la nécessaire autorisation de sortie du pays. De même, le divorce (sans même parler du divorce par consentement mutuel) a été une conquête tardive et inachevée. Il n'a été définitivement instauré qu'en 1970 en Italie et seulement en 2004 au Chili, après de longs combats féministes. Si, dans les pays musulmans, le divorce à l'initiative de la femme est généralement exclu, la polygamie et la répudiation demeurent courantes. Et gare à celles qui sont infidèles ou simplement soupçonnées d'être séduites par un homme, un regard suffisant à la rendre suspecte. Elle sera battue, ou pourra être tuée. Et le frère ou le mari qui aura perpétré le crime verra sa peine réduite pour avoir défendu l'« honneur » de son clan. Quand ce n'est pas l'État lui-même qui met en œuvre une « justice » qui condamne les déviantes à la bastonnade ou à la lapidation.

Une moindre valeur accordée à leur travail

De tout temps les femmes ont beaucoup travaillé, le plus souvent gratuitement, au sein du foyer et de l'exploitation agricole, de l'échoppe, de l'entreprise artisanale. Ou bien chez les autres, comme domestiques. Depuis l'avènement de la révolution industrielle, l'accès au travail salarié a eu nombre d'effets pervers : être ouvrière, c'était ne plus tout à fait être une femme[2]. Et aujourd'hui même, en Asie, en Afrique, en Amérique latine, des millions de femmes et des fillettes subissent un véritable esclavage industriel, travaillant pour des salaires misérables dans une situation de grande vulnérabilité. À l'autre bout de l'échelle sociale, de nombreuses professions ont été ou sont encore exclusivement réservées aux hommes, telles la magistrature ou la diplomatie dans certains pays musulmans. Dans les pays développés, où le principe de l'égalité des salaires est pourtant inscrit dans les lois, on constate toujours que pour un travail équivalent, le salaire des femmes demeure inférieur à celui des hommes (de 15 à 30 % selon les cas), et que les fonctions de direction demeurent partout très majoritairement masculines.

Des citoyennes sous-représentées

Malgré les textes garantissant l'universalité du suffrage, le droit de vote, conquis grâce à des luttes acharnées et instauré avec une lenteur significative, demeure virtuel pour les femmes dans nombre de régions de la planète. La possibilité d'être élue plus encore. La moyenne des femmes parlementaires dans le monde n'est que de 16 %. Cette inégalité dans la représentation affecte même les pays qui, de longue date, pratiquent la démocratie. Ainsi, la France et les États-Unis, par exemple, se situent pour ce qui est du nombre de leurs élues nationales loin derrière le Mozambique ou le Rwanda, ce dernier pays tenant la tête du classement mondial devant même les pays nordiques. Et que dire des gouvernements et de leur composition ! Feuilletons ensemble, au hasard, les photographies de la scène internationale, celles de ces moments où les « grands » de ce monde se rencontrent. Pas une femme ne figure sur celles du congrès de Versailles en 1919. Pas une lors de la rencontre de Yalta en 1944. La citoyenneté des femmes a progressé depuis lors, mais les personnalités féminines qui remplissent des fonctions électives et ministérielles restent des objets de curiosité, des exceptions. Lorsque se tient à New York, en septembre 2000, le « sommet du millénaire », une photographie immortalise l'événement. Parmi les quelque cent soixante-dix chefs d'État et de gouvernement qui entourent alors le secrétaire général des Nations Unies, on distingue six femmes seulement. Comme si rien n'avait changé, ou presque, depuis... le congrès de Vienne de 1815. Désormais, sous l'effet de vigoureuses campagnes féministes portant sur l'accès (ou plutôt le non-accès) des femmes à la prise de décision politique à son plus haut niveau, la masculinité du pouvoir se remarque davantage et provoque, dans certaines sociétés, des réactions, des revendications, des contestations. Presque partout, pourtant, elle se perpétue, quasiment intacte. La nomination d'une première chancelière allemande, l'élection d'une femme à la présidence du Liberia et du Chili ne doivent pas faire illusion. En 2005 et 2006, elles ont fait la « une » de l'actualité. Certes, des femmes émergent. Mais elles demeurent, dans la vie publique, une singularité.

Une domination masculine indépassable ?

La subordination des femmes plonge ses racines dans la nuit des temps. Longtemps, elle a été occultée. Pis encore, elle a été expliquée, confortée, justifiée par une longue lignée de penseurs, des philosophes notamment... Que les femmes soient regardées comme des êtres faibles, imparfaits, dénués de jugement passait pour si « naturel » que les origines et les effets de ces présupposés étaient rarement analysés. Maurice Godelier a montré comment l'étude des relations entre les deux sexes, dans les différentes sociétés, est à la fois récente et lacunaire[3]. Les études anthropologiques sont longtemps demeurées occidentales, dit-il, et elles ont, pour la plupart, été réalisées par des hommes. Elles souffrent pour cette raison d'un double biais, ethnocentrique et androcentrique. Ethnocentrique dans la mesure où les chercheurs étaient enclins à n'apprécier que la différence culturelle entre le monde développé, considéré comme une référence, et les sociétés dites primitives, et à n'analyser les rapports de genre que dans la mesure où ils paraissaient exotiques comparés à ceux des sociétés occidentales. Androcentrique parce que la perception des relations des femmes et des hommes était conditionnée par un regard masculin qui, le plus souvent, ne percevait pas la différence des sexes comme une construction sociale. Depuis toujours prévalait l'idée selon laquelle l'inégalité des sexes était non seulement générale mais indépassable, donc anhistorique.

On se souvient, bien entendu, du mythe des Amazones, et du soi-disant matriarcat originel. Ces récits ont fait long feu[4]. Depuis quelques décennies, des chercheurs ont introduit des nuances qui fissurent cette lecture structuraliste des sociétés et permettent d'échapper à la prégnance d'une obligatoire domination d'un sexe sur l'autre. L'anthropologue américaine Margaret Mead avait ouvert la voie en dénonçant l'idée reçue d'un « éternel féminin[5] ». L'anthropologue française Françoise Héritier, dans *Masculin-Féminin 2*, revient, quant à elle, sur sa propre thèse d'une inéluctable « valence différentielle des sexes » pour admettre que les relations des femmes et des hommes peuvent évoluer vers davantage d'équilibre, en raison notamment de la désormais possible maîtrise de la procréation[6]. Elle rejoint ainsi des travaux d'un historien comme Thomas Laqueur[7] qui a montré que la conception qu'on se fait de l'un et l'autre sexe varie dans le temps. Le concept de genre, élaboré par la sociologue Ann Oakley[8] et développé par l'historienne Joan Wallach Scott[9] ou la philosophe Judith Butler[10], a en outre permis d'échapper à une conception naturaliste de l'humanité, de montrer que les relations entre les sexes sont le résultat d'une construction historique, culturelle et sociale. La domination masculine n'est donc pas une fatalité. Les violences dont les femmes sont victimes, parce qu'elles portent les signes reconnaissables d'un sexe et pas de l'autre, n'ont rien d'inéluctable. Mettre au jour leur nombre et leur gravité, c'est aussi permettre de les faire reculer.

La difficulté des femmes à organiser leur protestation

La protestation contre l'assujettissement du deuxième sexe est ancienne. On trouve la trace de cette révolte dès le ve siècle avant notre ère, dans Aristophane. Son *Assemblée des femmes* l'atteste, même si la comédie grecque constitue une charge contre celles qui revendiquent le droit à la parole publique et à l'organisation collective. Une organisation collective, justement, est-elle possible ? Là se situe *la* difficulté rencontrée par des générations successives d'insoumises. C'est d'abord dans la sphère privée que les résistances au patriarcat se manifestent à travers le temps et les sociétés : « Refuser de faire la cuisine, refuser de faire l'amour, divorcer, s'opposer, parfois physiquement et même par l'assassinat, à l'autorité et à la violence masculine[11] », écrit encore Maurice Godelier, est une vieille affaire. Au sein du gynécée, au puits ou au lavoir public, les femmes expriment leurs griefs et échangent des conseils pour lutter contre la tyrannie domestique. Mais comment aller plus loin encore, faire entendre une revendication commune ? La difficulté de l'organisation des femmes a été évoquée par Simone de Beauvoir : « Elles n'ont pas de passé, d'histoire, de religion qui leur soit propre ; et elles n'ont pas comme les prolétaires une solidarité de travail et d'intérêts ; il n'y a même pas entre elles une promiscuité spatiale qui fait des Noirs d'Amérique, des juifs des ghettos, des ouvriers de Saint-Denis ou des usines Renault une communauté[12]. » Car les femmes vivent avec les hommes.

Des femmes ne se sont pourtant pas contentées de faire la « grève des ventres », ni d'élaborer des stratégies individuelles pour échapper au contrôle patriarcal. Elles ont aussi écrit, débattu, provoqué, à différents moments de l'histoire et dans différents pays, un débat intellectuel et politique sur la misère de leur condition, la négation de leur participation à la commune humanité. À la veille de la révolution de 1789, des Françaises ont rédigé des cahiers de doléances les concernant, parlé et milité souvent d'une façon spectaculaire, au risque de leur vie. Dès le milieu du XIXe siècle, des mouvements sont nés et se sont même organisés de façon transnationale. Mais où trouver trace de ce passé ? Pas dans les manuels scolaires, et pas non plus, jusqu'à une date récente, dans les ouvrages savants. De la *querelle des dames* des XVIe et XVIIe siècles jusqu'aux années 1970, le thème de la privation de mémoire des luttes pour l'égalité des sexes est récurrent[13]. L'absence d'histoire et de mémoire des luttes féministes est telle qu'un texte fondateur du mouvement français de libération des femmes s'est intitulé « Libération des femmes : année zéro[14] ». Chaque période d'agitation féministe a certes suscité un intérêt pour le passé[15]. Mais cette production a longtemps souffert d'un manque de continuité. Surtout, elle n'a pas été intégrée dans le corpus général des connaissances.

Le piège du mot « féminisme »

Le féminisme (le mot apparaît dans son sens actuel à la fin du XIXe siècle[16]) a lui-même souffert de profondes divisions, au point qu'il convient d'en parler au pluriel. Fallait-il revendiquer l'égalité au nom de la différence des sexes, ou bien refuser l'idée de différence pour faire valoir l'appartenance commune des femmes au genre humain ? Les batailles ont été furieuses, tant au plan théorique que stratégique. Au plan théorique, comme l'a montré Joan W. Scott[17], le débat était en réalité piégé. Les tenantes d'une différence « essentielle » entre les femmes et les hommes soutenaient l'idée d'une complémentarité entre eux. Les secondes dénonçaient cet essentialisme comme producteur d'une hiérarchie des sexes justifiant une répartition inégale des fonctions et des rôles à partir d'un critère biologique. Car la différence induit la hiérarchisation, la dévalorisation du sexe féminin, sa subordination. Mais comment ne pas s'appuyer sur la catégorie « femme » pour réclamer, au nom de toutes les femmes, l'égalité, puisque c'est en tant que femmes qu'elles en sont privées ? Le piège ouvert par le mot, l'impossibilité de dire les choses autrement n'a toujours pas trouvé de parade simple, ni accessible à toutes.

Par ailleurs, au plan stratégique, les mouvements de femmes n'ont cessé de se diviser sur les priorités. Il en fut ainsi pendant la « première vague » du féminisme contemporain, celle qui va de la fin du XIXe siècle à l'entre-deux-guerres. Quelle devait être la revendication principale ? L'égalité civile ou l'égalité civique ? Pour les unes, l'obtention de l'égalité devait être progressive, et commencer par la reconnaissance de l'égalité dans le droit, notamment celui de la famille. Pour les autres le droit de vote et d'éligibilité constituait l'urgence, conditionnait l'obtention de tous les autres droits. En ce début de XXIe siècle, en dépit de la mondialisation, des tensions demeurent qui font obstacle à la création d'un « féminisme global ». Celui-ci se heurte à la diversité des femmes et de leur condition, non seulement à travers le monde mais dans chaque pays – y compris les pays occidentaux où vivent des populations d'origine et de condition sociale diverses.

Il faut encore signaler l'extraordinaire persistance d'un obstacle majeur : le discrédit attaché à l'idée même de féminisme, quelles que soient ses formes[18]. La lutte des femmes, radicale ou seulement modérée dans la forme, a été raillée, ridiculisée avant même d'être niée ou oubliée sitôt les revendications atténuées ou éteintes. Et ce n'est pas fini, loin de là. L'antiféminisme n'est pas l'apanage des conservateurs et d'un ordre social qui profite d'une supposée différence ontologique des sexes. À gauche également, dès les premiers temps du socialisme, le féminisme a été qualifié de « bourgeois », dénoncé comme dévoyant la « lutte principale », celle qui devait s'en prendre d'abord au capitalisme[19]. Dans de nombreux pays de culture musulmane, il est aujourd'hui dénoncé comme une collusion coupable avec l'Occident, lequel est donné pour être le terrain, par excellence, de la dépravation des mœurs.

Les droits des femmes, un enjeu international

Dès la seconde moitié du XIXᵉ siècle, on assiste à la création d'organisations transnationales féminines. La Première Guerre mondiale met un frein à leurs activités, sans pour autant les faire disparaître. En 1919 à Paris, parallèlement à la conférence de Versailles sur la paix, se tient une conférence des femmes interalliées. Celles-ci obtiennent que dans le traité instituant la Société des Nations soit mentionné le droit, pour les femmes, de siéger dans l'organisation en tant que représentantes de leurs pays, et d'occuper des fonctions à tous les niveaux de l'administration – alors même que, dans nombre des pays membres, elles ne disposent ni de la citoyenneté politique ni de la plénitude des droits civils et professionnels. Elles vont ensuite batailler, pendant tout l'entre-deux guerres, pour que soit adopté un traité de portée internationale sur l'égalité des sexes. En vain.

Les mouvements féminins sont de nouveau présents en 1945, à San Francisco, lorsque s'élabore la Charte de l'Organisation des Nations Unies. Elles obtiennent que l'égalité des sexes figure dans le texte. L'article premier précise que les nations qui s'unissent sont résolues « à proclamer à nouveau leur foi dans les droits fondamentaux de l'homme, dans la dignité de la personne humaine, dans l'égalité des femmes et des hommes sans distinction de race, de sexe, de langue ou de religion ». Sous la pression de féministes convaincues que le chemin sera long entre la proclamation de l'égalité et sa réalisation, est créée, en 1946, une Commission intergouvernementale dite de la condition de la femme[20]. Celle-ci, au sein de laquelle les représentants des États sont en majorité des femmes, va être à l'origine de conventions internationales dans différents domaines[21], de l'adoption, en 1967, d'une Déclaration sur l'élimination des discriminations à l'égard des femmes et de l'organisation de la première conférence mondiale thématique sur les femmes à Mexico en 1975[22]. Lors de cette conférence, la Commission reçoit pour mandat de rédiger une convention de portée générale. Ce sera chose faite en 1979. La Convention sur l'élimination de toutes les formes de discrimination à l'égard des femmes (dite CEDEF en français et CEDAW en anglais) constitue « une véritable synthèse des politiques de trois décennies : elle envisage la promotion de l'égalité dans l'ensemble des droits humains, civils, politiques, sociaux, économiques et de nationalité, et prévoit des engagements concrets de la part des gouvernements nationaux pour en garantir l'exercice[23] ». En janvier 2006, 181 États l'avaient ratifiée.

Faire et refaire des progrès pour les femmes

L'existence d'une Commission de la condition de la femme avait, au lendemain de la Seconde Guerre mondiale, suscité des débats tant au sein des mouvements de femmes que de l'Onu. Ne risquait-on pas d'enfermer les questions concernant les femmes dans un ghetto, et de rompre avec l'universalisme des droits humains ? Lorsqu'on fait le bilan du travail accompli par la Commission, des conférences mondiales, de Mexico à Pékin, et de la ratification (presque universelle) de la Convention CEDAW, on mesure le chemin parcouru, même s'il reste tant et tant à faire, et souvent à refaire. Il est probable que, sans ces mécanismes, la conscience de l'ampleur des discriminations ne serait pas ce qu'elle est. Et que les législations comme les politiques pour les éradiquer auraient été plus lentes à voir le jour.

Les organisations non gouvernementales jouent dans ces évolutions un rôle important. Elles travaillent en étroite liaison avec la Commission et le comité d'experts chargé d'examiner les rapports que les États, qui ont ratifié la Convention CEDAW, doivent remettre tous les quatre ans sur la situation des femmes dans leur pays. Depuis la conférence de Mexico, ces mouvements se sont développés, et surtout spécialisés et professionnalisés. Que le statut de la Cour pénale internationale intègre les violences sexuelles et le viol dans la définition des crimes de guerre et des crimes contre l'humanité doit beaucoup à un réseau transnational de femmes, juristes pour la plupart. Que le Conseil de sécurité ait adopté, le 31 octobre 2000, la résolution 1325 portant sur la nécessité de l'implication des femmes dans le règlement des conflits, les accords de paix et la reconstruction à l'issue de conflits, est l'un des effets de ces mobilisations de la société civile. Qu'une quinzaine de pays africains, depuis la conférence de Nairobi, aient criminalisé les mutilations génitales montre l'efficacité des débats internationaux et régionaux qui ont permis aux militantes et militants des droits humains de sensibiliser l'opinion et les gouvernements sur l'urgence de l'éradication de ces pratiques, tant dans les pays d'origine que d'immigration. Que depuis la Conférence de Pékin des lois soient adoptées pour favoriser une représentation accrue des femmes dans la décision politique et publique traduit une sensibilité grandissante à l'importance de cette question.

La pérennisation des acquis

La dernière décennie oblige cependant à s'interroger sur la pérennisation des acquis. Certes, ceux-ci n'ont pas été obtenus sans résistance de la part de certains États. Les engagements des pays membres de l'Onu en matière de droits des femmes ont d'ailleurs varié au cours des soixante dernières années. Ce sont les États des Caraïbes et de l'Amérique latine qui ont joué un rôle décisif, en 1946, dans l'instauration d'un mécanisme chargé de l'égalité des sexes. La Déclaration de 1967 sur l'élimination de la discrimination à l'égard des femmes, qui allait ouvrir la voie à un traité international, est à l'initiative des pays de l'Europe de l'Est (la Pologne notamment) et de ceux du tiers-monde qui, à l'époque, associaient la question des droits des femmes à celle de la paix et du développement. C'est l'Iran qui, au début des années 1970 a porté l'idée de la première conférence mondiale sur le sujet. C'est l'Égypte qui a fait inscrire à l'agenda de la Commission onusienne la nécessité du planning familial et de l'abolition de la polygamie. Bien entendu, l'élaboration de la Convention CEDAW s'est révélée très laborieuse, mais elle n'a pas fait l'objet d'affrontements idéologiques majeurs. La situation a changé après la chute du mur de Berlin. Depuis le début des années 1990, on assiste à l'émergence de l'utilisation de la religion par certains États, qui ont fait d'elle un marqueur politique et identitaire. Situation nouvelle dont les femmes font les frais, celles-ci devenant les otages de négociations dont l'enjeu idéologique et politique premier n'est pas, tout au contraire, de garantir l'exercice généralisé des droits fondamentaux de la personne. Les droits civils et plus encore les droits dits « procréatifs » sont ainsi devenus l'occasion d'âpres discussions. Et les débats sémantiques qui ont eu lieu à Pékin, en 1995, sur les deux termes concurrents « égalité » et « équité » ont été fort révélateurs, certains pays souhaitant que le second mot remplace le premier pour légitimer par exemple les inégalités en matière d'héritage. Les réserves que peuvent formuler les États en adhérant à la Convention CEDAW en témoignent. Si cette Convention est aujourd'hui largement ratifiée, elle est aussi celle qui compte le plus grand nombre de réserves – en particulier sur l'article qui concerne le mariage et les rapports familiaux.

Les droits procréatifs constamment remis en question

Des avancées concernant l'accès des femmes aux services de planification familiale avaient été enregistrées, non sans difficultés, lors de la conférence mondiale sur la famille qui s'est tenue au Caire en 1994. L'année suivante, à Pékin, le front des pays qui estimaient avoir perdu une bataille s'est reconstitué. Il n'a cessé depuis de s'affirmer et de se recomposer au gré des évolutions politiques nationales, rassemblant des pays de tradition catholique et des pays de culture musulmane – et désormais les États-Unis. À l'occasion de conférences mondiales, et pas seulement de celles concernant les droits des femmes, les droits procréatifs sont constamment mis en question. On a pu le vérifier, en 2002, à la conférence mondiale de Johannesburg sur l'environnement. Il était attendu que les divergences entre les États porteraient sur le taux tolérable de diffusion du dioxyde de carbone dans l'atmosphère et sur l'accès de tous à l'eau potable. Or l'adoption d'un programme d'action international a, pendant un long moment, achoppé… sur les droits des femmes. Au détour d'une phrase, introduite par les États-Unis avec l'aval de l'Arabie Saoudite et du Saint-Siège, le planning familial était de nouveau mis en question. Au paragraphe qui appelait les États à « fournir tous les services sanitaires de base », ces pays tentaient d'introduire la précision que « les législations nationales et les valeurs religieuses » seraient obligatoirement respectées. L'offensive a échoué. Il paraît cependant désormais clair que si les droits des femmes constituent un enjeu dans les débats internationaux, c'est d'abord parce qu'elles demeurent, dans de nombreux pays, un enjeu des politiques nationales dès lors qu'il s'agit de donner des gages aux forces les plus conservatrices et les plus traditionalistes.

Pour des millions de femmes, un rêve inaccessible

Si ce livre a une utilité, c'est de s'inscrire dans la longue histoire des efforts entrepris pour éradiquer l'arbitraire, l'injustice et la discrimination en utilisant l'arme – toute pacifique – de l'information. Pour faire avancer la cause de l'égalité, il faut d'abord, assurément, prendre la mesure des inégalités, rendre visibles leurs causes et leurs effets, comprendre le degré de leur enracinement et les implications de leur persistance. Cette démarche qui est celle de ce livre, à la fois descriptive et analytique, sert aussi bien la cause de l'Égalité en général que celle de l'égalité des sexes en particulier. À ce propos, une question, légitimement, se pose. Pourquoi est-il encore nécessaire de faire une distinction entre les deux notions, lorsqu'il est, tout spécialement, question des femmes ? Pourquoi ne pas se contenter d'apprécier le chemin parcouru par elles depuis quelques décennies, et se réjouir des victoires remportées, des législations transformées, des libertés conquises et désormais respectées, des aspirations légitimées ? En espérant que, le temps aidant, un nombre toujours croissant de femmes profitera des mêmes droits et des mêmes protections que les plus favorisées d'entre elles. Les pages qui précèdent n'ont pas pour objet de minimiser la portée des transformations individuelles et collectives extraordinaires qui se sont opérées, transformations qui, il y a quelques générations à peine, auraient été inimaginables. Mais comment ne pas s'interroger sur le fait (et s'en indigner) que ces droits et ces protections restent, pour des millions de femmes, un rêve inaccessible ? L'urgence de ce questionnement relève de l'évidence, je crois. Car l'aspect le plus éclairant de ce livre est de montrer combien la grande affaire de l'égalité des sexes se trouve au cœur de toutes les convulsions de l'histoire telle qu'elle se fait, et surtout de ses contradictions. Avec sa complexité, ses multiples dimensions – économique, culturelle, sexuelle, sociale, psychologique, géopolitique, religieuse… –, il s'agit indiscutablement d'un enjeu décisif pour l'avenir que les femmes et les hommes forgent en commun.

Françoise Gaspard, agrégée d'histoire, ancienne élève de l'École nationale d'administration, est actuellement maîtresse de conférences à l'École des hautes études en sciences sociales de Paris et rattachée au Centre d'analyse et d'intervention sociologiques, laboratoire du Centre national de recherches scientifiques (CNRS). En janvier 1998, elle a été nommée représentante de la France à la Commission de la condition de la femme de l'Onu. Elle a été élue en 2000 membre du Comité CEDAW où elle siège depuis janvier 2001.

Notes

1. Simone de Beauvoir, *Le Deuxième Sexe, I. Les faits et les mythes*, Paris, Gallimard, 1949, p. 29.

2. Joan W. Scott, « la travailleuse », dans Georges Duby et Michelle Perrot, *Histoire des femmes, le XIXe siècle*, vol, 4 sous la direction de Geneviève Fraisse et Michelle Perrot, Plon, p. 419-426.

3. Maurice Godelier, « Les rapports hommes-femmes : le problème de la domination masculine », CERM, *La Condition féminine*, Paris, Éditions sociales, 1978.

4. Nicolat Journet, « Le fantasme du matriarcat », *Sciences humaines*, hors-série spécial, n° 4, nov.-déc. 2005.

5. Margaret Mead, *Male and Female*, 1949.

6. Françoise Héritier, *Masculin-Féminin* 2, Paris, Odile Jacob, 2002.

7. Thomas Laqueur, *La Fabrique du sexe. Essai sur le genre en Occident*, Paris, Gallimard, 1992.

8. Ann Oakley, *Sex, Gender and Society*, New York, Harper Colophon Books, 1972.

9. Joan W. Scott, « Genre : une catégorie utile d'analyse historique », *Les Cahiers du Grif*, n° 37/38, printemps 1998, p.125-153.

10. Judith Butler, *Trouble dans le genre. Pour un féminisme de la subversion* (1990), préface d'Éric Fassin, traduit de l'américain par Cynthia Kraus, Paris, La Découverte, 2005.

11. Maurice Godelier, *op. cit.*, p. 43.

12. Simone de Beauvoir, *op. cit.*, p. 19.

13. Michelle Perrot, *Les Femmes ou les Silences de l'histoire*, Paris, Flammarion, 1999.

14. *Partisans*, « Libération des femmes : année zéro », n° 54-55, juillet-octobre 1970.

15. Ainsi, à la fin du XIXe siècle, lorsque monte le mouvement suffragiste, voit-on les historiens français de la Révolution (Alphonse Aulard, notamment) redécouvrir Olympes de Gouges, Madame Rolland, les clubs féminins. Ainsi les années 1970 ont-elles vu éclore en France, dans les grandes maisons d'édition, des collections « femmes ».

16. Voir notamment Laurence Klejman et Florence Rochefort, *L'Égalité en marche. Le féminisme sous la Troisième république*, Presses de la fondation nationale des sciences politiques et éditions Des femmes, Paris, 1989 et Christine Bard, *Les Filles de Marianne, Histoire des féminismes*, 1914-1940, Paris, Fayard, 1995.

17. Joan W. Scott, *La Citoyenne paradoxale*, Paris, Albin Michel, 1999.

18. Christine Bard (dir.), *Un siècle d'antiféminisme*, Paris, Fayard, 1999.

19. Françoise Picq « Le féminisme bourgeois : une théorie élaborée par les femmes socialistes avant la guerre de 14 », Stratégies de femmes, Paris, Tierce, 1984, p. 391-404.

20. Il s'agit de la traduction officielle en français de « Commission on the status of women ».

21. La Convention de 1952 sur les droits politiques, la Convention de 1957 sur la nationalité de la femme mariée, la Convention de 1967 sur le consentement au mariage, l'âge du mariage et l'enregistrement du mariage.

22. Cette conférence sera suivie par celles de Copenhague (1980), de Nairobi (1985) et de Pékin (1995).

23. Giovanna Procacci et Maria Grazia Rosellini, « La construction de l'égalité dans l'action des organisations internationales », Christine Fauré (dir.), *Encyclopédie politique et historique des femmes*, Paris, PUF, 1997, p. 832.

ANNEXES

Proclamations, déclarations de l'Onu et instruments juridiques sur la non-discrimination à l'égard des femmes

Les Nations Unies ont contribué, dès 1945, sous la pression des Organisations intergouvernementales de femmes, à inscrire dans le droit international le principe d'égalité des femmes et des hommes afin de conduire les États à éliminer, dans leurs législations, les discriminations à l'égard des femmes et, en outre, à adopter des politiques destinées à mettre en œuvre l'égalité des sexes dans les faits.

Les textes qui suivent figurent parmi les plus fondamentaux.

Les premiers ont valeur de « proclamation ». Ils constituent le fondement de l'adhésion à la communauté internationale.

Les seconds, sans avoir davantage de valeur normative, sont le produit d'engagements de nature politique, adoptés par l'Assemblée générale des Nations Unies, à l'issue de conférences mondiales sur les droits des femmes ou à l'occasion de conférences mondiales au cours desquelles les droits des femmes ont été un objet important des débats.

La Convention sur l'élimination de toutes les formes de discrimination à l'égard des femmes – et son protocole facultatif additionnel qui quasi-judiciarise cette Convention – a en revanche une valeur normative, dès lors que les États l'ont ratifiée.

Proclamations

Charte des Nations Unies 1945

PRÉAMBULE

Nous, peuples
des Nations Unies,
résolus

– à préserver les générations futures du fléau de la guerre qui deux fois en l'espace d'une vie humaine a infligé à l'humanité d'indicibles souffrances,

– à proclamer à nouveau notre foi dans les droits fondamentaux de l'homme, dans la dignité et la valeur de la personne humaine, dans l'égalité de droits des hommes et des femmes, ainsi que des nations, grandes et petites,

– à créer les conditions nécessaires au maintien de la justice et du respect des obligations nées des traités et autres sources du droit international, [...]

CHAPITRE I
BUTS ET PRINCIPES

ARTICLE 1

[...]
3. Réaliser la coopération internationale en résolvant les problèmes internationaux d'ordre économique, social, intellectuel ou humanitaire, en développant et en encourageant le respect des droits de l'homme et des libertés fondamentales

pour tous, sans distinction de race, de sexe, de langue ou de religion.
[…]

ARTICLE 55

En vue de créer les conditions de stabilité et de bien-être nécessaires pour assurer entre les nations des relations pacifiques et amicales fondées sur le respect du principe de l'égalité des droits des peuples et de leur droit à disposer d'eux-mêmes, les Nations Unies favoriseront :
c. le respect universel et effectif des droits de l'homme et des libertés fondamentales pour tous, sans distinction de race, de sexe, de langue ou de religion.

Déclaration universelle des droits de l'homme 1948

ARTICLE PREMIER

Tous les êtres humains naissent libres et égaux en dignité et en droits. Ils sont doués de raison et de conscience et doivent agir les uns envers les autres dans un esprit de fraternité.

ARTICLE 2

Chacun peut se prévaloir de tous les droits et de toutes les libertés proclamés dans la présente Déclaration, sans distinction aucune, notamment de race, de couleur, de sexe, de langue, de religion, d'opinion politique ou de toute autre opinion, d'origine nationale ou sociale, de fortune, de naissance ou de toute autre situation.
De plus, il ne sera fait aucune distinction fondée sur le statut politique, juridique ou international du pays ou du territoire dont une personne est ressortissante, que ce pays ou territoire soit indépendant, sous tutelle, non autonome ou soumis à une limitation quelconque de souveraineté.

Déclarations

Conférence mondiale sur les droits de l'homme Vienne 1993

[…]

Soulignant l'obligation qu'ont tous les États, conformément à la Charte des Nations Unies, de développer et d'encourager le respect des droits de l'homme et des libertés fondamentales pour tous, sans distinction de race, de sexe, de langue ou de religion,

Rappelant le préambule de la Charte des Nations Unies, en particulier la détermination des peuples des Nations Unies à proclamer à nouveau leur foi dans les droits fondamentaux de l'homme, dans la dignité et la valeur de la personne humaine, dans l'égalité de droits des hommes et des femmes, ainsi que des nations, grandes et petites,

[…]

Profondément préoccupée par les diverses formes de discrimination et de violence auxquelles les femmes continuent d'être exposées dans le monde entier,

[…]

ADOPTE SOLENNELLEMENT
LA DÉCLARATION
ET LE PROGRAMME D'ACTION SUIVANTS

[…]

18. Les droits fondamentaux des femmes et des fillettes font inaliénablement, intégralement et indissociablement partie des

droits universels de la personne. L'égale et pleine participation des femmes à la vie politique, civile, économique, sociale et culturelle, aux niveaux national, régional et international, et l'élimination totale de toutes les formes de discrimination fondées sur le sexe sont des objectifs prioritaires de la communauté internationale.

Les violences qui s'exercent en fonction du sexe et toutes les formes de harcèlement et d'exploitation sexuels, y compris celles qui sont la conséquence de préjugés culturels et d'une traite internationale, sont incompatibles avec la dignité et la valeur de la personne humaine et doivent être éliminées. On peut y parvenir au moyen de mesures juridiques et grâce à une action nationale et à la coopération internationale dans divers domaines comme le développement économique et social, l'éducation, la protection de la maternité, les soins de santé et l'aide sociale.

Les droits fondamentaux des femmes doivent faire partie intégrante des activités de l'Organisation des Nations Unies dans le domaine des droits de l'homme, qui doivent inclure notamment la promotion de tous les instruments en la matière qui concernent les femmes.

La Conférence mondiale sur les droits de l'homme demande instamment aux gouvernements, aux institutions, aux organisations intergouvernementales et non gouvernementales d'intensifier leurs efforts en vue de protéger et de promouvoir les droits fondamentaux des femmes et des fillettes.

[...]

3. Égalité de condition et droits fondamentaux de la femme

36. La Conférence mondiale sur les droits de l'homme demande instamment que les femmes jouissent pleinement et dans des conditions d'égalité de tous leurs droits fondamentaux, et que cela soit une priorité pour les gouvernements et pour l'Organisation des Nations Unies. Elle souligne aussi l'importance de l'intégration et de la pleine participation des femmes au développement en tant qu'agents et bénéficiaires de celui-ci et rappelle les objectifs de l'action mondiale en

faveur de la participation des femmes à un développement durable et équitable qui sont énoncés dans la Déclaration de Rio sur l'environnement et le développement et au chapitre 24 du programme Action 21, adoptés par la Conférence des Nations Unies sur l'environnement et le développement (Rio de Janeiro, Brésil, 3-14 juin 1992).

37. Dans les principales activités du système des Nations Unies devrait figurer une composante se rapportant à l'égalité de condition et aux droits fondamentaux de la femme. L'ensemble des organes et mécanismes compétents de l'Organisation des Nations Unies devrait examiner régulièrement et systématiquement ces questions. En particulier, des mesures devraient être prises pour accroître la coopération entre la Commission de la condition de la femme, la Commission des droits de l'homme, le Comité pour l'élimination de la discrimination à l'égard des femmes, le Fonds de développement des Nations Unies pour la femme, le Programme des Nations Unies pour le développement et les autres organismes des Nations Unies et pour mieux en intégrer les objectifs. À ce propos, il faudrait renforcer la coopération et la coordination entre le Centre pour les droits de l'homme et la Division de la promotion de la femme.

38. La Conférence mondiale sur les droits de l'homme souligne, en particulier, à quel point il importe de s'employer à éliminer la violence à laquelle sont exposées les femmes dans la vie publique et privée, toutes les formes de harcèlement sexuel, d'exploitation et de traite dont elles sont victimes ainsi que les préjugés dont elles font l'objet dans l'administration de la justice, et à venir à bout des contradictions qui peuvent exister entre les droits des femmes et les effets nuisibles de certaines pratiques traditionnelles ou coutumières, des préjugés culturels et de l'extrémisme religieux. Elle demande à l'Assemblée générale d'adopter le projet de déclaration sur la violence contre les femmes et invite instamment les États à lutter, conformément aux dispositions prévues, contre la violence dont celles-ci sont victimes. Les violations des droits fondamentaux des femmes dans les situations de conflit armé contreviennent aux principes fondateurs des droits de la personne humaine et du droit humanitaire internationalement

reconnus. Toutes les violations de cette nature, y compris et en particulier le meurtre, le viol systématique, l'esclavage sexuel et la grossesse forcée, exigent des mesures particulièrement efficaces.

39. La Conférence mondiale sur les droits de l'homme demande instamment qu'il soit mis fin à toutes les formes de discrimination, occulte ou flagrante, à l'encontre des femmes. L'Organisation des Nations Unies devrait encourager tous les États à ratifier la Convention sur l'élimination de toutes les formes de discrimination à l'égard des femmes d'ici à l'an 2000. Il faudrait favoriser la recherche de moyens permettant de remédier au nombre particulièrement élevé de réserves formulées à l'égard de cette Convention. Le Comité pour l'élimination de la discrimination à l'égard des femmes devrait notamment poursuivre l'examen des réserves dont elle fait l'objet. Les États sont invités instamment à retirer les réserves qui sont contraires à l'objet et au but de la Convention ou qui, de toute autre façon, sont incompatibles avec le droit international des traités.

40. Les organes de surveillance de l'application des traités devraient diffuser l'information nécessaire afin de permettre aux femmes de tirer meilleur parti des procédures en vigueur pour s'assurer la pleine jouissance en toute égalité de leurs droits à l'abri de la discrimination. Il faudrait aussi adopter de nouvelles procédures de manière à ce que l'engagement d'assurer l'égalité et les droits fondamentaux des femmes soit mieux suivi d'effets. La Commission de la condition de la femme et le Comité pour l'élimination de la discrimination à l'égard des femmes devraient étudier sans tarder la possibilité d'introduire un droit de présenter des plaintes en élaborant un protocole facultatif se rapportant à la Convention sur l'élimination de toutes les formes de discrimination à l'égard des femmes. La Conférence mondiale sur les droits de l'homme se félicite de la décision de la Commission des droits de l'homme d'envisager, à sa cinquantième session, la nomination d'un rapporteur spécial sur la violence à l'égard des femmes.

41. La Conférence mondiale sur les droits de l'homme reconnaît qu'il importe que les femmes jouissent tout au long de leur vie du niveau de santé physique et mentale le meilleur

possible. Ayant à l'esprit la Conférence mondiale sur les femmes, la Convention sur l'élimination de toutes les formes de discrimination à l'égard des femmes, ainsi que la Proclamation de Téhéran de 1968, elle réaffirme, en se fondant sur le principe de l'égalité de l'homme et de la femme, le droit de la femme à des soins de santé accessibles et suffisants et à la gamme la plus large possible de services de planification familiale, ainsi qu'à l'égalité d'accès à l'éducation à tous les niveaux.

42. Les organes de surveillance de l'application des traités devraient consacrer une partie de leurs travaux à la condition et aux droits fondamentaux de la femme, en s'aidant de données spécifiques ventilées par sexe. Les États devraient être encouragés à fournir, dans leurs rapports à ces organes, des informations sur la situation des femmes, *de jure* et *de facto*. La Conférence mondiale sur les droits de l'homme note avec satisfaction que la Commission des droits de l'homme a adopté à sa quarante-neuvième session la résolution 1993/46, du 8 mars 1993, dans laquelle elle déclarait que les rapporteurs et les groupes de travail qui œuvrent dans le domaine des droits de l'homme devraient être encouragés à faire de même. La Division de la promotion de la femme, en coopération avec d'autres organes des Nations Unies, spécialement le Centre pour les droits de l'homme, devrait prendre également des mesures pour veiller à ce que les instances de l'Onu actives dans ce domaine s'intéressent systématiquement aux violations des droits fondamentaux des femmes, y compris aux violences dont celles-ci sont victimes en raison de leur sexe. Il faudrait encourager la formation des fonctionnaires de l'Onu travaillant dans le secteur des droits de l'homme et des secours humanitaires de manière à ce qu'ils puissent reconnaître les violations de droits dont les femmes, en particulier, sont victimes, y remédier et s'acquitter de leur tâche sans parti pris d'ordre sexuel.

43. La Conférence mondiale sur les droits de l'homme invite instamment les gouvernements et les organisations régionales et internationales à faciliter l'accès des postes de responsabilité aux femmes et à leur assurer une plus grande participation au processus de prise des décisions. Elle encourage le

Secrétariat de l'Organisation des Nations Unies à adopter de nouvelles mesures de manière à nommer et promouvoir des fonctionnaires de sexe féminin, conformément à la Charte des Nations Unies, et invite les autres organismes, principaux et subsidiaires, du système à garantir la participation des femmes dans des conditions d'égalité.

44. La Conférence mondiale sur les droits de l'homme se félicite qu'une conférence mondiale sur les femmes se tienne à Beijing en 1995 et demande instamment que l'on y accorde, dans les délibérations, une place importante à leurs droits fondamentaux, conformément aux thèmes prioritaires de la Conférence qui sont l'égalité, le développement et la paix. [...]

Programme d'action de la Conférence internationale sur la population et le développement
Le Caire 1994

PRINCIPES

La mise en oeuvre des recommandations figurant dans le programme d'action est un droit souverain que chaque pays exerce de manière compatible avec ses lois nationales et ses priorités en matière de développement, en respectant pleinement les diverses religions, les valeurs éthiques et les origines culturelles de son peuple, et en se conformant aux principes des droits de l'homme universellement reconnus.

La coopération internationale et la solidarité universelle, guidées par les principes de la Charte des Nations Unies et conçues dans un esprit de collaboration, sont indispensables pour améliorer la qualité de la vie des peuples du monde.

Dans l'examen du mandat de la Conférence internationale sur la population et le développement et de son thème général, a savoir les rapports entre la population, la croissance économique soutenue et le développement durable, ainsi que dans leurs délibérations, les participants ont pris et continuent a prendre pour guides l'ensemble de principes ci-après :

PRINCIPE 1

Tous les êtres humains naissent libres et égaux en dignité et en droits. Chacun peut se prévaloir de tous les droits et de toutes les libertés proclames dans la Déclaration universelle des droits de l'homme, sans distinction aucune, notamment de race, de couleur, de sexe, de langue, de religion, d'opinion politique ou de toute autre opinion, d'origine nationale ou sociale, de fortune, de naissance ou de toute autre situation. Chacun a le droit a la vie, a la liberté et a la sécurité de sa personne.

[...]

PRINCIPE 3

Le droit au développement est un droit universel et inaliénable qui fait partie intégrante des droits de l'homme fondamentaux, et la personne humaine est le sujet central du développement. Si le développement favorise la jouissance de tous les droits de l'homme, l'insuffisance de développement ne peut être invoquée pour justifier une limitation des droits de l'homme internationalement reconnus. Le droit au développement doit être mis en oeuvre de façon a satisfaire équitablement les besoins des générations présentes et futures en matière de population, de développement et d'environnement.

PRINCIPE 4

Promouvoir égalité entre les sexes et équité ainsi qu'assurer la promotion des femmes et l'élimination de toutes les formes de violence a leur encontre, et veiller a ce que les femmes aient les moyens de maîtriser leur fécondité sont des éléments capitaux des programmes relatifs a la population et au développement. Les droits des femmes et des fillettes font inaliénablement, intégralement et indissociablement partie des droits universels de la personne humaine. L'égale et la pleine participation des femmes à la vie civile, culturelle, économique, politique et sociale aux niveaux national, régional et international, et élimination de toutes les formes de discrimination fondées sur le sexe sont des objectifs
[…]

PRINCIPE 8

Tout individu a le droit de jouir du meilleur état de santé physique et mentale qu'il soit capable d'atteindre. Les États devraient prendre toutes les mesures appropriées pour assurer, sur la base de égalité de l'homme et de la femme, un accès universel aux services de santé, y compris ceux qui ont trait a la santé en matière de reproduction, qui comprend la planification familiale et la santé en matière de sexualité. Les programmes de santé de la reproduction devraient offrir la plus vaste gamme possible de services sans aucun recours a la contrainte. Toute couple et tout individu a le droit fondamental de décider librement et en toute responsabilité du nombre de ses enfants et de l'espacement de leur naissance, et de disposer de l'information, de éducation et des moyens voulus en la matière.

PRINCIPE 9

La famille est l'unité de base de la société et devrait être renforcée en tant que telle. Elle doit bénéficier d'une protection et d'un appui aussi complets que possible. Aux différents systèmes culturels, politiques et sociaux correspondent différentes formes de famille. Le mariage doit être conclu avec le libre consentement des futurs conjoints et l'époux et l'épouse devraient être des partenaires égaux.

PRINCIPE 10

Chacun a droit a éducation, laquelle doit viser a permettre le plein développement des ressources humaines, de la dignité et des possibilités de la personne humaine, notamment chez les femmes et les fillettes. Éducation devrait être conçue de façon a renforcer le respect des droits de l'homme et des libertés fondamentales, y compris en ce qui concerne la population et le développement Les responsables de éducation de l'enfant doivent être guides par la recherche de intérêt supérieur de ce dernier, étant entendu que cette responsabilité incombe au premier chef aux parents.

PRINCIPE 11

Tous les États et toutes les familles devraient accorder le rang de priorité le plus élevé possible a l'enfant. Ce dernier a le droit de jouir d'un niveau de vie suffisant pour assurer son bien-être, ainsi que le droit d'avoir accès aux meilleurs services de santé possibles et le droit a éducation L'enfant a le droit de recevoir des soins et l'appui des parents, de la famille et de la société, et être protége par des mesures législatives, administratives, sociales et éducatives appropriées contre toute forme de violence, d'atteinte ou de brutalités physiques ou mentales, d'abandon ou de négligence, de mauvais traitements ou d'exploitation, notamment la vente, le trafic, les sévices sexuels et le trafic de ses organes.

Déclaration sur l'élimination de la violence à l'égard des femmes 1993

L'Assemblée générale,

Considérant qu'il est urgent de faire en sorte que les femmes bénéficient universellement des droits et principes consacrant l'égalité, la sécurité, la liberté, l'intégrité et la dignité de tous les êtres humains,

Notant que ces droits et principes sont consacrés dans un certain nombre d'instruments internationaux, dont la Déclaration universelle des droits de l'homme, le Pacte international relatif aux droits civils et politiques, le Pacte international relatif aux droits économiques, sociaux et culturels, la Convention sur l'élimination de toutes les formes de discrimination à l'égard des femmes et la Convention contre la torture et autres peines ou traitements cruels, inhumains ou dégradants,

Considérant que l'application effective de la Convention sur l'élimination de toutes les formes de discrimination à l'égard des femmes contribuera à l'élimination de la violence à l'égard des femmes et que la Déclaration sur l'élimination de la violence à l'égard des femmes, énoncée dans la présente résolution, renforcera et complétera ce processus,

Préoccupée de constater que la violence à l'égard des femmes va à l'encontre de l'instauration de l'égalité, du développement et de la paix, comme l'indiquaient déjà les Stratégies prospectives d'action de Nairobi pour la promotion de la femme, où était recommandée une série de mesures visant à combattre la violence à l'égard des femmes, et qu'elle fait obstacle à la mise en application de la Convention sur l'élimination de toutes les formes de discrimination à l'égard des femmes,

Affirmant que la violence à l'égard des femmes constitue une violation des droits de la personne humaine et des libertés fondamentales et empêche partiellement ou totalement les femmes de jouir desdits droits et libertés, et préoccupée que ceux-ci ne soient toujours pas protégés dans les cas de violence à l'égard des femmes,

Reconnaissant que la violence à l'égard des femmes traduit des rapports de force historiquement inégaux entre hommes et femmes, lesquels ont abouti à la domination et à la discrimination exercées par les premiers et freiné la promotion des secondes, et qu'elle compte parmi les principaux mécanismes sociaux auxquels est due la subordination des femmes aux hommes,

Constatant avec préoccupation que certains groupes de femmes, dont les femmes appartenant à des minorités, les femmes autochtones, les réfugiées, les femmes migrantes, les femmes vivant dans des communautés rurales ou reculées, les femmes sans ressources, les femmes internées, les femmes détenues, les petites filles, les femmes handicapées, les femmes âgées et les femmes dans des zones de conflit armé, sont particulièrement vulnérables face à la violence,

Rappelant la conclusion figurant au paragraphe 23 de l'annexe à la résolution 1990/15 du Conseil économique et social, en date du 24 mai 1990, selon laquelle il est constaté que la violence à l'égard des femmes exercée dans la famille et dans la société se répand partout, quels que soient le revenu, la classe sociale et la culture, et que des mesures urgentes et efficaces doivent être prises pour en éliminer les effets,

Rappelant également la résolution 1991/18 du Conseil économique et social, en date du 30 mai 1991, dans laquelle le Conseil a recommandé que soit élaboré le plan d'un instrument international qui traiterait explicitement de la question de la violence à l'égard des femmes,

Notant avec satisfaction que les mouvements de femmes ont contribué à appeler l'attention sur la nature, la gravité et l'ampleur du problème de la violence à l'égard des femmes,

Alarmée de constater que les femmes ont du mal à s'assurer l'égalité juridique, sociale, politique et économique dans la société, en raison notamment de la persistance et du caractère endémique de la violence,

Convaincue, eu égard aux considérations qui précèdent, de la nécessité d'une définition explicite et complète de la violence à l'égard des femmes, d'un énoncé très clair des droits à garantir pour faire disparaître la violence à l'égard des femmes sous toutes ses formes, d'un engagement des États à assumer leurs responsabilités, et d'un engagement de la communauté internationale à mettre fin à la violence à l'égard des femmes,

Proclame solennellement la Déclaration sur l'élimination de la violence à l'égard des femmes et demande instamment que tout soit mis en œuvre pour la faire universellement connaître et respecter.

ARTICLE PREMIER

Aux fins de la présente Déclaration, les termes « violence à l'égard des femmes » désignent tous actes de violence dirigés contre le sexe féminin, et causant ou pouvant causer aux femmes un préjudice ou des souffrances physiques, sexuelles ou psychologiques, y compris la menace de tels actes, la contrainte ou la privation arbitraire de liberté, que ce soit dans la vie publique ou dans la vie privée.

ARTICLE 2

La violence à l'égard des femmes s'entend comme englobant, sans y être limitée, les formes de violence énumérées ci-après :

a) La violence physique, sexuelle et psychologique exercée au sein de la famille, y compris les coups, les sévices sexuels infligés aux enfants de sexe féminin au foyer, les violences liées à la dot, le viol conjugal, les mutilations génitales et autres pratiques traditionnelles préjudiciables à la femme, la violence non conjugale, et la violence liée à l'exploitation ;

b) La violence physique, sexuelle et psychologique exercée au sein de la collectivité, y compris le viol, les sévices sexuels, le harcèlement sexuel et l'intimidation au travail, dans les établissements d'enseignement et ailleurs, le proxénétisme et la prostitution forcée ;

c) La violence physique, sexuelle et psychologique perpétrée ou tolérée par l'État, où qu'elle s'exerce.

ARTICLE 3

L'exercice et la protection de tous les droits de la personne humaine et des libertés fondamentales doivent être garantis aux femmes, à égalité avec les hommes, dans les domaines politique, économique, social, culturel, civil et autres. Au nombre de ces droits figurent :

a) Le droit à la vie ;

b) Le droit à l'égalité ;

c) Le droit à la liberté et à la sûreté de la personne ;

d) Le droit à une égale protection de la loi ;

e) Le droit de ne subir de discrimination sous aucune forme ;

f) Le droit au meilleur état de santé physique et mentale possible ;

g) Le droit à des conditions de travail équitables et satisfaisantes ;

h) Le droit de ne pas être soumis à la torture ni à des peines ou traitements cruels, inhumains ou dégradants.

ARTICLE 4

Les États devraient condamner la violence à l'égard des femmes et ne pas invoquer de considérations de coutume, de tradition ou de religion pour se soustraire à l'obligation de l'éliminer. Les États devraient mettre en œuvre sans retard, par tous les moyens appropriés, une politique visant à éliminer la violence à l'égard des femmes et, à cet effet :

a) Envisager, lorsqu'ils ne l'ont pas encore fait, de ratifier la Convention sur l'élimination de toutes les formes de discrimination à l'égard des femmes, d'y adhérer ou de retirer les réserves qu'il y ont faites ;

b) S'abstenir de tout acte de violence à l'égard des femmes ;

c) Agir avec la diligence voulue pour prévenir les actes de violence à l'égard des femmes, enquêter sur ces actes et les punir conformément à la législation nationale, qu'ils soient perpétrés par l'État ou par des personnes privées ;

d) Prévoir dans la législation nationale pénale, civile, du travail ou administrative les sanctions voulues pour punir et réparer les torts causés aux femmes soumises à la violence ; les femmes victimes d'actes de violence devraient avoir accès à l'appareil judiciaire et la législation nationale devrait prévoir des réparations justes et efficaces du dommage subi ; les États devraient en outre informer les femmes de leur droit à obtenir réparation par le biais de ces mécanismes ;

e) Examiner la possibilité d'élaborer des plans d'action nationaux visant à promouvoir la protection de la femme contre toute forme de violence, ou d'inclure des dispositions à cet effet dans les plans existants, en tenant compte, le cas échéant, de la coopération que sont en mesure d'apporter les organisations non gouvernementales, notamment celles qu'intéresse plus particulièrement la question ;

f) Élaborer des stratégies de prévention et toutes mesures de caractère juridique, politique, administratif et culturel propres à favoriser la protection des femmes contre la violence et à garantir que les femmes ne se verront pas infliger un surcroît de violence du fait de lois, de modes de répression ou d'interventions d'un autre ordre ne prenant pas en considération les caractéristiques propres à chaque sexe ;

g) Dans toute la mesure possible, compte tenu des ressources dont ils disposent, et en ayant recours au besoin à la coopération internationale, assurer aux femmes victimes d'actes de violence et, le cas échéant, à leurs enfants une aide spécialisée, y compris réadaptation, assistance pour les soins aux enfants, traitement, conseils, services médico-sociaux et structures d'appui, et prendre toutes autres mesures voulues pour promouvoir la réadaptation physique et psychologique ;

h) Inscrire au budget national des crédits suffisants pour financer les activités visant à éliminer la violence à l'égard des femmes ;

i) Veiller à ce que les agents des services de répression ainsi que les fonctionnaires chargés d'appliquer des politiques visant à prévenir la violence à l'égard des femmes, à assurer les enquêtes nécessaires et à punir les coupables reçoivent une formation propre à les sensibiliser aux besoins des femmes ;

j) Adopter toutes les mesures voulues, notamment dans le domaine de l'éducation, pour modifier les comportements sociaux et culturels des hommes et des femmes et éliminer les préjugés, coutumes et pratiques tenant à l'idée que l'un des deux sexes est supérieur ou inférieur à l'autre ou à des stéréotypes concernant les rôles masculins et féminins ;

k) Favoriser la recherche, rassembler des données et compiler des statistiques se rapportant à l'incidence des différentes formes de violence à l'égard des femmes, y compris en particulier la violence au foyer, et encourager la recherche sur les causes, la nature, la gravité et les conséquences de la violence à l'égard des femmes, ainsi que sur l'efficacité des mesures prises pour prévenir et réparer la violence à l'égard des femmes, lesdites statistiques et les conclusions des travaux de recherche étant à rendre publiques ;

l) Adopter des mesures visant à éliminer la violence à l'égard des femmes particulièrement vulnérables ;

m) Inclure dans les rapports présentés en application des instruments internationaux relatifs aux droits de l'homme des éléments d'information concernant la violence à l'égard des femmes et les mesures prises pour donner effet à la présente Déclaration ;

n) Encourager l'élaboration des directives voulues pour aider à la mise en œuvre des principes énoncés dans la présente Déclaration ;

o) Reconnaître l'importance du rôle que jouent les mouvements de femmes et les organisations non gouvernementales du monde entier s'agissant de faire prendre conscience du problème de la violence à l'égard des femmes et d'y remédier ;

p) Faciliter et encourager les travaux des mouvements de femmes et des organisations non gouvernementales et coopérer avec eux sur les plans local, national et régional ;

q) Encourager les organisations intergouvernementales régionales dont ils sont membres à inclure s'il y a lieu l'élimination de la violence à l'égard des femmes dans leurs programmes.

ARTICLE 5

Les institutions spécialisées et les autres organes du système des Nations Unies devraient, dans leurs domaines de compétence respectifs, contribuer à faire reconnaître et à assurer l'exercice des droits et l'application des principes énoncés dans la présente Déclaration, en s'attachant notamment à :

a) Encourager la coopération internationale et régionale ayant pour fin de définir des stratégies régionales de lutte contre la violence, d'échanger des données d'expérience et de financer des programmes relatifs à l'élimination de la violence à l'égard des femmes ;

b) Promouvoir des réunions et des séminaires visant à faire prendre conscience à chacun du problème de l'élimination de la violence à l'égard des femmes ;
c) Encourager la coordination et les échanges entre les organes du système des Nations Unies créés en vertu d'instruments relatifs aux droits de l'homme qui ont à connaître de la question de la violence à l'égard des femmes, afin qu'il en soit traité comme il convient ;
d) Faire une place, dans leurs analyses des tendances et des problèmes sociaux, telles que celles auxquelles donnent lieu les rapports périodiques sur la situation sociale dans le monde, aux tendances de la violence à l'égard des femmes ;
e) Encourager la coordination entre les organismes des Nations Unies et leurs organes, de manière que la question de la violence à l'égard des femmes, en particulier celles qui font partie des groupes les plus vulnérables, soit incluse dans les programmes en cours ;
f) Promouvoir l'établissement de directives ou de manuels se rapportant à la violence à l'égard des femmes qui fassent une place aux mesures mentionnées dans la présente Déclaration ;
g) Faire une place, s'il y a lieu, à la question de l'élimination de la violence à l'égard des femmes dans l'exécution de leurs mandats concernant l'application des instruments relatifs aux droits de l'homme ;
h) Coopérer avec les organisations non gouvernementales face au problème de la violence à l'égard des femmes.

ARTICLE 6

Rien dans la présente Déclaration ne saurait compromettre l'application des dispositions de la législation d'un État ou d'une convention, d'un traité ou d'un autre instrument international en vigueur dans un État qui permettraient d'éliminer plus efficacement la violence à l'égard des femmes.

Conférence mondiale sur les droits des femmes Pékin 1995

DÉCLARATION

1. Nous, gouvernements participant à la quatrième Conférence mondiale sur les femmes,
2. Réunis à Beijing (Pékin) en septembre 1995, année du cinquantième anniversaire de la fondation de l'Organisation des Nations Unies,
3. Résolus à faire progresser les objectifs d'égalité, de développement et de paix pour toutes les femmes dans le monde entier, dans l'intérêt de l'humanité tout entière,
4. Prenant note de la voix de toutes les femmes dans le monde entier et tenant compte de la diversité des femmes, de leurs rôles et de leurs conditions de vie, rendant hommage aux femmes qui ont ouvert la voie, et inspirés par l'espérance incarnée dans les jeunes du monde entier,
5. Constatons que la condition de la femme s'est améliorée dans certains domaines importants au cours de la dernière décennie mais que les progrès ont été inégaux, que les inégalités entre hommes et femmes persistent et que d'importants obstacles subsistent, ce qui a de graves conséquences pour le bien-être de l'humanité tout entière,
6. Constatons également que cette situation est exacerbée par l'accroissement de la pauvreté qui affecte la vie de la plus grande partie de la population mondiale, en particulier des femmes et des enfants, et dont les origines sont d'ordre tant national qu'international,
7. Nous consacrons sans réserve à l'élimination de ces contraintes et obstacles afin de promouvoir encore le progrès et l'accroissement du pouvoir d'action des femmes dans le monde entier, et convenons que cela exige que des mesures soient prises d'urgence dans un esprit de détermination, d'espoir de coopération et de solidarité qui nous portera dans le siècle prochain.

Nous réaffirmons notre engagement de :

8. Réaliser l'égalité des droits et la dignité intrinsèque des hommes et des femmes et atteindre les autres objectifs et adhérer

aux principes consacrés dans la Charte des Nations Unies, la Déclaration universelle des droits de l'homme et les autres instruments internationaux relatifs aux droits de l'homme, en particulier la Convention sur l'élimination de toutes les formes de discrimination à l'égard des femmes et la Convention relative aux droits de l'enfant ainsi que la Déclaration sur l'élimination de la violence à l'égard des femmes et la Déclaration sur le droit au développement ;

9. Garantir la pleine réalisation des droits fondamentaux des femmes et des petites filles, en tant que partie inaliénable, intégrante et indivisible de tous les droits de la personne humaine et de toutes les libertés fondamentales ;

10. Faire fond sur le consensus et les progrès réalisés lors des conférences et sommets précédents des Nations unies consacrés aux femmes (Nairobi, 1985), aux enfants (New York, 1990), à l'environnement et au développement (Rio de Janeiro, 1992), aux droits de l'homme (Vienne, 1993), à la population et au développement (Le Caire, 1994) et au développement social (Copenhague, 1995), en vue d'assurer l'égalité, le développement et la paix ;

11. Appliquer pleinement et efficacement les Stratégies prospectives d'action de Nairobi pour la promotion de la femme ;

12. Assurer le renforcement du pouvoir d'action des femmes et leur promotion, y compris le droit à la liberté de pensée, de conscience, de religion et de conviction, contribuant ainsi à répondre aux besoins moraux, éthiques, spirituels et intellectuels des hommes et des femmes, et aux niveaux individuel et collectif, leur garantissant ainsi la possibilité de réaliser pleinement leur potentiel au sein de la société et de régler leur vie selon leurs aspirations.

Nous sommes convaincus que :

13. Le renforcement du pouvoir d'action des femmes et leur pleine participation sur un pied d'égalité à tous les domaines de la vie sociale, y compris aux prises de décisions et leur accès au pouvoir, sont des conditions essentielles à l'égalité, au développement et à la paix ;

14. Les droits des femmes sont des droits fondamentaux de la personne ;

15. L'égalité des droits, des chances et de l'accès aux ressources, le partage égal des responsabilités familiales et un partenariat harmonieux entre les femmes et les hommes sont essentiels à leur bien-être et à celui de leurs familles ainsi qu'à l'affermissement de la démocratie ;
16. La participation des femmes au développement économique et social, l'égalité des chances et la pleine participation, sur un pied d'égalité, des femmes et des hommes, en tant qu'agents et bénéficiaires d'un développement durable au service de l'individu sont des conditions essentielles à l'élimination de la pauvreté au moyen d'une croissance économique soutenue, du développement social, de la protection de l'environnement et de la justice sociale ;
17. La reconnaissance et la réaffirmation expresses du droit de toutes les femmes à la maîtrise de tous les aspects de leur santé, en particulier leur fécondité, sont un élément essentiel du renforcement de leur pouvoir d'action ;
18. L'instauration de la paix, aux niveaux local, national, régional et mondial, est possible et elle est indissociable de la promotion des femmes, car celles-ci sont un moteur essentiel des initiatives, du règlement des conflits et de la promotion d'une paix durable à tous les niveaux ;
19. Il est essentiel d'élaborer, de mettre en oeuvre et de surveiller, à tous les niveaux, avec la pleine participation des femmes, des politiques et programmes, y compris des politiques et des programmes de développement, qui soient égalitaires, efficaces, efficients et synergiques et qui puissent favoriser le renforcement du pouvoir d'action des femmes et leurs promotion ;
20. La participation et la contribution de tous les protagonistes de la société civile, en particulier les groupes et réseaux de femmes et les autres organisations non gouvernementales et organisations communautaires, dans le strict respect de leur autonomie, en coopération avec les gouvernements, revêtent une grande importance pour l'application et le suivi effectifs du Programme d'action ;
21. La mise en oeuvre du Programme d'action exige l'engagement des gouvernements et de la communauté internationale. En prenant des engagements, aux niveaux national et international, y compris lors de la Conférence, les gouvernements et la communauté internationale reconnaissent la nécessité d'agir immédia-

tement pour donner plus de pouvoir aux femmes et assurer leur promotion.

Nous sommes résolus à :

22. Redoubler d'efforts et multiplier les actions visant à atteindre d'ici la fin du siècle les objectifs des Stratégies prospectives d'action de Nairobi pour la promotion de la femme ;

23. Veiller à ce que les femmes et les petites filles jouissent pleinement de tous les droits de la personne humaine et de toutes les libertés fondamentales, et prendre des mesures efficaces contre les violations de ces droits et libertés ;

24. Prendre toutes les mesures voulues pour éliminer toutes les formes de discrimination à l'égard des femmes et des petites filles ainsi que les obstacles à l'égalité des sexes et à la promotion des femmes et du renforcement de leur pouvoir d'action ;

25. Encourager les hommes à participer pleinement à toute action favorisant l'égalité ;

26. Promouvoir l'indépendance économique des femmes, notamment par l'emploi, et éliminer le fardeau de plus en plus lourd que la pauvreté continue de faire peser sur les femmes, en s'attaquant aux causes structurelles de la pauvreté par des changements de structures économiques assurant à toutes les femmes, notamment aux rurales, l'égalité d'accès, en tant qu'agents essentiels du développement, aux ressources productives, aux possibilités de promotion et aux services publics ;

27. Promouvoir un développement durable au service de l'individu, notamment une croissance économique soutenue, en développant l'éducation de base, l'éducation permanente, l'alphabétisation et la formation ainsi que les soins de santé primaires à l'intention des femmes et des petites filles ;

28. Prendre des mesures concrètes en faveur de la paix pour la promotion de la femme et, tenant compte du rôle de premier plan des femmes dans le mouvement pacifiste, oeuvrer activement à la réalisation d'un désarmement général et complet, sous un contrôle international rigoureux et efficace, et appuyer les négociations en vue de la conclusion immédiate d'un traité universel et effectivement vérifiable au plan multilatéral d'interdiction complète des essais nucléaires qui favorisera le désarmement nucléaire et la prévention de la prolifération des armes nucléaires sous tous ses aspects ;

29. Prévenir et éliminer toutes les formes de violence à l'égard des femmes et des filles ;
30. Assurer l'égalité d'accès à l'éducation et aux soins de santé, ainsi qu'un traitement égal des femmes et des hommes, et améliorer la santé en matière de sexualité et de procréation ainsi que l'éducation des femmes ;
31. Promouvoir et protéger tous les droits fondamentaux des femmes et des filles ;
32. Redoubler d'efforts pour que toutes les femmes et les filles que de multiples obstacles, tenant à des facteurs tels que race, âge, langue, origine ethnique, culture, religion, incapacités ou appartenance à une population autochtone, privent de tout pouvoir et de toute possibilité de progrès puissent jouir à égalité de tous les droits de la personne humaine et de toutes les libertés fondamentales ;
33. Faire respecter le droit international, notamment le droit humanitaire, afin de protéger les femmes et les petites filles en particulier ;
34. Créer les conditions qui permettent aux petites filles et aux femmes de tous âges de réaliser tout leur potentiel, veiller à ce qu'elles participent pleinement et à égalité à l'édification d'un monde meilleur pour tous et leur confier un rôle accru dans le processus de développement.

Nous sommes résolus à :

35. Assurer l'accès des femmes, dans des conditions d'égalité, aux ressources économiques, notamment à la terre, au crédit, à la science et à la technique, à la formation professionnelle, à l'information, à la communication et aux marchés, en tant que moyen de favoriser la promotion des femmes et des filles et le renforcement de leur pouvoir d'action, y compris en leur donnant les moyens de tirer parti de ces ressources, notamment grâce à la coopération internationale ;
36. Assurer le succès du Programme d'action, ce qui exigera une volonté résolue des gouvernements, des organisations internationales et des institutions à tous les niveaux. Nous sommes profondément convaincus que le développement économique, le développement social et la protection de l'environnement sont

des éléments interdépendants et synergiques du développement durable, dans lequel s'inscrivent nos efforts visant à améliorer la qualité de vie pour tous. Un développement social équitable, qui permette aux pauvres, en particulier aux femmes vivant dans la pauvreté, d'utiliser de manière viable les ressources naturelles, est une assise nécessaire pour le développement durable. Nous reconnaissons également qu'une croissance économique large et soutenue, dans le contexte du développement durable, est nécessaire pour étayer le développement social et la justice sociale. La réussite du Programme d'action exigera également la mobilisation de ressources suffisantes, aux échelons national et international, ainsi que l'affectation aux pays en développement par tous les mécanismes de financement existants, tant multilatéraux que bilatéraux et privés, de ressources nouvelles et additionnelles pour la promotion de la femme ; des financements pour renforcer la capacité des institutions nationales, sous-régionales, régionales et internationales ; un engagement en faveur de l'égalité des droits, de l'égalité des responsabilités, de l'égalité des chances et de la participation égale des femmes et des hommes à tous les organismes et à tous les processus de prise de décisions nationaux, régionaux et internationaux ; la création ou le renforcement, à tous les niveaux, de mécanismes de vigilance responsables devant toutes les femmes dans le monde entier ;

37. Assurer également le succès du Programme d'action dans les pays en transition ; à cet effet, la coopération et l'assistance internationales resteront nécessaires ;

38. En tant que gouvernements, nous adoptons le Programme d'action énoncé ci-après et nous nous engageons à le traduire dans les faits, en veillant à ce que le souci d'équité entre les sexes imprègne toutes nos politiques et tous nos programmes. Nous demandons instamment aux organismes des Nations unies, aux institutions financières régionales et internationales, aux autres institutions régionales et internationales compétentes et à tous les hommes et toutes les femmes, ainsi qu'aux organisations non gouvernementales, dans le strict respect de leur autonomie, et à tous les secteurs de la société civile, de souscrire résolument et sans restriction au Programme d'action et de participer à sa réalisation en coopération avec les gouvernements.

Instruments juridiques

Convention sur l'élimination de toutes les formes de discrimination à l'égard des femmes

La Convention sur l'élimination de toutes les formes de discrimination à l'égard des femmes (CEDAW) a été adoptée le 18 décembre 1979 par l'Assemblée générale des Nations Unies.

CONVENTION SUR L'ÉLIMINATION DE TOUTES LES FORMES DE DISCRIMINATION À L'ÉGARD DES FEMMES

Les États parties à la présente Convention,

Notant que la Charte des Nations Unies réaffirme la foi dons les droits fondamentaux de l'homme, dans la dignité et la valeur de la personne humaine et dans l'égalité des droits de l'homme et de la femme,
Notant que la Déclaration universelle des droits de l'homme affirme le principe de la non-discrimination et proclame que tous les êtres humains naissent libres et égaux en dignité et en droit et que chacun peut se prévaloir de tous les droits et de toutes les libertés qui y sont énoncés, sans distinction aucune, notamment de sexe,
Notant que les États parties aux Pactes internationaux relatifs aux droits de l'homme ont l'obligation d'assurer l'égalité des droits de l'homme et de la femme dans l'exercice de tous les droits économiques, sociaux, culturels, civils et politiques,
Considérant les conventions internationales conclues sous l'égide de l'Organisation des Nations Unies et des institutions

spécialisées en vue de promouvoir l'égalité des droits de l'homme et de la femme,

Notant également les résolutions, déclarations et recommandations adoptées par l'Organisation des Nations Unies et les institutions spécialisées en vue de promouvoir l'égalité des droits de l'homme et de la femme,

Préoccupés toutefois de constater qu'en dépit de ces divers instruments les femmes continuent de faire l'objet d'importantes discriminations,

Rappelant que la discrimination à l'encontre des femmes viole les principes de l'égalité des droits et du respect de la dignité humaine, qu'elle entrave la participation des femmes, dans les mêmes conditions que les hommes, à la vie politique, sociale, économique et culturelle de leur pays, qu'elle fait obstacle à l'accroissement du bien-être de la société et de la famille et qu'elle empêche les femmes de servir leur pays et l'humanité dans toute la mesure de leurs possibilités,

Préoccupés par le fait que, dans les situations de pauvreté, les femmes ont un minimum d'accès à l'alimentation, aux services médicaux, à l'éducation, à la formation ainsi qu'aux possibilités d'emploi et à la satisfaction d'autres besoins,

Convaincus que l'instauration du nouvel ordre économique international fondé sur l'équité et la justice contribuera de façon significative à promouvoir l'égalité entre l'homme et la femme,

Soulignant que l'élimination de l'apartheid, de toutes les formes de racisme, de discrimination raciale, de colonialisme, de néo-colonialisme, d'agression, d'occupation et domination étrangères et d'ingérence dans les affaires intérieures des États est indispensable à la pleine jouissance par l'homme et la femme de leurs droits,

Affirmant que le renforcement de la paix et de la sécurité internationales, le relâchement de la tension internationale, la coopération entre tous les États quels que soient leurs systèmes sociaux et économiques, le désarmement général et complet et, en particulier, le désarmement nucléaire sous contrôle international strict et efficace, l'affirmation des principes de la justice, de l'égalité et de l'avantage mutuel dans les relations entre pays et la réalisation du droit des peuples assujettis à une domination étrangère et coloniale et à une occupation étrangère à l'autodétermination et à l'indépendance, ainsi que le respect de la souveraineté nationale et de l'intégrité territoriale favoriseront le progrès social et le développement et contribueront par conséquent à la réalisation de la pleine égalité entre l'homme et la femme,

Convaincus que le développement complet d'un pays, le bien-être du monde et la cause de la paix demandent la participation maximale des femmes, à l'égalité avec les hommes, dans tous les domaines,

Ayant à l'esprit l'importance de la contribution des femmes au bien-être de la famille et au progrès de la société, qui jusqu'à présent n'a pas été pleinement reconnue, de l'importance sociale de la maternité et du rôle des parents dans la famille et dans l'éducation des enfants, et conscients du fait que le rôle de la femme dans la procréation ne doit pas être une cause de discrimination et que l'éducation des enfants exige le portage des responsabilités entre les hommes, les femmes et la société dans son ensemble,

Conscients que le rôle traditionnel de l'homme dans la famille et dans la société doit évoluer autant que celui de la femme si on veut parvenir à une réelle égalité de l'homme et de la femme,

Résolus à mettre en œuvre les principes énoncés dans la Déclaration sur l'élimination de la discrimination à l'égard des femmes et, pour ce faire, à adopter les mesures nécessaires à la suppression de cette discrimination sous toutes ses formes et dans toutes ses manifestations,

Sont convenus de ce qui suit :

PREMIÈRE PARTIE

ARTICLE 1

Aux fins de la présente Convention, l'expression "discrimination à l'égard des femmes" vise toute distinction, exclusion ou restriction fondée sur le sexe qui a pour effet ou pour but de compromettre ou de détruire la reconnaissance, la jouissance ou l'exercice par les femmes, quel que soit leur état matrimonial, sur la base de l'égalité de l'homme et de la femme, des droits de l'homme et des libertés fondamentales dans les domaines politique, économique, social, culturel et civil ou dans tout autre domaine.

ARTICLE 2

Les États parties condamnent la discrimination à l'égard des femmes sous toutes ses formes, conviennent de poursuivre par tous les moyens appropriés et sans retard une politique tendant à éliminer la discrimination à l'égard des femmes et, à cette fin, s'engagent à :

a) Inscrire dans leur constitution nationale ou toute autre disposition législative appropriée le principe de l'égalité des hommes et des femmes, si ce n'est déjà fait, et à assurer par voie de législation ou par d'autres moyens appropriés, l'application effective dudit principe ;

b) Adopter des mesures législatives et d'autres mesures appropriées assorties, y compris des sanctions en cas de besoin, interdisant toute discrimination à l'égard des femmes ;

c) Instaurer une protection juridictionnelle des droits des femmes sur un pied d'égalité avec les hommes et garantir, par le truchement des tribunaux nationaux compétents et d'autres institutions publiques, la protection effective des femmes contre tout acte discriminatoire ;

d) S'abstenir de tout acte ou pratique discriminatoire à l'égard des femmes et faire en sorte que les autorités publiques et les institutions publiques se conforment à cette obligation ;

e) Prendre toutes mesures appropriées pour éliminer la discrimination pratiquée à l'égard des femmes par une personne, une organisation ou une entreprise quelconque ;

f) Prendre toutes les mesures appropriées, y compris des dispositions législatives, pour modifier ou abroger toute loi, disposition réglementaire, coutume ou pratique qui constitue une discrimination à l'égard des femmes ;

g) Abroger toutes les dispositions pénales qui constituent une discrimination à l'égard des femmes.

ARTICLE 3

Les États parties prennent dans tous les domaines, notamment dans les domaines politique, social, économique et culturel, toutes les mesures appropriées, y compris des dispositions législatives, pour assurer le plein développement et le progrès des femmes, en vue de leur garantir l'exercice et la jouissance des droits de l'homme et des libertés fondamentales sur la base de l'égalité avec les hommes.

ARTICLE 4

1. L'adoption par les États parties de mesures temporaires spéciale visant à accélérer l'instauration d'une égalité de fait entre les hommes et les femmes n'est pas considéré comme un acte de discrimination tel qu'il est défini dans la présente Convention, mais ne doit en aucune façon avoir pour conséquence le maintien de normes inégales ou distinctes ; ces mesures doivent être abrogées dès que les objectifs en matière d'égalité de chances et de traitement ont été atteints.
2. L'adoption par les États parties de mesures spéciales, y compris de mesures prévues dans la présente Convention, qui visent à protéger la maternité n'est pas considérée comme un acte discriminatoire.

ARTICLE 5

Les États parties prennent toutes les mesures appropriées pour :
a) Modifier les schémas et modèles de comportement socioculturel de l'homme et de la femme en vue de parvenir à l'élimination des préjugés et des pratiques coutumières, ou de tout autre type, qui sont fondés sur l'idée de l'infériorité ou de la supériorité de l'un ou l'autre sexe ou d'un rôle stéréotypé des hommes et des femmes ;
b) Faire en sorte que l'éducation familiale contribue à faire bien comprendre que la maternité est une fonction sociale et à faire reconnaître la responsabilité commune de l'homme et de la femme dans le soin d'élever leurs enfants et d'assurer leur développement, étant entendu que l'intérêt des enfants est la condition primordiale dans tous les cas.

ARTICLE 6

Les États parties prennent toutes les mesures appropriées, y compris des dispositions législatives, pour réprimer, sous toutes leurs formes, le trafic des femmes et l'exploitation de la prostitution des femmes.

DEUXIÈME PARTIE

ARTICLE 7

Les États parties prennent toutes les mesures appropriées pour éliminer la discrimination à l'égard des femmes dans la vie politique et publique du pays et, en particulier, leur assurent, dans des conditions d'égalité avec les hommes, le droit :

a) De voter à toutes les élections et dans tous les référendums publics et être éligibles à tous les organismes publiquement élus ;

b) De prendre part à l'élaboration de la politique de l'État et à son exécution, occuper des emplois publics et exercer toutes les fonctions publiques à tous les échelons du gouvernement ;

c) De participer aux organisations et associations non gouvernementales s'occupant de la vie publique et politique du pays.

ARTICLE 8

Les États parties prennent toutes les mesures appropriées pour que les femmes, dans des conditions d'égalité avec les hommes et sans aucune discrimination, aient la possibilité de représenter leur gouvernement à l'échelon international et de participer aux travaux des organisations internationales.

ARTICLE 9

1. Les États parties accordent aux femmes des droits égaux à ceux des hommes en ce qui concerne l'acquisition, le changement et la conservation de la nationalité ils garantissent en particulier que ni le mariage avec un étranger, ni le changement de nationalité du mari pendant le mariage ne change automatiquement la nationalité de la femme, ni ne la rend apatride, ni ne l'oblige à prendre la nationalité de son mari ce qui concerne la nationalité de leurs enfants.

2. Les États parties accordent à la femme des droits égaux à ceux de l'homme en ce qui concerne la nationalité de leurs enfants.

TROISIÈME PARTIE

ARTICLE 10

Les États parties prennent toutes les mesures appropriées pour éliminer la discrimination à l'égard des femmes afin de leur assurer des droits égaux à ceux des hommes en ce qui concerne l'éducation et, en particulier, pour assurer, sur la base de l'égalité de l'homme et de la femme :

a) Les mêmes conditions d'orientation professionnelle, d'accès aux études et d'obtention de diplômes dans les établissements d'enseignement de toutes catégories, dans les zones rurales comme dans les zones urbaines, cette égalité devant être assurée dans l'enseignement préscolaire, général, technique, professionnel et technique supérieur, ainsi que dans tout autre moyen de formation professionnelle ;

b) L'accès aux mêmes programmes, aux mêmes examens, à un personnel enseignant possédant les qualifications de même ordre, à des locaux scolaires et à un équipement de même qualité ;

c) L'élimination de toute conception stéréotypée des rôles de l'homme et de la femme à tous les niveaux et dans toutes les formes d'enseignement en encourageant l'éducation mixte et d'autres types d'éducation qui aideront à réaliser cet objectif et, en particulier, en révisant les livres et programmes scolaires et en adaptant les méthodes pédagogiques ;

d) Les mêmes possibilités en ce qui concerne l'octroi des bourses et autres subventions pour les études ;

e) Les mêmes possibilités d'accès aux programmes d'éducation permanents, y compris aux programmes d'alphabétisation pour adultes et d'alphabétisation fonctionnelle, en vue notamment de réduire au plus tôt tout écart d'instruction existant entre les hommes et les femmes ;

f) La réduction des taux d'abandon féminin des études et l'organisation des programmes pour les filles et les femmes qui ont quitté l'école prématurément ;

g) Les mêmes possibilités de participer activement aux sports et à l'éducation physique ;

h) L'accès à des renseignements spécifiques d'ordre éducatif tendant à assurer la santé et le bien-être des familles, y compris l'information et des conseils relatifs à la planification de la famille.

ARTICLE 11

1. Les États parties s'engagent prendre toutes les mesures appropriées pour éliminer la discrimination à l'égard des femmes dans le domaine de l'emploi, afin d'assurer, sur la base de l'égalité de l'homme et de la femme, les mêmes droits, et en particulier :
a) Le droit au travail en tant que droit inaliénable de tous les êtres humains ;
b) Le droit aux mêmes possibilités d'emploi, y compris l'application des mêmes critères de sélection en matière d'emploi ;
c) Le droit au libre choix de la profession et de l'emploi, le droit à la promotion, à la stabilité de l'emploi et à toutes les prestations et conditions de travail, le droit à la formation professionnelle et au recyclage, y compris l'apprentissage, le perfectionnement professionnel et la formation permanents ;
d) Le droit à l'égalité de rémunération, y compris de prestation, à l'égalité de traitement pour un travail d'égale valeur aussi bien qu'à l'égalité de traitement en ce qui concerne l'évaluation de la qualité du travail ;
e) Le droit a la sécurité sociale, notamment aux prestations de retraite, de chômage, de maladie, d'invalidité et de vieillesse au pour toute autre perte de capacité de travail, ainsi que le droit à des congés payés ;
f) Le droit à la protection de la santé et à la sécurité des conditions de travail, y compris la sauvegarde de la fonction de reproduction.
2. Afin de prévenir la discrimination à l'égard des femmes en raison de leur mariage ou de leur maternité et de garantir leur droit effectif au travail, les États parties s'engagent à prendre des mesures appropriées ayant pour objet :
a) D'interdire, sous peine de sanctions, le licenciement pour cause de grossesse ou de congé de maternité et la discrimination dans les licenciements fondée sur le statut matrimonial ;

b) D'instituer l'octroi de congés de maternité payés ou ouvrant droit à des prestations sociales comparables, avec la garantie du maintien de l'emploi antérieur, des droits d'ancienneté et des avantages sociaux ;
c) D'encourager la fourniture des services sociaux d'appui nécessaires pour permettre aux parents de combiner les obligations familiales avec les responsabilités professionnelles et la participation à la vie publique, en particulier en favorisant l'établissement et le développement d'un réseau de garderies d'enfants ;
d) D'assurer une protection spéciale aux femmes enceintes dont il est prouvé que le travail est nocif ;
3. Les lois visant à protéger les femmes dans les domaines visés par le présent article seront revues périodiquement en fonction des connaissances scientifiques et techniques et seront révisées, abrogées ou étendues, selon les besoins.

ARTICLE 12

1. Les États parties prennent toutes les mesures appropriées pour éliminer la discrimination à l'égard des femmes dans le domaine des soins de santé en vue de leur assurer, sur la base de l'égalité de l'homme et de la femme, les moyens d'accéder aux services médicaux, y compris ceux qui concernent la planification de la famille.
2. Nonobstant les dispositions du paragraphe 1 ci-dessus, les États parties fourniront aux femmes pendant la grossesse, pendant l'accouchement et après l'accouchement, des services appropriés et, au besoin, gratuits, ainsi qu'une nutrition adéquate pendant la grossesse et l'allaitement.

ARTICLE 13

1. Les États parties s'engagent à prendre toutes les mesures appropriées pour éliminer la discrimination à l'égard des femmes dans d'autres domaines de la vie économique et sociale, afin d'assurer, sur la base de l'égalité de l'homme et de la femme, les mêmes droits et, en particulier :
a) Le droit aux prestations familiales ;

b) Le droit aux prêts bancaires, prêts hypothécaires et autres formes de crédit financier ;
c) Le droit de participer aux activités récréatives, aux sports et à tous les aspects de la vie culturelle.

ARTICLE 14

1. Les États parties tiennent compte des problèmes particuliers qui se posent aux femmes rurales et du rôle important que ces femmes jouent dans la survie économique de leurs familles, notamment par leur travail dans les secteurs non monétaires de l'économie, et prennent toutes les mesures appropriées pour assurer l'application des dispositions de la présente Convention aux femmes des zones rurales.
2. Les États parties prennent toutes les mesures appropriées pour éliminer la discrimination à l'égard des femmes dans les zones rurales afin d'assurer, sur la base de l'égalité de l'homme et de la femme, leur participation au développement rural et à ses avantages et, en particulier, ils leur assurent le droit :
a) De participer pleinement à l'élaboration et à l'exécution des plans de développement à tous les échelons ;
b) D'avoir accès aux services adéquats dans le domaine de la santé, y compris aux informations, conseils et services en matière de planification de la famille ;
c) De bénéficier directement des programmes de sécurité sociale ;
d) De recevoir tout type de formation et d'éducation, scolaires ou non, y compris en matière d'alphabétisation fonctionnelle, et de pouvoir bénéficier de tous les services communautaires et de vulgarisation, notamment pour accroître leurs compétences techniques ;
e) D'organiser des groupes d'entraide et des coopératives afin de permettre l'égalité de chances sur le plan économique, qu'il s'agisse de travail salarié ou de travail indépendant ;
f) De participer à toutes les activités de la communauté ;
g) D'avoir accès au crédit et aux prêts agricoles, ainsi qu'aux services de commercialisation et aux technologies appropriées, et de recevoir un traitement égal dans les réformes foncières et agraires et dans les projets d'aménagement rural ;

h) De bénéficier de conditions de vie convenables, notamment en ce qui concerne le logement, l'assainissement, l'approvisionnement en électricité et en eau, les transports et les communications.

QUATRIÈME PARTIE

ARTICLE 15

1. Les États parties reconnaissent à la femme l'égalité avec l'homme devant la loi.
2. Les États parties reconnaissent à la femme, en matière civile, une capacité juridique identique à celle de l'homme et les mêmes possibilités pour exercer cette capacité. Ils lui reconnaissent en particulier des droits égaux en ce qui concerne la conclusion de contrats et l'administration des biens et leur accordant le même traitement à tous les stades de la procédure judiciaire.
3. Les États parties conviennent que tout contrat et tout autre instrument privé, de quelque type que ce soit, ayant un effet juridique visant à limiter la capacité juridique de la femme doit être considéré comme nul.
4. Les États parties reconnaissent à l'homme et à la femme les mêmes droits en ce qui concerne la législation relative au droit des personnes à circuler librement et à choisir leur résidence et leur domicile.

ARTICLE 16

1. Les États parties prennent toutes les mesures nécessaires pour éliminer la discrimination à l'égard des femmes dans toutes les questions découlant du mariage et dans les rapports familiaux et, en particulier, assurer, sur la base de l'égalité de l'homme et de la femme :
a) Le même droit de contracter mariage ;
b) Le même droit de choisir librement son conjoint et de ne contracter mariage que de son libre et plein consentement ;
c) Les mêmes droits et les mêmes responsabilités au cours du mariage et lors de sa dissolution ;
d) Les mêmes droits et les mêmes responsabilités en tant que parents, quel que soit leur état matrimonial, pour les questions

se rapportant à leurs enfants ; dans tous les cas, l'intérêt des enfants sera la considération primordiale ;

e) Les mêmes droits de décider librement et en toute connaissance de cause du nombre et de l'espacement des naissances et d'avoir accès aux informations, à l'éducation et aux moyens nécessaires pour leur permettre d'exercer ces droits ;

f) Les mêmes droits et responsabilités en matière de tutelle, de curatelle, de garde et d'adoption des enfants, ou d'institutions similaires, lorsque ces concepts existent dans la législation nationale ; dans tous les cas, l'intérêt des enfants sera la considération primordiale ;

g) Les mêmes droits personnels au mari et à la femme, y compris en ce qui concerne les choix du nom de familles d'une profession et d'une occupation ;

h) Les mêmes droits à chacun des époux en matière de propriété, d'acquisition, de gestion, d'administration, de jouissance et de disposition des biens, tant à titre gratuit qu'à titre onéreux.

2. Les fiançailles et les mariages d'enfants n'auront pas d'effets juridiques et toutes les mesures nécessaires, y compris des dispositions législatives, seront prises afin de fixer un âge minimal pour le mariage et de rendre obligatoire l'inscription du mariage sur un registre officiel.

CINQUIÈME PARTIE

ARTICLE 17

1. Aux fins d'examiner les progrès réalisés dans l'application de la présente Convention, il est constitué un Comité pour l'élimination de la discrimination à l'égard des femmes (ci-après dénommé le Comité) qui se compose, au moment de l'entrée en vigueur de la Convention, de dix-huit, et après sa ratification ou l'adhésion du trente cinquième État partie, de vingt-trois experts d'une haute autorité morale et éminemment compétents dans le domaine auquel s'applique la présente Convention. Ces experts sont élus par les États parties parmi leurs ressortissants et siègent à titre personnel, compte tenu du principe d'une répartition géographique équitable et de la

représentation des différentes formes de civilisation ainsi que des principaux systèmes juridiques.

2. Les membres du Comité sont élus au scrutin secret sur une liste de candidats désignés par les États parties. Chaque État partie peut désigner un candidat choisi parmi ses ressortissants.

3. La première élection a lieu six mois après la date d'entrée en vigueur de la présente Convention. Trois mois au moins avant la date de chaque élection, le Secrétaire général de l'Organisation des Nations Unies adresse une lettre aux États parties pour les inviter à soumettre leurs candidatures dans un délai de deux mois. Le Secrétaire général dresse une liste alphabétique de tous les candidats, en indiquant par quel État ils ont été désignés, liste qu'il communique aux États parties.

4. Les membres du Comité sont élus au cours d'une réunion des États parties convoquée par le Secrétaire général au Siège de l'Organisation des Nations Unies. À cette réunion, où le quorum est constitué par les deux tiers des États parties, sont élus membres du Comité les candidats ayant obtenu le plus grand nombre de voix et la majorité absolue des votes des représentants des États parties présents et votants.

5. Les membres du Comité sont élus pour quatre ans. Toutefois, le mandat de neuf des membres élus à la première élection prendra fin au bout de deux ans ; le Président du Comité tirera au sort les noms de ces neuf membres immédiatement après la première élection.

6. L'élection des cinq membres additionnels du Comité se fera conformément aux dispositions des paragraphes 2, 3 et 4 du présent article à la suite de la trente-cinquième ratification ou adhésion. Le mandat de deux des membres additionnels élus à cette occasion prendra fin au bout de deux ans ; le nom de ces deux membres sera tiré au sort par le Président du Comité.

7. Pour remplir les vacances fortuites, l'État partie dont l'expert a cessé d'exercer ses fonctions de membre du Comité nommera un autre expert parmi ses ressortissants, sous réserve de l'approbation du Comité.

8. Les membres du Comité reçoivent, avec l'approbation de l'Assemblée générale, des émoluments prélevés sur les ressources de l'Organisation des Nations Unies dans les conditions

fixées par l'Assemblée eu égard à l'importance des fonctions du Comité.

9. Le Secrétaire général de l'Organisation des Nations Unies met à la disposition du Comité le personnel et les moyens matériels qui lui sont nécessaires pour s'acquitter efficacement des fonctions qui lui sont confiées en vertu de la présente Convention.

ARTICLE 18

1. Les États parties s'engagent à présenter au Secrétaire général de l'Organisation des Nations Unies, pour examen par le Comité, un rapport sur les mesures d'ordre législatif, judiciaire, administratif ou autre qu'ils ont adoptées pour donner effet aux dispositions de la présente Convention et sur les progrès réalisés à cet égard :

a) Dans l'année suivant l'entrée en vigueur de la Convention dans l'État intéressé ; et

b) Puis tous les quatre ans, ainsi qu'à la demande du Comité.

2. Les rapports peuvent indiquer les facteurs et difficultés influant sur la mesure dans laquelle sont remplies les obligations prévues par la présente Convention.

ARTICLE 19

1. Le Comité adopte son propre règlement intérieur.

2. Le Comité élit son Bureau pour une période de deux ans.

ARTICLE 20

1. Le Comité se réunit normalement pendant une période de deux semaine ou plus chaque année pour examiner les rapports présentés conformément à l'article 18 de la présente Convention.

2. Les séances du Comité se tiennent normalement au Siège de l'Organisation des Nations Unies ou en tout autre lieu adéquat déterminé par le Comité.

ARTICLE 21

1. Le Comité rend compte chaque année à l'Assemblée générale de l'Organisation des Nations Unies par l'intermédiaire

du Conseil économique et social de ses activités et peut formuler des suggestions et des recommandations générales fondées sur l'examen des rapports et des renseignements reçus des États parties. Ces suggestions et recommandations sont incluses dans le rapport du Comité, accompagnées, le cas échéant, des observations des États parties.
2. Le Secrétaire général transmet les rapports du Comité à la Commission de la condition de la femme, pour information.

ARTICLE 22

Les institutions spécialisées ont le droit d'être représentées lors de l'examen de la mise en œuvre de toute disposition de la présente Convention qui entre dans le cadre de leurs activités. Le Comité peut inviter les institutions spécialisées à soumettre des rapports sur l'application de la Convention dans les domaines qui entrent dans le cadre de leurs activités.

SIXIÈME PARTIE

ARTICLE 23

Aucune des dispositions de la présente Convention ne portera atteinte aux dispositions plus propices à la réalisation de l'égalité entre l'homme et la femme pouvant être contenues :
a) Dans la législation d'un État partie ; ou
b) Dans toute autre convention, tout autre traits ou accord international en vigueur dans cet État.

ARTICLE 24

Les États parties s'engagent à adopter toutes les mesures nécessaires au niveau national pour assurer le plein exercice des droits reconnus par la présente Convention.

ARTICLE 25

1. La présente Convention est ouverte à la signature de tous les États.

2. Le Secrétaire général de l'Organisation des Nations Unies est désigné comme dépositaire de la présente Convention.

3. La présente Convention est sujette à ratification et les instruments de ratification seront déposés auprès du Secrétaire général de l'Organisation des Nations Unies.

4. La présente Convention sera ouverte à l'adhésion de tous les États. L'adhésion l'effectuera par le dépôt d'un instrument d'adhésion auprès du Secrétaire général de l'Organisation des Nations Unies.

ARTICLE 26

1. Tout État partie peut demander à tout moment la révision de la présente Convention en adressant une communication écrite à cet effet au Secrétaire général de l'Organisation des Nations Unies.

2. L'Assemblée générale de l'Organisation des Nations Unies décide des mesures à prendre le cas échéant, au sujet d'une demande de cette nature.

ARTICLE 27

1. La présente Convention entrera en vigueur le trentième jour qui suivra la date du dépôt auprès du Secrétaire général de l'Organisation des Nations Unies du vingtième instrument de ratification ou d'adhésion.

2. Pour chacun des États qui ratifieront la présente Convention ou y adhéreront après le dépôt du vingtième instrument de ratification ou d'adhésion, ladite Convention entrera en vigueur le trentième jour après la date du dépôt par cet État de son instrument de ratification ou d'adhésion.

ARTICLE 28

1. Le Secrétaire général de l'Organisation des Nations Unies recevra et communiquera à tous les États le texte des réserves qui auront été faites au moment de la ratification ou de l'adhésion.

2. Aucune réserve incompatible avec l'objet et le but de la présente Convention ne sera autorisée.

3. Les réserves peuvent être retirées à tout moment par voie de notification adressée au Secrétaire général de l'Organisation des Nations Unies, lequel informe tous les États parties à la Convention. La notification prendra effet à la date de réception.

ARTICLE 29

1. Tout différend entre deux ou plusieurs États parties concernant l'interprétation ou l'application de la présente Convention qui n'est pas réglé par voie de négociation est soumis à l'arbitrage, à la demande de l'un d'entre eux. Si, dans les six mois qui suivent la date de la demande d'arbitrage, les parties ne parviennent pas à se mettre d'accord sur l'organisation de l'arbitrage, l'une quelconque d'entre elles peut soumettre le différend à la Cour Internationale de Justice, en déposant une requête conformément au Statut de la Cour.
2. Tout État partie pourra, au moment où il signera la présente Convention, la ratifiera ou y adhérera, déclarer qu'il ne se considère pas lié par les dispositions du paragraphe 1 du présent article. Les autres États parties ne seront pas liés par lesdites dispositions envers un État partie qui aura formulé une telle réserve.
3. Tout État partie qui aura formulé une réserve conformément aux dispositions du paragraphe 2 du présent article pourra à tout moment lever cette réserve par une notification adressée au Secrétaire général de l'Organisation des Nations Unies.

ARTICLE 30

La présente Convention, dont les textes en anglais, arabe, chinois, espagnol, français et russe font également foi, sera déposée auprès du Secrétaire général de l'Organisation des Nations Unies.

Protocole facultatif à la Convention sur l'élimination de toutes les formes de discrimination à l'égard des femmes

L'Assemblée générale,

Réaffirmant la Déclaration et le Programme d'action de Vienne, ainsi que la Déclaration et le Programme d'action de Beijing,

Rappelant que le Programme d'action de Beijing, conformément à la Déclaration et au Programme d'action de Vienne, a appuyé le processus lancé par la Commission de la condition de la femme en vue d'établir un projet de protocole facultatif à la Convention sur l'élimination de toutes les formes de discrimination à l'égard des femmes, qui pourrait entrer en vigueur dès que possible au titre d'une procédure de droit de pétition,

Notant que le Programme d'action de Beijing a instamment invité les États qui ne l'avaient pas encore fait à ratifier la Convention ou à y adhérer dès que possible, en vue de parvenir à une ratification universelle de la Convention avant l'an 2000,

1. *Adopte et ouvre à la signature, à la ratification et à l'adhésion* le Protocole facultatif à la Convention, dont le texte figure en annexe à la présente résolution ;
2. *Invite* tous les États qui ont signé ou ratifié la Convention ou qui y ont adhéré à signer, ratifier le Protocole ou à y adhérer dès que possible ;
3. *Souligne* que les États parties au Protocole devraient s'engager à respecter les droits et procédures qu'il prévoit et à coopérer avec le Comité pour l'élimination de la discrimination à l'égard des femmes à tous les stades des délibérations qu'il mènera au titre du Protocole ;
4. *Souligne également* que, dans l'exécution de son mandat et des fonctions qu'il assumera en vertu du Protocole, le Comité devrait continuer à être guidé par les principes de non-sélectivité, d'impartialité et d'objectivité ;
5. *Prie* le Comité de tenir des réunions pour exercer les fonctions prévues par le Protocole après son entrée en vigueur, qui s'ajouteront à celles qu'il tient conformément à l'article 20 de la Convention ; la durée de ces réunions sera déterminée et,

le cas échéant, modifiée par une réunion des États parties au Protocole, sous réserve de l'approbation de l'Assemblée générale ;

6. *Prie* le Secrétaire général de mettre à la disposition du Comité le personnel et les locaux qui lui sont nécessaires pour s'acquitter efficacement des fonctions qui lui sont imparties par le Protocole, après l'entrée en vigueur de celui-ci ;

7. *Prie également* le Secrétaire général d'inclure des informations sur l'état du Protocole dans les rapports qu'il présente régulièrement à l'Assemblée générale sur l'état de la Convention.

Les États Parties au présent Protocole,

Notant que la Charte des Nations Unies réaffirme la foi dans les droits fondamentaux de l'individu, dans la dignité et la valeur de la personne humaine et dans l'égalité des droits des hommes et des femmes,

Notant également que la Déclaration universelle des droits de l'homme proclame que tous les êtres humains naissent libres et égaux en dignité et en droits et que chacun peut se prévaloir de tous les droits et de toutes les libertés proclamés dans la Déclaration, sans distinction aucune, notamment de sexe,

Rappelant que les Pactes internationaux relatifs aux droits de l'homme et les autres instruments internationaux relatifs aux droits de l'homme interdisent la discrimination fondée sur le sexe,

Rappelant la Convention sur l'élimination de toutes les formes de discrimination à l'égard des femmes (« la Convention »), dans laquelle les États Parties condamnent la discrimination à l'égard des femmes sous toutes ses formes et conviennent de poursuivre par tous les moyens appropriés et sans retard une politique tendant à éliminer la discrimination à l'égard des femmes,

Réaffirmant qu'ils sont résolus à assurer le plein exercice par les femmes, dans des conditions d'égalité, de tous les droits fondamentaux et libertés fondamentales et de prendre des mesures efficaces pour prévenir les violations de ces droits et libertés,

Sont convenus de ce qui suit :

Article premier

Tout État Partie au présent Protocole (« l'État Partie ») reconnaît la compétence du Comité pour l'élimination de la discrimination à l'égard des femmes (« le Comité ») en ce qui concerne la réception et l'examen de communications soumises en application de l'article 2.

Article 2

Des communications peuvent être présentées par des particuliers ou groupes de particuliers ou au nom de particuliers ou groupes de particuliers relevant de la juridiction d'un État Partie, qui affirment être victimes d'une violation par cet État Partie d'un des droits énoncés dans la Convention. Une communication ne peut être présentée au nom de particuliers ou groupes de particuliers qu'avec leur consentement, à moins que l'auteur ne puisse justifier qu'il agit en leur nom sans un tel consentement.

Article 3

Les communications doivent être présentées par écrit et ne peuvent être anonymes. Une communication concernant un État Partie à la Convention qui n'est pas Partie au présent Protocole est irrecevable par le Comité.

Article 4

1. Le Comité n'examine aucune communication sans avoir vérifié que tous les recours internes ont été épuisés, à moins que la procédure de recours n'excède des délais raisonnables ou qu'il soit improbable que le requérant obtienne réparation par ce moyen.

2. Le Comité déclare irrecevable toute communication :

a) Ayant trait à une question qu'il a déjà examinée ou qui a déjà fait l'objet ou qui fait l'objet d'un examen dans le cadre d'une autre procédure d'enquête ou de règlement international ;

b) Incompatible avec les dispositions de la Convention ;
c) Manifestement mal fondée ou insuffisamment motivée ;
d) Constituant un abus du droit de présenter de telles communications ;
e) Portant sur des faits antérieurs à la date d'entrée en vigueur du présent Protocole à l'égard de l'État Partie intéressé, à moins que ces faits ne persistent après cette date.

Article 5

1. Après réception d'une communication, et avant de prendre une décision sur le fond, le Comité peut à tout moment soumettre à l'urgente attention de l'État Partie intéressé une demande tendant à ce qu'il prenne les mesures conservatoires nécessaires pour éviter qu'un dommage irréparable ne soit causé aux victimes de la violation présumée.
2. Le Comité ne préjuge pas de sa décision sur la recevabilité ou le fond de la communication du simple fait qu'il exerce la faculté que lui donne le paragraphe 1 du présent article.

Article 6

1. Sauf s'il la juge d'office irrecevable sans en référer à l'État Partie concerné, et à condition que l'intéressé ou les intéressés consentent à ce que leur identité soit révélée à l'État Partie, le Comité porte confidentiellement à l'attention de l'État Partie concerné toute communication qui lui est adressée en vertu du présent Protocole.
2. L'État Partie intéressé présente par écrit au Comité, dans un délai de six mois, des explications ou déclarations apportant des précisions sur l'affaire qui fait l'objet de la communication, en indiquant le cas échéant les mesures correctives qu'il a prises.

Article 7

1. En examinant les communications qu'il reçoit en vertu du présent Protocole, le Comité tient compte de toutes les indications qui lui sont communiquées par les particuliers ou groupes de particuliers ou en leur nom et par l'État Partie inté-

ressé, étant entendu que ces renseignements doivent être communiqués aux parties concernées.

2. Le Comité examine à huis clos les communications qui lui sont adressées en vertu du présent Protocole.

3. Après avoir examiné une communication, le Comité transmet ses constatations à son sujet, éventuellement accompagnées de ses recommandations, aux parties concernées.

4. L'État Partie examine dûment les constatations et les éventuelles recommandations du Comité, auquel il soumet, dans un délai de six mois, une réponse écrite, l'informant notamment de toute action menée à la lumière de ses constatations et recommandations.

5. Le Comité peut inviter l'État Partie à lui soumettre de plus amples renseignements sur les mesures qu'il a prises en réponse à ses constatations et éventuelles recommandations, y compris, si le Comité le juge approprié, dans les rapports ultérieurs que l'État Partie doit lui présenter conformément à l'article 18 de la Convention.

Article 8

1. Si le Comité est informé, par des renseignements crédibles, qu'un État Partie porte gravement ou systématiquement atteinte aux droits énoncés dans la Convention, il invite cet État à s'entretenir avec lui des éléments ainsi portés à son attention et à présenter ses observations à leur sujet.

2. Le Comité, se fondant sur les observations éventuellement formulées par l'État Partie intéressé, ainsi que sur tout autre renseignement crédible dont il dispose, peut charger un ou plusieurs de ses membres d'effectuer une enquête et de lui rendre compte sans tarder des résultats de celle-ci. Cette enquête peut, lorsque cela se justifie et avec l'accord de l'État Partie, comporter des visites sur le territoire de cet État.

3. Après avoir étudié les résultats de l'enquête, le Comité les communique à l'État Partie intéressé, accompagnés, le cas échéant, d'observations et de recommandations.

4. Après avoir été informé des résultats de l'enquête et des observations et recommandations du Comité, l'État Partie présente ses observations à celui-ci dans un délai de six mois.

5. L'enquête conserve un caractère confidentiel et la coopération de l'État Partie sera sollicitée à tous les stades de la procédure.

Article 9

1. Le Comité peut inviter l'État Partie intéressé à inclure dans le rapport qu'il doit présenter conformément à l'article 18 de la Convention des précisions sur les mesures qu'il a prises à la suite d'une enquête effectuée en vertu de l'article 8 du présent Protocole.
2. À l'expiration du délai de six mois visé au paragraphe 4 de l'article 8, le Comité peut, s'il y a lieu, inviter l'État Partie intéressé à l'informer des mesures qu'il a prises à la suite d'une telle enquête.

Article 10

1. Tout État Partie peut, au moment où il signe ou ratifie le présent Protocole ou y adhère, déclarer qu'il ne reconnaît pas au Comité la compétence que confèrent à celui-ci les articles 8 et 9.
2. Tout État Partie qui a fait la déclaration visée au paragraphe 1 du présent article peut à tout moment retirer cette déclaration par voie de notification au Secrétaire général.

Article 11

L'État Partie prend toutes les dispositions nécessaires pour que les personnes relevant de sa juridiction qui communiquent avec le Comité ne fassent pas de ce fait l'objet de mauvais traitements ou d'intimidation.

Article 12

Le Comité résume dans le rapport annuel qu'il établit conformément à l'article 21 de la Convention les activités qu'il a menées au titre du présent Protocole.

Article 13

Tout État Partie s'engage à faire largement connaître et à diffuser la Convention ainsi que le présent Protocole, et à faciliter l'accès aux informations relatives aux constatations et aux recommandations du Comité, en particulier pour les affaires concernant cet État Partie.

Article 14

Le Comité arrête son propre règlement intérieur et exerce les fonctions que lui confère le présent Protocole conformément à ce règlement.

Article 15

1. Le présent Protocole est ouvert à la signature de tous les États qui ont signé la Convention, l'ont ratifiée ou y ont adhéré.
2. Le présent Protocole est sujet à ratification par tout État qui a ratifié la Convention ou y a adhéré. Les instruments de ratification seront déposés auprès du Secrétaire général de l'Organisation des Nations Unies.
3. Le présent Protocole est ouvert à l'adhésion de tout État qui a ratifié la Convention ou y a adhéré.
4. L'adhésion s'effectue par le dépôt d'un instrument d'adhésion auprès du Secrétaire général de l'Organisation des Nations Unies.

Article 16

1. Le présent Protocole entrera en vigueur trois mois après la date de dépôt du dixième instrument de ratification ou d'adhésion.
2. Pour chaque État qui ratifiera le présent Protocole ou y adhérera après son entrée en vigueur, le Protocole entrera en vigueur trois mois après la date du dépôt par cet État de son instrument de ratification ou d'adhésion.

Article 17

Le présent Protocole n'admet aucune réserve.

Article 18

1. Tout État Partie peut déposer une proposition d'amendement au présent Protocole auprès du Secrétaire général de l'Organisation des Nations Unies. Le Secrétaire général communiquera la proposition aux États Parties en leur demandant de lui faire savoir s'ils sont favorables à la convocation d'une conférence des États Parties aux fins d'examen et de mise aux voix de la proposition. Si un tiers au moins des États Parties se déclare favorable à une telle conférence, le Secrétaire général la convoque sous les auspices de l'Organisation des Nations Unies. Tout amendement adopté par la majorité des États Parties présents et votants à la conférence est présenté à l'Assemblée générale des Nations Unies pour approbation.
2. Les amendements entreront en vigueur lorsqu'ils auront été approuvés par l'Assemblée générale des Nations Unies et acceptés par les deux tiers des États Parties au présent Protocole, conformément aux procédures prévues par leur constitution respective.
3. Lorsque les amendements entreront en vigueur, ils auront force obligatoire pour les États Parties qui les auront acceptés, les autres États Parties restant liés par les dispositions du présent Protocole et par tout autre amendement qu'ils auront accepté antérieurement.

Article 19

1. Tout État Partie peut dénoncer le présent Protocole à tout moment en adressant une notification écrite au Secrétaire général de l'Organisation des Nations Unies. La dénonciation prend effet six mois après la date de réception de la notification par le Secrétaire général.
2. Les dispositions du présent Protocole continuent de s'appliquer à toute communication présentée conformément à

l'article 2 ou toute enquête entamée conformément à l'article 8 avant la date où la dénonciation prend effet.

Article 20

Le Secrétaire général de l'Organisation des Nations Unies informe tous les États :
a) Des signatures, ratifications et adhésions ;
b) De la date d'entrée en vigueur du présent Protocole et de tout amendement adopté au titre de l'article 18 ;
c) De toute dénonciation au titre de l'article 19.

Article 21

1. Le présent Protocole, dont les textes en anglais, arabe, chinois, espagnol, français et russe font également foi, est versé aux archives de l'Organisation des Nations Unies.
2. Le Secrétaire général de l'Organisation des Nations Unies transmet une copie certifiée conforme du présent Protocole à tous les États visés à l'article 25 de la Convention.

Table des matières

Au début de ce troisième millénaire, des femmes sont encore menacées dans leur vie même parce qu'elles sont des femmes. Le premier des droits fondamentaux commence donc par le droit de vivre, sans discrimination liée au sexe.
En Asie, la vie d'une fille vaut moins que celle de son frère : on les empêche de venir au monde, ou on les laisse mourir, faute de soins ou d'une alimentation appropriée. Dans certains pays en guerre, résumées à leur fonction reproductrice, on les assassine ou on les viole pour attenter à la survie du collectif. Au nom d'une conception archaïque de l'honneur des hommes, des femmes sont assassinées, brûlées ou lapidées dans les pays musulmans où l'islam le plus dur est au pouvoir ou encore au sein des communautés musulmanes du monde occidental. En Amérique centrale, les assassinats de femmes sont devenus assez fréquents pour avoir justifié l'invention d'un mot nouveau : le féminicide. Elles sont les premières victimes de sociétés ravagées par la guerre, la pauvreté et la corruption.
Ce chapitre examine les atteintes à la sécurité des femmes.

Les droits des femmes sont indissociables du respect de leur intégrité physique. Parce qu'on le considère encore comme appartenant aux hommes ou à la société, le corps des femmes reste soumis, dans de nombreuses régions du monde, à des violences liées à leur sexe.
Les petites filles africaines sont excisées et parfois infibulées : elles en souffrent, elles en meurent. C'est aussi leur sexualité future qui est annihilée et leur avenir de mère, mis en danger. Parce qu'elles sont marchandées, maltraitées, privées d'éducation et de soins, les femmes payent un tribut de plus en plus lourd à la pandémie du sida. Dans les pays en développement, devenir mère est un risque vital : les chiffres de la mortalité maternelle en témoignent. La santé des femmes est un enjeu majeur pour l'humanité. Le respect de leur corps également. Sur tous les continents, des femmes sont violées : aux yeux de leurs agresseurs, elles ne sont que des objets sexuels soumis à leur désir. C'est dans l'univers familial et conjugal que, partout, les femmes sont le plus en danger. L'ampleur des violences conjugales, qu'elles soient physiques ou sexuelles, en témoigne.
Ce chapitre examine les agressions contre le corps des femmes.

La liberté des femmes – comme des hommes –, est au cœur de toute conception humaniste du monde. Des sociétés entières la leur dénient néanmoins. Que ce soit en Afrique, dans le monde arabe, en Asie ou encore dans certaines communautés musulmanes du monde occidental, les femmes ne sont pas libres de se marier avec la personne de leur choix, ni parfois de circuler, encore moins de faire valoir leurs droits à l'héritage. Des religions, des coutumes et des traditions s'acharnent à les maintenir, par la contrainte physique, sociale, psychologique, dans l'oppression. Signe religieux pour certains, social et identitaire pour d'autres, le voile est devenu le symbole qui fait débat, dans le monde arabe comme dans les pays occidentaux. Des pays occidentaux où la liberté des femmes, à commencer par la première – celle à disposer de son corps – s'avère soit un acquis fragile, soit un droit encore à conquérir contre les conservatismes politiques et les églises chrétiennes. Ce chapitre examine les entraves à la liberté des femmes.

La dignité est un droit fondamental, celui qui fonde et définit, dans un monde civilisé, la personne humaine. Toute femme mérite d'être considérée et respectée. La traite des femmes, c'est-à-dire leur réduction à des produits marchands soumis aux désirs sexuels des hommes pour le profit financier de quelques-uns est une atteinte inacceptable à cette dignité. Partout le commerce des femmes – qui rapporte à ceux qui l'exploitent davantage que le trafic de drogues ou celui des armes – exploite la pauvreté, la détresse et l'ignorance des femmes exclues de toutes les formes de développement. Cette violence se traduit par la prostitution, le tourisme sexuel, l'esclavage moderne. Les agressions contre la dignité des femmes revêtent d'autres formes encore : qu'elles portent atteinte à l'orientation sexuelle ou, dans un tout autre domaine, qu'elles s'expriment contre des minorités très spécifiques, comme les femmes délinquantes et incarcérées.
Ce chapitre examine les attaques contre la dignité des femmes.

L'égalité des sexes n'est pas qu'un principe fondateur des droits du genre humain. C'est aussi le droit le plus concret, et qui garantit tous les autres, la possibilité pour les femmes de choisir et de maîtriser leur vie. L'histoire du vingtième siècle a démontré qu'il n'était pas d'égalité possible sans l'accès, pour toutes les femmes, au droit de vote et à la représentation politique. Égalité des droits, égalité des chances : dans tous les pays, les femmes restent les plus pauvres parmi les pauvres. L'éducation s'impose partout comme le moteur du changement. En Asie ou en Afrique, les filles devront aller à l'école. Dans les pays occidentaux, la révolution est en cours, elle reste inachevée, tant sur le plan de l'enseignement que de l'égalité professionnelle et salariale. L'égalité des sexes s'impose, dans toutes les analyses récentes, comme la condition *sine qua non* du développement économique, social et personnel.

Ce chapitre explore le chemin qui reste encore à parcourir pour que s'impose l'égalité des femmes et des hommes.

COMPOSITION : NORD COMPO À VILLENEUVE D'ASCQ

GROUPE CPI

Achevé d'imprimer en janvier 2007
par **BUSSIÈRE**
à Saint-Amand-Montrond (Cher)
N° d'édition : 91371. - N° d'impression : 62454.
Dépôt légal : février 2007.
Imprimé en France